高等师范院校汉语言文学专业系列教材

普通高等学校中文学科通用教材

中国现当代文学史综合教程（第2版）上

Zhongguo Xiandangdai Wenxueshi
Zonghe Jiaocheng

主　编　　傅书华
本册主编　　徐慧琴　白　杰

北京师范大学出版集团
BEIJING NORMAL UNIVERSITY PUBLISHING GROUP
北京师范大学出版社

图书在版编目（CIP）数据

中国现当代文学史综合教程/傅书华主编. —2版. —北京：
北京师范大学出版社，2014.8（2023.8重印）

（普通高等学校中文学科通用教材）

ISBN 978 - 7 - 303 - 17525 - 3

Ⅰ. ①中… Ⅱ. ①傅… Ⅲ. ①中国文学-现代文学史-
高等学校-教材 ②中国文学-当代文学-文学史-高等学校-教
材 Ⅳ. ①I209.6

中国版本图书馆 CIP 数据核字（2014）第 104466 号

图 书 意 见 反 馈　gaozhifk@bnupg.com　010-58805079
营 销 中 心 电 话　010-58807651
北师大出版社高等教育分社微信公众号　新外大街拾玖号

出版发行：北京师范大学出版社　www.bnupg.com
　　　　　北京市西城区新街口外大街 12-3 号
　　　　　邮政编码：100088
印　　刷：北京天泽润科贸有限公司
经　　销：全国新华书店
开　　本：787 mm×1 092 mm　1/16
总 印 张：39.5
总 字 数：860 千字
版　　次：2014 年 8 月第 2 版
印　　次：2023 年 8 月第 7 次印刷
定　　价：68.00 元（上下册）

策划编辑：马佩林　　　　　责任编辑：王一涵
美术编辑：王齐云　　　　　装帧设计：王齐云
责任校对：李　菡　　　　　责任印制：马　洁

编写说明

目前的普通高等师范院校的中国现当代文学史教材，普遍存在着以下四大缺陷。

第一，将作为学术专著的文学史与作为教材的文学史不加区分，混为一体。作为学术专著的文学史，是供了解这段文学史的读者及相关的研究者所阅读的，所以，可以对文学史有详尽的史料，充分的论证，深刻的自成一体的言说。但作为教材的文学史，却应该考虑培养的对象，对象的培养。马克思说过，一个无对象的本质是个非本质。作为教材的文学史，是培养学生学习用的，如果忘记了这一点，没有明确的确指对象，那也就失去了教材之所以为教材的"本质"属性。这种教材的"本质"属性，至少应该包括这样的几个方面：对教学目的、目标的期待性设定；对教学内容的基本设定；为完成这两个设定而要采用的训练方式、方法的设定；学生对此的实践方式、方法的设定；检测学生完成上述内容的检测方式、方法的设定，所有这些，正是作为培养学生的教材的文学史不同于学术专著的文学史的区别所在。

第二，对中国传统的教学范式弃置不顾。中国传统的教学范式，是以选本、文本作为教学载体，诸如各种诗选、昭明文选、唐诗三百首等等，并在此选本基础上，加以不同的历时性地累积性的注与疏，从而让学生直接面对文本及历时性的对文本的经典性理解。但我们现在的文学史教材，基本上沿用了西式框架，更多地具有"概论性"，重视的是观念的移植，忽视的是学生对文本（包括作品文本与研究文本）自身的直接阅读，至于对学生最低阅读量的实际要求，则更是在教材中付诸阙如，而没有一定量的对文本的阅读积累，对学生审美能力的培养就是空谈。

第三，不重视对学生能力的培养，是授人以鱼，而不考虑授人以渔。教材是灌输式的。教材的灌输范式，导致了讲课的演讲范式，至于学生如何阅读作品，通过什么方式培养学生对作品的审美感受能力，怎样训练学生搜集资料进入对作品的研读等等，则一般不作考虑，更缺少对学生思考能力、实践能力进行培养的部分。

第四，教材使用对象的缺失。这种缺失表现形式有二：一是与课堂教学完全脱节，既不考虑如何引导课堂教学，也不考虑如何在课堂教学中落实教材的要求，更与新的课堂教学理念、教学方法完全脱节。二是缺少层次性。普通高师的教材与综合大学、重点高师、普通本科的文学史教材，没有大的区别。不考虑"对象"的不同（这"对象"的不同，既包括学生，也包括教师）使用同样的教材，是不是也使这些教材因为是"一个无对象的本质"所以"是个非本质"呢？三是教材与教师科研素养、教学能力的提升脱节，不能让教师在教学过程中教学相长。

正是深深有感于此，我们尝试编写了这本教材，并将自己的设想简述如下：

一、编写目的

在学习和研究中国现当代文学发展史时，应尊重和遵循文学发展规律，时刻把握文学评判的正确方向。党的二十大报告指出，我们要"坚持以人民为中心的创作导向，推出更多增强人民精神力量的优秀作品"。习近平总书记指出，要运用历史的、人民的、艺术的、美学的观点评判和鉴赏作品。这就要求我们实事求是地审视作品的艺术质量和水平，也要客观辩证地思考文学现象和文学思潮，以正确的立场为出发点，更深入地理解中国现当代文学发展的历史进程，以及中国文学的未来方向。

本书以细读典型文本、培养学生对文学作品的审美能力、了解一个历史时段的文学特征为教学本位，力求落实学生对文本的原典阅读及精读数量，强化学生解读作品的能力，培养学生从事学术研究的意识，使学生具有自我持续发展的学术素质与品格。真正在本体论上，将普通高师文学教学从知识传授为教学本体转变为以培养能力为教学本体，在方法论上，将教师讲授法转变为学生学习法。同时，让教师在教学过程中，有效地提升自己的科研素养与教学能力。

二、编写特点

典型现象的方法，细读的方法，知识性、文献性、学术性、在场性、实践性、可操作性相结合。

所谓典型现象的方法，是指"从一部作品看一个世界"的方法。如果只是把一部作品单独地作为孤立现象来考察，那么，这只是这部作品的贡献和成就，如果把这部作品看作是在它身上体现了特定文学时代的某些特征的一部作品与一个文学时代的统一体，那么，这部作品就成为一个典型现象。

所谓细读的方法，是在较宽泛的范围内使用西方"新批评"的"细读"概念，指对作为典型现象的文本阅读的认真、详尽及对文本的认知、感受结论是建立在这种阅读基础之上的。

所谓知识性，是指通过对文学作品及其研究文章的原典阅读及精读数量的规定，让学生切实有着一批作品及研究文章作为其坚实的知识基础。

所谓文献性，是指学生对文本的学习，不是平面性的，而是历时性的，即通过各个阶段对某一作家作品的研究、批评文章，让学生切实了解对某一作家作品的理解的历史生成性与丰富性。

所谓学术性，是指通过对作品细读途径的指明，培养学生如何在解析作品时，探明学术资源，搜集学术资料，汲取前人成果，掌握解读方法，既授鱼更授渔。

所谓在场性，是指将所学习对象蕴含的人文价值与当今时代、社会的人文价值需求、思想精神构建作一深层沟通，将价值论引入知识论。

所谓实践性，是指与课堂教学实践，特别是与新的课堂教学理念、教学方法密切结合，给学生以大量的独立研读作品的实践机会，给学生以大量的锻炼自己学习能力、学术能力的实践机会。

所谓可操作性，是指本教程所设定的学习过程、考核过程，均具有可以实际地量化的可操作性。

三、教材的构架

第一部分：对一文学时代的概述。这一部分主要是将一文学时代的知识点简要地告诉学生，也包括对不作为典型现象的作家作品的简要介绍。（在概述文字之后，也要相应地有相关的类似第四、五、六、七部分的研究成果的摘要、应读的篇目及相应的练习）

第二部分：对作为典型现象的作家作品的选择与评析。

第三部分：围绕上述作家作品的作为细读的作品篇目，每一作家细读作品的篇目以三部左右为宜。

第四部分：对作为细读的成为典型现象的作家作品的各历史阶段的主要的研究成果、观点的摘要，特别是近十年的研究成果、观点的摘要，这一摘要要与第二部分对作品的评析要点相结合。

第五部分：泛读的文学作品篇目。

第六部分：参考文献。是指提供给学生扩展阅读的对作家作品的研究性文章的篇目。只列篇目及其出处。

第七部分：围绕以上方面，给学生设计的结合当下现实的作为学生研读文本实践的文本篇目及对学生研读的要求，要求学生在进行研读时，也要开列出相应的作为解读武器的理论文章及相应的前人的研究成果。

我们设想，教材第一部分，有助于学生对一时段文学史的整体把握。第二部分，有助于学生对作为典型现象的作家作品的整体把握。第三部分，有助于提升学生对文本的细读能力、审美能力，第三及第五部分，有助于要求学生阅读原典的数量。第四及第六部分，有助于培养学生的学术素养。第七部分及新的课堂教学模式，有助于对学生的能力训练。

我们设想，这样的教材构架，必然带来课堂教学模式的更新，也必然在教学实践中培养教师的科研能力与教学能力——这方面，请详见附录的本教材的"教学使用建议"。

受学术水平、教学经验、编写时间的限制，本书浅陋之处在所难免，我们真诚地敬请学界的各位前辈、专家、朋友给我们以批评与指教。

傅书华

总 目 录

上　册

下　册

目　　录

第三编 战争语境下的文坛裂变（1937—1949）

第一编 启蒙话语与新文学的发生（1917—1927）

DIYIBIAN QIMENGHUAYUYUXINWENXUEDEFASHENG

总　论

内容提要

1840 年鸦片战争后，中国在被西方列强强行推入以工业生产和商品经济为基石的现代文明轨道的同时，也遭遇了亡国灭种的巨大危机。救亡图存，摆脱殖民命运成为民族成员的共同梦想。然而在经历洋务运动、维新变法、辛亥革命的相继失败后，改革者终于明白，要想摆脱国家积贫积弱之局面，首务乃在思想启蒙。如不借民主、科学思想全面清除传统文化中的专制、愚昧毒素，那么以儒学为思想根基、以传统农业生产为经济基础的专制集权很难彻底清除，现代工商业亦无法独立自主发展，民主政体在现代国民缺席的情况下必将走向失败。在对历史的检视中，知识界就"立国先立人"的改革思路达成了基本共识。1915 年 9 月，陈独秀在上海创办《青年杂志》（第二卷起改名《新青年》），延请德、赛二先生为精神导师，正式举起了"民主""科学"大旗，新文化运动由此拉开帷幕。不过伴随运动的推进，领导者进一步意识到儒家学说虽然渗透于社会各个领域，但其真正的栖身之所乃是文学。旧文学的种种弊端与国民性之愚顽互为因果，封建统治者正是借助旧文学的广泛流布而给民众灵魂烙上奴隶的印记。由是，新文化运动进一步聚焦文学革新。1917 年初，胡适的《文学改良刍议》、陈独秀的《文学革命论》在《新青年》相继发表，提出用白话取代文言、用新文学取代旧文学的改革要求，宣告文学革命正式发生。这场革命继承了晚清以来的文学改良运动，如"诗界革命""文界革命""小说界革命""戏剧界革命""白话文运动"以及"译介运动"的变革趋向，但又以更加激进的态度从文学观念、语言载体、艺术形式、思想内容等方面对中国文学做出全面更新，推动了新文学的发生发展，不仅内容上由"仁"至"人"，而且初步确立了现代文学的审美范式。

整体来看，文学革命发展迅猛，但也遭遇一些复古派或守成主义者的反对，其中包括以翻译西方文学经典而名满天下的古文学家林纾、深受美国白璧德人文主义影响的学衡派、有着浓厚官方色彩的甲寅派等。

文学革命的成就主要体现在：一是白话文得到全面推广，新文学影响力迅速扩大；二是外国文艺思潮广泛涌入，新文学社团林立，除却"为人生而艺术"的文学研究会、"为艺术而艺术"的创造社外，有代表性的还有新月社、语丝社、湖畔诗社、浅草—沉钟社，等等；三是文学理论建设取得初步成果。继《文学改良刍议》《文学革命论》之后，胡适的《建设的文学革命论》、周作人的《人的文学》《平民文学》、李大钊的《什么是新文学》等论述为文学革命和新文学建设拟订了更加具体多元的方案；四是以鲁迅为代表的五四作家，包括一些女性作家在文学创作上取得丰厚实绩。

教学建议

1. 了解文学革命与晚清文学改良运动以及五四新文化运动的关系。
2. 分析评价文学革命的发生发展过程、主要内容、成就和历史意义。
3. 评价文学研究会、创造社等代表性社团的文学主张和对新文学的主要贡献。

精读作品

胡适：《文学改良刍议》
陈独秀：《文学革命论》
周作人：《人的文学》

评论摘要

1. 在中国思想史上，1898 年和 1919 年通常被认为是与儒家文化价值观决裂的两个分水岭。1898 年的改良运动，是一部分接近皇帝的高级知识分子在制度变革上的一次尝试。它开始是作为 1895 年被日本在军事上打败的一种反应，但却以摈弃传统的中国中心世界观和大规模吸收西方"新学"的努力而结束。这一运动在晚清的现代化趋势和 1911 年帝国体制的崩溃中，产生了结果，随后引起了更彻底的思想重新评价浪潮。1898 年改革的锐利锋刃已直接指向继承下来的政治制度，而以 1919 年五四运动为其标志的彻底的"新文化"思想运动，也被看成是对传统道德和社会秩序的一种攻击。后一运动的领导来自中国新近现代化的大学和中学。除了反对帝国主义之外，它的目的是建立一种清除了过去中国封建遗留物的科学和民主的新文化。这一代中国知识分子已明显地从对传统价值核心的怀疑，转向对它的彻底的否定。

此外，在这同一时代，知识分子精英作为一个阶层，已经历了若干重要的结构上的变化。一方面，它建立了以报刊为形式的新的联系与交往方式；另一方面，建立了多种类型的学会和政治党派。传统的考试制度已经终止而被学校制度所取代，这导致对传统文职机构中的职业机会的侵蚀，以及知识分子工作的迅速职业化和专业化。文化中心（中国历史上多在城市）受到不同性质的城市生活，即世界性工业化城市生活的影响。如果这些变化所形成的这个知识分子阶层，正在发展一种新凝聚性，那么这种凝聚性也有疏远中国社会其他部分的新危险。知识分子受教育不再是为了做官，越来越处于政治权力的主流之外；他们愈来愈按照外国的模式接受教育，冒着丢掉传统文体的危险，传统文体能够成为与普通民众联系的桥梁。

　　［美］费正清：《剑桥中华民国史（上）》，358～359 页，北京，中国社会科学出版社，1994。

2. 我已屡次地说过，今次的文学运动，其根本方向和明末的文学运动完全相同，对此，我觉得还须加以解释：有人疑惑：今次的文学革命运动者主张用白话，明末的文学运动者并没有如此的主张，他们的文章依旧是用古文写作，何以二者会相同呢？我以为：现在的用白话的主张也只是从明末诸人的主张内生出来的。这意见和胡适之先生的有些不同。胡先生以为所以要用白话的理由是：（1）文学向来是向着白话的路子走的，只因有许多障碍，所以直到现在才入了正轨，以后即永远如此。（2）古文是死文字，白话是活的。对于他的理由中的第（1）项，在第二讲中我已经说过：我的意见是以为中国的文学一向并没有一定的目标和方向，有如一条河，只要遇到阻力，其水流的方向即起变化，再遇到即再变。所以，如有人以为诗言志太无聊，则文学即转入"载道"的路，如再有人以为"载道"太无聊，则即再转"言志"的路。现在虽是白话，虽是走着言志的路子，以后也仍然要有变化，虽则未必再变得如唐宋八家或桐城派相同，却许是必得于人生和社会有好处的才行，而这样则又是，"载道"的了。

周作人：《中国新文学的源流》，46 页，南京，江苏文艺出版社，2007。

3. 五四时期站在"文学革命"旗帜下为先驱者助阵的傅斯年，将"文学启蒙"——"文学救国"的逻辑表述得十分清晰："到了现在，大家应该有一种根本的觉悟了：形式的革新——就是政治的革新——是不中用的了，须得有精神上的革新——就是运用政治的思想的革新——去支配一切。物质的革命失败了，政治的革命失败了，现在有思想革命的萌芽了。""想把这思想革命运用成功，必须以新思想夹在新文学里，刺激大家，感动大家，因而使大家恍然大悟；"当傅斯年谈到文学的改变思想、支配行动的"不可思议"的功效，他的话简直与梁启超当年所说的如出一辙："文学的功效不可思议；动人心速，入人心深，住人心久，一经被他感化了，登时现于行事。"而他的结论，则比梁启超更为明确："我以为未来的中华民国，还须借着文学革命的力量造成。"胡适也是把文学看作"新思想新精神的运输品"，他首先着眼于文学形式的"改良"，则是因为"认定文学革命须有先后的程序"。

就这样，在对文学神奇功效的向往与期待中，文学被摆放到了"黄金黑铁""国会立宪"之上，被放在政治斗争、军事斗争之前，甚至被抬举到高于一切、先于一切的位置。

五四文学运动的倡导者既然把文学当做解决中国问题的突破口，那么，文学依然通向政治，但通向政治的道路不再像辛亥革命时期那样直截，在"文学革命"与"政治革命"之间，有了一个特别强大的中介：道德革命。五四文学的倡导者依然重视文学的社会功利作用，但他们的着眼点已不在"速效"，而在"根本救济"。已不是期望煽动起读者（或听众、观众）立即诉诸行动的政治情绪，而是要凭借文学的力量，改变"阿谀、夸张、虚伪，迂阔之国民性"，以为政治变革打下坚实的基础。

刘纳：《嬗变——辛亥革命时期至五四时期的中国文学》，18～19 页、22 页，
北京，中国社会科学出版社，1998。

4. 五四运动是反帝国主义的运动，又是反封建的运动。五四运动的杰出的历史意义，在于它带着为辛亥革命还不曾有的姿态，这就是彻底地不妥协地反帝国主义和彻底地不妥协地反封建主义。五四运动所以具有这种性质，是在当时中国的资本主义经济已有进一步的发展，当时中国的革命知识分子眼见得俄、德、奥三大帝国主义国家已经瓦解，英、法两大帝国主义国家已经受伤，而俄国无产阶级已经建立了社会主义国家，德、奥（匈牙利）、意三国无产阶级在革命中，因而发生了中国民族解放的新希望。五四运动是在当时世界革命号召之下，是在俄国革命号召之下，是在列宁号召之下发生的。五四运动是当时无产阶级世界革命的一部分。五四运动时期虽然还没有中国共产党，但是已经有了大批的赞成俄国革命的具有初步共产主义思想的知识分子。五四运动，在其开始，是共产主义的知识分子、革命的小资产阶级知识分子和资产阶级知识分子（他们是当时运动中的右翼）三部分人的统一战线的革命运动。它的弱点，就在只限于知识分子，没有工人农民参加。但发展到六三运动时，就不但是知识分子，而且有广大的无产阶级、小资产阶级和资产阶级参加，成了全国范围的革命运动了。五四运动所进行的文化革命则是彻底地反对封建文化的运动，自有中国历史以来，还没有过这样伟大而彻底的文化革命。当时以反对旧道德提倡新道德、反对旧文学提倡新文学为文化革命的两大旗帜，立下了伟大的功劳。这个文化运动，当时还没有可能普及到工农群众中去。它提出了"平民文学"口号，但是当时的所谓"平民"，实际上还只能限于城市小资产阶级和资产阶级的知识分子，即所谓市民阶级的知识分子。五四运动是在思想上和干部上准备了一

图1-1 1920年，《共产党宣言》的中文全译本在上海出版。

九二一年中国共产党的成立，又准备了五卅运动和北伐战争。当时的资产阶级知识分子，是五四运动的右翼，到了第二个时期，他们中间的大部分就和敌人妥协，站在反动方面了。

毛泽东：《毛泽东选集》（第二卷），699～700页，北京，人民出版社，1991。

5. 起源于中国民族文化深部的危机，新文化运动就其性质而言，是一次启蒙运动，是反对专制主义和蒙昧主义的叛逆性行动，而不是单纯的反帝爱国运动。把它看作爱国主义运动，仅只符合后期政治性转向的表征，而无视于运动的全过程，完全抽掉了其中个人主义和自由主义的内容，抹杀了世界主义也即"现代性"这一根本特性，而把民族主义、国家主义、集体主义、权威主义推到神圣的地位。启蒙运动的对象是广大国民，主要是劳工大众，结果启蒙主义者，知识分子成了革命改造的对象。当年的知识者高叫"到民间去"的口号，满怀热忱，到处播撒盗来的火种；到了后来，却带着洗刷不清的"原罪"，"与工农大众相结合"。作为一个具有自己的生产方式和职业特点的独立的阶级，被人为地削减为"阶层"，作为"毛"而依附在被指定的"皮"上面。由于启蒙的先驱者们立足于社会的改造，不曾为权力者准备种种治国平天下的方案，因此表面看起来，好像他们都是一群梦想家，并不存在确定的斗争目标。其实，他们把所有一切都写到旗帜上去了，那就是：民主，科学，自由，人权。

林贤治：《五四之魂中国知识分子精神史》，4～5页，桂林，广西师范大学出版社，2008。

6. 五四运动的倾向几乎决定了以后几十年中国的思想、社会和政治的发展。在这场思想骚动中开始形成的深刻的社会和民族意识一直长盛不衰。"五四"以后，新知识分子继续和更强烈地要求现代"科学文化"，要求有一个有效力的政府以保证多民族国家大家庭中各民族的独立和平等。历史表明，那些违逆这股潮流而动的政治领导人和派系招致了自身的垮台，而那些"弄潮儿"尽管有种种曲折和闪避，但最终占

取了上风。争取个人解放、宣扬民主和独立思考的不懈努力，虽然后来遭到来自强调服从组织活动思潮的阻挡，但其产生的深远影响是不能低估的。"五四"时期中国知识分子头脑中所种下的破除偶像的种子已不是轻易可以除去的。民主在人们心目中赢得了崇高的声誉，自此以后，甚至那些极力反对民主的人也只能采取迂回对抗的手法。任何专制主义都将感到，忠实地记述这场运动是对它自身的一个威胁。

如果说这些是"五四"时期改革所取得的主要成就，那么这里也不妨举出它一些一般的缺陷。改革者们在对中国旧传统进行批判时，很少有人对之作过公平的或怀有同情心的考察。他们认为几千年的社会停滞不前，给进步和改革之途留下无数障碍，为了清除这些障碍，对于整个传统过火的攻击和对其价值的低估是难免的。这使得儒家学说和民族遗产中的许多精华遭到忽视或避而不提。从长远的观点来看，改革者们的批判在一些方面是肤浅的、缺乏分辨的和过于简单化的。但这在当时整个民族充满惰性的状况下也许是必要的。

另一方面，"五四"时期新知识分子对于从外国输入的新思想又过于轻信。虽然他们也声言要进行批判的研究，但在实践中却做得很不够。他们往往大谈空泛的"主义"，而对其内容却没有作认真细致的考察。结果，尽管有一些要防止不清晰的思想的告诫，但他们对于西方思想仍是常常含混不清地要么大力提倡，要么全盘否定。这或许是任何一个群众性思想转变过程初期的一种自然现象。

这个时期的中国改革者另一缺陷也许是过于自信地认为，凡是他们以为正确的和好的东西都可以在一个短时期内在中国实现。他们在处理许多困难和复杂的问题时表现出的特点是缺乏耐心和持久性。一个涉及国家众多方面状况的如此广大的文化和社会变革，需要长期和耐心的工作。企图在几年时间里取得西方国家经过几百年的努力而仍没有完全实现的事情当然是一种幻想。然而，"五四"时期的中国青年人中却很少有人意识到这一点。不过，这种缺乏耐心并非运动中的改革者所独有，那些后来批评和反对他们的人也有这些特点。他们中许多人在批评五四运动未能达其目标时往往没有意识到时间的因素。

［美］周策纵：《五四运动：现代中国的思想革命》，367～369 页，
南京，江苏人民出版社，1999 年。

7. 创造社一出现就挑起了与文学研究会的纷争。表面来看，纷争只是"为人生"与"为艺术"两种口号的对立，而实际是新文学创作的功利主义倾向与反功利主义倾向的对立。文学研究会作家主张文学要达到指导人生、改造社会的目的，而创造社作家则主张"除去一切功利的打算，专求文学的全与美，有值得我们终身从事的价值之可能性"。他们认为，文学艺术并没有什么外在的目的，它的目的就在于艺术自身。理由是"人类的精神为种种功利的目的、占有的欲望所困扰，人类的一切烦乱争夺，尽都从此诞生，欲消除人类的苦厄则在效法自然"。在他们看来，艺术的创造和自然创造一样，首先不是人的有目的的社会性活动，而是来自人所固有的自然本性。而人的自然本性与人的功利占有欲望是对立的。从创造社作家对"为艺术"主张的全面阐述和创作实际来看，他们所担心的不是文学"为人生"这一功利目的本身，而是担心对这种功利目的的过分强调，有使文学丧失审美独立性的危险，有减弱作家艺术创造力而导致"粗制滥造"的危险。如此看来，前期创造社作家对艺术"无目的"的鼓吹，不应理解为对"有目的"的否定，而应理解为对"有目的"的补充。二者对立的张力，保持了新文学多元开放的形态和充满活力的生机。"为人生"与"为艺术"两种文艺主张的互补，最终完善了中国新文学理论和创作的艺术格局。

魏建：《创造社的价值：为"五四文学革命"补课》，载《鲁迅研究月刊》，1996（8）。

8. 五四文学革命对儒道两派的文学进行了整体性的否定与批判。陈独秀要推倒中国传统的"贵族文学"与"山林文学"，鲁迅认为助成中国昏乱的物事是"儒道两派的文书"。然而，中国文学儒道互补的语法规则并没有就此消失，而是潜在地对蜂拥而来的西方文学起着选择的作用。五四文坛上双峰并峙的两大文学社团，其实不过是儒道互补的语法规则的一种现代演绎。文学研究会的艺术选择，近似于要求文学有补于世的儒家"为人生"的一派；创造社的艺术选择，则更近于道家追求自由的"为艺术而艺术"的一派。当然，"现代演绎"已经区别了文学研究会与创造社在西方文学影响下的"现代性"之不同于儒道文学的"传统性"，譬如二社都反对儒家的伦理整体、文以载道以及道家游戏人生的态度，都推崇个性的自由解放。然而，这只不过是表现了儒道文学在西方现代文学的影响下进行的创造性的现代转换而已。

高旭东：《五四文学与中国文学传统》，156页，济南，山东大学出版社，2000。

9. 无论是新青年派还是学衡派，都把本民族的文化置于世界性的框架中加以考察。就新青年派而言，民族主义的情绪以激进的形式表现出来，即为了民族生存、国家富强，主张不计代价地改变现存社会秩序和文化传统。另一方面，新青年派基本认定世界文化只有西方发展模式才给西方国家和民族带来了繁荣富强，促进他们走向现代化，本民族的传统文化必将妨碍中国现代化进入世界格局。因此，文化改造的问题在另一层面上便是如何使民族性适应世界性的问题。对此，陈独秀曾有激烈的言论，"吾宁忍过去国粹之消亡，而不忍现在及将来民族不适世界之生存而归削灭。"这种观点立足于未来时空以解决文化的民族性与世界性之间的矛盾，也寄托了对中华民族屹立于世界民族之林的美好展望。至于学衡派，他们将民族文化视作世界文化的有机组成部分，正如新人文主义大师白璧德与安诺德那样"视今世文化问题，为世界问题者也"。显然，学衡派对民族性及世界性的理解与新青年派存在着时间差，新青年派采取的是以民族性追赶世界性的姿态，而学衡派强调的是民族性与世界性的共时状态，注重在整体世界文化的格局中发掘中西文化的共通性。因此，吴宓曾提出，"西洋真正之文化与吾国之国粹，实多互相发明，互相裨益之处，甚可兼蓄并收，相得益彰。诚能保存国粹，而又昌明欧化，融会贯通，则学艺文章，必多奇光异彩，然此极不易致，其关系全在选择得当与否。"然而，学衡派"选择"的结果，其心目中的"国粹"，所包括的诸如"孔孟之道"、"礼教典章文物"之类，其中不少恰恰是新青年派所欲扬弃的"糟粕"。只要认清一方欲坚守、一方要扬弃的这个"国粹"在当时的历史情境中，对中国现代化进程究竟起着怎样的作用，两派在中国现代文坛的历史地位自然不辨自明。

吴立昌：《文学的消解与反消解：中国现代文学派别论争史论》，109～110页，
上海，复旦大学出版社，2004。

10. 中国近代的语言变革不是语言发展自发产生的变革，而是社会政治变革带动下的变革。尽管报刊已经崛起，"报章体"也初具雏形，但是它们的力量还不足以引起一场语言变革，因为此时报章主要集中在上海等少数几个城市，中国大部分地区感受不到它的冲击。报刊等带来的语言变化，是在晚清先进知识分子掀起的"救国"热潮中才转变为语言变革，形成潮流的，它汇成潮流的关键在于把提倡"白话文"与"救国"结合起来，而原来享有文言文专利的士大夫中，分化出一批先进分子，成为提倡白话文的急先锋。裘廷梁、梁启超、黄遵宪、林白水、陈独秀、蔡元培等人都是举人，至少也是秀才，有的还是进士出身。他们提倡白话，并不是由于他们擅长写白话文（恰恰相反，他们写文言文的能力都远远超过他们写白话文的能力），而是由于他们确信运用白话文能够普及教育，减少中国人花在无用的文学上的受教育时间，从而腾出更多的时间来接受科学知识及社会科学知识的教育，促使国家富强起来。白话文运动能够汇成潮流，形成中国近代的语言变革，也是因为当时的士大夫和后来的民国当政者都接受了这一看法。事实上，一直到笔者在五六十年代接受教育时，当时政府提倡简化汉字的理由，仍是如此。中国近代语言变革虽然不是语言自身发展的产物，但它在客观上却是顺应了近代都市形成，市民阶层崛起，社会由封建形态转向资本主义形态发展的社会需要。政治变革把语言变革作为副产品，以扩大政治变革的社会基础，这一变革次序客观上也促进了白话文市场的扩展。这一市场中最有趣的是士大夫，他们出于拯救国家的需要赞同语言变革，成为白话文市场的消费者之一，但是白话文的崛起却取消了士大夫在书面语言上享有的专利，促成了他们的消亡。他们的地位逐渐被由学生成长起来的新型知识分子所取代，但是新型知识分子在社会中的地位却远不如原来的士大夫。

袁进：《近代文学的突围》，139～140 页，上海，上海人民出版社，2001。

泛读作品

裘廷梁：《白话为维新之本》

周作人：《文学研究会宣言》

胡适：《建设的文学革命论》

成仿吾：《新文学的使命》

梅光迪：《评提倡新文化者》

蔡元培：《答林琴南书》

评论文献索引

余虹．晚清文学革命的两大现代性立场．文学前沿，2000(1)．

袁进．试论中国近代文学语言的变革．上海社会科学院学术季刊，1997(4)．

夏晓虹．中国现代文学语言的形成．开放时代，2000(3)．

孔范今．梁启超与中国文学的现代转型．文史哲，2000(2)．

王瑶．"五四"时期对中国传统文学的价值重估．中国社会科学，1989(3)．

秦弓．觉醒者的生命之光——论五四文学的文体特征．中国社会科学院研究生院学报，1994(1).

刘卫国. 当代中国的"五四论述"与"现代文学研究". 中山大学学报（社会科学版），2009(2).

贺桂梅. 80—90年代对"五四"的重构. 中国现代文学研究丛刊，1999(4).

张培英. 胡适《文学改良刍议》与陈独秀《文学革命论》的比较认识. 河北大学学报（哲学社会科学版），1993(3).

茅盾. 关于"文学研究会". 现代，1933年第3卷第1期.

杨洪承. 《新青年》模式与文学研究会的生成. 学术研究，2005(11).

成仿吾. 创造社与文学研究会. 创造季刊，1923年第1卷第4期.

裴善明. 创造社文学世界的文化生成形态. 清华大学学报（哲学社会科学版），2004(6).

谭桂林. 评近年来对学衡派的重估倾向. 鲁迅研究月刊，1997(2).

李怡. 论"学衡派"与五四新文学运动. 中国社会科学，1998(6).

乐黛云. 世界文化语境中的学衡派. 中国现代文学研究丛刊，2005(3).

拓展练习

1. 自20世纪80年代中后期起，伴随对"文化大革命"发生根源的进一步探究，学界对作为中国现代历史文化起点的五四的合理性也提出了质疑，如新儒学派代表林毓生就对五四的激进主义提出严厉批评："'五四'时期的反传统完全是全盘性的反传统主义，此后各种文化反传统主义的表现，都是以'五四'时期的反传统主义为出发点的。"在此基础上，他还进一步指出，"五四"与"文化大革命"的发生有着内在的逻辑关联，"这两次文化革命的特点，都是要对传统文化观念和传统价值采取嫉恶如仇、全盘否定的立场"。① 这一观念在当时影响甚大，并引发学界对五四保守力量学衡派的价值重估。以乐黛云为代表的一方认为，学衡派是现代文化守成主义的中坚力量，他们在文化建设上的稳健态度制衡了激进思潮的泛滥，具有积极意义。② 而以谭桂林为代表的一方坚持，如无五四的彻底否定，而仅凭学衡派貌似中允的学理倡导，中国社会仍难摆脱铁屋子的状态，"在激进与保守、革命与改良、实践与突变之间，历史选择了前者，这是历史之幸，也是民族之幸"③。"一切历史都是当代史"，对历史的重估关系到未来道路的选择和调整。请结合时代语境的变迁以及相应的精神观念的变革，谈谈你对学衡派的理解。

2. 学界通常认为陈独秀的《文学革命论》以更加激进、彻底的态度确证了文学革命的合法性，是对《文学改良刍议》的承续和推进。而胡适也说如没有陈独秀"必不容反对者有讨论之余地"的精神，"文学革命至少还须经过十年的讨论和尝试"④。

---

① 林毓生：《中国意识的危机》，1～2页，贵阳，贵州人民出版社，1986。
② 乐黛云：《世界文化对话中的中国现代保守主义》，载《中国文化》，1989年创刊号。
③ 谭桂林：《评近年来对学衡派的重估倾向》，载《鲁迅研究月刊》，1997(2)。
④ 胡适：《五十年来中国之文学》，见《胡适文存》卷二，157页，上海，亚东图书馆，1924。

但须注意，陈独秀对胡适所提"八事"所涉及的文学语体变革是非常漠然的，他所主张的"三大主义"所重是内容而非形式，他对思想启蒙与社会变革的急切意愿远胜于对文学本体的深入理解。尽管同站在反叛封建文化和旧文学的立场上，但二人所构筑的逻辑框架、价值指向显然有着根本性差异，他们日后的分道扬镳于此已显端倪。循此思路，试辨析《文学改良刍议》与《文学革命论》的关联与异同。

　　3. 毛泽东在《新民主主义论》中正面评价了五四运动反帝反封建的政治属性以及之于无产阶级革命的重大意义；但与此相异，胡适在晚年回忆中则将新文化运动的失败归因于五四运动的发生："从我们所说的'中国文艺复兴'这个文化运动的观点来看，那项由北京学生所发动而为全国人民一致支持的，在 1919 年所发生的'五四运动'，实是这整个文化运动中的，一项历史性的政治干扰。"① 同为五四弄潮儿，两人对于五四新文化运动与五四运动之关系做出迥然相异的评价。试结合 20 世纪 20 年代中后期以"问题与主义"之争为标志的新文化阵营的裂变以及毛泽东、胡适所坚持的政治立场、文化观念的差别，并参考周策纵的《五四运动史：现代中国的思想革命》一书，分析这一现象的历史成因。

---

　　① 胡适：《胡适口述自传》，183 页，桂林，广西师范大学出版社，2005。

第一章 小 说

第一节 人生与艺术的分立互补

内容提要

清末民初，伴随市民阶层的崛起、现代出版业的发达，小说逐渐拥有了新的且更为广泛的读者群体。梁启超发动的"小说界革命"推波助澜，虽未触及小说本体变革，但起到了"正名"的作用，提升了小说的社会地位；林译小说、周氏兄弟的《域外小说集》也推动了小说的艺术革新。但因对政治变革的过分倚重，"新小说"在维新运动失败之后，猝不及防地被甩入市场潮浪中，由对政治功效的追求转向对经济效益的追逐。迎合而非提升市民精神的"黑幕""鸳蝴"小说甚嚣尘上，小说的思想品格、艺术品质受到一定程度的损伤。但紧随而至的文学革命终给小说以深刻洗礼。

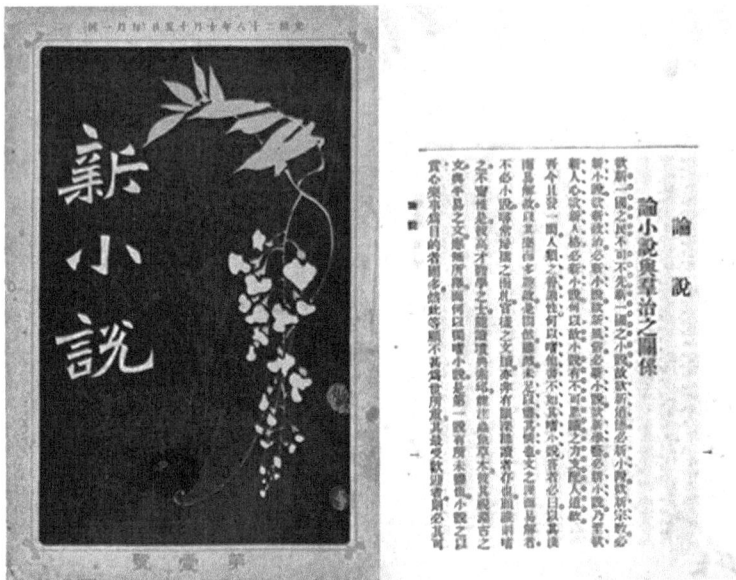

图 1-2　1902 年，梁启超创办《新小说》，刊文《论小说与群治之关系》。

1918 年 5 月鲁迅发表《狂人日记》，以"表现的深切和格式的特别"而拉开了中国现代小说的序幕。五四最早出现的小说潮流是以冰心的《斯人独憔悴》《超人》、王统照的《微笑》《沉思》、许地山的《命命鸟》等为代表的"问题小说"。但许地山并不完全局限于"问题小说"或五四小说主流，他的创作以异域色彩、男女情爱、宗教意识为主要特征在现代文坛独树一帜，作品《缀网劳蛛》《商人妇》及 30 年代的力作《春桃》都因人道意识与宗教情怀的复杂交织而引人注目。

在五四启蒙思想的烛照下，"问题小说"对社会人生的沉疴积弊做了广泛揭示，具有较强的时代气息和社会针对性。但整体来看，这批有着鲜明青春色彩的作品大多"只问病源，不开药方"或药方无效，艺术上也有着概念化、抽象化的缺陷，既无力指导民众在思想觉醒后认识、改造严酷现实，也无法充分展现个体生命在梦醒后无路可走时所遭遇的苦闷彷徨情绪。这些不足在随后的人生写实派和浪漫抒情派的创作中得到弥补。前者以文研会作家为主，较多接受俄国与欧洲现实主义文学思潮，关注现实人生、强调社会功效，有着鲜明的人道主义色彩；后者多为创造社成员，倾向于欧洲浪漫主义文学思潮，又深受日本私小说、白桦派的影响，偏重艺术审美和私密世界开掘，个人主义意识浓厚。二者如两条激荡江流，时而并行，时而交错，在碰撞、融合中导引了五四小说主潮。

教学建议

1. 分析五四小说取得文学正宗地位的原因。
2. 结合冰心与王统照在"五四"初期的创作，探析问题小说的成因与得失。
3. 分析《命命鸟》与《缀网劳蛛》，把握许地山小说的主要特征。

精读作品

冰心：《超人》
王统照：《沉思》《微笑》
许地山：《命命鸟》《缀网劳蛛》
茅盾：《中国新文学大系·小说一集导言》
鲁迅：《中国新文学大系·小说二集导言》

评论摘要

1. "五四"之后的作家及批评家之鄙视晚清作品，还有其他更细微的原因。这些小说不只被视为是落伍的旧文学的残渣，更是一直潜藏在现代论述里的余毒。启蒙派知识分子热衷把眼前碍眼的障碍归入过往可扬弃的传统中，想由此"清理"其现代性大计的门户。换言之，他们想扫除现代种种尝试中不受欢迎的层面，往往故意以时间的错置，将其纳入一个即将结束的"过去"时代。可是我们必须要问以下的问题：他们努力要杜绝污染的现代论述果真那么现代吗？还是只是看似现代而已？有不有可能那些被他们所排除的不受欢迎的部分，其实并非太传统，而是太激进、太现代？无论如何，"被压抑的中国现代性"的蛛丝马迹不断回拢，有时出现在中等水平的文学中，有时出现在文学检查或文学争议的潜流中，也有时出现在一个合法"现代"作品无从抹杀的次文本中。

"五四"以来的新文学，表面上或许看起来很现代，但骨子里却未必如此——叙事规格的全盘西化并不保证作品的内容就更新了。鲁迅、沈从文、张爱玲有资格成为"五四"之后中国文学的代言人，其原因恰恰在于他们的作品见证了传统的阴影下，书写现代性的风险与暧昧。他们意识到，在关乎"新"与"进步"的表面信号外，某些无法吻合现成模式的事物，总在话语中被抑制。而他们持之以恒的努力，正是要处理在当时文化、政治的现代规划中，那些尚未被充分发掘的领域。富于反讽意味的是，他们的努力尽管时常遭逢挫折，却构成了中国现代文学最动人的时刻。而且历史告诉我们，当三四十年代政治激进的作家朝向为革命而文学的目标迈进时，他们对中国现代性的追求结果，即使不算是中国所有的政治传统中最老旧的传统，也是中国所有的现代性可能中，最不现代的现代性。

[美] 王德威：《被压抑的现代性：晚清小说新论》，27～28页，
北京，北京大学出版社，2005。

2. 周氏兄弟的《域外小说集》首先从翻译态度上就与林纾不同，它们是以一种虔敬的态度来看待其要译出的文学作品的，这种虔敬可以比之为玄奘和鸠摩罗什的译佛经，这显然与林纾的翻译态度是完全异趣的。这种对西方文化的仰视态度是林纾所缺乏的，因为他认为中国文化还是足以自立、自傲的，并没有从文化、文学上欧化中国，摹仿西方的必要。在他的心目中，文学的地位还是在经学之下的小道，是一种文人的消遣游戏的产物，他无法理解以对待宗教经典的态度来看待西方小说的重要性，翻译小说在他那里从来就是一种无关大义的"小道"，并没有被看成是"经国之大业，不朽之盛事"的事业。他更没有像周氏兄弟那样想通过文学来改造国民性，从而达到立人、救国的宏大理想，因此，也就不会像周氏兄弟那样以一种仰视的态度来看待西方文学，遵守不能擅改原作，绝对忠实原文，以期成为中国人摹仿的样板的科学原则。这种以中国读者为中心还是以西方作者为中心进行翻译的态度，实际上凸显出晚清人与"五四人"在文化心态上的发生的巨大变化：是以中国固有文化为本位来逐步实现其自身的现代化的转换，还是以西方文化为本位，以横断式移植的方式来建设中国的新文学和新文化。它涉及一个新文化的方向性问题。

耿传明：《决绝与眷恋：清末民初社会心态与文学转型》，244～245页，
上海，复旦大学出版社，2010。

3. 五四时期"问题小说"为什么这么多呢？是不是中国的社会问题，一到五四时期突然多了起来？不是的！半殖民地半封建中国的种种问题，其实早就堆积在那里了，堆积如山，非常严重。但"五四"以前，觉醒的人少，用近代民主主义观点思考的人少，人们见怪不怪，习以为常，没有引起大家注意，也没有人用文艺作品来加以反映。到五四时期，随着新思潮的广泛传播，原先关在封建"铁屋子"里的知识青年大批大批地觉醒过来，他们睁眼看社会现实，思索并探讨着各种各样的问题：从国民性改造问题，人生目的问题，劳工问题，妇女问题，青年问题，一直到家庭问题，婚姻问题，等等。所以，"问题小说"在五四时期的流行，主要反映了这个时期知识青年，文艺青年大批地觉醒，它是当时思想启蒙运动的一种需要，又是当时思想启蒙运动的一种结果。

提倡"问题小说"在五四时期是自觉地进行的。胡适在一九一八年四月发表的《建设的文学革命论》中，就公开要求文学作品描写"今日新旧文明相接触，一切家

庭惨变，婚姻痛苦，女子之位置，教育之不适宜……种种问题"。一年以后，他自己也试做一篇小说来实践他的主张。周作人在一九一九年二月发表的《中国小说里的男女问题》中也说："问题小说，是近代平民文学的出产物。这种著作，照名目所表示，就是论及人生诸问题的小说。……中国从来对于人生问题不大关心，又素以小说为闲书，这种小说自然难以发生。"当前则应当提倡。

五四时期"问题小说"的流行，也和当时新文学接受世界进步文学的影响有关，特别同接受俄国文学、东欧文学、北欧文学的影响有关……给予中国新文学很大影响的俄国文学，就是以能够提出种种社会问题为特点的。另一个因素是易卜生的影响。中国新文学倡导人一开始就介绍挪威作家易卜生，《新青年》在一九一八年还为易卜生出过专号，介绍易卜生的"问题剧"。

五四时期问题小说也有自己的局限和弱点，这就是不少作品思想胜过形象，提出了问题而艺术没有跟上去，有的还缺少新鲜活泼的生活气息，出现图解观念的现象。用茅盾在《中国新文学大系·小说一集导言》里的一句话来说："那时候发表了的创作小说有些是比现在各刊物编辑部积存的废稿还要幼稚得多呢。"为什么会这样？除了艺术修养不足之外，关键在于有些作者接受新思潮、新观念之后没有来得及向自己的生活实践融合起来，没有化为有血有肉、比较深切的实际生活感受。

严家炎：《论现代小说与文艺思潮》，41～50页，长沙，湖南人民出版社，1987。

4. 冰心的全体作品，处处都可看出她的"爱的实现"的主义来。她的作品，所叙述与描写的，大概都离不了家庭的爱慕，与经过，朋友，与怀旧的情感，以及自己的最高思想。但无论如何，她的作品，实是代表她对于"生之爱"的精神。其中，《超人》一篇，尤为是她整个思想的最高的表现。虽然她其他的作品，使人爱读与描写精细处，也多不让此篇，但整个的足以发见她的思想，我的意见，以为这篇便是个好榜样。

总之《超人》可谓为成功的作品，此篇的思想，看去似乎单纯，然实是包含尽了现代青年烦闷的问题。至于轻灵的描写，与带有诗意的句子，艺术上的美丽，也是读之令人怡悦的。

剑三（王统照）：《论冰心的〈超人〉与〈疯人笔记〉》，载《小说月报》，
第13卷第9号，1922年9月。

5. 她的所谓"爱的哲学"的立脚点不是科学的，——生物学的，而是玄学的，神秘主义的。在《超人》中间，她还有点唯心论的调子，"世界上的母亲和母亲都是好朋友"，因为没有不爱儿子的母亲，在这共通点上，她们是能够成为好朋友的；也没有不爱母亲的儿子，在这共通点上，"世界上的儿子和儿子也都是好朋友"，所以世界上人"都是互相牵连，不是互相遗弃的"。这样来解释"爱的哲学"，不免基础太嫌薄弱了罢……

冰心女士把社会现象看得非常单纯。她以为人事纷纭无非是两根线交织而成；这两根线便是"爱"和"憎"。她以为"爱"或"憎"二者之间必有一者是人生的指针。她这思想，完全是"唯心论"的立场。可是产生了她这样单纯的社会观的，却不是"心"，而是"境"。因为她在家庭生活小范围里看到了"爱"，而在社会生活这大范围里却看见了"憎"。于是就发生了她的社会现象的"二元论"。

茅盾：《冰心论》，载《文学》，3卷2期，1934年8月。

6.《超人》中的爱，是热情入世的，而不是冷情厌世的；它要求人们撤去"尊卑有序，长幼有礼"的等级藩篱，以平等的态度相亲相爱，具有人本主义的色彩。但是，爱而成为"哲学"，就把它的作用夸大到荒谬的程度了。主张在一个极端黑暗的社会中，凡是母亲的儿子都"互相牵连，不是互相遗弃"，这纯然是一种美丽而空洞的幻想，恰如甘草能够润喉，但用它去治疗癌症，虽不苦口，却于病无效。

杨义：《中国现代小说史》第1卷，238～239页，北京，人民文学出版社，1986。

7."超人热"以势不可当的势态延伸开来，随之带来的是对"人生究竟"的最初探索。《超人》之后众多的模仿作无论在创作动机还是作品主旨上，似乎都与《超人》无甚差别。当时的年轻人完全被"爱"的光环迷住了双眼。那种"我在母亲的怀里，母亲在小舟里，小舟在月明的大海里"的极乐境界，慰藉了多少孤独零落者的心灵，使他们找到了一个精神危机的避风港。怀着对未来生活的强烈渴望和对现实道路的摸索的热情，"爱"（尤其是母爱）的伟大，在众多"超人热"创作中被渲染到万能的程度。王统照在《醉后》中无条件地讴歌了"母爱"的力量，他把自己对爱的全部理解灌注在主人公的人生路程中。尽管小说中没有出现《超人》中解释爱的意义的禄儿式人物，但《醉后》的沉郁表层下起伏荡漾的情绪最为淋漓尽致地映现了作者对母爱力量的臣服。与此稍有区别的是冰心自己的另一篇《烦闷》和刘纲的《冷冰冰的心》。它们的主人公仍是何彬式人物的再现，但结局不同。令人惊奇的是，这两位年轻人竟不能为朋友的友谊、父母的惠爱感动半分，他们的烦闷和冷漠到了顶点，终于难以自拔于无望的陷阱。作者痛心地惋惜着年轻人的幻灭。如果说《超人》和《醉后》是从正面讴歌爱的力量，那么《烦闷》和《冷冰冰的心》则从反面展示对爱失去企望的青年的前景。但我们从中不难觉察到某种微妙之处：冰心写《超人》到写《烦闷》相隔仅短短几个月，尽管后者中仍无处不显现"爱"的光彩，但"爱"之黯淡已不足以鼓起主人公生活的风帆，他只能以写信来排遣忧郁和烦闷。可以看到，无论是《冷冰冰的心》的作者刘纲，还是冰心自己都难以回避客观的真实，感觉到了某种预兆：理想脆弱得经不起现实的任何撞击，它只能权且作为作者和主人公们的精神麻醉剂。空洞的幻景终究不能给人勇气和力量，无论《烦闷》和《冷冰冰的心》的意图怎样，它所呈现的事实给人留下了比《超人》本身更多的回味。

许志英、邹恬主编：《中国现代文学主潮》（上册），83～84页，
南京，南京大学出版社，2008。

8. 佛的聪明，基督的普遍的爱，透达人情，而于世情不作顽固之拥护与排斥，以佛经阐明爱欲所引起人类心上的一切纠纷，然而在文字中，处处不缺少女人的爱娇姿态，在中国，不能不说这是唯一的散文作家了！作者用南方国度，如缅甸等处作为背景，所写成的各样文章，把僧侣家庭，及异方风物，介绍得那么亲切，作品中，咖啡与孔雀，佛法同爱情，仿佛无关系的一切连系在一处，使我们感到一种异国情调。读《命命鸟》，读《空山灵雨》，那一类文章，总觉得这是另外一个国度的人，说着另外一个国度里的故事（虽然在文字上那种异国情调的夸张性却完全没有），他用的是中国的乐器，是我们最相熟的乐器，奏出了异国的调子，就是那调子，那声音，那永远是东方的，静的，微带厌世倾向的，柔软忧郁的调子，使我们读到它时，不知不觉发生悲哀了。

沈从文：《论地山的小说》，载《大公报》（香港），1941 年 9 月 21 日。

9. 他（许地山）的作品从《命命鸟》到《枯杨生花》，在"人生观"这一点上说来，是那时候独树一帜的（他的题材也是独树一帜的）。他不像冰心，叶绍钧，王统照他们似的憧憬着"美"和"爱"的理想的和谐的天国，更不像庐隐那样苦闷彷徨焦灼，他是脚踏实地的。他在他的每一篇作品里，都试要放进一个他所认为合理的人生观。他并不建造了什么理想的象牙塔。他有点怀疑于人生的终极的意义（《空山灵雨》页一七，《蜜蜂和农人》），然而他不悲观，他也不赞成空想；他在《缀网劳蛛》里写了一个"不信自己这样的命运不甚好，也不信史夫人用定命论的解释来安慰她，就可以使她满足"的女子尚洁，然而这尚洁并不麻木的，她有她的人生观，她说："我像蜘蛛，命运就是我的网。蜘蛛把一切有毒无毒的昆虫吃入肚里，回头把网组织起来。他第一次放出来的游丝，不晓得要被风吹到多么远；可是等到粘着别的东西的时候，他的网便成了。他不晓得那网什么时候会破，和怎样破法。一旦破了，他还暂时安安然然地藏起来；等有机会再结一个好的。人和他的命运又何尝不是这样？所有的网都是自己组织得来，或完或缺，只能听其自然罢了"（短篇集《缀网劳蛛》页一三五——一三六）。同样的思想，在《商人妇》里也很强力地表现着（《缀网劳蛛》页四七）。

这便是落花生的人生观。他这人生观是二重性的。一方面是积极的昂扬意识的表征（这是"五四"初期的），另一方面却又是消极的退婴的意识（这是他创作当时普遍于知识界的），所以尚洁并没有确定的生活目的，《商人妇》里的惜官也没有；作者在他的一篇"散记"里更加明白地说："在一切的海里，遇着这样的光景，谁也没有带着主意下来，谁也脱不了在上面泛来泛去，我们尽管划罢"（《空山灵雨》页三五）。

落花生是反映了当时第三种对于人生的态度的。

在作品形式方面，落花生的，也多少有点二重性。他的《命命鸟》、《商人妇》、《换巢鸾凤》、《缀网劳蛛》，乃至《醍醐天女》与《枯杨生花》，都有浓厚的"异域情调"，这是浪漫主义的；然而同时我们在加陵和敏明的情死中（《命命鸟》），在尚洁或惜官的颠沛生活中，在和鸾和祖凤的恋爱中（《换巢鸾凤》），我们觉得这些又是写实主义的。他这形式上的二重性，也可以跟他"思想上的二重性"一同来解答。浪漫主义的成分是昂扬的积极的"五四"初期的市民意识的产物，而写实主义的成分则是"五四"的风暴过后觉得依然满眼是平凡灰色的迷惘心理的产物。

茅盾：《茅盾序跋集》，412~413 页，北京，生活·读书·新知三联书店，1994。

10. 再回到《缀网劳蛛》。尚洁不爱财产，不求闻达，不怕别人讥讽嘲弄，也不求人理解怜恤。丈夫抛弃她，她平静地搬走；丈夫忏悔，她平静地搬回来。一切都顺其自然，不喜不怒。表面看来是逆来顺受的弱者，实际上却是达天知命的强者。人生就如入海采珠一样，能得什么，不得而知，但每天都得入海一遭。人生又如蜘蛛结网一样，难得网不破，但照结不误，破了再补。有一股前路茫茫的怅惘和无法排遣的悲哀，但主调是积极入世的。对照同时期的散文《海》，不难明白这一点。借用佛家思想，没有导向现实人生的否定，而是通过平衡心灵，净化情感，进一步强化生存的意志和行动的欲望，这是许地山小说奉献的带宗教色彩的生活哲理。

哲理小说以融合哲学和诗学为目标，这就必然产生一个矛盾：论形象性、情感性它不如纯文学，论思辨性、精确性它不如纯哲学。它的长处不在于哲学的通俗化或文学的抽象化，而在于借助诗的语言和情感的潮汐，表达人类对世界的永恒探索和对知识的不懈追求的决心和热望。很难设想，哲理小说能为当代人或后代人提供多少值得奉为圭臬的新的生活哲理。很多人对于哲理小说的偏爱，并非想从中获得什么立身处世之道，而是惊叹作家居然能把如此熟悉的哲理表达得如此生动！同样的，许地山的哲理小说长处不在于思辨的精确，而在于情感的真诚。用诗的语言来描述诗的意境、从中透出一点朦胧的哲理，便于读者去感受，去领味，去再创造。因此，显得空泛深邃。可惜，长期的书斋生活，严重限制了许地山的视野。他对自我情感体验深，对人生体验浅。当他刻画淳朴热情的人物性格时，他是成功的；可当他描绘纷纭复杂的社会人生时，则显得十分笨拙。而小说宣扬的有所为的"无为"、有所争的"不争"，作为保持心理平衡的个人修养，不无可取之处；但作为处世之道，则十分危险，很容易成为懦夫、奴才的遁词，特别是在阶级斗争激化的历史时期。

陈平原：《许地山：饮过恒河圣水的奇人》，见《走向世界文学》，106 页，

长沙，湖南人民出版社，1985。

泛读作品

罗家伦：《是爱情还是苦痛？》

冰心：《斯人独憔悴》《两个家庭》《去国》《悟》

许地山：《商人妇》《春桃》

评论文献索引

任访秋. 晚清文学革新与五四文学革命. 文学遗产，1983(1).

夏晓虹. 梁启超与日本明治文学. 北京大学学报，1987(5).

刘纳. "五四"小说创作方法的发展. 文学评论，1982(5).

苏雪林. 冰心及其《超人》等小说. 中国二三十年代作家. 台北：纯文学出版社，1979.

茅盾. 冰心论. 文学. 第 3 卷第 2 号，1934 年 8 月.

李玲. 冰心小说探索. 文学评论，1996(4).

姚玳玫. 五四女性神话的终结. 学术研究，1997(9).

孟悦、戴锦华. 冰心：天之骄女. 浮出历史地表：现代妇女文学研究. 郑州：河南人民出版社，1989.

范伯群. 论冰心的《超人》. 齐鲁学刊，1983(3).

杨义. 冰心：早期问题小说的代表性作家. 中国现代小说史. 北京：人民文学出版社，1986.

茅盾. 落华生论. 文学，第 3 卷第 4 号，1934 年 10 月.

夏志清. 文学研究会及其他：叶绍钧、冰心、凌叔华、许地山. 中国现代小说史. 上海：复旦大学出版社，2005.

谭桂林. 论许地山与佛教文化的关系. 求索，1994(4).

司马长风. 冯文炳与许地山. 中国新文学史　上卷. 香港：昭明出版社，1975.

拓展练习

1. 周氏兄弟翻译的《域外小说集》（上下册）出版后销路不畅，"计第一册卖去了二十一本，第二册是二十本，以后可再也没有人买了"①。就社会影响来说，这在当时是远不能与林译小说相提并论的。在西学之风盛行的时代里，这套书销路不畅的原因是什么？但是，对于这套"滞销书"，今人却非常看重，甚至给予"它为我国五四运动前后的文学翻译运动指明了方向，并给予当时和继后的文学翻译家以重大影响"的赞誉。② 你如何看待这一现象？

2. 许地山的小说有着浓郁的宗教气息，多以彼岸世界的美好来超越污浊现世。但茅盾却赞其为："在'五四'初期的作家中，是顶不'回避现实'的一人"。③ 结合作品，谈谈他是如何在"出世"与"入世"的巨大张力间实现其独特的现实关怀的？

3. 五四初期，评论界对冰心的小说创作整体持肯定态度，但也有一些相左意见，如枝荣认为《超人》在"母爱"主题上表现不够充分，"这样的母爱，断不足令世界充实和有意识"④。成仿吾也指出，"她的作品，不论诗与小说，都有一个共通的大缺点，就是她的作品，都有几分被抽象的记述胀坏了的模样"⑤。阅读作品，分析冰心的"问题小说"是否存在以上问题？如有，这些问题的生成原因又是什么？

第二节　鲁迅：为国民灵魂画像

内容提要

1918 年 5 月，已近不惑之年的鲁迅发表了《狂人日记》，从此踏上新文学旅途，以一发不可收拾之势写就了《孔乙己》《药》《阿 Q 正传》等名篇，显示了文学革命的实绩。后结集出版的《呐喊》《彷徨》以彻底反封建的深刻思想和新颖成熟的艺术样式奠定了现代小说的基础。另在 1936 年，还出版了历史题材小说集《故事新编》，借历史神话的重新演绎而审查了中国传统文化精神，深化了对社会现实与国民灵魂的思考。

鲁迅小说的成就主要体现在两个方面：

第一为"表现的深切"，具体表现在，题材多"采自病态社会的不幸的人们，意

---

① 鲁迅：《译文序跋集》，14 页，北京，人民文学出版社，2006。

② 臧仲伦：《中国翻译史话》，97 页，济南，山东教育出版社，1991。

③ 茅盾：《落华生论》，载《文学月刊》，第 3 卷第 4 期，1934 年 10 月 1 日。

④ 枝荣：《批评〈超人〉》，载《时事新报·学灯》，1921 年 6 月 21 日。

⑤ 成仿吾：《评冰心女士的〈超人〉》，载《创造》季刊，第 1 卷第 4 期，1923 年 2 月。

在提出病苦，引起疗救的注意"，开掘出农民和知识分子两类人物形象。第一类是阿Q、闰土、七斤等旧式农民，他们贫困、愚昧、麻木，亟待灵魂的苏醒；第二类又分传统文人和现代知识分子两种类型。传统文人中，无论是科考失败者孔乙己、陈士成，或是获得功名的鲁四老爷、四铭，都为封建道学所奴役，思想保守，言行迂腐，等级意识浓厚。而现代知识分子，"狂人"、魏连殳、涓生、夏瑜、吕纬甫等都遭遇了梦醒之后无路可走的悲剧，或执意前行，在荒野中遭群氓围攻，被礼教吞噬，或者在彷徨自责中败走，如苍蝇般飞个圈又落到原点。

鲁迅一方面毫不留情地揭露"铁屋"的"吃人"本质，呼号民众奋起求生；另一方面又对"铁屋"的顽固有着清醒认识，对破毁行动的成功并不抱十分的信心。在护守五四启蒙大旗的同时，他不断对革命者发出警醒，不应回避人间地狱的惨烈，不应陶然于廉价乐观浪漫的"黄金世界"，而应以顽强、倔强之精神拯救末世，"真正的勇士敢于直面惨淡的人生，敢于正视淋漓的鲜血"。

第二为"格式的特别"。鲁迅虽称写小说主要仰仗先前看过的百来篇外国作品，但在论著《中国小说史略》中却可看出他是熟谙于古典小说的。他以具体的创作实践推动了小说形态的现代转型。具体表现在：一是人物描写采用"杂取种种人，合成一个"的典型化方法，人物既有社会历史内涵，又非常个性化。二是艺术手法多样，以现实主义为主干，但又不乏浓郁的浪漫抒情，同时积极借用现代主义技法，深入剖析人物心理，对社会现实做隐喻、象征、寓言化处理。三是结构形式丰富。多截取横断面，或正叙、或倒叙、或插叙，打破传统小说均衡有序的时空结构；叙述人称多变，改变了传统小说的说书人口吻和全知全能的叙述视角；情节或单线发展，或复线交叠；体式变化多样。四是用笔深刻冷峻、句法简洁峭拔。把古语、西洋用语及方言引入白话文语态，拓展了表达空间、增强了表现能力。

教学建议

1. 了解鲁迅的生平、思想发展和创作情况，注意其生平、思想对创作的影响。
2. 在《狂人日记》中，"表现的深切和格式的特别"是如何体现的。
3. 分析鲁迅小说塑造的知识分子和农民两类人物形象。

精读作品

鲁迅：《狂人日记》《阿 Q 正传》《孤独者》《伤逝》

鲁迅：《〈呐喊〉自序》

评论摘要

1. 鲁迅先生所作《狂人日记》的狂人，对于人世的见解，真个透彻极了，但是世人总不能不说他是狂人。哼哼！狂人，狂人！耶稣、苏格拉底在古代，托尔斯泰、尼采在近代，世人何尝不称他做狂人呢？但是过了些时，何以无数的非狂人跟着狂人走呢？文化的进步，都由于有若干狂人，不问能不能，不管大家愿不愿，一个人去辟不经人迹的路。最初大家笑他，厌他，恨他，一会儿便要惊怪他，佩服他，终结还是爱他，象神明一般的待他。所以我敢决然断定，疯子是乌托邦的发明家，未来社会的制造者。至于他的运命，又是受嘲于当年，受敬于死后。这一般的非疯子，偏是"前倨后恭"，"二三其德"的，还配说自己不疯说人家疯吗？

　　　　　　　　　　　　　　　孟真（傅斯年）：《一段疯话》，载《新潮》，第1卷第4号，1919年4月。

　　2. 一九一八年四月的《新青年》上登载了一篇小说模样的文章，它的题目，体裁，风格，乃至里面的思想，都是极新奇可怪的：这便是鲁迅君的第一篇创作《狂人日记》，现在编在这《呐喊》里的，那时《新青年》方在提倡"文学革命"，方在无情地猛攻中国的传统思想，在一般社会看来，那一百多面的一本《新青年》几乎是无句不狂，有字皆怪的，所以可怪的《狂人日记》夹在里面，便也不见得怎样怪，而曾未能邀国粹家之一斥。前无古人的文艺作品《狂人日记》于是遂悄悄地闪了过去，不曾在"文坛"上掀起了显著的风波。

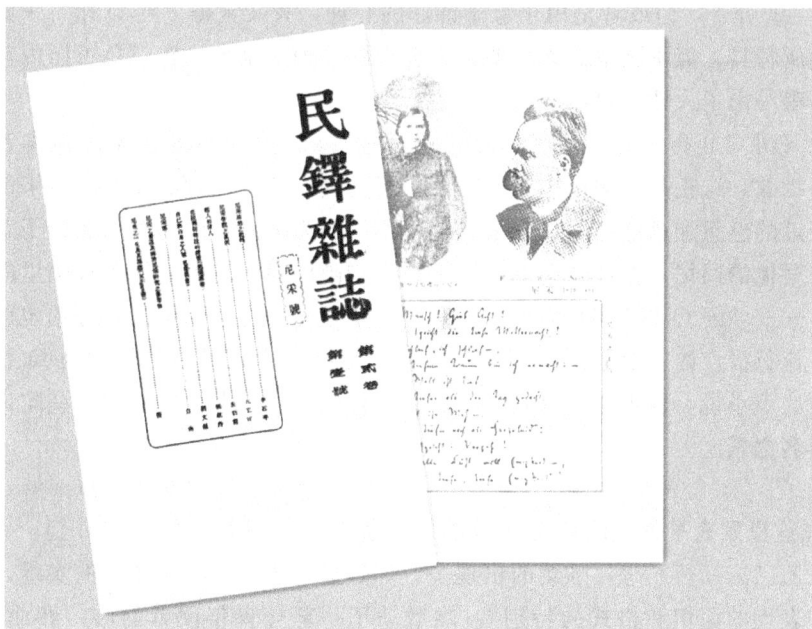

图 1-3　鲁迅早期崇信尼采。图为 1920 年《民铎》杂志"尼采专号"。

　　那时我对于这古怪的《狂人日记》起了怎样的感想呢，现在已经不大记得了；大概当时亦未必发生了如何明确的印象，只觉得受着一种痛快的刺戟，犹如久处黑暗的人们骤然看见了绚丽的阳光。这奇文中冷隽的句子，挺峭的文调，对照着那含蓄半吐的意义，和淡淡的象征主义的色彩，便构成了异样的风格，使人一见就感着不可言喻的悲哀的愉快。这种快感正像爱于吃辣的人所感到的"愈辣愈爽快"的感觉。我想当日如果竟有若干国粹派读者把这《狂人日记》反复读至五六遍之多，那我就敢断定他们（国粹派）一定不会默默的看它（《狂人日记》）产生，而要把恶骂来欢迎它（《狂人日记》）的生辰了。因为这篇文章，除了古怪而不足为训的体式外，还颇有些"离经叛道"的思想。传统的旧礼教，在这里受着最刻薄的攻击，蒙上了"吃人"的罪名了。

　　中国人一向自诩的精神文明第一次受到了最"无赖"的怒骂；然而当时未闻国粹

家惶骇相告，大概总是因为《狂人日记》只是一篇不通的小说未曾注意，始终没有看见罢了。

至于在青年方面，《狂人日记》的最大影响却在体裁上；因为这分明给青年们一个暗示，使他们抛弃了"旧酒瓶"，努力用新形式来表现自己的思想。继《狂人日记》来的，是笑中含泪的短篇讽刺《孔乙己》；于此，我们第一次遇到了鲁迅君爱用的背景——鲁镇和咸亨酒店。这和《药》、《明天》、《风波》、《阿 Q 正传》等篇，都是旧中国的灰色人生的写照。尤其是出世在后的长篇《阿 Q 正传》给读者以难磨灭的印象。现在差不多没有一个爱好文艺的青年口里不曾说过"阿 Q"这两个字。我们几乎到处应用这两个字，在接触灰色的人物的时候，或听得了他们的什么"故事"的时候，《阿 Q 正传》里的片段的图画，便浮现在脑前了。我们不断的在社会的各方面遇见"阿 Q 相"的人物，我们有时自己反省，常常疑惑自己身中也免不了带着一些"阿 Q 相"的分子，但或者是由于急于饰非的心理，我又觉得"阿 Q 相"未必全然是中国民族所特具。似乎这也是人类的普通弱点的一种。至少，在"色厉而内荏"这一点上，作者写出了人性的普遍的弱点来了。

但是《阿 Q 正传》对于辛亥革命之侧面的讽刺，我觉得并不是因为作者是抱悲观主义的缘故。这正是一幅极忠实的写照，极准确的依着当时的印象写出来的。作者不曾把最近的感想加进他的回忆里去，他决不是因为感慨目前的时局而带了悲观主义的眼镜去写他的回忆；作者的主意，似乎只在刻画出隐伏在中华民族骨髓里的不长进的性质，——"阿 Q 相"，我以为这就是《阿 Q 正传》之所以可贵，恐怕也就是《阿 Q 正传》流行极广的主要原因。不过同时也不免有许多人因为刻划"阿 Q 相"过甚而不满意这篇小说，这正如俄国人之非难梭罗古勃的《小鬼》里的"丕垒陀诺夫相"，不足为盛名之累。

雁冰（茅盾）：《读〈呐喊〉》，载《文学周报》，第 91 期，1923 年 10 月 8 日。

3. 在这里发表了创作的短篇小说的，是鲁迅。从一九一八年五月起，《狂人日记》，《孔乙己》，《药》等，陆续的出现了，算是显示了"文学革命"的实绩，又因那时认为"表现的深切和格式的特别"，颇激动了一部分青年读者的心。然而这激动，却是向来急慢了绍介欧洲大陆文学的缘故。一八三四年顷，俄国的果戈理就已经写了《狂人日记》；一八八三年顷，尼采也早借了苏鲁支的嘴，说过"你们已经走了从虫豸到人的路，在你们里面还有许多份是虫豸。你们做过猴子，到了现在，人还尤其猴子，无论比那一个猴子"的。而且《药》的收束，也分明的留着安特莱夫式的阴冷。但后起的"狂人日记"意在暴露家族制度和礼教的弊害，却比果戈理的忧愤深广，也不如尼采的超人的渺茫。此后虽然脱离了外国作家的影响，技巧稍为圆熟，刻划也稍加深切，如"肥皂"、"离婚"等，但一面也减少了热情，不为读者们所注意了。

鲁迅：《小说一集》导言，见《1917—1927 中国新文学大系导言集》，
80 页，天津，天津人民出版社，2009。

4. 阿 Q 正传虽有这么多的好处，在表现与意义两方面虽值得我们称赞，然而究竟不能说是代表十年来的中国现代文坛的时代的力作；十年来的中国农民是早已不像那时的农村民众的幼稚了。所以根据文艺思潮的变迁的形式去看，阿 Q 是不能放在五四时代的，也不能放在五卅时代的，更不能放到现在的大革命的时代的。现在的中国农民第一是不像阿Q时代的幼稚，他们大都有了很严密的组织，而且对于政治也有了相当的认识；第二是中国农民的革命性已经充分的表现了出来，他们反抗地主，参加革命，近且表现了原始的Baudon的形式，自己实行革起命来，决没有像阿Q那样屈服予豪绅的精神；第三是中国的农民智识已不像阿Q时代农民的单弱，他们不是莫明其妙的阿Q式的蠢动，他们是有意义的，有目的的，不是泄愤的，而是一种政治的斗争了。……说到这里，我们是很明白的可以看到现在的农民不是辛亥革命时代的农民，现在的农民的趣味已经从个人的走上政治革命的一条路了。

事实已经很明显的放在眼前，我们能不能说阿Q的时代是万古常新呢？我们愿意很坚决的说，阿Q正传确实有它的好处，有它本身的地位，然而它没有代表现代的可能，阿Q时代是早已死去了！阿Q时代是死得已经很遥远了！我们如果没有忘却时代，我们早就应该把阿Q埋葬起来！勇敢的农民为我们又已创造了许多可宝贵的健全的光荣的创作的材料了，我们是永不需要阿Q时代了！

不但阿Q时代是已经死去了，阿Q正传的技巧也已死去了！阿Q正传的技巧，我们若以小资产阶级的文艺的规律去看，它当然有不少的相当的好处，有不少的值得我们称赞的地方，然而也已死去了，也已死去了！现在的时代不是阴险刻毒的文艺表现者所能抓住的时代，现在的时代不是纤巧俏皮的作家的笔所能表现出的时代，现在的时代不是没有政治思想的作家所能表现出的时代！旧的皮囊不能盛新的酒浆，老了的妇人永不能恢复她青春的美丽，阿Q正传的技巧随着阿Q一同死亡了，这个狂风暴雨的时代，只有具着狂风暴雨的革命精神的作家才能表现出来，只有忠实诚恳情绪在全身燃烧，对于政治有亲切的认识自己站在革命的前线的作家才能表现出来！阿Q正传的技巧是力不能及了！阿Q时代是早已死去了！我们不必再专事骸骨的迷恋，我们把阿Q的形骸与精神一同埋葬了罢，我们把阿Q的形骸与精神一同埋葬了罢！

钱杏邨：《死去了的阿Q时代》，载《太阳月刊》，3月号，1928年8月1日。

5. 然而鲁迅不是思想家。因为他是没有深邃的哲学脑筋，他所盘桓于心目中的，并没有幽远的问题。他似乎没有那样的趣味，以及那样的能力。

……

他的思想是一偏的，他往往只迸发他当前所要攻击的一方面，所以没有建设。即如对于国故的见解，便可算是一个例。

他缺少一种组织的能力，这是他不能写长篇小说的第二个原故，因为长篇小说得有结构，同时也是他在思想上没有建立的原故，因为大的思想得有体系。系统的论文，是为他所难能的，方便的是杂感。

我们所要求于鲁迅的好像不是知识，从来没有人那末想，在鲁迅自己，也似乎憎恶那把人弄柔弱了的智识，在一种粗暴剽悍之中，他似乎不耐烦那些智识分子，却往往开开玩笑。

然而所有这一切，在鲁迅作一个战士上，都是毫无窒碍，而且方便着的。因为他不深邃，恰恰可以触着目前切急的问题；因为他虚无恰恰可以发挥他那反抗性，而一无顾忌；因为一偏，他往往给时代思想以补充或纠正；因为无组织，对于匆忙的人士，普遍的读者，倒有一种简而易晓的效能。至于他憎恶智识，则可以不致落了文绉绉的老套，又被牵入旧圈子里去。

这样，他在战士方面，是成了一个国民性的监督人，青年人的益友，新文化运动的保护者了，这是我们每一思念及我们的时代，所不能忘却的！

因为鲁迅在情感上的病态，使青年人以为社会、文化、国家过于坏，这当然是坏的，然而使青年人锐敏，从而对社会、世事、人情，格外关切起来，这是他的贡献。

因为鲁迅在理智上的健康，使青年人能够反抗，能够前进，能够不妥协，这是好的。同时，一偏的，不深于思索的习惯之养成，却不能不说是坏的。

撇开功利不谈，诗人的鲁迅，是有他的永久价值的，战士的鲁迅，有他的时代的价值！

李长之：《鲁迅批判》，118～119 页，长沙，岳麓书社，2010。

6. 作为历史的"中间物"，他们第一个共同精神特征便是这种与强烈的悲剧感相伴随的自我反观和自我否定。《狂人日记》包含着狂人对社会的发现和改造与对自我的发现和否定的双向过程。狂人在"月光"启示下的精神觉醒以及由此产生的社会审视和历史发现，必须以意识到自身与现实世界和历史传统的对立和分离为前提。但一当他以独立于旧精神体系的新观念去改造或劝转体系中的人，他就必然或必须重新与这个旧体系及其体现者发生联系，这种联系的逻辑结论就是"我是吃人的人的兄弟！"由此，狂人的自我反观达到了自我否定：

有了四千年吃人履历的我，当初虽然不知道，现在明白，难见真的人！

这种自我否定是"中间物"的自我否定，它以"真的人"是"没有吃过人的人"和"我是吃过人的人"两个基本判断为前提。

作为历史的"中间物"，他们的第二个共同精神特征是对"死"（代表着过去、绝望和衰亡的世界）和"生"（代表着未来、希望和觉醒的世界）的人生命题的关注；他们把生与死提高到历史的、哲学的、伦理的、心理的高度来咀嚼体验，在精神上同时负载起"生"和"死"的重担，从而以某种抽象的或隐喻的方式表达自己的"中间物"的历史观念。《呐喊》和《彷徨》把"生"和"死"看作是互相转化、而非绝对对立的两种人生形式。当狂人把"被吃"的死的恐怖扩展到整个社会生活领域时，他就从"死"的世界中独立出来获得了"生"（觉醒）；但当他从"生"者的立场去观察世界和自我时，他就发现"生"的"我"与"死"的世界的联系，从而又在"生"中找到"死"（吃人）的阴影。日本学者把狂人的死称为"终末论"

图 1-4　图为严复 1898 年编译的《天演论》。

的死（即在必死中求生）。认为"小说主人公的自觉，也随着死的恐怖的深化而深化，终于达到了'我也吃过人'的赎罪的自觉高度"。这确是深刻之论。

作为历史的"中间物"，他们的第三个共同精神特征是建立在人类社会无穷进化的历史信念基础上的否定"黄金时代"的思想，或者说是一种以乐观主义为根本的"悲观主义"认识。狂人、疯子、魏连殳等人的孤独、决绝的精神状态和交织着绝望与希望的内心苦闷都以情绪化的方式体现了这种思想或认识，但更为明确的表达却在《头发的故事》中：

> 我要借了阿尔志跋绥夫的话问你们：你们将黄金时代的出现预约给这些人们的子孙了，但有什么给这些人们自己呢？

N先生的愤激的反问与鲁迅在《娜拉走后怎样》、《影的告别》、《两地书》等作品中表达的关于"黄金时代"的思想完全一致，包含着两个层次的内容。比较外在的层次是对无抵抗主义的否定，《工人绥惠略夫》、《沙宁》等小说对托尔斯泰主义和基督教的批判是其直接的思想渊源。在更深的层次上，这种否定"黄金时代"的思想又扩大为对人类历史过程的认识，成为历史进化观的一种独特表述。

汪晖：《反抗绝望：鲁迅及其文学世界》（增订版），192～195页，
北京，生活·读书·新知三联书店，2008。

7. 革命民主主义和现实主义作家的鲁迅，是要求彻底的不妥协的反对帝国主义和封建主义的。在这方面，他和无产阶级思想、社会主义思想，是最一致的。鲁迅的这种彻底的不妥协的反帝反封建的思想同样表现在他的杂文和小说里。在鲁迅"五四"时期的第一篇小说《狂人日记》里，鲁迅的那一段对中国的封建主义提出控诉的有名的话是不待摘引大家都很清楚的，鲁迅在这里把中国几千年封建主义的历史归结为"吃人"的历史。在过去的中国文学，是从未有过这样彻底，这样勇敢和猛烈的反对封建主义的思想的。

鲁迅使中国文学发生了深刻的变化，鲁迅是中国第一个要求从根本上推翻封建主义在中国的统治的作家。

鲁迅的这种彻底的革命民主主义的思想反映在文学思想上，首先便是要求文学自觉地服从于政治、服从于中国的革命斗争。鲁迅曾经毫不犹豫地，简直带着革命的自豪心公开地宣布自己的创作是"遵奉革命前驱者的命令"的"遵命文学"，这是我们都很熟悉的。我们今天的中国文学，服从于政治，服从于中国的革命斗争和经济建设，已经成为我们一切先进的文艺工作者的共同的信念。我们可以说是继承和发扬了鲁迅的最光辉和最可宝贵的传统。但鲁迅的那种公开的把文学服从于政治的思想，不但是鲁迅以前中国文学的历史上不曾有过，而且就在"五四"当时，也是没有第二个人像鲁迅表现得这样坚定、明确的。

鲁迅在其根本倾向上，比一般批判的现实主义作家有着更深刻、更彻底和更明确的性质。

陈涌：《论鲁迅小说的现实主义——〈呐喊〉与〈彷徨〉研究之一》，
载《人民文学》，1954（11）。

8. 中国民主主义政治革命的主要任务是反帝、反封建，而中国当时反封建思想革命的任务却只有一个：破除中国封建传统思想。《呐喊》、《彷徨》没有反帝题材的作品，恰恰体现了中国当时社会思想革命的这个特点；作为政治革命斗争的反封建任务，是发动广大群众推翻地主阶级在政治、经济领域的统治地位，其斗争对象主要是地主阶级统治者。《呐喊》、《彷徨》描绘的重心不是地主阶级对农民阶级的政治压迫和经济剥削，而是封建思想、封建伦理道德观念对广大人民群众的思想束缚，它有力地讽刺和鞭挞了封建地主阶级统治者的残酷性、虚伪性和腐朽性，但这是作为封建思想、封建伦理道德的集中体现而被描写着的，一般来说，他们不是鲁迅描绘的重点。他所孜孜不倦地反复表现着的，是不觉悟的群众和下层知识分子，这表明鲁迅始终不渝地关心着广大人民群众的思想启蒙，同时也体现了中国反封建思想革命的主要对象；构成《呐喊》、《彷徨》中不觉悟人民群众形象的根本特征是作为政治地位和经济地位的人与作为思想观念的人的不合理分离，思想意识的落后性不符合他们自身的根本利益和长远利益，其观念意识的本质是中国封建的传统观念，这导致了他们作为社会地位的人与作为思想力量的人的严重对立。当鲁迅把他们从具体的社会地位中抽象出来，仅仅作为思想力量的人加以表现时，他们便与其他阶层的人共同组成了一支庞大的封建社会的舆论力量。《呐喊》、《彷徨》对社会舆论力量的少有的重视，从另一个侧面表现了鲁迅对中国反封建思想革命的高度重视，而改变社会舆论的封建性质则是鲁迅致力的主要目标之一。

王富仁：《〈呐喊〉〈彷徨〉综论》，见《先驱者的形象——论鲁迅及其他中国现代作家》，
121页，杭州，浙江文艺出版社，1987。

9. 《狂人日记》中的"狂人"，是鲁迅小说中"摩罗诗人"们的第一个直接后代。但是故事讲述的方式却使我们难于肯定这位叛逆者和"精神界之战士"的思想见解可能被他的听众所接受，因为在小说中它是只被视为精神病人的狂乱呓语的。"狂人"的见解越是卓越超群，在别人的眼中便越是显得狂乱，他从而也越是遭到冷遇并被迫害所包围。因此，"狂人"批判意识的才能，并不能使自己真正从吃人主义的庸众掌握中解放出来，相反，只是使他在明白了自己也曾参加吃人、现在又将轮到自己被吃以后而更加痛苦。这篇小说的外在的意义是思想必须启蒙，但结论却是悲剧性的。这结论就是：个人越是清醒，他的行动和言论越是会受限制，他也越是不能对庸众施加影响来改变他们的思想。事实上，"狂人"的清醒反而成了对他存在的诅咒，注定他要处于一种被疏远的状态中，被那些他想转变其思想的人们所拒绝。这篇小说主要的篇幅是"狂人"的日记，但前面还有一则引言，说明这位"狂人"现在已经治愈了他的狂病并且赴某地"候补"去了。这就说明他已经回到了"正常"状态，也已经失去了原来那种独特的思想家的清醒。引言中既由暗含的作者提供了这种"团圆结局"，事实上也就指出了另一个暗含的主题，即"失败"。"日记"的最后一句"救救孩子"是试图走出这个死胡同的一条路，但是这一呼吁是由病中的"狂人"发出的，现在这人既已治愈，就连这句话的力量也减弱了。这本身就是一个复杂的反讽。

［美］李欧梵：《铁屋中的呐喊——鲁迅研究》，尹慧珉译，
82～83页，长沙，岳麓书社，1999。

10. "国民性"一词（或译为民族性或国民的品格等），最早来自日本明治维新时期的现代民族国家理论，是英语 national character 或 national characteristic 的日译，正如现代汉语中的其他许多复合词来自明治维新之后的日语一样。19 世纪的欧洲种族主义国家理论中，国民性的概念一度极为盛行。这个理论的特点是，它把种族和民族国家的范畴作为理解人类差异的首要准则（其影响一直持续到"冷战"后的今天），以帮助欧洲建立其种族和文化优势，为西方征服东方提供了进化论的理论依据，这种做法在一定条件下剥夺了那些被征服者的发言权，使其他的与之不同的世界观丧失存在的合法性，或根本得不到阐说的机会。

有趣的是，国民性之孰优孰劣在上文是一个相对的概念。在光升的眼里，欧洲民族的国民性未必在本质上比中国人优越，所谓改造国民性，不过是为了适应"现代化"的生存条件所必须的一种社会达尔文主义的手段。然而，到了陈独秀倡导的新文化运动，特别是后来的五四运动时期，这一切都发生了根本的转变。国民性的话语开始向我们所熟悉的那种"本质论"过渡。陈独秀在《东西民族根本思想之差异》和《我之爱国主义》文中将国民性的问题和传统文化相提并论，把国民性的讨论推向一个新的历史环境，赋予了新的内容。新文化运动中的"现代性"理论把国民性视为中国传统的能指，前者负担后者的一切罪名。"批判国民劣根性"于是上升为批判传统文化的一个重要环节。

《阿 Q 正传》是 20 世纪中国文学文化遗产的代表。诚如李陀所言："汉语里原本没有'阿 Q'这么个词，它是鲁迅先生造出来的，但是，这个词一离开鲁迅的笔下，就在千百万人的口说和书写中被千百万次引用和使用，并由此派生出更多的词语和话题——这让人联想起由一颗冰砾的滚动而引起的一场雪崩。"然而，国民性理论，牢牢钳制住大多数中国读者和批评家。批评家根据鲁迅要改变中国国民性的愿望，称《阿 Q 正传》是关于中国国民性的集大成之作，并从鲁迅文集中拿出作者自己的观点，证明阿 Q 的确是国民性的具象。但很少有人注意，这样的文学批评恰恰巩固了国民性理论，使学者一再重蹈鲁迅当时的文化困境。鲁迅观看幻灯镜头的噩梦在文学批评中重演：批评家一次又一次地充当鲁迅的小说中的国民劣根性的看客。由于鲁迅如此有力地描绘了分裂的主体，所以幻灯镜头以各种不同的暴力形式一再萦绕批评家的心神。

比如，批评家将阿 Q 对体面的重视当作鲁迅有关中国国民性的中心理论，故事中几个最有趣的段落就释然了，他想："孙子才画得很圆的圆圈呢。于是他睡着了。"这段描写当然表现了阿 Q 主义的精髓，但同时，它又如何说明了中国国民性呢？几乎可以肯定地说：西方传教士话语来到之前，"重体面"在文化比较中不是一个有意义的分析范畴，更不是中国人特有的品质。

［美］刘禾：《跨语际实践：文学，民族文化与被译介的现代性：中国：1900～1937》，宋伟杰等译，76、78、92 页，北京，生活·读书·新知三联书店，2002。

11. "为敌人活着"，即是意味着，在敌人的不圆满、不痛快里找到自己的生命价值，不是从爱，而是从"憎恶"与"仇恨"里获取支撑自己生命的精神力量。小说主人公魏连殳正是怀着这样的仇恨，选择了"以毒攻毒"的"报复"：首先使自己成为"毒"（军阀杜师长的顾问），然后利用由此获得的权势，对压迫（自己）者以压迫，凌辱（自己）者以凌辱，即所谓"以其人之道还治其人之身"。当昔日的敌人纷纷向自己"磕头和打拱"，面对"新的宾客和新的馈赠，新的颂扬"，他确实（至少在某一瞬间）会感到复仇的快意，仿佛成了精神的"胜利者"；然而，他却无法回避自己事实上已经"躬行先前所憎恨，所反对的一切，拒斥先前所景仰，所主张的一切"这一"真的失败"。敌人（无物之阵）并没有、也永远不会变，变（用今天的语言即是所谓"异化"）的只是自己。这样，魏连殳的复仇就不能不以自我精神的扭曲与毁灭作为代价，并最后导致了生命的死亡，而灵魂却永远不得安宁："他在不妥帖的衣冠中，安静地躺着，合了眼，闭着嘴，口角间仿佛含着冰冷的微笑，冷笑着这可笑的死尸。"这死者的自我嘲笑是触目惊心的：鲁迅毫不回避复仇后果的严酷性，也不想掩饰他内心的矛盾与困惑。他当然理解魏连殳的选择，甚至可以设想这也是他自己在极度绝望中曾经考虑过的选择，他早已说过要"为敌人而活着"。但他却不能不正视这种选择所造成的新的困境：当人的生命以敌人作为自己的价值尺度，彼此成为一个共同体时，就不可避免地要发生精神（思维方式，行为逻辑等等）的渗透，"以其人之道还治其人之身"其实是把双刃剑，在杀伤对手的同时，更伤害了自己，魏连殳的死尸即是一个证明。这死尸的沉重给予鲁迅心灵的重压几乎是难以摆脱的：那旷野里的狼的嗥叫的"惨伤与悲哀"，无疑包括这因复仇而受的自我伤害在内。

钱理群：《鲁迅小说的"复仇"主题》，见《走进当代的鲁迅》，
147~148页，北京，北京大学出版社，1999。

12. 鲁迅是中国文化革命的主将，他不但是伟大的文学家，而且是伟大的思想家和伟大的革命家。鲁迅的骨头是最硬的，他没有丝毫的奴颜和媚骨，这是殖民地半殖民地人民最可宝贵的性格。鲁迅是在文化战线上，代表全民族的大多数，向着敌人冲锋陷阵的最正确、最勇敢、最坚决、最忠实、最热忱的空前的民族英雄。鲁迅的方向，就是中华民族新文化的方向。在"五四"以前，中国的新文化，是旧民主主义性质的文化，属于世界资产阶级的资本主义的文化革命的一部分。在"五四"以后，中国的新文化，却是新民主主义性质的文化，属于世界无产阶级的社会主义的文化革命的一部分。

毛泽东：《新民主主义论》，见《毛泽东选集》（第二卷），658页，
北京，人民出版社，1990。

13. 鲁迅的作品是一种极为杰出的典范，说明现代美学准则如何丰富了本国文学的传统原则，并产生了一种新的独特的结合体。这种手法在鲁迅以其新的、现代手法处理历史题材的《故事新编》中反映出来。他以冷嘲热讽的幽默笔调剥去了历史人物的传统荣誉，扯掉了浪漫主义历史观加在他们头上的光圈，使他们脚踏实地地回到今天的世界上来。他把事实放在与之不相称的时代背景中去，使之脱离原来的历史环境，以便从新的角度来观察他们。以这种手法写成的历史小说。使鲁迅成为现代世界文学上这种新流派的一位大师。

［捷克］普实克：《鲁迅》，见《鲁迅研究年刊》，572页，西安，陕西人民出版社，1980。

泛读作品

鲁迅：《孔乙己》《在酒楼上》《祝福》《药》

评论文献索引

孟真．一段疯话．新潮，第 1 卷第 4 号，1919 年 4 月．

周作人．阿 Q 正传．晨报副刊，1922 年 3 月 19 日．

雁冰．读呐喊．文学周报，第 91 期，1923 年 10 月 8 日．

成仿吾．《呐喊》的评论．创造季刊，第 2 卷第 2 期，1924 年 1 月．

张定璜．鲁迅先生．现代评论，第 1 卷第 7－8 期，1925 年 1 月．

高长虹．走出出版界——写给《彷徨》．狂飙周刊，第 1 期，1926 年 10 月 10 日．

钱杏邨．死去了的阿 Q 时代．太阳月刊，三月号，1928 年 8 月 1 日．

苏雪林．《阿 Q 正传》及鲁迅艺术．国闻周报，第 11 卷第 44 期，1934 年 11 月 5 日．

李长之．鲁迅批判．上海：北新书局，1936．

苏雪林．关于当前文化动态的讨论（与胡适通信）．奔涛，第 1 卷第 1 期，1937 年 3 月 1 日．

茅盾．论鲁迅的小说．小说月刊，第 1 卷第 1 期，1948 年 10 月．

胡绳．鲁迅思想的发展道路．大众文艺丛刊，第 4 辑，1948 年 9 月．

陈涌．论鲁迅小说的现实主义——《呐喊》与《彷徨》研究之一．人民文学，1954（11）．

王富仁．中国反封建思想革命的一面镜子：《呐喊》《彷徨》综论．北京：北京师范大学出版社，1986．

钱理群．心灵的探寻．上海：上海文艺出版社，1988．

汪晖．反抗绝望：鲁迅的精神结构与《呐喊》《彷徨》研究．上海：上海人民出版社，1991．

严家炎．鲁迅与表现主义——兼论《故事新编》的艺术特征．中国社会科学，1995（2）．

郑家建．被照亮的世界——《故事新编》诗学研究．福州：福建教育出版社，2001．

拓展练习

1. 鲁迅自称在五四新文化运动中只是敲边鼓的。这样说法自然不乏自谦成分，但也揭示了鲁迅对五四主潮的疏离与质疑。他一方面坚持启蒙能够带来人的觉醒，积极投身国民性改造工作；另一方面又不愿对启蒙施以盲目的信任和十足的乐观，常常为它预设某种悲剧命运。这种矛盾心态最终聚合为鲁迅独特的"反抗绝望"的人生哲学，直面现实社会的黑暗与个体生命的有限性，既不为黄金世界所欺骗，也不向人间地狱投降，而是在绝望中抗争，在虚无中建构。循此思路，品读《狂人日记》引言中狂人病愈候补的结局，结尾段中"我"对"救救孩子"的痛苦呼救，以及《孤独者》中叙述人"我"与魏连殳就孩子本性好坏问题展开的辩驳，阐述鲁迅"反抗绝望"的人生哲学，以及对启蒙主义的复杂态度。

2. 鲁迅之于现代中国的一大贡献就是，在民族危亡之际借国民性批判而导引国人由奴隶社会泅渡至人的世界，但对此，学界历来也不乏非议。在新世纪之初，作家冯骥才即批评鲁迅："我们太折服他的国民性批判了，太钦佩他那些独有的'文化人'形象的创造了，以致长久以来，竟没有人去看一看国民性后面那些传教士们陈旧又高傲的面孔。"① 这一论说明显受到了西方汉学家刘禾"国民性神话理论"的影响。在刘禾看来，鲁迅的国民性理论，受蔽于美国传教士明恩浦的殖民霸权话语。作为西方强权话语产物、带有明显种族歧视色彩的"国民性"并不能带给予鲁迅以充分的价值和意义，相反"阿 Q"的形象加剧了中华民族的精神奴役。② 围绕"国民性"的合法性，学界曾展开激烈论战。可参阅相关论述，如《"被别人表述"：国民性批判的西方话语谱系》③、《"国民性批判"是否可以终结？》④、《黑马原来是黑驹》⑤ 等，谈谈你对鲁迅国民性批判的理解。

3. 对于《祝福》主人公祥林嫂悲剧命运的根源，过去主要有两种意见：一是归因于鲁四老爷，认为他是"封建政权的化身"，"杀害祥林嫂的刽子手"，好像没有他就不会产生祥林嫂的悲剧；另一种意见则认为封建"四权"（政权、族权、神权、夫权）是扼杀祥林嫂的四把屠刀。以上认识虽不无道理，但却忽略了对"看客"的追责，有违鲁迅"一个都不宽恕"的整体性国民批判。因为借封建礼教的"无物之阵"绞杀祥林嫂者，除却代表权贵的鲁四老爷外，还应包括柳妈、"我"、祥林嫂的婆婆和大伯，以及祥林嫂自己。故事中的每一人物、"鲁镇"全体都应是"无主名无意识的杀人团"的成员。重点分析，"我"和柳妈在这场"吃人游戏"扮演了何种角色，发挥了什么样的作用。

第三节　人生写实派小说

内容提要

人生写实小说以文研会成员为主体，依据关注对象，可分为两类：第一类集中于包括下层知识分子在内的市民阶层，叶绍钧为代表。他借对教育界黑幕的暴露而对旧社会做出深刻批判，成功塑造了"潘先生"等一批灰色市民形象。艺术成就主要体现在：一、冷静的记录、客观的剖析；二、同情与讽刺兼备；三、结构匀称婉曲、语言质朴洗练。整体风格平实中正、凝练整饬，体现出特有的"澄澈"之美。

另一类即由鲁迅开创的乡土小说派，代表作品有王鲁彦的《菊英的出嫁》《黄

① 冯骥才：《鲁迅的功与"过"》，载《收获》，2000（2）。
② 刘禾：《跨语际实践：文学，民族文化与被译介的现代性：中国：1900～1937》，76 页，北京，生活·读书·新知三联书店，2002。
③ 周宁：《"被别人表述"：国民性批判的西方话语谱系》，载《文艺理论与批评》，2003（5）。
④ 摩罗：《"国民性批判"是否可以终结？》，载《中华读书报》，2008 年 10 月 8 日。
⑤ 胡胜华：《黑马原来是黑驹》，载《书屋》，2008（10）。

金》、许杰的《赌徒吉顺》、许钦文的《鼻涕阿二》、蹇先艾的《水葬》、台静农的《拜堂》等。主要特征有四：一、乡土气息浓郁和地方色彩鲜明；二、以"都市—乡村"的双重视角审视故土；三、对愚昧精神的批判、对困厄生命的同情、对失落故土的怀恋相交织，继承了鲁迅"哀其不幸，怒其不争"的写作态度；四、体现出喜剧、悲剧相交融的美学风格。

值得一提的是，同属乡土创作的废名因对乡土的非批判性态度以及诗化、散文化的艺术风格而疏离于乡土小说主流，并进一步分化出田园抒情小说，对 20 世纪 30 年代的沈从文、40 年代的孙犁及至汪曾祺、贾平凹都产生了重要影响。

教学建议

1. 细读《潘先生在难中》，分析作家对挣扎在社会底层的灰色人物的复杂态度。
2. 分析作品，总结乡土小说派的主要特征。
3. 探析废名在现代文学史上的影响、价值和意义。

精读作品

叶绍钧：《潘先生在难中》

王鲁彦：《菊英的出嫁》《黄金》

台静农：《拜堂》

许钦文：《鼻涕阿二》

废名：《桥》《桃园》

评论摘要

1. 由于多写灰色世界的灰色人物，叶绍钧小说常用讽刺之笔。他这样说过，"对于不满意不顺眼的现象总得'讽'它一下"。他的讽刺风格是平实、凝重、婉曲、含蓄的，没有鲁迅那种剔骨见髓的深刻，也没有张天翼那种生蹦活跳的明快，读起来或有沉闷之感，但从不落于"油滑"……讽刺之道和中正之笔似乎油水难溶，叶绍钧却寓谐于庄，庄而能谐，于中正平实之处隐藏着针砭世态的讽刺之锋，这足以显示他的生活根柢之深和艺术造诣之高。

在心理描写上，叶绍钧也表现平实、中正的风格。"五四"小说中，心理描写每带有感伤倾向。愤世嫉俗，扭曲变态，灵肉冲突，在一时作品中屡见不鲜，给小说的描写带来一种急迫的，或峻急的格调。叶绍钧小说却很少这种痕迹，他写的人物，有的纯洁，有的谦卑，有的厚道，有的温顺，而落笔总是讲究细致真切，朴实自然。

布局和描写中严谨凝重、平实中正的风格，是同民族艺术传统相联系，相衔接的。与同代作家相比，叶绍钧的外文水平不算很高，接触的外国文学作品多是译本，但他的古文基础很扎实，编注过一些古典文学读本。因此，他对古典文学的文理、文心，是深有体会的。我国古人，非常讲究执术取篇，文理周密，评价作品往往从文章法度着眼，把沉厚蕴藉、严密凝重、不迫不露的作品，称作"有韵致"、"有余味"。

叶绍钧于此饶有心得，却没有被古人章法缚住手脚，他常常以意役法，出新意于法度之中。

叶绍钧是最关心现代汉语规范化的作家。他确确实实把小说当成"语言的"艺术，反对把语言看成是"小节"，他甚至说，"语言是作者可能使用的唯一的工具，成败利钝全在乎此"。他的小说语言也体现了"中正中见造诣"的艺术原则，纯净洗练，朴实自然，把一些普普通通的字眼运用得方圆恰切，尺寸精审，富有表现力和暗示力。

杨义：《中国现代小说史》第 1 册，340～345 页，北京，人民文学出版社，1986。

2. 冷静地谛视人生，客观地，写实地，描写着灰色的卑琐人生的，是叶绍钧。他的初期的作品（小说集《隔膜》）大都有点"问题小说"的倾向，例如《一个朋友》，《苦菜》，和《隔膜》。可是当他的技巧更加圆熟了时，他那客观的写实的色彩便更加浓厚。短篇集《线下》和《城中》（1923 到 1926 年上半年的作品）是这一方面的代表。

要是有人问道：第一个"十年"中反映着小市民知识分子的灰色生活的，是哪一位作家的作品呢？我的回答是叶绍钧！

他的"人物"写得最好的，是小镇里的醉生梦死的灰色人，如《晨》内的赵太爷和黄老太这一伙（短篇集《城中》97 页）；是一些心脏麻木的然而却又张皇敏感的怯弱者，如《潘先生在难中》的潘先生以及他的同事（短篇集《线下》页一九五），他们在虚惊来了时最先张皇失措，而在略感得安全的时候他们又是最先哈哈地笑的。

茅盾：《茅盾序跋集》，407 页，北京，生活·读书·新知三联书店，1994。

3. 潘先生的开心实在令人痛心，潘先生的笑声也实在比哭声更加悲怜，因为对于这位小学教员来说，他一心谋求和深感欣悦的只是作为一个人的最起码的生存条件，而为此他却经受了那么严重的精神和体力上的磨难！同时，还应看到，他之所以那样战战兢兢地患得、患失，正是因为他们"得"到的尽管那么可怜，但却是那么艰难；他们"失"去的尽管那么可贵，但却又那么容易。在这难得易失的世道里，他们不得不为防失求得而操尽心血，不得不对有关身家性命的任何一点风吹草动保持高度的警觉并作出迅速的反应。而实际上，尽管他们用尽心机与命运搏斗，最终也常常逃脱不了命运的戏弄……他之所以为军阀题匾，固然表现出他的卑怯懦弱和思想的浮乏，也更反映出那个社会对小人物心灵的残害是多么深重；他们作为一个人的起码的人格和尊严已经消磨殆尽，在那种无形的但却是十分强大的社会压力下，他们失去了按自己的意愿主宰自己行动的自由，失去了独立思考按自己的是非判断和感情好恶行事的习惯，驯服地顺从周围世界已经成了支配他们思想和行为的不可抗拒的生活惯性。但这并不证明他灵魂深处的"又酸又臭"，因为他对黑暗现实习惯于妥协退让并非为了投机取巧同流合污，相反正是他在长期逆境中畏惧、回避和摆脱黑暗势力的一种方式，尽管这是消极的，但绝不是丑恶的；尽管这是不值得人们肯定的，但也不值得人们大张挞伐的……他尽管牺牲了最可贵的人的尊严，也只不过为了换取菲薄的生存权和安全感而已，何况，这一切他也并未争取到。（作者）对潘先生却是既同情其不幸更揭示其弊病的，其用意在使他这一类人看到自己的病态，认识和掌握自己的命运。

作品把同情与讽喻、悲剧性和喜剧性如此完美地融合在一起，赋予潘先生这个人物形象以十分丰富的思想容量和社会意义，使这个人物成为他笔下一个成功的艺术创造。

任天石：《叶圣陶小说论》，73～75 页，南京，江苏教育出版社，1988。

4. 塞先艾叙述过贵州，裴文中关心着榆关，凡在北京用笔写出他的胸臆来的人们，无论他自称为用主观或客观，其实往往是乡土文学，从北京这方面说，则是侨寓文学的作者。但这又非如勃兰总斯所说的"侨民文学"，侨寓的只是作者自己，却不是这作者所写的文章，因此也只见隐现着乡愁，很难有异域情调来开拓读者的心胸，或者炫耀他的眼界。许钦文自名他的第一本短篇小说集为《故乡》，也就是在不知不觉中，自招为乡土文学的作者，不过在还未开手来写乡土文学之前，他却已被故乡所放逐，生活驱逐他到异地去了，他只好回忆"父亲的花园"，而且是已不存在的花园，因为回忆故乡的已不存在的事物，是比明明存在，而只有自己不能接近的事物较为舒适，也更能自慰的。

鲁迅：《小说二集导言》，见《1917—1927 中国新文学大系导言集》，
85～86 页，天津，天津人民出版社，2009。

5. 这一时期的乡土小说的美学特征多表现在作家们对地域风土人情和风俗画的描写上。当然，这风俗描写多半是和抨击封建礼教的主题内涵相联系的。同是"典妻"风俗的描写，台静农、许杰，乃至后来的柔石、罗淑等，无不注入了对封建礼教的抨击。作为"为人生而艺术"的乡土作家，他们是有意识地将这一"五四"主题内涵纳入自己的主观情感投射的轨迹的。如果缺乏这种自觉，乡土小说就会呈现出另一种美学风范。譬如，废名的小说就不能说不是乡土小说，不能说他的乡土小说没有"异域情调"，也不能说他的风俗画小说不具有美感，甚至，它们的地域美学特征更加清晰。"乡土写实小说流派"的作家们大都是"文学研究会"旗帜下的小说家，他们不约而同地遵循为人生的宗旨，在涂抹风俗画面的同时，时时不忘对于人生和社会的强烈关注和介入。

丁帆等：《中国乡土小说史》，52～53 页，北京，北京大学出版社，2007。

6. 王鲁彦小说里最可爱的人物，在我看来，是一些乡村的小资产阶级，例如《黄金》里的主人公，和《许是不至于罢》里的王阿虞财主。我总觉得他们和鲁迅作品里的人物有些差别：后者是本色的老中国的儿女，而前者却是多少已经感受着外来工业文明的波动。或者这正是我的偏见，但是我总觉得两者的色味有点不同；有一些本色中国人的天经地义的人生观念，曾是强烈的表现在鲁迅的乡村生活描写里的，我们在王鲁彦的作品里就看见已经褪落了。原始的悲哀，和 Humble 生活着而仍又是极泰然自得的鲁迅的人物为我们所热忱地同情而又忍痛地憎恨着的。在王鲁彦的作品里是没有的。他的是成了危疑扰乱的被物质欲支配着的人物（虽然也只是浅淡的痕迹），似乎正是工业文明打碎了乡村经济时应有的人们的心理状况。

茅盾：《茅盾论中国现代作家作品》，75 页，北京，北京大学出版社，1980。

7. 鲁彦在这几篇作品里所反映的是他的故乡浙江宁波农村的生活故事，他善于根据具有浓厚的地方特色的生活素材来构思他的作品，同时也能够运用较为丰富的具有地方色彩的艺术细节来渲染作品的气氛，因此作者在我们面前展开的，常常是一幅地方色彩十分鲜明的风俗画，它成为这几篇作品的一个共同的特色。《菊英的出嫁》是这一方面最有代表性的作品……这里写的是浙东的民间风俗——"冥婚"。

这一"冥婚"的仪仗队被描写得生动、细致，而且又烙印着多么浓烈的乡土色彩。这种具有明显的地方性的情节、场面和细节编织在一起，就使得鲁彦作品里所提供的风俗画具有具体、生动、可以触摸的特色。在艺术结构上这个作品也很有特色，作家在作品开始时将这件迷信和滑稽的事的"底"掩藏起来，相反的，它写得庄严而神圣，好像菊英的母亲真的在为一个活着的女儿担心亲事似的，直至作品的后半部才揭示出这是一种"冥婚"，因而读来颇能引人入胜。

范伯群、曾华鹏：《王鲁彦论》，23～24 页，上海，上海文艺出版社，1980。

8. 后来以"废名"出名的冯文炳，也是在《浅草》中略见一斑的作者，但并未显出他的特长来。在一九二五年出版的《竹林的故事》里，才见以冲淡为衣，而如著者所说，仍能"从他们当中理出我的哀愁"的作品。可惜的是大约作者过于珍惜他有限的"哀愁"，不久就更加不欲像先前一般的闪露，于是从率直的读者看来，就只见其有意低徊，顾影自怜之态了。

鲁迅：《小说二集导言》，见《1917—1927 中国新文学大系导言集》，
84 页，天津，天津人民出版社，2009。

9. 文艺之美，据我想形式与内容要各占一半。近来创作不大讲究文章，也是新文学的一个缺陷。的确，文坛上也有做得流畅或华丽的文章的小说家，但废名君那样简练的却很不多见。在《桃园》中随便举一个例，如三十六页上云：

> 铁里渣在学园公寓门口买花生吃。
> 程厚坤回家。
> 达材想了一想，去送厚坤？——已经走到了门口。
> 达材如入五里雾中，手足无所措，——当然只有望着厚坤喊。……

这是很特别的，简洁而有力的写法，虽然有时候会被人说是晦涩。这种文体于小说描写是否唯一适宜我也不能说，但是我的喜含蓄的古典趣味（又是趣味！）上觉得这是一种很有意味的文章。其次，废名君的小说里的人物也是颇可爱的。这里边常出现的是老人、少女与小孩。这些人与其说是本然的，毋宁说是当然的人物；这不是著者所见闻的实人世的，而是所梦想的幻景的写像，特别是长篇《无题》中的小儿女，似乎尤其是著者所心爱，那样慈爱地写出来，仍然充满人情，却几乎有点神光了。

周作人：《〈桃园〉跋》，见《桃园》，149 页，上海，开明书店，1928。

10. 冯君的小说我并不觉得是逃避现实的。他所描写的不是什么大悲剧大喜剧，只是平凡人的平凡生活，——这却正是现实。特别的光明与黑暗固然也是现实之一部，但这尽可以不去写他，倘若自己不曾感到欲写的必要，更不必说如没有这种经验。文学不是实录，乃是一个梦：梦并不是醒生活的复写，然而离开了醒生活梦也就没有了材料，无论所做的是反应的或是满愿的梦。冯君所写多是乡村的儿女翁媪的事，这便因为他所见的人生是这一部分，——其实这一部分未始不足以代表全体：一个失恋的姑娘之沉默的爱苦未必比蓬发薰香，着小蛮靴，胸前挂鸡心宝石的女郎因为相思而长吁短叹，寻死觅活，为不悲哀，或没有意思。将来著者人生的经验逐渐进展，他的艺术也自然会有变化，我们此刻当然应以著者所愿意给我们看的为满足，不好要求他怎样地照我们的意思改作，虽然爱看不爱看是我们的自由。

冯君著作的独立的精神也是我所佩服的一点。他三四年来专心创作，沿着一条路前进，发展他平淡朴讷的作风，这是很可喜的。

周作人：《竹林的故事》序，载《语丝》，第 48 期，1925 年 10 月。

11. 配合着将诗歌意境引入小说，废名在小说的体裁上实现了一种创新，就是以他独有的方式，将诗歌、散文的文体因素带进小说，赋予小说一种诗体形式，我们可以将这种小说称之为"诗体小说"。

这种"诗体小说"的特征之一，就是几乎没有完整的故事情节，或者情节的构成非常简单。开端、发展、高潮、结局；转折、突变、悬疑等等甚至都谈不上。《桃园》就是这类小说的典型篇章之一。

作为"诗体小说"，废名创作在结构上最具个性的特点，是它的情节和行文间的诗式跳跃。这个特点很容易使人想起孙犁的小说。所谓跳跃，就是情节或行文之间出现空白。废名之为废名，就在这种空白特别大。刘西渭说："他有句与句间最长的空白，他的空白最长，也最耐人寻味。"（刘西渭：《咀华集·画梦录》）在《桃园》里，且不说用意识流写人物心理活动的那些段落，其间的空白极其显著，就是作者的叙述语言，这种空白也极显然。试读读描写桃园夜景的那段文字，就使人感到每句话就像布在溪面上的一个个跳石，每个跳石之间，没有用木板架设的桥梁。

这种诗式的跳跃，收到了凝练、含蓄、耐人寻味的艺术效果。它可以减少作家感情表达的障碍，适应着"诗体小说"抒情的特点。当然，这种诗式的跳跃，必须掌握好它的分寸，做到恰当。否则，作家的感情抒发的障碍减少了，读者的欣赏却被阻滞了，尤其是那些艺术欣赏力不甚高的读者。当时河北某女校，曾向学生征询过对作家的看法，废名的小说被认为是第一的难懂。大约除了《桥》、《莫须有先生传》等作品里表现的那些玄奥的隐士情趣外，语言间的"空白"过大，当是其重要的原因。

凌宇：《从〈桃园〉看废名艺术风格的得失》，载《十月》，1981（1）。

泛读作品

许杰：《惨雾》

黎锦明：《唐寡妇》

废名：《莫须有先生传》

叶绍钧：《倪焕之》

评论文献索引

赵学勇. 二十年代乡土小说与现代意识. 兰州大学学报，1990(3).

杨剑龙. 沿着天才的脚迹前行——论鲁迅对二十年代乡土作家的影响. 鲁迅研究月刊，1991(10).

丁帆. 五四以来"乡土小说"的阈定与蜕变. 学术研究，1992(5).

杨剑龙. 论鲁迅的乡土小说与文化批判. 中国人民大学学报，1995(3).

凌宇. 二三十年代乡土小说中的乡土意识. 文学评论，2000(4).

王嘉良. 启蒙语境中的乡土言说——"五四"浙东乡土作家群论. 文学评论，2004(3).

周作人.《竹林的故事》序. 语丝，第48期，1925年10月.

周作人.《桃园》跋. 桃园. 上海：开明书店，1928.

周作人.《枣》和《桥》的序. 苦雨斋序跋文. 上海：天马书店，1934.

沈从文. 论冯文炳. 沫沫集. 上海：上海大东书局，1934.

凌宇. 从《桃园》看废名艺术风格的得失. 十月，1981(1).

杨义. 废名小说的田园风味. 中国现代文学研究丛刊，1982(1).

冯健男. 谈废名的小说创作. 中国现代文学研究丛刊，1985(4).

逄增玉. 废名乡土小说隐含的反现代性主题及其叙事策略. 东北师大学报，1999(3).

吴晓东. 意念与心象——废名小说《桥》的诗学研读. 文学评论，2001(2).

方璧. 王鲁彦论. 小说月报，第19卷第1期，1928年1月.

苏雪林. 王鲁彦论与许钦文. 现代，第5卷第5期，1934年9月.

范伯群、曾华鹏. 王鲁彦论. 上海：上海文艺出版社，1980.

吴奔星. 对叶圣陶创作道路的一些理解. 文学作品研究，1954(1).

曾华鹏、范伯群. 叶绍钧论. 文学评论丛刊，1981年8辑。

阎浩岗. 重新认识叶绍钧小说的文学史地位. 文学评论，2003(4).

张福贵. 错位的批判：一篇缺少同情与关怀的冷漠之作——重读叶圣陶的小说《潘先生在难中》. 文艺争鸣，2004(5).

拓展练习

1. 鲁迅在论及"乡土文学"时，强调了作者的"侨寓"身份——被驱离故土而寄居都市。这样的身份和遭遇对于乡土小说的艺术风貌产生了什么样的影响？结合《菊英的出嫁》《鼻涕阿二》《拜堂》等作品加以阐释。

2. 对于潘先生的"灰色形象"，评论界向来无大的争议。但进入20世纪后，阎浩岗却提出，《潘先生在难中》虽对主人公有善意嘲讽，但其主旨并不在讽刺，而是展现战乱中芸芸众生的生存状态和内心感受，着力突显叶绍钧对于日常生活的关注、对于个体与人性的理解与尊重。① 这样的阐述无疑是充满新意的，它将叶绍钧从传统的"时代——阶级"的政治解析中走向更为广阔的"个体——人性"的文化诠释，更符合于当下的审美观念和价值标尺，在新的时代语境下获得更大的提升空间。但这种重评是否有违作者的创作本意？结合文本谈谈你的理解。

3. 在评论摘要中，我们可以看出，对于废名的小说，鲁迅态度冷漠，仅对前期的部分作品给予了有限认同，而周作人等却给予了普遍赞誉。这其中自然不排除一些人事纠葛，但更关乎于20世纪二三十年代文学观念、文学阵营的分化与对抗。新中

---

① 阎浩岗：《重新认识叶绍钧小说的文学史地位》，载《文学评论》，2003（4）。

国成立后，文学史对废名的评价基本尊重了鲁迅的立场；但进入八九十年代，废名的文学价值与历史地位却又得到学界的普遍肯定，与周作人的评价遥相呼应。废名在文学史中的起落与五四时期大相径庭的评价有什么内在联系？结合相关文献，展开论述。

第四节　浪漫抒情派小说

内容提要

浪漫抒情派主要集中于创造社以及与之相近的一些社团，代表作家首推郁达夫，另有郭沫若、张资平、叶灵凤等。但也有不少文研会女性作家在问题小说退潮后即转向了带有自叙传性质的主观抒情写作，庐隐的《海滨故人》、冯沅君的《卷葹》皆属此列。

1921 年，郁达夫携短篇小说集《沉沦》亮相文坛。作品以对"灵肉冲突"的大胆暴露而对当时的道德观念、艺术审美构成极大的挑战与突破，成功塑造了一批沾染五四时代病的"零余者"形象。他们是被甩出正常社会轨道的下层的小资产阶级知识分子，政治地位低下、经济状况窘迫，怀才不遇、愤世嫉俗、孤芳自赏，不甘沉沦却又无路可走，多在"生则于世无补，死亦于人无损"的哀怨中郁郁而终。

图 1-5　创造社成员合影（左起：王独清、郭沫若、郁达夫、成仿吾）。

《沉沦》体现了浪漫抒情派的基本特征：一、自叙传色彩。主人公多以作者为原型，袒露灰暗的生活、忧郁的情感以及畸态性心理。二、感伤的抒情。以自白独语的方式展现悲观绝望、颓废厌世的心境。三、结构散文化。以感情波荡来结构文章，以情调酝酿为重，不太顾及情节完整与否。

教学建议

1. 围绕《沉沦》出版后引发的争议，分析五四场域内不同话语主体在文学观念、价值立场的巨大差异。

2. 以人生写实派为参照，结合郁达夫的创作，分析浪漫抒情的基本特征。

3. 撇开传统文学批评惯常秉持的道德标尺，从学理角度分析"颓废"色调在浪漫抒情派创作中大量出现的原因。它具有什么样的现代性意味？

精读作品

郁达夫：《沉沦》

张资平：《梅岭之春》

庐隐：《海滨故人》

评论摘要

1.《沉沦》并没有严整的小说结构，只是八段日记式的散文。但是词藻的凄婉生动，情意的真挚纯粹，当时文坛确无人能及。即使鲁迅也不行。鲁迅的文字比郁达夫凝练、冷隽，但是从审美眼光来看，不过是一把晶光发亮的匕首；可是郁达夫的词藻，尤其《沉沦》里的词藻，则如斜风细雨中的绿叶红花，不但多彩，并且多姿。

司马长风：《中国新文学史》（上卷），154~155页，香港，昭明出版社，1980。

2. 照上边说来，只有第三种文学是不道德的，其余都不是；《沉沦》是显然属于第二种的非意识的不端方的文学，虽然有猥亵的分子而并无不道德的性质。

但我想还不如综括的说，这集内所描写的是青年的现代的苦闷，似乎更为确实。生的意志与现实的冲突是这一切苦闷的基本；人不满足于现实，而复不肯遁于空虚，仍旧这坚冷的现实之中，寻求其不可得的快乐与幸福。现代人的悲哀与传奇时代的不同者即在于此。理想与现实社会的冲突当然也是苦恼之一，但我相信他未必能完全独立，所以《南归》的主人公的没落与《沉沦》的主人公的忧郁病终究还是一物。著者在这个描写上实在是很成功了。所谓灵肉的冲突原只是说情欲与压迫的对抗，并不含有批判的意思，以为灵优而肉劣；老实说来超凡入圣的思想倒反于我们凡夫觉得稍远了，难得十分理解，譬如中古诗里的"柏拉图的爱"，我们如不将他解作性的崇拜，便不免要疑是自欺的饰词。我们赏鉴这部小说的艺术地写出这个冲突，并不要他指点出那一面的胜利与其寓意。他的价值在于非意识的展览自己，艺术地写出升华的色情，这也就是真挚与普遍的所在。至于所谓猥亵部分，未必损伤文学的价值；即使或者人说不免太有东方气，但我以为倘在著者觉得非如此不能表现他的气氛，那么当然没有可以反对的地方。

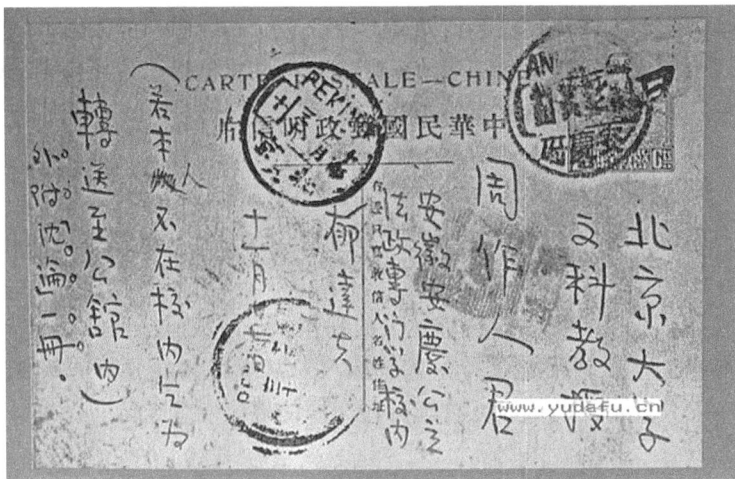

图1-6　《沉沦》出版后遭嘲骂，郁达夫致信周作人求助。

我临末要郑重的声明,《沉沦》是一件艺术的作品,但他是"受戒者的文学",而非一般人的读物。

周作人:《沉沦》,载《晨报副镌》,1922 年 3 月 26 日。

3. 郁氏的作品,所表现的思想都是一贯的,那就是所谓"性欲"的问题。本来"性"是人类一切情欲中最基本的一个,像佛洛依德所说竟是情感的源泉,能力的府库,整个生活力的出发点,抓住这个来做谈话和写作的题材,决不怕听者读者不注意。何况中国民族本如周作人所说多少都患着一点"山魈风",最喜谈人闺阃和关于色情的事情,对于这些蒙着新文艺外衣的肉麻猥亵的小说……哪有不热烈欢迎之理?况且郁达夫的作品尽量地表现自身的丑恶,又给了颓废淫猥的中国人一个初次在镜子里窥见自己容颜的惊喜。有些读者则抱着一种好奇心,想看看这位作家下流荒唐的自述,究竟要写到什么程度为止。像著者购读郁氏作品的心理便是如此。郁氏作品之不胫而走,传诵一时便是这两个缘故。韩诗行说郁氏作品在五四之后得青年热烈的欢迎是为了它的时代意义(《郁达夫先生作品的时代的意义》)。其实知识欲的饥荒,性欲的不适当的调剂,和贫穷的痛苦不但五四后青年感觉到,现在的青年也还感觉着的,而且我怕还要更加剧烈吧。为什么那时的青年那样爱好郁氏的作品,现在却冷淡起来呢?可见韩氏时代意义之说是有些勉强了。

不过郁氏虽爱谈性欲问题,而他所表现的性的苦闷,都带着强烈的病态,即所谓"色情狂"的倾向者是,这是郁氏自己写照而不是一般人的相貌。像《沉沦》中的主人公一见女性呼吸就急促,两色就涨红,脸上筋肉就起痉挛,浑身就发颤,还有其他许多不堪富说的情形,这是一般青年所有的么?《茫茫夜》里的于质夫到小店女人处买针买帕回来自刺等等可笑的行为,又是普通男子感到性欲无可发泄时的情况么?这些地方若用自叙体的文字来写,我们无非说作者生理状态异乎常人而已,若用他叙体并声明这可为现代青年的典型那就大大地错误了。小说贵能写出人类"基本的情绪"和不变的"人间性",伟大作品中人物的性格虽历千百年尚可与读者心灵共鸣;郁氏作品中人物虽与读者同一时代,而已使读者大感隔膜,岂非他艺术上的大失败?

苏雪林:《郁达夫论》,载《文艺月刊》,第 6 卷第 3 期,1934 年 9 月 1 日。

4. 在创造社的初期达夫是起了很大的作用的。他的清新的笔调,在中国的枯槁的社会里面好像吹来了一股春风,立刻吹醒了当时的无数青年的心。他那大胆的自我暴露,对于深藏在千年万年的背甲里面的士大夫的虚伪,完全是一种暴风雨式的闪击,把一些假道学、假才子们震惊得至于狂怒了。为什么?就因为有这样露骨的直率,使他们感受着作假的困难。

郭沫若:《论郁达夫》,载《人物杂志》,第 3 期,1946 年 9 月 30 日。

5. 艺术究竟应该如何对待人的自然属性,这是一个长期有争论的问题。西方的文艺复兴,在这方面有所突破;而中国的情况却更为复杂。长期的传统礼教延续到五四以前,封建文人认为"性"即"色",亦即"淫","万恶淫为首",这个邪恶的概念当然绝对不允许进入正统文学的"大雅之堂"。然而同时,他们又可以面无愧色地纳妾、狎妓,倚在鸦片床上大写其仁义道德文章。《沉沦》问世之时,国内一方面是文学仍被旧礼教、伪道德所窒息着,另一方面社会上又是人欲横流,鸳鸯蝴蝶派泛滥文坛。道学与"淫荡"居然可以毫不矛盾，桐城派文章也和《海上花列传》共存共荣……。但是，新文学运动打破了这种局面。鲁迅的《狂人日记》深刻揭露旧道德的社会本质，而郁达夫则首先从肯定人性、情欲的角度提出问题。《沉沦》之所以引起轰动，并不因为那些"色情"细节本身（当时，"嫖界指南"之类的旧小说比比皆是），而在于作者用了一种全新的态度，带着民主观念、科学精神和人道主义的态度，来看待"色情"，来处理"色情"。郁达夫率先在"纯艺术"中正视了所谓"灵肉苦恼"，特别是他一反国人那种虚伪矫饰的习惯，直接以自身为对象来尝试，来解剖，来表现生命中包孕着的情欲痛苦。虽然在不自觉间他也有些麻醉，也受到感染，但他并未真正地沉沦；虽然他笔下的"色情"细节并不高雅，有时还带几分罪恶，但在主观上，他是企图要人们正视这个问题：人的情欲在人的生命、生活乃至社会实践中，具有什么样的价值？怎样正确地对待？他力图证明的是：人的情欲不再是卑鄙的、可耻的、罪恶的；人的情欲是自然的、正常的，应该肯定，需要遏制，可以探讨……郁达夫不仅强调爱与欲的统一与吻合（周作人的《人的文学》对此也有理论上的论述，所以，他也愿意为郁达夫的艺术实践辩护），更重要的是，郁达夫还努力探索爱与欲之间的微妙差异。《春风沉醉的晚上》里，"我"想拥抱陈二妹的一闪念；《迟桂花》里"我"对翁则生妹妹的邪思；《过去》里"我"对老三的第二次未遂的邪恶的强求……所有这些郁达夫小说中的最佳段落，几乎都是在表现人的复杂欲念在纯洁的事物（主要是冰清玉洁的女性，有时也有如画的山水）面前得到净化的过程。这种对情与欲的严肃处理和大胆表现，可以认为是郁达夫对现代文学在道德与心理范畴上的一个突破（尽管这种突破不很成功，而且它所引起的连锁反应与效果也相当复杂）。

许子东：《郁达夫新论》，173～175页，杭州，浙江文艺出版社，1984。

6. 就主题而言，这部小说可算是在中国文学中第一部以极严肃的态度，提出了一个向来被人认为是社会禁忌或不能公开和轻牵胡闹的主题的小说。即使是林纾和苏曼殊，也避开这"性"的问题，或掩压之于一腔热情底下。因此，《沉沦》代表了中国文人第一次的认真努力，以朴素坦诚的笔调，把性和情感并在一起处理。

但郁达夫却喜欢称他在性事上的挫折为"忧郁症"——一个充满了日本和西方浪漫主义气息的名词。在写作时除了忠于事实外，郁达夫也予以一定程度上的艺术加工——一份受到佐藤春夫的作品所影响的艺术构思。而且，我们还可以说：在郁达夫心目中，"忧郁症"是浪漫主角所有的特征。换言之，郁达夫在描写"内在"的自我时，他亦在故事内结合了一个"外在"的自我。《沉沦》的主角是个年轻人，时髦而孤独。当他在日本的田园美景中漫步时，能够背诵出华兹华斯、海涅、吉辛很多的诗句。照夏志清的说法："歌德式的自怜，夸张了主角对大自然之爱好和内心痛楚。"此外，我们亦可在这自我形象中见到卢梭的影子。

[美] 李欧梵：《中国现代作家的浪漫一代》，王宏志等译，111～112页，
北京，新星出版社，2010。

7. 这是中国新文学的一个莫大荣幸，在西方二十世纪作家劳伦斯点燃性的光明的同时，郁达夫揭示了性的苦闷，郁达夫的小说虽然赶不上劳伦斯那么气象宏伟，但在对性心理的展示上却有着不下于劳伦斯的敏锐独到。如果说《红楼梦》以壮美的爱情完成了对《金瓶梅》占有异性的观念的反拨，那么郁达夫以《沉沦》为代表的一系列小说，则执行了对《金瓶梅》变态心理的庄严批判。这种批判的实质是发自内心深处的历史性抗争。沉重的压抑使这抗争一方面显得极其激愤，一方面又显得格外忧伤。《沉沦》的主人公不是因西门庆式的疯狂泄欲而变成的色欲狂，而是性已觉醒却无从伸展的变态者。《沉沦》的作者也不是《金瓶梅》作者那样的性变态者，而（是）卢梭那样的浪漫主义者。郁达夫的小说具有《忏悔录》那样的健康坦诚，并且以《忏悔录》曾经挥洒过的充满青春诗意的笔调描绘着性的苦闷，倾诉着一个民族的性意识的艰难觉醒和性心理所承受的传统重压。当时世界文学思潮中的那种世纪末的忧郁，在《沉沦》主人公那里变形成一种因觉醒而来的孤独和因变态而来的焦灼。说他觉醒，是因为青春期的冲动冲破了传统道德的囚笼，说他变态是因为性的伸展遭到了无可奈何的扭曲。因此，《忏悔录》中含情脉脉的目光在此变成了偷偷摸摸的窥探，《忏悔录》中激动不已的爱恋在此变态为惶惶不安的自淫。凡是青春应有的性的明媚，在此通通被扭曲成不应有的心的阴暗。

李劼：《性文学的文学性》，见《李劼思想文化文集4：历史描述和阐释的二十世纪中国文学史论》，259～260页，西宁，青海人民出版社，1998。

8. 叶灵凤小说的性爱主题，绝大多数未越出正常、健康的范畴。由这些青年们自主的追求与抗争行为中，体现出的那个理性拒斥感性、扼杀人性的畸形黑暗社会的批判意义，其内在精神指向，我以为是与五四反封建的时代潮流互为沟通的。正是这种历史进步性质，使这些咀嚼一己性爱悲欢的狭窄文学主题中，蕴含了人生命运、社会风化、人伦关系、道德意识及心态心理等诸多内容的观察思考，从而一定程度地突破了题材自身的狭小性，显示出一种独特的认识价值。

李掖平：《论叶灵凤的小说创作》，载《中国现代文学研究丛刊》，1990（4）。

9. 在创造社后期与三四十年代海派文学之间，他是一位衔接性作家，此种角色的特殊性与重要性值得治文学史者看重。虽然蜗居于狭仄的"听车楼"上，年轻的作家却饱染异域文学新风潮，男女情事是其主要视景，痴恨恩怨，离合悲欢，委曲、感伤、情怀无限。恰弗洛伊德理论东来之时，沿波讨源，自然别现一种见地。他又钟情于斯蒂芬孙、普洛斯特、乔伊斯、帕索斯、纪德诸西方名家，亲炙原作，心得殊深，创作手法亦综错多变，或亦真亦幻，诡奇迷离，或切换角度，多音交响，其《鸠绿媚》、《菊子夫人》、《落雁》等作品当时都能予人别开生面新奇之感。三四十年代文坛上"洋"风鼓动，海派中兴，叶灵凤的作用不可忽视。今日之论者，往往论及今日青年作家时，回护有加，"年轻"二字，概可谅矣。独于昔日之作家，常忘其当时亦正年轻，幼稚、动荡、浮躁，自不可免，而春秋褒贬，激切、苛严。此种不公，也不独对叶灵凤一人而已。

金宏达：《〈叶灵凤文集〉前言》，见《叶灵凤文集》，前言第1页，广州，花城出版社，1999。

10. 在我们看，人生决不是为性欲活的。我们还有更崇高的事，我们还有理想，我们还要为理想而追求。我们并不说性欲卑下，只是很平凡。自下等生物以至人类，全都受其支配。人类，有着和其他生物不同的智识，还应该有除了性欲以外的使命。我们的活动，并不单单为了自己，还为别人，还为大多数的人，还为全人类。世界上所以有文化，我们所以受着幸福，全是因为有不单为了个人而活动的人。我们要组织致密的思想，我们要成就伟大的艺术，我们要发现大自然的美丽，我们要将理想的天国建在地上，这许许多多崇高的活动，才是人生的意义。我们必须在各种人的根本的内心里发现光明，我们才不算白活。只因为我们的事业之神圣艰巨，我们才要子孙，要一代一代的继续下去。性欲是为活着才有价值，如果活着为性欲，那性欲是毫无价值的。

对自然主义的小说家谈这个，自然是无需乎的，就艺术的见地说，也绝不能以功利派的口吻来束缚他。不过，对一般读者讲，如此比较一下，似乎也有好处。再者，艺术并不一定表现人生的整个的，也可以表现人生的一方面；艺术并不一定给人生以解答的，也可以把人生的问题单单提出。所以，按我的意见，张资平小说中的人生，也就是表现了一面的，只是把问题提出了的；就艺术言，这并没有什么不可。

李长之：《张资平恋爱小说的考察》，载《清华周刊》，1934（3）、（4）。

11. 庐隐是和她笔下的人物站在同一思想高度上思考问题的，因而，她对笔下人物只能取平视视角，无力站在一个制高点上对人物的情绪作深刻的理性把握。这使得《海滨故人》和庐隐、石评梅、陆晶清的其他创作一样成为典型的宣泄性文本，弥漫着挥之不去的浓重悲哀，因此也无法取得鲁迅等同时代作家由深刻的理性反思而带来的思想力度，但这种对女性苦闷的大胆直白，却从女性视角真实展示了"五四"女儿丰富的内心隐秘，从而大胆肯定了女性作为人的存在价值，保存了现代女性可贵的最初脚印，并且寄寓了对理想世界的热切渴望，包含了对历史和现实不合理性的批判。这是一切男性作家所无法越俎代庖的。

李玲：《中国现代文学的性别意识》，190～191 页，北京，人民文学出版社，2002。

12. 庐隐，她是被"五四"的怒潮从封建的氛围中掀起来的，觉醒了的一个女性；庐隐，她是"五四"的产儿。正像"五四"是半殖民地的中国社会经济的"产儿"一样；庐隐，她是资产阶级性的文化运动"五四"的产儿。五四运动发展到某一阶段，便停滞了。向后退了。庐隐，她的"发展"也是到了某一阶段就停滞，我们现在读庐隐的全部著作，就仿佛再呼吸着"五四"时期的空气，我们看见一些"追求人生意义"的热情的然而空想的青年们在书中苦闷地徘徊，我们又看见一些负荷着几千年传统思想束缚的青年们在书中叫着"自我发展"，可是他们的脆弱的心灵却又动辄多所顾忌。这些青年，是"五四"时期的"时代儿"，庐隐，她带着他们从《海滨故人》到《曼丽》，到《玫瑰的刺》，到《女人的心》，首尾有十三四年之久！在这里，我们就意味着我们所谓"庐隐的停滞"。而因为时代是向前了，所以这"停滞"客观上就成为"后退"，虽然庐隐主观上是挣扎着要向前"追求"的。

茅盾：《庐隐论》，载《文学》，第 3 卷第 1 号，1934 年 7 月。

13. 在新文学运动初期，张资平以恋爱小说引起文坛注目，而后来受"腰斩"的，也是他的恋爱小说，他为世人所指责的，也是恋爱小说。在这方面，张资平也给人们提供了深刻教训。爱和死是文学的基本主题，这说法并不很准确，但作为人类一种重要情感，确乎是文学经常描写的对象，与此相关的则是婚姻、性心理等等。五四时代是个性解放的开端，自由恋爱与婚姻成为文学的一个"热点"，张资平致力于恋爱小说，实在也是时代使然。他的初期的成功，也是时代潮流所给予他的厚遇。但是人类的爱情虽以性爱为基础，却又不是性爱所能涵盖，其中积淀有丰富的文化历史、社会的内容，它不可避免地与社会生活发生联系。所以，恋爱题材是讨巧的，也是烫手的，它能使作家的作品获得读者，也有可能使作家堕落。然而张资平对此全无自觉。起初他尚且比较严肃地对待之，作品里折射出时代的光芒。慢慢地，他的注意力转向性心理描写。如果在性心理描写中有意识地揭示出它的社会意义、民族文化因素，作品尚有可能列入上乘，但张资平关注的是本能的性心理，大写如何见异性起欲念、性欲不能满足的性变态，猜疑、嫉妒、性臆测、性厌倦……翻来覆去喋喋不休，就失掉了任何意义，只成了招徕读者的廉价广告，作品的价值也就一落千丈，虽一时销路不错，终难免被时代淘汰。文学是人学，并不是以人的自然属性为研究对象，而是力图表现人的社会属性，即使写到人的自然属性，也应是与社会属性相关联的，写性爱、性心理的根本尺度就在这里。这是很严肃的事，如果作家把玩性爱描写，特别偏爱，那是作家低级趣味的告白，如果作家把性爱描写作为"佐料"、"浇头"，那是作家心目中的孔方兄作祟。在这一方面，张资平的前车之鉴是很有意义的。在如何对待读者反映与文坛评论方面，张资平无疑也给我们留下了教训。面对一部分读者欢迎他的恋爱小说的现象，他缺乏必要的自觉，没有也不可能对读者作必要的认真的分析。正因为他满足于迎合一部分读者的低级趣味，不思磨砺，不思提高，所以其作品就每况愈下，他犹如一颗流星，闪了一下便再无痕迹。

鄂基瑞、王锦园：《张资平——人生的失败者》，204～205 页，
上海，复旦大学出版社，1991。

泛读作品

郁达夫：《迟桂花》《春风沉醉的晚上》《薄奠》

张资平：《冲积期的化石》《苔莉》

郭沫若：《残春》《喀尔美罗姑娘》

倪贻德：《玄武湖之秋》

陶晶孙：《木犀》

评论文献索引

仲密(周作人).《沉沦》. 晨报副镌，1922 年 3 月 26 日.

钱杏邨.《达夫代表作》后序. 上海：春野书店，1928.

锦明. 达夫的三个时期. 一般，第 3 卷第 1 期，1927 年 9 月.

苏雪林. 郁达夫论. 文艺月刊，第 6 卷第 3 期，1934 年 9 月 1 日.

郭沫若. 论郁达夫. 人物杂志，第 3 期，1946 年 9 月.

曾华鹏、范伯群. 郁达夫论. 人民文学，1957(5)、(6).

温儒敏. 论郁达夫的小说创作. 中国现代文学研究丛刊，1980(2).

董易. 郁达夫小说创作初探（上下）. 文学评论，1980(5)、(6).

许子东. 郁达夫风格和现代文学中的浪漫主义. 文学评论，1983(1).

许子东. 关于"颓废"倾向与"色情"描写. 文学评论丛刊，总第17辑，1983.

黄棘（鲁迅）. 张资平氏的"小说学". 萌芽月刊，第4卷第4期，1930年4月.

朱寿桐. "脱了轨道的星球"——论创造社作家张资平. 文学评论，1989(1).

曾华鹏、范伯群. 论张资平的小说. 文学评论，1996(5).

徐仲佳. 新道德的描摹与建构——张资平性爱小说新探. 中国文学研究，2004(1).

张福贵. 人性主题的畸形呈现——张资平小说性爱主题论之一. 文艺研究，2004(5).

张华. 论张资平的小说创作. 文史哲，1999(4).

袁国兴. 中国现代文学初期女性作家"自叙传"小说的"少女情怀"和"病情叙事". 首都师范大学学报（社会科学版），2006(3).

未明（茅盾）. 庐隐论. 文学，第3卷第1号，1934年7月.

杨义. 抒情的小说家——庐隐. 新文学论丛，1983(1).

乔以钢. "五四"时代的"伤痕文学"——论女作家庐隐的创作. 天津师大学报，1993(6).

孙丽君. 一代觉醒女性的心灵史——庐隐小说文本深层解读. 山东师范大学学报，2002(2).

岁寒. 庐隐：中国现代女性写作的拓荒者——兼论中国现代女性写作的双声语境. 华中师范大学学报（人文社会科学版），2004(1).

拓展练习

1. 浪漫抒情派的代表作家郁达夫、张资平都曾因性爱主题而备受争议。不仅在传统文人眼中，他们的作品属于海淫之作，就连同在新文学阵营的一些作家、评论家也厉声斥责，如苏雪林称郁达夫为"黄色小说大师"，"《沉沦》只充满了'肉'的臭味，丝毫嗅不见'灵'的馨香"；鲁迅指责张资平为三角恋爱作家，他全部的精华就是一个"△"。但另一方面，郁达夫的《沉沦》为周作人赞为"艺术的作品"、"受戒者的文学"，张资平的小说在市民、知识青年中也广受欢迎。对于浪漫抒情派的性爱书写，评论家之间为什么会产生如此大的分歧？结合相关评论摘要展开思考。

2. 五四时期，不少文研会女作家如庐隐、冯沅君等在题材选择、叙事方式等方面都带有鲜明的"自叙传"的色彩，而接近于以创造社为主干的浪漫抒情小说。这一趋向并不能完全理解为作家的个人化选择。它的出现还应与女性写作的某些内在质素相关，与"娜拉出走以后怎么办"这一问题的深化有着密切关系。阅读相关文献，谈谈你对这一现象的认识。

3. 传统文学史常常给浪漫抒情派贴上"颓废"的签标，以凸显其欲望的泛滥与精神的衰颓，给予道德上的贬斥。但在当下评论中，"颓废"更多被视作一种具有现代意味的审美特征。它是作家在现代工业文明语境下，以理想信仰的消解和生命欲求的喷涌来对抗资本主义工具理性的审美立场。如此，盛行 20 世纪二三十年代上海文坛的"颓废"书写对五四时期"人的解放"这一主题构成了必要补充。参阅李欧梵的《上海摩登——一种新都市文化在中国》① 第七章，分析叶灵凤《鸠绿媚》中的"颓废"描写所包含的现代性因素。

---

① 李欧梵：《上海摩登——一种新都市文化在中国》，北京，北京大学出版社，2001。

第二章　诗　歌

第一节　"破而后立"的早期探索

内容提要

在古典文学中，诗歌主要以音律、对仗而区别于散文。惯以革命者自居的梁启超并未完全摆脱这一文学传统的束缚。"诗界革命"虽试图引入新意境、新语句以扩展古典诗歌的表现范围与表意功能，但最终还是以"古风格"为变革底线，未从根本上触动古典诗歌赖以存在的语言介质和格律体式。

五四初期，胡适率先发起新诗运动，以梁启超的后退之处为进攻支点，要求打破词调曲谱的束缚，不拘格律、不拘平仄、不拘长短，实现"诗体大解放"；要求拆除诗歌与散文的界垒，以"作诗如作文"为正途。胡适的主张与五四新文化运动的民主自由思想有着内在的契合，同时也践行文学革命的要求，有着历史的必然性与合理性。

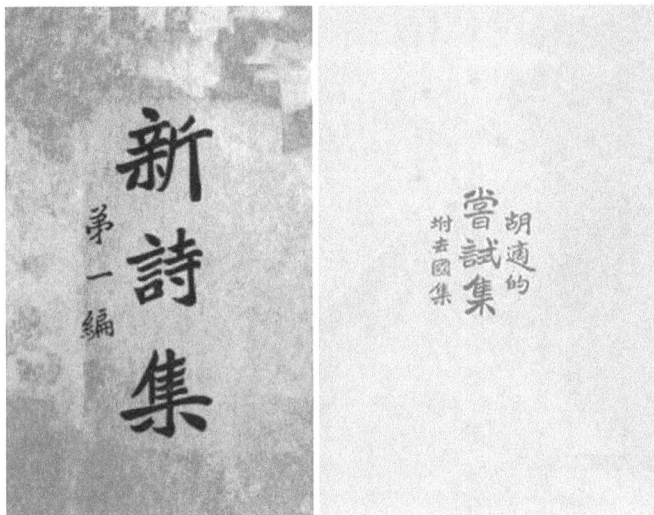

图 1-7　《新诗集》(第一编)，1920 年 1 月新诗出版部初版；
胡适的《尝试集》，1920 年 3 月亚东图书馆初版。

从整体来看，第一个十年的诗歌经历了尝试、创造、深化三个发展阶段：

一、以胡适《尝试集》为代表的尝试期。五四初期，康白情、刘半农、沈尹默等积极响应"新诗运动"，写就了最早一批白话新诗。胡适也身体力行，1920 年结集出版了新文学史上第一部白话新诗别集《尝试集》。这些作品多取日常生活，偏重客观描摹和托物寄兴，有较浓的理念色彩；语言均使用白话，接近日常口语。形式上虽表现出打破格律的努力，但仍留有古典的印迹。而语言浅白、意象单一、想象力缺乏、理胜于情的不足在当时已多为人诟病。

二、以郭沫若《女神》为代表的创造期。1921 年出版的《女神》是中国新诗的奠基之作，它不仅在艺术审美上挣脱了沉重的古典镣铐，为新诗提供了自由多变的诗体，注入了充沛的情感和瑰丽的想象，更以狂暴不羁、吞天沃日的主人公形象将五四狂飙突进的时代精神表现得淋漓尽致，个体生命复苏与中华民族复兴得到高度统一。与郭沫若塑造的顶天立地、改天换地的英雄形象相映成趣的是，1922 年成立于西湖边的湖畔诗社却专心致志地吟诵着天真烂漫的青春自我，抒发对自然的向往、对爱情的憧憬。主要成员有冯雪峰、应修人、潘漠华、汪静之等。此外，同期还有以冰心、宗白华、何植三为代表的小诗派。其作品多以三五行为一首，表达作者刹那间的感兴或人生哲思。诗行简短、文字凝练、表达含蓄、执着于内心世界的探求，这些都弥补了早期白话诗直露冗余、偏重写实和以理扼情的缺陷。创造期的诗歌创作以自由体为主，因此又可统称为自由派。

三、深化期。二十年代中后期，新诗重心由"破"转向立，由三个诗派从三个方面展开新的美学风范的创建：一是注重形式规范的新月诗派，因在前期大力倡导"创格"而被称为"新格律派"或"格律派"；二是致力于隐秘灵魂开掘的象征诗派，对西方象征主义有着深入的借鉴；三是要求将诗歌纳入革命进程的早期无产阶级革命诗派，虽在五四启蒙语境下未获得足够重视，但为下一阶段普罗诗歌的全面兴起做了必要准备。

教学建议

1. 了解晚清诗界革命与胡适"新诗运动"之间的关联，梳理第一个十年诗歌发展的脉络。

2. 评析以《尝试集》为代表的早期白话新诗的是非得失。

3. 分析湖畔诗社和小诗派出现的原因、价值和意义。

精读作品

胡适：《论新诗》

胡适：《蝴蝶》《鸽子》

冰心：《繁星》《春水》

沈尹默：《月夜》

应修人：《妹妹你是水》

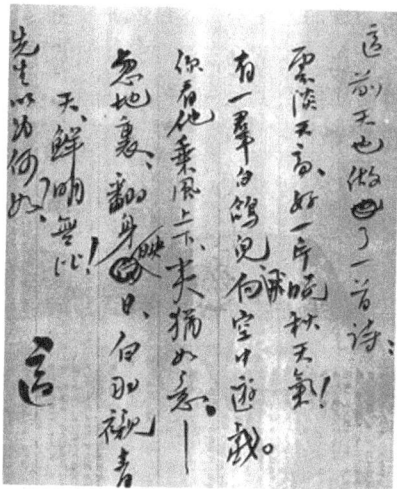

图 1-8　胡适诗作《鸽子》手稿。

评论摘要

1. 我常说，文学革命的运动，不论古今中外，大概都是从"文的形式"一方面下手，大概都是先要求语言文字文体等方面的大解放。欧洲三百年前各国国语的文学起来代替拉丁文学时，是语言文字的大解放；十八十九世纪法国嚣俄，英国华次活等人所提倡的文学改革，是诗的语言文字的解放；近几十年来西洋诗界的革命，是语言文字和文体的解放。这一次中国文学的革命运动，也是先要求语言文字和文体的解放。新文学的语言是白话的，新文学的文体是自由的，是不拘格律的。初看起来，这都是"文的形式"一方面的问题，算不得重要。却不知道形式和内容有密切的关系。形式上的束缚，使精神不能自由发展，使良好的内容不能充分表现。若想有一种新内容和新精神，不能不先打破那些束缚精神的枷锁镣铐。因此，中国近年的新诗运动可算得是一种"诗体的大解放"。因为有了这一层诗体的解放，所以丰富的材料，精密的观察，高深的理想，复杂的感情，方才能跑到诗里去。五七言八句的律诗决不能容丰富的材料，二十八字的绝句决不能写精密的观察，长短一定的七言五言决不能委婉达出高深的理想与复杂的感情。

直到近来的新诗发生，不但打破五言七言的诗体，并且推翻词调曲谱的种种束缚；不拘格律，不拘平仄，不拘长短；有什么题目，做什么诗；诗该怎样做，就怎样做。这是第四次的诗体大解放。这种解放，初看去似乎很激烈，其实只是"三百篇"以来的自然趋势。自然趋势逐渐实现，不用有意的鼓吹去促进他，那便是自然进化。自然趋势有时被人类的习惯性守旧性所阻碍，到了该实现的时候均不实现，必须用有意的鼓吹去促进他的实现，那便是革命了。一切文物制度的变化，都是如此的。

胡适：《谈新诗——八年来一件大事》，载《星期评论》纪念号，1919年10月。

2. "诗界革命"是中国古典诗歌由封闭走向开放、由传统走向现代的尝试，它第一次明确提出诗歌向西方学习以及面向大众和通俗化的问题，表达了近代中国先进知识分子勇于进取、大胆探索的精神风貌和先进的美学理想，它的进步意义是不言而喻的。析而言之，"诗界革命"的意义至少有如下四点：

① "诗界革命"提倡"以旧风格含新意境"，即要求在诗歌中反映新内容、新思想、新理念，这对于扩大诗歌的审美范围、在诗歌中融入西方文化，进而更新近代诗歌的创作题材、丰富近代诗歌的思想意蕴，有积极的促进意义。

② 在诗歌中运用新名词，既可更新诗歌的语言系统，而且新名词的出现，对于打破旧体诗格律的束缚和诗体的解放都有直接的影响。

③ "诗界革命"要求以口语入诗，开启了近代诗语言的通俗化走向，缩短了诗歌语言中书面语与口语的距离，为诗歌的自由化、散文化培植了基因。

④ "新体诗"的提出和具体设想，是对中国诗体改革的有益尝试，它的成就与不足，从正反两方面为尔后的诗体改革提供了参照物。

由以上四点可以引出结论：近代"诗界革命"为"五四"新诗的出现奠定了理论基础和创作基础，成为"五四"诗歌革命的先声。

郭延礼：《诗界革命的起点、发展和评价》，见《中国前现代文学的转型》，251页，济南，山东大学出版社，2005。

3. "内容粗浅，艺术幼稚"，这是我试加在《尝试集》上的八个字。

朱湘：《新诗评（一）·（尝试集）》，载《晨报副刊》，1926 年 4 月 1 日。

4. 其实《尝试集》的真价值，不在建立新诗的轨范，不在与人以陶醉于其欣赏里的快感，而在与人以放胆创造的勇气。尽管你说它是"微末之生存"，而"微末之生存不育已死"，但他对于"文学革命"、"诗体解放"的提倡，和它那种"前空千古，下开百世"的先驱者的精神，是不会在一时反对者的舌锋笔锋之下面死灭的。

新诗虽还没有到达大放光明的时期，但它却时时在找成功的路，因此，十年之间，也可以有若干的演变或流派了。第一，是形式上开始打破旧诗的规律，仍未脱尽旧诗词音节和意境的。开山的第一人为胡适，他的《尝试集》可为这种诗的代表。……又胡适于《尝试集》以后的诗，散见于各种杂志，论其音节意境，受旧词的影响更深。所以他自己也说："近年因选词之故，手写口讲，受影响不少，故作白话诗，多作词调。但于音节上也有益处，故也不勉强求摆脱。"第二，便是无韵诗，或自由诗。

陈炳堃（陈子展）：《最近三十年中国文学史》，227、262 页，上海，太平洋书店，1930。

5. 这些句子，做得有多么轻薄，多么堕落！是有意地挑拨人们的肉欲呀？还是自己兽性的冲动之表现呀？……可把《蕙的风》的诗分为三类：——堕落的，纤巧的，性灵。大概言两性之爱的都流为堕落轻薄，言自然之美的，皆失于纤巧，然二者之中亦有性灵之作。

胡梦华：《读了汪静之君的〈蕙的风〉以后》，载《时事新报·学灯》，1922 年 10 月 24 日。

6. 胡君批评《蕙的风》的话最重要的是"有不道德的嫌疑"，"故意公布自己兽性冲动"，"变相的提倡淫业"，"应当严格取缔"！我不知道汪君情诗之所以不道德，因为什么缘故：是因为讲性爱呢，还是因为讲的欠含蓄呢？倘若是因为欠含蓄，那么这是技术上的问题，决不能牵涉到道德上去。然则他的不道德，一定是由于讲性爱了。我不明白为什么性爱是如此丑恶，至于不能说起，至于会增加罪恶？我想论者如不是自残肢体的禁欲主义者，便没有是认我这个疑问的资格。倘或以为这是做得说不得的，那是可怜的伪善者，还够不上理学家的称号。中国即使性教育一点都不发达，青年的意志也还不至于这样变态的薄弱，见了接吻拥抱字样便会堕落到罪恶里去。

周作人：《什么是不道德的文学》，载《时事新报·学灯》，1922 年 11 月 5 日。

7. 所谓小诗，是指现今流行的一行至四行的新诗。这种小诗在形式上似乎有点新奇，其实只是一种很普通的抒情诗，自古以来便已存在的。本来诗是"言志"的东西，虽然也可用以叙事或说理，但其本质以抒情为主。情之热烈深切者，如恋爱的苦甜，离合生死的悲喜，自然可以造成种种的长篇巨制，但是我们日常的生活里，充满着没有这样迫切而也一样的真实的感情；他们忽然而起，忽然而灭，不能长久持续，结成一块文艺的精华，忽而足以代表我们这刹那的生活的变迁，在或一意义上这倒是我们的真的生活。如果我们"怀着爱惜这在忙碌的生活之中浮到心头又复随即消失的刹那的感觉之心"，想将他表现出来，那么数行的小诗便是最好的工具了。

周作人：《论小诗》，载《民国日报》副刊《觉悟》，1922 年 6 月 29 日。

8. 自从冰心女士在《晨报副刊》上发表她的《繁星》后，小诗颇流行一时。除了大白君的著名的《归梦》，此外在杂志报章上散见的短诗，差不多全是用这种新创的 Style 写成的，使我们的文坛，收获了无数粒情绪的珍珠，这不能不归功于《繁星》的作者了。

小诗的长处是在于能捉住一瞬间稍纵即逝的思潮，表现出偶然涌现到意识域的幽微的情绪。我们读了这些，虽然不能得到惊异，得到魁伟的印象，然能使我们的心灵得到一时间的感通，正如在广漠无垠的大洋中忽然望见扁舟驶过一般。

化鲁（胡愈之）：《繁星》，载《时事新报·文学旬刊》，73 期，1923 年 5 月 12 日。

9. 胡适、陈独秀这种从零度开始用汉字白话文写诗的论调，为白话文的发展带来很大的障碍。使它虽是一次成功的政治运动，在文化上却因拒绝古典文学传统，使白话与古典文学相对抗，而自我饥饿，自我贫乏。……胡、陈以及不少其他同时代作家养成双重、分裂的文学人格，他们当需要强烈的表达自己的情感和思想时就用古体，而当他们履行文学斗士的责任时就写白话诗，每当写白话诗时，力求明白易懂而放弃诗的艺术。以刘大白为例，他的《卖布谣》和《割麦过荒》白则白矣，但作为诗又有多少成就？诗的艺术因为求"白"而完全被置于不顾。殊不知诗的力量与政治口号所不同之点是前者是通过它的艺术取得力量及感人的效果。……《石壕吏》与《茅屋为秋风所破歌》读了十分感人，而并不觉得诗人是站在大众之外，俯就"大众"而写的。《卖布谣》与《割麦过荒》写在杜诗后一千二百年，读了并不感人，只觉得诗人是在为穷人做点好事，其意可嘉，但诗则是多余的了。

胡适曾将自己所写的《应该》一诗的开头一行："他也许爱我——也许还爱我，——"作为例子，想说明白话诗胜过文言诗。他问道："这十个字的几层意思，可是旧体诗能表达得出的吗？"固然这十个字有些心理内涵，如果和"此情可待成追忆，只是当时已惘然""妻孥怪我在，惊定还拭泪""苔深不能扫，落叶秋风早"等信手可以拈来的古典诗句相并列，就觉得古典诗在凝练、强度和层次复杂方面绝对不下于最好的白话诗。……口语也好，书面语也好，都不能自然而然地成为好的诗语。胡、陈等以消灭古典文学来为白话文打气撑腰有缘木求鱼之嫌。反之，如果他们潜心研究古典诗歌的魅力所在，就有可能更快地提高白话诗的艺术。

郑敏：《世纪末的回顾：汉语语言变革与中国新诗创作》，载《文学评论》，1993（3）。

泛读作品

胡适：《梦与诗》

周作人：《小河》

刘半农：《教我如何不想她》《相隔一层纸》

宗白华：《我们》

汪静之：《惠的风》

评论文献索引

朱自清. 中国新文学大系·诗集导言. 中国新文学大系·诗集. 上海：上海良友图书印刷公司，1935.

胡适．谈新诗——八年来一件大事．星期评论纪念号，1919 年 10 月．

康林．《尝试集》的艺术史价值．文学评论，1990(1)．

姜涛．"起点"的驳议：新诗史上的《尝试集》与《女神》．文学评论，2003(6)．

张嘉彦．新诗诞生后的艺术反叛——论二十年代新诗人对初期白话诗的批评．中国现代文学研究丛刊，1987(2)．

李怡．重审中国新诗发展的启端——初期白话诗研究综述．中国现代文学研究丛刊，1996(2)．

周作人．什么是不道德的文学．时事新报·学灯，1922 年 11 月 5 日．

周作人．论小诗．上海民国日报·副刊觉悟，1922 年 6 月 29 日．

化鲁(胡愈之)．繁星．时事新报·文学旬刊，73 期，1923 年 5 月 12 日．

龙泉明．诗与哲理的遇合——二十年代小诗艺术论．中国现代文学研究丛刊，1989(3)．

王富仁．中国现代新诗的芽儿——冰心诗论．北京师范大学学报，1996(5)．

罗振亚．日本俳句与中国"小诗"的生成．中国社会科学，2010(1)．

龙泉明．湖畔诗派：情诗的突破与超越．社会科学战线，1995(3)．

郭延礼．"诗界革命"的起点、发展及其评价．文史哲，2000(2)．

郑敏．世纪末的回顾：汉语语言变革与中国新诗创作．文学评论，1993(3)．

拓展练习

1. 陈平原曾指出，从晚近文学变革余波中崛起的五四作家"宁愿扯上一千年前的禅门语录、三百年前的公安文论，而不愿意承认近在眼前的晚清文学改良运动"，以对上一代人有意无意地忽略、贬低来确立新一代的权威。[1] 而今日研究者则尽可以摆脱这份"影响焦虑"，更客观地对待晚清文学变革与现代文学生成的密切联系。试结合相关评论摘要，分析晚清由梁启超、黄遵宪领导的"诗界革命"为胡适发动的"新诗运动"提供了哪些思想观念的启迪和艺术经验的借鉴？

2. 在《新诗杂话》中，朱自清将 20 世纪 20 年代诗坛分为自由派、格律派、象征派三支，且给予了"一派比一派强，新诗是在进步着的"的说法。[2] 你是否认同这一论断？谈谈理由。

3. 二十年代初期，小诗曾以自由的诗体、简短凝练的文字、丰富隽永的哲思而在诗坛风行一时，但一两年后即"渐渐完事"。而当时的评论界对小诗也多有指摘：郑伯奇认为当时的小诗是失败的，"根本的失败，就是内容太单调，太空泛，没有活泼的现实人生作背景"[3]；闻一多认为，新诗"已经够空虚，够纤弱，够偏重理智，够缺乏形式的了"，因此，再受泰戈尔的影响，必有"不可救药的一天"[4]；梁实秋认

---

[1]　陈平原：《小说史：理论与实践》，69 页，北京，北京大学出版社，1993。

[2]　朱自清：《新诗杂话·新诗的进步》，7 页，北京，作家书屋，1949。

[3]　郑伯奇：《新文学之警钟》，载《创造周报》第 31 号，1923 年 12 月 9 日。

[4]　闻一多：《泰戈尔批评》，载《时事新报》副刊《学灯》第 99 期，1923 年 12 月 3 日。

为，《繁星》和《春水》中的小诗，"在诗园里面，终归不能登大雅之堂的"，因为这种小诗，只能在读者心里留下一个淡淡的印象，甚或全无印象。尽管其文字美丽动人，但句法太近于散文而不合于诗，总之，"《繁星》、《春水》的体裁不值得仿效而流为时尚"。① 结合这些批评所指出的问题，探析小诗迅速衰落的原因。

第二节　郭沫若：绝端的自由　绝端的自主

内容提要

新诗运动是以胡适提倡的"作诗如作文"为理论旗帜的，但以《尝试集》为代表的早期白话新诗并未完全摆脱古典格律的枷锁。理论与实践的错位为郭沫若的横空出世提供了契机。应和着五四狂飙突进精神的时代感召，1921年8月，诗人推出了近乎癫狂的激情的产物——《女神》。它以"绝端的自由，绝端的自主"一方面将"诗体大解放"推向极致，确立了自由体在新诗中的主导地位；另一方面将诗的抒情本质和诗的个性化充分发挥，以华美丰赡的语言、新奇奔放的想象力为诗歌插上飞腾的翅膀。早期新诗重理念轻情感、重写实轻想象、语言浅白、意象匮乏的缺失得到有力纠偏。《女神》以崭新的内容和形式，开一代诗风，当之无愧地成为中国现代新诗的奠基之作。具体而言，其成就主要体现在以下几方面：

一、将民族觉醒与自我觉醒相结合，创造了开辟鸿荒、彻底破坏、大胆创造的抒情主人公形象。

二、借泛神论将自我、自然和神融为一体，整个宇宙都作为自己的抒情对象，情感炽热奔腾、想象新奇崇远。

三、诗体自由多变，打破一切旧有形式的桎梏，以情感起伏支配诗行长短，而不拘泥于外在音节，为新诗艺术的发展提供了多种可能性。

不过，对形式自由的绝对强调，情感流露的过分夸大，《女神》为新诗带来新的不足，如情感泛滥、诗体散漫等等。

五四退潮后，郭沫若于1923年推出诗集《星空》，流露出"幻灭的悲哀"的情绪。1925年问世的《瓶》是爱情组诗，五四激情在爱情想象中获得回光返照。诗集《前茅》与《恢复》同于1928年作为"创造社丛书"出版。前者收录的作品多创作于1922—1924年间，但与大革命失败后书写的《恢复》在精神上一脉相承，都以阶级观点看待社会问题，以喊叫代替抒情，艺术质量严重下滑。

教学建议

1. 了解郭沫若的创作轨迹，重点把握《女神》的思想艺术成就。

2. 了解泛神论的内涵，结合《凤凰涅槃》《天狗》，分析泛神论对郭沫若诗歌创作的影响。

---

① 梁实秋：《"繁星"与"春水"》，载《创造周刊》第1卷第2号，1923年7月。

3. 探析郭沫若诗歌的缺失。

精读作品

郭沫若：《凤凰涅槃》《炉中煤》《地球，我的母亲》《天狗》《女神之再生》

评论摘要

1.《女神》的主导风格是暴躁凌厉，虽然也有一部分比较优美的诗，但影响大的代表性的作品都是具备并能引发这种暴躁凌厉之"气"的。结合读者反应来看《女神》，其成功主要在于宣泄压抑的社会心理，或可称为能量释放，一种渴求个性解放的能量。《女神》主要不是提供深刻，而是提供痛快的情绪宣泄。"五四"时期的读者审美需求是有各种层次的，那时的人们需要深刻冷峻（如鲁迅的小说），需要伤感愤激（如郁达夫、庐隐的作品），需要天真纯情（如冰心的诗和小品），更需要郭沫若式的暴躁凌厉。在充分满足而又造就新的时代审美追求这一点上，郭沫若称得上第一流的诗人。

温儒敏：《文学课堂：温儒敏文学史论集》，214 页，长春，吉林人民出版社，2002。

2. 作者曾醉心过泛神论，他的诗句中闪烁了鲜耀的思想的火花。然而他的泛神论究竟如何呢？泛神主义，用简易的说法，就是一种"本体即神，神即自然"的思想。这个神在他就是自我。听他唱"我赞美我自己，我赞美这自我表现的宇宙的本体"，我们就可探知他的泛神主义的究竟了。那是自我表现主义的极致，个性主义之诗的夸张。这里我们不能不想到那位曾给他深刻影响的美国民主诗人惠特曼了。他也是泛神主义者，而又那么喜欢歌唱自我的诗人。所不同的是他所歌唱的自我是代表向上的充满信心的美国资产阶级的典型，肉体的健壮，胸怀广阔，满意一切，包涵一切；而郭沫若则歌唱了觉醒的中国小资产阶级的自我，精神激动的，热情澎湃的，想破坏一切，创造一切。在反封建的斗争中，个性解放是一个革命要求，这也正是五四留下的光辉业绩。

周扬：《郭沫若和他的〈女神〉》，载《解放日报》，1941 年 11 月 16 日。

3. 若讲新诗，郭沫若君底诗才配称新呢，不独艺术上他的作品与旧诗词相去最远，最要紧的是他的精神完全是时代的精神——二十世纪底时代的精神。有人讲文艺作品是时代底产儿。《女神》真不愧为时代底一个肖子。

只有现在的中国青年——"五四"后之中国青年，他们的烦恼悲哀真像火一样烧着，潮一样涌着，他们觉得这"冷酷如铁"，"黑暗如漆"，"腥秽如血"的宇宙真一秒钟也羁留不得了。他们厌这世界，也厌他们自己。于是急躁者归于自杀，忍耐者力图革新。革新者又觉得意志总敌不住冲动，则抖擞起来，又跌倒下去了。但是他们太溺爱生活了，爱他的甜处，也爱他的辣处。他们决不肯脱逃，也不肯降服。他们的心里只塞满了叫不出的苦。喊不尽的哀。他们的心快塞破了，忽地一个人用海涛底音调，雷霆底声响替他们全盘唱出来了。这个人便是郭沫若，他所唱的就是《女神》。

闻一多：《〈女神〉之时代精神》，载《创造周报》，第 4 号，1923 年 6 月 3 日。

4. 《女神》产生的时候，作者是在一个盲从欧化的日本，他的环境当然差不多是西洋的环境，而且他读的书又是西洋的书；无怪他所见闻，所想念的都是西洋的东西。但我还以为这是一个非常的例子，差不多是个畸形的情况。若我在郭君底地位，我定要用一种非常的态度去应付，节制这种非常的情况。那便是我要时时刻刻想着我是个中国人，我要做新诗，但是中国的新诗，我并不要做个西洋人说中国话，也不要人们误会我的作品是翻译的西文诗；那末我著作时，庶不致这样随便了。郭君是个不相信"做"诗的人；我也不相信没有得着诗的灵感者就可以从揉炼字句中作出好诗来。但郭君这种过于欧化的毛病也许就是太不"做"诗底结果。选择是创造艺术底程序中最紧要的一层手续，自然的不都是美的；美不是现成的。其实没有选择便没有艺术。因为那样便无以鉴别美丑了。

闻一多：《〈女神〉之地方色彩》，载《创造周报》，第 5 号，1923 年 6 月 10 日。

5. 诚然，在"五四"前后，郭沫若是受到泛神论思想的影响的。但郭沫若自称是一个偏于主观的人，他往往凭自己的主观印象和需要去理解、阐释前人的某种学说、思想，因而他所理解、阐释和表现的泛神论，就不是真正的泛神论或是不完全的泛神论，而是经过他主观解释的，是郭沫若式的"泛神论"。请看，郭沫若对泛神论的解释：

> 泛神便是无神。一切的自然只是神的表现，自我也只是神的表现，我即是神，一切自然都是自我的表现。

这解释初看似是泛神论，实际上后一半却是他的随意发挥。

我们知道，所谓泛神论，是指 16、17 世纪流行于西欧的一种唯物主义哲学学说，其代表人物是意大利的布鲁诺和荷兰的斯宾诺莎。这种学说认为神是非人格的本源，这个神或本源不在自然界以外，而是和自然界等同。本体即神，神即自然。这样，泛神论便把神融化在自然界中，否认神是自然界的创造主。用这种公认的泛神论哲学观点去对照郭沫若的上述解释，我们就会发现：他的解释的前半部分，即认为泛神便是无神，一切自然及自我只是神的表现，是符合泛神论的本意的，是唯物的；后半部分即所谓："我即是神，一切自然都是自我的表现"是主观唯心主义的，是郭沫若对泛神论的特殊解释或随意发挥，它不是泛神论，而是"泛我论"。

孙党伯：《郭沫若评传》，138～139 页，北京，人民文学出版社，1987。

6. 他的笔奔放到不能节制。这个天生的性格在好的一个意义上说是很容易产生那巨伟的著作。做诗，有不羁的笔，能运用旧的词藻与能消化新的词藻，可以做一首动人的诗，但这个如今却成就了他做诗人，而累及了创作成就。不能节制的结果是废话。废话在诗中允许，在创作中成了一个不可救药的损失。

沈从文：《论郭沫若》，载《日出》，1930 年 1 卷 1 期。

7. 在新文学运动的缘起上，郭沫若的新诗"女神"显然是与鲁迅的白话小说"狂人日记"相对称的新文学的奠基之作。正如"狂人日记"道出了一个精神病患者的压抑和焦灼一样，"女神"宣泄了一个文化英雄的野心和欲望。在这部命名为"女神"的诗集中，根本看不到丝毫女神应有的宁静和柔美，充斥其间的全然是欲望的蓬勃和泛滥，并且为以后的吹捧者所美其名曰：革命的浪漫主义。毋庸置疑，浪漫主义的确是一个美丽动人的说法，但即便是浪漫主义也有以心灵为基点的浪漫主义和以欲望为基点的浪漫主义。心灵的浪漫主义有一种精神上的贵族气质，如屈原、苏轼、拜伦、雪莱，这种浪漫主义展示了豹的壮美；欲望的浪漫主义则带有一种无赖脾性，如刘邦的"大风歌"、黄巢的"菊花诗"，连同郭沫若的"女神"，这种浪漫体现的是另一种的狂妄。尤其是郭沫若的"女神"更是直接以狗自命，吵吵嚷嚷地号称自己是一条天狗，不仅要吞食日月，而且要吞食宇宙。令人啼笑皆非的是后人竟然将这样的贪婪说成是对斯宾诺莎泛神论的领略。我虽然佩服这种无知无畏的勇气，但也不得不指出：泛神论乃是一种心的徜徉和荡漾，而郭沫若天狗式的贪婪则是一种欲望的狂暴的夸张；泛神论和庄子的齐物论相近，只是泛神论是对上帝的自然皈依，齐物论是对自然的神圣臣服。相反，在郭沫若天狗式的自白中，道出的是一种对世界或曰对天下的强烈的占有欲和企图拥之入怀的渴望。这种诗歌作为新文学的开山之作实在与"五四"精神相去甚远，而假如某种的宣言，倒是恰如其分。

李劼：《中国语言神话和话语英雄》，414 页，西宁，青海人民出版社，1998。

8. 综观郭沫若修订诗集、改写旧作的历史，他像一个眼观六路的机警的兔子，随时窥测环境的变化，决定逃走的方向和时间。他透过作品的改变来适应新的社会情势，其敏感和多变的程度超出了实际需要的程度，应该说意识形态的压力和他本人的投机性格共同塑造了他诗集的修订史。郭沫若对自己诗集的修订、改写基本上是投机性的修订和改写。郭沫若新诗的修订、改写的历史就是一部不断背叛他自己的历史，他通过对自己的背叛来适应时代，通过背叛来不断确立自己在文坛的地位。

刘再复：《媚俗的改写》，载《当代作家评论》，2010（2）。

泛读作品

郭沫若：《晨安》《我是个偶像崇拜者》《立在地球边上放号》

评论文献索引

闻一多．《女神》之时代精神．创造周报，1923 年 6 月 3 日．

闻一多．《女神》之地方色彩．创造周报，1923 年 6 月 10 日．

周扬．郭沫若和他的《女神》．解放日报，1941 年 11 月 16 日．

沈从文．论郭沫若．日出，1930 年 1 卷 1 期．

黄曼君．论郭沫若的诗集《女神》．华中师院学报（哲学社会科学版），1978(1)．

刘纳．论《女神》的艺术风格．中国现代文学研究丛刊，1982(4)．

蓝棣之．论郭沫若新诗创作方法与艺术个性．北京师范大学学报，1983(2)．

孙玉石．郭沫若浪漫主义新诗本体观探论．郭沫若百年诞辰纪念文集．北京：社会科学文献出版社，1994．

王兰．破坏者与新生儿——论郭沫若《女神》中的"我"．郭沫若学刊，2006(4)．

刘再复. 媚俗的改写. 当代作家评论，2010(2).

桑逢康. 郭沫若改文刍议. 文学研究所学术文选(1953－2003). 北京：中国社会科学出版社，2003.

秦弓. 论《女神》的民族色彩. 中国社会科学院研究生院学报，2009(2).

拓展练习

1. 一般文学史都将郭沫若的《女神》视作五四狂飙突进精神的典型体现。但李劼却认为"这种诗歌作为新文学的开山之作实在与五四精神相去甚远"，并且暗示《女神》中的吞天吐日的天狗与日后的"文化大革命"时期的民族癫狂有着内在相似。（见评论摘要7）此中涉及一些重要问题，五四精神的实质是什么？五四与"文化大革命"是否存在内在关联？带着这样的思考重新评价李劼的论述。

2. 孙党伯在《郭沫若评传》中指出，郭沫若自称深受泛神论影响，并对泛神思想做出解释，"泛神便是无神，一切的自然只是神的表现，自我也只是神的表现。我即是神，一切自然都是神"。第一句比较吻合西方泛神思想的原意；第二句将"我"与"神"统一，则是郭沫若的主观发挥，则属唯心。（见评论摘要5）郭沫若为何要改造泛神论？结合相关评论试作分析。

3. 作家重编、改写自己的代表性旧作，是中国现代文学史上的突出现象，例如胡适重订《尝试集》；曹禺改写《雷雨》；老舍删改《骆驼祥子》等。但改动最频繁的还当数郭沫若。如郭沫若的名篇《匪徒颂》在《女神》初版本中有这样一节："倡导社会改造的狂生，痈而不死的罗素呀！/倡导优生学的怪论，妖言惑众的哥尔栋呀！/亘古的大盗，实行'波尔显维克'的列宁呀！"，但在收入1928年的《沫若诗集》时则改为"发现阶级斗争的谬论，穷而无赖的马克思呀！/不能克绍箕裘，甘心附逆的恩格尔斯呀！/亘古的大盗！实行共产主义的列宁呀！"这种改写常常影响到读者对作品作出真实判断，像张光年在《论郭沫若早期的诗》①中就误将改写诗作当作郭沫若的"五四"创作，认为郭沫若在五四初期即已具备成熟的无产阶级革命思想。参考相关评论摘要，分析郭沫若改诗的动机与效果。

第三节 新月诗派：为古典和现代架设桥梁

内容提要

新月诗派是从文化社交团体新月社中脱胎而出的诗歌流派。该派首先对新诗的历史与现状做出反思，指出新诗在对抗古典以确立自身独立地位的过程中，不断滑向"欧化"一极，民族色彩淡薄；而对诗体自由的极端追求，也加剧了情感的泛滥和文字的散漫，"非诗"现象严重。在此基础上，它提出了本质醇正、情感节制、格律谨严的诗学原则。诗派以1927年为界，大体可分为前后两期：

① 张光年：《论郭沫若早期的诗》，载《诗刊》，1957(1).

前期代表人物有徐志摩、闻一多、朱湘等，阵地为《晨报副刊·诗镌》，主要致力于在现代汉语基础上为新诗打造一套格律体系，因此又被称为"新格律派"或"格律派"。其核心理论是"三美"：音乐美——音韵和谐、音尺数大体相等，建筑美——诗行均齐、诗节匀称，绘画美——词藻华美、具有较强色彩感和视觉冲击力。

后期新月以《新月》月刊及《诗刊》季刊为中心，成员主要有徐志摩、陈梦家、方玮德、邵洵美等。在诗歌的纯粹性、贵族性立场上，它与前期保持了一致，但在形式上逐渐放松格律要求，而更注重诗意的真实完整，在情感表现上也因时代遽变带给知识分子的普遍的精神幻灭，显露出消极、颓废的色调。

图 1-9　1924 年泰戈尔访华，
与徐志摩、林徽因合影。

闻一多是诗派的理论旗手，是新格律理论的主要创建者，代表诗集有《红烛》和《死水》。其风格沉郁奇丽，具有强烈、深沉的民族意识和民族气质，但也有部分作品刻意雕琢，便失去素朴与自然美的光华。

徐志摩虽亦服膺"三美"，但不拘教条，作品少有斧凿的印迹，体现出较高的艺术造诣：构思精巧，意象新颖；韵律和谐，富于音乐美；章法整饬，灵活多样；词藻华美，风格明丽。诗集主要有《志摩的诗》《翡冷翠的一夜》《猛虎集》《云游集》。

教学建议

1. 徐志摩与闻一多是新月诗派的"双子星座"，他们在共同倡导新格律理论的同时，又形成了各具特色的艺术风格。以闻一多的《死水》与徐志摩的《雪花的快乐》为例，分析两人的风格差异。

2. 新月诗派力图"在新诗和旧诗之间建立一架不可少的桥梁"。它的"三美"理论是如何体现这一努力的。

3. 阅读作品，感受前后期新月诗派在思想内容和艺术形式上出现的变化，并分析这种变化的生成原因。

精读作品

徐志摩：《诗刊放假》

闻一多：《律诗的研究》《诗的格律》

陈梦家：《新月诗选·序言》

闻一多：《死水》《忆菊》

徐志摩：《沙扬娜拉》《雪花的快乐》《再别康桥》《偶然》

朱湘：《采莲曲》

邵洵美：《我是只小羊》

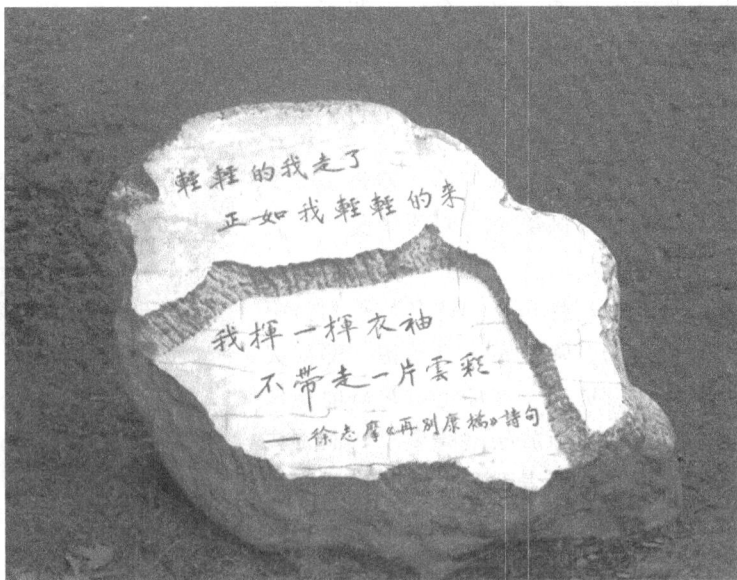

图 1-10 　英国剑桥大学的徐志摩诗碑，上刻有《再别康桥》的诗句。

评论摘要

1. 新月派的努力，是属于有功绩的一面的，因为他在旧诗与新诗之间，建立了一架不可少的桥梁。但是无论一件什么事，好与坏往往伴随着。新月派在提倡规律的过程中，和自由诗招致了诗是容易写的末路一样，也招致了形式主义的恶果。第一个恶果是规律至上，写诗的人拿规律当做目的，忘掉规律只是一条路，是为着达到另外更高远的目标……第二个恶果是内容的贫乏，这与第一个有连带关系，既然把规律看成至上，就会不大注重内容，同时严整的规律，（新月派的规律）本身也会限制内容表现的饱满。

闻氏的诗和朱氏的诗都有刻画的痕迹，闻氏的刻画在字句，朱氏的刻画竟及于感情，说得老实点，竟至造作感情。刻画字句"使人有艺术至上之感"，造作感情则不免腐儒气……闻氏既专在表面用功，朱氏的感情又不都是真的，所以徐志摩之为新月派的主干，确非偶然。他没有虚假的感情，他不专门雕琢字句。他在人的记忆中的印象，较其他新月派诗人为明显。

《晨报·诗刊》建立下规律运动的根基，徐志摩在那上面竖起柱石，盖造起墙屋，这是徐志摩对新月诗派的贡献，所以他可算是新月诗派的代表人物。他的路径——热望，碰壁，颓废——象征着整个新月派的途径。他的死也就不啻宣告了新月诗派的终结。所以新月派后期诗人所走的路，已不复是从前新月派的路，他们都分道扬镳，各奔前程。

石灵：《新月诗派》，载《文学》，第 8 卷第 2 号，1937 年 1 月。

2. 我们不怕格律。格律是圈，它使诗更显明，更美。形式是官感赏乐的外助。格律在不影响于内容的程度上，我们要它，如像画不拒绝合式的金框。金框也有它自己的美，格律便是在形式上给予欣赏者的贡献。但我们决不坚持非格律不可的论调，因为情绪的空气不容许格律来应用时，还是得听诗的意义不受拘束的自由发展。

主张本质的醇正，技巧的周密和格律的谨严差不多是我们一致的方向，仅仅一种方向，也不知道那目的离得我们多远！我们只是虔诚的朝着那一条希望的道上走。

陈梦家：《〈新月诗选〉序言》，见《陈梦家诗全编》，224页，杭州，
浙江文艺出版社，1995。

3. 后期新月异于前期新月的显著特征我们可以概括为两个方向的新变，一是向外的意识的扩张，主要指的是部分新月诗人跳出前期坚执的小我，显示出了走向时代、社会的新倾向，集中表现在他们生活视野的扩大和作品的拓展；二是向内朝着更为幽深的意识领域的开掘，显示了同世界性现代主义思潮的接合。与前期新月比较，第一方面是在题材上的突进，第二方面是在艺术上的创新，而正是第二方面，构成了新月诗派后期的显著的具有流派性质的特征。

黄昌勇：《新月诗派论》，载《文学评论》，1997（3）。

4. 现代格律诗的作者们大都有过创作自由诗的辉煌过程，他们之转入格律诗的创作大都和他们对待创作中情感和理性的安排的态度有相应的关系。情感的放纵往往导致形式的松散，而形式的松散反过来又助长了情感的无关联的泛滥，由此又引发了语言的不纯，庸俗及低级趣味。初期白话新诗的此种缺陷所至就大大地削弱了诗的形式美以及整个诗歌的甜美性以至有用性。假如把现代格律诗的产生放在特定的文学历史内考察，那么就不难发现诗的规律规范正是为着调节理智与情感的冲突使之平衡或缓和而出现并发展的。对胡适诸人诗中羼入许多轻率的浅薄的说教成分的极不满使闻一多等接受了张扬个性的浪漫主义并引郭沫若等创造社为同调。然"五四"的落潮，苦闷和彷徨的思潮很快使浪漫主义流变为感伤主义且盛行起来，影响了诗坛。现代格律诗作为全面而系统的理论主张和实践不仅意在纠正初期白话新诗形式上的流散，更意在提倡含有普遍性的、理智化了的情感以对抗浪漫的感伤情绪。

杜荣根：《寻求与超越：中国新诗形式批评》，140页，上海，复旦大学出版社，1993。

5. 综观新月派的诗学观点，可以认为，"本质的醇正"、"情感的节制"、"格律的谨严"乃是他们的基本诗学原则，三者的统一，构成了他们关于诗歌艺术规范化的主要目标。新月诗派的"本质的醇正"，实际是面对诗坛的"混乱"，以挑战的姿态提出的一种诗歌尺度。他们认为，新诗在彻底取代旧诗和建立起自己的基本格局之后就应当寻求一种新诗的诗美风范，要求诗回到诗本身，诗必须是诗，而不能偏离诗作为诗的轨道，从而表现出对诗歌本体的强调和重视。新月诗派这种诗歌本体观既是对革命现实主义诗歌偏离本体的反拨，也是对他们曾视为"同调"的前期创造社"绝端的自由"的诗学主张的调整，新月诗派提出的"理性节制情感"的美学原则与诗的形式格律化的主张，是相辅相成的。他们认为："如果只在感情的漩涡里沉浮着，旋转着，而没有一个具体的境遇以作知觉依傍的凭借，这样的诗，结果不是无病呻吟，便是言之无物了。"因此他们反对在诗歌中感情的过分泛滥，主张理性节制情感。"理性节制情感"的一个最重要的途径，就是格律化的形式要求。他们把格律形式要求当做"节制情感"的最好镣铐，从而实现最高的审美愿望。新月诗派关于格律诗建设的具体意见，集中体现于闻一多的《诗的格律》一文，他那"戴着脚镣跳舞"的著名论断，对

艺术形式的能动作用，是十分准确的阐发。闻一多认为诗的格律表现在两方面：听觉和视觉。属于听觉方面的因素包括格式、音尺，平仄、韵脚等，归纳起来就是节奏和押韵两个方面。闻一多很强调诗的节奏性，要以有规律的节奏造成一定的格律，而有规律的节奏又是靠调和的音节（即音尺）来造成的。在视觉方面，诗的格律表现为"节的匀称"和"句的均齐"。他认为我们的诗歌，可以从视觉方面创造一种美感，这一个特点，"如果我们不去利用它，真是可惜了"。1931年，陈梦家在《新月诗选》序言中把他们关于格律诗的理论立场作了进一步的总结："我们并不是在起造自己的镣锁，我们是求规范的利用。"总之，新月诗派强调格律，标榜形式，对否定旧诗格律的自由体新诗作了某种新的意义上的否定，它标志着中国新诗已经由初期的注重新旧的对立转入注重美丑的艺术追求了，标志着对新诗艺术本体性的追问已由"内容"转向"形式"，诗的本体论实质便成了"语言形式"的本体论。

龙泉明、邹建军：《现代诗学》，12~13页，长沙，湖南人民出版社，2000。

6. 《诗镌》里闻一多氏影响最大。徐志摩氏虽在努力于"体制的输入与试验"，却只顾了自家，没有想到用理论来领导别人、闻氏才是"最有兴味探讨诗的理论和艺术的"；徐氏说他们几个写诗的朋友多少都受到《死水》作者的影响。《死水》前还有《红烛》，讲究用比喻，又喜欢用别的新诗人用不到的中国典故，最为繁丽，真教人有艺术至上之感。《死水》转向幽玄，更为严谨；他作诗有点像李贺的雕镂而出，是靠理智的控制比情感的驱遣多些。但他的诗不失其为情诗。另一面他又是个爱国诗人，而且几乎可以说是唯一的爱国诗人。

但作为诗人论，徐氏更为世所知。他没有闻氏那样精密，但也没有他那样冷静。他是跳着溅着不舍昼夜的一道生命水。他尝试的体制最多，也译诗；最讲究用比喻——他让你觉着世上一切都是活泼的，鲜明的。陈西滢氏评他的诗，所谓不是平常的欧化，按说就是这个。又说他的诗的音调多近羯鼓铙钹，很少提琴洞箫等抑扬缠绵的风趣，那正是他老在跳着溅着的缘故。他的情诗，为爱情而咏爱情：不一定是实生活的表现，只是想象着自己保举自己作情人，如西方诗家一样。

朱自清：《中国新文学大系·诗集导言》，见《朱自清散文全集》（下集），
836页，北京，中国致公出版社，2001。

7. 《死水》是闻一多在诗歌构建方面最成功的实验，是五四运动期间诗歌中最悲哀的一首诗，是现代中国文学中韵律最完美的挽歌式的诗歌。他的诗有一种建筑的美，他是个诗歌建筑家，他的诗歌都有一个美丽的形式，非常好。他有一些短诗诗意很像唐朝时代的绝句。闻一多不光是伟大的诗人，也是一位杰出的学者，他是五四运动之后非常杰出的作家。他还有一首诗《闻先生的书桌》，写得非常好，写他书桌上的笔墨，纸砚，他看着那些东西就开始发牢骚。他的诗歌都是用民间语言写出来的，像《飞毛腿》，完全是用北京的拉车夫的语言写的——"我说飞毛腿那小子也真够别扭，管保是拉了半天车半天歇着"，这首诗非常好。

[瑞士] 马悦然：《诺贝尔跟中国作家"有仇"》，见《物质时代的文化真相》，
73页，北京，文化艺术出版社，2006。

8. 闻君的诗，我们看完了的时候，一定会发现一种奇异的现象，便是，音乐性的缺乏。无音乐性的诗！这决不是我们所能想象得出来的。诗而无音乐，那简直是与花无香气，美人无眼珠相等了，那时候如何能成其为诗呢？在闻君的诗集中，只有《太阳吟》一篇比较的还算是有音节，其余的一概谈不上。至于《渔阳曲》的章尾完全与美国叶仑坡的 Bells 一样，只是一种字音的有趣的试验，谈不上音节，因为音节是指着诗歌中那种内在的与意境融合而分不开的节奏而言的。正因为他缺乏音乐性的原故，我们才会一直只瞧见他吃力的写，再也没有听得他自在的唱过的。这是闻君的致命伤。

朱湘：《评闻君一多的诗》，载《小说月报》，17 卷 5 号，1926 年 5 月 10 日。

9. 在徐志摩这首小诗的语流中，"最"字是一个独特的存在，它不仅把作者对这个日本女郎"一低头"的神态的心灵感触突出了出来，而且在全诗中是唯一一个短促的收口音，在某种程度上也有力度感，它突如其来，好像轻轻地推了我们一下，一下子把我们推到了这首小诗的世界里，推到了这个日本女郎的面前。起到的是"无"中生"有"的作用。"最"字以后的所有字词，几乎都是有尾音的音，这种尾音把前一个音与后一个音很自然地联系在一起，整首诗除了在一个句子结束时有一个轻轻的停顿之外，其他语词都呈现着一种连绵不断的变化状态，它不像"这是一沟绝望的死水"（闻一多《死水》）一样是一个词一个词地绝然地顿开的，也不像"冷冷清清，戚戚惨惨戚戚"（李清照《声声慢："冷冷清清"》）一样是前后重叠、在一个音或相近的音上蹉跎盘旋的，它时时变化着，但我们却感觉不到它的转折性的变化，从一个音向另一个音的过渡都非常自然，往往是上一个音的结束正好易于下一个音的发音，不用重新调整发音的部位。没有佶屈聱牙感，没有不能不绝然顿开的地方，整首诗的语言，都使我们感到一种轻柔的曲线美。一种轻盈感，一种飘逸感。这种轻柔的曲线美，这种轻盈感，这种飘逸感，也是我们在想象中重构这个日本女郎形象的心理基础。

王富仁：《语文教学与文学》，212 页，广州，广东教育出版社，2006。

10. 《猛虎集》是志摩的"中坚作品"，是技巧上最成熟的作品，圆熟的外形，配着淡到几乎没有的内容，而且这淡极了的内容也不外乎感伤的情绪，——轻烟似的微哀，神秘的象征的依恋感喟追求：这些都是发展到最后一阶段的现代布尔乔亚诗人的特色，而志摩是中国文坛上杰出的代表者，志摩以后的继起者未见有能并驾齐驱，我称他为"末代的诗人"，就是指这一点而说的。

茅盾：《徐志摩论》，载《现代》，第 2 卷第 4 期，1932 年 2 月 1 日。

11. 徐君没有汪静之的灵感，没有郭沫若的奔放，没有闻一多的幽玄，没有刘梦苇的清秀，徐君只有——借用徐君朋友批评徐君的话——浮浅。

朱湘：《翡冷翠的一夜》，见《文学周报》（七卷合订本），685 页，
上海，开明书店，1929。

12. 能以清明无邪的眼观察一切，能以无渣滓的心领会一切。大千世界的光彩皆以悦目的调子为诗人所接受。作者的诗，代表了中国十年来诗歌的一个方向，是自然诗人用农民感情从容歌咏而成的从容方向。爱，流血，皆无冲突，皆在那名词下看到和谐同美，因此作者的诗，是以同这一时代要求取分离样子独自存在的。

徐志摩、邵洵美两人诗中那种为官能的爱欲而炫目，作出对生存的热情赞颂，朱湘是不曾那么写他的诗的。胡适最先使诗成为口号的形式而存在，郭沫若从而更夸张的使诗在那意义上发展，朱湘也不照到那样子作诗的。处处不忘却一个诗人的人生观的独见，从不疏忽了在"描写"以外的"解释"，冰心在她的小诗上，闻一多在他的作品上，全不缺少的气氛，从朱湘的《草莽集》诗中加以检察，也寻不出。

以一个东方民族的感情，对自然所感到的音乐与图画的意味，由文字结合，成为一首诗，这文字也是采取自己一个民族文学中所遗留的文字，用东方的声音，唱东方的歌曲，使诗歌从歌曲意义中显出完美，《采莲曲》在中国新诗发展上，也是非常有意义的。

沈从文：《论朱湘的诗》，载《文艺月刊》，第2卷第1号，1931年1月。

13. 以邵洵美为代表的颓废派的主要思想是要逃脱黑暗诈伪的社会，在短暂的人生，为自己寻找或创造一种足以令人陶醉的，充满刺激的世界。这世界是以身体的享乐，"不受拘束的自然"为本体的，因此，首先必须把人们从旧有的束缚人的道德中"救出来，解放出来"，做一个"不屈志，不屈心的大逆之人"，在爱和美中得以享受短暂的人生。

他以情欲的眼光观照世界的一切，如法朗士所说："一切事物都表现着爱的形式。自然万物，从禽兽以至草木，都对我表示着肉的拥抱……"另外，唯美派或患着世纪末病的诗人多半是"死"的赞美者，但邵洵美却特别强调"生的执着"和"不死的快乐"。这快乐主要是指"身体"的快乐，"肉欲"的快乐，他的作品除接受西方唯美颓废主义追求官能快感，宣泄世纪末人生苦闷的影响外，还明显地透露出中国长久以来的艳体诗和《金瓶梅》等声色小说的色彩。

邵洵美是十分追求形式之美的。他在《纯粹的诗》一文中，讨论乔治·摩尔的纯诗学和法国象征派诗人马拉美等人的诗。他认为"只有能与诗的本身的'品性'谐和的方式才是完美的形式"，因此，他认为首先应从胡适那样的"只注重形式"的形式中解脱出来，不是只讲究文言或白话，而要寻求一种内在的、与内容不可分的"肌质"的形式之美。他还强调写诗根本不可能明白如话，他说："一首诗，到了真正明显的时候，它便走进了散文的领域。"伟大的诗都会是一种伟大的象征，充满了各种暗示和隐喻，因此多少是曲折朦胧的。

乐黛云：《跨文化之桥》，386页，北京，北京大学出版社，2002。

14. 邵洵美常感世情冷漠人生短暂，只有爱与美的瞬间才充满生之欢乐，所以追求灵肉结合的人间情爱成了他吟诵的基本主题。但客观说来，《我是只小羊》情思意蕴并不新鲜。欲与恋人相随相依生死不离这种心曲是老而又老的话题，它在诸多古典诗词那里早已似曾相识；就是"我吃了你我睡了你，我又将我交给了你"这种带有些许原始色欲成分的现代衷肠，也引不起读者的兴趣。此诗的生命魅力支撑在于独到比喻的创造。人说好的比喻是诗飞翔的翅膀、直立的拐杖，可以点石成金。该诗借小羊和牧场生命相依关系比喻恋人间难以分割的依恋，就体现了这一艺术法则。它比喻本体与喻体间的距离之远、想象力超出常人之甚，令人感到陌生怪诞又贴切脱俗，妙趣横生，体现了一种机智风格；独特的比喻又为读者设置出美妙图景，使温顺而坚贞的抽象恋情获得了形象依托，可触可感。

罗振亚：《拨动经典的风铃》，94页，哈尔滨，黑龙江人民出版社，2009。

泛读作品

闻一多：《发现》《孤雁》《秋菊》

朱湘：《雨景》《葬我》

陈梦家：《一朵野花》

林徽因：《别丢掉》

评论文献索引

陈梦家.《新月诗选》序言. 新月诗选. 上海：新月书店，1931.

石灵. 新月诗派. 文学，第 8 卷第 2 号，1937 年 1 月.

蓝棣之. 论新月诗歌的思想特征. 中国现代文学研究丛刊，1982(1).

王富仁. 闻一多诗论. 海南师范学院学报，1993(1).

黄昌勇. 新月诗派论. 文学评论，1997(3).

程光炜. 闻一多新诗理论探索. 文学评论，1998(2).

龙泉明. 论新月诗派的新诗规范化运动. 求是学刊，2000(4).

朱湘. 评闻君一多的诗. 小说月报，17 卷第 5 号，1926 年 5 月 10 日.

朱湘. 评徐君志摩的诗. 小说月报，17 卷第 1 号，1926 年.

朱湘. 翡冷翠的一夜.《文学周报》七卷合订本. 上海：开明书店，1929.

沈从文. 论朱湘的诗. 文艺月刊，第 2 卷第 1 号，1931 年 1 月.

赓虞. 志摩的诗. 晨报·学园，1931 年 12 月 9 日.

茅盾. 徐志摩论. 现代，第 2 卷第 4 期，1932 年 2 月 1 日.

吴宏聪. 资产阶级诗歌的堕落——评徐志摩的诗. 中山大学学报(社会科学版)，1963(1)、(2)合刊.

李怡. 古典理想的现代重构——论徐志摩与中国传统诗歌文化. 江海学刊，1994(4).

乐黛云. 中国的世纪末颓废：最后一个唯美诗人邵洵美. 随笔，2000(3).

拓展练习

1. 石灵在分析新月诗派时指出，"前期诗人的作品，大半是初期作品形式自由，后来慢慢走上字句整齐的路；后期诗人则大半是初期作品字句整齐，后来慢慢走上形式自由的路"[①]。后期新月的这种"散文化"趋向，能否理解为是对早期白话诗"作诗如作文"的返归？

2. 徐志摩在《诗刊放假》中谈道，"一首诗的字句是身体的外形，音节是血脉，'诗感'或原动的诗意是心脏的跳动，有它才有血脉的流转"。结合这段论述，分析后期新月诗派之于前期在诗学观念上做出何种调整？

3. 借用新月诗派主张的"三美"理论，分析徐志摩《雪花的快乐》。

---

① 石灵：《新月诗派》，载《文学》，第 8 卷第 2 号，1937 年 1 月。

第四节　象征诗派：打造纯粹的诗歌

内容提要

1926 年，象征诗派理论旗手穆木天在《谭诗——寄沫若的一封信》中对"作诗如作文"导致的诗歌失范提出了批评，要求重建"诗与散文的纯粹的分界"，创作"纯粹的诗歌"。不过，"纯诗"与散文的主要区别并不是外在的诗体、格律，而是在关注领域、表现方式等方面的本质性差异，具体而言，即是：散文关注人间生活，诗歌关注内在生命；散文追求清楚明白，诗歌追求朦胧晦涩；诗歌背后应该有大哲学，但应体现为一种感觉，而忌概念性的说明。

象征诗派提倡的"纯诗"看起来是对"新诗运动"的反动，但实则在新诗建设的路上更进一步。首先，它将诗歌从理念、情感表层带入至潜意识、非意识的灵魂深层，大大丰富了诗歌表现内容；其次，它以朦胧新奇取代明白亲切，以"独语体"替代"谈话风"，强化了作家艺术个性的表达。它的崛起引发了继自由诗派、格律诗派之后针对新诗缺少"诗味"而展开的第三次结构性调整，当然这次调整及至 20 世纪 30 年代的现代诗派才基本完成的。同时，它的崛起也反映了五四民主精神的深化——由建构公共空间的对话原则转向发掘个人空间的私密灵魂，赢得了更加广泛坚实的个体基础。

教学建议

1. 就李金发《弃妇》写一篇赏析短文。

2. 刘西渭（李健吾）说李金发"有一点可贵，就是意象的创造"。但是他还说，"李金发先生却太不能把握中国的语言文字，有时甚至于意象隔着一层，令人感到过分浓厚的法国象征派诗人的气息，渐渐为人厌弃"[①]。这实际上指出了中国象征派诗歌在艺术创造上得失兼备的特征。要结合具体作品分析象征诗派的缺失所在。

3. 象征诗派主要从内容上、表现对象上区分诗歌与散文。但是，这并不意味着它放弃了对艺术形式的追求；相反，它明确要求，"诗要兼造形与音乐之美"（穆木天语）、"（情＋力）＋（音＋色）＝诗"（王独清语）。在对韵律、诗型、画面的追求上，它与新月诗派的"三美"有相通之处。结合穆木天的《落花》来理解这一点。

图 1-11　李金发的雕塑作品：《黄少强像》。

---

① 李健吾：《李健吾文学评论选》，银川，宁夏人民出版社，1983。

精读作品

李金发：《弃妇》《有感》

穆木天：《苍白的钟声》《落花》

评论摘要

1. 他民九就作诗，但《微雨》出版已经是十四年十一月。"导言"里说不顾全诗的体裁，"苟能表现一切"；他要表现的是"对于生命欲揶揄的神秘及悲哀的美丽"。他讲究用比喻，有"诗怪"之称；但不将那些比喻放在明白的间架里。他的诗没有寻常的章法，一部分一部分可以懂，合起来却没有意思。他要表现的不是意思而是感觉或感情；仿佛大大小小红红绿绿一串珠子，他却藏起那串儿，你得自己穿着瞧。这就是法国象征诗人的手法，李氏是第一个介绍它到中国诗里。许多人抱怨看不懂，许多人却在模仿着。他的诗不缺乏想象力，但不知是创造新语言的心太切，还是母舌太生疏，句法过于欧化，叫人像读着翻译；又夹杂着些文言里的叹词语助词，更加不像——虽然也可以说是自由体诗体制。

朱自清：《中国新文学大系·诗集·导言》(1917—1927)，7 页，
上海，良友图书印刷公司，1935。

2. 穆木天将他的文学批评建立在对文学的外部与内部的严格区分与界定上：一方面，他在《谭诗》中提出"诗与散文的清楚的分界"——让诗回到诗那里去，对"纯粹诗歌"进行形式建构，以矫正五四白话新诗的非诗化流弊；另一方面，在《写实文学论》中，他提出"写实"与"写真"的区别，认为"写实"产生于作家的"内意识"（创作主体），"写实文学"是"内意识的结晶"，以滤除左拉的自然主义对新文学创作的淫染。穆木天从"文体"到"创作"对文学的外部与内部的严格区分与界定，绝不是遗忘或舍弃文学的现实性品格。在《谭诗》与《写实文学论》中，文学从追求外部社会功利的非文学表现，回到文学本体建构，而由作家创作主体的"内生命"中积淀、蕴蓄的丰富的社会历史与现实人生体验，内在地与时代相统一。穆木天进一步提出文学的"哲学"意义，即文学根底上的贵族精神所决定的文学的形而上的本质特征，认为文学在面对现实的同时，还应该具备超越现实的品格，蕴含着要源于人的本性的具有人类普遍意义的"哲学"。

陈方竞：《论穆木天五四时期文学批评的"文学史"价值》，
载《吉林师范学院学报》，1996 (9)。

3. 偏离时代、悖于传统、分崩离析三个要素决定了象征诗派消隐与沉潜的必然，成为未完成的探索。象征诗派向内心世界倾斜时也出现了漠视乃至逃避现实的偏差，这个流向在缺乏现代主义生长土壤的 20 世纪 20 年代显得很不合时宜，尤其到民族存亡未卜的"九一八"事变后，腥风血雨的残酷现实，呼唤着号角与投枪，呼唤着高扬嘹亮的战歌与凌厉粗豪的呐喊，丝毫也容不得象征诗派躲在时代大潮之外的象牙塔里咀嚼个人情感。所以在无数仁人志士纷纷投入抗日洪流之时，这座无法给人以鼓舞与力量的临时防空洞便不攻自破的坍塌了。

象征诗派与生俱来的诗歌观念的贵族性牵拉是更内在、更本质的原因。综合中西艺术经验开创新的诗美时，本来就因面对无可承继的漫无荒芜与空白而举步维艰，可他们又不以晦涩为悲剧，反倒把它提高到美学原则的高度去推崇，这就无形中决定了这群过于神化西方诗、古典文学根基浅薄的歌唱者模仿力大大超过创造力，往往使借鉴只停浮于赤裸的复制上，成为头重脚轻、华而不实的"墙头芦苇"。

另外，抒情群落的内部分裂也加速了流派衰亡的进程。在残酷的现实斗争面前，责任感与使命意识较强的诗人竟把对象征主义的沉醉看成是"不要脸地在那里高蹈"，并由低回忧郁的艺术趣味向高昂明朗的传统现实主义依归。

需要指出，象征诗派的消散并不就意味着本质上的死亡，它只是艺术探索中外来影响阻挠的阶段性歇息与调整，自身机制并未萎缩；一旦环境的土壤与气候适宜，它仍会以顽强的生命力竞放出鲜亮而美丽的花朵来，现代诗派、九叶诗派的崛起不就是最好、最有力的证明吗？

罗振亚：《20世纪中国先锋诗潮》，32～33页，北京，人民出版社，2008。

4. 象征主义诗潮的逐渐兴起，是新诗发展的必然趋势。当中国诗坛处在白话新诗写实主义的氛围中时，一批诗人对它存在的"晶莹透彻得厉害了，没有一点朦胧"，缺少"余香与回味"的弊病深为不满，表示要给他"食一点补品"，以使其发生新的变化，这补品之一就是法国象征主义。……

中国早期象征派诗人开始写诗多在20年代上半期，当时诗坛通行着一种自我表现的说法，做诗习于狂叫直说，以坦白奔放为标榜，他们对于这种倾向私心里反叛着。他们从法国象征主义诗歌那里找到了对抗"坦白直说"、过分的感情宣泄和缺乏深沉含蓄的艺术缺陷的出路。于是，一种新的诗歌美学追求从诗歌内部孕育出来。……但由于当时普遍关注的是社会现实问题和形式格律问题，同时象征诗的优点又受到晦涩性的制约，所产生的影响十分有限，加上他们没有团体，没有刊物，也没有宣言，显得松散无力，这就使得象征诗派从一开始就不及革命诗派和格律诗派声大势壮。

龙泉明：《中国新诗流变论》，261～262页，北京，人民文学出版社，1999。

5. 《弃妇》展现了中国新诗所未曾有的颓废和没落的氛围。沉睡的枯骨，急流的鲜血，衰老的裙裾的哀吟，这一切与那种殷切的期待，新生的喜悦形成极大的反差。把死亡和绝望引进此刻的中国诗中要有足够的勇气，何况，它从语言到意象，都全然是欧化的。我们已经习惯的是，那些浪漫诗人提供的充满了缱绻的情意的多情女子的形象，那些女子大都美丽而生动，她们来到人间是为了给人以温馨和友爱，人们因而对世界充满了希望和期待。而此刻我们却遇到了这样不幸的被命运所抛弃的妇人，她是绝望和衰败的象征。

《弃妇》这首诗，它通过那些奇异的词语排列："弃妇之隐忧堆积在动作上，夕阳之火不能把时间之烦闷化成灰烬，从烟空里飞去，长染在游鸦之羽，将同栖于海啸之石上，静听舟子之歌。"这里隐忧能够"堆积"，时间也有"烦闷"。前所未见的描写和组合，造成了迷漫诗中的诡秘的甚至是惊怖的气氛。描写和联系是含混和隐蔽的，明白的意义也无从显示。但我们却可从它的命运、以及从此中诸如厌恶之疾视、狂呼在清白之耳后，隐忧、哀吟，徜徉在丘墓之侧等等，可以感悟到某种情绪的内涵。具体的背景和细节是没有的，总体的朦胧传达了特定的氛围。它与遗弃、失落、悲哀的命运有关。

谢冕：《中国现代象征诗第一人——论李金发兼及他的诗歌影响》，

载《新文学史料》，2001（2）。

6.《弃妇》在表面的意义上是写一个被遗弃女子的悲哀。全诗分四节，前两节的主述者是弃妇自身，后两节抒情主体发生转换，由弃妇变成了诗人自己。作者用一连串富于个性特征和暗示性的意象，渲染和烘托了弃妇悲苦的情绪。

第一节写弃妇心境的痛苦：因为孤寂苦痛，无心洗沐，长长的头发披散在眼前，这样就隔断了周围人们投来的一切羞辱与厌恶的目光，同时也隔断了自己生的欢乐和死的痛苦。"鲜血之急流，枯骨之沉睡"，即这个意思。这两句是强化自己的感情，是由众人的"疾视"而转向内心的绝望，看去似朦胧一些，细琢磨一下实际还是可以理解的。接下去写夜色降临了，随之而来的成群的蚊虫跨过倒塌的墙角，在自己"清白的耳后"嗡嗡狂叫着，如"荒野上狂风怒号"一般，使无数的放牧者都为之战栗。在这里，蚊虫与黑夜，都是暗示性的意象。社会的氛围与众人的舆论，对弃妇是多么沉重的心理压力。蚊虫与黑夜为伍的狂呼，与自身清白的弃妇相对照，写的是自然景色，暗示的却是另一层内涵：周围那些为礼教信条而束缚的世俗人们的议论。"人言可畏"这一常用的概念化的语言在这里化成了象征性的形象。

诗的第二节写弃妇不被理解的孤独感。大意是：我的痛苦是无人理解的，连上帝都不能了解我心灵的痛苦，我的祈愿连上帝都不能听见，只能靠一根草儿与上帝的神灵在空谷里往返，而"一根草儿"又是多么的脆弱！靠它是根本无法实现情感的交流的。我的悲哀与痛苦，世人与上帝均不理解，那么可能只有那游蜂的小小的脑袋可以留下一点印象，或者消失在奔湍的山泉之中，泻下悬崖，然后随流水中的一片片红叶而寂寞地消逝了，消失得无影无踪。

诗的第三节叙述的主体转变了。弃妇独自隐去，诗人直接出场。这是象征诗人常用的方法。没有变的是，诗人仍以意象烘托弃妇的隐忧与烦闷。他告诉人们：弃妇内心的隐忧与烦闷是无法排遣的。但情感的表述不是静态的形式，而是转换为动态的显现了。由于这种深隐的忧愁使得她的行动艰难而迟缓，无法驱遣的烦闷连时间的流逝也不能得到解除，"烦闷"化成灰烬，染于游鸦之羽毛，栖息在礁石上，静听舟子之歌，是弃妇的美好而可怜的愿望，也是无法实现的愿望。

最后一节，写弃妇在极度的孤独与哀戚中，只身到墓地上徘徊，想向那永诀的人一诉自己的痛苦心境。这种悲苦是那么久了，人苍老了，泪哭干了。诗的尾声是十分沉重而绝望的："永无热泪，/点滴在草地/为世界之装饰。"比起前面的诗行来，这短促的句式更增强了痛苦感情的表达。整首诗看来，诗人对弃妇内心的悲哀、孤独和绝望，写得相当深刻入微，形象蕴藉，充满了心境逐渐推移和深化的流动感。诗人的同情与弃妇的命运融而为一，没有概念的铺叙或情感的直白的弊病。

孙玉石：《诗人与解诗者如是说》，79～80页，北京，北京大学出版社，2010。

7. 这是穆木天的早期代表作之一。作品问世的1925年，正是诗人创作激情勃发的时候。由于穆木天深吸了法国象征派的"异国熏香"，从象征派诗人那里借来了观照世界的方式和表现手法，所以他笔下的落花，迥异于前人，又打开了落花题材的新生面。……乍读此诗，给我们印象最深的，恐怕就是那朦朦胧胧的色调、披着轻纱般的爱情和淡淡的人生哀愁了。这也许就是诗人所追求的"纯粹诗歌"美的境界。具体说来，我们读此诗可注意如下几点：首先，"落花"这一中心意象的呈现不依赖于具体的"应物赋形"，而借助于音乐性的烘托。诗一开头即为落花的出现做了声音上的铺垫，紧接着用人的嘘叹声喻落花的簌簌落下，这样落花的声音便一下子处在虚空缥缈、似有似无的境界之中了。其次，对诗的暗示性及多重含义的追求。穆木天的重要诗学主张之一便是强调诗最忌明说，而"要暗示出人的内生命的深秘"。就此诗看，作者以蒙太奇的叠印手法，把落花与表示爱情的"接吻的余香"融合在一起，耐人寻味。同时，落花又象征人生的漂泊无依，故有"到底哪里是人生的故家"的慨叹。第三，运用叠词、叠句造成与自然的律动相协调的韵律。如第二节末尾与第三节开头的重复衔接，以及第三节中四个"飘荡"的反复咏叹。第四，省略标点符号所造成的诗的内涵空间的增大。对此穆木天曾有自己的看法："我主张句读在诗上废止。……句读把诗的律，诗的思想限狭小了。诗是流动的律的先验的东西，决不容别个东西打搅。把句读废了，诗的朦胧性愈大，而暗示性因越大。"穆木天对诗歌标点符号的批评未免有些绝对化，因为诗歌中标点符号的用与不用，每个诗人有自己的充分自由。不过就这首《落花》看，标点符号的省略倒是在一定程度造成了诗的内涵空间增大的效果，对此应予肯定。

吴思敬：《吴思敬解读〈落花〉》，载《诗刊》（上半月），2005（11）。

泛读作品

李金发：《里昂车中》《寒夜之幻觉》《夜之歌》

穆木天：《雨后》《谭诗》

王独清：《我从 Café 中走出来》《玫瑰花》

冯乃超：《月光下》《红纱灯》

评论文献索引

孙玉石. 中国初期象征派诗歌研究. 北京：北京大学出版社，1983.

赵林云. 中国初期象征诗派诗歌意象构造得失论. 山东师范大学学报，1992(6).

王毅. 题型转换：中国初期象征主义诗歌的历史意义. 诗探索，2000(1).

罗振亚. 1920 年代象征诗派艺术形态论. 黑龙江社会科学，2006(4).

宋永毅. 李金发：历史毁誉中的存在. 走向世界文学. 长沙：湖南人民出版社，1985.

李怡. 李金发片论——一个中西比较的视角. 中国现代文学研究丛刊，1988(4).

徐肖楠. 论李金发的诗. 文学评论，2000(5).

谢冕. 中国现代象征诗第一人——论李金发兼及他的诗歌影响. 新文学史料，2001(2).

田悦芳. 衰败生命中的一道屐痕——李金发的诗《弃妇》赏析. 名作欣赏，2008(9).

蒲风. 诗人印象记——穆木天. 中国诗坛，第 1 卷第 4 期，1937.

蔡清富. 穆木天研究述评. 中国现代文学研究丛刊，1991(1).

孙玉石. 穆木天：新诗先锋性的探索者——纪念穆木天诞辰一百周年. 文学评论，2001(6).

拓展练习

1. 李金发《弃妇》最后一节中有"徜徉在丘墓之侧"的诗句。其中，"徜徉"在现代汉语中，多用来描述安闲自在的情态，这似乎与弃妇万念俱灰、行将离世的状态相悖。那么能否将"徜徉"替换为"徘徊"或"彷徨"？谈谈你的理解。

2. 象征主义源起于 19 世纪中叶的法国，后来波及欧美诸国，代表人物有波德莱尔、魏尔仑、瓦雷里等。它的基本主张是诗歌应当表现自我的"内心梦幻"，要努力捕捉一瞬间的感受和幻觉；在表现方法上，反对直陈其事和直抒胸臆，要运用象征、暗示和自由联想，以构成一种朦胧、银灰、谜语般的艺术风格。不难看出，中国象征诗派在诗学观念与创作实践上多取法于西方象征主义。但是周作人却在《〈扬鞭集〉序》中表示："'兴'最有意思，用新名词讲或许可以说是象征。让我说，象征是诗的最新的写法，但也是最旧，在中国也'古已有之'"[1]，而王佐良也曾表达过相近的意思，"西方现代诗里几乎没有任何真正能叫有修养的中国诗人感到吃惊的东西；他们一回顾中国传统诗歌，总觉得许多西方新东西是似曾相识。"[2] 结合穆木天的《落花》，谈谈西方的"象征"技法与中国传统的"兴"的手法在作品中是如何融会的。

3. 穆木天在《谭诗》谈道，"诗越不明白越好"，将"晦涩"视作衡定诗歌艺术水准的重要标尺。这一主张已多为人诟病。但如结合早期新诗之流弊，如周作人所指陈的，"一切作品都像是一个玻璃球，晶莹透澈得太厉害了，没有一点儿朦胧，因此也似乎缺少了一种余香与回味"[3]。这样的偏激之语亦不乏"否定之否定"的进步趋向。结合作品，分析"晦涩"在象征诗派的创作实践中有何体现，它有着怎样的积极意义和消极作用？

---

① 周作人：《〈扬鞭集〉序》，见《扬鞭集》，1 页，北京，北新书局，1926。
② 王佐良：《风格和风格的背后》，83 页，北京，人民日报出版社，1987。
③ 周作人：《〈扬鞭集〉序》，见《扬鞭集》，1 页，北京，北新书局，1926。

第三章 散　文

第一节　文明批评与社会批评并重

内容提要

第一个十年的散文创作不仅文体品种丰富多彩，风格流派各领风骚，而且题材范围之广，作品数量之巨，名家之多，都是前所未有的。这时期散文自觉而彻底的革故鼎新，使散文作为一种独立的艺术形式，实现了从古代形态向现代形态的转变。这一时期主要的散文流派和散文作家有：

《新青年》"随感录"作家群。1918 年 4 月，《新青年》第 4 卷第 4 号开辟"随感录"专栏，中国现代杂文宣告正式创立。杂文是现代文学中最早兴起的散文作品，是议论时政的杂感短评的统称。作家大都是新文化运动的代表人物，如李大钊、陈独秀、刘半农、钱玄同、周作人等。而以"周氏兄弟"的杂文最具代表性。"随感录"作家群奠定了杂文在中国现代散文史上的地位。他们适应五四批判封建文化和建设新的思想文化的需要，对现实做出敏锐的反映。

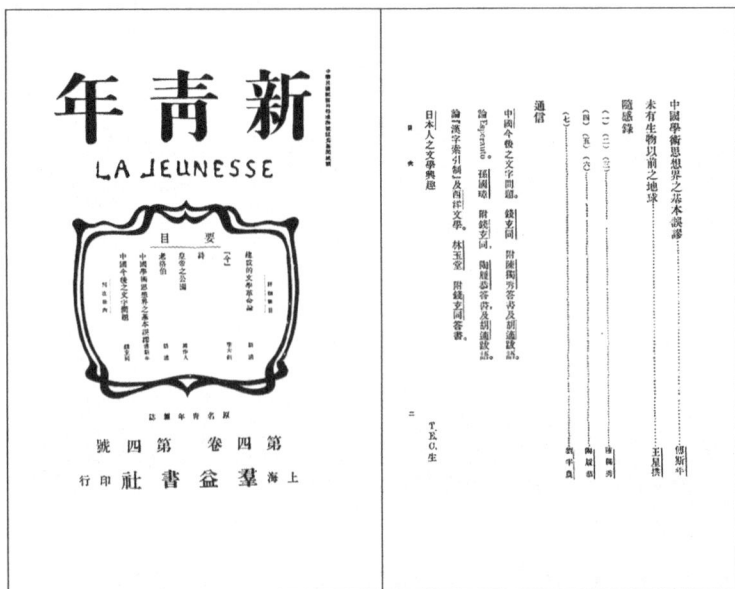

图 1-12　1918 年《新青年》第四卷第四号开设"随感录"专栏。

"语丝派"及"语丝文体"。聚集在《语丝》周围的一些知识分子因倾向趋同和格调相近而被称为"语丝派"。鲁迅、周作人是"语丝派"的核心作家。《语丝》上发表的作品以杂文为主，但也涉及其他文体，形成了具有一定共同特色的"语丝"文体。其特色是"任意而谈，无所顾忌，要催生新的产生，对于有害于新的旧事物，则竭力加以排击，——但应该产生怎样的'新'，却并无明白的表示，而一到觉得有些危急之际，也还是故意隐约其词。""语丝文体"的整个风格泼辣幽默，不仅具有政论的主题，又有强烈的文艺性，嬉笑怒骂，冷嘲热讽，开一派新风。

"现代评论派"散文。1924 年 12 月，《现代评论》在北京编辑创刊。围绕该期刊出现了"现代评论派"。该派成员大都是欧美留学归国的自由主义知识分子，他们向往和追求自由、平等、博爱的理想社会，其政治倾向和创作的思想取向与鲁迅以及部分"语丝"派成员相对立。"现代评论派"的中心成员有徐志摩、陈西滢等。徐志摩本是新月派的浪漫诗人，他的散文也同样具有诗的流动性。陈西滢的杂文追求典雅大度、平和公允的艺术风格，意幽而不晦，笔曲而不诡，曲幽之间，行文流畅，言之有理，论之有据，自有一种幽默感、绅士风度，表现出其在西方文学方面的修养。

文学研究会及其风格相近作家的散文。现代散文中另一类小品散文即"美文"的出现要晚于现代杂文。1921 年 6 月，周作人作《美文》一文，首次从理论上开始倡导，在他的倡导下，出现了一大批风格独具的散文家。除周作人、冰心、朱自清外，还有梁遇春、许地山等散文家的出现。梁遇春主要有《春醪集》《泪与笑》两部散文集。他的散文多谈人生哲理，博学敏思。许地山散文集《空山灵雨》，风格质朴淳厚，空灵清淡。小品散文中持冲淡一派的散文家虽然不全是文研会的成员，却都主要受周作人的影响，如：俞平伯和钟敬文等。

郁达夫和"创造社"作家散文。郁达夫的主要散文集有《闲书》《屐痕处处》《达夫游记》等，以创作于 20 世纪 20 年代的感伤散文、日记散文和创作于 30 年代的游记散文成就最高，用率真坦诚、热情呼号的自剖式文字，毫无讳饰地暴露自我。郭沫若的散文也是用直接倾诉自己的经历的方式，向社会发出悲愤的呼叫。

瞿秋白及报告体散文。此间还有另一类叙事性散文反映了更为广阔的社会生活内容，同时具有文学性、真实性、新闻性和题材的重大性等特点，瞿秋白的《饿乡纪程》和《赤都心史》是这类散文的代表之作。作品把记游、写景、议论、抒情融为一体，形成气势雄伟、绚丽多彩的报告体或通讯体散文，实为中国报告文学的先声。

教学建议

1. 第一个十年所涉各家各体散文众多，掌握概貌，可依流派或作家群为考察的单元，但重点应放在代表性作家的评价上，要偏重风格的把握，要重视自己的阅读体验。

2. 梁遇春好沉思冥想，又主要从书本而不是从生活实践中追求和探索人生。他拥有的是一种否定性的思维，经常质疑或否定人们已经普遍认可的某些价值标准和是非观念，常以异于别人的思路来对人生做逆向观察、体验、思索，从而对人生的某些问题生发出新奇独到的理解。细读文本，分组讨论，给出自己的理解。

3. "随感录"杂文大都是论战批判色彩浓厚的急就章，必须联系当时特定的时代氛围来阅读。

精读作品

徐志摩：《我所知道的康桥》

许地山：《落花生》

俞平伯：《陶然亭的雪》《桨声灯影里的秦淮河》

郁达夫：《钓台的春昼》《故都的秋》

梁遇春：《"还我头来"》

评论摘要

1. 现代的散文之最大特征，是每一个作家的每一篇散文里所表现的个性，比从前的任何散文都来得强。古人说，小说都带些自叙传的色彩的，因为从小说的作风里人物里可以见到作者自己的写照；但现代的散文，却更是带有自叙传的色彩了，我们只消把现代作家的散文集一翻，则这作家的世系，性格，嗜好，思想，信仰，以及生活习惯等等，无不活泼泼地显现在我们的眼前。这一种自叙传的色彩是什么呢，就是文学里所最宝贵的个性的表现。……我们又可以晓得现代散文的第二特征，是在它的范围的扩大。……

现代散文的第三个特征，是人性，社会性，与大自然的调和。

从前的散文，写自然就专写自然，写个人便专写个人，一议论到天下国家，就只说古今治乱，国计民生，散文里很少人性，及社会性与自然融合在一处的，最多也不过加上一句痛哭流涕长太息，以示作者的感愤而已；现代的散文就不同了，作者处处不忘自我，也处处不忘自然与社会。就是最纯粹的诗人的抒情散文里，写到了风花雪月，也总要点出人与人的关系，或人与社会的关系来，以抒怀抱；一粒沙里见世界，半瓣花上说人情，就是现代的散文的特征之一。从哲理的说来，这原是智与情的合致，但时代的潮流与社会的影响，却是使现代散文不得不趋向到此的两重客观的条件。这一种倾向，尤其是在五卅事件以后的中国散文上，表现得最为显著。

郁达夫：《良友版新文学大系散文选集导言》，见《郁达夫全集第六卷文论》，
190～192 页，杭州，浙江文艺出版社，1992。

2. "五四"时期的散文创作盛况空前，是同一时期其他文体无法比拟、望尘莫及的，在整个散文发展史上也是独一无二的，成为散文园地中一道独特的风景。主要表现在：一、创作数量丰饶。仅结集出版的各类散文集就有一百多部。思想性、艺术性完美结合的名篇佳作层出不穷，入选我国最具权威性的新文学作品集《中国新文学大系》的散文卷一、二集的就有二百余篇。二、文体品种丰富、风格绚烂多彩，作品长短不拘，形式自由灵活。关于这一点，朱自清有很好的说明。他指出，"五四"阶段散文创作的派别林立、风格各异，"有种种的样式，种种的流派，表现着，批评着，解释着人生的各面。迁流曼延，日新月异：有中国名士风，有外国绅士风，有隐士，有叛徒，在思想上是如此。或描写，或讽刺，或委屈，或缜密，或劲健，或绮丽，或洗练，或流动，或含蓄，在表现上是如此"（论现代中国的小品散文）。三、这时期产生了鲁迅、周作人等散文大家以及冰心、朱自清、郁达夫、徐志摩等散文名家，以及许多如俞平伯、钟敬文、梁遇春、王统照、许地山等 20 世纪文学史上人们耳熟能详的散文作家。

庄汉新：《中国 20 世纪散文思潮史》，55 页，北京，学苑出版社，2005。

3.（徐志摩的散文）有一种能力，可以把别人习以为常的场景写得奇艳诡异，在他人可能无话可说的地方，他却可以说得天花乱坠，让你目不暇接，并不觉其冗繁而取得曲径通幽奇岳览胜之效。把复杂说成简单固不易，把简单说成复杂而又显示出惊人的缜密和宏大，却极少有人臻此佳境。唯有超常的大家才能把人们习以为常的感受表现得铺张、繁彩、华艳、奇特。徐志摩便是在这里站在了"五四"散文大家的位置上。他的成功给予后人的启示是深远的。

谢冕：《短暂的久远》，见《徐志摩名作欣赏·序二》，
21 页，北京，中国和平出版社，1993。

4. 他的随笔《空山灵雨》在《小说月报》的发表，和冰心《往事》的刊出，是给小品文的运动，以不少推动的力。而《空山灵雨》，尤可说是现代小品文的最初成册的书。落花生的小品，在小品文运动史上，是将永久存在着的。……

他的小品文的境界，不是一般的，不是完全和现代思想契合的，基于他的思想与生活，反映在他的小品中的，是一个很混乱的集合体。……对于他的小品，在学习的进程上，是较之对其他小品文作家更有批判地、扬弃地去学习的必要。

阿英：《落花生小品·序》，见《无花的蔷薇·现代十六家小品》，
196 页，石家庄，河北人民出版社，1991。

5. 俞氏（俞平伯）虽无周广博学之学问与深湛之思想，而曾研哲学，又耽释典，虽以不善表现之故有深入深出之讥，而说话时自然含有一种深度。至于朱氏（自清）则学殖似较俞氏为逊，故其文字表面虽华瞻，而内容殊嫌空洞。俞似橄榄，入口虽涩，而有回甘；朱则如水蜜桃，香甜可喜，而无余味。俞、朱笔法都是细腻一路。但俞较绵密而有时不免重滞，朱较流畅有时亦病其轻浮。俞似旧家子弟，虽有些讨厌的架子，而言谈举止总是落落大方；朱似乡间孩子初入城市，接于耳目，尽觉新奇，遂不免憨态可掬。

苏雪林：《俞平伯和他几个朋友的散文》，载《青年界》，第 7 卷第 1 号，1935 年。

6. 郁达夫是"自叙传"小说的代表作家，但他认为，比起小说，"现代散文，却更带有自叙传的色彩了"。他早期的散文也确实与他的小说有这方面的相近之处。不过，人们注意到作为散文大家的郁达夫，则是在他大量写作小品游记的 30 年代了。1933 年，他举家移居杭州，几乎过着一种隐逸的生活。在此期间，郁达夫的游踪遍及浙东、浙西、皖东、闽中等处，写下不少行旅散记、山水游记，先后结集出版了《屐痕处处》和《达夫游记》，还在《宇宙风》上连载《闽游滴沥》一组作品。

虽然山水游记是传统散文中的传统题材，更迭有名篇，新文学作品中也不乏富有才情的旅行记、山水游记等，但郁达夫的行旅散文还是别具一格，可以说是一种"现代才子气"的佳品。这大约可从两方面来理解，即一是他描摹山水名胜与景色风物的笔调是才气横溢的，二是充满现代才子恣肆的性情。

郁达夫的许多山水记游文字，都写得非常优美，与他的小说相比，这些散文明显在文字上变得平易雅驯，文风上渐趋洗练从容，文中显现出来的才华也脱了粗粝之感，更多细致与飘逸。……郁达夫的这些游记一般结构不计较，平铺直叙，走哪写哪，仿佛一篇流水账，但由于处处都有才气点缀，丝毫不觉得枯燥乏味。他观景的眼光随着脚步走，又往往会左顾右盼，一点不呆滞，有人形容他的笔致游走如电影镜头，推、摇、拉，一个个镜头将美景逐一展现。……他散文的书卷气也很浓郁，行文之中常信手拈来一句古诗、一个典故、一段传说，才气寓于趣味之中，当知识小品读亦无不可。……郁达夫的一些山水游记还曾经被刊登在铁路公司的导游册子中，但他文中常有的恣肆的性情，可就与导游手册不大相宜了。这性情有的是优雅的名士做派：

> 苏州本来是我侬旧游之地，"一帆冷雨过娄门"的情趣，闲雅的古人，似乎都在称道。不过细雨骑驴，延着了七星山塘，缓缓的去莫拜真娘之墓的那种逸致，实在也尽值得我们的怀忆的。还有日斜的午后，或者上小吴轩去泡一碗清茶，凭栏细数城里人家的烟灶，或者在冷红阁上，开开它朝西一带的明窗，静静儿的守着夕阳的晼晚西沉，也是尘俗都消的一种游法。（《感伤的行旅》）

温儒敏、赵祖谟主编：《中国现当代文学专题研究》，197～199 页，
北京，北京大学出版社，2006。

7. 梁遇春的散文有许多非同凡响的议论，其中有的是真知灼见，有的也近于荒唐；他给读者的印象有时如历尽沧桑、看透世情的智者，有时又像是胸无城府、有奇思异想的顽皮孩子，他对于社会上因袭的习俗和时髦的风气肆意嘲讽，毫不容情，而又热爱人生，要"真真地跑到生活里面，把一切事情都用宽大通达的眼光来细细咀嚼一番"。他博览群书，他受影响较多的，大体看来有下边的三个方面：他从英国的散文学习到如何观察人生，从中国的诗、尤其是从宋人的诗词学习到如何吟味人生，从俄罗斯的小说学习到如何挖掘人生。

冯至：《谈梁遇春》，载《新文学史料》，1984（1）。

泛读作品

徐志摩：《浓得化不开》

许地山：《美的牢狱》

梁遇春：《论"流浪汉"》

郁达夫：《还乡记》《故都的秋》《山水及自然景物的欣赏》

俞平伯：《西湖六月十八夜》

瞿秋白：《一种云》

评论文献索引

朱金顺. "五四"散文十家. 北京：百花文艺出版社，1990.

佘树森．中国现当代散文研究．北京：北京大学出版社，1993．

汪文顶．现代散文研究评述．中国现代文学研究丛刊，1995(1)．

傅德岷等．中国现代散文发展史．成都：四川教育出版社，1997．

黄科安．现代散文的建构与阐释．福州：海峡出版社，2001．

王嘉良．论语丝派散文．文学评论，1997(3)．

丁晓原．论"五四"人生派散文．文学评论，2003(1)．

郭小聪．漫说徐志摩散文．中国现代文学研究丛刊，1992(1)．

李清宇．化骈入散抒性灵——论俞平伯抒情散文与六朝骈赋、晚明小品文的关系．中国现代文学研究丛刊，2005(4)．

许子东．郁达夫的散文创作．郁达夫新论．杭州：浙江文艺出版社，1984．

倪伟．笑涡里的泪——谈梁遇春．文学评论，1996(2)．

马云．许地山散文——圣徒的语录．中国现代散文的情感与交流．石家庄：河北人民出版社，2003．

胡明．文学才情与政治选择——重读《饿乡纪程》《赤都心史》．陕西师范大学学报，2006(5)．

拓展练习

1. 鲁迅在 20 世纪 30 年代曾这样评说："到'五四'运动的时候，才又来了一个展开，散文小品的成功，几乎在小说戏曲和诗歌之上。"试借用鲁迅的评价，说明"五四"散文格外发达的状况及其原因。

2. 谈及五四时期散文，有人将朱自清和俞平伯并论。其实，朱、俞两人的风格并不一样。风格自然要受到时代精神的影响，但在某种意义上说，风格的形成却是和作家个人的生活经历、文化修养以及个性素质有着更加密切的关系，"吐纳英华，莫非情性"，所谓"风格即人"。1923 年 8 月，朱、俞同游秦淮河，不久即相继撰文，即同名散文《桨声灯影里的秦淮河》。只要细读两文便不难发现，虽是同游一地，但呈现在作品里秦淮河风韵与作者的心境却是如此地不同。试比较分析。

3. 孙绍振先生著《名作细读——微观分析个案研究》中有《秋天：一种现代散文美——解读郁达夫的〈故都的秋〉》一文道："除了经典文本和当代青少年读者的经验的历史距离以外，还有审美价值和实用价值的距离。中国文人早已把秋愁当作人生的悲苦来抒写。而在郁达夫的《故都的秋》中，传统的悲秋主题有了一点小小的变化，那就是秋天的悲凉、秋天带来的死亡的衰败和死亡，是人生一种高雅的境界。"你是否赞同此观点？细读文本，写一篇赏析的短文。

第二节　《野草》《朝花夕拾》

内容提要

《野草》写于 1924 年至 1926 年间，其中包括 23 篇散文诗（加上《题词》一篇共

24篇）。这期间是鲁迅一生中非常痛苦的时期。社会现实及个人的遭遇不断地强化着他内心空虚、绝望的感受，但他仍挣扎着追寻生命的意义。《野草》就是鲁迅这一独特的人生哲学的最具个人化的体现：即借助各种意象，隐喻式地表达自己充满矛盾的思想。《野草》在艺术上独树一帜：第一，构成意象的矛盾体系。意象与意象之间，意象自身都充满了矛盾，这种矛盾还采取推至势不两立的极端予以解决的方式。第二，运用象征。它不直接抒情，也不对现实作客观描写，而是创造意象、意境，来表现某种思想感情、感触、情绪、甚至朦胧的印象。而所创造的意象、意境，则具有多义性、不确定性、丰富性与朦胧美。第三，描写梦幻。梦的扑朔迷离，很好地创造了朦胧不确定的意境，表达出复杂曲折的心理活动。第四，采取多样的体式。有诗、有短剧、有对话体等等。第五，驾驭诗化的语言。语言的冷峻、深沉、凝练，把诗意的抒写发挥到了极致。

《朝花夕拾》写于1926年，共10篇。原作发表于《莽原》总题为《旧事重提》，1927年在广州编订时改现名。这是一组以回忆作者童年、少年、青年生活为题材的散文，带有自传性质。《朝花夕拾》的艺术特点是：一，叙事的简洁委婉。二，精选人物命运、遭际的某些场面与典型细节，勾勒人物的形神面貌，使人物具有鲜明的性格特征。

教学建议

1. 认真阅读评论摘要1和相关文献，完成课后练习第1题。

2. 结合具体作品略评《朝花夕拾》描写人物的特点。

3. 到现在很难有人敢说，我把一本《野草》都说清楚了，所以可以借用一句话说，《野草》已经成为鲁迅全部文学创作中留给后人的一个世纪性的文学"猜想"。《野草》比《呐喊》和《彷徨》更深邃更神秘也更美。《野草》给人们展示了一个接受者必须具有一种驰骋想象的文学的心理空间。从最浅显的小学课本里就有的《风筝》，到最幽深的一些东西，《野草》给我们的阅读和学习留下了非常广阔的空间。

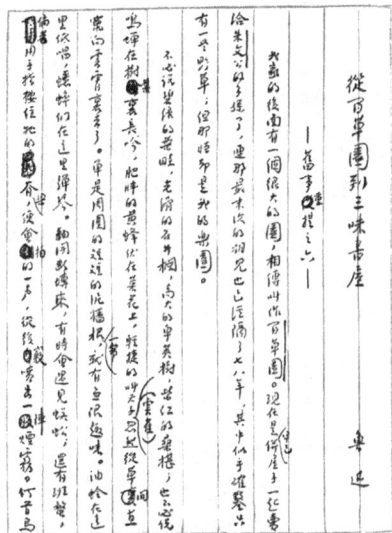

图1-13　《从百草园到三味书屋》手稿。

精读作品

鲁迅：《过客》《雪》《死火》《二十四孝图》《五猖会》

评论摘要

1.《朝花夕拾》与《野草》一方面在鲁迅的著作中，是最"个人化"的——散文这种文体如周作人所说，本就是"个人的文学之尖端"；另一方面，又为现代散文的创作提供了两种体式，或者说开创了现代散文的两个创作潮流与传统，即"闲话风"的散文与"独语体"的散文。——在这个方面也是显示了鲁迅"文体家"的特色的。……

《朝花夕拾》其实就是对这样的童年"谈闲天"的追忆与模拟。这就规定了这类散文的特殊氛围：自然，亲切，和谐，宽松，每个人（作者与读者）既是说话者，又是听话者，彼此处于绝对平等的地位——这正是对"五四"时期盛行的"我（作者）说你（读者）听，我启你蒙"，强制灌输的"布道"式、"演讲风"的散文的一个历史的否定与超越。

……"自言自语"（"独语"）是不需要听者（读者）的，甚至是以作者与读者之间的紧张与排拒为其存在的前提：唯有排除了他人的干扰，才能径直逼视自己灵魂的最深处，……可以说《野草》是心灵的炼狱中熔铸的鲁迅诗，是从"孤独的个体"的存在体验中升华出来的鲁迅哲学。

钱理群、温儒敏、吴福辉：《中国现代文学三十年》，50、52 页，
北京，北京大学出版社，1999。

2. 鲁迅本人在集子完成以后的"题词"中，也将集子内容概括为以下一些成对的形象与观念：虚空和充实，沉默和开口，生长和腐朽，声和死，明和暗，过去和未来，希望和失望。这些都是被置于互相作用、互相补充和对照的永恒的环链里：朽腐促进生长，但生长又造成朽腐；死肯定了生，但生也走向死；充实让位于空虚，但空虚也会变成充实。这就是鲁迅的矛盾的逻辑，他还给这逻辑补充上、染上感情色彩的另一些成对的形象，爱与憎，友与仇，大欢喜与痛苦，静与放纵。诗人似乎是在对这些观念的重复使用中织成了一幅只有他自己能捉住的多层次的严密的网。就这样，他的多种冲突着的两极建立起一个不可能逻辑地解决的悖论的旋涡。这是希望与失望之间的一种心理的绝境，隐喻地反照出鲁迅在他生命的这一关键时刻的内心情绪。

［美］李欧梵：《铁屋中的呐喊》，110 页，长沙，岳麓书社，1999。

3. 在鲁迅所有的著作中，最不应该以"研究"方式来读解的，是《野草》。因为我们不能指望用"研究"语体来揭示和传达阅读这本书的感觉。对于这一丛荒野之草，最好是直观其身，从一种现象学识度来"看"原著。……然而倘若把鲁迅当作思想人物来研究，尤其是作一种哲学对象来读解，那么，在其所有著作中，最应该下功夫研究的，恰恰又是《野草》。这主要是因为，鲁迅在中国思想史上独有的和最深刻的部分，首先不在于他的文明批判、社会批判，更不在济世策划，经国方略，而在于他对人的存在状况的知解及由此而来的人生选择。

王乾坤：《盛满黑暗的光明——读〈野草〉》（上、下），
载《鲁迅研究月刊》，1998（9）、（10）。

4. 鲁迅的《野草》主要是对人的"个体生命"的凝视，是对作为"个体"的人的生存困境的无情揭示。……

这是"死火"。——"我"在梦中，在冰山间奔驰。突然跌入冰谷里，我看见在一片青白冰上，有无数的红影，像珊瑚网一般纠结在一起：这就是"死火"。于是，我与死火之间，有一场谈话，……这就是说，死火所面临的是一个"冻灭"与"烧完"的两难选择。应该怎样理解这样两难选择的象征意义呢？……实际上，我们每一个人都只能在"冻灭"（"坐以待毙"）与"烧完"（"垂死挣扎"）之间作出选择。也就是说，无论我们是努力奋斗（"烧"、"挣扎"），还是什么事也不做（"冻"、"坐"），最后的结局都是"死亡"（"灭"、"完"），这是任何人都不能避免的命运。在这一点上，必须有一个清醒的认识，不能有一丝一毫的幻想。那么，这是不是说，"冻灭"与"烧完"两种选择之间，就不存在任何区别呢？不是的。尽管最后的结果都是"灭"（"完"），但在"烧"的过程中，毕竟发出过灿烂的光辉，并给人类带来光明，哪怕是十分短暂；而"冻"的过程中，却是什么也没有。也就是说，价值与意义，不在于"结果"，而体现在"过程"中。因此，死火最后作出的选择是"我就不如烧完"……这是一种重视"过程"（意义与价值），而不顾"结果"（结果总是没有意义的）的人生哲学（与选择）。而只能在"冻灭"与"烧完"两者间作出选择，这本身也是揭示了人的生命存在的无奈与悲剧性的。

钱理群：《〈野草〉里的哲学》，见《拒绝遗忘——钱理群文选》，25 页，

北京，中国大百科全书出版社，2009。

5. 在《朝花夕拾》中，鲁迅通过对自己生活道路比较系统的回顾谱写了一曲人生的"安魂曲"，即"从自我生命的底蕴里，寻找光明的力量，以抵御由外到内的漫漫黑暗"。从童年"躺在一株大桂树下的小板桌上乘凉，祖母摇着芭蕉扇坐在桌旁"，给他猜谜，讲古事，到他再次离开故乡，获悉好友范爱农之死，历时二十多年，其中主要记叙的是他儿时的故乡的生活。这里有在"几百年的老屋中的豆油灯的微光下"，"飘忽地走着，吱吱地叫着，那态度往往比'名人名教授'还轩昂"的老鼠；有"自新郎、新妇以至傧相、宾客、执事，没有一个不是尖腮细腿，像煞读书人的，但穿的都是红衫绿裤"的"老鼠成亲"的花纸；有"给放在饭桌上，便捡吃些菜渣，舔舔碗沿；放在我的书桌上，则从容地游行，看见砚台便舔吃了研着的墨汁"的可爱的小隐鼠；有着"碧绿的菜畦，光滑的石井栏，高大的皂荚树，紫红的桑葚"，"鸣蝉在树叶

图 1-14　藤野赠鲁迅的照片。

里长吟，肥胖的黄蜂伏在菜花上，轻捷的叫天子（云雀）忽然从草间直窜向云霄里去了"，油蛉在低唱，蟋蟀们在弹琴，充满无限趣味的蜈蚣、斑蝥、何首乌、木莲、覆盆子，传说中的赤练蛇的"我的乐园"的"百草园"；还有《山海经》那"人面的兽；九头的蛇；一脚的牛；袋子似的帝江；没有头而'以乳为目，以脐为口'，还要'执干戚而舞'的刑天"所展开的神奇的想象；当然还有虽然"常喜欢切切察察"，懂得许多我所不耐烦的规矩与道理，并且晚上睡觉，"在床中间摆成一个'大'字，挤得我没有余地翻身，久睡在一角的席子上"，却给我买来了日夜渴望的《山海经》，"别人不肯做，或不能做的事，她却能够做成功"的保姆长妈妈；还有教我在冬天的雪地里捕雀的"闰土的父亲"和严正博学的老先生；还有"迎神赛会"和"目连戏"中"打一百零八个嚏，同时也放一百零八个屁……"，"鸭子浮水似的跳舞起来"的活无常；等等。

虽然这些儿童记忆也难免有《二十四孝图》"以不情为伦纪"的恐怖，但是自然的民间的底层的生活总体上还是质朴而生动、快乐而温馨的，构成"我"童年精神的故土与乐园。

王晓初：《"思乡的蛊惑"：〈朝花夕拾〉及其他——论鲁迅的"第二次绝望"
与思想的发展》，载《学术月刊》，2008（12）。

6. 如《过客》中，戏剧性的人物是体现三代人的朦胧的象征——老人拒绝正视生活的基本问题，代表从生活的退却；中年人是新的更有意义的价值的寻求者，他在一个非现象的象征世界里永远追寻；年轻女孩通过她童年欢欣的有色眼镜来观察这个世界和社会。

李天明：《难以直说的苦衷——鲁迅〈野草〉探秘》，75 页，北京，
人民文学出版社，2000。

7. 这篇散文诗（《雪》），是鲁迅由外在的自然景物的显示感受引出来的一种创作冲动而产生的成果。……鲁迅在人与社会的关系上由现实的生活层面进入人的自身生命存在层面的思考。强烈的孤独感和"身外的青春"与"身内的青春"这两种生命存在形态的构想，是鲁迅这段时间里哲学思考的重要命题。……在这场纷飞的大雪中和大雪过去之后北京街头的一番景象，就触动了他的新的艺术构思。于是在大雪之夜过后，鲁迅先生关于人生问题思考中的一个最重要的"情结"，就是在与社会的搏斗中，人的生命存在形式中的反抗者的孤独感，和关于"身外的青春"与"身中的迟暮"以及只身与暗夜肉搏等等思考，就在雪的各种现实和非现实的形态中得到了象征的展现。

孙玉石：《现实的与哲学的·关于〈雪〉——鲁迅〈野草〉重释》，
载《鲁迅研究月刊》，1996（5）。

泛读作品

鲁迅：《秋夜》《死后》《颓败线的颤动》《阿长和〈山海经〉》《父亲的病》

评论文献索引

孙玉石.《野草》研究. 北京：中国社会科学出版社，1982.

王吉朋.《野草》论稿. 沈阳：春风文艺出版社，1986.

汪晖.《野草》的人生哲学. 反抗绝望：鲁迅及其文学世界. 上海：上海人民出版社，2000.

彭小燕. 存在主义视野下的《野草》：鲁迅超越生存虚无，回归"战士真我"的正面"决战"（上、下）. 中国现代文学研究丛刊，2006(5)、(6).

李蓉. "无词的言语"——论《野草》的身体言说. 中国现代文学研究丛刊，2007(3).

王乾坤. 我不过一个影——兼论"避实就虚"读《野草》. 中国现代文学研究丛刊，2007(1).

田建民. 近年来《野草》的情感解读与比较研究. 中国现代文学研究丛刊，2008(5).

沈金耀.《野草》的追问——关于《野草》的一种解读. 鲁迅研究月刊，2008(6).

任广田. 关于《野草》研究中两种倾向的辨析. 西北大学学报，2009(1).

李振坤. 文化·文献·审美——《朝花夕拾》价值说. 鲁迅研究月刊，1998(8).

拓展练习

1. 比较说明《野草》与《朝花夕拾》的文体特征。

2. 早晨的花朵到晚上再拾起，那自然失了露水和色泽，然而，也正因为这样，心情也就没有了过多的激动与悲凉，而是趋于平淡和宁静，显示出自然本色。记忆的时光在生命的流水里冲洗，到后来真正能够留存者不多，而能够留存下来的当然也都是自己灵魂深处的记忆。认真阅读《朝花夕拾》，选择其中的一篇，写2000字的赏析文章。

3. 对散文诗《野草》的主题有很多评说，其中有从爱情角度的阐释，胡尹强先生在他的专著《鲁迅：为爱情做证——破解〈野草〉世纪之谜》（东方出版社，2004年12月版）中，建构了一个让爱情折磨得苦闷、彷徨、绝望、犹疑、自卑、嫉妒、患得患失，又从爱情中获得"生命的飞扬的极致的大欢喜"，让爱情的温热救他从"坠在冰谷"的"死火"，"忽而跃起，如彗星"，宁愿烧完，也要走出冰谷，"向着人间，发一声反狱的绝叫"的鲁迅的形象。对此观点，你是如何理解的？

第三节　周作人等的"美文"创作

内容提要

周作人对中国现代文学的最主要贡献在于他在散文小品的理论倡导和创作实践上。继《美文》中提倡"艺术性"的"叙事"、"抒情"散文之后，他又在《中国新文学的源流》中提倡"言志"的散文。他的"言志"派的小品散文以其平和冲淡的风格，最终和鲁迅为代表的战斗的杂文形成了中国现代散文史上两大对峙的流派。周作人的散文创作大体可划分为四个阶段：一、从"五四"到1927年大革命失败。他的

"浮躁凌厉"和"平和冲淡"的两体散文创作的鼎盛时期。二、1928 年到"七七"事变前。散文"平和冲淡"风格的成熟时期，文字上更圆熟老练。三、沦陷期。"平和冲淡"向"文抄公"散文转化时期。特点是充满了"涩味"和"苦味"。四、新中国成立后。散文大都是写回忆之作。文笔挥洒自如，具有史料价值。

冰心散文"情绪多于文字"，她以清丽、典雅的文笔和温暖的柔情诉说对祖国、对母亲、对兄弟、对弱者、对自然的爱，表现了她的"爱的哲学"，时称"冰心体"。代表作散文集《往事》《寄小读者》。

朱自清散文大致可以分为以下几类：一、写景记游之作。在情景交融中使作品充满了一种浓郁的意境。二、怀人抒情之作。把真挚的感情与叙事有机地融合在一起，写得情真意切，感人肺腑。三、政论性散文。把笔触伸向社会，暴露出现实的丑恶和黑暗。四、学术性杂文。用一个严肃的学者眼光分析现实问题，有强烈的时代感、鲜明的针对性。

教学建议

1. 阅读相关文章，梳理周作人由"为人生"到"表现自己"，逐步淡化艺术的社会职能的过程。

2. 周作人思想比较复杂，有所谓"叛徒"与"隐士"的两重性格，但他又是现代散文大家，对他这方面的历史地位给予充分的肯定。一是要了解其散文观。二是要了解其散文的艺术特质，即所谓闲谈体的风格。

3. 精读《故乡的野菜》《喝茶》《苦雨》等，留意自己原初的阅读感觉，注重其耐人咀嚼的那种"涩味"与"简单味"，分析产生其"味"的因素（文体、语言、节奏、趣味等）。

4. 朱自清的散文多选入中学语文课本，同学们较熟悉。对其散文中常见的温柔敦厚的气质及有时难免着意为文的缺失，应有所讨论。

精读作品

周作人：《美文》《故乡的野菜》《喝茶》《苦雨》
冰心：《山中杂记》（七）
朱自清：《桨声灯影里的秦淮河》《给亡妇》

评论摘要

1. 综观周作人平生文章，可分为正经的与闲适的两大类，这是事实；主要的是正经文章，其次是闲适文章，这是事实；两类文章的审美追求的目标都是和平冲淡，这是事实；闲适文章更多地体现他的审美追求，正经文章更多地表现他的思想，这是事实；不少闲适文章里面也寄寓着正经的思想，并非一味闲适，这是事实；不少正经文章，内容严重尖锐，而文章风格仍力求和平冲淡，也是事实。总之，他自己的表白都是可信的，我们不应该轻易怀疑否定。他和大家的不一致之处，不过是大家看到他已经达到的和平冲淡，他自己却着眼于他尚未达到的更高更理想的和平冲淡。此外，他也是对于二三十年代相当流行的一种对他的评论很不满，那种评论是把他在艺术上对和平冲淡的追求和他在政治上的脱离现实斗争直接联系起来，又把艺术上的和平冲淡同内容上的正经严肃对立起来，他认为都是误解，所以那么再三再四地申辩。

舒芜：《两个鬼的文章——周作人的散文艺术》，见《周作人的是非功过》，
235 页，北京，人民文学出版社，1993。

2. 我们再来探讨周作人文风中的"涩味"。……"涩味"大致有这样几种情况。一是文词之"涩"。最常见的是周作人以文言入文，使我们在阅读顺畅白话文的途中，加入一些"磕绊"，但这些文言字词绝无生硬之感，反使行文古雅，而别有一种"知识与趣味"。如下面的例子：

> 我从小知道"病从口入祸从口出"的古训，后来又想溷迹于绅士淑女之林，更努力学为周慎，无如禀性难移，燕尾之服终不能掩羊脚，检阅旧作，满口柴胡，殊少敦厚温和之气；呜呼，我其终为"师爷派"矣乎？虽然，此亦属没有法子，我不必因自以为是越人而故意如此，亦不必因其为学士大夫所不喜而故意不如此；我有志为京兆人，而自然乃不容我不为浙人，则我亦随便而已耳。（《雨天的书·自序二》）

周作人文章之"涩"，又是心绪之"涩"。在周作人的许多散文中，都可以读到淡淡的惆怅，其情趣也常是落寞的，甚或颓废的。有研究者谓之为"中年心态"，那么这样的心态则正是略带枯涩的。譬如《喝茶》一篇，所沉醉的是"于瓦屋纸窗下，清泉绿茶，用素雅的陶瓷茶具，同二、三人共饮，得半日之闲，可抵十年的尘梦"。前面似乎优游闲适，而以"可抵十年的尘梦"收束，则分明有种无奈的逃世的低徊。另外还有的"涩味"其实是一种不欲明言的思想苦涩。如《谈酒》一文……如此的辗转曲折，已经在借酒议论了。此外，周作人的"涩味"还往往在于他文章的"隔"。……与古今才士的流利酣畅相比，周作人的文章是"隔"的："我们总是求把自己的意思说出来，即是求'不隔'，平实生活里的意思却未必是说得出来的，知堂先生知道这一点，他是不言而中，说出来无大毛病，不失乎情与礼便好了。知堂先生近来常常戏言，他替人写的序跋文都以不切题为宗旨。……这种文章我想都是'隔'，却是'此中有真意'存乎其间也。"（废名）

温儒敏、赵祖谟：《中国现当代文学专题研究》，186～188 页，
北京，北京大学出版社，2006。

3. 看看他的散文的写法究竟有什么特点。这比谈《滕王阁序》之类的文章要难，因为那是浓，这是淡；那是有法，这是无法。……像是家常谈闲话，想到什么就说，怎么说方便就怎么说。布局行云流水，起，中间的转移，止，都没有规程，好像只是兴之所至。话很平常，好像既无声（强调），又无色（清词丽语），可是意思却既不一般，又不晦涩。话语中间，于坚持中有谦逊，于严肃中有幽默，处处显示了自己的所思和所信，却又像是出于无意，所以费力。总的一句话，不像坐在书桌前写的，像个白发过来人，冬晚坐在热炕头说的，虽然还有余热，却没有一点点火气。

张中行：《再谈苦雨斋》，见《闲话周作人》，150 页，
杭州，浙江文艺出版社，1996。

4. 朱自清虽则是一个诗人，可是他的散文仍能够贮满着那一种诗意，文学研究会的散文作家中，除冰心女士外，文章之美，要算他了。

郁达夫：《〈中国新文学大系〉散文二集导言》，6 页，
上海，上海文艺出版社，1980。

图 1-15　毛泽东撰文《别了，司徒雷登》，热情赞扬了朱自清和闻一多。

5. 朱自清的散文结构，不仅具有整体美，而且富有变化美。他从主题的需要出发，善于运用各种对立统一的艺术法则来营构他的作品，处置各种材料，使它们各得其所，以造成意境跌宕、层次波澜。这是他散文结构的又一个显著特点。《桨声灯影里的秦淮河》，以秦淮河"六朝金粉"的遗留"艳迹"——歌妓卖唱，与作者恪守的"道德律"的矛盾，作为结构的"主峰"，而造成了记游情节的高潮。

吴周文：《论朱自清的散文艺术》，载《文学评论》，1980（1）。

6. 过去我们都是孤寂的孩子。从她的作品里，我们得到了不少的温暖和安慰。我们懂得了爱星，爱海，而且我们从那些亲切而美丽的语句里重温了我们永久失去的母爱。现在我不能说是不是那些著作也曾给我加添过一点生活的勇气，可是甚至在今夜对着一盏油灯，听着窗外的淅沥的雨声，我还能想起我们弟兄从（冰心）书本上抬起头相对微笑的情景。我抑制不住我的感激的心情。

巴金：《巴金如是说：巴金自述一百条》，载《文学评论》，2003（10）。

7. 冰心散文的即兴抒写，至情流露，有其相应的表现形式。她深谙"因情立体，即体成势"的规律，顺应情思涌溢而设体蓄势，谋篇布局，首先在体势气脉上追求意到笔随，生气贯通。她的感兴，或由回忆沉思引发，或由即景观物触动，都是有来由，可捉摸，有形有色有声息有血肉的。这是其文兴象浑然、情境和谐的内在依据，也是她往往采用书信体、回忆体、速写体和随想录的重要原因。落实到具体的篇章结构上，冰心散文不以意匠经营取胜，而以自然流布见长。这与朱自清式的"缜密"有别，又不同于徐志摩式的"跑野马"。她的自由不拘仍受制于"不绝如缕，乙乙欲抽"的柔婉情思和温文尔雅、端庄含蓄的才女性情，有流水行云式的从容自在，也有草蛇灰线式的曲折有致。

汪文顶：《冰心散文的审美价值》，载《文学评论》，1997（5）。

8. 但后来却有一些批评家有了不同的意见，40 年代同是女性作家，同是笔墨高手的张爱玲就公开宣称不喜欢冰心的散文，以为含有太浓重的"新文艺腔调"。

对这个问题如何看待呢？恐怕首先得承认，"冰心体"的确是伴随着"新文艺腔"的。所谓"新文艺腔"，主要指一种做作、不自然的文风，以及与现实及现实语言都有一定距离的、书面化的语言方式。冰心的散文，尤其是前期散文，如果读多了，是有一种单调感，因为她的内容、语言、以及情感表达方式，乃至于散文结构，都不会有太大变化；而冰心的文字也有刻意雕饰的痕迹，有"才女"气，属"闺秀派"……这都可以说是"新文艺腔"的表现。但是，在承认这种现象的同时，还要回到"冰心体"产生的"语境"上来，正是这种带有"新文艺腔"的"冰心体"散文，在当时使白话能完全脱掉"粗俗"的讥讽，是白话而能为"美文"的有力佐证。它也更显示了现代白话散文长于描写、长于抒情的特征，并在中西、古今的杂糅渗透的试验中，使现代文学语言得以产生、成熟。如果没有"新文艺腔"，也就没有脱掉"新文艺腔"之后更"老到"的"新文艺"。

温儒敏、赵祖谟：《中国现当代文学专题研究》，192 页，
北京，北京大学出版社，2006。

泛读作品

周作人：《北京的茶食》《闭户读书论》

冰心：《往事（二）》第六篇、第八篇 《寄小读者》通讯七

朱自清：《背影》《荷塘月色》《春》

评论文献索引

许志英. 论周作人早期散文的艺术成就. 文学评论，1981(6).

舒芜. 周作人后期散文的审美世界. 中国现代文学研究丛刊，1987(1).

钱理群. 关于周作人散文艺术的断想. 江海学刊，1988(3).

赵京华. 周作人审美理想与散文艺术综论. 文学评论，1988(4).

韦俊识、何林. "叛徒"与"隐士"二重人格的生动显现——周作人早期散文概观. 浙江师范大学学报，1992(3).

温儒敏. 周作人的散文理论与批评. 上海文论，1992(5).

安文军. 周作人对现代散文内在规定性的理论贡献. 重庆社会科学，2006(6).

范伯群、曾华鹏. 论冰心早期散文的民族特性. 文学评论，1984(3).

傅光明. 冰心散文：一个独特的艺术世界. 文学评论，1994(2).

林非. 朱自清. 现代六十家散文札记. 北京：百花文艺出版社，1983.

朱德熙. 谈朱自清的散文. 完美的人格——朱自清的治学和为人. 北京：生活·读书·新知三联书店，1987.

尚喜平. 如何看待朱自清前后期散文的优缺点. 海南师范学院学报，1994(2).

霍秀全. 朱自清散文理论探析. 北京社会科学，2000(4).

拓展练习

1. 从散文语言运用和文体创造方面比较评析冰心和朱自清的散文创作风格的异同。

2. 周作人笔耕一生，毁誉参半。曾有过"改造民族灵魂"般"蔷薇色的梦"，也曾和新文化运动的先驱者们一道积极参与思想启蒙。但他最终把五四时期已经提出的"救出你自己"的个人本位主义原则发挥到极端，"把个体生命价值置于第一位"，把文学当成"自己的园地"。他讲求"有礼节重中庸"的"生活之艺术"，将其"绅士鬼"与"流氓鬼"生下的"理想王子"当成"任何种的元首"，以"平和冲淡、闲适中庸"的审美观为人生观。"在他的理想中，审美的世界成为现实的样板"。当他发现"獐头鼠目再生于十世之后"，更是"闭户读书"，做"自己的文章"，以读书和写作为生命存在的方式，其间得失、甘苦自知。然而他的审美理想，具有和时代拉开距离的超前性，因而只能弥补他自身心灵上的不平衡。个人和历史两者之间却无法"调和"、"中庸"。由审美观而人生观的历史错位最终构成了周作人散文的整体流向。你认同这样的见解吗？给予阐释。

第四章　戏　剧

第一节　异域奇葩的辛勤培植

内容提要

　　第一个十年戏剧的历史脉络与发展过程为：一、文明新戏：中国现代话剧的萌芽与诞生。话剧是舶来品，最早对中国现代话剧艺术进行自觉探讨与试验创造的是春柳社，最初出现的有别于传统戏曲的新的戏剧形式是"文明新戏"。1914 年以后以上海为中心形成了以"职业化"和"商业性"为特色的"文明新戏"演出风气，但不久因艺术上的粗糙失去了观众。二、建设西洋式新剧的战略选择。《新青年》发动"旧剧评议"；以《新青年》"易卜生专号"为发端，形成译介外国戏剧理论与作品的热潮；《晨报》副刊的《剧刊》提倡"国剧运动"，整理传统旧剧建立新剧。三、业余的、非营业性的"爱美剧"与"小剧场运动"的倡导。由早期理论的倡导转入建设与实践的阶段，标志是 1921 年民众戏剧社与上海戏剧协社的建立；针对文明新戏职业化与商业化引起的弊端，形成学生业余演剧的高潮。

图 1-16　《黑奴吁天录》的演出广告。

　　第一个十年现代戏剧取得了令人瞩目的成就。纵观这些创作，有其共同呈现的一些特点：一、关注时局、人生和现实。从《茶花女》《黑奴吁天录》到《终身大事》《苏州夜话》等剧作的出现，可大致看出中国现代戏剧发展的脉络。田汉、洪深、丁西林等大批戏剧家都在审视现实、观照社会、揭露社会弊病及其阴暗面等方面作出杰出贡献。二、符合时代要求的艺术转变。以前的戏剧特别是旧戏曲大都是写意的。随着时代的发展，旧戏已不符合社会发展的要求，加上西方现实主义的引入，现代戏剧由写意转向写实。戏剧排演从"幕表制"发展到"导演制"，从文明戏的没有剧本到爱美剧对剧本的重视。三、用"五四笔法"写戏剧春秋。这一时期的作家大都有浓重的社会政治性和改造社会的强烈愿望，作家均欲以自己的主观愿望来灌注作品，以图取得社会的变革和进步。我们称这种写法为"五四笔法"，剧作因具有浓烈的主观抒情性和感伤色彩。如田汉的《获虎之夜》，白薇的《苏斐》，李初梨的《爱的掠夺》等都是凝聚着作者主观抒情和理想激情的剧作。

教学建议

　　1. 对话剧运动的历史有知识性的了解，如春柳社、文明新戏、爱美剧、社会问题剧、小剧场运动等。
　　2. 简评丁西林对现代话剧的贡献。
　　3. 对洪深剧作的阅读与了解。

精读作品

　　胡适：《终身大事》
　　丁西林：《一只马蜂》
　　洪深：《赵阎王》《五奎桥》
　　欧阳予倩：《潘金莲》

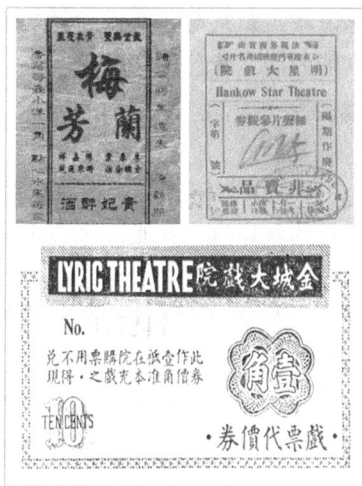

图 1-17　民国时期的各类戏票。

评论摘要

　　1. 从当时普遍认同的戏剧观和创作的主流看，现实主义无疑是五四时期话剧的显著特征。在《新青年》开展"旧剧评议"中，许多新文化运动的前驱在猛烈抨击旧剧弊端的同时，纷纷提出了新的戏剧观，而影响最深广的是，提倡戏剧的写实性，主张易卜生式的写实主义。1921年创办的专门性戏剧杂志《戏剧》也公开地鼓吹"为人生"的"写实的社会剧"，正如洪深所概括的，那时普遍主张戏剧要做"改善人生的工具"；也正如傅斯年所说，要求戏剧"在当今社会里"取材，表现"我们每日的生活"，描写"平常"人，表现真实的人生和性格，如实地揭示现实的本来面目。这正是现实主义的根本内涵。

　　　　　　　　柯汉琳：《五四时期话剧的诗化现实主义》，载《文学评论》，2007（3）。

　　2. 十九世纪挪威剧作家亨利·易卜生在西方有"现代戏剧之父"之称。他的戏剧作品影响了诸如萧伯纳、尤金·奥尼尔等一批二十世纪西方最杰出的戏剧家。易卜生在中国的影响始于清末著名翻译家林纾先生根据别人的转述，整理出版了易卜生的名作《群鬼》。当时的译名为《悔孽》。在"五四"运动期间，易卜生的戏剧，尤其是他的"社会问题剧"中所宣扬的个性解放的主张和直面人生的勇气契合了当时中国现实斗争的需要，受到中国知识分子的广泛欢迎。1918 年《新青年》出版了"易卜生专号"，赞誉易卜生是"欧洲第一大文豪"。易卜生的剧本被相继翻译和出版，其中《玩偶之家》在 1918—1948 年中出现了九个不同的译本。易卜生的戏剧在中国的演出也盛况空前，其中尤以《玩偶之家》的演出最为频繁。1935 年，上海的左翼剧社等演出团体纷纷上演此剧，以致有人称这一年为"娜拉年"。

易卜生的戏剧在中国的传播推动了中国话剧的启蒙和发展。中国话剧的三位奠基人田汉、欧阳予倩和洪深都在不同程度上受到易卜生的影响。田汉创办的"南国艺术学院"系统讲授过易卜生的作品。欧阳予倩不仅翻译过易卜生的剧作，而且还排演过他的戏。他曾回顾说："我那时候，正是一脑门子易卜生……"洪深在 1922 年从美国学习戏剧归来时，有人问他是不是想做一个"中国的莎士比亚"，他的回答是："如果可能的话，我愿做一个易卜生。"

何成洲：《试论易卜生的"社会问题剧"及其对中国话剧启蒙的影响》，
载《外国文学研究》，1998（1）。

3. 丁西林在 20 年代，以至整个中国话剧史上，都是一个独特的存在。他是一个独特的剧作家，又是一个杰出的物理学家，在他身上所体现的"科学（物理）与艺术（戏剧）思维"的相反相成，至今仍是吸引着研究者的饶有兴味的课题。中国现代话剧是以悲剧为主体的，他是为数不多的喜剧家之一；在喜剧领域里他又独创了机智与幽默喜剧。中国现代话剧的主要代表作大多是多幕剧，而他却执着于独幕剧创作的艺术实验，并且创作了堪称典范的作品。他出现在中国现代话剧的"初期"，可是从起笔就达到了高水准，无论是戏剧的构思、人物、结构，还是语言、风格，都表现出一种艺术上的成熟，在同期大多数的粗糙、幼稚之作中，显得"凤毛麟角一般的可贵"。……作为一个独幕剧艺术家，丁西林特别讲究戏剧结构：他的喜剧通常采用"二元三人"模式，即将剧中人物压缩到最大限度，通常由三人构成，但不是三足鼎立，而是二元对称对峙格局，第三者则起着结构性的作用，或引发矛盾，或提供解决矛盾的某种契机。……丁西林的戏剧大多"无事"，也就是说，构成戏剧冲突的双方，并不存在"正反好坏，高下优劣"的价值等级，而仅仅是观念、态度，对事物认识角度的不同所形成的差异，是二元对比、映照，而非二元对立，双方皆有可爱之处，也都有可笑之点，既是笑者，也是被笑者。……因此，丁西林的喜剧的结局，绝不如讽刺喜剧那样，以"正方"得福、"反方"或受惩罚或归正为结束，而是真正的"皆大欢喜"。

钱理群、温儒敏、吴福辉：《中国现代文学三十年》，178、180、181 页，
北京，北京大学出版社，1998。

4.《一只马蜂》是描写资产阶级知识分子生活的一篇轻松活泼的独幕喜剧。吉先生和余小姐在恋爱问题上所遭遇的困难并不严重，他们两人都富于幽默感和爱说俏皮话。这篇短剧的动人之处，除了其中所揭示的矛盾以外，还在于其中的幽默感和俏皮话。而这些也就是丁西林在创作第一篇喜剧时给现代戏剧文学所带来的新的东西。这

是一篇相当夸张的作品，虽然其中对于当时的恋爱和婚姻问题上的矛盾没有作进一步的发掘，因而缺乏更深广的社会意义，可是它却以巧妙的语言和结构，给人一种新颖可喜的感觉。

陈瘦竹：《丁西林的喜剧》，载《戏剧论丛》，1957（3）。

5.《赵阎王》是洪深早期的代表作，表现了军阀统治给广大民众带来的深重灾难。被称作"赵阎王"的主人公，原本是个安分守己的农民，被逼当兵后，在严酷的环境中逐渐丧失天良，无恶不作。剧本表现的是"赵阎王"的罪恶，但矛头却直指当时的黑暗社会，表达了反封建、反内战的主题。在艺术表现上，该剧突破了传统的和当时戏剧创作的通常格局和惯用手法，有很多创新。如大量借鉴了美国现代剧作家奥尼尔《琼斯皇》的表现手法，采用神秘主义和淡化情节的处理方式，但较为生硬，影响了整部作品的现实主义力度。

程光炜、吴晓东等：《中国现代文学史》，140 页，
北京，中国人民大学出版社，2001。

6.《五奎桥》结构完整严密，戏剧冲突逐步展开，波澜迭起，当冲突进入高潮，戏剧立即结束。戏剧吸收了江南民众语言，通俗朴素，有的台词富于个性化与表现力。剧作塑造了众多人物形象。《五奎桥》中李全生是青年农民中敢作敢为的反抗者。他不畏周家权势，不为封建迷信愚弄，不受对方诡计所蒙骗，抱定做周乡绅的冤家对头的决心，与封建势力进行了坚决的斗争。周乡绅是塑造得比较出色的乡村中封建地主势力代表者。他的伪善、狡猾、凶恶面目在剧中被揭露得淋漓尽致。

陈白尘、董健主编：《中国现代戏剧史稿》，325 页，北京，中国戏剧出版社，1989。

7. 欧阳予倩的《潘金莲》以将潘金莲视为邪恶荡妇的传统观点为攻击对象，表达了另一种观点：突出了作者标题的主人公，将她描绘为受害的女性，强调她一生所受的不公平的待遇。在《水浒传》中，潘金莲原本是富户张大户家的使女，因为拒绝张大户的纠缠被嫁给了武松丑得出名的哥哥。在剧本的自叙中，欧阳予倩强调潘金莲早年受到的虐待，解释说她并不处在能拒绝西门庆的位置上。假如她当时能够与武松结婚，她是不会再犯罪的。但是在 12 世纪的历史环境中，"她最后的被杀，更是当然的收场。"……《潘金莲》宣扬女性选择爱情的自由，这种自由甚至不受她的合法丈夫约束，这支持了五四对于父权价值使女性无法选择的批评，像鲁迅在《我之节烈观》中指出的，在传统价值看来，不贞的妻子应该死，而受害的女性证明节烈的最好方法就是自杀。在《潘金莲》的自序中，欧阳予倩同样谴责了前现代对通奸的看法中的悖论："旧时的习惯，男人尽管奸女人，姘外妇，妻子丝毫不能过问；女人有奸，丈夫可以任意将妻子杀死，不算犯法"。《潘金莲》挑战的即是这种态度。这部剧和欧阳予倩的其他几部剧，特别是《泼妇》和《回家以后》，应该被归入从胡适翻译易卜生的《玩偶之家》后兴起的"新女性剧"。新女性剧表现女性掌握自己的生活，宣告并行使自由。

［美］柏右铭：《潘金莲故事的 20 世纪版》，见《中国雅俗文学研究》（第一辑），
188 页，上海，上海三联书店，2007。

泛读作品

丁西林：《压迫》《三块钱国币》《妙峰山》

欧阳予倩：《回家以后》

袁昌英：《孔雀东南飞》

评论文献索引

黄会林. 中国现代话剧文学史略. 合肥：安徽教育出版社，1990.

葛一虹主编. 中国话剧通史. 北京：文化艺术出版社，1990.

刘钰. 在肯定与否定的背后——关于中国现代戏剧所受西方现代主义戏剧影响的探讨. 文学评论，1992(4).

卜召林. "五四"时期话剧创作简论. 齐鲁学刊，1994(2).

胡德才. 现代中西戏剧关系的第一块里程碑——胡适的《终身大事》和易卜生的《玩偶之家》. 中国文化研究，1996(3).

孙庆升. 丁西林研究资料. 北京：中国戏剧出版社，1985.

朱伟华. 丁西林早期戏剧研究. 文学评论，1993(2).

邵振玲. 丁西林剧作研究述评. 南京师范大学文学院学报，2006(2).

王佳磊. 开拓者与奠基者：丁西林喜剧对中国现代喜剧的贡献. 戏剧文学，2008(4).

李关元. 论洪深戏剧的艺术创新与理论建树. 扬州大学学报，1997(4).

朱卫兵. 洪深《农村三部曲》解读. 文艺争鸣，2004(3).

陈建军. 论欧阳予倩戏曲改革的理论和实践. 戏剧（中央戏剧学院学报），2006(3).

朱伟华. 《孔雀东南飞》：从古代到现代，从诗到剧——一个典型文学现象的剖析. 文学评论，2000(6).

拓展练习

1. 简单勾勒第一个十年话剧发展脉络并分析其特点。

2. 福建师范大学的庄浩然教授在充分肯定了丁西林喜剧的艺术成就以后，同时指出了这种对于艺术性过度追求的不足："丁氏的喜剧观倾重纯艺术的一面，使他忽视了喜剧必须而且可以拥有丰厚的社会历史内涵与较大的思想深度，在较长的一段时间内，不但放弃了对自己时代急遽变化、丰富多彩的现实生活的关注及大型喜剧体式的自觉追求，也无意于戏剧内涵的深入开掘，而是满足于狭小的生活圈及其所蕴涵的喜剧情趣，孜孜以求于独幕体式的精心营造。"[1] 你对此见解是如何认识的。

3. 分析洪深剧作《赵阎王》的成败。

---

[1] 庄浩然：《现代戏剧建设》，159～160页，北京，教育出版社，1997。

第二节　田汉：浪漫唯美的现实关怀

内容提要

　　田汉是中国现代戏剧最早的奠基人之一，杰出的戏剧家、诗人，中华人民共和国国歌的词作者。

图 1-18　1979 年和 1983 年发行的"国歌"邮票有不同的歌词。

　　田汉的话剧创作成果丰硕，终其一生可分为：一、前期剧作（1919—1925）。《咖啡店之一夜》（成名作）和《获虎之夜》（早期代表作），均为爱情悲剧。一写城市，一写乡村，情调都较低沉、感伤，具有浪漫主义气息。二、转换期的剧作（1927—1930）。采用多种手法，试验不同流派。社会剧：《苏州夜话》和《名优之死》，作为浪漫主义抒情诗人式的剧作家向着现实主义方向的逐步靠拢，体现他用艺术暴露人生的黑暗面的创作意愿。在艺术上，《名优之死》最成熟，它的出现标志着田汉现实主义创作风格的确立。象征剧：《南归》和《古潭的声音》，作家的浪漫主义情思与象征主义表现手法的有机结合，体现了他使生活艺术化，把人生美化、诗化的创作意愿。三、左联时期的剧作（1930—1937）。创作的成熟期。作品共同特征：取材现实，反映了日益尖锐的民族矛盾和国内社会生活的动乱，作品大多洋溢着昂扬的意气，以激情和气势取胜。如《梅雨》和《回春之曲》。四、抗战和解放战争时期的剧作（1937—1949）。《丽人行》为代表作品，大胆打破话剧格式，各场间设"报告员"登台致词。五、新中国成立后。话剧《关汉卿》达到他戏剧创作的最高成就。

教学建议

　　1. 刘方政先生《田汉研究的回顾与展望》[①] 一文将 20 世纪的田汉研究分为三个阶段予以回顾与总结：感悟式的评论居多而缺乏理论的深度（1926—1949）；以社会

---

　　① 　刘方政：《田汉研究的回顾与展望》，载《文学评论》，2003（3）。

学的研究取胜而审美观照不够（1950—1965）；1979—2000年出现了两个爆发期和一个平稳进行期，形成了较为繁荣的局面：研究领域的拓宽，理论色彩的加强，有一定深度的论著相继问世。为使田汉研究更加深入、获得突破，文章提出了田汉研究应该给予重视的五个方面。认真阅读该文，给出自己的见解。

2. 对田汉不同时期代表剧作的细读。

3. 参阅评论摘要2，分析《获虎之夜》的艺术特色。

4. 对田汉20年代剧作的现实主义与浪漫主义熔为一炉、交相辉映的特点的理解。

精读作品

田汉：《获虎之夜》《名优之死》《关汉卿》

评论摘要

1. 田汉在戏剧创作的道路上，曾受过莎士比亚、歌德、席勒、易卜生、梅特林克等不同流派的戏剧与惠特曼、魏尔伦、爱伦·坡、波特莱尔等不同流派诗歌的影响，但他又不是全盘接受，而是博采众长，从而成了一位善于在戏剧创作中抒发情感的能手。田汉具有强烈的社会责任感，因而在抒情时，他不是脱离现实孤立地表现自我，而总是眼睛看着现实，心里想着现实，于是他的笔下也就联系着现实。……几十年来他的身份与地位不断发生变化，但他总是以极大的精力关注着现实，坚持创作。在前期，田汉在民主主义思想指导下，粪土权门，歌颂觉醒者，鞭挞庸俗，追求理想。在后期，除了《十三陵水库畅想曲》外，都侧重于表现古代的生活，属于新型的历史剧。田汉在这些剧作中运用历史唯物主义观点来处理题材，既写出了人物的历史感，又写出了人物的时代感，这样就使他笔下的人物具有了新的骨架、新的血肉、新的生命、新的思想。

韩日新：《试论田汉的戏剧创作》，载《文艺理论与批评》，1993（1）。

2. 田汉前期剧作的浪漫主义的特色可以归纳为以下几点：

第一，强烈的主观抒情性。他的剧很像诗，或者说极富诗意。不管作品的人物身份如何，其背后总有一位抒情主人公存在着，向读者、观众袒露真情，直抒胸臆，用火样的感情影响打动读者观众。……

第二，传奇色彩。田汉的浪漫剧创作富有想象力，极富传奇性，情节虽不复杂但较奇特，多数剧本所写的都不是日常常见的事件，而是少有的事件。……

第三，开放式的结构。这是浪漫主义追求形式自由的必然结果。田汉的剧作具有自然流畅的特点，时空安排比较自由，主要人物事件放在幕前，其他放在幕后，次要人物事件通过对话叙述出来，给人以听故事之感。……

第四，诗化的语言。田汉剧作的诗意和抒情性同他的语言关系极大。他的许多剧本的语言，是可以当作抒情诗朗诵的，尤其是人物的独白，尽管是散文体，仍具有诗意。此外，田汉还喜欢剧中加诗，……有的还加上歌曲。

孙庆升：《中国现代戏剧思潮史》，40页，北京，北京大学出版社，1994。

3. 认识田汉的艺术道路，首先值得注意的就是他所特有的那一种一以贯之的"开放型"的文化心态，这一点对中国戏剧的现代化十分重要。近代许多先进的文人大都具有这样的心态，但是"开放型"文化心态体现在田汉身上有两个鲜明的特点：一是敢于和乐于接受西方文化与一切外来文化的挑战，对世界上各种新的文化信息特别敏感，并能迅速做出反应；二是对各种不同的文化潮流有一种兼容并包、择善而用的宽广的胸怀与开阔的视野。……田汉的才华是与他本身的巨大的人格力量紧紧结合在一起的。这种人格力量具体表现在以下四个方面：第一，他从艺而不拘于艺，观察艺术的立足点站得很高。尽管他早年曾迷恋过"纯艺术"、"艺术至上主义"的口号，其实他从来就没有离开社会历史看艺术。第二，虽然田汉的"运动"说蕴含着不少的政治激情与社会责任感，但也是"在野"艺术运动的倡导者，绝无丝毫的"媚官"意识，决不与"官府"合作。一贯的自觉的"在野"精神说明田汉是一位真正具有现代民主意识、属于人民大众的艺术家。第三，田汉身上再一个闪光点，就是他那种惊人的苦干精神。田汉的吃苦精神堪称中国文化人的代表，尤其是堪称中国剧人的代表。第四，崇实、唯善、求美的诗人气质大大地增强了田汉的人格。

董健：《田汉论》，载《南京大学学报》，1998（1）。

4.《获虎之夜》是田汉早期优秀的独幕话剧，也是中国现代话剧早期的代表作。剧本通过一个贫穷青年与富裕猎户女儿恋爱的悲剧故事，表现了"五四"时代呼吁婚姻自由的反封建主题。

剧中男女主人公相恋，并且订了婚，但男主人公家境败落，女家退婚，将女主人公另许富家。在女主人公出嫁前夜，男主人公在女家附近悲伤地徘徊，不幸误中捕虎的绊索，被击伤作为"获虎"抬入女家。女主人公仍然热恋负伤的男主人公，但她争取婚姻自主的斗争终于失败，绝望的男主人公自杀。男女青年因婚姻不自主而殉情的故事，在文学作品中很多，结构都比较单纯。本剧作者别出心裁，以"获虎"的情节赋予故事以传奇色彩，增强了戏剧性；同时，在一个场景、一个短时间之中，集中地展开所有的矛盾冲突，并在尖锐的冲突中展现人物性格，从而使剧本情节紧张、结构紧凑，成功地表达了反封建意识、高歌个性解放的主题思想。

夏传才主编：《中国现代文学名篇选读》，560 页，天津，南开大学出版社，2005。

5.《名优之死》，要算是现实社会题材的作品中，田汉最成功的作品之一，而其意义还在于它也是田汉自由浪漫主义转向诗化现实主义的代表作。"以大京班后台为背景，写一名角和名角所爱的女伶，与捧这女伶的劣绅之三角的战斗，艺术与爱胜利乎？"这要算是田汉写起来轻车熟路的生活与情感的内容，将对黑暗生活的诅咒、对社会恶势力的抨击、对艺术受摧残遭凌辱的现实的控诉、对艺术家宁为玉碎、不为瓦全的高风亮节的赞颂，都极自然地组织在戏剧性的人物关系构成、事件和场面当中。结构上显得生活化、饱满充实与集中紧凑。……另一方面，《名优之死》避免了他常犯的结构、剧情安排上的"太机巧"、"太随意"的毛病，而显得细针密线、行动发展迅速、冲突集中了。而且在利用音响效果渲染环境、衬托人物心境方面，在运用"戏中戏"的手段方面，也相当精湛。

田本相等：《田汉评传》，146～147 页，重庆，重庆出版社，1998。

泛读作品

《苏州夜话》《回春之曲》《南归》《丽人行》《忆江南》

评论文献索引

邓兴器. 先驱者之路——田汉戏剧生涯述评. 中国话剧艺术家传（第 1 辑）. 北京：文化艺术出版社，1984。

韩日新. 开拓·发展·收获——1928—1986 年田汉研究述评. 文学评论，1988(3).

朱寿桐. 论田汉的波希米亚式戏剧风格. 文学评论，1998(3).

丁涛. 走近、走进田汉——读解田汉早期剧作. 戏剧，1999(1).

谢雍君. 抗战时期田汉戏曲理论和创作再探讨. 戏剧文学，2003(3).

曾宪林. 论田汉早期对话剧民族化的探索. 艺术百家，2006(2).

齐亚敏. 论田汉早期戏剧的矛盾情结. 戏剧文学，2006(5).

杨润秋.《名优之死》的隐喻结构：性别权力和社会权力抗衡的悲剧. 艺术广角，1998(3).

顾岩. 现实主义？新浪漫主义？——《获虎之夜》剧作美学风格的辨析. 戏剧（中央戏剧学院学报），2007(2).

李应霞. 田汉戏剧创作的艺术成就. 戏剧文学，2006(7).

拓展练习

1. 怎样评价田汉早期的浪漫剧，学术界有不同的看法。大体上有两种倾向：一是过于看重感伤颓废情绪，倾向于否定；一是着重于现实性的考虑，倾向于肯定。孙庆升先生认为田汉早期创作既有唯美感伤成分，又有反抗现实成分。田汉的浪漫主义剧像郭沫若的浪漫主义诗歌一样都是有现实性的，他的主观感受中凝结着同时代人、特别是青年知识分子的切身感受，反映着他们的苦闷彷徨和探索，即使是感伤，也是时代的感伤，是时代病的反映。结合具体作品进行分析。

2. 田汉从一个初窥剧苑的习作者到中国剧坛的盟主，他的胸中始终贯穿着一条红线，即"Violin and Rose"情结。"这个情结的内核是对自由、民主、光明的追求，是'人道主义'之火的燃烧"。这个情结在不同的时期具有不同的具体内容，试论析在《名优之死》中的具体表现。

第二编　革命思潮与文学阵营重组
（1927—1937）

DIERBIAN GEMINGSICHAOYUWENXUEZHENYINGCHONGZU

总　论

内容提要

1927 年后，由于政治形势的变化，政治强烈地影响着文学，改变着文学的品格，许多作家的政治热情也远远高出艺术创作的冲动，文学潮流随着整个社会的变革而空前政治化。随着无产阶级文学运动的兴起，马克思主义文学理论在中国得到了广泛的传播和运用，五四时期以现实主义为主的多元文学思潮消失，革命现实主义成为主导文学思潮，与此同时，自由主义作家的文学与其他倾向的文学也丰富了 20 世纪 30 年代的文学创作。无产阶级文学与民主主义、自由主义文学的各自发展与演变，构成了这一时期文学发展的基本脉络。

20 世纪 30 年代中国社会的大变动，以及由此而产生的现代都市与传统农村的对立，相互渗透，引发和激化了知识分子在传统农业文明与现代工业文明、东方文明与西方文明之间选择的困惑，反映在文学的审美层次上，更形成了这一时期"左翼""京派""海派"三大文学派别之间的对峙与互渗。30 年代的中国现代文学已趋于成熟，与第一个十年相比，这一时期的创作题材得到空前拓展，表现角度也有了进一步开掘。随着中国现代化的进程，反映城市现代化过程中社会变迁、心理变化的作品大量涌现，革命者、民族资本家等一些新形象大量出现在作品中。第二个十年，由于文体意识的自觉，作家们在继承第一个十年文体开创成果的基础上有了新的开拓，许多体裁都有了新的发展，其中长篇小说、话剧取得巨大成功，长诗、报告文学也得到一定的发展，文学由五四的抒情时代进入了叙事时代。许多作家把人物命运与风云激荡的时代精神结合在一起，形成了第二个十年厚实、有力、壮阔的文学审美风格。

教学建议

1. 与第一个十年进行比较，分析本时期文学创作的潮流与趋向发生了哪些变化。
2. 简述 20 世纪 30 年代初鲁迅与新月派的论战。
3. 阅读相关书籍和文章，评价"左联"的历史功绩与局限。

精读作品

李初梨：《怎样地建设革命文学》

钱杏邨：《死去了的阿 Q 时代》

鲁迅：《对于左翼作家联盟的意见》《"硬译"与"文学的阶级性"》

冯雪峰：《关于"第三种人文学"的倾向与理论》

评论摘要

1. 左翼文学在"白色恐怖"的严重政治斗争形势下冲出一条血路，在文学与创作实践上历尽千辛万苦，不断纠正和摆脱"左"的机械论的影响，坚持在现实主义道路上奋进。特别是1932年11月歌特（张闻天）的重要文章《文艺战线上的关门主义》在党的机关报《斗争》第30期上发表，以及1933年苏联社会主义的口号传入之后，左翼文学理论界才开始清算"左"的理论影响。现实主义经过一段坎坷曲折经历之后，终于复苏了，并且赢得了创作丰收期的到来。至此，以社会剖析和典型化为主要特征的现实主义重新回到"五四"新文学开创的现实主义发展轨迹上，并重新占据新文学主导地位。左翼

图2-1　1930年，中国左翼作家联盟在上海成立。

文学现实主义，朝着政治化、社会化、理想化方向完成对"五四"现实主义传统的继承和超越的历史使命，为中国新文学开辟一条新路。

林伟民：《中国左翼文学思潮》，237页，上海，华东师范大学出版社，2005。

2. 大体说来，"海派"是30年代以上海为中心的东南沿海城市商业文化与消费文化畸形繁荣的产物，他们依托于文学市场，既享受着现代都市文明，又感染着都市"文明病"。正是对都市文明既留恋又充满幻灭感的矛盾心境，使他们更接近西方现代派艺术，有着较为自觉的先锋意识，追求艺术的"变"与"新"。而以北京等北方城市为中心的京派是一批学者型的文人，也即非职业化的作家。他们一面陶醉于传统文化的精美博大，又置身于自由、散漫的校园文化氛围之中，天然地追求文学（学术）的独立与自由，既反对从属于政治，也反对文学的商业化：这是一群维护文学的理想主义者。而左翼作家则自觉以现代大工业中的产业工人代言人的身份，对封建的传统农业文明与资本主义工业文明以及西方殖民主义同时展开批判，要求文学更自觉地成为以夺取政权为中心的无产阶级斗争的工具。

钱理群、温儒敏、吴福辉：《中国现代文学三十年》，209页，

北京，北京大学出版社，1998。

3. 1931年12月25日，胡秋原主编的《文化评论》在上海创刊。在创刊号上，胡秋原代表"文化评论社"发表了宣言《真理之檄》，提出了"自由的智识阶级"的概念："我们是自由的智识阶级，完全站在客观的立场，说明一切批评一切。我们没有一定的党见，如果有，那便是爱护真理的信心。"之后，在答复左翼作家的文章中，

胡秋原又明确打出"自由人"的旗帜："我并不能主张只准某种艺术存在而排斥其他艺术，因为我是一个自由人。"表明了自己"自由人"的文化立场："我们所谓自由的智识阶级，不过表明我们：1. 只是一个智识分子；2. 是站在自由人的立场。事实是如此，因为我们：1. 不愿自称革命先锋，2. 我们无党无派，我们的方法是唯物史观，我们的态度是自由人立场。"从胡秋原的自述来看，他所谓的"自由人"是指不隶属于任何党派、坚持自由主义文化立场的一部分小资产阶级知识分子。

正当左翼作家与"自由人"论战正酣之时，苏汶大概有感于文坛创作的不自由及左翼作家的霸权者姿态，在1932年7月《现代》第1卷第3期上发表了《关于〈文新〉与胡秋原的文艺论辩》一文，表达了对于胡秋原的部分认同和对于左翼作家的不满，提出了"第三种人"的概念："在'智识阶级的自由人'和'不自由的，有党派的'阶级争着文坛的霸权的时候，最吃苦的，却是这两种人之外的第三种人。这第三种人便是所谓作者之群。"在苏汶最初提出"第三种人"的概念时，"第三种人"是指居于"自由人"和左翼文坛之间的"作者之群"。和"自由人"概念相比，"第三种人"在指代范围上要宽泛得多。当时论争者对"第三种人"概念的理解与苏汶的原意颇有出入。胡风把试图在政治上保持中立的作家皆指称为"第三种人"，而在戴望舒、郁达夫等人的理解中基本也是如此。可以说，在一般的作家、理论家的概念中，"第三种人"其实就是在政治上保持中立，在文艺上否认文学的政治功能的一部分小资产阶级知识分子。

黄德志：《左翼对自由人与第三种人的误读》，载《中国现代文学研究丛刊》，2007（4）。

4. 鲁迅与梁实秋的争论，有时难免彼此挖苦、讥讽，但决非个人义气之争，而代表了两种社会思潮和文艺观点的交锋。当时的知识界，大致有三种倾向：一是社会主义，鲁迅和左翼作家是代表；二是自由主义，梁实秋和新月社就是其中活跃者；三是民族主义，"民族主义文学"家即属此类。"民族主义文学"家虽以官方为后台，但无论理论还是创作都拿不出东西来，闹了一阵子，受到鲁迅和左翼作家的批判，很快就偃旗息鼓了。自由主义知识分子在中国有相当的力量，他们有不同的派别，新月社崇尚英美式的民主政治，参政意识较强，虽然在人权问题上与国民党政府有摩擦，但与共产党的分歧更大，所以他们与左翼作家的对立是必然的。而梁实秋是新人文主义者白璧德的信徒，白璧德反对唯物论，反对功利主义，不相信群众的统治，而倾向于知识的贵族主义，主张人性论，追求一种完整的均衡的人性，这些都是被梁实秋用来作为武器。

吴中杰：《中国现代文艺思潮史》，195页，上海，复旦大学出版社，1996。

5. 然而，我要特别强调指出的是，"文学革命"与"革命文学"这种表面的相似其实掩盖了实质的巨大不同。这实质的巨大不同根本就在于把"无产阶级领导的资产阶级民主革命"当成了"无产阶级革命"，进而把资产阶级和小资产阶级这些革命的同盟者当作革命对象，由此产生了以（不甚了解的）"社会主义"反对"资本主义"、以（苏联模式的）"马克思主义"反对"人道主义"、以"阶级论"反对"人性论"、以"无产文学"取代"人的文学"、以唯物论批判唯心论（其实二者都是形而上学的不同表现形式）、以集体主义批判个人主义、以人民文学取代个性文学、以遵命文学取代自由文学、以政治工具论取消艺术自律论等一系列的差异。而这些差异，早在狭义的"革命文学"对五四"文学革命"的批判中就有明确的表现。①从"资产阶级革命"到"无产阶级革命"。②从"人道主义"到"马克思主义"。③从"人性论"到"阶级论","人的文学"到"无产文学"。④从"唯心论"到"唯物论"、"浪漫主义"到"现实主义"。⑤从"个人主义"到"集体主义"，从"个性文学"到"人民文学"。⑥从"自由"到"遵命"、从"艺术自律"论到"革命工具"论。

综上所述，不难看出，1922年开始的"革命文学"历程，其价值取向与五四"文学革命"相较发生了根本的转变。尽管它在反帝反封建的新民主主义革命中曾发挥过积极作用，但受当时国际社会主义运动和中国共产党党内占统治地位的左倾路线的掣肘，它无可置疑地带有极左色彩：教条式地对待马克思主义，机械地理解唯物论和唯物史观，用想当然的绝对化的思维方式取代辩证法，混淆民主主义革命与社会主义革命的界限，不仅将资产阶级当作革命对象，而且将知识分子当作"小资产阶级"进行革命，从而把人道主义、自我表现、个人主义、自由主义、艺术自律等都当作资产阶级或小资产阶级的思想加以批判，于是将五四新文学视为资产阶级文学予以否定，不适当地展开了对鲁迅等人的思想斗争，乃至对革命队伍之外的不同文艺观点无限上纲上线，实行唯我独尊的关门主义，纵容和鼓励标语口号化和公式化，等等。

祁志祥：《从"文学革命"到"革命文学"——论五四新文学运动的价值转向》，

载《云南大学学报》，2009（2）。

泛读作品

茅盾：《从牯岭到东京》

鲁迅：《文艺与革命》

梁实秋：《文学与革命》

周起应：《关于社会主义的现实主义与革命浪漫主义》

朱光潜：《谈美·开场话》

评论文献索引

郑择魁. 要充分肯定"左联"的历史功绩. 中国现代文学研究丛刊，1985(2)。

李俊国. "京派""海派"文学比较研究论纲. 学术月刊，1988(9).

艾晓明. 中国左翼文学思潮探源. 长沙：湖南文艺出版社，1991.

郭志刚. 略论我国三十年代文学. 文艺理论与批评，1997(5).

许道明. 海派文学的现代性. 复旦学报，1997(3).

旷新年. 1928年革命文学. 济南：山东教育出版社，1998.

张林杰. 文化中心的迁移与30年代文学的都市生存空间. 北京大学学报，2000(6).

朱寿桐. 论作为文学社团的中国左翼作家联盟. 南京大学学报，2001(2).

萨支山. "革命文学"论争中的文学史叙事. 中国现代文学研究丛刊，2002(1).

易崇辉. 中国左翼文学国际学术研讨会综述. 文学评论，2006(3).

崔显艳. 析二十世纪三十年代自由主义作家对文学发展的探索. 语文学刊，2006

(9).

　　王晓初．中国左翼文学思潮的内在差异性和张力．文学评论，2007(1)．

　　颜敏．精神危机：革命文学的征兆．文学评论，2007(2)．

　　黄德志．左翼对自由人与第三种人的误读．中国现代文学研究丛刊，2007(4)．

拓展练习

　　1. 第一个十年出现的关键词：现代/传统，个人/国家，民主/专制，科学/迷信，贵族/平民，国民性、人性和个性构成了理解世界的维度与方式。那么，第二个十年，中国革命的里程已由五四时期的思想革命转向社会变革所引起的社会革命。如果说五四是个性解放的时代，现在就进入社会解放的时代——从对人的个人价值、人生意义的思考转向对社会性质、出路、发展趋向的探求。取而代之的另外一组完全不同的概念：资产阶级、无产阶级、经济基础、上层建筑、意识形态——阶级性、大众语和现实主义。参阅相关文章，认真梳理与分析。

　　2. 参阅评论摘要 3、4、5 梳理第二个十年出现的文艺论争。

　　3. 将 30 年代左翼文学、京派文学和海派文学三种文学作一合论，会有助于在一个文学共同体内认识它们的对峙和互相穿透性。左翼文学是现代政治社会的产物，可由此寻觅百年来一切斗争的人们的精神解放、精神困境及其拯救的历程。京派的背景是"北平"文化社会，反映乡村中国在现代化冲击下保持自重并不断发生反观现代人性缺失的深长忧虑。海派自然来自于现代商业社会，表达新市民遭受物质文明正反两方面压迫的情景。而在表达民族国家理想、人民意识、社会批判精神方面，三种文学形态是贯通的。可参阅吴福辉：《中国左翼文学、京海派文学及其在当下的意义》一文①。分组讨论。

---

　　① 吴福辉：《中国左翼文学、京海派文学及其在当下的意义》，载《海南师范学院学报》，2001（1）。

第一章 小 说

第一节 左翼、京派、海派三足鼎立

内容提要

20 世纪 30 年代的中国，动荡不安的生活空间，曲折起伏的社会事件，矛盾复杂的社会心理，使得长于描写社会环境、展示人物命运的小说有了广阔的用武之地。作者与读者队伍的扩大，优秀作品的层出不穷，都显示了小说在 30 年代的长足进展。

小说作者新人迭出，小说体式日益丰富，中长篇小说数量激增，三部曲作品大量出现，标志着 30 年代小说的繁荣。

本时期柔石、艾芜、沙汀等左翼作家，沈从文、萧乾等京派作家，施蛰存、刘呐鸥、穆时英等新感觉派作家，都以各具艺术个性的短篇小说登上文坛并奠定了自己的地位。30 年代引人注目的是中、长篇小说数量的激增。影响较大的作品有茅盾的《蚀》三部曲、《农村三部曲》和《子夜》等，巴金的《灭亡》《爱情三部曲》《激流三部曲》等，老舍的《骆驼祥子》和《离婚》等，叶绍钧的《倪焕之》，王统照《山雨》，柔石的《二月》，沈从文的《边城》，萧军的《八月的乡村》，萧红的《生死场》，李劼人的《死水微澜》等等。

历史小说在 30 年代也有较大的发展。茅盾的《石碣》《大泽乡》，郑振铎的《桂公塘》，巴金的《罗伯斯庇尔的秘密》，重在对历史人物故事的新解释，以与现实世界相对照；而施蛰存的小说集《将军底头》，则以现代心理分析成果对古代人物与传说进行全新的解释。30 年代讽刺小说繁盛，作家有老舍、沙汀、张天翼等。沈从文、艾芜、萧红等作家，在小说体式上有相通之处，即小说的随笔化、散文化、抒情化。

30 年代小说一个重要的文学现象是"革命＋恋爱"小说模式的出现。代表作家蒋光慈，代表作有《少年漂泊者》《丽莎的哀怨》《冲出云围的月亮》等，在革命题材的一贯粗豪的情感中注入浪漫的柔情。类似的作品还有洪灵菲的《流亡》三部曲，华汉的《地泉》，胡也频的《光明在我们前面》等等。茅盾、瞿秋白等对普罗文学的这种"革命浪漫谛克"曾给予批评。

本时期的小说创作，不仅作家多，作品数量也多，而且在作品的思想性、题材的开拓、反映生活的深度等方面，都取得了一定的成就。在作品的艺术描写、人物形象塑造的手法、作家风格流派的形成等方面，也比前一时期呈现出多样化与丰富性。

教学建议

1. 了解 30 年代小说发展的基本风貌。

2. 阅读《死水微澜》，了解作者将史诗与世态描写相结合的"大河小说"的特点。

3. "国民性"是中国现代文学史上一个相当有分量的话题。萧红，将她独特的生命体验融入作品中，将目光对准了生她养她的故乡呼兰河，创作出了《呼兰河传》这样伟大的作品，形成了她作品中对国民性的有力批判。萧红从呼兰河人民对老中国的病态文明的继承、集体无意识的杀人两方面对他们身上这种国民劣根性进行了有力的批判。需要细读作品，认真分析。

精读作品

柔石：《为奴隶的母亲》

萧军：《八月的乡村》

萧红：《呼兰河传》

李劼人：《死水微澜》

叶紫：《丰收》

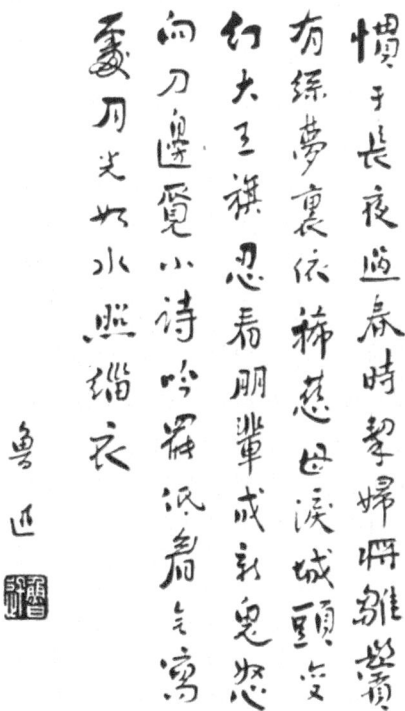

图 2-2　鲁迅作诗悼左联五烈士。

评论摘要

1. 这十年的小说，不仅在短、中、长篇小说体式上获得全面的丰收，而且在作品内容和风格的门类上也取得重大的进展，……它们从各个不同的角度发挥了小说这种近现代主要的文学形式多维度的表现功能。首先是社会写实小说。这一门类的要点在一个"实"字，脚踏实地地逼近人生和把握时代，重在发挥小说的描写功能。这十年表现得极为淋漓尽致的是它同步地捕捉时代的灵敏性。在这个急剧变迁的时代中，它卷起了一个接一个的主题和题材的浪潮。先是"革命＋恋爱"的浪潮……随之而兴起了以丁玲的《水》为标志的描写水灾的浪潮。……描写沪战的浪潮……丰收成灾……描写抗日题材的巨大潮流……

其次是世俗讽刺小说。……出现了老舍、张天翼、沙汀等卓越的讽刺和幽默的小说家。它突出发挥了小说的针砭痼疾，讽刺揶揄的功能，以一束带喜剧味的理性光辉，照射黑暗的社会，引起改革的注意，照射老化了的文化心理，催其返老还童。……

其三是抒情的或心理小说。抒情小说的重要作家有沈从文、艾芜、萧红和萧乾，……心理小说上承郁达夫《沉沦》的绪余，在其衍变过程中冲淡了社会抗议的情绪而专注于性心理的发掘，主要有施蛰存、叶灵凤和穆时英。这两派作家或恋慕自然，或探寻人欲，似乎处于两极，实则从不同的角度致力于内外宇宙的相融合。他们都注重技巧，从而丰富了小说抒写自然和心理的功能。……

其四神话和历史小说。这一门类展现了小说沉思历史和融合古今的功能，重要作家有鲁迅、郑振铎、郭沫若、茅盾……。本期由于政治和文化上的高压，作家便借神国中和历史上的事情以浇胸中块垒，名家荟萃，佳作迭见，使这个领域甚是繁荣。

杨义：《中国现代小说史》第二卷，36、37、39、40页，北京，人民文学出版社，1998。

2. 中国现代文学进入第二个十年的左翼文学运动阶段，伴随着激烈的阶级矛盾和民族矛盾，以及受到世界经济危机的冲击，左翼文学队伍号召作家积极反映现实的疾苦，尤其是农村的苦难。为此，文学创作出现了一大批反映农村经济崩溃、农民破产的作品。这使得五四以来的乡土文学的现实主义小说创作有了深入发展。

首先，他们在自己的创作中，努力注意描写农村现实生活的真实性，不约而同地反映了当时农村"丰收成灾""谷贱伤农"的典型现象，大规模地揭示了农民的苦难，深化了农村题材小说的主题思想的内涵。其次，30年代农村题材的小说，作家坚持写自己熟悉的乡村生活，从不同的层面完整地反映了濒于破产的农村经济和贫困悲惨的农民生活，并且真实地表现农民觉醒成长的不同程度。再次，30年代农村小说普遍地散发着浓郁的乡土气息和呈现出鲜明的地方色彩。

朱德发主编：《中国现代文学史实用教程》，389、390页，济南，齐鲁书社，2004。

3. （《为奴隶的母亲》）这篇小说有两重结构。在显在结构中，是一个奴隶母亲屈辱的非人的悲剧故事，是阶级的压迫与掠夺。而在潜在结构里，是一个特殊的爱情故事。在这里，长期受到丈夫奴隶主一样压迫的少妇，与长期受到老婆压抑的秀才，双方都有不幸的婚姻处境，同病相怜，在共同的生活中，又有共同的情敌"大娘"，这样两个婚姻的弱者，得以在感情上互相安抚，并渴望共同长期生活下去，却受到无端的妒忌与干预。在这里，劳动妇女在思想上背叛了自己的贫下中农家庭与丈夫，地主秀才富于人性，通情达理，下层劳动者皮货商丈夫，对奴隶般妻子的苦难屈辱负有重大责任。试问，作品的这两重结构之间，构成什么样的关系呢？在这里，显在结构在表现阶级压迫、阶级掠夺和阶级斗争，而潜在结构似乎在叙述阶级调和、通融与超越；显在结构在表现故事的阶级性，而潜在结构似乎在叙述人性。……我认为，在这里，潜在结构并没有加深显在结构的意义，而是颠覆和瓦解了它。

蓝棣之：《现代文学经典"症候式分析"》，179页，北京，人民文学出版社，2006。

4. 不知是人民进步了，还是时代太近，还未湮没的缘故，我却见过几种说述关于东三省被占的事情的小说。这《八月的乡村》，即是很好的一部，虽然有些近乎短篇的连续，结构和描写人物的手段，也不能比法捷耶夫的《毁灭》，然而严肃，紧张，作者的心血和失去的天空，土地，受难的人民，以至失去的茂草，高粱，蝈蝈，蚊子，搅成一团，鲜红的在读者眼前展开，显示着中国的一份和全部，现在和未来，死路和活路。凡有人心的读者，是看得完的，而且有所得的。

"要征服中国民族，必须征服中国民族的心！"但这书却于"心的征服"有碍。心的征服，先要中国人自己代办。宋曾以道学替金元治心，明曾以党狱替清朝钳口。这书当然不容于满洲帝国，但我看也因此当然不容于中华民国。这事情很快的就会得到实证。如果事实证明了我的推测并没有错，那也就证明了这是一部很好的书。

鲁迅：《萧军作〈八月的乡村〉序言》，见《八月的乡村》，2 页，上海，上海容光书局，1935。

5. 她（萧红）对艺术表现方法上这三方面的自由探索、创造。

首先，是题材取向上的怀旧倾向。萧红虽然写过一些迅即反映现实的作品，但大都不很成功。从本质上看，萧红是一位忆旧型的作家。……《呼兰河传》回忆的是故乡呼兰河的平庸的生活，刻画的是动物般生存着的人们，但这里"仍然有美，即使这美有点病态"；这里有深刻的批判，但也有深情的憧憬。

其次，是叙述方式上对限制叙事的重点运用。她的大部分的名篇（如《商市街》、《回忆鲁迅先生》……《呼兰河传》）重点运用了第一人称限制叙述角度。……只有这种角度才深深地契合于她的那种天性，才使她的话得到了得心应手的表达；而且，由于这种角度所特有的叙事功能也使她的作品增加了意蕴含量。

第三，是情感评价上的心理视角。……在艺术的情感评价上，她就很少以纯客观的描写显示其倾向性，而主要以心理视角直接显示其主观的情感评价。与她侧重运用的叙事角度相应，她所采用的情感评价上的心理视角主要是属于第一人称的。这样，作品中的"我"往往一身而两任，既是事件发生的见证人（有时甚至是事件的参与者），同时也是该事件的评价者。

秦林芳：《萧红创作的文体特色》，载《江海学刊》，1992（2）。

6. 作为一部长篇小说，《呼兰河传》通篇没有完整的叙事线索，没有尖锐的矛盾冲突和曲折离奇的情节，更没有贯穿始终的故事和人物，全书的七章之间也没有任何时间上的因果联系来相互连接。就在好似"无结构的结构"中展开这近乎"无事"的叙事。然而，《呼兰河传》并不是简单地将各个散落的篇章拼凑起来，它是一个整体、一个统一体，其结构是"空间"地组织起来的。换言之，《呼兰河传》是一部"空间形式"的小说。

姜振昌、宋娴：《〈呼兰河传〉：长篇小说与散文化叙述》，载《烟台大学学报》，2009（1）。

7. 《死水微澜》正是带着历史的沉淀、跳动着时代的脉搏拉开了历史转折的序幕。这是一个漫长的序幕，整部书都浸透在一潭千百年来形成的"死水"之中，各种陈腐落后的观念、意识、情感和行为方式都在这里深深地沉淀着，但各种新的观念、意识、情感和行为方式也正在这里萌生着，因此，这又是一个瞬息即到的伟大现实的开端；然而这更是一个新奇的序幕，作为历史巨变的开端，舞台上竟没有出现一个历史人物，也没有发生重大的历史事件，紧紧围绕男女主人公展开的故事情节都是虚构的，作者注视的都是普通人的命运，着力表现的是天回镇上古老而神秘的传统习俗和乡民们固有的性格特征。这首先使我们直觉上感到《死水微澜》反而比它后面的两部书更具有现实感。而这一点恰恰体现着李劼人的一个根本出发点：他是把这潭"死水"作为我们民族历史的缩影和象征来写的，"他是把那些内容作为历史事实，作为认识这些事实的手段，作为现实的再现来写的"。他是要我们从这里看到我们民族历史的过去和发展。《死水微澜》不但在历史的转折关头拉开了一个现实截面的序幕，而且也体现了对我们民族以往整个历史的深刻反思，这是一个历史与现实、旧时代与新时代承前启后的交叉点，它支起了"长河三部曲"的整个框架。

刘勇：《历史长河的现实性开掘》，见《中国现代文学的心理学研究》，
207页，北京，北京大学出版社，2006。

8. 提到蒋光慈，人们自然会联系到那常为人诟病的"革命＋恋爱"小说模式，这种"条件反射"首先得归因于瞿秋白、茅盾等左翼批评家曾给予的严厉批评与全盘否定。茅盾曾将蒋光慈的作品斥为"脸谱主义"、"方程式"，是"严重的扭曲事实"，并因此而宣布："1928年到1930年这一时期所产生的作品，现在差不多公认是失败。"……尽管蒋光慈遭到了当时批评家的严厉苛责与"痛骂诋毁"，但广大群众，尤其是进步青年却十分喜爱他的作品，究其原因……更重要的是，他把革命与恋爱——这两个人们最关心的问题糅杂在一起写了，这不能不说是他的独创。

但革命，这样严肃而神圣的事情怎能与最浪漫、也最私人化的爱情糅杂在一起呢？其实，这两者在本质上有着相通之处：他们都能够"截断日常生活"，打破其固有的平衡与稳定，以最动荡与激情复活板滞、干涸的心灵，使长期受压抑的人们名正言顺地加入生命的狂欢。这也正能解释为什么人类既厌恶战争，却又在战争面前激动昂扬，亢奋不已。……尤其是青年人，他们不容忍社会黑暗，不容忍生活单涩乏味，渴望公平与轰轰烈烈，而革命，无疑是满足他们这一心态的最佳途径。作为敏感的青年诗人，蒋光慈对革命的理解也就更贴近其浪漫本源："在现在的时代，有什么东西能比革命还活泼些？有什么东西能比革命还有趣些？还罗曼蒂克些？""说起来，革命的作家幸福啊！革命给予他们多少材料！革命给予他们多少罗曼蒂克！"……"对青年人来说，还有什么东西能比爱情和作为事业的革命更重要，也更具魅力些？革命和恋爱都是生命之火燃烧的材料，把生命之火为革命，为恋爱而牺牲，将是多么有意义啊！"……正因为爱情与革命在他们心目中都至若神明，都有生命中不可或缺的精神支柱，所以才会有二者冲突所带来的紧张苦痛与艰难选择。若仅仅止于对这一冲突的揭橥，那是"五四"个性解放作家的任务，蒋光慈的超越之处就在于他能够帮助青年人摆脱"个性解放"思想不能使他们得到理想爱情所带来的郁闷苦痛，引导他们走出爱情的狭仄天地，去求索人生更高价值的东西。就这样，他已将"五四"个性解放和恋爱自由的主题转变成为了革命和政治的主题，以革命的巨大能指替换了爱情这一能指。

王智慧：《激情叙述下的革命言说——蒋光慈小说创作简论》，
载《中国现代文学研究丛刊》，2002（2）。

泛读作品

蒋光慈：《咆哮了的土地》《野祭》
柔石：《二月》

评论文献索引

朱彤. 左翼小说叙事模式的流变. 南开学报，1994(3).
王爱松. 都市的五光十色——三十年代都市题材小说之比较. 文学评论，1995(4).

张园．20 世纪 30 年代小说都市叙事整体观．江汉论坛，2003(5)．

李钧．生态文化学与 30 年代小说主题研究．北京：中国海洋大学出版社，2007．

贺桂梅．性/政治的转换与张力——早期普罗小说中的"革命＋恋爱"模式解析．中国现代文学研究丛刊，2006(5)．

郑择魁、盛钟健．柔石的生平和创作．杭州：浙江文艺出版社，1985．

王金城．诗学阐释：文体风格与叙述策略——《呼兰河传》新论．复旦学报，2002(6)．

赵洪泽．"将道德的眼光抛开"——论李劼人的情爱观念和写作姿态．中国现代文学研究丛刊，1992(3)．

钱杏邨．蒋光慈与革命文学．现代中国文学作家．上海：泰东书局，1928．

拓展练习

1. 柔石《为奴隶的母亲》与沈从文《丈夫》同为"典妻"题材的杰作，反映了当时随着农村经济的破产和农民的极度贫困，中国农村社会文化精神的崩溃。这种崩溃表现在重压下的人的性格的扭曲变形，思想上的愚昧麻木和人性的变异。细读文本，写一篇鉴赏文章。

2. 30 年代初我国农村出现了"丰收成灾"这一现象，这在茅盾的《春蚕》、叶紫的《丰收》与叶圣陶的《多收了三五斗》中都有真切的反映。三篇小说几乎同时问世，当时它们的相互呼应极大地扩大了社会影响。今天我们从它们各自的艺术特色中可以揣摩出哪些经验或创作规律？

3. 萧红及其小说恒久的艺术魅力，既在于写出了东北乡村那让人闻所未闻的风物人情，原生态地展示了东北乡村的群体生命形态和生存状态，以及作者深刻的心理、文化体验与批判，还在于小说文本所呈现出的让人耳目一新的艺术创造性。其小说以女性特有的"细致的观察"和心理体验，对东北农民物化的生命形态予以深刻的揭示。从这一点来说，她是坚持了鲁迅的思想文化方向，对农民身上所体现出的对生命价值的漠视及苟活的生活态度采取了"揭出病苦"的创作态度，体现出对国民生存状态的深深的忧患意识。阅读文本与相关评论，对萧红小说有一个整体把握。

4. 作为最早以文学实绩建立社会声名的共产党人，蒋光慈身上凝结着太多的矛盾与悖论。他的小说，一边经受着艺术上的质疑与非难；一边却在读者那里见证着生命力与销售奇迹：一版再版，甚至十数版，且不断被盗版，风靡一时。他的革命文学作品，虽然被革命文学阵营内部判定为"非马克思主义的"；却依然产生了极大的社会影响，实现了革命文学所要追求的目标："许多的青年，因着他的创作的鼓励，获得了对于革命的理解；走向革命。"种种矛盾与悖论深刻又耐人寻味，形成了中国现代文学史上的"蒋光慈现象"。请同学间进行交流与讨论。

第二节　茅盾：转型中国的阶级透视

内容提要

　　1917—1927年的茅盾，是政治活动家、评论家和文学研究家。他是在政治上感到迷惘和彷徨，同时受到白色恐怖压迫的时候才走上了文学创作道路，最终成为左翼小说的巨匠。1927—1928年，完成《幻灭》《动摇》《追求》（总称《蚀》三部曲），从对中国革命具有特殊重要地位的小资产阶级知识分子心灵历程的独特角度来反映人们所关注的重大题材，北伐战争的情势、武汉蜕变前夕的尖锐斗争、南昌起义的枪声等，虽然不是直接的描画，但通过人物在历史洪流中的沉浮，展现了纷繁复杂的时代风貌。1928—1930年，客居日本期间完成长篇小说《虹》，这是一部中国最初觉醒的知识女性艰难曲折又绚丽多姿的心灵变迁史，作品在体现时代性与社会性上取得了成功。长篇小说《子夜》是茅盾的代表作，始作于1931年10月，完稿于1932年12月。小说以宏大的艺

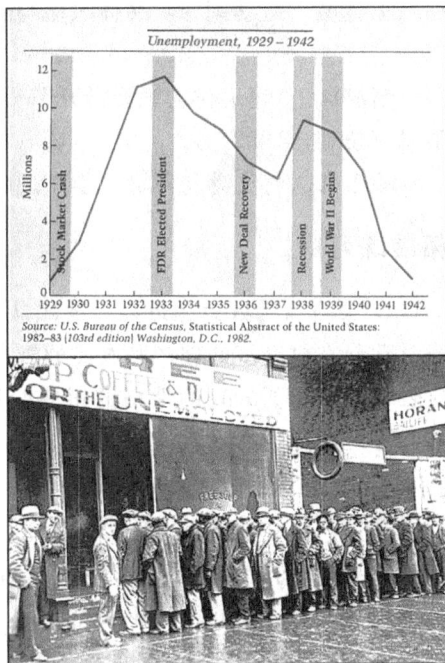

图 2-3　1929—1933年间美国失业率攀升，民众排队领取救济。

术构思，深刻地反映了30年代初期中国社会的重大矛盾和斗争，它不仅是茅盾创作道路上的里程碑，而且是30年代左翼文艺运动的重大收获之一。《腐蚀》是茅盾在抗战后创作的成就最高影响最大的一部作品，于1941年5月在香港《大众生活》上开始连载时，就在读者中引起强烈反响。这部日记体的长篇小说，是暴露社会黑暗的政治小说，也是一个心灵忏悔者自剖的心理小说。长篇小说《霜叶红似二月花》，反映了"五四"前夕民族资本家在发展资本主义过程中既雄心勃勃又动摇软弱的特点。

　　短篇小说在茅盾的创作中占有重要的地位。《林家铺子》和《春蚕》是最优秀的作品，描写的都是1932年"一·二八"上海战争前后的动乱生活。

　　茅盾小说创作的成功是当时革命现实主义小说艺术的最高成就：一、他的小说具有时代性、史诗性，迅速敏锐地反映了当时的重大事件和时代精神，力争概括特定时代和民族社会生活的全部复杂性和丰富性，是20世纪上半段中国社会的百科全书。二、茅盾给我们提供了生动、具体、独特的系列艺术形象。三、茅盾擅长以政治经济的眼光对社会各阶级状况和民族历史的总趋势作宏观的审度，他的小说具有宏伟而严谨的结构。

图 2-4　20 世纪 30 年代，工人运动在上海风起云涌。

茅盾影响下的 30 年代"社会剖析派"小说，大规模、全景式地反映了富有时代感的社会现实，表现了各种矛盾斗争中的人与阶级的特征。"社会剖析派"作家中，成就较大的有吴组缃、沙汀和艾芜。

教学建议

1. 理解为什么说茅盾的"社会剖析小说"在 20 世纪 30 年代开创了新的文学范式。

2. 细读《在其香居茶馆里》，分析其独特的讽刺艺术。

3. 分析《子夜》的结构特色。

精读作品

茅盾：《子夜》《林家铺子》《春蚕》

沙汀：《在其香居茶馆里》

艾芜：《山峡中》

评论摘要

1. 茅盾是现代文学第二个十年里极具代表性的作家。在小说领域内他将"五四"时期文学研究会"人生派"的现实主义精神接过来，加以发展，建立起在当时来说属于全新的革命现实主义文学模式。这样就把"30 年代"与"五四"划分开，成为另一个文学时代。"五四"文学的激情、它的张扬个性、离不开个人性的见闻感受的特质，被茅盾的大规模地、全景式地反映刚刚逝去不久、甚至是正在发生中的社会现实，表现各种矛盾斗争中的阶级和人的创作气魄所代替。历史性的巨大内容、宏伟的结构、客观的叙述，以及不断创造时代典型的努力，都是建筑在他的精细观察和运用一定的社会科学思想对社会生活进行分析之上的。由于这种依靠理性分析来开拓形象思维的深广度的创作方法，从典型环境来解释并塑造典型人物，在戏剧性强的情节中突现人物性格及其成长史的写法，逐渐成为"左翼"文学公认的主流，因而影响深远。以茅盾为首的这一类小说，近年来被称为"社会剖析小说"。

钱理群、温儒敏、吴福辉：《中国现代文学三十年》，222 页，
北京，北京大学出版社，1999。

2. 中国自新文学运动以来，小说方面有两位杰出的作家：鲁迅在前，茅盾在后。茅盾之所以被人重视，最大缘故是在他能抓住巨大的题目来反映当时的时代与社会；他能懂得我们这个时代，能懂得我们这个社会。他的最大的特点便是在此。有人这样说："中国之有茅盾，犹如美国之有辛克莱，世界之有俄国文学"。这话在《子夜》出版以后说，是没有什么毛病的。

《子夜》的态度与内容都显然与作者早年的三部曲不同。三部曲的主意不过是描摹一九二七年时代的小资产阶级革命青年的意识形态，作者自己也只是取一个刚刚觉醒的小资产阶级以一种感伤与颓废的情调去写作的，所以篇中一贯地笼罩着失败与绝望的空气，指给自己以一条虚无迷惘的路。《子夜》是在作者摸出了那条虚无迷惘的路，找着了新的康庄大道，以其正确锐利的观察对社会与时代有了进一步的具体了解后，用一种振起向上的精神与态度去写的；它在消极的意义上宣示着下层阶级的兴起。

吴组缃：《评茅盾〈子夜〉》，载《文艺月报》创刊号，1933 年 6 月 1 日。

3. 吴荪甫身上有一种非常强的现代性格。过去已经有人研究过，吴荪甫所出现的场景，比如客厅、工厂、办公室、汽车，都是一种公众的场景，几乎就没有一个是幽闭的、静止的场面。而其他的一些老板，比如他的对手赵伯韬，赵伯韬出现的地方都是鬼鬼祟祟的，第一场出现就是在花园的假山背后，像在搞阴谋，然后在旅馆里面，旅馆也是很隐私的地方，这个人物始终是在暗处的。而在公众的场景中，吴荪甫所有的行为都是匆匆忙忙，始终是在一个行动当中，他从汽车上下来，走进客厅，发脾气，处理公务，然后马上又出去，好像茅盾是一个摄影机，一直跟着这个人在走。这个艺术形象就一直在动，心情在动，脸色在动，身体在动，始终是通过一个强烈的动态来展示这个人的性格。……

这样一种强烈的动感，跟汽车、跟 20 世纪 30 年代最现代化的场景结合起来，这个人物身上就被赋予了某种以现代为特征的审美追求。……作品中几次写到了"一九三〇年式的"汽车，"旋风般向前进"，强调一种速度和节奏，这是现代人的感受，这种感受又和内心的焦虑交织在一起。从古典的意义上来理解美，美一定是田园式的、牧歌式的，以静为主。……现代文学也不都充满动感的，但是到了 19 世纪以后，由于工业文明的发展，就使人好像处于被鞭打的一种环境，整个人都被卷到一种社会制度里去，就是匆匆忙忙的动感。这也成为 20 世纪初西方现代主义流派的艺术家所关注的审美现象。在 20 世纪初的中国现代作家身上也大量存在着。郭沫若早期《女神》里都是这样的诗，都是城市在动，喇叭在响，为什么？他就是通过这种非常强烈的声音和动作，来体现一个时代的节奏。那么，这样的时代节奏，他表现的肯定是跟一个喧嚣的，充满了不稳定的现代都市有关系的。

陈思和：《中国现当代文学名篇十五讲》，331 页，北京，北京大学出版社，2007。

4.《子夜》的缺点则在另一方面，由于作者总想告诉读者一点什么，总想表现一些"本质"的东西，而又缺少足以表现这种"本质"的具体生动的生活细节，这就难以避免概念化的毛病，而使读者感到有些人物"是作者根据推理设想出来的"。如用秋隼律师和经济学教授李玉亭来表现法律、经济从属于政治就是明显一例。即使塑造得相当成功的吴荪甫有时也难免这种概念化的痕迹。特别是当作者离开了形象思维的规律，不是严格按照生活的逻辑，而是主观地想强加给人物一点什么自己的理论时，这种弱点就更明显。……于是，在《子夜》中，我们就读到："他疯狂地在书房里绕着圈子，眼睛全红了，……想破坏什么东西。"以下是强奸王妈的情节。这样的情节缺乏生活的基础，是从"兽性发作"的概念出发而附加上去的。……一贯持身颇为严谨的吴荪甫在那样愁绪纷繁，万事攒心，急待挣扎的情况下，竟然冒着被人识破而威名扫地的风险，在自己家中去强奸一个他从未关注过的并不吸引人的女仆，真是很难令人置信的事。

乐黛云：《〈蚀〉与〈子夜〉的比较分析》，载《文学评论》，1981（1）。

5.《林家铺子》的成功之处就在于：它通过艺术形象，从广阔的时代背景和复杂的阶级关系中，来揭示林家铺子倒闭的社会根源，虽然只写了一个小商人的悲剧，但表现的却是三十年代初期千千万万一般城镇小商人的共同处境和命运；他叙述的虽然只是小店铺从挣扎到倒闭的故事，但反映的却是旧中国社会一般城镇小工商业的暗淡前景，在一定程度上，也可以说是反映了当时处于风雨飘摇中的民族工商业的共同前途。这就是小说所塑造的林老板这一人物形象的典型意义。

这篇小说虽然是以描写城镇小商人的处境和命运为中心，但也涉及当时社会生活的一些重要方面，而且其主要矛头始终指向给广大群众带来深重灾难的祸根——代表帝国主义、封建主义和官僚资本主义利益的国民党反动统治制度。

叶子铭：《评〈林家铺子〉——兼论对新民主主义时期文学作品的批评标准》，
见《茅盾漫评》，115页，天津，百花文艺出版社，1983。

6.《春蚕》是茅盾以故乡为题材的一篇力作，不长的篇幅凝聚着沉甸甸的艺术分量。1932年茅盾两次回乡，耳闻目睹了"一·二八"战争后家乡一带的人情世态的变化，对日本货向中国农村倾销所造成的经济危机尤为敏感。由于现实的触发，长期沉淀在他心中的生活体验苏醒了：祖母养蚕，曾给他丰富的感性知识，乌镇每年蚕季的"叶市"，有奸商操纵桑叶价格盘剥蚕农，也是他幼年所耳闻目睹；更何况他家的大丫头所嫁的农村"丫姑爷"，常向他述说苦情，使他对农民的所思所感与所痛有了相当的了解。正由于《春蚕》是以丰厚的生活体验为基础的，小说就能够在"丰收成灾"的主题下，把古老的乡村习俗和深沉的文化心理从容细密地交织起来，从而使我们在茅盾这个短篇小说中品味到鲁迅写故乡题材的小说的味道来。

杨义：《中国现代小说史》第二卷，112页，北京，人民文学出版社，1998。

7. 沙汀善于组织情节的起伏、张弛，起承转合做到有板有眼。《在其香居茶馆里》最有代表性。在这里，沙汀提炼出独特的喜剧矛盾——平时利用兵役共同鱼肉农民的基层统治者之间出现了裂痕。……冲突又巧妙地集中安排在茶馆这个典型环境中，一开始便激化，……情节时紧时松，几次起伏后（有人数出是八个层次）峰回路转，趋向顶峰。……从前到后，场面的调度，情节的发展，错落而有致，是很有喜剧色彩的。

吴福辉：《怎样暴露黑暗——沙汀小说的诗意和喜剧性》，见《带着枷锁的笑》，63 页，
杭州，浙江文艺出版社，1991。

8.《山峡中》似乎以最突出的方式解释了大部分《南行记》的独特魅力。既然有心再现记忆中的明朗景象，艾芜势必把笔墨集中到人物的善良品性上；可"野猫子们"置身那样一片荒蛮的土地，再主观的作家也不能无视他们周围的愚昧、荒凉和残酷。艾芜真是幸运，他选择的素材本身就具有如此强烈的反差性质，他很自然就要采用对比的方法来安排他的描写。比起那种用想象和夸张来渲染美好事物的做法，这种不声不响的对比显然更能强烈地唤起人们对美的感受。

王晓明：《沙汀艾芜的小说世界》，149 页，上海，上海文艺出版社，1987。

泛读作品

茅盾：《腐蚀》《秋收》《残冬》
沙汀：《在祠堂里》《代理县长》
吴组缃：《一千八百担》《樊家铺》
艾芜：《丰饶的原野》《石青嫂子》

评论文献索引

严家炎. 社会剖析派. 中国现代小说流派史. 北京：人民文学出版社，1989.

邵伯周. 心灵的历程，历史的缩影——《蚀》研究中的几个问题. 中国现代文学研究丛刊，1984(2).

汪晖. 关于《子夜》的几个问题. 中国现代文学研究丛刊，1989(1).

王晓明. 惊涛骇浪里的自救之舟——论茅盾的小说创作. 潜流与漩涡——论二十世纪中国小说家的创作心理障碍. 北京：中国社会科学出版社，1991.

张景超.《子夜》的重估. 求是学刊，2000(4).

秦志希. 茅盾小说人物塑造模式论. 贵州社会科学，1991(2).

王一力等. 论茅盾长篇小说的文体风格. 上海大学学报，1995(4).

王中忱. 都市空间·时代性·革命现实主义：重读茅盾《子夜》. 越界与想象. 北京：中国社会科学出版社，2001.

方锡德. 吴组缃先生对中国现代文学的贡献. 吴组缃先生纪念集. 北京：北京大学出版社，1997.

李庆信. 沙汀小说艺术探微. 成都：四川省社会科学院出版社，1987.

王晓明. 沙汀艾芜的小说世界. 上海：上海文艺出版社，1987.

拓展练习

1. 作为现实主义小说的一个流派，社会剖析小说在其发展过程中，形成了相对稳定的创作模式，即注重依靠社会科学理论指导创作，理性分析社会现实和历史特点，形象地回答社会重大问题；用阶级分析的方法确定个体在阶级中所处的位置，解释人与人之间的关系；以极大的兴趣关注社会现实，正面描写社会的主要矛盾，强调文学对于社会现实的客观形象反映，强调对于时代特征的展示和历史趋势的展望；着眼于社会全貌，追求反映生活的广阔性、复杂性和深刻性；追求塑造典型环境中的典型性格，重视在社会矛盾冲突中表现人物性格及其成长史的特点。对社会剖析派小说的作品进行大致的梳理。

2. 茅盾长篇小说注重从复杂的社会关系及其变化中来展现人物性格和命运，追求对人物行为、情感、心理的多方面性和立体化的描写。试结合《子夜》，分析主人公吴荪甫的形象。（提示：可抓住两点：一是如何将吴荪甫置于错综复杂的社会关系和经济关系中去刻画；二是如何写出吴荪甫复杂性格。）

3. 茅盾面对《子夜》出版后各方面的反应，曾说过这样一段话："我一向认为：大家一致赞扬的作品不一定好，大家一致抨击的作品不一定坏，而议论分歧的作品则值得人深思。"现在看来，我们更要敬佩茅盾的"先知"。因为这一段话能更好地诠释发生在20世纪90年代的"茅盾风波"。有的批评家认为《子夜》一方面暴露了上层社会的没落，另一方面标志着新兴阶级的出现与成熟；有的认为《子夜》相当准确地把握了民族资本家在整个社会结构中的特殊历史地位，把他们放在社会矛盾的交叉点来表现；有的认为它成功表现了个人与社会冲突的永恒母题。应当以文本相对确定的思想内涵的把握为前提，要以文本所提供的语境为前提，不能妄然就去"纸上谈兵"，这样才会使阅读真正走向同时具有合理性与合法性的轨道。细读文本，分析各家观点。

第三节 巴金：从烈火走向寒冰

内容提要

1928年巴金创作了第一部中篇小说《灭亡》，塑造了一个以生命向黑暗社会复仇的职业革命者杜大心的形象。小说对人物行为及环境的描绘不甚清晰，而主人公强烈渴望平等、公正、博爱，对专制暴政充满憎恨与反抗的精神特征，却十分鲜明。随后，巴金在寻求社会出路的激情状态中，创作了一系列革命题材的小说：中篇小说《新生》《死去的太阳》，总称《爱情三部曲》的《雾》《雨》《电》，短篇小说《海的梦》等。小说多以第一人称和日记体叙事，故事多来自臆想，大量的人物独白与内心激情的表述，使作品具有强烈的主观抒情色彩。这类创作也决定了巴金早期创作的特征：带着强烈的主观色彩、感情真挚、热烈，但叙事并不完美。这种特征以及缺陷也普遍地存在于他当时的其他短篇小说中。自1929年至1937年抗战爆发，巴金出版了十一个短篇小说集，如《复仇》《光明》《抹布》《将军》《神鬼人》《长生塔》等。

1931年长篇小说《家》的诞生，标志着巴金小说一个重要领域，对表现自己熟悉的家庭生活的开拓，这为巴金小说摆脱幼稚、迈向成熟积累了重要经验。《家》的主题意蕴：一、通过对高家分崩离析过程的描写，深刻地揭示了封建制度必然灭亡的命运。二、控诉了封建礼教的"吃人"罪恶。三、批判了"作揖哲学"和"无抵抗主义"。四、形象地反映了"叛徒"的呼喊和抗争。艺术特色：一、结构宏伟而严谨。二、用真实动人的心理描写来揭示人物的内心世界。

继《家》之后，巴金于 1938 年和 1940 年分别出版了《春》《秋》，三部长篇总题为《激流三部曲》。

进入 20 世纪 40 年代之后，巴金的创作风格有了较大变化，大致以 1942 年为界，巴金作品的描写对象由英雄转向平凡的小人物，激烈抗争的勇士变为生活重压下萎靡的灵魂，轰轰烈烈的政治变为芸芸众生的生活百态，激情奔放的浪漫抒情变为沉郁冷静的客观写实。中篇小说《憩园》和长篇小说《寒夜》被公认为巴金后期小说的代表作。《憩园》不再单纯地描写旧家庭的腐败与衰落，而把主要着眼点放在了对传统的家族制度的反思和对人生、人性的探索上。《寒夜》是巴金的最后一部长篇小说，以抗战胜利这一重大历史事件为背景，通过小人物汪文宣的家庭悲剧，深入思考国家、社会、家庭、人生和人性。叙事绵密而蕴藉，笔调沉郁而纯熟，结构完整而自然，意境阴冷而悲凉，无论在艺术的成熟度上，还是在思想的深刻度上，都可以说是巴金以往成就的成功超越。

教学建议

1. 对巴金前后两个时期创作概况及其代表作有大致的了解。
2. 分析《家》中三个女性之死的艺术力量何在？
3. 简评《家》中觉新与觉慧两位人物形象。
4. 分析《寒夜》中曾树生的性格内涵。

图 2-5 《随想录》《憩园》《寒夜》等手稿本陆续出版。

精读作品

巴金：《家》《憩园》《寒夜》

评论摘要

1. 由于青年般的热情和江河般的酣畅贯穿巴金小说之始终，他的创作方法的发展里程中具有明显的特殊性，或者说具有一个特殊的"巴金模式"。从《灭亡》到《寒夜》，我们可以一目了然地看到一个充满浪漫激情的巴金已经发展成为一个冷隽地写实的巴金，但是在其间近二十年的茫茫岁月中，研究者很难筛选出具体的哪一年作为他的创作方法发展途中的转折点和断裂线。浪漫之气扑人的《爱情三部曲》与写实色彩浓郁的《家》几乎同期创作，写完画面浑厚的《激流三部曲》之后，紧接着写热情洋溢的《抗战三部曲》。我们以爆发抗战的 1937 年把他的小说分为"前期"、"后期"，只不过是迁就历史年代的偷懒办法。他的创作方法的转变轨迹，不是去如飞矢，而是回环往复有若盘陀山路。

杨义：《中国现代小说史》第二卷，178 页，北京，人民文学出版社，1998。

2. 《家》除了其内容本身具有丰富性和深刻性之外，还由于其叙事方式与技巧所带有的民族特色。

就总体而言，《家》的情节组织原则与中国传统的章回小说极为接近。作者按照时间发生的先后安排主要情节，时间顺序极为清晰；主要情节冲突又大多在高公馆内展开，空间位置也较为固定。小说的第 1—6 章集中交代了主要人物的身世、性格以及相互间的关系，点明了时代的气氛，初步提挈了情节发展的线索。接着作品依次描写了学潮、鸣凤之死、觉民逃婚、梅之死、瑞珏之死以及觉慧最后出走等重要情节；并穿插了对过年、兵变、祝寿、捉鬼、高太爷的丧事等大家族内外的大小事件的描写，从而在紧凑凝练的结构中容纳了波澜起伏、引人入胜的故事情节。又以天黑前觉慧与觉民归"家"开篇，以黎明前觉慧告别觉民离"家"远去作结，形成首尾呼应的格局。

辜也平：《〈家〉：冲击旧制度的生活的激流》，见《巴金创作综论》，132 页，
福州，福建教育出版社，1998。

3. 一组以觉慧为代表，他们是旧世界的反叛者、革命者；一组以觉新为代表，他们是生活中的软弱者、牺牲者，这两组形象以其各具的特点，在中国现代文学史上引起过强烈反响。从整个形象系列的角度看，在以往的研究中，人们对于前者给予了较充分的肯定。由于种种原因，对于后者的意义却未能给以应有的重视。……无论从认识价值还是从美学价值上看，正是这后一组形象反映了巴金创作的最高水平。在反叛者、革命者身上，一泻无余地倾尽了作者的浪漫主义激情，更多地寄托着他的理想和信念，除个别形象（如觉慧）外，大都热情有余而厚度不够，形象本身比较单薄、轻飘。而在软弱者身上，穷竭了作者对生活的积累和体验，生动细腻地表达了他的现实主义识力。虽然，这些人物本身有许多致命弱点，作者对他们的塑造也并非是尽善尽美，但他们却与中国的历史、文化及现代社会，与作者的生活和思想有着不可分割的血肉联系。这些特点使巴金的软弱者形象显出永久性的价值。

李今：《试论巴金长篇小说中的软弱者形象》，载《中国现代文学研究丛刊》，1985（1）。

4. 巴金40年代的写作，是流露出一种其先前写作很少有的归家着急感，温情也更多地替代了以前的批判与悲愤，写作"调子"也变得悲哀、忧郁，由热情奔放的咏叹，转向深刻冷静的人生世相的揭示。

30年代的《激流三部曲》表现的是封建大家庭的衰落史，作者基本是取一种俯瞰、由外到内的角度，来透视他所表现的对象（尽管作品的年青主人公与作者情感、生平经历的相似，在很大程度上遮盖了此点）。而40年代的巴金所描写的家庭规模，不仅在逐渐缩小，更重要的是，他相当程度上放弃了由外到内的解剖式观察视角与态度，叙述者或者所描写的家庭的朋友，或者相当深地潜藏于他笔下的那些善良、无助的人物心灵中，以一个家庭成员的心态去关心它、表现它，从而使作品渗透出对家的深深的留恋与哀婉之情。因此，这些"末世之家"的衰亡，也是爱之归宿的消亡和个体生命暂寓之地的消亡。很可能正是意识到这些，40年代的巴金才把家的毁灭，肉体生命的脆弱、短暂、无常表现得那样刻骨铭心：即几乎在没有任何外在意识形态的包裹下，来写家的毁灭、生命的死亡和青春肉体之身的无处着落。

姚新勇：《〈憩园〉：五四启蒙文学的一个转折性象征》，载《文学评论》，2002（4）。

5. 作品人物杨梦痴的生活原型乃作者的五叔，亦即《家》中的克定。作品揭示了他必然没落的命运，但又分明浸染着挽歌的调子。这种矛盾的状况，有评论认为表现了巴金人道主义的局限性，因为他不能彻底分清善恶。这当然有些道理，但事情恐怕比这要复杂得多。从理智、从情感说，作者是厌恶这位五叔的，对他的死毫不惋惜和同情，巴金在回忆录中自己谈及过。可是从艺术构思看，巴金对杨梦痴这个人物，分明有着潜在的同情。作者凭空构思了生活中没有的少年杨寒这个人物，杨寒是杨梦痴的小儿子，他与他哥哥和母亲不同，他深爱着那位流落街头的父亲，而且还常常潜回旧园攀摘茶花送给多愁善感的父亲，而且杨梦痴与妓女老五的婚外私生活，也是通过杨寒来叙述的。我们可以说，如果去掉杨寒这个人物，而用大儿子仇视父亲的眼光去看杨梦痴，那故事的挽歌调子立刻消失，作品的思想含义就简单明了了。

蓝棣之：《现代文学经典：症候式分析》，117页，北京，人民文学出版社，2006。

6. 在历来的研究中，《憩园》都被看做是《激流》一系揭露旧家族罪恶及崩溃趋势的作品，这是无可争议的，作者自己就一再表明着这样的态度。虽然40年代的巴金在处理这种家庭生活故事时，态度与30年代有着明显的不同，《憩园》中哀婉的温情，《寒夜》里曾树生的离去又归来，都表现出作者心灵深处在这一问题上的矛盾，但在意识的层面，作者的价值判断却从没有从五四那个立场上稍许后退，直到晚年，巴金仍然从反封建的角度一再重申这一基本认识。然而，《憩园》的深层精神指向与《激流》并不相同，这从他们的命名中就可以感觉得出来。"激流"象征着一种青春的激昂急进姿态，《憩园》则暗示出一种中年的宁静沉稳；与之相应，《憩园》的文本语言也从《激流》的热情、奔放变得雅致、从容。更值得注意的是，作品的中心意象也发生了微妙的转换——由"家"变成了"园"。……"园"的构成要素中，渗入了家庭、乡土、民族的政教人伦关系；而"家"的理念中也深深积淀着"园"的生产方式所带来的宗教和美学。……说起家，更让人想起有关政治伦理方面的内容，而园更易于牵扯出一种传统生活的宗教和美学。

五四以来启蒙知识分子对"家"的批判，无例外地集中在它的社会学层面。作为传统社会的基石，家以及家族制度在旧中国专制主义政治等级制伦理中的意义，是显而易见的。巴金当年写作《激流》时，对之满腔怨愤的正是这样一个"家"。……《憩园》中，引起"我"对杨梦痴的注意和同情，并使整个故事得以进行下去的，正是他对园子的这份痴迷的情感。……寄住在"憩园"中的"我"，其实是在置换性地哀婉着自己失去了的家园。这便是小说的叙述动力。憩园旧主人及叙事者的情感，其实也是作家自己的情感。小说中所写的这一切：对旧居的留恋，对旧家庭生活的思考批判，对"闷死"其中的女性的同情，以及"走向广大的世界中去"的人生取向……激烈地抨击着"家"的巴金，却悄悄地恋慕着"园"。不无快意地宣告着"家"的必然灭亡命运的他，同时又经验着"失乐园"的悲哀。

邵宁宁：《家园彷徨：〈憩园〉的启蒙精神与文化矛盾》，
载《中国现代文学研究丛刊》，2004（2）。

7. 巴金笔下的曾树生多少提供了对中国妇女出路问题的思考。巴金的独到之处不仅在于他对树生的出走——作为对封建传统的否定而深表同情和赞赏，而且指出了冲出第一层篱樊后的无路可走以及无数层的其他篱樊蜂拥而至——它既不像《伤逝》那样凄惨：女人受男人的庇护又为男人所抛下；它也不像《原野》这般悲凉：生与死的力量将金子逼上了绝路。曾树生出走以后面对的是如此繁复多变的人生，她的个人境遇既热闹又孤寂，她在人格上既独立又依附于他人，她在精神上既有千丝万缕的牵挂又孤立无援。巴金写出了女人在"独自"面对生活时的双重困境——她既要像一个普通人一样选择一切，又不能丢弃女人的种种特性。……曾树生这个形象以及《寒夜》这部小说比较深刻地为我们提供了现实生活的一个本质方面，蕴藏着许多可以进一步发掘的意义。

刘慧英：《重重篱樊中的女性困境——以女权批评解读巴金的〈寒夜〉》，
载《中国现代文学研究丛刊》，1992（3）。

泛读作品

巴金：《灭亡》《雾》《雨》《电》《春》《秋》

评论文献索引

王瑶. 论巴金的小说. 文学研究，1957(4).

张民权. 从《家》和《寒夜》看巴金小说创作风格的演变. 中国现代文学研究丛刊，1984(2).

朱志棠.《家》中觉新形象塑造的艺术辨证法初探. 中国现代文学研究丛刊，1984(3).

张立慧. 论巴金民主革命时期小说的风格特色. 中国现代文学研究丛刊，1987(2).

王建平. 重读《寒夜》. 中国现代文学研究丛刊，1990（1）.

张沂南. 论女性自我生命选择——也谈《寒夜》. 中国现代文学研究丛刊，1998（2）.

李存光. 20世纪中国巴金研究掠影. 中国现代文学研究丛刊，2000（2）.

陈少华. 二项冲突中的毁灭——《寒夜》中汪文宣症状的解读. 文学评论，2002（2）.

张蕾. 结构、主题、情感——巴金《憩园》新论. 苏州大学学报，2003（4）.

周立明. 在信仰与文学之间——由"信仰"解读巴金的创作. 中国现代文学研究丛刊，2007（3）.

於可训、李雪. 近三十年巴金研究述评. 江汉论坛，2008（7）.

拓展练习

1. 细读文本，分析《家》与《寒夜》，阐述巴金前后期创作风格的变化。

2. 对于巴金小说《寒夜》中造成主人公汪文宣悲剧的缘由，在一般认为的社会黑暗说之外，实际上还存在许多致命的不和谐因素。战争的特殊社会环境，给当时社会的稳定以及人的生存条件和生存压力带来不少负面影响；在汪文宣这种小家庭中，主要的家庭关系和谐与否照样会影响到家庭及家庭成员的正常存在；触及汪文宣个人自身，也蕴涵着思想、心理道德和事业上发展能力的不和谐诸方面。通过汪文宣这小人小事的生命乐章，显示出悲剧的深刻含义，即既彰显了个人生命主体的不和谐，又折射出当时时代、社会、事业、爱情及家庭的不和谐，还阐释了生命实践主体必须要与实践环境和谐发展的道理。你是否认同这样的理解，为什么？

3. 近年来出现了从不同视角对《寒夜》的阐释。从文化视角即文化意识、文化价值和文化意义的，如王兆胜《寡妇道德与传统文化——兼论〈寒夜〉爱情悲剧根源》；以女权主义批评方法来解读的，如刘慧英的《重重篱樊中的女性困境——以女权批评解读巴金的〈寒夜〉》；以精神分析方法解读巴金的创作心理及其作品中人物形象的文化心理的，如刘艳的《情感争夺背后的乱伦禁忌——巴金〈寒夜〉新解》；与精神分析相关的症候式批评，如蓝棣之在其著作《现代文学经典：症候式分析》中对《寒夜》的阐释；另外，日本学者河村昌子的《民国时期的女子教育状况与巴金的〈寒夜〉》一文，另辟新颖的角度，着眼于"教育"分析探讨作者的创作意图和创作主旨。认真阅读相关书籍与文章，拓展科学研究的思路与方法，给出自己的见解。

第四节　老舍：市民文学的全景观照

内容提要

老舍真正开始他的创作生涯是1924年赴英讲学，到1929年夏返国之前，此间完成三部长篇小说：《老张的哲学》《赵子曰》和《二马》，对文化批判与对民族性问题的反思和剖析初现端倪。1929 年老舍离英返国途中在新加坡期间，写作又一部长篇《小坡的生日》，表现作者对被压迫民族的深切同情和"联合世界上弱小民族共同奋斗"的希望。回国后到抗战爆发前，创作六部长篇：《猫城记》《离婚》《牛天赐传》《骆驼祥子》和《文博士》等，及三个短篇小说集：《赶集》《樱海集》和《哈藻集》。从抗战爆发到全国解放，是老舍创作的又一阶段。主要作品有长篇《火葬》《四世同堂》《鼓书艺人》，中篇《我这一辈子》、中篇小说集《月牙集》，短篇小说集《火车集》《贫血集》《微神集》等。新中国成立后，老舍创作了长篇自传体小说《正红旗下》，以清末民族衰落、列强入侵和人民抗争为大背景，展开了国难、家殇和民族衰落的三重悲剧。

老舍主要以小说创作蜚声文坛，纵观老舍的长、中、短篇小说创作，可以看到他对中国现代文学最重要的贡献，是他对城市市民阶层、市民性格的艺术表现，老舍擅长扫描市民阶层的精神文化现象。他不只记述个别人物的痛苦遭遇，而且还尖锐地提出城市贫民摆脱悲惨命运的课题。在老舍的小说中，有一个基本主题，就是在执着于对国民劣根性的揭露，对民族传统文化的反思、批判的同时，具有鲜明的时代色彩，尤其是中后期作品政治意识日趋激进，还进一步表现了国民的觉醒与抗争。

老舍的小说"北京味儿"很浓，他常以北京这座具有浓厚传统文化气息的历史名城作为反映生活的基地，描述北平普通市民的日常生活，表现他们在独特的文化氛围中形成的生活习惯和心理心态，从具体的生活场景到人物的言行举止，都具有浓郁的地方色彩。在中国现代文学史上，老舍还是一位著名的幽默作家。他所受的平民社会的市井气息、皇城帝都文化氛围的熏陶，与从母亲那里得来的遗传，以及英国作家狄更斯等人的影响，结合在一起，为他的文化批判找到了一种最适宜、内涵丰富的、独具一格的老舍式的幽默。

图 2-6　民国时期北平街景。

教学建议

1. 分析老舍小说中"市民世界"的人物形象构成，并阐述其创作的文化批判视野。

2. 简述《骆驼祥子》中造成祥子悲剧的原因。

3. 作为劳动阶层中的代表——人力车夫，在 20 世纪二三十年代作家们的笔下备受青睐，胡适的《人力车夫》、刘半农的《人力车夫歌》、鲁迅的《一件小事》、郁达夫的《薄奠》和老舍的《骆驼祥子》等，或以诗歌的形式，或以小说的方式加以表现。阅读文本，比较分析。

4. 老舍和鲁迅作为现实主义作家，他们基于对民族命运的深情关注，在他们的作品中贯穿着改造国民性和文化批判的共同主题。它们既有相通之处，亦有不同之点。应认真加以梳理。①

精读作品

老舍：《月牙儿》《骆驼祥子》

评论摘要

1. 谈到老舍的"市民世界"，这确实是他的特色。对此我们可以找到一个理解的切入口，那就是"城"与"人"的关系。在现代文学史上，很少有作家像老舍这样执着地描写"城与人"的关系，他用他的大部分小说构筑了如此广大的"市民世界"，几乎包罗了现代市民阶层生活的所有方面。读老舍这些小说，可以获得对这一阶层的百科全书式的知识。重要的是了解老舍用什么样的角度去观察和表现市民社会。老舍始终关注的"文化"问题，即作为"城"的生活方式与精神因素的蜕变，他习惯于用"文化"来分割不同阶层的人的世界，他描写的中心是特定文化背景下人的命运，以及在文化制约中的世态人情。这一点，和二三十年代主流文学通常对现实社会作阶级剖析的方法是不同的。对老舍来说，市民社会中阶级的划分或者上流下层的划分都不是最重要的，重要的是"文化"对于人性以及人伦关系的影响。这就是老舍的基本的创作视点。

温儒敏、赵祖谟主编：《中国现当代文学专题研究》，71 页，北京，北京大学出版社，2006。

2. 评论者普遍认为文化批判是老舍创作中最有独特价值的思想蕴涵，但对其文化批判内蕴如何阐释才更符合老舍小说的实际呢？通过对老舍怅恨世情叙述形态的分析可看出，老舍通过世事描写以显示世情世态，而世事、世情、世态展现的目的是揭示世道人心。这世道是污浊的，这人心是低劣的，它是由文化培育并制约着的，这文化也是落后的、腐朽的。老舍怨恨这污浊和低劣的世道人心，怅惘这落后文化转型之艰难，渴望着改良世道人心和改造传统文化。老舍于 1940 年应重庆缙云寺佛教友人邀请作过一次演讲，这次演讲对于研究老舍思想很重要，对于理解老舍小说创作的动机意图和他小说叙述的内涵具有重要参考价值。演讲中谈到中国社会因缺乏灵的生活、灵的文学而形成的卑劣状况。他认为"人不只是这个'肉体'的东西，除了'肉体'还有'灵魂'存在，既有光明的可求，也有黑暗的可怕。"但是，中国近两千年来，"未能把灵的生活推动到社会里去，送入到人民的脑海里去，致使中国的社会乱七八糟，人民的心理卑鄙无耻"。"最奇怪的，中国文学作品里没有劝善改恶的东西，

---

① 可参阅于美辰：《浅谈改造国民性——老舍鲁迅小说共同主题之异同》，载《社科纵横》，2007（1）和方岩：《论老舍国民性改造的价值取向》，载《北京社会科学》，2007（2）等。

很多的书本里，虽也有写到'善有善报，恶有恶报'的字眼，但都不是以灵的生活做骨干的灵的文字"。"没有灵的文学出现，怎能令人走上正道，做好好的国民？""因为人民缺乏灵的文学滋养，结果我国的坏人并不比外国的少，甚至比外国还要多些，大家都着重于做人，然而着重于做人的人，却有很多成了没有灵魂的人，叫他吃点亏都不肯，专门想讨便宜，普遍的卑鄙无耻，普遍的龌龊贪污，中国社会每阶层，无不充满了这种气氛"。因此，他希望中国有一个但丁这样的人出来，"从灵的文学着手，将良心之门打开，使人人都过着灵的生活，使大家都拿出良心来"，希望有人"发心去做灵的文学的工作，救救这没有了灵魂的中国人的心"。如果把老舍这次演讲的内容和他小说中描写的世态人情联系起来看，就能发现老舍怅恨世情的叙述形态中包含着何等深刻独到的文化批判的真知灼见。

　　　　吴效刚：《怅恨世情与文化批判——论老舍小说的叙述形态》，载《文学评论》，2009（2）。

　　3.《骆驼祥子》有两个外部特征应该引起我们思考。第一，它不幽默；第二，它是悲剧。而它是老舍的代表作。这就说明，没有幽默，老舍依然是老舍，没有悲剧，老舍就失去了幽默。幽默只是他的脸谱，而悲剧才是他的魂魄。……祥子的悲剧，是一个"人"在尊严与屈辱上下两块磁石之间奋力挣扎，而终于堕入屈辱的悲剧。老舍似乎是告诉你，人天生是该抓住自己的那份尊严的，有了那份尊严，人才像个"人"。但人的外部有个世界，世界的存在却要以人的屈辱为前提，人要在世界中获得正常的生存，就得把尊严抵押出去，这样，人的本性就将一点点泯灭，像出卖了灵魂的浮士德一样，最后变成"堕落的，自私的，不幸的，社会病胎里的产儿，个人主义的末路鬼！"所以，人活着不论是执着于尊严，还是驯服于屈辱，他的命运总是悲苦的。欢乐在生活中只是几个短暂的瞬间，如同祥子刚拉上几天自己新买的车，就被黑洞洞的枪口吞噬了去一样。

　　　　孔醉：《屈辱与尊严——老舍创作与精神世界的主旋律》，载《中国现代
文学研究丛刊》，1990（1）。

　　4. 老舍说他写《骆驼祥子》很重要的一点便是"由车夫的内心状态观察地狱是什么样子"。这个"地狱"是那个在城市化过程中产生的道德沦落的社会，也是为金钱所腐蚀了的畸形的人伦关系。像虎妞的变态情欲、二强子逼女卖淫的病态行为，以及小福子自杀的悲剧等等，对于祥子来说，都是锁住他的"心狱"。……祥子被物欲横流的城市所吞噬，自己也成为那城市丑恶风景的一部分。小说直接解剖构成环境的各式人的心灵，揭示文明失范如何引发"人心所藏的污浊与兽性"。老舍对城市中"欲"（情欲、财产贪欲等）的嫌恶，对城市人伦关系中"丑"的反感，主要出于道德的审视。人们从《骆驼祥子》阴暗龌龊的图景中，能感触到老舍对病态的城市文明给人性带来伤害的深深忧虑。

　　　　钱理群、温儒敏、吴福辉：《中国现代文学三十年》，251 页，北京，
北京大学出版社，1999。

　　5.《骆驼祥子》里，虎妞死于第 19 章，祥子三起三落的买车经历与他对命运之网的搏斗的传奇同时刹住了尾巴，其实小说到这里就结束掉也很干脆。说实话，最后五章写得有些潦草，也实在是多余。但老舍似乎另有打算，他说《骆驼祥子》

的缺点是"收尾收得太慌了一点"，应当是再"多写两三段才能从容不迫的刹住"。说明老舍对虎妞死后的祥子的传奇生活还有兴趣继续探索。但从现在的小说结构来看，后来发展出祥子和小福子（连带出"白面口袋"）、夏太太的故事，这两个女人的背后都暗藏了虎妞的影子，某种意义上可以看作是祥子与虎妞姻缘的余波，并没有什么新意。

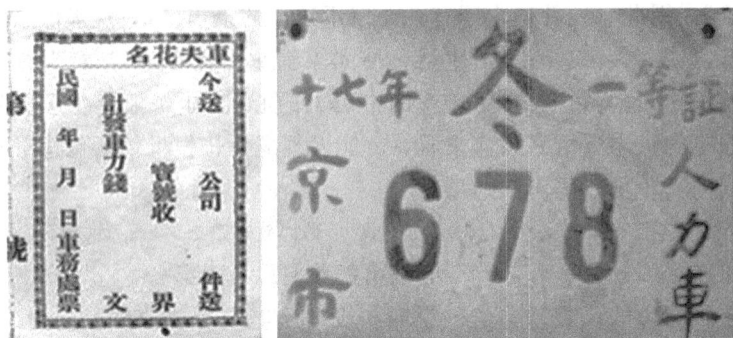

图2-7　民国时期人力车车牌及乘车票据。

所以我觉得，老舍的遗憾应该是在另外一个层面上，即祥子从虎妞设下的性的魔障里挣脱出来后，应该还要经历第二个层面的磨难和挣扎，可惜老舍后来没有写下去。那就是祥子和阮明的关系，以此来揭示一个人力车夫与革命的关系。……虽然《骆驼祥子》生动地写出了祥子从一个纯朴的民间劳动者堕落为个人主义末路鬼的过程，但这过程中祥子始终是被动的，他的精神的挣扎始终像是遭遇一场魔魇，而没有出现强大的精神挣扎的主动性。再者，从农民转变为小市民的过程中，祥子自身的民间因素——来自乡间的纯朴的记忆，几乎没有发挥出抵制都市文明戕害的健康作用，他身上所反映的民间社会的文化因素，仍然是市民阶级进入现代性进程之前的文化道德传统，因此他被社会发展的车轮所抛弃的悲剧也是必然的。虽然老舍在批判市民阶级本身的缺陷时同样是尖锐活泼，但他仍然是站在市民的立场上去启蒙市民，精神上不可能给以更高的提升。这也可以说是民间视角下的启蒙悲剧。如果老舍能像无名氏创作《无名书》那样，让祥子脱离虎妞设置的命运之网以后再度进入政治怪圈的命运之网，在更高的层面上来解读一个人的悲剧性格的发展，而不是那么简单地把他推入自取灭亡的绝望境地，那么，我们面对的又是另外一个不朽的艺术典型了。

陈思和：《中国现当代文学名篇十五讲》，314、318页，北京，北京大学出版社，2007。

6.《月牙儿》深刻地展示了母亲从生活中得来的"肚子饿是最大的真理"这一带有全部原始残酷性的生活真理，与女儿从外部接受的"恋爱神圣""婚姻自由""自力更生"等西方新思潮之间的矛盾。耐人寻味的是，在老舍的笔下，矛盾的解决方式，不是母亲的生活真理向女儿的新思潮靠拢，而是相反；老舍并且令人信服地向读者指明：正是母亲的生活真理能够通向真正的觉醒。这样，老舍就对西方资产阶级个性解放思潮做出了自己的独特的判断。他站在挣扎在饥饿线上的下层城市贫民的立场上，尖锐地指出：在大多数穷人连基本的生存权都没有，处于饥饿状态的时候，爱情就只能是"买卖，婚姻自由""恋爱神圣""自力更生"云云，不过是骗人的空梦（老舍在《骆驼祥子》里也说过类似的话："爱与不爱，穷人得在金钱上决定，'精神'只生在大富之家"）。老舍的批判所内含的深刻的生活真理，恐怕直到今天，还没有完全失去意义。

钱理群：《名作重读》，246、247 页，上海，上海教育出版社，2006。

7. 老舍所最常讽刺的是什么东西呢？妥协，敷衍。统一了所有的老舍小说中的人物的性格的，是怯懦。因为怯懦，什么事情也不走极端，总是折中，在折中下求息事宁人，在折中下将人情安排在最走得圆通的余俗里。因为怯懦事情可以退一步想，这样便永没有改革，永没有进取，用自欺的知足，平安地糊涂地沉寂下去。这样，灰色的人生便绘就了。拆开来，是灰色的人物，凑起来，是灰色的社会。这是老舍讽刺的总目标，大中心。

李长之：《离婚》，载《文学季刊》创刊号，1934 年 1 月。

泛读作品

老舍：《二马》《我这一辈子》《离婚》《四世同堂》《断魂枪》《正红旗下》

评论文献索引

史承钧. 试论解放后老舍对《骆驼祥子》的修改. 中国现代文学研究丛刊，1980(4).

王静波. 虎妞形象再议. 中国现代文学研究丛刊，1985(1).

曾广灿. 老舍研究纵览(1929——1986). 天津：天津教育出版社，1987.

周关东. 老舍小说比喻撷英. 上海：华东师范大学出版社，1987.

樊骏. 认识老舍. 文学评论，1996(5)、(6).

孔范今. 解读老舍：他的文化启蒙主义的特点. 中国现代文学研究丛刊，1998(1).

王源. "京味"老舍. 东岳论丛，2002(4).

谢昭新. 论老舍小说创作方法及艺术形式的创新. 文学评论，2003(5).

吴小美、古世仓. 拓展与沉寂近十年的老舍研究述评. 中国现代文学研究丛刊，2003(3).

舒乙. 重读老舍小说. 图书馆杂志，2007(5).

陈思和.《骆驼祥子》：民间视角下的启蒙悲剧. 陕西师范大学学报，2004(3).

古世仓、吴小美. 论老舍"幽默"的主客体统一性. 文艺研究，2005(11).

吴小美、李向辉. 老舍的生死观. 文学评论，2006(5).

张斌. 老舍文化视野中的市民世界及其精神内涵. 齐鲁学刊，2007(4).

谢昭新. 在"传统"与"现代"之间的徘徊——论老舍小说的理想爱情叙事. 文学评论，2008(1).

吴效刚. 老舍的自由心态与其小说的人本思想. 江苏社会科学，2009(4).

拓展练习

1. 运用各种方法、从各种角度深入研究《骆驼祥子》的成果不断出现。赵园从

"城市与人"的角度，认为老舍是"北京市民社会的表现者与批判者"①；蓝棣之运用精神分析学对《骆驼祥子》作"症候"分析，指出《骆驼祥子》的"心理原型"是"一个年轻的无产阶级男子，在资产阶级老女子的诱惑和腐蚀下，在德智体美几方面全面堕落的故事"②；王润华通过《骆驼祥子》与《黑暗的心》的比较，指出小说主题意义结构是"城市，现代文明大城市才是英雄人类的敌人。祥子与虎妞，不管如何强健，最后身心都被毁灭了"，从而"也突破了只有关心中国社会问题的狭窄的小说领域"（《老舍小说新论》，学林出版社，1995年版）。《骆驼祥子》蕴涵的文化资源、精神资源与艺术资源被不断挖掘，对此要有充分的了解与认识。

2. 老舍在他的《谈幽默》③ 中明确说过："不管别的，只管逗笑"，"是滑稽"，是"闹戏"；"假若幽默也可以分等的话，这是最下级的幽默"，因为它"只为逗笑，而忽略了——或根本缺乏——那'笑的哲人'的态度"。你如何理解这段话，试就具体作品加以分析。

3. 在中国现当代作家中，老舍的小说被改编成戏剧、电影、电视剧之多是首屈一指的，几乎无人能比。有别人替他改编的，如他的小说《骆驼祥子》被改编成话剧、评剧、电影、戏曲等，《四世同堂》《鼓书艺人》被改编成电视连续剧，小说《月牙儿》《二马》《赵子曰》《老张的哲学》《离婚》《阳光》被改编为电影。其最后的绝唱《正红旗下》也被李龙云改编成话剧；也有他自己改编的，像短篇小说《马裤先生》被他改编成独幕剧《火车上的威风》，1935年9月发表的《断魂枪》被他改编成三幕四场话剧《五虎断魂枪》，长篇小说《鼓书艺人》被他改写成话剧《方珍珠》等。所有这一切都说明：他的小说中有戏剧性的因子，适合于改编，并因此得到编剧、导演的青睐。你能说出老舍小说中的戏剧性主要体现在哪些方面吗？（提示：情节的单纯与集中；故事的传奇色彩；通过冲突来刻画人物；善写人物对话等）

4. 老舍小说"京味"这一独特的艺术风格，不仅包括作家那份对北京独有的感情色彩的表露，也包括作家对北京特有的地方风韵、特有的传神的"京味"语言、特具的人文景观的展示，以及展示中由浅及深所显现出的文化趣味。试结合具体作品论述之。

第五节　沈从文：田园牧歌与人性挽曲

内容提要

沈从文一生多产，小说创作成就最高。他所构筑的湘西小说在整体上展现了两种不同的人生形式，即现实的人生形式和理想的人生形式：首先，现实的人生形式。又可分为两大类：一、乡下人的现实人生。如《柏子》《萧萧》《丈夫》《贵生》《会明》《灯》和《巧秀和冬生》等，再现20年代初至30年代湘西山村儿女的苦乐人生，作

① 赵园：《老舍——北京市民社会的表现者与批判者》，载《文学评论》，1982（2）。
② 蓝棣之：《现代文学经典：症候式分析》，北京，清华大学出版社，2006。
③ 老舍：《谈幽默》，载《宇宙风》第23期，1936年8月16日。

家笔下的湘西现实人生，"野蛮与优美"交织在一起，作者对这种人生的感情是复杂的，笔端洋溢着热情，又不时传达出一种淡淡的悲凉与惆怅。二、都市人的现实人生。都市人的道德堕落和人性沦丧，如《绅士的太太》《八骏图》和《有学问的人》等，沈从文对都市人生的暴露、讽刺，与张天翼、沙汀等左翼作家所取的角度不同，他不是从社会历史角度来暴露上流社会的腐朽、庸俗、自私，而是从人性道德的角度切入都市人生，以"乡下人"的眼光观察上流社会的种种病态，反映上流社会人的本质的失落与人性的扭曲。其次，理想的人生形式。一方面在回忆中构造着牧歌式的"边城"世界，一方面通过民间传说铺演成的故事，为其理想的人生形式寻找历史的根据。如《神巫之爱》《龙朱》和《媚金·豹子·与那羊》等，寄托了自己对具有悠久历史和风俗传统的苗族人民的挚爱，以及对原始生命的礼赞。

沈从文的代表作《边城》，则是他的"完美人生形式的再造"，是"一种优美、健康、自然，而又不悖乎人性的人生形式"。《边城》的艺术特色：创造诗般的意境，有很浓的抒情性，淳厚的道德美，浓郁的风俗美与明丽的地方色彩，获得了完美的统一。情节具有单纯美，善于把人物言谈、举止的勾画同心理描写结合起来，语言自然洁净，带有抒情味与地方气息。

沈从文以古朴、雅洁、明慧、潇洒随心，又明澈似水的笔致，以诗化和散文化的小说体式，展示了一个遥远、奇特而带点神秘色彩的山间水上世界，展示一片纯朴、强健而未为都市商业文化污染的自然人性天地——以自然人性、化外风俗、诗化笔墨成为"京派"小说的顶梁。就京派小说的具体创作而言，他们每个人都有自己相对独立的风格，其中以小说著称的，除沈从文外，还有废名、萧乾和芦焚（师陀）等作家的作品。

教学建议

1. 阅读评论摘要1、2、3并结合所列出的精读作品，梳理京派小说的特点。

2. 阅读《边城》，要注重审美体验，避免理论的先入为主，对作品"意义"的过度阐释。

3. 沈从文始终以一个湘西"乡下人"身份歌唱湘西边地的"人生形式"。"乡下人"在沈从文创作生涯中具有重要的意义。这一定位既是沈从文对自己文化人格的认知，也标明他的题材取向、美学趣味与文化立场。沈从文是在进入城市后，接受五四启蒙思想，广泛地了解和接触中西方文化，并在乡村文化与城市文明的两相对照中，深切体悟到宗法制自然经济解体和现代文明进逼所带来的负面效应后才逐步建立起自己"乡下人"文化身份的，"乡下人"既表明了他对"湘西"的重新发现和情感依恋，有时又是判断的尺度和标准，而"乡下人"的"保守"和"顽固"还使他始终坚持"爱憎和哀乐自有独特式样"的审美理想，不在文学事业上投机取巧，也不把文学当作商品，创作出独具异彩的文学世界。

4. 对沈从文文学贡献的两方面把握：其一，创造了寄寓自然、健康、和谐人性的"湘西世界"，以文学形式探讨健全的"生命形式"；其二，创造了富有诗意的抒情小说文体。

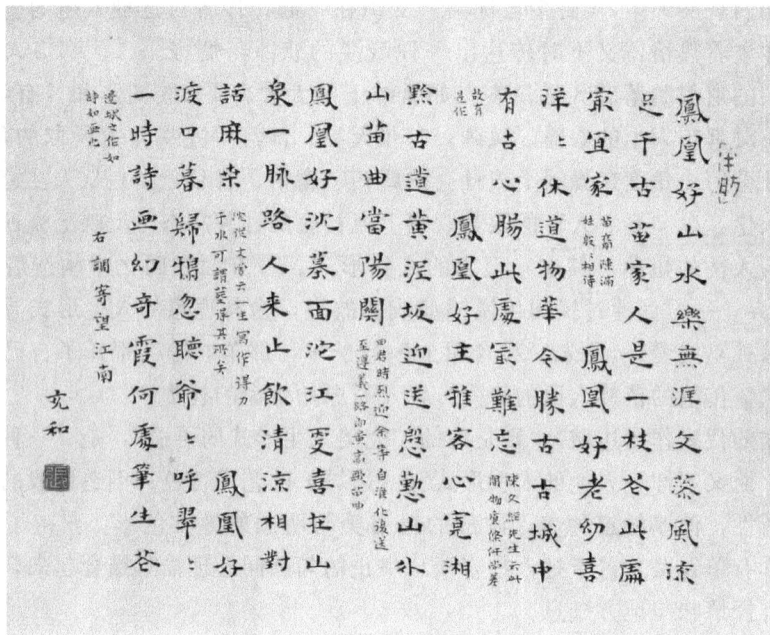

图 2-8　张充和为姐夫沈从文墓题词。

精读作品

沈从文：《边城》
废名：《桃园》
萧乾：《梦之谷》
芦焚（师陀）：《果园城》

评论摘要

1.“京派”指30年代前后新文学中心南移上海后继续在北京活动的一个自由主义作家群。其主要阵地有《骆驼草》、《大公报·文艺副刊》、《水星》、《文学杂志》。“京派”作家追求艺术的健康与纯正，多在乡村与都市的对照中建构自己的审美天地，具有乡野的平和质朴之美。“京派”小说的代表作家有废名、沈从文、凌叔华、萧乾等，其中以沈从文的成就最大。

朱栋霖、丁帆、朱晓进主编：《中国现代文学史》，203页，北京，高等教育出版社，2002。

2. 京派小说反映出京派作家面对中西方文化的独特态度。……京派作家都不同程度地受过西方文学和西方文化的影响，他们也在实践运用过现代主义的艺术手段，如废名对意识流手法的转化，林徽因对蒙太奇手法的借鉴等等。对于西方文化他们并不保守，而是持一种开放的胸襟和眼光。但他们与传统文化之间又有着深刻的内在精神联系，他们创作了具有中国气派的文化小说。京派作家在创作时融会传统的绘画技法如讲构图、重白描和留空白等。常常出现在他们笔下的翠竹、水、月光也都是古典文学中常见的审美意象。并且在着力追求“和谐”、“节制”、“恰当”的审美意识，创作情感上也承袭了东方的传统美学精神，这一切都使京派小说呈现出含蓄蕴藉的美学特色。京派对资本主义商业文明的批判和审视，对乡土文明和传统文化价值的挖掘并不完全意味着他们是文化上的保守主义者，相反，他们一直都在"现代与传统之间"实践自己对"纯正文学趣味"的追求。

许道明：《京派文学：在现代与传统之间》，载《复旦学报》，1993（4）。

3. 具体一点来说，（京派）在以下三个方面有流派的共性：一、多写乡土中国和平民现实的题材。出于对文学的政治功利性、党派性和商品性的不满，"京派"作家试图避开时代大潮面前的政治选择，而转向以文化观照和表现最普遍的中国人生。他们对现代工业文明侵入之后的乡土中国的变化怀着矛盾的心态，在表现道德沦丧的同时，格外注意以传统和民间的道德重新厘定现实人生。强调与都市文明相对立的理想化的宗法制农耕文明生活，使他们的创作多带怀旧色调和平民性，对原始、质朴的乡风民俗和平凡的人生方式取认同态度，热衷于发掘人情、人性的美好，并让这些美好与保守的文化和传统秩序融为一体，在返朴归真的文学世界中来实现文化的复苏与救世。二、从容节制的古典式审美趋向。……他们乐于追寻过去，从平凡的人生命运中细加品味，挖掘其中的诗意，寄托一定的文化理想。这就需要沉淀生活，节制感情，除尽火气，以诚实、宽厚的心态来创作。……他们的小说往往达到一种和谐、圆融、静美的境地。三、比较成熟的小说样式。当他们以"乡土中国"的眼光审视都市生活时，常写世态批评的讽刺小说，而描写乡土人生时，则大大发展了抒情体小说。……文体风格趋向的生活化，通过作家人生体验的融入、散文化的结构和笔调，以及牧歌情调或地域文化气氛的营造等等，将对乡土经验的眷恋和传统回归的渴望，用极具诗意的体式来加以表现。

温儒敏、赵祖谟主编：《中国现当代文学专题研究》，113、114 页，
北京，北京大学出版社，2006。

4. 沈氏虽号为"文体作家"，他的作品不是毫无理想的。不过他这理想好像还没有成为系统，又没有明目张胆替自己鼓吹，所以有许多读者不大觉得，我现在不妨冒昧地替他拈了出来。这理想是什么？我看就是想借文字的力量，把野蛮人的血液注射到老态龙钟，颓废腐败的中华民族的身体里去，使他兴奋起来，年青起来，好在二十世纪舞台上与别个民族争生存权利。

苏雪林：《沈从文论》，载《文学》，第 3 卷第 3 期，1934 年 9 月。

5. 沈从文对湘西世界的独特感受与审美判断、特有的心理机制与表达方式使沈从文也形成了自己独特的文体，沈从文是中国现代文学史上少有的"文体家"。……现代汉语的语法某种意义上是从英语过来的，沈从文语言却很少有欧化现象。五四时的作家还不习惯用宾语、补语、状语，口语与文体不能结合。但有两个作家是很独特的，一个是老舍，一个是沈从文。老舍是一口清脆响亮的京腔；而沈从文的语言是"一部分充满泥土气息，一部分又文白杂糅，故事在写实中依旧浸透一种抒情幻想成分，内容见出杂而不纯"，它有点黏糊有点啰唆，但读上去非常自然，营造了一种比较优美的现代白话的节奏。但更重要的是所谓"文体"，不仅仅表现在语言上，背后还有一个世界观在支撑着。王晓明在以《"乡下人"的文体与"土绅士"的理想》为题论述沈从文的小说文体时，敏锐地指出并一再强调，作家文体的形成是"他对自己的情感记忆有了一种特别的把握"，"对对象的把握是和这对象本身一同产生的，你甚至很难把它们截然分开。"沈从文的文体体现在把湘西文化转化为一种人生态度，以一种悠扬的文化节奏来看待现代人的生活。它们往往是软性子的，慢条斯理的，有种"无风舟自转"的感觉。《边城》开头的文字就很舒缓，像是一位老人坐在那里不紧不慢地向你讲述他极为熟悉的这块土地……沈从文的叙事与现代生活节奏脱离了关系，与现代生活不合拍，这就使他的文体变得特别空灵，甚至有虚幻的感觉，好像一片晴空，特别蓝，特别亮，又很幽怨。你可以用"明丽"、"清纯"来形容它，而这种文体的背后，有着他对世界、对人生的看法。沈从文的文体包含了以湘西世界文化为参照系的对现代文明的态度，他以文字的澄明与现实世界的肮脏分开，以原始性的力量，原始、粗犷、美好的风俗冲击着现实的虚伪和无力。如果要归纳，我也只能把它归纳为民间的审美态度。

陈思和：《中国现当代文学名篇十五讲》，164页，北京，北京大学出版社，2007。

6. 我认为沈从文的抒情主义来自于摈弃，而非拥抱五四作家对于个人主义的放纵追求；他对那些自命激进的作家看似前卫、实则传统的浪漫姿态，一向不能苟同。而他的抒情话语的力量就在这一悖反之中。沈的抒情风格和田园主题每似以不自觉的姿态流露在小说中，形成朦胧的象征。但我认为这一朦胧的表征其实是有意为之的效果，用以强化而非松动意识形态和修辞上的审美性。沈从文几乎有一种难以抑制的冲动，要将田园主题与现实中的恐怖、悲怆糅为一体，为幻梦在历史的混沌中保有一席之地，或在死亡与暴力的场景中提炼爱欲的伟力。有鉴于此，我们必须正视沈从文如何将我们理解的抒情法则激进化；如何颠覆了寻常世界里正本清源的理想和现实二元对立的逻辑；又如何因此抹消了写实和抒情文学之间的界域。

［美］王德威：《批判的抒情——沈从文的现实主义》，见《现代中国小说十讲》，134页，上海，复旦大学出版社，2003。

7. 勉强地使废名靠近乡土作家、京派或者周作人、沈从文，把废名研究作为这些方面研究的附属，不能完全理解废名，也不能全面评价废名，而只能感到废名的棘手和不好处置。和乡土作家相比，发现他过淡的时代意识和超脱的视角，和京派或沈从文、汪曾祺等相比，又太趋向于晦涩。只有把废名当作废名，一种现代文学发展允许的一种个别现象，从而去寻找存在的历史根据，这种根据更多地由于"五四"文学的分流及周作人的理论和实践（用散文的理论培养一代小说家）来阐明，才能理解废名。把废名与任何一个现代文学流派混合，只能抹杀废名据以存在的个性特征。

刘秉人：《近十年废名研究述评》，载《中国现代文学研究丛刊》，1992（4）。

8. 萧乾小说在艺术上有自己独特的个性追求。首先，善于从生活中挖掘诗意。无论是描写青年的恋爱，还是表现童稚的天真，作者总是带着一种富有诗意的眼光去看取人生，……其次，在艺术结构上，他不以讨巧的题材取胜，不以严谨的构思见长，只是在看似平凡的生活事件发掘人生的情趣，以感人的细节、场面和气氛感染、打动读者。……第三，小说追求一种婉约洗丽的艺术风格。……第四，小说在语言上表现为幽丽俊逸，不施铅华而才情迸发。作者本来就不重故事的叙述，而着眼于情感的抒发，因而文字注满了感情的色调。

朱德发主编：《中国现代文学史实用教程》，80 页，济南，齐鲁书社，2004。

9. 果园城世界里物是人非，在今昔对比的结构中唱了一曲忧伤的挽歌。但师陀并没有颓废地沉湎在过去和人生如梦、天道无常的慨叹。追随着陈世德的"司命老人"只不过清晰地指示出果园城的居民无可逃避的命运与最终归宿。所以这挽歌悲挽的是一个个枯萎的生命，而不是这田园诗似的城。相反，它把果园城看成了戕害生命与民族发展沉滞的罪魁祸首。因为在这城里，任何生命都不能健康生存。这样，师陀从整体上否定了果园城存在的合理性，对制造挽歌的果园城世界进行了彻底的批判，并为它送葬。

马俊江：《论师陀的果园城世界》，载《中国现代文学研究丛刊》，2003（1）。

泛读作品

沈从文：《萧萧》《丈夫》

废名：《竹林的故事》《桥》

芦焚：《铁匠》《无望村的馆主》

评论文献索引

严家炎. 论京派小说的风貌和特征. 湖北大学学报，1989(4).

阎浩岗. 京派小说：和谐蕴藉的浪漫主义. 南开学报，2000(2).

刘进才. 在研究方法的更新中拓展与深化——京派小说研究述评. 广东社会科学，2004(4).

凌宇. 从边城走向世界——对作为文学家的沈从文的研究. 北京：三联书店，1985.

吴立昌. 人性的治疗者. 上海：上海文艺出版社，1993.

蓝棣之. 沈从文：《边城》. 现代文学经典：症候式分析. 北京：人民文学出版社，2006.

裴春芳. 异质元素的"互观"——沈从文小说的叙事话语分析. 中国现代文学研究丛刊，2007(5).

杜秀华. 诗笔禅趣写田园——废名及其对现代抒情小说的影响. 文学评论，1995(1).

杨义. 萧乾的小说艺术. 文学评论，1992(2).

刘纳. 师陀创作的艺术个性. 中国现代文学研究丛刊，1984(3).

钱理群. 试论芦焚的"果园城"世界. 信阳师范学院学报，1990(1).

余党绪. 跋涉与沉思——论师陀小说的文化品格. 上海大学学报，1997(2).

拓展练习

1. 沈从文相信文学和文化有力量帮助人们理解人性，向善向美，重建道德感和价值体系，进而探索"中国应当如何重新另造"。显然，他对理想生命形式的文学追寻联系着民族改造这样艰苦又沉重的课题。这样，沈从文走的就是经由文化和美学层面入手改造人和民族的途径，与 20 世纪 30 年代主流文学倡导的社会革命和阶级解放的方式根本不同。沈从文以文学改造人的灵魂，"对人类的远景凝眸"的文学理想与五四时期"改造国民灵魂"、民族灵魂和精神重铸的基本主题是一脉相承的，民族灵魂的深掘和重置无疑是 20 世纪中国文学的基本命题和历史使命。从这个意义上说，沈从文的文学理想是具有现代品格。但这种经由文化重构实现民族精神重造的方式在当时具有理想化色彩。作为一种文化上的设计，它很难在短时期内转化成直接有效的实际变革力量。另外，它所提供的乡村生活图式由审美和文化的层面看来是动人的，也从一个特定角度找到了民族道德堕落的病因，但从历史的角度观之却不尽然，它毕竟是从相对落后的地区认识世界的。但沈从文的局限性也是他的独特性，他文学理想中并存着的现代性与局限性造成小说意蕴的复杂性。对此应有一定的认识，分组讨论。

2. 沈从文写形象少用工笔（难以让人捕捉到清晰的线条与轮廓），《边城》中对翠翠的叙述："为了住处两山多篁竹，翠色逼人而来。老船夫随便为这可怜的孤雏拾取了一个近身的名字，叫翠翠。""翠翠在风日里长养着，把皮肤变得黑黑的，触目为青山绿水，一对眸子清明如水晶。自然既长养她且教育她，为人天真活泼，处处俨然如一只小兽物。人又那么乖，如山头黄麂一样，从不想到残忍的事情，从不发愁，从不动气。平时在渡船上遇陌生人对她有所注意时，便把光光的眼睛瞅着那陌生人，作出随时皆可举步逃入深山的神气，但明白了人无机心后，就又从从容容地在水边玩耍了。"有肤色，有眼神，有奔跑，有停留，见出翠翠天真秀逸，羞怯中见娴雅的气质。细读文本，分析作者刻画人物的手法。

3. 试析沈从文何以被人称为"文体家"。（提示：沈从文对现代小说艺术的突出贡献，在于创造了非常有艺术个性的抒情小说。"造境"是沈从文的关键。纯情人物的设置、自然景物与人事民俗的融合、作者人生体验的投射，加上水一般流动的抒情笔致，共同造成现实与梦幻水乳交融的意境。）

第六节　新感觉派：现代都市的欲望书写

内容提要

30 年代，大上海都市文化畸形发展，催生了以批判都市文明为主要任务的左翼作家群以及顺应广大市民趣味的通俗作家群。此外也出现了第三大作家群体，他们出没于喧嚣骚动的十里洋场，尽情享受现代都市物质和商业文明，同时又受西方现代艺术尤其是电影的熏陶，具有鲜明的文学先锋意识。由于他们直接受到日本的"新感觉派"的影响，因此被称为中国的"新感觉派"小说家。

30 年代新感觉派的主要作家是施蛰存、刘呐鸥、穆时英，此外还有黑婴、徐霞村和叶灵凤等。施蛰存是此派小说中文学成就最高的作家，小说集有《将军底头》《梅雨之夕》和《善女人行品》等，真正自觉地运用弗洛伊德精神分析学说进行创作。刘呐鸥是此派小说的开山作家，短篇小说集《都市风景线》，采用与现代都市生活快

图 2-9　上海滩的摩天楼"沙逊大厦"与摩登女"胡蝶"。

速节奏相适应的跳跃手法、意识流手法，描写上海这个大都市的现代"风景"的。穆时英获得"中国新感觉派圣手"的称号，小说集《公墓》和《白金的女体塑像》，对畸形都市风景的描绘中，也流露出不无欣赏的心态。

作为一个流派，他们的创作表现出一些共同的特色与倾向。从题材上看，新感觉派小说表现半殖民地大都市形形色色的日常现象和世态人情，并侧重展现都市生活的畸形与病态，从而提供了另一类型的都市文学。在艺术表现上，引进多种现代派手法，在小说结构、形式、方法、技巧等方面有所创新。在人物刻画上，新感觉派运用弗洛伊德精神分析学说注重开掘和表现潜意识与变态心理。

新感觉派小说是 30 年代海派文学中一个较有成就的流派。它不但促进了现代都市文学的发展，而且丰富了现代小说的表现方法。但是，它也存在一些弊病：一、对二重人格的描写上，不是从生活出发，而是从弗洛伊德学说出发，教条主义地把人物弗洛伊德主义化。二、刘呐鸥、穆时英的一些作品在暴露大都市资产阶级男女的荒淫、堕落时，同时流露出对这种腐朽生活方式的留恋、欣赏，表现出作家主体精神的某种颓废。

教学建议

1. 参阅评论摘要及相关索引文章，完成拓展练习第 1 题。

2. 结合所列出的精读作品，分析施蛰存、刘呐鸥和穆时英小说的不同特点。

3. 阅读作品的基础上，就新感觉派小说的题材、艺术表现和人物刻画给出整体的评价。

4. 把握新感觉派小说产生的文化根源与外来影响，及其在写作姿态上的现代性与先锋性。

精读作品

施蛰存：《梅雨之夕》

刘呐鸥：《两个时间的不感症者》

穆时英：《夜总会里的五个人》

评论摘要

1. 这里的海派小说家，大体可以分为三大块：二十年代末期以后，从"五四"先锋文学分离出来走向都市大众读者的张资平、叶灵凤诸人……；三十年代崛起的现代派作家（包含新感觉派）刘呐鸥、穆时英、施蛰存……；四十年代的洋场小说家，把现代主义和《红楼梦》、《海上花列传》对接的张爱玲……，及其他形形色色的新市民小说家予且、苏青……。

穆时英跳起"上海狐步舞"，代表了海派中期的某种全新姿态。以他和刘呐鸥为主的"新感觉派"，将西方植根于都会文化的现代派文学神形兼备地移入东方的大都会，终于寻找到了现代的都市感觉。……"新感觉派"力图加深对"都市人"的认识，表现在现代消费文化环境下生存的人的激情，生命紧张之后的弛缓、失落、倦怠。这样的城与人，组成了上海高悬于中国本土文化之上的都市风景线。高悬，使得它难以为继，使得它在深入认同都市的时候，停留在一瞬的印象上面（虽然这印象如此绚烂，虽然印象中饱含本质，是知性的现实），而且毕竟它只写出了一部分市民的都会。

吴福辉：《老中国土地上的新兴神话——海派小说都市主题研究》，

载《文学评论》，1994（1）。

2. 从新感觉派的创作活动中可以看出，他们既要大众，也要艺术，既要创造常人的存在价值和意义，也要批判常人的日常在世的沉沦和无谓，他们既反映了在现代社会大众创造着自己的存在价值，要求平等地进入文化的中心地带的努力和尝试，也代表了知识分子本身在现代社会中的世俗化的心态和倾向，他们的文艺观和创作在文艺领域树立了一种新的维度。

李今：《海派小说与现代都市文化》，291 页，合肥，安徽教育出版社，2000。

3. 三十年代有三派都市文学：茅盾在都市的政治经济漩涡中把握社会历史进程；老舍在古都的风俗人物行止中发掘国民文化心理；以刘呐鸥、施蛰存、穆时英为代表的上海现代派则在洋场的糜烂罪恶中寻觅五光十色的美。这种东方的"恶之花"的寻踪，使小说艺术体式和表现手法在贴近畸形都市商业文明的节奏和情绪中，发生了别开生面的解体和重构。这是一个崇洋骛新的技巧派，在他们手中，弗洛伊德、蔼里斯的性心理学说和日本横光利一者流的声色敏感于洋场一隅戏剧性地遇合。

杨义：《中国现代小说史》第二卷，601 页，北京，人民文学出版社，1998。

4. 新感觉派作家对中国小说现代化的贡献，表现在形式上的意义要远大于内容上的意义。……他们学习外国新感觉派及其他现代派文学的经验，对小说的审美形态、叙述角度、结构方式、语言风格等，都进行了一些卓有实绩的探索，表现出较强的创新度、开放度，这和他们所要表现的现代大都市生活是适宜的。

传统的审美形态是以平和、健康、优雅、崇高为美，西方现代派文学撕毁传统的审美规范，大量描写丑，病态，荒诞成了现代派作品审美的主要视角。中国现代文学中，郁达夫等创造社作家较多地涉笔病态人生的描写，但他们的作品的主导倾向，还是浪漫主义的感伤一脉，其自怨自艾的感伤情绪，对现实人生的愤激态度，不甘沦落的反抗精神，以及对祖国强大的热切呼唤，使他们的审美出发点基本上还是归依于传统审美形态，而有别于现代派文学以"丑"作为文学的主要审美形态。在中国现代文学中，接受西方现代派的审美形态，大量描写病态，以"丑"为美的，是新感觉派。那大都会的一切病态，诸如奢华的大饭店，迷乱的舞厅和酒吧，疯狂的跑马厅，赌场和夜总会，淫荡的妓院和海水浴场，放纵地追求物欲满足的男男女女，占据了他们的主要审美视域。……由于新感觉派作家作品中惩戒意义的不强，让人不免怀疑他们有展览丑的热情。然而，他们以开放性的态度，学习西方现代派的审美法则，毕竟为中国现代文学增添了一种新的审美形态。……

他们的作品大多采用作品人物的内视角，由人物视角表现其直觉感受、心理活动及情绪的波动，作者对文本的干预降到了最低限度，情节的起承转合主要由作品人物的心理来组织，因而造境更为真切。传统小说基本是整理了的逻辑化的情节流，而典型的新感觉小说大量出现的是一种意象化了的感觉流。他们舍弃平面的表现和纯客观的写实，代之以立体的直接的表现和主观的写真，从作品中人物感觉出发，将内在的感觉外化为鲜活的意象，然后以繁复跃动的意象、变换迷离的色彩等构成立体的、生动的感情画面，绘声、绘色、绘境，既刺激了人的神经又激发人的想象，大大丰富了作品的表现力和感染力。……

畸形繁华的大都市，快节奏的城市生活，必然内在地要求文学在表现这部分生活时，采取相应的形式。可以说，他们是寻觅到了与表现病态疯狂的都市生活内容相适应的节奏和律动的，常采取快速的节奏，跳跃的结构，多线索并进等手法，迥异过去小说从容舒缓的叙述方式。

汪星明：《试论新感觉派对中国小说现代化的贡献》，载《广西师范大学学报
（哲学社会科学版）》，1996（2）。

5.《梅雨之夕》是作者早期都市小说的代表作，最初收录于《上元灯》中，作品描绘了主人公"我"在"梅雨之夕"偶遇一位美丽少女后隐秘、微妙、甚至匪夷所思的心理变化过程。其中有行为与心理的悖逆、意识与潜意识的冲突，也有精神幻象与现实情境的交错叠加。作者充分挖掘人物深层心理尤其是性心理，其间种种的心理刻画细腻地表现了自我与本我、理性和欲望的冲突，多侧面地展示了大都会人物在两性吸引中的苦闷情绪。作品外部情节的单纯与对于主人公内心繁复、激变的极力铺陈，充分显示了"精神分析小说"的特点。同时，作品也暗示了都市生活的孤寂和人与人之间的冷漠隔膜，从而成为我国文学史上较早观照现代都市情爱心理的小说之一。

乔以钢主编：《现代中国文学作品选评》，154页，天津，南开大学出版社，2004。

6. 我们在呐鸥的日记中也证明了他对女性的偏见；他既爱女性的肉体，又嫌恶女性没有智性发展的可能。事实上他完全由男性的色情眼光来审视女性，把女性看成性象征。他以观察者的姿态白描女性，只能捕捉到女性的外表，完全无法深入女性的内在世界。这就是为什么新感觉派作品中的新女性形象总是如此浮面：只有光鲜亮丽的外表，完全没有心理深度；她们及时行乐，只追求一夜风流的性关系；她们无心无脑，随时会背叛男人，是男人无法掌控的女人——事实上，浪荡子之流的男人，一味由自己的角度检视女人，当然掌握不住女人的心理。呐鸥一介风流，于三十年代"革命文学"当道之时，在上海建立了他独树一帜的文风。也只有上海结合通俗文化和商业化媒体的特殊环境，才能造就出刘呐鸥这样的新感觉派文人。

彭小妍：《刘呐鸥一九二七年日记》，载《读书》，1998（10）。

7. 穆时英新感觉派小说用异常快速的节奏，电影镜头般跳跃的结构，在读者面前展现出眼花缭乱的场面，以表现现代大都市的生活，尤其表现半殖民地都市的畸形和病态。如《夜总会里的五个人》，作家没有去叙述他们一生中的种种故事，而是选择同一时间、不同地点在这五个人身上所发生的事情，来展现他们不同的职业，性格和内心世界。如果说这五个人在同一时间内的经历各自是一首小诗的话，那么，其共同的特点——失意，则像是这组诗的一条主线，把这五首小诗串联成为组诗。接着，作家又选取同一时间同一地点，描述这五个人的"快乐情景"，揭示他们被无情的时间啃噬着心脏的极端痛苦。最后，作家摄取四个人给一个人送葬的情节，表现他们个个像"爆的气球"在无尽的时空中的感受。

邓明灿：《论穆时英新感觉派小说的特点》，载《河南大学学报》，2000（6）。

泛读作品

施蛰存：《春阳》《将军底头》

刘呐鸥：《游戏》

穆时英：《公墓》《夜开》《夜闭》

评论文献索引

严家炎. 论三十年代的新感觉. 中国社会科学，1985(1).

张鸣声. 都市化中的乡村与都市里的乡村——心理分析派小说论. 中国现代文学研究丛刊，1990(1).

阎振宇. 中日新感觉派比较论. 文学评论，1991(3).

尹鸿. 论中国现代新感觉派小说. 中国社会科学，1991(5).

黄献文. 论新感觉派. 武汉：武汉出版社，2000.

王宏图. 新感觉派的都市叙事：感性欲望的盛宴. 社会科学，2003(7).

吴立昌. 三十年代的创新能手——心理分析小说家施蛰存. 上海大学学报，1991(5).

王姝. 穆时英研究述评. 南京师范大学学报，2001(4).

李欧梵. 脸、身体和城市：刘呐鸥和穆时英的小说. 上海摩登：一种新都市文化在中国(1930—1945). 北京：北京大学出版社，2001.

郭海荣. "一位敏感的都市人"：论刘呐鸥的都市小说创作. 中州学刊，2006(5).

拓展练习

1. 简单勾勒海派小说的发展脉络。

2. 在谈论20世纪30年代"新感觉派小说"时，人们往往关注其创作方法的新异，如运用心理分析、意识流、蒙太奇等手法。其实，"新感觉派小说"作为都市文学之一种，还有一个很重要的特征：即它是"无家"的文学，"无家"不仅指日常生活中"没有家庭"，而且指精神上失去家园。"无家"的文学的实质是对正统文学的反叛。正统文学中的人物总要担当"立家治国"的重任，潜藏于人物背后的是一种政治本位意识，是"家"的涵义的延伸。在"新感觉派小说"中，这种意识被彻底打破，取而代之的是人们对物质的渴望，物欲统治着人的思想，这种物欲其实是"经济本位"意识。由于历史变幻，"新感觉派小说"在文学史上只是昙花一现，但是当历史的车轮恢复本来运行轨道时，它就会再次浮出历史地表。在当代文学中，"无家"的文学依然存在。虽然王朔躲避崇高是为了寻找崇高，表现人的失去精神家园的状态是为寻找失去的精神家园，无论如何他作品中的人物没有固定的"家"，没有精神的憩居地。邱华栋的作品里的人物压根就没有精神，充溢的是物欲的渴求。阅读文本，给出自己的看法。

3. 文学理论家派克认为可以从三个角度来描绘都市：从上面，从街道水平上，从下面。有评论者运用此观点分析①：从上面看，是把都市当作一种固定的符号，在这种眼光下，都市是一种渺小而且畸形的人造物，被包围在大自然和谐而美妙的造化之中，这是浪漫主义的观察立场。郁达夫、沈从文的以都市生活为题材的作品采取的就是这个角度。从街道水平观察更贴近都市生活的复杂性和丰富性，有一种视都市为同类的认同感，把都市当作一种正常存在，因而能够比较客观地表达都市人生的隐衷、委曲和真实含义，是写实主义的观察立场。茅盾和老舍等采用的是这一角度。从下面观察则是发现都市的文化本能，发现都市人隐秘的内心世界乃至潜意识，发现在街道上禁止的事物，这是现代主义的观察立场，是内向性的审美视角。新感觉派采用的便是这一审美视角，这是新感觉派在表现都市题材时的与众不同之处。此论析的视角无疑能拓展我们的研究思路，你是否认同，请分组讨论。

---

① 朱彤：《中国现代新感觉派小说艺术模式的更新》，载《南开学报》，1995（3）。

第二章 诗 歌

第一节 革命或艺术，反抗绝望的两种方式

内容提要

本时期的新诗坛，出现了以殷夫、蒲风为代表的革命现实主义诗歌，与以徐志摩为代表的后期新月派浪漫主义诗歌、以戴望舒为代表的现代象征主义诗歌争荣竞秀的局面。

鲁迅称誉殷夫诗歌是"东方的微光""林中的响箭""冬末的萌芽"，是"别一世界"的诗，他是本时期最典型的无产阶级革命诗歌的代表诗人。左联领导的中国诗歌会于1932年9月成立。它标志着革命现实主义诗歌已发展到成为自觉的运动。这个以迅速反映工农斗争为己任的诗歌团体，主张"捉住现实"，强调"诗是时代的号角"，代表诗人蒲风创作了《茫茫夜》及长篇叙事诗《六月流火》等十余部诗集。这流派的主要诗人还有杨骚、穆木天、任钧等。中国诗歌会以外，注重表现农工苦难生活的现实主义诗人有臧克家和田间等。后期新月派的基本成员除前期的徐志摩、饶孟侃、林徽因等人外，还增进了陈梦家和方玮德等青年诗人。他们以《新月》《诗刊》为主要阵地，发表超功利、纯自我、"为艺术而艺术"的理论及诗作，形成一个与革命现实主义诗歌尖锐对峙的流派。

图 2-10　殷夫像（王正均作）。

20 世纪 30 年代现代派诗歌，是后期新月派与 20 年代以李金发为代表的象征派相汇交融而成的。"现代派"的得名来自《现代》杂志。代表诗人主要有戴望舒、何其芳和卞之琳等，这派诗人在"现代都市病"的抒发中获取了新的诗情与诗的艺术，是中西异质文化又一次碰撞、沟通、融合的产物。从探索中西诗学的融合、主张包容更广泛的社会内容，追求审美经验的现代感性来看，它标志中国新诗的发展已趋向成熟。

教学建议

1. 对一些知识点的梳理："红色鼓动诗"、中国诗歌会、后期新月派和现代派。
2. 就李广田《地之子》写一篇赏析的短文。
3. 阅读相关文章，完成拓展练习第 1 题。

精读作品

殷夫：《别了，哥哥》
陈梦家：《一朵野花》
李广田：《地之子》
何其芳：《预言》

评论摘要

1. 30 年代的中国新诗坛呈现出十分热闹的局面，普罗诗派——中国诗歌会——"密云期"新诗人与新月诗派——象征诗派——现代诗派先后相峙鼎足，他们都以不同的审美规范开辟自己作为独立流派的生存空间。持续十多年的流派竞争，促进了中国新诗的繁荣。两者间的先后并立对峙，构成诗坛两种不同的创作倾向和潮流。前者在进步的社会文艺思潮的引导下，投入现实斗争，密切诗与时代、群众的联系，强化诗的现实功利价值，选择的是一种积极的与社会对话的方式；后者主要在西方现代文艺思潮的影响下，逃避现实矛盾，走进艺术之宫，深入人的心灵，追求自我表现与唯美艺术，选择的是一种消极的与社会对话的方式。前者体现了服务于社会政治的使命和英雄情怀，后者则体现了执着于自我表现和纯诗追求的艺术理想。……但从总体上看，在他们二者那里，始终存在着一对深刻的矛盾：即政治和艺术的矛盾、革命功利性与审美情趣的矛盾。……30 年代两种诗潮的互相对峙与互相否定、互相竞争与互相补充、互相融合与互相超越，构成了中国新诗发展的内在动力。

龙泉明：《中国新诗流变论》，354、355 页，北京，人民文学出版社，1999。

2. 《别了，哥哥》是一首很有分量的诗，真正是一个向一个阶级的告别词。重要的是，言词恳切，并不空喊口号，讲出了弟兄分手的原因是弟弟对真理的饥渴，十分深刻而可信。把一个向往光明、追求理想的纯洁青年的心态写得很充分，也写出了对统治者骄奢淫逸生活、功名和名号的鄙视。最后，殷夫……从阶级斗争的观点来看他与哥哥的分手，因此把诗写得很有深度和力度。

林青：《"要和现在一般的诗人争一日之长"——殷夫诗的成就及其原因》，
载《中国现代文学研究丛刊》，1990（2）。

3. 充溢于这里的，是一片自然的天机，一些乐知天命意念，一种柔和、中庸的浪漫，一点宗教的气息，和对这些的一份爱意；读起来，在不大顺口中潜融着一曲和谐的内在韵律，文学是均匀地披着艺术装饰，且有与内容适宜地配合着的冲淡，飘逸。

张振亚：《梦家底的诗》，载《文学》，第8卷第2号，1937年。

4. 陈梦家笔下的诗淡如轻烟，特具一种恬淡飘逸的意境。他集中的诗，其意象多是流星、飞萤、浮云、银河、闪亮的磷火、掠水的燕尾、星月下的松林、残照里的墓道……织成庄严、静穆的情绪的氛围，以显示诗人超逸脱俗的心境。

陈山：《陈梦家论》，载《中国现代文学研究丛刊》，1987（1）。

5.（李广田）以"爱乡间，并爱住在乡间的人们"的态度，走进了乡土生命意识的深处，切入了乡土命运与乡土人情感的旋律，表现乡土人的喜怒哀乐的实质。……这首（《地之子》）"作为人之子的深情"的恋歌，以舒缓而庄重的笔调把对大地母亲一往情深的爱意传达得炽烈而深沉，即使有"天国"的诱惑，也难以改变诗人要"永嗅着人间的土地的气息"的意愿。这里的土地，涵义显然已超出概念自身，成了祖国、母亲乃至人间的内蕴代指。

罗振亚：《泥土里生出来的缪斯——评李广田三十年代的诗》，见《中国新诗的历史
与文化透视》，304、305页，哈尔滨，黑龙江教育出版社，2002。

6. 这一时期，李广田的诗歌形成了鲜明的艺术风格。从情思内容上看，从"寂寞"到"追求"再复归"寂寞"的心理历程，虽然在他的思想上形成了一个人生怪圈，但也因此使此期诗歌在内容上形成了一个具有统一性的圆融的整体，避免了早期诗歌中"空虚的哀伤"与"执着的进击"二元之间的游离和对立。这种思想内容上的统一性是艺术风格确立的一个重要表现。在艺术表现上，他已跨越了早期的摹仿阶段，在广泛利用中外诗歌艺术资源的基础上加以浑融、整合、创造，从而在以下一些方面形成了自己鲜明的特色。

首先，在情思言说方式上，他学习象征派重意象、象征、暗示的方法，使之从早期的以直抒胸臆为主转为以间接抒发为主，从而使他此期的诗歌显得含蓄、蕴藉，避免了早期诗歌情思言说的直露、浅白。《归梦》一诗写的是乡愁。诗歌前三节描绘回乡所见的三幅画面：丛中故家、小犬狂吠、祖母问客，在一系列意象的远近有效的铺排中渗透着浓浓的思乡情意；最后一节在意象铺排的基础上，辅之以直抒胸臆："梦里所见的是当年的欢欣，/那许多故事都演过，/在祖母面前和这美的乡村"，点化了思乡主题；而在三幅画面的描绘中又穿插了"我已是几年不归了"的抒情独白，从而在回顾往复中使情思更显缠绵浓烈。……

以间接抒情为主，以直抒胸臆为辅，这是李广田此期诗歌最主要的情思言说方式，但在某些诗歌中，他纯用间接抒情方式，以意象的并置和跳跃组成一个个画面来抒写自己不欲明言的情思，因而显得相当玄奥、晦涩，象征派诗歌在这些诗歌中留下了更深的影响痕迹。这类晦涩的诗歌可以《生风尼》和《灯下》为代表。"生风尼"是英文symphony的译音，意为交响乐。这首诗完全脱离了情感的逻辑，以一个个相互之间毫无关联的意象并置而成。他用"鸽子铃"、"开水壶"、"酗醉梦"和"果子落地"等毫不相干的意象从多个角度来状写交响乐的音响，以生风尼的"永无宁息"和喧腾来反衬生命的有限和寂寥，浸润了诗人对生与死的哲学思考，显得相当地玄奥幽深。

秦林芳：《论李广田三十年代的诗歌创作》，载《中国现代文学研究丛刊》，2001（4）。

7.《预言》的确奠定了何其芳早期诗风的独特基调与个性风格，并且是第一次也是最充分鲜明地体现了他的"神话情节"。甚至可以说，《预言》一诗仿佛真的如同一种"预言"，预示了何其芳在整个 30 年代的诗歌艺术发展道路。……从最浅显的层次看，这是一个关于爱情的体悟。就像诗人在《梦后》一诗中也曾写道："生怯的手/放一束黄花在我的案上。/那是最易凋谢的花了。/金色的足印散在地上，/生怯的爱情来访/又去了。"这是一种基于现实层面的理解，或许诗人真的遭遇过这样一段短暂而生怯的爱情，就像一束最易凋谢的黄花，美丽但是转瞬即逝，……无论诗人自己在这个爱情故事中扮演的是那个"年轻的神"，还是那个用歌声呼唤爱情的仙女，他都经历了"失败"，……

但是，这首诗要表达的显然不仅仅是对爱情的留恋，更深一层来说，诗人是在通过这一与爱情失之交臂、得而复失的故事，传达一种对于流逝的青春与时间的惆怅与思考。在这个意义上，"年轻的神"更是一种象征，他象征着必将到来又定会离去的青春。终于，青春的足音走近又消失，时间的脚步"竟不为我的颤抖暂停"，而生命也必然"如预言中所说的无语而来"又"无语而去"，只给他留下一点点"空寥的回声"。

再进一步说，我认为何其芳意图传达的还有更为深刻、更具哲学意味的主题。那就是对于人生的"得与失"、"取与舍"、"蛊惑与抗拒"之间的抉择。……其实，这是一个相当深刻的哲学命题，他揭示的是生命运动的本质：生命的意义——"生命底生命"——本质就在于始终向前的过程当中，而就在这个一直向前不停留的过程中，人不得不面对选择，不得不学会放弃，学会抗拒。

张洁宇：《梦中道路的迷离——早期何其芳的"神话情结"》，
载《中国现代文学研究丛刊》，2003（4）。

泛读作品

殷夫：《血字》《放脚时代的足音》

蒲风：《六月流火》

陈梦家：《自己的歌》《雁子》

何其芳：《爱情》《夜歌》

李广田：《灯下》《归梦》

评论文献索引

李媛. 知性理论与三十年代新诗艺术方向的转变. 中国现代文学研究丛刊，2002（3）.

张林杰. 都市文化环境与三十年代诗歌审美视野的变迁. 文学评论，2004(6).

吴家荣. 论陈梦家的诗美追求. 江海学刊，1994(6).

卞之琳. 李广田诗选·序. 昆明：云南人民出版社，1982.

吕剑. 诗人李广田. 诗与诗人. 广州：花城出版社，1995.

张德厚等. 李广田：浑然质朴的诗. 中国现代诗歌史论. 长春：吉林教育出版社，1995.

朱丽丽. 走出梦幻的地之子——李广田诗论. 贵州社会科学，1996(4).

陈尚哲. 何其芳的诗歌创作及其发展. 中国现代文学研究丛刊，1983(1).

谢冕. 真诚：他所有的芬芳——论何其芳. 中国现代诗人论. 重庆：重庆出版社，1986.

罗振亚. 何其芳《预言》的情思空间与艺术殊相. 江汉论坛，2001(9).

董乃斌. 超越时空的心灵契合——论何其芳与李商隐的创作因缘. 文学评论，2002(5).

拓展练习

1. 简评30年代两大派别的诗歌竞存的局面。

2. 结合具体的诗歌阐述殷夫"红色鼓动诗"的内容和艺术特色。①

3. 何其芳早期诗作精心描绘着自己的青春感伤和白日梦幻，刻意追求着"纯粹的柔，纯粹的美丽"，强调诗的意境和形象、情调、气氛三者的融合，显现着鲜明的唯美主义倾向和象征色彩。试就他的诗歌《预言》加以论析。

第二节　戴望舒、卞之琳：走出雨巷看风景

内容提要

戴望舒被称为现代派诗人群的领袖。著有诗集《我底记忆》《望舒草》《望舒诗稿》《灾难的岁月》。他因创作《雨巷》一诗而闻名，叶圣陶称他"替新诗的音节开了一个新纪元"。《雨巷》虽使戴望舒获得了"雨巷诗人"的称号，但标志着诗人创作风格走向成熟的却是《我底记忆》。从《雨巷》到《我底记忆》的转变概括起来有二：一是"字句的节奏已经完全被情绪的节奏所替代。"诗人放弃了音乐的旋律美的追求，开始了完全散文化的自由诗写作；二是从在外部世界寻找"像梦一般地凄婉迷茫"的意境，转向对自身灵魂的审视和内在自我的分析。与戴望舒有着相同的艺术方向，在东、西方诗学的融合中探索自己的艺术方法，

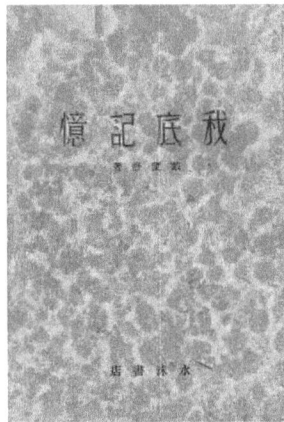

图2-11　戴望舒1929年出版的《我底记忆》。

① 可参阅陆耀东：《群山中的一座高峰——论殷夫的诗》，载《福建论坛》，2006(8).

并形成独特风格的还有卞之琳。他这一时期的诗集除《数行集》外，还有《音尘集》《鱼目集》等。卞之琳的诗给读者的是强烈的"陌生化"效果，他的诗超越了以往的接受视野。他的诗有两个重要转变：一、表现对象。"爱情""青春""思念""感伤""忧郁""孤独"等等，在卞之琳的诗里消失了，取而代之的是"空间感""时间感""瞬间与永恒""相对论"等等。二、抒情主体的退出，追求诗的"非个人化"。诗不再作为个人情感的表达和个人经验的描写，诗中的形象也不再是个人情感的载体，它们应是客观的存在物，实现诗意的客观性和普遍性。

教学建议

1. 阅读戴望舒《雨巷》和卞之琳《断章》，写两篇赏析的短文。
2. 对拓展练习第 3 题的理解与讨论。
3. 30 年代现代派对西方和古代的纯诗理论作了系统深入的引入。曹葆华、梁宗岱、戴望舒介绍了西方纯诗之理论沿革、纯诗的基本内涵、纯诗理论内涵之区别等。诸多现代派诗人掀起了晚唐南宋纯诗热，对姜夔、严羽作了新的理解。现代派同时对中西纯诗理论进行了借鉴和变异。现代派纯诗理论是对初期白话诗理论的清算，是对新月派、象征派探索的总结和发展，把现代诗学的纯诗理论提高到炉火纯青的地步，指导了中国现代新诗的创作和现代诗学的发展。对此应有足够的理解。

精读作品

戴望舒：《雨巷》《我底记忆》
卞之琳：《断章》《距离的组织》

评论摘要

1. 比起初期象征派诗歌潮流，现代派诗潮表现了诗歌现代意识的自觉和强化。《现代》杂志编者申明："《现代》中的诗是诗。而且是纯然的现代诗。它们是现代人在现代生活中所感受的现代的情绪，用现代的辞藻排列成的现代的诗形。"这里的"现代情绪"，指的是年轻一代诗人在大都会的生活节奏和现代生活的氛围中感受到的与"上代人"不同的外在与内在的生活世界的统一；所谓"现代的诗形"，指的是区别于外在音乐美与建筑美追求而趋向于更散文化的现代口语构建的自由诗。从这个意义上看，现代派诗不仅是对初期白话诗的自由体、新月派的格律体的超越，就是对于初期象征派诗歌来说，也是在新的更高层次上对现代主义诗歌美学原则的探索和建设。……以戴望舒为代表的现代派诗人，在他们自身艺术表现的范围内，追求诗歌形式和内容的平衡，表现自己和隐藏自己的适度，吸收异域艺术营养和中国传统诗歌营养的统一这三个方面，比起初期象征派诗歌潮流来，表现了强烈而深刻的自觉意识。现代文化的思考和现代审美的选择，结束了中国现代主义诗歌滥觞期盲目模仿的阶段，开始进入一个自觉创造的时期。

孙玉石：《中国现代主义诗歌潮流的回顾与评析》，见《中国现代诗歌艺术》，189 页，武汉，长江文艺出版社，2007。

2. 田园乡愁是中国现代诗歌的一个重大主题。面对古典传统的彻底破产和都市文化的规模入侵，田园文化力求对抗，至少是防御，自然，也幻想超越，企图通过文化中国的追怀重回归精神家园，在中国这样一个古典美高度发达、圆熟精致的国家，它的诱惑锐不可当。因此，还乡冲动、田园风景讴歌与古典美怀恋构成了30年代中国现代诗歌的田园乡愁诗学主题。与都市风景主题不同的是，田园乡愁成为中国现代诗人灵魂的收容所。田园乡愁，歌颂行将消失的古典中国，因为田园乡愁不仅——甚至主要不是抗拒西方现代都市文化，而是对文化中国的追怀，以此寻找灵魂的栖息之所。田园乡愁，在中国现代诗人的心理积淀中，是文化中国的象征，这里延续着民族精神和古典诗学，在中西文化的剧烈碰撞中支撑着中国文化的理想。……还乡是30年代现代主义诗歌的集体情结。还乡意识源于人类的子宫情结，企图返回出发点——那最初的温暖和爱的乐园，借以逃避饥饿、痛苦和灾难，寻找精神支点和灵魂庇所，停泊孤苦无依的流浪之舟。戴望舒的《对于天的怀乡病》就是一种企图逃避现世、回归天堂的心灵渴望。

张同道：《火的呐喊与梦的呢喃——三十年代的左翼诗潮与现代主义诗潮》，
载《文学评论》，1997（1）。

3. 戴望舒的诗看似是那么轻柔、单纯、和谐，然而具体分析，却是一个复杂的存在。他的诗既映现了20—40年代的历史风云，也包含着一代知识分子曲折的思想历程，还记载着中国现代主义诗歌从幼稚到成熟的成长道路。从戴望舒20余年的艺术活动中，我们还可看到自由诗派、格律诗派、象征诗派、现代诗派的此起彼伏、兴衰消长的历史轨迹，看到中西艺术结合的"宁馨儿"得以诞生的过程；看到一个终成气候的现代诗人在诗坛艺术的纵横继承上怎样调和新旧、融贯中西的艺术胸襟；看到一个诗人怎样以独特的诗心去追求，去创造，由此开出一条别具一格的新诗的路；看到一个诗人是怎样把一个时代的消极性与积极性、艺术风格的朦胧与明朗、艰涩与清新、典雅与质朴、柔弱与豪放、形式的严谨与自由等因素对立统一地集中于一身。当然，在那光明与黑暗、进取与倒退激烈搏斗的年代，戴望舒的诗存在着种种不足与缺陷（例如他的作品里充满着虚无的色彩），这"也是无须乎我们来替他讳言的"，但"在苦难和不幸的中间，望舒始终没有抛下的就是写诗这件事情。这差不多是他灵魂底苏息、净化"（苏汶）。如果说郭沫若在新诗草创时期，以新异而丰富的新诗语汇，洞悉时代的精神底蕴和五四知识分子的至深的心灵颤动，决定性地将中国新诗推向成熟，确立了他人无可企及的地位，那么戴望舒则在新诗拓展时期，把中国新诗的横向借鉴与纵向继承有机地统一起来，把中国古典神韵与西方现代特质很好地调和起来，开创了既令雅者感悟又让俗人提升的崭新的现代新诗文体，其在表现现代人生活和情感与开拓现代诗歌境界方面作出了无人替代的贡献。如果把他与同代著名诗人相比，其在现代汉语的创造性运用、文体的独特建构、人文内涵的深刻表现和形而上意味的深入挖掘等方面的综合性贡献，则是卓越的、无可比拟的。

龙泉明：《中国新诗第二次整合的界碑——戴望舒诗歌创作总论》，
载《中国社会科学》，1996（5）。

4. 戴望舒是一个理想主义者，他对政治和爱情作理想主义的苦苦追求，但其结果，却是双重的失望。在他的诗中，姑娘的形象往往寄寓着他的理想，而孤独的游子的形象则往往是诗人自己。他的诗常常表现出游子追求理想的命定的徒劳，而这里的特点恰好又是对没有希望的理想付出全部的希望与真情。……他的成名作《雨巷》里的那位丁香一样的姑娘，显然受到命运的打击，但她没有乞求或颓唐，她是冷漠和高傲的，她仍然是那样的妩媚动人，她在沉重的悲哀下没有低下人的尊贵的头，像一面旗子一样地忍受着落到头上的磨难。……人和理想，惶惶不安的人和无法实现的理想，这就是戴望舒诗的悲剧主题。

蓝棣之：《现代诗的情感与形式》，36页，北京，华夏出版社，1994。

5.（《断章》）还有比这再悲哀的，我们诗人对于人生的解释？都是装饰……这里的文字那样单纯，情感那样凝练，诗面呈浮的是不在意，暗地里却埋着说不尽的悲哀，我们唯有赞美诗人表现的经济或者精致，或者用个传统的字眼，把诗人归入我们民族的大流，说做含蓄、蕴藉。

李健吾：《〈鱼目集〉——卞之琳先生作》，见《咀华集·咀华二集》，
69页，上海，复旦大学出版社，2005。

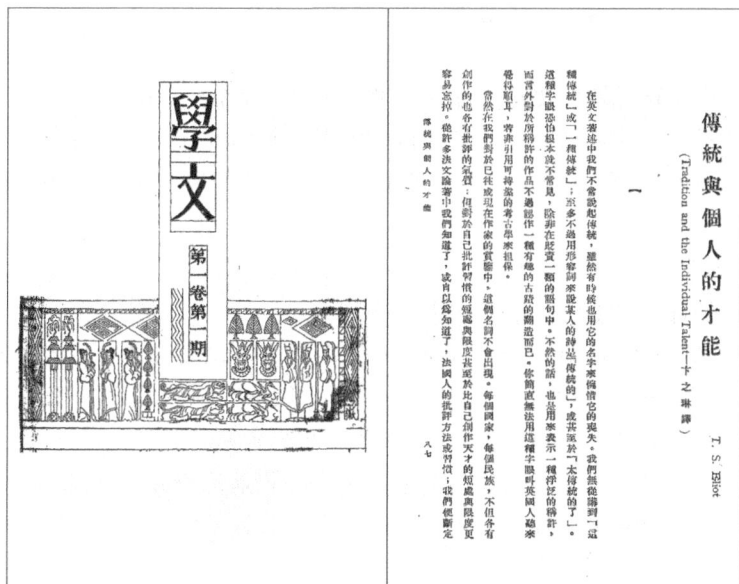

图 2-12　卞之琳翻译艾略特诗论《传统与个人的才能》。

6. 这是多少个对照：你（或我）和人，桥和楼，明月和你（或我），窗子和梦。桥是联结点，楼是制高点；窗子是观察世界的。而这些都统一在风景——大千世界的庄严色相里。观看，处于主位；装饰，处于客位。这里可以看到主位与客位、主体与客体、主动与被动的矛盾统一。世界是由差异和矛盾组成的……如果说这首诗里没有喜悦，那么它至少也不透露悲哀。他题为《断章》，其实就是"一斑"，或布莱克说"一粒沙"，这是"冷淡盖深挚"的一例，它凝练到了精微的程度。

屠岸：《师生情谊四十年》，载《新文学史料》，2001（3）。

7. 这首诗（《距离的组织》）分三个层次，前两句为第一层，登高读史，用一颗星星将古罗马与当下现实连接在一起；第二个层次，从落在地上的报纸上的地图想起友人，想去访友人，但是路途漫漫、苍茫灰暗。最后一个层次，千重门外的声音将诗人从幻想的境界中拉出，因而想到《聊斋志异·白莲教》里"盆舟"的典故，在此诗人感喟自己无法把握自己的命运。结尾，友人来访，交代了所处的现实处境：一个想要下雪的黄昏。全诗景色和氛围是灰色的，暗示了诗人的抑郁心情和乱世的背景。

乔以钢主编：《现代中国文学作品选评》，298 页，天津，南开大学出版社，2004。

泛读作品

戴望舒：《狱中题壁》《我用残损的手掌》《古神祠前》《元日祝福》

卞之琳：《鱼化石》《雨同我》《圆宝盒》《旧元夜遐思》

评论文献索引

谢冕. 中国现代诗人论. 重庆：重庆出版社，1986.

李怡. 中国现代新诗与古典诗歌传统. 重庆：西南师范大学出版社，1994.

杨匡汉. 中国现代诗论. 广州：花城出版社，1995.

张同道. 都市风景与中国乡愁——论 30 年代现代主义诗歌的诗学主题. 文艺研究，1997(2).

孙玉石. 中国现代诗潮史论. 北京：北京大学出版社，1999.

张林杰. 都市文化环境与三十年代诗歌审美视野的变迁. 文学评论，2004(6).

张生. 紧扼着"现在"之喉——论《现代》派诗与"现代"的遭遇和对策. 同济大学学报，2008(2).

康林. 《雨巷》文本结构评析. 中国现代文学研究丛刊，1987(4).

余光中. 评戴望舒的诗. 名作欣赏，1992(3).

刘祥安. 别一抒情话语——论戴望舒诗歌的意义. 文学评论，2002(1).

舒建华. 卞之琳诗歌投射型的空间调度. 文学评论，1993(4).

王泽龙. 论卞之琳 30 年代的"新智慧诗". 文艺研究，1996(2).

罗振亚. 卞之琳三十年代诗歌的艺术新质. 文艺理论研究，1999(1).

江弱水. 卞之琳诗艺研究. 合肥：安徽教育出版社，2000.

拓展练习

1. 简析《雨巷》的象征意蕴。

2. 你是如何理解《断章》一诗的？①

3. 作为 20 世纪 30 年代"现代诗派"的"双峰"，戴望舒与卞之琳分别是"主

---

① 在这首诗的意义解读方面，释者如云，解读者从不同的角度去感受、理解，得出了多种多样的诗歌意义。一、表达一种相对的平衡观念。二、表现对人生的虚无怅然。三、赞扬一位女子的惊人之美。四、赞扬一位男子的英俊。五、珍惜刹那间的缘等。这样看来，这首令人神往的小诗，意象是多义的，诗意也是十分丰富的。诗中的风景是多彩的风景，明月是多样的明月，梦是纷呈的梦，不同的读者完全可以根据自己不同的理解和需要，去读出"风""明月""梦"的不同内涵。这样一首小诗，就凭其意义的丰富性，在诗坛上已占有了一席之地。

情"与"主知"的代表人。"主情"的戴望舒以孤独、忧郁、颓废、绝望为主体的世纪末情绪作为创作母题，立足于个体生命的"自我表现"，通过自我感性来表现外在世界，将"情"之一字抒写得感人至深；"主知"的卞之琳以思辨色彩为底色，以"相对观念"为核心，冷峻多思，注重哲理化、客观化和戏剧化，善于从日常生活中发现诗意并进一步挖掘出令人意想不到的深刻内涵。两人可谓春花秋月，各擅胜场，共同构建了 30 年代现代派诗歌的多元化、立体性。阅读作品，论两人诗作的异同。

第三节 臧克家、田间：土地的歌者

内容提要

臧克家的诗歌创作，在形式上受到新月派的很大影响，尽管他并不直接表现工农革命斗争，但对下层人民却表现了极大的同情，在坚持现实主义精神这一点上，他与中国诗歌会的诗人确有相通之处。1933 年，臧克家第一本诗集《烙印》出版，引起文坛注目的是诗人自称的"坚韧主义"：严肃地正对现实生活中的险恶苦难，并带着倔强的精神，沉着而有锋棱地去迎接磨难。这种"坚韧主义"显示了臧克家在精神上与中国农民的深刻联系，由此形成了"不肯粉饰现实，也不肯逃避现实"的清醒现实主义精神。臧克家甚至在写诗的态度上也是农民式的：认真而执着地提倡"苦吟"，老老实实、苦心孤诣地去捕捉每一个意象，寻找、锤炼每一个字句，顽强地追求着"深刻到家，深刻到浅易的程度"的艺术境界。在抗战后的民主浪潮中，臧克家又以《宝贝儿》《生命的零度》《冬天》等集子里的政治讽刺诗，充满了对现实的愤怒与抗争。

田间 17 岁左右到上海开始写诗，1935 年，还不到 20 岁，已经出版了诗集《未明集》《中国牧歌》。前者描写工人、农民、兵士等受苦者的命运，呼唤着民众的觉醒，情感真切；后者是一曲忧郁的中国农村的牧歌，带着村野的粗犷和泥土的芬芳。他的诗富有生活的气息，反映了那个时代的青年战斗的情绪和呼声。抗战以后，田间投入了战争，而且还发动了街头诗运动，从人民对于政治事变的突发的感应里，把政治动员化进去，把人民的战斗情绪发动起来，用诗篇与战斗任务直接地系结起来。闻一多称誉田间是"时代的鼓手"，指出田间诗的特点是"质朴、干脆、真诚"。

教学建议

1. 体味臧克家诗作中的现实主义精神与"苦吟"的特色。

2. 田间"鼓点式"的诗行排列，省略了大量的叙述，使诗意的运动变成了从意象到意象的跳跃，因而意象的形象性更加凸现，这种手法概括力强，有利于表现宏伟壮观的场面。阅读诗作，认真体味。

3. 要联系本节所选诗作所处的时代背景，把握其战斗性与人民性的特点。

精读作品

臧克家：《烙印》《老马》《宝贝儿》
田间：《给战斗者》

评论摘要

1. 所谓有意义的诗，当前不是没有。但是，没有克家自身的"嚼着苦汁营生"的经验，和他对这种经验的了解，单是嚷嚷着替别人的痛苦不平，或怂恿别人自己去不平，那至少往往像是一种"热气"，一种浪漫的姿势，一种英雄气概的表演，若更往坏处推测，便不免有伤厚道了。所以，克家的最有意义的诗，虽是《难民》、《老哥哥》、《炭鬼》等篇，但是若没有《烙印》和《生活》一类的作品做基础，前面那些诗的意义便单薄了，甚至虚伪了。人们对于一件事，往往有追问它的动机的习惯（他们也实在有这个权利）。对于诗，也是这样。当我们对一首诗的动机（意识或潜意识的）发生疑问的时候，我很担心那首诗还有多少存在的可能性。读克家的诗，这种疑问永不会发生，为的是有《烙印》和《生活》一类诗给我们担保了。

闻一多：《〈烙印〉序》，见《闻一多全集》（三），224页，上海，开明书店，1948。

2. 臧克家是中国现实主义新诗的开山人之一。他从两个方面继承和发展了新诗的现实主义传统。其一，他推进了新诗对旧中国农民和农村的吟唱，在他之前，还没有一位诗人能够如此成功地抒写农民和农村。其二，他推进了中国现代叙事诗的建设，他的叙事诗是诗人内心世界与外在世界的交融。臧克家是一位中国韵味十足的诗人。他有意识地向中国古典诗歌汲取养分，予以现代化改造，铸造自己作品的中国风格。他的诗具有含蓄蕴藉的抒情方式，重"藏"，诗在诗外，笔有藏锋；他的诗运用素朴精炼的言说方式，精炼，而又大巧若朴；他的诗追求谐和悦耳的音乐方式，"敲声音"，是臧克家炼字的标准之一，他寻觅着音节和谐，铿锵动人，增加读者听觉上的美感。

吕进：《臧克家：现实主义与中国风格》，载《文史哲》，2004（5）。

3. 其（臧克家诗作）讽刺方式，大体上采用：一、嘲弄，如《宝贝儿》、《胜利把他们留住了》等。二、对比，如《胜利风》第五节；"这里忙着；论功行赏、/分封烈士；/人才，在无缘的角落里，/闲敲着满肚皮的抱负。"三、点题，如《一个黄昏》写一个在前线丢了只胳膊的伤兵在黄昏的雨中敲门，他自叙他身上很脏，因此不让他上公共汽车，政府办公人员则"一劲支吾"，死活不问，"我"送给他一条军裤。篇末写道："第二天打开报纸，/一眼就碰到了慰劳伤兵的消息，/文字真切动人，那么大的标题！"。

傅子玖主编：《中国新文学》（上册），549页，上海，华东师范大学出版社，1996。

4. 田间大半生致力于街头诗运动和街头诗创作，始终应和着时代的节拍，洋溢着战斗的热情和探索精神。因而他的诗歌尤其是街头诗、传单诗，从内容到形式都处于不断的发展和变化之中。……从思想内容方面看，田间的街头诗解放前后有着明显的不同。前者主要是反映战争生活，政治性强，火药味浓，而且大多直接发表在街头、墙头、碉堡和传单上，宣传发动群众投入人民战争、解放战争及各项政治运动。后者主要反映社会主义革命和建设的新生活、新成就，包括改革开放时期的特区建设等，大多以诗传单形式发表在报刊杂志上，继续向广大读者宣传鼓动，充当新时代的鼓。

郭仁怀：《田间与街头诗》，载《文艺理论与批评》，1995（4）。

5. 诗情在时代生活中升起，谁先感应了时代，走入了生活，谁就先得到诗。在那严峻的时代里，无视民族的灾难而沉迷在个人生活的小宇宙，必然导致诗人人格的丧失和良知的泯灭，而诗的价值也自然变得狭小、微弱。于是，"七月，/我们/起来了。/呼啸的河流呵，/叛变的土地呵，/爆烈的火焰呵，/和应该激动在这凄迷的殖民地上的/复活的/歌呵！//因为/我们，/是生长在中国。"（《给战斗者》）真诚，热烈，自觉显示了中国诗人明确而一致的主体意识。

公木、张福贵：《中国新文艺大系·诗集·导言》（1937—1949），7 页，
北京，中国文联出版公司，1996。

6. 田间早期承续了郭沫若、蒋光慈、殷夫、蒲风等所引领的一路诗风，但又超越了它。他把这些诗人所开创的政治抒情诗的艺术质量提高到了一个崭新的水平，他那深深地"打入你耳中，打在你心上"的作品改变了政治抒情诗长期不够振作有力的局面。他的创作实绩已经表明政治抒情诗完全摆脱了幼稚、粗陋、"非诗化"阶段，进入了成熟的境地。所以艾青说，田间早期的诗，"以一股青春的朝气，一股刚健的力，与理想主义的热情，写出中国战斗的一代的生活面。"这一评说简洁地勾勒出了田间诗歌的基本风貌及其在 30 年代诗坛上所具有的历史意义。

龙泉明：《中国新诗流变论》，223 页，北京，人民文学出版社，1999。

泛读作品

臧克家：《有的人》《三代》
田间：《假如我们不去打仗》《中国农村的故事》

评论文献索引

章亚昕. 《烙印》的双层审美结构. 东岳论丛，1988(1).

冯光廉、刘增人. 臧克家研究资料. 兰州：甘肃人民出版社，1990.

吕进. 臧克家：新诗文体建设的重镇. 文学评论，1995(1).

蔡清富、李丽. 臧克家评传. 重庆：重庆出版社，1998.

吴开晋. 臧克家的新诗创作对当代诗坛的启示. 山东大学学报，2005(5).

陆衡. 人民性　喜剧性　现代性——国统区讽刺诗歌得失谈. 安徽大学学报，2006(3).

闻一多. 时代的鼓手——读田间的诗. 闻一多全集（三）. 上海：开明书店，1948.

胡风. 田间底诗. 胡风评论集. 北京：人民文学出版社，1984.

晏明. 田间——擂鼓的诗人. 新文学史料，1997(1).

张器友. 田间诗歌的人民性. 高校理论战线，2008(7).

拓展练习

1. 朱自清在《新诗杂话》中说："有血有肉的以农村为题材的诗中，臧克家先生可为代表"。"也正是由于诗人对农民的深切关注与同情，他被誉为'农民诗人'、'泥土诗人'"。结合其《老马》等诗作对此论点进行评析。

2. 在抗战后的民主浪潮中，臧克家趋向于政治讽刺诗的创作，结合具体作品分析其政治讽刺诗的特点。

3. 赏析田间《给战斗者》一诗的战斗力量。

第三章 散 文

第一节 社会危机下的艺术生机

内容提要

20 世纪 30 年代散文创作的派系，通常都以政治倾向来划分，即属于左翼作家的散文，以林语堂为代表的自由主义作家的散文，以及政治态度比较超越的京派及其他作家的散文，等等。这种政治化的分野的确是 30 年代散文的一个特征。但如果顺着五四以来散文发展的脉络来考察，会发现 30 年代散文创作的文体意识比前一时期大为加强，不同创作理论的追求往往不只是反映着政治倾向的分野，在更大程度上还体现为对散文的社会功能与文体要求的不同理解。30 年代散文并没有因为政治化和诸多论争而走向危机，相反，由于多方面的艺术探求而获得了生机。作为左翼文坛主将的鲁迅，在这一时期写下了大量的杂文；小品发展过程中产生过重要影响的，有林语堂提倡和创作的幽默小品及"京派"与开明同人的散文创作；报告文学的创作出现了成熟与繁荣，有阿英编撰的《上海事变与报告文学》、茅盾主编《中国的一日》和邹韬奋、范长江、夏衍等报告文学的出版。

教学建议

1. 对拓展练习第 1—2 题的完成与掌握。

2. 范长江是我国著名新闻记者。1935 年 7 月，他从成都出发，经过川西北少数民族地区，翻越皑皑的大雪山，穿过莽莽的原始森林，冒着生命危险，历尽千辛万苦，作惊人的西北旅行。他根据占有的大量第一手材料，报道了沿途的见闻和观感，并首次向全国公开报道了红军二万五千里长征。这些报道后来汇编成《中国的西北角》一书，在很短的时间内一版再版，轰动全国。《中国的西北角》的历史价值值得重视。

3. 报告文学在第二个十年的成熟与发展过程的把握及对代表性作品的阅读理解。

精读作品

夏衍：《包身工》

范长江：《中国的西北角》

评论摘要

1. 然而现在已经更没有书桌；鸦片虽然已经公卖，烟具是禁止的，吸起来还是十分不容易。想在战地或灾区里的人们来鉴赏罢——谁都知道是更奇怪的幻梦。这种小品，上海虽正在盛行，茶话酒谈，遍满小报的摊子上，但其实是正如烟花女子，已经不能在弄堂里拉扯她的生意，只好涂脂抹粉，在夜里踅到马路上来了。

小品文就这样的走到了危机。但我所谓危机，也如医学上的所谓"极期"一般，是生死的分歧，能一直得到死亡，也能由此至于恢复。麻醉性的作品，是将与麻醉者和被麻醉者同归于尽的。生存的小品文，必须是匕首，是投枪，能和读者一同杀出一条生存的血路的东西；但自然，它也能给人愉快和休息，然而这并不是"小摆设"，更不是抚慰和麻痹，它给人的愉快和休息是休养，是劳作和战斗之前的准备。

鲁迅：《小品文的危机》，见《鲁迅全集》第 4 卷，567、575 页，
北京，人民文学出版社，1981。

2. 进一步看，和前十年相比，散文的领域发展了。它所开拓、增益的方面日新月异了。作者大量增多，眼界扩大了，心胸开阔了，生活视野，关心的事物，以至意境情趣，更为广泛而多样了。散文的取材和立意，显见丰富。立足现实，遍及生活的各个方面，从国家大事、时代风云、社会动态、日常琐事以至一时的感受和稍纵即逝的心情意绪，多能随手拈来，形诸笔墨。因为发扬了"五四"以来民主与科学的精神，形成说真话的风气。讲肺腑之言，抒由衷之情，写真切的见闻感想。干扰虽多，顾忌不大。作者仍能各有自我表现，由此蔚成不同的风格。

吴组缃：《关于三十年代的散文》，载《中国现代文学研究丛刊》，1986（3）。

3. 在黑暗现实和当权政府的压迫面前，30 年代的作家做出了不同的文学选择。散文创作领域，以鲁迅、瞿秋白为代表的左翼作家，团结在《巴尔底山》、《涛声》、《太白》、《新语林》、《蠛火》、《芒种》、《杂文（质文）》等杂志周围，以新的、生存的小品文为号召，仍然坚持"五四"十年"率性而言，凭心立论，忠于现世，望彼将来"的社会批评与文明批评的传统，并高举起更鲜明的反抗的大旗，向统治者及其帮凶，举起了匕首和投枪，走向了一条"直面惨淡的人生，正视淋漓的鲜血"的叛逆的路，人称太白派；以周作人、林语堂为代表的一派作家，集结在《骆驼草》、《论语》、《文艺茶话》、《人间世》、《宇宙风》和《逸经》等刊物周围，以幽默、闲适的小品文为号召，他们慑于统治者的淫威，退而苟全性命于乱世，走的是一条从叛逆到隐逸的路，人称论语派。……在形成对垒之势的太白派散文和论语派散文之外，30 年代散文创作园地还悄然而坚实地生长出其他一些作家的创作。其中，围绕在《大公报·文艺》、《水星》、《文学季刊》等杂志周围，得到郑振铎、沈从文、巴金、靳以等作家赏识和提携的一批青年作家，如何其芳、李广田、丽尼、陆蠡、缪崇群等，是引起人们广泛注意的一支。为了论述的方便，我们不妨称他们为水星派作家。水星派作家是一支既没有共同创作纲领、也没有同仁文学组织的创作队伍。他们是以创作较富艺术性的抒情散文和叙事散文见长且形成比较一致的创作特色的。……创作之初，以写作表现内心苦闷、寂寞、忧郁之感的抒情散文为主；以后，则慢慢地将眼光从一己的内心生活转向广袤的社会人生世相，以创作写人记事的叙事散文为主。而无论是抒情散文还是叙事散文的创作，水星派作家比起同时代其他散文作家来，都更着意于对散文艺术的孜孜以求。

王爱松：《论三十年代散文三派》，载《中国现代文学研究丛刊》，1996（2）。

4. 中国报告文学的成熟和繁荣则在 30 年代，其原因主要有三：一是 30 年代急剧变动的社会生活需要具有很强新闻性和纪实性的文学样式作出迅速的反映。二是"左联"的积极倡导和组织。……三是外国报告文学理论和作品的翻译，为中国报告文学的发展提供了范式和推动力。

朱栋霖、丁帆、朱晓进主编：《中国现代文学史》，252～253 页，
北京，高等教育出版社，2002。

5. 周立波认为，30 年代报告文学创作"还在萌芽的时期"。对当时的报告文学创作，从三个方面进行了批评：一是"缺乏关于显示事情的细密的研究和分析"，即没有锐利的眼光，对所报告的事物不能发表正确的世界观的批评意见，从而产生了"对事情的全面没有赋予明确的形象"的不良倾向；二是文学性不足，"不能用艺术的手法浮雕出来"；三是在选材上，对一些揭露旧社会黑暗，或是歌颂爱国英雄的事件有所忽视。这些批评比较符合当时的报告文学创作实际情况，对推动报告文学的创作产生了积极的作用。

范培松：《中国散文批评史》，501 页，南京，江苏教育出版社，2000。

图 2-13　上海杨树浦东洋纱厂女工。

6. 报告文学是关于事实的报告，但这并不意味着主体可从文本中淡出。相反，它要求主体表现出鲜明的价值评判的倾向。报告文学是一种主体外化的文体；报告主要是指事实的报告，同时也应是研究分析思辨的报告。《包身工》的文体范型意义在这一点也得到了体现。夏衍在展示对象具体的生活境遇的同时，对包身工制度形成与维持的原因作了分析，并且基于大量惨酷的事实，并不只作现象展览或客观的评说，而是亮出自我，充满激情地论评事实。这种深得现象本质的议论，有效地增强作品批判控诉的逻辑力量。……由《包身工》昭示，夏衍不仅具有正直的知识分子那种善良、勇气和正义感，而且也有思想家鞭辟入里的深刻性。报告文学文体中的论评性文字，是主体人格与理性智慧外化的一种载体。

丁晓原：《1936：报告文学年的存量与意义》，载《广播电视大学学报》，2002（3）。

7. 读范长江的新闻通讯作品，有一种满足感。伴随记者的足迹和视线所及，有如看到一个技巧娴熟的摄影师在巧妙地调度着镜头：忽而近景特写，忽而广角远景，忽而鸟瞰，忽而插入闪接。他善于揣度读者的阅读心理，素材或目睹或耳闻，随手拈来，多不胜收。……范长江善于把自己长期积累的知识自然妥帖毫无炫耀地穿插在新闻作品中，使读者获得历史、地理诸方面的参照，给人以立体感。

李永波、刁康：《名记者的风范：范长江综论》，载《社会科学辑刊》，1996（4）。

泛读作品

邹韬奋：《萍踪寄语》《萍踪忆语》

范长江：《塞上行》

宋之的：《一九三六年春在太原》

评论文献索引

汪文顶. "为抒情的散文找出一个新的方向"——谈三十年代几位青年散文家的创作. 福建师范大学学报，1982(4).

李炳银. 报告文学的生成演进及收获. 中国报告文学的世纪景观. 武汉：长江文艺出版社，2003.

何轩. 被遗忘的现代性：二三十年代美文小品的重新评价. 求索，2005(10).

张春宇. 1936年的丰收(一)：里程碑式作品的诞生——堪称"典范"的《包身工》. 中国报告文学史稿. 北京：群言出版社，1993.

王醒.《中国的西北角》的历史价值及版数考证. 新闻出版交流，1999(5).

王洪祥. 从中国西北角走出来的名记者——范长江. 当代传播，1998(5)、(6).

拓展练习

1. 简析本时期散文发展的大致脉络。

2. 评析报告文学繁盛于20世纪30年代的原因。

3. 夏衍、范长江和邹韬奋在本时期都有著名的报告文学作品问世，你喜欢哪位作家的哪部作品？写一篇鉴赏的短文。

第二节　鲁迅杂文：投枪与匕首

内容提要

鲁迅的名字与杂文紧紧联系在一起。杂文有着悠久的历史，但它作为一种独立的文学样式"侵入高尚的文学楼台"，实际从鲁迅开始的。鲁迅在其一生中，特别是后期思想最成熟的岁月里，倾注了大部分心血与生命致力于杂文创作，为后人留下了《坟》《热风》《而已集》《三闲集》等 16 本杂文集，共 650 多篇。

　　鲁迅杂文是中国现代文学史上的一部伟大史诗，他不仅艺术地记录了鲁迅自身思想发展的历程，而且几乎用编年体方式真实反映了 20 世纪初到 30 年代中期中国社会发展历程和思想斗争的历史。鲁迅在观察、分析、表现中国的历史进程时，特别注重对封建思想文化体系的整体批判与否定。鲁迅杂文反封建的独到深刻之处在于，它抓住封建文化思想体系的老根——"伦常"，穷追猛打，多面出击，揭露它的奴役、吃人的本质。

　　鲁迅杂文不仅有着深刻的史诗价值，也有着巨大的美学价值和艺术魅力。鲁迅杂文的美学特征和艺术特色是与鲁迅本人的独特思维方式和个性紧密相连的，表现为以下几点：第一，形象性。鲁迅杂文"展示了活的人间相"。不论是种种历史事件、各色社会现象，还是不同人物风情，在鲁迅笔下都能展现为动人的艺术画面，这是鲁迅出色运用艺术想象的结果。第二，情感性。鲁迅的每一篇杂文，都浸透了他是非爱憎的强烈感情，理情交融，相得益彰。第三，隐曲性。在杂文内在机制即构思布局上，鲁迅善于借古喻今、托物言志。杂文外在表象的隐曲性，表现为语言的模糊性、暗示性。

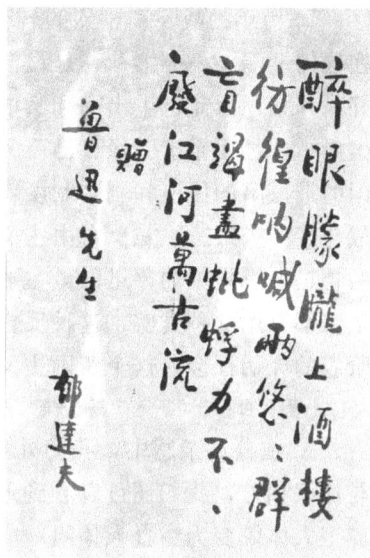

图 2-14　1933 年 1 月，郁达夫赠诗给处于谣言漩涡中的鲁迅。

教学建议

　　1. 鲁迅杂文大都是针对其所处时代的文化批评与文明批评，有强烈的批判性和"反常规"特征，对读者的思维习惯构成挑战，再加时代的隔膜，很难理解作品所蕴含的深刻的思想与反叛精神。对鲁迅杂文存在的意义予以深刻的认识。

　　2. 从总体上把握鲁迅杂文的思想艺术特质。[①]

　　3. 对所列精读作品的细读与评析。

精读作品

　　鲁迅：《灯下漫笔》《女吊》

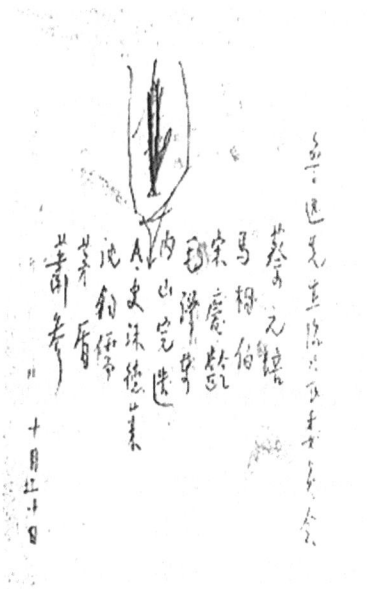

图 2-15　在冯雪峰草拟的鲁迅治丧委员会名单中，毛泽东在列。

――――――――――

　　① 可参阅赵学勇：《鲁迅杂文研究十年》，载《鲁迅研究月刊》，2007（7）。文章首先从文体角度切入，多侧面探讨了鲁迅杂文的文体特征。在认同鲁迅杂文的文学本质属性的前提下，研究者进一步就鲁迅杂文的思想和艺术特征进行探讨。

评论摘要

1. 历年的战斗和剧烈的转变给他许多经验和感觉，经过精炼和融化之后，流露在他的笔端。……第一，是最清醒的现实主义。"中国人向来因为不敢正视人生，只好瞒和骗，由此也生出瞒和骗的文艺来，由这文艺，更令中国人更深地隐入瞒和骗的大泽中，甚而至于已经自己不觉得"（《坟》：《论睁了眼看》）。这种思想其实反映着中国的最黑暗的压迫和剥削制度，反映着当时的经济政治关系。……第二，是"韧"的战斗。……第三，是反自由主义。……第四，是反虚伪的精神。这是鲁迅——文学家的鲁迅，思想家的鲁迅的最主要的精神。他的现实主义，他的打硬仗，他的反中庸的主张都是用这种真实，这种反虚伪做基础。他的神圣的憎恶就是针对着这个地主资产阶级的虚伪社会，这个帝国主义的虚伪世界的。

瞿秋白：《〈鲁迅杂感选集〉序言》，见《鲁迅杂感选集》，2、4 页，上海，青光书局，1933。

2. 在鲁迅杂感中，我们处处都可看到"社会相"的类型形象，除上述的奴才相与流氓相外，我们还可以看到形形色色在别的文学作品中难以见到的特殊形象，如从养卫人体蜕变为蚕食人体组织的"游走细胞"；把捕获的青虫弄得不死不活的残忍而狡猾的凶手"细腰蜂"；自己不造巢不求食，一生的事业专在攻击别的蚂蚁、掠取幼虫的"武士蚁"等等。

鲁迅的"社会相"类型形象，所以具有浮雕感，就因为这种形象一般都包括为一体的三种构成元素：（1）外相：外壳形态的某些特征；（2）内相：内在神情的某些特征；（3）相识：作家对形象的主体"识见"（包括主体对"社会相"的感受、评点、解剖、批判等）。神情实际上又可更细致地分为表层神情的"神态"和深层神情的"神髓"。因此，鲁迅杂感中的类型形象，本身包括三个形象层次：形态、神态、神髓。

刘再复：《文学的反思》，391、393、395 页，北京，人民文学出版社，1986。

3. 鲁迅杂文中"曲笔"的运用尽管花样繁多，但可用"内在机制"和"外在表象"概其大略。所谓"内在机制"，是指思路营构的脉络。鲁迅所有杂文的主题表达几乎都不安于平铺直叙，一般也不明明白白地解释与点破论点与论据之间相契相合的关系，而是让读者在事实与事实、议论与议论、事实与议论的相互关系中，自己得出结论。具体的方式则多种多样：或者借古喻今，暗中契合历史进程中古与今、始与末的许多相似之处，皮里阳秋，对现实痛下针砭（《而已集·魏晋风度及文章与药及酒之关系》）；或者像闲聊一样从容不迫地说开去，虽是将话搭话随说漫说，但却"草蛇灰线"，于不经意中传达出作者的喜怒哀乐和价值判断（《伪自由书·观斗》）；或者托物言志、以此说彼，通过评述草木虫鱼、风花雪月以及大量的"社会相"类型形象等有生命和无生命的物相而寄寓政治性的感受、思想，表达作者对现实存在的某些人情事理的否定态度（这在《准风月谈》和《花边文学》中出现得最多）；或者故隐其辞，真格的东西偏不说破，通篇的语境和议锋几乎都是没有确定性的谜团，同时又隐约地透出一点真实的信息，在欲说还休、故弄破绽中引导人们探询谜底（《伪自由书·现代史》）；或者正襟危坐、一本正经地说假话，在拿腔拿调和反向的情感倾向中让人更感到假话的虚假性（《南腔北调集·"非所计也"》）……

所谓"外在表象"，是指语言的模糊特性。鲁迅杂文由于大量地采用了反语、比喻、形容、夸张、象征、借代、关联、隐喻、衬托等手法，在审美信息的传达上有一个可供仔细品尝的遮蔽性的外观、庞杂繁芜的"暗码"系统，这就使它对自身所含的意思没有十分明确的严格的规定和限制，大大超越了语言准确性的含义，因而具有极大的模糊性，但模糊性中却有丰富的暗示性。

姜振昌：《议论的"曲张力"与鲁迅杂感文体的艺术特征》，载《文学评论》，2004（6）。

4. 鲁迅作为一个现代思想家，"他始终紧紧抓住了'人'这个轴心，他最关心的是'人'在中国社会结构与中国历史中的地位与真实处境"；……鲁迅这里对"中国人的奴隶地位"清醒认识是带有根本性的，可以说是鲁迅的一个最基本的"觉醒"，并因此而构成了鲁迅思想的一个中心命题，以至鲁迅心理、情感上的一个基本情绪。鲁迅的日本友人增田涉当年即已注意到，鲁迅的著作和他的日常谈话里，常常出现"奴隶"这个词，对于鲁迅，这不是抽象的概念，而是"直接触到内心"的现实，"这一现实是经常在他的生存中，经常在鼓动他的热情，缠住他的一切思考"。应该说，这是一个相当深刻的观察。在鲁迅的观念中，"把人当作人"还是"使人成为奴隶"是区分传统社会（历史，文化）与现代社会（历史，文化）的一个基本的价值标准与尺度，这也是他观察与思考一切历史与现实问题的基本出发点。

钱理群：《鲁迅与二十世纪中国》，见《走进当代的鲁迅》，114、120 页，
北京，北京大学出版社，1999。

5. 就在鲁迅死前一个月，他写了生前最后的文字之一的《女吊》，说的是"报仇雪耻之乡"的孤魂厉鬼的复仇故事……我知道这些描写多少是有些自况的，因为那时的鲁迅已经病入膏肓。……鲁迅相信"犯而勿校"或"勿念旧恶"的格言不过是凶手及其帮闲的策略，所以他也说过"一个都不原谅"的话。我们于是知道，鲁迅把宽恕当作权力者及其帮闲的工具，因此他绝不宽恕。

汪晖：《"死火"重温——以此纪念鲁迅逝世六十周年》，见《恩怨录：鲁迅和他的论敌文选》，
12、14 页，北京，今日中国出版社，1996。

6. 但鲁迅却没有沉浸在对人间鬼蜮的不幸者的同情与对民间反抗精神的赞扬中，他的语气突然变得严峻起来：谈到了"中国的鬼"的"坏脾气"，而且"虽女吊不免，她有时也单是'讨替代'，忘记了复仇。鲁迅早就说过，中国人受到了屈辱，不是向强者反抗"，而往往到更弱者那里去"转移"自己的不幸，这其实就是"讨替代"，"中国鬼"本属于中国，大概也就沾染上这样的"国民性"了吧。——鲁迅在任何时候，任何问题上，都是清醒的：即使对于他如此倾心的故乡民间反抗传统，他也毫无美化之意，他一点也不回避这种反抗的有限性。《女吊》最终传达给我们读者的，正是一种历史的悲凉感。

钱理群：《鲁迅作品十五讲》，28 页，北京，北京大学出版社，2008。

泛读作品

鲁迅：《我之节烈观》《我们现在怎样做父亲》《二丑艺术》

评论文献索引

姜振昌. 中国现代杂文史论. 北京：人民文学出版社，1995.

巴人. 论鲁迅的杂文. 上海：上海远东书店，1940.

郭预衡. 鲁迅杂文——一代史诗. 鲁迅研究. 第 2 辑，1981.

吴中杰. 鲁迅杂文的社会批评. 纪念鲁迅诞辰一百周年论文集. 上海：复旦大学出版社，1981.

吴小美. 一部旧中国的特别的"人史"——再论鲁迅杂文对奴才传统的批判. 鲁迅研究. 第 5 辑，1983.

袁良骏. 鲁迅杂文幽默讽刺新论. 鲁迅研究月刊，1993(11).

张梦阳. 鲁迅杂文与英国随笔的比较研究——兼论鲁迅杂文在世界散文史上的地位. 鲁迅研究月刊，1997(3).

姜振昌. 鲁迅与中国二十世纪杂文. 鲁迅研究月刊，1999(8).

皇甫积庆. 鲁迅"杂感"文体论. 鲁迅研究月刊，2006(9).

房向东. 关于鲁迅的辩护词. 呼和浩特：内蒙古大学出版社，2007.

拓展练习

1. 鲁迅杂文（连同鲁迅）历来多遭受否定以致辱骂，从当年的"刀笔吏"（"现代评论派的君子"语）、"睚眦必报"（"创造社的才子"语）、"不满于现状的批评家"（"新月派的绅士"语），到当今"鲁迅好骂人"之类，从未停息。你如何看待这种现象？结合对鲁迅杂文的评析，给出自己的见解。

2. 结合具体作品分析鲁迅杂文中"曲笔"的运用。

3. 试评鲁迅杂文"砭痼弊常取类型"的特征。

第三节　林语堂：以闲适之心造艺术人生

五四时期，作为"语丝派"的主将之一，林语堂的散文浮躁凌厉，热烈明快，文明批评与社会批评并重，有较强的战斗性。大革命失败后，他先后创办了《论语》半月刊、《人间世》《宇宙风》等刊物，对晚明公安竟陵派的"性灵"论格外推崇，大力宣扬以幽默、闲适、性灵为主调的文学主张，倡导"以自我为中心，以闲适为格调"的小品文创作。

从"语丝"分化出来后，林语堂已失当年"叛徒"的辛辣与火气，多以"隐士"的姿态与现实拉开距离，取材广博驳杂，文风飘逸空灵，语言幽默文雅，读来如良朋旧话、小憩谈天，被誉为"娓语体"。继周作人之后，林语堂成为 30 年代以"论语派"为核心的闲适散文创作的一代宗师，但其"不介入"的态度却遭到以鲁迅为代表的"斗士"派的激烈批评。

享受休闲生活当然比享受奢侈生活便宜得多。
要享受休闲的生活只要有一种艺术家的性情，
在一种全然悠闲的情绪中，
去消遣一个闲暇无事的下午。

图 2-16　林语堂妙语绘图（戴逸如绘）。

教学建议

1. 阅读评论摘要 1、2、3，把握林语堂小品文理论的主要内容。
2. 细读《秋天的况味》，结合评论摘要 4、5，分析林语堂散文的艺术风格。
3. 对拓展练习 2 展开讨论。

精读作品

林语堂：《秋天的况味》《忆狗肉将军》《论小品文笔调》

评论摘要

1. 从"以自我为中心，以闲适为格调"的内涵来看，它包含两个方面：一是"以自我为中心"，这是对创作主体"自我"的要求，即"我"对"自我"的要求。散文本是抒写自我情感的文体，这里用"中心"予以强调，就有它的特指性和特定含义，那就是相对"社会"而言，这样就把散文中的"我"和"社会"相对立，导致绝对化、抽象化和唯一化；二是"以闲适为格调"，这是审美追求，这种追求用"格调"来指称，说明它既是手段又是目的，是"以自我为中心"创造出来的一种审美方式和理想形式。两个含义，目的只有一个：以此调整处理散文和社会的关系，把散文和社会分离，或把自我凌驾于社会之上。这种分离和凌驾，可借用美国当代著名心理学家佛洛姆在他的论著《逃避自由》中创造的一句俗语、即"个人化"来形容。佛洛姆在这本论著中阐述道：人类一旦来到人世间就和大自然及社会有着密切的原始关系，是世界的一部分。当人们开始"日渐脱离原始关系的'脱颖'过程——我们称此过程为

'个人化'"。"以自我为中心，以闲适为格调"正是要使散文日渐脱离社会，实现其"个人化"的目的。

范培松：《中国散文批评史》，70页，南京，江苏教育出版社，2000。

2. 幽默作为林语堂小品文理论重要美学范畴的概念，它与闲适、性灵是密切关联，相辅相成。思想真自由，文章必放异彩，放异彩，又岂能无幽默乎？所以林语堂说："提倡幽默，必先提倡解脱性灵，盖欲由性灵之解脱，由道理之参透，而求得幽默也。"同样的道理，闲适不仅仅是小品文的一种笔调，按照林语堂的逻辑，闲适的笔调不能不来自一种闲适的心境，而这种心境在纷扰的尘世间又必然与幽默的人生观联系在一起。因此，"凡写此种幽默小品的人，于清淡之笔调之外，必先有独特之见解及人生之观察。因为幽默只是一种态度，一种人生观，在写惯幽默文的人，只成了一种格调，无论何种题目，有相当的心境，都可以落笔成趣了"。这样，林语堂主张的小品文创作，既要没有道气味，也要没有小丑气味，而必须是"庄谐并出，自自然然畅谈社会与人生"。这样的文章可以用来增添轻松雅谑的气氛，化解文气的板滞，还可以借以改变方正古板的民族心理结构。总之，只有"相当的人生观，参透道理，说话近情的人，才会写出幽默作品"。

黄科安：《林语堂对现代小品文理论的建设与探索》，载《中国现代文学研究丛刊》，2001（2）。

3. 林语堂的重要散文理论论文《记性灵》、《论文》、《论小品文笔调》、《小品文之遗绪》等，都在此时刊行，他关于现代性范式的归结性表述："以自我为中心，以闲适为格调"，也是此时做出的。它针对"今日不新不旧不东不西不近人情的虚伪社会所发生的虚伪文学现象"而言，包含了人生观和散文文学观两方面；所谓现代人生观即"观察的，体会的，怀疑的，同情的，很少冷猪肉气味，去载道派甚远"。现代的意味落在眷注人生、思想独立两方面，他说具有了"近人情"的现代人生观才成其为现代人，它以"排古"："不复以古人为绳墨典型"为前提，不为格套所拘，思想自由，文体才能随之自由解放，文学才能表现个人性灵、关注人生。"自我"即林语堂一再明示的"性灵"，"性灵即个性"，即"个人笔调"，对个人性灵或自我的极力推重，就是为了使文学家不出卖灵魂、不依傍他人，使散文"所表的是自己的意，所说的是自己的话，不复为圣人立言，不代天宣教了"。这是针对"官方势力迫人刊载"、压制自由的不健全的文学机制而发的。

"闲适"正是作为与政治激进功利彻底分离的散文文学本然性而被追求的，只有不苟同，"思想真自由"，始终使散文（学）家站在社会现实（尤其指政治现实）的旁观者位置，冷静超远地独立自由地体察人生，充分地诚意地表达独立存在的"自己的偏见"，散文自由自在、无拘无碍的本然之美才是可寻获的。

蔡江珍：《中国散文理论的现代性想象》，148～149页，北京，中国社会科学出版社，2006。

4. 林氏的散文手笔，总是出乎意料的从一般人难以注意到的"常情"、"常理"中发掘深邃的人生哲理。文章开篇由秋日的黄昏独自品烟切入，将"况味"二字一笔带出。作者讲到品烟，也不讲品烟本身，"而只讲那时的情绪的况味"，由此将接下来所要一一论及的事物意趣化、抽象化了，勾画出一幅秋天之外的境外之象。作者由品烟的安然、雅静，联想到"秋天的意味"。而这"意味"并不在于"向来诗文上"的

"肃杀"、"凄凉"，作者所偏爱的"秋的意味"在于其古气磅礴之姿、高远旷达之境。接着，通过与春、夏、冬三季的对比，表达出自己对"代表成熟"的秋的盛赞，当繁荣茂盛已经过去，冷静下来慢慢享用一春一夏的劳动果实，这才是被作者比作"过来人"的秋。若在一个人，那么到了人生的秋季，即使做不到炉火纯青，也应当有几分世事洞明、人情练达的火候了。作者所谓"秋的意味"，正是人生之秋"纯熟练达"的高古境界。

龙泉明：《中国现代文学作品导引：1917—2000．第二卷》，294 页，

北京，高等教育出版社，2004。

5. 林语堂作文信手信腕，笔随意转，不见刻意经营，只见漫不经心。所以文章写得很散，常常是拉拉扯扯，纵笔真书。有的有主旨，很多是无主旨只有一个谈话范围。时见旁枝逸出，或就一点溉漫开去，晕成一片，自成风景。灵感来时，下笔如飞，不暇思索，更无暇斟字酌句，说得特别痛快淋漓之处，不成熟的观点有之，不准确的表达有之，算是白璧微瑕。常见思绪奔腾而来，给人汪洋恣肆而天花缤纷的感觉，而在那肆流中到处是奇思妙想在闪闪烁烁。读他的一些文章，就像海中拾贝，不在乎把握全篇，将那些散落各处的好东西收拾起来就够了。这里要点在散而不破，杂而不芜，漫而不长。林语堂做到了。

谢友祥：《论林语堂的闲谈散文》，载《中国现代文学研究丛刊》，2004（4）。

6. 30 年代关于小品文的论争，可以看作"散文"的重新自我定位。一主"闲适"与"性灵"，一讲"挣扎和战斗"，表面上水火不相容。可论争的结果，双方互有妥协：即所谓"寄沉痛于悠闲"、所谓战斗之前的"愉快和休息"。就对"宇宙"与"苍蝇"的把握方式而言，杂感与小品始终无法协调；但强调自我，张扬"个人的笔调"，鄙视"赋得"的文章（包括"赋得性灵"）以及文体上"不为格套所拘，不为章法所役"，又都是对于正统文章"载道"功能的消解。很不一样而又可以互相补充，这其实正是现代散文发达的奥秘。承认"文学以个人自己为本位"，着力于耕耘"自己的园地"，必然导致风格的多元化。

陈平原：《现代中国散文之转型》，见《文学史》（第三辑），151 页，

北京，北京大学出版社，1996。

泛读作品

林语堂：《祝土匪》《〈人间世〉发刊词》

评论文献索引

张梁．林语堂论．文学评论丛刊，1980（6）．

陈平原．林语堂的审美观与东西文化．文艺研究，1986（3）．

汪随．林语堂论．中国现代文学研究丛刊，1987（4）．

施建伟．林语堂幽默观的发展轨迹．文艺研究，1989（6）．

沈栖．林语堂散文创作简论．上海师范大学学报，1991（2）．

张健．精神的伊甸园和失败温婉的歌．文学评论，1993（4）．

金宏达. 林语堂名作欣赏. 北京：中国和平出版社，1993.

施建伟. 林语堂研究论集. 上海：同济大学出版社，1997.

陈琳琳. 需要什么样的小品文. 文学的消解与反消解——中国现代文学派别论争史论. 上海：复旦大学出版社，2004.

拓展练习

1. 在文学观念上，林语堂承继由周作人开创的"言志"一派，以"性灵"的倡导来对抗长期存在于中国文学之中的"载道"传统，一定程度上制约了三四十年代文学日益严重的意识形态化倾向。查阅相关文献，评析林语堂对于中国现代散文理论建设的贡献。

2. 周作人晚年曾言："我想把中国散文走上两条路，一条是匕首似的杂文（我自己却不会做），又一条是英法两国似的随笔，性质较为多样"。然而，这两条本应并行不悖、互竞互补的散文道路在30年代初期却对立冲撞，发生了"小品文论争"。针对林语堂大力鼓吹的"闲适"小品，鲁迅提出批评，"生存的小品文，必须是匕首，是投枪，但自然，它也能给人愉快和休息，然而这并不是'小摆设'，更不是抚慰和麻痹，它给人的愉快和休息是修养"。阅读鲁迅的《小品文的危机》、林语堂的《〈人间世〉发刊词》《论小品文的笔调》等文献以及评论摘要6，分析这一论争的分歧所在。

3. 尽管同承源于晚明小品的润泽，且深受西方絮语随笔的影响，但周作人与林语堂的散文却有着不同的"味道"，前者平和冲淡而略带涩味，后者则充盈奔放以幽默见长。阅读周作人的《谈酒》与林语堂的《忆狗肉将军》，对二者散文风格进行比较，写一篇800字左右的文章。

第四节　京派与"开明"派：以"出世"的态度"入世"

京派散文，虽然是个地域概念，但却涵盖了30年代美学追求相近的一批散文创作群体。他们在动荡社会与畸形都市文明的挤压下，对乡土中国产生了别样的依恋，并努力用散文营构一个空灵隽永的艺术世界以与严酷现实相抗衡；他们剔除了传统散文一味"说理""言志""感伤""叙事"的流弊，执着于散文抒情表意功能的强化，专注于散文文体本身的艺术革新。代表作家有何其芳、李广田、沈从文、吴伯箫、师陀等。其中，尤以何其芳的散文集《画梦录》成就最高。

《画梦录》精致秾丽，凄艳迷离，是"独语体"散文的典范。他将自己的瞬间的感觉用奇特的意象拼装组合，形成幻美而荒凉的心灵世界，静心聆听灵魂的寂寞、苦闷与追求。扑朔迷离的意象、奇特诡异的想象、浓郁的诗情营造出一种深邃的"画梦"意境，颇有晚唐诗词的韵致。李广田的散文不擅精雕细刻，却能在素朴中见情思，在记叙中酿造醇厚的乡村情韵，代表作为《画廊集》。沈从文多以湘西村落为散文题材，长于山水景物、风土人情的描写，往往以"乡下人"的眼光审视普通人的命运，《湘西散记》为这一时期代表作品。吴伯箫文笔沉着，乡土气息浓重，代表名篇有《山屋》《马》《羽书》等。师陀的散文淳厚、哀婉，曾结集出版《黄花苔》《江湖集》等。此外，立足上海的丽尼、陆蠡依其创作风格也可归入"京派散文"的行列。

二三十年代，在散文创作上与京派遥相呼应的，还有上海的"开明"派作家，如夏丏尊、丰子恺、叶圣陶等。他们大多曾在浙江上虞白马湖畔的春晖中学任教，后又随人事变迁赴上海，围绕"立达学园"以及"开明书店"，形成一个志趣同投、风格相近的同人组织。"开明派"多以湖光山色和日常起居为题，与现实政治保持一定距离，但又与幽默小品及京派散文"超远政治"的精英意识相异，拥着强烈的平民色彩。他们秉持五四以来的启蒙精神，希冀以文学教育来健全人格、服务社会，文风疏淡平朴、结构缜密完整、语言明白如话，不少作品成为中小学语文教学的范本。

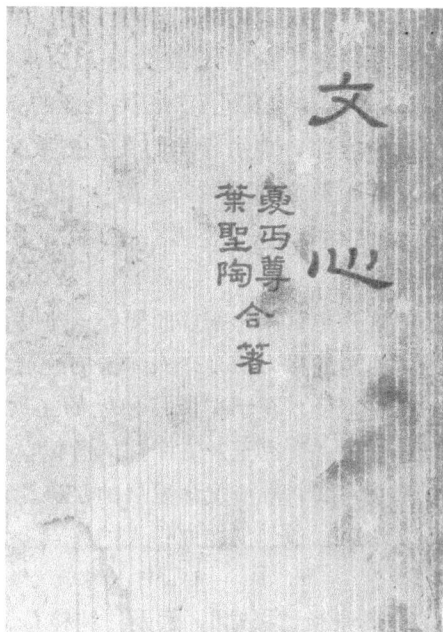

图 2-17　1934 年夏丏尊与叶圣陶合著《文心》。

教学建议

1. 细读《画梦录》中的代表作品，理解何其芳的文体独创性，特别是"诗化""独语"特征。

2. 细读《白马湖之冬》，结合评论摘要 5、6，把握"开明派"散文的艺术特点。

3. 围绕拓展练习 2 展开讨论。

精读作品

何其芳：《独语》

夏丏尊：《白马湖之冬》

评论摘要

1. 由周作人到废名，到沈从文，到何其芳，是观察京派散文的基本路线，它显示的是题材范围日渐扩大，而技巧的追求日渐走上显性的方向，而发展的中心轴依然是《五四》基植的"人"的价值和"自我表现"。

何其芳的《画梦录》是一部孤独者的独白，他苦闷，但对光明、自由、美、爱等等的追求赫然是他心灵中鞭打不掉的信念。尽管是抽象的，却不颓唐，没有西方现代作家的那股世纪末的气息，没有知堂老人的老到，却有着何其芳独有的天真，一种有希望的天真。在李广田的"画廊"的苦闷中，乡野的纯朴，童年的无欺不时会成为最终的慰藉。沈从文、李广田、芦焚、吴伯箫、方敬，将他们的笔触伸向广泛的乡村的天地，他们承续了上一时期的"乡土文学"传统，创造了另一片不同于左翼作家笔下的乡土散文。无论是沈从文的《湘行散记》，还是李广田的《银狐集》、芦焚的《黄花苔》、吴伯箫的《羽书》、方敬的《风尘集》，它们表示着一个新的题材方向，表示着他们在开拓散文描写范围上的努力。《从文自传》不只是沈从文对传记散文的新颖的贡献，即使是那些最有个人色彩的材料，在作家的笔下总带着人间世情的关爱，生活磨炼对于一个人的意义，成为作家向着人的普遍性的思考。

这些是京派作家摆脱周作人小品散文传统的表征，冲破或竭力冲破个人的狭小圈子，漶漫或尽力漶漫个人体验的普遍性内容，显示了京派作家在30年代散文创作上的题材特征。至于文体品种上的拓展。梁遇春、朱光潜的知识性小品、沈从文的传记、李健吾、冯至、方令孺的游记，尤其是萧乾的报告文学，大概也可看作京派作家不拘于一隅，顺应文学发展的足迹。他们固然从周作人那里学得不少，但他们真正踏上文坛后，他们已在周作人的终点上作出了相对的调整，继续前进了。

许道明：《京派文学的世界》，200～201页，上海，复旦大学出版社，1994。

2. 崇尚"极端"，酷爱"纯粹"，是京派散文批评家的最高追求。他们把昔日在乡村中获得的种种体验美化纯粹化抽象化极端化理想化。……京派散文批评家把"美"和"真"对立起来，重"美"轻"真"。为了实现"美"，他们信奉"表现"。……京派散文批评家的"表现"是和周作人、林语堂等大力推崇的"言志"相邻。因为京派散文批评家的"表现"是疏远现实的"自我"心中的"我"，这就和周作人林语堂提出的散文"以自我为中心"理所当然地重合。所不同的是京派散文批评家的"自我""表现"没有"以闲适为格调"，他们很固执，他们是乡下人，不屑"城市人"的"闲适"那一套。其实，骨子里是一样的，他们都闭着眼睛不看现实……京派散文批评家对散文的"体"十分重视。他们不愿和周作人林语堂的言志派散文批评家为伍，一个重要原因是认为周作人林语堂"对于文章风格体裁的忽视与鄙视"，这是令他们所不能容忍的。他们在创作实践上，虽则风格各异，但对散文的"体"从不模糊，并总结出一套行之有效的创作经验。

范培松：《京派与海派散文批评比较论》，载《文学评论》，2002（4）。

3. 他（何其芳）缺乏卞之琳先生的现代性，缺乏李广田先生的朴实，而气质上，却更其纯粹，更是诗的，更其近于十九世纪初叶。也就是这种诗人的气质，让我们读到他的散文，往往沉入多情的梦想。我们会忘记他是一个自觉的艺术家。

他把若干情境揉在一起，仿佛万盏明灯，交相辉印；又像河曲，群流汇注，荡漾回环；又像西岳华山，峰峦叠加，但见神往，不觉险巇。他用一切来装潢，然而一紫一金，无不带有他情感的图记。这恰似一块浮雕，光影匀称，凹凸得宜，由他的智慧安排成功一种特殊的境界。

他有的是姿态。和一个自然美好的淑女一样，姿态有时属于多余。但是，这年轻的画梦人，拨开纷披的一切，从谐和的错综寻出他全幅的主调，这正是像他这样的散文家，会有句句容人深思的对话，却那样不切说话人的环境身份和语气。他替他们想出这些话来，叫人感到和读《圣经》一样，全由他一人出口。此其我们入魔而不自知，因为他如彼自觉，而又如此自私，我们不由滑上他"梦中道路的迷离"。

刘西渭：《咀华集》，201～202 页，上海，文化生活出版社，1936。

4. 何其芳、李广田、卞之琳、朱企霞、方敬等北大学生，对现代散文抱有独立的看法，"觉得在中国新文学的部门中，散文的生长不能说很荒芜，很孱弱，但除去那些说理的、讽刺的，或者说偏重智慧的之外，抒情的多半流入身边杂事的叙述和感伤的个人道温的告白"，认为"每篇散文应该是一种纯粹的独立的创作"，想"为抒情的散文找出一个新的方向"。他们在生活孤独、精神寂寞中痴恋文艺女神，带有为个人而艺术、为艺术而艺术的倾向，既不满意浪漫感伤派那种直抒胸臆、宣泄感情的方式；也不满意有些写实作家平铺直叙、随意漫谈的写法，更多地吸取现代派诗文的表现手法，来革新散文的抒情艺术，提高散文形式的审美价值。这种较为一致的创作倾向还表现在丽尼、陆蠡、缪崇群、吴伯箫等新进散文家的创作中，在三十年代散文界形成了一种追求散文艺术美的风气。他们的作品主要发表在北平、天津、上海、南京等地纯文学刊物上，其结集又大多经巴金之手编入文化生活出版社出版的"文学丛刊"中，可说在客观上自然形成了一个艺术派别。李广田后来把这群作家的创作概括为"诗人的散文"。有人说他们是"想象力极丰富而感受力极锐敏的人"，"技巧的洗练远胜过前一代的散文作家"，同时批评他们过于雕琢，"偏向晦涩"。他们是在自我封闭时潜入象牙之塔的，当时代的暴风雨将他们赶入十字街头时，他们先后改变了自己的艺术立场，转向现实主义。作为一个带有唯美倾向和现代派气息的散文流派，也就随之解体了，但它追求散文艺术性的严肃态度和创新精神，不仅被本派许多作家带入现实主义创作，还为四十年代大后方一批新进作者所师承。这派散文的兴盛和演变，一方面反映了抒情散文艺术上的变革发展，另一方面表明暴风雨时代容不得唯美艺术的独立发展。

汪文顶：《中国现代散文流派及其演变》，载《中国现代文学研究丛刊》，1986（4）。

5. 在我看来，无论是"白马湖派"、"立达派"，还是"开明派"都是源于同一文学现象的不同称谓。……白马湖作家群在白马湖畔的春晖中学时期已经基本形成了他们的文化个性和艺术风格。一方面，立足于平民本位和平民立场，使他们具有了一种平民意识和平民情怀，从而使他们与贵族主义的精英倾向和名士气区别开来。另一方面，他们又不是盲目的民粹主义者，作为"五四"新文化薪火的传承者，他们始终坚持启蒙主义的文化精神：立人和树人，倡导以人格教育为核心的教育实践与改革。一方面，他们追求一种平凡质朴、自然天成的艺术境界。他们之所以选择散文，而不是小说、诗歌和戏剧，作为他们文学的主要方式，也是因为散文是一种更具平民性的文体。它的随意、它的自由与舒展、它的不拘一格，可以说，都是平民精神的艺术显现。另一方面，在这种平凡质朴中又蕴涵着一种动人的诗意，而且这诗意是那样地耐人寻味，耐人返思。其实正来源于他们真情至性的自然流露。再深入一层，我们可以看到他们的这种文化个性和艺术风格是与他们所植根的文化传统与背景密切相关的。

王晓初：《论"白马湖文学现象"》，载《西南师范大学学报》，2005（5）。

6. 其（白马湖作家群）作品基本属于闲情散文的一种，风格上与语丝社、京派作家的散文作品有相近之处。比较引人注目的他们散文题材上对山水的流连与日常家居生活的注重。……尽管平静闲适的生活给白马湖作家群以余裕的心态去进行文学创作和文化传承，追求艺术化的生活也必然意味着他们对自然的格外敏感乃至沉迷，他们毕竟生活在五四文化背景之下，启蒙救亡的社会责任感和现代思想同样在他们精神世界中占据重要位置，闲适的趣味与严格的道德自律、无法退却的社会责任感有时候会互相冲突，搅扰着他们的内心。……除了山水诗酒精神，另一传统文化因素即佛教思想也是探寻白马湖作家群文化性格的重要角度。……与中国现代文学史上其他流派相比，白马湖作家群有一个非常特异的地方，那就是把文学和教育进行了较为完美的融合。……这些作家秉持的基本理念还是属于文艺复兴的以人为本的教育思想，以培养健全的人格为目标，致力于实现灵肉一致的生活，在学养和人格两个方面健全年轻人服务社会的能力。

李红霞：《白马湖作家群面对的三种张力》，见《"白马湖文学"研究》，63～71页，
上海，上海三联出版社，2007。

7. 写景文之难，不在状物要工，而是难在景中要有情。作者写白马湖之冬，主要抓住白马湖冬天的风来写。这风"呼呼作响，好象虎吼"，而且它无孔不入，即使把门缝窗隙都用厚纸糊上了，它还会从椽缝中钻进来，令人生畏。可是作者却在"松涛如吼，霜月当窗"的时候，感到一种"萧瑟的诗趣"，尽管夜深人静，他还"独自拨划着炉灰，不肯就睡。"读着这样的文字，作者在我们心目中真仿佛成了"山水画中的人物"，不由得把我们带入了一种诗的境界，引起我们种种"幽邃的遐想"。

钱谷融：《朴实无华自然醇厚——谈夏丏尊的〈白马湖之冬〉》，载《名作欣赏》，1995（2）。

8. 夏丏尊散文的表现形式以白描为主，有时甚至让人觉着"白"到了无任何技巧可言，但由于他把一些所谓的"技巧"巧妙地隐伏在平实的文字之中，同时通篇无处不激荡着作者的人间情怀，所以，他的文章能给人清隽之感、纯朴之情和充实的人格力量。

陈星：《白马湖作家群》，62页，杭州，浙江文艺出版社，1998。

9. （夏丏尊）先生之于文学，最注重研析字义及词类性质，作文法则等，义理务合逻辑，修辞不尚浮华，其为语体文也，简当明畅，绝无一般疵累之习，善于描写及表情，故其所译世界名著如《爱的教育》及自撰之《平屋杂文》等，读之令人心神豁然，饶有余味，如见其人，如见其事也。

姜丹书：《夏丏尊先生传略》，见《夏丏尊文集：平屋之辑》，174页，
杭州，浙江人民出版社，1983。

泛读作品

何其芳：《扇上的烟云》《梦后》
李广田：《画廊》《山水》
夏丏尊：《中年人的寂寞》

评论文献索引

杜丽莉.《画梦录》. 中国现代文学研究丛刊，1990(3).
张龙福. 心理批评：《画梦录》. 文学评论，1994(2).

吴晓东. 梦中的国土——析《画梦录》. 二十世纪中国文学史论(第二卷). 上海：东方出版中心，1997.

叶圣陶. 《夏丏尊文集》序. 夏丏尊文集. 杭州：浙江人民出版社，1983.

韦俊识. 莲荷风骨道德文章——夏丏尊散文简论. 浙江师范大学学报，1991(3).

欧阳文彬. 《夏丏尊散文选集》序言. 夏丏尊散文选集. 天津：百花文艺出版社，1992.

姜建. 江南的趣味和智慧——再论"开明派"的精神建构. 浙江学刊，2007(1).

王建华、王晓初. "白马湖文学"研究. 上海：上海三联出版社，2007.

傅红英、王嘉良. 试论"白马湖文学"的独特存在意义与价值. 中国现代文学研究丛刊. 2008(6).

朱晓江. "白马湖"作家群：精神品性与审美追求. 文艺争鸣. 2009(9).

拓展练习

1. 一些学者将中国现代散文划为两个话语体系：一为"闲话风"，一为"独语体"。"闲话风"尽可能地还原日常生活场景，倾向于与读者的对话交流。而"独语"则力图拉开与日常语境的距离，以自我观照的内敛方式强化自己内心的孤独感和荒凉感，表达一种个体面对世界的生命体验，具有封闭性和自我指涉性特征。[1]《画梦录》则是后一体系的代表。试以《画梦录·独语》为例，探析何其芳前期散文的"独语"特征。

2. 从文学渊流来看，京派散文与"论语派"散文同师承于周作人，京派的"自我表现"也颇近于林语堂"以自我为中心"的主张。但在 30 年代初，与左翼相对峙的京派却也加入到批判"论语派"的行列。结合评论摘要 1、2，分析京派与"论语派"在散文观念上的区别。

3. 京派散文家大多有着浓郁的恋乡情结，喜欢以"乡下人"自居并且以"城市—乡村"、"现实—理想"二元对立的方式来构建自己的乡土梦幻。对此，范培松认为这是由于他们与五四一代作家相比，"缺少了启蒙的洗礼，因此对于农业文化相对地说缺少了鉴别力，这就对他们在散文创作中迷恋农业大文化产生了影响"[2]。但是，在京派散文清丽淡远、静穆谐和的乡村画面中，我们也不难发现作家对美好人性的想象与捍卫、对人类悲剧性存在怀持的悲悯情怀。结合评论摘要 1、2 及相关文献，评析京派散文家笔下的乡村描绘。

---

① 余凌：《论中国现代散文的"闲话"和"独语"》，载《文学评论》，1992 (1)。

② 范培松：《论京派散文》，载《文学评论》，1995 (3)。

第四章　戏　剧

第一节　现代话剧艺术的左转

内容提要

　　本时期中国话剧运动在中国共产党的直接领导下，带着鲜明的目的性向前发展。1929 年 6 月，在中国共产党领导下，成立了第一个左翼戏剧组织——上海艺术剧社。它一方面有意识地引导戏剧界向一个明确的革命目标共同前进；同时又能够广泛团结进步的话剧界同仁，发展左翼戏剧运动，带有统一战线的性质。剧社成立后不久，就在中国话剧史上第一次提出了"普罗列塔利亚戏剧"（无产阶级戏剧）的口号，由此，把早已具有反帝反封建革命传统的中国话剧，引导到明确的阶级观点上来，从而使中国话剧运动朝着无产阶级革命方向前进。1930 年 8 月，以上海艺术剧社为基础，集合了辛酉、南国等进步戏剧团体，成立了中国左翼剧团联盟，后改组为中国左翼戏剧家联盟，简称剧联。在剧联的领导下，30 年代的话剧，把五四时期倡导的"民众戏剧"发展为更强调革命性、战斗性、大众性的左翼戏剧。在九一八事变后，适应建立抗日统一战线的需求，1936 年又有"国防戏剧"运动的提倡与发动。所谓"国防戏剧"，除了强调"反帝抗日反汉奸，争取中华民族的解放"的主题外，也还有充分发挥戏剧的宣传（以至现场鼓动）功能的要求，在艺术形式上则"提倡通俗化、大众化和方言戏剧"。

　　左翼戏剧与国防戏剧，构成 30 年代中国戏剧的主潮，发挥了巨大的宣传鼓动作用，以昂扬的斗志、鲜明的立场、强烈的爱憎，迅速地捕捉现实题材，反映无产阶级、人民大众的情感。活跃于这一时期的剧作家，包括作为话剧文学发展的里程碑载入戏剧史册的曹禺和崭露头角而成为中国著名剧作家的李健吾、袁牧之等。

教学建议

　　1. 对本时期的戏剧运动概况有大致的了解。

　　2. 阅读相关评论摘要与索引文章，完成拓展练习第 1 题。

　　3. 对精读作品的阅读与分析。

　　4. 学习中抓住创作潮流的演变，尽可能与此前、此后不同阶段的戏剧运动联系起来考察，才能获得整体的史的印象。

精读作品

李健吾：《这不过是春天》《以身作则》

白薇：《打出幽灵塔》

评论摘要

1. 就总体而言，30年代中国话剧的艺术精神是一种现实主义的精神。在中国现代文学史上的第一个"十年"里，尽管现实主义思想在新文化界已经取得了广泛的影响，但这一思想在很大程度上是作为一种"为人生"或"直面人生"的时代要求而为人们所认识和拥护的，至于它在戏剧上作为一种具有特殊规定性的创作原则，似乎还很少有人进行更加深入的思考与实践。因此，正如孙庆升先生所指出的：五四时期实际上是"浪漫主义戏剧的黄金时代"；就创作实绩而言，田汉的抒情剧和郭沫若的历史剧似乎可以表明，当时浪漫主义作品所产生的影响，"在一定意义上说，甚至超过现实主义戏剧"。进入第二个"十年"以后，上述情况有了根本性的改变。从30年代开始，中国的现实主义戏剧逐步进入了自己的鼎盛时期。在30年代，人们对现实主义的具体理解或许并不完全一致，但有一点却是肯定的，即越来越多的人已经不仅仅把它当作一般意义上的文学原则，而且还将其与一系列的具体创作问题联系在一起。这就促进了现实主义在30年代话剧艺术中明显拓展和不断深化。中国现实主义文艺在这种拓展和深化中，不仅显示出自己独特的艺术魅力，而且很快在中国现代戏剧的历史舞台上占据了中心的位置。

张健：《论30年代中国话剧的艺术精神》，载《南开学报》，1999（3）。

2. 首先左翼剧联的活动在不同程度上受到党内"左"倾错误的影响表现出盲动主义、宗派主义和关门主义的倾向。剧联活动的时间正是党内"左"倾错误占统治地位的时候。"左倾盲动主义错误给剧联的工作带来很大危害。这时社会活动很多，剧联成员与其说是搞戏剧，不如说是搞政治。剧联前期不断地搞飞行集合、飞行演出，以及示威游行、撒传单，甚至还搞过暴动演习，剧联成员不参加还要挨批评。紧跟着这些"赤膊上阵"的"盲动主义"活动而来的便是敌人的残酷迫害。在组织路线上，左倾错误的关门主义、宗派主义在剧联工作中也有表现。比如对这时具有进步倾向的著名戏剧家欧阳予倩、熊佛西、曹禺等人的团结、教育工作就做得不够。对在群众中有相当影响的戏曲、文明戏艺人，剧联也很少注意和接近。

其次，在艺术上有片面强调政治宣传作用忽视戏剧本身特殊的艺术感染作用的缺点。这一缺点在剧联初期的演剧活动和一些剧本创作中表现得比较明显。这时一些同志（包括某些领导同志）往往把话剧视为纯粹的宣传鼓动工具，将艺术性与思想性混为一谈，认为只要是在对千百万工农大众起教育作用的，就是很有艺术性和艺术价值（即社会价值）的东西。甚至有人还嫌作家"创作倾向不显明"要求以日本"普罗文艺运动"为榜样再"多多参入批判、指示的精神，加重挑拨煽动的色彩"并将艺术上的要求当作"资产阶级"的要求加以批判。在这种思想影响下，剧联初期演出的剧目不少是急就章。

曹树钧：《左翼戏剧的贡献及局限》，载《社会观察》，2007（5）。

3.（《这不过是春天》）从剧本表面情节看来，这是一出追捕革命者的革命题材的戏剧。但是实际上戏剧中的主人公不是革命者，而是警察厅长夫人。作者并不关注情节中包含的革命与反革命的冲突，而倾心于厅长夫人及剧中其他人物内心的矛盾冲突。……在厅长夫人身上充满着"理想和现实的矛盾，纯情挚爱和世俗利益的矛盾，物质享受和精神空虚的矛盾，青春不再和似水流年的矛盾，强烈的虚荣心和隐蔽的自卑感的矛盾。"其他人也同样如此：秘书为保住自己的职业而斗争，侦探利用夫人与旧情人的矛盾来为自己谋利等等，这些，都构成了戏剧的矛盾冲突，但并不像曹禺剧作那样引起观众心灵的震撼，而是让观众在得到娱悦的同时感受剧本的魅力和进行认真的思考。……李健吾的剧作时代性都不太强，但有较高的艺术价值，对话俏皮利落，结构严密紧凑，构思奇巧而追求趣味性，形成了独特的风格。

钱理群、温儒敏、吴福辉：《中国现代文学三十年》，436、437页，
北京，北京大学出版社，1999。

4. 李健吾对于中国喜剧的发展，特别是对中国风俗喜剧的发展，确实具有举足轻重的地位，他在中国现代喜剧文学史上的卓越作用是无可否认的。……李健吾曾经这样评价过莫里哀的喜剧成就，认为它们无不扎根于世态和性格的深处。实际上，他本人的喜剧作品的美学意义也正在这里。正是靠着这两个坚实的基点，作家将浓郁的生活情趣、丰富的幽默感、才气盎然的机智、温和的讽刺、淡淡的忧郁和深刻的哲理融为一体，形成了李健吾风俗喜剧独特的美学风格，给人以蕴藉丰厚耐人品味的审美感受。

张健：《试论李健吾在中国现代风俗喜剧中的地位》，载《中国现代文
学研究丛刊》，1992（4）。

5.《以身作则》里的徐守清用那套"礼义廉耻"的三纲五常来解决所有问题，但显然是不堪一击。以身作则的徐举人到头来是以身不作则，整出剧里最不懂做人道理的不是金娃，而是四书五经倒背如流的徐守清。女儿徐玉贞在大门口站了站，就用《女诫》中"阴阳殊性，男女异行"反复盘问教导，结果女儿被训哭跑走了，他倒慌乱起来，忙不迭地喊着佣人去照顾；儿子徐玉节跑着进厅房，就被训斥走路没有做到孔夫子的"足蹜如也"，还要听父亲滔滔不绝地教诲"君子慎独"，结果自己倒去调戏张妈，被儿子撞见了，心虚地红着脸狡辩出"父为子隐，子为父隐"和"非礼勿视"来……徐守清防备着一切违反伦理纲常的言行，却防备不了他自己那一丁点无法抗衡现实的"后天生命"，一面让人看见他丢掉现实，把礼教伦理的世界作为他拥有的完美，一面他又不得不成为现实的奴仆，任现实把他的"完美"击得落花流水。一度对他"别有用心"的张妈对他的评价很是中肯："别瞧老头子在外面装模作样，其实一肚子的鬼"，有时却"有情有义""爽快的像个人"了。……是绝对永恒的生命悖论开尽了他的玩笑，人生无限却只能表现为有限，人的物质需求和精神需求之间无法平衡，这属于现代生命的双重性，它随时揭掉人的"老底"让他们出丑。李健吾说："有一种人把虚伪的存在当做力量，忘记他尚有一个真我，不知不觉渐渐出卖自己"。

王雪芹：《生命悖论——李健吾及其三十年代戏剧创作》，载《戏剧文学》，2007（4）。

泛读作品

　　李健吾：《梁允达》
　　袁牧之：《一个女人和一条狗》

评论文献索引

　　孙庆升. 为中国话剧的黎明而呼喊——二三十年代的话剧研究概述. 中国现代文学研究丛刊，1986(2).
　　钱理群. 三十年代话剧运动的若干理论起点. 杭州师范学院学报，1994(2).
　　张健. 三十年代的三种戏剧运动. 中国现代文学研究丛刊，1999(4).
　　马俊山. 1937：话剧突围. 戏剧艺术，2002(1).
　　朱卫兵. "转向"与左翼"剧联"——中国左翼戏剧的发生学研究. 戏剧艺术，2006(1).
　　宋建林. 左翼戏剧对中国现代戏剧的理论贡献. 文艺理论与批评，2007(4).
　　宁殿弼. 李健吾的悲剧创作初论. 社会科学辑刊，1985(5).
　　彭彩云. 白薇戏剧创作与西方现代派戏剧. 求索，2004(11).
　　周特生. 熊佛西的戏剧教育思想与实践. 艺术百家，2007(4).

拓展练习

　　1. 简述本时期戏剧创作与前一个十年相比有什么特点。
　　2. 列举李健吾的话剧创作，你最喜欢读其中的哪一部？为什么？
　　3. 试分析女作家白薇剧作《打出幽灵塔》中郑少梅形象。①

第二节　曹禺：话剧艺术的成熟标志

内容提要

　　曹禺一生的戏剧创作，大体分为三个时期。第一个时期从 1933—1937 年。他接连创作了著名的剧作《雷雨》《日出》《原野》，呈现出创作上的黄金时代。这三部剧作被称为曹禺"三部曲"，它们从家庭、都市、农村三个视角透视半封建半殖民地旧中国的黑暗、愚昧与落后，表现作者对光明的憧憬和对中国革命道路的探索。第二个时期是整个抗日战争和解放战争时期。尤以《北京人》的创作最为称道，作者继续深

---

　　①　中国现代文学史上，不同的女作家对于女性的命运和道路有不同的见解，冰心是去找一个"母爱"怀抱；庐隐和冯沅君笔下的女性品尝到了新女性在男权社会中所面临的压力和不幸，却无能为力。而白薇则清醒地看了女性的命运只能有女性自己来掌握，"解放"唯一正确的含义就是"自己解放自己"。在《打出幽灵塔》中，三个女性虽然属于不同的社会阶层，有着不同的个性，但都是过女性自身的斗争来达到自我的救赎和解放的。

掘他所熟悉的大家庭生活，含着微笑，将封建家庭乃至封建制度送进了坟墓。新中国成立后曹禺进入创作的第三个时期。创作剧本《明朗的天》《胆剑篇》《王昭君》等。曹禺一生创作的话剧数量并不多，但却很有分量，在中国乃至世界戏剧史上留下广泛而深远的影响。曹禺是现代话剧真正意义上的奠基人，是现代话剧艺术的一座高峰。

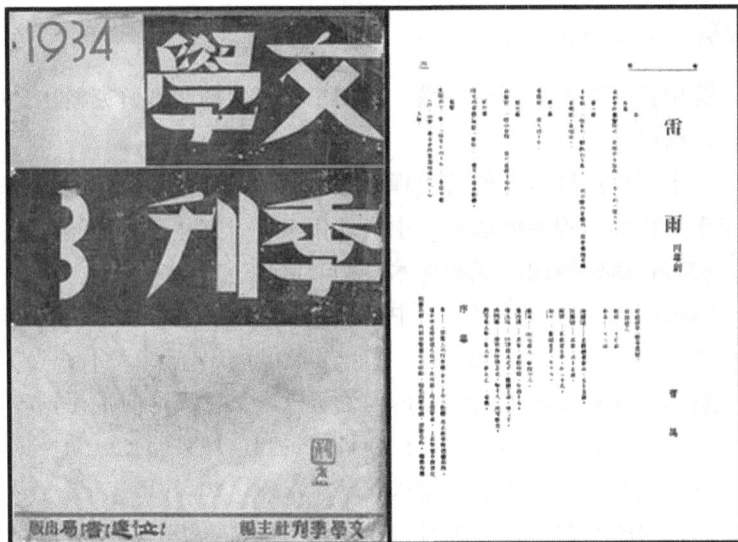

图 2-18　经巴金力荐，《雷雨》发表，有 "序幕" 和 "尾声"。

曹禺戏剧对中国现代戏剧的发展作出了杰出贡献：一、他的戏剧深刻集中地表现了反封建与个性解放的 "人" 主题，这是五四主题的发展，他出色地描写了封建没落家庭及其众多人生，有力地冲击了封建主义与黑暗社会。二、发展了我国的悲剧艺术，进一步开拓了悲剧文学的表现领域与精神刻画的深度，为悲剧艺术提供了典范。三、曹禺戏剧的高度艺术成就对我国现代话剧文学样式的成熟起了决定性作用，奠定了五四以来这一新生艺术样式在我国现代文学中的地位。

教学建议

1. 拓宽思路，尝试对经典性作品的多角度阐释。①

2. 曹禺《雷雨》《日出》《原野》三部剧作创作了一批具有象征意蕴的幕后人物形象（《雷雨》中的 "雷雨"、《日出》中金八、《原野》中的焦阎王）。幕后人物与场上人物明暗交织，在激化戏剧冲突、推动剧情发展以及深化戏剧主题方面起着独特的美学作用。要对此有足够的重视。

3. 比较曹禺新中国成立前后的戏剧创作，我们发现除了创作心态不一样，创作方法不一样之外，更突出的是创作效果不一样。不少人都曾指出，作为一位卓有才华

---

① 可参阅王卫平：《曹禺三大名剧的接受历程与当代价值》，载《文学评论》，2005（6）。文章从接受学视角，概述了曹禺的三大名剧的接受历程，认为在近70年的接受历程中，对曹禺这三大名剧走过了一条从误解、曲解到理解的接受道路，并从创作者、接受者、接受环境等方面探索了原因所在。

的戏剧大师在建国后的四十多年中仅仅创作了三部剧作，不仅数量太少，而且艺术质量也没法达到，更谈不上超越新中国成立前的水平。原因何在？

4. 本节要求阅读的作品量比较大，深入探讨剧作所具有的丰富的多层次的戏剧内涵，每一部剧作在现实人生与人性开掘及戏剧形式上新的试验和创造，真正体会曹禺是现代话剧真正意义上的奠基人，是现代话剧艺术的一座高峰。

精读作品

曹禺：《雷雨》《日出》《北京人》

图 2-19　80 年代曹禺和"伯乐"巴金开心畅谈。

评论摘要

1. 什么使这出戏有生命？正是那位周太太，一个"母亲不是母亲，情妇不是情妇"的女性。就社会不健全的组织来看，她无疑是一个被牺牲者。然而谁敢同情她，我们这些接受现实传统的可怜虫？这样一个站在常规道德之外的反叛，旧礼教绝不容纳的淫妇，主有全剧的进行。她是一只沉了的舟，然而在将沉之际，如若不能重新撑起来，她宁可人舟两覆，这是一个火山口，或者犹如作者所谓，她是那被象征着的天时，而热情是她的雷雨。她什么也看不见，她就看见热情；热情到了无可寄托的时际，便做成自己的顽石，一跤绊了过去。再没有比从爱到嫉妒到破坏更直更窄的路了，简直比上天堂的路还要直还要窄。但是，这是一个生活在黑暗角落的旧式妇女，不像鲁大海，同是受压迫者，他却有一个强壮的灵魂。她不能像他那样赤裸裸地无顾忌；对于她，一切倒咽下去，做成有力的内在的生命。所谓热情也者，到了表现的时候，反而冷静到像叫你走进坟窟的程度。于是你更感到她的阴鸷，她的力量，她的痛苦；你知道这有所顾忌的主妇，会无顾忌地揭露一切，揭露她自己的罪恶。

刘西渭：《〈雷雨〉》，载《大公报》（天津），1935 年 8 月 31 日。

2. 作者看出了大家庭的罪恶和危机，对家庭中的封建势力提出了抗议，一个沉痛的，有良心的，但却是消极的抗议。在这个对现实的反抗中，他看不出实践的出口。他觉得宇宙"如同一口残酷的井，落在里面，怎样呼号也难逃这黑暗的坑。"他的现实主义在这里停了步，没有贯彻下去。正由于这个现实主义的不彻底，不充分，所以他的宿命论的倾向没有能够被击碎，如果说反封建制度是这剧本的主题，那么宿命论就成了它的 Sub _ Text（潜在主题），对于一般观众的原始命定思想有些血缘的朴素的头脑会发生极有害的影响，这大大地降低了《雷雨》这个剧本的思想意义。

周扬：《论〈雷雨〉和〈日出〉》，载《光明》，第 2 卷第 8 期，1937 年。

3.《雷雨》的杰出典型意义在于，它是稍后于《呐喊》、《彷徨》的一个历史时期中国城市中进行的反封建伦理道德观念的思想斗争的一面镜子。封建思想依附在其他阶级的剥削者身上继续施展自己窒息人心的社会职能，它的暂时强大，它的日渐虚弱，觉醒的青年男女的挣扎反抗，他们的个性要求，他们的暂时弱小，他们的执着或动摇；劳动群众被吃的悲剧，他们的痛苦，他们的怨恨，他们身上的无形思想枷锁；工人阶级政治上的反抗，他们对中国思想斗争的暂时隔膜和不理解……这一切，在《雷雨》中都或多或少、或直接或间接、或自觉或不自觉地被反映了出来。

王富仁：《〈雷雨〉的典型意义和人物塑造》，载《文学评论丛刊》，第 23 辑，1985 年 2 月。

4.“郁热”无疑构成了《雷雨》氛围、人物的基调：这正是曹禺内在“性情”的外化（戏剧化）。对于曹禺和他所创造的人物，“郁热”不只是传达某种情绪的抽象词语，实在是一种生命的存在方式。这昭示着一种巨大的不可扼制的“情热”——欲望与追求，一个永远躁动不安的灵魂。曹禺说过，他“羡慕那些有一双透明的慧眼的人，静静地沉思体会这包罗万象的人生，参悟出来个中的道理”，他也“爱那朴野的耕田大汉，……不深虑地过着纯朴真挚的日子”，但他同时申明：“两种可钦慕的人我都学不成”——他在这里实际上是拒绝了“超越”人生与“逃避”人生这两种中国传统的生存方式。他另有选择：“有如一个热病患者，我整日觉得身旁有一个催命的鬼低低地在耳边催促我，折磨我，使我得不到片刻的宁贴”，这乃是一种情热，一种执着——对于社会，对于民族，对于人生，对于生命，以至对于宇宙万物。这既是关注，投入，体验，更是出于人的生命本能的“神秘的吸引”。

钱理群：《大小舞台之间》，17、18 页，杭州，浙江文艺出版社，1994。

5. 陈白露是个充满着矛盾的人物。她初出场时，作者对她所作的介绍，我觉得最好地说明了她：“她爱生活，她又厌恶生活。”她爱生活，是因为生活里充满着欢乐，充满着美好的东西。她又厌恶生活，是因为她所想望的欢乐、她所喜爱的美好的东西，却又是必须通过她所厌恶的方式——出卖自己的色相，必须忍受着最大的屈辱——把色相出卖给自己所瞧不起的人，才能取得的。

对她的生活感到不满、痛苦与厌恶，鄙夷她周围的一切人，这是陈白露坚强、清醒的一面。她在她的生活圈子里，就像臭水池里的一朵莲花，虽是生长在污泥里，却仍保持着她的鲜丽与芳洁。但她终于跳不出这个圈子，尽管向往着自由，但还是没有勇气冲出这已为她所非常厌恶的漂亮的金丝笼，就是她的软弱而麻木的一面。

钱谷融：《谈谈〈日出〉中的陈白露》，见《曹禺研究资料》（下），
782 页，北京，中国戏剧出版社，1991。

6.《北京人》中，这些“太像戏”的因素消失了，张牙舞爪的穿插不见了，出现了以描写日常生活琐事为主的叙事性特点。幕布拉开，我们看到，一会儿仆人告诉太太有人来讨账，而这时陈奶妈从乡下来拜节了；一会儿妻子叫丈夫起床，而曾文清与陈奶妈隔着墙闲扯起来；一会儿曾思懿与曾文清为一幅画发生口角，而姑老爷江泰则在屋内大骂；……许许多多琐碎的生活，许许多多小小的场面，一幅画引出一场风波，一只鸽子招来几声感慨，一只风筝带出几个人物，拜节，吃饭，三句闲谈，两声唏嘘，一场口角都可以构成一个个戏剧场面，成为戏剧表现的主要内容，它们都是这个封建家庭内经常发生的日常性生活，而不是像《雷雨》那样可能发生的非常性紧急事变。……曹禺严格地按照生活的本来面目描写生活，从生活出发，把戏剧舞台当作生活本身，让生活自然朴实地展开，像一股潺湲流水顺顺畅畅流淌，时而荡起一圈涟漪，几簇浪花。这显然与契诃夫一样把戏剧"生活化"了。

朱栋霖：《曹禺戏剧与契诃夫》，载《中国现代文学研究丛刊》，1983（3）。

7. 曹禺首先是作为一个杰出的现实主义剧作家出现在中国现代文学史和话剧史上的，他的作品成功地创造了一种诗化现实主义的戏剧美学风格。曹禺始终以诗人般的热情拥抱现实，追求着诗与戏剧的融合。……作家不仅用严峻而冷酷的笔触无情地暴露了现实生活中的丑恶，更为可贵的是他还充满诗意地写出了对理想和未来的憧憬与希望。

曹禺还是作为一个天才的"摄魂者"在文学史上独树一帜的。他剧作的艺术重心在于倾力塑造典型形象，特别是把探索人的灵魂、刻画人的灵魂放在首位，力求写出人物心灵的诗。

曹禺剧作的贡献还在于他的现实主义的民族独创性的特征。……一方面他以作家的艺术主体去消化外来的东西，同时又以民族的主体，即以强大的自主的民族灵魂和艺术传统去汲取西方戏剧中的优良经验。……他把外来的话剧创造性地转化为民族的，充分表现出他的现实主义的开放性、现代性与民族性的高度统一。

朱德发主编：《中国现代文学史实用教程》，430 页，济南，齐鲁书社，2004。

8. 象征性意象在曹禺剧作中大量存在，除了有利于营造"诗意"，还可以拓展戏剧表现的想象力与意蕴含量，使作品更具有艺术上的超拔感。大概而言，有三种情况：一种是以场景、道具的方式呈现的象征性意象，如《雷雨》中死气沉沉、充满压抑感的周公馆，《原野》中的黑林子和向远方延伸的铁轨，《日出》中陈白露居住的饭店，以及《北京人》中曾皓的棺材等等；二是以人物性格的方式呈现的象征意象，《北京人》中的机器匠是一种类型，而更为普遍的则是剧作家赋予人物以某种象征意义，从而人物本身即是一个象征性意象。例如具有"最'雷雨'性格"的繁漪，她那种极端和矛盾的性格，与狂躁郁热的"雷雨"的象征意蕴是如此吻合；三是由作品命名构成的象征性意象，如"雷雨"、"日出"、"原野"、"北京人"等，既是一个实存之物，同时又是某种观念的象征。这些象征性意象从不同层面烘托、渲染了戏剧的诗意氛围，就像一层厚重的天幕，笼罩着作品的一切事件与人物心态，从而成为戏剧有机的组成部分，以至于一旦缺少了它们，演出可能会失去生命的灵魂。

温儒敏、赵祖谟主编：《中国现当代文学专题研究》，99 页，北京，北京大学出版社，2006。

泛读作品

曹禺：《原野》《家》《胆剑篇》

评论文献索引

钱谷融. 《雷雨》人物谈. 文学评论，1962(1).

辛宪锡. 《雷雨》若干分歧问题探讨. 中国现代文学研究丛刊，1981(1).

田本相. 曹禺剧作论. 北京：中国戏剧出版社，1981.

孙庆升. 曹禺论. 北京：北京大学出版社，1986.

潘克明. 曹禺研究五十年. 天津：天津教育出版社，1987.

华忱之. 曹禺剧作艺术探索. 成都：四川文艺出版社，1988.

柯可. 曹禺剧作人物的美学意义. 广州：花城出版社，1989.

孔庆东. 从《雷雨》的演出史看《雷雨》. 文学评论，1991(1).

马俊山. 曹禺：历史的完进与回旋. 北京：中国工人出版社，1992.

胡润森. 曹禺在世界悲剧史上的地位. 中国现代文学研究丛刊，1993(4).

李光荣. 人物出走——曹禺戏剧艺术管窥. 文学评论，1994(6).

宋剑华. 基督精神与曹禺戏剧的原罪意识. 文学评论，2000(3).

倪宗武. 试论曹禺建国后的戏剧创作. 福建论坛，2001(6).

李扬. 论曹禺悲剧观念的转向——兼谈曹禺创作的分期问题. 文艺理论研究，2004(1).

姬学友. 《曹禺评说七十年》评说. 中国现代文学研究丛刊，2007(2).

拓展练习

1. 在《雷雨》序中，作家声明他创作此剧时，"在发泄着被压抑的愤懑，毁谤着中国的家庭和社会"；然而他同时又说，"《雷雨》对于我是个诱惑，与雷雨俱来的情绪蕴成我对宇宙间许多神秘的事物一种不可言喻的憧憬"。你如何理解这两种指向及其在剧作中的体现？

2. 从最初的《雷雨》的版本看，有明显的置于首尾的"序幕"和"尾声"存在。但奇怪的是，从《雷雨》第一次演出始，其"序幕"与"尾声"就被删去，此后一直没有一个完整的演出，甚至在《雷雨》剧本的一些文学出版物中，"序幕"和"尾声"也都忽略不见了。曹禺对此颇有微词。在《雷雨》序中，他就不无希望地说："我曾经为着演出'序幕'和'尾声'想在那四幕里删一下，然而思索许久，终于废然地搁下笔。这个问题需要一位好的导演用番工夫来解决，也许有一天《雷雨》会有个新面目，经过一次合理的删改。然而目前我将期待着好的机会，叫我能依我自己的情趣来删节《雷雨》，把它认真地搬到舞台上。"可见，在曹禺的心中，《雷雨》的"序幕"和"尾声"绝不是可有可无的赘物，而有它存在的价值和作用。参阅相关评论，讨论"序幕"和"尾声"在剧本中的作用何在。

3. 鲁迅笔下的子君为了个性解放而殉身，丁玲以莎菲"叛逆的绝叫"来寻求女性醒来之后无路可走的无奈与凄凉。同样，从曹禺剧作塑造的女性形象身上，人们看到了中国女性在追求"人成为人"的斗争中所付出的血泪甚至生命。试就繁漪、陈白露、愫芳形象的塑造来论之。

4. 《北京人》在美学风格上与《雷雨》相比发生了哪些变化？

第三编 战争语境下的文坛裂变

（1937—1949）

总　论

　　1937年7月，卢沟桥的隆隆炮声宣告中日战争全面爆发。中国现代文学伴随民族命运的巨大转折进入"第三个十年"（1937—1949），跨越了抗日战争和解放战争两个历史时期。战争不仅成为作家创作的母题，而且直接影响和制约了文学的分布形态和审美趋向，形成几个风貌独特且相对独立的区域文学：国统区文学、沦陷区文学、孤岛文学和解放区文学。

　　国统区文学主要以重庆及昆明为中心。抗战初期，面向大众、富于宣传鼓动性的通俗作品大量涌现，但公式化、概念化、情节单一化成为创作通病。进入相持阶段后，作家在沉郁苦闷的时代气氛下失却了早期的战斗激情，却深化了对民族命运的思索。以反思和批判为指向、苦心经营、精雕细刻的优秀作品层出不穷，尤其在长篇小说、历史剧和长篇叙事诗、抒情诗上取得较高成就，呈现出"沉郁顿挫""凝重博大"的美学风貌。其间，一批满怀革命热情的国统区作家，如何其芳、田间、艾青等突破重重封锁，奔赴革命圣地延安，加入为工农兵新生活放声高歌的合唱队。抗战中后期及解放战争时期，以胡风、艾青为代表的七月派、以穆旦为代表的九叶诗派，在理论创造、诗艺探索、人性挖掘等方面都有较大创获，有力推动了现实主义和现代主义在中国的深化综合。而喜剧性的讽刺文学也随着胜利曙光的到来蓬勃兴起。

图3-1　1938年3月27日中华全国文艺界抗敌协会在武汉成立。

　　沦陷区文学是在日寇的高压统治下孕生的。出于逃避现实政治的策略考虑，公开鼓吹抗战的爱国文学并不多，对奴役生活的抗争只能通过曲折隐蔽的方式加以传达。在政治夹缝中，武侠小说和情爱小说迅速发展壮大，表现出较强的通俗化倾向。在此行列中，苏青、张爱玲、梅娘以描写女性个人化生活而大放异彩。

"孤岛文学"是指抗战时期上海租界的文学，从 1937 年 11 月上海沦陷至 1941 年 12 月珍珠港事件日军侵入租界，前后历时四年一个月。"孤岛"一方面表现出与国统区同步的一面，不少进步文艺工作者利用"孤岛"的租界环境，积极开展抗战文学运动，并在戏剧和杂文创作上取得突出成绩；另一方面则在不断恶化的时代情境下，很多作家疏离政治，或寄情于古今纵谈、山水描摹之中，或追求娱乐性、迎合市民文化，趋同于沦陷区文学。

以延安为中心的解放区文学主要以工农兵为表现对象，语言通俗简约，风格明快激越。1942 年《在延安文艺座谈会上的讲话》的发表，更加速了大众化、乡村化、民间化、工农兵化的一体化进程，一大批具有浓郁民间气息、鲜明民族风格、以反映解放区新人新事的作品涌现文坛。除标志性作家赵树理、孙犁、丁玲、周立波的代表作外，影响较大的还有：秧歌剧《兄妹开荒》、新歌剧《白毛女》、长篇小说《吕梁英雄传》《新儿女英雄传》《高干大》《种谷记》、民歌体叙事诗《王贵与李香香》《漳河水》《赶车传》《王九诉苦》等，其中《太阳照在桑干河上》《暴风骤雨》还与歌剧《白毛女》（贺敬之、丁毅执笔）获得了斯大林文学奖。解放区丰厚的文学实绩有力地推动了五四以来新文学在话语主体、叙事方式上的全面转型，并伴随革命理想的日益实现逐渐扩展至全国。但因时代理性与政治功利目的的牵制，其单向突进的发展形态与艺术本质规律出现一定程度的偏差。

教学建议

1. 阅读评论摘要 1、2 并查阅相关资料，把握抗战对中国现代文学的格局演变、发展进程所产生的重大影响。

2. 阅读胡风《论现实主义的路》与评论摘要 3，把握胡风文艺理论的主要内容。

3. 阅读评论摘要 7，并查阅相关资料，了解"民族形式"论争的过程。

4. 阅读评论摘要 6、7、8，分析毛泽东《在延安文艺座谈会上的讲话》所产生的巨大影响。

精读作品

毛泽东：《在延安文艺座谈会上的讲话》
胡风：《论现实主义的路》
李泽厚：《中国现代思想史论》中"启蒙与救亡双重变奏"部分

评论摘要

1. 抗日战争的爆发，似乎给已入困境的大众化注入新的强大动力。抗日所必需的对全民族的动员成了大众化的终极理由。这时候民众的地位和"五四"时代相比有了微妙的变化，即民众本身蕴藏着无穷的力量。如果说此前的大众化并不成功的话，那是由于根本的路子不对。因此毛泽东提出作家要在深入工农兵的同时改造自己的思想。这时候由于战争原因，中国文学被分割为解放区文学、国统区大后方文学、孤岛文学和沦陷区文学。在前两个地域，毛泽东《在延安文艺座谈会上的讲话》对文艺大众化的号召、提出文艺的工农兵方向，实际上逐渐成为主流文学的指导方针。大众化与民族化、大众化与意识形态化紧密结合，成为产生中国现代文学第三代经典的主要语境之一。这一语境一直延续到 20 世纪 70 年代末。赵树理等第三代经典就诞生于其中。而此时的沦陷区、孤岛文学，相对远离民族斗争的风暴。承续 30 年代模仿痕迹还很浓厚的海派文学，以现代化都市中的现代男女为自己的读者群，实际上走了另一条都市大众化的路子。这一路子的特点是：远离政治意识形态，不写人性飞扬而写其沉静的一面；适应市民既求新求异，又在变化的大时代下的怀旧心理，将西方小说技巧、现代都市节奏和中国古典文学的色彩意境相结合。张爱玲关于"雅俗交融"的观点以及她在这方面的创作显示，协调大众化与精英化的关系很有价值。

黄曼君：《中国现代文学经典的诞生与延传》，载《中国社会科学》，2004（3）。

2. 30 年代的作家，很少有人预见到他们个人的创作意向同他们所崇尚的社会政治目标之间会出现任何不统一。然而，在战争年代，有一些著名作家，尤其是老舍，尽管抱着满腔的爱国热情，还是自愿放弃了他们个人的创作意向。其结果便是，作家们越来越重视读者面的大小，剧本于是成了最有利的文学创作形式。当个人的创作意向出现了以下两种情况时，文学创作问题便成为一个严重的政治问题：其一，当个人意向与作家们同样支持的集体意向发生冲突的时候；其二，当现代中国作家不再像五四运动以后那样对自己的同胞具有更多的关心和同情———一种能使其窥破整个社会的情感———的时候。在这个意义上，对个人的创造力的责难在中国沦陷区并不存在，在大后方的作家也没有领悟到这一点。直到 1942 年毛泽东发表了《在延安文艺座谈会上的讲话》之后，所有的知识分子力量和政治力量在毛泽东的指挥下，为了纠正文学界知识分子的思想和改变文学的定义这个特殊目的，才提出了这种责难。

［美］李欧梵：《现代性的追求》，311 页，北京，生活·读书·新知三联书店，2000。

3. 从七月派的崛起到这个群体的扩大，以及胡风"主观战斗精神"的现实主义理论的日趋成熟，实际已经完成了一个新的文化语境的建设。全民族的救亡运动起来了，以农民为主的战争文化统摄文学，要求文学坚持民族化、大众化本无可非议。可是，五四以来的文学传统并不是由此就抛弃了，世界进步文学也并不因此而割断了联系。胡风的文艺思想和文化语境的形成，一个群体的崛起，恰恰表现为对后者的积极捍卫。胡风的主观（体验）现实主义的理论成为七月派的思想核心，大体从三个层面确立了理论立脚点。第一，以主体、体验的现实主义激活客观、再现、反映的现实主义，反对机械的、教条的庸俗社会学的文学现，胡风首先以理论家的胆识和勇气，继三十年代中期与周扬、茅盾的理论分歧以后，四十年代又在民族形式问题、论主观问题的讨论中，与周扬、何其芳、邵荃麟、林默涵等延安文艺派的理论认识相左。第二，以主体的社会化、社会的生命化的现实主义反思五四以来的现实主义传统，坚持处处有生活，生活必须融合"主观战斗"的文学观。因此，胡风不仅仅强调主体、个性，又与周作人、林语堂、朱光潜的个性精神、性灵说区分开来了，而且在文学的社会人生联系上，也与茅盾、冯雪峰、张天翼、沙汀、欧阳山等理解的现实主义不同。第三，以理论的鲜明独立性形成自己文学批评的标准和尺度，从而有了自己文学群体的雏形，或者说个性化的思想自觉或不自觉地吸引了一批新的文学力量，胡风对于萧红、路翎、丘东平、端木蕻良的小说创作的推崇，对于艾青、田间、鲁藜、SM（阿垅）、贺敬之等诗歌创作个性的肯定，胡风的文艺思想正是以这样的三脚鼎立，奠定了七月派群体思想本源结构的中心位置。

杨洪承：《文学社群文化形态论》，235页，合肥，安徽文艺出版社，1998年。

4. 正像鲁迅所分析的，每个人的日常生活，人们往往"不算一回事"，"以为这些平凡的都是生活的渣滓，一看也不看"，"我们所注意的是特别的精华，毫不在枝叶"；只有经历了这起码的基本生存都将失去的"死亡"的威胁以后，"熟识"的墙壁，"熟识"的书堆……才突然变得陌生而新鲜，而被发现一种新的意义。"劫后余生"的沦陷区作家，也在经历了与鲁迅类似的生命体验以后，重新关注被遗忘、忽略的"身边"的东西，发现正是这个人的琐细的日常生活构成了最基本、最稳定，也更持久永恒的生存基础，而个人的生存又构成了整个人类（国家、民族）生存的基础。张爱玲说，在"有一天我们的文明，不论是升华还是浮华，都要成为过去"的生存大危机、大恐怖里，"为要证实自己的存在，（总要）抓住一点真实的，最基本的东西"，于是，人"从柴米油盐，肥皂，水与太阳之中去寻找实际的人生"，说的正是这个。可以看出，对于"日常生活"的重新发现，尽管对于大多数沦陷区的作家来说，是出自生命的直觉（直接体验），带有很大的不自觉悟性，但对其中的一部分作家（例如张爱玲）却是与对人（个体与人类的人）的基本生存的深刻思考联系在一起的。也就是说，前述宣言中对于"日常生活"的关注与对"永久人性"的关注是有一种内在联系的。而这种关注与思考，对于沦陷区作家来说，绝不是出于抽象的理论，而是对于"战争"下的"人"（个人与人类的）生存困境的一种紧张探寻，它既是超越的，又具有极强的时代性与现实性。也就是说，这一部分沦陷区作家的作品，从表面上看，是远离时代与政治的，但因为其对"战争"中人的生存困境的特殊关注，而同样成为一种"时代的艺术"。

钱理群：《中国沦陷区文学大系·总序》，见《中国沦陷区文学大系》，
5页，南宁，广西教育出版社，1998。

5. 相对于政治中心话语而言，乡土文学往往取边缘性姿态；相对于男权传统而言，女性文学更被长期放逐于边缘地带；而自"五四"新文学以来，通俗文学一直被视为游离于新文学以外的文学形态。在"日据"时期都出于历史"意料"各有所兴盛，构成了日占区文学的基本格局。这无疑揭示了日占区文学史中存在着中心——边缘这样一种基本框架，在日占区，由国家、民族关系决定的主宰和被主宰的中心——边缘结构，将中华民族的文化置于被殖民的边缘状态，不断加深着人们遭主宰、受胁迫、被殖民等边缘体验。正是这种边缘结构、边缘状态、边缘体验的同一指向使乡土文学、通俗文学、女性文学等都成为日占区中国作家的创作和生存方式。

黄万华：《中国沦陷区文学研究资料总汇·前言》，见《中国沦陷区文学研究资料总汇》，
3页，哈尔滨，黑龙江人民出版社，2007。

6. 延安文学是一种历史性存在物，是一种经历了较大自我嬗变的文学形态，以1942年夏季开始的延安文艺整风为界，大体上可分为前后两期。1949年7月，周扬在第一次文代会上指出："毛主席的《在延安文艺座谈会上的讲话》规定了新中国的文艺的方向，解放区文艺工作者自觉地坚决地实践了这个方向，并以自己的全部经验证明了这个方向的完全正确，深信除此之外再没有第二个方向了，如果有，那就是错误的方向。"这表明，延安文学所代表的方向最终被规定为传统学科意义上的"当代文学"的新方向，延安文学也终于由党的文学或党派文学转换为一种新的民族—国家型文学。显然，这里的延安文学并非是指前期延安文学，而是指文艺整风后产生并发展起来的后期延安文学。在当代文学的一元化过程中，成为其直接理论来源和文学资源的乃是后期延安文学，这在50年代经历对丁玲、萧军等人的"再批判"之后表现得更为明显。

我在这里想探讨的其实就是这个后期延安文学的性质。如上所述，后期延安文学是在文艺整风的语境中逐渐形成的一种文学形态，它的实践形态及其后所产生的文本内在地决定于它所依附的一种意识形态话语，这就是毛泽东的新民主主义话语。因而，探讨后期延安文学的性质首先应该明了延安文学观念的性质。而从文学观念的发展嬗变来说，延安文学的历史无疑呈现了它的复杂性，这主要体现在它的艺术观念和审美形态的形成均经历了一个较为复杂的动态过程。我认为，在延安文学观念的演变过程中，民族主义是一个贯穿其发展始终的重要因素，但它在前期更多地倾向于一种为国共两党都能接受的较为普泛的民族主义，这在延安文化界倡导的"民族形式"论争中得以充分地表现出来，在理论形态上形成了一种较为开放的以民族—现代性为内涵的现代性形式。但发展至后期，民族主义由于阶级论观念的切入而在新的意识形态话语中嬗变为阶级—民族主义，延安文学观念随之走向了"党的文学"阶段，延安文学观念的现代性也就由"民族形式"论争时期的民族—现代性转换为阶级—民族—现代性，进而言之为党的—民族—现代性。这个"党的文学"在我看来乃正构成了后期延安文学的性质。延安文学因之不仅成为一种意识形态化的文学，而且真正成为一种党派文学或党的文学。党的文学不仅凸现为一种文学观念，而且在事实上成为一种文学样态。人们以往总是依凭《讲话》中的字面含义把后期延安文学的发展方向称之为文学的"工农兵方向"，并因之把延安文学称之为"工农兵文学"，倘若单从题材着眼，这种命名或许还有几分真实性，但从其意识形态本性看，则此种说法显然是不符合延安文学之本真的，是不确切的。因为延安文学的本质是由文艺服从政治这一根本原则所决定，再后来"政治"实际转化为党的政策和个别领袖人物的指示，在此种状况下，工农兵怎能会有自己的话语呢？怎能会有自己的文学呢？关于这点，只要我们真正深入理解了整风期间所发生的文学事件、延安文学形成的历史及其意义形态化品格，也就不难得出这样的判断。

袁盛勇：《重新理解延安文学》，见《中国左翼文学国际学术研讨会论文集》，
397～398页，汕头，汕头大学出版社，2006。

7. 40年代解放区文学在主流权力话语的强制规范下，尤其延安文艺整风后不少作家心惊胆战地压抑或藏匿了主体化的情感意识与个性化的审美追求，以人格的政治化与思维的一体化推进模式化的写作，在文学大众化或民族化、现代化或世界化的道路上树起一座"新的天地、新的人物、新的作风、新的文化"的里程碑；然而若是以

"两化"（现代化与民族化）视角重新审视这座里程碑便会发现它上面已粉饰并涂盖了解放区文学的潜在危机，即以"人民"（即工农兵）为本位的"人的文学"向以"救世主"为本位的"神的文学"转化，出现了以传统的民族意识取代现代人学意识的趋向。……而这种"神化"文学是与以现代文学意识、审美意识为精神支柱的世界化与民族化互融互补的"人的文学"相悖反的。越是到了40年代后期，文学表现以民族解放、阶级解放为中心主题的方向中越是现代知识分子作家对"救亡"与"建国"重大课题的独立思考，统率一切、指挥一切、缔造一切的"救世主"意识在革命文学的主题中越来越占主导地位。相比之下，40年代国统区甚至上海"孤岛"的文学在"两化"互动规律导下，不管理论上的探索或创作上的实践都要松散得多、开放得多，既没有权力机构的强制性举措迫使作家就范，又没有权威性的理论话语规约或控制其创作方向，可以放开手脚对文学的世界化与民族化进行多样性的追求。所以国统区文学并没有因为抗战爆发而中断了五四以来新文学已形成的世界化和民族化相互变奏的制导性传统，反倒在民族解放的旗帜下从文化到文学出现了大碰撞、大融会、大整合的繁荣景象，将文学的世界化与民族化推上一个新的美学层次。

朱德发：《穿越现代文学多维时空》，264～265 页，济南，山东文艺出版社，2004。

8. 如果从更长远的历史角度来考察《讲话》对于新文学现实主义发展所产生的巨大影响，我们就不会轻率地把《讲话》的意义缩小为"策略性"或单纯"政治性"的范围。《讲话》实际上是 1942 年延安文艺整风运动的产物，在一定意义上也可以说是一次思想解放运动的产物。这次运动的矛头所向，是"洋八股"与"党八股"，其结果是在一定程度上恢复和发展了"五四"所倡导过的科学、民主的精神，使新文学作家从文学教条主义的束缚中解放出来。从二十年代末以来，新文学现实主义就一直在艰难地选择既不受教条主义以及其他左的思潮束缚、又能充分适应与满足革命时代要求的发展道路，《讲话》为此指出新的方向。对于新文学现实主义来说，《讲话》指引下的解放区文艺创作确实已经显示出一种"质变"。这种"质变"表现为："五四"以来长期处于狭小读者范围的新文学终于开始了与广大中国农民的历史性的"对话"，无论是中国农民还是新文学（包括现实主义作家）都各自从对方吸收了思想与文学的新的因子，从而引起自身部分的质变。农民从新文学中得到现代文明、民主、科学的新思想、新文化、新的伦理道德观念以及新的审美趣味的启蒙和影响，促成了他们新的觉醒；农民的觉醒带来了解放区群众性文艺创作的热潮，以及中国民族、民间传统文艺的复兴；而民族传统与民间传统又反过来有力地推动与影响着新文学的发展。正因为此，我们可以从"寻根"的意义上去理解处在我国民族文化的摇篮——黄河流域北方文化中心的解放区的作家，与生活在这块"黄土地"上的农民的"对话"。

解放区的文学"寻根"运动既然是新文学作家与农民的广泛而深入的"对话"，不可避免也接受了农民思想意识的影响。由于当时指导思想是强调作家到农民中去接受改造的，往往就对农民思想意识中的狭隘，保守、消极的成分缺乏自觉的抵制，在接受农民以及农民身上积淀的中国传统文化、道德、情操与审美意趣的同时，也接受了某些传统文化道德中的封建性因素以及农民的小生产意识的消极影响。这种消极影响自然也反映到文学观念与审美追求上。如过分强调"生活是怎样，文学就怎样"，把文学真实等同于生活真实，以及由之产生的自然主义的创作倾向，过分强调文学的"实用"效果，由之产生的"写中心、演中心，为中心服务"的创作倾向，等等，都是小生产者的狭隘性在文学观念上的反映。也曾经有些作家在自己的创作中正面提出了用现代科学、民主意识改造小生产者意识的问题，（例如丁玲的《在医院中》）却遭到不实事求是的批评，这就使得农民小生产意识对解放区文学的影响问题长期以来得不到重视。解放区文学"寻根"在与现代意识结合上存在某些不足，对新文学发展特别是现实主义发展造成了新的束缚。联系解放区文学"寻根"的成就与缺陷，再反观《讲话》，也许可以有更客观的清醒的分析：无论是解放区文学的成就与缺陷，进展与局限，又都与《讲话》对于社会主义现实主义的解释直接有关。

温儒敏：《新文学现实主义的流变》，166～168 页，北京，北京大学出版社，2007。

9. 大后方的"民族形式"问题之争，源于抗战初期"利用旧形式"引发的分歧，"民族形式"的中心源泉究竟何在，其实是文艺运动方向何在的问题。这场影响深远的论争，本身并没有多少理论价值。在事先把创造文学的"民族形式"当作必需目标的前提下，论争者围绕着如何创造"民族形式"展开讨论的事实，意味着意识形态权力话语已经内化为论争者的理论自觉，成了文学话语的无意识禁区。在此范围之内，非此即彼的形而上学思维模式，又进一步遮蔽了论争的思想空间，衍生出了寻找并确立排他性的、创造"民族形式"的唯一正确道路的意识形态冲动，左右了"中心源泉"之争。复次，论争者始终未能突破向林冰"新质发生于旧质的胎内"的公式，发现向氏以中国文化本位论立场来割裂唯物主义普适性原则的错误，表明历史唯物主义和中国文化本位论立场，已经同时硬化为论争者的意识形态教条，限定了他们的思考能力，并随着论争进入思想史，限定了中国现代文学思想的话语空间。今天看来，上述这些在论争中暴露出来的问题，显然比论争本身更值得反思。

段从学：《"民族形式"论争的起源与话语形态论析》，载《社会科学研究》，2009（5）。

泛读作品

向林冰：《论民族形式的中心源泉》

葛一虹：《民族形式的中心源泉是在所谓"民间形式"吗?》

评论文献索引

黄修己. 四十年代文艺研究散论. 中国现代文学研究丛刊，1987(4).

朱德发. 关于抗战文学研究的几点思考. 中国现代文学研究丛刊，1988(4).

蒋星煜. 孤岛文学论略. 上海师范大学学报，1993(1).

黄万华. 沦陷区文学鸟瞰. 中国现代文学研究丛刊，1993(1).

黄万华. 抗战时期沦陷区文学及其研究. 文学评论，2004(4).

李新宇. 中国现代文学主题的三重变奏. 学术月刊，1999(10).

袁盛勇. 民族—现代性："民族形式"论争中延安文学观念的现代性呈现. 文艺理论研究，2005(4).

刘增杰. 从左翼文艺到工农兵文艺——对进入解放区左翼文艺家的历史考察. 中

国现代文学研究丛刊，2006(5).

石凤珍. "左翼"文艺大众化讨论与延安文艺大众化运动. 文学评论，2007(3).

拓展练习

1. 长期以来，40 年代文学研究主要集中于解放区和国统区两大区域，而沦陷区文学则被整体指认为媚俗文学、投降文学乃至汉奸文学，往往被排斥忽略。然而，近年来，沦陷区文学却备受学界关注，并受到较多正面肯定，张爱玲、苏青、梅娘、徐讦、无名氏、吴兴华等一批作家不仅逐渐浮出地表，甚至成为文学史叙述不可或缺的角色。结合评论摘要 4、5 及相关文献，思考作为抗战文学三足之一沦陷区文学何以被长期遮蔽，而近半个世纪后的重见天日又有着什么样的意义和价值。

2. 李泽厚在 80 年代中后期提出的著名论题——"启蒙与救亡的双重变奏"一度成为叙述"中国世纪文学史"的基本框架。以此为理论基点，文学史通常将 1937 年中日民族战争的全面爆发视作救亡最终压倒启蒙的动因与标志，认为空前的民族危机将工农大众推向了历史前台，并取代知识分子成为社会的主导力量，五四以来以"自由""民主"为内核的启蒙进程则被强行中断，直至"文化大革命"后才再度重启。但事实上，抗战文学以及抗战后文学非但不是启蒙的最终消亡，相反是五四启蒙传统得以拓展和深化的时期，国统区文学以及沦陷区文学仍与五四文学传统保持着或显或隐的血脉联系。值得注意的是，与 30 年代左翼文学有着某种承传关系的延安文学却与五四新文化运动发生了某种位移，但也并非完全的断裂和扬弃，而是进行了复杂的加工改造。沿此思路，请结合评论摘要 7 以及李新宇的《中国现代文学主题的三重变奏》，对立足于个体的启蒙意识、立足于民族的救亡意识、立足于阶级的翻身意识在 40 年代文学中的勾联互动做一梳理。

3. 30 年代的左翼文学往往被视作 40 年代延安文学乃至新中国成立"十七年"的文学的主要精神资源。但作为左翼权威理论家的胡风在 40 年代后期却频频遭到延安方面的批判，并在 50 年代与其同人被定性为"胡风反革命集团"。这一悲剧的发生，我们可以从胡风"主观战争精神"与延安讲话精神的差异中寻找到原因。而这一差异也在很大程度上反映了国统区左翼与解放区左翼在文学观念上的分歧。新中国成立后，随着文学一体化进程的加速推进，左翼内部的"差异"最终被视为"异质"而受到批判。结合评论摘要 6、7、8，对胡风《现实主义的路》与毛泽东《在延安文艺座谈会上的讲话》的主要差异做出评析。

第一章　小　说

第一节　社会人生的多维观照

　　尽管曾出现短暂的、区域性的停滞甚至倒退，但战争并没有阻止 20 世纪 40 年代小说的现代化进程。

　　就区域分布来看，国统区小说主要致力于对黑暗现实的深刻揭露，有对世态人情的尖锐讽刺，有对乡村故土的深沉反思，也有对人生命运的执着探索；沦陷区小说在政治高压和市场需求下，由启蒙救亡转移到对日常生活的关注，通俗文学应市民精神的勃兴而空前繁荣，呈现雅俗合流的趋向；解放区小说在马克思主义文艺政策影响下自觉成为革命斗争的一部分，以"光明的赞歌"为主调，着力凸显民众坚毅刚强的民族品格，形成昂扬激越的审美格调，尽管也曾出现一些触犯"常规"的另类作品，如《我在霞村的时候》《在医院中》《丽萍的烦恼》等。

图 3-2　左图为蒋兆和 40 年代所作《流民图》局部，右图为 1942 年河南灾民照。

　　就发展阶段来看：抗战初期的小说创作大多篇制短小，形式通俗，主要以前线的英雄战事和后方的新人新事为叙述对象，如姚雪垠的《差半车麦秸》、丘东平的《一个连长的战斗遭遇》、萧乾的《刘粹刚之死》。进入相持阶段后，作家以较为平和的心态对战争有了更为深入的生命体验和理性认识，除涌现出《华威先生》《在其香居的茶馆里》《小二黑结婚》《荷花淀》等优秀短篇小说外，中长篇小说在数量和质量上更是大幅度提升，进入多元发展的繁盛时代。国统区有茅盾的《腐蚀》、老舍的《四世同堂》、巴金的《寒夜》、沙汀的《淘金记》、沈从文的《长河》、萧红的《呼兰河传》、林语堂的《京华烟云》、钱锺书的《围城》、冯至的《伍子胥》、路翎的《财主底儿女们》；沦陷区及"孤岛"有张爱玲的《金锁记》、苏青的《结婚十年》、袁犀的《贝壳》；解放区也在《讲话》精神指引下创作出《李有才板话》《李家庄的变迁》《太阳照在桑干河上》《暴风骤雨》《吕梁英雄传》等长篇小说。尽管由于政治情境、生命体验的不同，这些作品或以阶级、民族为本位，或以人类、个体为本位，在叙事方式与审美取向上呈现出"英雄主义"与"非英雄主义""戏剧化"与"反戏剧化"的巨大差异，但却共同表现了作家对于战争的独特体验，展现了战火之下中华民族的生存境遇。在历经 20 年代的开创期，30 年代的规范期，中国现代小说终于在 40 年代迎来多元繁盛的格局，并在一个相对较长的时间尺度内保持了高速发展。

教学建议

1. 阅读评论摘要 1，了解 40 年代小说发展的概况。
2. 细读《华威先生》，就拓展练习 2 展开讨论。
3. 结合评论摘要 5，探析《太阳照在桑干河上》的艺术价值。

精读作品

张天翼：《华威先生》

丁玲：《太阳照在桑干河上》

评论摘要

1. 大多数中国作家与他的描写对象一样，都是怀着理想主义、浪漫主义的激情去看待（对待）战争的，他们确信：战争将按照人可以掌握的规律发展，自己（的国家、民族、阶级）将最终赢得战争；在他们看来，战争所造成的毁灭，不仅是为争取最后的胜利所必要付出的代价，而且是必需的：新的世界（国家、民族）只能建立在被毁灭的旧的废墟上。他们不仅怀着"创造大时代，开创历史新世纪"的庄严感、神圣感去投入战争，而且把战争视为"富于刺激的，（充满）戏剧意味"的，千载难逢的盛大节日（如同革命一般），他们笔下的战争也就必然充满了英雄主

图 3-3 《劳工证》见证了日军侵华罪行。

义的气概，他们将战争中的一切痛苦、眼泪，全都转换成复仇的烈焰和战斗的豪情。这样，他们也就在实际上将所说的革命（正义）战争，连同战争中的苦难、牺牲，都理想化、神圣化了。这样的占主流地位的战争文学，是必然以战争中的英雄人物作为自己的主人公的，用四十年代流行的说法（以后又发展为指导性的美学原则，一直影响到今天），就是要塑造战争中成长起来的新人（新英雄）。四十年代出现了大批的"英雄传奇"，当然不是偶然的；《新儿女英雄传》《吕梁英雄传》《李勇大摆地雷阵》等等，都是风行一时的。这些作品里的主人公都是所谓"新英雄人物"，首先强调的

是"群体"（革命的政党与革命政权）的，而非个人的作用，个人是群体（党）培养的，离开了群体（党），即使是英雄个人也毫无价值，这也就暗示了新英雄对群体（党）的依附性。

如果说这是一种对于战争的"英雄性"的体验与想象，那么，我们这里所研究的边缘性作家，他们穿透战争的废墟，发现的是战火中的人的日常生活的无言的价值与美。或者如我们一再引述的张爱玲所说，经历了战争的大破坏、大毁灭、大劫难以后，一切都变得"靠不住"，于是人们"攀住了一点踏实的东西"，发现了人的"日常生活"这一最稳定的，更持久、永恒的人的生存基础。并由此而引发出一种新的历史哲学："凡人比英雄更能代表这时代的总量"，从而产生新的体验与想象，新的把握与审美方式：更愿意从"人生安稳的一面""和谐的一面"，而不是从"飞扬的一面""斗争的一面"去把握与表现人和人生。

几乎所有的边缘性作家都扬言，他们要写"不像小说"的小说，这实际上就是对前述英雄主义、浪漫主义的，从斗争、飞扬方面去把握与表现人和人生的审美方式的拒绝，进而拒绝了与此相应的以塑造人物（特别是所谓"新人"的英雄人物）为中心的，注重情节的传奇性，矛盾、冲突的尖锐与集中，精心设置结构（对横截面的，或展现矛盾的开端、展开、高潮、解决的完整过程的封闭式结构的追求）的小说模式，也即戏剧化的小说模式。……他们在小说形式上的突破，几乎都是建立在对于战争中的人的日常生活和个体生存状态的关注、发现与体验基础上的。"小说的散文化"中的"散点透视"，正是要表现未经结构的生命的本真形态；"回忆"中时间线索的削弱，小说的空间化，正是表明了对人的生命（生活）的"恒常"的关注与对"变数"的有意忽略；"小说的诗化"，其实就是这一时期某位散文家所说的"词化"，即是"人的感情不用于战斗，而用于润泽日常生活，使之柔和，使之有光辉"，并且达到"生活的升华"（胡兰成：《读了〈红楼梦〉》）。这里似乎存在着两个过程：首先是将外在的日常生活化为内在的体验，从而达到一种主观化；并进而感悟到日常生活背后（更深层面）的"底蕴"——我们可以称为"诗性哲学（哲理）"的东西，它是与日常生活的感性形态融汇为一体的（而非作家着意拔高外加的），是汪曾祺所说的"随处是象征而没有一点象征的意味"。

钱理群：《对话与漫游：四十年代小说研读》，506～510 页，上海，上海文艺出版社，1999。

2. 这篇短篇几乎无情节，只有华威匆匆忙忙钻进各种抗战会场进行表演的几个片断，像是一个人物"小品"。华威的忙，与解决任何实际的抗日问题都无关，他要的只是一切会议、团体统统由他占领，只是要到处兜售"一个领导中心"，把一个党派的狭隘利益与个人私利充分地混合。这样，在抗日统一战线刚刚形成的历史时期，张天翼最早透过光明，看清了潜伏的危机，揭发出内部存在的争夺领导权的严酷性。这一切，被以后的历史确凿地证明了，华威这个人物形象，也因其包含着的历史预见性，而熠熠发光。此外，华威的个性极强，那种攫取行为，使得这个典型特别隽永。

钱理群、温儒敏、吴福辉：《中国现代文学三十年》（修订本），496 页，
北京，北京大学出版社，1998。

3. 作者笔下的华威先生，是几笔勾勒出来的漫画性人物，虽不耐人寻味，但其讽刺性高，可让人一目了然，这在"宣传"方面的功效确实是很大，但在人物性格的雕刻上，却是平面的，不具体也不深刻。他这种缺点，夏志清《中国现代小说史》也说过——

他那简洁的文体，虽然可以给予短篇足够的力量，如果用来支持两三百页篇幅的长篇，他那种利用几种重现在主角身上的特性来勾划人物的手法，在一个长篇小说部内，便显得沉闷不堪，因为这样的写法，阻碍了心理上的发展。

群雪曼：《抗战时期的现代小说》，97 页，台北，台湾成文出版社，1980。

4. 1938 年 4 月，张天翼在《文艺阵地》创刊号上发表了短篇小说《华威先生》，塑造了一个只做"救亡要人"，不做救亡工作，包而不办的"抗战官"形象，把暴露与讽刺的锋芒指向了抗战阵营内部的黑暗面。这与当时清一色的以歌颂与赞美抗战"英雄人物"的理论和创作格调发生了抵牾，于是一场轰轰烈烈的"暴露与讽刺"问题的争论展开了。"暴露与讽刺"在中国新文学三十年的第一、二个十年的理论与创作中是不存在"禁区"的。其时的文学观念为"改造国民性"、"为大众服务"，现实主义者大都以揭露与批判为己任，并形成了艺术个性各异但总体风格相近的暴露与讽刺的作家群与作品系列，"暴露与讽刺"一直是现实主义者手中的锋利武器。但是，这一绵延不绝的文学潮流却在抗战文学勃兴之时受到了阻截，这有其特殊的时代文化背景。最初，论争囿于政治层面上的评析，一些理论家认为"华威"形象的塑造有损于抗战阵线的形象，会剥蚀抗战必胜的信念。……这显然是将文学等同于政治，否定文学具有反映生活的特性，片面夸大文学实用性的工具论观点。后来，论争逐渐转入文学理论层面，探讨如何塑造新时代的真正的典型人物，以及如何统一现实主义创作中的真实性与倾向性问题。茅盾在《论加强批评工作》一文中，对当时的社会现实生活作了深刻的剖露。他指出，抗战的现实是光明与黑暗相交错的，"一方面有血淋淋的英勇斗争，同时另一方面又有荒淫无耻，自私卑劣"，人民大众"身受那些荒淫无耻，自私卑劣的蹂躏"。因此，揭露和消灭这些黑暗势力对于激发人民的抗战热情和争取战争的胜利是至关重要的。

这场关于"暴露与讽刺"问题的讨论，纠正了抗战初期小说创作中人物形象塑造的脸谱化和肤浅化偏向，对人物的典型化塑造产生了深远的影响，深化了现实主义小说理论。许多作家勇敢地拿起笔，揭露并抨击抗战黑幕及国统区的种种腐败现象，塑造了很多成功的反面人物典型。

谢昭新：《中国现代小说理论史》，414～417 页，合肥，安徽大学出版社，2003。

5. 无可怀疑，地主与贫苦农民的矛盾是土改时期乡村的主要矛盾。但主要不等于唯一，否则就不成其为生活。《桑干河上》的作者，力图使小说中的生活内容，像实际生活那样丰富和开阔。她用以观察社会历史过程的眼光，决不狭窄。小说既以农民与地主钱文贵的矛盾为贯穿全书的主线，同时围绕这一主要矛盾，安置了多种性质的矛盾冲突，在有限的篇幅中，尽可能地表现了生活固有的复杂性，容纳了错综交织的矛盾斗争。这里所说的"复杂"、"错综交织"的具体含义，从作品的实际看，大致包括这样两个方面，即同一阶级、同一营垒的人们之间，存在着种种差异；不同阶级、营垒之间，表现为相互的渗透。

丁玲笔下的暖水屯的阶级关系，不是根据某种"标准式样"设置的。像存在着千差万别的生活本身那样，这里的地主之间，有着剥削方式、实际政治表现的差别和相互间的明争暗斗，地主与富裕中农间有着利害的冲突和政治态度的歧义，贫雇农有觉悟程度、觉悟迟早的不同，工作组与村干部之间、村干部相互间有着矛盾纠葛，甚至彼此间的对立……实际过程永远比它的理论形式丰富和多样。理论工作通过对对象的科学的抽象，达到对本质和规律的揭示，文学，要达到本质，却不能抛开丰富的感性形式，不能借口"选择"、"提炼"，而对生活本身的生动性和丰富性掉头不顾。

在小说中，不但属于各个阶级的人们之间存在着种种差异，而且阶级、营垒之间也非绝无关联。暖水屯的村干部中有治安员张正典这样的败类，被地主钱文贵收买利用，地主钱文安家也有黑妮这样心地纯洁、光明的少女。正所谓你中有我，我中有你。这种表现，符合生活本身的辩证法，符合生活的逻辑。正是在这种真实反映出阶级关系的基础上，作者写出了农民推倒压在他们头上的地主势力的曲折过程，写出了人们确定主要斗争对象的回环往复的认识过程，写出了他们为从实际出发执行政策而与教条主义、主观主义斗争的过程。这种对阶级关系的反映和对运动过程的描写，使小说较之那种图解政策的作品，当然具有更充分的现实性和典型意义。

赵园：《也谈太阳照在桑干河上》，见《丁玲作品评论集》，244 页，
北京，中国文联出版公司，1984。

泛读作品

周立波：《暴风骤雨》
徐讦：《风萧萧》
丁玲：《我在霞村的时候》

评论文献索引

超冰. 文学潮流的历史大汇合与新开拓——四十年代国统区与解放区小说的同与异. 中国现代文学研究丛刊，1988(1).

王卫平. 四十年代讽刺小说的叙述方式. 文学评论，1989(5).

刘增杰. 四峰并立：论解放区短篇小说创作. 中国现代文学研究丛刊，1992(2).

郭志刚. 论三四十年代的抗战小说. 文学评论，1995(4).

钱理群. 新小说的诞生. 文艺理论研究，1997(1).

范智红. 平凡生活的复现及其叙事功能——四十年代小说艺术论之一. 文学评论，1997(2).

钱理群. 文体与风格的多种实验——四十年代小说研读札记. 文学评论，1997(3).

王利利. 解放区小说的审美特色. 中国现代文学研究丛刊，2003(4).

刘增杰. 从左翼文艺到工农兵文艺——对进入解放区文艺家的历史考察. 中国现代文学研究丛刊，2006(5).

钱理群. 笑是怎样产生的——张天翼《华威先生》解读. 名作重读. 上海：上海教育出版社，2006.

拓展练习

1. 作为一部"相当辉煌地反映了土地革命、带来一定高度真实性的、史诗似的作品"（冯雪峰语），《太阳照在桑干河上》的出版曾受到众多好评，并于1952年摘得了社会主义阵营最高文学奖项——斯大林文学奖。但自50年代后期起，这部作品却遭到不少严厉批评，如竹可羽就认为"作为一部描写中国土地改革的小说，它没有写出农民对地主阶级的仇恨，没有写出一个比较成功的新的农民形象，没有写出土改斗争中的党的领导形象，这不能不说是一种致命的缺点。而作者所给予明显的同情的两个人物，一个是地主家庭的美丽的少女，一个是在土改斗争中惶惶不安的富裕中农，这不能不说是一种严重的错误，而特别是作为一部描写中国土改斗争的小说，在实际上已成为一部描写农民的落后、动摇和叛变为主的小说，这不能不说是一种最大的失败。"①。然而，自80年代以来，这部作品又因其对阶级关系复杂性的揭示以及人物形象的真实塑造，得到较高评价。结合评论摘要5，探析在这些大相径庭的评论背后所潜隐的文学价值观念的变迁。

2. 蒋星煜在《论华威先生》一文中认为，"华威先生是中国国民精神病状的凝结和综合"，和阿Q"颇有异曲同工之妙"。在讽刺手法和对国民劣根性的揭示上，张天翼与鲁迅确有不少相近之处。然而，从总体看，与《阿Q正传》相比，《华威先生》的形象塑造终显单薄，在批判力度与思想深度方面也远逊前者，但此文却在国统区引发了"暴露与讽刺"的激烈争论。结合评论摘要4，对这一论争的发生原因做一分析。

3. 刘西渭在评论叶紫小说时，将其喻为"黑白分明的铅画，不是光影匀净的油画"。事实上，这一现象普遍存在于40年代抗战文学以及新中国成立"十七年文学"之中。作品中不仅人物关系黑白分明、不可调和，而且人物自身的感情以及作家的审美感情与审美判断也都处于爱憎分明的两个极端。这种脸谱化的人物塑造、二元对立的结构模式与两军对垒的战争思维、斗争哲学有着密切关联。试结合周立波的《暴风骤雨》，分析战争思维在文学中的表现。

第二节　钱锺书：情理相厄的智者

钱锺书是位学贯中西、博古通今的学者型作家。他的小说创作主要集中在40年代：短篇小说集《人·兽·鬼》写于抗战初期，1946年结集出版；长篇小说《围城》于1944年动笔创作，1946开始在《文艺复兴》上连载，次年5月由晨光出版公司出版。

钱锺书是位智性型的讽刺小说家，文风纵横恣肆、辛辣谐趣。高密度的知识含

---

① 竹可羽：《论〈太阳照在桑干河上〉》，载《人民文学》，1957（10）。

量、睿智幽默的喜剧笔法、精湛精警的比喻艺术、丰富精妙的意象构建使他在中国现代小说史上卓尔不群。其创作一方面着力揭露抗战存在的黑暗现实以及中国传统文化的种种病态，有着强烈的现实主义情怀；另一方面又致力于将外向型的阶段性的民族苦难提升到对人类终极价值和生存困境的体察上来，显现出浓郁的现代主义色彩。

繁多精辟的比喻是钱锺书小说语言的重要特色，也是他沟通现实主义创作与现代主义思想的桥梁。《围城》的书题就是一个极具象征意义的隐喻，在婚姻之困的表层意义下蕴含了极为丰富的哲理寓旨。城外的人想进去，城里的人想逃出，不仅描绘了知识分子在婚姻面前的尴尬，更揭示出人类生存的集体困境和永难克服的人性弱点，"围城"即是人类延存的基本状态。这一认识不仅体现在《围城》中，而且在《人·兽·鬼》中也得到显现。文章中俯拾即是的比喻都是围绕"围城"这一总体性的喻体得以展开，小说在语言狂欢的同时又紧扣文章题旨而不流于油滑，显得错落有致、别有情趣。

对人类身困围城的悲剧性命运的揭示，钱锺书采取的是居高临下笑看芸芸众生的客观态度，始终用理性来节制自我情感的介入。理性的全程监督、比喻的批量使用在一定程度上削弱了作品的情感感染力，但却摆脱了传统文学悲慨兴怀的感伤哀怨，使作品意象由形而下的生活形象升华为形而上的精神象征，深刻揭示了个体存在的孤独性和荒谬性。

教学建议

1. 《围城》基本采用了写实手法，但总体结构又是象征的，结合评论摘要1、2、3，探讨小说主题意蕴的多义性。

2. 女性主义理论为《围城》研究提供了新视角。阅读评论摘要6及相关资料，分析《围城》中的男权意识。

3. 就拓展练习3展开讨论。

精读作品

钱锺书：《围城》

评论摘要

1. 这部小说基本采用了写实的手法，总体却又是象征的，是很有"现代派"味道的寓意小说。其丰厚的意蕴，须用"剥竹笋"的读法，一层一层深入探究。……第一层，是比较浮面的……具体讲，就是对抗战时期古老中国城乡世态世相的描写……《围城》的第二个意蕴层面，即"文化反省层面"……《围城》试图以对"新式"知识分子（特别是留学生群）的心态刻画，来对传统文化进行反省，这正是作品的深刻所在……对人生对现代人命运富于哲理思考的含义，这就是作为作品第三层面的"哲理思考意蕴"……作品象征地暗示于读者："城"外的人（局外人）总想冲进去，"城"里的人又总想逃出来，冲进逃出，永无止境。超越一点儿看，无论冲进，逃出，都是无谓的，人生终究不可能达到自己原来的意愿，往往是你要的得不到，得到的又终非你所要的。……这部小说已经蕴含着类似西方现代主义文学中普遍出现的那种人生感受或宇宙意识，那种莫名的失望感与孤独感，真有点看破红尘的味道。

温儒敏：《〈围城〉的三层意蕴》，载《中国现代文学研究丛刊》，1989（1）。

2. 在《围城》这部小说中，"围城"并不像卡夫卡小说《城堡》中的城堡那样是一个实在物，"围城"在小说中只是一种隐喻。《围城》这部小说，在叙述方式上是传统写实的，但钱锺书在古典叙述中表达了最"现代"的观念——实际是一种存在的荒诞感受：人生总是处于一种盲目的运动中，人们总是在为一种似乎切实却总归虚无的"理想"而奔波、忙碌。当人处在"当局者"状态时，陷于庸碌的具体的行为而常常不自知，但当人暂离实境，宏观地俯视人生时，一种无意义的虚空感便沉重地袭来。人生原来就是一个看似理智、实际盲目的过程；人生所孜孜以求的，只不过是一个又一个可望而不可即的"梦"：你要求的总不是你求到了的。在《围城》中，这个意蕴通过方鸿渐盲目的流转与盲目的婚姻体现；同时也通过方鸿渐的视点，在展示"群儒"们孜孜以求追名逐利的盲动状态时，将这个意蕴暗示出来。

杨联芬：《中国现代小说导论》，287～288页，成都，四川大学出版社，2004。

3. 方鸿渐的人生经历不是快乐的历险而是痛苦的历程；不是成功的收获而是失败的总和；不是理想的实现而是对最起码的人生价值的彻底幻灭；不是自我力量的焕发、而是自我的迷失和发自本性的怯懦；不是有目的的理性凯旋，而是盲目的本能受挫。这种人生历程和生存状况完全与理性主义、英雄主义精神相背反，从而把现代文明的危机和现代人生的困境作了极为真实、极为深刻的揭示，具有震撼人心发人深省的思想力量和艺术力量。特别值得一提的是，由于作者并未赋予方鸿渐的人生旅程以任何可称为崇高的理想追求和伟大的价值目标，而只是具体生动地展现了最起码的人生四种价值和四项内容在一个普通人身上的例行过程，从而就使方鸿渐这样一个普通的现代人和平凡的生命历程具有了极大的普遍概括性和高度的本体象征性，不但概括了整个现代人的生存困境，而且也象征着整个人类的基本存在状况，《围城》也因此不但成了整个现代人生的反映，并且写成了整个人类状况的写照。

解志熙：《人生的困境与存在的勇气——论〈围城〉的现代性》，载《文学评论》，1989（5）。

4. 钱锺书是整个20世纪中国文学中少数出色完成从传统忧患意识到现代忧患意识、从非理性主义到现代理性主义的双重文化心理转型的作家之一。但在他身上又有着一般中国现当代作家都能轻易避免的创作心理障碍，这就是我上文说过的情理相厄的"紧"的心理态势。同样完成了两度文化心理转型，为什么在钱锺书身上出现这种障碍而鲁迅身上则没有出现呢？鲁迅身上有着钱锺书未尝体验过的激昂的浪漫情怀，在冷峻之中包孕着炽热的情感，而钱锺书身上缺乏的正是这种炽热。鲁迅的文化心理转型要比钱锺书完成得更彻底，是从广义的反理性主义到现代理性主义的最高形态——马克思主义的转化，实质是经过了一次"理性（古典理性主义和近代科学主义）—非理性（近代浪漫主义和现代非理性主义）—理性（马克思主义）"螺旋式上升的心理定型。而钱锺书由于种种原因，没有鲁迅那样彻底，也没有上升到那样的高度，相反，还有某些复古的倾向，以古典理性主义来抑制消解现代非理性主义和浪漫主义，具有白璧德式新人文主义的特征。

这样看来，钱锺书只能作为中国现代文学史上处弱小之势的智性型作家群的代表，他不好与鲁迅、茅盾、郭沫若相比。我认为在一部科学的中国现代文学史上，留给钱锺书的位置只能是一节，而不是一章。

钱锺书的文学创作尽管由于种种原因中途停止了，他带给世纪中国文学的启示还是非常深刻的。世纪中国文学为什么只有鲁迅这么一个理性的高峰——它如阳光下孤独的雪峰一直在傲视我们。原因在于情性的不断高涨，而且越近世纪末，越有反理性的趋势。本身就呈微弱之势的智性在作家非学者化相对更加明显的新时期文学中，似乎进一步弱化。近半个世纪前，当钱锺书完成《围城》之后，着手创作另一部长篇小说《百合心》，可惜没有完成。从作者本人提供的创作意图来说，作品会有更强的哲理品格。这种理智感对于钱锺书自身的创作来说，可能过强了，但对于大多数中国作家来说，又是太缺乏了。他们能轻易地避开了钱锺书"紧"的心理障碍，恰恰说明他们的创作心理结构上有严重的缺陷。没有经历过这种心理障碍如果是由学识贫瘠和智性弱化直接引起的，那么，这也是种心理障碍，一种没有障碍的障碍——它阻碍了中国文学向更高层次发展。在下个世纪或更长时期内，中国文学要想取得长足的发展或突破性的进展，就必须集体体验钱锺书的心理障碍。这种体验当然是令人不快的，因为它会遏制宣泄的快感；甚至是痛苦的，如20世纪王国维"抑"于哲学与诗歌中，如20世纪40年代钱锺书艺术创造力在"紧"的态势中严重失常。但正如钱锺书在一篇散文中所说的"人生虽然痛苦，却并不悲观"。中国文学必须向痛苦微笑，那样在理性的殿堂里，鲁迅才不再寂寞孤单，中国文学才会有一次辉煌。

舒建华：《论钱锺书的文学创作》，载《文学评论》，1997（6）。

5.《围城》之中，始终贯穿着钱锺书极其冷峻严酷的理性主义精神。小说中的老学问家方遯翁遇到媳妇生孩子，便占个周易神卦以问吉凶，结果是毫无幽默感地失灵了。这个细节似乎颇有暗示意味，象征着这部小说是并不存在任何神灵或先知的。如果和前面已提到过的《红楼梦》作个比较的话，就更能看出《围城》的这种特点。由于曹雪芹怀着对人生神秘性的深刻感受，所以他的小说始终带着一种梦幻的色调，人物的命运犹如星空般地深邃难测，但说到钱锺书的《围城》，诚如该书之调侃鲍小姐之喜欢赤身露体："有人叫她'熟食铺子'，因为只有熟食店会把那许多颜色暖热的肉公开陈列；又有人叫她'真理'，因为'真理是赤裸裸的'，"书中的一切都表现出作者全知全能式的智慧，似乎这个世界上再没有什么秘密了，作者把什么都看透了。钱锺书小说中的世界正是因为剥去了一切有神秘嫌疑的外壳，便也真的有些近乎一家老字号"熟肉铺子"的味道。

《围城》中的确也有不少对于中国传统文化的奇警透辟的议论，非《红楼梦》作者所能想及，因着钱锺书先生的高超智慧，他的"熟肉铺子"的风味也美妙非凡；但就整体气势而言，则《红楼梦》终不失为一部如大泽有蛟龙藏，能知往鉴来、极深研几的神明之作，而钱锺书的《围城》却始终跳不出寓意相对贫弱的学院派小说之格局。本来，"围城"也者，如该书中的人物所云："说是被围困的城堡，城外的人想冲进去，城里的人想逃出来……"是力图从象征境界上展开题旨的。虽然钱氏"围城"之喻主要指向婚姻，但正如《红楼梦》之爱情悲剧具有多重象征涵义，"围城"本也完全可以承担更具有形而上意义的寓意的。然而预言的美丽的歌声似乎非要在神灵附体的迷川上才能响起，钱锺书的世界太明晰了，太清醒了，结果他的"围城"终于也没有能够成为中国文学史上的又一座大象征物。

胡河清：《真精神与旧途径——钱锺书的文学世界》，12～13页，石家庄，
河北教育出版社，1995。

6.方鸿渐既在欲望层面上等待鲍小姐的诱惑，又在道德人格层面上批评鲍小姐，正是延续了中国传统男性文化既要消费女性欲望又要否定有欲望的女性这一思路。塑造妲己、潘金莲，就是这一类男性文化立场的典型体现。现代男作家老舍塑造虎妞的形象（《骆驼祥子》）、当代男作家曲波塑造蝴蝶迷（《林海雪原》）、古华塑造李国香（《芙蓉镇》）的形象，和钱锺书塑造鲍小姐的形象一样，延续的都是这一类思路。现代作家茅盾在《蚀》三部曲中则完全转换立场，用仰视的态度来膜拜这类性感女郎，延续的则是蒲松龄《聊斋志异》中赞美性爱主动的女性的思路，但是这种赞美仍然是从男性利益出发而对用性爱奖励穷书生的女性狐仙表示感谢的思路，并不包含对女性生命逻辑的理解。曹禺的《雷雨》、李劼人的《死水微澜》，才真正从女性生命逻辑出发塑造了繁漪、蔡大嫂等正面而又主动的女性形象。

《围城》因为悟到人生的一切追求不过是"城外的人想冲进去，城里的人想逃出来"，悟到生命无意义、生命琐屑平庸的一面，而显得特别深刻，独具现代主义思想特质，但是这种深刻的人生智慧却是与文本中对女性的偏见、与作品中的男性中心意识交织在一起。作者在塑造鲍小姐的形象时延续的是传统男权文化消费女性欲望又鄙视女性欲望的思路；在塑造苏文纨、孙柔嘉等形象时，隐含作者又放任笔下的人物，主要是一些男性人物，对主动追求爱情的女性提出种种不公平的指控，并运用作者和叙述者的权威剥夺这些女性为自己辩护的权利。这使得《围城》文本成为妇女解放时代中仍然饱含男性偏见的文本。而这种男性偏见由于与作品的现代主义思想交织在一起，尤其富有遮蔽性。

李玲：《〈围城〉的男性偏见》，载《海南师范学院学报》，2004（5）。

泛读作品

钱锺书：《人·兽·鬼》

评论文献索引

解志熙.病态文明的病态产儿——论"围城人"方鸿渐.钱锺书研究（第1辑）.北京：文化艺术出版社，1989.

田建民.钱锺书比喻的特点.钱锺书研究（第3辑）.北京：文化艺术出版社，1992.

胡河清.钱锺书论.当代作家评论，1994(4).

王卫平.《围城》与西方现代主义文学的精神联结.中国现代文学研究丛刊，1996(2).

胡尹强.方鸿渐论.中国现代文学研究丛刊，1996(4).

倪文尖. 女人"围"的城与围女人的"城"——《围城》拆解一种. 二十世纪中国文学史论（第二卷）. 上海：东方出版中心，1997.

拓展练习

1. 钱锺书努力将"围城"的隐喻对象从现实社会层面提升到哲学层面，由对"个"的关注扩展至"类"思考。在《围城》序言里，他就谈道："在这本书里，我想写现代中国某一部分社会、某一部分人类。写这类人，我没忘记他们是人类，只是人类，具有无毛两足动物的基本根性。"结合评论摘要 3、4、5，思考他的这一意图有没有实现，是如何实现的？

2. 《围城》被学界普遍赞为"中国现代文学史上的一部新的《儒林外史》"，但也有一部分研究者认为，《围城》"在一定程度上游离了那个时代的主潮"，"有意无意地避开了那个时代对文学的迫切要求"，因而在表现时代本质特征上要逊于《儒林外史》。①。对此说法，你持什么看法？试从主题意蕴上、艺术手法方面对这两部作品做一比较。

3. 鲁迅与钱锺书都深受西方非理性主义的浸染，都清醒认识到了宇宙本体的虚幻性、人生命运如烟花谢幕般的悲剧性，生命个体对既定角色无可奈何的荒诞性。不同的是，鲁迅对于剧中人、"铁屋中的人"并非冷眼旁观、高高在上，而是以炽热而博大的人间情怀去批判他们、去拥抱他们、去拯救他们，是智者与仁者的结合；钱锺书则以"上帝"的姿态，以洞若观火的睿智毫不留情地对芸芸众生丑陋凡俗的一面加以嘲讽，却缺少相应的拯救努力，智者的一面远甚于仁者。这种超远的、"傍观见审"的人生姿态，在某种程度上正是《围城》偏离于时代主潮，并在艺术上情理相厄的重要原因。沿此思路，结合评论摘要 4、5、6，评析鲁迅与钱锺书的异同。

第三节　张爱玲：雅至俗时俗亦雅

张爱玲成名于 40 年代上海沦陷区。她出生没落的贵族家庭，深受传统文化特别是古典文学的熏染；上海教会学校和香港大学的教育经历，又赋予她现代的历史观念和文化观念。特殊的家庭背景、多元的文化资源为其古今杂错、华洋交杂的新小说文体的诞生提供了可能。1943 年 5 月，张爱玲以《沉香屑·第一炉香》赢得文坛瞩目，随后又发表《沉香屑·第二炉香》《金锁记》《倾城之恋》《心经》《茉莉香片》《封锁》《花凋》《红玫瑰与白玫瑰》等十六篇小说，后收入小说集《传奇》。此间，张爱玲还出版了散文集《流言》。上海解放后曾发表长篇小说《十八春》、中篇小说《小艾》。1952 年赴港，创作小说《秧歌》《赤地之恋》，后迁居美国。

张爱玲小说在以启蒙话语和革命话语为主流的现代文学语境中是特立独行的：一、以独特的女性视角和女性感受，打破五四以来"女性个性解放"的神话模式。在男女情欲这一世俗题材上深入开掘了女性的痛苦体验和悲剧命运，展现了物欲对正常

---

① 杨志今：《怎样评价〈围城〉》，载《新文学论丛》，1984（3）。

人性的倾轧、异化。二、丰富繁多的意象和细腻深入的心理描写（特别是对人物潜意识和变态心理的描写），显现出对现代派文学的借鉴吸收。三、语言优美流畅，富有古典韵味；叙述方式有明显的传统小说叙事的痕迹；物质生活场景的细节描写再现《红楼梦》的神韵。四、对物质世界的极尽留恋与对人生终极的无尽失望相并存，充斥着荒凉的末世意识。

教学建议

1. 细读《金锁记》，重点分析"月亮""镜子"意象。

2. 就拓展练习2展开讨论。

3. 就张爱玲《金锁记》，写一份一课时教案。

图3-4 张爱玲：皮肤白皙，口红鲜艳、好奇装。

精读作品

张爱玲：《金锁记》《沉香屑·第一炉香》

评论摘要

1. 在20世纪中，张爱玲是一个逼近哲学、具有形上思索能力的很罕见的作家。浸透于她的作品中的是很浓的对于世界和人生的悲观哲学氛围。张爱玲具有作家的第二视力。当人们的第一视力看到"文明"时，她却看到"荒原"；当人们看到情感的可能时，她却看到不可能；而当人们看到不可能时，她却看到可能。《倾城之恋》告诉人们，世界并非在"进步"，而是在一步步地走进死寂的荒原。因为作为世界主体的人是自私的，他们被无穷尽的欲望所控制，这种欲望导致了人性的崩塌和爱的失落。只有到了"地老天荒"、世界走到末日的时候，欲望才会与世界同归于尽，人才可能重新发现爱和复活天性中的真诚。《倾城之恋》表现的正是把世界推向末日的战火反而拯救了人间之爱。张爱玲对世界是悲观的，对文明是悲观的，对人生是悲观的。现实中的一切实有，成功与失败，光荣与屈辱，到头来都将化作虚无与死亡，唯死亡与虚无乃是实有。前不见古人，后不见来者，念天地之悠悠，独怆然而涕下。张爱玲的作品具有很浓的苍凉感，而其苍凉感的内涵又很独特，其独特的意义就是对于文明与人性的悲观。这种悲观的理由是她实际上发现人的一种悲剧性怪圈：人为了摆脱荒芜而造文明，但被文明刺激出来的欲望又使人走向荒野。人在拼命争取自由，但总是得不到自由。他们不仅是世界的人质也是自身欲望的人质，说到底只是"屏风上的鸟"、被"钉死的蝴蝶"，想象中的飞翔毕竟是虚假的，唯有被囚禁和死亡才是真实的。张爱玲这种对人生的怀疑和对存在意义的叩问，使得她的作品挺进到很深的深度。中国现代文学，普遍关注社会，批判社会的不合理，但缺乏对人类存在意义的叩问这一维度。而张爱玲的小说却在这一维度上写出精彩的人生悲剧。

刘再复：《西寻故乡》，291～292页，香港，香港天地图书有限公司，1997。

2. 如果说丁玲在重构神话时与冰心是持同一种方式的，即浪漫的诗意的理想主义的表达方式，她们笔下那些貌似普通的故事芯子里却闪耀着神的光辉，因过于理想化而成为一种文学神话。那么张爱玲则恰恰相反，她的创作始终持一种反浪漫主义的姿态，这不仅表现在她那无法自制的反精英化的世俗倾向对作品的弥漫与调控，更体现在她总有意无意地对人生飞扬的一面进行拆解，露出其千疮百孔的真相，揭露其谎言的性质，让人们一眼把它看透。生命是"一袭华美的袍，爬满了蚤子"，这是她对人生的理解更是她对女性处境的描绘。这位出身于阀阅门第，家道衰败后又在大上海商业都会世俗务实的空气熏染中长大的女作家，在她非常年轻的时候，就显示了惊人的成熟和老气。她天分极高、悟性极好，能看穿五颜六色表象下的人生真相，这使她无法天真浪漫、无法痴痴然一片纯情状。她不可能拥有"五四"知识分子那种以理想主义为底色的精英意识和使命感，与冰心、丁玲也有审美价值取向上的明显分歧："冰心的清婉往往流于做作，丁玲初期作品是好的，后来略有点力不从心。"她几乎对古今中外的女性神话一概看破："翩若惊鸿，宛若游龙的洛神不过是个古装的美女，世俗所供奉的观音不过是古装的美女赤了脚，半裸的高大肥硕的希腊石像不过是个俏奶妈，当众喂了一千余年的奶。"就是对作为启蒙文本的"娜拉寓言"，她也发现：那些从《娜拉》学会"出走"的人往往不过是为自己戏剧化地打扮了一个"苍凉的手势"。刻薄的言辞里透出张爱玲那种近乎病态的"揭老底"嗜好和审丑倾向，童年的伤创性经验养就她冷眼观世的孤高和有点神经质的艺术敏感，这一切令她冷静而真实地走进女人生命深处，成为"五四"女性神话的颠覆者和解构者。

姚玳玫：《冰心·丁玲·张爱玲——"五四"女性神话的终结》，载《东方丛刊》，1996（4）。

3. 张爱玲的日常现代性，建立在对人的欲望与要求的满足上，充分尊重个人生活。她继承了五四的个人主义传统，其间当然包括了对于鲁迅的继承，但更主要的是对周作人的继承。将鲁迅与张爱玲相比较，鲁迅代表的是个人理想主义，张爱玲代表的是个人生活主义。张爱玲的个人主义在由个人而为主义时，个人没有被主义所彻底征服与消解，这时的个人意识在成为一种价值时，仍然保持了个人生活的丰富性与自由性。它显示了两个特色：不是自我中心主义的，在价值观上体现了开放性；不是脱离日常生活的，它体现了世俗化、琐碎化的民间特色。日常的现代性，是知识分子大众化后对人的生活状态的开放性理解所形成的现代性，它否定封建主义对于人的扼杀，但也反抗精英知识分子对于现代性的高蹈主义的设定。日常的现代性虽然看起来不是那么的高亢激越，却真正是来自人生之海的一股漩流，交融在一起，不太张扬，然而却伏源广袤，播布深远。

刘锋杰：《论张爱玲的现代性及其生成方式》，载《文学评论》，2004（6）。

4. 这世界全在阴暗面下生存，太阳落山似的。这世界没有背景，甚至可以说和任何正常世界无关的。《金锁记》是一篇现代鬼话，由头到尾是一幢鬼屋内的黑事，里面阴气森森，自成世界，和外面全无关系的。只有一次，长安像要出来，童世舫也像遭遇了"聊斋"中书生遇鬼的情节，但没有故事，没有"行动"，只有一些叙述，隔得远远，两个世界的人一样，不能交往。《第一炉香》里更明显的一篇鬼话，说一个少女，如何走进"鬼屋"里，被吸血鬼迷上了，做了新鬼。"鬼"只和"鬼"交往，因为这世界既丰富又自足的，不能和外界世界正常人能通有无的。

事实上是，张爱玲世界只是租界中的一个角落，为旧官僚旧人物所盘踞的。大家庭合住在一幢房子，房子外面，不管是整齐得有点像画上去的，还是"满眼的荒凉"，但内面一定满布着旧式家具，"黑沉沉的穿堂"、"鸦片的烟榻"、"黑绿的窗帘"、"屋里昏暗的"，四周是墙，"墙是冷而粗糙，死的颜色"。这一切使屋里人与"现实失去了接触"，每一天都是单调而无聊。也有人，且拥挤的人，但人在这世界只是家具的一部分，从来不描写或带温情的交往，有的只是恨和争夺，一个黑房内的困兽之斗。在这种人为的情形之下，大家庭传统下来的"明争暗斗，弱肉强食的情形式之下"，人只会在小圈子打转，不和外界交往，聚众蛇于一窟。结果就是：拒绝至死的世界。"张爱玲世界"是一个死世界，没有希望，没有下一代，没有青春，里面的人根本不会想到明天，外面的社会，自己可以努力的前进，或一同奋斗，里面的人放弃了一切上进的思想，接受了传统下来的抽鸦片，姨太太，以及其互相折磨，弄小性子，打丫头等等的生活方式……

唐文标：《张爱玲研究》，56～57 页，台北，台湾联经出版事业公司，1986。

5.《金锁记》的成功得益于曹七巧这一人物形象塑造的成功。因为聚焦恶和释放恶的前后两部分互相平衡，所以我们读者获得的阅读感受是复杂的，并不是单纯的憎恶，憎恶七巧的视金如命，憎恶她对儿女和儿媳等的狠毒，也有些许同情，同情一个本应正常的人变成了这样一个变态的人……她是妻子，是母亲，是儿媳妇，是二奶奶；她最初来姜家，是作为商品来的；同时她作为一个人，也是为了自身的生存以及性爱欲望而来的。当性爱欲望无法满足的时候，她的目标就移到了金钱上。以爱情为代价换来的黄金，对于七巧来说就成为了最有价值的东西。为了这个东西，同时为了补偿永远失去的爱情，在第二部分，七巧开始释放恶，从一个受虐者变为施虐者。对于儿子的施虐，是因为儿子娶了媳妇，七巧认为媳妇夺去了儿子对自己的爱，而且更不能容忍的是，一个女人在她唯一占有的男人身上，享受到了自己一生也没有享受到的健康的女性生活。对女儿的迫害有两个主要情节，一个是逼迫长安退学，一个是退婚。……可以说，因为七巧是人，是个普通的女人，所以，作为一个女人身上的所有义素，在这个故事的叙述语境中都必然发挥了作用，各种义素的组合造就了这个人物。

刘俐俐：《中国现代经典短篇小说文本分析》，269～302 页，北京，北京大学出版社，2006。

6. 七巧是特殊文化环境中所产生出来的一个女子。她生命的悲剧，正如亚里士多德所说的，引起我们的恐惧与怜悯，事实上，恐惧多于怜悯。张爱玲正视心理的事实，而且她在情感上把握住了中国历史上那一个时代。她对于那个时代的人情风俗的正确的了解，不单是自然主义客观描写的成功：她于认识之外，更有强烈的情感——

她感觉到那个时代的可爱与可怕。张爱玲喜欢描写旧时上流阶级的没落，她的情感一方面是因害怕而惊退，另一方面是多少有点留恋——这种情感表达得最强烈的是在《金锁记》里。一个出身不高的女子，尽管她自己不乐意投身于上流社会的礼仪与罪恶之中，最后她却成为上流社会最腐化的典型人物。七巧是社会环境的产物，可是更重要的，她是她自己各种巴望、考虑、情感的奴隶。张爱玲兼顾到七巧的性格和社会，使她的一生，更经得起我们道德性的玩味。

夏志清：《中国现代小说史》，266～267页，上海，复旦大学出版社，2005。

7.《沉香屑》就表面看来，似乎是写主人公葛薇龙由良沦"娼"的辛酸经历，但是当作者有意识地将葛薇龙和她的姑妈梁太太并置于一起，她们构成的就不仅仅是一种冲突关系，同时更重要的是一种互补和对照：如果说小说中葛薇龙的故事是梁太太前半生的复制，那么，梁太太则在小说中为葛薇龙的未来进行了预演，不同人物的不同经历拼盘于同一时空，共同完成对一个寡妇全部人生的演绎。

《沉香屑》中的女性虽然生活在现代社会，却没有半点现代女性的追求，对比一下鲁迅笔下《伤逝》中的子君，丁玲《莎菲女士的日记》中的莎菲，梁太太和葛薇龙诸人并无半点女性独立意识，相反，她们都心甘情愿做妓，在她们身上，精神上的一切追求全都落空。

黄修己：《张爱玲名作欣赏》，50、54页，北京，中国和平出版社，2002。

泛读作品

张爱玲：《倾城之恋》《茉莉香片》《红玫瑰与白玫瑰》

评论文献索引

赵园. 开向沪、港"洋场社会"的窗口——读张爱玲小说集《传奇》. 中国现代文学研究丛刊. 1983(3).

严家炎. 张爱玲和新感觉派小说. 中国现代文学研究丛刊，1989(3).

王枫. 一个美丽而苍凉的手势. 中国现代文学研究丛刊，1993(3).

李继凯. 论张爱玲小说中的女性异化. 中国现代文学研究丛刊，1993(3).

范智宏. 在"古老的记忆"与现代体验之间——沦陷时期的张爱玲及其小说艺术. 文学评论，1993(6).

邵迎建. 重读张爱玲《金锁记》. 中国现代文学研究丛刊，1996(3).

刘思谦. 张爱玲：走向女性神话. "娜拉"言说：中国现代女作家心路纪程. 上海：上海文艺出版社，1993.

宋家宏. 一级一级走进没有光的所在——曹七巧探. 中国现代文学研究丛刊，1988(3).

许子东. 张爱玲与二十世纪中文文学. 呐喊与流言. 上海：上海文艺出版社，2004.

解志熙. "反传奇的传奇"及其他：论张爱玲叙事艺术的成就与限度. 中国现代文学研究丛刊，2009(1).

拓展练习

1. 鲁迅与张爱玲分属于两个文化时代、两个性别阵营，在政治立场、文学观念上都有着很大差异，然而，二者在精神层面的相似点却被更多的研究者所关注。如傅雷最早指出：《金锁记》"颇有《狂人日记》中某些故事的风味"。于青也在《张爱玲传》中指出："如果说，鲁迅毕生致力于国民性的批判，是对民族文化心理建构的一个贡献；那么，张爱玲对女性意识里'女性原罪'意识的展露和批判，则是张爱玲对民族文化心理建构的一个补充，是对女性意识的进化和发展的一个贡献。"在此，以国民劣根批判为切入点，沿着"被食—自食—食人"这一循环链，对《狂人日记》与《金锁记》进行比较评析。

2. 鲁迅与张爱玲的作品，都有一种悲观、虚无的气息弥散其中，带给读者一种彻骨寒意。如鲁迅认为人的生命终点不过是"坟"，"我常觉得惟'黑暗与虚无'乃'实有'"。可是面对彻底虚无，鲁迅又以"反抗绝望"的态度赋予了人生积极的意义。《野草》中的"死火"意象就非常出色地寄寓了鲁迅这一人生哲学。然而，面对虚无，张爱玲却不如鲁迅那般彻底否定，她认为，人生若从整体来看，其底色是"苍凉"的，但若从小处看、细处看、局部看，皆为真实的、发散着亮光的。可以说，对虚无世界的恐怖更增加了她对世俗生活的热爱。以鲁迅《野草·过客》与张爱玲《沉香屑·第一炉香》为比较对象，对鲁、张二人在精神指向上的异同做一评析。

3. 月亮意象在张爱玲作品中俯拾即是。在《金锁记》中，这一意象使用达到顶峰，全文共九处写到月亮。月亮不仅渲染着全篇情绪的悲凉，更将故事的悲剧性和深刻性表现得淋漓尽致。重点分析小说首、尾对月亮的描写，分析其对小说的情节推动、氛围营造、主题深化发挥的重要功效。

第四节 路翎：坚守五四的左翼异端

路翎在小说创作上成功践行了胡风现实主义的理论主张，充分发挥了作家主体的"主观战斗精神"，被誉为七月派的"小说重镇"。40年代是路翎创作高峰期，先后出版中篇小说《饥饿的郭素娥》《蜗牛在荆棘上》，短篇小说集《青春的祝福》《求爱》《在铁链中》以及长篇小说《财主底儿女们》、剧本《云雀》等。新中国成立后，路翎在短篇小说上成就较高，特别是《初雪》和《洼地上的战役》影响较大，并引发了激烈的文学争议。1955年，路翎蒙冤入狱，艺术生命被强行中断。"文化大革命"结束后，路翎笔耕不辍，但因长期牢狱生活对思想的严重禁锢，艺术质量严重下滑。

路翎将底层民众生命强力的爆发作为重要的创作主题，深刻揭示了深受"精神奴役"的人民大众在麻木、萎靡的精神表层下所蕴藏的鲜活的原始强力和顽强的抗争意志，但同时也描绘出这种原始强力的盲目性、自发性以及疯狂的病态，刻画出活生生的由人性、兽性混合而生的"立体的人"。

对知识分子前途命运的关怀，也是路翎小说的主旨之一。《财主底儿女们》以一个封建家庭的兴衰起落和几代人不同的命运走向，展现了封建家族制分崩离析的历史过程，反映出知识分子精神史与历史事变的深刻关系。

路翎坚持"主观拥抱现实"的创作观，积极借用现代派技法，特别是现代心理小说的描写，对人的精神世界，包括非理性、无意识世界做出深入而大胆的开掘，使作品生发出传统现实主义小说所不具有的思想深度和先导意义。其作品集中体现了七月派小说的基本特征：一、坚持现实主义的创作指向，将文学创作与生活实践有机结合；二、揭示民众"精神奴役的创伤"；三、高扬作家的"主观战斗精神"；四、追求沉郁而悲壮的"力之美"。

教学建议

1. 分析《饥饿的郭素娥》是如何实现对"人民底原始的强力"的挖掘、对"精神奴役创伤"的揭示的。

2. 我们一般将路翎归于现实主义一派。但其对人物内心世界，特别是对变态心理的描述却有很强的现代主义色彩。阅读评论摘要5、6，分析路翎心理描写的特点。

3. 就拓展练习2展开讨论。

精读作品

路翎：《饥饿的郭素娥》《财主底儿女们》

评论摘要

1. 七月派小说的这种复杂性，最核心、最集中地表现在人物性格的复杂性上。七月派作家几乎不写单纯的性格。尤其是路翎，他笔下的人物性格，恐怕没有一个是单一的。他的小说个的人物形象，常常是多种精神倾向的奇异结合，是极端复杂的矛盾统一体。《财主底儿女们》里那个金素痕，既有王熙凤式的泼辣、狠毒，又有暴发户式的贪婪、放荡，从这些方面说，她都是可怕的"恶魔"；然而，在丈夫蒋蔚祖逃亡失踪后的一段时间里，她又痛哭流涕，真诚地忏悔，热切地思念着蒋蔚祖，这又像是"温柔的天使"。虽然后一方面并不能掩盖前一基本的方面，然而人物性格的复杂，确实到了令人惊诧叹服的地步。……在七月派作家看来，只要是活生生的人，就不可能那么单一。他们对人物复杂性格的醉心，甚至导致他们偏爱地去描述某些变态的难以理解的成分。然而，人物性格的复杂面貌毕竟是历史的产物，是现代社会错综复杂的社会关系相互渗透的结果。七月派作家把对现代社会关系的这种认识，转化为有关人物形象的美学思考，于是形成了一些独到的见地。在路翎等七月派作家看来，"活的人"只有人性与兽性两个方面，兽性的一个具体表现为奴性——精神奴役创伤，而人性则既有雄强有力的形态又有美好柔弱的形态。作家的性格描写，就是要透过一面来显示另一面，写出活生生的复杂性格来。用胡风的话说，路翎"是追求油画式的，复杂的色彩和复杂的线条融合在一起的，能够表现出每一条筋肉底表情，每一个动作底潜力的深度和立体"。这正是七月派小说能够吸引和震撼读者的一个重要原因。

严家炎：《中国现代小说流派史》，271～273页，北京，人民文学出版社，1989。

2. 路翎先生让我感到他有一股冲劲儿，长江大河，漩着白浪，可也带着泥沙，好像那位自然主义大师左拉，吸入的是他的热情，不是他的理论，因为说到临了，他最不善于在他的作品之中运用他的理论。路翎先生没有那种坚定的理论，但是，他有既成的概念派给他的文字，特别是副词或者形容词，往往显得他的刻划机械化，因而刺目。我听见若干读者埋怨他的行文欧化，或许就是这种公式似的形容启人涩窒之感。它们时时违反习惯，不和原意相符。

刘西渭：《三个中篇》（书评），见《二十世纪中国小说理论资料第4卷1937—1949》，381页，北京，北京大学出版社，1997。

3. 劳动者的原始强力和精神创伤的交织，形成人物的两重性格。其实，路翎笔下的人物的两重性格并不限于这个特定的领域和特定的角度，他的笔下没有一个性格和灵魂是单一的、平面的，从地主、官吏、资产阶级政客到平凡百姓，都具有不同的历史和阶级内涵的复杂心理，这些人物有若黑格尔所说："不仅担负着多方面的矛盾，而且还忍受着多方面的矛盾"。路翎对现实主义讲过一句很重要的话，就是"用活的形象来表示时代的思维"。在他看来，世界没有纯粹的"黑暗"，也没有纯粹的"光明"，他所描写的两重性格，就是在精神世界中光明与黑暗的交织、纠织和搏斗，他以此接触到一个反抗、痛苦和悲惨绝望的鲜血淋淋的人生。

杨义：《路翎——灵魂奥秘的探索者》，载《文学评论》，1983（5）。

4. 主观战斗精神，一是强调了作家的主体性，反对客观主义和公式主义对主体性的否定；二是保持了鲁迅所开创的现实主义的战斗风格。路翎从一登上文坛，就以胡风为导师，受到了胡风主观战斗精神理论的影响，这一方面使路翎避免了初登文坛的年轻人容易陷入的公式化倾向，另一方面又从战斗性方面加强了路翎作品的战斗性。在中国现代文学史上的左翼作家，路翎的作品最少（甚至可说绝无）公式化、概念化的痕迹，也极少客观化、表面化的描写，而且力求在他所能达到的较深的层次上把握生活、把握人物，从而塑造了一系列具有独特价值的文学形象，这不能不归功于主观战斗精神理论的引导。

主观战斗精神的倡导，大大鼓励和刺激了路翎作为一个年轻人及其固有气质中的突进意识，但这也使他沾沾自喜于一种强烈不拘的、喷发式的写作姿态，而失去了创作过程中的必要的理性调整，因而，也就造成他的作品不仅缺乏字斟句酌的功夫，甚至也往往使之构造粗放。如《饥饿的郭素娥》的结尾，就给人一种游离和散乱之感；尤其是《财主底儿女们》这样的巨作，因其语言艰涩而造成的可读性差是读者所共同感觉到的。

郝亦民：《胡风的主观战斗精神和路翎的小说创作》，载《中国现代文学研究丛刊》，1988（3）。

5. 在小说创作上，这种对力的强调，更多地表现为对强悍的原始生命力的召唤。路翎的《饥饿的郭素娥》中的郭素娥，就是一个血肉丰满、有着强烈求生欲望的女性。作品既写郭素娥的肉体饥饿，又展示她的精神饥饿；既写她的友爱、梦想、追求、反抗，又写她的人欲、饥饿、痛苦。从她身上，去发掘人物的原始生命力，追求挣脱束缚的强烈愿望。用胡风的话来说，就是："用原始的强悍碰击了这社会的铁壁，作为代价，她悲惨地献出了生命"。在女性世界里，这是一个很独特的性格：别的女人可能是顺从的，嫁鸡随鸡、嫁狗随狗的，她却是反抗的，不向压迫屈服，而要追求女人的一切；别的女人对性的渴望可能是胆怯的，羞涩的，被动的，她却是大胆的，主动的，对张振山的追求坚定而勇敢，甚至当别人剥去她的衣服，用火烧她，一直到被迫害致死，她都没有发出一点寻求怜悯的声音；别的女人的一生可能是没有特色的，世俗的，卑微的，她却是独异的，刚烈的，自尊的。这就是郭素娥，七月派笔下的郭素娥！

刘增杰：《战火中的缪斯》，95～96 页，郑州，河南大学出版社，1992。

6. 路翎为了挖掘人的灵魂，把他的艺术探索的触角伸向了各个方面。他追求人物心理变化的幅度、速度和强度，他笔下的人物心理不仅瞬息万变，而且大起大落，大半具有某种疯狂性。他还十分注意人物之间心理活动的互相交流与感应。每一个人物某种心理活动的外在表现（言语或行动），都引起对方强烈的心理反应，又反转过来激起更大的心灵振荡，如此往返，互相感应，掀起了一个又一个的感情的巨澜，直到双方身心交瘁为止。这种描写，用之于某些神经质的狂热的知识青年男女之间，是真实而有力的；而作者几乎是不加选择地普遍运用于他的男女主人公中，这就使人感到作者是在有意"玩弄"心理描写，这又失去了真实感。

这样，路翎开掘人的灵魂的艺术探求，获得了完全相反的效果：当他坚持从生活出发，从客观对象出发时，他获得了心理描写的真实性与深刻性；而当他有意无意地将艺术探求当作目的，离开人物的社会实践，孤立地进行"灵魂的开掘"，或者将自己的主观精神嵌入客观对象内心世界，他就走到了自己主观追求的反面。

钱理群：《探索者的得与失——路翎小说创作漫谈》，载《中国现代文学研究丛刊》，1981（3）。

泛读作品

路翎：《洼地上的"战役"》

评论文献索引

胡风. 青春底诗——路翎著长篇小说《财主底儿女们》序. 文艺杂志，1945 年第 1 卷第 3 期.

赵园. 路翎小说的形象与美感. 论小说十家. 杭州：浙江文艺出版社，1987.

严家炎. 论七月派小说的风貌和特征. 北京大学学报，1989(5).

昌切. 路翎的小说世界. 文学评论，1990(1).

杨义等编. 路翎研究资料. 北京：北京十月文艺出版社，1993.

刘挺生. 路翎小说的深层意识与本体特征. 文学评论，1995(2).

王志祯. 路翎："疯狂"的叙述. 文学评论，2000(3).

秦弓.《财主底儿女们》：苦吟知识分子的心灵史诗. 中国现代文学研究丛刊，2001(2).

文贵良. 路翎的欧化：语言创伤与生命开放. 中国现代文学研究丛刊，2009(5).

拓展练习

1. 路翎小说虽语言有些艰涩粗放，往往给人游离散乱之感。但其浓墨重彩、奔涌喷泻的心理描写却为作品构筑起强劲有力的情感漩流，生动地、丰富地将人物分裂的、隐秘的、多变的内心世界展现出来。但是，有时路翎会因过度沉迷于人物内心深处而不能自拔，导致心理描写失真。以《饥饿的郭素娥》为例，对路翎在心理描写上存在的不足进行具体分析。

2. 无论就规模还是深度，《财主底儿女们》都堪为继巴金《家》之后又一部描写封建大家庭崩溃历史命运的鸿篇巨著，它们共同奠定了中国现代家庭小说的基本模式。但是，在主题思想、人物塑造等方面，二者又存在的明显差异。虽然都塑造了"出走者"形象，但《家》并没有对觉慧出走之后的命运加以关注，而是以"开放式的结局"寄托了作者挣脱封建枷锁、奔向光明前程的美好心愿，简化或回避了"娜拉走后怎样"这一尖锐问题。而路翎笔下的蒋纯祖在出走之后则继续经历了漂泊流亡的生活，其内心苦闷并没有因出走而得以排遣。这段"出走后"的叙说细腻展现了知识分子面对启蒙神话逐步破灭时的复杂心态，同时也完成了知识分子的自我批判任务，成功将《家》的个性解放主题转向了更适应时代需求的民族解放主题。结合两部作品，对"出走者"觉慧和蒋纯祖、"留守者"觉新与蒋蔚祖进行比较分析。

3. 作为胡风文艺理论最忠实和最有成就的实践者，路翎的小说创作与"延安讲话"的理想文学形态存有较大差距，如路翎沿其创作观念在20世纪50年代中期创作的《洼地上的"战役"》就在当时受到了严厉批判。孔范今在《对20世纪中国文学的一种历史考察》一文中也指出，"路翎小说《财主底儿女们》中的主人公蒋纯祖漂泊追求的生命经历，他对革命目标至死不悔的执着和主动迎取与体味到的带有明显非目标规范的异质性苦难体验的结合，构成为一种悲壮的人生。"[1] 请结合蒋纯祖这一形象，分析路翎小说的"异质性"究竟体现在什么地方。它与胡风的文艺理论又有什么样的关系。

第五节　赵树理与孙犁：解放区文艺双璧

赵树理与孙犁是解放区小说创作的"双璧"，其文学实绩为工农兵文学提供了极为重要的美学范本。但因文学资源与精神谱系的差异，他们的正典地位在新中国成立后先后遭到主流话语的质疑和疏离，最终被以丁玲、周立波为代表的根据地文学所取代。

赵树理是现代文学史上第一位成功将中国社会最底层农民作为小说真正的主人公，并以崭新的语言和风貌将其体现在文学视域中的作家。因暗合了革命文艺对民族形式的要求，他的《小二黑结婚》被文艺权威在意识形态视野下高度认可。"新人"赵树理一夜之间蜚声解放区，成为最能体现《讲话》精神的经典作家，以至被提升为工农兵新型文学的发展方向——"赵树理方向"。除《小二黑结婚》外，赵树理的代表作还有《李有才板话》《李家庄的变迁》《登记》《三里湾》《锻炼锻炼》等。

在叙事策略上，赵树理力求通俗化、大众化，语言鲜活幽默，叙述简约明快，情节完整曲折，多采用"大团圆"的结局，创造了以农民为接受主体的评书体现代小说

---

[1]　孔范今：《对20世纪中国文学的一种历史考察》，载《文艺争鸣》，1997（2）。

形式，最早一批创作出"新鲜活泼的、为中国老百姓所喜闻乐见的、有中国作风和中国气派"的文艺作品。在价值追求上，他站在现实生活中既定的农民日常生存利益特别是物质生存利益的立场来应对时代社会的各种变化，并且在这种种变化中展现农民痛苦艰难的精神变革。正因此，他的笔下最为成功的人物形象是所谓的"中间人物"。从表层来看，这些以反映解放区农村历史性变革的小说是在以"旧瓶装新酒"的方法普及意识形态、实现政治教化的目的，但实际上却以"问题小说"的结构方式真实而形象地揭示民间生活状态与现存意识形态的龃龉，以求权力机构切实保障农民合理的物质生存要求。

赵树理的创作成名、高潮期，是1942—1955年，这之后，他的创作处于下滑期，1962年"大连会议"对他的高度评价，是他创作历程中的回光返照，这之后，他的创作就因了对"中间人物"的批判而进入了衰亡期。这一创作轨迹，与工农兵文学的创作轨迹近乎一致而又领前一步，表明了根据地文学在成为工农兵文学主潮过程中，与民间写作的动态的"紧张"关系。

因了对农民生存、存在境遇的切实体现，赵树理与五四"人的文学"与根据地文学对农民的重视，既有相通的一面又有其矛盾的一面，于是有了从知识分子立场、从权力机构立场对赵树理创作的时褒时贬，前者如20世纪40年代及20世纪80年代中期，学界对赵树理小说创作文学水准的批评，后者如20世纪50年代之后，权力机构对赵树理小说创作不写英雄人物的持久性批评，特定历史时期的"赵树理方向"，则是权力机构、学界对赵树理创作从政治文化视角所作的接受结果。

在对赵树理创作的接受中，形成了工农兵文学中的一个重要的文学流派——山药蛋派，其代表人物最初是马烽、孙谦、西戎、李束为、胡正，继而是韩文洲等，新时期之后则有张石山等。

孙犁在解放区以《荷花淀》《芦花荡》等作品而闻名。小说主题清纯单一，语言简练细腻，长于以细节、画面来展示女性生命形态，呈现散文化的小说文体特征。孙犁的创作以女性生命形态作为个体生命的载体，并以此作为自己作品的本体构成，从而延续了五四时代"人的文学"的价值脉系。他在作品中所竭力着重的，不是其时文学主潮所强调的具体的时代的社会性主题，而是以此为背景，在这一背景下给以突出的人性形态，这一形态的要素有三：一是人的本然形态；一是人性在历史运行过程中的提升与丰富；一是对社会现实生存法则消损个体生命合理性的断然拒绝。因为女性特别是青少年女性保持有更多的鲜活的人的生命的本然形态，所以，孙犁的小说多以青少年女性作为自己作品中的主人公，且对其的塑造也最为成功。

在对孙犁创作的接受过程中，形成了工农兵文学中的另一重要流派——荷花淀派，其代表人物最初是刘绍棠、从维熙，继而是房树民等，新时期之后则是铁凝。

教学建议

1. 与20世纪二三十年代的乡土小说进行比较，分析赵树理在农村题材上的突破。
2. 分析赵树理对待五四义化传统的态度，以及与民间传统文化关系。
3. 结合具体作品，分析孙犁小说的艺术特点。

精读作品

赵树理：《小二黑结婚》《锻炼锻炼》

孙犁：《荷花淀》

评论摘要

1. 赵树理先生不是无所容心地来描写山村的变迁的。他的爱憎极为强烈而分明。他站在人民的立场，他不讳饰农民的落后性，然而他和小资产阶级意识极浓厚的知识分子所不同者即不因农民之落后性而否定了农民之坚强的民族意识及其恩仇分明的斗争精神。在斗争中，农民是不但能够克服了落后性，而且发挥出创造的才能。这一真理，许多作家在理智上承受，但很少作家能够从作品中赋以形象，最大的原因还是在于他们不曾投身于这样斗争的实生活，而赵树理先生则不但投身于这样的斗争，而且是抱了向民众学习的诚心的。

茅盾：《论赵树理的小说》，见《赵树理研究资料》，195 页，太原，北岳文艺出版社，1985。

2. 赵树理是民间审美自由理性和五四文学理性合孕而成的产儿。在他的身上我们不但看到民间审美在时代理性的偏颇功利挟持下畸变的悲剧，同时也看到五四文学理性在这个伟大作家身上形成的深刻困惑。我们要申明的是，如果我们站在审美高度上看到了赵树理全部创作历程中某些悲剧的话，那么，决不要把责任独独归咎于赵树理。他对以民间审美为核心的中国农民文化的通透的把握，在这把握基础上所形成的天然的审美自由意念和创造性智慧以及对五四理性的自我消化等，在中国现代文学史上堪称独步。

席扬：《面对现代的审视——赵树理创作的一个侧视》，载《延安文艺研究》，1991（2）。

3. 赵树理与五四新文化和新文学之间的关系始终是比较尴尬的，他从内容和形式方面对它们所做的吸收、校正、背离和叛逆，虽然都各有苦衷、各具成就，但也并不是没有带来一系列问题。就内容而言，他对底层民众利益的矢志不渝的关注无疑是渗透在五四新文学中的人道主义、民主主义精神的有力体现，然而"时代俗务"的急迫与现实生存空间的狭隘一步步将他推向了政治反抗与叛逆的道路，这条道路上的文化宣传工作虽然也可以称作广义上的"启蒙"，但显然是为具体的政治斗争服务的"阶级意识"或"阶级仇恨"的启蒙，是围绕着一个个具体的阶段性政治斗争目标及政策和策略而展开的群众动员，其终极目的是让尽可能多的劳苦大众积极投身到现实的政治抗争运动中来，——这与五四启蒙运动所突出强调的价值观念的启蒙、文学选择上的弃旧图新以及"人的发现与觉醒"其间的距离简直不能以道里计。

范家进：《赵树理对新文学的两重"修正"》，载《文学评论》，2002（1）。

4. 赵树理的小说，尤其是中后期的作品，常常使富有教养的艺术家微笑摇头，被精于鉴赏的审美家视为"小儿科"，已很难再在读者心中激起长久的兴趣。这里的症结，以我看来，就在于即事名篇，就事论事，只重眼前暂时的社会功利，企求立竿见影的宣传效果。一方面，他虽然善于刻画农村的小人物，塑造了一群既没有被拔高也没有被歪曲的生动的人物形象，但由于作家"重事轻人"，这些人物往往得不到最充分的重视、最精细的雕琢，大都缺乏高度的概括性，未能给文学之林增添不朽的形象。另一方面，他虽然出色地描绘了一幅幅色彩浓郁的农村风土人情画，但由于过分注意现实政治意义，重在表现一些随形势的发展而纷至沓来的细小矛盾，致使画面长度有余而深度和广度均嫌不足，很容易蒙上时间的灰尘，逐渐地失去艺术魅力。幸好他有难能可贵的胆识和赤子之心，敢于为人民仗义执言，卓然独立于瞒和骗的大泽之上，以真诚的现实主义态度反映农村的真实生活，因而不少作品至今仍有一定的认识价值。可是跟随他"迈进"的许多人，却难免滑进阐释或图解政策的岔道，甚至揣摩领导意图、凭空杜撰故事。而这类作品的生命力，自然更其可怜，因为政策多变、问题迭出，一旦时过境迁，它们立刻失去了赖以立足的基础。

　　　　戴光中：《关于"赵树理方向"的再认识》，载《上海文论》，1988（4）。

　　5. 孙犁是主流作家中极少的能同时为艺术论者和政治功利论者都接受的作家，也是主流作家中极少有的艺术生命能超越"解放区"和主流政治文化、并能在新时期继续与当代读者对话的作家。这既是孙犁的幸运，然而庶几也正是他的不幸。艺术论者常常仅仅从风格的角度评价孙犁小说的诗意抒情与单纯优美个性，而并不在意他这个风格的形成是有着审美选择之外的文化原因；政治功利论者则常常从革命意识形态的角度批评孙犁小说对"主旋律"表现的不力。

　　1942 年延安文艺座谈会后，主流文学基本上形成了以服务政治为旨归，以通俗化、大众化为审美形式的话语规范。然而，孙犁的创作却常常并不那么典型地体现主流革命文学的特征，在文学的情致乃至文学的话语方式上，它都常常与主流文学的政治主旋律有所偏离。主流文学追求文学的政治效应，崇尚力量（暴力）、冲突（阶级斗争）和社会政治叙事；孙犁的创作，则惯于在社会政治冲突之外表现人性之善、人情之美、人伦之和谐。

　　　　杨联芬：《孙犁：革命文学中的"多余人"》，载《中国现代文学研究丛刊》，1998（4）。

　　6. 孙犁写的虽是小说，但他的小说却是诗，他的短篇小说，简直就像绝句。孙犁喜欢普希金，这也不是偶然的。普希金创造了"诗体小说"，我想我们也不妨借用一下这个名称来称呼孙犁的作品，虽然他的小说又只能是他自己的一"体"。为什么说他的短篇小说有如中国诗体中的绝句呢？因为他的短篇小说往往出发和完成于诗的意念，而又充满了诗情画意。编席女人"像坐在一片洁白的云彩上"，潜伏在荷叶深处的战士们开始战斗了，"荷花变成人了"，这当然是诗，是美；殊死的战斗、闲荡的轻舟，树立在河边的纪念碑、打捞英雄灵魂的老大爷，这当然是诗，是美；前面谈到的比喻，也无一不是诗，是美，有时一个比喻就有一首诗的容量。

　　　　冯健男：《孙犁的艺术（上）——〈白洋淀纪事〉》，载《河北文学》，1962（1）。

　　7. 在孙犁影响下形成的"荷花淀派"，形成于 20 世纪 40 年代，初具规模于 50年代初期，活跃于 50 年代中期，其后在日益酷烈的政治文化语境中渐趋零落。……虽然相互间有许多不同的地方，但在乡土小说的风格特征上也有不少共同点：其一，诗意地描绘河北乡村生活，在风景画、风俗画和风情画的彩笔精绘中熏染出浓郁的河北"地方色彩"与"异域情调"。其二，在即时性的政治意识形态话语中，灌注和张扬具有恒久魅力的人性与人情。而其内在精神蕴涵，既有传统美德的承传，又有现代意义上的人道主义精神。这使得"荷花淀派"乡土小说在单纯明快中，显露出思想蕴涵的复杂性，在和谐中隐含着不和谐的内在裂隙与冲突。其三，崇尚女性美，擅长青年女性的塑造。所塑造的女性形象，其文化人格，既有传统的良善，也有特定的时代色彩。女性形象的外在容貌与内在的复杂情感，相互映衬，相得益彰，是作者理想的寄寓者或象征。其四，以现实主义张目，但艺术的质地却是浪漫主义的，具有亲切可人的浪漫气息。其五，上承废名、沈从文的乡土抒情小说传统，擅以诗为小说，以散文为小说，在诗化、散文化的小说中，创造清新明丽的意境，形成"荷花淀"派独特的优美、婉约的艺术风格。这样的审美形态在其流派活跃的年代，始终处在主流话语的边缘；而在其流派沉寂的年代，却又获得了恒久的艺术魅力与影响。

丁帆、李兴阳：《论孙犁与"荷花淀派"的乡土书写》，载《江汉论坛》，2007（1）。

泛读作品

赵树理：《锻炼锻炼》《李有才板话》《李家庄的变迁》

孙犁：《芦花荡》《铁木前传》

评论文献索引

陈荒煤. 向赵树理方向迈进. 人民日报，1947年8月10日.

董大中. 坚持革命现实主义的道路——试谈赵树理解放后的创作. 文学评论丛刊第6辑，1980.

宋剑华. 论"赵树理现象"的现代文学史意义. 文学评论，2005(5).

杨劼. 赵树理和孙犁——"延安小说"变革的艺术解读. 文艺理论与批评，2006(2).

朱庆华. 论赵树理小说的现代意识启蒙. 文学评论，2007(6).

席扬. 论赵树理与"十七年"现实主义文学之关系. 中国现代文学研究丛刊，2007(5).

黄秋耘. 关于孙犁作品的片段感想. 文艺报，1962(10).

乔以钢. 试论孙犁小说的意境. 中国现代文学研究丛刊，1983(2).

郭志刚. 论孙犁的"诗意小说". 社会科学战线，1994(5).

王彬彬. 孙犁的意义. 文学评论，2008(1).

拓展练习

1. 尽管跨越了现、当代两个文学阶段，并一度被抬高为"赵树理方向"，但赵树理却并未成为"当代文学"的方向或主流。恰恰相反，新中国成立之后，他所接受的更多的是质疑、批判乃至斗争。赵树理艺术生命所遭遇的困厄射出民间话语与革命话语在短暂叠合后的分裂与争斗。结合《小二黑结婚》和《锻炼锻炼》等作品，分析对赵树理在工农兵文坛起落沉浮的原因。

2. 孙犁在谈到赵树理时，曾指出："赵树理对于民间文艺形式，热爱到了近于偏执的程度。对于'五四'以后发展起来的各种新的文学形式，他好像有比一比看的想法。这是不必要的。"①这其中已经涉及了如何看待五四文学传统这一重要问题。而对此问题的不同看法，在相当程度上限定了两人的精神脉系的差异，并影响到了各自的文学风格。结合指定的精读作品，分析这一影响在文本中有哪些显现。

3. 鲁迅与赵树理均有力推动了乡土文学的发展，但因观察视角的不同，两人笔下的农民形象有着很大差异。鲁迅多以启蒙者的身份从精神层面对农民劣根性予以批判，而赵树理则坚守民间立场，多从物质层面去关注农民复杂的生存处境。结合具体作品，分析文学立场、视角选择对人物形象塑造产生的影响。

---

① 孙犁：《谈赵树理》，载《天津日报》，1979 年 1 月 4 日。

第二章　诗　歌

第一节　现实与现代的双向深化

受政治情势和时代情绪的激荡，20世纪40年代诗歌在表现形式和表现内容上都体现出明显的时段性。抗战初期，诗歌发展呈现出散文化、通俗化、民间化的趋向，小型抒情诗成为创作主流，语言朴素浅白、感情诚挚浓烈，诗风昂扬劲朗，但在抒情方式上，大多直抒胸臆，并夹杂大量的议论陈辞，情感表达浮泛浅露、贫弱乏力。

抗战中期是抒情诗和叙事诗并盛的时代。早期抒情诗对诗歌美质的严重忽视得到反省与纠偏，以西南联大为大本营的现代主义诗歌得到长足发展，冯至的《十四行集》更是被视为"一面中国现代主义胜利的旗帜"。与此同时，叙事长诗在国统区、解放区以及沦陷区都成为新的创作风尚。艾青、田间、臧克家、力扬、绿原、邹荻帆、柯仲平、魏巍、陈辉、公木、阮章竞、李季等诗人都曾加入到长篇叙事诗的创作行列，试图在波澜壮阔的时代背景下写出具有民族史诗性质的作品来。叙事长诗《王贵与李香香》以其对民间歌谣、戏曲的创造性转换被视为解放区民歌体诗歌的成功典范，相继诞生的还有阮章竞的《漳河水》等。抗战后期和解放战争时期，讽刺诗和政治抒情诗的创作进入繁盛期，最有影响的当数袁水拍的《马凡陀的山歌》等。

图 3-5　《马凡陀的山歌》1946年生活书店初版。

　　整体来看，40 年代诗坛影响较大、成就较高的诗歌流派主要有七月诗派和九叶诗派。两个流派都诞生在中华民族苦难深重的年代，在思想上都表现出自觉的历史使命感和深广的忧患意识；在艺术探求上，都打破了传统现实主义方法，注重主观与客观、理性与感性的统一。但在精神资源和创作风格上二者却迥然相异，七月诗派主要继承和深化了普罗诗歌、中国诗歌会所倡导的革命现实主义传统，情感炽热奔放且有鲜明的政治倾向性；而九叶诗派则延续和发展了象征派、现代诗派所坚持的现代主义，侧重表现人的生命意识和哲理思索，追求冷峻深沉的理性反思。

教学建议

　　1. 阅读评论摘要 1、2，把握战后中国诗坛的基本格局以及阶段性特征。
　　2. 阅读评论摘要 3、4，细读《十四行集》的精品篇目，了解《十四行集》的重要价值。
　　3. 阅读评论摘要 5、6，分析《王贵与李香香》在"大众化"、"民族化"方面所取得的成就。

精读作品

　　冯至：《十四行集》之一、之十六、之二十一、之二十六
　　李季：《王贵与李香香》

评论摘要

　　1. 在抗日战争开始以后的新诗发展中，有两种现象的呈现值得我们注意。一种是，原来一些现代派的诗人群体的艺术方向的转化：或者抛弃原有的美学追求，走上现实主义的道路；或者让原有的象征主义的方法参与现实主义诗歌的创造，丰富发展了新诗的现实主义品格。一种是，在新的现实环境和艺术氛围中，吸取西方现代主义诗潮的艺术养分，凝聚并逐渐崛起了一个 40 年代的新兴现代主义诗潮。……40 年代里，真正自觉吸收现代诗的表现方法，而又具有很强的现代意识的追求的，是诗人冯至。……他大胆地将象征与写实的方法熔为一炉，寻求诗中意象的深层韵味，传达的隐藏性，感情的亲切，境界的朦胧，并在熔西方的十四行诗体于民族化的现代新诗的创造这一方面，作了成功的尝试。……40 年代另一个引人瞩目的新诗潮流，是民歌体新诗创作的兴起成绩较突出的是，李季运用陕北流行的民歌信天游的体式，大胆地引入民歌的原句，或化用民歌的比兴手法，写出了叙事长诗《王贵与李香香》。

孙玉石：《20 世纪中国新诗：1937—1949》，载《诗探索》，1994(4)。

　　2. 大体说来，抗战及 40 年代的新诗随着时代而发展，在国统区以及坚守在沦陷区中的个别孤岛和据点(如燕京大学诗人群)先后出现了这样几个比较重要的诗歌创作趋向：一是表现民族战争意志的抗战诗歌，它最先发生而贯穿于抗战的全过程，几乎所有诗人都参与抗战诗歌的写作，包括一些少数民族诗人，但因此它也就是一种普遍的创作动向而无所谓独立的抗战诗歌流派。二是相对独立的左翼诗潮，它综合了民族解放与社会革命的双重要求，但更富于独立思考的精神和艺术的开放性，程度不同地

吸取了现代主义的因素，比较成功地克服了抗战前左翼诗歌在政治和艺术上的左倾幼稚病。三是富有新感觉气息的新古典主义诗潮。四是注重新综合思维的现代主义诗潮"新生代"。这后两股诗潮都以学院诗人为主体，表现了自由主义知识分子的生命情怀与人文情怀，同时它们也在时代思潮推动下，或显著加强于对社会现实的关怀，或着意于新诗与古典诗学传统的接续，所以它们都明显不同于抗战前现代主义纯诗潮的封闭自足以及其"摩登主义"的做派，显著地推进了中国现代诗的发展。从诗歌类型上看，自由诗和现代格律诗在本时期获得了长足的进步，真正在新文坛上站稳了脚跟，而作为其代表的艾青和冯至两大家的诗作，更标志着新诗已告别了浪漫浮躁的青春期而臻于较为成熟的境界。此外，与抗战前相比有更多的新诗人趋向于长诗——叙事长诗和抒情长诗——的写作，但水平参差不齐；讽刺诗的写作在抗战末期和解放战争时期颇为流行，这是当时普遍流行的讽刺暴露文学倾向在诗歌中的表现，但还没有形成独立的讽刺诗派和诗潮；诗剧也不乏尝试者，但成就甚微。

解志熙：《摩登与现代——中国现代文学的实证分析》，8~9页，

北京，清华大学出版社，2006。

3. 冯至《十四行集》不是哲理诗，而是对生命存在的体验与思考。它所专注的不是哲理的阐释，而是心灵的感受；不是玄学的思辨，而是生命的感性思考。同时，《十四行集》杰出的艺术表达拓展了现代汉语的美学空间，从思维方式和美学原则上创造了新的范式。

《十四行集》重在一个"感"字，以心灵烛照万物，倾听事物内部的声息，作出独特的思考。诗中固然关涉了有形与无形、生与死等问题，但支点却是感性体验，并且这体悟源于最普通、最平常的生活，只是人们习以为常，熟视无睹。冯至耐心地观察并思考，升华到哲学境。《我们天天走着一条小路》是最常见的生活场景，冯至悟到多少身边的事物需要重新发现。《几只初生的小狗》更是琐屑小事，冯至却想到这次无法记忆的晒太阳会让它们在将来的深夜里吠出光明。朱自清称之"具有敏锐的手眼"。哲理在冯至诗中宛如春天树上的叶子，天然地一体。

也许，称卞之琳的诗为哲理诗更为民主。《断章》、《白螺壳》和《圆宝盒》等，都是智力结构的杰作。他的作品支点在于思，在主客体之间构筑诗的迷合，而冯至的诗在于感，以感暗示思。如下的《白螺壳》与冯的"我们听着狂风里的暴雨"都关涉到还原问题，卞之琳从静物——白螺壳开始，生出系列联想，承袭了古典咏物诗的思维定式，理性特征突出。而冯至从雨夜引发存在状态的思考，维持了浓烈的感性特征。

《十四行集》的美学特征呈现为节制与放纵，即优雅的姿势和饱满的表达之间的和谐，指示了现代汉语诗成熟的信息。朱自清称它为中年的新诗，大约就是这层含意。《十四行集》洗涤了浮躁、夸张及病态情调——如20年代的张狂或30年代的无病呻吟，以健康的诗意识和细腻而深邃的感思营造艺术殿堂，宛如秋日的果子，饱满、丰盈，却没有把枝干压得东倒西歪，保持一种雍容的风度。严格的艺术自律精神守护着他，像一位强力的雕塑大师，无情的刀不宽容一块多余的石料，哪怕它的质地多么良好。

冯至曾说，"界限，是一个很可爱的名词，由此我们才能感到自由的意义。"《十四

行集》采用变体十四行，韵律严明，挥洒自如，像风旗捕获了秋天。重大的主题并无局促之感，只有格律能给我们自由，《十四行集》再次证实了歌德的艺术训言。

张同道：《生命的风旗——论冯至〈十四行集〉》，载《中国现代文学研究丛刊》，1993(4)。

4. 这是《十四行集》的最后一首，沉思仍然是它的风度。只是在这首诗里，冯至的沉思由人生的哲理转向了诗的艺术的辩证法，因此，我们可以说这是一首关于诗的诗。

论诗之诗，古今中外皆不乏其例。最著名的，在中国有杜甫的《戏为六绝句》和元好问的《论诗三十首》，在西方则有布瓦洛的《诗的艺术》和沃莱斯·斯蒂文斯的《看黑鸟的十三种方式》等等。坦率地说，写作这类诗是不易见功的——我们读到的大多数论诗诗，往往了无诗味，类同押韵的论文，而又缺乏卓别的艺术见解。但冯至的这首论诗之作却获得了双重的成功：它在深刻地揭示了一个重要的诗学原理的同时，又使自身保持了引人入胜的艺术魅力。

这种魅力首先来自其清新别致的意象和颇富张力的语境。出现在这首诗中的是迥然不同的两类意象：一类是"泛滥无形的水"、"远方的光，远方的黑夜"和"奔向远方的心意"等"把不住的事件"，另一类则是椭圆的水瓶和飘扬的风旗等具有凝定和规范功能的事物。这些意象在传统的中国诗中是很少见的，至少也不是这样处理的，因此它们顿时令人耳目一新。但更有意味的是它们之间的关系。显然，前者的自由不羁、难以把握和后者的凝定性、规范性适成对照。这样一来，在这两类语象之间便呈现出对立的态势，诗的语境也因此而处于紧张的情态之中。这种对立的语象和富于张力的语境有一种扣人心弦的吸引力，它使我们不由自主地紧盯着诗句的运动，想看个究竟。这样，我们也就于不自觉中分享了诗的张力的形成、发展及其消除的过程。直到最后一行，紧张消除了，矛盾的双方达成了统一。这时刚松下神来的我们才恍然大悟：原来诗人如此精心地描述"水瓶"、"风旗"与那些"把不住的事体"之间由对立到统一的矛盾运动，旨在揭示一个诗歌艺术的辩证法。这个发现真令人又惊又喜。

孙玉石：《中国现代诗导读(1937—1949)》，41页，北京，北京大学出版社，2007。

5.《王贵与李香香》的出现成为中国新诗时代转型的纪念碑式的作品。它所表现的内容，强化了三十年代以来关于革命诗歌的倡导，而且改变原先的空泛抽象而拥有了充实的人物、事件和思想。它关于人民翻身的"史诗"式的记载，实现了关于文艺通过自己的方式装填进去丰富的艰苦获得和胜利欢欣情结要求。它改变了诗的单纯抒情性，也改变了诗的情绪化和抽象性，他使诗成为较纯粹的故事的叙说，成为革命道理的说明和证实，它们浓厚的意识形态的因素应合了行政的召唤。

除了意识形态方面的成就，《王贵与李香香》在艺术形式上也有它的历史性意义：传统民间形式的直接运用和它的与内容变革的契合。《王贵与李香香》的格式来自陕北民间歌唱的顺天游，李季在创作这部长诗之前，曾经收集整理过这一民间歌谣计二千余首，他对这一形式十分熟悉。钟敬文的《谈王贵与李香香》分析了李季创作不是一般的仿作民谣，进而肯定了它的独特的意义："他的作品，和本格的民谣血脉相通，骨肉相联，他的创作意识就是人民的创作意识。严格地说，他不是仿作者，他是道地的民谣作者。"与此同时，他也指出了这部长诗的先天性矛盾，即他认为顺天游诗体上的即兴抒情特点与李季长诗长篇叙事的使命不适应——这种可能性方面勉力而行造成了整个长诗不完整性和破碎、支离的印象。但若从另一个角度考察，也可得出与这种不同的价值观判断，即李季的开创性意义在于，他使原先较为注重而且擅长于即兴抒情的二行短章结构的顺天游大大地拓展了它的内涵可容性，使之连续缝缀而成为宏大的叙事性的史诗结构。

图 3-6　1946 年东北书店出版的《王贵与李香香》。

李季的长诗对于当日那种原则性的文艺指导是一种实践可能的典型提供。它刚好充填了当日感到焦虑的理论证实的空缺。因而它就无可怀疑地被推举为一种典范，并且在一个迅疾的推广中成为一种模式。自李季的《王贵与李香香》出现之后，当日诗坛的风气为之一变。这种变化大体体现在：一、向着民歌形式和民间格调的归宿，而基本断绝了与西方现代诗的联系，并且中断了四十年代初期以来的现代进程；二、从诗的抒情性品格大幅度转向，从根据地到大后方，不约而同地(也许是意义各有差异地)呼吁诗的叙事性和戏剧性，要求把诗做得不像传统的诗，而更像小说和戏剧，即是使诗拥有更多的具体性；三、与此相关，则具体为诗的抒情主体的个人性的消失，代替它的是作为群体性的即故事叙述者的集体形象，诗人主体的实现带有个性特征的抒情被判断为个人主义的，而集体主义的"我们"则受到极高的推崇；四、由于民谣小曲成为新诗的新形象，自然地助长了民谣风的甚至古典风的格律化倾向。抗战爆发后掀起的由胡风的《七月》所倡导，并由艾青和田间创作促成并完善的自由体诗的大潮也随之走向衰微。自此而后，持续推进的是以传统的说唱方式为模式的旧式格律诗或准格律诗的漫长的浸淫。

谢冕：《新世纪的太阳》，253～256 页，长春，时代文艺出版社，1993。

6. 作为新诗历史上第一次大规模的民歌体创作潮流，40 年代解放区的民歌叙事诗运动有值得注意的特点。首先是诗人们与民歌的直接亲近。20 年代歌谣征集运动的征集者们虽然也与歌谣发生密切联系，但征集者们一般都局限于文字交流，很少亲自到乡村中去与民歌作者和演唱者们亲自接触。但是，解放区诗人们就不一样，在延安文艺座谈会对作家"为工农兵服务"的要求下，许多诗人都亲自下乡采集民歌，向民歌学习。何其芳、李季、田间、严辰等都有这样的经历。在这样的活动中，许多诗人的心灵受到民歌的感染甚至震动，对他们的诗歌观念、人生观念都产生了影响。

其次，诗人们在创作中认真地学习和运用了民歌技巧，在新诗艺术与民歌艺术的结合方面作了比较深入的探索。如果说胡适、刘半农最初的民歌体新诗是在没有西方诗歌影响的环境下进行的，因此能够保持一定的自主和自然的话，那么，到了四五十年代，经历了多年新诗艺术的发展，再将民歌艺术融入其中，难度要更大一些，但同时也有了更深层融合的契机。在这方面，李季、阮章竞等诗人确实作出了不少努力，

也取得了比较明显的成绩。

这些作品在新诗历史上取得了较好的声誉，并在一定程度上探寻到了民歌艺术与新诗艺术的结合点，对后来的诗人们产生了一定的启迪作用。可以说，正是立足于40年代民歌叙事诗运动的基础上，50年代才可能出现像贺敬之、闻捷这样在运用民歌体艺术上取得较大成绩的诗人，他们的创作可以看作是40年代诗人们探索的继续和深化。

然而，民歌叙事诗运动从总体上还不能说获得了成功，它的诸多缺陷对它的整体成绩构成了根本性的限制。比如在题材内容上，它们都带着过强的政治化和时事化色彩，缺乏对真正农民生活的沉潜和细致再现；再如在形式上，存在着简单套用民歌形式、缺乏必要的提高和加工的缺陷，新诗艺术在很大程度上受到排斥，没有被充分地结合到民歌体叙事诗创作中。这都极大地影响了诗人们在艺术上的探索深度，也局限了作品的艺术高度。事实上，在运动中，真正取得成功的诗人和作品并不多，更多的诗人、更多的作品是以失败而告终的。比如艾青的《吴满有》，何其芳的《一个泥水匠的故事》等作品，就存在着明显粗糙和简单的缺陷，留下的主要是教训。

贺仲明：《论民歌与新诗发展的复杂关系》，载《中国现代文学研究丛刊》，2008(4)。

7. 在沦陷区诗坛倡导大众化、写实化的诗歌的同时，占据诗坛主导地位的，却是以战前已成名的诗人南星、路易士、朱英诞以及战后崛起的年轻诗人黄雨(李曼茵)、闻青、顾视、刘荣恩、成弦、金音、沈宝基、黄烈等为代表的"现代派"诗歌群体。

尽管这一名称容易与战前以戴望舒为领袖的"现代派"相混淆，但它仍旧在沦陷区获得了普遍的承认。一方面，其中的代表诗人南星、路易士、朱英诞等本来就是战前"现代派"诗群中的代表；另一方面，后起的年轻诗人们的创作风格，基本上是对战前"现代派"诗风的继承和延续。如果说战前中国诗坛如同前面引述的丁谛所论及的那样存在着两条道路，那么，沦陷区诗歌界更多的作者所选择的，是戴望舒一类的"重意境的诗，而不是大众化的诗"。尤其是其中"一般的青年诗人，都走向这蒙胧的路"。这表明，尽管沦陷区诗坛并没有明确提倡"现代派"诗风，但这一类诗歌仍旧酿成了一种具有准流派特征的诗潮。

另一方面，沦陷区严酷的生存境遇对诗人们创作的强大制约作用，自然也是不可忽视的。从政治气氛来到说，日本侵略者的高压统治和严密的文网制度使得沦陷区诗人们无法直面现实，所缺乏的是培植大众化通俗化诗作的土壤；从生活环境上说，求生存已经成为几乎每个诗人都面临的最迫切的问题。这使朝不保夕的诗人们空前强烈地体验到生命的个体性。"现代派"诗风的再度兴盛，一方面在题材上使诗人们避开了敏感的现实与政治领域，"以个人生活为主，不至于牵涉到另外的事情。写的是自己生活中的琐事，用不着担心意外的麻烦"。另一方面，在技巧上对深邃缥缈的意境的营造，对错综迷离的情绪的捕捉，都使诗人们"以灵魂为出发点"，追索到了生命的更幽深的情趣，并在一个非常的年代更切实地把握了本能性的生命存在。

吴晓东：《中国沦陷区文学大系：诗歌卷·导言》，见《中国沦陷区文学大系：诗歌卷》，7～9页，南宁，广西教育出版社，1998。

泛读作品

阮章竞：《漳河水》

袁水拍：《主人要辞职》《发票贴在印花上》

吴兴华：《森林的沉默》

评论文献索引

蓝棣之. 论四十年代的"现代诗"派. 中国现代文学研究丛刊，1983(1).

阮章竞. 中国解放区诗歌回顾. 文艺理论与批评，1991(5).

陆耀东.《在延安文艺座谈会上的讲话》与民歌体派新诗的成熟. 中国现代文学研究丛刊，1992(2).

张同道. 中国现代诗与西南联大诗人群. 中国社会科学，1994(6).

吴晓东. 抗战时期中国诗歌的历史流向. 文学评论，1995(5).

陆耀东. 四十年代长篇叙事诗初探. 文学评论，1995(6).

汪剑钊. 论冯至的"十四行诗". 诗探索，1997(4).

龙泉明. 论四十年代诗歌的历史发展. 文学评论，1997(2).

龙泉明. 四十年代"新生代"诗歌综论. 中国社会科学，2000(1).

孙玉石. 中国现代诗导读(1937—1949). 北京：北京大学出版社，2007.

拓展练习

1. 五四以来，闻一多、徐志摩、朱湘、卞之琳等人都曾移植借鉴西方十四行诗体，但成就高低不一，影响相当有限。直到冯至，才较好地实现了"不让十四行传统的格律约束我的思想，而让我的思想能在十四行的结构里运转自如"这一诗歌理想。对此，陆耀东认为"冯至的十四行诗，既是中国十四行诗成熟的标志，又代表着十四行诗的最高水平"①。细读《十四行集》之二十一首"我们听着狂风里的暴雨"，分析《十四行集》的卓异之处，探析冯至对十四行诗的"本土化"做出的贡献。

2. 在《讲话》精神指引下，本应立足于个体生命体验的爱情叙事却被视作时代政治的衍生物，被强行填充进宏大的历史叙事当中，成为中国无产阶级革命斗争曲折性、正义性和必然性的具体演绎。《王贵与李香香》正是顺应这一时代要求的典范之作。作品一经发表，旋即引起轰动，被郭沫若赞为从"人民翻身"到"文艺翻身"的"响亮信号"。分析《王贵与李香香》在艺术形式、在思想主题上是如何完成"翻身"的。

3. 在《抗战与诗》中，朱自清对战后新诗诗体流变做出精辟概括："抗战以前诗的发展可以说是从散文化逐渐走向纯诗化的路……抗战以来的诗又走到了散文化的路上……这是为了诉诸大众，为了诗的普及。……而朗诵诗的提倡更是诗的散文化的一个显著的节目。不过话说回来，民间形式暗示格律的需要，朗诵虽在散文化，但为了

---

① 陆耀东：《论冯至的诗》，载《中国现代文学研究丛刊》，1982（2）。

便于朗诵，也多少需要格律。所以散文化民间化同时还促进了格律的发展。"需注意的是，在这一文体流变之后，即抗战诗歌在趋向散文化但又同时向格律回转的矛盾发展背后，所潜隐的是中国现代新诗资源与根基的巨大转变，即由追求"世界性"的五四传统转向突显"民族性"的民间传统，意识形态因素在其中发挥着巨大作用。请结合抗战前期的"民族形式"论争、1942年的"延安讲话"，探析这一转变的理论依据与历史必然性。

第二节　艾青与七月诗派

艾青不仅是20世纪40年代中国新诗的集大成者，更是一位成就卓越的开拓者和建设者。他在新的历史起点上对现实主义和现代主义予以了成功综合和有力推进，对国统区的左翼诗人以及七月诗派产生了重要影响。30年代初，虽已走出"尝试期"但仍多元驳杂的诗歌现状为艾青诗歌的整合与突破提供了契机。1933年，艾青以《大堰河——我的保姆》正式登上诗坛，诗歌情感沉郁而激愤，既体现出鲜明的现实主义倾向，又吸纳借鉴了西方现代诗派的创作技法。

抗战爆发后，诗人在救亡激流中迎来了创作高峰。短短几年，先后出版了《北方》《向太阳》《他死在第二次》《旷野》《火把》等诗集，为中国新诗贡献了以"土地"和"太阳"为核心的经典意象群。皖南事变后，艾青奔赴延安，在《讲话》精神指引下，积极投身工农兵生活，写有《献给乡村的诗》《黎明的通知》等大量诗作，但诗歌整体质量较前期有所下降，部分作品情感单薄，显得浮泛浅白。

艾青的艺术成就主要体现在：一、在成功塑造的"现代中国"这一宏大形象的同时，也成功塑造了一个感情丰富、颇富个性的抒情主体形象，将个人的忧郁气质与民族苦难意识完美融合，避免了一般左翼诗歌的概念化与公式化。二、广泛吸纳了象征派等现代主义文艺所创造的现代性感受和表现方式，不仅在现实主义创作道路上纠正了左翼诗歌直白浅显的写实和浪漫浮躁

图3-7　编入"七月诗丛"第一辑的绿原诗集《童话》。

的叫嚣，而且达到了中国象征派、现代派纯诗所无法企及的思想境界，意象深沉凝重，诗风明朗质朴。三、对自由诗体大力推重，并以成功的创作实践将自由体诗歌提高到一个成熟的境界。

胡风的主观战斗精神理论是七月诗派的精神内核，而艾青的诗作则是七月诗派的创作旗帜，艾青的诗歌与胡风的理论相互印证，共同推进影响了七月诗派的形成和发

展,成为抗战时期存在最久、影响最大的诗歌流派。七月诗派以《七月》《七月诗刊》《希望》以及《诗垦地》等杂志为艺术阵地,主要成员包括邹荻帆、阿垅、鲁藜、绿原、彭燕郊、冀汸、曾卓、牛汉、罗洛、化铁、胡征、芦甸以及田间等。其诗歌以现实主义传统为旗帜,用饱满的热情拥抱生活,直接用诗投入实际的斗争,具有深重的忧患感、强烈的现实性和浓郁的战斗色彩。诗作的基本特征为:一、承继普罗诗歌以来的现实主义诗歌的战斗传统,强调诗歌的时代精神和革命倾向,注重诗人的纯洁性和诗歌的严肃性。二、具有鲜明的主体抒情性,注重用个体的情感力量来传达时代和民族情绪,追求客观现实的真实性与主观抒情的真挚性的完美统一。三、多写自由诗,又以政治抒情诗为主,在磅礴雄浑的革命现实主义风格中展现诗人的个性特色。

教学建议

1. 阅读评论摘要1、2,理解七月诗派的艺术特色及其诗史地位。

2. 阅读《雪落在中国的土地上》等作品,探析艾青是如何将现实战斗传统与西方现代派诗艺,将民族化、大众化与世界性、现代性成功综合的。

3. 就拓展练习1进行分析讨论。

精读作品

艾青:《雪落在中国的土地上》《我爱这土地》《手推车》

阿垅:《纤夫》

评论摘要

1. 二十年代末普罗派诗人大多抹煞了创作主体性,把"自我"消融于集体中,看不出诗人独特的抒情气质和个性。中国诗歌会诗人则由主情移到写实剖析上,以直接摹模的写实方法处处作"具体描写",然而缺乏个人真切的生活体验。两个诗派都失去诗人风格和个性,难以留下传世佳作。而七月派诗人既是时代最忠实的代言人,又把作为审美主体的情感置于主导地位,诗人的感情和自我形象鲜明。他们遵循诗歌的特性,从各个侧面表现个人独特的感受,从而把时代感和

图 3-8　1981年,绿原、牛汉编
《白色花(二十人集)》。

个性特征统一在一个完整的有机体中。……如果说,普罗诗派、诗歌会把诗人的"自我"消融于"大我"之中,而使诗歌只有一个浮泛的时代外观,缺乏诗人的抒情个性,那么,七月派诗人恰恰相反,他们以"小我"的独特感受来表现"大我"的时代情绪,诗中的"自我"中蕴含着"大我"的形象,正如艾青所说:"诗人的'我'很少场合是指自己的,大多数的场合,诗人应该借'我'来传达一个时代的感情和愿

望。"它标志着现实主义诗歌逐渐摆脱了标语口号式的呐喊和生活现象罗列的表现手法，达到主观与客观、时代与个人的融合统一。

柯文溥：《中国新诗流派史》，285～286页，福州，海峡文艺出版社，1993。

2. 七月诗派提倡高扬主体的现实主义，即强调诗人的主体性，把诗人的整个生活实践和创作过程视为"对于血肉的现实人生的搏斗"过程，并认为其中关键是发挥诗人的能动的主观作用。……七月诗派对高扬主体的现实主义的提倡，是有着鲜明的针对性的，即反对诗歌创作中普遍存在的主观主义和客观主义倾向。所谓主观主义，就是"热情离开了生活内容，没有能够体现客观的主观"。……所谓客观主义，就是"生活形象吞没了思想内容，奴从地对待现实，离开了主观的客观"……为了克服创作中的这种不良倾向，七月诗人强调主观战斗精神和主观突入客观、拥抱客观的美学追求。主体要反映或认识客体，必须通过主体的内部条件才能实现。在创作中，当现实生活、客观对象进入人的意识的时候，首先在高扬主观战斗精神。根据胡风的解释，就是在创作过程中，首先要提高作为诗歌的主体的诗人的思想觉悟、理论水平、认识生活和感受生活的能力，也即是提高对于客观现实的把捉力、拥抱力和突击力。然后，以这种高扬了的主观战斗精神去拥抱客观，"向赤裸裸的现实人生搏斗"，要在拥抱、把捉、突击现实生活和客观对象过程中，又体现为"相生相克的搏斗过程"，也就是说，诗人不是被动地反映着客观世界，而是在艺术创作过程中，由诗人的主体意识面对客观世界的反应（即"迎合、选择、抵抗"的过程）以及客观世界对诗人主体意识的进一步制约（即"促成、修改、甚至推翻"的过程）的相互作用下，来获得历史对象的真实性。

龙泉明：《高扬主体的现实主义——论七月诗派诗歌创作特质》，载《理论与创作》，1999 (2)。

3. 艾青的诗歌之所以具有不朽的价值，首先在于他的诗歌始终经营的不是小感觉而是大感觉，抒发的不只是一己的悲欢更是大时代的诗情，而这种大感觉、大诗情对于民族精神支柱的树立，民族灵魂的铸造所发生的影响是重大的，由此证明诗歌在国家民族的生活中的地位是不可偏离的。其次，艾青的诗歌具有与其时代主题表现相适应的艺术架构，新诗的成熟的审美规范在他诗中得到了充分而全面的体现，由此证明诗人如能超越极端，既追求美又不迷失于艺术至上，既富于道德力量又不流于说教，乃是其诗歌创作实现其最高审美价值的根本保证。其三，艾青的诗歌是诗人诗品与人品完美统一的结晶，由此证明诗人只有保持高尚的人品和卓异的诗品，才能求真求善求美；诗德能催生出诗歌的永恒，对诗歌永恒的追求可以造就纯正的诗德。

龙泉明：《艾青四十年代诗歌创作论》，载《文学评论》，1988 (5)。

4. 艾青在这里用"嘶哑的"喉咙歌唱的是四个意象，四个方面："被暴风雨所击打着的土地"——这灾难意象兴发出了苦难感；"汹涌着我们的悲愤的河流"——这悲愤意象兴发出了奋起感；"无止息地吹刮着的激怒的风"——这反抗意象兴发出了战斗感；"那来自林间的无比温柔的黎明"——这希望意象兴发出了光明感。这四类意象的组合次序说明，艾青面对民族生死存亡的现实，想要以实际行动——以他的诗歌号召、鼓舞广大爱国者在灾难、痛苦中奋起抗争、争取光明的前程。

骆寒超：《艾青评传》，119页，重庆，重庆出版社，2000。

5. (《雪落在中国的土地上》)这首诗有一个主旋律,一种反复咏叹的主旋律:"雪落在中国的土地上,寒冷在封锁着中国呀……"。这个主旋律在这首诗里不断地被强调,也不断地深化。诗人想象中国面临亡国灭种的危险,不仅写它被寒冷所封锁,也纳进了失去家园的逃亡、流浪的书写结构:前面写"北方",出现了赶着马车的中国农夫不知要到哪儿去;后面写到漂泊的乌篷船里无家可归的女人,乌篷船是南方的意象;让人感到从北到南、从男到女的中国人"就像异邦人/不知明天的车轮/要上怎样的路程";而最后,则整体想象中国的苦难:"饥馑的大地,朝向阴暗的天,伸出乞援的,颤抖着的两臂"——这里最能体现艾青作为大诗人的才气、胸怀、境界和想象力。他把失去家园的、流亡的中国变成一个"活"的雕塑。"饥馑的大地,朝向阴暗的天,伸出乞援的,颤抖着的两臂",在 20 世纪现代汉语诗歌里,谁能够这样用一个具体、准确的形象整体想象中国的苦难?此外,诗中还有一些在我们阅读感觉上很细微的东西,比如从写"你,蓬发垢面的少妇"到"我们的年老的母亲,都蜷伏在已不是自己的家里",在我们阅读感觉当中,好像年轻的少妇一夜之间就变成了母亲,一下子就老了一样,读了这些东西后,我觉得非常的震撼。

不过,我觉得这首诗的结构有一些问题,自由诗如果不作细致的艺术经营,就会出一些问题。这首好诗的遗憾是结构上不严谨,诗中说话者"我"的介入太随意。"告诉你,我也是农人的后裔——"和"而我"这两段,游离了开篇所设置的想象场景,使诗中对北方的想象未能得到充分的展开。艾青把北方凝聚"风"这个典型意象上,是非常高明的,但在展开不如写南方时细致、具体,并十分注意具体与抽象的通融。艾青对北方的想象被"我"转移了,干扰了,而最后一段,是为了呼应"我"那两段而设置的。我认为从整体结构和艺术效果上看,最后一段是画蛇添足的,可以不要,到"雪落在中国的土地上,寒冷在封锁着中国呀……"结束,诗的效果更好。

王光明:《开放诗歌的阅读空间》,89~90 页,北京,社会科学文献出版社,2008。

6. 显而易见,艾青诗中的"土地"类和"太阳"类意象,不是一般的语象,而是诗人最深切的关怀和最殷切的期望的表征:前者凝聚了艾青对祖国和人民最深沉的爱,对民族危难和人民疾苦的深广忧思;后者则寄托了艾青对民族光明未来的热烈向往和对美好的社会理想的不懈追求,所以它们是主题级的象征性意象。它们的频频出现使诗人深广的社会关怀和自觉的人生追求得到了充分的表现,给读者极为深刻的印象和影响。

在这里,诗人对家国土地饱含忧郁的挚爱和为祖国光明未来而慷慨献身的赤子情怀,悲欣交集地构成了难解难分的抒情经纬,并使诗作具有独特的美感:一种忧郁而又崇高的情调。这种情调是艾青诗作的一个显著的美学特征。

的确,忧郁乃是艾青这十多年诗歌创作中的一个挥之不去的存在,不仅《雪落在中国的土地上》等歌咏祖国和人民苦难的诗作中一直郁积着深深的忧伤,即使在歌颂光明前景、鼓舞人民战斗的诗作如《向太阳》、《吹号者》等名作里,也总包含着忧郁悲怆的情怀。简单地看待革命和光明的人士对此曾经不以为然,而艾青则坦承:"叫一个生活在这年代的忠实的灵魂不忧郁,这有如叫一个辗转在泥色的梦里的农夫不忧郁,是一样的属于天真的一种奢望。"其实,艾青诗中的忧郁乃是诗人的良知对民族苦难现实和人民悲苦命运的敏锐感应。但艾青并不希望人们以忧郁的沉浸和玩味为满足,所以他紧接着就强调,应该"把忧郁与悲哀,看成一种力!把弥漫在广大的土地上的渴望,不平,愤懑……集合拢来,浓密如乌云,沉重地移行在地面上……"正因为民族解放的渴望与人民反抗的精神凝聚其中,所以艾青诗中的忧郁不但不给人消极悲观之感,反而无一例外地将读者引向庄严、崇高的境界,蕴涵着振奋人心、催人奋进的巨大感召力。

解志熙:《精深的冯至与博大的艾青——中国现代诗两大家叙论》,
载《清华大学学报》,2005(4)。

7. 诗篇《纤夫》向我们展开的是一个同过去所有描绘纤夫的艺术作品全然异趣的诗境。诗篇大大淡化了纤夫们暗淡的社会身份,淡化了纤夫们痛苦不幸的奴隶身份,着力突出一个特征:人的意志力和群的意志力。诗篇以咬得透铁的线条,从不同的侧面,借助了力学、数学、军事学,元气淋漓地渲染了纤夫们同逆向的风、逆向的水流搏斗的紧张、危急、艰苦的严重情势,也突出了纤夫们在拼搏中坚忍不拔、一往直前、不达目的誓不罢休的惊人的大意志力。这是力学的强者,数学的强者,更是生活的强者,历史的强者。这是现实的直观意象,更是具有象征意蕴的意象,象征着中国人民迎着日寇侵略的逆流英勇奋进的大意志力,象征着中国人民迎着皖南事变的逆流团结奋进的大意志力。"动力一定要胜利/而阻力一定要消灭!"正是有了渲染得如此出神入化的纤夫群体的意象,这一历史的呼声才具有了振聋发聩的迫力。

叶德浴:《七月派:新文学的骄傲》,64页,北京,中国文联出版社,2001。

泛读作品

艾青:《乞丐》《黎明的通知》

绿原:《给天真的乐观主义者》

评论文献索引

骆寒超. 论艾青的诗歌艺术. 文艺论丛第10期. 上海:上海文艺出版社,1980.

杨匡汉、杨匡满. 艾青诗歌艺术风格散论. 诗探索,1980(1).

绿原. 白色花·序. 白色花. 北京:人民文学出版社,1981.

谢冕. 献给他们的白色花——读诗集《白色花》. 新文学论丛,1982(4).

骆寒超. 论晋察冀、七月、九叶三诗派及其交错关系. 中国现代诗歌论. 南京,江苏人民出版社,1984.

常文昌. 艾青诗的原型意象. 兰州大学学报,1991(4).

陆耀东. 论艾青诗的审美特征. 中国现代文学研究丛刊,1992(4).

骆寒超. 论艾青诗的意象世界及其结构系统. 文艺研究,1992(1).

龙泉明. 艾青四十年代诗歌创作论. 文学评论,1998(5).

拓展练习

1. "太阳"与"土地"是艾青诗歌中最常出现的核心意象,二者以其巨大的象征意义展现了战火之下民族与人民的苦难境遇与抗争精神，寄托了诗人对祖国人民的深爱，对光明、理想和美好生活的追求。结合《我爱这土地》《雪落在中国的土地上》《向太阳》等作品，分析这些意象的象征意义与情感意蕴。

2. 黯淡的意象、凄苦的意境、沉郁的语言，"忧郁"显然成为艾青诗歌最为重要的"底色"。它既是中国知识分子感时忧国品格的显现，又是诗人对时代情绪的准确描绘，更是一种独特审美情调的营构。试分析此种诗绪形成的主要原因。

3. 从胡适"诗体大解放"的提出到戴望舒对"情绪的节奏"的追求，再到艾青对"散文美"的倡导，"散文化"的理论探索和"自由体"的诗歌实践经历了三个发展阶段，成为贯穿新诗诗体建设的重要课题。试以胡适、戴望舒的理论主张为对照，分析艾青"散文美"理论的突破性，思考为什么称其为"中国现代自由诗体诗的代表，创作成就最高的诗人"①。

第三节　穆旦与九叶诗派

穆旦是九叶诗派（中国新诗派）最具代表性的诗人，也是中国新诗现代化道路上最具探索性和异质性的诗人。1937年至1948年是其高产期，出版诗集有《探险队》《穆旦诗集》《旗》等。新中国成立后诗歌创作一度消歇，主要致力于文学翻译，晚年写有《智慧之歌》《冬》等诗作。

图 3-9　《诗创造》《中国新诗》创刊号。

穆旦诗歌有着鲜明的个性特征：一、塑造了复杂、混乱、残缺而又追求蜕旧变新的现代自我形象。"我"在各种异力撞击之下破裂，又经怀疑、否定、蜕变的痛苦历程求得新的组合与暂时的平衡，但始终无法挣脱新一轮的被分裂的危险；二、用感官

---

① 龙泉明：《中国新诗流变论》，599页，北京，人民文学出版社，1999。

去思想，将肉体感觉与形而上的玄学思考熔铸一起，既直面肉体的现世存在，又寻求灵魂对肉体的不断超越；三、抛弃了古典诗歌所刻意经营的朦胧意象，取而代之的是"非诗意"的抽象语词。以介词、连词的广泛借用结成严密的逻辑关系，有效传达了意义层次众多而又要求清晰可感的现代思想情绪，充分表现了"思维复杂化、情感线团化"的现代特征；四、受奥登、艾略特、叶芝等西方现代诗人影响，借用隐喻、通感、象征、反讽、悖论等手法，构建起独特的个人化"象征系统"，用复杂的张力关系取代古典世界及现实世界中能指与所指的一致性。

除穆旦外，九叶诗派的主要成员还有唐湜、唐祈、陈敬容、杜运燮、郑敏、辛笛、袁可嘉等，他们在保持独异的个人特色的同时，又有着相近的诗学追求：一、"现实、象征、玄学"相综合的诗歌理想。注重在情绪与智慧、感性与知性、个体与民族、诗艺与时代的矛盾中寻求社会价值与审美价值的完美统一。二、"非个人化"的经验传达。在知性烛照下将诗人情感外化为客观意象，同时将哲理体悟还原为感官意象，以意象为中介实现形象、思想、情绪的三位一体，最终完成经验的非个人化呈现。三、新诗戏剧化。借用叙事文学所常用的悖论、独白和对白、动作和背景描写等"戏剧化"手法，打破了传统诗歌在情节结构和情绪线索上的单一性，以获取更大的包容处理复杂人生的能力。

教学建议

1. 评析九叶诗派"现实、象征、玄学"的诗学主张。
2. 结合具体作品，分析九叶诗派与七月诗派在诗学观念和诗歌风格的异同。
3. 完成拓展练习 3。

精读作品

穆旦：《诗八首》《春》
辛笛：《风景》
郑敏：《金黄的稻束》

评论摘要

1. 这九位作者忠诚于自己对时代的观察和感受，也忠诚于各自心目中的诗艺，通过坚实的努力，为新诗艺术开拓了一条新的途径。比起当时的有些诗来，他们的诗是比较蕴藉含蓄的，重视内心的发掘；比起先前的新月派、现代派来，他们是力求开拓视野，力求接近现实生活，力求忠实于个人的感受，又与人民的情感息息相通。在艺术上，他们力求智性与感性的融合，注意运用象征与联

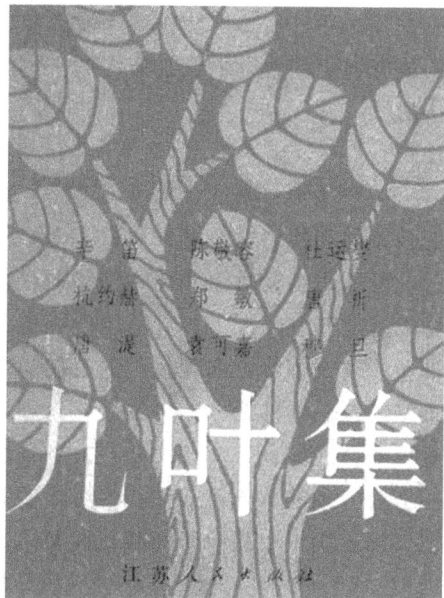

图 3-10　1981 年江苏人民出版社出版《九叶集》。

想，让幻想与现实相互渗透，把思想、感情寄托于活泼的想象和新颖的意象，通过烘

托、对比来取得总的效果，借以增强诗篇的厚度和密度，韧性和弹性。他们在古典诗词和新诗优秀传统的熏陶下，吸收了西方后期象征派和现代派诗人如里尔克、艾略特、奥登的某些表现手段，丰富了新诗的表现能力。

充分发挥形象的力量，并把官能感觉的形象和抽象的观念、炽烈的情绪密切结合在一起，成为一个孪生体。使"思想知觉化"是他们努力从西方现代诗里学来的艺术手法。这适合形象思维的特点，使诗人说理时不陷于枯燥，抒情时不陷于显露，写景时不陷于静态。如果诗人只会用丰富的感官形象来渲染，重彩浓抹，就会叫人感到发腻而不化；如果只是干巴巴地说理，又会叫人觉得枯燥无味。诗人应该努力把肉和骨恰当的结合起来，使读者透过意象联翩，而感到思想深刻，情味隽永。如写到一个小村子里春天来临的景象时，郑敏说："人们久久锁闭着的欢欣像解冻的河流一样开始缓缓流动了"，"当他们看见／树梢上／每一个夜晚添多几面／绿色的希望的旗帜"，就把绿色和希望，叶子和旗帜重叠起来，表达了人们迎春心情的表和里。

在语言句法方面，他们有不同程度的欧化倾向。在这方面，一向存在着两种情况：一种是化得较好的，与要表达的内容结合得较紧密，能增强语言的表达能力；另一种是化得不太好的，与要表达的内容有隔阂，就造成了一些晦涩难解。这里面有学习西方现代诗歌表现手法恰当与否的问题，也有运用上是否到达"化"境的问题。外来的表现方法是需要我们吸收消化，变成自己的东西，才能获得效果的。如辛笛的语言兼有我国古典诗词和西方印象派的色彩；杭约赫对诗词、俚语、歌谣兼收并蓄，就都比较明快。其余几位诗人在这方面也各有其独到之处，他们有共同的倾向，也各有自己的艺术风格，自己的鲜明个性。穆旦的凝重和自我搏斗，杜运燮的机智和活泼想象，郑敏塑像式的沉思默想，辛笛的印象主义风格（"风帆吻着暗色的水／有如黑蝶和白蝶"——《航》），杭约赫包罗万象的气势，陈敬容有时明快有时深沉的抒情，唐祈的清新婉丽的牧歌情调，唐湜的一泻千里的宏大气派与热情奔放，都是可以清晰地辨认的。

袁可嘉：《九叶集·序》，见《九叶集》，16～18页，南京，江苏人民出版社，1981。

2. "现实、象征、玄学"这一三维结构及其密不可分性质的整体，形成了一个新的独特的现代诗学范畴。它以诗人强烈关注的社会的和心理的现实为生命，以多种形式的象征为营造意象和传达情绪的手段，以抽象的哲理沉思与具象的敏锐感觉呈现为诗的智慧基础，在"放弃单纯的愿望"的"现代文化的复杂性和丰富性"中，建造一种新的"大踏步走向现代"的诗的世界。这一美学原则，淡化了二三十年代穆木天、梁宗岱等倡导的西方的"纯诗化"理论的性质，强化了现实的社会意识与内在的自我意识融合的成分，应该说是在一定程度上体现了当时存在的现实主义深化思考潮流的冲击所带来的对于诗的现代性美学的调整。它在整体思考与实践操作上更体现了现代主义诗歌发展中趋向于民族化的努力。

孙玉石：《中国现代主义诗潮史论》，332页，北京，北京大学出版社，1999。

3. 《赞美》写于1941年，它以雄浑的气势，传达了知识分子对于民族必将站立起来的坚定信念和希望，体现出以穆旦为代表的九叶诗人的总体创作特征，即在借鉴西方现代派技巧的同时，仍能植根于民族现实的土壤，赋予诗歌以广阔深厚的现实内容。

诗人用了许多排比句式，来加重情感表达的分量。如第一节：以"走不尽的……"和"数不尽的……"铺排烘托出空间的阔大；接着连续以四个"在……"来暗示时间的辽远。在阔大辽远的时空背景里，呈现的正是中华民族无尽的痛苦。诗人对这个多灾多难的民族满怀深情，他有太多的话语和太深厚的感情期待倾诉。随着一组排比句的展开，诗人情感一泻千里，一发而不可收，直到最后道出心声："我要以带血的手和你们一一拥抱。/因为一个民族已经起来。/因为一个民族已经起来"奠定了全诗的情感基调，它在每节末尾重复出现，回旋往复，将诗情层层推进，诗人那样深沉雄壮的声音似乎是在对全世界呐喊：中华民族已经起来。

全诗以情绪的抑扬起伏，自然分成四节。第一节以抑制不住的激情诉说了民族的苦难以及对于超越苦难的希望。第二、三节则以略为平静的调子叙说着一个农夫的故事。农夫"粗糙的身躯"逐渐被推置到画面的中心，那是一个"受难的形象"，背负着许多的希望而又失望，却并没有绝望，而是融入到集体受难的行列里。正是这些千千万万的受难者的勇敢和坚韧带来了民族复兴的希望。第四节，诗人又将视线投向那广阔荒凉的时空背景，眼前是一片荒芜，身后是"多年耻辱的历史"，然而在这无言的痛苦里，分明已积蓄着巨大的反抗力量，它将会像火山一样爆发。所以，诗人最后仍在以带血的喉咙歌唱"一个民族已经起来"。

龙泉明：《中国现代文学作品导引：1917—2000. 第二卷》，186页，北京，高等教育出版社，2004。

4. 穆旦诗的特色主要表现在内容方面，表现在对深度、宽度和密度的探索方面。这已有一些评论家谈过。

深度，就是指他自己说过的"思想的深度"，他认为需要表现的"较深的思想"。他的诗中多带有对人生哲理性的探索，或者内心的自我发掘和剖析。

穆旦在选取题材和运用形象方面，追求"现代生活化"和较宽阔的眼界。他的诗不仅也描绘自然风景（相对说来较少）、社会现象，而且致力于展现自己心灵的搏斗和内层的思想感情。他在这方面比许多诗人更有意识地向深处开掘。

密度，就是穆旦的诗所追求的高度浓缩。他注意文字简洁，精心锤炼。他的诗中很难找到可有可无的、"过于稀释的"句子。为了在最少的文字中装进最大容量的思想感情，他用字几乎达到吝啬的地步。但总的来说，他使用的都是现代口语。他的比喻，特别是暗喻，也压缩得很紧，再加上联想的跳跃，使读者有时需要多想一会儿或再读一两次，才知道他指什么。有时他直接引用外国诗中的比喻和形象，使许多不习惯或缺乏那种外国文学知识的读者感到晦涩难懂，以至"猜不出来"。

杜运燮：《穆旦诗选·后记》，见《穆旦诗选》，151～153页，北京，人民文学出版社，1986。

5. 题为"风景"，似乎一个很有浪漫诗意的情境，实际描写与题目却恰恰相反，展现给人的不是美丽的"风景"，都是社会的病态，这种很令人扫兴的效果，正是这首诗追求的精义所在：冷静的客观中满是嘲讽的批判。真正的非常现代性的诗意也就在这似乎枯燥无味的描写中产生了。无味之为味，此之有味也。

具体描写与抽象思考错落地交织在一起，构成一幅幅社会图景；让图景本身说话，是这首诗的一个重要方法。1948年夏，诗人乘车在沪杭道中，凭窗眺望，忧心忡忡。在他眼里飞过的"风景",不是什么美丽的自然景象,更无个人旅行的轻松的欣赏之情,而是非常沉重的感觉:"列车轧在中国的肋骨上/一节接着一节社会问题。"对列车铁轨连续不断的响声的具象呈现,与中国社会各问题的沉重繁多、无法解决,似乎是不相干系的两个现象,在诗人的感觉中却如此自如地融合在一起,织成一个忧患者观察世界的覆盖网。

孙玉石:《中国现代诗导读(1937—1949)》,91页,北京,北京大学出版社,2007。

6. 诗(《风景》)的起句就非常奇异,把中国的土地形容成一根肋骨,暗示它的贫瘠、荒凉与寂寞,"列车轧在中国的肋骨上",给人一种强烈的压迫而来的痛感,而把社会问题比喻为一节一节的火车或铁轨,又表明问题的多和源源不断。可以说,诗的开篇就以醒目的视觉形象赋予诗歌以有力的象征。接下来诗人写他目光所见的风景——茅屋与田野间的坟,这两个意象的并置被诗人转换成对中国人"生"与"死"的描写——"生活距离终点这样近",暗示了生命的短暂、浑噩、冷漠,以及无意义。"夏天的土地绿得丰饶自然/兵士的新装黄得旧褪凄惨",写的是战乱中的中国的士兵的凄惶。但也可作引申的理解,把它由对风景的写实上升到哲理的思考,一方面可以理解为用"新"(绿地)与"旧"(黄军衣)的对比暗示"生机"和"衰退"的转换,一方面还可理解为用大自然的"永恒"暗示人世存在的"暂时"。诗的结尾点明了诗的题旨,以批判的态度指出全篇做的是反面文章,"风景"这个标题也就具有了反讽的意味。

龙泉明:《中国新诗名作导读》,280~281页,武汉,长江文艺出版社,2003。

7. 长年浸淫于英语诗歌之中,且对奥登心摹手追,久而久之,穆旦的思维与语言似乎也就已经英语化了。他的某些诗句,在中文里实在不成话,可直译成英文倒是文从字顺……为什么穆旦的诗中竟然充斥着如此众多的对西方现代诗人尤其是奥登的文学青年的模仿之作?唯一合理的解释是:他过于倚重奥登的写法,因为除此之外他别依傍;他过于仰赖外来的资源,因为他并不占有本土的资源。穆旦未能借助本民族的文化传统以构筑起自身的主体,这使得他面对外来的影响即使想作创造性的转化也不再可能。他拿什么来转化?徐志摩写得一手漂亮的骈文,戴望舒能信手将一首新诗改写成优美的绝句,闻一多有他的李义山,卞之琳有他的姜白石,冯至有杜甫,可穆旦呢?什么都没有。王佐良说:"穆旦的胜利却在他对于古代经典的彻底的无知。"我的看法正好相反,正是这种"彻底的无知"造成了穆旦的失败。

穆旦的地位之所以被高估,主要因为他被看作二十世纪中国诗人中最具现代性的一位。现代即意味着西方,西方即意味着现代,这是二十世纪最深隐的迷思。远在五十年代纪弦提出"中国现代诗是横的移植,而非纵的继承"之前,四十年代的穆旦已经用创作奉行了这一信条。王佐良说,"他的好处却是他的非中国"。相隔半个世纪这两条看起来差不多的断语,其重心的转移,足以表明中国现代诗的西化倾向是愈来愈严重了。

江弱水:《中西同步与位移——现代诗人论丛》,144、147页,合肥,安徽教育出版社,2003。

8. 穆旦诗歌的外来资源和本土传统关系果真那么壁垒森严吗?它彻底割断了和古典诗歌之间的精神乃至艺术联系吗?答案是否。准确地说,是穆旦诗歌的反传统姿态，令人们生出它和古典诗歌无缘而对立的错觉。其实诗人一直置身于民族的集体无意识和艺术传统之中，富有理性实践精神的民族文化心理的制约，使它难以产生西方现代派艺术极端个人化的自我扩张；潜伏在灵魂深处的丰富的艺术传统也不允许外来影响反客为主的同化；尤其是对于他这样真诚自觉的艺术探索者来说，兵荒马乱的现实永远是充满诱惑力的领域。所以他没有也不可能完全倒向艾略特、奥登传统，而始终是西方和古典的两个"新旧传统在他的心里交战"，他的诗对抗"古典"的背后，依然有"古典"传统因子的强劲渗透和内在传承。

　　罗振亚：《对抗"古典"的背后——论穆旦诗歌的"传统性"》，载《南开学报》，2007（3）。

泛读作品

　　穆旦：《赞美》《野兽》

　　陈敬容：《珠和觅珠人》

评论文献索引

　　杜运燮等编. 一个民族已经起来. 南京：江苏人民出版社，1987.

　　王毅. 围困与突围：关于穆旦诗歌的文化阐释. 文艺研究，1998(3).

　　龙泉明. 七月诗派和九叶诗人：在历史和未来的交汇点上. 文学评论，1988(1).

　　罗振亚. 严肃而痛苦的探索——评四十年代的"九叶"诗派. 中国现代文学研究丛刊，1990(1).

　　张同道. 带电的肉体与搏斗的灵魂——论穆旦. 诗探索，1996(4).

　　孙玉石. 解读穆旦的《诗八首》. 诗探索，1996(4).

　　王圣思选编. "九叶诗人"评论资料选. 上海：华东师范大学出版社，1996.

　　李怡. 论穆旦与中国新诗的现代特征. 文学评论，1997(5).

　　谢冕. 一颗星亮在天边——纪念穆旦. 名作欣赏，1997(3).

　　蓝棣之. 九叶派诗歌批评理论探源. 中国现代文学研究丛刊，2001(4).

　　蒋登科. 九叶诗派的合璧艺术. 重庆：西南师范大学出版社，2002.

　　唐湜. 九叶诗人："中国新诗"的中兴. 上海：上海教育出版社，2003.

　　段从学. 回到穆旦的丰富性和复杂性. 新诗评论，2006年第1辑. 北京：北京大学出版社，2006.

　　李章斌. 近年来关于穆旦研究与"非中国性"问题的争论. 中国文学研究，2009(1).

拓展练习

　　1. 西方现代派如里尔克、奥登、艾略特等诗人为穆旦提供了极为重要的诗歌资源。在语言风格、思维方式、精神气质等方面，穆旦也非常逼近于西方现代主义诗歌。正是凭借"他的最好的品质却全然是非中国的"（王佐良语），穆旦一度被推到了中国现代主义诗歌的最前列，不少学者都试图通过"现代性"特征的寻找，进一步确证穆旦在新诗史的崇高地位。然而，一些研究者以"多样现代性"理论为支点对穆旦的"非中国化"提出质疑，认为这种与中国传统文化、民族语言发生断裂的"非中国性"并不足以成就伟大诗人，穆旦只是一位优秀的模仿者。结合评论摘要7、8及相关资料，对穆旦诗歌的"非中国性"进行评析。

2. "晦涩"是西方现代诗学的重要范畴，它借助悖论、反讽、复义等技法努力寻求对丰富的潜在意蕴的开掘、对语言自身力量的突显。它不单是一种形式层面的诗艺创新，更重要的是对现代人丰富而不断裂变的生存体验、繁复而纷乱的精神世界的穷究与拷问，是伴随传统农业文明向现代工业文明的转型而逐渐生成的。20世纪上半叶，尽管中国本土并不完全具备生成"晦涩"的社会土壤，但不少诗人已将其作为中国现代诗歌建设的重要参照，如李金发、卞之琳、穆旦等。只是，只有到了穆旦，中国新诗才真正抵达了西方现代主义诗歌的理想深处，成功表现出现代人"思维的复杂化、情感的线团化"。结合第一、二个十年现代主义诗歌的发展，探析从象征诗派到现代诗派再到九叶诗派，中国新诗是如何真正完成对西方"晦涩"美学的深层接受的。

3. 细读穆旦的《诗八首》，分析其现代主义的表达方式。可参考王毅的《细读穆旦〈诗八首〉》①、郑敏的《诗人与矛盾》②、孙玉石主编的《中国现代诗导读》（穆旦卷）③ 中《诗八首》解读部分。

① 王毅：《细读穆旦〈诗八首〉》，载《名作欣赏》，1998（2）。
② 郑敏：《诗人与矛盾》，见《一个民族已经起来》，南京，江苏人民出版社，1987。
③ 孙玉石：《中国现代诗导读》（穆旦卷），北京，北京大学出版社，2007。

第三章 散 文

第一节 繁复旋律 绰约风姿

受战乱影响，20世纪30年代兴盛一时的以抒情叙事为主的小品散文在抗战初期迅速衰落，取而代之的是能够及时反映战事变迁、直接传达热情激昂的时代气氛、具有强烈新闻色彩的报告文学以及一些抗战纪实散文，影响较大的作品有丘东平的《第七连》、骆宾基的《救护车里的血》、沙汀的《我所见之H将军》等。

1939年前后，在鲁迅逝世之后曾一度衰落的杂文创作在上海、桂林、重庆及延安等地逐渐繁荣起来，并围绕《野草》《鲁迅风》等刊物形成声势浩大的"鲁迅风"杂文流派。解放区在1942年之前曾涌现一批卓有影响的以揭露社会矛盾为主的杂文，如王实味的《野百合花》，丁玲的《"三八"节有感》等，但在整风运动之后则陷于沉寂。以战歌和赞歌为基调的小品散文及报告文学成为延安散文的主要成就，并在建国"十七年文学"中得到延续，代表作家有何其芳、丁玲、吴伯箫、孙犁、白朗等。

在杂文引领散文主潮的同时，身处边缘的小品文在四十年代并没有停止艺术探索的脚步，相反，在西南大后方、"孤岛"、北方部分沦陷区以及延安都取得了丰硕成果，显示出繁复多样的别样风致：萧红在保持从前清新妩媚的风格的同时，以一种絮语式的笔调写出自己的社会见闻以及在逆境中的心情；丰子恺在亲历社会动荡后为平淡质朴的文字注入了沉痛悲壮的现实生活气息；沈从文的散文集《湘西》，语言高雅典丽，意境清新秀美，乡土风味更为浓郁；陆蠡在散文集《囚绿记》用缠绵隽永的文字传达了身陷"孤岛"后寂寞苦闷、渴求抗争的心灵呼声；钱锺书的《写在人生边上》以日常见闻为谈资，广征博引、见解独到、语言精练绵密；张爱玲擅长以个体对俗世生活的感知来反映时代的变迁，笔调悲凉感伤而不乏诙谐生动；何其芳在进入延安后由沉醉幻美转向关注现实，文字平实朴素，情感简略粗糙；而梁实秋以旷达俊逸的名士风范成为闲适散文派的第三代传人。

教学建议

1. 阅读评论摘要1及相关资料，把握在第三个十年散文创作趋向。
2. 阅读评论摘要2及相关资料，分析小品散文在沦陷区兴盛的主要原因。
3. 阅读评论摘要3、4，了解"野百合花"事件，分析杂文在解放区凋敝的原因。
4. 细读张爱玲的《更衣记》《公寓生活记趣》，阅读评论摘要6、7、8，理解其散文的世俗倾向和"私语"特征。

精读作品

王实味：《政治家，艺术家》《野百合花》

张爱玲：《更衣记》《公寓生活记趣》

陆蠡：《囚绿记》

评论摘要

1. 各种散文艺术形式的相互影响和不平衡发展，是抗战以来散文创作的一个突出事实。面临时代和社会的大变动，各种散文形式的应变力不是同步的。抗战初期轰轰烈烈的战争生活和解放区崭新的社会现实，吸引着广大作家的密切关注，他们努力把人民高度关心的动态反映出来，因而造成了记叙性散文的勃兴繁荣局面。从记叙散文中分化出来的报告文学，由附庸变为大国，走上了大发展的道路。写人、叙事、纪行作品也大量涌现，有的篇章又和通讯报告交错在一起。解放区反映新的斗争生活的散文虽然数量不多，但继续发展以小说手法写散文的路子，取得了很大的成功。纪行文随着流离者的足迹而盛极一时，偏重于社会人事题材，感慨时艰，抨击时弊，较少流连山水的兴致，主要发展了写实性、社会性、客观性的传统，综合叙述、描写、议论之长，兼具文献价值。抒情性散文在抗战初期虽有新创，但未酿成新潮，倒是在40 年代国统区获得很大发展。当抗日战争进入相持阶段，后方社会矛盾开始表面化，政治高压抬头，严酷的社会现实迫使作家们冷静下来，正视现实苦难，思考祖国和人民的命运，反视内心的情绪要求，因而沉郁顿挫、感慨万千的抒情作品竞相出现。如果说，解放区散文存在着某种程度的忽视主观抒情、淹没个性表现的倾向，那么，40 年代国统区的抒情散文恰好弥补了这一缺陷，以个人抒情感应时代的精神气息和人民的生活愿望，大多较好地处理了个人性和社会性、主观真实和客观真实的关系，可以和40 年代的抒情诗相互映衬，构成40 年代抒情文学的主流。抒情散文诗化的艺术传统在40 年代发扬光大，一大批青年作者直接受到30 年代“诗人的散文”一派的艺术影响，又吸取欧美现代诗文的表现技巧，讲究散文的艺术创造，创作了大量艺术性较强、平均水准较高的诗化散文作品。连一些早先质胜于文的散文家也开始注重散文形式美的创造，写出了耐读的精品。较之记叙性散文，这时期的抒情性散文着重发展了美文传统，提高了散文的艺术价值，巩固和加强了艺术性散文的独立地位。

这时期散文在语言形式的大众化、民族化方面也取得新的进展。战时流离迁徙的生活和变动的社会环境，一方面促使各地方言土语的融化贯通，流行的新国语日见丰富、成熟；另一方面促进作家和群众结合，向群众学习和为群众写作形成风气，语言大众化成为必然趋势。现代语体文的发展，在“言文一致”的大方向上，经历五四时期以白话取代文言的历史性变革，经过30 年代口语化和文学化的努力尝试，适逢抗战以来语言大众化、民族化的有利时机，于是获得新的活力。以群众的口头语言为源泉，从中提炼出生动活泼、朴素通俗的文学语言，努力克服文言和欧化的腔调，这是这时期许多散文家留意的一个课题。

俞元桂：《中国现代散文史》（修订本），581～583页，济南，山东文艺出版社，1997。

2. 值得注意的是，尽管不时有关于"杂文"、"报告文学"的自觉提倡，如前所述，有些杂志还专门提供发表阵地，但这一时期数量最多、质量最高、影响最大的散文体式，仍然是回忆童年往事、描摹风土人物、叙谈人生体验、抄录古书、以史遣愁的随笔，另一些作者也仍然执着于"诗化散文小品"的创作实验。这就是说，随笔、小品等个人性散文在北方文坛日趋沉寂时，又在上海沦陷区文坛上复兴，并且由于其中大多数作者有着较深的学养，较为丰富的人生阅历，他们所创作的散文更有一种重实感，在生命体验的深沉、文字韵味的淳厚，以至超越的哲思上，都把随笔、小品的创作提高到一个新的水平。

第一个原因显然是一个"传统的承继"问题。纵观这一时期的随笔、小品，古典传统的影响已渗透于作者的体验方式与笔墨趣味之中，周作人所倡导的"文抄公体"的随笔，更是明显地受到了中国传统笔记的启示。而四十年代的散文家们的得天独厚之处，还在于，他们同时又受到五四新文学传统的滋养。除了批评家已经指出的周作人之外，也还有何其芳的影响。英国风随笔仍然保持着它的影响力，这一时期也有过专门的介绍。而这一时期散文的"个人性"特征，其中一个重要方面，即是作家们从自己的艺术个性出发，以"我"为主地广泛吸收古今中外的艺术营养，达到外在影响与作家个人内在精神的统一：这在周作人、张爱玲这样的成熟作家那里表现得尤为突出，并从一个重要方面显示了这一时期散文艺术所达到的历史水平。

促进这一时期散文创作相对繁荣的另一个重要因素，就是文学期刊、文学市场对推动散文创作发展的作用。

但四十年代沦陷区散文的发展更深层的动因，却来自这一时期对"个人生活"和个体生命存在的特殊关怀。这自然有因政治不自由，写"自己生活中的琐事，用不着担心意外的麻烦"的原因，但更根本的，却是战争毁灭了一切，不仅危及国家、民族的生存，而且每一个个体生命都受到了实实在在的威胁。因此，在四十年代，不仅有民族意识的觉醒，同时，也有对个体生命存在的关注与思考。在沦陷区，当文学中的民族意识受到了政治的压抑，个体生命意识就被推于文学图景的前景位置，得到了一次历史性的凸现。周作人在《近代散文抄·序》里，曾将文学分为"民族的集团的文学"与"个人的文学"，而称小品文为"个人的文学之尖端"。说明了四十年代沦陷文学的个体关怀在小品文的文学体式上得到了较为充分的艺术表现。这种情况，很容易使人们联想到五四时期的散文，但二者之间也存在着并非不重要的区别：同是"个人的文学"，但五四时期散文中的"个人性"是以五四思想启蒙运动为其背景与动因的，主要表现为一种个体意识的觉醒；而40年代沦陷区的散文则是战争背景下对于个体生命存在的关怀与探寻，并由此而获得了一种特殊的价值。

谢茂松、叶彤、钱理群：《普通人日常生活的重新发现——40年代沦陷区散文概论》，载《北京大学学报》，1996（1）。

3. 延安代表着一种由批判文学向肯定文学的转折。毛泽东断然宣布，杂文时代已经过去了，就是说，在批判对手方面，政论散文在过去已经达到了目的，现在应该为那些帮助歌颂自己的人的文学形式所取代。相反那些特别富于干预精神的代表如丁玲则主张，政治散文不但会继续有效，甚至是必需的。她和其同道者把杂文看作武器，文学根本上就是针对自身和别人的战斗手段。然而，自我批评是可以的，批评却是让人难以容忍的。

顾彬：《二十世纪中国文学史》，191页，上海：华东师范大学出版社，2008。

4. 无论是丁玲，还是王实味，他们当时运用的批评性文体与批判精神大都来自鲁迅。不必说丁玲曾经举起鲁迅的杂文，宣称鲁迅的杂文是不会死的，也不必说像萧军这位鲁门弟子一样到处鼓吹鲁迅自由独立的反抗精神，单说王实味吧：首先，据批判者说，他的"《野百合花》的形式，是完全模仿鲁迅先生的《无花的蔷薇》的"；其次，他虽然在后来"中央研究院"的批判会上已经处于有组织的围攻当中，却仍执迷不悟地"以现代的鲁迅自居"。于是，在当时的批判文章中似乎可以明显看出，批判者似乎存在一种"既要削弱以至阉割、否定鲁迅的批判精神，又要利用鲁迅旗帜的尴尬"。正因如此，如何看待与运用鲁迅的杂文不仅成为文化界的任务，也在事实上成为政治家必须予以迫切解决的问题。在以延安为中心的新民主主义社会，由于时代变了，政权性质变了，社会内涵变了，所以鲁迅式杂文也必然发生变化，它那如匕首般令人心惊肉跳的批判锋芒再也不能指向革命阵营以及新的社会与人民，而只能毫不客气地指向民族和阶级的敌人。……鲁迅式杂文倘要继续存在，那么它必然取决于它所表征的意识形态的合法性，而这样的杂文已经不是鲁迅那种任性而谈，无所顾忌，亦即忠实于自身体验、观察与思考的杂文了，而是一种曾被论者意欲命名为"新杂文"的那种东西。

袁盛勇：《延安时期"鲁迅传统"的形成（上）》，载《鲁迅研究月刊》，2004（2）。

5. 王实味关于民族形式的理论其实已经隐含了他关于知识分子处在启蒙大众的五四以来的精英文化传统，而正是对这一传统的认同，也才有政治家改造人的灵魂的提出及暴露阴暗面的《野百合花》的出现。的确，王实味前后三篇文章是有其一致的理论路向的，《文艺民族形式问题上的旧错误与新偏向》是一次最基本理论的演示，是在探讨具体的文艺理论的学术讨论中展示他关于新文学发展到四十年代后如何前行的总纲，而《政治家，艺术家》一文则沿着这一理论思路对某一侧面的具体思考，到了《野百合花》，王实味则是在这理论的指导下直接干预现实了。……显然，王实味的文艺思想是在五四新文学启蒙话语系统的背景下生成的，只不过批判者们把它置换成了托洛茨基主义文艺的话语系统。

黄昌勇：《〈野百合花〉的前前后后》，载《新文学史料》，2000（3）。

6. 一个人对人生的看法，多半基于自己的生活经历。张爱玲的文章基本上得自她那些琐琐碎碎的日常记忆。她不能算是个多愁的女性，倒也称得上非常的善感。她的童年生活是不愉快的，我们从《私语》中读到：当她得知父亲要娶后母时，伏在夏夜的阳台上，哭了……然而，张爱玲的独特之处偏偏在于：正是在这样一种境遇之下，依然以她的智慧和达观，发现人生的许许多多的哲趣。当然，她并不同于那种以思想见长而直抵彼岸世界的作家，她的兴趣和关注，似乎全都投诸人生此岸。哪怕是些许小事，有时也能唤起她那一份独有的想象力。在她眼中，电车回厂也是一幅富于诗意的画面，"一辆接着一辆，像排了队的小孩，嘈杂，叫嚣，愉快地打着哑嗓子的铃：'克林，克赖，克赖，克赖'。吵闹之中又带着一点由疲乏而生的驯服，是快上床的孩子，等着母亲来涮洗他们。"（《公寓生活记趣》）这本来只是都市生活平淡的一瞥，让她这么一说，平淡之中也便出现了跃动的意趣。太平洋战争爆发时，她正滞留香港，其间的艰辛困苦自不必说，而战乱给她留下的记忆亦颇独特——"我记得香港陷落后我怎样满街的找寻冰淇淋和嘴唇膏……""我们第二天步行十来里路去践约，吃到一盘昂贵的冰淇淋，里面吱格吱格全是冰屑子。"（《烬余录》）在经历忧患之后，对死亡的恐惧，终于不及对冰淇淋的印象深刻。这究竟是一份天真，还是骨子里与生俱来的某种自适己意的从容呢？反正这般实实在在又心怀憧憬地投视此岸人生的笔触，使得她的散文作品，在众多现代大家面前，自有一番风韵和气度。它们是随意与执着，调侃与诚挚，出世与入世的融合。而且差不多可以称得上是完美的融合。一方面，她相当讲究文章的世俗情趣；另一方面，她又喜欢把观照的距离拉开，"汉唐一路传下来的中国"如何如何（《中国的日夜》），又是她文章里常有的调子。她似乎漫步在人生的边缘上，一边是小菜场、杂货店、街谈巷语和留声机里放出的悲凉的剧曲，一边是远处的万家灯火，历史俯瞰之下的蜉蝣人生。实际上，她每一步都踩得很准；她知道历史就像翻过去的书页，眼前的这一页也总要被翻过去。旧时的记忆渐渐淡褪，而今拾起的新鲜感受仍能使人唏嘘不已，"你把额角贴在织金的花绣上。太阳在这边的时候，将金线晒得滚烫，然而现在已经冷了。"

李庆西：《人间书话》，133～134 页，乌鲁木齐，新疆人民出版社，1997。

7. 苍凉、悲哀、无奈与卑琐成为张爱玲关于人生的思想背景，她的散文虽然流露但抑制住了这一背景之中的体验与情绪，最充分的表达是作为"整体艺术"的小说。散文与小说构成了一个完整的张爱玲。她未厌恶人生也未拒绝，却愿意"从柴米油盐、肥皂、水与太阳之中去找寻实际的人生"，这是彻悟之后的达观。如果把散文的状态分成"此岸性"与"彼岸性"两种类型，那么，张爱玲的散文当属前者。"此岸性"是她和其他散文作家相区别的"本体性"。她毫不犹豫接纳世俗人生，在这一接纳中她不仅没有"同流合污"，反而以特有的方式显示出她的高蹈。确立张爱玲散文的"此岸性"不仅是对一个作家风格的确立，它还将启发我们用什么方式（多种而非一种）去关怀不满的甚至是鄙夷的"此在"人生状态。也许正是由于她对"此岸性"的坚持，她的散文没有宗教感，也未用宗教性的道德规范或教训世俗，但是，她没有放弃对世俗人生的"关怀"。

从世俗中寻找出诗情，这是张爱玲的魅力，这魅力很特别，可以赏析，但却难以模仿。张爱玲的散文使许多"小女人"的散文相形见绌而成"东施"。

无疑，张爱玲也有所拒绝和规避，她是 20 世纪 40 年代"边缘"意识最强的作家之一。这个边缘既指传统与现代的交接，也指张爱玲对现实政治和主流意识形态话语的主动疏远与冷漠。在张爱玲看来，"清坚决绝的宇宙观，不论是政治上的还是哲学上的，总未免使人嫌烦。人生的所谓'生趣'全在那些不相干的事"。在解释"自己的文章"时，张爱玲坦率而又平静地说，"一般所说'时代的纪念碑'那样的作品，我是写不出来的，也不打算尝试，因为现在似乎还没有这样集中的客观题材。"她注重的是人生安稳、和谐的一面，而非人生飞扬的一面："而人生安稳的一面则有着永恒的意味，虽然这种安稳常是不安全的，而且每隔多少时候就要破坏一次，但仍然是永恒的。它在于一切时代。它是人的神性，也可以说是妇人性。"这是我们理解张爱玲散文的一把钥匙，是其魅力所在。所谓"永恒的意味"等等，也正是张爱玲散文被遗忘而最终又被记起的原因。张爱玲在褊狭中完成了一次普遍意义的超越。这样说并非作非此即彼的裁定。我们只有超越两极思维的模式，才能看到文字所抒写的安稳的人生在时代背景中的位置和它对飞扬人生所作的必要补充。

王尧：《文字的灵魂》，134～135页，济南，山东友谊出版社，2007。

8. 如果说30年代的"独语"体散文作者还有一个虚拟的"梦中的国土"（何其芳语），在遥远的彼岸世界构成着一颗颗漂泊的灵魂的心理慰藉，那么，在张爱玲这里，则是对整个人类文明的浓重的幻灭感。"孤岛"文化固然已是"新旧文化种种畸形产物的交流"，而世界范围的战争更使她感到人类"去掉了一切浮文，剩下的仿佛只有饮食男女这两项"，她置疑的是："人类的文明努力要想跳出单纯的兽性生活的圈子，几千年来的努力竟是枉费精神么？"（《烬馀录》）在张爱玲的《流言》中，我们几乎找不到30年代"独语"语境中所蕴涵的理想色彩与浪漫气质，她力图还原的，是战争背景中人的固有本性。理想主义文学传统中关于人的神性的童话在张爱玲笔下彻底消解了。

张爱玲所展示的，是包括她自己在内的芸芸众生在战争环境中真实的人生形态，在对人性的自私的求生本能的自省中又隐藏着对人性的深深的理解和宽悯。其实，真正构成战争的广大而深厚的背景的，正是众生的挣扎与死灭，是战争中个体的孤独与渺小，这是个体生命的真实的原生态。

吴晓东：《漫读经典》，170～171页，北京，生活·读书·新知三联书店，2008。

泛读作品

张爱玲：《天才梦》

丁玲：《"三八节"有感》

钱锺书：《魔鬼夜访钱锺书先生》

评论文献索引

尹鸿禄. 赏心悦目的"美文"——大后方散文探美. 社会科学研究，1990(4).

吕若涵. 试论上海沦陷区女性散文的审美取向. 中国现代文学研究丛刊，1997(3).

罗华. 世俗闪耀出智慧——张爱玲散文品格论. 中国现代文学研究丛刊，1998(2).

周芬伶. 浮世嘉绘在艳异的空气中——张爱玲的散文魅力. 女性的张爱玲. 北京：中国友谊出版公司，2005.

刘绍铭. 张爱玲的散文. 丽娃河畔论文学. 上海：华东师范大学出版社，2006.

郭力. 历史批判的启示：性别与政治的话语变奏——以《"三八"节有感》和《丽萍的烦恼》为例. 中国现代文学研究丛刊，2003(4).

黎辛.《野百合花》·延安整风·《再批判》——捎带说点《王实味冤案平反纪实》读后感. 新文学史料，1995(4).

黄昌勇. 宿命中的沉浮：丁玲与王实味. 文艺争鸣，2002(3).

孔刘辉. 天有病，人知否？——《野百合花》事件从解放区到国统区. 抗日战争研究，2009(3).

拓展练习

1. 王实味的悲剧命运宣告了"杂文时代"在解放区的迅速终结，也意味着文学特别是杂文这种独特文体干预现实的功能受到严格限制。这种现象的出现与"延安讲话"所确立的文艺方针有何内在联系？

2. 与其小说相比，张爱玲的散文更为轻松、洒脱，更多些世俗的情怀、日常的情致，有着更强的"此岸性"。结合相关评论文献，对张爱玲散文的"此岸性"特征进行分析。

3. 战争文化环境下，沦陷区散文的主导文体仍是一些审美性、趣味性较高的小品随笔，与时代风云的变幻存有较大距离。然而，这种"边缘写作"却又使沦陷区散文有效避免了"抗战八股"的出现，在现代散文的传承和创造上取得了较大成绩。结合相关评论文献，对沦陷区散文这一趋向的成因及独特意义做出评析。

第二节　"鲁迅风"：不朽的风旗

"鲁迅风"成形于左联时期，并在抗战背景下被左翼散文家进一步丰富和发展，是一支风格独特的杂文流派。尽管其艺术成就并未达到"超越鲁迅"的目标，但仍推动了杂文在文体、内容、区域上的多元发展，适应并满足了动荡社会的审美需要和抗争要求。按地域及刊物阵地划分，"鲁迅风"主要由两个杂文群体构成：一是围绕上海《鲁迅风》和《文汇报·世纪风》而形成"孤岛"作家群，主要作家有唐弢、巴人（王任叔）、柯灵、周木斋等；一是围绕桂林《野草》及《野草丛书》形成的大后方"野草"作家群，代表作家有聂绀弩、夏衍、秦似、孟超等。此外，延安作家丁玲、萧军、艾青、罗烽、王实味在整风运动之前所作的杂文也明显受到了鲁迅杂文的影响。

"鲁迅风"的艺术特征主要有：一、延续了鲁迅的现实主义战斗传统，注重散文的现实

图 3-11　1939 年《鲁迅风》创刊，致发刊词。

批判性和论战效果，多将马克思主义作为论辩的思想武器，以针砭时弊、抨击敌人、护卫真理为己任；二、论述迂回曲折却又尖锐深刻，注重逻辑思维与形象思维的结合，以讽刺、幽默的笔调，以形象化说理的表达方式，进行社会批评和文明批评；三、虽师法鲁迅，总体风格质朴雄浑、简短精深、庄谐并举，却具有鲜明的个性色彩。

抗战期间，围绕对鲁迅杂文传统继承和批判的问题，"孤岛"、国统区、解放区都曾掀起激烈争论。尽管因论争者的"私人嫌隙"探讨未能深入下去。但争论所涉及的一些问题，如"如何看待鲁迅杂文的迂回曲折"、"如何使文学的战斗性与艺术性相统一"等，对其后的杂文发展却有着重要的启示作用。

教学建议

1. 分析40年代"鲁迅风"杂文在国统区、沦陷区及"孤岛"的兴盛的原因。
2. 结合聂绀弩、唐弢等杂文家的作品，把握"鲁迅风"杂文的艺术特征。
3. 了解"鲁迅风"论争的过程及意义。

精读作品

聂绀弩：《我若为王》《论拍马》《蛇与塔》
唐弢：《从奴隶到奴隶》《略论吃饭与打屁股》

评论摘要

1. 鲁迅逝世后，鲁迅杂文传统进入一个大发扬的新的历史时期。……这时期出现了众多的具有成就的杂文名家，一些过去专心学术的人也提起了笔写作杂文，形成了几个分散在上海、桂林、重庆、昆明、延安等地的杂文作家群。……鲁迅杂文艺术在作家们的努力下得到了充实和发展，体式丰富，格调多样，有各自的表达方式和语言风格。他们的杂文，或富于思辨色彩，剖析毫厘，闪耀着哲理的光辉；或运用形象化的说理，使议论和形象结合，富于抒情意味；或富有政论的色彩，或具有史论、文论的特长；或运用丰厚的文化素养，旁征博引，使文章带有书卷气；或利用软性文字，绵里藏针，使作品引人入胜等等，使杂文呈现花团锦簇的奇观。这一时期的杂文家都有高知识结构，所以它们能把鲁迅杂文的艺术传统推进到一个新的高峰。

俞元桂：《中国现代散文史》（修订本），430～431页，济南，山东文艺出版社，1997。

2. "鲁迅风"杂文"迂回曲折"原因是多方面的，它还受到客观环境的制约。但进步作家们在阐述杂文这一特点时，更多地还是注意到了杂文自身的艺术规律，并由此联系到了保护作家个性，发展个性的问题。这不但使这场论争具备了理论色彩，同时对以后的杂文创作的发展也富有启发性的。一是如何认识鲁迅传统的伟大意义和捍卫鲁迅传统的问题；二是如何理解文艺大众化问题；三是如何理解杂文的艺术特征和作家的创作个性问题。这三个理论问题在论争中虽然未能给予充分展开和深入讨论，但论争者在理论的阐述上都是认真的，严肃的，同时又富有启发性的。

沈永宝：《关于"鲁迅风"杂文论争的几个问题》，载《中国现代文学研究丛刊》，1994（4）。

3. 由于"鲁迅风"杂文形成了强大的作者队伍，产生了深广的影响，因而没有因鲁迅的谢世而消亡，在整个抗日战争和解放战争时期，它仍然十分顽强地活跃在国统区、"孤岛"上海、解放区的延安和哈尔滨。这些作家之于"鲁迅风"杂文，其情结早已作为"集体无意识"深深潜融在作家的心理结构中。他们像鲁迅一样以此作为表达自己对国家、民族的命运的关切之情的最恰当形式。

然而，除在国统区外，这时期的作家却遇到了较之 30 年代不同的社会现实和批评对象，因之也经历了艰难的探索过程。最典型的是在延安。从主导倾向说，延安的"鲁迅风"杂文不在对敌斗争而在革命队伍内部的批评。

姜振昌：《一脉天风　百年旺泉——中国新文学中的"鲁迅风"杂文》，载《文艺研究》，2006（6）。

4. 对中国国民的文化性格、心理、历史命运、价值取向，以及对民情、民俗、民性、民魂的全方位探讨，是鲁迅杂文创作的中心指向。《野草》杂文作家群的创作，也是直接以鲁迅杂文的这种中心指向来学习效仿的。《野草》的重要撰稿人之一的聂绀弩，就被认为是这一时期最具鲁迅杂文精神的作家。他的杂文创作，或对现实丑恶现象进行揭露，或对独裁专制统治展开批判；或对国民性问题发起讨论，或对委身事敌者猛烈鞭挞；或对文艺现象深入剖析，或对妇女问题表示关注，几乎是对抗战时期的各种现象和问题，全方位地表达出了自己的观点和立场。其中，与鲁迅精神相一致的是秉持鲁迅"改造国民性"的主题，在抨击黑暗现实和腐朽事物，批判旧的伦理道德中，展开对国民性的深入思考，力求改变长期以来受旧的传统影响的中国人的精神面貌。如在《我若为王》一文中，聂绀弩就设想"我"若为"王"之后的种种意欲，描绘了依据历史和现实境况所想象出来的各种可能的现象。在文中，聂绀弩批判了国民性中的两种劣根性——专制性与奴性，锋芒所指的是从历史到现实的那种一脉相承的专制制度和封建奴性。《蛇与塔》一文中，聂绀弩沿着鲁迅反思国民性的思路，对中国的"大团圆"的喜剧心理及其"愚民政策"进行了深入剖析。《乡下人的风趣》一文，则透视了国民对官的无限想象和畏官心理，在看似风趣的背后，可见国民性之一斑。《论拍马》一文则在讽刺"拍马"之风当中，联系历史和现实，深刻指出"拍马""除了聪明才智会窥探'上头'的意向，还非要有具体表现不可，而那表现有时简直非常血腥，和你的骨肉相连，肢体相连，人性人格相连"的特点，从批判国民性的角度，探讨了"拍马"的历史与文化心理的根源。在"学鲁迅"当中，聂绀弩形成了自己的风格，汪洋恣肆、酣畅淋漓，常常是笔挟风雷，具有一种波浪滔滔的气势。

黄健：《鲁迅与抗战时期的杂文创作》，见《抗战文化研究》第 1 辑，114 页，桂林，广西师范大学出版社，2007。

泛读作品

王任叔：《超越鲁迅——为鲁迅逝世二周年纪念作》
阿英：《守成与发展——为鲁迅先生逝世二周忌作》
应服群等：《我们对于"鲁迅风"杂文问题的意见》

评论文献索引

卢豫冬. 巴人与"鲁迅风"论争. 新文学史料，1991(3).

姚春树、郑家建. 唐弢的杂文和杂文理论. 中国现代文学研究丛刊，1993(1).

张华. 现代杂文研究的回顾与展望. 中国现代文学研究丛刊，1995(1).

张桂年. 谈鲁迅杂文派. 江西师范大学学报，1996(2).

袁蓉芳. 唐弢杂文的战斗性和感抒性. 厦门大学学报，1996(3).

袁勇麟. 徐懋庸和"鲁迅风"杂文. 中国现代文学研究丛刊，1997(3).

王国绶.《鲁迅风》的风骨. 中国现代文学研究丛刊，2005(4).

拓展练习

1. "鲁迅风"论争似乎以《我们对于"鲁迅风"杂文问题的意见》一文的发表告一段落。但事实上，此后双方仍是各持己见，并无结论，对于鲁迅风杂文的抨击也并无完了。即使是距论争已有七十余年的今天，学界对这一论争的性质及意义仍有不同说法。请阅读"泛读作品"中的三篇文献，并查阅相关资料，分析"鲁迅风"论争的分歧所在。

2. 尽管"鲁迅风"作家提出了继承鲁迅、超越鲁迅的希望，但就其艺术成就或社会影响来说，与这一希望还有着较大距离。甚至一些研究者认为："鲁迅的许多写作技巧都体现出来了……这些技巧都是可以模仿的，但由于模仿得很笨拙，不够细致，往往难以奏效。"① 试与鲁迅杂文进行比较，分析"鲁迅风"杂文的局限。

3. 作为"孤岛"作家群和"野草"作家群的代表，唐弢与聂绀弩在文风上与鲁迅有着诸多相近之处，但又有着各自独立的艺术个性。结合指定的精读篇目，对唐弢与聂绀弩的杂文风格进行比较。

第三节 梁实秋：陋室名士

梁实秋以文艺批评和小品文创作而闻名。20世纪20年代初，梁实秋赴美师从哈佛大学白璧德教授，深受新人文主义影响，认为文学应在理性指引下反映普遍人性，而不应一味追求阶级观念。20年代末，作为新月派文艺的代表作家，曾与鲁迅就"文学的阶级性"展开激烈论争。抗战初期，又因"抗战无关"论遭到左翼作家的严厉批评。梁实秋承继了周作人、林语堂开创的"言志"派，追求文风的闲适典雅，多从世俗取材、从琐事入笔，然擅从平朴人生中探求精警的人生智慧，展现博雅的人生知识。40年代，他以散文集《雅舍小品》饮誉文坛。此后又推出《雅舍小品》的"续集"、"三集"、"四集"、"合集"以及《清华八年》《秋室杂

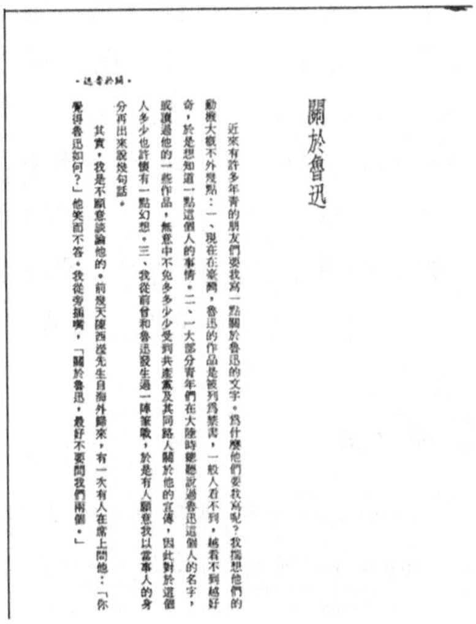

图 3-12 在鲁迅去世几十年后，梁实秋写下《关于鲁迅》。

① ［美］耿德华著，张泉译：《被冷落的缪斯》，70 页，北京，新星出版社，2006。

文》《槐园梦忆》《雅舍谈吃》等十多册散文集，构建起恢宏辽阔的散文世界。

梁实秋散文的艺术风格主要体现在以下几方面：一、关注世俗，但又远离政治中心，多取材生活琐事，将苦辣人生诗意化、丑陋现象喜剧化，寓庄于谐、谐趣迭出。二、注重从文化的角度深入挖掘人性，广征博引又能融会贯通，清雅通脱又不失亲切温厚。三、语言简约典雅，用字文白相济，行文收放自如，谋篇散中见整，声韵和谐而不见斧凿痕迹，格调高雅而又自然从容。

教学建议

1. 阅读评论摘要 1、2、3，分析梁实秋《雅舍小品》的艺术特色。

2. 结合此前对闲适派散文的理解，并查阅文献索引中的相关资料，对周作人、林语堂、梁实秋三者的散文风格进行比较。

3. 写一篇对《雅舍小品》的鉴赏性文章。

精读作品

梁实秋：《雅舍小品》《下棋》《握手》

评论摘要

1. 我认为梁氏散文所以动人，大致是因为具备下列这几种特色：

首先是机智闪烁，谐趣迭生，时或滑稽突梯，却能适可而止，不堕俗趣。他的笔锋有如猫爪戏人而不伤人，即使讥讽，针对的也是众生的共相，而非私人，所以自有一种温柔的美感距离。其次篇幅浓缩，不事铺张，而转折灵动，情思之起伏往往点到为止。此种笔法有点像画上的留白，让读者自己去补足空间。梁先生深信"简短乃机智之灵魂"，并且主张"文章要深，要远，就是不要长。"再次是文中常有引证，而中外逢源，古今无阻。这引经据典并不容易，不但要避免出处太过俗滥，显得腹笥寒酸，而且引文要来得自然，安得妥帖，与本文相得益彰，正是学者散文的所长。

最后的特色在文字。梁先生最恨西化的生硬和冗赘，他出身外文，却写得一手道地的中文。一般作家下笔，往往在白话、文言、西化之间徘徊歧路而莫知取舍，或因简而就陋，一白到底，一西不回；或弄巧而成拙，至于不文不白，不中不西。梁氏笔法一开始就逐走了西化，留下了文言。他认为文言并未死去，反之，要写好白话文，一定得读通文言文。他的散文里使用文言的成分颇高，但不是任其并列，而是加以调和。他自称文白夹杂，其实应该是文白融会。梁先生的散文在中岁的《雅舍小品》里已经形成了简洁而圆融的风格，这风格在台湾时代仍大致不变。证之近作，他的水准始终在那里，像他的前额一样高超。

余光中：《文章与前额并高》，见《余光中集》（第六卷），499～450 页，

天津，百花文艺出版社，2004。

2. 对个性和文调的讲究，不仅是梁实秋散文观中的第一要旨，也是他散文创作中最鲜明的特色。梁实秋沉稳、朗健、通达的性格酿成了他散文的凝练、雅洁而又情味浓郁的风格，丰富广泛的阅世和幽默风趣的脾性又使他的散文在稳达健朗中透出了

几份老辣深刻和机智俏皮。……行文雅洁是梁实秋散文艺术的又一特色。他的文章，几乎篇篇都是开篇切题，简捷了当，极少渲染铺排，转弯抹角的。……梁实秋博览古今、融贯中西，因此，他的散文往往是谈今说古，中外逢源，随手引证，趣味盎然。这也构成了他学者型散文的一个特点。

徐静波：《梁实秋——传统的复归》，227～237页，上海，复旦大学出版社，1992。

3. "梁实秋文体"可否作如下文字界说：一种以白话文为基础，有意识地巧用文言俚语，雅浓俗淡，言约意丰，颇富书卷气有较高文化含量的语体风格。……一、文白交融、工散结合，巧用文言俚语，追求行云流水的文调美。……二、简洁成癖，唯繁言之务去。……三、长短句并用，以短句为主，错综变化，文势逶迤。

刘远：《我读梁公文，以其文笔好——也谈梁实秋》，载《中国现代文学研究丛刊》，1994（2）。

4. 重义轻利、穷而不改其乐正是梁实秋个性的一个重要侧面，在他的许多散文中都有突出的体现。他享受生活而又不逾矩。鉴于在中国建立西方式的民主政体已成泡影，政治现实令他十分失望，生活在污浊社会里的梁实秋为了摆脱烦恼而疏离政治，他的这种人生态度，其消极的一面是毋庸讳言的，但他藐视权贵，不为名缰利索所绊毕竟还是可贵的；而追求不逾矩的怡然恬适的人世情趣，又何尝不是对滚滚红尘中那种为谋求高官厚禄而不惜尔虞我诈的世风的一种反拨。

卢今：《别一种风范——梁实秋散文创作论》，载《文学评论》，1994（6）。

5. 那种将艺术看成是时代精神的传声筒的理论，在梁实秋的《雅舍小品》面前肯定要碰壁，因为在梁实秋的这些小品中人们几乎很难发现时代脉搏的跳动。这就像中国宋元时代的山水画，社会的动乱，外敌的入侵，在画面上找不到丝毫的痕迹，而如果欣赏者在这种绘画中凝神，自己也会忘却社会的离乱与外敌的入侵，而进入一种空灵妙悟的艺术境界。当然，即使是要写永久不变的人性，也要将这种人性化为具体的例证或意象，否则就不是艺术小品而是研究论文了。

高旭东：《梁实秋：在古典与浪漫之间》，76页，北京，文津出版社，2005。

6. 对于优雅恬适之人生境界的体味和神往，对于世俗生活之丑陋现象的玩味和幽默，构成了《雅舍小品》初集艺术内涵的两大层面。二者相映成趣，都把人生艺术化了。前者把人生诗意化，后者把人生喜剧化；前者是后者的升华，多为作者言志抒怀之作，后者又是前者的衍化，是居高临下的幽默小品。二者相辅相成，正反合一，都体现了作者俯仰自得、优游自在的雅士风度。他在《雅舍》篇末自称："长日无俚，写作自遣，随想随写，不拘篇章。"的确，他心有余闲，随缘赏玩，旨在愉悦性情，调剂生活。这种写作态度显然来自他安时处顺、出入自如的处世态度，外化为温文容与、恬淡雅致的艺术风格，表里谐调，情理中和。这一格调的散文，固然缺乏时代气息，不能激动人心，却富有艺术情趣和名士风雅，温柔敦厚，慰情益智；虽非时代的急需品，但也是一种不可或缺的艺术品。

汪文顶：《现代散文史论》，271～272页，福州，福建教育出版社，1994。

7. 雅舍所给予之"苦辣酸甜"，在作者看来，都是人生应得而又难得的情味，足供玩索，何复他求？这里，生活的体验已升华为审美的玩味，困苦的境遇已转化为观赏的对象，从中表现出来的是一种审美体味对实用功利的克服和超越，是一种随缘赏玩、豁达自由的审美心态，是一种常人难以抵达的安时处顺、优游自得的人生境界，颇有刘禹锡《陋室铭》、苏东坡《超然台记》之风韵。作者并非看破红尘，隐居斗室，而是顺应境遇，知足自娱，入乎内而出乎外，入则冷暖自知，出则优游自在，可谓出入自如，毫无滞碍。这是一种人生艺术，是中年梁实秋长期修炼出来的一种处世妙方，是"雅舍"精神的内核。这种精神实质内在地决定了《雅舍小品》的艺术风貌，既充满生活气息又富有哲理意味，既朴素亲切又有雅人深致，舒徐自在而又简洁隽永，锤字炼句而又浑然天成，通体显得中和、适度、自然、大方。这样的人品文调，当属于旷达俊逸、优雅淡远之类吧，与中国名士风一脉相承，在当时不能不说是一种特殊的存在。

汪文顶：《无声的河流：现代散文论集》，173～174 页，上海，上海远东出版社，2003。

泛读作品

梁实秋：《中年》《脸谱》《狗》

评论文献索引

柯灵. 现代散文放谈——借此评议梁实秋与"抗战无关论". 中国现代文学研究丛刊，1987(2).

汪文顶. 春花秋实圆熟雅致——略论梁实秋的散文. 福建师大学报，1992(6).

蒋心焕、吴秀亮. 论梁实秋散文的独特品格. 山东师范大学学报，1993(2).

袁良骏. 鲁迅、梁实秋杂文比较论. 中国现代文学研究丛刊，1993(3).

秦新春. 梁实秋散文艺术世界的深层结构. 中国人民大学学报，1995(2).

蒋心焕、吴秀亮. 试论闲适派散文：兼及周作人、林语堂、梁实秋散文之比较. 聊城师范学院学报，1993(2).

张积玉、张智辉. 梁实秋的幽默散文与西方的超现实幽默. 文史哲，1997(6).

高旭东. 论鲁迅与梁实秋的论战及其是非功过. 鲁迅研究月刊，2004(12).

范培松. 论四十年代梁实秋、钱锺书和王了一的学者散文. 文学评论，2008(1).

吴立昌. 重读梁实秋的"与抗战无关"论. 上海大学学报，2001(5).

拓展练习

1. 司马长风在谈及现代散文时曾言："梁氏小品的魅力之一是幽默。新故的林语堂人称为幽默大师，我看梁氏才配得上这个称呼。林氏本是说话不会拐弯，心直口快的汉子，幽默是制造出来，不合他的性情；而梁实秋的幽默则是自然的流露，所以不但隽永耐玩索味，并且有行云流水之美。"[1] 你是否认可这种说法？在此基础上对梁实秋与语堂的"幽默"风格进行比较。

2. 抗战后期，以梁实秋的《雅舍小品》、钱锺书的《写在人生边上》、王力（王了一）的《龙虫并雕斋琐语》为代表的"学者散文"为文坛注入了一股睿智清新之气。

---

[1]　司马长风：《新文学史话——中国新文学史续编》，293 页，香港，南山书屋，1980。

这些作品旁征博引、舒卷自如，与泛滥于文坛的"抗战八股"形成鲜明对比。请参阅相关文献，评析梁实秋散文中"学者"气息，以及其在四十年代学者散文中的独特性。

3.1938年年底，梁实秋因《编者的话》遭到左翼人士的口诛笔伐，被指反对抗战文学。其实，梁实秋的原文是"现在抗战高于一切，所以有人一下笔就忘不了抗战。我的意见稍微不同，于抗战有关的材料，我们最为欢迎，但是与抗战无关的材料，只要真实流畅，也是好的，不必勉强把抗战截搭上去。"可以看出，梁实秋反对的并不是"抗战文学"，而是此前已被茅盾、老舍等左翼成员或左翼同仁指出并批评的"抗战八股"。然而这场在艺术观念上并不存在根本分歧的文学探讨最终演变为旷日持久、掺杂着浓烈政治气息的"与抗战无关"论争。查阅文献索引中的相关资料，并与30年代"小品文"论争相联系，探析这一论争发生的根因。

第四章　戏　剧

第一节　写在黑暗与光明的历史节点

　　抗日烽火映照下，戏剧，包括"五四"时代舶来的话剧在第三个十年由剧场走向了广场，获得空前广阔的发展空间，大体经历了从宣传剧到历史剧和世俗生活剧再到讽刺喜剧的转变。

　　抗战初期，通俗易懂且极具宣传鼓动性的戏剧形式如街头剧、活报剧、茶馆剧、朗诵剧、游行剧盛行一时。这些剧作大多是服务于现实斗争的急就章，剧情简单，语言粗糙，演出方式简陋，且有概念化和公式化的倾向，但有很强的鼓动性和宣传性，其中街头短剧《三江好》《最后一计》《放下你的鞭子》曾轰动一时，被合称为"好一记鞭子"。

　　进入抗日相持阶段后，社会生活由非常状态过渡到正常状态，盲目狂热的抗战热情逐步消退，意识形态领域的控制和斗争大大加强，现实战争题材不再居于主导地位，对日常生活的关注、对历史文化的挖掘成为大后方和"孤岛"戏剧取材的两大趋向。对世俗生活的关注，使得普通人（包括知识分子）

图 3-13　1944 年西南第一届戏剧展览会的海报及入场券。

的生命价值在战争背景下得以确认，主人公往往由平凡真实且存在某些弱点的普通人来承担，代表剧作主要有夏衍的《芳草天涯》《法西斯细菌》、宋之的的《祖国在呼唤》、陈白尘的《岁寒图》、袁俊的《万世师表》、吴祖光的《风雪夜归人》等。标志抗战史剧取得巨大成就的作品，除郭沫若的《屈原》、阳翰笙的《天国春秋》外，还有于伶的《大明英烈传》、欧阳予倩的《桃花扇》以及阿英的三大南明史剧（《碧血花》《海国英雄》《杨娥传》）等。这些剧作大都取材时局动荡、民族矛盾尖锐的时代，具有高度的时代性、现实性和政治化特征。抗战后期及解放战争时期，讽刺性喜剧的创作达到高峰。代表剧作有陈白尘的《升官图》、吴祖光的《捉鬼记》、宋之的的《群猴》等。

　　沦陷区戏剧在回避政治的同时，迅速走上了职业化、商业化、通俗化之路，除对外国剧本进行卓有成效的改编与再创造外，还对市民社会的民间价值观念予以了充分观照。杨绛此间所作的喜剧《称心如意》《弄假成真》获得很大反响，被誉为"喜剧双璧"。

解放区戏剧呈现出与国统区、沦陷区迥异的艺术探求和文学风貌，特别是在"文艺为工农兵服务"的艺术方针经《讲话》确立以后，"阳春白雪"式的经典名剧和外国大戏迅速被追求民族化、通俗化、大众化，能直接反映革命斗争现实的新秧歌剧、新歌剧以及改良的传统戏曲所取代，影响较大的剧作有：新秧歌剧《兄妹开荒》，平剧《逼上梁山》《三打祝家庄》，新秦腔《血泪仇》以及新歌剧《白毛女》等。《白毛女》是解放区文艺对民间话语、启蒙话语与革命话语进行有机整合的成功范本，故事原型"白毛仙姑"几经加工后成为新旧社会制度变迁的见证人，有效表达了"旧社会把人逼成'鬼'，新社会把'鬼'变成人"的政治主题。它在民间、民族戏曲的基础上大胆借鉴西洋歌剧的表现手法，创立了深具民族特色、适合大众观赏的现代歌剧模式，被誉为"现代民族歌剧奠基之作"。在民族艺术的继承、大众文艺的深化等方面，解放区戏剧做出了不少有益尝试，但因过分追求政治倾向性，往往背离了生活的真实性和个体的丰富性，使题材范围狭窄化、人物性格固定化、戏剧冲突单一化。

教学建议

1. 阅读评论摘要1、2、3，了解40年代戏剧创作概况。

2. 阅读评论摘要4、5，分析抗战中期、抗战后期，历史剧与讽刺喜剧先后兴起的原因。

3. 阅读评论摘要8，评析《升官图》与果戈理《钦差大臣》在艺术构思上的差别。

精读作品

陈白尘：《升官图》

贺敬之、丁毅等：《白毛女》

评论摘要

1. 在抗战初期，剧作家把迅速追踪战争进展和反映战争引起的社会变化作为戏剧服务抗战的首要

图3-14 电影《一江春水向东流》海报。

任务，现实生活形态在一种相当匆忙的状态下很快就转化成戏剧的形态，很少有条件进行充分细致的从生活形态向戏剧形态的转化工作。戏剧形态在很大程度上就是生活的原生形态。到了抗战中后期随着战争形势的相对稳定，剧作家相对拥有充裕时间来反思现实，而且还有诸如戏剧的民族形式问题讨论等理论提倡，剧作家作为创作主体的个体性得到充分尊重，加大了剧作家对生活对象进行整体把握和主动选择的自由度。因此，在从生活形态到戏剧形态的转化方面，抗战中后期戏剧家通过对抗战初期戏剧运动的回顾和对戏剧创作经验的总结，已经认识到，缺乏对生活现象的深刻认

识，离开了对生活对象的本质把握，既无法保证戏剧的艺术质量，又不可能卓有成效地完成现实政治任务。于是，突出剧作家的思想和认识，突出剧作家对生活形态的选择和处理能力，就显得至关重要了。即使是对创作主体认识生活能力的强调，对剧作家处理生活现象能力的强调，抗战戏剧家也并没有动摇生活形态第一性的地位。

李江：《抗战戏剧思潮的形态观念》，载《艺术百家》，1998（4）。

2. 就其精神内涵而言，国统区话剧在表现抗战主题的同时仍承续"五四"传统注重社会批判性，并在批判的过程中呼唤民主和正义，如《屈原》、《升官图》等；同时，它还注重揭示知识分子在抗战大背景下的"士人"情怀和情感内涵，如《秋声赋》、《心防》、《法西斯细菌》和《芳草天涯》等；而且"五四"时期强烈的反封建精神、强调"人"的觉醒的启蒙意识也在其话剧中得以继续体现，如《北京人》、《家》、《风雪夜归人》等。此外，像《野玫瑰》这类鼓吹"尚力政治"、民族、"国家至上"及"唯意志论"、"超人哲学"的剧作，也产生了较大影响。

形式方面，国统区话剧已向着民族化方向拓展，但"他们往往不是皮相地理解民族传统，机械地照搬戏曲的某些手法，而更多的是继承、发扬传统形式的美学'内核'，在话剧创作中灌注一种民族的精神气质"。

就思想和价值取向而言，解放区（根据地）话剧一方面继承了"五四"现代性启蒙传统，如一以贯之地坚持现实主义创作方法，尽管现实主义具有多重阐释、理解及运用的可能，它既是"五四"现代性意识启蒙的方式，又能作为为现实革命斗争服务的工具，然而它毕竟是"五四"现代性话语的重要构成之一。另一方面又有对以往话剧逆反的一面，"如从反封建的启蒙主义、个性主义，转变为对人民内部落后思想，尤其是资产阶级、小资产阶级意识的批判；从呼唤科学民主现代文明，转变为褒扬民族救亡自强的精神"。

宋林生：《论国统区与解放区的两种话剧模式》，载《艺术百家》，2006（3）。

3. 在非主体意识的影响下，解放区的戏剧艺术是缺乏剧作家个性的艺术。离开了对现实社会人生的独立的思考与探索、具体的感性的认识与品味，剧作家的禀赋、独特的人生体验便不能够在戏剧创作中得到表现，他们创作的戏剧作品也就必然失去了剧作家的艺术个性。在非主体意识影响下，解放区的戏剧艺术又是缺乏真实的艺术。解放区的剧作家们是努力追求真实的，为达到真实，他们深入生活，诚心诚意地学习工农兵；他们常选取生活中的真人真事作为戏剧创作的题材，甚至在演出中让真人来演自己。但是先在的固有的观念使他们只能把这些题材作为印证头脑中观念的材料，而不能够把握生活现象背后的社会和人生的本质，因而也达不到真正的艺术上的真实。

贾冀川：《非主体意识与解放区戏剧》，载《社会科学研究》，2000（4）。

4. 从抗战初期到抗战中期，观众由兴奋到深沉。因此，这时在抗战戏剧创作中出现的类型化概念化的作品明显地暴露出不足，没有初期抗战戏剧那强烈的激励人心的作用了。……抗战戏剧在担负发动民众支援抗战凝聚人们的爱国心的使命中，促成了与人民大众的结合，也促成了与源远流长内蕴丰富的民间文艺的砥砺。到了这一时期，便应该有一个历史性总结的机会，从而推动向新的高度的跃进。更为重要的是，它也是抗战中期戏剧观众的审美心理需要发生转变的契机。……变化了的社会生活使国统区戏剧观众对初期那些"激越的鼓点"似的戏剧的审美需要过于餍足，在对这旧需要的巨大反叛力的推动下，产生出新的审美要求，要求戏剧能与此相适应，为观众认识中期国统区社会生活中存在着的善与恶、美与丑的对立提供帮助和指导。中后期戏剧创作中对国统区黑暗现实的揭露明显增多和大量历史剧作的出现，与这种审美需要不无关系。

李江：《国统区戏剧观众审美心理需要的特殊性》，见《抗战文艺研究》，

124～125页，成都，成都出版社，1990。

5. 真正值得注意的是，战时历史剧的写作几乎不约而同地集中在下述选材热点上，并相应地形成了几个突出的史剧类型：第一个写作热点集中在内忧外患交集的民族代兴之际，尤其是南北宋和宋末、明末和南明的历史，这类剧作可称为"民族危亡史剧"；第二个写作热点集中在诸侯争霸的纷乱之际，如战国争霸、楚汉相争的历史，这类剧作可称为"乱世整合史剧"；第三个写作热点是历史上的农民起义，尤其是明末的李自成起义和清末的太平天国起义，习称为"农民起义史剧"。当然，这种区分只是相对而言的。事实上，国家危亡之际也往往是社会纷乱之时，而民族矛盾与农民起义也常常同时而起；所以剧作家们的志趣虽然各有侧重，但在具体创作过程中，这些因素其实是难免会有交织的。不待说，倾注在这三个选材和写作热点中的，显然不无中国文学中传承不衰的吊亡怀古之情，但更重要的还是剧作家们在抗战建国的当下所迫切感受到的"现实政治问题"：如何吸取民族历史的经验教训和民族英雄的典范意义来应对当前的民族危机？如何在大敌当前的形势下妥善处理本民族内部的冲突、以避免民族悲剧历史的重演？以及用什么样的理念、依靠什么样的力量、遵循什么样的抗战路线，来引导和动员全国人民为建立一个新的统一民族国家而奋斗？同时，剧作家们也敏感到战争和革命的历史大变动对个人命运及其人性人格的深刻影响，并常常情不自禁地将自己的体会与思考形诸笔墨。正是这一切，使得战时的历史剧既具有感时忧国的现实政治寓意，也夹带着深切复杂的人性和人文关怀。

解志熙：《历史的悲剧与人性的悲剧——抗战时期的历史剧叙论》，

载《中国现代文学研究丛刊》，2007（2）。

6. 民间伦理逻辑的运作与政治话语之间的互相作用就表现在这里：民间伦理秩序的稳定是政治话语合法性的前提。只有作为民间伦理秩序的敌人，黄世仁才能进而成为政治的敌人。万一黄世仁在某种意义上遵循了这个秩序的规定，比如娶了喜儿而不是置她于死地，他结果就很可能超出了政治敌人的范畴。于是就不会有《白毛女》这个故事，也不会有它的政治意义。黄世仁的反社会伦理是极端的，到了"仇"的地步。杨白劳的死和喜儿的被抢拆散了使普通社会的秩序赖以依托的基础：这个社会的基本单位（家庭）及其延续机制（婚姻）遭到了破坏。当黄世仁对民间社会秩序的冒犯变成对这一秩序的毁灭时，按照道德逻辑以及叙事原则，报仇成为必然的剧情发展规律。

孟悦：《〈白毛女〉演变的启示——兼论延安文艺的历史多质性》，见《二十世纪中国文学史论》（下卷），194页，上海，东方出版中心，2003。

7. 据有关材料介绍，"白毛女"的故事来源于晋察冀边区流传的一个关于"白毛仙姑"的传说，属民间口头创作，带有浓厚的传奇色彩。仔细研究戏剧"本事"也不难发现"始乱终弃"与"变鬼复仇"的传统戏曲原型（模式）。据说在《白毛女》创作的初期，曾有新文艺剧作家（他们显然受过西方文学与"五四"新文学的影响与熏陶）利用这样的民间素材，写成了一个"以破除迷信，发动群众为主题"的剧本；后来，经过鲁艺工作团的集体讨论，由剧作家贺敬之、丁毅执笔，提炼出了"旧社会把人变成鬼，新社会把鬼变成人"的全新主题。从这一创作过程，可以看出，《白毛女》的创作是民间（农民）文化，受到西方文化影响的"五四"新文化与革命文化三者的融合。因此，全剧主题不仅具有强烈的革命意识形态性——把戏剧的主题提到社会制度的高度，完全纳入了"歌颂新政权"的时代主题；同时又坚持了"人的解放"的"五四"新文学的主题，纳入了现代文学传统；而这样的主题提升，并没有脱离"人鬼互变"的民间与传统文学的基本模式。除了总体的艺术构思之外，在具体的艺术处理上，也都十分注意农民观众欣赏趣味与习惯，注意从民间戏曲中吸取养料。如全剧戏剧冲突尖锐，情节极富传奇色彩，人物黑白分明，黄世仁的凶狠、淫荡，杨白劳的善良、忍辱负重，喜儿的不屈的反抗性格，都被充分的强化，这都是适应农民要求"明确、强烈，有劲（力）"的审美趣味的。同时，剧中又插入像"除夕过年"那样的充满生活情趣（包括诙谐趣味）的场景描写，表现了以家庭与邻里和谐关系为中心的民间日常生活的理想。并以喜儿与大春的"青梅竹马"的爱情故事作为情节发展的副线，并由此展现了"鸳鸯拆散"——"绝处不死"——"英雄还乡"——"相逢奇遇"——"善恶终有一报"等一系列情节线索，这都是农民观众所熟悉的，对他们是很有吸引力的。这就是说，在歌剧《白毛女》中是同时存在着政治的（革命意识形态的）与民间的两种话语，它们之间的统一，使《白毛女》获得了成功，不但成为"当时广大农村不可缺少的精神食粮。每次演出都是满村空巷，扶老携幼，屋顶上是人，墙头上是人，树杈上是人，草垛上是人"，而且对中国老百姓始终具有吸引力。而两种话语的矛盾也为以后《白毛女》在改编中不断变形，留下了空隙。

钱理群等：《中国现代文学三十年》，622～623 页，北京，北京大学出版社，1998。

8. 靠着政治激情的燃烧，《升官图》中的讽刺具有了一种中国喜剧史上极为罕见的力度感。就其来源分析，这种力度感首先来自作品在艺术表现上的片断性与怪诞性。正如布莱希特所说：如果要将那种正在给人民带来重大灾难的丑恶写成一出政治讽刺喜剧，就必须强调"片断性和怪诞性"而避免所谓"普遍而又深刻反映历史状况"的"假象"。可见，片断性和怪诞性正是政治讽刺喜剧内在本质的体现。这种片断性和怪诞性表现在《升官图》中则是一种极度的夸张。剧中关于省长"金条治病"与"快速结婚"等惊人之笔就是对这一点的极好说明。许多论者都将这里的夸张同传统戏曲美学中的写意性联系在一起，是很有道理的。40 年代的现代话剧在总体上确实向民族化的道路迈出了关键性的一步。但我觉得仅仅这样理解《升官图》小的夸张是不够的，因为它实际上是政治讽刺喜剧内部规律性的要求。一般来说，政治讽刺喜剧所反映的矛盾冲突比起其他类型的喜剧要严重得多，同时也尖锐得多。就在陈白尘创作《升官图》的时候，他的讽刺对象正在现实生活中继续制造着人间的种种悲剧和惨剧。因此，只有抓住讽刺对象的主导特征，通过夸张使之充分滑稽化和陌生化，才能在愤怒的主体和罪恶的客体之间建立起一种适当的间离状态；也只有在这种状态之下，主体才能在舞台上拥住客体吓人的触角，透过其"大"的假象看出其无限的"小"的本质来，并以一种愤怒与鄙夷的复合感情将其玩弄于股掌之中，从而最终达到政治讽刺的喜剧效果。

《升官图》空前的讽刺力度感同时也和喜剧批判的高度概括性与彻底性有关。《钦差大臣》的情节主干基本上是由一个误解性的事件构成的，误解消除，剧情也就结束了，也即是说"误解"是其整个情节的基础和核心。在《升官图》中，我们见到的却是反其道而行之的艺术构思。剧中虽然仍然存在着误解性的因素，但作家显然有意识地将其限制在一个尽可能小的范围内。假秘书长和假知县的"假"在剧情开始不久即已为人识破，在此之后所发生的对于"假"的确认或揭发，都不应从"误解与否"的意义上去解释，因为它们体现的实际是一种政治与金钱的交易，而与"误解"无关。这样一来，作品虽由偶然性发端，但作家却迅速把这种偶然性因素收拢起来，并将其置于必然性的支配之下。在剧情后来的进展中，这种偶然性固然一直存在，但这时的它已经变成了一种从属于必然性的偶然性。《钦差大臣》的情节止于真钦差到来的消息，而《升官图》情节中的最核心部分这时才刚刚开始，省长到来后的绝妙表演证明上级官吏在贪赃枉法方面比起他的下属有过之而无不及。如果说果戈理剧本最后的哑场还为人们保留了某种幻想，那么，陈白尘笔下的省长形象则彻底打破人们对于官僚统治的任何幻想，作家以一种丝毫不会带来任何误解的方式昭示众人，摆在人们面前的是一个由上至下、由下至上腐败透顶的政治制度，它唯一的下场就是接受人民的审判。可见，同《钦差大臣》相比，《升官图》在情节设置与人物安排上所体现出来的不同原则，不仅强化了其讽刺的概括性和否定的彻底性，而且将剧中的批判性提升到一个政治的高度。

张健：《喜剧的守望：现代喜剧论集》，378～380 页，济南，山东文艺出版社，2006。

泛读作品

阳翰笙：《天国春秋》

杨绛：《称心如意》《弄假成真》

陈铨：《野玫瑰》

评论文献索引

黄健. 论解放区戏剧的价值取向. 艺术百家，1994(4).

胡润森. 大后方戏剧现象概观. 中国现代文学研究丛刊，1999(3).

胡星亮. 话剧继承戏曲传统以创建民族形式——论 20 世纪 40 年代话剧"民族形式"论争. 戏剧，2001(4).

李江. 论陈白尘喜剧创作的讽刺艺术. 南京大学学报，2002(6).

张健. 《升官图》与政治讽刺喜剧——陈白尘喜剧创作片论. 天津师范大学学报，2002(6).

刘慧英. 社会解放程式：对女性"自我"确立的回避——重读《白毛女》及此类型的作品. 中国现代文学研究丛刊，1989(3).

谢伟民. 复仇与变形——《白毛女》主题意义琐谈. 中国现代文学研究丛刊，1991(4).

何吉贤. 《白毛女》新阐释的误区及其可能性. 文艺理论与批评，2005(3).

黄科安. 文本、主题与意识形态的诉求——谈歌剧《白毛女》如何成为"红色"经典作品. 文艺研究，2006(9).

解志熙. 历史的悲剧与人性的悲剧——抗战时期的历史剧叙论. 中国现代文学研究丛刊，2007(2).

拓展练习

1. 福柯指出，"人文学科是伴随着权力的机制一道产生的"，那些貌似客观中立的知识都是在权力的冲突之下，经过不断挑剔、混淆和积淀，才逐渐形成的话语系统。借此理论，我们会发现，贯穿于文学既定形态、文学史书写言说的主线，同样是不同话语权力持有者的持续冲突和斗争。"白毛仙姑"这一开放的、有着丰富阐释空间的"原生态"文本，从"惩恶扬善"的民间叙事最终升华至"旧社会把人变成鬼，新社会把鬼变成人"的政治主题，正突出体现了民间话语、启蒙话语、革命话语之间的博弈与合谋。查阅相关材料，了解"白毛女"在现当代文学史上多次改编，梳理并评析文学话语与权力机制之间的错综纠葛。

2. 新文学运动初始，通俗文学就被以启蒙为己任的新文学指责为"高兴时的游戏或失意的消遣"，雅俗分流、雅俗对立的格局由此而生并延续至抗战。进入第三个十年，三个文学区域却程度不同地出现了雅俗互渗的趋向。在戏剧领域，国统区有《芳草天涯》、解放区有《白毛女》、沦陷区有《称心如意》。但在主题选择、价值追求和审美区域上，三者仍存有很大差异。查阅相关材料，探析这些差异的形成原因。

3. 抗战中后期，历史剧创作进入高峰，但题材选择上却不约而同的集中于社会动荡、民族纷争、战乱频仍的特殊历史阶段。阅读评论摘要5，分析这一现象出现的原因。

第二节 郭沫若的历史剧：失事求似 以史鉴今

史学家的素养、诗人的想象力以及社会活动家的政治情怀共同孕育了郭沫若成熟的史剧创作。20年代，郭沫若以《三个叛逆的女性》为总标题，发表了《卓文君》《王昭君》和《聂嫈》三部历史剧，名震剧坛。他坚持"借古人骸骨来。另行吹嘘些生命进去"的创作精神，突破史实拘泥，从主观表现出发，借辞章华丽、极富浪漫诗情的抒情史诗热烈响应了五四思想解放和个性解放的时代感召。剧作诗情浓郁，但戏剧冲突展开不够。

抗战期间，特别是皖南事变之后，国统区紧张压抑的政治空气反更激发了郭沫若的创作激情。仅1942年就创作了四部以战国历史为题材的史剧：《屈原》《棠棣之花》

《虎符》《高渐离》，随后又写出以元末历史为题材的《孔雀胆》、以明末历史为题材的《南冠草》。史剧创作的爆发得益于郭沫若在抗战期间更为成熟的戏剧观，即"失事求似"的艺术原则：所谓"求似"，就是对历史精神尽可能真实准确地把握与表现；所谓"失事"，就是在此前提下，"和史事是尽可以出入的"。史剧家可以自由想象、大胆虚构，以完成"用历史题材来兼带着表达并批判当代的任务"。

以《屈原》为代表的六部史剧，不仅主题鲜明，以借古讽今、"借尸还魂"的手法传达了反侵略、反投降、反专制，团结御侮、坚守气节的民族精神；而且在艺术手法上为抗战史剧提供了丰富的经验，推动了历史剧整体水准的提高和成熟。其艺术特色主要体现在：一、沉郁壮美的悲剧精神。作者善于从重大历史题材中提炼并设置悲剧冲突，在二元对抗之中突出正义必将战胜邪恶的历史趋势，为英雄人物的悲剧命运罩上庄严崇高、壮烈雄浑的光环。二、革命浪漫主义的诗性特征。外在形式上，善将诗篇融入剧情，以大量的民歌、抒情诗或富有韵味的长篇独白来增强剧作的韵律感和诗意氛围；内在情感上，往往以道德光辉来激发英雄人物的战斗激情，来鼓动英雄人物对光明理想的执着追求，以精神光芒的绽放来消解个体生命消殒的悲伤。三、强烈的现实针对性。大都取材战乱纷争的易代之时，与当时的抗战现实有着相通的精神内涵。屈原、聂政、高渐离等悲剧主人公杀身成仁的壮举，为民族成员提供了崇高伟大的道德楷模和精神偶像。

教学建议

1. 阅读评论摘要 1、2、3，理解郭沫若"失事求似"的史剧主张。
2. 阅读评论摘要 7，分析虚构"婵娟"这一女性形象的作用和意义。
3. 就拓展练习 3 展开讨论。

精读作品

郭沫若：《屈原》

评论摘要

1. 1946 年，郭沫若在一次关于历史剧的讲演中，借用《诗经》的赋、比、兴的概念，将历史剧分为三种不同类型："写历史剧可用《诗经》的赋、比、兴来代表。准确的历史剧是赋的体裁，用古代的历史来反映今天的事实是比的体裁，并不完全根据事实，而是我们在对某一段历史的事迹或某一个历史人物，感到可爱而加以同情，便随兴之所至而写成的戏剧，就是兴"。《诗经》的赋、比、兴本来就是指表现诗歌内容的方法的，就戏剧说，这三类历史剧其实只是两类，即赋的一类与比兴的一类，他正是由创作方法的不同来分类的。用"赋"的方法来写历史剧的作者，主要的意图在于直接地、如实地"敷陈"史实，以求再现历史人物和事件的本来面貌，所以他解释说这一类的剧作家是"在过去的人类发展的现实里，寻求历史的资料，加以整理后，再用形象化的手法，表现出那有价值的史实，使我们更能认识古代真正过去的道路"，以"求推广历史的真实"。而"比兴"的历史剧则旨在托事起兴以引起对现实的联想，主观抒情性很强；剧作家的创作意图并不在再现历史的本来面貌，而是由历史事件或人物来引发出作家的认识和感兴，所谓借历史的酒杯来浇现实的块垒，使观众或读者在情绪的感染中引起对比或联想，从而激发他们对事物的强烈的爱憎感情。简言之，赋的历史剧着重在客观事件的再现，比兴的历史剧则强调主观感兴的表现，而这正是现实主义与浪漫主义在历史剧的创作方法上的根本区别。郭沫若在阐述了不同类型的历史剧以后，就明确地指出："我的《孔雀胆》与《屈原》二剧，就是在这个兴的条件下写成的。"其实不仅从剧作中可以看出，他在许多文章中都申述了他的着重主观表现的历史剧创作理论。如说"写剧本不是在考古或研究历史，我只是借一段史影来表示一个时代或主题而已。"他把他的历史剧称为"古事剧"，历史小说名为"史题空托"，都是意在说明那些"古事"史实，只是他的感兴所托，只是"借古抒怀以鉴今"，而不应该如历史学家那样拘泥于史实的本身。因此我们首先应该注意的是他所强调的主观表现的具体内容，这才是他的历史剧创作理论的中心。

王瑶：《郭沫若的历史剧创作理论》，见《王瑶全集：第五卷》，386～387 页，

石家庄，河北教育出版社，2000。

2. 郭沫若说："史学家是发掘历史的精神，史剧家是发展历史的精神。"正是这种严肃而积极的创作思想，使他的悲剧摒弃了过去在悲剧中常见的那种凄凉、哀婉的情调，不给人以悲观绝望的感觉；更多地熔铸了作者自己的高昂的战斗热情和彻底反抗的意志，即使失败了仍要坚持斗争的精神。这种精神，给郭沫若的历史剧带来了激昂慷慨、悲壮热烈的独特的艺术风格，同时也是他注意发掘历史上"中国的脊梁"，从容自如地驾取历史的风云，把握着历史发展的规律，并在艺术上采用浪漫主义的创作方法的深刻体现。所以，郭沫若的历史剧的悲剧结束，决不使观众长久地、单纯地沉湎于主人公的悲剧命运，为主人公的不幸遭遇哀叹不绝，而是自然地激起人们满腔的义愤，让观众在愤愤不平之中去细细领悟战胜困难、争取光明的道理。这就是悲剧的教育意义，悲剧文学所能发挥的战斗作用。

黄侯兴：《郭沫若历史剧研究》，81 页，武汉，长江文艺出版社，1983。

3. "史剧家是发展历史的精神"，是郭沫若历史悲剧理论系统的创造性部分。这个观点要求将历史上的进步精神在时代条件下发扬光大，使之与时代精神相结合，从而对现实生活产生影响，激励鼓舞人民群众创造历史的活力。……郭沫若历史剧的另一特色是具有鲜明的时代精神和时代特点。这是因为它是时代的产物。在反动统治年代里，作家没有言论自由和创作自由，只能采取"迂回的路"，以历史剧这种形式来反映现实，服务现实。

郭沫若的贡献是提出了历史剧人物"合理的发展"论，他说："我主要的并不是想写在某些时代有些什么人，而是想写这样的人在这样的时代应该有怎样合理的发展。"……具体的操作是，在准确把握历史精神（包括人物心理、时代心理）前提下，努力找到沟通历史与现实的相似之处而加以艺术的表现。

秦川：《郭沫若历史剧观创作论》，载《西南民族学院学报》，1995（4）。

4. 歌德和席勒以及郭沫若的历史悲剧，虽然产生在不同的国家和时代，但却有一些共同的特色，都可称为新的英雄悲剧。这种悲剧和欧洲古典悲剧的区别首先在于

其中主要人物并非都是帝王将相，而且还有出自下层社会。……当然根本的区别，还在于新的历史悲剧中的主角都有远大的理想、崇高的品质、坚强的斗志和牺牲精神。这些英雄人物，无论是贵族或平民，都在反抗封建统治和暴君专制，都在要求平等和自由，要求"把人当成人"，这些中外历史上的"志士仁人"都在为着人道主义而献身。……但因20世纪40年代的中国不同于18世纪末和19世纪初的德国，郭沫若的世界观不同于歌德和席勒的世界观，因此郭沫若笔下的悲剧主角，必然有自己的特色。歌德和席勒固然是为现实而写历史，但郭沫若却有更紧迫的任务和更明确的认识。……在表现历史人物时，无论歌德和席勒或郭沫若都有虚构之处，但郭沫若却以历史唯物主义观点来"发展历史精神"。……若以文学姻缘而论，郭沫若的历史悲剧并非来自民族戏曲传统，而接近于歌德和席勒的理论和实践，属于同一样式。

陈瘦竹：《郭沫若的历史悲剧所受歌德与席勒的影响》，载《河北师院学报》，1986（1）。

5. 剧中的诗不是附加的词句，而是剧中人心情的自然流露。郭沫若在剧中写过屈原、蔡文姬和夏完淳等几位著名诗人，引用他们的诗句并且表现他们当时的心情，这当然极富于诗意。但郭沫若所以成为剧诗人，决不因为他在剧中插入现成诗句，而是写出剧中人的感情如此激动，非用诗来表现不可。他的戏剧语言在形式上不拘一格，不论有无格律或者是否分行，都有诗的意境。正如郭沫若所说："诗是强烈的情感之录音。"格律固然足以增加诗美，表现强烈情绪和深刻感受的散文，同样具有诗的力量。郭沫若剧中所以有诗，关键在于他有独特的剧诗的构思。

他的剧诗构思的特征，首先在于剧诗人与剧中人融为一体，套用他的话，即剧中人"就是我自己"。他在《"浮士德"简论》中评论歌德时说："他以他敏锐的直觉，惯会突进对象的核心。"他作诗写剧，深受歌德影响，因此他以抒情诗人的敏感和热情，"惯会突进"剧中人物的心灵，休戚相关，悲喜与共。

郭沫若不仅是抒情诗人，而且是戏剧诗人，他从戏剧冲突中来突出抒情因素，这是他的艺术构思的第二特征。

《女神》中的《凤凰涅槃》、《天狗》和《立在地球边上放号》，都是好诗。后来郭沫若曾将这些诗所表现的思想感情吸收在《屈原》的风雷电颂中，抒情性和戏剧性相结合，气势和魄力就更大。

在历史剧中虚构次要人物，以烘托历史人物，从而加强戏剧的抒情色彩，这是郭沫若剧诗构思的又一特征。他写《屈原》，有些人物和情节出于虚构，"都是想当然的事，并不是有什么充分的根据的"。他"造出了一个婵娟"，然而这是一个绝妙的创造……婵娟在剧中是个次要人物，衬托屈原的性格。她是剧中最为敬爱屈原的人物，她的语言说出了我们敬仰爱慕屈原的感情。如果没有这个人物，全剧的抒情色彩就不可能这样浓厚。

陈瘦竹：《现代剧作家散论》，43～49页，南京，江苏人民出版社，1979。

6. 郭先生的《屈原》剧本上满纸充溢着正气。有人说郭先生的《屈原研究》的态度和方法是"新朴学"，那么他的《屈原》剧本实在是一篇"新正气歌"。……作者创造了一个婵娟的人格，把同情和努力大部分用在她的身上。……在第五幕里，屈原已被放逐了，又被幽囚了；宋玉与公子子兰已经联成了一气，以援救屈原为名，到楚宫门口去诱惑婵娟的时候，两人肆逞了如簧之舌，你一段我一段说得真像是仁至义尽似的，个性稍软弱的人一定要招架不住了，而作者竟用了极大的努力，描写婵娟的反应，一次是"姿态不动，无言"，二次是"姿态不动，无言"，三次是"姿态不动，始终无言"，四次是"姿态不动，毫无反应"，五次是"丝毫不动"，六次是"仍丝毫不动"，七次是"仍丝毫不动"！

这是中国精神，杀身成仁的精神，牺牲了生命以换取精神的独立自由的精神。

孙伏园：《读〈屈原〉剧本》，载《中央日报》副刊，1942年2月7日。

7. 婵娟的感情行程也是伴随着屈原的情感运动而行进的。对南后的怨愤怒诉，使我们想起了《凤凰涅槃》中的"凤歌"和"凰歌"。如果说"凤歌"显得雄浑豪放，那么"凰歌"则如泣如诉。而屈原的抒情则是像"凤歌"那样激昂悲壮，婵娟的抒情就像"凰歌"那样泣诉怨怒。屈原和婵娟的抒情在整个《屈原》里以不同的变调协奏着，此起彼伏，组成这雄浑悲壮的交响曲。可以这样设想，假如没有婵娟这样诗的魂，屈原的形象就显得不够完美了。屈原的感情运动是不断深化迭进到"雷电独白"的，而婵娟的感情运动也是不断深化迭进，升华到一个纯净芬芳的境界的。特别是最后一幕，婵娟死前和屈原的对话，这是婵娟诗魂的极致，是道义美的崇高意境。

婵娟岂止是《橘颂》的象征，而且是屈原辞赋的象征。作家的独创之处，在于当他驰骋着浪漫主义神思时，运用着象征主义的手法。

田本相、杨景辉：《〈屈原〉论》，载《文学评论》，1982（6）。

泛读作品

郭沫若：《棠棣之花》《虎符》《高渐离》

郭沫若：《献给现实的蟠桃》

评论文献索引

王瑶. 郭沫若的浪漫主义历史剧创作理论. 文学评论，1983(3).

黄侯兴. 论郭沫若的史剧观. 北京大学学报，1983(3).

王文英. 论郭沫若抗战时期历史剧的审美价值. 中国现代文学研究丛刊，1986(2).

王保生. 关于抗战时期六个太平天国史剧的思考. 中国现代文学研究丛刊，1986(2).

高扬. 历史精神与艺术构想——论郭沫若历史剧的心理特征. 郭沫若学刊，1998(4).

高音.《屈原》——用戏剧构筑意识形态. 文艺理论与批评，2006(3).

沈庆利. 郭沫若《屈原》：性与政治的偷情. 现代中国文化与文学，2008(1).

倪海燕. 文本裂隙与女性配角的艺术光彩：从一个角度谈郭沫若抗战时期的历史剧. 中国现代文学研究丛刊，2009(4).

拓展练习

1. 郭沫若认为"史学家是发掘历史的精神，史剧家是发展历史的精神"，"失事求似"应是史剧的一个原则，他的创作"并不是想写在某时代有些什么人，而是想写这样的人在这样的时代应该有怎样合理的发展"。对于一些历史的空白，郭沫若凭借艺术想象予以了填补。但也有一些研究者认为，因过于追求"以古讽今"的现实功效，一些剧作的剧情衔接不自然、人物有失真实。分析剧作《屈原》是否存在上述不足。

2. "郭沫若在他的史学研究与史剧创作之间建立起一种协调的动力结构。同一种意识形态主题分别用史学与史剧的形式表现出来。史学通过'真实性'获得话语权威，史剧通过艺术性使这种话语权威获得大众的认可。"① 也就是说，郭沫若的史剧创作承担着某种意识形态建构的重要任务，其中潜藏着对未来民族国家的想象和寓言。结合相关文献，分析剧作《屈原》能否支持、印证这一说法。

3. 阅读评论摘要5，分析郭沫若"诗性"特征的成因。

第三节　夏衍：不失生活本色的国族叙事

夏衍在杂文、报告文学、戏剧、电影、小说、文艺批评等诸多领域均有建树，但主要成就还是集中在话剧创作。以1937年春创作的《上海屋檐下》为分界点，其话剧可分两期：前期创作大多取材历史，但过于片面强调政治倾向，剧中人物有时代传声筒的特征，代表剧作有《秋瑾传》《赛金花》。后期则转向现实生活，强化了对人物性格、内心活动的刻画和描绘，作品有《一年间》《心防》《法西斯细菌》《芳草天涯》等。

《上海屋檐下》标志着夏衍在现实主义创作道路上的巨大成功。它在叙事模式上延续了胡适、曹禺所熟用的"家庭—社会"模式，将五户人家并置于一个场景，凭借结构主线、副线的巧妙安排，使情节相互缠绕却线条分明，最终以底层家庭的横截面描述完成了对社会文本的宏大叙事。

图3-15　夏衍电影文学奖获奖留念"夏衍铜雕塑"。

夏衍的剧作，特别是后期创作的基本特征有：一、取材于平凡琐事，从一个很小的角度，来反映当前严酷现实，真实再现生活本色；二、注重心理表现和内心刻画，利用细节描写和环境渲染来烘托人物心境，以情感冲突的加强来淡化外部情节的描述；三、语言质朴洗练，间有幽默和嘲讽，却蕴含了沉郁复杂的情感，类似于契诃夫的"含泪的笑"；四、艺术结构独具匠心，呈现出散文化特征。剧本多线索纵向推进，同时又有横线相连，层次分明，脉络清晰，既

① 周宁：《从历史构筑意识形态》，载《人文杂志》，2003（2）。

明快集中，又保持了生活本身的丰富性和复杂性。

教学建议

1. 阅读评论摘要 1、2、3，把握抗战剧作的艺术特点。
2. 阅读评论摘要 4 及相关资料，分析《上海屋檐下》独特的戏剧结构。
3. 就拓展练习 1 展开讨论。

精读作品

夏衍：《上海屋檐下》《芳草天涯》

评论摘要

1. 夏衍的许多剧本成功地协调了内部和外部的冲突。他所遵循的布局原则首先是，以人物心理冲突作为贯穿全剧的线索来衔接各个外部情节，注重情绪上的而非事件上的一脉相承，依靠心理活动上的衔接使外部情节形散而情不散，或者外散而内不散。……其次，剧作家尽力强化剧中人思想情感上的冲突使之构成全剧的核心部分，而对外部情节冲突则尽量加以淡化，不过多地加以展开，或干脆推到幕后，作暗场处理。……夏衍摒弃了人为的戏剧化，竭力真实而准确地表现平凡实在的日常生活。他在剧本中较多运用了适合流露人物心理的编剧技巧，如用行为细节来暗示心理，在停顿、对话里蕴含丰富的心理内涵，以及用环境气氛渲染人物心境等，这些手法的恰当运用赋予他的作品以朴实自然的艺术风格和魅力。

陈坚：《论夏衍剧作的心理特色》，载《艺术百家》，1990（2）。

2. 沿着夏衍戏剧特殊的审美沟通途径，我们将从直接性、间接性和诗的哲理性三个方面，去展示它那别具神韵的审美风采。

直接性：夏衍戏剧给人最显著的印象是，再现生活的逼真性。他的剧作总是那么自然质朴。夏衍具有逼真地再现各种生活场景的能力，他能够描绘出各种生活场景所具有的特殊风味。

间接性：夏衍剧作的内在情感线是由外在的并不连贯的情节线来表现的。而这条不连贯的情节线，是由一些细节、台词和动作，加上它们之间的空间组成的……夏衍剧作中的那些细节、台词、动作，可以说就是作者精心刻画的艺术的"眼睛"，他使人们通过这些"眼睛"，去窥视到人物丰富的内心，从而使这些有限的外在的"形"，去传达出那无限的内在的"神"来。同时，这条情节线的不连贯部分，在艺术上所起的作用也是不容忽视的。这些不连贯的虚空处，形成艺术上的"空白"，而这"空白"的特殊作用，就在于使形象的直接性面貌模糊不定，从而在"空白"处使人看到更多更深的东西。

诗的哲理性：夏衍并不让他的人物长久地沉入那种纷乱繁复的思绪中，他让这些严肃地对待人生执着地追求真理的人们，在痛苦地否定过去的同时，找到新的精神基点，终于在沉思中奋起，精神开朗地踏上更高一级的人生阶梯。这时，夏衍就把一个具体的偶然的人物、事件，提高到对于知识分子道路、乃至新民主主义历史步伐的整体认识的水平上，他也就把作品从抒情阶段，推向哲理认识的阶段，于是他的作品也就表现出诗的哲理性的审美特征。

王文英：《论夏衍戏剧艺术的创新》，载《文学评论》，1985（2）。

3. 夏衍善于把普通的人物典型化，把日常生活中常见的事情加以提炼组成戏剧冲突。《法西斯细菌》中的人物，在国统区是常见的，剧中好友间的争论，也是日常生活中常有的。作者善于从平凡生活琐事中，挖掘具有深刻意义的思想内容。他的剧作中的戏剧冲突，不外是人们关于抗战前途、政治与科学、人生的意义、做人的基本原则等等的争论；或是一些人的认识和已经变化的现实之间的矛盾；或是恋爱婚姻方面的纠纷等。大多是容易被人们忽略的事件。他却从这些看来是极平常的事物中深入发掘事物的本质，通过平凡的人物及习见的事件，表现了富有时代内容的主题，如：抗战中知识分子的道路问题，民族存亡关头普通人肩负的使命，敌占区文艺工作者的职责等等，都提高到个人与国家，与民族的关系上来描绘。因此，他的作品格调高，不以巧合的情节哗众取宠，也不搞噱头迎合部分观众的低级趣味，抒情与哲理结合得较好，发人深省，耐人寻味，非常真实自然，没有雕凿的痕迹。

钟德慧：《夏衍抗战剧浅析》，见《国统区抗战文艺研究论文集》，
131页，重庆，重庆出版社，1984。

4. 夏衍把五家住户的日常生活安排在整个社会背景之上，他的独特的艺术处理方法是，把五家住户的日常生活放在舞台表现的中心，放在明处，而把反动统治与人民斗争互相交织的本质冲突作为社会背景，放在日常生活现象的背后，也就是放在暗处。这样，在日常生活中所发生的种种现象，都直接或间接地表现出那背景所具有的制约和支配作用，从而把外在的现象和内在的本质有机地联系起来，整个剧本形成为互为表里的一明一暗的双层结构。在这明暗结构的双层之间，形成一个戏剧潜流回旋的巨大空间，正是这流动的戏剧潜流，把社会现象与社会本质融合为一体，把促使人物行动的外界因素与内心根据融为一体。因此，读者通过剧作，不但能看到人物活动的表面内容，而且能深入地感受到生活的内在意蕴，能透过人物关系及情感的细微变化，感觉到时代的动荡和前进。

王文英：《夏衍戏剧创作论》，70页，上海，上海社会科学院出版社，1987。

5. 这（《芳草天涯》）是作者所写"第一个以恋爱为主题"的戏，更正确一点说，是讨论婚姻问题的戏。保持着作者特有的清新冲淡的风格，并且在技巧方面更加洗练，更加文学地动人。

作者运用这一平凡的戏剧素材的黏土，塑造出一个个出色的艺术品；那么冲淡，像一泓秋水，清可见底；那么隽永，耐人咀嚼，耐人回味。

不同于一般剧作家的，他追求的不是所谓戏剧性的发掘，而是现实生活的再现，他所写的都是那么亲切，几乎可以扪捉得到，一种道地的契诃夫的味道。

他所要表达的人间斗争，往往是内在的，如同春波微漾，秋云舒卷，可以感觉，而不可以言传。

乐少文：《五个战时剧本》，见《夏衍研究资料》，617、618页，
北京，中国戏剧出版社，1983。

6. 在左翼剧作当中，夏衍是颇能谨守写实主义原则的人，他纵然也恪遵党的路线，在作品中贯彻政治要求，但是他较能照顾实际生活的土壤，尽量给剧中人以个性和血肉，包住政治的骨骼。战前写的《上海屋檐下》是极好的典型。夏衍在战时战后的创作进程，也和一般左翼作家相同，即抗战前半期，集中于抗日宣传，后半期则从事讽刺现实、揭露黑暗；内战时期则投入所谓反饥饿、反压迫的城市斗争。

《芳草天涯》可看做夏衍摆脱政治绳索，探求人生的尝试。主题在写三角恋爱纠纷。男主人公许乃长，因不满意其妻思想落后，而恋上了年轻有朝气的孟小云，这引起了妻子的剧烈痛苦，遂使他和孟小云抑制了爱情。遭此刺激孟小云走向了抗日工作的道路中。许也表示："我会坚强起来的"这与田汉在《秋声赋》里，以献身工作来解决爱情纠纷，手法颇为近似。这可以看作左翼作家，探索人生问题，总不能干净利落，总要拖一条"为社会走向人民"的尾巴。不过，在他们已经难能可贵了。据王瑶说：本书"出版曾引起一些争论"，刘绶松则批评："把恋爱问题放到如此重要的程度，终究不免失之于夸张的。"从马列主义看来，这些批评都属于当然。

司马长风：《中国新文学史》（下），278 页，香港，香港昭明出版社，1978。

7. 夏衍的主人公都是些成长中的角色，因而作品多采用开放式结构。前史很长，剧情随着主人公的到来而缓缓展开，亲朋好友、同学故旧在抗战这个历史的大变局中走到一起，在嘘寒问暖、闲扯聊天、一颦一笑、回身叹气之间，心灵的错位、摩擦、分歧、对撞便发生了。主人公几乎都是平民知识分子，这就决定了夏衍戏剧冲突的表现形式不可能剑拔弩张、火药味十足，而是含蓄、淡远、纤曲、细微，动作间充满了错位、停顿、断裂和空白，正是从这些动作罅隙间，情绪便涌流了出来，成为无声之音、无形之象，场面上飘浮着一股淡淡的哀愁。《芳草天涯》第三幕开头，孟小云和尚志恢以及接下来和石咏芬想说清楚又说不清楚的两场戏，在我看来也许最能代表夏衍的戏剧风格。夏衍剧作最让人揪心的并非情节的大起大落、命运的变幻无常，而是主人公精神分裂、蜕变、转型当中难耐的痛苦，不停地挣扎与最后的诀别。经过一番不见硝烟的心灵苦斗，夏衍笔下的人物自然而然地完成了他们的精神升华过程，开始进入新的人生境界。场上戏到此为止，场外的人生却继续前行，开放结构带给观众的是一份新的企盼。

夏衍是从社会发展的角度，观察和表现现代市民人格的形成过程的。从小我到大我，并不是对小我的简单否定，因为小我毕竟是个体生命最重要的组成部分，没有小我，要大我何干。但是，抗战时期族群意识膨胀，个性解放受阻，市民意识严重失衡。在这样的精神语境中，夏衍和他的戏剧主人公一样陷入深深的痛苦之中，他看到了个体是如何的脆弱，怎样地不堪一击，因而他希望赵婉贞、尚志恢们从社会斗争的汪洋大海中汲取力量，搭救自己。另一方面作家更了解世道的险恶，形势的翻复多变，不禁要为这些小儿女们即将失落的美好情怀而扼腕痛惜。作家曾反复申说，自己是以同情、怜悯的态度，"带着眼泪""谴责同时代的知识分子"的。所以他一边写他们的孤立无助，一边写他们心地的善良、纯真，努力为他们寻找一个心灵的支点，使个体和他人、私情与道义协调起来。所以在《芳草天涯》第二幕最后一场戏中，作家借孟文秀之口说，每个人都有可爱之处，爱的真义不是狭隘，而是容忍，不能为一己之爱而夺人之爱。

夏衍是抗战后期有数的几个坚守五四传统，提倡人道主义的剧作家之一……然而这却被一些从延安来的"钦差大臣"，如何其芳等人指责为"资产阶级思想"，"实质不过是宣传个人的爱情或者幸福很神圣很重要而已"。在何其芳等人看来，个人情怀和大众利益是水火不相容的东西，二者必居其一，显示出强烈的反个性、反五四、反新文化传统的倾向。也许，有了"何其芳现象"的反衬，倒更能凸现出夏衍对个性的理解和同情、呵护与锤炼，具有独特而又不可磨灭的价值。

马俊山：《演剧职业化运动研究》，107～109 页，北京，人民文学出版社，2007 年。

泛读作品

夏衍：《法西斯细菌》

评论文献索引

周钢鸣．夏衍剧作论．文艺生活，1941 年第 1 卷第 3 期．

何其芳．评《芳草天涯》．关于现实主义．上海：上海文艺出版社，1959．

袁良骏．夏衍剧作论．戏剧艺术论丛，1980(3)．

王保生．评夏衍的《上海屋檐下》．中国现代文学研究丛刊，1982(3)．

陈坚．论《芳草天涯》．中国现代文学研究丛刊，1982(1)．

王文英．论夏衍戏剧艺术的创新．文学评论，1985(2)．

韩日新．三四十年代曹禺和夏衍的创作比较．文学评论，1991(2)．

陈坚．论夏衍戏剧的心理特色．中国话剧研究第 4 期．北京：文化艺术出版社，1992．

严肃．中国抗战戏剧的嚆矢——夏衍《上海屋檐下》研究．四川戏剧，2005(2)、(3)、(4)．

拓展练习

1. 以《雷雨》《上海屋檐下》为重点分析对象，分析在戏剧冲突的构造上，夏衍与曹禺有何区别。

2. 刘西渭在肯定《上海屋檐下》不失为一部佳作的同时，也提出一些批评，如"他缺乏语言与动作完成他情节上巧妙的布置。语言是抽象的，动作是细微的，这三个主要人物——特别是那对旧夫妇——永远感情用事地自相表白。作者不曾深入他们的灵魂，那深致而反常的灵魂，用具体的直接动作表现他们的心境。"[①] 这一不足是否存在，请在细读作品的基础上作出评析。

3. 无论《法西斯细菌》还是《芳草天涯》，夏衍都是以知识分子为关注对象，所探讨的都是抗战背景下"时代"与"人"的关系，所不同的只是观察视角由政治转向了伦理道理。但与前者受到普遍好评形成对比的是，后者被一些评论家指责为

---

① 会林、绍武编：《夏衍戏剧研究资料》（下），北京，中国戏剧出版社，1980。

"一个非政治倾向的作品"，"这种尊重别人的爱情或者幸福，不惜牺牲自己的观点——实质上不过是宣传个人的爱情或者幸福是很神圣很重要而已"（何其芳）。由此可以看出，伴随《讲话》在国统区的广泛传播，立足于个体的文学创作已经越来越难于在左翼阵营内立足。阅读评论摘要 6、7 及相关资料，分析何其芳作出这一批评的理论根基。

第四编　台港现代文学

第一章　五四台湾文学

第一节　台湾新文学的勃兴

内容提要

甲午海战失利，清政府被迫割让台湾给日本。台湾自此孤悬大陆之外，直至1945年抗战胜利才结束受殖民统治的命运。日据时期，殖民者竭力清除当地原有的文化风俗和语言文字，意欲从思想文化层面将台湾人民改造为日本帝国的臣民。在日语升位为"国语"，汉文遭压制乃至废止的境况下，台湾文学的演进轨迹被强行扭转，一度出现汉语文学的真空期。政治、文化环境的恶化，使大批知识青年出走。他们大都留学日本或旅居中国大陆，深受现代民主自由思想影响，组建"新民会""台湾文化协会"等进步政治文化团体。

受大陆《新青年》启发，1920年新民会创办刊物《台湾青年》（1922年改名《台湾》）。创刊号上，陈炘著文《文学与职务》，认为科举制下的文学均已是死文学，唯有白话文学才是活文学。此后黄呈聪的《论普及白话文的新使命》、黄朝琴《汉文改革论》仿效大陆文学革命，进一步强调了白话文对于文化普及、社会改革的重要性。1923年，《台湾》杂志社增刊发行了全部采用白话的《台湾民报》。该刊一面大力倡导台湾新文学的发展，一面积极传播大陆新文学的成果，鲁迅、郭沫若、冰心、徐志摩的作品都曾被介绍。

以五四新文学为参照，台湾作家张我军积极吸纳胡适、陈独秀等人的理论主张，并结合台湾文坛实况，连续发表《为台湾文学界一哭》《请合力拆下这座败草丛中的破旧殿堂》《绝无仅有的击钵吟的意义》等文章，对以连雅堂为代表的旧文学界展开批判，引发了新旧文学论战。论战加速了台湾文学的转型，扩大了大陆新文学对台湾文坛的影响，催生最早一批台湾新文学作品。最早显示实绩的是新诗，早在1924年，张我军、杨云萍就在《台湾民报》发表新诗，1925年张我军还出版了诗集《乱都之恋》。不过成绩最突出的还是小说，1926年，赖和相继创作《斗闹热》和《一杆"称仔"》，控诉了殖民者的罪行和封建制度的腐朽，为台湾新文学树起第一面反帝反封建旗帜，启示了日后写作的社会写实方向。戏剧与散文创作相对薄弱，前者以张梗的独幕剧《屈原》为代表，后者以赖和的《无题》、蒋渭水的《狱中日记》为代表。

教学建议

1. 试分析五四新文学化运动、文学革命对台湾新文学运动的影响。

2. 阅读张我军与连雅堂的论战文章，梳理新旧文学论战的过程，分析论战发生的原因及意义。

3. 把握 20 世纪 20 年代台湾新文学所取得的主要成就。

精读作品

陈炘：《文学与职务》

张我军：《致台湾青年的一封信》《请合力拆下这座败草丛中的破旧殿堂》

评论摘要

1. 台湾新文学运动与政治运动形影不离，反帝与反封建即是台湾新文学创作的主题，文学对政治运动做出极大的贡献。反帝、反封建的社会解放运动，刺激了新文学的迅速发展；排除颓废的、风花雪月的旧文学；走上崭新的、写实的道路。到了 1931 年政治组织相继被禁止之后，台湾新文学运动更上层楼，1934 年于台中成立全岛性的"台湾文艺联盟"，以合法的地位掩护非法的政治运动。

文学既要参与社会、政治运动，尽到推展新思想的职务，首先它必须有激发社会群众的条件，即打进广大群众的条件。要达到这个地步，文学必须进行内容与形式的革命。台湾新文学运动也不例外，在文学内容上它采取了社会运动的反帝、反封建主题，前面已略述。然则，在形式上又应怎么办呢？

在新旧社会变迁之际，旧文学的语言形式与社会群众的口语完全脱节，依然死抱着与社会大众无缘的死文字，如文言文。文学若要发挥它的社会功能，必然得采用社会群众的口语：即文学的形式在文学语言这一方面，必须做到言与文一致。譬如，五四运动在文学语言形式上即采用了大众的日常用语：北京语，言文一致建设了中国新文学，文学革命配合政治、社会革命，对中国社会的改造发挥了它的功能。

台湾新文学运动以中国白话文出发，突破日本语，在学习掌握了中国白话文这个汉文形式之引后，转进台湾语白话文的写作道路，以期文学大众化。

胡民祥：《台湾新文学运动时期"台湾话"文学化发展的探讨》，见《台湾文学入门文选》，
71～72 页，台北，前卫出版社，1989。

2. 台湾新文学运动受五四新文学运动直接影响，是由大陆和台湾具有共同的文化背景和反帝反封建的历史任务所决定的，它在台湾新文学运动发生、发展的过程中明显地表现了出来。

首先，发动这场新文学运动的人大都同大陆和五四运动有关系。他们大都是在新文学运动发生后，到过大陆，目睹蓬蓬勃勃的新文学运动，回台后提倡文学改革的。

第二，台湾新文学运动以五四新文学运动的理论为其理论。新文学运动的提倡者，不仅从"五四"新文学提倡者那里得到启发，而且直接地大量地引用胡适的"八不主义"、陈独秀的"三不主义"以及有关的诗歌创作的理论作为自己的理论武器。同时，他们还介绍了五四新文学运动以来的一些代表作品，如鲁迅的《狂人日记》、《阿 Q 正传》，冰心的《超人》，郭沫若的《牧羊哀话》等等，作为自己创作的楷模。

第三，正由于上述原因，就使得台湾新文学运动的过程和文学精神与五四新文学运动的过程和文学精神上也完全吻合。在过程上：从文化启蒙到文学运动，从白话文的提倡到新文学的创作，从理论上的破旧立新到创作上的显示实绩。在文学精神上：反映现实的题材，写实的手法，反帝反封建、提倡民主和科学的主题，而直接揭露日本殖民统治者的暴行，寻求民族解放，更是台湾新文学的灵魂。

陆士清：《台湾文学新论》，61～62 页，上海，复旦大学出版社，1993。

3. 前面我们已经提到，中国大陆"五四"新文化/新文学运动所面对的对象，主要是有着几千年历史的中国传统思想和文化，以胡适、陈独秀和鲁迅为代表的新文化/新文学的倡导者们，希望通过"西洋人"式的"革故更新"，将中国（文化/文学）带入一个"光明"的新世界——此时的中国大陆虽然社会性质为军阀割据的半殖民地半封建社会，但至少在表面上，它还是一个有着主权实体的现代民族国家，因此在它的内部精英知识分子所提倡的思想"启蒙"，以反封建为主并希望通过反封建"强身健体"最终达到反帝的目的。由于在中国大陆，反封建的任务相对单纯，而封建又主要与"过去"相联，代表新思想的"民主"和"科学"则属于未来，因此，"五四"新文化/新文学运动时的思想启蒙，就自然地与历史进化论相同构——甚至在某种意义上讲，历史进化论本身也成为思想启蒙的有机内容，这样，在中国大陆轰轰烈烈展开的思想启蒙运动，基本上是沿着"新"对"旧"、"现代"对"传统"的历史进化维度，向着"民主"和"科学"的纵深目标前行。

这样的一个思想启蒙和文学变革的特点，是否也适用于 20 世纪 20 年代新文学开始诞生之际的中国台湾呢？答案是不尽相同。20 世纪 20 年代的中国台湾，尚在日本的殖民统治之下，其时日本人在台湾的殖民经营已将近四分之一世纪，"同化政策"正在逐步深入，在这样的一个殖民处境下，在中国大陆相对单纯的"新"、"旧"冲突，在中国台湾由于有了异族殖民统治的介入而变得十分复杂——在中国大陆作为落后的封建文化的传统思想和传统文学，在中国台湾却由于其中国性而具有了民族思想和民族文化的民族性，于是，在日本殖民统治的语境下，当中国台湾的知识分子对中国传统文化进行维护和坚守的时候，就不能简单地袭用中国大陆思想启蒙的模式，以历史进化论的逻辑将之视为落后保守，事实上，中国台湾的知识分子坚持自己民族的传统文化，在某种意义上讲正体现了他们有着自觉的现代民族意识和国家/民族认同观念，他们坚守民族文化和传统文学，正表明他们是在以民族性对抗殖民性，以中国的民族文化和传统文学为寄托，抵抗日本殖民统治者的文化"同化"和精神殖民。

很显然，以历史进化论为逻辑准则展开思想启蒙，在中国台湾因为受殖民统治处境的特殊性而难以完全沿用。如果说思想启蒙在中国大陆呈现为一种"纵向"的以"新"代"旧"的线性发展方向，那么在中国台湾，思想启蒙则表现为"横向"的"新"、"旧"并置的呈现态势——因为在异族殖民统治下，"旧"的民族文化和传统文学并非一无可取，却因其有着强烈的中国性而具有了巨大的民族抗争价值，自然也就不能简单地以"新"就可取而代之。就此而言，中国台湾的思想启蒙形态，自有它不同于中国大陆的独特呈现方式。

刘俊：《台湾新文学诞生之初文学现代性的三种形态——以连横、张我军、赖和为中心》，

载《中国现代文学研究丛刊》，2012（4）。

4. 新文学运动中由"启蒙"到"解放"的过渡也反映在1925年《台湾民报》的言论立场。1925年一篇社论"不但共鸣更要合作才是"非常明确而全面地指出"解放时代"的来临：

> 20世纪就是解放的时代。由政治上说，向来永久受强大民族的虐待和凌辱的弱小民族，也要享得自由和平等，抬头起来提倡民族的解放运动了。经济上受压迫和榨取的劳农阶级，也为着自由和平等的解放，大举团结向资本家要求起来了。又一方面社会上家庭上，忍受男子的专制和差别的"弱者"女子们，也移她们的莲步出了绣阁，要求解放起来了。

上面这段话既宏观又细腻地论述"解放"的内涵，从"民族"、"阶级"到"性别"全面关照台湾在20世纪所面临的社会现实，在揭示"解放"时明确地以"压迫／解放"的对立概念来定义"解放"，并清楚地指出压迫者与被压迫者（寻求解放者）的对立关系：在民族上，是"强大民族"对"弱小民族"；在阶级上，是"资本家"对"劳农阶级"；在性别上是，"男子"对"女子"，这篇社论可以说是《台湾民报》由"启蒙"走向"解放"的宣言，具有无可取代的代表性，也反映了1925年台湾知识分子文化心灵的大转向。

陈昭瑛：《台湾儒学当代课题：本土性和现代化》，73～74页，

北京，中国社会科学出版社，2001。

5. 旧文人希望维系固有的社会规范，强调"文以载道"曾被新文人批评为不懂文学；新文人主张情性解放，故支持新文学阐释恋爱自由的精神，曾被旧文人讥为"淫徒"，这肇因于彼此对社会文化走向的不同见解，亦显示新旧文体除文学表现形式之异，更蕴涵对社会文化不同的价值观。在旧文人的概念里，儒学、汉学、道学、中国文学是互为一体的。旧文人将非孝论、恋爱自由与新文学相提并论，并予以批判，可见文学与社会风气在旧文人是一并关照的，彰显旧文人持"文化之学"的广义文学观是促成新旧对立的重要原因。新文人反对"文以载道"的文学观，只是希望建立新的文学模式，并非如多数旧文人所认知的是要使传统伦理规范解体，但部分文人大力鼓吹"恋爱自由"、"非孝论"的反传统言论可能加速社会变迁，因而引起旧文人的疑虑是可以理解的。

文体的发展与生物的演进方式不同，硬套进化论将发生扦格不入的困境，日据时期台湾许多新文人并无此警觉，旧文人虽曾对新文人的说法提出抗议，但在强烈的反传统意识下并未被新文人接受。日据时期新旧文人面对北京话在台湾不够普及的困境，常转而以"简易时文"、"平易汉文"代替，包容不同的书写方式。新文人短时间无法在台湾建立中国白话文学的典范，一般读者难以立即接受中国白话文学，使得新

文人的理想大打折扣。文学通俗化与大众化固然重要，但若未经过文学淬炼可能流于粗糙，不容易让社会大众留下深刻的印象。

在日本强权统治下，不论传统汉文、中国白话文、台湾话文或是教会罗马字均曾遭到统治者的打压，各种不同形态的台湾语文固然存在竞争的一面，但在"以大局为重"的前提下，常出现相互包容的现象，今后我们更该扩大研究层面，才能厘清日据时期台湾新旧文学论争的各个面向。

翁圣峯：《日据时期台湾新旧文学论争新探》，538～539 页，台北，
五南图书出版股份有限公司，2007。

6. 在台湾，十九世纪末以来用台湾话实施文言文教育的书房逐渐消退，施行日语的小学教育的公学校就学率，却加速度地增加。可以说，大陆新近登场的白话文教育机构，在台湾并不存在。这意味着除了到大陆留学，或个人学习中国白话文的人以外，台湾大众是很难接受大陆的五四新文学的。

如此大致可以描绘出，台湾读书界的情况，十九世纪末至二十世纪初，约 10% 左右的人使用文言文和白话文（古典口语文），进行阅读与书写。不久，日语理解者急增，一九四零年代后，过半数的台湾人已经拥有读、写日语的能力，其数量压倒了文言文、白话文的读者。对新出现的日语理解者来说，过去的文言文、白话文是和日常用语的闽南话、客家话相背离的书面语言，而日语虽然是外国语言，却是准日常用语。台湾人和居住在大陆北方官话区域外的人们，具体地说，例如福建人或广州人读、说、写中国语文时，有几近相同的感觉在使用日本语。中日战争开战前两年的 1935 年，中华民国的就学率不过是 30%。相较之下，同年台湾人的就学率是 41%，1941 年是 61%，1943 年则达到 71%。因此，可以说在台湾，日语比大陆的国语更占有重要的位置。

［日］藤井省三：《台湾文学这一百年》，张季琳译，48 页，台北，一方出版有限公司，2004。

7. 台湾传统文人在一八九五年至一九二四年新旧文学论战发生前，由于西学东渐，现代事物纷起，在新时代的刺激下，传统文人其实已经对于旧有的文学典律产生一定的反省，他们期许文学内容可以与时俱进，符合需求，相关改革言论，大致涵盖诗歌、散文、小说、戏剧等方面，另外也曾借鉴中国文学创作经验及西洋文学思潮。细绎此一文学历史轨迹，说明了现代文明引发了台湾传统知识分子的变革意识，不只是物质文化与精神文化的感受正在改变，台人生活与思想的变革也影响了文字的表达，为求更适切诠释与时俱变的思想感情与社会生活，文学也必须进行改良；于是，旧文学界所曾出现的各式改革言论，虽然不是一连串集结性、有计划的鼓吹行动或集体风潮，但随着相关言论在报章杂志上的传播，促使变革意识的扩散与积淀，加上若干文学改良思维，实在具有向"新文学典律"的精神内涵靠拢的倾向，因此即使缺乏"趋新"的口号，却已然为未来新文学的兴起发展提供了一定程度的现实基础。

黄美娥：《寻找历史的轨迹：台湾新、旧文学的承接与过渡（1895—1924）》，
载《台湾史研究》，2004（2）。

泛读作品

黄呈聪：《论普及白话文的新使命》

张我军：《为台湾文学界一哭》

评论文献索引

张光正. 从白话新诗的崛起看台湾新文学运动. 台湾研究集刊，1988(3).

武柏索.《台湾民报》和台湾新文学运动. 新文学史料，1998(3).

武柏索. "1920—1945"台湾新文学运动与文学发展之概观. 中国文化研究，2000 (3).

白少帆. "五四"运动台湾篇. 百年潮，2000(12).

白少帆. 从《新青年》到《台湾青年》、《台湾民报》. 百年潮，2001(1).

白少帆. 新旧文学之争与异代祖国之恋. 百年潮，2001(2).

计璧瑞. 日据台湾的语言殖民和语言运动. 中国现代文学研究丛刊，2004(1).

蔡辉振. 鲁迅对台湾新文学发展的影响探究. 鲁迅研究月刊，2007(5).

托德宗. 鲁迅与台湾新文学的发生. 世界华文文学论坛，2011(4).

刘俊. 台湾新文学诞生之初文学现代性的三种形态. 中国现代文学研究丛刊，2012(4).

汪景寿. 台湾白话诗的崛起. 诗探索，1982(2).

黄美娥. 寻找历史的轨迹：台湾新、旧文学的承接与过渡(1895—1924). 台湾史研究，2004(2).

拓展练习

1. 日据时期台湾曾发生过新旧文学论战，当时两阵营的代表人物有哪些？彼此所持观点有何不同？论战产生了什么样的余波和影响？

2. 与大陆文学革命的展开非常相似，台湾新文学同样是以反对文言、提倡白话的理论倡导而拉开序幕。结合相关评论摘要，分析白话文运动与新文学的发生有何内在联系。

3. 参阅相关评论文献索引，探析鲁迅对台湾新文学所产生的影响。

第二节　张我军：台湾新文学运动的旗手

内容提要

张我军在私塾完成了中国传统文化的基础教育，20 世纪 20 年代曾游历厦门、北平，还拜访过鲁迅，身受五四洗礼。他积极传播五四新文学，从理论到实践为台湾新文学建设做出杰出贡献，是台湾新文学运动的旗手。

一、理论主张。张我军是新旧文学论争的发动者。1924 年他以《致台湾青年的一封信》《糟糕的台湾文学界》等文章抨击台湾旧文学与旧诗人，认为旧文学乃游戏或器具，无助于民智启发和民族觉醒，当以全面清除。他的激烈态度为新文学发展起到了"清道"作用，但因对旧文学的批判缺乏具体分析，特别是无视殖民语境下旧文

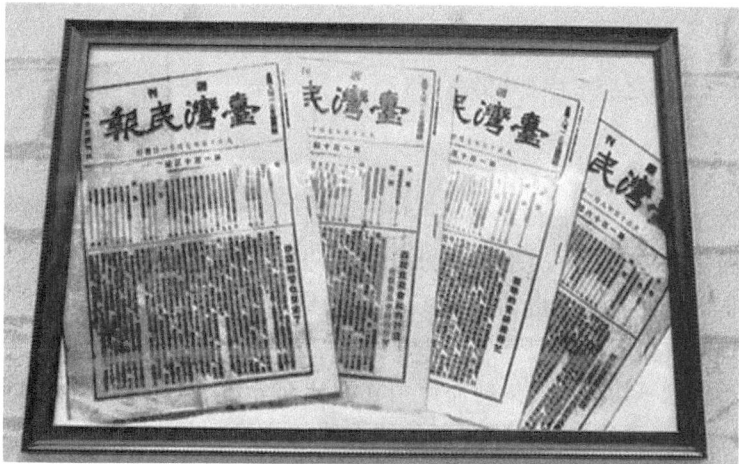

图 4-1　1926 年 8 月，张我军求教鲁迅，并赠《台湾民报》。

学之于民族文化传承、民族身份认同的积极作用，而与五四文学革命有着同样的激进主义的缺陷。

在具体的文学建设上，他首先明确了新文学的源流，即台湾文学乃大陆文学的支流，应接受本流变迁的影响。其次分析了文学内容与形式的关系。以胡适的"八不主义"为鉴，他认为文学要以合理的形式承载丰富的情感和深刻的思想，而不能流于技艺的炫弄或为传统形式拘牵。再次论述了东西方文化关系。他在推崇西洋文明的民主与科学之时，又肯定了本民族文化的优势所在，对日本宣扬的"东洋文明"背后的殖民意图予以了警醒。最后，在国语与方言关系上，主张依傍中国国语改造台湾土语。以上主张直接继承了五四文学革命的理论成果，但又结合台湾实际实现了超越与发展，体现出强烈的历史意识、民族意识和时代意识。

二、创作实践。张我军《乱都之恋》是台湾新文学史上第一部新诗集，主要讲述了一位台湾青年和一位北京姑娘爱恋过程中的悲欢离合。作品热情歌颂了在当时尚被视作异端的自由恋爱，以坦率真挚的爱情告白而对旧文学、旧道德表示出极大的蔑视和反叛；文字通俗朴素，形式自由多变，基本挣脱了格律的枷锁，为台湾新诗创作提供了最初范本。但词句浅白、情感浅露、技法单一的缺陷也客观存在。不过作为尝试之作，这部诗集无论就思想内容还是艺术形式，都具有弃旧图新的文学史价值，于台湾新诗的开创之功是不容磨灭的。

除却诗歌，张我军还涉足小说，虽数量很少，现仅存《买彩票》《白太太的哀史》《诱惑》三篇，但同样有着开拓意义。其以现实主义为基本原则，使用纯熟的白话文，风格朴实、心理刻画细腻。这在 20 年代的台湾文坛上是难能可贵的。

教学建议

1. 把握张我军的文学主张，分析其与五四新文学的联系。
2. 分析诗集《乱都之恋》的艺术特色及不足。
3. 分析张我军小说在题材、主题及语言运用上的特点。

精读作品

张我军：《乱都之恋·序》《买彩票》

评论摘要

1. 张我军在论战之初，即将目标集中于对旧诗的批判。一方面肇因于击钵联吟使诗坛有迟滞之现象，一方面也在作为传统文人书写体系之核心，诗体实在是白话最难以渗透与击破之处。他抨击旧诗坛只存在着诗翁、诗伯，击钵吟限题、限韵、限体、限时间、限首数限制了文学的创作自由。继而在《诗体的解放》中主张"好诗真诗，即不可不排除一切形式的束缚而使内在律能充分地表露出来"，出版新诗集《乱都之恋》，将问题从单纯的批判推向新诗体典律的构建。在这一点上，新旧文人其实都有相当程度的质疑。如连雅堂谓："今之所谓新体诗者。诚不如古之打油诗。""今所谓新体诗者。独不用韵。连写之则为文。分写之则为诗。何其矛盾。"《台湾日日新报》上的《耳濡目染》一文批判"新体诗若是艺术。幼儿园儿童之图画。皆可以入选于帝展。"实际上，白话诗在当时的台湾还属摸索阶段，即便在中国新诗典律亦处于起步中，直到1935年，张深切在论述台湾的新诗发展时，还不免要说其"形式异常丑陋、就是素质也非常拙劣、诗与散文混然没有分别、吟诵起来、好像不觉有诗的味儿、莫怪旧诗人一口咬定便骂新诗是放屁诗"。

新诗形式在初期的拙劣，实际上是可以被接受与理解的；而从新诗入手，张我军更要切进的是文学内容革新的意义。他在《诗体的解放》中将诗的本质界定为："高潮的感情＋醇直的表现＋紧迫的节奏＝诗"。把紧张的节奏，系于人内在情感的波动；将人的情感，视为文学的主体。他反对外在的格律、形式限制住创作者的自然情感，并以"内容律"的主张——心灵受感动时自然流露出的情感之律动——凸显旧诗因形式已成为监牢，限制、扭曲了人的主体性。此种旧有传统与形式对个人思想情感的禁锢，正是五四时期的知识分子们所欲击破，亦是日治时代台湾新知识阶层意欲改造者。从这样的角度出发，张我军继而发表《新文学运动的意义》，稍稍改造胡适的主张将台湾新文学运动的方向定为"白话文学的建设，台湾语言的改造"，大致厘清台湾新文学的观念与理论问题。而后，在同年年底出版台湾首部新诗集《乱都之恋》(1925)。几乎是步上胡适后尘的，在短短的两年间，他对台湾文坛抛出巨大的震撼弹，透过进化的论述与全盘否定传统的姿态，揭穿意识形态的包装，冲击彼时台湾文坛迟滞的窘境，让新文学逐渐受到智识分子们的关注与认同，实践了其边缘知识分子"乌托邦"的主动性企图，完成时代所赋予的阶段性任务。

王文仁：《新旧变革与文学典律——张我军与胡适的文学革命行动》，
载《东吴中文学报》，2010（20）。

2. 张我军在《文学革命运动以来》一文，把胡适《五十年来中国之文学》的一节，直接转载过来。从晚清文学的改良，直到文学革命以来，成果自是非常显明。其中尤其值得注意的是，张氏指陈："我们知道'中文'于我们台人是断断不可缺的，我们不但应当极力保存'中文'，而且要极力倡盛中文才是。但我们要保存中文或倡盛中文，切不可蔑视历史的观念，切不可拘守一时代的文学。在中国大陆的文学已进行革新了，而我台湾还泥守着古典主义的坟墓。于是我不客气地作了几篇刺激的文字在民报发表，意欲促醒台湾的文人。"这显示了中华民族在异族统治之下，"血浓于水"的意义。即使台湾海峡的水阻隔，即使日人统治，但台湾与大陆的礁层仍是连在一起的，民族的声气仍是相通的。

林瑞明：《撑起台湾新文学运动的大旗——张我军和他的文集》，载《大学杂志》，1976（94）。

3. 张我军在台湾文坛起过作用，没有他对旧文学的批评火力，旧文学的势力还会盘踞相当的时刻。虽然"文学没有新旧，只有好坏"，张我军的批评诚然也有过火之处，但逼使暮气沉沉的旧文坛势力让出一条路来，新文学的发展才在文化界中取得了正当性，其后白话文学作品源源不绝，奠定了台湾新文学的基础。这方面理应给予肯定的评价，不应时过境迁而有所改变，当时他才是二十二三岁的青年，以他生活于中国大陆的所见所得，掌握了契机，充分回馈了台湾，在台湾文学史上占有不可磨灭的地位，很少人能够有这种机运，因此尽管只是胡适文学理论在台湾的代理人，对于陈独秀一系所代表的更激进的想法，有意避过不谈，这使得他对于萌芽中的左翼文学理论缺乏足够的认知，显现对于中国半封建社会的性质，尚未有足够的理解，思想性亦不够深刻；尤其1926年6月以后选择仍到北京求学、生活，对于剧烈变化中的台湾社会、文化界亦缺乏深刻的体验，三十年代台湾左翼文学兴起，张我军已全然淡出台湾文坛了。台湾文学的发展逐渐挑战了他先前"依傍中国的国语来改造台湾的土语"之主张，台湾话文派的健将黄石辉、郭秋生、周定山等人在论战阶段，台湾话文的创作已逐渐兴起，甚至老将赖和也受到影响，以台湾话文写作《一个同志的批信》以及《富户人的历史》……

林瑞明：《张我军的文学理论与小说创作》，见《近观张我军》，469～470页，
北京，台海出版社，2002。

4. 在台湾新文学运动时期，没有出现过"台湾文学本土化"的说法。近年来，有位日本学者在研究三十年代初台湾乡土文学论争后认为：这一论争"除本土化外，缺乏明确的集结轴。"实际上，在当时倡导乡土文学作家的作品中，我们看到的仍然是中国白话文，掺入分量不等的台湾俗语、俚语、谚语和日常用语，读起来具有"台湾味"而已。这同大陆一些作家在作品中运用地方方言进行创作，没有实质区别。完全撇弃中国白话文，全部使用台湾方言来创作文学作品，在理论上讲不通，在实际上也不存在。但是当时乡土文学的论争，对振兴台湾新文学的民族意识和突出文学作品的地方色彩，以及促进文学大众化方面，是产生了影响，起过一定作用的。把当时关于台湾语文和乡土文学的主张，归结为"台湾文化主体论"，进而提升为"台湾民族文化论"，则是近二十年左右，在台湾政治大环境影响下，为现实需要，对台湾新文学运动史所做的一种政治图解。如果自认为是"汉民族子孙"的黄朝琴，坚持"中国就是我们祖国"的黄呈聪，"不忍衣冠沦异族"的赖和和写过名作《亚细亚的孤儿》、深悉"汉节凛然"的吴浊流等，这些台湾新文学运动的先辈们地下之灵有知，当听到"台湾人不是中国人"，"台湾文学不是中国文学"这类当代台湾文坛一部分人的流行语时，必将会惊诧错愕、痛心疾首，而绝不会"坦然处之"的。

何标：《对厘清台湾新文学运动一些问题的思考》，载《文艺理论与批评》，1996（3）。

5. 无论从哪个方面讲，都不能否认，张我军的小说与中国新文学的发展有着紧密的联系。张我军是吮吸着中国新文学的乳汁成长起来的。但是我们不能由此就认为张我军的小说只是传达了苦闷的北京经验，脱离台湾社会的现实。首先就整体而言，台湾文学是整个中国文学的有机组成部分，台湾的文学工作者从大陆吸取文学经验，凭借在大陆收集的素材进行创作，是海峡两岸文学交流的正常活动，无可非议。而且当时张我军进行小说创作，始终是以一个台湾留学生的特殊视角传达他特殊的留学生活，他的生活经历是当时许多台湾青年所感同身受的。虽然他的小说不像赖和、杨云萍等人的作品那样能够直接表达他们反抗殖民统治的迫切愿望，却真实地表现了一部分台湾人真实的心灵状态和生存状态，并把这种生存和精神状态传达给了台湾岛内的人们，让台湾岛内的人们知道自己的子弟在求学生涯中的见闻感受，这当然是属于台湾人的文学创作。这就像大陆的留学海外作家描写了自己在海外的留学生活的见闻经历所思所感，仍然还是中国的作品是一个道理。郁达夫的名著《沉沦》，描写中国留学生在日本的生活。小说中并没有描写国内的情况，可以称作是作者的"苦闷的日本经验"，但是它依然成为中国现代文学中的名著。况且，张我军描写大陆生活的作品在台湾发表，对于在日本人刺刀的封锁下与大陆隔绝的台湾人民来说，这是沟通两岸文化的桥梁。

田建民：《张我军评传》（第二卷），176～177页，北京，作家出版社，2006。

泛读作品

张我军：《白太太的哀史》《诱惑》

评论文献索引

张泉. 张我军与沦陷时期的中日文学关联. 中国现代文学研究丛刊，2000(1).

史挥戈. 论张我军对台湾新文学的贡献. 山东师范大学学报（人文社会科学版），2006(2).

何标. 对厘清台湾新文学运动一些问题的思考. 文艺理论与批评，1996(3).

秦贤次. 台湾新文学运动的奠基者——张我军. 中国现代文学研究丛刊，1990(3).

潘颂德. 台湾新文学运动先驱张我军的诗歌理论. 东疆学刊，1991(3).

彭小妍. 文学典律、种族阶级与乡土书写——张我军与台湾新文学的起源. 中国文哲研究集刊，1996(8).

张光正编. 近观张我军. 北京：台海出版社，2002.

拓展练习

1. 张我军坚持台湾文学是大陆文学的支流，他的小说创作完全采用大陆白话文，且有着鲜明的"北京经验"。对此，台湾作家、评论家叶石涛曾赞其"坚强地主张台湾文学是属于中国文学的一个环节"，"代表了台湾作家不畏强权的道德良心"。但后来在"台湾文学主体论"的影响下，叶石涛又改称，"由于张我军只能以北京生活为其题材，跟台湾现实不发生关系，所以这三篇小说给台湾新文学的影响不大；倒是跟 80 年代留美的台湾作家的写作方面有一丁点儿类似，这证明被'铲根'的作家很难表达出本土民众的心声"。与此相似，台湾学者林瑞明在 70 年代和 90 年代也分别给了张我军不太一致的评价（参见评论摘要 2、3）。你是否认同台湾学界对张我军的重评？结合评论摘要 4、5 中大陆学者对这一现象的评判，谈谈自己的理解。

2. 张我军是在深入接触大陆新文学后才展开创作实践的。"前车之鉴"使他避免了大陆早期白话新诗的一些缺失。以胡适《尝试集》为比较对象，试分析"后发优势"在《乱都之恋》的体现。

3. 与大陆"文学革命"领导者相似，张我军对旧文学亦持以激烈的批判态度。结合当时的时代语境，分析这种激进态度的历史成因及它在特定语境中的得失。

第三节 赖和：台湾文坛的鲁迅

内容提要

赖和，原名赖河，字懒云，幼习汉文，古典文学根基深厚。他虽以行医为生，但却积极致力新文学创作，在日据时期坚持用中文创作，涉足小说、诗歌、散文等多种文体。他的崛起奠定了现代台湾文学的基础，有"台湾的鲁迅""台湾新文学之父"之誉。

赖和的创作数量不多，作品集中于小说，代表作有《斗闹热》《一杆"称仔"》《不如意的过年》《可怜她死了》《善讼人的故事》等。就内容来说，这些作品堪称日据时期台湾社会的一面镜子，真实折射了社会的黑暗与人民的苦难，同时也对民族劣根性作了一定揭示，充分发挥了文学的思想启蒙和社会批判功能，强化了台湾新文学的现实主义倾向。就艺术而言，这些作品同样有重要的开创之功：一是以中国白话文为基调，吸收台湾方言以及日语，不避俚言俗语，推进了言文一致；二是洋溢着浓郁的乡土气息，密切了与祖国母体文化的联系，明确了台湾地域文化的特色，推动了乡土文学的建设；三是将传统的写实手法与西方现代技法相结合，深入挖掘人物心理，人物形象比较丰满。但因社会环境恶劣，又处在新文学草创期，作品在尝试中难免存在一些不足，如议论过多而有直露、冗赘之嫌，对社会

图 4-2 据台初期，一些日本名流也创作汉诗文。

现实迫切介入而限制了对历史文化的深刻思考等。

教学建议

1. 了解赖和的创作情况，并比较赖和与鲁迅的异同。

2. "象征"是小说中常使用的写作技巧，透过"象征"的手法，可使抽象的意念寄托在具体的形象上，让读者在联想中意会作者的主观意图。分析"称仔"在《一杆"称仔"》中意蕴。

3. 学界通常认为赖和的作品能够呈现出感人的力量，就在于成功将爱国主义、民族主义和阶级意识的觉醒融会在一起。《一杆"称仔"》是否做到了这一点？可结合文本展开分析。

精读作品

赖和：《斗闹热》《一杆"称仔"》

评论摘要

1. 这时候，第一个把白话文的真正价值具体地提示到大众之前的，便是懒云的白话文文学作品。在一个文言文的世界中，以先人所以为浅薄粗鄙的白话文为文学表现的工具，写大人先生辈以为鄙野不文而唾弃的小说，不能不说是一种大胆的、冒险性的尝试。而由于他的创作天才和文学上的素养，幸而成功地完成了这个尝试，并且多少给予白话文阵营以自信，并煽起无数青年对于"小说"的热烈的爱好。

当时如果没有一位像懒云氏那样既有创作上的天才，而且又有对新文学事业的推展抱着热情和决心的人，来担当、领导这个时期，并担任这一艘台湾新文学的大船的舵手，则相信台湾的新文学，是无由达成若今日的状态和成就，而且一定还要走多少迂回、曲折的发展道路吧。

因此，我认为懒云是台湾新文艺园地的开垦者，同时也是养育了台湾小说界以达于成长的褓姆。

杨守愚：《小说与懒云》，见《赖和作品选集》，304、306页，
北京，中国广播电视出版社，1987。

2. 赖和小说的另一特色，表现在批评旧社会的阴暗面，他发表的第一篇小说《斗闹热》，即是以近代知识分子的观点，批评旧社会迎神赛会所引来的铺张的、无意义的竞争……《蛇先生》则是以他身为医生的眼光，批评了半神话式的，不完全实证的秘方；《可怜她死了》则着眼于批判旧士绅三妻四妾，以女性为泄欲工具的败德行为，富户阿力的世界愚昧、黑暗，透过经济力量扮演"性压迫者"的角色，赖和将有力者和弱者，对比呈现出一个弱肉强食的阴惨世界，同时也将30年代台湾封建时代的残影，具体表现出来；赖和生前未发表的《未来的希望》，阮大舍为了求得后嗣继承产业，在太太死后，续娶正妻之外，还要几房侧室及宜男相的婢女，使得本来求取子嗣的正当行为，一开头即蒙上荒唐、好色的世纪末色彩。赖和在小说中处理的方式是以诙谐的语调，写出了一个只知求神托佛、求取秘方的封闭世界。这类型的小说充分表现了赖和反封建的精神。批判了台湾内部资产阶级的两面性：一方面受到统治者的压迫，另一方面则是扮演压迫弱者的角色，赖和笔下的旧士绅、阿舍之类的封建型人物，远远落后于时代，只能在没有光的世界里作威作福。这是启蒙时代作家，追求进步的世界，常要面临处理的题材。在这意义上，赖和的小说，同时具有启蒙时代作品的特色。

林瑞明：《台湾文学与时代精神：赖和研究论集》，331～334 页，
台北，允晨文化实业股份有限公司，1993。

3. 赖和是台湾新文化运动的一员战将、新文学运动的一面旗帜。他接受了"五四"精神，自觉地担负起特殊的历史任务，那就是反省传统思想观念，检讨旧的社会习俗，目的是使台湾在文化上能够有所革新，民众在觉悟下能够大步前进，以适应现代世界，并积聚起从殖民统治下解放自己的力量。然而，他对传统文化、文学的态度，不像鲁迅那样决绝（或曰"偏执"）。他虽然把旧文学称作"受人余唾的'痰壶'"，认为它不是一种"能认识自我、能为自己说话、能与民众发生关系"的文学……

即使是对"五四"所要打倒的"孔家店"，赖和的批评也十分温和（见《孔子曰》）。这是因为，在沦为日本"外地"的台湾，中国传统文化是与民族意识联系在一起的，尽管它对接受新思想、对社会进步起阻碍作用，但自有文化抵抗的意义在，所以，赖和能用比鲁迅客观的态度看待它。这一点，从赖和一些文章中看得很清楚。

刘红林：《赖和与鲁迅》，载《学海》，2003（5）。

4. 1925 年 4 月 1 日、11 日，鲁迅《故乡》转载于《台湾民报》上。与同时期台湾留学生"荣归"叙事明显不同的是，赖和笔下的"归乡小说"的写作模式显然更多受到鲁迅的影响。试将赖和的《归家》与鲁迅的《故乡》做比较：两者都以第一人称叙事，从"我"回到家乡开篇；故事的结构都是以童年玩伴的今昔对比写出乡村的凋敝，鲁迅是透过幼时伙伴"闰土"的变样，赖和则透过童年一起掷干乐（陀螺）、放风等的友伴如今有的死，有的是苦力小贩。两部小说都将"国病"原因归于社会政经制度的沉疴所致，但有所不同的是，鲁迅所强调的是归乡知识分子对启蒙现代性的肯定，赖和则借知识分子"我"认为时下"收入应该好"，"学日语对生活有益"，却被贫苦小贩一一反驳："米柴官厅又当当紧，拖着老命尚且开勿值（入不敷出）"；"永过（以前）实在是真好，没有现时这样警察……"，突显出知识分子受殖民教化后养成的幸福认知，却不被普通庶民所认可。因此赖和才会慨叹："时代的进步和人们的幸福原来是两件事"。在另一篇小说《一杆"称仔"》中，秦得参与闰土的遭遇和处境极为相似，都是农民出身，天性勤劳，朴实苦干。但最后他们所采取的应对手段却有极大的不同，闰土听从命运的安排，而秦得参则愤然反抗。赖和借象征公平正义的"称仔"强调的是殖民当局以国家权力推行的"现代化/日本化"的不公不义。吴新荣诗歌《故乡的挽歌》中，本来是欢天喜地的故乡，现在却是"登记证已是别人的/税金不纳不准你动犁/生死病痛不管你东西/又吓又迫说这是时势"，矛头直指殖民者。经济的压榨、人格的摧残、政治的迫害成为日据时代台湾人被殖民统治而衍生的共同遭遇，也成为三位医生反复书写的主题。不抵抗就会灭族，抵抗则保存了一线生机，是赖和等医生细心诊断了日据下台湾人的生存困境后，所开出的精神药方。

张羽：《日本殖民时期台湾医生作家的疾病叙事研究》，载《文学评论》，2012（1）。

5. 赖和对台湾新文学和台湾乡土文学有着非同寻常的意义。赖和对台湾新文学的意义，正如鲁迅对大陆新文学的意义。如果说鲁迅开启了大陆新文学的大门，当之无愧地成为新文学的奠基人的话，那么赖和就理所当然地成为台湾新文学的拓荒者。正因为如此，赖和在台湾新文学和乡土文学领域享有崇高的声望，被誉为"台湾新文学之父"、"台湾的鲁迅"、"台湾新文学的奶母"、"树起乡土文学旗帜的第一人"。

赖和的创作数量不是很多。从1925年发表第一篇白话散文《无题》到1941年在狱中完成《狱中日记》，他共创作了小说14篇，新诗11首。其创作可以说是台湾人民生活的一面镜子，台湾新文学的宝贵财富。其小说至为关切的创作主题，是紧紧和台湾同胞抗日爱国的民族解放运动联系在一起的，始终和当时台湾社会的主要矛盾联系在一起，始终坚持了反帝反封建的精神取向。

首先，赖和的作品以尖锐的抗议精神，愤怒地控诉了日本殖民者的法西斯统治，无情地暴露了反动鹰犬们的丑恶嘴脸，表现出强烈的民族意识……其次，赖和的小说站在民主和科学的立场上，无情地鞭笞了封建势力、封建传统习俗，把反帝与反封建有机地结合起来。许多作品描绘了台湾民众在帝国主义双重压迫和剥削下的苦难境况，在对封建礼教和落后习俗的批判中，无不凝聚着对殖民主义的憎恶……第三，对国民弱点、落后习俗的无情鞭挞。赖和对贫苦百姓的爱是真诚的，他为老百姓所受的不公正待遇而呼喊，同时也对他们由于长期封建统治奴役所造成的懦弱、卑怯、顺从、忍让等进行批判，启迪他们觉醒、反抗……第四，凸显强烈的抗争精神，刻画觉醒抗争的英雄形象，呼吁台湾人民起来反抗殖民统治。

王向阳：《跳动的音符：20世纪台湾乡土小说流变论》，104～111页，
长沙，中南大学出版社，2007。

泛读作品

赖和：《不如意的过年》《可怜她死了》《善讼人的故事》

评论文献索引

赖和纪念馆编. 赖和研究资料汇编. 彰化：彰化立文化中心，1994.

陈万益. 启蒙与倾听——论赖和小说的人民性. 民间文学与作家文学研讨会论文集. 新竹：清华大学中国文学系，1998.

张羽. 日本殖民时期台湾医生作家的疾病叙事研究. 文学评论，2012(1).

陈昭瑛. 一根金花：论赖和的《一杆"称仔"》. 中国现代文学理论，1998(9).

林瑞明. 石在，火种是不会绝的——鲁迅与赖和. 国文天地，1991(4).

刘红林. 赖和与鲁迅. 学海，2003(5).

杨剑龙. 影响与开拓——论鲁迅对赖和小说的影响. 文艺理论与批评，1995(5).

郭蕴斌. 赖和散论. 北京师范大学学报(社会科学版)，1996(4).

徐纪阳. 赖和：鲁迅的精神镜像——《过客》、《前进》及其周边. 台湾研究集刊，

2010(6).

刘红林. "为大众"的文学语言观——论赖和对台湾话文的主张. 世界华文文学论坛，2003(3).

刘红林. "台湾的鲁迅"——赖和文化思想论. 台湾研究集刊，2002(3).

廖涉芳. 鲁迅、赖和乡土经验的比较——以其民俗与迷信书写为例. 台湾文学学报，2000(1).

蓝建春. 文学史与赖和：以"台湾新/现代文学史之父"的论述为例. 台湾文学学报，2001(2).

黄惠祯. 承先与启后：杨逵与战后初期台湾文学系谱. 台湾文学学报，2006(8).

拓展练习

1. 赖和终其一生都未见到鲁迅，而鲁迅也从未提及赖和，两人似乎并不存在交集。但早在日据时期，台湾作家黄得时就在《晚近的台湾文学运动史》一书中，把赖和比之为"台湾的鲁迅"，并得到当时文学界的普遍认同。那么，这一判定是否合理？它的依据是什么？请结合相关评论摘要作答。

2. 赖和年轻时曾参加"台湾文化协会""治警事件"等政治社会运动，表达其对于台湾殖民处境的抗争意识；同时也透过参加各种文艺团体，试图塑造新一代的台湾文学。在《丰作》《一杆"称仔"》中，他描述了日据时期台湾糖业政策极度保障日本资本家而蔗农饱受制糖会社剥削的情况，借此传达他对于劳动农民的关怀。同时，赖和还将许多口头语、方言俚语写入作品之中，采用对话性、口语性的语言文字，力图让大众更好地接受。与张我军相比，赖和的这些做法是否有意突现当代知识分子与劳动阶级在思想观念、艺术审美的差异，并要求知识分子通过自身改造更好地参与社会运动？

第二章 三十年代台湾文学

第一节 民族身份认同与乡土文学之争

内容提要

1927年后，台湾文学进入一个新阶段，主要标志有两个：一、作为台湾新文学摇篮的《台湾民报》于1927年8月由东京迁入台湾，改为周刊（1932年3月又改名《台湾新民报》，同年4月改为月刊），为新文学提供了更为直接的舆论中心和更为广阔的创作园地。同期，旨在以台湾乡土性来对抗日本同化政策的社团及刊物大批涌现，如南音社与《南音》、台湾艺术研究会与《福尔摩沙》、台湾文艺协会与《先发部队》（后改《第一线》）、台湾文艺联盟与《台湾文艺》以及杨逵、叶陶主办的《台湾新文学》等。二、受大陆左翼文学及日本普罗文学影响，台湾文化协会于1927年后发生分裂，主张将民族运动与阶级斗争相结合的"左"派最终掌控领导权，文艺大众化成为重要的文学命题，阶级斗争主题在文学创作中普遍显露。

伴随新文学对旧文学的压倒性胜利，革命阵营开始关注有关新文学建设的重要问题：台湾文学究竟为谁而写？台湾文学究竟要写什么？围绕这些问题展开的思考及产生的分歧在1930—1931年的"台湾话文与乡土文学"论战中得到体现。初期争议集中于在文学语言应使用台湾话文或中国大陆白话文乃至日本文，属于民族主义路线之争；后期争议焦点是，乡土文学创作中，民族性与阶级性孰重孰轻，属于社会主义路线之争。

论争推进了理论的融合与深入，也推动了文学主题、文学风格的多样化发展，台湾新文学迎来了日据时代的"黄金期"。其成绩主要体现在：一、小说的质与量都有明显提高，仅长篇小说就近十部。作品主要致力于对殖民统治残暴的揭露，并对底层民众、夫权枷锁下的女性给予了深切关注。从整体看，创作继承并深化了现实主义传统，强化了台湾本位意识，并借左翼理论对社会现实展开更加系统深入的分析。代表作既有中文小说，如杨华的《薄命》、赖和的《善诉人的故事》，也有日文小说，如杨逵的《送报夫》、吕赫若的《牛车》、张文环的《父亲的要求》、龙瑛宗的《植有木瓜树的小镇》等。二、诗歌创作由零散走向群体，渐显艺术的丰富和多元，出现了以郭水谭为代表的、富有地域特征的现实主义诗派——盐分地带诗人群，以及以杨炽昌为首的、留学东京深受超现实主义诗风影响的现代主义诗派——风车诗社。三、散文也有较大进步，创作阵地扩大、作家视野不断开阔，题材也有拓展，既有以严肃姿态批判殖民社会的作品,如赖和的《我们地方的故事》;亦不乏以轻松隽永的笔致描写日常生活见闻的随笔,如郭秋生的《富翁的没落》《诱惑》等。1936 年郁达夫访台及鲁迅逝世也成为台湾散文的重要题材。四、戏剧领域亦有可观之处。1930 年,张深切与何集璧等人发起成立"台湾演剧研究会"话剧团体,积极推进文艺大众化,曾上演《论语博士》《暗地》《为谁牺牲》等自编剧目。

教学建议

1. 与大陆文学乃至世界文学相一致,台湾文学在 20 世纪 30 年代也深受左翼思潮的影响。了解左翼文学在台湾的兴起背景和发展过程。

2. 把握"台湾话文与乡土文学"论争的焦点和过程。

3. 分析风车诗社与大陆二三十年代的现代主义诗派,如象征诗派和现代诗派的异同。

精读作品

黄石辉:《怎样不提倡乡土文学》《再谈乡土文学》
郭秋生:《建设"台湾话文"一提案》

评论摘要

1. 台湾的左翼文学运动,是从二〇年代新文学运动初期开始,随着无产阶级运动的成长,发展为普罗文学运动;而三〇年代初,由于受到日本对言论的钳制和压迫,又转变为左右合作的文艺运动。在这个过程中,左翼文坛以具体的理论提出"文艺大众化"方案,开始思考真正的无产大众文艺所要担负的时代使命。文艺大众化所强调的是,与广大群众一起感觉、与无产大众一起呼吸,并呼吁作家以劳苦群众为对象去做文艺。这个主张牵涉到台湾新文学建设上非常重要的语言问题,因此马上引起赞反双方意见的对立,并随即发展为乡土文学和台湾话文论争。其中乡土文学论争,主要在内容上表现出台湾无产大众的现实状况;而台湾话文论争,则在形式上应该采用台湾话文或白话文来创作的主张上,意见纷纭。不过,大部分的论争焦点,主要还是集中在形式上台湾话文的使用与否问题方面,至于有关乡土文学内容,即如实面对台湾现实的意见,则未出现分歧现象。也就是说,参加此论争的左翼文人,几乎都同样站在无产阶级文艺立场上,来思考无产大众真正能懂、能欣赏的文艺形式。这种设定民众为文艺主体的想法,来自社会主义文艺理论所主张的——艺术属于民众,民众是艺术创造及享受的主体,同时艺术也反映出民众的利害关系,并且服务于民众。在无产大众几乎就是代表全体台湾人民的当时现实环境下,左翼文学运动的发展和其所提出的文学理论,可以说具备了正确的历史认识和现实认识;而其意义即在于强力要求文学的民众连带性,以及追求民族解放的时代使命。如此从二〇年代开始,即从与传统和因袭的旧文学斗争而出发的台湾新文学,一方面接受了认知大多数台湾人的处境和民族现实的左翼文学理论,另方面在其文学理念和方法论上,也采取了以无产大众为中心的反帝、反封建及写实主义,努力开拓出正确的现代文学之路。

崔末顺：《日据时期台湾左翼文学运动的形成与发展》，
载《台湾文学学报》，2005（7）。

2. 20 年代末到 30 年代前半期，台湾抗日新文学运动也与大陆新文学运动、特别是左翼文学运动关系密切，受着极其深刻影响。这集中体现在文艺大众化方面。"文艺大众化"是大陆左翼文学运动坚持的根本路线。中国左翼作家联盟成立前，后期创造社成员组织了大众文化社，召开了大众化问题讨论会，创办《大众文艺》刊物，发表鲁迅、郭沫若、沈端先等人的文章；"左联"成立时，成立了大众化文艺研究会。"左联"成立后，领导过三次大众化问题讨论。意在探讨和试图解决文艺与大众结合的途径。大陆左翼文艺运动关于文艺大众化讨论的这一系列活动，为台湾抗日新文学界所关注、所效仿。1932 年创刊的《南音》杂志，就把推进文艺大众化作为自己的使命之一写进"发刊词"中，指出："本志应当期待先做个研究'怎样才能够使多数人领纳得思想和文艺的生产品'似的机关，换句话说，就是用什么方法或是用什么工具和形式来发表，才能够使思想、文艺浸透于一般民众的心里，这是本志应当努力的一个使命。"1934 年 5 月 6 日，台湾文艺大会召开时，标语对联之一就有"拥护言论自由"、"实现文艺大众化"。"文艺大众化"被列为大会重要提案之一。大会宣言贯穿着文艺大众化的基本精神。他们所探讨的"文艺大众化"包括这么几项内容：一是作家深入大众中去了解横在大众眼前的各种问题；二是把好作品拿到大众中去，使大众受到一种新的刺激；三是创作乡土文学，意在强化大众的民族意识，起而抗争。

文天行：《中国抗战文学概览》，327 页，成都，四川大学出版社，1996 年。

3. 黄石辉指出了台湾文学的特质应是"台湾的"以及"劳苦群众的"，而这样的文学就是"乡土文学"，"台湾的"表示"乡土文学"的民族性，"劳苦群众"则表示"乡土文学"的阶级性。特别值得注意的是，在文学的"本土"概念中，阶级性和民族性的合一是一种自然的现象，一个民族的文化、文学常在民间的、劳苦群众的生活之中得到最质朴、最自然也最具有生命力的表现。

陈昭瑛：《台湾文学与本土化运动》，120～121 页，台北，正中书局，1998。

4. 另一个必须思考的问题是，是否有推行"言文一致"的必要……多数支持派都担忧台湾的文言乖离现象，除了认为必须统一言与文，还主张推行台湾话文或将台湾话文字化等政策。相对于支持派的主张，反对派则强调台湾话的稚拙，拒绝以台湾话作为书面语言，并以此驳斥支持派"言文一致"的主张。反对派论者当然清楚日本、中国现代化过程中靠文言一致运动、白话文运动来推行"国语建设"的事实，因此认为台湾汉语文化圈的现代化过程也有此必要。他们并非反对"言文一致"运动本身，而是提议用普及的"中国白话文"为替代方案。另一方面，多数的反对派论者都认为应该采用"中国白话文"作为书面语言（或者说他们可能刻意忽视书面语言、口语的概念），反而极少论及口头语言。在他们的主张中看不到像支持派"言文一致"的诉求，反对派论者选择以"白话文"来回应的做法确实令人产生疑虑。可以说两者间存在着一种扭曲的关系，或是刻意的忽视。

［日］横路启子：《文学的流离与回归——三零年代乡土文学论战》，98～99 页，
台北，联合文学出版社有限公司，2009。

5. 盐分地带诗人群是当时台湾诗坛最为重要的力量。评论家刘捷曾指出："当今的诗坛，依然以郭水潭、吴兆行、王登山、林精鏐为主的盐分地带诗人，独擅胜场，成绩最为优秀。"他们创作的共同特点是具有浓厚的乡土色彩。他们描写家乡的田园风光，盐村景色，以及生活在这块土地上人们的风俗民情。亲情的讴歌也是他们乡土描写的重要组成部分。它既是以家族为本位的中国农村社会结构的反映，也是广大乡村人民淳朴、和煦、博大情怀的流露。作为异族统治下的现实主义诗人，他们对阶级的压迫、现实的黑暗、社会的不平、下层人民的痛苦，乃至日本统治者的丑恶行径，也必然有所反映和揭露。对亲人的爱、对弱者的同情，正与对敌人的愤恨形成鲜明对照。

刘登翰、庄明萱、黄重添、林承璜主编：《台湾文学史》（上卷），527～528 页，福州，海峡文艺出版社，1991。

6. 日本和世界的文学状况，如果是培养"风车"诗人提倡现代主义诗、诗潮的外在大环境的话，当时台湾内部的文学环境，亦即促成风车诗人大力鼓吹、导入新的诗精神的内容动因，亦值得探讨。文学变革的形成和催生，大多有其反逆内部既成文坛、文学走向低迷不振的基因，由此产生求新求变，标新立异的要求，或有其反逆无法忍耐的，当代文学精神庸俗化的强烈愿望。正如日本"诗和诗论"集团在昭和初期成立，是为突破大正中期以降当代诗坛的荒废现状，标举前卫诗风，用以纠正占有当时诗坛主导地位的主情诗派和民众诗派的诗流于空洞、散漫的现象，开拓新的诗纪元。"风车"诗人在其文学、诗变革志向中，也包含了诗人的自觉意识和使命感，自不庸赘言。

当今的新文学，思想陈腐，思考通俗，表现的只是满腹感叹，饶舌的文字，内容空洞，希望再加强……

今日岛上的诗人需要有敏感的触须，感觉世间的事物，对于历史的体认最重要。

如果感觉不深入，就像野兽的思想涌现出来一样。

此种带有批判和省察的心情，内含有对当时台湾诗坛既成现状的不满，自然是促发他们提倡新的诗精神，企图刷新诗坛的一个重要、内在的动因。除此之外，比较特殊的却是他们对自身时代状况的顾虑，意识到被殖民统治下的现实，才产生的台湾诗人的苦闷与曲折心境。

在台湾文学百花盛开的当时，笔者不客气地向每一位文学工作人士提出质疑；发扬文学与政治意识的可行性，新文学的定义、目标、特色表现技巧等等。当时笔者认为，唯有为文学而文学，才能逃过日警的魔掌……

我体认文学写作的技巧方法很多，写实主义必然引发日人残酷的文字狱，因而引进法国正在发展的超现实主义手法来隐蔽……

上述风车诗社的主导诗人杨炽昌的感言，也许可以显出战前台湾前卫诗运动发展过程中一种内含的困境，所谓"为文学而文学，才能逃过日警的魔掌""引进法国正在发展的超现实主义手法来隐蔽"的说法，令人感受得到，当时受到政治压迫的文学者沉重的喘息，借文学的暗喻逃脱政治的阴影，企图飞翔在自由自在的心灵、精神世界，那也正是诗人抵抗现实，面对自我真实十分无奈的方法，"在潜意识的世界里，以梦幻的感应与自由连想，挣脱现实的桎梏……"引入现代主义密闭的美学，放弃注视外界的写实，赤裸裸表现的方法，也正是诗人回归自身，容许、获得可以无限制地扩大"内里表现世界"的一种方式。基于此种寻求诗人内面自由的动机，正足以见出夹在政治的隙缝中，战前台湾现代主义诗人努力往内面世界沉潜，寻求心灵绝对自由的强烈渴望。比之前述的，对于外在诗坛发生变革的志向，此一动机（背景）实在是更充满了对应于自我精神、内在变革的志向。

陈明台：《台湾文学研究论集》，44～45页，台北，文史哲出版社，1997。

7. 值得注意的是，"风车诗社"崛起的这一年（1933），正值大陆后期"象征派"掀起的现代派诗潮方兴未艾之时。如果将这两股共时性地出现在台湾与大陆的现代派诗潮放在一起进行观照，是颇有意味的。也是在同一时期，大陆以李金发为首的"象征派"销声未歇，由戴望舒等人发起的后期"象征派"又接踵而至，汇合成了一股强劲的现代派诗潮。戴望舒等人的诗歌阵地主要是《现代》杂志（1932年5月创刊，1935年5月终刊，主编先后有施蛰存、杜衡、汪馥泉等）和《新诗》杂志（1936年10月创刊，1937年7月终刊）。《现代》主编施蛰存自称该刊所发表的诗为"意象抒情诗"，《新诗》编者也声明并不刻意"立派"。实际上人们后来发现，戴望舒等人诗歌的现代倾向（用语和情调），在很大程度上取法于法国"象征派"诗人（戴当时在法留学）。也就是说，台湾"风车诗社"和大陆"象征派"这两股现代派诗潮，它们的渊源都在法国，不同的只是，前者引入了经过周转的"超现实主义"，后者则直接宗"象征派"为师。最终都成为各自新诗坛的活跃力量。

张桃洲：《"个人"的神话：现时代的诗、文学与宗教》，91～92页，武汉，武汉出版社，2009。

泛读作品

杨炽昌：《茉莉花》

吴新荣：《故乡的挽歌》

郭水潭：《牧歌一日》

评论文献索引

萧成. 日据时期台湾乡土小说视阈下的"国民性"批判. 世界华文文学论坛，2003(3).

计璧瑞. 论日据台湾日文写作语言的社会功能. 世界华文文学论坛，2003(2).

柳书琴. 台湾文学的边缘战斗：跨域左翼文学运动中的旅日作家. 台湾文学研究集刊，2007(3).

崔末顺. 日据时期台湾左翼文学运动的形成与发展. 台湾文学学报，2005(7).

刘勇、杨志. 论日据时期台湾小说的民族认同主题. 中国现代文学研究丛刊，2005(4).

羊子乔. 光复前盐分地带的文学. 盐分地带文学选. 台北：林白出版社有限公司，1979.

陈允元. 台湾风土、异国情调与现代主义——以杨炽昌的诗与诗论为中心. 台湾文学学报，2011(19).

奚密. 燃烧与飞跃：一九三〇年代台湾的超现实诗. 台湾文学学报，2007(11).

郭伟. 隐喻视域下台湾"现代诗派"诗歌风格嬗变研究. 暨南学报(哲学社会科学版)，2012(3).

安兴本. 台湾文艺家联盟与左翼文学运动. 中国现代文学研究丛刊，1991(4).

朱双一. 日据时期台湾新诗的抗议和隐忍. 台湾研究，1996(4).

拓展练习

1. 日据新文学运动中，"盐分地带"诗人与"风车诗社"诗人群是两个重要的新诗创作群体，但二者的艺术理念与文学风格多有不同，甚至有相互论争的情形出现。试比较这两个群体在新诗史上的地位，并对其价值和意义作出论述。

2. 1930年黄石辉在《伍人报》发表《怎样不提倡台湾乡土文学》一文，提出以台湾话创作台湾文学的论点："台湾的事物、台湾的经验，只有台湾人用台湾话才能真正表现"。但限于《伍人报》的发行量，这一主张引发一些争论，但并未扩大。次年，黄石辉、郭秋生又在《台湾新闻》分别发表《再谈乡土文学》《建设"台湾话文"一提案》，将前文以台湾话创作文学的观点加以扩充，并正式标举"台湾话文"之后，引起大规模以台湾话文创作台湾乡土文学可不可行为中心议题的论战。阅读评论摘要4、5，梳理论争双方所持的主要观点，评析这场论争的价值和意义。

3. 在《怎样不提倡乡土文学》中，黄石辉指出，台湾文学的特质应是"台湾的"和"劳苦群众的"，应该以"台湾话文"来带动文艺"大众化"，创造启迪民智的台湾文艺。在此论述中，看似协调一致的"大众化"与"台湾话文"，实则并不完全兼容。前者强调阶级性，追求社会主义；后者偏重民族性，坚持民族主义。这意味着作为台湾30年代文学主潮的左翼文学与乡土文学虽在殖民语境下拥有彼此包容、相互推动一面，但又存在某种对立关系。试结合当时的文坛格局和创作实践，谈谈你对左翼和乡土关系的认识。

第二节 杨逵："压不扁的玫瑰花"

内容提要

日据时代，杨逵与绝大多数台湾作家一样以日文为书写工具。他的创作涉及诗歌、散文、戏剧、评论等，但以小说成就最高。小说代表作有：《送报夫》《归农之日》《模范村》《鹅妈妈出嫁》《泥娃娃》《无医村》等。

杨逵曾留学日本，深受马克思主义理论和普罗文艺影响，1927年回岛后，主要致力于农民运动，作品数量并不多。但这些创作无论就思想内容还是艺术技法，都代表了当时台湾新文学的高度。其思想成就主要体现在，坚守台湾新文学反帝爱国的立场，但又突破民族主义局限，而着力揭示殖民者与资产阶级、地主阶级的合谋关系，主张联合全世界的被压迫者，协力推进民族解放与阶级斗争。《模范村》突出体现了这一点。

其艺术成就体现在如下几方面：一、长于人物塑造，注重性格变化，《送报夫》中的杨君、《模范村》中的憨金福、《泥娃娃》中的富岗，都非常真实，血肉丰满、颇具个性。二、情节更趋复杂、结构完整多变。《送报夫》打破时空逻辑，借用回忆、书信的方式，将杨君在东京的生活与台湾家庭的变故交错呈现。《鹅妈妈出嫁》以两个相对独立的故事合力批判了"东亚共荣"的强盗逻辑。三、吸纳象征手法。《泥娃娃》中以泥塑日本兵被大雨打为烂泥为喻，昭示穷兵黩武的殖民者必将溃灭的命运。以上成就使杨逵成为继赖和之后在台湾写实文学领域中最具影响力的作家。

教学建议

1. 了解杨逵所处的时代背景以及主要的思想艺术资源。

2. 杨逵继承了赖和的反殖民思想，但又体现出鲜明阶级斗争观念。结合《送报夫》，论述杨逵在民族意识上与赖和的异同。

3. 在《泥娃娃》中有这样的场景：孩子们把玩着泥塑的坦克车、飞机、军舰和戴着日本"战斗帽"的不倒翁，主人公想要腾出时间和空间来撰写文章却常受到阻碍，改了日本姓氏的富冈一心想借钱到中国大陆发战争财。这些场景交织出日据台湾的复杂情状。试分析这些场景的象征意味。

精读作品

杨逵：《送报夫》《泥娃娃》《鹅妈妈出嫁》

评论摘要

1. 日据时期台湾文学从一开始就无法回避自身与殖民者的关系问题。具有明确反帝、反封建主题和表现人民苦难的作品大都从各个角度凸显激烈的民族矛盾和与之相关的阶级矛盾，日本警察大人的残暴统治和巧取豪夺是最为常见的文学场景。杨逵的《送报夫》开始运用朴素的阶级分析区分宗主国内部的统治者和被统治者，将后者视为被统治者的天然盟友，为相对固定的日本想象增添了新色彩。基于天然的民族情感和对被压迫者的深切同情，小说中伴随殖民者残酷压迫而来的先进生产方式也成为制造底层人民悲惨命运的帮凶。吕赫若《牛车》中导致被压迫者家破人亡的先进运输方式在作家眼中并不具有取代旧的生产方式的进步作用，它与许多作品提到的"产业道路"、"文化村"、"制糖会社"等不啻为殖民掠夺的工具和台湾人灾难的罪魁祸首。

这里存在某种矛盾：殖民者挟强势文化在牺牲弱势族群根本利益甚至剥夺他们生存权利的前提下获取最大好处，也为相对落后的地区带来较为先进的经济文化形态。作家在侧重表现民族矛盾和阶级矛盾时，这一先进的经济文化形态已被不公不义的殖民统治所掩盖；当矛盾暂时隐去时，日本又似乎以现代文明社会的姿态出现在台湾人面前。台湾新文学史上第一篇小说，追风的《她要往何处去》中的日本即以开放、自由、文明的形象成为年轻人寻求个性解放的梦的国度，那艘载着希望和梦想的海轮来了又去，连接着彼岸的浪漫故事和充满活力的生活。桂花从海轮上收获了自己破碎的梦想，又乘海轮奔赴"内地"去编织新的梦境。与古老传统的台湾相比，日本分明是

"姊妹们"摆脱苦恼的新生之地。如果说这篇小说因未涉及民族冲突而提供了单纯明朗的日本想象的话，那些表现深刻或潜在文化矛盾和受殖民统治的人民心态的作品则复杂得多。

计璧瑞：《台湾文学论稿》，14～15页，北京，华文出版社，2001。

2. 作品是否以大众为书写对象，并为大众所接受，这是杨逵衡量文学优劣的标准。在《摒弃高级的艺术观》中，杨逵就曾经这样说过：

> 人本来要求的就是为不幸而悲伤，为不法而愤怒，是追求更完美的生活。这就是大众的心理。因此，符合这种一般而更大众化的要求（依所属的阶层的不同，当然免不了有多少变更）的作品或表现出人们对这些切身的一般问题的情感的作品，当它能真正打动大众时，它就是最崇高的艺术。

《新文学管见》中，杨逵又再次强调：

> 人类与生俱来的欲求是悲悯不幸、痛责不法、追求更好的生活。这是大众的心声。符合这种普遍大众的欲求（当然随着所属阶级、职业之不同，所谓的普遍大众的性质难免会有些变化），真实地表达人们对这些切实的普遍性问题的感受，并能够从心灵深处打动大众的心，这种作品就是最高的艺术。这种艺术，技艺或技巧必须和内容紧密地结合在一起。

悲悯不幸的人和痛责不法是为追求社会的公平与正义，如此真实表现符合大众的心声，为大众所感动和接受的文学就是最高的艺术。从社会运动出发的杨逵，改造社会的理念显然深刻影响到他后来的文学活动。

黄惠祯：《左翼批判精神的锻接：40年代杨逵文学与思想的历史研究》，62页，
台北，秀威资讯科技股份有限公司，2009。

3. 杨逵的小说一向以反压迫、反殖民的精神而著称。早期的杨逵由于在东京留学期间，接受马克思主义的洗礼，返台后无论社会运动或文学创作，都有坚实的思想架构为基础，因此作品中具有极浓烈的社会意识，这是他和日据时期台湾新文学作家最大的差别。《送报夫》分别以日本本土的资本家对劳工的欺榨，与殖民政府加诸台湾农民的掠夺为两条主线，展开全篇的故事，归结以劳动群众罢工行动的胜利为契机，暗示台湾被压迫者光明的未来。从结局中主角带着在日本获得的经验，以无比的信心踏上归途，我们仿佛看到了杨逵投入农民组合时，瘦削而坚毅的身影。《送报夫》能超越狭隘的乡土观念和民族意识，为谋求被压迫群众的解放，提倡超乎种族的阶级团结。杨逵随之而来的几篇创作，大体未脱这种阶级意识的窠臼，却鲜有能超出《送报夫》的成就者。

黄惠祯：《杨逵及其作品研究》，140～141页，台北，麦田出版有限公司，1994。

4. 杨逵终其一生，并未见过鲁迅与胡风。但他对中国现代文学旗手鲁迅的精神仰慕，形成了心中浓得化不开的"鲁迅情结"，并直接影响到战后初期的文学再出发；他与胡风之间的文学因缘，传递着左翼作家对底层被压迫者的关怀精神，更见证了两岸文学割舍不断的历史联系。

杨逵首度接触鲁迅的作品的时间，大概在 1928 年左右。当时在彰化居住的杨逵，经常与一群文友出入赖和家里读书看报，讨论文学。杨逵清楚地记得，"先生的客厅里有一张长方形的桌子，桌上总是摆着好几种报纸。"晚年杨逵接受林瑞明访问时，也肯定地回答桌上还有中文杂志。赖和当时任《台湾民报》汉文栏编辑，而鲁迅又是 1925 年至 1930 年间在《台湾民报》出现频率最高的作者。《鸭的喜剧》、《故乡》、《牺牲谟》、《狂人日记》、《鱼的悲哀》、《狭的笼》、《阿 Q 正传》、《杂感》、《高老夫子》等作品都转载于这一时期，由此形成了鲁迅思想在台湾传播的第一次高潮。赖和平生最崇拜鲁迅，他同样是以文学来疗救社会弊病，改造国民精神，一生保持了尖锐抗争的形象，因而被人们誉为"台湾的鲁迅"。而杨逵，作为深受赖和人格濡染和文学影响的作家，他内心认定的赖和，就是鲁迅的形象。1943 年 1 月赖和去世后，杨逵即发表《忆赖和先生》一文，其中谈道："一想起先生往日的容颜——当然是透过照片——就会浮现出鲁迅给我的印象。"由此看来，20 年代后期的杨逵，经由赖和而间接地接触到鲁迅作品，并从中获得精神的认同与启迪，其背景也是真实可信的。

樊洛平：《冰山底下绽放的玫瑰：杨逵和他的文学世界》（第三卷），

137～138 页，北京，作家出版社，2006。

泛读作品

杨逵：《模范村》《归农之日》

评论文献索引

金坚范主编. 杨逵——压不扁的玫瑰花. 北京：台海出版社，2004.

黄惠祯. 承先与启后：杨逵与战后初期台湾文学系谱. 台湾文学学报，2006(8).

冢本照和. 杨逵作品《新闻配达夫》(《送报夫》)的版本之谜. 台湾文艺，1985 (94).

张恒豪. 存其真貌——谈《送报夫》译本及延伸的问题. 台湾文艺，1985(102).

阮温凌. 屹立宝岛的不朽雕像——杨逵及其抗日小说《送报夫》. 世界华文文学论坛，2010(1).

张剑. 论杨逵小说的现实主义及其艺术特征. 世界华文文学论坛，2008(4).

朱立立、刘登翰. 论杨逵日据时期的文学书写. 中国现代文学研究丛刊，2005 (3).

陈芳明. 台湾文坛向左转——杨逵与三〇年代的文学批评. 台湾文学学报，2005 (7).

陆士清. 论台湾作家杨逵小说创作的历史地位. 中国新文学研究(第一辑)，1986.

拓展练习

1. 赖和、张我军之后的台湾新文学作家，包括以杨逵为代表的反帝爱国的抵抗派，在语言工具上都以日文为主。这种境况出现的原因是什么？它对台湾文学的发展产生了何种影响？

2. 阅读《送报夫》和《模范村》，分析杨逵是如何将民族解放与阶级斗争主题相融合的？

3. 抗战胜利后，杨逵将自己在日据时期创作的一部分日文小说翻译为中文，但译作和日文原稿有着较大差异，存在明显的修改印记。对他的成名作《送报夫》，就有研究者指出，"这是杨逵本人修改的作品，较之下，胡风的译文反而能忠于原作的精神"①。比较胡风翻译的《送报夫》与杨逵自己的译本，分析杨逵改写作品的动机。

---

① 张恒豪：《存其真貌——谈〈送报夫〉译本及延伸的问题》，载《台湾文艺》，1986（102）。

第三章　四十年代台湾文学

第一节　政治高压下的文学余脉

内容提要

　　1937 后中日民族矛盾进一步加剧，日本对台湾施以更加严酷的殖民统治：废除汉文书房，报刊禁用汉字。政治高压和武力胁迫加速了台湾文艺队伍的分化与重组，并形成据《文艺台湾》和《台湾文学》而潜在对峙的两个文学阵营。前者以西川满为主导，积极呼应日本皇民文学，追求以日人立场为本位的"外地经验"，周立波的《水癌》、陈火泉的《道》等均在此刊发；后者由张文环领导，坚持台湾"本土化"立场，以曲折的方式表达对母体文化的认同。不过在具体的创作实践中，二者并非泾渭分明，即便在成员组成上也有一些交叉。1943 年年底台湾奉公会将《台湾文学》强行并入《文艺台湾》，组成机关刊物《台湾文艺》。

　　抗战时期，台湾新文学的生存空间遭极度挤压。原本就比较薄弱的散文、戏剧迅速萎缩。诗歌也遭遇挫折，但仍顽强延存，赖和、陈虚谷等人成立应社，利用旧体诗词来对抗奴化教育。张彦勋、詹冰、林亨泰等人组建新诗社团银铃社，创办当时台湾唯一的诗刊《绿草》。

图 4-3　1939 年台湾抗日少年团合影。

成就最高的小说，依作者的政治态度和艺术追求可分三类：一是以吴浊流为代表的抵抗作家，直接塑造日据下台湾人的抵抗形象，表现出极强的使命意识；二是以吕赫若、张文环为代表的风俗画作家，寓抵抗意识于日常生活和风土习俗中，在民俗风情中沟通与大陆的历史血脉；三是以龙瑛宗为代表的受西方文化影响较深，耽于唯美，在彷徨苦闷的精神境地追问生命本质的现代派作家。他们以不同的方式从政治上、文化上、心理上抵抗皇民化运动，其中虽不免有妥协，甚至也有一些带有皇民色彩的文字出现，但从整体来看，仍为保存民族记忆、延续台湾新文学血脉做出重要功绩。

1945 年抗战胜利，汉语取代日语重获国语地位。但因时代巨变和语言断裂，台湾文学并没有迅即勃兴。历经半个世纪的殖民统治，能以汉语进行创作的台湾作家已寥寥无几。再加上国民党入岛后的专制统治，特别是二二八事件，加剧了台湾民众和知识分子对民族母体的疏离、对威权政治的憎恶。大批作家自此隐退。从光复至 1949 年年底国民党政权迁台，期间虽有许寿裳、台静农、黎烈文、钱歌川等大陆作家旅台，并有台湾文化协进会的成立、《台湾文化》的创立，但因政治环境的持续恶化，台湾文坛仍遭遇了断层厄运。在此背景下，台湾作家钟理和于 1945 年在北京出版的中文小说集《夹竹桃》则成为难得精品。作品细致描写了北京的风物人情，流露出浓郁的"原乡"意识，但也显现出因民族意识分化，台湾人在身份认同上的尴尬。战后回台，他又写就了"故乡"系列短篇小说、长篇《笠山农场》等，成为战后乡土文学的重镇。

图 4-4　2005 年，中国大陆与台湾地区都推出"纪念台湾光复五十周年"纪念币。

教学建议

1. 对比分析战时、战后台湾文学形态发生的变化。

2. "原乡"是台湾客家同胞对祖国大陆的称呼，他们把返回祖居地称为"转原乡"，甚至把人们的去世也称为"转原乡"，其中包含了宗系故土、叶落归根的志愿。以《夹竹桃》为例，分析钟理和小说中的"原乡"意识及对日后台湾文学的影响。

精读作品

钟理和：《夹竹桃》

评论摘要

1. 战前的台湾文学是用中文与日文创作的，但（随着）时代越晚，日文的创作就占了优势。如三七年中日战争开始，日本同时将报纸的汉文栏废止所呈现的这件事实来看，日本以日语强制作为公用语，并且在教育政策上也让日语广泛地渗透了的缘故，使得台湾作家被迫使用日语了。尤其到了钟理和的时代，用中文创作的作家是非常少见的。在他们的年代，即使抵抗日本的支配，他们的教养，维持其思想的基础仍是以日语为媒介养成的。日语已成为他们文化的一部分，文学的语言也已大部分是日语。如钟理和本身所说的"做中国的作家，已经是一个不幸，何况在当时异族统治下，台湾那种环境要想以中文立身，那是怎样的轻妄，他（笔者注：理和的异母兄，指钟和鸣。是他劝钟理和走文学之路的）似乎并没有想到。我们无异在企图不可能的事情。"（《致廖清秀函》一九五七年十月三十日）钟理和的愿望在当时的台湾是不可能实现的。

［日］泽井律之：《两个〈故乡〉——关于鲁迅对钟理和的影响》，见《台湾新文学与鲁迅》，
98～99 页，台北，前卫出版社，2000。

2. 一九三七年"七七事变"发生，翌年中日战争爆发，再翌年第二次世界大战亦爆发，日本殖民者除在军事上加紧侵略大陆和东南亚外，在台湾本岛亦进行钳制言论的高压政策。以一九三七年禁止汉文为开端，统治者实施所谓"战时体制"，一面奖励穿国民服、常用国（日）语，改姓名等皇民化运动，一面加紧钳制文学活动，从台湾文学奉公会到大东亚文学者大会、台湾决战文学会议，统治者使出了浑身解数。

在这种恶劣的氛围里，有些台湾作家在苦闷的心绪中，作犬儒主义式的逃避；有些屈服，表现出奴颜婢膝的恶行；但一些坚强的作家，则坚持原则，以无形的活动来作持续性的抵抗，如吴浊流偷偷地写地下文学，即是典型的例子。

这段时期，有两个代表性的文学集团存在，"其一是以日本作家西川满、滨田隼雄、池田敏雄及台湾作家邱永汉、黄得时、龙瑛宗等为中心的《文艺台湾》集团；另外一个是以台湾作家张文环、吕赫若、吴新荣、吴天赏、王碧蕉、张冬芳以及日本作家中山侑、名和荣一、坂口㭴子为主的《台湾文学》集团。"前者成员七成是日本人，后者大部分是台湾人，故形成"思想上对立的两个阵营"，但也有人说两者差别不大。

一九四二年，《文艺台湾》的主编西川满，在台湾文学奉公会主办的"台湾决战文学会议"里，建议"献上文艺杂志"，以纳入"战斗配置"。于是，在高权的威逼下，《台湾文学》也被合并成台湾文学奉公会的机关杂志，一九四四年春正式以《台湾文艺》的名称发行，至此，台湾的新文学运动，因《台湾文学》的废刊，告了一个段落，而紧接着日本战败，台湾人从日本人再变为中国人，语文转换、社会变迁，台湾文学自然又有不同的开展和风貌。

高天生：《压不扁的文学魂——日据下台湾新文学运动的开展》，
见《台湾文学的过去与未来》，62～63 页，台北，台湾文艺杂志社，1985。

3. 1945 年台湾光复，应该说是台湾文学返回"原乡"最好的时机。本来，台湾本土作家是将"祖国"作为一种整体归宿来看待的，迅速完成从日文到中文的转变是他们共同的心迹。但随后发生的一系列事件，尤其是"二二八"事件，在台湾作家心中产生了阴影，甚至是不是会有两个"祖国"的困惑，一个是"魂归原乡"的祖国，一个是在历史上不断将台湾"割舍"，乃至"遗弃"的"祖国"。台湾作家那种由历史造成的孤绝感、放逐感在台湾光复后，由于抵台国民政府的"戒严"，也由于台湾地区继续跟祖国大陆隔绝而挥之不去。所以，1945年后的台湾文学结束了"殖民（地）文学"的历史，但其"去殖民化"却要经历一种更复杂的纠结。在这种纠结中，台湾作家要继续承受母国的"疏离"，又面临如何应对国民党政权造成的"冷战"乃至"白色恐怖"的生存环境，台湾文学精神的"独立性"由此要经历种种严峻的考验。

　　战后台湾文学的转折是由三部分作家一起完成：一是殖民时期留台作家；二是战后大陆抵台作家；三是战时寓居大陆战后返台作家。这三部分作家面对美、日援介入下国民党一元主导的意识形态，有着共同的课题：一是如何将日据后期的日文写作空间转换成中文创作空间，其中既包括台湾本土作家对语言障碍的克服，也包括大陆迁台作家对台湾语言资源的开掘；二是如何突破国民党政治高压造成的创作"悬置"，构建文学自身的舞台，其中包括台湾本土作家中政治倾向、阶级意识"淡化"的现实主义文学的"复苏"，对原乡血脉的追求，大陆迁台作家现代主义思潮的传承和蜕变，对"五四"新文学传统的接续，从女性文学、通俗文学等角度切入的对文学政治化的反拨等；三是文学如何呼应台湾在朝鲜战争爆发后的政治背景上启动的资本主义工业化过程中产生的问题，在这种回应中，文坛会形成乡土的、现代的等，互补互动的多元势力。1966年前后，美援结束，《台湾文艺》、《笠》、《文学季刊》等划时期刊物问世，黄春明、陈映真、王祯和等一代作家登场，表明上述课题的实践大致可告一段落，台湾文学也大致完成了战后转折。

黄万华：《战时到战后台湾文学的转折》，见《人文述林》第8辑，
139～140页，济南，山东大学出版社，2005。

　　4. 在这部集子中，最重要的作品当属中篇小说《夹竹桃》。这篇聚焦于北平一大杂院的小说，以圆熟的写作技巧和激愤的人生理念著称于世。整部作品，建立在一种准批判现实主义风格的基调之上。作为小说的典型场景，大杂院中隐藏着作者的宏大意图，传达着他对整个北平的真切感受："这所院子证实了研究北京人的生活风景的各种文献。也即是说，这所院子典型地代表着北京城的全部院落。"在钟理和的批判性视野中，这个大杂院丧失了人性的尊严和温暖："这里漾溢着在人类社会上，一切用丑恶与悲哀的言语所可表现出来的罪恶与悲惨。"人与人之间的猜忌和倾轧凸显着人性的丑恶，幽黯的氛围映现着北平小人物的惨淡人生。

　　小说的标题"夹竹桃"隐喻着这一切。夹竹桃又名柳叶桃，叶子如柳，花朵似桃，枝叶繁茂而含毒性。在钟理和的小说里，夹竹桃和菖蒲以它们的旺盛生命力取代了石榴和金鱼，置换了北平人庭院生活的三大理想（天棚、鱼缸和石榴树）。随之，昔日的和乐与闲雅亦为现下的不宁与不义所代替。

　　在这所前后共三进的院落中，居住着那些为生存而挣扎的底层小人物：迟钝而不洁的老人、吝啬自私又好事的女人、虚伪猥琐暴躁的男人和孤苦无助的孩子……他们缺吃少穿，住处昏暗而肮脏，与邻里相投却又争吵不断，微不足道的小事就能大打出手，甚至窃贼也潜入了本应和睦的院子。而这一切，在呈现出一个"堕落的北平"的景况。

　　不过，这似乎更应视为钟理和编织的一个北平寓言。他以批判性思想作为驱动力，勾勒了一幅北平大杂院的素描。其中的人物和事件，乃是其观念的注脚。对人物的描摹虽然细微，但他们因缺乏自主性，故而总体上显得面目不清。对故事的有声有色的讲述，同样不能掩盖其零乱和匆促的弱点。大体上，人和事的登场，仿佛只是为了印证作者的某些想法而已。作者也过分地强调了这些小人物身上的劣根性。这使得他们精神上的病症成为事件的主因，而被不断地渲染，最终把小人物推向了悲剧的深渊。

张重岗：《原乡体验与钟理和的北平叙事》，见《中国现代文学论丛》第二卷第二期，
120～121 页，上海，上海人民出版社，2008。

泛读作品

周金波：《志愿兵》

陈火泉：《道》

评论文献索引

黄万华. 战时台湾文学的抵抗意识. 中国文学研究，2004(4).

黄万华. 去殖民性进程中的战后初期台湾文学. 台湾研究集刊，2011(1).

朱双一. 光复初期海峡两岸的文学汇流. 台湾研究集刊，1994(2).

朱双一. 1998 年台湾文坛关于"皇民文学"的论争. 台湾研究集刊，1999(1).

陈培丰. 乡土文学、历史与歌谣：重层殖民统治下台湾文学诠释共同体的建构. 台湾史研究，2011(4).

简乃韶. 战时体制下的文学杂志——以《台湾文艺》(1944—1945)为探讨对象. 台北教育大学语文集刊，2009(15).

韦体文. 钟理和论. 台湾研究集刊，1984(2).

张良泽. 钟理和作品中的日本经验和祖国经验. 中外文学，1974 年 2 卷 11 期.

钟铁民：钟理和文学中所展现的人性尊严. 台湾文艺，8 期.

许南郝(陈映真). 原乡的失落——试评钟理和《夹竹桃》. 现代文学. 1977(1).

潘翠青. 台湾省作家钟理和. 文学评论，1980(2).

泽井律之. 台湾作家钟理和的民族意识. 台湾文艺，第 8 卷 128 期，1991.

杨志强：钟理和日记里的鲁迅传统. 台湾研究集刊，2009(1).

拓展练习

1. 1945 年抗战胜利，台湾文学终结了日据时代，但它并未如预期那样迅速走出低迷状态；相反，不少作家，特别是台湾本省作家遭遇了失语困境，出现了"跨越语言的一代"。阅读相关评论摘要，分析这一现象的形成原因。

2. 1947 年 10 月 30 日，钟理和在致台湾作家廖清秀信中谈到了所受五四新文学运动的影响："当时，隔岸的大陆上正是五四之后，新文学风起云涌，像鲁迅、巴金、茅盾、郁达夫等人的选集，在台湾也可以买到。这些作品几乎令我废寝忘食，在热爱之余，偶尔也起笔来乱画。"这其中，鲁迅对他影响是最大的。参阅相关评论摘要，以《夹竹桃》为例，比较钟理和与鲁迅的异同。

第二节 吴浊流及《台湾文学》作家群

内容提要

吴浊流不同于早慧型的作家，有先天的敏锐；而是经由坎坷的人生历练，才发展出自己的创作。

1937年后战争激烈，作家纷纷歇笔，唯独他冒险写作，直写民族大义。他继承了赖和、杨逵开拓的写实传统，积极批判殖民统治和国民党专制，成为战前、战后台湾新文学的桥梁，被誉为"铁血诗人"。代表作有中短篇小说《先生妈》《陈大人》《波茨坦科长》等，长篇小说《亚细亚的孤儿》《无花果》等。作品在内容上主要以知识分子为对象，着力反映他们复杂的精神状态。《亚细亚的孤儿》即以胡太明的坎坷经历探讨了台湾知识分子的现实出路问题，突显了台湾人难以逃脱的"孤儿意识"。其次对皇民化运动进行讽喻，《先生妈》以洋奴才钱新发与母亲的冲突反映了异质民族文化和意识形态的对抗，强调了对民族传统的捍卫。此外，作家还在战后创作了一批揭露国民党黑暗统治的作品。如《波茨坦科长》中的国民党范汉智以接收日产之名勒索百姓、大发横财。其艺术成就主要体现在三方面：一、在微缩的现实景观中探求个体和民族的命运；二、鲜明的民族风格、特异的地方色彩、乡土气息浓郁；三、讽刺性与喜剧性相结合。

图 4-5 《文艺台湾》《台湾文学》《台湾文艺》创刊号。

与吴浊流同时兴起的小说家还有围绕在《台湾文学》周边的张文环、龙瑛宗、吕赫若等。张文环的代表作有中短篇小说《艺旦之家》《阉鸡》《夜猿》《论语与鸡》等。作品多在日常生活中展开道德伦理的思考而较少正面讨论政治话题，往往以僻远乡村为背景，细致真实地描绘乡间的风土人情，整体接近自然主义的写实。吕赫若的创作，以反封建、控诉日据时代的社会经济结构和家庭组织的病态为主，同时对女性题材有深入的创见。代表作有《牛车》《清秋》《财子寿》《风水》《逃走的男人》等。龙瑛宗是台湾现代派写作的代表，文学风格突破外向写实窠臼，注重心理开掘，融会现代主义个人式的内省与质疑，及感觉派纤细唯美的色彩，充分显露受殖民统治的知识分子"美丽与哀愁"的情绪。代表作有《植有木瓜的小镇》《黄昏月》《一个女人的记录》《白色的山脉》等。《台湾文学》作家群虽不像吴浊流那样有着明确的政治态度，且很少触及国家民族的宏大命题，但并没有背离本土立场。他们坚持以底层民众的生存境况和知识分子的精神状态为关注对象，以民间话语和知识分子话语的独特存在而抵制殖民霸权。

教学建议

1. 分析《亚细亚的孤儿》的书名及主人公"胡太明"名字的意蕴，思考作品中哪些情节集中体现了胡太明强烈的孤儿意识。

2. 分析张文环、吕赫若等作家在中日民族战争背景下坚持书写乡土的美学价值与社会意义。

3. 分析龙瑛宗小说的现代主义特征。

精读作品

吴浊流：《先生妈》《亚细亚的孤儿》

张文环：《艺旦之家》

吕赫若：《牛车》

龙瑛宗：《植有木瓜的小镇》

评论摘要

1. 钟肇政说："《亚细亚的孤儿》象征着本省人可悲的命运，描绘了日据时代本省人所挨受的艰苦塞厄，正是一部整个本省人可歌可泣的叙事诗。"日据时期的台湾知识界，像胡太明这样的人相当多，他们既要受日本人的歧视，又一时得不到祖国的信任，这就是所谓的孤儿意识。作者正是通过塑造胡太明这一艺术形象，提出了唤起民族意识的重要性。关于这一点，陈映真1977年8月发表的《试评〈亚细亚的孤儿〉》作了较为详细的分析。他认为，《亚细亚的孤儿》主人公胡太明大半生摇摇摆摆，躲躲藏藏，就在于"孤儿意识"。胡太明的悲剧是那些在激变时代中，优柔寡断、袖手旁观、中庸主义、逃避观望的知识分子的悲剧。他说，"胡太明一生的历史教训，首先要克服孤儿意识"，鼓励在台湾的中国人要"使自己在中国从近代跃向现代的历史的巨大运动中，争取主体的地位。只有这样，才能克服孤儿意识，意气英发地和全中国人民共同走向新生和复兴的道路"。

黄重添等：《台湾新文学概观》，57页，台北，稻禾出版社，1992。

2. 的确，从胡太明漂泊的感遇来看，他的"亚细亚的孤儿"意识不仅指产生于台湾被割让的历史屈辱中跟祖国分离的孤绝感，也包括由于沦为受日本殖民统治而面临来自祖国大陆政权、民众的警觉，乃至遭受拒斥的深重悲哀，这种夹缝处境中产生的"孤儿"意识弥散出历史的沉重、悲凉，凝结着台湾人民特有的民族国家认同困惑，从而将批判的锋芒指向日本殖民当局的奴化政策。作品更通过胡太明的觉悟和百折不挠的寻根表明，中国意识必将克服孤儿意识，而胡太明的中国意识不仅是政治、国家层面上的归属意识，更包含文化层面上的寻根意识、认同意识。尽管"由于汉文被禁"，《亚细亚的孤儿》被迫用日文写成，但小说叙事中"语言虽是日本的，其表现形式则是中文的"。到小说结尾，主人公觉醒之际，壁题"反诗"——"志为天下士，岂甘作贱民？击暴椎何在？英雄入梦频。汉魂终不灭，断然舍此身！"——更用汉诗形式直接颠覆了日语。《亚细亚的孤儿》正是在交织着浓郁的地域民俗色彩和严酷的现实环境氛围的多层时空结构中，具体揭示了台湾"孤儿"情结的历史渊源，在认同国家统一的归属意识和认同民族根脉的文化意识的融合中，生动呈现了日据时期台湾知识分子的复杂心态，对光复后台湾乡土文学产生了重大影响。

严家炎主编：《二十世纪中国文学史》（中册），367～368 页，北京，高等教育出版社，2010。

3.《亚细亚的孤儿》：这幅图像，准确地、深刻地掌握到——在作者而言是"到吴浊流时候，台湾人的形貌"。然而《亚细亚的孤儿》出版之后——六十年来，"台湾人的形象"如何？这是拜读这本书之后的读者不可以不认真思考，诚恳反省的。

主角胡太明是台湾智者，在被殖民时代要追求理想、幸福，（一）在立足的本土台湾找不到；（二）到殖民者内地日本，日本人点醒他：被殖民与殖民者之间是截然不同的，你能妄想什么；（三）把希望托付于父祖之国，结果中国人告诉他，你是被殖民者，"祖国"不可能再信任你。他绝望而返台。面对破败的家乡景象；出征的弟弟又死了。胡太明的结果是疯了，而且不知人在何处。谁解伤心饮泣人？

胡太明的逃脱、追寻、苦难、试炼、被诱惑、"狩猎"、挫折、绝望……，是台湾人"追求理想"的行为模式的"原型"……。考查起来极像圣经中以色列人"出埃及记"的模式。《亚》书描绘的却是，陷入晦暗泥淖中不成功的"出埃及"。正因为不成功，我们冷峻地指出：那是不准确的追寻方向。

李乔、曾贵海、刘慧真编撰：《台湾文学导读》，15～16 页，台北，财团法人群策会李登辉学校，2006。

4. 在战争期皇民化运动推动时的随笔中，张文环经常提到童年山村生活的美好，这一美好回忆本身同时具有的两个重要元素：童年与山村，对比于成年与城市，正如同他日后走出熟悉的山中、离开童年，步入社会后受盛名之累不得不扮演动员台湾人参与战争的角色。童年与山村生活竟尔成为他生命中可以回溯的"故乡"，这也就是在公开的宣传活动之外，张文环必欲构筑一个山村的场景与奔跑于其中的孩童形象，或者是坚毅女性的形象，这在文本中重新被建构出来的故乡乡土与人物，在此就具显了"救赎"的意涵。

由此一观点回溯去看他的诸多战时小说，当不难发现，为何张文环的小说总是以山村为背景，而又经常出现孩童与女性形象的真正底蕴。山村中的童年生活如果说是未进入展现殖民统治成效的市街传统而美好的记忆，那么坚毅女性在封建体制或殖民体制的压迫下展现的韧性就是张文环再三致意的理想人物类型。因为在山村中的童年才是张文环最不需承受殖民压力的时期，而女性的坚毅形象则从另一方面突显了张文环对幸福人生追求的渴望，对被殖民精英的张文环而言，这种乡土塑造无疑是具有相当程度的"自我救赎"的意味，对照整体的殖民情境来说，自然也成为一则关乎反殖民、反同化的乌托邦寓言。

陈建忠：《日据时期台湾作家论：现代性、本土性、殖民性》，156 页，
台北，五南图书出版股份有限公司，2004。

5. 守护家庭、丈夫、儿女的母亲形象，长久存在于两性文化的对应法则上。因此，当我们检验日据时期男性作家的文本时，这些进步男性虽然已接受妇女解放的观念，但是并没有改变他们对母亲的想法。母亲角色被大量运用在台湾男性作家的创作题材上，不管是明示或隐喻，他们应该是希望透过母亲形象的塑造，来传达他们心中理想的台湾/女性。如果将这些作品置放在日据时期的政治场域中讨论，又有他们复杂且特殊的含意。有些作品尝试以女性的性格来对照台湾的命运，有些作品则出现日本/台湾女性的对比，其实隐藏了男性作家对于国族议题的阴性化看法。他们以日本/台湾女性的差异，暗藏了对殖民者的认同或批判。但是也有很多作家在不谈战争、不循文艺政策的背景下，创造出和田园大地结合的女性。这些女性角色的塑造，成为当时紧张政治氛围的一股清流。她们以母性的韧力抚慰许多受创的心灵，也直接表现了对台湾的依恋。然而，女性议题受到日据时期男性作家的青睐，并非象征妇女解放的一个新时代的来临。因为，在进步男性观照下的女性呈现，仍然存在着许多偏颇的性别观念，或是男性作家想象的投影。但是，经由这些作品的诠释，或许能让后人了解女性在大时代洪流中的位置，也见证了女性的压迫根源。

邱雅芳：《以母之名——皇民化时期台湾男性作家作品的女性呈现（1937—1945）》，
载《台湾文学学报》，2002（3）。

6. 从他的第一篇创作《牛车》开始，吕赫若便以日据下台湾女性的命运作为其小说的素材。在这篇故事中，杨添丁和他的妻子阿梅在日本资本主义剥削下过着贫困的生活。为了改善生计，杨添丁最后同意阿梅从娼，暴露了父权社会体制下女性身体被当成商品的不平等。而身为一无产阶级女性，阿梅的悲剧不仅仅来自殖民者资本主义的经济压迫，还来自台湾社会中的父权体系与阶级的不平等。类似的女性际遇于《暴风雨的故事》中再度上演。生活于一传统农业社会，女主角罔市在阶级与性别不平等的双重压迫下似乎"理所当然"地成为牺牲品。她被卖到地主宝财家中帮佣，但不久宝财便强暴了她，并威胁她不准声张，否则便将取消她丈夫老松的佃户资格。面对罔市对宝财暴行的抱怨，老松不但置之不理，甚至还一味责备罔市不知感激宝财对他们的仁慈。直到罔市自杀后，老松才明白真相，于是杀了宝财息怒。透过这样的结局，吕赫若成功地结合了女性的悲剧命运与他社会主义阶级平等的理想。虽然他极度关心台湾女性的命运，但她们在他早期作品中却往往是没有个体性的，被压迫者的象征。在《婚约奇谈》中，女主角琴琴则可被视为吕赫若左翼思想的实践者。为了讨好琴琴，李明和佯装是个左派青年。当琴琴为他的思想所吸引而决定与他订婚时，李明和却变回了原来花花公子的形象。看穿李的把戏后，琴琴离开了他。李怪罪琴琴的左派朋友春木拐跑琴琴，扬言要诉诸日本警察处理。于此，台湾内部的父权文化与外部的殖民统治相结合而更形巩固。琴琴的劣势处境不仅是她个人的困境，亦是台湾殖民史的讽寓。

林姵吟：《沉默的她者——重探吕赫若，龙瑛宗与翁闹作品中的女性角色》，
载《现代中文文学学报》，2011（2）。

7. 吕赫若关注女性问题的小说，一开始就沿用了殖民主义文化等级化的框架，用来分类他笔下的女性：已经现代化因而较有自主性的女性及传统家庭中未受现代文

明洗礼，因而也无力对抗自己在父权社会的命运的女性两类。这样的二元对立的架构，在作为"知识菁英"的他，与他对《牛车》《暴风雨的故事》里"底层人物"的刻划中，就可以看到。同样的，面对第一类已经现代化的女性，吕赫若用的多是平视的视角，带着欣赏的角度去看、去写她们；相对地，面对那些未现代化，因而无力反抗父权压迫的女性，吕赫若俯视杨添丁的启蒙视角，则又被延伸到那些等待进步男性主体解放的受难女性身上。这正如任佑卿在《中国的反传统主义民族叙述与性别》一文所提醒的：

> 忽视性别的研究取向始终会隐藏性别压迫和剥削的一面，这就是"当时男性主义的民族主义话语的特征"，即使是关注女性问题，提倡女性解放的进步男性知识分子也时不时露出与初衷不同的"无意识的性别投入"。他们的这些主张在女性解放话语中不可避免地导致女性他者化的结果。

任佑卿谈论的虽是半殖民地的中国反传统主义，但对有着类似意识形态结构的台湾启蒙主义，也相当适用。启蒙主义论述把西方的、男性化的现代性如科学、民主、进步、规律、理性、统合、自律的主体当作台湾现代化的目标，并把自己定位在哀悼和同情女性、落后和野蛮的传统父亲秩序的牺牲品的位置上。因此，"男性主导的女性主义"中作为民族启蒙者的男性把传统定型化为他者时，那样的传统便和总以牺牲者身份登场的女性相结合。因此，启蒙主义谈论的是女性解放，可是主导话语的主角是男性或假定为男性，而女性最终还是被固定为被谈论的对象。吕赫若关注女性命运的小说，由于他的启蒙、反传统的立场非常强烈，不可避免地也衍生出这种"男性主导的女性主义"的问题。

游胜冠：《启蒙、人道主义与前现代我族的凝视——吕赫若作为左翼作家历史定位的再商榷》，载《台湾文学学报》，2010（16）。

8. 张文环想描绘的人物，可大略区分成二类。一是生存在大地上的农民，二是女性。描写农民和描写台湾乡土，二者有直接的关系（三〇年代，农业人口大约占了总人口的50％以上），因此作品之中有民间信仰、风俗习惯和闽南话。这种作品倾向，和当时快马加鞭推行"皇民化"运动的社会现况背道而驰，使张文环的文学特色更与众不同……张文环用温馨的笔法描绘农民。或许是因为他们身上有台湾乡土的影子，他想借着描写农民不向悲惨命运低头的毅力，呈现台湾所具有的潜能。不过，他自己似乎也对大自然和泥土有一份憧憬。

至于他之写女性，等于是描写弱者的命运。她们怀抱着小小的梦想与希望，走上人生旅途，却经常面临生死存亡的危机：例如：《艺旦之家》中的采云遭到性的残害，《云之中》的阿秀与丈夫死别等。但是作者对即将走上绝路的她们，却不适时伸出援手，任她们顺其自然地重新振作起来。也就是让时间和生活治疗她们的创伤，而后坚强地活下去。最后产生了《辣薤罐》中精明能干的鸨母阿粉婆，这就是现实的人生。

这段时期，张文环所描写的女性，最令人印象深刻的是《阉鸡》中的月里。她在大拜拜的夜里大跳车鼓舞，是为了发泄难以压抑的性欲。她的丈夫染上疟疾，形同废人。后来，月里遇到跛脚的阿凛，得到许多安慰；他们俩惺惺相惜，相逢恨晚之时，也唯有走上殉情一途了。其中当然有来自村人的压力，但作者根本无意以阿凛的诚实来拯救月里。这样的结果令人心酸。当女性意识到自己的人生而有所行动时，却逃不过宿命的安排。作者把女性这样的命运寄托在月里身上，呈现在读者眼前。不过，也有描写女性从悲痛中站起来的作品。《云之中》的阿秀死了丈夫之后，压抑住自己的性欲，坚强地站起来；不久便再婚，带着和前夫所生的孩子，来到后夫工作的山顶。山上的生活，使她有所觉悟："即使失去丈夫，即使做个煮饭的佣人，也要把我的女儿教养成人。"这个觉悟成为她心灵上的支柱，使她从长久以来困扰着她的感情之中解放出来。总之，这段时期的作品，描述的内容只是女性的人生问题，并没有任何深刻的思想。作者所关心的是女性的心理描写。然而，当处处充斥着种种豪情壮志之说时，当文艺杂志上也出现了空泛的爱国口号之时，从张文环这些探索女性生涯的作品中，可以看到作者力保台湾文学版图的姿态。

[日] 野间信幸：《张文环的文学活动及其特色》，见《台湾文学研究在日本》，涂翠花译，15～17页，台北，前卫出版社，1994。

9. 在极端权力的压抑下，台湾作家的创作呈现出微妙复杂的现象。既要使用殖民者强迫使用的语言作为表现的媒介，又要坚持存在骨血之中的民族的立场，作家们除了不得不虚与委蛇，写些官样文章，一个重要的文学策略就是将叙述的焦点转移到民间的民族的生活。这样，日语的表现形式，实际上并不能"改写"它所表现的生活。从媒体的分析的角度看，张文环主编的纯日文《台湾文学》的内容，大抵关涉纯粹台湾本地的生活。特别是关于中国传统社会结构里的家庭、婚姻、民情民俗，成为这个时期十分关注的焦点。我们从以下这些罗列出来的篇目中可以体察到使用日文写作的台湾作家们的良苦用心。

黎湘萍：《从吕赫若小说透视日据时期的台湾文学》，载《中国现代文学研究丛刊》，1999（2）。

泛读作品

吴浊流：《波茨坦科长》

张文环：《阉鸡》

龙瑛宗：《白色的山脉》

评论文献索引

张文熏. 评论家/小说家的双面张文环——以艺旦·媳妇仔问题为中心. 台湾文学学报，2002(3).

曾秋桂. 试图与日本近代文学接轨，反思国族论述下的张文环文学活动. 台湾文学学报，2008(12).

柳书琴. 跨时代跨语作家的战后初体验：龙瑛宗的现代性焦虑(1945－1947). 台湾文学学报，2003(4).

王惠珍. 第一回大东亚文学者大会的虚与实：以龙瑛宗的文艺活动为例. 台湾学志，2010(1).

林姵吟. 沉默的她者——重探吕赫若，龙瑛宗与翁闹作品中的女性角色. 现代中文文学学报，2011(2).

游胜冠. 启蒙、人道主义与前现代我族的凝视——吕赫若作为左翼作家历史定位的再商榷. 台湾文学学报，2010(16).

陈映真. 论吕赫若的《冬夜》——《冬夜》的时代背景、审美上的成就和吕赫若的思想与实践. 文艺理论与批评，1999(4).

黎湘萍. 从吕赫若小说透视日据时期的台湾文学. 中国现代文学研究丛刊，1999(2).

拓展练习

1. 林柏燕在《亚细亚的孤儿》序言中提到，"中国人的身上，都流着阿Q的血液，台湾人的头上，都贴着胡太明的标签，……世上多少文学作品，最后如泡沫云烟，唯有'阿Q'和'孤儿'，前者出于嘲谑，后者出于悲悯；前者切入中国文化，后者陈述台湾之悲"。不管是前者还是后者，都写出别人不敢、亦不能写出的实际状况，阅读《亚细亚的孤儿》，比较吴浊流与鲁迅在思想上所要传达的本意及差异。

2. 殖民语境下，女性独立命题往往被纳入到国族解放的宏大叙事中，20世纪三四十年代台湾文学中的女性形象大多与民族国家的想象保持着某种同构关系。阅读相关评论摘要，分析吕赫若笔下的女性人物所包蕴的政治意味。

3. 对于龙瑛宗，台湾文学评论家叶石涛认为，"在龙瑛宗的小说里，我们可以很明显地看出欧美现代小说手法的广泛应用。世纪末底颓废思想介入，使得他的作品人物，特别是知识分子，背负着苦难的十字架，兀自哀伤自己生为被压迫民族的一分子的命运。①大陆学者亦认为"龙瑛宗具有较浓的'现代意识'，表现了传统习俗与现代意识的剧烈矛盾。它表现在对人物的个性和心理刻画尤为出色。"②在三四十年代的写实浪潮中，作家独具一格的现代主义气质在《植有木瓜的小镇》与《白色的山脉》中有何体现？

---

① 叶石涛：《台湾乡土作家论集》，111页，台北，远景出版社，1979。
② 刘登翰、庄明萱、黄重添、林承璜主编：《台湾文学史》（上卷），576页，福州，海峡文艺出版社，1991。

第四章　香港现代文学

第一节　香港新文学的发生

内容提要

　　19世纪中叶以前，香港隶属"岭南文化"圈，相对中原的贵族文化、士人文化而言具有较强的世俗精神。开埠之后，西方现代工商业体系极大推动了香港经济发展，市民阶层迅速壮大。但受限于地域、政治等诸多因素，直至20世纪20年代，香港文坛仍由封建遗老把持，白话报刊寥寥无几，商业性通俗文学顺应市民文化消费需求而成为文学主流，以上海徐枕亚、周瘦鹃、吴双热为代表的鸳蝴作品在港盛行。改变这一局面的是1928年由张稚庐创刊主编的文学杂志《伴侣》。它是香港第一份纯白话文学刊物，曾发表沈从文、胡也频等的新文学作品，培植起侣伦、张吻冰、岑卓云、陈灵谷等香港第一批新文学作家，被誉为"香港文坛第一燕"。不过与内地新文学刊物的精英启蒙性质不尽相同，它走的还是市民通俗文学的路子。《伴侣》之后出现的新文学刊物还有《铁马》《红豆》等，但都未能持久。整体而言，香港新文学在30年代曲折发展，力量还是相当薄弱。

图4-6　1948年3月，《大众文艺丛刊》第一辑在香港出版。

　　1937年中日战争全面爆发后，大陆一些重要城市相继失陷，不少知名作家，如郭沫若、茅盾、巴金、夏衍、戴望舒、林语堂、叶灵凤、郁达夫、萧红等避战香港，壮大了新文学阵营。但因战争情势的变化，特别是在1941年年底至1945年8月的日据时期里，南来作家纷纷撤离。1946年夏国共双方全面开战，以左翼作家为主的大陆文人大规模赴港，或是避难，或是利用当时便利的出版宣传条件，争夺意识形态的领导权。在与内地文学的两度亲密接触中，香港新文学日趋成熟，开始有意识地将南国风味与香港都市风情相结合，显露出日趋鲜明的本土特色；但因时代之变、社会之需，也不断加强对国族、阶级问题关注。以香港新文学开拓者之一的侣伦为例，他1937 年发表的《黑丽拉》讲述了一段悱恻缠绵的恋情，尽现香港华洋交杂、浪漫颓靡的殖民风采，与海派文学有着相近气息。香港沦陷后写就的《无尽的爱》虽仍以爱情为题材，但主题已移向民族、种族、贫富等社会问题的探讨上。至于写于 1948 年的代表作长篇小说《穷巷》，则借用左翼阶级斗争模式来描绘战后香港底层市民的生活图景，社会政治意识增强，本土色彩有所淡化。

不过值得说明的是，尽管 20 世纪四五十年代，香港文坛一度成为政治集团的角力场，但这种意识形态影响在 50 年代后被不断削弱，现代都市的高速发展、市民阶层的不断壮大推动了通俗文学的成熟、催生了极具先锋意味的现代主义文学。

教学建议

1. 了解香港新文学生成发展轨迹，重点把握两次南来作家潮对香港文坛的影响。
2. 分析通俗文学在香港文坛持续繁盛的原因。
3. 结合侣伦的创作，探讨外来观念和本土经验在香港文学的融会及具体呈现。

精读作品

侣伦：《穷巷》

评论摘要

1. 战后香港文学的特色之一是鲜明的政治色彩。左翼作家以毛泽东《在延安文艺座谈会上的讲话》为最终纲领，强调文艺大众化和"为工农兵服务"的观点，曾推行"方言文艺运动"，成立了隶属于中华全国文艺协会香港分会研究部之下的"方言文艺研究会"，主要成员有符公望、黄宁婴、薛汕等，他们主张运用广东方言创作文学。战后香港文学的另一特色是写实手法的运用，如黄谷柳以战后香港社会为背景的长篇小说《虾球传》、江萍以香港沦陷期间东江纵队在新界的抗日活动为题材的小说《马骝精》、侣伦以战后香港一群卑微者的生活为题材的《穷巷》等都是当中具代表性的佳作。

当然内里的写实不光是一种写作手法的运用，而更带有鲜明的意识形态倾向。如黄雨《萧顿球场的黄昏》一诗对后香港社会固有写实描述，但诗中更重要的信息还是提出对香港社会的批评，并把出路指向中国内地。这想法实际上普遍见于战后香港的左翼文艺，不少诗歌、小说、电影和戏剧都有着类近的结局：来自内地的主人公都无法或不愿留在香港，最后选择返回内地，视内地为理想象征，投身"革命的斗争"当中。

陈智德：《早期香港新文学与文化资源》，见《书写香港·文学故事》，
8 页，香港，香港教育图书公司，2008。

2. 何故侣伦会受叶灵凤那么大影响，我们如果把侣伦放回二三十年代间香港新文学氛围中看，就会清楚看见那条线索。在此，不妨先绘画二三十年代香港的社会状态图略。一个相当自由的工商业半发达华人社会，却受着英国人的统治，执政者根本不重视文化发展。新文艺在许多人心目中，可以说并不存在。香港一群爱好文艺的人，要走出一条路来，必然是面向祖国，但在寻路的过程中，很自然找寻与自己生活环境、心态相近的学习主体。上海，二十年代末期，已是各种新文艺潮流荟萃的地方，又是个华洋杂处的大城市，而现代主义此时也正掀起了高潮。当香港新文艺爱好者向祖国取经时，那洋化的、浪漫的洋场气氛正合他们的品位，何况，革命的、民族形式的文艺种子，并不适合香港这个气候，而作家本身，在这个时候，恐怕也还没有这种需要的自觉。一群新文艺的开拓者，读过许多上海出版的文艺刊物后，发觉调子很对，也就朝着这方向走去了。

卢玮銮：《侣伦早期小说初探》，见《追迹香港文学》，151页，香港，
牛津大学出版社（中国）有限公司，1998。

3. 侣伦初期小说中的都市情调，显示出一定的"港味"。《穷巷》则不然，这部小说虽然形象生动地描写了战后香港充满了贫穷、失业、犯罪的社会面貌，但小说的背景则十分模糊，故事情节甚至可以移到战后任何一个内地城市去。《穷巷》中的人物高怀、罗建、杜全及白玫全是内地人，只有莫罗一人是本地人。他们的面貌气质、言谈举止，全没有多少"港味"可言。九龙半岛的木杉街似乎只是个随意的故事场景，作者的笔墨在此何其地吝啬，我们看不到任何关于此地的风情景象描写。

赵稀方：《小说香港》，132页，北京，生活·读书·新知三联书店，2003。

4. 香港的第一本白话文文学期刊《伴侣》，在1928年出现，那是五四运动九年之后。鲁迅曾于1927年应邀从广州到香港演讲，呼吁青年"将中国变成一个有声的中国"，希望大家"大胆地说话"。鲁迅的话有其感染力，可能促使了《伴侣》这只"香港新文坛的第一燕"的起飞。

《伴侣》刊登诗、散文、小说，由张稚庐主编。作者有侣伦、吻冰等。偶然也有国内的作者如甲辰（沈从文）。这只燕子飞得不长久，一年左右就倦勤。《伴侣》上的一些同仁，在杂志结束后，结为伴侣，组织"岛上社"，先后出版《铁马》和《岛上》，宗旨和内容与《伴侣》差不多，但持久力更不如前者。香港数十年来的文学刊物，有很多旋生旋灭的例子；《伴侣》等三刊开了先河，是不幸而又无可奈何的先河。

1930年前后数十年，还有十数种文学期刊出现，但开谢如昙花。一些报章设有文学副刊，为文艺青年提供园地。到了1933年，由南国出版社出版，梁国英药局支持的《红豆》杂志面世了，《红豆》生长了两年多，诗、小说、散文、评论等品种都有，且图文并茂，作者则本港与港外皆备，有李育中、路易斯、侣伦等。许地山于1935年秋从燕京大学南来香港大学任教，翌年在《红豆》发表了《老鸦嘴》。这是该刊四卷六期，也是最后一期，时维1936年8月。

三十年代的香港文坛，本地青年作者如谢晨光、张吻冰、岑卓云、侣伦等渐露头角。到了1937年抗战之后，大批的大陆作家南下，本地作者在文潮中顿然失色，甚至"消失"了。1937年11月上海沦陷后，大量中国知识分子南来香港。他们之中，如章乃器、郭沫若，经港转赴内陆，香港是旅途驿站；如萧红、叶灵凤、端木蕻良来港暂住，香港是避难所；如范长江、茅盾、戴望舒来港办报，香港是宣传基地。中国抗战的炮火，照明了南方小港的文化，使此地的文艺空前繁荣起来。根据统计，自抗战爆发至1941年12月香港沦陷，香港的报纸有数十家之多，这些报纸或者原来就有，或者由南来报人新创，或者由上海等地迁来香港复刊，大多设有文艺副刊。

香港沦陷之后，南来作家和本地作家纷纷撤离香港，到了内地。抗战胜利后，不少土生土长的香港作家都回来了，重拾笔杆。不久后香港又一次成为内地作家的避风港，同时也是一些作家宣传政治思想的自由港。茅盾、郭沫若、夏衍、邵荃麟、周而复、聂绀弩、袁水拍、杜埃、秦牧、陈残云等等，都先后来香港，留下了很多作品。

战后《星岛日报》、《华商报》、《文汇报》等纷纷复刊，各报刊多附有文艺性或综合性的副刊。新的文学杂志如《小说》（茅盾主编）、《文艺生活》（司马文森主编）等先后出现，为本港及外来作家提供了园地，文坛再一次呈现蓬勃的景象。

黄维梁：《香港文学的发展》，见《国际汉学论坛》（卷二），167～169 页，
西安，西北大学出版社，1995。

5. 在平时，香港文坛只是中国文坛的附庸，一到乱时香港文坛对中国文坛就产生重大影响了。

抗战期间大陆上几乎没有一寸净土，沿海及交通发达的城市，几乎全被日军攻占，像昆明、西安、重庆等内陆城市，虽免被攻占，但也饱受日机的轰炸。唯有南天海角的香港自一九三七到一九四二，保持了近六年的安定，对乱离的中国文坛来说，真是洞天福地。很多作家在这里产生了很多作品，很多文学期刊在这里印刷发行，随着战局的发展，成为战时中国文坛的避风港，中继地和供应站。

司马长风：《中国新文学史》（下卷），33 页，香港，昭明出版社有限公司，1978。

6. 香港文学史上第一次爆发出来并产生热烈反响的文艺论争，是 1938 年出现的关于"民族形式"问题的论争。当年 1 月 20 日，李育中在《大众日报》副刊"大众呼声"发表了《旧形式载新内容的问题》的文章，提出了他对"民族形式"问题的看法。为此，关于"民族形式"的问题，成为了各家报刊纷纷谈论的对象。到了同年 8 月，论争出现了高潮，并一直延续到 1939 年。这一年的 10 月 19 日，《大公报·文艺》编辑杨刚主持召开了"鲁迅纪念座谈会"，会议的主题便是"民族文艺的内容与技术问题"。参加者有许地山、刘火子、郁风、宗珏、刘思慕、林焕平、黄鼎等 21 人。会上大家对"民族形式"问题充分发表了意见，气氛十分热烈。最后，达成了民族文艺的内容、形式等问题的大体上的共识：

第一，民族文艺是现阶段和中国文艺的将来所必要的一条路，它是抗战的，反汉奸的，大众的，有中国民族特性的；

第二，它的内容是抗战的现实，大众的生活（包括光明和暴露两方面），要有中国的典型环境和典型个性；

第三，利用各种旧形式和外来形式，创造新的民族形式，要适合于群众的内容和形式，要叙述大众生活的，记录现实的诗与散文。上述这些观点已相当接近于内地左翼文艺工作者对"民族形式"的意见。

刘登翰主编：《香港文学史》，100～101 页，北京，人民文学出版社，1999。

泛读作品

侣伦：《黑丽拉》《无尽的爱》

评论文献索引

犁青．四十年代后期的香港诗歌．新文学史料，2005(3)．

犁青．从"南来作家"到"香港作家"．新文学史料，1996(1)．

王宇平．学士台风云——抗战初中期内地作家在香港的聚合与分化．中国现代文学研究丛刊，2007(2)．

张北鸿．香港文学概论．徐州师范学院学报，1992(1)．

龚维玲．试论内地抗战文化运动对香港新文学运动的影响．学术论坛，1998(1)．

黄万华．从"左翼"到"现代"：交汇中的延续和综合——论战后至1950年代的香港诗歌．暨南学报(哲学社会科学版)，2012(10)．

刘登翰．论香港文学的发展道路．文学评论，1997(3)．

黄万华．左右翼政治对峙中的战后香港文学"主体性"建设．学术月刊，2007(9)．

潘亚暾．论香港文学的发展及其特性．暨南学报(哲学社会科学)，1993(3)．

王剑丛．香港文学拓荒期浅论．中山大学学报(哲学社会科学版)，1990(1)．

赵稀方．香港小说的现代性命题．文学评论，1997(4)．

袁良骏．关于香港文学的源流．文学评论，1997(3)．

杨建民．香港文学的起点和新文学的兴起．文学评论，1997(4)．

柳苏．侣伦——香港文坛拓荒人．读书，1988(10)．

袁良骏．二十世纪香港小说面面观．北京大学学报(哲学社会科学版)，1998(6)．

楼肇明、蒋晖．散文传统的地域推移和文化变异——关于香港散文．文学评论，1997(5)．

拓展练习

1. 发端于五四的大陆新文学从一开始就带有强烈的启蒙色彩和精英性质，但深为内地文学影响的香港新文学却始终没有偏离通俗道路，即便在大陆阶级思潮鼓荡下也未完全改变。试分析这一现象的生成原因。

2. 香港新文学是在殖民语境下成长起来的。在1997年回归之前，香港不仅接受了英国长期的殖民统治，而且在1941年后承受了长达"三年零八个月"的日据时期。"殖民"对香港的社会形态和文学生态都产生了至为深远的影响。结合侣伦创作轨迹，试析殖民经验在其小说中如何呈现，又有何变化。

3. 两次内地南来作家潮对香港文坛产生哪些影响？结合实例说明。

第二节　黄谷柳：左翼范畴内的市民书写

作为战后香港最有影响力的小说家，黄谷柳并非香港土著，他祖籍广东、出生越南，1927年到港，与侣伦、张吻冰等共同致力于报刊编辑和新文学创作。四年后返回内地，入行伍、进矿山，生活坎坷。抗战胜利返回香港，开始创作长篇小说《虾球传》，并于1947年开始在《华商报》连载。作品由《春风秋雨》《白云珠海》《山长水远》三部组成，主人公虾球出身贫寒，少年时代孑然一身，结果误入香港黑社会，陷身三教九流夹缝，苦难的流落经历让虾球渐渐认清了人生方向，最终投奔革命，成为一名甘为民众利益而奋斗牺牲的游击队战士。虾球的人生蜕变及与之相应的二元化的阶级叙事都是符合左翼要求的，尽管在人物真实性等问题上也曾有过争议。在为革命文学接纳的同时，《虾球传》也受到市场的热烈欢迎，民族化、通俗化、本土化叙事使它成为"华南最受欢迎的小说"（茅盾语）。具体而言，主要表现出以下几方面的艺术特色：一、借"流浪汉"的视角，描绘出省港两地独特的世态风情。语言近于白描，纯熟自然、简洁生动。二、人物众多而不散乱，都贯穿在由虾球、大鳄头引出的故事主干上。形象立体真实，具有鲜明个性。三、以章回结构勾连数十个大小故事，情节曲折离奇、多悬念，脉络清晰丰富。四、以规范的中文为主，吸纳大量粤语俗语、江湖黑话以及"咸水歌"类的民间谣曲。

图 4-7　关山月为《虾球传·山长水远》绘制连环画画稿。

教学建议

1. 阅读文献，了解《虾球传》问世之初引发的论争情况，思考论争的焦点和主要分歧。

2. 分析主人公虾球形象。

3. 《虾球传》是如何将通俗性、革命性相融合的。

精读作品

黄谷柳：《虾球传》

评论摘要

1. 《虾球传》地方色彩，常为论者提及。这部小说以流浪儿虾球为线索，描绘了香港黑社会"捞世界"的种种行径，绘声绘色，让人感到既紧张又刺激。但这种"传奇性"正凸显了它的局限性。我们不能不说，这种"地方性"的选择带有意识形态的色彩，香港的"黑世界"性质，其实是作为虾球弃暗投明，奔向内地的背景而设置的。而《虾球传》对于香港黑世界的"地方性"的描绘，无疑带有作者的想象成分。

赵稀方：《小说香港》，132 页，北京，生活·读书·新知三联书店，2003。

2. 作者鞭笞的对象是那片腐朽，对于因那片腐朽而遭殃的，如用走私来解决失业的退伍军人，作者寄予的毋宁是温爱、同情。对于妓女、扒手，作者也是本此认识去处理的。把握了衬在人物后面的广大社会背景，才是《虾球传》成就的主要原因。

先从它次要、可又是最出色的部分说起。《虾球传》采用的结构，是古今中外文学方式中最灵活，最有机的，那即是流浪汉小说写法。其同于《汤姆·琼斯》以至狄更斯全部作品处是：一、以一个人物的遭际与命运为故事的中心；二、这人物是来自下层社会，时常还是属于不法之徒的，然而他的心地良好，只是境遇坏而已；三、故事的发展是波浪式的：刚跳出一关，一关又来了；不是乐极生悲，便是悲尽喜来。所以人物尽管幼小，却需要机警、聪明，而且奋斗过程中必须有几颗"救星"。《虾球传》的可贵处在于它不同于一般流浪汉小说。一、它不是为了"热闹"而布置埋伏，而是借埋伏（如虾球被拖去当壮丁）暴露出社会的腐烂脓疮。……这个差别，正是因为作者有一个积极、坚定、活生生的哲学，一把随时随地可以使用的尺度，一个可大可小的镜头。有那个，是正义感；没有那个，最多不过是片牢骚。有那个，人物便是有目的的斗士；没那个，只能是些江湖镖客。

对于人物的处理，作者绝不落章回的窠臼，即是省事地把人物典型化了。将一个人写成可恨远比把它写成可悯容易，而除了鳄鱼头和马专员那些坏透了心的家伙外，作者对于人物的分析，是客观的，因而，也就不缺乏了解与同情。连鳄鱼头，这个杀人不眨眼的恶霸，在沉船之后，还在黑牡丹及牛仔的新坟前跪下来，口中念道："生者平安是福，死者魂归西天。"其实，逼近一看，不是鳄鱼头心地仁慈，而是他还有其自私与迷信。然而，这么一写，鳄鱼头这个人物就"真"了。……对于虾球这个人物，作者处理的自然细腻多了。当虾球还过着乞儿的日子时，他便不是甘于堕落的，夜里睡的不知道是粪堆，醒来便跳到海里洗个澡，并且把衣服也洗干净。这"洁癖"象征了他的"向上"倾向。

萧乾：《〈虾球传〉的启示》，载《大公报·文艺》，1949年2月21日。

3.《虾球传》虽然引起过非议，但是它的艺术价值并没有因此而受到低估，茅盾便曾给予了高度的评价，认为这部小说"从城市市民生活的表现中激发了读者的不满、反抗与追求新的前途的情绪，在风格上打破了'五四'传统形式的限制而力求向民族形式与大众化的方向发展"。确实，这是一部有开创性意义的作品，它的通俗化形式，对战后香港小说向大众化方向的发展起到了极大的推动作用。

不过，在我看来，它更大的价值是创造了一种港式流浪汉小说的模式，塑造了一个香江浪子的形象。这是过往的读者、评论家所忽略的一个问题。那么，我们怎样看这部小说所创造的这样一个模式呢？首先，从叙述形态来说，《虾球传》是一部典型的流浪汉小说，它采用了一种非常松散的情节形式，故事的发展是随时间的延展而推进，随着主人公的游历去展开一幅乱世画卷，它可以漫无关联地、无目的地任意延展下去。在《春风秋雨》中，它几乎是透过虾球的视角去看香港千奇百怪的世相，并以虾球的平民意识去评说这个社会的种种现象。而更重要的一点是，这部小说触及到了一个"浪游"的母题，成为战后香港小说中关于浪子主题的滥觞之作。像古往今来的许许多多流浪汉体的小说一样，它是一首边走边唱的浪子悲歌，这是香港战后小说史上第一首悲怆的港都浪子之歌。虾球，这个出身卑微的小流氓，并没有什么崇高的理想，他只是凭着一种求生的本能在香江码头、在维多利亚港漂泊；他的离家是逃脱暴虐的一种方式，所以，这也意味着是一种反抗——对一切不公正、不人道束缚的反抗，是一种对自由人生的追求和向往。我想，这也就是茅盾所说它"激发了读者的不满、反抗与追求新的前途的情绪"的意义之所在。

蔡子怀：《想象香港的方法：香港小说（1945—2000）论集》，96～97页，
北京，中国社会科学出版社，2005。

4. 在黑社会中的浮沉，经过一个时期的牢狱生涯，我们的可怜的小主人公似乎并未增加了多少对生活与斗争的认识，他跟人当马仔，只因偷窃到了自己老父的钱，才下了"洗手不干"的决心。因为"没有饭吃了"（他的靠山鳄鱼头不在香港），跑到内地去找丁大哥，想当游击队。在长途跋涉中，他的生活依旧靠欺骗和偷窃来维持，不过通过了忠实的牛仔的手，而自己只假作不知……则作者已把虾球写成一个可恶的伪君子了……

书中虾球许多次穷途绝食，却从未想起通过自己的劳力来换饭吃……虾球全部生活的理想，其中是没有丝毫劳动观念的……

抱着这种生活理想的虾球，在性格上是表现出懦怯、卑劣、动摇、矛盾。……由于虾球的性格存在着上述的缺点，所以他缺乏一个可能获得思想觉醒和走向不屈斗争的人所必须具备的性格基础。

适夷：《虾球是怎样一个人》，载《青年知识》，1948（36）。

5. 40年代末的香港是左翼文化的一个中心之一，《穷巷》与《虾球传》的阶级对立结构与当时左翼文学模式的影响有关。这两部小说当时均发表于中共的《华商报》上，并由夏衍亲自操办发表。……《虾球传》愈到后来革命意识愈强，应该说与夏衍的指导不无关系。《虾球传》不但是深受左翼文学影响的作品，事实上它已经是左翼文学本身了。在《在反动派压迫下斗争和发展的革命文艺》一文中，茅盾即是将《虾球传》当作国统区左翼文学的实绩而加以称赞的。

《穷巷》与《虾球传》不约而同地采用了中国古典章回体小说的形式，情节跌宕，节奏紧张。……《穷巷》、《虾球传》的章回体小说形式迎合了40年代左翼文坛对于文学民族化的倡导。

赵稀方：《香港文学本土性的实现——从〈虾球传〉、〈穷巷〉
到〈太阳落山了〉》，载《小说评论》，1997（6）。

6. 其实，当时《虾球传》的出现本身包含有意争夺小市民读者的意图。《虾球传》在夏衍编辑的《华商报》副刊"热风"上连载，据夏衍回忆，最初他阅读黄谷柳的《虾球传》第1章后，觉得"这是一部很有特色的作品，写广东下层市民生活，既有时代特征又有鲜明的地方色彩，特别是文字朴素、语言精炼"。但他不想按原本连载，而对黄谷柳提出一个要求，要他"按照报刊上连载小说的方式进行修改，每千把字成一小段并留有引人入胜的关节"。心照不宣，黄谷柳也很高兴地同意了，说："我正要向香港的那些章回小说家学习，这是一个很好的练习的机会。"黄谷柳在《我写〈虾球传〉的感想》里更明确地表达自己愿意"向敌人作品的某些表现手法表现技巧学习"的意图，自觉地把《虾球传》的意义放在创作与高级文学区别的为中下层市民的通俗读物。实际上，他们两个人的意气相投反映了当时进步文艺界迫切需要大众化、通俗化作品的情况，因为当时左翼文艺家们面对着掌握大部分文学市场的通俗小说作家和作品时，承受着争取读者的压力和责任感。结果，《虾球传》在进步文艺作品中获得空前的成功，成为左翼文艺试图争取小市民读者的一次成功的试验，像茅盾指出，"当时香港的一般小市民对于进步的书刊还不大能够接受，《春风秋雨》却在这些落后的小市民阶层中获得了读者，这在单行本出版后的销数上可以看出来。"确实，《虾球传》可以看作左翼文艺能够接受的"都市文学"的一种道路，它在争夺小市民或攻破黄色文艺市场的战场上的突出表现能保证这种"可能性"的宽敞空间。不过，根据当时左翼文艺的标准，《虾球传》如果要成为左翼文艺公认的"都市文学"的经典作品还需要更重要的条件，就是现实主义创作方法和主题思想。左翼文艺界对《虾球传》的批评主要集中在人物形象的真实性和作品的阶级观点，这足以说明左翼文艺在对待都市的通俗小说的问题上仍然坚持自己的标准和尺度。从当时发生的对《虾球传》的讨论中，可以看到左翼文艺界在设计新的都市文学时抱有的期望值、要求和问题。

金孝梗：《40年代后期左翼文艺界眼中的"都市文学"——兼论〈虾球传〉》，
载《海南师范学院学报（社会科学版）》，2005（6）。

泛读作品

黄谷柳：《杨梅山下》《七十二家房客》

评论文献索引

适夷. 虾球是怎样一个人. 青年知识，1948年8月1日.

杨玉峰. 关于谷柳的《虾球传》，香港掌故（第八集）. 香港：广角镜出版社有限公司，1998.

琳清. 看看"虾球". 青年知识，1948年9月1日.

适夷. 重来一次申述——关于《虾球传》第一、二部. 文汇报，1948年10月21日.

萧乾. 《虾球传》的启示. 大公报·文艺，1949年2月21日.

陈奔. 《虾球传》浅谈. 福建师范大学学报，1980（2）.

赵稀方. 香港文学本土性的实现——《虾球传》、《穷巷》、《太阳落山了》. 世界华文文学论坛，1998（2）.

金孝焕. 40年代后期左翼文学界眼中的"都市文学"——兼论《虾球传》. 海南师范学院学报，2005（6）.

拓展练习

1. 对于《虾球传》的通俗性，政治文化立场不尽相同的左翼评论家与市民读者都给予了赞誉。这一现象生成的原因是什么？

2. 对于《虾球传》的地方特色，有学者提出异议，认为《虾球传》对香港"黑世界"的传奇性描述，是为主人公弃暗投明、奔向大陆提供背景，"这种'地方性'的选择带有意识形态的色彩"，"带有作者的想象成分"。① 你是否同意这种观点？试阐明理由。

3. 阅读评论摘要，分析《虾球传》是如何将流浪汉叙事模式与主人公的政治成长结合起来的？

① 赵稀方：《小说香港》，132 页，北京，生活·读书·新知三联书店，2003。

高等师范院校汉语言文学专业系列教材

普通高等学校中文学科通用教材

中国
现当代文学史
综合教程（第2版）下

Zhongguo Xiandangdai Wenxueshi
Zonghe Jiaocheng

主　编　　傅书华

本册主编　　阎秋霞　傅书华

北京师范大学出版集团
BEIJING NORMAL UNIVERSITY PUBLISHING GROUP
北京师范大学出版社

目　　录

第五编　工农兵文学

第六编　新启蒙文学

第七编　社会转型期文学

第五编　工农兵文学

总　论

内容提要

所谓工农兵文学即工农兵文学运动、工农兵文学思潮。始自 1942 年，终至 1976 年，其发展过程可以分为四个阶段：

第一阶段：1942 年至 1948 年为其奠基成形期。

1942 年，毛泽东《在延安文艺座谈会上的讲话》、赵树理的短篇小说《小二黑结婚》的发表，标志着工农兵文学在理论形态与创作形态上的正式完成。1948 年丁玲的《太阳照在桑干河上》、周立波的《暴风骤雨》的发表及其后的获"斯大林文艺奖"，标志着工农兵文学在 20 世纪 40 年代初，经过了对王实味、萧军、丁玲等人文艺思想及其创作的政治化批判后，在创作上占据了主流与统治位置。工农兵文学主要由三个部分构成：以赵树理为代表的民间写作及对其的政治化接受，以孙犁为代表的延续五四"人的文学"主题价值脉系的写作及对其的政治化接受，以《太阳照在桑干河上》《暴风骤雨》为代表的根据地文学形态的写作。

第二阶段：1949 年至 1959 年为其发展高潮期。

其高潮的标志，就是 1959 年前后的长篇小说创作高潮，如《创业史》《红旗谱》《红岩》《青春之歌》《红日》等作为工农兵文学经典作品的发表。在这期间，对胡风、丁玲等在思想上组织上的清除，对 1956 年百花时代文艺思想、文艺创作的批判，对赵树理、孙犁文学创作的实际否定，标志着根据地文学形态在排他性中成为工农兵文学的经典形态并达到高度的成熟。

第三阶段：1960 年至 1965 年为其下滑阶段。

其标志是在小说、散文、诗歌、戏剧领域，优秀作品的数量锐减，质量严重下滑，说明了工农兵文学生机与活力的衰退。

第四阶段：1966 年至 1976 年，终结阶段。

这期间，八个"样板戏"及《金光大道》将工农兵文学的主要美学特征推至极端，从而使工农兵文学最终走向自己的反面，宣告了自身的终结。

工农兵文学的主要美学特征是：第一，在反映、描写的对象上，强调以工农兵作为作品的主要对象。第二，强调文艺对政治的配合作用，因此，在创作的指导思想上，以某种既定的政治观点来规范作家对生活的认识与思考；在题材选择上，要求为配合政治选取题材，由此有了重大题材与非重大题材的区别；在文艺的功用上，强调作品的直接功利性的教化作用；在人物塑造上，强调塑造英雄人物；在歌颂与暴露的关系上，强调歌颂，反对暴露。第三，在风格上，强调阳刚、明快，强调民族化、大众化。第四，在创作过程中，强调作家深入工农兵的生活，强调作家对自身世界观的改造，强调对外在世界的再现、反映、模仿，反对作家主体性的体现。第五，在创作方法上，奉行社会主义现实主义，其后则是革命现实主义与革命浪漫主义相结合的创作方法。第六，面对自身发展过程中的外在、内在矛盾，强调一元性、封闭性、排他性，反对多元性、开放性、兼容性。

工农兵文学作为一种独特的文学形态，有其自身存在的必然性、合理性，有其独特的历史价值与美学价值，也为其后的文学发展提供了丰富的经验与教训。

学习建议

梳理知识点：第一次文代会、社会主义现实主义、"两结合"创作方法（革命现实主义和革命浪漫主义相结合）、双百方针、写真实、干预生活、歌颂与暴露、中间人物论、部队文艺工作座谈会纪要、"三突出"创作原则、文艺黑线专政论、对电影《武训传》的批判、对小说《我们夫妇之间》的批判、思想改造运动、三反五反运动、对俞平伯《红楼梦研究》和胡适唯心主义思想的批判、对"胡风反革命集团"和"丁陈反党集团"的批判等，在此基础上，梳理这一时期的社会、政治、思想、文化背景，以期对工农兵文学的历史性生成语境有初步的了解。

图 5-1　第一次全国文代会主席团全体成员合影。

精读作品

洪子诚：《当代文学的"一体化"》，载《中国现代文学研究丛刊》，2000（3）。

斯炎伟：《全国第一次文代会与十七年文学体制心理的生成》，载《文艺理论研究》，2006（4）。

贺仲明：《新民族国家与"十七年文学"的身份认同》，载《南京社会科学》，2009（4）。

评论摘要

1. 在讨论 20 世纪中国文学问题的时候，1950—1970 年常被作为一个相对独立的文学时期看待。不过，对这个时期的性质、特征的描述，在不同的研究者那里有时会出现很大的差异。一种颇有代表性的看法是，这三十年的大陆中国文学使"五四"开启的新文学进程发生"逆转"，"五四"文学传统发生了"断裂"，只是到了"新时期文学"，这一传统才得以接续。

这种说法有一定的道理，不过从另一方面看，这种"逆转"和"断裂"并不存在。这三十年的文学，从总体性质上看，仍属"新文学"的范畴。它是发生于 20 世纪初的推动中国文学"现代化"的运动的产物，是以现代白话文取代文言文作为运载工具，来表达 20 世纪中国人在社会变革进程中的矛盾、焦虑和希冀的文学。1950—1970 年的文学，是"五四"诞生和孕育的充满浪漫情怀的知识者所作出的选择，它与"五四"新文学的精神，应该说具有一种深层的延续性。

当然，这样说并非想模糊这一时期文学的确具有的特殊性。但这种特殊性不是表现为文学精神、形态上的对立和变异，而是表现为新文学一开始就存在的"选择"的结果和选择的方式。中国新文学主流作家，为一种至善、至美的社会和文学形态的目标所诱惑、驱使，在紧张冲突的寻求中，确信已到达"目的地"。他们参与创造了这样的文学局面：一个在思想和艺术上高度集中，高度组织化的文学世界。这个文学世界中的"文学事实"——作家的身份，文学在社会政治格局中的位置，写作的性质和方式，出版流通的状况，读者的阅读心理，批评的性质，题材、主题、风格的特征，——都实现了统一的"规范"。

尽管有的人提醒我们要"走出'五四'的阴影"，但直到现在，"五四"仍被描绘为令人神往的时期。从文学上说，它往往被作为文学异彩纷呈的"多元"局面的例证：对世界（其实主要是西方）近、现代各种哲学、文学思潮、流派的广泛介绍，众多的文学社团的成立，各具特色的文学流派的出现，以及一批诗人、作家才华的展示……。这种确实存在的现象，有时会引导我们对这个时期的"文学精神"产生误解。其实，"多元"、"共生"的"文学生态"，并非是当时的许多作家所乐于接受的理想境界。对于"传统"，对于"封建复古派"的批判斗争不必说，在对待各种文学思潮、观念和文学流派的态度上，许多人并非持一种承认共生的宽容态度。对"五四"文化革命的"统一战线"的构成和"分化"的评述，虽说是后来出现的一种阐释，却明白无误地标志了从一开始就对"共生"状态的怀疑、破坏的趋向。对"五四"的许多作家而言，新文学不是意味着包容多种可能性的开放格局，而是意味着对多种可能性中偏离或悖逆理想形态的部分的挤压、剥夺，最终达到对最具价值的文学形态的确立。也就是说，"五四"时期并非文学百花园的实现，而是走向"一体化"的起点：不仅推动了新文学此后频繁、激烈的冲突，而且也确立了破坏、选择的尺度。正是在这一意义上，1950—1970 年的"当代文学"并不是"五四"新文学的背离和变异，而是它的发展的合乎逻辑的结果。

从"五四"开始的文学"一体化"的进程，到了四十年代后期，已经达到这样一种局面：如郭沫若所描述的，构成新文学主要矛盾一方的"代表软弱的自由资产阶级的所谓为艺术而艺术的路线"，其文学理论"已经完全破产"，作品也"已经丧失了群众"，而"代表无产阶级和其他革命人民的为人民而艺术的路线"，则已取得绝对的主导权。在当时，沈从文、朱光潜、萧乾等"自由资产阶级"作家，已被"斥"为"反动文艺"的代表而失去他们的发言权。就这样，左翼文学在四五十年代之交的社会政治转折中，成为中国大陆唯一的文学，文学"一体化"目标得以实现。

洪子诚：《关于五十至七十年代的中国文学》，载《文学评论》，1996（2）。

2. 中国在 50 年代之后的文学历史，基本上是被这样一些大大小小的政治文学运动推进着。这构成了当代文学的主流现象。这种文学运行模式的形成，是长期积累发展的结果，并不是一时间突然降临的。中国本来就有社会化的文学理想。由于文学自身以及文学以外的原因的促成，到了这个阶段，既已定型、又到达极限。这种文学经验留给后人以绵长的思考。它的确严重地伤害了文学自身的品质和规律。它把文学应当拥有的本质特性都放逐了，例如文学个人生产的特点、文学创造的独特性和自我表现的特点、甚至文学的审美性和诗化表现的特点、文学对全人类的超种族、超阶级、超时空的关怀的特点等，都被驱赶于文学之外，而独独留下了文学与社会的关联这一点。即使是这一点，也还是局限于当前的、及时的政治功利这狭隘的范围之中。这对于文学来说，确实是致命的危害。

但是，我们要是平心静气地加以考察，我们也不难从这些巨大的变异中，既可以感受到社会政治对于文学的急切要求，也可以了解到文学对于政治主动（更多的时候则是被动）的承诺。但是，我们也从社会和文学的这种非常紧密的配合中，以及从文学为政治作出的牺牲中，通过今昔对比，觉察到我们如今的匮缺。现时的文学的确是挣脱了外加羁束的自主的文学，但文学的外界约束解除之后，在世俗的追逐中，却普遍地失去了自律性。文学变得对于社会而言更像是可有可无的事物了。文学在一些文学家那里，越来越像是一种自说自话，不管窗外门边有了怎样的事件发生，大多数的文学几乎无视无闻。要是说，文学曾经因为太近切地"为社会"而失去了自己，那么，如今则是文学在失去与社会关联的"为自己"中，大面积地失去了受众。

谢冕：《文学的纪念（1949—1999）》，载《文学评论》，1999（4）。

3. 以往对"十七年文学"的研究中，曾出现过看似对立而思想方法却颇为一致的情况：在突出政治的年代，人们曾对"十七年时期"服务于政治或与政治结合较紧的作家和作品给予了过多的褒扬；而在其后拨乱反正的年代，对同样的上述作家和作品，人们则给予了过多的贬抑。两种对立的观点和价值评判，都同样是源于政治的情绪化和思维的简单化。这里，文学与政治的关系只是被看作一种评价文学得失的标识，而不是作为进入研究对象的途径。

"十七年文学"中确实有一大批作品，即使摆到今天来看，无论在思想上还是在艺术上都大有可肯定之处；就是对那些在思想和艺术上都大有可指责之处的文学作品而言，文学史的研究也绝不能止于指责。在指责的同时，我们尤须冷静的思考许多难以回避的问题。例如，那些作品中的很大一部分在它们产生的年代为什么曾经颇受赞誉、颇为流行，而在今天的人们的眼中又为什么常常会显得非常可笑？许多在当时很可能出自作家真心的作品，为什么在今天的人们看来却显得很虚假（在近年来的研究中，"十七年文学"中的许多作品都受到"可笑"和"虚假"的指称）。这是否与特定历史阶段的政治文化情势有关？作家们对时代政治的真诚信赖和自觉追随，他们在创作中发自内心的写出了自己真实的情感；而时代政治并不总是正确的或者有时根本就是错误的。当然，也不排除有一些作家在面对错误的政治局面时，清醒着而又歌唱着。这里面就大有东西可以研究。人们的欣赏眼光常常是受时代情绪、社会心理制约的，后来之人常常会以事过境迁的心态面对"前朝"的过时之境，这也是很普遍的事。尤其是经过了文革那场空前的灾难之后，人们对曾经弥漫在包括"十七年"在内的许多年代的激越情感有一种出自本能的厌恶，这也是一个客观的事实。源于不同年代的文学眼光所产生的落差，是否应该考虑进去？这里面也大有东西可以研究。

朱晓进：《重新进入十七年文学的几点思考》，载《当代作家评论》，2002（5）。

4. 作为从现代向"文革"及新时期过渡的一个特定阶段的文学，"十七年文学"尽管自有其基本的属性和本质的规定性，但它并非如我们所想象得那样简单、绝对和纯粹，而是呈现出极为矛盾复杂的状态：它既是高度"一体化"的，又是充满"异质性"的，是一体与异质的复杂缠结。只不过这种矛盾被当时的主流话语所遮蔽，而更多以历史的"另一副面孔"或"异端的声音"呈现出来罢了。完整的"十七年文学"或文学史，就是由这一体化与矛盾性所组成。

由于观念与实践不可避免地存在着"错位"，"十七年"尽管对文学有统一的规范和要求，有时甚至凭借国家政治权力来加以推行，如批判萧也牧的《我们夫妇之间》，批判胡风文艺思想等，但也不可能达到真正的"绝对"和"纯粹"。文学有其"规训"所不能规训的创作规律。从生活到艺术是十分复杂的，这之间不可避免地融入了作者个人的主观情感和非意识形态的因素。因此，这就常常导致了实践对理论的僭越。更何况，文学不同于政治，"文学家，似乎比政治家更多地看到这社会前进过程中的'反面'，因为文学家有自己独特的感受世界的方式，他们总是把精神、感情看得重于物质生活"，而且"在文学的历史性与非历史性，在文学的时代精神与它的超越时代的品格之间，存在着矛盾"。从这里出发，我们便不难理解那时的作家在热情讴歌现实政治的同时，又有自己的契入点，在对社会阶级单纯的理解之中，又有一定的超越，从而无形之中拓宽了文本的内涵，使之程度不等地获取了与"五四"和新时期相似的超历史的一面。从这里出发，我们便不难理解"十七年文学"乃至后来的"文革文学"中出现的这样一种有趣现象：一方面，它往往有意识地表现出对现实政治的迎合姿态；另一方面，现实政治却对之仍表现出相当的不满。一方面，它竭力按照当时流行的政治标准批判资产阶级人性论和审美趣味；另一方面，又常常会自觉不自觉地流露出对这些人性和趣味的认同。这就出现了文学应有的"自我身份"与政治规定的"他者身份"相抵触、相混淆的现象，一个因政治权力无法化解的矛盾和悖论。

吴秀明：《论"十七年文学"的矛盾性特征——兼谈整体研究的几点思考》，
载《文艺研究》，2008（8）。

泛读作品

李杨：《50—70 年代中国文学经典再解读》，济南，山东教育出版社，2003。

赵园、钱理群等：《20 世纪 40 至 70 年代文学研究：问题与方法》，载《中国现代文学研究丛刊》，2004（2）。

程光炜：《文学想像与文学国家——中国当代文学研究（1949—1976）》，郑州，河南大学出版社，2005。

评论文献索引

李杨. 当代文学史写作：原则、方法与可能性. 文学评论，2000(3).

洪子诚. 问题与方法——中国当代文学史研究讲稿. 北京：生活·读书·新知三联书店，2002(8).

丁帆. 研究"十七年文学"的悖论. 江汉论坛，2002(3).

钱文亮. 当代文学史研究与"十七年文学". 江汉论坛，2002(3).

吴培显. "红色经典"创作得失再评价. 湖南师范大学社会科学学报，2002(2).

李杨. "文学史意识"与"五十至七十年代中国文学". 江汉论坛，2002(3).

陈美兰. 新古典主义的成熟与现代性的遗忘——对中国 20 世纪文学中"十七年文学"的一种阐释. 学术研究，2002(5).

刘克宽. 从审美主体选择看十七年文学的公式化和概念化成因. 文史哲，2003(2).

余岱宗. "中间人物"论的美学背景及其人物类型. 福建师范大学学报（哲社版），2004(1).

刘忠. 集体主义对个体意识的改造与消融——从"延安文学"到"十七年文学"的一种考察. 上海交通大学学报（哲学社会科学版），2004(4).

傅书华. 重在深层的清理与反思——论"十七年"文学中精神结构及质素与今天精神世界建构之关系. 文艺争鸣，2006(6).

李遇春. 五十至七十年代文学中启蒙话语的心理透视. 文学评论，2007(4).

程光炜. 文学研究中的历史观问题. 解放军艺术学院学报，2009(3).

王达敏. "十七年文学"人道主义思潮及其命运. 安徽大学学报（哲学社会科学版），2010(5).

李怡. 十七年文学研究"热"的几个问题. 重庆大学学报（社会科学版），2011(1).

拓展练习

对于"十七年文学"，典型的阅读姿态有两种，一为狂喜式的，深深为文本虚构所打动，沿着文本的情感逻辑线索，进入人物心灵的深处，和人物同悲、同喜、同乐、同怒，极端者甚至把人物当成自我有机整体的一部分，愿意为之生可以为之死；一为静观式的，始终跟文本保持审美的距离，对文本世界进行理性的审视和判断，将文本当成一个客观的他人世界，试图从中搜寻到生活的真理或原则。在蓝爱国看来，这两种阅读都是一种"有限的阅读"，要么局限于"自我"，要么局限于"美学"，从而也就是使文本局限于先在的"经验图式"，把文本中存在的各种"众声喧哗"简化为"各取所需"。因此，提倡一种"解构"式的阅读，即：第一，主张根据具体文本进行阅读，即"细读"。通过细读找到文本最佳的文化言路；第二，主张从多个角度展开阅读，即"审读"，通过各种文本的互相渗透，读出文本的多重意蕴；第三，主张"读就是写",即"重写",阅读活动实际上是读和写的"双重活动"。请在阅读蓝爱国的《解构十七年》① 的基础上,思考在尊重文学的"基本事实"与克罗齐"一切历史都是当代史"中所隐含的"价值评判"之间,我们到底应该以怎样的立场与姿态进行这一阶段的文学史叙述?

---

① 蓝爱国:《解构十七年》,上海,华东师范大学出版社,2003。

第一章　小　说

第一节　概述

内容提要

工农兵文学在小说中的代表性作品，主要体现于史诗类的长篇小说。史诗类长篇小说的主要成就体现在农村题材、民主革命斗争题材、武装斗争题材上。农村题材的代表作有长篇小说《创业史》《山乡巨变》《三里湾》《风雷》《艳阳天》；民主革命斗争题材的代表作有长篇小说《太阳照在桑干河上》《暴风骤雨》《新儿女英雄传》《红旗谱》《红岩》《青春之歌》《三家巷》《苦斗》《苦菜花》；武装斗争题材的小说创作又可以分为两类，一类是战争题材的长篇小说，代表作有《保卫延安》《红日》等，一类是革命英雄传奇，代表作有《林海雪原》《烈火金钢》《铁道游击队》等。此外，史诗类的长篇小说还有反映城市工商业社会主义改造的长篇小说《上海的早晨》，反映农民起义的历史小说《李自成》等。工农兵文学在短篇小说领域的代表性作品，也主要体现于农村题材与民主革命斗争题材，前者代表性的作家主要是马烽、李准等，其代表作是马烽的《我的第一个上级》《三年早知道》，李准的《不能走那条路》《李双双小传》等，后者代表性的作家主要是王愿坚、峻青等，其代表作是王愿坚的《党费》《七根火柴》，峻青的《黎明的河边》《马石山上》等。与上述突出体现工农兵文学创作特征的作家作品相比，工农兵文学中，还有一大批与之美学风貌相异的作家作品，其主要作家是赵树理、孙犁等，其主要作品是丁玲等人40年代的短篇小说，百花时代的短篇小说，60年代初期的历史题材短篇小说，以及路翎的《洼地上的"战役"》，萧也牧的短篇小说《我们夫妇之间》，李六如的长篇小说《六十年的变迁》，李劼人的《大波》等等。

学习建议

认真阅读评论摘要，对这一时期的小说有大致的了解。

精读作品

丁帆、王世诚：《十七年文学："人"和"自我"的失落》，载《唯实》，1999（1）。

董之林：《旧梦新知——"十七年"小说论稿》，桂林：广西师范大学出版社，2004。

评论摘要

1. 在"当代"，小说题材（文学的其他样式，如诗、戏剧等也一样）的选取，具有特殊的重要性。"题材"被认为是关系到对社会生活本质"反映"的"真实"程度，也关系到"文学方向"确立的重要因素。作家主要根据他的生活积累和体验，他的才能的性质，来决定写作题材的选取。这种理解，受到了质疑和否定。在左翼作家和文学理论家看来，选取何种生活现象作为创作的题材，关系到这种文学的"性质"。延安文艺整风时，毛泽东在《讲话》中就提出革命文学在题材上必须转移到对"新的世界，新的人物"的表现。这一主张，在"当代"得到了贯彻（但在某些时候也受到怀疑和有限度的调整）。

……在五六十年代，作家、批评家对这一问题尽管有不同的看法，但是，他们对"题材"的理解，以及处理这一问题的角度、方法，却并无不同。第一，题材是被严格分类的。作为分类的尺度，有社会生活"空间"上的工业、农业、军队、学校等，有时间上的历史题材、现实生活题材等。这一分类，在实质上包含着"阶级"区分的类别背景，同时，也表现了以社会群体的政治生活（而非"个人日常生活"）作为题材区分的根本性依据。第二，不同的题材类别，被赋予不同的价值等级；即指认它们之间的优劣、主次、高低。类别的严格区分，与等级上的清楚排列，是紧密关联的。因此，又出现了"主要题材"（或"重大题材"）、"次要题材"（或"非重要题材"）的概念。在小说题材中，工农兵的生活，优于知识分子或"非劳动人民"的生活；"重大"性质的斗争（一般指当代的政治运动、"中心工作"），优于"家务事、儿女情"等"私人"生活；现实的、当前迫切的政治任务，优于已经逝去的历史情景；现代的由中共所领导的革命运动，优于"历史"的其他事实和活动；而对于行动、斗争的表现，也优于"个人"的情感和内在心理的刻画。

如果依循上述的类型尺度来观察这一时期的小说创作，那么，题材分布的区域，主要集中在"革命历史题材"和"农村题材"等方面。

洪子诚：《中国当代文学史》，82～84页，北京，北京大学出版社，1999。

2. 描写战争，通过战争的胜利来歌颂中国共产党的胜利，来表现历史的本质的发展（即黑格尔的所谓"时代思想水平"）。……于是，歌颂革命战争，并通过描写战争来普及现代革命历史和中共党史，成为50年代公开发表的当代文学创作中最富有生气的部分。……

这种观念，首先表现在作家不再以知识分子的启蒙主义立场和视角去描写战争。……其次，战争形态使作家养成了"两军对阵"的思维模式，因为战争往往使复杂的现象变得简单，整个世界被看作是一个黑白分明、正邪对立的两极分化体……这种由战场上养成的思维习惯支配了文学创作，就产生了"二元对立"的艺术模式，具体表现在艺术创作里，就形成了两大语言系统："我军"系统和"敌军"系统。"我军"系统是用一系列光明的词汇组成……"敌军"系统是用黑暗的词汇组成……这两大语言系统归根结底可以用"好人一切都好"、"坏人一切都坏"的模式来概括。在实际的创作中，这两大语言系统是不允许被混淆的。这种"二元对立"艺术模式在当代各类创作中都是存在的，但因为战争题材最符合它的特征，所以表现得最为充分。其三，由于战争是以辉煌胜利告结束的，战争帮助人们实现了建立新的社会秩序的美好愿望，所以英雄主义、乐观主义的创作基调被作为固定的审美模式，并以此形成了统一的审美风格特征。……因此，中国当代战争小说不像西方战争小说那样重在通过战争表现对人类命运、对个体命运遭遇的观照，体现对人的存在意义和生命意义的思索，而是重在表现战争中的群体风貌、战争的整体和现实结果。与此相应的是，中国作家对战争中大量存在的暴力、血腥的回避，对英雄之外的大量普通个体命运和生命价值的忽视，这都是现代战争文化规范对作家主体制约的结果。

陈思和主编：《中国当代文学史教程》，56～58页，上海，复旦大学出版社，1999。

3. 重大的社会政治变革引起社会思潮空前活跃，这是学术研究无以回避的历史事实：1949年10月1日，是中国历史上空前的最伟大最光荣的日子。这一天，中国人民的领袖毛泽东向全中国和全世界庄严地宣告了中华人民共和国及中央人民政府的成立。新中国的成立也给文艺事业的发展带来了无限广阔的前途，小说从内容到形式也受到新中国诞生这一历史事件的深刻影响。萧也牧的《我们夫妇之间》、朱定的《关连长》、路翎的《洼地上的"战役"》、李准的《不能走那条路》、刘真的《春大姐》等中短篇小说，都表现了新中国成立后小说在都市乡村化、知识分子工农化、对农村生活的乌托邦想象等，在立意和表现手段诸多方面与昔日小说的不同。在一定意义上，把这些作品视为了解新中国成立初期社会精神风貌的"老照片"，也并不为过。因此，我们认为当代小说的起点应确定在1949年中华人民共和国成立，只有这样，小说史的叙述才可以建立在那些标志小说发展历程的具体文本之上，而不至于泯灭了不同文类和文学现象自身的历史特性。

……

通常人们将这一时期称为"政治左右文学的时代"，但究竟怎样左右了文学，在多大程度上左右了文学，却是需要回答的问题。

董之林：《史与言——"当代小说十七年"纵论》，载《江海学刊》，2003（6）。

泛读作品

孙民乐：《在文学中"发明"历史》，载《文艺争鸣》，2009（6）。

陈思和：《来自民间的土地之歌——评50年代农村题材的文学创作》，载《福建论坛（文史哲版）》，1999（3）。

评论文献索引

张瑷. 十七年小说与"中间人物". 文艺争鸣，1992(5).

刘洪涛. 周立波：民间文化主流意识形态. 文艺理论研究，1997(3).

赵学勇、杨小兰. 重读20世纪50年代小说经典. 兰州大学学报(社会科学版)，2001(6).

萨支山. 试论五十至七十年代"农村题材"长篇小说——以《三里湾》、《山乡巨变》、《创业史》为中心. 文学评论，2001(3).

陈思和. 来自民间的土地之歌——评50年代农村题材的文学创作. 福建论坛（文史哲版），1999(3).

董之林. 追忆燃情岁月——五十年代小说艺术类型论. 郑州：河南人民出版社，2001.

程光炜. 论50～70年代文学中的农民形象. 中国现代文学研究丛刊，2001(4).

曾一果. 论"十七年"长篇小说的历史叙事. 南京师范大学文学院学报，2004(2).

任现品. 革命主题对感性生活的整合——论十七年小说创作的一种倾向. 南京师范大学文学院学报，2005(2).

陈晓明. 历史"扭结"中的十七年小说——评董之林《旧梦新知：十七年小说论稿》. 文艺争鸣，2005(4).

高旭国. 压缩之后的价值："十七年"小说漫议. 文艺理论与批评，2005(1).

郭冰茹. 论"十七年小说"的叙事张力. 当代作家评论，2006(5).

樊星主编. 永远的红色经典——红色经典创作影响史话. 武汉：长江文艺出版社，2008.

贺仲明. 乡村生态与"十七年"农村题材小说. 文学评论，2006(6).

拓展练习

文论家和文学史家一般认为，一代有一代之文学。在一定意义上，文学史在于对某种历史情境的复原，寻找和讲述特定时代文学的脉络，以及它们当时获得接受并被确定为文学的那些标准。问题是时代不同了，人们衡量文学的标准也发生了变化。在一个时代被认为是真实的历史，在另一个时代人眼中就可能近似神话和天书；正如"十七年"被视为文学的作品，到后来又被视为非文学，至少不具备或缺乏文学的价值。在此问题上，新历史主义批评的成果值得重视，他们注意到"历史学家所选择的叙事形式的重要性"，即"他或她的选择并不是清白单纯的，它会产生深远的语义后果"。历史叙事的形式并不是一扇洁净明亮的窗户，人们可以毫无阻碍地透过它去回望过去，他可能镶有有色玻璃或以其他的形式歪曲被看到的景象。有些历史学家，比如海登·怀特和弗兰卡·安克斯密特关注的是这扇窗户的特质而非透过它所能够看到的景象，所以他们就集中讨论了历史叙事的形成。虽然他们谈论的不是一段具体的历史，不是所谓"透过它（'窗户'）所能够看到的景象"，但涉及一个关键的史学观念问题，即历史是人们叙述中的历史，历史永远存在重新叙述的可能。在任何一种历史叙事的权力结构中，历史的真实性都可能首先被它的时代所曲解，也可能被后来形成的叙述所遮蔽，历史叙述所要做的不仅是编纂过程中史料的发掘和整理工作，还必须关注将这些史料串联起来的叙述过程，发现其中被一定话语和知识结构忽略或遮蔽的那些也应该被称为历史的东西。如果我们放弃对史学观念进行清理，即使身处极为珍贵的历史文献中，也会对那些史料和它们可能形成的历史叙述视而不见，充耳不闻。这是新历史主义批评对历史学提出的挑战，同时对我们进行文学研究也提供了可资借鉴的观点和角度，请查阅相关的文献资料，作为进入"十七年小说"的理论储备。

第二节 《创业史》《青春之歌》及史诗类长篇小说

内容提要

工农兵文学中的史诗类长篇小说，是在既定的理念框架下，通过对社会生活的生动描写，试图来全方位地概括一个历史时代的主要社会矛盾，揭示历史发展的趋向，反映一个历史时代社会生活的本质，从而构成史诗性。这样的一种史诗性作品模式，滥觞于《子夜》，而在工农兵文学中达到了高潮。如民主革命斗争的史诗《红旗谱》、革命战争的史诗《保卫延安》、革命精神的史诗《红岩》、知识分子成长的史诗《青春之歌》等等。被誉为农民走向社会主义道路史诗的《创业史》，则是其极致的完成。之所以如此，乃是文学运行规律的必然。西方文学在经历了高扬人的主观心灵、精神、欲求的浪漫主义之后，因社会现实与人的对立，使人在社会现实面前无法实现自己，从而产生了对社会现实的认知、批判需求；相应地，以对社会现实作深入揭示、尖锐批判而著称的批判现实主义应运而生。中国现代文学在高扬人、个体生命的五四文学之后，因为没有社会解放，就没有人的解放这一观念的形成，左翼文学从以人为写作中心，转入以社会为写作中心，发展至工农兵文学，则有了史诗类长篇小说高潮的形成。中西方文学艺术把握人与社会的方式之所以发生如此的重大转换，是因为文学的结构与社会经济结构、文学的叙事意识与社会的集体意识具有严格的同构性，只是西方的批判现实主义仰仗西方深远的以人为本的人文传统，是从人、个体生命的视角去揭示、批判社会现实；中国20世纪20年代以降的左翼文学、工农兵文学，则由于中国久远的以社会群体伦理为本位的文化传统，也因了对唯物主义、现实主义的理解与强调，所以，将对社会历史的本质规律、前进趋势的揭示，作为自己写作的首要任务，并于此中写人物的性格、命运、生存、存在境况。

《子夜》《创业史》史诗性作品模式的特点有四：第一，以对社会本质、历史发展规律的揭示作为自己写作的首要任务，如认为集体生产是农民共同致富之路等。第二，为此，按照作家对社会构成、时代矛盾、历史前进趋势的观念性理解，设置人物及人物之间的关系，并以之给所设置的人物定性、定位，并以此力图全面地表现一个历史时代各种主要社会力量之间的直接冲突与抗衡。如在写合作化的长篇小说中，分别设置带头走合作化道路的青年农民形象、代表传统小农意识的老一代农民形象、富裕中农形象、党内个人发家致富的典型形象、破坏合作化的地富形象等等。第三，用社会流行理念所认定的某个阶级、某种社会力量的抽象的社会本质属性作为人物性格核心内在本质的规定性。如合作化带头人的大公无私，富裕中农的自私、精明等等。第四，细节感性的丰富性与情节理性的概念性的结合，由于细节感性的丰富性，形象大于思想成为这类作品的主要特征之一，并因此构成作品意蕴的丰富性多义性，构成作品丰富的多义的可阐释空间。如《青春之歌》既通过青年知识分子群象写出了青年知识分子走上革命道路的过程，但又体现了个体成长过程的丰富性。

《创业史》是工农兵文学史诗类的经典作品，《红岩》《青春之歌》则最为集中地体现了这类作品意蕴丰富性多义性的特征。

学习建议

1. 阅读《创业史》（第一部），参阅摘要中与此相关的评论，在人物形象、叙述语言、主题结构等等方面选择一个切入角度，进行审美的发现之旅。

2. 在《青春之歌》中，个人叙事与历史叙事、爱情叙事与革命叙事构成了两对不同的叙事系统，请认真研读该作品，分析这两套叙事系统是如何实现其叙事目的的，并参阅与此相关的评论摘要，体现其"丰富性、多义性"的特点。

3. 在细读《红岩》的基础上，思考评论摘要中的相关评论，分析其侧重点有何不同，作为一种"当下文本"，你如何评价该作的审美价值？

精读作品

柳青：《创业史》（第一部）

杨沫：《青春之歌》

罗广斌、杨益言：《红岩》

评论摘要

1. 我不能同意这样一种流行的说法：《创业史》的最大成就在于塑造了梁生宝这个崭新的青年农民英雄形象。一年来关于梁生宝的评论已经很多，而且在个别文章中，这一形象被推崇到了过分的、与作品实际不完全相符合的程度；相对地，梁三老汉的形象则被注意得这样少，这恐怕不能认为是文艺批评上的公正的现象。梁生宝在作品中诚然思想上最先进。但是作品里的思想最先进的人物，并不一定就是最成功的艺术形象。作为艺术形象，《创业史》里最成功的是梁三老汉。这样说，我以为并不是降低了《创业史》的成就，而正是为了正确地肯定它的成就。梁三老汉虽然不属于正面英雄形象之列，但却具有巨大的社会意义和特有的艺术价值。作品对土改后农村阶级斗争和生活面貌揭示的广度和深度，在很大程度上有赖于这个形象的完成……由于这一形象凝聚了作家丰富的农村生活经验，熔铸了作家的幽默和谐趣，表现了作家对农民的深切理解和诚挚感情，因而它不仅深刻，而且浑厚，不仅丰满，而且坚实，成为全书中一个最有深度的、概括了相当深广的社会历史内容的人物。而从艺术上来说，梁三老汉也正是第一部中充分地完成了的、具有完整独立意义的形象。

严家炎：《谈〈创业史〉中梁三老汉的形象》，载《文学评论》，1961（3）。

2. 《创业史》以狭隘的阶级分析理论配置各式人物。这种理论之所以狭隘，在于它是以简单、机械的经济决定论为前提的。而政治理论的局限引进文学创作中，就更使这种局限性趋于严重。虽然柳青也写出了各阶级、阶层人物政治面貌的多样性、差别性，但尺度的单一决定了对象的单一，《创业史》中的人物始终没有脱离"左中右"的三分法和"主导倾向"与"非主导倾向"的二分法。以阶级分析配置人物为起点，把人物之间矛盾线索的安排建立在阶级矛盾、阶层矛盾的哲学基础上，使作品的情节展开，从根本上失去了偶然性和独特性。一切都是经过精心设计的。惨淡经营的多样化和差别化，并未脱离文学形式对政治运动直接模拟的藩篱，根本上还是人物性格的单一化。

宋炳辉：《"柳青现象"的启示——重评长篇小说〈创业史〉》，
载《上海文论》，1988（4）。

3. 尽管梁三老汉的形象在艺术上比梁生宝形象更成功更出色，但我们仍可以说，梁生宝的形象是《创业史》最大的成就，才真正体现了《创业史》的艺术构思。也只有通过梁生宝的形象，才能真正表现《创业史》的主题。这个形象的成功与否，直接关系到《创业史》的成败。塑造社会主义新人的形象，比塑造其他人物具有更大的难度，一些新人的优秀品质和精神在生活中往往还只是以一种萌芽状态潜存于人物身上，必须依靠作家敏锐的表现。梁生宝占有如此重要的位置，是因为他是一个全新的形象。解放的意义对于多数农民来说，只意味着自己的解放，自己可以从地主那里分到土地，还可以在诉苦会上诉说自己的故事，可以从自己的故事出发对地主算账。而梁生宝已经不是为自己追求富裕的道路，而是为广大农民追求富裕的道路，这就是他回答梁三老汉劝他退党时的那句话："你那是个没出息的说法"的含义。他担心郭振山沿着富裕中农的道路发展下去，下堡乡的工作会受到严重损失，"这首先是党和人民的损失"！"人民"、"党"这些抽象概念已经成为了梁生宝的生存出发点。

旷新年：《社会主义现实主义经典〈创业史〉》，载《湖南大学学报
（社会科学版）》，2004（5）。

4. 在"十七年"期间只写了唯一的《青春之歌》的杨沫，在叙述林道静的故事时，采用了女作家较为惯用的自传色彩较浓的叙述手法，在多次有关她的个人生活经历和如何走上革命的自述中，不难发现林道静有杨沫的影子，……但是，这种投入故事内容的方式并不代表杨沫便会像茹志鹃、宗璞等女作家那样，在叙述她的"影子"人物林道静时采取以女性为本位的观点，相反，林道静是被放在一个被动、被看和被男性化"愿望"的位置。可以说，从一个小资产阶级知识分子转变到无产阶级战士的过程中，林道静假若没有得到那三个男人的拯救、唤醒和肯定，她的"英雄化"道路是没法完成的。余永泽代表的是虚幻的"骑士英雄"，他救了林道静肉体的生命，虽然他日后遭到摈弃，无可否认，他是林道静对个体生命的爱与美（相对她家庭给她的恨与丑）的唤醒者；卢嘉川代表的是"精神英雄"，他是女主人公集体意识的启蒙者，林道静意识到个人命运必须与群众的命运结合时，便开始渴望有人把她从沉闷的个人生活中拔出来："我总盼望你——盼望党来救我这快要沉溺的人。"在精神上得到卢嘉川的拯救之后，她"心里开始升腾起一种渴望前进的、澎湃的革命热情"，那么，这个阶段的林道静需要的是一个导航者，江华出现在她身边了。他是与林道静共同战斗的"革命英雄"，唤醒她的斗争意识，介绍她入党，也是她从对卢嘉川朦胧的爱意中解脱出来，投入他的怀抱。经历了这几次外来的"洗礼"，林道静就净化成为一个完美的英雄了。这是《青春之歌》外部视点的一种表现。此外，林道静的形象、思想和需要很多时候是透过男性的权威目光界定和阐释的……

总的来说，杨沫在《青春之歌》所表现的视点是有男性化倾向的，叙述者经常直接通过男性人物去"看"女主人公，并且着眼于促进林道静成为无产阶级战士的外在因素，那就是男人/党的拯救和带领，至于她的内心世界所起的变化，并不是叙述焦点之所在。虽然杨沫比其他女作家更认同她笔下的"影子"女主人公，但可能由于她更认同"十七年"的主导男性话语，因此自觉或不自觉地采取了当时男作家较常用的外部视角和把女性对象化的视点进行叙述。

陈顺馨：《中国当代文学的叙事与性别》，73～75 页，
北京，北京大学出版社，1995。

5. 如果说林道静对余永泽的第一次人格认同是一次"误认"，那么她对卢嘉川的人格认同就是一次"确认"。在余永泽的身上带有浓重的"幼儿性"，这和卢嘉川身上比较强烈的"父性"形成了一定的反差。在小说中，林道静经常对余永泽采用昵称"泽"，而对卢嘉川则习惯于敬称为"卢兄"。在中国传统的社会文化心理中，"长兄"一直是作为父亲的替身而存在的。林道静当初离家出走的时候，她想要去寻找的那位"表兄"实际上就是其潜意识中理想化父亲的现实化身。经过与余永泽的一次人格误认的心理挫折之后，林道静更加坚定了向卢嘉川认同的心理倾向。和余永泽强烈的依赖性相比，卢嘉川的人格更加具有独立性。第一次见到卢嘉川，林道静便发现"他和余永泽大不相同"。同为北大学生，"余永泽常谈的只是些美丽的艺术和动人的缠绵的故事；可是这位大学生却熟悉国家的事情，侃侃谈出的都是一些道静从来没有听到过的话。"如果说余永泽的性格是内倾的、柔弱的，染有明显的女性气质，那么卢嘉川的性格则是外倾的、刚强的，秉有强烈的男性气质。不仅如此，卢嘉川身上同样强烈的领袖气质使得他又具有明显的父性气质。身为"北大南下示威团"的副总指挥，卢嘉川的儒将风度使整天埋首故纸堆的余永泽相形见绌。林道静第二次见到卢嘉川是在北大学生的一次除夕聚会上。"看着大伙都对卢嘉川流露着一种尊敬而渴望的神情"，林道静"自惭形秽般只待在一个黑暗的角落里，不敢发一言"。作为一个知识分子出身的革命文化英雄，卢嘉川在林道静心目中显得是那样高不可攀，而这恰恰满足了林道静内心深处"恋父"的潜在愿望。就这样，在精神上嗷嗷待哺的林道静，在卢嘉川的指导下开始阅读了大量的革命著作。"在她尊敬的老师面前"，林道静觉得自己"好像年轻多啦"，仿佛"变成了一个小女孩"，而"我过去的生活使我早就像个老太婆了"。显然，在卢嘉川这位精神父亲面前，林道静重新又回到了那个单纯而又任性的幼女的角色中，而当初在余永泽那位人格上的幼儿的身边，林道静却不得不被迫扮演着一种"老太婆"似的母亲的角色。卢嘉川是林道静心目中最理想的恋人。他集"男性"和"父性"于一身，所以林道静在信中称其为"最亲爱的导师"和"最敬爱的朋友"。这说明在林道静和卢嘉川之间不仅存在着父爱，而且也伴随着真正的爱情。在林道静和卢嘉川最后一次分别的时候，"卢嘉川的心里这时交织着非常复杂的情感。这女孩子火热的向上的热情和若隐若现地流露出来的对于他的爱慕，是这样的激动着他，使他很想向她说出多日来密藏在心底的话。但是，他不能这样做，他必须克制自己。"卢嘉川似乎清醒地意识到了自己是林道静的精神父亲，这个崇高的革命角色使他必须压抑住自己本能的情欲冲动。这样，他只能"拉住她的手"，"像个亲切的长兄"，严肃地叮嘱她要为革命奋斗终身，然后再也没有回来。

也许是因为林道静和卢嘉川之间夹杂的平等的爱情有暗中消解不平等的父爱的危险，作者适时地选择了让卢嘉川悲壮地牺牲。代替卢嘉川出场的人物是江华。江华与卢嘉川的最大不同在于，卢嘉川是知识分子出身的革命文化英雄，实际的革命经验还明显不足，而江华是工人阶级出身的革命文化英雄，既有很高的革命理论水平，又有丰富的革命实践经验。与尚显稚嫩的卢嘉川相比，沉着老练的江华更有资格充当林道静的精神导师或文化父亲。也许正是在这个意义上，林道静更愿意称呼卢嘉川为"卢兄"，而对江华则以"老江"相称，其间明显地平添了几分尊敬。对于林道静来说，最初结识的江华就是一个"坚强、勇敢、诲人不倦的人"，在他们之间交谈的过程中，原本已经过卢嘉川的革命启蒙的林道静却经常"像个答不上老师提问的小学生"，在精神上处于一种极度无助的状态。这暗示出了同是精神父亲，和江华相比，有"阶级局限"的卢嘉川仍然存在着较大的差距。如果说卢嘉川是父亲和恋人两种身份集于一身，那么江华则是较为纯粹的文化父亲和精神导师。作为林道静的入党介绍人，江华是党的现实化身，而林道静则是党的女儿。作为政治文化父亲，江华一直习惯于保持自己的父道尊严，而当初在卢嘉川的身上却始终都闪烁着那份难以掩饰的多情。在林道静的心目中，江华"是一个不善于表现自己情感的人"。与林道静的再度重逢，使他欢快、兴奋，甚至心头隐秘地充塞着幸福的憧憬；然而他所表现的却是这样的冷静，甚至是有些冷淡。这表明江华是林道静的精神父亲人选。所以，当终于有一天江华向林道静表示，希望两人之间的关系能够"比同志的关系更进一步"的时候，林道静难以掩饰自己内心的痛苦，她一时无法接受"这个坚强的、她久已敬仰的同志，就将要变成她的爱人"，因为"她所深深爱着的、几年来时常萦绕梦怀的人"是卢嘉川，而不是江华。所以，当江华"突然伸出坚实的双臂把她拥抱了"的时候，林道静虽然满足了自己潜意识中"恋父"的隐秘欲望，但是这一切对于她的自我来说实际上却是一场无声的痛苦的心理悲剧。

不难看出，林道静始终都在寻找着自己的精神父亲。尽管也曾有人格误认的心理挫折，但从总体上来看，从余永泽到卢嘉川，再到江华，通过对这三个男性的选择、放弃、认同，林道静是一步一步地实现着心灵深处最初的隐秘诉求。当然最终的结果不无苦涩，因为愿望满足的背后是难以掩饰的心灵隐痛。林道静最终嫁给了一个理想化的父亲，而不是梦中情人。在她和江华之间几乎没有什么爱情，林道静在很大程度上是陷进了父权崇拜的文化心理陷阱。值得指出的是，在一定程度上，女主人公林道静的人生心路立场可以被看作是现代中国革命知识分子（包括作者杨沫）的人格演变历程的一个缩影或象征。在这个意义上，林道静的"恋父情结"不仅仅是属于她个人的，也不仅仅是属于作者杨沫所独有的，而是属于现代中国革命知识分子（作家）所普遍具有的一种深层文化心理倾向。恋父情结的本质在于父权崇拜。正是对政治权威及其主流意识形态的全面认同才导致了中国革命作家的自我丧失和精神沦陷。对于那些深陷"恋父情结"的革命作家而言，他们已经异化成了精神父亲的衍生物，而与自身的生命本能和自我意志相疏远。用精神分析学的术语来说，就是他们在精神上已经被"阉割"了，其人格心理结构也就变得残缺不全，在这个意义上，林道静的女性身份也就具有了某种文化象征意义，它象征着中国革命知识分子（作家）群体的女性身份，这是遭到权威的政治文化父亲的精神阉割的结果。

李遇春：《"十七年"文学中文化"恋父"心理分析——以〈青春之歌〉、〈创业史〉
和〈艳阳天〉为中心》，见《十七年文学历史评价与人文阐释》，
300～301页，杭州，浙江大学出版社，2007。

6. 如果说许云峰的形象在思想性格的表现上是丰富的又是个性化的，那么江姐的性格在个性化的程度上则更高。这倒不仅仅是因为她的生活经历得到了比较完整的表现。更重要的是作者把人物置于每一个矛盾冲突的顶点的时候，不是根据对于英雄人物的理论概念，而是根据人物的性格逻辑来表现性格、发展性格。也就是说，作者用典型化的矛盾冲突来有力地敲击人物的思想性格，使之迸发出独具异彩的性格火花。作者没有让江姐用一张面孔去迎接多种多样的生活和斗争。她对同志是一位循循善诱、亲切、平易的老大姐；对丈夫是一位温存体贴、深情而又坚贞的好妻子；对叛徒和敌人，她坚如钢铁、冷若冰霜。同志视之为师、母；敌人惧之如荆棘。但这一切，作者又都是通过江姐特有的坚定、安详、沉静的个性特点表现出来的。作者严格地恪守了江姐的性格逻辑，从而创造出了高度个性化的典型性格。

例如：江姐满怀着见到丈夫的渴望，充满一种幸福的感情去会见丈夫。突然在途中城楼上悬挂着丈夫血的头颅。这事件本身便足以动人心魄。在这时多情的作者很可能也为之失去平衡而按照自己的感情方式去使人物做出几个"反贯穿动作"，然而《红岩》的作者并没有这样做，而是运用这一情节非常生动、有力地表现和深化了人物的思想性格——作为一个饱经革命斗争锻炼的革命家，平日坚定、安详、沉静的江姐，她没有失去常态，而是把这样一个沉重的打击隐忍了下来。那么以后，见到了自己亲近的同志、尤其是见到了双枪老太婆这样一个饱有革命斗争经验的老同志、像母亲似的关怀自己的老同志，按"人之常情"，江姐总该痛痛快快地大哭一场了吧？不，没有。作者并没有"感情用事"，而是继续严格服从人物性格去描绘：江姐还是没有痛哭失声。虽然老太婆开导她："有时哭并不是软弱的表现……"，江姐还是忍住了哭，把眼泪流进了肚里，以自己独特的方式表达了这种悲痛——接替丈夫的工作，化悲痛为力量。这是合乎江姐的身份的，也是合乎她的个性特点的。在这里，我们不能不击节赞叹作者准确洞悉和把握人物性格的造诣。

图 5-2　歌剧第一代"江姐"的扮演者蒋祖缋。

刑场上的表现亦是如此。对江姐——一个女共产党员，敌人寄托了最大的希望，也使尽了一切最残酷的刑法。像江姐这样饱有革命经验、坚贞如钢铁的革命家，满可以在同志们屏息静听中，写出一段激昂慷慨的演说来，鼓动同志们的斗志。但是，按照江姐安详、沉静的个性，她不屑向那些吃人的豺狼多说什么，只是平静地说："上级的姓名、住址，我知道。下级的姓名、住址我也知道……这些都是我们党的秘密，你们休想从我口里得到任何材料"——这是真正江姐式的语言：甚至语气之间也透露着江姐那种特有的平静。但是，也不正因为如此，更加有力地表现了共产党人那种高风亮节、玉洁冰清的精神面貌么？再看看江姐牺牲的场面，个性化的光辉更加耀眼。这里既没有龙光华那种死而犹立的悲壮奇异的死，也没有成岗那种激昂慷慨高呼口号壮烈牺牲的场面；既没有许云峰的严词峻语、凛冽豪迈、昂然赴难的雄姿，也没有齐晓轩那种目光如炬、高若红岩的顶天立地的形象。江姐的死，充满一种庄严、圣洁的氛围：她梳理好头发，换上整洁的蓝旗袍，穿上红色的毛线衣，拉平衣服的折痕，拭净鞋上的灰尘，还是用那种平静的、几乎是温柔的语调，她说："如果需要为共产主义的理想而牺牲，我们每一个人，都应该、也可以做到——脸不变色，心不跳。"然后热烈的吻着"监狱之花"的小脸——从容献身，视死如归。共产党人的那种坚韧无畏的革命品格，通过江姐特有的平静、从容，得到了集中、鲜明的表现。江姐的形象不仅在《红岩》中是最成功的形象之一，而且在无产阶级英雄人物的艺术画廊中，也是独具异彩的成功的艺术典型。

邢熙寰：《试论〈红岩〉的创作经验》，载《文史哲》，1979（5）。

7.20世纪的中国人民饱受了战争的创伤，新中国成立伊始，长期经历了战争创伤的中国人民是有心理疗伤的必要性的。在新中国成立后"十七年"的文学叙事中，存在着大量书写"战争"题材的文学文本，像《三家巷》《野火春风斗古城》《铁道游击队》《红日》《红岩》等等，然而这些文本更注重从阶级斗争的残酷性、从革命的必要性和为革命献身的神圣性等角度去阐释革命者的创伤记忆，这与世界文学中同类题材的作品之间表现出了差距。

《红岩》是这方面非常具有典型性的一个文本，它不仅书写战争的残酷，还大篇幅地描写了集中营的生活。从对这个文本的分析中我们可以看到"十七年文学"中创伤叙事的一般性特征。

……而世界范围内一批反映集中营残酷生活的优秀文学作品表达的内涵却要丰富得多。它们往往都会书写受难者的无辜、书写非常个体化的记忆、书写在苦难中的生命个体对爱与死的感受，书写受难者自身的负疚感。常常这些作家们也表达他们直面那么严重的罪恶和巨大的苦难时内心所产生的困惑，正是这种困惑感使他们的文本充满了对存在的质疑和批判，充满了浓郁的哀伤情调，具有了审美价值，也使得经历困难的读者能够从他们的文本中读到同情或同理性的文字，从而慰藉自己受伤的心灵。甚至，这些作家还有可能书写集中营中的幸福。当凯尔泰斯被问及如何理解他所表达的"集中营中的幸福"时，他的回答令人深思："当小说叙述者谈起'幸福'的时候，读者根本无法想象，这是一种他所无法理解的幸福。但是集中营里确实存在某种形式的幸福，当我们感受到一缕阳光的温暖，当一轮绚丽的朝阳升起在集中营的上空……

这是一种植物性的幸福：能获准平躺下来，不被殴打；能获准吃饭，不感到饥饿难耐，蓦然回忆起过去家里一个温馨的日子……"

作者透过对集中营中的幸福的描写，触摸了人的内心最柔软也最坚强的部分——美丽的心灵。正是因为人类有这样美丽的心灵，所以在最残酷的境遇中还能感受到美、感受到爱、感受到喜悦；也正因为人拥有这样美丽的心灵，人才可能以最柔弱的状态来表达他们对暴力的抗争，表达出他们生的勇气。作者在写出这种幸福的同时也就写出了人性深处的力量，这种力量的发现是同样能带给他人慰藉和鼓舞的。然而《红岩》等一批所谓革命历史小说的叙事恰恰只能提供教条式的观念，难以触及人丰富的内心世界，更不用提及它们的疗伤功能。

王文胜：《"十七年文学"中的创伤叙事——以〈红岩〉为例》，
载《小说评论》，2009（6）。

泛读作品

梁斌：《红旗谱》

吴强：《红日》

杜鹏程：《保卫延安》

评论文献索引

朱寨. 从对梁三老汉的评价看写中间人物主张的实质. 文学评论，1964(6).

江晓天. 也谈柳青和《创业史》. 文学理论与批评，1990(1).

刘克宽. 超越政治视角的文化审视——重新解读《创业史》中梁三老汉形象. 山东师范大学学报(社会科学版)，1998(2).

邱景华. 创业史：新的小说类型. 文艺理论与批评，2001(2).

傅书华. 探寻面对"整体"的"个体""踪迹"——重评《创业史》. 海南师范学院学报，2005(1).

鲁太光. 被分成两半的农民——对《创业史》的重新解读. 文艺理论与批评，2005(2).

刘纳. 写得怎样：关于作品的文学评价——重读《创业史》并以其为例. 文学评论，2005(4).

郭开. 略谈对林道静的描写中的缺点：评杨沫的小说《青春之歌》. 中国青年，1959(2).

茅盾. 怎样评价《青春之歌》. 中国青年，1959(4).

何其芳.《青春之歌》不可否定. 中国青年，1959(5).

谷鹏.《青春之歌》的传播与修改. 苏州大学学报，2010(1).

杨朴. 林花谢了春红，太匆匆——由《青春之歌》再评价看革命历史题材创作的局限. 上海文论，1989(2).

钱振文. "难产"的《青春之歌》. 南方文坛，2005(5).

戴锦华.《青春之歌》——历史视域中的重读. 再解读：大众文艺与意识形态. 北京：北京大学出版社，2007.

闻一石. 谈《红岩》的写作. 人民文学，1978（4）.

杨益言. 关于小说《红岩》的写作. 新文学史料，1980（2）.

张羽. 我与《红岩》. 新文学史料，1987（4）.

李杨. 家庭、身体与虐恋——作为《红岩》主题结构的三种关系. 黄河，2000（3）.

程光炜. 重建中国的叙事——《红旗谱》、《红日》和《红岩》的叙事策略. 南方文坛，2002（3）.

拓展练习

1. 关于《创业史》中的梁生宝形象，一直有多种不同的观点，结合评论摘要3，并参阅以下几种观点，谈谈自己对这一人物塑造的理解：

（1）作为一个优秀的基层干部，梁生宝的坚定的阶级立场、鲜明的政策观点和出色的组织才能，集中地表现了无产阶级化的农民中的先进分子的特点，他的一生，就是为实现社会主义、共产主义事业而奋斗的壮丽的一生。

> 姚文元：《从阿Q到梁生宝——从文学作品中的人物看中国农民的历史道路》，
> 载《上海文学》，1961（1）。

（2）梁生宝形象的艺术塑造也许可以说是"三多三不足"：写理念活动多，性格刻画不足（政治上成熟的程度更有点离开人物的实际条件）；外围烘托多，放在冲突中表现不足；抒情议论多，客观描绘不足。"三多"未必是弱点（有时还是长处），"三不足"却是艺术上的瑕疵。

> 严家炎：《关于梁生宝形象》，载《文学评论》，1963（3）。

（3）我要把梁生宝描写为党的忠实儿子。我以为这是当代英雄最基本、最有普遍性的性格特征。在这部小说里，是因为有了党的正确领导，不是因为有了梁生宝，村里掀起了社会主义革命浪潮。是梁生宝在社会主义革命中受教育和成长的。小说的字里行间徘徊着一个巨大的形象——党，批评者为什么始终没有看见它？

> 柳青：《提出几个问题来讨论》（1963年7月21日），载《延河》，1963（8）。

图5-3 1978年柳青在四军大附属医院住院时写作。

（4）新时期以来，共产党的农村政策发生了变化，有的批评家认为《创业史》是"左倾"政策的产物，没有真实地反映当时的农村生活，因为以今天的观点看，梁生宝这位"创业英雄"实际上是个悲剧人物，他的"富必修"的观点是非常错误的，而蛤蟆滩的"三大能人"姚士杰、郭世富、郭振山在今天又可能是"当代英雄"。

李杨：《抗争宿命之路——社会主义现实主义（1942—1976）研究》，北京：时代文艺出版社，1993。

2. 重读《青春之歌》的人们，讨论的焦点常常不是主角林道静，而是配角余永泽。余永泽属于与整体相疏离的另一种个体生命形态。随着在思想解放大潮中自我的浮出水面，出现了一种新的声音：余永泽固然没有参加革命，但他也没有反对革命啊；他固然没有关注时代风云，但他安心书斋从事整理国故、传承文化发展的历史链条，又何罪之有呢？没有林道静式的人物献身革命，革命不会成功；没有余永泽这样的知识分子献身文化学术，也没有文化学术今日的辉煌，也许我们应当承认不同类型的知识分子存在的合理性。但问题在于作为一个个体的知识分子，则只能有一种选择：是做林道静，还是做余永泽？① 这其实是一个困惑已久的人生命题，请联系当下的现实谈谈思考这个"选择"的必要性。

3. 一、书里充满了小资产阶级情调，作者是站在小资产阶级立场上，把自己的作品当作小资产阶级的自我表现来进行创作的；

二、没有很好的描写工农群众，没有描写知识分子和工农的结合，书中所描写的知识分子，特别是林道静自始至终没有认真地实行与工农大众相结合；

三、没有认真地实际地描写知识分子改造的过程，没有揭示人物灵魂深处的变化。尤其是林道静，从未进行过深刻的思想斗争，她的思想感情没有经历从一个阶级到另一个阶级的转变，到书的最末，她也只是一个较进步的小资产阶级知识分子，可是作者给她冠以共产党员的光荣称号，结果严重地歪曲了共产党员的形象。

从今天的立场角度看，这段评论的措辞与立场都显得非常"左倾"，但在当时这样的意见却对杨沫修改《青春之歌》起了至关重要的作用；尽管后来许多评论者对《青春之歌》的修改本提出意见，认为这些修改是概念化的，违背了生活的真实，削弱了作品的艺术感染力。初版本的文学价值大于后来的两个修改本。但杨沫认为，修改后的《青春之歌》更贴近了生活的真实，并坚持不恢复初版原貌。因此黄子平一针见血地指出：杨沫写作《青春之歌》绝不会是一个简单的文学事件，而更是一个切己的政治事件，尤其是生活政治事件；《青春之歌》与其说是一部小说，不如说是作家向党递交的一份忏悔录、告白书，向党交心、掏心、表忠诚的思想汇报。请参阅评论摘要 5，谈谈自己对这种现象的看法。

4. 长篇小说《红岩》不仅仅是"十七年文学"的经典作品，同时也是 20 世纪中国文学史上最重要的作品之一，时至今日，已发行 1000 万册以上，这一天文数字式的发行量，不仅开创了中国当代文学长篇小说发行的最高纪录，而且在整个以现代汉语进行写作的中国新文学史上也是绝无仅有的。甚至可以说，《红岩》这部作品参与了对现代中国人文化心理结构的塑造，成为了现代中国的精神资源的重要组成部分。在 1961 年发表之初就引起热烈反响；在"文化大革命"期间，《红岩》和大多数当代文学作品一样被当作"毒草"遭到批判和封杀。但是，有所不同的是，《红岩》的批判

---

① 傅书华：《你是做林道静，还是做余永泽？》，载《文学自由谈》，2000（1）。

者主要还是伴随着革命的"深入"而出现的更为激进的"革命群众"，而官方媒体和官方解释者并没有对《红岩》有过明确的系统的"批判"性解读；在"文化大革命"之后的 1978 年，《红岩》以及它的作者"恢复"了在"文化大革命"之前的所有名誉，短时间内人们对《红岩》进行了和"文化大革命"之前几乎完全一致的解读和阅读活动。然而在 80 年代中后期，在"重写文学史"的背景下，"赵树理方向"、柳青的《创业史》、杨沫的《青春之歌》等依循中国"左翼"文学传统历史写作的作家作品"无一幸免"，都被纳入这种"打破或推翻以往中国现代文学史的模式和结论"的"重写实践"，而影响更大、在审美形式和精神气质上与"样板戏"更为接近的《红岩》却是一个例外。只是到了 20 世纪 90 年代的后期，程光炜、李杨以及钱振文等再次对《红岩》进行了深度的"再解读"，请查阅相关的文献资料，谈谈《红岩》是怎样的一个阅读史与接受史，作为一种"当下文本"，你是怎样"重读"《红岩》的？

第三节　革命英雄传奇小说

内容提要

　　革命英雄传奇小说是指以《林海雪原》《烈火金钢》《铁道游击队》等为代表作的一类小说，这类小说以战争生活作为自己的写作背景，以通俗的写法作为自己的叙事手段，以传奇作为自己的作品特色。这类作品因"革命英雄主义"而为主流意识形态所认可，因"传奇"的武侠基调、通俗色彩而为大众所喜爱，既可视为革命文学的一支，亦可视为通俗文学的一脉。其主要创作特点是：第一，将革命中的阶级斗争、民族解放、同志情谊的内容与偿还血债、快意恩仇、伸张正义、解除苦难、义气至上等等武侠文化中的要素作有机的结合。第二，将革命英雄的精神风姿与仗剑行侠的武侠风范作有机的结合。第三，将革命英雄的超常品格、能力与武侠文化中大侠的超常品格、能力融为一体。第四，将革命过程中的异常环境与武侠文化中的异常环境融为一体。革命英雄传奇小说不同于严格写实的现实主义小说，应从类型学意义上给其以小说类型的定位与说明。

学习建议

　　从主题、人物、情节、结构、细节等方面对《林海雪原》进行审美阅读，谈谈这部小说的传奇性、民族性、传统性是如何体现的？它与现实主义的"革命历史小说"有何不同？

精读作品

　　曲波：《林海雪原》

评论摘要

　　1.《林海雪原》的"独创性"，人们大体上注意这样的两个方面：一是艺术方法方面的"民族特色"，即借鉴中国古典小说如"水浒"、"三国"、"说岳"等的结构和叙事方式。另一是夸张、神奇化赋予故事、人物的"传奇性",这包括人物活动的环境(深山密林、莽莽雪原)的特征,故事情节上的奇特,以及人物性格上的"浪漫"色彩。批评家虽然注意到这些小说的"传奇小说"的"类型"上的特征,却不愿意确立尊重这种小说的"叙事成规"的批评尺度。因而,在肯定这类小说"故事性强并且具有吸引力,语言通俗、群众化",因而"普及性也很大,读者面更广",它们"是可以代替某些曾经很流行然而思想内容并不好的旧小说的"同时,也总是不忘批评它们这样的"弱点":"思想性的深刻程度不足,人物的性格有些单薄、不成熟","从更高的现实主义的角度来要求",……这部作品虽然正确地反映了我们过去的军事斗争的所向无敌、无坚不摧的总趋势,然而对于当时的艰苦困难还是表现得不够等等。不只一位的批评家,还对书中"如此强烈"的"传奇色彩"会"多少有些掩盖了它的根本思想内容"表示忧虑。这些问题的提出,既指向作品的某种欠缺,也反映了作者和批评家在写作和批评上,对这类小说存在的合理性问题上的矛盾。

洪子诚:《中国当代文学史》,北京,北京大学出版社,1999。

2. 继《铁道游击队》以后,《林海雪原》同样是一部利用传统的民间文化因素来表现战争的成功之作。这当然不是说,它已经摆脱、或者突破了当时战争小说的一般审美模式,相反,它正是以塑造出一批流传广泛的英雄人物形象为成功标志、以截然分明的"两军对阵"的思维模式来构造布局、以宣扬英雄主义和革命乐观主义为创作基调的。这也不是说,它在利用传统的民间文化因素方面获得了完全成功,相反,小说有许多缺点都与它的民间叙事特点与生俱来,比如过于夸张和煽情的描写,过于陈旧的表现英雄人物的模式……故事当然好看,但从"五四"新文学发展而来的现代审美理想来衡量,缺陷也是相当明显的。

但不可否认的是,《林海雪原》仍然给普通读者带来了强烈的阅读快感,它在浪漫传奇的审美趣味上统一了战争小说的一般艺术特点,使原来比较刻板、僵硬的创作模式融化在民间的趣味下。如对英雄人物的塑造是《林海雪原》的一大特色,但与一般的战争小说相比,虽然作家在表现剿匪小分队战士的英雄特征时也注意到了所谓"阶级本质"等程式,但在人物性格配置上又受到了民间传统小说的"五虎将"模式这一隐形结构的支配。自从传统小说首设"五虎将"模式以后,五种性格构成的主要英雄人物常常是古典武侠小说的基本人物模式,《林海雪原》也不自觉地套用了这"五虎将"的结构。"五虎"之首当然是忠诚(政治方面)勇毅(个性方面)双全的少剑波,依次是骁勇威猛、谋略不足的刘勋苍,胆识过人、百战百胜的杨子荣,身怀绝技、粗俗诙谐的栾超家,忠厚老实、刻苦耐劳的"长腿"孙达得。"五虎将"当然都是英雄人物,每个人物身上突出一种主要性格,有的是忠,有的是勇,有的是谋,有的是技(才),有的是德,等等,有主有次,互为衬照。……因为是明显借鉴了民间小说的传奇手法,所

图 5-4 《林海雪原》中杨子荣的原型杨宗贵的生前照片。

以读者也不会在真实性上过于苛求，完全能够接受这样的艺术处理。

陈思和主编：《中国当代文学史教程》，上海，复旦大学出版社，1999。

3. 小说一开场，作者就把我们带入到许大马棒残匪屠杀杉岚站群众后留下的血腥场景之中。这个情节通过对时间（刚刚土改）的选择构筑了这样一个阶级对立的戏剧冲突：一个村庄的日常生活和帮助农民重新分配土地的工作队员遭受外来恶势力的疯狂践踏。作品展示了一组触目惊心的特写：全村一片火海，草垛、房屋都在燃烧，烧着的牛、猪发出刺鼻的苦涩和腥臭难闻的气味；村中央许家车马店门前广场上，摆着一口鲜血染红的大铡刀，血块凝结在刀床上，几个人的尸体，一段一段乱杂杂地垛在铡刀旁；井台旁，躺着一个婴儿的尸体，没有枪伤，也没有刀伤，显然是被活活摔死的；西山坡的大盘龙松上，吊着九个工作队员的尸首，六男三女，都用刺刀剖开了肚子，肝肠坠地，每人只剩下一只耳朵。40年代中后期，在土改运动刚刚开展的各个新解放区，类似残酷、恐怖的阶级报复时有发生。这种写实的手法无疑强化了小说的"真实感"，而它的进一步延伸，则为小分队的战场写真提供了可信的根据。借助上述场面，人们还可以联想到乡村日常生活秩序遭到破坏之前的情形：家人团圆、平安与和谐、准备过年的习俗和杀猪宰羊的生活体现的稳定和延续感。由此，很自然地把剿匪的真实性建立在维护伦理秩序的基础上，许大马棒人一出场，就变成了反伦理、反普通社会和日常生活秩序的恶的暴力的象征。

程光炜：《〈林海雪原〉的现代传奇与写真》，载《南开学报
（哲学社会科学版）》，2003（6）。

4. 特别值得注意的是，《林海雪原》还体现出对传统侠义小说的继承。"关于侠义小说的叙事模式，在不同的理论家的归纳中有不同的形式，然而无论在何种形式中，都不会缺少血债与报恩这些基本的元素。"无论是传统还是现代的经典侠义小说，主人公所遭遇的杀父或灭门的"血债"往往是故事的起点，他们大都带着深仇大恨踏上漫漫复仇之路，并最终以报仇雪恨的结局完成故事。在《林海雪原》剿匪故事的开端，作者叙述了少剑波率领小分队急驰增援被土匪袭击的杉岚站的故事。当少剑波和小分队赶到杉岚站时，看到的是包括姐姐在内的"六男三女，都用刺刀剖开了肚子，肝肠坠地，没有了一只耳朵，只留下被刺刀割掉的痕迹"的惨烈场景。就《林海雪原》整个故事而言，剿匪是党赋予的革命任务，是以革命伦理为前提的。但是，开篇的"血债"叙事，明显带有传统侠义小说主人公复仇故事的个体伦理道德色彩。"血债"不仅一下子把读者带进了他们所熟悉的传统侠义小说的文化氛围中，引领读者与主人公一同进入正义的复仇之旅，而且"从此以后的全部剿匪故事都可以视为这一逻辑的展现，小说中所有的主要正面人物——无论是杨子荣这样的小分队战士还是普通的百姓都有亲人被杀害的痛苦经历，为亲人报仇成为他们最为内在的冲动，也成为了叙事的动力与方向。"通过这样的叙事策略，《林海雪原》将政治使命转述为一个道德化的中国故事。"'革命'穿上了'传统'的外衣。"这种用传统侠义小说的故事模式表现现代的革命内容，足以显现出作者受传统小说话语影响之深刻程度。

徐亚东：《茫茫林海英雄谱——〈林海雪原〉创作、影响史话》，见《永远的红色经典——
红色经典创作影响史话》，145～146页，武汉，长江文艺出版社，2008。

泛读作品

刘流：《烈火金钢》

刘知侠：《铁道游击队》

评论文献索引

侯金镜. 一部引人入胜的长篇小说——读《林海雪原》. 文艺报，1958(2).

李希凡. 关于《林海雪原》的评价问题. 北京日报，1961 年 8 月 3 日.

宋遂良. 英雄传奇的终结——试论建国初期革命历史题材的长篇小说. 山东科技大学学报(社会科学版)，1999(1).

李杨.《林海雪原》与传统小说. 中国现代文学研究丛刊，2001(4).

颜敏. 历史记忆与英雄传奇——"十七年"战争小说论. 江西师范大学学报(哲学社会科学版)，2002(4).

姚丹. "事实契约"与"虚构契约"——从作者角度谈《林海雪原》与"历史真实". 中国现代文学研究丛刊，2003(3).

戴清. "红色经典"改编：从"英雄崇拜"到"消费怀旧"——电视剧《林海雪原》的叙事分析与文化审视. 当代电影，2004(6).

傅书华. 革命英雄传奇小说与武侠文化传统. 文艺理论与批评，2005(4).

董之林. "新"英雄与"老"故事——关于五十年代革命传奇小说. 当代作家评论，1999(5).

宋剑华、戴莉. 传统与现代：论革命英雄传奇对民间英雄传奇的历史演绎. 社会科学辑刊，2002(4).

拓展练习

1.《林海雪原》问世伊始，在有关英雄人物的塑造、曲折生动的故事结构等方面得到过不同程度的肯定，而在对少剑波和白茹之间的爱情描写却有不同意见，如侯金镜认为：白茹这个人物是失败的，"和小分队的其他英雄战友们摆在一起是很不协调的"；李希凡认为"是一笔刺眼的勾画，笔调轻浮而又缺乏美感，只能说它是更加损害了少剑波的性格，更加降低了他的精神世界的高度"；董之林则认为，白茹这一形象的设置在男性为主的野战军小分队"万绿丛中"加入的"一点红"，以白茹的阴柔秀美与少剑波、杨子荣等人物的阳刚勇武形成艺术上的反差；李杨认为写"男女之情"是使这一类"侠情小说"得到畅销的诀窍之一。请你结合作品并查阅文献索引中的相关评论，谈谈你对这个问题的理解。

2.《林海雪原》在 2004 年被改编成电视连续剧，并引起了极大的反响，一方面得到了大众观众的欢迎，获得极高的收视率；一方面是来自各方面的批评声音，认为改编之后的电视剧影响了原著的完整性、严肃性和经典性，请比较原著和电视剧，查阅文献索引中的相关论文，谈谈你对"英雄崇拜"与"消费怀旧"这一不同时代精神的变迁如何理解，怎样评价。

3. 对于革命英雄传奇这一类小说而言，"传奇性"是它们一个显著的特点，但读者在阅读这些作品时，却有着强烈的"亦真性"感受，请具体分析《烈火金刚》这部作品，谈谈作者是采用了怎样的艺术手法，达到了这样的艺术效果。

第四节 "异质"中短篇小说

内容提要

在工农兵文学的发展过程中，为文学外在、内在矛盾及发展规律所决定，工农兵文学中不断地出现一些与工农兵文学主潮美学品格相异的作品，这些作品的问世，显示了对工农兵文学外在、内在矛盾进行调节的努力，对其的批判或冷遇，则表明了对这种调节的拒绝。其代表作如下：

萧也牧的《我们夫妇之间》写出了中国革命在最初进入现代化经济建设后，传统文明与现代文明、乡村文明与都市文明之间的二律悖反关系中人的价值困惑及试图解决二者矛盾的天真愿望。

路翎的《洼地上的"战役"》《初雪》延续了"七月派"重在写人的内心精神世界的传统，写出了战争时代人的精神世界的丰富与美好，人性与战争之间的复杂关系。

20世纪60年代初的历史短篇小说。这些作品的作者几乎全都是五四、30年代的作家，代表作有冯至的《白发生黑丝》，陈翔鹤的《陶渊明写挽歌》《广陵散》，师陀的《西门豹的遭遇》，徐懋庸的《鸡肋》等。这些作品大多写的是知识分子在政治历史中的命运，其作者的价值观念来源于五四时代的思想资源，来自于他们的人生经历和人生经验，因之，这些作品体现了五四一代知识分子在新中国成立十七年中的人生境遇和思想境遇。

1956年百花时代的短篇小说。这些作品大致可以分为两类，一类是写在新的社会形态、社会矛盾中个体与社会的冲突，人生、生命价值选择的困惑，如王蒙的《组织部来了个年轻人》，李国文的《改选》等。一类是写情爱形态的丰富性，情爱与社会历史的相互纠缠，如宗璞的《红豆》，邓友梅的《在悬崖上》，陆文夫的《小巷深处》，丰村的《美丽》等。

茹志鹃的《百合花》则站在个体生命的价值立场上，对社会、历史消损个体生命的合理性提出了充满内在力度的质询，刘真的《长长的流水》《英雄的故事》着重以战争为背景，叙写在残酷的生存环境下，人性的美好，韦君宜的《月夜清歌》写了生命的社会价值与生命的个体价值之间的矛盾、冲突并倾向于后者。

方纪的《来访者》，刘澍德的《回家》，康濯的《水滴石穿》也是颇为值得重视的作品。

总的说来，在将社会、历史价值看得高于个体生命价值的工农兵文学主潮中，上述作品的特点都在于，它们对社会、历史中的个体生命，给予了根本性的或者是较多的关注，因此有了与工农兵文学主潮迥然不同的异质性。

学习建议

1. 选择两到三篇精读作品，结合相关评论，进行文本分析，说明这些作品至今的文学魅力来自何处？作品本身的时代局限性体现在何处？

2. 收集并筛选你查阅到的资料，把你认为优秀的评论文章挑选两篇与大家共享。

精读作品

路翎：《洼地上的"战役"》
宗璞：《红豆》
王蒙：《组织部来了个年轻人》
陈翔鹤：《陶渊明写挽歌》
萧也牧：《我们夫妇之间》
茹志鹃：《百合花》

评论摘要

1. 《洼地上的"战役"》展示出的矛盾，并没有因为战争破坏了和平，而让人陷入破灭、绝望、颓废的深渊之中。相反，英雄和人民那乐观、坚定、必胜的情绪给人希望、给人信心。这里也写到了牺牲、死亡，但没有渲染恐怖和血腥，给人的是崇高、豪迈、力量和必胜的信心。应该说战争与和平的关系处理是适当的。纪律与爱情的矛盾也是这样。路翎并没有把纪律对立起来，而是让二者合理地发生冲突。这种交叉混沌状态作者如实写来，极大地尊重了艺术的现实主义原则，提高了作品的艺术含量和审美品位。

路翎的艺术笔触是细腻老到的，尤其表现在对爱情的描写上。首先是准确地给人物定位，其身份地位、思想气质、意识境界已经决定了他必然会做出这样的选择。金圣姬是可爱的年轻姑娘、无拘无束，又正值谈婚论嫁的年龄，心灵自由开放，又不懂军队的纪律，所以才会那么一往情深地追求王应洪。在她那里的理由非常简单，爱一个好小伙是天经地义的，只要她愿意。所以，她才会为自己找到爱而陶醉，才会为王应洪的不接受而痛苦，而且对王应洪为什么不接受也搞不懂，也才会沉浸在自己的感情追求中义无反顾。王应洪是军营中的战士，又极其淳朴和单纯。因为其单纯，才会对爱情那么懵懂、迟钝。因为是战士才会为纪律去拒绝爱情。但毕竟是血肉男儿，才会拒

图 5-5 作家路翎的照片。

绝之后又痛苦和不安，才会有"剪不断、理还乱"的愁丝和矛盾。至于最后的牺牲，是可能的，也是合乎情理的。王顺是过来人，有人生阅历，又是富有人情味的军队基

层领导。他的角色决定了会对金圣姬的感情动向那么警觉，对自己的战士王应洪陷入感情的麻烦中时，会又是阻止又是帮忙，那种两难的情状也入情入理。合适的人物定位为情节的发展做了很好的铺垫。王应洪和金圣姬的爱情由于"不可能实现"，所以，作者写得十分克制又势不可当，显得十分有张力，紧紧扣动读者的心弦。这得力于作者的叙事技巧。全文取第三人称叙述，但王、金爱情不是通过作者直接讲给我们读者。路翎巧妙地借了一只眼睛，通过这只眼睛的看，来告诉我们读者，这只眼睛就是王顺的眼睛。借作品中人物的眼睛，避免了传统的全知视角，增加了限制，也增加了合理性，有利于更好地实现现实主义的充分性。除了王顺这只眼睛，小说还设置了一个隐在的讲述者，以描写的方式，从人物细腻的心理、行为、动作、生活细节等处入手，生动地再现了故事主人公微妙的情绪及其变化。作品表现了作者深厚的艺术功力和可贵的艺术探索精神。

《洼地上的"战役"》并没有背离符合时代趣味的"宏大叙事"。写了"抗美援朝"、写了英雄主义、集体主义、国际主义，取材、主题都是"宏大"的，是符合当时官方主流意识的需要的。但是它和那些机械地配合"政策"、图解政治、为了政治而伤害艺术的浅薄之作不同，它达到了政治与艺术完美的统一。

刘景荣：《〈洼地上的"战役"〉给我们什么启示》，载《海南师
范学院学报（社会科学版）》，2004（2）。

2. 百花时代，知识分子在较为宽松的政治环境中，自我意识开始复苏，"百花文学"作品中的许多作品，像《本报内部消息》《组织部新来的青年人》《在悬崖上》《西苑草》《红豆》《爱情》等都以知识分子作为主人公，探讨知识分子的内心矛盾、情感世界。这些作品叙事态度的变化还突出表现在双重视角的运用方面。《在悬崖上》除了作品中的主人公（"我"）外还有一个听者。"我"讲述的是自己浪子回头的情感经历，听者在暗自评判着这段婚外情，提出自己的疑问。主人公"我"讲到自己去追妻子便结束了故事。作为一个故事情节的发展，它是接近了尾声：妻子和"我"的团圆是显而易见的。但听者却不禁问道："回来以后又怎么样？""我"的讲述确实存在着漏洞："我"回到妻子身边的原因到底是什么呢？"我"对妻子有着内疚、有着感激，但"我"对妻子的爱情到底在哪儿呢？就像老作家张天翼所说的，"假如加丽亚不拒绝呢？假如她答允他的求婚，那以后会怎么样呢？""我"的叙述在这方面确实是一个空白，这造成了文本的裂缝，而听者（或者说是作者）对他们未来的幸福显然是不信任的，作者并没有迷失在"我"的叙述中。这是作者的主体意识的一次张扬，作者穿过文本的缝隙透露了他对人物命运的思考："我"在外界环境的一次次挤压下逐渐丧失了自我，"被脚下的石头绊了一下，我清醒了过来，看到前边已是机关的大门了。看到这个大门，我更加清楚地明白了今天发生的一切。""大门"这一隐喻性修辞诉说了"我"对被关在了集体大门外的恐慌。"当一个人已成为一个独立的整体时，他便觉得孑然孤立而面对着一个充满危险的世界。这时，便产生了想要放弃其个人独立的冲动，想把自己完全隐没在外界中，借以克服孤独及无权力的感受。"更何况这曾是一个视个性、自我为资产阶级的洪水猛兽而坚决不容的高度政治一体化的社会，长期生活在这种氛围中的人们已有了依附的惯性，他们不可能拥有真正属于个人的快乐。对他们来说个体的幸福只是一种虚妄。

王文胜：《突不出的重围——在与"解冻文学"比较中反思"百花文学"》，
载《南京师范大学报（社会科学版）》，2000（5）。

3. 与注重情节和传奇性的小说不同，《陶渊明写挽歌》重视揭示人物的内心世界，表现出作家对其中所包含的复杂的哲学与文化因素的探求。作品没具体写陶渊明如何与官场的丑陋与黑暗抗争，也没渲染其中可能出现的曲折而复杂的情节，就小说而言，可以说作者并不强调小说的故事性，而更看重的是，以一种清晰的现代逻辑，将诗人思绪中朴素而深邃的哲理内涵展示出来。小说不仅要再现一个正直的古代文人的为人之道，还将展示其中的文化哲学基础……

与历史上诗人晚年的境遇相比，小说家赋予心爱的人物以较好的归宿。历史人物与现实理想也便在这里相遇了。鲁迅说他当年写《故事新编》是因为"不愿意想到目前"；于是对历史生发的"回忆在心里出土了"。因此，作品的现实诱因与历史掌故只一步之遥：先是激发了小说家对历史的回想，而由他叙述的历史中，又倒映着自我的现实感触。虽不能简单地说《陶渊明写挽歌》就是对"大跃进"时代不尽如人意的现实的"影射"，但作品描写诗人对大法师专喜欢"装腔作势"，拿"大道理来唬人"的憎恶，对官场中"侍宴啦，陪乘啦，应诏赋诗，俗务萦心，患得患失"的不屑，对寒门素士在社会遇到的冷遇的不平，从一定角度也可说是作者出于现实生活的刺激而转向对历史的诉求，通过文学和历史来宣泄他对社会上那种"上有好之，下必甚焉"的恶劣风气的不满，对生活境遇的不平之气，因为小说能勾起人们对现实与历史无尽的退想。

董之林：《旧梦新知：十七年小说论稿》，216～218 页，桂林，
广西师范大学出版社，2004。

4. 从《我们夫妇之间》所引出的更深一步的话题是，现代性对于日常生活的改造在什么意义上从它合理的出发点走向了荒谬的终点的呢？说现代性对日常生活的改造存在出发的合理性是因为，纵观业已完成现代化的工业文明国家，在其现代化过程中，与其思想启蒙运动相对的是无不经历过深刻的日常生活批判性重建。正是工业文明和市场经济建构过程中，日常生活所经历的这种批判重建同文艺复兴时期人文知识分子的文化启蒙相契合，才深刻地改造着传统生活基因，重新塑造着人的生存方式或生活的样式，实现了人由传统农业文明的自在自发的日常主体向现代化的自由自在的非日常主体的转变。如果没有这种日常生活的批判重塑与传统生活样式的转型，很难想象现代工业社会能够确立其如此发达的现代文明。因此，日常生活的批判是必要的，不管它遭受多大的挫折和困境。

蓝爱国：《解构十七年》，13～14 页，上海，华东师范大学出版社，2003。

5. 《红豆》或许是将爱情故事与宏大历史主题结合得最佳的一个案例。这同样是一个"鱼肉不可兼得"、"大爱"与"小爱"戏剧性冲突的故事，但是，阅读这篇小说没有感到牵强附会、人为地"制造"悲剧的别扭感。我认为它提供的经验是：一、这篇小说以历史叙事为主，而且它选择新中国成立前夕，国民党丧失政权外逃之际作为故事背景，这是一个个人命运与党派、家国命运关联最为直接、个人选择最关键的时刻，所谓"千钧系于一发"、"一失足成千古恨"的紧要关头。小说对这一历史现场的还原，使个人、阶级、国家命运被有机地交织在一起。

图 5-6　宗璞写作《红豆》的照片。

二、小说没有因为"大爱"的神圣性，而轻视、忽略"小爱"对于人生选择的分量。作品对江玫爱情心理的细腻刻画——对齐虹"剪不断，理还乱"的感情矛盾、抛弃爱情的艰难、割舍后的怀念，不但没有削弱她选择革命道路的神圣性，相反，由于这种选择"忠孝不能两全"的性质、由于伴随着一种刻骨铭心的感情丧失，其神圣性反被加强了。它证实了同期同类作品中较少出现的、一种"反常的"艺术经验：当"大爱"与"小爱"的冲突不可避免时，即一种悲剧情景发生时（依赖于作品对矛盾场景的设置及作者还原现场的能力，不能给人人为制造冲突、制造悲剧的感觉），依从了"大爱"的神圣化逻辑及价值取向，但同时对个人的丧失、对"小爱"的牺牲表示了真诚的、切实的痛惜与怀念。应该说，《红豆》在同期的文学创作中提供了一个在美学层面上思考革命伦理（个人与集体、感情与神圣信念之间的关系）较纯正的趣味——它的悲剧取向，即以悲剧的情感、悲剧的审美姿态处理悲剧事件。

三、在知识分子如何走向革命的问题上，《红豆》表达了一种更加温和地对革命的认知方式与接受方式。主要表现为小说的主人公江玫走的是一条"亲情式"的对革命的接受与选择过程，与林道静仪式性的三部曲：共产党员的指引／马列思想武装／与工农结合明显不同。可以说，江玫在林道静之外提供了知识分子走向革命道路的另一种模式，一种更具自主性、内在的心理逻辑更清晰、更写实的、"反神话"的成长模式。同样是这个原因，这篇小说在将爱情故事与宏大的历史主体结合时，显得自然、随和得多。

如果江玫也能像技术员、叶碧珍、季玉洁那样在走出感情困惑后表达一种激昂慷慨的情绪格调（像谢冕先生建议的，把红豆扔出窗外，）也许《红豆》更符合当时的"时代精神"与美学规范。但《红豆》显然是一部因为没有完全遵循传统与规范，而真正有所"突破"的作品。

孙先科：《爱情、道德、政治——对"百花"文学中爱情婚姻题材小说"深度模式"
的话语分析》，载《文艺理论研究》，2004（1）。

6. 我写《百合花》的时候，正是反右派斗争处于紧锣密鼓之际，社会上如此，我家庭也如此。啸平处于岌岌可危之时，我无法救他，只有每天晚上，待孩子睡后，不无悲凉地思念起战时的生活和那时的同志关系。脑子里像放电影一样，出现了战争时接触到的种种人。战争使人不能有长谈的机会，但是战争却能使人深交。有时仅几十分钟，几分钟，甚至只来得瞥一眼，便一闪而过，然而人与人之间，就在这个一刹那里，便能够肝胆相照，生死与共。《百合花》便是这样，在匝匝忧虑之中，缅怀追念时得来的产物。然而产物和我的忧虑并没有直接关系。……我拿来原生活中与通讯员夜间竞走的一节，但我舍弃了夜间的景色，舍去了炮声的呼啸的紧张气氛；我拿来原生活中通讯员和我拉开距离的情节，但去掉了原因是出于军事行动的需要，代替以性格。这一段路程的同行，对于刻划通讯员的性格来说，是一段重要的过程。"我"需要走得从容，紧张的战斗还在后面呢。而且有些内容，即使在一个紧张的军事行动中，也无法表现，因此，我把它处理在总攻的前夕，一段平静的间隙时间里。使得"我"与通讯员是在完全正常的环境中同行，致使他和"我"拉开距离，更显得突出，也更能显出性格的矛盾，显出他怕女性的那种特定年龄。

茹志鹃：《我写〈百合花〉的经过》，载《青春》，1980（11）。

7. 从结构上说，两个主人公是被言说者，他们的心理世界是通过叙事者"我"的眼睛看出来或感受到的，所以"我"的作用是很重要的。小说前三分之一是写"我"眼睛里的通讯员形象，中间三分之一还是写"我"眼中的通讯员和新媳妇，而他们俩唯一的一次单独接触则完全被虚写，读者并不知道新媳妇对通讯员的真实态度。直到小说的最后三分之一的篇幅里，小通讯员牺牲了，新媳妇的感情才汹涌澎湃地爆发。但读者读到这里并不会感到突兀，似乎只有这样表现才符合人物的性格逻辑。这种读者心理上的逻辑，却是通过叙事者"我"的作用来完成的。小说写了一个小通讯员衣服被刮破的细节，这个细节先是出现在"我"的眼睛里："他已走远了，但还见他肩上撕挂下来的布片，在风里一飘一飘。我真后悔没给他缝上再走。"而新媳妇对那个破口子有什么想法并没有正面表达。可是当通讯员的尸体出现时，新媳妇正是从那破口子上认出了他。这以后，"我"反而退到了很不重要的位置上，重彩放在描写新媳妇缝衣服上面。这似乎是一个暗示："我"眼中看到通讯员肩上的破口子而引起的"后悔"，也就是新媳妇心里的"后悔"，表面上叙事人在写自己对通讯员的感想，其实是暗示了新媳妇的内心世界。虽然小说没有正面写新媳妇对通讯员的心里感觉，但叙事人的心理活动却处处起到了借代的修辞作用。以此类推，小说前三分之一写"我"眼中的小通讯员，也不仅仅是一般的介绍人物，而是通过"我"对小通讯员的接触方式和感想，读者可以联想到小说虚写的那个新媳妇与小通讯员初次接触的场面以及新媳妇对他的感想，有了这种借代作用，才会有新媳妇一出场时"笑个不停"的暗示。通过这样的叙事方式来表达小通讯员与新媳妇之间的感情交流，显得含蓄优美，令人回味。

陈思和主编：《中国当代文学史教程》，上海，复旦大学出版社，1999。

8. 《组织部来了个年轻人》是王蒙的成名作与代表作，是王蒙创作、思想、价值指向的"原点"。因之，真正读懂了《年轻人》，也就读懂了王蒙。

王蒙通过林震与刘世吾的形象塑造，写出了两种价值指向。一种以林震为代表。一方面，他否定了林震将生活理想化；另一方面，却在小说的字里行间对林震对理想境界的追求精神，对林震后来明知其努力的艰难、无望，却仍然要顽强地追求下去的精神，给予了充分的肯定与赞扬，并通过这种肯定与赞扬，构成了对林震必然地要成为刘世吾的人生轨迹的拒绝，构成了对社会现实生存法则必然要消耗个体生命的拒绝。

另一种价值指向以刘世吾为代表。一方面，他看到、认可了刘世吾现实存在的深刻性、合理性，甚至对刘世吾对社会、人生的深刻的洞察力及相应的人生态度，有着某种程度的赞赏，这些都是林震所不可企及的。一方面，他对刘世吾在"可怕的冷漠"中丧失了生命的活力，丧失了对现实锐意进取的批判精神，对刘世吾对现实生存法则的完全认同，对刘世吾对个体生命被社会现实生存法则所消磨的认同，又是予以否定的。而这种活力与批判精神，这种对个体生命被社会现实生存法则所消损的拒绝，又是体现在林震身上的。如此，在对林震、刘世吾各自的双重的肯定与否定的缠绕中，在看到林震、刘世吾在价值指向上事实上的一分为二而又希望在价值追求中将二人合二为一中，王蒙表现了自己所认可、倡导的个体人生的价值指向，那就是王蒙借刘世吾的口所说出的"经验要丰富，但心要单纯"。所谓"经验要丰富"，就是要对社会、人生具有深刻的洞察力与相应的现实的应对能力。所谓"心要单纯"，就是要保持生命的纯真、鲜活，保持对人生的热爱之心、进取之心。

傅书华：《个体人生与社会政治的亲密拥抱——论王蒙小说中个体人生的
价值指向》，载《海南师范学院学报》，2004（2）。

泛读作品

邓友梅：《在悬崖上》

陆文夫：《小巷深处》

陈翔鹤：《广陵散》

康濯：《水滴石穿》

李国文：《改选》

评论文献索引

傅书华．打捞十七年小说中的个体生命"碎片"．文学评论，2002(5)．

李遇春．茹志鹃五六十年代小说创作的心理动因分析．华中师范大学学报（人文社会科学版），2003(1)．

李建军．再论《百合花》——关于《红楼梦》对茹志鹃写作的影响．文学评论，2009(4)．

刘绍信．"共名"时代婚外恋情的范本——《在悬崖上》重读．北方论坛，2002(4)．

王蒙．关于"组织部新来的青年人"．人民日报，1957 年 5 月 8 日．

洪子诚．"外来者"的故事：原型的延续与变异．海南师范学院学报（人文社会科学版），1997(3)．

毕光明．《组织部新来的青年人》重读．琼州大学学报，1997(2)．

谢泳．重说《组织部新来的青年人》．南方文坛，2002(6)．

孙先科. 王蒙《组织部来了个年轻人》的精神现象学阐释. 中国现代文学丛刊, 2004(3).

郭铁成. 应尊重文学史的基本史实——关于《组织部新来的青年人》与《组织部来了个年轻人》. 文艺争鸣, 2005(4).

温奉桥.《组织部来了个年轻人》研究 50 年述评. 中国海洋大学学报(社会科学版), 2006(5).

王蒙. 大起大落《组织部新来的年轻人》发表之后. 百年潮, 2006(7).

徐刚、徐勇. 后革命时代的焦虑——历史语境中的《组织部新来的青年人》及其论争. 海南师范大学学报(社会科学版), 2010(1).

野艾. 对一个熟悉的陌生人的问候——向路翎致意. 读书, 1981(2).

拓展练习

1. 小说《洼地上的“战役”》和当时写朝鲜战争的作品一样，路翎所赞颂的、也是基于“国际主义和爱国主义”精神的英雄行动，但却受到了严厉的批判，例如说，作者在《洼地上的“战役”》里安排了朝鲜姑娘金圣姬和志愿军兵士王应洪的恋爱故事，从中展开了纪律和爱情的冲突。……这种爱情是为部队的政治纪律所不容许，是不利于战斗的，因之也是和国际主义的精神实质相背驰的。……作者无论怎样描写王应洪的勇敢和自我牺牲，描写王应洪牺牲以后金圣姬的坚毅和自持，但是由于作者立足在个人温情主义上，用大力来渲染个人和集体——爱情和纪律的矛盾，前者并且战胜后者的结果，无论如何也无法弥补金圣姬心灵上的创伤，无法改变在战争中丧失了个人幸福而造成的悲剧。① 也就是说，爱情描写在这里是受到批判的重要原因，但是，也有论者对是否描写了爱情而怀疑②，请走进文本，谈谈你对这个问题的看法。

2.《组织部来了个年轻人》从问世之初就伴随着各种解读评论，从 50 年代的政治性阅读，到 80 年代之后的重读：李子云从“少年布尔什维克精神”的角度深入；洪子诚认为讲述了“疏离者”故事，延续了五四时期“孤独者与大众”的主题；陈思和侧重归为个人体验的成长小说；董之林提出“青春体”小说论点；谢泳认为是“党文化”与“知识分子文化”的冲突主题；而杨朴从“原型”理论出发，认为小说的表层结构表现的是官僚主义与反官僚主义的斗争，深层结构表现的是“年轻人”与“成年人”两种情感方式、思想方式、生命方式的矛盾等等，应该说批评越来越走进了文本的纵深之处，请查阅这些评论观点，阐述你的理解。

3. 请认真阅读下面的两段文字（前者为王蒙原稿中的结尾，后者为经编辑秦兆阳修改过的结尾），从文学审美的角度进行对比分析，你认为两者造成的阅读效果有何不同？

---

① 侯金镜：《评路翎的三篇小说》，载《文艺报》，1954（2）。

② 详见刘保昌：《在瞻望黄金世界中迷失现在——读解〈洼地上的“战役”〉兼及 17 年文学的“现代性”问题》，载《求是学刊》，2003（4）。

……林震靠着组织部的门前的大柱子好久好久地呆立着，望着夜的天空。初夏的南风吹拂着——他来时是残冬，现在已经初夏了。他在区委会度过了一个春天。

他作好的事情简直很少，简直就是没有，但他学了很多，多懂了不少事，他懂得了生活的真正美好和真正的分量；他懂得了斗争的困难和斗争的价值。他渐渐明白，在这平凡而又伟大的、包罗万象的、担负着无数艰巨任务的区委会，单凭着个人的勇气是作不成任何事情的……从明天……

办公室的小刘走过，叫他："林震，你上哪儿去了？快去找周润祥同志，他刚才找了你三次。"

区委书记找林震了吗？那么不是明天，而是从现在，他要尽一切力量去争取领导指引，这正是目前最重要的……

隔着窗子，他看见绿色的台灯和夜间办公的区委书记的高大侧影，他坚决地、迫不及待地敲响了领导同志办公室的门。（王蒙的原稿《组织部来了个年轻人》）

……林震靠着组织部的门前的大柱子好久好久地呆立着，望着夜的天空。初夏的南风吹拂着——他来时是残冬，现在已经初夏了。他在区委会度过了一个春天。

一阵莫名其妙的情绪涌上了他的心头，仿佛是失掉了什么宝贵的东西，仿佛是由于想起了已几个月来工作得太少而进步也太慢……不，他仿佛第一次尝到了爱情的痛苦的滋味。在这以前，他并没有想到自己会对赵慧文发生什么特别的感情，他不过是把她当作一位朋友，一位大姐；不过是偶然想起她对他的友谊时，心里有一股温暖的、然而又是有些难过的和惭愧的味儿。他一直并没有好好地去想一想为什么会有这种心情。再加上刘世吾的点破，他才更加不安，好像是担心会有什么不幸的事情要发生，因此他才有了刚才那样一段坦率的表白。却没有想到，当赵慧文也作了同样坦率的表白以后，当她仍然把他当作亲密的朋友，当她说出人与人之间需要热情，当她宣布了自己今后力求进步的计划以后，她的一举一动，她的心灵，反而显得更加可爱了。一股真正的爱情的滋味反而从他的内心深处涌出来了！……不，她是有丈夫的人不会爱他，他也不应该爱她。……人，

图 5-7　1957 年的王蒙及其作品《组织部来了个年轻人》。

是多么复杂啊！一切一切事情，决不会像刘世吾所说的："就那么回事。"不，决不是就那么回事。正因为不是那么回事，所以人应该用正直的感情严肃认真地去对待一切，正因为这样，所以看见了不合理的事情，不能容忍的事情，就不要容忍，就要一次两次三次地斗争到底，一直到事情改变了为止。所以决不要灰心丧气……至于爱情呢，既是……那就咬咬牙，把这热情悄悄地压在自己心里吧！

"我要更积极、更热情，但是一定要更坚强……"最后，林震低声对自己说了这么一两句，挺起胸脯来深深地吸了一口夜的凉气。

隔着窗子，他看见绿色的台灯和夜间办公的区委书记的高大侧影，他坚决地、迫不及待地敲响领导同志办公室的门。（经过编辑秦兆阳修改过发表在《人民文学》，1956年第9期的《组织部新来的青年人》。）

4. 查阅文献索引中相关文章，谈谈《百合花》是如何通过细节技巧、人物对话等完成对人物形象精神风貌的塑造，如何突出对"个体生命"的重视，从而显示与工农兵文学主潮迥然不同的"异质性"特征的？

第二章　诗　歌

第一节　概　述

内容提要

　　工农兵文学在诗歌领域中的代表性的作家是贺敬之、郭小川、李季、闻捷、李瑛等。工农兵文学内部孕育的根本性的反叛者是白洋淀诗群等。郭沫若、胡风、何其芳、臧克家、艾青等老一代诗人，虽然他们主观上也极力走向工农兵文学主潮，但由于种种原因，他们在这一时期鲜有优秀作品问世，值得关注的作品是郭沫若的《新华颂》，胡风的《时间开始了》，何其芳的《我们最伟大的节日》，臧克家的《有的人》，艾青的组诗《北美洲的旅行》等等，但这些诗歌的价值，更多地体现在其在一个新时代的精神风貌的展示上，体现在其何以如此上。阮章竞的《漳河水》，蔡其矫的《雾中汉水》《川江号子》，张志民的叙事诗，公刘、流沙河、邵燕祥的抒情诗，在工农兵文学的诗歌领域，也有着不容忽视的位置。九叶诗派、七月诗派在工农兵文学发展过程中的销声匿迹，大跃进民歌的迷狂及由郭沫若、周扬选编的《红旗歌谣》都是值得研究的文学现象。

学习建议

　　"十七年诗歌"的经验和教训同样值得沉思与总结，也同样无法回避。我们今天不能用纯美的观念去贬低它，也不能用纯社会学的批评标准盲目抬高它，而应该遵循历史主义精神指出它的优劣与是非，因此这一章节的学习中，既要以诗歌文本为审美研究对象，同时还要探究文本背后的政治文化、社会心理等特点，以求对此阶段的诗歌有一个相对客观、完整的评价。

精读作品

　　胡风：《时间开始了》

　　郭沫若：《新华颂》

评论摘要

　　1. 这其中最重要的原因在于，《女神》象征的是一个个人化诗歌时代，而《新华颂》却要适应一个即将来临的消泯个性与自我的颂歌时代。这个时代在文化构成上不再以"个人"为本位，在审美追求上则奉"大众化"为圭臬，在价值立场上，更是以单一严格的政治化为唯一合法的选择。这样，诗歌作为个体经验与美学体验的独特性便告沦丧。新型的是诗歌与其他的文学样式一样，一反"五四"时代所谓的"多数诗人都偏向于小资产阶级知识分子的个人的主观的抒情"，而与时代、国家、"人民"等政治相关物结合。因而，在 50 年代初期，大量诗人的颂歌创作除了由内心真实的情感驱动之外，还具有这样的一个独特含义：通过新的写作，来表明自己认同、接受并愿意融入这一新时代。

不过，在新中国成立之初，出于对"大时代"的敏感与自身"被解放"的感恩心态，诗人之于颂歌创作，其自愿与真挚的成分无疑仍较明显。……不过，同是颂歌创作，不同背景的诗人的表现有很大差异。最积极、热情的当属来自延安的诗人，他们以理所当然的"解放者"与主人翁姿态，扬眉吐气地进入新时代。从"国统区"来到延安的"投奔"性质的诗人与在"革命队伍"中土生土长的延安"正统"的诗人在颂歌姿态上仍会有些微妙的差异；某种程度上，前者不如后者毫无保留地热烈奔放，总摆脱不了苦难的阴影，以及知识分子的思考者视角，如何其芳《我们最伟大的节日》，对带血历史的追忆与对"这是何等动人的领袖与群众的关系"的赞叹，仍然流露出一个经历了时代苦难的旧知识分子的暗影；不过，在对新时代的政治"归属"感方面，二者比较接近。相比之下，来自"国统区"的诗人则大都表现得小心翼翼：对大部分诗人来说，由于纯粹"被解放"的处境，以及个人履历上的政治因素，在进入新时代最初的喜悦过后，涌上他们心头的，是巨大的无所适从感以及对自身命运的茫然，其中如"九叶"诗人，则在 1949 年后整体性地被迫从诗坛消失，一直到 80 年代才重新"出土"；至于如"七月派"一类诗人，尽管他们也不遗余力地表明自己对新时代的欢迎与投入，然而这些诗人内心深处对主观、自我等理念的留恋，又表明他们与这一崭新时代某种意义上的貌合神离——这也预示了他们在其后不久被清洗的命运。

董健等主编：《中国当代文学史新稿》，北京，人民文学出版社，2005。

2. 纵观"十七年诗歌"的整体发展脉络，有两个艺术上的高峰期是较为引人注目的：即一是 1955 年前后至 1957 年上半年，一是 1960 年代初期至 1962 年末。如果说在中华人民共和国成立之后相当长的一段时间里，当代诗歌艺术一直在一种新旧艺术的"交替"下前进的话，那么，自"七月派""中国新诗派"以及一些老诗人相继退出历史舞台之后，当代诗歌则急需一批青年诗人来进行诗歌队伍的补充，这样，在 1953 年至 1955 年间，一种新的诗风和一种新生的诗歌力量如邵燕祥、雁翼、公刘、李瑛等就渐渐进入了人们的视野，从而为"十七年诗歌"注了新的艺术活力；而在 1956 年"双百方针"的促进下，当时诗歌界在理论探索和实际创作上也确实呈现出一种新的"气象"——1957 年成立的《诗刊》从一开始呈现的就是艾青、冯至等老诗人和严阵、孙静轩等青年诗人共聚一堂的局面，并在当时允许的条件下，刊载穆旦《葬歌》等作品以及在诗歌理论上刊载艾青的《望舒的诗》、陈梦家的《谈谈徐志摩的诗》等诗学论文……这些无疑是"十七年诗歌"在艺术上进行自我努力的一种表现，而有关这一点，一旦与后来他们中间的绝大多数人的截然不同的命运相比，则更能表现出在政治文化范围内，诗歌可以在相对自由的空间里进行风格多样、艺术多元化的追求。

1960 年代初期文艺政策的调整使诗歌艺术获得了新的生机，而连续几年的"大跃进"和"反右倾"以及自然灾害和其他原因造成的"三年困难时期"也使得诗歌的狂热情绪有所冷却。这样，关于诗歌艺术的多元化探索倾向又渐渐表露出来，而像闻捷的《任锐三访布鲁巴》（选自《复仇的火焰》第二部）这样艺术水平颇高的作品再次从《诗刊》上刊载出来，恰恰可以作为一种"复苏"的讯号。当然，如果单纯是从艺术标准的角度进行衡量的话，那么，这种多样化的探索早在 1959 年中期就已经开始了。1959 年第 4 期的《诗刊》以主编臧克家的理论文章《"五四"新诗伟大的起点》作为头版拉开帷幕的，此外，同期还刊载了冯至的文章《我读〈女神〉的时候》谢冰心的文章《我是怎样写〈繁星〉和〈春水〉的》。本来，《诗刊》花费一定的篇幅开展理论探讨并不应算作一件特殊的事情，但如果联系到这种刊登是在"新民歌运动"中"关于诗歌道路的发展问题的讨论"仍然在如火如荼地进行，而在讨论中，自"五四"以来的"新诗"一直受到质疑、知识分子普遍失势等客观实际的话，那么，这次系列文章的刊载本身是具有深意的；而且，从当时的作品刊登角度上讲，这一时期不但刊出了严阵的《江南曲》这样风格细腻、诗情画意的作品，而且，在《诗刊》上还连续刊出了北大中文系学生谢冕、洪子诚、孙绍振、刘登翰、孙玉石、殷晋培等研究中国新诗史的系列诗学论文，从而为当时的诗歌研究以及真实地拓清诗歌史轮廓做出了较为突出的贡献。这种较为良好的态势一直持续到 1962 年下半年"千万不要忘记阶级斗争"的口号的提出，即八届十中全会的召开才发生转变。

张立群：《论"十七年诗歌"与政治文化》，载《江汉大学学报（人文科学版）》，2007 (1)。

3. 大跃进民歌在当时获得极高评价。周扬称之为"开拓了民歌发展的新纪元，同时也开拓了我国诗歌的新道路"；郭沫若认为它"显示着新诗的一个方向"；著名诗人臧克家、袁水拍、郭小川、贺敬之、田间、阮章竞等，也都预言它将是中国历史上一个辉煌的文学时代的开端，是新诗发展历史的转折点。

随着时光的推移，时代发生了巨大的变化，对大跃进民歌的评价出现了大逆转，基本上都持否定意见，把它说得一无是处，认为大跃进民歌是围绕当时实施的政策和流行的政治口号的命题作诗，肯定和歌颂的是当时现实生活中大量存在的虚假、浮夸的现象。对大跃进民歌的评价落差如此之大，在于两极对立的政治化的思维习惯，在于简单地用"写什么，怎么写"替代"写得怎样"，在于缺乏客观的具体分析。实际上，当时一片赞扬声中就有人批评这种违背艺术规律的"人人写诗"的作法，只不过这种意见随即遭到"围剿"，被压制下去，褒奖的评价很快一统天下。现在看来，这些言过其实的评价意见中，情况各有不同，有的发自内心，有的迫于形势，有的不无迎合附会甚至奉承的因素，无论何种情形，背后都笼罩着政治的巨大身影。

郑祥安：《写什么，怎么写，写得怎样——大跃进民歌再认识》，载《西南师范大学学报（人文社会科学版）》，2006 (6)。

4. 在 50 年代初期，由于"颂歌"是一种新的主题样式，"五四"新文学启蒙传统下成长起来的知识分子显然缺乏相应的语言表达能力。……总的说来，可能是诗人积蓄在心底的感情急于倾诉，语言上往往表现出汪洋恣肆的泛滥风格，散文式口号式甚至语录式的叙述句比比皆是，泥沙俱下，既粉碎了一般抒情诗歌的规律和节奏，以宏大叙事来重新创造诗歌的巨无霸形式；又反映出诗人主观感情的大自由大解放与"颂歌"体的英雄崇拜心理奇妙混合的矛盾，它构成了一个特定时代的诗歌特色。

把这种政治抒情诗风格发挥得淋漓尽致的，是胡风于1949年底到1951年初创作的大型交响乐式的长诗《时间开始了》。……这部长诗包容了以颂歌为特色的政治抒情诗的许多必要因素，特别是强烈的抒情主体的塑造，以致后来者贺敬之、郭小川、闻捷等50年代重要政治抒情诗人的创作都难以达到这样的独创程度。但是也应该看到，当时凡"颂歌"体的政治抒情诗具有的缺点，诸如诗歌语言的不精练和"颂歌"体的程式化，无节制的主观感情宣泄以及对领袖人物的狂热崇拜倾向等等，在这部作品中都有比较充分的暴露；至于其巨无霸式的结构所造成的无旋律美感的冗长和重复，如在一个"欢乐颂"后再来一个"欢乐颂"，在描写政协会议中间又插入了党员大会，在叙述纪实性人物时也采取了跟着故事走的自然主义态度等等，这些可能又是这部长诗所特有的缺点。

陈思和主编：《中国当代文学史教程》，22～25页，上海，复旦大学出版社，1999。

泛读作品

霍俊明：《新诗史叙事场阈中的十七年诗歌》
周扬主编：《红旗歌谣》
何其芳：《最伟大的节日》

评论文献索引

周扬. 新民歌开拓了诗歌的新道路. 红旗杂志，1958(1).
苏景昭. 论十七年的诗歌创作. 文艺理论与批评，1997(3).
邢小群. 试析郭沫若在大跃进年代的诗歌活动从《百花齐放》到《红旗歌谣》. 中国青年政治学院学报，2003(3).
赵金钟.《时间开始了》：胡风的生命之歌. 河南大学学报（社会科学版），1999(4).
薛祖清、席扬. "符号"与"歧义"——《红旗歌谣》情诗解读. 文艺评论，2005(5).
刘涵华. 复杂心态的曲折流露——郭沫若《百花齐放》的重新解读. 贵州社会科学，2003(3).
霍俊明. 新诗史叙事场阈中的十七年诗歌. 当代文坛，2010(6).
蔡燕. 郭沫若诗歌"知识分子自我"的想象与失落. 郭沫若学刊，2007(2).
巫洪亮. "十七年"文学媒介权力结构探微——以1957年"《星星》诗案"为例. 扬子江评论，2013(4).

拓展练习

1.20世纪20年代，郭沫若的自由体诗《女神》横空出世，1949年，他用古典辞赋形式创作了《新华颂》，请比较这两首诗，查阅文献索引及摘要中的相关评论，谈谈诗中的抒情主体发生了怎样的变化，其中蕴含着诗人怎样的心路历程，能给予我们怎样的启示？

2.1958 年的新民歌运动在当时获得了很高的评价，诸如周扬、郭沫若、臧克家、郭小川等都预言它"开拓了我国诗歌新道路"、"显示着新诗的一个方向"、"是辉煌的文学时代的开端，是新诗发展历史的转折点"，但随着时代的发展，更多的人认为这个民歌运动是围绕当时实施的政策和流行的政治口号的命题作诗，肯定和歌颂的是当时现实生活中大量存在的虚假、浮夸的现象。请对此完全对立的评价进行思考，以《红旗歌谣》等大跃进当中的一些民歌为例，结合相关的评论摘要以及文献索引，谈谈自己的认识。

第二节　郭小川等人的诗歌

内容提要

自李季用民歌的叙事体创作了《王贵与李香香》之后，就几乎为工农兵文学主潮诗歌奠定了基本的美学范式，其特点是，第一，用理性逻辑来建构诗歌。第二，用选取、再现典型的场景、画面、物象来体现一个时代所倡导的社会内容、精神特征。如歌颂新社会、鼓吹战斗精神等等。第三，在诗体形式上，则是偏重于在民歌基础上的民歌与古典诗歌的融合。具体到其代表诗人，又不尽相同：

贺敬之的诗最为集中地体现了工农兵文学主潮诗歌的美学范式，从而使他的诗每每成为一个时代的代言人，其代表作是长句拆行的阶梯式的长篇政治抒情诗《放声歌唱》《雷锋之歌》以及民歌体抒情诗《回延安》《桂林山水歌》，民歌体与古典诗歌体融合的《三门峡——梳妆台》等。

郭小川的诗无论在内容还是在诗体形式上，都体现了工农兵文学主潮诗歌的丰富性及最大限度的探索性，这种丰富性与探索性又与郭小川的生命真诚融为一体，所以，更有其独特的动人力量。其代表作是长句拆行的阶梯式的长篇政治抒情诗《致青年公民》，新辞赋体《甘蔗林——青纱帐》《厦门风姿》《团泊洼的秋天》，民歌体《将军三部曲》，自由体《望星空》，半自由体《林区三唱》等。在精神内容上，他的诗既有体现了时代主流精神的《致青年公民》《甘蔗林——青纱帐》，也有体现了极大探索性的抒情诗《望星空》《致大海》《团泊洼的秋天》，叙事诗《一个和八个》《白雪的赞歌》《深深的山谷》等。

李季的代表作是《王贵与李香香》及以玉门油矿为写作内容的《玉门诗抄》。

闻捷的代表作是《吐鲁番情歌》及长篇叙事诗《复仇的火焰》。特别是前者，其对新的社会中传统情爱观念、形态的歌颂，与那一时代对新的社会形态、传统文化二者融为一体的歌颂高度一致且又是在情爱层面完成，因而特色独具。

李瑛的诗以军队战士生活为自己的写作对象，代表作是《哨所鸡啼》《戈壁日出》《月夜巡逻》等。他的诗善于抓取日常生活细节给以有意味的生动传达，但由于其诗作整体在既定的理性价值格局中构架，所以，他的诗不以诗作取胜，而以精彩的个别诗句见长。

学习建议

1. 以《王贵与李香香》《玉门诗抄》为例，结合相关评论摘要，体会工农兵文学主潮诗歌美学范式的具体表现。

2. 参阅相关评论摘要，从审美的角度比较《望星空》和《致青年公民》这两首诗歌，谈谈两者之间的异同，郭小川的主体意识和个性色彩是如何体现的？

3. 以《放声歌唱》《桂林山水歌》等为例，谈谈你如何理解对贺敬之的评论。

精读作品

李季：《王贵与李香香》
郭小川：《望星空》《致青年公民》《团泊洼的秋天》
贺敬之：《放声歌唱》《桂林山水歌》
李瑛：《哨所鸡啼》
闻捷：《吐鲁番情歌》

评论摘要

1. 对于如何在抒情诗中描绘英雄形象，李季所进行的探索是很有特色的，他力图正面表现先进人物感情的豪迈。他并没有像贺敬之和郭小川那样，也没有像公刘那样把自己的感受作为反映时代风貌的焦点，他也不像闻捷那样以一种牧歌情调来表现劳动和新生活的喜悦，在欢乐的场景中渗入诗人优美的情思。在李季的作品中，基本上没有诗人的自我形象，也较少以直接抒发诗人胸臆为主的篇章。他的语言不及白桦、雁翼、邵燕祥、流沙河那样多彩，他的想象常常是直线条的，不像李瑛那样曲折，但是他却以质朴的风格和生活内容，在五十年代独树一帜，在表现生活的深度上所取得的成就弥补了在构思上平直的不足……李季的人物是现实的人物，艺术细节也很少带着想象的奇妙色彩。他在描绘场景和人物方面迈开雄赳赳的步伐，但在想象的空间中他却缺乏灵巧的翅膀。李季的这种写实风格在五十年代初期和中期对许多青年诗歌爱好者有过广泛的影响，他们的新诗往往过分重视生活现实图景的描绘，而在艺术想象方面显得拘谨。从诗的艺术规律来说，是不能回避生活和想象的关系的，在这方面理解上的偏颇，不能不影响到诗人在艺术上的进展。

孙绍振：《李季的艺术道路》，载《文学评论》，1982（3）。

2. 政治抒情诗中，"诗人"会以"阶级"（或"人民"）的代言者的身份出现，来表达对当代重要政治事件、社会思潮的评说和情感反应。这种评述和反应，一般来说不可能出现多种视角和声音，因为其精神上的"资源"，来自当时对现实历史所做的统一叙述。在诗体形态上，表现为强烈的情感宣泄和政论式的观念叙说的结合，即"实际上是抽象的思想，抽象的概念，但用了形象化的语言来表达"，而"形象"也逐渐演化为"抽象"的、象征化"符号"的性质。政治抒情诗一般都是长诗，通常采用大量的排比句式对所要表现的观念和情绪进行渲染、铺陈。讲求节奏分明、声韵铿锵。经常使用马雅可夫斯基的"楼梯体"的组织方式，并不断融入中国古典诗歌的对偶、排比方法，以加强形式感。

洪子诚：《中国当代文学史》，75页，北京，北京大学出版社，1999。

3. 郭小川的《望星空》，是一首典型地体现了个人与历史的复杂关系的政治抒情诗。表面看来，它与当时盛行的那些政治抒情诗有着一副相似的面孔，但细细分辨，其中包含了诗人对个体生命与巨大的历史洪流之间矛盾的敏锐感受。在当时的时代共鸣观照下，郭小川强烈地意识到个人的抒情、个人情感的迷失与软弱，最终必须汇入滔滔沸腾的历史洪流之中，只是这种汇入在郭小川这里并非那么轻而易举，它充满着矛盾、痛苦，而对这种矛盾与痛苦的敏感体验和有意无意地表现，正是郭小川的大部分政治抒情诗的思想与艺术特点。

全诗共有230多行，分为4章，从情感的起伏和内容的展开来看，明显地分为前后两个部分，前半部分叙写作为革命战士的"我"，面对浩瀚星空时所引发的有关人生、宇宙的超越时空的思绪，显示了较为强烈的自我意识，并凭借这一独特的角度展开抒情，"在伟大的宇宙的空间，人生不过的流星般的闪光。在无限的时间的洪流里，人生仅仅是微小又微小的波浪"对人类的生命现象作了诗意的、隐含了某种忧郁和痛苦的自我反省。在这种忧郁与痛苦里，既折射出五十年代后期违反客观规律的大跃进造成的严峻后果的时代背景，表现了作者对历史挫折的严肃思考和感应；同时，也寓意了在历史的挫折面前，革命者对自身生命、意义、命运的重新思考。超越个人与具体的现实事象之上的浩远的时空意识，以及由此带来的感慨、惆怅，给诗人一贯明朗豪迈的诗风添加了深沉，但他所拥有的理想主义又使得这种感慨并不流于消沉。诗的后半部分全力描写了人民大会堂的灯火，她使得"天黑了，星小了，高空显得暗淡无光"，而"当我怀着自豪的感情，再向星空了望，我的身子，充溢着非凡的力量"，诗人的幻想一经回到人间，便由衷地体察出人生的壮丽，并对前半部分的诗思提出了诘难，对人生的浩叹便转而成为对人间建设事业和战斗者人格力量的一个铺垫。作者力图在这前后的一抑一扬，欲扬先抑之间，展示一个在当时显得较为深刻、别致的思考角度和过程：不囿于现成流行的观念，注意表述生活和个人的情感世界的复杂性，努力思考现实的严峻性、斗争的坚定性与广博的人性情感之间的矛盾统一关系，并尝试以一种超越局部时空限制的视界，以达到当代诗歌未曾达到的深度。

陈思和主编：《中国当代文学史教程》，101～103页，上海，复旦大学出版社，1999。

4. 如果说在《白毛女》所代表新歌剧中融合了史、情、理三种诗质，但以"史质"为主导的话，那么，在贺敬之的那些优秀的政治抒情短章中，这三种诗质的文本构成则有所不同，即："理质"的成分被淡化或减弱，"情质"在其中起主导作用，但"情质"与"史质"仍然紧密相连，互为佐证。比如在《回延安》《桂林山水歌》《三门峡歌》《西去列车的窗口》《南泥湾》等诗歌文本中，我们不难在一片浓郁的抒情氛围中蓦然发现这样的诗句："社会主义路上大踏步走，光荣的延河还要在前头！""桂林山水入胸襟，此情此景战士的心——""大笔大字写新篇：社会主义——我们来！""来，让我们高声歌唱呵——'……鲜红的太阳照遍全球！……'""咱们走上前，鲜花送模范……"这些诗句大都出现在全诗的收束处，正所谓画龙点睛，给前文的抒情做理性升华，点明诗人抒情的政治意图。不过，诗人的这种"理"如同明珠一样，仅仅点缀在全篇的"情"的海洋之中。人们从那些深情雄豪的诗作中更多地感受到的，或者是一个远离家乡的游子对故土的思念、对母亲的感恩，或者是一个多情的诗人面对大自然的山山水水所发出的由衷赞美，或者是一位慷慨激昂的文人墨客登高怀古无限感慨，或者近似一位即将出塞戍边的战士所高唱的从军行，或者是一位历经沧桑的诗人对家乡风光今非昔比所抒发的肺腑之言，如此等等。应该说，贺敬之的这些"情"诗之所以在当时和现在能够深深地打动人心，与诗人的那种情感的超越性是分不开的：这些情感既是政治的，也是人性的；既是时代的，又是永恒的。负载这些情感的诗作因此能够在各种场合被人们广为传诵，脍炙人口，它们无疑将长久地构成红色经典的一部分。不仅如此，以上诗作中的永恒之"情"又是与时代之"史"密切相连的。贺敬之的政治抒情诗往往与那个时代的某个重大或典型的历史背景相关，如《南泥湾》和《回延安》中萦绕着中国革命圣地延安的雄伟身影，《三门峡歌》和《桂林山水歌》中闪现出"大跃进"时期中国人民战天斗地的壮丽画面，《西去列车的窗口》中再现了早期知青戍边垦荒的出征场景。这些历史镜头已经永远地定格在了中国当代历史的帷幕上，因此，贺敬之的这些风格独具的诗作也就成了那个时代的永远的历史见证，它们是当代"诗史"中的壮丽篇章。

黄曼君、李遇春：《贺敬之诗学品格论》，载《文艺研究》，2005（6）。

5. 在这里（指《哨所鸡鸣》，编者），出于诗人对豪迈、威严的哨所战士的厚爱，故而当走进他的描写对象——引颈高唱的雄鸡之中，依然化入了自己的情感世界。那云雾，那千波万壑，那啼破宁静的鸡啼，那飞出的霞光一片，景物与细节，状貌与情思，近乎神妙地融注于一起。这也正如黑格尔所说的："引导主体进入单纯的凝神内省状态，就可以对思想观念和观照的漫无约束的自由划定界限，不让它们越出一定的内容意蕴之外，这样，它就把心灵集中到一个特殊的内容上，情感也就只能在这个范围里活动和伸展。"由于有了整体的观照（对战士的性格和情感）和心灵的凝神（对哨所鸡啼的情态），笔力显得充实又集中，空灵不空，形散神聚，而且墨走龙蛇，自有连绵之气。

这种集中性和完整性，使李瑛不少成功之作中的真情实感，自有浑然一体、意脉贯通的风貌。古代画家方熏有云："气关体局，须当出于自然。"李瑛特定的有机完整的心泉中流淌出来的"灵气"，给了作品以自然而鲜活的生命。……李瑛往往把自己的诗写得精美、华彩，但它们不在诗的表面，而是在作品的内部，生动而均匀、自然而然地由内而形之于外，如同树液从根部输送到叶的茎脉与尖端。诗人为审美对象穿上有诗意、有色彩的外衣，赋予它们以现实的魔力；但这种魔力是首先激起了诗人自己的热情，那些精美、华彩的诗句，是被生活的震撼造成的内心裂缝里流淌出来的，是他那个感情投影系统闪现的异彩。

杨匡汉：《李瑛的感情投影系统》，载《文艺研究》，1984（2）。

6. 关于闻捷的爱情诗，诗人臧克家说过："闻捷有一些情歌写得是很好的，令人喜欢的，但是他的诗的题材范围比较狭窄，对大时代的精神反映不够。"因此，他以为"需要更多一些马雅可夫斯基"。在臧克家看来，闻捷的爱情诗"对大时代的精神反映不够"，所以要多请几位马雅可夫斯基式的大诗人来呐喊呼号。这些见解，笔者是不敢苟同的。马雅可夫斯基之所以成为马雅可夫斯基，是因为他具有独特的热忱和气概，他以为"无论是歌，无论是诗，都是炸弹和旗帜"。我以为，在我们这个时代，生活是这样丰富多彩，马雅可夫斯基式的诗人固然是需要的，但闻捷这样的诗人也是受人民欢迎的。难道说，写爱情诗，就是"题材范围比较狭窄"的表现吗？写爱情诗，就不能反映"大时代的精神"吗？每个诗人都有他自己的表现时代精神的艺术方式，闻捷就是如此。诗人自己说过："记载下各民族生活的变迁，岂不就是讴歌人民的诗篇？"他的爱情诗，正是"记载"了这种"变迁"，因此，它们也是赞美时代的诗篇！

周政保：《论闻捷爱情诗的时代感与民族特色》，载《新疆大学学报
（哲学社会科学版）》，1981（3）。

泛读作品

李季：《玉门诗抄》

郭小川：《一个和八个》《甘蔗林——青纱帐》

贺敬之：《回延安》《雷锋之歌》

闻捷：《复仇的火焰》

李瑛：《落呀，落呀，金色的黄昏》《月夜潜听》

评论文献索引

孙光萱等. 读贺敬之《雷锋之歌》——兼论政治抒情诗创作中的一些问题. 山东文学，1963(7).

丁永淮. 郭小川诗歌的哲理特色. 文学评论，1980(3).

祝东力、陆华编. 回首征程（贺敬之文学生涯 65 周年纪念文集）. 北京：文化艺术出版社，2006.

孟繁华. "突围"的欲望与重返起点——郭小川创作道路再评价. 人文杂志，1996(5).

孙玉石. 起点的意义——关于 20 世纪 40 年代李瑛诗学追求的一些资料和思考. 新文学史料，2004(2).

李遇春. 在"现实"与"规范"之间——贺敬之文学创作转型论. 文学评论，2005(4).

余岱宗. 人民的镜像：从苦难走向新生. 文艺理论与批评，2005(3).

丁毅、刘志明. 当代诗坛的"双子星座"——贺敬之与郭小川. 语文月刊，2005(1).

郭晓惠. 长诗《一个和八个》：郭小川的心灵重创. 南方文坛，2006(1).

金红. 重释"大我"与"人"的观念——从郭沫若、贺敬之诗中的"大我"形象谈起. 社会科学辑刊，2004(5).

卓争鸣. 贺敬之的"光明颂"与郭小川的"迷惘期"问题刍议. 文艺理论与批评，1997(5).

刘杭珍. 真挚的情感　独特的意象——重读贺敬之的《回延安》. 浙江师大学报（社会科学版），1997(1).

张器友. 李季与新诗民族化、大众化. 诗刊，1991(5).

叶橹. 激情的赞歌——读闻捷的诗. 人民文学，1956(2).

程光炜. 在历史话语的转换之间——对李瑛作品文本的一次"重读". 诗探索，1994(4).

张同吾. 艺术的自觉与灵魂的自由——论李瑛新时期诗歌的美学趋向. 文学评论，1995(1).

拓展练习

1. 阅读下面这段话，以郭小川和贺敬之的诗歌为例，查阅文献索引中的相关资料，并结合他们各自的诗歌观念，谈谈你如何理解他们之间的这种差异性。

在处理个人—群体、个体—历史、感性个体—历史本质、有限—无限等关系上，贺敬之从不（或极少）揭示其间存在的缝隙、裂痕、对立和冲突。在贺敬之的诗中，"我"、抒情主体已是充分本质化的，有限生命的个体已由对整体的融合、对历史本质的获得而转化为有充分自信的无限，我们无法觉察、寻觅不到其间不协调的缝隙，感受不到可能有的情绪上、心理上的焦躁不安、困惑和痛苦。而在郭小川那里，则有所不同。贺敬之书写的是个人"本质化"的完成、实现的状态，郭小川在50年代，则更多是写这一实现的过程，这一对立、冲突、转化、克服的磨难、欢欣、困惑和坚定。①

2. 在80年代"重写文学史"的讨论中，有人对郭小川的诗歌创作提出了严厉的批评，如认为"在他的整体审美心理结构中，理性的因素占有绝对的、压倒的优势；而情感、想象、幻想等属于非理性范畴的东西则只居于次要的、从属的地位。他提倡的'战斗风格'的审美观念，就并非来自对生活的直接审美体验，而是从抽象的理论、概念中逻辑推演出来的。"② 请你结合郭小川的诗歌创作，谈谈你的感受，这种"重评"价值何在，局限何在？

3. "可是，要我嫁给你吗？你衣襟上少着一枚奖章"。闻捷的组诗《吐鲁番情歌》以此句作为终结，它也迅速成为一个时代的爱情宣言。请阅读这一组诗，并查阅有关资料，就诗中的爱情描写特色，写一篇小评论。

4. 在洪子诚、刘登翰的《中国当代新诗史》中认为"李瑛写作上的个人局限"是"对于战争的主题，对于战争有关的人性，人的心灵，情感的揭示，他始终停留在一个极有限的范围内，而未能达到更值得重视的广度和深度。他未能把这一具有普遍性的人类问题，放在人类历史、人类面临的生活环境这一背景上来体验、思考。"请

---

① 洪子诚：《个人"本质化"的过程》，载《诗探索》，1996（3）。
② 周志宏、周德芬：《"战士诗人"的创作悲剧》，载《上海文论》，1989（4）。

认真阅读李瑛五六十年代的诗歌，并查阅相关的文献资料，谈谈你对此评论的理解。

第三节 "异质类"诗歌

内容提要

工农兵文学在诗歌领域里的一个重要的文学现象是作为其对立面的异质诗歌的出现，其发生的时段是"文化大革命"时期。如果说，这种异质诗歌在工农兵文学诗歌主潮处于上升期时，表现为对九叶诗派、七月诗派的放逐与排斥，那么，在工农兵文学诗歌主潮处于衰落期时，这种异质诗歌就成为对工农兵文学主潮诗歌的颠覆力量并因此成为文学潮流发生根本性嬗变的前兆。

这种异质诗歌大体由两个部分构成：一个部分是由曾经试图进入工农兵文学但最终由于其异质性而被放逐的诗歌构成；一个部分是由工农兵文学内部孕育的根本性的反叛者构成，后者由于是在工农兵文学内部所发生，所以，更具有关注与研究的价值。

第一个部分的作者主要是九叶诗派的穆旦、七月诗派的绿原、曾卓、牛汉及被工农兵文学长期放逐或冷落的流沙河、蔡其矫。其代表作是《冥想》《自己》（穆旦）、《重读〈圣经〉》（绿原）、《悬崖边的树》（曾卓）、《华南虎》（牛汉）、《情诗六首》（流沙河）、《祈求》（蔡其矫）等。

第二个部分的作者是食指，其代表作是《相信未来》《这是四点零八分的北京》《鱼儿三部曲》等。"白洋淀诗群"是这一部分作者的主要构成，其代表诗人是芒克、多多、根子，其代表诗作有《天空》《十月的献诗》（芒克）、《行礼：诗 38 首》（多多）、《三月与末日》（根子）等。此外，这一部分的作者还有"贵州诗人群"，其代表诗人黄翔、哑默，其代表诗作有《火神交响诗》（黄翔）、《启明星》（哑默）等。福建的舒婷也是这一部分作者中的重要一员。这一部分的作者，其文学创作的孕育期、发生期，曾经属于工农兵文学的范畴，但最终他们成为工农兵文学的根本性的反叛者、颠覆者。

学习建议

1. 认真阅读精读作品，选择其中的三首诗进行文本分析，体会这些诗歌持久的艺术魅力来自何处。

2. 在鉴赏诗歌的基础上，思考这一时期"潜在写作"中的两个群体诗人诗作中反映出来的精神特征、审美追求等等的差异性，并讨论"潜在写作"对中国当代文学的存在价值和意义。

精读作品

穆旦：《神的变形》《冬》

牛汉：《华南虎》《悼念一棵枫树》

绿原：《重读〈圣经〉》

蔡其矫：《祈求》

流沙河：《草木篇》

曾卓：《悬崖边的树》《有赠》

黄翔：《野兽》《我看见一场战争》

食指：《相信未来》《这是四点零八分的北京》

芒克：《天空》

多多：《行礼：诗38首》

根子：《三月与末日》

评论摘要

1. 流沙河的一些成功之作几乎都是从个人的亲身感受出发写成的，包孕有诗人自身的兴遭际遇，倾注着诗人感情的心血。他的诗，不回避表现个人的真实的生活经历。许多诗篇里的"我"，例如《一个知识分子赞美你》《妻颂》《一张糊墙的报纸》《故园九咏》《归来》《文学讲习所旧址》《蝶》等诗中的"我"，都可以看成是真实的具体的诗人自己。他将自己的悲与喜、爱与憎、褒与贬，自己的具体而又有典型意义的感情凝聚都注入自己诗篇。诗人通过"我"的感受和表现社会的、时代的、人民的情绪，像高尔基说的"把全世界集中在自己身上"。这使流沙河的诗以感情的真切和诚挚而感动人。……渊博的学识同诗的激情相结合，科学性同诗的幻想相结合，构思奇巧，具有浪漫主义色彩，是流沙河诗歌的另一个重要特色。

……注重吸收古典诗词、民歌、新诗和外国诗的优点，追求诗的民族化，是流沙河诗的又一特点。流沙河擅长古为今用，洋为中用，吸收多方面的艺术营养，已形成自己的诗风。

丁永淮：《论流沙河的诗》，载《文学评论》，1991（3）。

2. 穆旦对现代历史、现代自我的拷问以及对自我与历史的复杂悖谬的关系的揭示，其基调常常是悲观的。历史的灰暗不但导致他对自我的怀疑，甚至导致更为悲哀的绝叫，譬如《沉没》写道：呵，耳目口鼻，都沉没在物质中／我能投出什么信息到它窗外？／什么天空能把我拯救出"现在"？

图 5-8　1965 年秋查良铮、周与良夫妇与子女（前排左起：查瑗、查平、查明传和查英传）合影于天津，这是全家最后一次合影。

这种灰色的情绪在书信中也有所表露，显然在内心经过多少年的积淀。而在冷静、理性、悲哀的情绪下，穆旦的诗作中未尝没有热血的涌流，只是这热血包裹着一层岁月凝结的厚厚的硬壳，一般人不易触摸得到。以穆旦遗作而论，那种悲观的情绪因为个人生命渐入老境更显凄凉，但在这悲观凄凉的老年的内心深处，却仍生长着一个年轻的反抗的灵魂。譬如《听说我老了》里，老年犹如失去了许多好衣衫之后留下的"破衣衫"，但"在深心的旷野中"，它却唱着："但我常常和大雁在碧空翱翔，/或者和蛟龙在海里翻腾，/凝神的山峦也时常邀请我/到它辽阔的静穆里做梦。"即使在彻骨的寒冷中，生命的火焰虽不像年轻时那样熊熊燃烧，但仍坚持着，一息尚存。

寒冷与微温，青春与老年，感性与理性，情感与理智，理想与现实，表达与沉默，这些内心中两组相反的声音的剧烈搏斗，穆旦常把它客观化为两种人性因素或两种人生境遇，由此将它们表现为人生的基本矛盾。例如在《理智和感情》中，理智的劝告采用的是一种冷静的虚无主义的音调，在广漠的宇宙中，生命太短暂，人太渺小，执着的奋斗不过徒增了许多无谓的"烦忧"与小小的"得意和失意"，最终却要被"永恒的巨流""转眼"就冲走；对此，情感却答复，在广漠宇宙中，"即使只是一粒沙/也有因果和目的"，"要求放出光明"，所以："它的爱憎和神经/都要求放出光明。/因此它要化成灰，/因此它悒郁不宁，/固执着自己的轨道，/把生命耗尽。"在这里，理智的声音从无始无终的宇宙背景与终极处，说明个体努力的无意义，但情感却执着于经由个体命定的努力，在虚无中生成意义，即使这努力也许仍是虚无。这两种声音并置在一起，形成一种强烈的戏剧化的矛盾与张力，但穆旦没有做任何偏袒的评论，而是用它们的客观的并置，来呈现在一个迫使人不得不产生虚无感的时代，任何企图严肃地面对生存的人，就不得不面对的人生的基本的矛盾与紧张。

图 5-9　穆旦生前创作的最后一首诗《冬》（亲笔手写体）。

而面对这些人生的基本两难，穆旦也像哈姆雷特一样陷入了"to be or not to be"的犹豫。这对于他来说，首先就是要不要写作，要不要打破沉默的问题，在 1976 年 4 月写作的《诗》中，诗人对何以要把火热的生命保存到枯纸堆里发生这样的疑问："设想这火热的熔岩的苦痛/伏在灰尘下变得冷而又冷……/又何必追求破纸上的永生，/沉默是痛苦至高的见证。"显然，即使是在写作现在仅存的这些诗时，生命体验是否可以用语言来表现的怀疑，也是对后世是否有人愿意和能够破译这些诗、破译之后又有什么意义的怀疑（我们可以联想《自己》中的"还有多少谣言都等着制造他"）。这些怀疑在当时都不是杞人之忧，整个"九叶派"诗人在 50—70 年代集体从

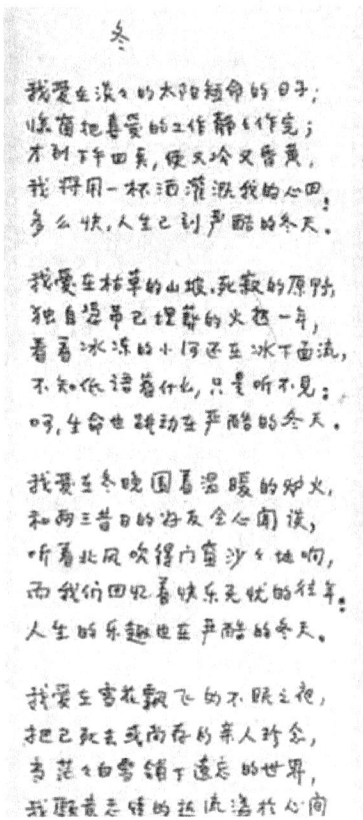

文学史中失踪，多少能说明当时的主流话语根本上无法容纳这种复杂而多思的因而似乎暧昧可疑的文学话语，而在70年代那种特殊的简单化的社会气氛下，穆旦更有太多的理由对能够被理解不抱希望。然而，幸而穆旦留下了这些诗篇，让我们能够略略触摸到简单的时代里一个复杂的心灵。

刘志荣：《生命最后的智慧之歌：穆旦在一九七六》，载《文学评论》，2004（3）。

3. 牛汉的"文革"诗作，除了其突出的喷发着汗血之气和生命之火的"反抗诗学"之外，在其相应的诗艺特征上，则往往在绘写诗歌客体形象的同时，以一种凝望、体察、谛视或推测与想象的主体姿态，注意描写或营造诗歌客体的所处情境（包括"自然情境"和"社会情境"），并将诗人的生命体验投射或"内嵌"于客体形象之中，从而在这完成深远的寄托与象征的同时创造诗歌情境。而他的部分诗作，在以生命体验"嵌入"客体对象的同时，诗人也会常常地出于其外，进行情感的直接抒发或者是灵魂的自我审视，最典型者，莫过于他的著名诗作《华南虎》。

作为诗人的"我"与"老虎"，是《华南虎》中最为重要的两个诗歌形象："在桂林/小小的动物园里/我见到一只老虎。""我"与"老虎"以两个分离的形象首先出现于诗歌之中，他们之间，完全是一种"看"与"被看"的主/客体关系，诗歌语调平淡而冷漠，初始出现的"我"，不过是"五四"时期的启蒙主义写作便已痛切批判的平庸而麻木的"看客"中的一员，而随着"我"的不断"观看"与深入"体察"，"华南虎"的困厄处境以及它的内心"屈辱"和对自由的不绝念想与特定处境中的诗人发生了"命运的邂逅"，共同的命运遭际使得牛汉将自己的生命体验完全地"内嵌"于起初作为客体出现的"老虎"之中，从而也使他们的精神息息相通而几近合二为一。于是紧接着，"我"的诗情被"华南虎""凝结着浓浓的鲜血"的"破碎"的趾爪和在"灰灰的水泥墙壁上"的"血淋淋的沟壑"所彻底"点爆"，诗作以令人震惊的笔触刻画了老虎的不屈反抗，在这里，诗歌情绪达到了悲愤的顶点，一个崇高的作为反抗者的生命形象已经基本上塑造完成。而恰在这时，"我"却从对"老虎"的"内嵌"之中突然抽身，诗歌情绪突显低回，诗人以"我"的羞愧与震惊，表现了自己的幡然自省和对拼死反抗的"华南虎"伟大灵魂的仰望，冷峻的自省，燃烧的诗情和咆

图5-10 1982年11月，胡风八十寿辰时，与前来看望的路翎、绿原、牛汉（后排中间高个者）等友人合影。

哮而去的崇高灵魂营造了阔大沉雄的诗意空间，灵魂的对话与撞击和反抗者的咆哮回荡其中，使得诗作爆发出极为巨大的生命震撼力。

何言宏：《严酷时代的精神证词——"文革"时期牛汉的诗歌写作》，
载《当代作家评论》，2000（2）。

4. 在中国，新诗的浪漫主义潮流，是朝着两个不同的方向发展的。如卞之琳所曾指出，一是以郭沫若的《女神》为代表，追求力、宏大、热烈，追求通过自我去表现时代精神，诗风上更多接受惠特曼、雪莱的影响。另一则是"新月"这一派，如徐志摩、朱湘和 20 年代的冯至等，他们更侧重捕捉个人感情的震颤，表现内心情绪的复杂变化，诗风上相对趋于柔美。在当代中国诗歌的发展过程中，偏于浪漫风格的诗人，大体上也呈现这样的分野。追求力、宏大和热烈倾向的，发展为以郭小川、贺敬之为代表的抒情诗。而倾向柔美、侧重"自我"内心感情揭示的这一分流，则由于一个时期诗歌创作对表现"自我"的否定，而受到极大压抑。这两种倾向，复杂地交错在蔡其矫的创作中。在一些篇幅较长的抒情诗中，他偏重于追求充满力度的时代精神的概括。而在另一部分作品中，则注意对内心感情震颤的表现。从他的发展状况看，后者逐渐成为他的主要倾向，也是他对于当代中国诗歌的主要贡献。

刘登翰：《中国诗坛的"蔡其矫现象"》，载《厦门文学》，2007（1）。

5. 《悬崖边的树》以极其浓缩的笔墨，极为典型而鲜明地为曾经受难的几代中国知识分子画了像。有人将它称作是知识分子灵魂的活的雕塑，实在不算是过誉之词，一棵瘦弱的树，被特殊时代的季候风吹成了弯形，心灵遭到前所未有的扭曲和贱视，而它们只有痛苦地依附在这陡峭的绝深壁上，随时都有可能消失于无情的深渊。然而这首诗并不满足于对知识分子命运的一般性描摹，而是以冷峻和检视历史风云的目光，通过象征的手段，将人们引向了一个更为空阔和深邃的思想、历史的空间，促使他们对造成这种悲剧的社会历史进行严肃的思索。这首诗探索知识分子思想历程的巨大的"旋力"和"回溯力"，不啻是诗人在历尽沧桑之后反省历史的最大思想收获。这位曾经长久挣扎于"悬崖边"的诗人，显然没有听任理想主义的热情去冲淡苦难，更不屑于学着鞭身教派的语调在赞美苦难，他从个人痛苦的心理郁积中走出之后流溢而出的深沉的激愤和忧郁，也已经不再只属于他个人的了，因为他已经将它熔铸在同时代人共有的心灵和情感里。

程光炜：《曾卓论》，载《当代作家评论》，1989（6）。

6. 以黄翔为代表的"贵州诗人群"是"'文革'地下诗歌"长久被湮没的一群。20 世纪 60 年代中后期，在偏远的贵州高原，一些青年诗人及文艺爱好者经常聚集在一起谈诗论艺，其中有诗人黄翔、哑默（伍立宪）、路茫（李家华）等构成的文学圈子。在"文革"最黑暗的年代，他们曾冒着生命危险，面临随时都会被劳改、监禁、处决的厄运，"他们站在觉醒的大陆上"（黄翔《火神交响诗》），写下了叛逆者的心声，用诗歌为长满毒素的时代注射了一剂解毒药。时代在试图审判他们的同时也被他们所审判，他们背叛了自己所处的时代。他们是时代的质疑者和审判者。在追溯"新诗潮"的源头时，黄翔无疑是"新诗潮"先行者行列中走在最前面、最优秀的一位，是他用《火神交响诗》擎起了"文革"暗夜中的第一支火炬。然而，由于种种原因，黄翔一直被"活埋"在中国当代"诗歌史"的断层中，成为一块见证时代的活化石。他的《野兽》《白骨》《火神交响诗》组诗（包括《火炬之歌》《火神》《我看见一场战争》《长城的自白》《不，你没有死去》《世界在大风大雨中出浴》），黄翔的人生是受难与受禁相伴随的人生，诗歌成了唯一的抗争方式。他说："有人殉道、殉教；我殉诗"，"诗是狮子，怒吼在思想的荒原上"。时代是贫乏的，思想是不被允许的，个人（"小我"）是被阉割的，然而，诗人却发出了惊世骇俗的属于"自我"的、"人"的声音。情感的狂暴夹杂在语言的冷峻中，悲剧性的预言蕴涵着思想的穿透力。黄翔的诗歌张扬的是一种冲决各种苦难堤坝、奔腾不息的生命力，为了理想甘愿赴汤蹈火的殉道精神，反抗一切禁锢人性和灵魂自由的叛逆精神以及争天抗俗的暴烈的猛士精神，这些构成了他的诗歌精神。因此，他的好友张嘉谚称他为"中国的摩罗诗人"。

李润霞：《被湮没的辉煌——论"'文革'地下诗歌"》，载《江汉论坛》，2001（6）。

7. 《相信未来》是食指最广为人知的早期代表作。关于在它"双声话语"中的一个声部的性质，上节已然论及，这里不再赘述。而真正值得我们重视的，是它的另一个平行声部，即理想主义中出现的裂缝，人性和个体主体性的初步觉醒。此诗从情调到结构上，都有一种缓缓拉开的张力，体现出它开始告别一个集体暴力的诗歌时代，而开启了对个人真实心灵中矛盾纹理的凝神与吟述。此诗细密但噬心的张力体现在，诗人先用隐喻的方式写出当时具体历史语境的压迫，"蜘蛛网无情地查封了我的炉台"，"灰烬的余烟叹息着贫困的悲哀"，"紫葡萄化为深秋的露水"，"凝霜的枯藤"，如此等等，那是悲伤、无告、贫寒、迷惘的一代青年精神处境的写照。但是，如何理解和面对这一精神处境，诗人有独标孤懔的回答："我依然固执地铺平失望的灰烬，/用美丽的雪花写下：相信未来"；"摇曳着曙光那支温暖漂亮的笔杆，/用孩子的笔体写下：相信未来"。这种双向拉开的张力，准确恰当地传达了一代人的初步觉醒：以人的尊严、权利、自由和对未来文明事物的瞩望为其内核；以略略压抑的激情，不带摧折性的工稳语感，单纯明净的物象为其形体。在这里，那个自觉或不自觉的"国家"、"阶级"代言人和"值勤官"开始消解了，而独立的个体生命和艺术人格缓缓站立起来。与此诗写作时间前后相应的《鱼儿三部曲》《这是四点零八分的北京》《烟》《命运》《黄昏》《寒风》《灵魂之一》等，也具有类似的张力性质，这些诗没有暴烈的呐喊与哭诉，而像是自抚伤痛后的反思、对话、沟通，最后将视线投向人性和审美的"未来"。食指的可贵在于，他不采取以恶抗恶的宣泄，他或许已理解到任何形式的话语暴力，都有违人性、美与文明；以恶抗恶的方式发展到极致，不期然中就会成为与专制话语的戏剧性对偶/对称，甚或异质同构。因此，我在早年的一篇文章中说它们"调整了一代人的情感"，就是指这种纯洁、柔韧、自尊、高傲的人性立场和较为纯正的艺术语言。

陈超：《食指论——冰雪之路上巨大的独轮车》，载《文艺争鸣》，2007（6）。

8. 使"白洋淀诗歌"在当代新诗史上不同于以往诗歌的是它内省的诗歌特征。面对一个混乱、令人怀疑的现实，诗人既不能热情地"放声歌唱"，也无法大声抗议。"白洋淀诗歌"更多地沉入诗人内心，把握其精神存在的智性因素。但是，这种"内省"并不等于"朦胧诗"时期那种"痛定思痛"的历史性反思，因此，也就不具备后者所具有的明确的价值判断，而只是通过个性化的体验与感悟来传达的一种缺乏明确出路的内省，更多呈现情绪化色彩。如林莽"城市冒着浓烟，乡村也在燃烧/一群瘦弱的孩子/摇着细长的手臂说/我们什么也没有，我们什么也不要。"（《悼一九七四年》，1975）思考的是一代人的失去了渴望的生存状态。芒克的诗句"果子熟了，/这红色的血！/我的果园染红了/同一块天空的夜晚。"（《秋天》）交织着成熟与罪恶感。在多多的《祝福》（1973）中，对祖国命运的思索是这样的："从那个迷信的时辰起/祖国，就被另一个父亲领走/在伦敦的公园和密支安的街头流浪/用孤儿的眼神注视来往匆匆的脚步/还口吃地重复着先前的侮辱和期望。"在这里，"祖国"的形象从"母亲"变成了"孤儿"，渗透了关于民族国家的危机感。

这样的内省缺乏价值判断，缺乏对某种理论的皈依，它使诗人的感受孤单地悬浮在半空，从而营造出"白洋淀诗歌"的孤独感。但与北岛式"英雄的孤独"不同，这种孤独是个人的孤独，是作为存在者、思想者、写作者的孤独，体会他们的诗句，孤独是隐藏在所有诗句下的内心基调。"夜深了，/风还在街上像个迷路的孩子/东奔西撞"；"日子像囚徒一样被放逐，/没有人来问我，/没有人宽恕我"；"啊，你这蹲在门口的黑夜——/我的寂寞"；"那向我走来的黑夜对我说：/你是我的"（以上芒克）。"太阳已像拳师一样逾墙而走/留下少年，面对着忧郁的向日葵"；"海，向傍晚退去/带走了历史，也带走了哀怨"；"我写青春沦落的诗/……/我那没有人读的诗/正如一个故事的历史"（以上多多）。这种孤独或许是包含在整个20世纪中国文学的"悲凉"风格当中，但放在"文革"中后期的背景中考察，就不仅限于文本风格意义了。

由于被逐出了社会生活的中心，"文革"中的知青一方面有被"放逐"的感觉，一方面又拥有相对宽松的个人自由，而两种心态都助长着孤独感的滋生及蔓延。大而言之，文革也是中国知识者获得孤独感的一个时期。他们从掌握话语权的中心位置被彻底推向边缘，却阴差阳错地实现了一种自我发现。可以说，孤独的心理机制是个人化写作这一现代性写作得以成长的前提条件之一。孤独使"我"从"我们"之中游离出来，并且从外部世界转入内心世界。

李宪瑜：《中国新诗发展的一个重要环节——"白洋淀诗群"研究》，
载《北京大学学报（哲学社会科学版）》，1999（2）。

泛读作品

黄翔：《独唱》《火神交响曲》

食指：《疯狗——致奢谈人权的人们》

根子：《白洋淀》

评论文献索引

张放. 流沙河与他的诗. 文学评论丛刊. 北京：中国社会科学出版社，1984.

毕光明. 华南虎与半棵树——"七月派"诗人牛汉的悲怆写作. 文艺争鸣，2003(6).

李润霞. 论"白洋淀诗群"的文化特征. 南开学报(哲学社会科学版)，2005(4).

林莽. 食指论. 诗探索，1998(1).

崔卫平. 郭路生. 持灯的使者. 香港：牛津大学出版社，2001.

张清华. 从精神分裂的方向看. 当代作家评论，2001(4).

唐晓渡. 跨越精神死亡的峡谷. 唐晓渡诗学论集. 北京：中国社会科学出版社，2001.

李怡. 穆旦研究评述. 诗探索，1996(4).

李俏梅. 穆旦《诗八首》细读. 诗探索，2001 第 3～4 辑.

[韩]金素贤. 穆旦诗歌的性格. 中国现代文学研究丛刊，1997(4).

张曼. 穆旦诗歌的文化容纳空间分析. 世界文学评论，2006(1).

王攸欣. 穆旦晚年处境与荒原意识——以《冬》为中心的考察. 中国现代文学研究丛刊，2007(1).

吴思敬. 穆旦研究：几个值得深化的话题. 南开学报，2008(1).

何向阳. 曾卓的潜在写作：一九五五——一九七六. 当代作家评论，2000(4).

罗振亚、龙泉明. 苦难的升华——论曾卓的诗. 诗探索，2001 第 1～2 辑.

周佩红. 蔡其矫诗歌的语言特色. 诗探索，1981(3).

拓展练习

1. "白洋淀诗歌群落"是"以现代诗为其主要的标志"，而且以自己的诗歌坚守了时代的理性精神，显示了独立的思考能力，请结合他们具体的诗作，谈谈他们在诗歌发展链条中的独特贡献。

2. 在阅读接受过程中，因为读者的成长阅历、学术背景等等的不同，针对同一部作品具有不同的解读是一件非常普遍且正常的状态，但是通过研究对某个人或者某部具体的作品的"阅读史"则往往能够有更广泛与深刻的发现，例如对于穆旦的诗歌《葬歌》就产生了完全相对立的理解，谢冕认为："穆旦的这种自我拷问是他的诗的一贯而不中断的主题。写于 1957 年的《葬歌》，写于 1976 年的《问》，不论周围的环境发生了什么样的变化，他都坚持这种无情的审判……揭示自我的全部复杂性，这是穆旦最动人的诗情。"方稚在《穆旦的"自己的葬歌"》中也认为："《葬歌》中的'自己'，为五十年代中国诗坛留下了绝少的真诚而独具个性的抒情主人公的形象。"然而青年诗人黄灿然则在《穆旦：赞美之后的失望》中批评晚年的穆旦缺乏知识分子应有的勇气和诗人应有的独立精神。认为"从穆旦后期诗看，他缺乏成为伟大诗人所需的深层素质。杰出的穆旦仍然是四十年代的穆旦，青年的穆旦。五十年代以后的穆旦已不是穆旦，而是查良铮或梁真，一个杰出的翻译家。"对此，吴思敬反驳说："穆旦诗不说空话、大话、套话，这正是保持了一个知识分子的良知，保持了诗人应有的独立精神。"郑敏认为说："我觉得穆旦晚年的诗歌更有价值。四十年代，他太年轻了，他的诗歌不可能真正反映人类的生存和历史，不可能真正反映民族和世界。到了晚年，他对于现实有了更真实的理解。我一直觉得，如果穆旦活过了 1979 年，他对生活会有更深的理解，会更深刻，会更有成就。"① 宋炳辉说："晚年的穆旦，虽然历经劫难，但其创作不仅诗艺更趋精湛，而且诗思仍然保持一种精神的力度和厚度，保持了对现实和自我的那种怀疑和超越的穿透力……这是一种悲剧式的充实，一种宿命般的应验，它包含着一种无言的震惊和顽强的抗争，字里行间到底透露出一股逼人的凄凉来。"② 请以此现象为思考的出发点，查阅相关的资料，谈谈你对此问题的理解，并尝试在"异质类诗歌"的创作群体中再寻找一个具有学术研究价值的"＊＊现象"作为自己研究的对象进行深入的探索。

---

① 郑敏：《他非常渴望安定的生活——同学四人谈穆旦》，载《文汇读书周报》，2002-09-27。

② 宋炳辉：《曾经沧海后的超越——试论穆旦的晚年诗作》，载《文学报》，2000-02-24。

第三章 散　文

第一节　概述

内容提要

　　工农兵文学在散文领域里的代表性作家是杨朔、魏巍、刘白羽、秦牧、邓拓。工农兵文学的散文，在 20 世纪 40 年代之后，由于强调对工农兵生活的及时反映，所以，叙事性、新闻性成为其主要的创作特征，文艺通讯体成为这一时期工农兵文学散文的主要文体。在经过了 40 年代的创作实践后，50 年代魏巍的朝鲜通讯成为这一创作样式成熟的标志，其代表作是《谁是最可爱的人》等，这一时期由许多作家与大量的业余作者所创作的朝鲜通讯，也是这一散文文体的重要收获。自 1956 年杨朔发表《香山红叶》后，工农兵文学的散文创作主潮从叙事性、新闻性，转入了抒情性且所抒之情为时代社会之情，杨朔为其最重要的代表性作家。在此大的格局之内，刘白羽的散文创作以壮美见长，其代表作是《长江三日》《日出》等。秦牧的散文以知识性、思想性、趣味性相结合，延续了五四周作人开创的文化散文之流脉，对工农兵文学散文是一种丰富，但其思想性已与五四、30 年代相去甚远。其代表作有《土地》《花城》等。邓拓的杂文标志着工农兵文学杂文创作所能达到的最高成就，其代表作是《燕山夜话》及与吴晗、廖沫沙合作的《三家村札记》。吴伯箫的散文创作以赋为文，以具体真实的历史小事体现大的时代精神，其代表作有《记一辆纺车》《菜园小记》等。曹靖华的散文较多地遗存了五四时代的散文风，其散文创作具有史实的真实性且又写得潇洒自如，对当时刻板的"形散神不散"的散文创作定规是一种积极的冲击。其代表作有《小米的回忆》《忆当年，穿著细事且莫等闲看》等。巴金、冰心在这一时期的散文创作水准均远远不及其在五四、30 年代的创作水准，个中原因，颇具研究价值。代表作有巴金的《生活在英雄们中间》《我们会见了彭德怀司令员》《奥斯维辛集中营的故事》等，冰心的《小桔灯》《樱花赞》等。工农兵文学在报告文学领域里的代表作前期有刘宾雁的《在桥梁工地上》《本报内部消息》等，这类批判性的报告文学在受到否定后，赞扬性的报告文学成为主潮，代表性的作品是甄为民等的《毛主席的好战士——雷锋》，穆青等的《县委书记的好榜样——焦裕禄》等。

　　另外，还有一种形式的散文创作值得一提。这就是沈从文的《五月卅下十点北平宿舍》及张中晓的《无梦楼随笔》，它们都属于"潜在写作"当中具有代表性的作品，对认识那个时代，了解那个时代知识分子的心灵历程有着无可替代的价值。

学习建议

1. 广泛阅读这个时期的散文，结合评论摘要，以期对此时期的散文创作有大致的了解。

2. 精读邓拓、秦牧、刘白羽、沈从文、张中晓这几位作家的散文作品，并选择其中两位作家进行文本分析，尝试思考对散文这种文体的分析角度、方法有哪些？与其他文体存在什么样的不同？

精读作品

刘白羽：《长江三日》

秦牧：《社稷坛抒情》《花城》

魏巍：《谁是最可爱的人》

邓拓：《一个鸡蛋的家当》《伟大的空话》

沈从文：《五月卅下十点北平宿舍》

张中晓：《无梦楼随笔》

评论摘要

1. 在新中国成立伊始，一方面是国内百废待兴、天翻地覆，另一方面是抗美援朝战争在紧张进行。这一特殊的现实生活与四十年代的战争生活具有极相近的生活节奏与美学基调，因而那种"通讯""特写"，体制的记叙性散文仍有施展的天地。但是，1953 年以后，随着朝鲜战争的结束，国内大规模经济文化建设的开展，社会生活、人际关系、心理状态等等，都远比那敌我对峙、血火搏斗的年代要复杂得多。散文创作所面临的，已不再是带有传奇色彩的、惊心动魄的、俯拾可得的生活素材，而大多是需要作者去认真发现、细细体味、反复酝酿的平凡事物。对于读者来说，他们也不止满足于听人物故事的平铺直叙，而是渴望能从散文里获得更多的人生感悟与美的享受。生活及观念的变化，迫切要求散文创作冲破那种"通讯"、"特写"体制，并改变其艺术表现上的直露、粗疏现象，向抒情性与审美性靠近。再如在散文之题材及样式上，人们也开始厌倦那种狭窄与单调，他们希望在散文里，不单能看到国际国内的重大题材，也能看到日常生活的世态人情；除掉那些"正统"的"载道"的文章之外，也能读到一些内容比较宽泛、行文比较随意的"小品"，如知识小品、随感、书简、日记之类。另外，在散文创作上所存在的那种描写的过"实"、过"露"，以及文采的不足等缺点，也不再吻合读者的审美需要。总之，人们从内容到形式，都对散文提出了新的要求。"延安散文"所建树起来的审美风范与艺术格局不能再原封不动地延续下去，当代散文必须在审美与艺术上有自己的开拓与建构。正是在此历史前提之下，人们又将目光转向"五四"散文。于是，"复兴散文"的口号应运而生。

"复兴散文"的口号，并未能唤醒"五四"散文的"灵魂"。因此可以说，人们尽管是看出了当时散文所存在的弱点与局限，但未能真正寻找到解决这问题的症结。且看那时对"五四"散文传统的理解。所谓"复兴散文"，当然是意味着"继承'五四'

散文的优秀传统"，尤其是"美文的传统"。应该说，这本是一个连接曾一度断裂了的现代散文艺术传统的良好契机，而一旦连接成功，必会促进当代散文的极大繁荣。但是，限于当时左的思想的影响，对"五四"散文传统的理解就存在着片面性。我们知道，"五四"散文，乃是在思想文化革命、个性解放意识觉醒的历史背景下产生的。抒我之情，言我之志，把个人的"人格"当作散文的"第一要件"，原被视为最高审美"特质"，也是"五四"散文之特征。有了这一"要件"，才有那艺术上的兼容并蓄，形式上的灵活多样，风格上的异彩纷呈，描写上的真切自然。可是，五十年代，我们在论及"五四"散文的传统时，总是有意或无意地忽视了这一"特质"，而只将其传统简单化为"现实主义"，又进而将"现实主义"同政治标准等同，并用这一尺度，去衡量、梳理、取舍"五四"散文，其结果必然影响到我们对丰富多姿的"五四"散文艺术的借鉴。在当时以至整个五六十年代，有相当一批现代散文作家，如周作人、俞平伯、钟敬文、梁遇春、郁达夫、徐志摩、林语堂、庐隐、苏雪林、丰子恺、丽尼……的散文，不同程度地受到冷遇。即使对冰心、朱自清等人的散文，也要予以严慎的筛选。在这种观念的引导下，所谓"复兴散文"当然就不可能针对着当时散文"个性淡化"之要害问题，去复苏"五四"散文之传统，从而为当代散文开拓一条自由而宽广之路。于是，这次"复兴散文"运动本身，便带有相当的局限性。而作为"复兴散文"运动所产生的直接与深远的影响，那便是：它促进了人们对于散文审美性、艺术性、可读性的重视与探索，其具体表现便是五十年代后期至六十年代初期的以"寻求意境"为中心的散文的"诗化"现象。

佘树森：《当代散文之艺术嬗变》，载《北京大学学报（哲学社会科学版）》，1989（5）。

2. 主流话语下的五六十年代散文创作，主要有以下几个方面的特征：

第一，个人抒情叙事消融入社会的宏大声音之中。50年代的文学创作已经形成了比较有力的代表着当时时代的声音，这种声音表达了一种新的价值观念和伦理选择，在一种共同的文化形态中，凸现了它的社会性、阶级性以及政治功利性。

第二，以明喻为主要修辞手段的显在象征。象征是散文尤其是抒情散文的重要的艺术手法，象征主要是通过隐喻的修辞格和关联结构等方式得以实现。但隐喻却并不一定适用于主流话语的创建，因为过于隐晦象征的艺术并不是五六十年代的散文或诗所需要的。而明喻则既可以达到一定的象征的目的，又可以被人们接受，更易于主流话语的表达。一般来说，五六十年代的散文作品都是通过一个人物或一段故事或一处景物的描写、叙事，象征社会变革的新气象、新思想，从而达到歌颂的目的。

第三，虚幻的诗意。进入50年代末60年代初，散文创作的诗化倾向成为一时的重要话题。所谓散文的"诗化"，是指散文创作中通过意境的创造的抒情性语言所制造的诗的艺术效果，是主流话语所寻找到的一种外化形式，是作者的政治观点和一定的诗意的结合，或者说是作家的政治热情融入情景之中的艺术表现，也是以抒情的方式抒发政治情怀，表达他们的政治思想。因此，这种诗意是对现实的一种感应，因而也就由某些现实的虚幻特征而不可避免地带有虚幻的特点。

周海波：《论中国现代散文从叙事向抒情的转换》，载《齐鲁学刊》，1998（6）。

3. 刘白羽的散文曾被称作"诗化的政论"、其最大特点在于感情充沛，气势豪迈，句式上多长句铺陈，这一特点在《长江三日》中得到了突出的体现。在 60 年代初，刘白羽曾与杨朔、秦牧并成为"散文三大家"。其实，比起杨朔和秦牧，刘白羽的局限性更为明显。刘白羽所使用的语汇比较贫乏，大多是那一时代通行一时的豪言壮语。与此相关，其再现现实所组织、搜罗的艺术形象也显单调：喷薄的"日出"（《日出》），冲天的"炮火"（《万炮震金门》），熠熠闪光的"灯火"（《灯火》），"血与火"、"爽利的风"、"启明星"、"急流"（《平明小札》）等，大多是那一语境里习见的意象；尤其值得注意的是，其中不少篇章如《血写的书》《〈星火燎原〉赞》《读〈黑面包干〉》《月》，以至《日出》《长江三日》等，往往大段大段地摘引或转述他人的描绘与议论，缺乏主体应有的沉淀与消化。如果说作者自觉地秉承某种既定理念而毫无主体独特的精神探索，这一点尚可理解为那一时代作家群体的共同缺失的话，那么，其作品艺术上的缺陷所显示的则是其将主体情感、现实表象转化、凝练、熔铸成"有意味的形式"的能力较秦牧、杨朔等人更显欠缺。刘白羽给后来者的错觉就是"似乎拥有了某种激情"、"真理"或经历就可以成为"作家"。这种错觉的产生实质忽视了这样两个根本问题：一方面，"情感"不等于"美感"，情感人人都有，如果艺术仅仅是表现情感的话，那么，艺术家与普通人的区别也就消失了。艺术家之所以为艺术家，就在于其所表现的从来都是主体在特定的价值体系、价值碰撞中所激起的极具个体特色的"美感"。另一方面，任何情感均须有相当的艺术中介才可转化为艺术。没有这个"中介"，则任何创作均不免导向两途：或是一堆原初材料的粗疏堆砌，或流于滥情、说教。

董健等主编：《中国当代文学史新稿》，168 页，北京，人民文学出版社，2005。

　　4. 秦牧十七年散文，很难找到以创作主体对宇宙人生、学术艺文等重大问题上的独特感受为主题的篇章。譬如《土地》，是作家自己最为欣赏的一篇，认为它"笔触所及，似较深广"，"有较多思想意义和文学色彩"。但是，《土地》一文从晋国公子重耳亡命途中的故事，古代中国皇帝给公侯封赠疆土的仪式，19 世纪殖民主义者杀戮土人掠夺土地的暴行，到旧中国劳动者怀念乡土的风俗和为土地而进行的斗争，再到在共产党领导下的土地改革，写了这么几千年的土地问题，无非为了表现我们今天要"保卫每一寸土地"，"让每一寸土地都发挥它巨大的潜力"，"更加美好起来"。这

图 5-11　2009 年 9 月，简朴庄重的秦牧故居铜像揭幕暨开馆仪式在汕头市澄海区东里镇观一村举行，历经七年修复的秦牧故居正式对外开放。由雕塑家唐大禧创作的秦牧先生铜像成为故居的点睛之笔。

寓意实在说不上深广，更说不上是作家独特的体验。

秦牧十七年的散文很难发现一篇真正让人动情的作品。既为文学散文，不论记人叙事写景，乃至侧重于议论如杂感，都应渗入主体之情，方能以情动人。《社稷坛抒情》，顾名思义，理应能让读者情怀激荡。然而事实并不如此。为何作家已经写出"我多么想去抱一抱那些古代的思想家"这样企望表现自己情不自禁的句子，可读者却觉得他无非故作多情，因而并不受到感染呢？

秦牧十七年的散文艺术大都为对流行观念的宣传所消解。任何一篇散文，如果没有创作主体所特有的意与情，而要着意宣传某种现成的抽象的观念，那么作家的艺术技巧再高也无从充分发挥，甚至还可能弄巧成拙。譬如，南国花市这样的题材，确应能写出极妙佳作，可秦牧的《花城》一文，除了关于太平路一带花市盛况描写的两段显示出了散文家笔墨的功力以外，其余就都说不上有什么特殊的色彩。

秦牧十七年散文的如上三层不足，势必导致它出现第四层缺陷：创作主体的迷失。所谓创作主体的迷失，并非是在行文中"我"没有出现，或出现得太少。而是失去了创作主体的那个有血有肉的活生生的"我"作为智者通过审美途径发表思想成果的地位，作为抒情主体抒发真情实感的资格，并降格为展览馆的讲解员。

曹毓生：《秦牧散文观的矛盾及其负面影响》，载《湖北师范学院学报
（哲学社会科学版）》，2001（4）。

5. 邓拓无可非议地成为一个里程碑式的人物。他对当代杂文和思想建设的独特贡献，首先在于他是继鲁迅之后第一个在报纸上开辟杂文专栏的作家，而且蔚成风气，影响深远。尤其可贵的是在困难时期一扫沉闷的空气，活跃了文坛，用杂文的形式提倡和引导读书。其次，他开创了"知识杂文"的先河，引经据典，深入浅出，娓娓道来，让深奥的典籍拂去尘埃，走入寻常百姓的生活，让人受到历史老人的熏陶。这就扩大了杂文的知识容量和教育功能，使杂文成为传授知识的良好载体。三是学者型高级干部带头写文章，使杂文带有很强的现实针对性，言之有物，高屋建瓴，匡正时弊，激浊扬清，引起疗救的注意，提升了杂文的思想质量和批判功能。四是在"文革"非常时期使杂文受到空前的"反面"宣传和严峻考验，寻常百姓都知道了邓拓及"杂文"，彰显了杂文的思辨精神和文胆风骨。邓拓坚持真理，维护信仰，是以生命为代价捍卫杂文和人格尊严的第一人。

于继增：《邓拓创造的杂文辉煌》，载《书屋》，2007（3）。

6. 虽然这篇手记仅仅是作者在病中的"呓语狂言"，但它富有象征意味地记录了知识分子在一个大转型的时代里呈现出来的另一种精神状态。病中的沈从文敏锐地感受到时代的变化："世界在动，一切在动"，但他真正感到恐慌的不是世界变动本身，而是这种变动中他被抛出了运动轨迹："我似乎完全孤立于人间，我似乎和一个群的哀乐全隔绝了"，"我却静止而悲悯的望见一切，自己却无份，凡事无份。"正因为沈从文从来就不是"有意识的作为反动派而活动"，所以他才会对这个变化中的时代既不具备任何敌意和戒心，也不是明哲保身地冷眼旁观，而是想满腔热情地关爱它和参与它，所以才会对自身被排斥在时代以外的境遇充满恐惧和委屈。这种感受多么清醒，多么逼真，哪里有丝毫的"精神失常"？所以他要大声地宣布："我没有疯"！他还要进一步地反复追问：这"究竟为什么"？作者虽在病中文字仍然充满力量，读完这篇手记，一个善良而怯懦的灵魂仿佛透明似的毕现在读者的眼前，人们忍不住想问：一个新的伟大时代的到来，难道不能容忍这样一颗微弱而美好的生命的存在吗？

虽然这是一篇随意性极强的手记，其文体却鲜明地烙上沈从文向有的文字特点：文字松弛、内涵丰富、语言有节奏感。沈从文有很高的音乐辨别能力，文章从"静中有声"开始写起，写了各种各样的声音：远处的鼓声（幻觉），灶马的振翅声，孩子的睡鼾声，收音机里的古典音乐声……，每种不同的声音都唤起了他不同的情绪变化，相当细腻有致。

陈思和：《重新审视 50 年代初中国文学的几种倾向》，载《山东社会科学》，2000（2）。

7. 《无梦楼随笔》这个书名本身就表明他在漫长的磨难中，已经从乌托邦之梦中觉醒过来。《无梦楼随笔》中有一条写道："过去认为只有睚眦必报和锲而不舍是为人负责的表现，现在却感到，宽恕和忘记也有一定意义，只要不被作为邪恶的利用和牺牲。耶稣并不是完全错。"耶稣承受了人类所加于他的一切迫害和侮辱，却甘愿以自己的牺牲换取人类的得救。张中晓在这里看见了耶稣的光辉，看见了耶稣的宽恕和悲悯。而且，张中晓是在什么样的境遇中看见耶稣的光辉的呢？他是在什么样的情况下写下这样的话的呢？下面的文字也许更加惊心动魄。"一九六一年九月十日，病发后六日晨记于无梦楼，时西风凛冽，秋雨连宵，寒衣卖尽，早餐阙如之时也。"一个人被外部世界的黑暗摧残到了这一步，可他还在念叨着宽恕和悲悯，你想这是怎样了不起的一个张中晓。

……在那个只讲阶级斗争的残酷时代，张中晓却说："在哲学家的心灵中保持人类理智的清醒，在艺术家的心灵中保存人类感情（爱）的温暖和意象的欢乐。"一个受到非人的迫害的人，怎样才能从容而又明敏的体验人类的温暖和欢乐呢？这需要一个根本的保证，那就是无条件地爱这个世界。我不管这个世界怎样地与我为敌，怎样残酷地伤害我，但我是爱这个世界的。我因为爱这个世界而感觉到人类的心灵深处还是有那么一点温暖和欢乐。人类总得以某种方式体会到做人的欢乐与希望，否则整个人类生活就太让人不可承受了。张中晓还说，做文化工作的人，他用的词是"思想工作者"，这是"文革"中流行的词语，实际上他要说的就是知识分子，他说，知识分子的能力，"并不仅是虚构一个空中楼阁，而在于使地上的世界浸透着你的内心的光明，用你的智慧的心和精巧的手，塑出一个生命的世界，或现实的交响乐。"我们的问题不在于要求这个世界具有多少光明，而在于要让这个黑暗的世界浸透着我们内在的光明。我们的责任不在于谴责外部世界的黑暗，而在于用我们内在的光辉照耀这种黑暗。这个世界本来也许没有生命的光辉，可是我们要用我们灵魂的劳动创造出光辉的生命。张中晓说："合宜的行为和准确的语言是有修养和教养的表现。"所谓"合宜"，也就是不能仅仅是丧心病狂和咬牙切齿。所谓有"修养"和"教养"，也就是要保持住自己内在的高贵。别人的下流是我们一时难于改变的，但是我们决不能让自己堕落得跟别人一样下流，而必须保持我们自身的教养和修养。他还说："不能原谅自己，但是要原谅别人。"读到张中晓的这句话，我简直感到惊讶。一个困厄到顶的人，怎么竟然还可以保持这样的从容与豁达。

张中晓的这种东西，跟痛打落水狗的心理状态是有所不一样的。这种不一样也许可以给我们提供这样一个启示：面对外部世界的黑暗与下流，我们除了像鲁迅那样，用痛打落水狗的坚韧与冷硬予以批判和斗争之外，是不是还有另一种担当黑暗的方式，可供我们选择？我们是不是可以用另一种方式，用一种决不放弃内在的从容与宽恕的方式，来抵御黑暗的伤害、表达自己的自由意志？

摩罗：《面对黑暗的几种方式——从鲁迅到张中晓》，载《北京文学》，1999（3）。

泛读作品

魏巍：《依依惜别的深情》

邓拓：《说大话的故事》《专治"健忘症"》

刘白羽：《日出》

评论文献索引

林非．散文创作的今日和明日．文学评论，1987(3)．

刘锡庆．当代散文创作发展的几个问题．北京师范大学学报（人文社会科学版），2001(1)．

佘树森．中国现当代散文研究．北京：北京大学出版社，1994．

王尧．中国当代散文史．贵阳：贵州人民出版社，1994．

商昌宝．"双百方针"的"浮沉"与十七年散文的发展．鲁东大学学报（哲学社会科学版），2007(3)．

黄汉忠、戈凡．论秦牧散文的艺术风格．文学评论，1981(1)．

曾绍义．论秦牧散文的诗意．四川大学学报（哲学社会科学版），1981(1)．

林贤治．对个性的遗弃：秦牧的教师和保姆角色．文艺争鸣，1995(3)．

黄景忠．土地、船、花：秦牧的散文世界．文艺理论与批评，1997(3)．

梁向阳．抒情机制的确立与抒情散文的兴盛——"十七年时期"散文现象浅论．海南师范学院学报，2003(6)．

席扬．文学经典的"生成"语境与"指认"困境——以"十七年"散文的文学史叙述变迁为例．文史哲，2009(3)．

路莘整理．张中晓致胡风的书信．新文学史料，2005(2)．

钱理群．张中晓提出的问题——读《张中晓和胡风的通信》．书城，2008(1)．

拓展练习

1. 有学者这样评价沈从文的《五月卅下十点北平宿舍》："如果说，鲁迅当年以石破天惊的《狂人日记》揭开中国现代文学大幕，宣布了现代知识分子与传统彻底决裂的大无畏精神，奠定了以启蒙为特征的现代文学传统；那么，沈从文的这篇低调的'狂人日记'对50年代以后的文学史同样有着重要的意义"。请仔细阅读这篇"手记式的散文"，谈谈其重要意义体现在何处。另外把此时段的沈从文与30年代的他留给你的印象做一个比较，谈谈自己的感触。

2. 张中晓的《无梦楼随笔》记录了他在作为胡风案重要成员受审之后，在家乡养病期间广泛阅读历史、哲学、宗教著作的基础上对时代、历史、民族文化、民族个性、人性、良知等命题所作的思考。在这种思考之中，个人遭遇成了反思时代神话与民族历史的重要背景，因而其思想与感性就有了一种血肉相连的痛切感与深度。其中既有对哲学、文学、社会、人生等方面的问题所阐发的精深见解，也有对自己当时处境的描述和世故、失望甚至绝望、挣扎的情绪的表露，反映了一个身处特殊境遇中的人的真实思想。请认真阅读该作，思考在知识分子精神史上应给予张中晓怎样的评价？

第二节　杨朔的散文创作

内容提要

杨朔散文创作的代表作是《荔枝蜜》《雪浪花》《香山红叶》《茶花赋》《泰山极顶》等。其创作特点可以用其自己的话，高度概括为"以诗为文"，分述之有四：第一，在平凡的生活中发现诗意并给以诗化的表现，即在看似无意义的平凡人生的日常生活中，发现意义的存在，但这意义是在时代、社会的政治意义的范畴之中；在表现形式上，则用超乎生活常态的诗一样的叙事形式、语言形式给以表现。第二，用人物、事件与景物二者合一的方式构成意境，其意境的核心是时代性、社会性价值。第三，追求结构的精致，如欲扬先抑、明断暗续、开门见山、卒章显志等文章结构的方法。第四，追求语言的精练，追求用动词使文章生动可感，或将所叙场景化静态为动态，构成文章的生动效应。

图 5-12　散文家杨朔在抗美援朝前线。

杨朔的散文创作可值得研究者有三：一是他的散文创作，形成了一种模式，且此种杨朔模式影响了整整一个时代。二是他的散文创作，用真诚的态度写作，所写却每每与社会真相、人生真相相违。第三，其作品"作"的痕迹过重，因而，给人以不"真"不"实"之感。

学习建议

认真阅读杨朔的散文名篇，首先从文学审美的角度进行分析，然后结合评论摘要与拓展练习中相关文章的观点，谈谈本专题的学习中自己的收获与困惑。

精读作品

杨朔：《荔枝蜜》《雪浪花》《茶花赋》

评论摘要

1. 毫无疑问，杨朔是 17 年期间最有代表性的散文作家。

人们常说，杨朔是一个真诚的作家。我也相信。

但是，作家的真诚就一定能保证作品的真实吗？

真诚的参照是自我，而真实的参照却是实在。一边读着杨朔 1956—1962 年期间最响亮的作品，脑海里一边闪过反右、大跃进、大饥荒的镜头，我不由得对杨朔散文的真实性产生了怀疑。……也有人说，杨朔的成就主要表现在文体的精致和洗练上。确实，杨朔的文体，从谋篇布局到遣词造句，都是循规蹈矩，很少变化的。往好处说是干净利落，往坏里说就是千篇一律，公式化、概念化。而艺术上的公式化概念化，根本原因还在于内容上的空泛或弄虚作假。这说明杨朔起码背离了近代散文真实性、多样性、个人性的基本原则。

我们不能忘记杨朔是在一个创造"神话"的时代写作他的那些美文的。所有过来人大概都还记得，那个时代最流行的话语就是"将神话变为现实"。在一定意义上，说杨朔散文是那个时代的"神话"（内容）或"时文"（形式）也许更恰切一些。

应该说杨朔的时文式的新"神话"包含着一定的历史真实。但是，这种真实却不能以近代散文的真实与个性相一致的尺度去衡量，因为它是没有个性的个性；更不能用十九世纪以来"据史写作"的要求去审视，因为它的基础是虚构。倘若换换角度，从文化心理或神话学的角度重新解读杨朔，也许能够发现一些更加隐蔽，也更加残酷的真实。

个人性和随机性是现代散文与"古文"或"时文"的本质区别。然而杨朔散文却备齐了这个传统，退回到讲究义理辞章，四比八股，破承起落的"时文"作法，同时也就退回到千篇一律，陈陈相袭，不敢越雷池一步的旧文化与旧文人姿态。

应该说，杨朔散文与先秦诸子，唐宋八家，桐城古文相去较远，却和八股"时文"惊人地相似。首先，就立意构思而言，二者都是代圣贤立言，捉住一两句经典，便东拉西扯，演绎成篇。只不过杨朔的圣贤，已经不可能是朱注四书，而是当时被奉若神明的社论、选集、讲话、文件等等；命题虽然不是钦定，但都是来自权威的报章杂志，起码是替别人而不是自己说话。结果就像八股文一样，很容易"被利用来束缚士子并从根本上成为说谎造谣的大训练"。这话对于杨朔好像有点刻薄，然而，如果比较一下杨朔散文中"人"的形象，和五十年代中期到六十年代初中国人的真实情形，即知并不过分。其次，就谋篇布局来说，杨朔与八股更是何其相似乃尔。以其最为人称道的《荔枝蜜》《茶花赋》《雪浪花》为例，第一段无论正起反起，酷似八股的破题、承题，第二段照例起讲，中间部分展开的风景和对话描写好像四比八股。有所不同的是，八股重在说理，故必须收结在议论上。杨朔虽也有纯以议论结尾者，如《蓬莱仙境》《画山绣水》等，但更常见的是把议论稍提前一二段进行，最终以一句紧扣题目而又相关描写的话收煞，这种形式常被人们称作是曲终奏雅。

深入考察一下杨朔开头跟议论之间的关系是很有意思的。杨朔散文好像北方饺子，看到的是描写的皮，咬破却是议论的馅。表面是散文，内里是八股，是经义，是"时代精神"。

马俊山：《论杨朔散文的神话和时文性质》，载《文艺理论研究》，1998（1）。

2. 杨朔散文最为后人诟病的，是它的虚假。一边读着杨朔 1956—1962 年期间那些莺歌燕舞的作品，一边回味"反右"、"大跃进"所导致的天灾人祸，心里确实不是滋味。问题在于，当时人们并不觉得杨朔散文假，反而为之陶醉，这是什么道理呢？理由很简单：假作真时真亦假，当整个党、整个国家、整个社会都陷于狂热……有谁会觉得这是假？翻一翻当时的文学作品，有几篇能摆脱"虚假"的窠臼？当时又有谁怀疑过它的真实性？这就是历史潮流，沛然莫之能御的历史潮流，否则就不会闹出这么多匪夷所思的荒唐事来。从这个角度看，过分地指责杨朔"虚假"并没有太大的意义，也不公平，不如知人论世，还原历史，揭示"虚假"产生的根源。中国文化中根深蒂固的重群轻个的心理，中国知识分子与生俱来的软弱性，决定了他们在政治上必须有所依附。近代以降，在风雷激荡、错综复杂的历史变革漩涡中，许多人在选择革命与进步的同时，也放弃了独立性和主体意识。这一切在杨朔的《我的改造》一文中有相应的表述。这篇文章真实地记录了作者的主体意识、独立人格一步步丧失，归依于集体的心路历程，最后这样写道："力量是从群众当中来的，离开群众，我是多么渺小，多么孤单啊！人民改造了我（虽然我改造得还很不够），我知道我是永远离不开他们了。"① 更何况，杨朔是一位天真的诗人，单纯的理想主义者，世道的凶险，历史的复杂，人性的丰富，几乎不在他的审察之中。正如石兴泽论述的那样："杨朔不具备思想家的素质，他是个诗人，是个纯净善良的诗人。他长于诗意的发现而短于本质的揭示。尤其糟糕的是，他往往用诗人的良好愿望理解现实，并且在创作中做诗化处理。且不说走马观'花'，看不到残柳败絮，即使看到，也不一定引起他的兴趣；即使引起注意，他也不一定去写，因为那时不允许暴露阴暗面；退一步说，即使允许写，杨朔也不一定写。二十年间所受的革命教育和政治斗争的经验教训使他相信：写阴暗面便是给社会主义抹黑。他是那样热爱新社会，歌颂唯恐不及，岂能抹黑？"

杨朔散文以自己的方式真实地演绎了那个时代单纯、乐观、狂热、夸饰的风貌。随着一个新时代到来，它的褪色是命中注定的。这不仅是杨朔的遗憾，也是那个时代的遗憾。

李兆忠：《时代的错误——杨朔与其散文》，载《名作欣赏》，2010（1）。

3. 杨朔的"诗化"理论和"杨朔体"散文，在 20 世纪 60 年代前后的确产生了轰动性效应。据不完全统计，在《海市》出版不到三年的时间里，《人民日报》《光明日报》《文艺报》和《文学评论》等十几家著名报刊发表了几十篇肯定性的评论。特别需要指出的是，直到 20 世纪 90 年代中期以前，杨朔还有 4 篇作品被选进中学教材，作为优秀范文供青少年学习，这说明了"诗化"散文思潮不但在当时，在后来也产生了极其广泛的影响。

现在我们要进一步追问的是："诗化"散文思潮为什么会有如此大的影响？为什

---

① 杨朔：《杨朔散文选》，北京：人民文学出版社，1978。

么它没有出现于"五四"时期或 90 年代而是产生于 60 年代前后？首先应看到，这里有党的政策的调整，有时代精神倾向于向美从善的因素，以及哲学界关于"美"的讨论等方面的影响，但我认为更为值得重视的，是这股"诗化"的散文思潮，实际上是对于传统文化的认同，对于散文艺术美的皈依。如众所知，从 20 世纪 30 年代末至50 年代末期，由于时代的需要，"五四"时期的"性灵"和"美文"的艺术精神其实已经断裂，散文逐渐被以叙事为主的通讯特写和报告文学所取代。这种通讯化、报告化的散文新体式虽能及时地报道现实的生活，但艺术上却极其直露粗糙，失去了散文这种文体特有的含蓄蕴藉的美感。所以从 20 世纪 60 年代起，便出现了杨朔的"诗化"理论主张。接下来的 1961 年，《人民日报》又开辟了"笔谈散文"专栏讨论散文问题，且时间长达半年。许多著名的作家和评论家如老舍、李健吾、师陀、柯灵、秦牧、刘白羽、吴伯箫、菡子、吴调公、肖云儒等都参加了讨论，而且讨论的焦点主要集中于散文的诗意、意境、结构、范畴，以及"形散神不散"等艺术问题，这在 20世纪 40 年代以后的散文领域里，的确是极为少见的现象。所以从某种意义上说，"诗化"散文思潮是"五四"时期的"美文"艺术精神的继承与弘扬。也就是说，单纯从艺术表现看，60 年代前后的散文家"比'五四'时期及其后的现代散文家更讲究构思和剪裁，更讲究布局与结构，更讲究意境的创造与一切修辞的艺术"，总之，"他们执拗地把散文引向了纯文学化的艺术道路"，并形成了一股追求"艺术风格"或曰"风格化"的创作倾向，因此，60 年代前后的"诗化"散文思潮对当代散文创作的发展与繁荣的确起到了积极的作用。如果我们再考虑到 60 年代前后包括"延安时期"的散文，基本上都处于封闭的状态中，既缺少"五四"的人文启蒙思想的滋润，又得不到现代外国文学观念和表现手法的启迪，如果考虑到这些特定"语境"的制约，我们也许就不会对"诗化"散文思潮求全责备，甚至将其全盘否定了。

陈剑晖：《当代散文思潮简论》，载《文艺评论》，2013（3）。

泛读作品

杨朔：《香山红叶》《金字塔月夜》《樱花雨》

评论文献索引

洁泯. 谈杨朔的几篇散文. 文学评论，1962(2).

黄政枢. 杨朔的散文艺术. 笔谈散文(续编). 天津：百花文艺出版社，1980.

杨玉玮. 自有诗心如火烈——忆杨朔同志. 解放军文艺，1978(2).

张俊杰. 评价具体历史时期文学管见——兼论杨朔三年困难时期散文. 文艺评论，1985(5).

梁衡. 论"杨朔模式"对散文创作的消极影响. 批评家，1987(2).

杨福生. 杨朔创作论. 文艺理论与批评，1989(2).

庄周. 齐人物论. 长沙：湖南文艺出版社，2004.

陈剑晖. 现代批评视野与诗性散文理论建构. 文艺争鸣，2011(2).

王光明. 文学"诗意"散文之检讨. 中国社会科学报，2011-03-15.

拓展练习

　　杨朔的《雪浪花》《荔枝蜜》《茶花赋》等等，在发表的当时，以及 80 年代的一段时间，不仅以其文体的精致与洗练，确立了他在散文界的经典地位，而且也的确影响了过去一代人的创作。然而，在当今读者的视野中，杨朔的分量显然无法和鲁迅、周作人、丰子恺等现代散文大家相提并论，即便仅就新中国成立之后来说，其影响也远远落后于巴金、秦牧、孙犁等作家，从 60 年代好评如潮到现在的落到平地是当代文学史叙述中的一个典型个案，例如"在我国当代散文发展史中，杨朔是有重大开拓与贡献的作家、他自觉地把诗与散文结合起来，大大提高了散文的美学价值。"① 以及在全国十所高等院校十八位专家参与编写的作为全国高等学校文科教材的《中国当代文学史初稿》中，杨朔被视为中国当代散文第一人，书中认为：在杨朔多方面的文学创作中，散文成就最高，"他是新中国成立以来人们公认的第一流的散文作家"，"从 1956 的《香山红叶》起，杨朔进入了散文创作的成熟期，形成了浓郁的诗意为主要特色的个人风格，大大开拓了抒情散文创作的新天地。"到梁衡对杨朔散文提出的质疑，在《论"杨朔模式"对散文创作的消极影响》一文中，他对杨朔模式作了全面的研究和批判，阐释了杨朔模式的形态、产生的背景；概括了杨朔模式的两个特点：内容上的虚幻性与象征性，结构上的稳定性，即"物—人—理"的三段式结构；指出杨朔模式的本质是假，是一个叫人"忘记自我、为空头政治服务的假模式"，造成的流弊是模式化、僵硬化，使散文的艺术之路越走越窄。再到"今天看来，杨朔散文很难称为真正的艺术作品，难以作为审美对象引起审美的注意，而只是在作为文化分析的材料时，才具有不可忽视的价值"②，包括评论摘要中的文章，我们发现在五十多年之中，杨朔散文的命运"两起两落"，这种评价的变化令人深思，请从自己的阅读感受和学习感受出发，查阅文献索引中的评论文章，谈谈你对杨朔散文如何评价？这种文化现象背后的审美意识和价值标准的变迁你怎样理解？

---

① 张钟等：《中国当代文学概观》，北京，北京大学出版社，1980。

② 毕光明：《被修改的仁爱精神：杨朔散文中的悯农意识——以〈荔枝蜜〉为例》，载《海南师范学院学报》，2004（1）。

第四章 戏 剧

第一节 概 述

内容提要

由贺敬之等执笔创作的歌剧《白毛女》堪称工农兵戏剧文学的开山之作，其对新政权的歌颂，其通俗化的表达方式，其将繁复生活给以简单化纯净化的明快风格，都对工农兵的戏剧文学产生了根本性、整体性的影响。老舍创作的《龙须沟》，无论从戏剧性到散文性的戏剧文体，还是从小人物的人物塑造、歌颂性的主题实现上，都标志着五四时代戏剧与工农兵戏剧所能达到的最高程度的融合。1956 年前后，在苏联戏剧"写真实"的影响下，一些突破当时剧坛所流行的公式化、概念的"第四种剧本"出现了。其中主要有岳野的《同甘共苦》，海默的《洞箫横吹》，杨履方的《布谷鸟又叫了》，这些剧作从揭示新的社会矛盾的视角，在对官僚主义的批判，对人性关怀的呼吁方面做出了独特的贡献；田汉的《关汉卿》，郭沫若的《蔡文姬》等历史剧，以历史题材来传达五四一代人对现实生活的独特感受，如文艺家从与底层民众的鲜活的人生关系中，寻求艺术的良知，如文艺家献身国家、民族的苦心，对明君的渴望等，从而均从不同的向度，试图对工农兵戏剧文学给以丰富。在此种努力先后为工农兵戏剧文学主潮给以拒绝后，沈西蒙等的《霓虹灯下的哨兵》，丛深的《千万不要忘记》，陈耘等的《年轻的一代》等革命传统教育剧，从以一种新的精神姿态来应对时代的视角，将工农兵戏剧文学主潮从歌颂转向了革命，并因此成为工农兵戏剧文学主潮的又一个高潮。其后的"八个样板戏"等，则是工农兵文学、工农兵戏剧文学内在矛盾物极必反的标志。老舍的《茶馆》是工农兵戏剧文学中的一个特例、反例，也是其成就最高者。昆曲《十五贯》则在创立中国本土戏剧与五四新文学相结合的"现代戏曲"方面，作出了独特的贡献。

学习建议

观摩（或阅读）这一时期的剧作（剧本），梳理旧剧改革（戏曲改革运动）、历史剧、独幕剧运动、第四种剧本、样板戏等关键词的内涵，以期对这一时期的戏剧概况有初步的了解。

精读作品

昆曲：《十五贯》
吴晗：《海瑞罢官》
岳野：《同甘共苦》
郭沫若：《蔡文姬》
田汉：《关汉卿》

评论摘要

1. 如果我们要认真地清理"十七年"构成主流意识形态的那些流行的戏剧艺术观念，首先必须提及的是对戏剧功能的理解。我们不难看到，对戏剧工具化和庸俗社会学的理解，贯穿在"十七年"的始终，不仅是在戏剧政策与体制等方面形成诸多负面作用，相当多的作品

图 5-13　昆曲《十五贯》剧照。

也受到这种工具论和庸俗社会学的影响；而来自另一方面的影响也不能低估，那就是从苏俄等途径传入的欧洲浪漫主义艺术观念，它们过于强调艺术家的个人表现以及艺术的纯粹性，强烈排斥艺术与一般民众欣赏需求之间的商业化联系，这种精神贵族气息十分浓厚的艺术观，也直接或间接地影响到戏剧的制度层面与创作演出层面。

戏剧演出团体的国有化和专业化过程，一方面基于对戏剧的意识形态理解，这样的理解正缘于将戏剧片面的视为政治宣传工具的理念。由于受到这种观念的支配，戏剧的本体功能与价值在很大程度上被置于次要的位置，而忽视了戏剧长期以来实际上以大众娱乐的形式存在，忽视了它千百年来作为普通民众最重要的精神文化娱乐方式的价值，所谓"政治挂帅"以及"为政治服务"的创作思想与演出指向，在"十七年"从未受到质疑。因此，在政治与戏剧的关系上，戏剧自身的价值显然被不恰当地矮化了，同样的思想也涉及诸多传统剧目的评价上，比如众多曾经深受民众欢迎的"义仆戏"、丑角戏遭到"丑化劳动人民"的指责而被终止上演，传统剧目在改编过程中被加进一些政治性的教条，新创作剧目更被大量注入对观众进行训导的内容。而对戏剧功能的这种理解，正是文革"样板戏"出现的前奏曲。另一方面，我们还必须考虑到戏剧表演团体的制度性变革产生的影响。戏剧的商业功能受到不切实际的批评的部分原因，在于戏剧几乎完全被等同于诗歌、小说或绘画那样的个人化艺术创作，因之出现了重视创作轻视演出、把剧团主要当作一个创作部门而不是一个演出团体等现象。戏剧理论界机械地照搬欧洲17～19世纪资本主义成长期滋生的浪漫主义思潮，从纯艺术的角度批评与反对戏剧的商业化、市场化和娱乐性，鼓励戏剧作家、演员，乃至导演、音乐、舞美等部门个性化的表现，导致剧团长期以来很少顾及戏剧的市场效应，以致逐渐丧失了戏剧与观众之间的互动，因之也就丧失了戏剧与观众之间天然的联系。剧团的运作乃至整个戏剧领域完全不顾及大众审美趣味，不顾及戏剧的娱乐功能，片面追求按照少数人的趣味裁定的所谓艺术性，正是"十七年"戏剧占主导地位的戏剧方针。当今人不无羡慕地提及"样板戏"在艺术上的精雕细刻时，还不要提

及"样板戏"在艺术上追求的，是从"十七年"发展而来的贵族趣味。

讨论"十七年"的戏剧观念，还需要特别提及现代戏与实际上的"题材决定论"的影响。现代题材戏剧作品的创作与演出在"十七年"受到特殊的关注，在这里，题材的重要性实际上已经被置于作品主题与风格之上。抽象地看，要求向来十分注重历史题材的本土戏剧转而更加重视当代生活题材作品创作，以深刻反映当代民众特有的情感与心理需求，并且使之在作品内涵上更符合现代社会要求，这样的理论与观点当然是值得肯定的。然而，我们还需要看到，在"十七年"受到鼓励的现代戏并不纯粹是个题材概念，而使现代戏受到特别推崇与提倡的理论背景，不仅包括前述对戏剧功能的远离戏剧本体的理解，同时也包括了对传统戏剧价值的深刻怀疑。现代戏的价值与意义被无限夸大了，"才子佳人、帝王将相"在戏剧舞台上的存在空间受到强行压缩，直至完全被驱逐出戏剧领域。这一结果对中国戏剧无疑是，它导致了中国戏剧传统的中断，在文化资源方面造成的损失已经无可弥补。

在表现技巧与形式层面，"十七年"值得怀疑的流行戏剧观念包括从苏俄引进的所谓"现实主义"创作原则，以及对戏剧与生活关系简单化的、肤浅的理解，这样一些观念都在"样板戏"里"臻于大成"。在这个意义上说，无论是从戏剧的功能、题材的选择以及形式技巧方面的演变上看，"十七年"都是文革"样板戏"的必要准备，或者说，许多在"文革"中出现的现象，其根源都要到"十七年"去寻找，要通过对"十七年"的考察才能得以理解。

傅谨：《中国戏剧的当代发展与中国戏剧十七年反思》，载《戏剧文学》，2001（8）。

2. 总体上看，十七年的话剧文学创作呈现出两大特点，其一是片面强调话剧的革命战斗传统，话剧被高度政治化。十七年话剧高度政治化的突出表现是话剧成为了配合党和政府的各项中心工作的宣传工具和政治斗争的武器。从宣传婚姻法、抗美援朝到农村合作化、反右、大跃进和反修防修，历次运动都有大量话剧创作与之相配合。

十七年话剧的另一个重要特点是正剧成为话剧创作的主流，悲剧和喜剧日益贫乏并走向衰落。话剧的"歌颂"、"教育"等政治功能不断被强化，人们的悲剧观念与喜剧观念日益片面和狭隘，这就导致了在话剧文学创作中，人们自觉或不自觉地多运用正剧这种体裁来反映生活（无论当代生活还是历史题材），而视悲剧和喜剧创作为畏途。在十七年话剧中悲剧基本消失，这是因为人们认为悲剧是揭露和抨击旧社会和旧制度的武器，而社会主义制度已从根本上消灭了产生悲剧的社会基础，因此，现实题材的悲剧创作实际上已不可能，而一些历史题材的剧作，因为要强调乐观主义精神和对人民的教育鼓舞作用，往往也将悲剧素材作正剧处理。而自现代以来强调喜剧的暴露与讽刺功能的思维习惯延续至当代，因而喜剧也被认为不适合描写正面英雄人物和歌颂新社会新生活。

胡德才：《论十七年的戏剧文学创作》，载《三峡大学学报（人文社会科学版）》，2006（4）。

3. 十七年历史剧的兴盛具有其内在的动力，其最主要也是最根本的动力源于现代剧作家政治无意识升华的象征行为。……以郭沫若、田汉、老舍、曹禺等为代表的这一批在党政和文化机构内占有中心位置和拥有丰富人生阅历的现代剧作家们，当年的内心焦虑、不安和痛苦的情绪可能并不低于已经被打成"右派"的年轻剧作家。然而，他们很清楚地认识到现实已不允许他们率性地凭理想或感受来写作，不能随心所欲地"揭露阴暗面"，"干预生活"，基于形势、利益等因素，选择历史剧在某种意义上是老作家们的一种策略，即"在历史故事、人物、典故中寻找'象征'和'影射'的想象方式和情感表达方式"。而不是 1956 年"百花时代"中的青年作家们所选择的将笔触直接伸向了现实，终招致权威话语的强力反击，许多人被打成右派，丧失了言说的权利。在知识分子被无情的否定与批判的年代，老一代剧作家以其特有的智慧、顽强的精神、精明的策略赓续了干预生活的传统，迟滞了戏剧配合政治的步伐。史剧家的这些"曲笔"虽然没有直接描写现实，但并不是逃避现实，而是为了更好地面对，进入历史是为了更深入地面对现实，显示出极大的艺术创造力。

面对新中国成立初的颂歌浪潮，工农兵文学一元化的时代共名，创作语话转型的尝试与失败，加之作为现代知识分子的史剧家自身所承继的中国文人传统和五四以后输入我国的西方现代精神的影响。现代剧作家产生了强烈的话语紧张与焦虑感，长期形成的政治无意识积淀和压抑使他们渴望得到宣泄与升华，渴望进入主流意识形态的中心地带，但又无法得到宣泄与升华。1958 年以后党的文艺政策的适度放松，权力话语对历史剧的不断提倡与推动，使他们不约而同地选择了历史剧（还有人选择了历史小说）这一独特的形式，几乎在相同的时间，以群体的姿态登上文坛，形成了 17 年文学中一道颇为独特的文学景观。他们渴望以历史剧创作对当下沸腾而复杂的生活发挥自己的作用，这是一种行为。但文学创作从根本而言又没有实际触动世界，因而又仅仅是一种象征行为。历史剧就是现代剧作家在 1958—1962 年间移情的艺术形象，是对现实中不可解决的真实矛盾的想象性解决。这种以其形式结构来"象征"地解决现实矛盾的行为，实际上道出了十七年历史剧与现实关系的微妙之处。它既未明说出现实矛盾，又没有完全脱离现实矛盾成为一个绝对的世界。亦即现实是作为一种潜文本存在于历史剧之中的，它是作品意义的先决条件，但又被本文的外表严丝合缝地掩盖了起来。所以，从十七年历史剧的话语形态着手是可以发现特定年代中潜在的社会矛盾和时代特征。

温潘亚：《象征行为与民族寓言——十七年历史剧创作话语形态论》，载《清华大学学报（哲学社会科学版）》，2009（3）。

4. 1956 年前后出现的"第四种剧本"主要受苏联"解冻"思潮的影响，它们积极干预生活，关注普通人的生存和情感的人道主义情怀，突破了当时戏剧创作的公式化、概念化框框，体现出剧作家对现实的独立思考。

在"第四种剧本"中，形象创造不再是社会本质的载体或某种观念的代表，而是有思想和情感、矛盾和困惑的人。"第四种剧本"的形象创造，首先突破了所谓戏剧只能描写代表"社会本质"的正面人物这种庸俗社会学的典型观。在他们看来，戏剧不一定必须写正面英雄人物，普通人物、落后的或中间状态的人物、甚至反面人物，也都可以成为戏剧的主角。《新局长来到之前》中的总务科长刘善其、《葡萄烂了》中的陈主任、《开会忙》中的荣主任等形象创造，都以讽刺的极端化与漫画化，反映出作者执著地抨击丑陋的表现手法；而《布谷鸟又叫了》《同甘共苦》《洞箫横吹》等剧作，剧中的主要人物如童亚男、刘芳纹、刘杰等，又都是生活中平凡的普通人。在这些剧作家看来，戏剧的形象创造不论是正面人物还是反面人物，都应重在描写人物的命运，尤其是要写出人物独特的性格特征；这里的性格又不是那些公式化、概念化戏剧中所写的，只是人物的某种脾气或怪癖，或是某种思想观念的符号，而主要是在生活的复杂性中表现出来的人物内心情感的丰富性。

那么，戏剧的形象创造应该如何才能突破黑白分明的正、反面人物的模式，而写出人的真实和真实的人呢？他们认为，首先要写出人的性格的真实性。在这方面，岳野的看法很有代表性。从"文学是人学"出发，岳野"觉得不能简单地把人分成正面人物和反面人物，那是不科学的。因为在现实生活中，每个人的性格形成都是很复杂的，有时这个问题上对了，但在某个问题上又错了。人的本身也经常是矛盾的，矛盾解决了就又前进一步"。正因为人是充满矛盾的，人的性格是复杂的，所以，"第四种剧本"总是力求从多方面去描写人物性格，在形象创造中表现出人物个性的发展和人物成长的复杂过程。《同甘共苦》中孟荷荆的形象创造就是如此。一方面，作者描写了他对工作的满腔热情和苦干实干的精神，是位优秀的党的高级农业干部；另一方面，在感情和婚姻问题上，他又有大男子主义的封建意识残余。而后者，就不可避免地会给刘芳纹和华云带来感情的伤害。作者没有把孟荷荆写成高大的正面英雄人物，而是着眼于把他作为一个"人"去描写，写他的优点和缺点，他的可爱处和可恨处，揭示出人物性格的丰富性和生活的复杂性。尽管"第四种剧本"的创作由于存在时间的短暂而数量不多，在戏剧的审美探索上也因未及充分展开不够完善；但值得肯定的是，它们从生活出发、从人物出发去描写现实，就较少公式化、概念化的既定模式。

胡星亮：《论"第四种剧本"及其前前后后》，载《文学评论》，2003（1）。

泛读作品

郭沫若：《武则天》

曹禺：《胆剑篇》《王昭君》

海默：《洞箫横吹》

杨履方：《布谷鸟又叫了》

孙芋：《妇女代表》

崔德志：《刘莲英》

评论文献索引

孟广来. 历史剧创作漫议. 文史哲，1979(5).

周恩来. 关于昆曲《十五贯》的两次讲话. 文艺研究，1980(1).

王新民. 中国当代戏剧史纲. 北京：社会科学文献出版社，1997.

郑春凤. 论十七年戏剧的古典主义倾向. 戏剧文学，1999(2).

刘广辉. 戏剧历史化与历史戏剧化——对郭沫若解放后两部历史剧的解读. 戏剧文学，2006(4).

贾振勇．《蔡文姬》：郭沫若隐曲心声考释．郭沫若学刊，2007(2)．

谭霈生．中国当代历史剧与史剧观．戏剧，1993(4)．

申燕．十七年"社会主义戏剧"的发展阶段和历史特征．西南民族大学学报，2012(9)．

申燕．十七年英雄主义戏剧的人物形塑．西南民族大学学报，2013(8)．

胡可．建国五十年话剧历程的回顾．文艺理论与批评，1999(4)．

李云霞．沉寂中的辉煌——试论"十七年文学"中的戏剧文学．四川戏剧，2008(6)．

黄亚清．毛泽东的新文化想像与历史剧《海瑞罢官》．中国现代文学研究丛刊，2011(10)．

安葵．五十年：戏曲理论与实践．文艺理论与批评，2000(6)．

孙书磊．20世纪历史剧争论之检讨．南京师大学报(社会科学版)，2005(3)．

温潘亚．"纯然主观的表现方式"与"古为今用"——对建国初戏改中"反历史主义"创作倾向批评的重新评估．江苏社会科学，2011(4)．

周涛．《十五贯》与"十七年"戏曲剧目的改编机制．文艺争鸣，2011(11)．

拓展练习

1. 关于《蔡文姬》这一剧作的主题思想，历来有着很大的争议，比如，有人认为是"写民族团结"的；有人认为是"爱情与责任的冲突"；郭沫若则说是"替曹操翻案"，并说"蔡文姬就是我，是照着我写的"。请结合郭沫若"失事求似"的史剧创作观，从该剧本出发，查阅相关评论，谈谈你对此问题的理解。

2. 田汉塑造的"关汉卿"这个人物，应该当作身为"剧作家"、"作家"乃至"知识分子"田汉的一个理想化的自我描绘、自我认定来看待的，扩而言之，借助历史人物塑造这样一个理想化的英雄形象，实际上寄托了老左翼知识分子心目中的一种"自我形象"、"自我认同"与"自我定位"。这个形象显然与当时主流意识形态话语塑造的知识分子形象不太一致，可以说是公开文学中知识分子的精英意识的最后表露，而这一表露只有通过历史题材才得以实现。请以《关汉卿》剧本为例，查阅以下文章：谈谈你的理解。

(1) 戴不凡：《响当当的一粒铜豌豆——读话剧剧本〈关汉卿〉断想》，见《中国当代文学研究资料——田汉专集》，南京：江苏人民出版社，1984。

(2) 马焯荣：《田汉的历史故事剧》，载《文艺研究》，1984(2)。

(3) 宋宝珍：《论〈关汉卿〉》，载《戏剧文学》，1998(9)。

(4) 郭玉琼：《知识分子自我理想的高扬与失落——田汉1958年创作中知识分子形象比较》，载《戏剧文学》，2002(11)。

(5) 郭旭胜：《立意在反抗 指归在动作——析田汉〈关汉卿〉中的恶魔性因素》，载《四川戏剧》，2004(5)。

(6) 宋林生：《历史与现实的互文互动——话剧〈关汉卿〉文本的再分析》，载《上海戏剧学院学报》，2005(3)。

第二节　《白毛女》《千万不要忘记》

内容提要

　　《白毛女》《千万不要忘记》，是工农兵戏剧文学主潮两个高潮的代表作，前者从物质、政治的翻身，精神、情爱的解放角度，着重歌颂新政权诞生的合理性；后者从新的一代人如何将这新的政权传承下去的角度，着重揭示这新的政权所面临的挑战与危机，从而完整地体现了工农兵文学对新的政权所走过的历史历程的概括与认识。虽然这两个剧本所概括的具体的时代内容有所不同，但其艺术范式却有着许多的共同点：第一，均将个人的日常生活作政治化、阶级化的处理。如前者的红头绳，后者的毛料衣服等。第二，均将丰富的个人简约为抽象的某一阶级或政治力量的代

图 5-14　民间故事《白毛女》连环画。

表人物并给以道德上的判定，如前者在改编过程中，去除了生活中女主人公对地主的幻想等等。第三，其主题均与其时的主流意识形态相吻合，情节则是主题实现的理性设计。

学习建议

　　1. 观摩歌剧、电影、舞剧三种不同艺术形式的《白毛女》，讨论杨白劳、喜儿和黄世仁在不同艺术形式中的演变情况，体会摘要中相关的评论。
　　2. 观摩话剧《千万不要忘记》，结合评论摘要，讨论该剧本身的文本特征以及围绕该剧的评价史背后复杂的历史内涵。

精读作品

　　贺敬之等：《白毛女》
　　丛深：《千万不要忘记》

评论摘要

　　1.《白毛女》是一部几经加工修改，从乡民之口，经文人之手，向政治文化中心流传迁移的作品。从某个宽泛的文化角度上看，《白毛女》不仅是一个叙事，不仅是一种心态，甚至也不仅是一种话语——虽然尽可以把它作为叙事、心态及话语来研究。它还关联着一种在"解放区"形成的特定的文化实践——这种文化在形式来源、生产经过和传播方式上都既不同于"五四"以来在知识分子层中流行的新文化，又有别于"原生的"民间文艺形式和意识形态。而作为文化产品，它既有明显的"本土"、

"大众性"或"通俗"色彩，又有受西方文化影响的"文化人"的加工痕迹。这样说并不是否定它的政治特征，而只是想说明，这种带政治功利性的文学反而可能有一个复杂的历史和文化的上下文。如何重新清理这个上下文是我们研究"解放区"文学以及整个现代文化史的一个先决条件。

（在歌剧《白毛女》中）政治力量最初不过是民间伦理逻辑的一个功能。民间伦理逻辑乃是政治主题合法化的基础、批准者和权威。只有这个民间秩序所宣判的恶才是政治上的恶，只有这个秩序的破坏者才可能同时是政治上的敌人，只有维护这个秩序的力量才有政治上及叙事上的合法性。在某种程度上，倒像是民间秩序塑造了政治话语的性质。在某种意义上，歌剧《白毛女》创作中不同话语原则间的交锋象征性地展示了解放区政治文化的生产过程。当然，我们无法证明非政治的、民间伦理秩序的逻辑就一定代表下层阶级的阶级意识。而且毫无疑问，就算这种逻辑在一定程度上代表了大众意识形态，它也被利用来作了政治宣传的工具。但它的确作为某种已被接受的、大众化的共识在这个剧本中发挥着潜在的定义和限制政治权威的作用，从而给观众留出了一个可认同的空间。

与歌剧本相比，电影《白毛女》改写并强化了某种带市井文学色彩的爱情主题。在歌剧中，"非政治"的叙事焦点在于一个毁灭喜儿家庭、践踏和谐平安伦理秩序的恶势力终受惩罚，蒙受苦难的良家女子终于得救，申冤复仇。而在电影里，这个民间秩序经过了某种翻译，在毁灭与复仇之外，还引申出一个有情人悲欢离合，终成眷属的好事多磨式的情节。

孟悦：《〈白毛女〉演变的启示——兼论延安文艺的历史多质性》，见《再解读：大众文艺与意识形态》，50～59 页，北京，北京大学出版社，2007。

2. 20 世纪 60 年代，经改编的芭蕾舞剧《白毛女》被搬上舞台，它强调和突出"阶级斗争"的思想主题，迎合了"文化大革命"的时代观念和要求，公演后便获得当时舆论媒体的一片赞扬声，并跻身于"八个样板戏"之列。其实，歌剧《白毛女》在解放区和新中国成立初期的历次修改和演出过程中，就不断地强化阶级压迫与阶级反抗这一红线。但是，这个歌剧本为什么遭受后来批评家的大肆鞭挞和芭蕾舞剧改编者的大幅度修改呢？其中，最主要原因还是歌剧本这套启蒙的叙事话语到"样板戏"时期的芭蕾舞剧《白毛女》时，开始受到全面的质疑和颠覆。他们指责歌剧作者"把一系列舞台人物都塑造成了卑微软弱、贫苦无告的角色"，以致使作品"只有血泪史、屈辱史，而无反抗史、斗争史"。于是，芭蕾舞剧的改编者抛弃了歌剧本的那一套启蒙话语的运作机制，不仅大量的非政治细节被删除，而且剧中的人物也进一步地被抽象化和本质化，即"每一个人物的意义都由它所属的抽象阶级本质所决定"。黄世仁不仅是一个恶霸地主，他还是一个汉奸。他一身聚集了阴险、毒辣、贪婪、刻薄等特点，俨然是"剥削阶级"本质的化身。杨白劳，不再是歌剧中那个面对地主的欺压懦弱得不敢反抗的贫苦老汉，而是"抡起扁担向黄世仁的有力一击，大长了革命农民的志气，这是他在临死前向旧制度进行的坚决的挑战"。喜儿也不再是一个成长中的人物，她在舞剧中被塑造成一个"复仇女神"。李希凡这样评价道："在佛像前那高举香炉的一掷，和影片中黄世仁在'大慈大悲'横匾下奸污喜儿的情节形成了尖锐的对照。这一掷，岂止是掷向黄世仁，而是掷向吃人的旧制度。一个英勇不屈的贫苦女儿的高大形象，就在这一掷间矗立在观众面前。"

由于时代的变迁，构成了《白毛女》歌剧本与芭蕾舞剧本两种话语实践产生如此激烈的冲突与对立，这真是中国现当代戏剧史的一大奇观。近年来，有的学人开始注意到《白毛女》歌剧本与舞剧本二者的差异与不同，但是如果研究者仅仅是以"五四"以来流行的启蒙话语来批评，那么其结果自然是以歌剧本的"是"而否定舞剧本的"非"，认为："后者对前者的改编、'转换'存在同一指向，即歌剧文本中鲜活的'人'在舞剧文本中隐匿、消失了。"然而，除此之外，《白毛女》的歌剧本与舞剧本的这种对立与冲突，凸显了它们背后的意识形态诉求、文化焦虑、审美风格乃至话语实践等诸多要素的变革，这也许会吸引更多的人们对它们进行反思与探究吧。

黄科安：《文本、主题与意识形态的诉求——谈歌剧〈白毛女〉如何成为
"红色"经典作品》，载《文艺研究》，2006（9）。

3. 这个戏有一个使人惊心动魄的反面教具，那便是脸上甜蜜蜜，用心似乎也是在为儿女好，但在和新社会的关系上却总是格格不入的姚母。这个反面的典型选择得好，因为她在社会上是一个无足轻重的人，在家庭里似乎又是不能起多大作用的，但在她的小圈圈里，她却无时无刻不在起着毒害思想的作用。经济命脉已握不操持在她手里了，她是一个下了台的资产阶级。但是，仿佛在内心深处她还在觊觎着经济大权，如果她的周围不是丁海宽那类把关把得紧的人，而大都是丁少纯那类总在"可也是"的人，就在这工人家庭里她还是可以卷土重来，在某种方式下又当上"掌柜"的。这个反面教员可以说是写活了的，其完整性要比其他人物高。她自是，骄傲，浅陋，愚蠢，庸俗，狡黠，离不开享受，而总是自得其乐，在任何生活里，她都要安排得使自己满足，满足得叫人厌恶。她过得那样有滋有味，却是一种没有任何精神活动的低等动物的生活。然而这些还是她外面的表现，她内心里却藏着一种突出的、秘密的感情，那是一种和我们的社会的一切不相协调，却又不得不在新社会里活下去的抗拒感。这种抗拒感使她不住地、有意无意地放毒，像驴头苍蝇，到处下蛆。她看不见新社会有什么好，自己是怎样丑，也从没想过什么改造，而她成天做的却是如何"改造"别人。这是一个带着十足东北色彩的小业主，气质、语言、习惯，都有这样那样的特征。在小业主里，她也不一般，她确实像那种"卖个瓜果梨桃，烟酒汽水啥的，小鲜货铺子"的老板娘。买三种新牌子烟，一支一支地吸，"咱们娘儿俩品一品，看哪样好抽"，看来，只有有这样经历的小业主才能如此。

她的语言有强烈的阶级特征、职业特征、性格特征，几乎每句话都是打她心底里蹦出来的。当她和丁爷爷聊家常的时候，谈起她家的历史，你听：

> 姚母：玉娟她爸爸早年开个小鲜货铺子，卖个瓜果桃梨、烟酒汽水啥的。康德六年就归了合营了。
> 玉娟：一九五六年！
> 姚母：对，是一九五六年，我这嘴。

在她身上，新社会不发生任何影响，她的"灵魂"还活在康德六年。她的脑子是一个密封的铁罐，装的只有旧社会的东西。

再听听：

> 姚母：都说我们有点剥削，其实谁剥削谁呀？当伙计的比掌柜的还省心。

这是她心眼里的话。遇见一个顶真的对手，丁爷爷，她顾不得作假，登时暴露出一个小业主的嘴脸。

……这个小业主的神经仿佛油上了一道厚厚的保护漆，感觉不到任何新社会的东西。丁少纯的母亲谈着痛苦的过去，作者半天不让这小业主插一句话，却让她一直坐在那里咯咯地笑，最后才说："我说亲家母，你真是个装钱的匣子！"可以想象得出她眉目间的那种自得，满足，藐视丁母的神气。实际上，她是站在自己的阶级立场嘲弄着丁家过去的痛苦。她永远不能理解丁母为什么看见煤核白扔了心疼，不能理解劳动人民对付出劳动、辛苦得来的东西那样爱护的心情。从她的眼睛看出去，一切仅仅是钱；"煤核"是小钱，值不得捡。"你真是个装钱的匣子"这一句话，把她那阶级的臭味都说出来了。这种对话不见雕琢，却那样丰满。

曹禺：《话剧的新收获——〈千万不要忘记〉感后感》，载《文学评论》，1964（3）。

4. 和《年青的一代》一样，《千万不要忘记》的"新"，正在于剧本隐约地透露出一种深刻的焦虑，关于后革命阶段的日常生活的焦虑。毫不奇怪的是，评论者都认为两者是"引人深思"、"发人深省"的好戏。两出戏不仅在现实生活的深层揭示出"阶级斗争"这样一个"真实"，而且直接提出了一个如何重新安排和组织社会生活这样一个问题。换言之，正是通过这两个剧作，"日常生活"开始成一个问题，并且迫切地需要一个答案。而且对这样一个问题的回答，忠实地折射出主流意识形态的巨大盲点，指涉着一个时代的选择困境。

《千万不要忘记》的历史意义，正在于它通过对真正问题的转移和压抑反而忠实地记录了一段历史经验以及这一时代的巨大的集体性焦虑。如前所说，《祝你健康》这一剧名表达了克服现代性所带来的困惑的欲望，《千万不要忘记》则已征兆出对真正问题的回避，内在的焦虑外在化成异己的、需要否定的他性——"资产阶级泥坑"、"病菌"和"阶级敌人"等等。但我们需要认真解读的，正是这一时代焦虑的文化政治内容。这里不仅有对现代工业文明的乌托邦式改造和抵制，也有传统父权体制的扩张和加强；不仅有对市场经济的交换原则的正面排斥，也有积极组织现代人的日常生活，使之获得超越性意义的欲求；不仅有对现代生产力的向往，也有在现代物质文明面前的惶惑和不知所措。这相互交织、层层制约的欲望、忧虑、向往和怀旧正构成这样一个巨大纵深的焦虑的深层语汇和能量。在作者急于回应主流意识形态，为这样一系列复杂的问题和线索提供一个简捷、预制的答案的过程中，我们目睹的是一种焦躁和近于不负责任的掩饰。但是被压抑的焦虑必将以更大的力量爆发出来。也许我们可以在这个意义上认识六十年代下半期波澜壮阔的群众运动的一个心理层面；也许我们必须在一个历史的长镜头里估价七十年代末伤痕文学、八十年代的寻根文学，以至九十年代的通俗文学的魅力和意义。因为正是在对日常生活的正视和体验中，我们方得以进入现代文学的基本命题和精神实质。

> 唐小兵：《〈千万不要忘记〉的历史意义——关于日常生活的焦虑及其现代性》，见《英雄与凡人的时代》，139 页、149～150 页，上海，上海文艺出版社，2001。

泛读作品

陈耘：《年青的一代》

沈西蒙等：《霓虹灯下的哨兵》

评论文献索引

丛深. 《千万不要忘记》主题的形成. 中国戏剧，1964(4).

卓宇等. 革命现实主义的胜利. 文学评论，1979(4).

彭放. 也谈怎样评价《千万不要忘记》. 戏剧艺术，1980(3).

何火任. 《白毛女》与贺敬之. 文艺理论与批评，1998(2).

孙进彬. "人"的隐匿、消失——论《白毛女》从歌剧到舞剧的改编. 北方论丛，1999(1).

单元. 《白毛女》：文本隐伏内涵解析. 中国文学研究，2002(3).

郑闯琦. 从两种"工具论"到"认同仪式"论——《白毛女》演变历史研究的嬗变和发展. 文艺理论与批评，2004(5).

孟远. 六十年来歌剧《白毛女》评价模式的变迁. 河北学刊，2005(2).

何吉贤. 《白毛女》：新阐释的误区及其可能性. 文艺理论与批评，2005(3).

李云霞. 沉寂中的辉煌——试论"十七年文学"中的戏剧文学. 四川戏剧，2008(6).

万和荣. 戏曲与民歌音乐元素在歌剧《白毛女》中的吸收与运用. 浙江师范大学学报(社会科学版)，2008(3).

马淑贞. 六十年《白毛女》研究述评. 文艺理论与批评，2010(2).

拓展练习

1. 《白毛女》的生成过程从传说到歌剧，到电影再到舞剧，正如孟悦在《〈白毛女〉演变的启示——兼论延安文艺的历史多质性》这篇论文中所说的"怎样来看待和研究'革命文学'这个字眼所能包含的历史现象？……我在这篇文章里所做的不过是为了提出问题，而不是给出解答。"这篇论文重要的意义倒不在于对《白毛女》做了全新的阐释，而在于给我们提供了一个研究文学新的思路和视角，请查阅 20 世纪 90 年代之后对《白毛女》的评论文章，比较这些文章不同的研究视角，并指出各自的利弊所在。

2. 围绕着《千万不要忘记》这部剧作，从 20 世纪 60 年代开始到现在，评论也是众说纷纭，认真阅读评论摘要中三个不同时代对该剧的评论，并请查阅其余相关的论文，对此评价史做一个简单梳理，在此基础上谈谈你如何理解这部作品的价值所在。

3. 《年青的一代》和《霓虹灯下的哨兵》这些剧作毫无疑问"体现了时代精神，传达了时代的脉搏"，同时还"表达了政治激进派这样的意图：赋予'没有枪声，没有炮声'的生存环境以严重的阶级斗争性质，提升'日常生活'的宏大政治含义，因而实现把个体的一切（生活行为的和情感心理的空间）都加以组织的设想。"① 请结合具体剧作，谈谈你对此评价的理解。

第三节　《茶馆》

内容提要

《茶馆》是工农兵戏剧文学中最具异质者，也是其成就最高者，何以如此的原因，恐怕要将其置入20世纪中国现代戏剧的格局中，五四戏剧文学与工农兵戏剧文学的关系中，才能给以到位的认识。《茶馆》的创作特点有四：第一，高度的概括性与开放性，即"一个大茶馆就是一个小社会"。通过一个茶馆及其兴衰，通过出入这茶馆的七十多位身份不一的人物，一方面，对时代、社会、历史更替作了全方位的体现，更重要的则是，高度概括了历史、社会与个人的关系，即个人在历史、社会面前的无奈与不幸。第二，不是以抽象的阶级本质作为人物性格的核心，并对其给以政治性的判定，而是在社会、历史"总的合力"的作用下，写出了人物的丰富性、深刻性。第三，是其人像展览式的散文化的结构。这是现代话剧与传统话剧的最重要的区别之一。第四，是其所表现的内容与形式——主要是语言——的风土化特点。

学习建议

话剧《茶馆》有其超越民族、国家、历史的永恒魅力，请阅读《茶馆》剧作文本并观摩话剧表演，参阅评论摘要，尝试从戏剧性、文学性（或曰审美性，包括人物、语言、结构、情节、主题等）、社会性、政治性、民族性、哲学性等视角中选择其中一个进行分析，体会其"魅力"具体表现在哪些方面。

图 5-15　幼年的老舍与哥哥姐姐们一起，把父亲留下的花草视做他生命的延续，浇水施肥，精心呵护，由此形成了养花的爱好。在他的故居，当年他亲自种植的小树如今已经长大了。

---

① 洪子诚：《中国当代文学史》，北京：北京大学出版社，1999。

精读作品

老舍：《茶馆》

评论摘要

1. 对没有充分地表现出日益发展中的人民革命力量，也就不可能把光明的未来展示给读者。……《茶馆》显示的光明是如此微弱，希望是那样渺茫。

王利发是一种典型的奴隶性格，难道不应该予以批判？作者对此没有有力量地给予批判，反而在最后通过王的自白，把他的这种行为美化了。

作者笔下的几个劳动人民形象也是消极的，不会斗争，逆来顺受，显然没有劳动人民的爱憎分明的情感。

剧中出现了不少迎合小市民阶层的庸俗趣味，如把太监买老婆、两个逃兵合娶老婆的畸形故事告诉今天的读者，究竟有多大的现实教育意义？

剧中出现的人物，其阶级性格是极其模糊的，还没有真实地反映出当时阶级矛盾、民族矛盾错综复杂的严重斗争，对旧社会揭露得不深，鞭挞得不力。

全剧缺乏阶级观点，有浓厚的阶级调和色彩。

刘若泉、刘锡庆：《评老舍的〈茶馆〉》，载《读书》，1959（2）。

2. 问：您怎么安排这些小人物与剧情的呢？

答：人物多，年代长，不易找到个中心故事。我采用了四个办法：（一）主要人物自壮到老，贯穿全剧。这样，故事虽然松散，而中心人物有些着落，就不至于说来说去，离题太远，不知所云了。此剧的写法是以人物带动故事，近似活报剧，又不是活报剧。此剧以人为主，而一般的活报剧往往以事为主。（二）次要的人物父子相承，父子都由同一演员扮演。这样，也会帮助故事的联续。这是一种手法，不是在理论上有何根据。在生活中，儿子不必继承父业；可是在舞台上，父子由同一演员扮演，就容易使观众看出故事是联贯下来的，虽然一幕与一幕之间相隔许多年。（三）我设法使每个角色都说他们自己的事，可是又与时代发生关系。这么一来，厨子就像厨子，说书的就像说书的了，因为他们说的是自己的事。同时，把他们自己的事又和时代结合起来，像名厨而落得去包办监狱的伙食，顺口说出这年月就是监狱里人多；说书的先生抱怨生意不好，也顺口说出这年头就是邪年头，真玩意儿要失传……。因此，人物虽各说各的，可是又都能帮助反映时代，就使观众既看见了各色的人，也顺带着看见了一点儿那个时代的面貌。这样的人物虽然也许只说了三五句话，可是的确交代了他们的命运。（四）无关紧要的人物一律招之即来，挥之即去，毫不客气。

这样安排了人物，剧情就好办了。有了人还怕无事可说吗？有人认为此剧的故事性不强，并且建议：用康顺子的遭遇和康大力的参加革命为主，去发展剧情，可能比我写的更像戏剧。我感谢这种建议，可是不能采用，因为那么一来，我的葬送三个时代的目的就难达到了。抱住一件事去发展，恐怕茶馆不等被人霸占就已垮台了。我的写法多少有点新的尝试，没完全叫老套子捆住。

老舍：《答复有关〈茶馆〉的几个问题》，载《剧本》，1958（5）。

3. 老舍先生要表现的是纵深的历史，广阔的生活，这题材本身不容许他用一个有头有尾的冲突故事去贯串。他不能去构置这个冲突，来表现中国自 1898 年至 1948 年的历史。因此，他没有让冲突的老套子捆住，大胆地扔掉了贯穿的情节故事，去写人，去写生活本身。

在《茶馆》里，登场人物多达数十位，谁和谁也不构成贯穿全剧的冲突。冲突是有的，人们之间的矛盾，斗争，甚至开打与逮捕，都是短暂的生活中的插曲。人们只是各自对生活表态。这贯穿全剧的冲突不是几个人错综复杂的关系，而是人民群众同历史与时代的关系。人们在时代的潮流中跌爬浮沉，对这看不见的潮流做出种种看得见的反应。杰出的作家捕捉到这种种反应，描绘出这半个世纪中国历史的风貌。这是对传统的戏剧观念一次勇气百倍的挑战，同时，为戏剧反映深广的历史与社会生活，开拓了一条新路。我们不能把它再纳入旧的戏剧观，在《茶馆》里再强求寻找贯穿全剧的人物或事件的冲突。更不应该认为这戏不过是一盘散乱的珍珠，还需要找一根冲突的金丝线去串起来。这线本来就有哇，那便是历史的命运和变化。人物的命运只不过是这历史潮流可见的反映。即使是王利发吧，我想当初老舍先生也只是把他当作历史见证人之一而写的，无意把他列为茶馆事件，或茶馆冲突的主人公。主人公便是茶馆里那群常客，他们都是历史的见证人。"戏"到了谁那儿，谁就便突出起来，不必为马五爷偏偏坐在舞台的角落里伤脑筋，为他找出传统戏剧观念的辙来解释老舍先生的匠心。老舍先生的戏剧观念，在这座茶馆里表现得最为明显，一切不是为了怎么有戏怎么来，而是怎么更贴近生活，更像历史的真实就怎么写。生活中的马五爷就是坐在茶馆的那个地方，倒不是老舍先生故意地出奇制胜，制造波澜。真实，自然，的确是那么回事儿，这就是老舍在艺术上的追求。这似乎是贬低了《茶馆》的艺术价值，其实，这正是《茶馆》艺术上最了不起的地方。所有可能影响其贴近生活真实的地方，不管怎么有戏，他都舍弃。只要有助于写出生活的真实，即使是转瞬即逝的细微本节，他也组织到舞台上。他扔掉了贯穿戏剧冲突的老套子，获得了极大的创作自由。他不再为怎样冲突的有劲儿，有看头儿而费心思，他可以甩起手来描绘各色人等，抒写他们每个人在时代潮流面前的言行。乡下人卖闺女，父女离散。太监娶媳妇，人贩子如同买卖用物一样地说价钱，多强烈的冲突，多有戏。可以大写父女诀别，太监暴烈，人贩子恶毒。可是不，戏越作的足，越远离生活，挖得越淋漓尽致，越不大像那么回事儿。老舍先生偏偏举重若轻，让这些成为时代的点缀，历史潮流的一个小水花。这才合乎那时代，合乎那些人。作恶的辛苦恣睢，受苦的辛苦麻木。一切习以为常。悲者不以为悲，恶者人不以为恶，这才是那时代的真正悲剧。能像老舍先生那样参透了历史与生活，才能有那种抛掉老套子的勇气与才能，也才有超脱传统戏剧观念另辟新途的功力。

苏叔阳：《惶惑的思考——谈〈茶馆〉所体现的戏剧观》，
载《中国现代文学研究丛刊》，1988（2）。

4. 要深入挖掘《茶馆》的底蕴，我们必须摆脱掉宏大叙事的习惯性单一视角来分析作品。结合时局风向和作家的个性心理，我们可以发现，老舍的《茶馆》是一次比较纯粹的私人叙事，是真正贯注了自己的艺术个性和独立思考的一次写作实践。

1949年以后的老舍一直在配合政治需要歌颂新社会，1956年"双百方针"的提出使作家获得了短暂的相对创作自由，这使老舍的私人叙事获得了外部环境条件。而一旦政治气氛允许老舍先生采用私人叙事，他会有哪些情感要宣泄到作品中去呢？我们的答案是：末世情怀。末世感是老舍终身不变的文化气质。

……80年代初《茶馆》出访西欧时，外国的观众也看出了《茶馆》主题不是简单的宣传革命的合理性，而是显得"模棱两可"："对一个欧洲人来说，《茶馆》的故事最异乎寻常、最动人心弦的地方，莫过于它的悲剧情调。随着岁月的流逝，茶馆逐渐衰落、破败，原来那种热气腾腾的景象消失了，变得黯淡、萧索、阴冷起来，使人感到整个社会都在滑向一种毫无生气、单调而窒息的境地。""这一怀旧的、模棱两可的诀别之作，北京人民艺术剧院的演员是用现实主义但又富于幽默味道的手法表演的。"

所以，与其说《茶馆》的主题是"葬送三个时代"，不如说《茶馆》的主题是凭吊那些在末世中被时代葬送的美好事物。这是将《茶馆》作为老舍的私人叙事解读后得出的结论。

即使从宏大叙事的视角看，《茶馆》的主题也不是"葬送三个时代"，而是以传统文化令人怀念的一个象征物——作为公共空间的茶馆——为凭吊对象，为老北京甚或人世间那些被时代风暴不分青红皂白地加以淘汰的美好生活方式唱一曲挽歌。

周光凡：《〈茶馆〉的主题真的是"葬送三个时代"吗？》，
载《上海戏剧学院学报》，2005（3）。

5. 在三幕话剧《茶馆》中，老舍以一个杰出小说家的写作个性突破了话剧艺术的传统结构，以驾驭语言、刻画人物的功夫扩大了话剧作为一种艺术样式的"边界"。相对于小说的写作而言，话剧写作尤其是一种戴着镣铐的舞蹈。这个"镣铐"就是受时空限制的舞台。传统的话剧为了征服舞台的极端有限性，总要创造一个整一的、集中的、极富冲突性的情节，通过这种情节塑造人物。《茶馆》基本放弃了这一追求，其时间跨度自戊戌变法至抗战胜利长达半个世纪，戏中人物多达七八十个，其中有名有姓的就有40多人。主要不是依靠集中、统一的戏剧结构，而是加大语言描绘的功能，使剧中大多数有名有姓的人物获得了鲜明的个性形象，其中像茶馆掌柜王利发、维新派实业家秦仲义、茶馆常客常四爷这几个艺术形象不仅鲜明生动，而且具有相当丰富的性格内涵。考虑到舞台演出时间的有限长度，不难想象，这种话剧写作的新尝试，既是对话剧传统结构的突破，也向导演提出了难题，而这一难题又恰是对导演艺术革新的推动，没有焦菊隐那具有创新精神的现实主义导演艺术，《茶馆》只能停留在纸上。

……在《茶馆》的三大段落之间，并不存在推动情节发展的具体的戏剧逻辑联系。把这幅历时漫长、人物众多、事件庞杂的广阔社会生活画面组织成一个浑然一体、完满自足的艺术品的，是表现于三幕剧之间，王利发、秦二爷、常四爷这些正直善良的人物每况愈下、一步步陷入生活绝境的无法抗御的历史"逻辑"，以及与这一"逻辑"相比照的恶德人物随机应变、呼风唤雨、生生不息的同样无法抗御的历史

"逻辑"。……不过，也应看到，这一对"逻辑"毕竟是社会学意义上的结论。满足于阐释社会学的概念，甘愿成为"忆苦思甜"的政治工具，必然会限制艺术的才华，妨碍艺术家深入进行自由的创造。

《茶馆》的不足还表现在人物和"戏"还不同程度地存在着漫画化、闹剧化的倾向，包括王利发在内的全部性格描写，大多以外在的感性形象刻画取胜，并未完全达到以灵魂揭示的深刻与丰富感动观众或读者的境界。正是在这一点上，《茶馆》先天地带有一般杰出剧本所不应当有的对于特定舞台表演的依赖性。它一方面以其人物性格鲜明的感性特征对舞台艺术家提出了很高的要求，一方面也因为未能提供更大的灵魂深度而限定了舞台艺术家自由创造的空间。因此，从某种意义上说，《茶馆》的艺术成就就是剧作家老舍、北京人民艺术剧院的焦菊隐、于是之等这样的导演和表演艺术家们所共同创造的。

董健等主编：《中国当代文学史新稿》，186～188 页，北京，人民文学出版社，2005。

泛读作品

老舍：《龙须沟》《春华秋实》

评论文献索引

曾广灿、吴怀斌编. 老舍研究资料. 北京：北京十月文艺出版社，1985.

舒乙. 老舍. 北京：人民文学出版社，1986.

樊骏主编. 老舍名作欣赏. 北京：中国和平出版社，1996.

章罗生. 老舍现象与《茶馆》模式. 民族文学研究，1999(1).

李学武.《茶馆》：文学本与演出本之比较. 中国现代文学研究丛刊，2000(3).

马斌. 现代化进程中空间的衰退——重读老舍《茶馆》. 山东理工大学学报（社会科学版），2002(2).

林婷. 经典的背后——再论《茶馆》. 文艺争鸣，2003(4).

方习文. 从《茶馆》看老舍主体精神的回归与张扬. 中国戏剧，2006(8).

吴小美. 悲剧美：老舍精神与艺术之魂. 中国现代文学研究丛刊，2012(11).

拓展练习

从老舍一生的创作发展可以看出，老舍本质上是一个崇善尚美的艺术家，但他同时又是一个热爱祖国和人民的民主战士。他非常看重和追求作品的审美价值，但又不能放弃社会与民族的责任；他既想紧跟政治、配合形势，为现实服务，又不愿违背自己的创作个性，写自己所不擅长和不熟悉的题材。他一生的创作，常处于这两者的矛盾冲突之中。而这种矛盾冲突，是中国特定时代和特殊国情在作家创作中的反映，是中国作家的普遍现象，请以老舍、曹禺、田汉、郭沫若等为研究对象，了解这一代知识分子在不同历史时段的选择，并讨论给我们当下的文学创作者怎样的启示？

第四节　革命样板戏

内容提要

革命样板戏最初主要是指盛行于"文化大革命"始终的八部作品：京剧现代戏《沙家浜》《红灯记》《智取威虎山》《海港》《奇袭白虎团》，芭蕾舞剧《红色娘子军》《白毛女》和交响音乐《沙家浜》，其后，"文化大革命"时期的京剧现代戏《龙江颂》《红色娘子军》《平原作战》《杜鹃山》也被称作样板戏。样板戏的创作宗旨是："塑造无产阶级英雄人物是社会主义文艺的根本任务"，其在作品中的实现手段是"三突出"即：在所有人物中突出正面人物，在正面人物中，突出英雄人物，在英雄人物中，突出主要英雄人物。其创作组织原则是"领导出思想，群众出生活，作家出技巧"的"三结合"创作方式。

革命样板戏何以将工农兵文学中"文艺为政治服务""塑造新的阶级人物""反映历史前进趋势、社会生活本质""文艺的民族化、通俗化、大众化"推向极端而走向荒谬；何以能将最"现代"的"革命"与最"传统"的"戏曲"融为一体；何以以剧场的"表演性"成为"文化大革命"时代全民族"表演性"的表征，都是颇值得研究的。

图 5-16　现代京剧《红灯记》剧照。

学习建议

样板戏是近二十年来的一个研究热点，请观摩《红灯记》《沙家浜》，遵照自己的真实感受，谈谈对样板戏的初步认识。然后查阅相关的评论，思考拓展练习的问题。

精读作品

《红灯记》
《沙家浜》
《智取威虎山》

评论摘要

1. "样板戏"最主要的特征，是文化生产与政治权力机构的关系。在30年代初的苏区和40年代的延安等根据地，文艺就开始被作为政治权利机构实施社会变革、建立新的意义体系的重要手段，与此同时，建立相应的组织、制约文艺生产的方式和措施。政治权力机构与文艺生产的这种关系，在"样板戏"时期，表现得更为直接和严密。作家、艺术家那种个性化的意义生产者的角色认定和自我想象，被破坏、击碎，文艺生产完全地纳入政治体制之中。文化人在创作中的重要地位，对民间文艺形式的借重，以及从"宣传效果"上考虑的对传奇性、观赏性的追求，都使文艺革命激进派的"纯洁性"的企求难以彻底实现。正统叙述之外的话语系统的存在这一事实，"既暗示了另类生活方式"，也承续了激进派所要否定的文化传统，而使某些"革命样板戏"在构成上具有"含混暧昧"的特征。

洪子诚：《中国当代文学史》，198～199页，北京，北京大学出版社，1999。

2. 在五六十年代的文学创作里，我们可以看到一个相当有趣的现象，即国家意识形态对民间文化进行改造和利用的结果，仅仅在文本的外在形式上获得了胜利（即故事内容），但在"隐形结构"（即艺术审美精神）中实际上服从了民间意识的摆布。以"文革"中的样板戏为例，除了《海港》那种次劣的宣传品外，大都是来自民间的文化背景。以《沙家浜》为例：阿庆嫂的身份是双重的，其政治符号是共产党的地下交通员，其民间符号是江南小镇的茶馆老板娘，后者在反映民间文艺中常常是一种泼辣智慧、向往自由的角色，她的对手，总是一些被嘲讽的男人角色，代表了民间社会的对立面——权力社会和知识社会。前者往往是愚蠢、蛮横的权势者，后者往往是狡诈、怯懦的酸文人；战胜前者需要胆气，战胜后者需要

图 5-17　现代京剧《智取威虎山》海报。

智力。这种男性角色在传统民间文艺里可以出场一角，也可以出场双角，若要再表达一种自由、情爱的向往，也可以出现第三个男角，即正面的男人形象，往往是勤劳、勇敢、英俊的民间英雄。……《沙家浜》的角色模式原型正是来自这样一个民间结构，阿庆嫂与胡传魁是斗勇（曾经在日本人眼皮底下救过胡而征服胡），与刁德一是斗智，与郭建光则是互补互衬。权利者，酸秀才，民间英雄三角色分明换上了政治符号。

同样，我们在"赴宴斗鸠山"这折戏中看到了另一个"隐形结构"："道魔斗法"。……观众在这场戏里期待什么呢？当然不是鸠山取得密电码，可也不是李玉和保住密电码，这些都是早已预知的情节。观众真正期待的，是鸠、李之间唇枪舌战的对话过程，观众由此

得到的仅仅是语言上的满足：它体现了民间"道魔斗法"的隐形结构，一道一魔（象征了正邪两种力量）对峙着比本领……

陈思和：《民间的沉浮：从抗战到文革文学史的一个解释》，载《上海文学》，1994（1）。

3. 历史地看，"样板戏"既然被当时的评论文章、媒体称之为"文艺新纪元"的标志，自然也会有一些属于它自己的重要艺术特征。

改革后的第一项特征，就在于突破了戏曲音乐的"程序化"、"类型化"。具体的做法是在遵守板腔规范的基础上，根据作品的故事情节、人物性格、矛盾冲突、时代特征等因素，进行综合的发展变化，使戏曲音乐成为特定人物心理过程表现的有效手段。从根本上摆脱了"一曲多用"的弊端，为唱腔音乐的进一步发展打开了宽广的空间。

改革后的第二项特征，就在于淡化唱腔方面"炫技性"手法，转而以口语化、平和、自然的唱腔来表现人物的内心世界，使听众对唱腔"过耳不忘"、"一学就会"。

改革后的第三项特征，就在于参与音乐创作、改编的音乐家借鉴西方歌剧的创作手法，在"样板戏"的创编过程中，创造性地运用了人物"主题"、"主导动机"等音乐创作手法（在中后期的"样板戏"创作中，创作人员逐渐确立了这种创作手法）。

改革后的第四项特征，就在于"样板戏"中的台词开始走向了标准化、通俗化、生活化的道路。道白在戏剧中的重要地位仅次于唱腔，剧情的展开、矛盾的揭示、感情的抒发、内心的呓语等，都是以"道白"的方式呈现给听众的。中国传统戏曲讲究"千斤话白四两唱"所以"道白"是戏剧艺术中的核心要素。在"样板戏"中，无论它的题材表现的是上海建设、江南抗战、东北解放，在"道白"方面全部统一采用标准的普通话。

改革后的第五项特征，就在于大胆地借鉴西方古典主义、民族主义、浪漫主义音乐创作的技术手法，充分地运用和声的功能性、色彩性手法，运用复调的基本技术手段，运用配器的常规创作方式，为"样板戏"音乐的创作服务。

改革后的第六项特征，就在于中国传统戏剧和西方现代芭蕾艺术的有机结合，催生了具有中国新文化素质的新型艺术形式——中国芭蕾艺术。

明言：《"样板戏"现象的历史评价》，载《音乐研究》，2006（1）。

4. 从艺术的传播方式来看，戏剧关涉看与被看的关系，它是现象直观性、双向交流性与不可完全重复的一次性艺术。奥·威·史雷格尔认为"关于一部作品是否宜于上演，常常要看观众的接受能力与性癖"。布伦退尔则进一步认为"戏剧并不是只在脚灯前开始存在，而是靠观众的通力合作作为戏剧而存在。没有观众，戏剧就不能存在，并且不能成为别的什么东西，而只能成为文字游戏而已"。法国戏剧理论家萨赛认为"'演出'一词就包括观众的见解在内，我们不能设想一出戏可以没有观众"，有了观众，剧作家思想感情的表达、演员语言动作的意义才有可能形成审美沟通的空间。"样板戏"的剧场如同磁场实现着极其强大的文化整合功能。这种整合是通过演员和观众之间的纵向交流，以及观众相互之间的横向影响而进行的。"文革"时期的群体性社会生活就是一幕大戏，"样板戏"观众和演员扮演着不同的角色。当观众进入剧场也就进入了某个规定的情境，作为一个特殊的个体参与到整体的戏剧想象活动之中。观众的参与方式有多种多样，可以静观遐思，可以直接参与推动剧情，还可以渲染场面气氛。政党领袖作为观众的剧场反应更容易形成连锁效应。1964年11月6日晚，毛泽东、刘少奇、邓小平等党和国家领导人在人民大会堂小剧场观看京剧《红灯记》，当剧情进行到"痛说家史"和"刑场斗争"两场时，毛泽东热泪盈眶。演出结束后，毛泽东等领导人上台与演职员握手、合影。毛泽东的观剧反应体现了他个人对"样板戏"的情感评价，也感染了身边的群众，同时还为"样板戏"起到了无言的宣传作用。曾经创作过《雷雨》《原野》《北京人》的著名剧作家曹禺在以《一场文化大革命》为题赞颂京剧改革时，他说："剧目变了，观众也变了；有了革命的现代戏，就有革命的观众。""样板戏"的确以艺术的感染力和政治的召唤力创造了一代狂热痴迷的观众。"样板戏"的观剧心理是当时民众集体狂欢的经典形态。

李松：《政治社会化视野中的"样板戏"》，载《文化艺术研究》，2010（2）。

泛读作品

京剧：《海港》

京剧：《奇袭白虎团》

芭蕾舞剧：《红色娘子军》

评论文献索引

王元化. 论样板戏. 清园论学集. 上海：上海古籍出版社，1994.

刘艳. "样板戏"与二十世纪中国文化语境. 戏剧文学，1996(3).

杨健. 革命样板戏的历史发展. 戏剧，1996(4).

李中. 样板戏能算"红色经典"吗?. 文摘报，1997年8月14日.

谭解文. 三十年来是与非——"样板戏"三十周年祭. 文艺理论与批评，1999(4).

陈冲. 沉渣泛起的"艺术本体". 文学自由谈，2001(3).

陈吉德. 样板戏：女性意识的迷失与遮蔽. 上海戏剧，2001(9).

傅谨. 样板戏现象平议. 大舞台，2002(3).

孙书磊. 艺术和艺术的历史——试论样板戏批评史中的本体失位. 大舞台，2002(1).

刘起林. "样板戏现象"：政治文化诉求蚕食审美的病态生命体. 理论与创作，2004(6).

姚丹. "无产阶级文艺"理论、实践及其成效初析——以样板戏《智取威虎山》为中心. 中国现代文学研究丛刊，2006(3).

李松. "样板戏"研究的方法论反思. 中华艺术论丛，第10辑.

惠雁冰、高阳. "样板戏"的传播与文化认同. 当代文坛，2010(1).

李洁非. 寻根"样板戏". 长城，2010(3).

陈吉德. 迫害与拯救——论样板戏的性别叙事模式. 南京师范大学文学院学报，2013(2).

拓展练习

"样板戏"自诞生之日起至今将近50年，从盛极而衰再到回潮、热评，几度沉浮的历史命运中争议不断，尤其是近 30 年来更成为了学术界炙手可热的研究选题……但是对其与生俱来的政治意识形态性特点，不同学术背景的研究者则具有"见仁见智"的解读策略与解读方式，大致说来主要有两种视角，一种是从政治、道德角度出发否定样板戏，一种是从文学、艺术角度出发肯定样板戏。

例如，关于样板戏的思想艺术内涵。"文化大革命"后的权威看法，是把样板戏作为当时文学的代表作，着重批判它们观照生活阶级斗争极端化的眼光、人物形象塑造"高大全"反人性的内涵和"三突出"的艺术模式。另一种看法则着力强调其"民族传统美德"与"新的时代精神"相结合中爱国主义、民族气节等道德共同性的侧面，并进而肯定其为"红色经典"，是因为"作品的意识形态外壳和它的艺术内涵常常可能并不完全一致"。

关于样板戏的艺术成就。肯定者多半以戏曲行当研究者的专业眼光，从戏曲题材和艺术革新的角度，否定"三突出"而肯定其"三打破"（即"打破唱腔流派，打破唱腔行当，打破旧有格式"），从而高度评价样板戏在京剧发展史的地位。否定其成就者则往往从思想文化角度着眼，对这一方面忽略或避而不谈。

请查阅文献阅索引中的相关评论，就这种争鸣现象进行思考，你认为 90 年代以来样板戏在舞台上的重新回归的原因是什么？艺术与艺术的历史之间应当如何建构？怎样评价"样板戏"才是恰当的态度？

第六编 新启蒙文学

总　论

内容提要

　　新启蒙文学是指 1976 年"文化大革命"结束至 20 世纪 80 年代末的中国大陆文学。之所以将其命名为新启蒙文学，是因为这一时期中国大陆的社会结构，处于从政治革命、计划经济到经济建设、市场经济的社会变革期，其文化形态、价值形态，处于从传统文化、革命文化向现代文化的变革期。从中国现代化进程这一宏观视野考察，其"变革"的"结构性"与五四时代"变革"的"结构性"，有着许多的共同之处，因之，与社会结构、文化结构、价值结构相对应相一致的"文学结构"，也就有着许多的共同之处：诸如对个人、人性、人道主义的呼吁，对个人物质利益、个人权益的认可，对社会民主的诉求，对西方文化的全面引进与认可，对传统文化的反思与批判，对现代性的无保留的追求，对个人与国家关系的考量等等。这些共同之处，内蕴在这一时期的文学作品中，有些已被我们所认识，有些尚待我们给以重新梳理与发掘。

　　新启蒙文学的发展过程可以分为两个阶段：

　　第一阶段，"文化大革命"结束后的 1976—1984 年。

　　这一阶段的文学，其主要特征，是带有"拨乱反正"的性质，即延续了工农兵文学在其发展过程中与五四文学的内在性冲突，并试图在这一冲突中，试图回到五四文学立场，如在社会、时代的层面，从人，特别是从人性、人道主义的视角，关注、干预并重新理解现实与历史，从中可以见出其思想资源，更多地来自于五四左翼文学；但工农兵文学创作观念的强大惯力与影响依然存在，这一惯力与影响，从表面上看，更多地以反思工农兵文学在发展过程中的"失误""偏离"形态出现，是作"翻案文章""拨乱"，但从其文学创作观念考察，却依然是试图回到工农兵文学的"正源"是"反正"，如仍然将 1957 年后中国政治运动中出现的"问题"及新出现的现代化进程中的社会矛盾社会问题，视为其文学创作的本体构成，将文学视为是对社会生活的"真实""再现"，并因之在如何体现"再现"中的"真实"时，与其时的"主流话语"发生尖锐的冲突，构成一种超乎常态的"紧张"关系，也因之使文学在这一时期中，深入地强烈地介入了现实生活，受到了社会各个阶层的普遍重视。更多地汲取西方批判现实主义资源的"现实主义"是这一阶段主要的文学创作范式。这一阶段主要的文学创作力量是被称之为"五七族"的中年作家群与被称之为"知青作家"的青年作家群，前者如王蒙、高晓声、张贤亮、张弦、陆文夫、邓友梅、李国文、从维熙、张洁、刘心武等；后者如王安忆、张承志、史铁生、郑义、韩少功、梁晓声、张辛欣等。其主要的文学潮流是"伤痕文学""反思文学""近距离关注社会现实的文学"或称"改革文学""朦胧诗""新启蒙散文"等。其代表作有"伤痕文学"中刘心武的《班主任》、卢新华的《伤痕》、巴金的《怀念萧珊》、雷抒雁的《小草在歌唱》等，"反思文学"中茹志鹃的《剪辑错了的故事》、王蒙的《蝴蝶》、张贤亮的《绿化树》、高晓声的《李顺大造屋》、古华的《芙蓉镇》、张弦的《被爱情遗忘的角落》等，这一反思文学在发展中，渐次从对社会历史问题的直接反思，转入对历史运行过程中规律性或思想深层的反思，如韩少功的《西望茅草地》、王兆军的《拂晓前的葬礼》、艾青的《光的赞歌》等。"近距离关注社会现实的文学"的代表作则有蒋子龙的《乔厂长上任记》、高晓声的"陈奂生系列小说"，李存葆的《高山下的花环》、谌容的《人到中年》、柯云路的《新星》、张洁的《沉重的翅膀》、张学梦的《现代化和我们自己》、叶文福的《将军，你不能这样做》、刘宾雁的《人妖之间》等。"朦胧诗"的代表作主要有北岛的《回答》、舒婷的《神女峰》《致橡树》、顾城的《一代人》《远和近》等。新启蒙散文的代表作主要是巴金的《随想录》、杨绛的《干校六记》等。这一时期值得关注的还有一批与其时文学主流在思想精神特征上更多呈现出"异类"的作品，如张洁的《爱是不能忘记的》、戴厚英的《人啊人》、靳凡的《公开的情书》、礼平的《晚霞消失的时候》等。

第二阶段，1985—1989年。

这一阶段的文学，其主要特征，是更多地借鉴西方现代文学，急于超越以往的历史阶段，创造一种与新的时代相适应的文学范式，所以，学界曾将这一时期的文学概括为"后新时期"文学。这一阶段的文学是从人的生命存在、文化、时代、社会等多层面、多角度、多方位，对人的生存、存在状况进行勘探与关注。其思想资源也相对丰富，举其大要者为西方现代主义文学与中国五四、30年代的现代文学，但工农兵文学的影响依然存在。文学流派众多是这一阶段文学的一个显著特点，诸如"现代派小说""寻根文学""先锋小说""女性小说""新历史小说""后朦胧诗""社会问题报告文学""探索话剧"等等。其代表作有"现代派小说"中刘索拉的《你别无选择》、徐星的《无主题变奏》、残雪的《山上的小屋》；"寻根文学"中韩少功的《爸爸爸》、阿城的《棋王》、王安忆的《小鲍庄》；"先锋小说"中余华的《十八岁出门远行》、苏童的《一九三四年的逃亡》、马原的《冈底斯的诱惑》；女性小说中张洁的《方舟》、王安忆的"三恋"；"新历史小说"中乔良的《灵旗》、叶兆言的"秦淮系列"；"后朦胧诗"中韩东的《有关大雁塔》、海子的《以梦为马》、李亚伟的《中文系》；"社会问题报告文学"中苏晓康《阴阳大裂变》、钱钢的《唐山大地震》等。

新启蒙文学最根本的美学特质是站在"人"的立场上，将"人"视为文学的写作中心，强调文学对人的生存、存在的勘探功用，强调文学对人的精神的提升作用，在价值形态上，有着比较鲜明的为社会各阶层所共同认可的"共名"性价值指向，因之，文学潮流比较鲜明、活跃，有着一种"历时性"的演化过程，这不同于工农兵文学站在社会、历史的立场上，将社会、历史视为文学的写作中心，强调文学服务政治的功用，强调文学对人的教化作用，文学潮流比较单一，有着一种在单一潮流中"历时性"地内在冲突的过程；这也不同于社会转型期文学较多地受到市场的影响与制约，较多地强调文学的精神消费作用，且由于处于社会转型期，所以，就价值形态来说，价值指向趋于"无名"性多元，文学潮流比较模糊、松散，文学形态更多地呈现出一种平面性的"共生"状态，正因此，新启蒙文学，作为相对独立的一种文学形态，构成了相对独立的一段文学发展流程。

学习建议

认真阅读精读作品的篇目以及评论摘要，以期对此一阶段的学习有一定的理论准备，要求能够概括所读文章的主要内容或主要观点。

精读作品

刘再复：《论文学的主体性》，载《文学批评》，1985（6）。
鲁枢元：《论新时期文学的"向内转"》，载《文艺报》，1986-10-18。
阳雨：《文学：失却轰动效应之后》，载《文艺报》，1988-10-18。

评论摘要

1. 启蒙者自身启蒙的最有效武器就是深刻的自我反省和自我批判！

回到新时期文学上来，有一种很普遍的现象，那就是宽泛的外在社会批判，远多于深刻的内在自我批判。不管是对十年浩劫的反思。还是对改革开放的探索，剖析批判他人的多，自我剖析则绝少。无怪乎巴金的《忏悔录》一问世，在文学圈里引起了小小的震惊，尽管这种"忏悔"还只限于说说真话。这种文化现象是否意味着中国文人普遍缺乏自我批判精神？在我看来，文学作为一种社会文化，其基本功能就在于它特有的社会批判性，而知识分子（当然包括作家）作为一种相对独立的文化阶层，其力量就在于它是现存文化最有力的批判者，启蒙的真正含义就在于此。从这个意义上说，启蒙不是特定历史时期的阶段性任务，而是永恒的历史任务。毋庸置疑，新时期文学的强烈社会批判力量是有目共睹的，它在当今国人的精神生活中扮演着不可或缺的重要角色。不过，新时期文学多是外在的社会批判，不管是声嘶力竭的呼吁，愤世疾俗的指责，还是居高临下的剖析责难，或颐指气使的抨击，大都体现这一特征，来自那种作家生存处境最内在焦虑困惑的自我批判的声音，微弱得几乎听不到。这里，也许可以提出一个并非杞人忧天的问题，这种无我的外在社会批判，会不会使文学的批判性泛化，从而导致文学批判力的减弱呢？假定存在着两种批判，一种是只对人不对己的外在社会批判，另一种是朝向自己的深刻内心自我批判，哪一种批判更具使人心灵振聋发聩的力量？逃避自我的外在社会批判，至多不过是一种"警世"而已。但深刻的自我批判，却能撼动人的心灵，以其特有的平等和亲切性，接近读者，使他们产生认同，看到自己的自我，从而唤起他们的自我批判。遗憾的是，新时期文学太缺少这种自我批判了更有趣的是，"文革"那场空前的灾难的受害者，有的正是这悲剧不同程度的参与者，但在他们的文学描绘、乃至自身经历的反映中，却丝毫没有自我反省，唯有诉苦和怪罪他人的责难。鲁迅是中国现代文化中一个十分特殊的现象，他之所以能成为卓尔不群的思想家。照我粗浅的理解，正在于中国文人少有的自我批判精神：不管是对国民劣根性的剖析，还是对传统犀利的批判，其中都渗透着强有力的自我批判精神。唯其如此，我们才能触摸到一个伟大而又痛苦彷徨的心灵，因而给我们更多的亲切感和启示。

从深层心理学的角度看，我们可以发现两种对立的心理倾向，一种是保存个体生存安全的自我防御倾向，另一种是洞开心灵痛苦、困惑的自我批判倾向。一般地讲，每个人都会很自然地倾向于自我防御，追求某种不受纷扰和威胁的趋乐避苦倾向。但是，文学巨匠的伟岸之处正在这里体现出来，他们较少自我防御，善于坦诚地洞开心灵，富于强烈的自我批判意识。鲁迅如此，托尔斯泰、陀思妥耶夫斯基亦复如此。这一点，我们不但可以通过阅读文学大师的杰作深切地感受到，而且，当代创造心理学的研究也证实了这一点。美国著名心理学家贝伦和麦金隆分别对创造性的艺术家进行了大规模的人格研究，他们考察的对象虽不同，但结论却一致：高度创造性的人格较少自我防御，较多自我开放。以此来看新时期文学，不得不遗憾地指出，绝大多数作家趋向于自我防御一极，或者说，他们尚未勇敢地面对自我，剖析自我。

图 6-1　邓丽君的歌曲在新启蒙时代风靡一时。

周宪：《论认同性自我批判——新时期文学的文化心理学分析之一》，载《文学评论》，1989（5）。

2. 80 年代文学知识分子话语回归的过程，同时也是一个重返"人的文学"的过程。一个畸形的时代结束之后，文学呈现的新光彩首先并不在于它的艺术形式和表现技巧，而是在于它以空前的热忱呼唤着人情、人性、人道主义，呼唤人的价值、尊严与权利。自"五四"以来，知识分子似乎与"人"结下了不解之缘，文学的知识分子话语也与"人的文学"结下了不解之缘。"五四"新文学之所以是新的，主要并不在于它所具有的新的语言形式，而是在于它所特有的新的价值观念系统。这个价值观念系统的中心就是"人"。正是它使新文学告别"非人的文学"而走向"人的文学"。然而，这注定了是一个漫长而充满坎坷的过程。从周作人的"人的文学"，到钱谷融的"文学是人学"，再到刘再复的"文学主体性"，真可谓一路风雨、几经沉浮。每当知识分子被告别、被批判、被改造或解构的时候，"人的文学"就不再生长；同样，每当人情、人性、人道主义遭到猛烈批判的时候，知识分子也总是处于被批判、改造和嘲弄的地位。在经历了几十年的驱逐与掩埋之后，"人的文学"终于在进入 80 年代之际与知识分子话语一起钻出了地表。它的崛起象征着中国作家内心未泯的人性呻吟和权利诉求，也意味着知识分子对放弃已久的人的解放主题的再次承担。正因为这样，伴随它的也不会是一路鸟语花香。

李新宇：《重返"人的文学"——1980 年代中国文学的知识分子话语之四》，载《吉林大学社会科学学报》，2005（6）。

3. 在我看来，"十七年"是对建构社会主义文化想象的一种尝试。毛泽东在 1940 年发表的文章《新民主主义论》中对此有过清楚的论断："这种新民主主义的文化是大众的，因而即是民主的。它应为全民族中百分之九十以上的工农劳苦民众服务，并逐渐成为他们的文化。要把教育革命干部的知识和教育革命大众的知识在程度上互相区别又互相联结起来，把提高和普及互相区别又互相联结起来。革命文化，对于人民大众，是革命的有力武器。革命文化，在革命前，是革命的思想准备，在革命中，是革命总战线中的一条必要和重要的战线。"这种以劳苦工农为中心的文化建构和服务模式，是我们非常熟悉的贯穿"十七年"、"文革"始终的一种文化想象方式和政策。它尽管具有历史虚妄性特征，却不像新时期的很多人所表述的都那样不好。但又因为它夹杂着某种违背人性、否定现代知识的农民的文化蒙昧性和残酷性，才在"文革"后破灭，成为喜剧性的历史遗产。这就是历史的复杂性。当一种以"社会公平"为前提的文化想象形态被推向极端，被某种目的所利用，它必然会失败；然而它的失败不一定就必然表明其中没有关注普通民众命运的某种人间关怀的因素。所以，我们不能把历史的结果等同于历史的过程，以历史结果为评价尺度来把历史过程再次简缩化，如果那样，我们的学术研究就无所谓真正的历史感。如果将历史语境人为地剔除出历史研究之外，那么它最终将会导致历史语境的重新抽象化和虚无化。到"八十年代"，这种文化想象方式完全变了。由于"文革灾难"和"思想解放"等知识的强力介入，它某些极端的价值观和历史叙述被人们无情抛弃。这就造成历史断裂的印象，但实际并非如此。比如，以前我们都认为"八十年代"是对"十七年"的"断裂"，事实上它只是与"文革"断裂。"八十年代"不过是对社会主义文化想象的另一种建构方式，它在利用"十七年"的社会主义资源的基础上，与"走向世界"的策略谨慎地并轨，在不损害社会主义根本价值系统的前提下，试图找到重新激活社会主义文化想象的历史活力和可能性。那时候，很多伤痕、反思、改革小说和诗歌都在帮助做这件事，我们没有必要为这段历史隐讳。

新时期文学的"起源性"问题中有一个很重要的支撑点，这个支撑点就叫"现代化想象"。当时，邓小平对中国如何搞"现代化"有一个完整的展望和规划，这就是既要坚持"改革开放"又要坚持"四项基本原则"、"一个中心、两个基本点"的著名理论。在这一历史场域里，老作家徐迟从新时期文学角度敏锐注意到了"四个现代化"与"现代派文艺作品"之间所包含的必然矛盾，他认为在"现代化"和"现代派"的"原发地"的西方国家，这两样东西具有同一性；然而在新时期的中国却出现了"二分法"的理解，这就是把四个现代化与从事现代派文学创作对立起来。他对这种二分法虽然非常不满，但他对"文学现代化"的设想又不自觉返回到"十七年"文学的轨道上："前两年里，现代化的呼声较高，我们的现代派也露出了一点儿抽象画、朦胧诗和意识流小说的锋芒。随着责难声和经济调整的八字方针提出来，眼看它已到了尾声了。革命的现实主义的文艺又将是我们文艺的主要方法，但不久将来我国必然要出现社会主义的现代化建设，最终仍将给我们带来建立在革命的现实主义和革命的浪漫主义的两结合基础上的现代派文艺。"正是在这种提倡现代派与两结合理论重新合作的历史氛围和奇怪知识脉络里，当时频繁发生针对"朦胧诗"、"人道主义"、"现代派文学"、"主体论"的所谓"清除资产阶级精神思想污染"、"反对资产阶级自由化"的激烈论争和批判运动。也是基于这种捆绑销售式的"现代化想象"的逻辑架构，80 年代以来的许多文学作品，如《回答》《致橡树》《班主任》《人生》《乔厂长上任记》《无主题变奏》《在同一地平线上》《男人的一半是女人》《五·一九长镜头》《棋王》《爸爸爸》《红高粱》《虚构》《现实一种》《方舟》《离婚启示录》《顽主》等等，才可能莫名其妙地既在八十年代的文学轨道上，同时也在"十七年"文学的轨道上一起混装上历史列车，被整体打包地推给当时的读者，并介绍给今天的文学史叙述。需要注意的是，这些在价值观念、主题、题材和艺术风格上都差异很大的文学作品突然拥挤在一个文学期，正是因为当年人们对"现代化"差异甚巨的理解所造成的。因为理解的角度和方式不同，才产生了不同的关于现代化的想象。没有八十年代全民族的"现代化想象"，这些文艺论争和文学创作的历史情境是很难有深刻的理解的。

程光炜：《新时期文学的"起源性"问题》，载《当代作家评论》，2010（3）。

泛读作品

周晓扬、丁柏铨：《"五四"新文学和新时期文学的同构与异构》，载《江苏社会科学》，1989（1）。

曹文轩：《中国八十年代文学现象研究》，北京，北京大学出版社，1988。

评论文献索引

徐迟．现代化与现代派．外国文学研究，1982(1)．

刘再复．论文学的主体性．文学批评，1985(6)．

鲁枢元．论新时期文学的"向内转"．文艺报，1986 年 10 月 18 日．

周晓扬、丁柏铨．"五四"新文学和新时期文学的同构与异构．江苏社会科学，1989(1)．

孟繁华．关于文学"向内转"的论争述评．当代文学研究资料与信息，1990(11)．

周庆基．关于新时期文学"向内转"的争鸣与思考．苏州教育学院学报，1992(12)．

南帆．双重的解读——八九十年代中国文学的一种描述．文学评论，1998(5)．

孔范今．新时期文学的数度突围与选择．文史哲，1999(5)．

张光芒．人性解放"三部曲"——论新时期启蒙文学思潮．南京大学学报，2003(1)．

刘复生．"新启蒙主义"文学态度及其文学实践．文艺理论与批评，2004(1)．

程光炜．"重返"八十年代文学的若干问题．山花，2005(11)．

杨庆祥．"主体论"与"新时期文学"的建构．当代文坛，2007(6)．

王尧．"重返八十年代"与当代文学史论述．江海学刊，2007(5)．

贺桂梅．"纯文学"的知识谱系与意识形态——"文学性"问题在 1980 年代的发生．山东社会科学，2007(2)．

樊星. 新时期文学的"当代性"——新时期与现代文学两个 30 年比较. 南京师大学报(社会科学版), 2008(5).

王达敏. 从启蒙人道主义到世俗人道主义——论新时期至新世纪人道主义文学思潮. 文学评论, 2009(5).

蔡翔、罗岗、倪文尖. 当代文学六十年三人谈. 21 世纪经济报道, 2009-02-16.

王尧. "三个崛起"前后——新时期文学口述史之二. 文艺争鸣, 2009(2).

张光芒. 激流之下有暗礁——关于"新时期"初期启蒙文学思潮的反思. 当代作家评论, 2010(3).

程光炜. "八十年代"文学的边界问题. 文艺研究, 2012(2).

拓展练习

"重返八十年"是目前学界的一个热点之一, 为何重返, 以及如何重返是一个含义颇为复杂的问题, 请阅读下列李杨和谢泳的一系列文章摘要, 了解他们的基本立场与视角, 思考这些文章给你进入这一时期文学的启示。

(1) 就"当代文学"而言, "十七年文学"与"文革文学"不但没有割裂"新时期文学"与"五四文学"的关联, 相反, 它们成为了沟通"新时期文学"与"五四文学"的桥梁。——在某种意义上, 将"新时期文学"视为对"个人性"的"五四文学"的"回归", 反倒不如将其视为对"十七年文学"乃至"文革文学"的"回归"更为贴切。

并认为, "新时期文学"中影响最大的以王蒙、张贤亮等为代表的所谓"五七族"作家群, 和包括张承志、王安忆、史铁生、阿城以及主要的"朦胧诗人"在内的"知青作家群", 他们的精神、知识与文化背景恰恰不是所谓个人性的"五四文学", 而是"十七年文学"与"文革文学"。因此, "新时期文学"的主潮无不打上了"十七年文学"与"文革文学"的深深的印迹。①

(2) 知识考古的目标并不是为了寻找和表达立场。"重返"不是要裁定不同思想价值体系的高下, 而是要找出它们的规律和历史脉络。80 年代以后的文学史的本质化与整体化叙述常常不由自主地陷入一种悖论之中: 一方面, "新时期文学"与"50~70 年代文学"的关系被理解为"文学"与"政治"这一更高层次的二元对立的演化, "新时期文学"被描述为文学回归自身的过程; 另一方面, 文学史叙述又都反复强调"新时期文学"参与新政治"拨乱反正"的功能。"新时期文学"在政治反思和政治批判中拉开帷幕, 像《伤痕》《班主任》等我们熟知的作品, 其背后都有一个共同的政治文本, 或者说, 它们是作为政治象征出现的。②

(3) 所谓的"重返"是为了与八十年代以来的主流文学史和文学批评观念对话, 也是与主宰文学史写作和文学批评的哲学历史观念对话。主宰八十年代主流文学史叙

---

① 李杨:《没有"十七年文学"与"文革文学", 何来"新时期文学"?》, 载《文学评论》, 2001 (2)。

② 李杨:《重返新时期文学的意义》, 载《文艺研究》, 2005 (1)。

述的基本观念是所谓的文学自主论，所谓文学回到自身，文学摆脱政治的制约回到自身，以及建立在这种文学自主论之上的文学发展观。这种文学史观将"文化大革命"前后的文学理解为一种对立关系，理解为"文学"与"政治"的关系，我要解构的，就是这种高度本质化的二元对立。也就是说，我们提出的"重返"，是试图通过将我们这一代人自认为亲历和熟悉的八十年代重新陌生化，以九十年代以后的知识与八十年代对话。①

（4）现在有些研究者对中国新时期文学的评价很低，我以为这个判断在事实上大体可以成立，但在情感上缺少"了解之同情"；还有一些研究者对中国新时期文学评价很高，甚至认为已超过了中国现代文学，这个判断，我以为在事实上不成立，在情感上也虚矫。我个人对中国新时期文学的基本判断建立在"了解之同情"上。如果以纯粹文学角度评价中国新时期文学，人们会发现它的幼稚，但如果以思想解放运动观察，就不能不为那些作家的勇气和思想而感动。②

---

① 李杨：《重返八十年代：为何重返以及如何重返——就"八十年代文学研究"接受人大研究生访谈》，载《当代作家评论》，2007（1）。

② 谢泳：《思想解放运动背景下的中国新时期文学》，载《南京师范大学学报（社会科学版）》，2008（5）。

第一章　小　说

第一节　概　述

内容提要

　　新启蒙文学中的小说创作，其创作路向大致沿着两个方向展开，一个方向是现实主义，如"伤痕文学""反思文学""改革小说""寻根文学"等。一个方向是较多地借鉴西方现代主义文学的创作观念与创作手法，如现代派小说、先锋小说、新历史小说、女性小说等。与对时代发展的感应、认识相同步，创作流派众多且新陈更替，是新启蒙文学中小说创作的一个显著特征，但各流派创作水准、成就相差极大，相对说来，王蒙等"五七族作家"在"反思文学"中、王安忆等一代"知青作家"在"寻根文学"中、余华等年青一代作家在小说创作观念、文体创新中的创作，更具价值与意义。

学习建议

　　阅读丁帆《论二十年来小说潮流的演进》，并参阅摘要，对此一时期的小说潮流演变的背景有一个大致的了解，在进入下一阶段的学习中通过具体作品来验证这些印象。

精读作品

　　丁帆、何言宏：《论二十年来小说潮流的演进》，载《文学评论》，1998（5）。

评论摘要

　　1. 面对色彩斑驳流向歧义的新时期文学现象，有些论者对它是否存在"主潮"表示怀疑，一直有人判断：今人和后人都难以概括这个时期文学的主潮。这种说法不是没有启人深思的睿智，使人联想到施本格勒对貌似宏伟的历史秩序梦想的挑战，联想到第二次世界大战后西方世界的"无主潮"多元文化，联想到历史绝非一条上升的直线。但是，回到中华民族在今日世界的生存现状，我仍然要说：正如一条正在奔腾向前的大河不能没有主流，一个急遽的变革时代不可能没有主导的方向性一样，与这样的时代生活交相感应的新时期没有主潮是很难想象的。它是正在挣脱沉重羁绊，刚跨上繁荣之途，处于上升期的文学。与其说它之存在主潮来源于自身的要求，毋宁说来源于"非文学"的巨大制约更深刻些。这主潮不是人为的引导结果，而是自然凝聚而形成的。的确，新时期文学极其"多变"：时而悲愤泣诉，时而蹙眉敛额，时而热血烧身振臂一呼，时而饱经沧桑回眸远眺，它的意向有如飘忽的云，有如四处撞击寻求出路的激流。同时，它又的确极其"多样"，愈到晚近愈是珍馐杂陈，琳琅满目。每个踏进它内部的人，都会感到四周鲜活地蹦跳着多姿多彩的现象，使评论者有难以涵盖的窘迫。仅以艺术形式而言，短短几年间，几乎国外各色现代派样式在这里无不麇集，在形式上似大有"世界文学一体化"的态势。然而，我们难道不该深思一番：所有这些多变、多样、多彩、多向的现象，不是也不可能是无根无柢的、虚幻的海市蜃楼。是一种怎样巨大的热能燃烧着文学，使之东冲西突，躁动不安？是一股怎样强大的主潮掀动和卷挟起五光十色的艺术浪花？

在这里，我不想把现实主义看作主潮，那是因为我理解的"文学主潮"并非仅指创作方法何者为主潮；即使用了宽泛的"现实主义精神"，似仍难以凸显我们当代独具的文学特质。我也不准备把社会主义人道主义精神看作主潮，那又是因为，对人的价值、尊严、权利的热烈追求和对人的本质力量全面实现的憧憬固然贯注在新时期一切较成功的作品中，成为文学的牵引力、向上力，但它只能说是一种普遍的哲学思潮。哲学思潮转化为文学思潮是需要"中介"的。另一方面，人道主义思潮只能满足我们时代的主要需要，而不是一切需要。我们的时代需要"爱"，也需要"恶"。还有，历史意识的自觉——历史的批判精神和眼光同样几乎贯彻在每一部成功之作里，成为整个十年文学的"推进器"，但它也还无法构成文学自身的主潮。因为，道理很朴素，文学是人学，所谓文学主潮必然应该通过人——艺术形象体现出来。一切社会学、哲学、道德、文化人类学的思潮，都深刻地影响文学，但它们只有熔铸、凝结到一系列艺术形象之中，才能转化为文学的思潮。在文学王国，只有把一切有机地绕系到艺术形象身上才是经得起分析的。

在我看来，新时期文学之所以是生机勃勃的文学，之所以能够不断摆脱传统的重轭，毁坏过时的观念、教条和偶像，之所以呈现上下求索和多方借鉴的特色，之所以具有躁动不安的思考性和尝试性，是因为它存在着一个原动力和一条生命线，那就是作为创作主体的众多作家，呼吸领受了民族自我意识觉醒的浓厚空气，日益清醒地反思我们民族的生存状态和精神状态，不倦地、焦灼地探求着处身今日世界，如何强化民族灵魂的道路。对民族灵魂的重新发现和重新铸造就是十年文学划出的主要轨迹。这就是我所确认的新时期文学的主潮。需要指出，并非现当代文学史上的任何一个时期都能用这个概念表述，例如"十七年的文学"就无法这样概括。

民族灵魂并不是一开始就回归到新时期文学中来的，她被逐出文学的苑围多年，但她始终游荡在我们的生活氛围中，游荡在我们四周和心灵深处，我们却久久视而不见。因为我们民族的自我意识正在酣睡，我们割断了与历史与世界的精神连结。

正像我们现在看到的，新时期文学与"文革"有着不解之缘。"文革"固然是一场大灾难、大浩劫，但是，没有"文革"也可以说就不会有新时期文学形态。"文革"结束，人们一下子从虚幻的观念跌落到满目疮痍的大地上，虚假的帷幕被撕碎，漂亮的文饰黯然失色，苦难唤起人民，人民咀嚼着苦难。但是，堆集得厚重的极"左"观念，以"阶级斗争为纲"和以"塑造无产阶级英雄典型为根本任务"的旧文学模式还在继续压迫着文学，因之，正如在政治领域不得不举起"实践检验真理"的旗帜开路一样，在文学领域也不得不举起"写真实"的旗帜冲刺。艺术的真实性标准不过是艺术诸标准中最具基础性的一个，但是，当时只有借助"真实性"的威力，才能使奄奄一息的文学起死回生。新时期文学的最初阶段，是从"观念化"向"世俗化"的演变。于是，我们的文学开始向着普通人的血泪真情，向着我们民族真实的生存境况的"出发点"回归；于是，在那伤痕累累的地平线上，我们突然窥见了民族灵魂的蠕动。

雷达：《民族灵魂的发现和重铸——新时期文学主潮论纲》，载《文学评论》，1987（1）。

2. "乐而不淫，哀而不伤"的中和之美，是中国古代文学艺术所确定的理想之美。鲁迅曾将这种美学归纳为四字：温柔敦厚。中国古代文学艺术，少有描写那种剑拔弩张的冲突的，更少有剑拔弩张的作者叙述。即便是屈原的那种表面看来恢宏阔荡的文字，其骨子里"亦多芳菲凄恻之意，而反抗挑战，则终篇未能见，感动后世，为力非强"。"诗为浪漫主义文学样式"，这句话用在西洋诗与中国现代诗是确切的，但用在中国古代诗，便则是个疑问了。它特有的格式以及若干诗的美学观点以及在诗中反映出来的传统的人文精神，使它与西洋诗和中国现代诗相差甚远。钱锺书讲："和西洋诗相形之下，中国旧诗大体上显得情感不奔放，说话不唠叨，嗓门儿不提得那么高，力气不使得那么狠，颜色不着得那么浓。在中国诗里算'浪漫'的，和西洋诗相形之下，仍然是'古典'的；在中国诗里算是痛快的，比起西洋诗，仍然不失为含蓄的。"

这一美学精神，在现代文学那里并未断绝，而且还一脉相承，其典范便是沈从文、废名一路的作品。而即使鲁迅等人的沉重文字，也是很有节制地写了那些跌宕幅度较大的情感。至于作者的叙述，依然是平静的，绝少声色俱厉的文字。但进入50年代之后，这一美学精神几乎彻底断绝了。80年代，中国的文学家艺术家在翘首回眸中国传统文学艺术时，无论是在理性上，还是在情感上，都以中和之美表现出了一种内在的喜爱。这里，有两个细节绝不可忽略。因为虽是细节，却足以让我们看出中国文学是如何回避与抛却激情的。这是两个生动、富有历史性的细节。这便是："啊"这一叹词与"！"的使用频率渐小，至90年代几乎消失。"啊"与"！"，是配合深情长诉、哀恸欲绝、豪情勃发、如丧考妣、热血沸腾、海誓山盟、顶礼膜拜的。一句话，是与激情相连的。70年代末，中国文学依然在诗、在小说中堆满了"啊"与"！"。到80年代中期，人们却对它们日益反感，开始嘲弄它们，当再一见到它们时，便顿生一种矫情之感。而对以"！"加以配合的"啊"，更是觉得矫情难堪。许多作家竟然在重读自己从前写的作品，见到它们横插其中时而不禁汗颜。

1990年，我们在讨论新写实主义时使用了一个词：轻松。这个词是在中国当代作家自认为对文学有了一种实质性的理解以及更清晰地确定了一种美学态度之后的高度浓缩。我们看到的事实是：文学界绝非只有我们在以上的文章中所提到的那几位作家才选择了"放松"，而几乎是整个文学界的一个潮流。大家将"放松"看成是有利于文学健康的养身之道，而纷纷从激情中脱落出来。"放松"的对立面是"紧张"。而紧张在从前的叙述中，是一个很重要的东西：努力贴近现实之紧张，竭力追求主题思想深刻之紧张，人物矛盾冲突之紧张，情节设计之紧张……紧张是中国当代作家在几十年时间里所有的一种基本的心理状态。现在，则被认为是一种不必要的心理状态，是一种在艺术上不成熟的标志。那么成熟的标志又是什么呢？是平和。

曹文轩：《激情与叙事——新时期文学心态寻踪》，载《文学评论》，1997（1）。

3．"文革"后，小说创作经历了一个漫长的审美复苏的过程。在新中国成立的三十年的文学环境中，小说被认为是意识形态的传声筒，主题先行的创作模式盛行，审美意趣归结于单向度的政治正确性，小说中人物形象的塑造、社会环境的摹写和体现出的叙事人的口吻，都带有程式化的痕迹。"文革"后，这些审美损伤并没有立刻得到修复，很多僵化的小说观念长时间存在于作家头脑中，并因袭承传下来。"文革"后的政策调整，使题材的转换最早出现在小说创作领域，作家们一方面关注政治调整期知识分子的命运，另一方面，也开始关注乡土社会的变迁，关注乡村在新政策影响下的人和事，并尝试表述风俗和心灵变动。知识分子返程的心路历程，农民返归富有地方特色的乡土社会的过程，在这一时期的小说中都有所展现。……这些小说的艺术贡献在当代文学发展中的意义十分明显：其一，使乡土文学传统中的苦难意识有所复归。其中，村落家族的集体苦难、政治苦难和个体命运的苦难都有所展现。其二，是文学中伴随写作视点的下移而实现的民间情怀和世俗情怀的复归。通俗文学精神和充满细节的民间世俗生活，正是现代文学与古典文学接通的主要途径。其三，80年代自然与生命感悟的成分也得到了最大限度地展现。以上三种文学意义，正是80年代文学救赎的最初成果。

丁帆主编：《中国新文学史·下册》，162～164页，北京，高等教育出版社，2013。

泛读作品

许志英、丁帆主编：《中国新时期小说主潮》，北京，人民文学出版社，2002。

评论文献索引

季红真．文明与愚昧的冲突——论新时期小说的基本主题．中国社会科学，1985（3）．

许子东．新时期的三种文学．文学评论，1987（2）．

刘再复．近十年的中国文学精神和文学道路．人民文学，1988（1）．

王干．近期小说的后现代主义倾向．北京文学，1989（6）．

张颐武．新时期小说与"现代性"．文学评论，1995（4）．

曹文轩．激情与叙事——新时期文学心态寻踪．文学评论，1997（1）．

陶东风．"主体性"．南方文坛，1999（2）．

姜智芹．新时期小说研究的"他者"视角．文史哲，2002（6）．

樊星．论新生代作家的狂放心态．文学评论，2005（3）．

鲁枢元．论新时期文学的"向内转"．文艺报，1986-10-18．

林焕平．略论"向内转"文学．文艺报，1987-12-26．

吴秉杰．面对发展了的审美形态．文艺报，1987-10-17．

陶东风. 80 年代中国美学文艺学主流话语反思. 文艺报，1998-06-04.

南帆. 双重的解读——八九十年代中国文学的一种描述. 文学评论，1998(5).

王源. 新时期小说与"人"的解构. 中国现代文学研究丛刊，2013(10).

拓展练习

1. "向内转"是对中国当代"新时期"文学整体动势的一种描述和概括，也是我们"进入"此阶段小说的一个重要视角，它指文学创作的审美视角由外部客观世界向着创作主体内心世界的位移。具体表现为题材的心灵化、语言的情绪化、情绪的个体化、描述的意象化、结构的散文化、主题的繁复化。"向内转"是对多年来极"左"文艺路线的一次反拨，从而使文学更贴近现代人的精神生存状态，为中国当代文学的发展开创出一个新的局面。中国当代文学的"向内转"显示出与西方 19 世纪以来现代派文学运动流向的一致性，为从心理学角度探讨文学艺术的奥秘提供了必要性与可行性。① 围绕着"向内转"，文坛进行了长达五年的论争，尽管这是一个文艺学问题，但是对之了解可以帮助我们更好地理解很多小说的创作特点，请查阅相关文献，以期对我们进入下阶段的小说学习有所帮助。

2. 还在 20 世纪 80 年代的文学进程行将结束的时候，评论界就对这十年的文学状况进行了积极的总结与概括，例如"人道主义潮流"与"重铸民族灵魂的母题"是两个获得最多认可与首肯的说法，但是 20 世纪 90 年代的文学状况就不能做出如此相对简单的描述，具体到小说领域，呈现了多元陈杂的局面，因此，在本章小说的学习中，在注重文本审美的同时，也应当注意这两个十年当中小说发展之间的"联系"与"差别"分别体现哪些方面，初步了解文学"发生史"的线索。

3. 正如有论者指出的，"伤痕""反思""改革""寻根"等这样一些用于概括一个时期文学面貌的概念，它们的产生应该说自有相当的道理。然而，这种用一个概念来概括一个时期文学面貌的做法，也一开始便意味着偏颇和谬误：它在凸现了某种特征的同时，也忽视了别的种种意味、意蕴、意义；它在彰显了某一类作品的同时，也埋没了其他的种种不同类型的作品。因此，这种用一个概念来概括、覆盖、包揽一个时期的创作的做法一旦僵化成一种"模式"，便构成对文学史的遮蔽和误解，甚至它所遮蔽的东西要远远多于它凸显的东西，它所误解的东西要远远多于它所正确地把握了的东西。② 在这本教材中，我们依然沿用了诸如"伤痕""反思"等的一些"理论框架"，需要注意的是，此种沿用是为了教学方便的"权宜之计"，并非是要把某些作品匡正在某种主潮之中，因此，这是在将来学习中要特别保持警醒的一个问题。

---

① 鲁枢元：《向内转》，载《南方文坛》，1999（3）。

② 王彬彬：《被遮蔽的与被误解的》，载《小说评论》，2004（4）。

第二节 "伤痕"与"反思"

内容提要

"文化大革命"结束伊始，对"文化大革命"灾难的控诉，成为小说创作的主潮，这就是"伤痕文学"的出现，其代表作有刘心武的《班主任》、卢新华的《伤痕》、周克芹的《许茂和他的女儿们》、竹林的《生活的路》等。随着对"文化大革命"灾难的控诉，很自然地引申到对其之所以如此的历史渊源的反思上，于是有了"反思文学"，其代表作有茹志鹃的《剪辑错了的故事》、王蒙的《蝴蝶》《活动变人形》、张贤亮的《绿化树》《男人的一半是女人》、冯骥才《啊！》《铺花的歧路》、高晓声的《李顺大造屋》、古华的《芙蓉镇》、鲁彦周的《天云山传奇》、张一弓的《犯人李铜钟的故事》、张弦的《被爱情遗忘的角落》等。在"反思文学"大潮过后出现的韩少功的《西望茅草地》、王兆军的《拂晓前的葬礼》等，其反思的层面，完全超越了对社会事件、对人物品格的评价，而深入到了历史必然规律与人的命运之间的联系的层面，标志着反思的实质性的深入。

"伤痕文学""反思文学"的主干作品，其创作特点有四：第一，多是从社会现象、社会事件这一层面对"文化大革命"及这之前的历史进行控诉、反思，从中可以见出工农兵文学重在对社会、历史进行"真实""再现"的创作特点。第二，但其控诉、反思的主题，却着眼于以"革命文化"形式出现的封建传统文化，如何在神圣的名义下"吃人"，这种"吃人"，既体现在人的悲惨命运上，更体现在对人的精神、心灵、情感的毒害与对人性的禁锢上，这就与五四的启蒙精神遥遥相承，而对权力对人的异化的揭示与反思，则是这一时期启蒙精神超越于五四之处。第三，在作这种控诉、反思时，作者们都将主人公所受到的苦难给以政治上道德上的神圣化，都用道德担当替代了历史担当，并因此赋予无意义的苦难以意义，也因此摈弃了在无意义的生命奉献中，生命的破碎感、生命境遇的荒诞感。第四，它们都在意识形态的价值导向中，对下层民众给予了赞颂与美化。在第三、第四两点上，我们依然可以看到工农兵文学的惯力与影响。

图 6-2 1978 年首届全国优秀短篇小说评奖，《班主任》《伤痕》《神圣的使命》同时获奖，参加颁奖时，刘心武（中）和卢新华（左）、王亚平（右）的合影。

"伤痕文学""反思文学"主干作品的"第一小提琴手"自然非王蒙、高晓声、张贤亮等"五七族作家"而无人能担纲，但"知青作家群"在这其中的创作轨迹、形态也颇有特色：他们多以自己在农村的插队生活为创作底色，最初是对插队生活的诅咒，如孔捷生的《在小河那边》、竹林的《生活的路》，继而是对插队生活的辩证的肯定，如叶辛的《蹉跎岁月》，然后就是试图为自己的青春自己的插队生活赋予价值的努力：一个向度是对知青精神的赞扬，如梁晓声的《这是一片神奇的土地》《今夜有暴风雪》；一个向度是充满温馨的对知青在乡下生活的重新审视，如王安忆的《本次列车终点》、史铁生的《我的遥远的清平湾》、孔捷生的《南方的岸》、张承志的《绿夜》等。

张洁的《爱是不能忘记的》、戴厚英的《人啊人》、赵振开的《波动》、靳凡的《公开的情书》、礼平的《晚霞消失的时候》、遇罗锦的《一个冬天的童话》等，重在从思想、精神、情感上，对现实及历史所造成的愚昧、蒙蔽进行启蒙、去弊，由于其思想、情感的异端性，所以，在其时，每每引发激烈的争议，但也因此而具备了其不可忽视的价值。

学习建议

1. 查阅资料，了解"伤痕文学""反思文学"的基本内涵以及不同语境之中对其的评价。

2. 选择三部以上的作品进行文本细读，谈谈该作品的审美特点与文化意义。

精读作品

刘心武：《班主任》

卢新华：《伤痕》

冯骥才：《啊！》

张贤亮：《男人的一半是女人》

王蒙：《活动变人形》

梁晓声：《今夜有暴风雪》

史铁生：《我的遥远的清平湾》

张承志：《绿夜》

评论摘要

1. 之所以把《班主任》看作一个"超文学"文本，是因为我觉得它首先是属于中国当代思想史的一个重要文本，其次才是中国当代文学史上的一个文学作品。在思想是意义上，《班主任》称得上是一个时代性的大文本，其预言性、革命性的价值无法跨越；在文学史意义上，《班主任》最多只能算是一个应时而生的普通文本，其文学价值并未超出"伤痕文学"的其他作品。从思想史的意义上来考察《班主任》，我们发现对于文化专制主义和封建愚民政策的批判，对于启蒙主义、人道主义的呼唤，对于个性主义和人的灵魂的关切，对于左倾思潮和人性异化的忧患，这些影响和决定中国新时期思想史进程的重要片段几乎都可以在这个文本中找到其线索和痕迹。这也决定了《班主任》在话语模式和艺术模式上显而易见的"思想文本"特征。换句话说，在这个文本中，作家的"思想"和"观念"才是真正的"主体"，其他因素只是为更好地表达其"思想"服务的。小说采取的是典型的"问题小说"模式，故事极其简单，因为小流氓宋宝琦要转校，团支书谢惠敏和其他同学之间产生了一些分歧和矛盾，班主任张俊石在处理此事的过程中发现了"问题"，即"四人帮"的流毒给人们心灵造成的严重内伤。整个故事都是在张老师的主观视角内展开的，自然故事情节的发展也都是为他的"问题"服务、做铺垫的。在小说中宋宝琦和谢惠敏是两个不同类型的受害者，他们都是"四人帮"文化专制主义和愚民政策的牺牲品。

我们不否认这两个人物某种程度上的典型意义，但实际上他们更是两个具有寓言性的"思想符号"，前者指证的是"四人帮"毒害青少年的"外伤"，后者指证的是"四人帮"毒害青少年的"内伤"，在对他们的刻划中基本上没有"感性"的描写，而是充斥着理性的分析、叙述。这里，我们也可以看到理念和思想化的人物与艺术性人物的根本差别，前者往往是作家"思想"的"工具"，它完全被作家操纵与控制，人物形象不具有任何感性审美内涵，只有借助于作家为之抽象的"思想"才能立足；后者则以人物丰富的感性审美内涵为终极，甚至作家本人也无法决定人物的形态和命运。而在《班主任》中，作家对两个符号性人物的刻划，其实只不过是对他们的一种"思想"和"思考"，通过这种对比性的思考，小说自然而然地发出了"救救被'四人帮'坑害了的孩子"的呼声。这呼声与鲁迅世纪初"救救孩子"的呐喊遥相呼应，预示着"五四"知识分子所倡导的启蒙主义和人道主义思想在新时期的重新复活。

而当我们充分确证了《班主任》作为一个思想史文本的价值之后，其作为一个文学史文本的价值其实已经不是很重要了，作为一个小说文本，其急切的话语姿态、粗糙的艺术形态、观念化的叙事风格、思想报告性的文体都决定了其无可讳言的"过渡性"特征。

吴义勤：《〈班主任〉：一个"超文学"的文本》，载《创作评谭》，1998（3）。

2. 这部小说的原名是《报应》，后来改成《活动变人形》，这两个名字都泄露了王蒙假托文化历史而追求的当代意义。关于什么是报应，报应是什么，我想应该引进"活动变人形"的概念加以参照。活动变人形是个日本玩具，"它像一本书，全是画，头、上身、下身三部分，都可以独立翻动，这样排列组合，可以组成无数个不同的人形图案"。然而在另一处，作家通过小说里一个人物之口说：每个人都由三部分组成的：他的心灵，他的欲望和愿望，他的幻想、理想、追求、希望，这些是他的头；他的知识，他的本领，他的资本，他的成就，他的行为、行动、做人行事，这些都是他的身；他的环境，他的地位，他站在什么样的一块地面上，这些是他的腿。这三者如能和谐、能大致调和、或者能彼此相容，那人就能活着……"活动变人形"就是三者不和谐、不调和、甚至不相容的象征。近代中国知识分子在整整一百年里始终挣扎在这三者分离的痛苦之中……这部小说不但揭露了中国传统文化的可怕，也反省了"五四"以来的知识分子的激进传统与后来的乌托邦之所以流行中国的精神联系。一面两刃，我以为即使在今天弥漫京华的国学热以及对"五四"知识分子传统的反省的，也不曾有几人能达到小说家王蒙在 1986 年思考这个问题的深度。

陈思和：《关于乌托邦语言的一点随想》，载《文艺争鸣》，1994（2）。

3.《蝴蝶》这部小说孤独地出现在 1980 年几乎是一个奇迹，它不是简单地对人物的遭遇进行哭诉式套路化的叙述，而是以人物的内心活动作为线索，通过"反思语言"来处理历史与现实之间的关系。现实中大量"语言无意识"的残存，表明历史和现实之间并非"断裂"的关系，"历史"并没有因为时代的变化而终结，而是仍然在"现实"（语言）中延续；而现实的新变，也同样是从语言的变化开始的，一首由邓丽君演唱的缠绵的"靡靡之音"的港台歌曲，真真切切地反映了现实正在发生着的深刻的"塌陷"式的变化。小说中通过主人公张思远大量的心理活动，通过他对语言的敏感体味与反思，来揭示"语言即权力"、现实通过词语来控制人物的身份与命运、词语大于现实、革命话语中充斥着的"能指的游戏"等这样的观念，尽管那时结构主义与后结构主义以及福柯的理论还远未介绍到中国来，但王蒙似乎已凭着他超常的敏感在这里预先"等着"它们了。很显然，《蝴蝶》对历史和现实的反思已不是浅尝辄止的概念化处理，而是达到了相当深入的认识论与本质层面。也许它外表的批判性并不是最激烈的，但其充满理性与智慧的思考却发人深省，其启蒙主义的思想含量也是其他小说中罕见的。

张清华：《重审"80 年代文学"：一个宏观的文学史考察》，载《文艺争鸣》，2011（12）。

4. 在新时期初期，张贤亮在文坛可谓频频亮相，大红大紫……但变来变去也不过一个"问题"——政治与性。80 年代中期，中国正处在社会转型的敏感地带，由于各种社会矛盾还没有展开，包括"性"这样的领域仍处在神秘和急于探索的状态，这就为胆大心细的张贤亮准备了长袖独舞的阔大舞台。中篇小说《绿化树》谈的是"吃"的问题，略为吃饱之后即要急不可耐地直奔"性"的主题。刚开始时，是"饥饿"拉动了小说的叙述：章永璘正处在饥饿的人生阶段，马缨花对于他还不是一个女人，她代表的是温饱，是吃的满足，但是，一旦这个人生"问题"暂时得到解决，马缨花便在章永璘眼里顿然凸现出了女人本色和性别特征。也就是说，他要超越"吃"的阶段，超越先前只是提供他吃饭的缨花，而直奔那一个主题了。再看《男人的一半是女人》，这同样是一部颇有争议的作品。它之所以引起巨大的反响，除了作品大胆地（也许首次在当代严肃文学中）探索了性的问题之外，还由于它为读者提供了另一个阅读视角——人只有在不断的创造中才能获得新生。于是，作者用"卢梭式的忏悔"直白地描述了一个精神和肉体都出现"阳痿"的主人公的内心世界，展现了灵与肉的搏斗，赤裸裸地展现了人的潜意识。的确，张贤亮大胆挑战和颠覆了一个对于当时中国人来说还处于遮蔽和蒙昧状态的文学命题。他当时皱着眉头思考哲理问题的创作姿态，还真为作品包装了一道"严肃"的光晕，唬住了不少读者。然而，作者"思考"的"问题"的确肤浅，他越用心营造就越显示出他的才华仍然不过是停留在"性"的领域。由于他的思考没有根底，没有真正的思想底蕴，因而暴露出他终究还是一个"问题"作家。

程光炜：《"伤痕文学"的历史局限性》，载《文艺研究》，2005（1）。

5. 中国古代的知识分子，有意无意地，总爱在文学创作中把自己的历史命运，与妇女的命运作着有趣的类比。

图6-3 根据张贤亮小说《灵与肉》改编的电影《牧马人》获得1983年金鸡百花奖、大众电影百花奖最佳故事片奖，此为其宣传海报。

就张贤亮的作品来说，《灵与肉》里，一个是已当了十几年牧马人的"老右"，一个是被饥荒逼出了天府之国，走投无路的少女，"同是天涯沦落人"的"同"掩盖了他们之间的"异"；《绿化树》里，这"异"却非常重要，是时时处在光亮之中的不容忽视的核心，章永璘不断的反省、内疚、探求，始终是环绕着这个深刻意识到了的"异"而进行的。

刚从劳改场释放的就业人员章永璘，渴望着成为正常人。饥饿却逼迫他向着"狼孩"的深渊下坠，是马缨花"拯救"了他。他的体力在恢复，憧憬着成为一个"筋肉劳动者"，向往着有一个贫穷而整洁的火炕的"家"——这曾被他看作是高不可攀的理想。他重新拾起《资本论》第一卷，重新"和人类的智慧联系起来"，开始从精神上"超越自己"，他便清醒地意识到，他与马缨花之间，"有着她不可能拉齐的差距"。一方面，和"人类的智慧"的联系竟会唤起中国知识分子文化心理结构中的深层意识；另一方面，对自己的"超越"也就是原来憧憬的正常人的家的超越，章永璘对他与马缨花的关系产生了新的不安。我们的"叙事模式"在这部中篇小说里得到了前所未有的发展，得到了一种革命性的挖掘和改造。对"同"与"异"的辩证理解，展示了读书人理想轰毁、灵魂再生、人格复活的极其复杂的过程，映照出下层妇女在这一过程中光彩照人的"拯救"作用。正是这些升降浮沉、盛衰荣辱中，最鲜明地表露了知识分子的心理状态、深层意识、人格理想和社会理想，以及形成这一切的社会历史条件。

黄子平：《同是天涯沦落人——一个"叙事模式"的抽样分析》，载《中国现代文学研究丛刊》，1985（3）。

6. 茹志鹃《剪辑错了的故事》是新时期反思文学中一个较重要的作品，这部小说表层话语是讲了一个干部老甘解放后"蜕化"的故事，但深层意蕴则是探讨老甘之所以"蜕化"的文化原因。如果说老甘只是给出了"蜕化"的表征，那么小说中另一个重要人物老寿则为老甘的"蜕化"提供了一个文化的注脚。小说比较集中地探讨了老寿两次违心的转变：一次是老甘强令农民将自己的口粮当余粮上缴国家，老寿本来充满了疑虑，他本能地意识到："现在好像掺了假，革命有点像变戏法"，但是出于对上级无条件的信赖和崇敬，他把疑虑变成了一场自责，他最终宁愿相信上级的决定，而不愿意相信自己眼见的事实。第二次，老甘为了在大跃进中邀功请赏，下令将已经挂果的梨树全部砍掉，这是明显荒唐的决定，且严重损害了农民的利益，但是作为小队长的老寿只想着服从，再一次附和了老甘。老寿认为群众应当是完全的服从者，上级则是群众的家长，因此他一旦发现自己的思想与上级的意图相悖时，就立即变得诚惶诚恐。《剪辑错了的故事》的深层意蕴是要告诉读者：人一旦完全放弃对自己命运的自主权，将思想与决策看成是与自己完全无关的事，将它们拱手交给另外的人，这就创造了一个滥用权力的温床。

张卫中：《新时期文学对国民性问题的新探索》，载《文学评论》，2001（5）。

7.《我的遥远的清平湾》平静平淡平缓的叙述，不着声色的显示，把人世间最落后最原初最粗糙的生活写得尤其神圣清洁，把粗砺不公的人生状态，也以平常的口吻说出，其间没有哀怨与愤懑，没有强烈的不平与抗争，有的是深长的怜悯与痛惜。

图6-4　知青作家史铁生与他在《我的遥远的清平湾》描写的"白老汉"在一起。

相对于以英雄主义和乌托邦情怀为皈依的主流知青文学而言，《我的遥远的清平湾》的出现，预示着知青文学另类书写的平民姿态，和向简朴原初的人本立场延伸的文学态势。知青文学主角的自觉退场，从控制的姿态退避到参与同时平视的位置，这种角度换位不仅仅是一种艺术考虑，更应看作是对知青运动历史认识以及知青记忆的客观性。原先知青文学的群体悲壮已然让位于农村农民的现状人生，让位于无意义、无梦想的人类状况。这并不意味着对农民的这种历史描绘，是一种对之轻视或否定。恰恰相反，读出的是对这种素朴生活的观念肯定。这种肯定不是通常意义上的道德评定，而是通过把残酷的生活，诗化为一种豁达的人生态度，一种温良恭俭让的生存情调。史铁生几乎是零距离地抒写知青与陕北农民之间原本就已存在着而永难消弭的距离。这种距离能激发你产生一种战栗的悲悯和尊敬。

郭小东：《中国知青文学的另类书写——论非主流倾向的现状表述》，
载《海南师范学院学报（社会科学版）》，2005（3）。

泛读作品

王蒙：《蝴蝶》《布礼》

王安忆：《本次列车的终点》

　　韩少功：《西望茅草地》
　　梁晓声：《这是一片神奇的土地》
　　戴厚英：《人啊人！》

评论文献索引

　　王晓明．所罗门的瓶子——论张贤亮的小说创作．上海文学，1986（2）．

　　王福湘．略论新时期的"伤痕"小说．中国文学研究，1989（1）．

　　王晓明．潜流与漩涡：论二十世纪中国小说家的创作心理障碍．北京：中国社会科学出版社，1991．

　　郜元宝、宋炳辉．文化的命运和人的命运：论王蒙《活动变人形》及其他．上海文论，1987（1）．

　　杨品、王君．《活动变人形》的理念化倾向．批评家，1987（2）．

　　李新宇．对"反思文学"的反思．齐鲁学刊，1988（6）．

　　贺仲明．"归去来"的困惑与彷徨——论八十年代知青作家的情感与文化困境．文学评论，1999（6）．

　　路文彬．公共痛苦中的历史信赖——论"伤痕文学"时期小说的历史叙事．华东师范大学学报，2001（1）．

　　毕光明．从"伤痕"到"反思"——新时期文学回叙之一．海南师范学院学报（人文社会科学版），2002（3）．

　　赵文辉．中西文化冲突中的"多余人"——《活动变人形》中倪吾诚形象的解读．华南师范大学学报，2003（1）．

　　旷新年．写在"伤痕文学"边上．文艺理论与批评，2005（1）．

　　王一川．"伤痕文学"的三种体验类型．文艺研究，2005（1）．

　　黄河．史铁生小说中知青文本的乡土叙事．文艺争鸣，2007（6）．

　　蔡翔、罗岗、倪文尖．八十年代文学的神话与历史．21 世纪经济报道，2009-02-16．

拓展练习

　　1. 梁晓声的"知青小说"大多洋溢着豪迈、悲壮的英雄主义气概和理想主义情结，这也正是他区别于其他知青作家的最大标志，但是评论界对此却有着截然相反的评价，如何赞扬者认为"知青文学的英雄主义精神为新时期注入了一种积极向上的精神力量""知青文学的英雄主义精神在某种意义上可以说是对经历了十年浩劫的民族性格的一种拯救""英雄主义精神烛照下的知青文学充满了浪漫主义激情，使之在艺术审美意义上呈现出悲壮、崇高的美学特征，显示着独特的艺术魅力"[①]。而批评者则认为梁晓声"把英雄主义精神绝对化、神圣化，缺乏健康理性的深刻怀疑和否定精神"，他们的"英雄主义"和"理想主义"只不过是五六十年代文化于当代社会的回

---

　　① 康长福：《论知青文学的英雄主义精神》，载《齐鲁学刊》，2000（6）。

光返照。"他不过是因对一种城市文化（现在）的幻灭而萌生对另一种城市文化（过去）的留恋与幻想而已。"① 还有论者指出《今夜有暴风雪》中，"一场轰轰烈烈的青年反体制运动就被表现为知青为保卫国家财产、为保卫虚假的自我荣誉的表演。"② 请以梁晓声的《这是一片神奇的土地》和《今夜有暴风雪》为例，谈谈你对这些评论的认识。

2. "五七族作家"和"知青群作家"对历史的记忆和书写模式显然有很大的差异性，请选择具体文本，参阅摘要和索引中的相关评论，从身份背景、话语方式、话语结构、话语内涵等方面来分析这两个群体创作的相同和相异性。

3.《芙蓉镇》是 80 年代初期屈指可数的具有重大影响的长篇小说，一经发表就获得了精英读者与大众读者的一致认同，请你以小说中的人物描写、风俗描写为例，谈谈该作的审美价值，并记录自己查阅资料的过程。

第三节　改革小说

内容提要

当"伤痕文学""反思文学"方兴未艾之时，面对中国现代化进程中出现的新的社会问题现实矛盾，近距离直接关注现实变革与社会问题的小说创作潮流日渐形成，其时将其简化为"改革小说"，主要代表作有：蒋子龙的《乔厂长上任记》、高晓声的"陈奂生系列小说"、李存葆的《高山下的花环》、谌容的《人到中年》、张洁的《沉重的翅膀》、柯云路的《新星》、李国文的《花园街五号》、苏叔阳的《故土》、张贤亮的《男人的风格》、何士光的《乡场上》等。

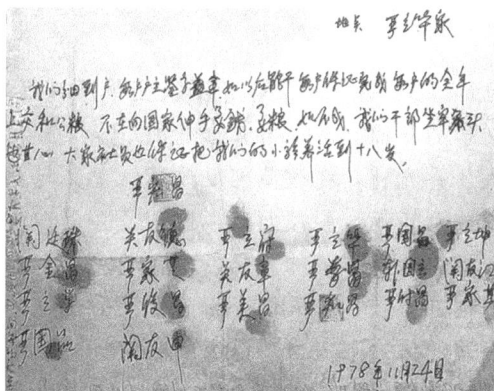

图 6-5　1978 年安徽省小岗村的农民偷偷按下"包产到户"
的红手印，拉开了中国农村改革的大幕。

---

① 贺仲明：《"归去来"的困惑与彷徨》，载《文学评论》，1999（6）。
② 许志英、丁帆主编：《中国新时期小说主潮·上卷》，231 页，北京，人民文学出版社，2002。

　　"改革小说"更多地继承了工农兵文学的创作路向，这主要体现在：第一，从社会政治的视角，紧紧跟踪社会现实，并以新的社会矛盾作为自己作品的构成主体。第二，将政治经济的进步与个体生命的解放画了等号，将对政治历史的宏大叙事与对个体生命的个体叙事画了等号。第三，再次将人作为社会力量的符码，并以此设置人物关系，塑造人物形象。第四，对历史进步、道德至上神话的信奉，并因此使作品充满了理想化、浪漫化色彩。

　　在"改革小说"的高潮过去之后，出现了一批能够深入揭示中国现代化进程中，新的社会现实矛盾的复杂性并对其中的人物命运给以成功刻画的小说，如贾平凹的《腊月 正月》《浮躁》、路遥的《平凡的世界》《人生》、张炜的《古船》、王润滋的《鲁班的子孙》等。

学习建议

　　1. 梳理改革文学的发展脉络，查阅文学史上的一些与此相关的重要理论文章。

　　2. 完成精读书目的阅读，选择一到两部进行文本研读，并对此做出不同历史语境的分析和解读。

精读作品

　　蒋子龙：《乔厂长上任记》

　　高晓声：《陈奂生上城》《李顺大造屋》

　　张炜：《古船》

　　路遥：《人生》《平凡的世界》

　　贾平凹：《浮躁》

评论摘要

　　1. 改革文学立足于现实的变革，就势必反映变革所涉及的新旧社会力量之间的矛盾和较量。改革文学的开篇之作《乔厂长上任记》，就从直接切入社会矛盾入手，让锐意改革的主人公乔光朴，在改革与反改革、正义与邪恶、高尚与卑鄙、公与私的重重矛盾冲突中披荆斩棘、脱颖而出，展现了一个知难而进、大刀阔斧、不屈不挠的改革英雄的形象。这个形象的意义，不在于它有多么鲜明的个性，而在于它所蕴含的除旧布新的精神，表达了人们企盼改变社会现状的愿望和心情，在于它所表现的思想性格：冷峻的外表下掩藏着深沉的感情。坚不可摧的意志与超常的韧性，强烈的社会责任感和无所畏惧的开拓精神，应合了社会变革时期人们对于理想人格的希冀。因而，它的理想性，不仅使"乔光朴成了一个共名，成了新时期文学中具有继往开来意义的创业者、开拓者的典型"，而且使乔光朴成了社会上家喻户晓的传奇人物。

张永清主编：《新时期文学思潮》，26～27页，北京，中国人民大学出版社，2003。

　　2. 高晓声的作品主要表现对普通农民命运的关注。早在《"漏斗户"主》《李顺大造屋》等这些讲述极"左"政治给农民带来深重灾难的作品中，他就敏锐注意到了农民精神因袭的沉重，并将政治批判与文化批判结合起来，揭示李顺大们在对执政党和新社会的热爱中，所包含的麻木愚昧和奴性心理及其产生的原因。其后的"陈奂生系列"更是通过陈奂生这位"漏斗户"主重新浮现在新时代现实之上的理想之梦，十分自然、生动地揭示出了时代的变革给农民精神面貌带来的变化，具有高度的社会群体的文化审视价值。从《陈奂生上城》开始，高晓声现实主义基本的表现形态渐渐由社会批判中淡出，代之以文化批判。对主流意识形态的阐释与赞颂，一味地追求让主人公陈奂生身上留下现实改革的每一个痕迹，而忽视了人物性格本身的逻辑自洽性。许多现实中源于体制弊端的丑恶现象也常常被看作是传统文化基因的现代表现。

图 6-6　高晓声小说《陈奂生上城》改编成电影的电影剧照。

　　高晓声把农民的命运放在每一个历史转折的关头，放在社会动荡变革的时期来描摹，而且用异常幽默调侃的叙述语调来勾画农民悲剧灵魂的重创，这就使他的乡土小说具有了鲁迅式的"哀其不幸，怒其不争"的思想内涵。在这样的思想内涵下，作者敢于用讽喻的手法来鞭挞一颗颗本身就是血肉淋漓的痛苦灵魂。在痛楚的创伤上复以新的鞭痕，这是一般作者难以达到的。而正是在这里，高晓声达到了鲁迅批判国民劣根性的思想力度，同时也就显现了一个思想者试图拯救农民彻底脱离苦海的大心的可敬。

丁帆等：《中国乡土小说史》，248～249 页，北京，北京大学出版社，2007。

　　3. 小说通过高加林和刘巧珍的爱情悲剧多层次地展现了高加林这种悲剧性格的形成过程。高加林与传统道德观念有着千丝万缕的联系，他对爱情是相当严肃的，他对巧珍也有着真实的感情，但在变动着的现实中，在他对城乡生活的差异有了强烈的感受之后，他被实现个人愿望的可能而引起的骚动所折磨：一方面他留恋乡村的淳朴，更留恋与巧珍的感情，另一方面又厌倦农村传统落后的生活方式，向往城市文明，希望能在那里实现自己新的更大的人生价值。他与刘巧珍的分手标志着与土地和它象征着的传统乡村生活的决裂，他在坎坷不平的人生道路上终于迈出了重要的一步，这一步合法却似乎不尽合理和合情，特别是它对巧珍所带来的伤害更令人遗憾，就是他自己也难免内疚和不安……最终他把来自内心的良心发现和来自外部的责难全部否定，"为了远大的前程，必须做出牺牲！有时对自己也要残酷一些。"这里个人主义的排他性得到了最大限度的表现，在这一两难选择中，人生的含义终于被他误解，社会变成了一座动物化了的竞技场。

这里，作者显然已经超越了早期"改革文学"中对人物及其处境作二元对立的简单化处理方式，而是深入到社会变化所引起的道德和心理层面，以城乡交叉地带为瞭望社会人生的窗口，从一个年轻人的视角切入社会，既敏锐地捕捉着嬗递着的时代脉搏，真切地感受生活中朴素深沉的美，又把对社会变迁的观察融入个人人生选择中的矛盾和思考当中，在把矛盾和困惑交给读者的同时，也把启示给予了读者。

陈思和主编：《中国当代文学史教程》，239～240页，上海，复旦大学出版社，1999。

4. 从孙少平身上，可以见出中国现代卡里斯马典型特有的个人性、坚韧性、崇高性和感染性特征。一是个人性。他有着似乎永远旺盛的个人奋斗欲望，但又同时顾及现实中的他人和群体的利益，从而是一种顾念现实的个人化的自我。这是过去几十年中国文学中所没有的新型欲望化个体。他的奋斗不再是过去那种集体奋斗，而具有不折不扣的个人奋斗特点。但与西方式个人主义意义上的个

图6-7 路遥为创作《平凡的世界》深入矿区体验生活。

人奋斗不同，他的个人奋斗又总是把群体关怀放在重要位置，所以又属于现实型的个体自我。这自我是个体的，处处向往着个人的物质富足与精神自由，目标既实在又富于精神性；但同时又与现实社会或群体深深地交织一体，始终关怀和顾念这个群体，属于这个群体，为了这个群体，而这个群体恰恰是他生存于世的命根子。他像他的师傅王世才舍身救人一样，也在关键时刻敢于献出一切，就是一个明证。他应当是中国当代文学中的一种交织着现实主义和浪漫主义精神的新型自我范型。二是坚韧性。他拥有抵抗苦难的坚韧毅力。他虽然一心向往着离开苦难的农村，但又决然坚守在他无法逃离的现实环境里。在这点上他具有现代主义的抵抗苦难的精神。三是崇高性。他一直向往崇高的精神境界，具备卓越的终身学习素养，带有浪漫主义的理想主义者特征。例如善于从书本、从他人处寻求人生启迪，例如《钢铁是怎样炼成的》的启示。在这个意义上，他大致应当属于一位具备强烈个人意识的当代乡村知识分子或民间知识分子。四是感染性。他善于赢得女性的爱慕和帮助，但又无比关爱她们。当然他也善于赢得其他男性的支持。所以，在孙少平身上，不再是《创业史》中梁生宝式的根除个人私利而一心向往集体主义的自我价值观，而是始终以新型个体自我的建构为中心，交织着改革年代特有的多元价值观的剧烈冲突。这个自我既不再是以往的集体主义自我，也不同于西方成长小说中的个人主义自我，而应当是一种新型的现实型的个人化自我。孙少平身上虽然有着西方成长小说主人公拥有的那种远大的理想、高尚的情怀和不断超越自我的特点，但在奋斗和反抗的方式及目标方面都有显著差异。他与于连、拉斯蒂涅总是以女人为阶梯、以对财富与地位的攫取为目标迥然不同，追求的是一个立足于现实大地的个体自我。

当然，孙少平与自己所属的现实群体的关系比较复杂，不是梁生宝式的简单的从

属关系。与梁生宝一心克服个人私利而向往农民的集体富裕不同，孙少平却是一心要改变自己的农民身份，向往换成理想的城里人身份。但当这个目标变得越来越缥缈时，他的态度却又是现实的。显然，孙少平是中国改革年代特有的富于理想但又立足于现实的新型个人的化身。

王一川：《中国晚熟现实主义的三元交融及其意义——读路遥的〈平凡的世界〉》，
载《文艺争鸣》，2010（12）。

5.《古船》在当代文学创作上的重要意义在于，像为数不多的显示着人的自觉和文的自觉的作品一样，它让"人"回到文学中的主体地位，让人的灵魂占据了文学的主位；不但人不再是阶级意识的符号，政治经济观念的注脚，而且人的历史也不再是平行同步，于政治经济发展史的被动的活动史。"人"开始与历史争辩，与时代争辩，要求在本体意义上得到更深邃的相对独立的理解。换句话说，它着力于表现"历史地发生了变化的人的本性"（马克思语），而不是像不少作品归向"社会本质化"的显现。它是心灵化，内向化，布满了灵与肉的巨大冲突的。这里绝不缺少对抗和撞击，但人不是思想的符号，人与人的对立并不直接诉诸价值观和社会观的冲突，而是转化为人性的深度，转化为灵魂内部的鼎沸熬煎。这样的表现中的再现式的作品，无疑具有审美意识上的突出创新意义。

雷达：《民族心史的一块厚重碑石——论〈古船〉》，载《当代》，1987（5）。

6.《古船》的不同凡响之处，集中表现在其现在时的叙事层面上，即主要通过抱朴和见素的不同价值和伦理追求、不同个性行为方式的凸现和强化，来实现作家独特的人道主义的题旨追求。作家分别赋予抱朴、见素兄弟以隋家的两种基因："还账"和"算账"。在抱朴的意识深处，父亲生前"还账"未清，要由他来父债子还，所以始终背着隋家"欠债"与人的沉重的十字架；而见素则是沉浸于"算账"的躁动和激情之中，"他有时想着父亲——也许两辈人算的是一笔账，父亲没有算完，儿子再接上"。因此，一个终日坐在"沉默的老磨屋"中的老木凳上，成为一个背对着外部喧嚣世界的沉默的"雕像"；一个面对充满机会和活力的现实却苦于找不到自己的位置，为"怎么办"而茫然而"佯狂"。这是一种矛盾的存在，前者象征着一种"内圣"式的自我敛悟之力，它要实现的是一种内向性价值，即自觉的道德内省和人格的自我完善，以及带有原罪意味的自我受洗；后者象征着一种"外王"式的自我扩张之力，它要实现的是一种外向性价值，即事功伟业的理想和追求，以及现实功利欲、物欲和强力意志的膨胀。这种矛盾的价值取向，使得同在生活底层经受磨难且相濡以沫的兄弟二人，彼此却难以理解，甚至时常发生冲突。作家所理解和追求的人道主义精神，就是对象化在抱朴性格中。

作家赋予抱朴性格以人道主义精神内涵的某些基本因素，即对苦难的沉思和原罪的忏悔，并由此形成了隋抱朴式的泛悲悯主义。抱朴是家族仇杀和历史苦难的见证人，是一个被种种血腥和噩梦震碎了灵魂的苦难恐惧者，但同时也是有勇气将凝聚着鲜血和冤魂的墨镜时时带在身边的苦难的思索者。他思索家族的苦难，更从本源层面上思索传染苦难、制造苦难的"人"。在抱朴看来，人类苦难的根源就在于人"为自己拼抢"、这就是他不但反对见素与赵家争夺粉丝大厂，反而亲自为仇人赵多多"扶缸”的动因所在。尽管抱朴在关于人类苦难的拯救的问题上不无困惑，在“应该怎么做”的思考中犹疑畏葸，但在“不能那么做”的问题上却是坚定的、毫不含糊的：他不认同赵多多霸占粉丝厂，也反对见素夺回粉丝厂，因为二者同样是他所不能容忍的“制造苦难”的负面之力；他不仅否定了见素角逐粉丝厂的努力，而且进一步对见素“外王”式的事功业绩的追求和物质欲望，以致对其人格价值和全部行为的正义性，一并给予了否定：“我原来以为镇子上再也不会有那么多的苦难了，再也不会流那么多血了，后才明白这是梦想——镇子上还有你这样的人。”这不仅因为见素以家族复仇为基点的抗暴抗恶的意志力量，是其人道主义理想的异己性因素，还在于见素那种热切的物质追逐和私欲扩张，与抱朴式的“道德人”的价值信仰格格不入。但我们今天重读《古船》，不能不产生这样的疑问：当抱朴新自执掌的粉丝大厂即刻被“推向市场”之时，他那带有浓重的“非务实”色彩、极端排斥“外王”价值的泛悲悯情怀，如何进入在市场逻辑之下别无选择的无情的竞争关系？尤其是在这种市场机制还不成熟，竞争规则还不规范的“初级阶段”，他如何适应这种新的更强大的“恶”的力量的威胁和围困？如何面对新的竞争关系的“罪与罚”呢？当他以自己的价值准则而对见素开商店、搞贩卖、四处闯荡等行为激烈指责的声音刚刚落地，转眼间无数的见素已成为真正的市场大潮中的成功者时，唯道德“内圣”为宗的抱朴，会做何感想和举措呢？这位怀抱即使困厄途穷也坚执“善”济天下之志的理想人物，会不会在上帝的微笑已投向市场竞争中的张见素、李见素时，而失落、无奈地再退回到他的老磨屋中的老木凳上，再开始他新一轮的沉思或慨叹呢？

吴培显：《英雄主义——人道主义——文化人格主义——从〈红旗谱〉、〈古船〉、〈白鹿原〉看当代“家庭叙事”的演进及得失》，载《中国文学研究》，2002（2）。

7.《浮躁》所描写、所表现的意蕴，乃是一个充满了种种生活裂变的时代所必然产生的痛苦，而这种痛苦的呈现即如小说的标题所示：那是一种急剧的现实变化带来的精神世界的“浮躁”。

图 6-8　贾平凹先生的书房：左边为“上书房”入口，门口有他自制的门神，上书“我家主人在写书，勿扰”。

小说中最能体现这种精神浮躁的人物，主要是金狗与雷大空（以及这两个主要人物与众多的其他人物的千丝万缕的关系）。但这是两个既有相同之处又呈示巨大差异的人物——他们在小说中各持着自己的生活态度与历史责任走着必然的道路。金狗是为了完善，雷大空是为了破坏，但他们都是为了造就一种传统格局的崩溃，而且多少携带着一点充满正义色彩而又不无狭隘意味的底层劳动者的报复心理，尤其是那种时时顽强显现着的农民意识。如果说金狗的行动与全部心灵历程还具备某种比较开阔、明确的社会目的性与自感神圣的历史拯救观念，那雷大空这位"赫赫烜烜男子汉"，则完全是一个无知而自信的以毒攻毒的殉葬者。他是值得同情的，但他的自我质量又决定了他是浮躁的恶性发展，或者说，他是一种既光彩又不光彩的牺牲方式抵制了生活潮流中的腐恶力量（包括抵制了自己），并从反面平衡了人们的精神浮躁的扩张。

而金狗的浮躁，一方面出自他的正义感与初步的历史使命感，一方面又来源于他的不同阶段的幼稚脆弱。毫无疑问，他要比雷大空自觉与成熟得多，但他们面对的现实是如此复杂、强大与顽固，因此尽管他费尽心机而不惜施展一点儿小小的狡猾，仍然平息不了他胜利之后的沉重的忧患感，也拯救不了他所面临的那种世俗意义上的颓势。他求索，他斗争，他义无反顾地直面现实，他经历了生活的波折与苦涩之后又回到了"河上"，但他的"回归"正是一种克服"浮躁之气"的象征，一种重返自己土地而趋于实际的象征，一种实现自我完善而变得深沉有加的象征。金狗是近年来农村题材小说画廊中的一个不可多得的充满了典型意味的人物，他的全部命运际遇及心灵轨迹所呈示的思情启迪，都向我们诉说着当代中国社会变革的烦难艰巨，诉说着一个富有传统的民族在锐意进取的道路上必然会领受到的种种来自进取者本身的束缚与制约，诉说着农民的命运在急剧变迁的时代机遇中不能不产生的千姿百态的缓慢转变，以及那种潜在的观念更新。

周政保：《〈浮躁〉：历史阵痛的悲哀与信念》，载《小说评论》，1987（4）。

8. 柯云路的这种英雄情绪也是他这一代人的人生情绪。这一代人在六十年代的大串连就是一种英雄主义狂热的产物；现在大串连的环境虽然消失了，但这种英雄主义情绪却积存下来了，在今天又以参与社会改革的方式体现出来。然而，对于柯云路来说，这种英雄主义还不仅表现为小说的政治改革主题，而且还体现为小说的艺术方式。正是出于一种英雄式的表现欲与抒发欲，他才不甘于作为一个规矩的小说家而在作品中隐藏起来，他对小说情节和故事表现出了一种强烈而直接的侵犯倾向：他时时要跳出来作一些议论和评价。《新星》中作家的直接议论很多；这种议论在电视剧中能够被处理成画外音，有力地说明了这些议论的外在性和独立性：它们并不是小说情节发展所必需的，没有它们故事仍是完整的，它们是小说画而之外的东西。不能说这些议论不精彩，但它们的出现毕竟破坏了小说艺术深沉而自足的表现格局；这种对小说叙述的完整性和统一性不应有的破坏，是作家"个人英雄主义"的表现，显得鲁莽而不成熟。不仅作者的直接议论，就是人物之间许多大段的政论性交谈，也带有这种作家入侵小说的味道。因为这种人物交谈（对话）不是人物的情绪与情感流露，而是一种外在的非性格化对话，它们不是属于人物而是属于作家的。柯云路是一个作家，手中没有权力，无法做一个实际的英雄—拯救者（尽管他非常想做），他只好把政治拯救者的身份赋予李向南；而他在另一方面又为自己找到了一种对等的平衡：他让自己变成了一个精神启蒙者（尽管这种"启蒙"实际上很可疑），所以他才在小说中到处发议论、点化读者。"启蒙"其实也是一种"拯救"，这种英雄主义的精神行为可以成为英雄主义政治行为的一种合适的替代。柯云路就这样从这种直接的议论中获得了一种行动的象征因而也获得了一种满足。在结构上，《新星》频繁地运用了许多追述。追述是一种非自然的结构方式，而任何非自然的结构方式都显示了作者对作品干预欲望。这都是柯云路英雄主义表现欲的例证：不甘隐蔽于作品背后，而用各种方式直接显现自己，由"干预生活"发展到了"干预情节"。作家对情节和故事这种随便的干预是小说创作的一种原始状态。柯云路在小说中不分彼此、不分内外地横冲直撞，固然是他对自己英雄角色的自觉，但同时又是他对自己小说家角色的不自觉。

李书磊：《新星的英雄主义基调批判》，载《文学自由谈》，1988（5）。

9. "大多数人所看到的'改革文学'都有一个共同的模式，即铁腕人物，拨乱反正，任用贤人、纠正错案，'接班人'的争夺，'控告信'（多数又是男女关系、生活作风的诬陷）引来的反复，最后则是（或期待）上级的决断。""'改革文学'受制于这样的意识形态则使其不仅看不到历史深刻的动因，约束了它们的视野，而且限制了它们的艺术创造力。……我们的'改革文学'始终停留在较浅的层次上，那么，对于'改革文学'中观念与意识形态的反省是首先需要完成的。"这一分析应该说是很中肯的，不仅指出了"改革小说"在美学上的缺陷，也透露了80年代中后期"现实主义叙事"的困境。我们知道，80年代文学界一直关心的一个问题就是如何寻找一种新的话语来驱除"革命"的、"政治"的话语，阿城在谈到"寻根文学"的兴起的时候就坦言："从文化构成来看……1949年是最大的一个坎儿，从知识结构、文化构成直到权力结构，终于全盘'西化'，也就是唯马列是瞻"，所以"寻根派"就是"要去找不同的知识构成，补齐文化结构，（这样）你看世界一定就不同了。"非常明显的是，与《新星》里面"半新半旧"、"革命的血腥味"还没有洗净的"现实主义叙事"相比，寻根文学的叙事显得更加"干净"，同时也更具有"陌生化"和"现代感"。需要指出的是，80年代批评界对"改革文学"的怀疑从表面看来是一种"文学趣味"的分化，而实际上涉及的是"共同体"的破裂和历史理性精神的失效。"现实主义"在中国当代文学的历史语境中决不是简单的一种文学（艺术）创作手法，而更是一种历史信念和国家想象，在其背后隐藏的是再造大众（新人观）、构建信念（理想主义）、改造社会（批判现实主义）、走向"美丽新世界"（浪漫主义）的历史意识和发展理念。改革文学可以说是这一"现实主义"在80年代最后的一次"叙事冲动"，在《新星》《平凡的世界》产生轰动并最终被排斥在主流文学叙事之后，"现实主义"作为一种"叙事"（讲故事）的方式已经失去其构建"共同体想象"的话语权力。这正是"改革文学"最重要的文学史意义之一，它不仅仅是为我们提供了一个著名的人物形象，一个值得一再回首审视的话题，也为一个历史范畴——作为一种历史信念和"共同体想象"的现实主义叙事——的终结提供了旁证。在一个生活方式和价值观念日益趋向"多元"的"后革命"时代的中国，作为一种被当代中国特殊的社会结构所建构起来的"现实主义叙事"已经渐行渐远。

李向南的故事结束了！不过，当李向南们走下古塔，混迹官场，成为精于阴谋、犬儒万分的政客，或者当他遁入江湖，摇身一变为倒爷侃爷、荡子嫖客或"大气功师"，我们蓦然回首，是否觉得那个站在 80 年代古塔上的李向南其实有那么一点可爱？有那么一点让人感动？

杨庆祥：《〈新星〉与"体制内"改革叙事——兼及对"改革文学"的反思》，

载《南方文坛》，2008（5）。

泛读作品

　　张洁：《沉重的翅膀》

　　谌容：《人到中年》

　　李存葆：《高山下的花环》

　　路遥：《在困难的日子里》《我的早晨从中午开始》

评论文献索引

　　杨曾宪. 怪圈中的改革文学. 当代文坛，1988(2).

　　彭子良. 改革文学：从激情的宣泄走向冷静的审视. 文艺评论，1988(5).

　　姜静楠. "改革文学"的现状与出路. 小说评论，1991(5).

　　张达. 改革题材文学二十年. 山东文学，1999(11).

　　时汉人. 高晓声和"鲁迅风". 文学评论，1984(1).

　　王尧. "陈奂生战术"：高晓声的创造与缺失. 小说评论，1996(1).

　　卫建林. 在生活的激流中——评长篇小说《新星》. 当代，1985(1).

　　何新. 《新星》及《夜与昼》的政治社会学分析. 当代，1986(5).

　　徐明旭. 论《新星》、《夜与昼》的政治、文化价值——兼与何新同志商榷. 当代，1987(1).

　　吴秉杰. 《新星》对话. 文艺争鸣，1989(3).

　　蔡翔. 行为冲突与观念的演变　读贾平凹的《腊月・正月》. 读书，1985(4).

　　傅异星. 在传统中浸润与挣扎——论贾平凹的小说. 文学评论，2011(1).

　　段崇轩. 在精英、农民与智者之间——高晓声小说创作论. 文学评论，2007(5).

　　秦兆阳. 要有一颗热情的心——致路遥同志. 中国青年报，1982 年 3 月 25 日.

　　李建军. 他是最伟大的当代作家——与一位记者朋友谈路遥. 黄河文学，2013(5).

拓展练习

　　1.《人到中年》发表之后，其中的主人公陆文婷被作为知识分子"忍辱负重"的楷模而受到了社会一致的好评，然而，吴炫在他的《新时期文学热点作品讲演录》中则认为"陆文婷的忍辱负重因为蕴含奴性，因而也就有不健康性"，你认为是什么导致了评价的差异，你觉得哪一种人格更应该值得我们尊重和赞赏？

　　2. 张炜是对当代社会现实有独特思考的作家，他的强烈的道德关怀精神以及由此出发的对现实的质疑和批判常常引来众多的争议。从 1993 年以后，张炜与现实的紧张关系变得更加尖锐触目，他对剧烈变动中的中国社会现实的忧虑充斥于这一时期他的所有文字中。《九月寓言》及其后一系列作品当中按捺不住的忧愤，对工业文明的疑虑，对道德理想的高调宣扬，使原本显得低调沉默的张炜一跃成为知识界、文化界的焦点人物。对张炜的这一"转变"，批评界看法不一。誉之者称其对精神理想的坚守浸透着深厚的人文关怀，毁之者则认为张炜的"道德重建"的激情以及他对当下现实的质疑和批判，在根本上是"反现代性"的，是站在"守旧""没落"的农业文化立场上对现代文明发展的"诅咒"，有着民粹主义和文化保守主义的精神影子。①而张炜则在他的小说《芦青河告诉我》的后记中说："我厌恶嘈杂、肮脏、黑暗，就抒写宁静、美好、光明；我仇恨龌龊、阴险、卑劣，就赞颂纯洁、善良、崇高。我描写着芦青河两岸的那种古朴和宁静，心中却从来没有宁静过。"请你查阅相关评论，谈谈在当下的语境之中，如何重读《古船》？

3. 路遥从80年代初崛起于文坛，十年的时间创作了数量惊人的小说作品，他的长篇巨制《平凡的世界》成为当代文学中最受读者欢迎的作品之一，其影响之广，在百年中国文学史上也是不多见的。然而，路遥却一直被史家"集体遗忘"，成为了文学史叙事一个盲区。从1999年出版的几部影响较大的史著来看，像洪子诚著《中国当代文学史》、王庆生主编《中国当代文学》都不曾提到路遥的创作，因此也就不会给路遥的文学人生以定位了。而在各类以"当代文学思潮"或"新时期文学"命名的著作中，著者也都没有更多地提及路遥。路遥成了一个被文学史"忘却"的作家。请在阅读路遥作品的基础上，结合相关的评论资料，谈谈你对此"路遥现象"的认识。

4. 长篇小说《新星》1985年发表和出版后，虽获评论界不少同志的好评，但一段时间里广大读者的反映并不热烈。可是改编为电视连续剧，头轮在中央电视台播放，便紧紧抓住亿万观众的心弦，很快就轰动全国。出版社和书店积存的小说也销售一空。语言艺术和视像艺术两种样式的媒介，使得一时城市与乡村、大街与小巷，几乎是争评《新星》，争说李向南，在社会中产生了广泛而强烈的反响，这在新时期文学的十年发展中实在也不多见。甚至"《新星》轰动整个北大！上课时教师称赞李向南的胆识和气魄，饭厅里同学们抨击顾荣的阴险、狡猾，夜晚宿舍'卧谈会'上大家嘲笑潘苟世的横霸、愚昧。北大人在思考，思考《新星》，思考改革的现实"。② 但是，在文学圈内却以"《新星》没有文学性和审美价值"的理由批评声音居多，在后来的文学史写作中，更是几乎很少提及，在认真阅读《新星》的基础上，查阅相关的评论，谈谈自己的看法。

---

① 参见贺仲明：《否定中的溃退与背离：八十年代精神之一种嬗变——以张炜为例》，载《文艺争鸣》，2000（3）；陶东风：《道德理想主义与转型期中国文化》，《原道》第三辑；刘圣红、黄崴：《挽歌与乡愁——试论张炜的道德理想》，载《成都大学学报》（社科版），1999（3）。

② 江毅：《〈新星〉引起的思考——北大团委〈新星〉座谈会纪实》，载《当代》，1986（3）。

第四节　寻根文学

内容提要

20 世纪 80 年代初，伴随着新启蒙文学对五四时代文学脉系的接续，沈从文一支重在从文化形态揭示人的生命存在形态并构成对现实世界的价值批判的小说，得以重新浮出水面，这就是其弟子汪曾祺所创作的《受戒》《大淖纪事》等。在这同时或者稍后，一批中年作家创作了具有各自浓郁的地域特色民俗风情的小说，最具代表性的是京味十足的邓友梅的《那五》《烟壶》《寻访"画儿韩"》，充溢姑苏风味的陆文夫的以《美食家》《小贩世家》为代表的《小巷人物志》，体现温州风情的林斤澜的"矮凳桥"系列小说，写运河风情的刘绍棠的《蒲柳人家》《瓜棚柳巷》，天津市井神韵饱满的冯骥才的《神鞭》《三寸金莲》，高晓声的新笔记体小说《钱包》《绳子》《飞磨》等。这批小说可以分为两类：一类是风俗民情为作者所要体现得更为丰富的特定的社会历史内容服务，如前述古华、陆文夫、刘绍棠、林斤澜的小说，一类将风俗民情作为作者审美观照、描写的主体对象，如前述邓友梅、冯骥才、高晓声的小说。但两类小说有一个共同点，就是他们笔下的风俗民情中，都有着丰富的时代的社会内容潜隐其中，这与汪曾祺以人的生命形态本身构成对现实世界进行全面价值批判、拒绝是非常不同的，从中也可以见出中国现代、当代两代作家在这方面的传承与演变。

图 6-9　1984 年 12 月，部分青年作家和评论家在杭州举行研讨会，
讨论文化寻根的问题，此为部分代表会前在上海留影。

1985 年，受拉美魔幻现实主义的影响及国内文化热潮的刺激，一批青年作家打出文化寻根的旗帜，并相继发表了一批有影响的文化寻根小说，其创作流向有五：第一种，侧重于批判传统文化中落后愚昧的一面，代表作是韩少功的《爸爸爸》《女女女》等。第二种，对传统文化持认可与弘扬的态度，代表作是阿城的《棋王》等。第三种，对民间文化中生命活力的寻求，代表作是莫言的"红高粱系列小说"等。第四种，写本民族人的生存、存在形态，代表作是李锐的系列小说《厚土》等。第五种，写传统文化与现代文化、传统文化与历史进步之间的矛盾与张力，这是寻根小说中最主要的组成部分，代表作有王安忆的《小鲍庄》，郑义的《老井》，贾平凹的"商州系列小说"，李杭育的"葛川江系列小说"等。寻根小说历时不长，但其对这之后文学发展潜移默化的影响却是极为深远的。

学习建议

1. 精读三部以上作品，尝试从不同的角度进行分析，说说这些文本最触动你的审美是哪些？在尊重感性理解的前提下，查阅相关的评论，谈谈哪些观点你认同，那些观点持有异议，并要求能够自圆其说。

2. 在精读文本的基础上，要求能简单了解每位作家的风格特点与文学史意义，并能概括出寻根文学的发展脉络、文学意义以及局限。

精读作品

韩少功：《爸爸爸》

王安忆：《小鲍庄》

阿城：《棋王》

李锐：《厚土》

邓友梅：《那五》

李杭育：《最后一个渔佬儿》

汪曾祺：《受戒》

评论摘要

1. 短篇小说《受戒》与沈从文的《边城》有点相似，都是有意识地表达一种生活态度与理想境界。《受戒》刚发表的时候，受到很多赞扬，也引起不小的争议，因为其写法确实与 50～70 年代人们所习惯的小说写法大相径庭。它不但没有集中的故事情节，其叙述也好像是在不受拘束地信马由缰。

《受戒》表面上的主人公是明海和小英子，实际上的主人公却应该是这种"桃花源"式的自然纯朴的生活理想。这个桃花源中诸多的人物不受清规戒律的约束，其情感表露非常直接而且质朴，他们虽然都是凡夫俗子，却没有任何奸猾、恶意，众多的人物之间的朴素自然的爱意组成了洋溢着生之快乐的生存空间。作者以一种通达的甚至理想化的态度看待这种生活，没有丝毫的冬烘头脑与迂腐习气，他塑造的这个空间是诗意的，而又充满了梦幻色彩。不过明海和小英子虽然不能完全算作这篇小

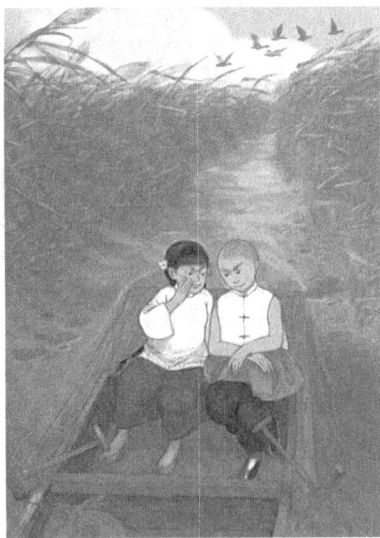

图 6-10　四川少儿出版社出版的《永远的珍藏·汪曾祺卷·受戒》插图。

说的主人公，他们那种纯洁、朴素、自然而又有一点苦涩的爱情却确实可以给这种理想赋予一个灵魂。在汪曾祺笔下，明海是聪明的、善良、纯朴的，小英子是天真、美丽、多情的。他们之间朦胧的异性情感，呈现出浪漫的、纯真的色彩，在人生的旅程中奏出了一曲美的旋律。这种情感发自还没有受到俗世污染的童心，恰恰可以成为这个桃花源的灵魂的象征，所以作者把它表现得特别美。汪曾祺善于通过地域风情的描写，衬托那种纯朴的民俗，而明海与小英子的纯洁的爱情，也通过这种地域风情的描写，表现得纯朴、温馨、清雅。所以，虽然是表现理想境界，汪曾祺的笔调也不会失之甜俗，而是清雅之中隐隐有一点苦味：例如，明海为什么会出家呢？他和小英子的纯洁爱情乃至这个桃花源一样的世界能保持下去吗？（文本中作者将明海和小英子的年龄处理得很模糊，并尽量使人感觉他们的年龄很小，颇让人捉摸）尽管作者将之进行淡化处理，这个理想世界中仍夹杂着那么一丝不易察觉的苦涩，只是不像《边城》的结尾那样明显。

　　小说中自然、纯朴的民俗世界实际上是汪曾祺自然、通脱、仁爱的生活理想的一个表征。作者是爱世间的，对之有无法割断的牵系，在态度上也就特别宽厚通脱。这种生活态度和人生立场在"五四"以来的新文化传统中，肯定不占主流地位，也不可能以完整的形态呈现，由此散落在民间世俗世界中，与被遮蔽的民间文化建立了某种关联。与这种生活态度和人生立场相配合，在审美上他也追求一种民间传统艺术趣味，如年画，如乡曲，在大俗中弥散出一种萧散自然的神韵。

陈思和主编：《中国当代文学史教程》，247～250 页，上海，复旦大学出版社，1999。

　　2. 汪曾祺对于 80 年代文学的意义，在文学史家的眼中，恰恰在于他和被"延安文艺"、"十七年文学"以及"文革文学"中断了的"30 年代文学"与"40 年代文学"的紧密联系：一方面是由于汪曾祺的小说接续了由鲁迅开创的、中经废名发扬，终在30 年代沈从文的笔下蔚然成大观的"现代抒情小说"传统："熟悉新文学史的人却注意到了一条中断已久的'史的线索'的接续。这便是从鲁迅的《故乡》《社戏》，废名的《竹林的故事》，沈从文的《边城》，萧红的《呼兰河传》，师陀的《果园城记》等等作品延续下来的'现代抒情小说'的线索。'现代抒情小说'以童年回忆为视角，着意挖掘乡土平民生活中的'人情美'，却又将'国民性批判'和'重铸民族品德'一类大题目蕴藏在民风民俗的艺术表现之中，藉民生百态的精细刻画寄托深沉的人生况味。在'阶级斗争为纲'愈演愈烈的年代里，这一路小说自然趋于式微，销声匿迹。《受戒》《异秉》的发表，犹如地泉之涌出，使鲁迅开辟的现代小说的多种源流（写实、讽刺、抒情）之一脉，得以赓续。"

　　"现代抒情小说"的传统颇为强大，但把汪曾祺和"30 年代文学"直接挂钩还是有些勉强，"'现代抒情小说'这一条'文学史线索'只说明了汪曾祺复出的一方面意义，其乡土的、抒情的特征，可能遮掩了不易为人察觉的另一面"。这"另一面"则是"汪曾祺的旧稿重写和旧梦重温，却把一个久被冷落的传统——40 年代的新文学传统带到'新时期文学'的面前"。所谓"40 年代的新文学传统"，并非泛指包括国统区、解放区和沦陷区在内的 40 年代的文学，而是再次呼应汪曾祺念念不忘的说法"我是沈从文先生的学生"，把"这一文学传统"锁定在 40 年代的"西南联大"，连接于同样在 80 年代"复活"的"九叶诗人"："九叶诗人与汪曾祺年龄相当，其中的数位亦正求学于昆明的西南联大。其时，年轻的英国现代诗人兼评论家威廉·燕卜荪正在这个大学任教，将叶芝、艾略特和奥登的诗介绍给了他们"。同在西南联大读书的王佐良，后来在一篇评论"九叶诗人"之一的穆旦的文章《一个中国诗人》中，对当时校园的文学风气有着更直观的描述："这些诗人们多少与国立西南联大有关，联大的屋顶是低的，学者们的外表褴褛，有些人形同流民，然而却一直有着那点对于心智上事物的兴奋。在战争的初期，图书馆比后来的更小，然而仅有的几本书，尤其是从国外刚运来的珍宝似的新书，是用着一种无礼貌的饥饿吞下了的。这些书现在大概还躺在昆明师范学院的书架上吧：最后，纸边都卷如狗耳，到处都皱叠了，而且往往失去了封面。但是这些联大的年轻诗人们并没有白读了他们的艾里奥脱与奥登。也许西方会吃惊地感到它对于文化东方的无知，以及这无知的可耻，当我们告诉它，如何的带着怎样的狂热，以怎样梦寐的眼睛，有人在遥远的中国读着这两个诗人"。透过叶芝、艾略特和奥登呈现出的，是另一幅"现代主义"的世界文学图景，"正是在这样的世界文学背景下，40 年代新文学（不光是诗）全面走向成熟。成熟的标志是：五四以来激烈对立冲突的那些文化因子，外来的与民族的，现代的与传统的，社会的与个人的，似乎都正找到了走向'化'或'通'的途径。明白这一点，或许有助于理解何以像沈从文或汪曾祺式的'古典式'的乡土抒情小说却具有现代意味，何以穆旦等一批诗人的创作在海内外越来越引起重视"。

罗岗：《"1940"是如何通向"1980"的？——再论汪曾祺的意义》，
载《文学评论》，2011（3）。

3. 他把写意画派的画法搬到他的叙述处理上，其表现，一是削尽冗繁，返璞归真。他极力回避形容词，基本是干干净净的主谓宾结构，并尽量使用短句子的穿插与连接，剪除了词语结构表面的乱毛，来体现清新疏落，挺秀遒劲。给你造成的总体感觉是北方森林中树叶一张一张全数掉光以后阳光从树杈间射进来的那种简洁明快。第二，是素净中追求灵动，通过对简约的词语单位的调度，扩张每一个局部表现的内外延，使之充满活生生有弹性的质感。具体方法往往是改变词性，使名词变成形容词，使形容词变作动词，通过这种词性变化来搅活汉文字表述的活力。三是通过整体叙述定势的把握，使用线性的语言的断裂、交叉、连接，最终想要达到一种立体的圆的空间的构成。道家的境界，阿城最入迷的是"无为无不为"。他说，理解了"无为无不为"，就会感悟到无意之处处有意，而有意之处处无意，也就是说"不出招"而会"处处有招"。他认为道家的境界是恬淡、含蓄、空灵的境界，他把这种境界引进小说，力图使之变成那种空间效果构成之上对它进行照耀的因素，他希望这种清虚的境界使他的空间变得通体豁亮、通体透明。

朱伟：《接近阿城》，载《钟山》，1991（3）。

4. 《棋王》问世以来，几乎没有人讨论这部作品的政治性。评论家普遍认为这是一部充分展示道家文化风范，弘扬高蹈及"无为"人生姿态的文本。但最近几年多次重读这部作品，却发现在这个"去政治化"的寻根故事背后仍隐含着一个非常清晰的政治叙事。

这部小说是一个由"我"讲述的"棋王"王一生的故事。一开始"我"对于王一生有着一种不自觉的精神优越感，这是典型的"启蒙者"和"被启蒙者"的关系。"我"对于世俗世界，对于"吃"，一开始是抱着居高临下的态度的，试图以人文理想、理性、自由等思想完成对世俗的超越。但"我"的启蒙努力在王一生坚如磐石的世俗生活信念面前显得软弱无力，知识分子一厢情愿式的启蒙冲动没有得到想象中的回应……知识分子如何涤去了知识附带的罪恶，在劳动人民中获得历经炼狱一般的重生，不正是五十一七十年代文学的基本主题吗？阿城通过出身于知识分子家庭、热爱杰克·伦敦和巴尔扎克、向往精神生活的小说叙事人"我"与在"吃"与"棋"这种凡俗生活中生存的贫民子弟王一生之间两种不同人生观的撞击，写出了"我"对"民间"凡俗生活意义的发现、臣服与认同，再现了知识分子在民众中获得生命意义的历史命题——这样的思路，当然与我们在文学史中看到的八十年代背道而驰。

小说最终完成的主题，是"我"从王一生身上，发现了生活的真谛。小说细致地描写了这个转变的过程，完成了王一生的英雄叙事，也完成了启蒙者与被启蒙者的位置转换，小说对王一生的歌颂，是对下层人民的歌颂，相应地，也就成了对自我的批评。

李杨：《重返八十年代：为何重返以及如何重返——就"八十年代文学研究"
接受人大研究生访谈》，载《当代作家评论》，2007（1）。

5.《小鲍庄》所呈现的一抹古老而又悲凉的风情，在变迁的震荡中又停滞着一股静止不移的凝固力，把民族素质中的劳苦、顺从、求生、守旧、善良、愚昧的浓重的神情气质溢露至深。也许是过于凝聚了作者的艺术思维的定向罢，以致小说的整体画面中出现的是民族的沉睡状态。一个小鲍庄，为贫苦所笼罩，又袭来了洪水的灾难，人事的变迁尽管是流动着的，鲍彦山的添子，鲍秉德的妻子疯癫亡故，小翠子自异乡逃荒来此，拾来入赘于大姑家，然而人们的精神流向却是静止不动，仿佛如鲍秉义哼唱花鼓调的书文时沉重的音调那样的凝固不散。小鲍庄是个至善的凝固体，没有邪恶，没有奸诈，没有贪婪，没有谁有什么害人之心，然而他们只是在凄苦中度过一生，有如乐府古辞中所描述的善良的农民们所受的凄苦情景一样。……几千年的古国如今处在二十世纪的地平线上，仍然显得如此的古老、守旧、因循、贫困，在世纪重担的压抑下，民族心理中滞留着一种守拙、迟钝、顺从、愚昧等劣质因素，揭示这类心理因素，倘立意是在改造民族灵魂，那自然就并非是消极的。《小鲍庄》的艺术思维，正是集注于唤起这一历史感的觉醒。

正因为集注于这一点，《小鲍庄》中众多的人物的个性就极不明显，鲍彦山仿佛是鲍彦荣，鲍秉义几乎是鲍五爷，除了拾来、捞渣、大姑的面目相当清晰外，此外的人物大抵是模糊的。然而那几个性格模糊的人物身上，散发着种种共有的凝固性的气质，那就是安分、守拙、顺从以至木讷。人们活在这土地上，一代代传下去，人事变迁无已，但是那凝固体却久远地滞留不变。他们的性格都几乎平淡无奇，甚至模样相似，很难说谁是变坏了的，或者变得很出色的，没有奸诈，没有贪婪，没有谁有害人之心，这是善良与愚昧久久凝固起来的集合体，是最底层和最苦难的人类本性。最为深重的还是由贫穷与苦难浸透着的人性的沉眠状态。饥饿、逃荒、弃婴、文化低下等等现象，起因都是贫穷之故，在《小鲍庄》小说中，对这些生活现象映射到具体的情节里去，再映射到人物的人性模式，即是一种沉眠状态的模式。明显的原因是在贫穷导致了文化的惘知，文化惘知导致了愚昧，不消说，它与现代意识的差距，是时代的差距，只要贫穷的状况不变，意识的愚昧是很难变化的。

洁泯：《〈小鲍庄〉散论》，载《当代作家评论》，1986（1）。

6. 同样是对国民性的省察与批判，李锐笔下这个乡土社会的构造确有它的独到之处。将《厚土》的七篇作品联系起来看，不难发现，它们很少具有冲突的因素。也许并非没有反抗和呐喊，并非没有真实的冲突，然而一声微弱的呐喊，对于偌大个沉寂的世界来说只是无济于事。村民们依然干活、吃饭、睡觉。在他们日常生活中，你觉察不到任何事变的迹象。

对于一切可能存在的矛盾冲突，作者采用了一种缓解手法，从未使故事发展到所谓应该达到的某种高潮，因而使读者因既往的阅读经验提示而产生的期待一再落空。这种反悬念处理的效果不错。从这些方面看，《厚土》完全是现代叙事风格。它大胆摒弃了那种小题大做的花哨的戏剧程式，而代之以沉静、严峻的现实主义态度。作者有意不展开矛盾冲突，并不是在回避矛盾，他让我们看到一幅矛盾自生自灭的画卷。窝囊汉子脚下这片古老大地正是在矛盾的自生自灭中保持着固有的沉寂。这里展示的人生世相足以使人心灵战栗，却又使人欲哭无泪。我们看到的正是一种矛盾缓解和生命窒息的过程。

小说创作一般着眼于打破平衡，而《厚土》的内在轨迹却反趋于平衡，无疑表示着作者对中国乡土社会和农民心理的某些基本看法。在作者眼里，历史发展之缓慢不但表现为物质形态的固着，更深一层看，在于农民心理的停滞状态。这就是《看山》中所说："山们还是一如既往地沉默着，木然着，永远不会和昨天有什么不同，也永远不会和明天有什么不同"。

李庆西：《古老大地的沉默——漫说〈厚土〉》，载《文学评论》，1987（6）。

图6-11 李锐笔下《厚土》中吕梁山区的民居。

7. 确实如李锐所说，《厚土》发表以后的不少评论文章和许多读者来信，所谈的几乎都是文化批判：民族劣根性，文化心理积淀，整体心态描述，等等，"并以此为作品的主旨和立意，给予了各方面的评价。这从评论的热点大都集中在《合坟》上也可以看得出来。之所以导致这种倾向，一是和当时的'文化热'分不开，一是尽管对《厚土》的评价有高有低，有褒有贬，但在这些评价的背后，我看到的却是一种不约而同的文化决定论的视角。我得承认，这多少叫我感到一种遗憾"。李锐遗憾的是批评所依据的理论和所使用的方法。

对一部可以称为经典的作品来说，论者与作者的差异和分歧并不重要，特别是随着时间的推移，当论者更多的是和作品而不是和作者对话时，有许多分歧甚至可以忽略。应当说，一段时间以来，关于《厚土》有的评论还是很到位的。譬如，论者对生存状态的追问："《厚土》的叙述努力，乃是穿过相色去接近乡土的本色，使我们在错愕于种种挣扎与沉沦的影像之后，不由不想想：有没有'导演'人们命运的'那只看不见的手'。"但是，吴方当年追问的那个问题，论者们并没有追问下去，李锐自己后来说了，制造"影像"的是"非理性的历史"，对"非理性的历史"的批判后来成为李锐小说创作的重点所在。吴方在评价《厚土》时，点到为止地说过这样一句话："尽管《厚土》所感受的对象是平常的、压抑的、未曾燃烧的，它复杂到超出了历史理解的范围，同时又成为历史理解的起点"。可惜这句话轻易地滑过去了。当我们今天有可能把李锐的创作作为一个整体进行研究时，特别是李锐的创作本身已更为丰富而深刻时，我们回头重读《厚土》，就不能不发现我们疏忽了《厚土》最为重要的意义：穿透"历史"之虚假幻影，呈现"历史"之外的永恒人生。在此，我也以不时为人点评的《厚土》首篇《锄禾》为例。黑胡子老汉在地里唱了两次戏文，每次在背后都有人鼓舞："好戏文"；而学生娃没有读完"知识青年到农村去"，却被黑胡子老汉骂了句"狗日的，拿着圣旨管人"。这些对应的生活场景，不仅突出了政治的荒谬和厚土的长在，宣示了厚土之上的人生似乎总在当代历史之外。《古老峪》中的小李到古老峪念文件，三天下来，听得最认真的是"她"，而她告诉他："我啥也听不懂，我是看你念得好看。"她愿意当先进也是因为到县里可以见到他。所谓历史，当它在面对"厚土"时，也就显示了它的荒谬。在这个意义上，李锐可以说是"解构"了历史，也是在这个意义上，李锐所持的立场可以称为"民间"立场。

王尧：《李锐论》，载《文学评论》，2004（1）。

8.《爸爸爸》最为成功的还是丙崽这个人物的塑造，在这个长不大的小老头或者说是老得太快的大小孩身上，一般都是说他揭示了中国国民的劣根性，体现了作者的社会批判意识，这当然也是对的；但因人们被鲁迅开创的现代传统所围限，对韩少功刻意要追寻的楚文化传统却有意无意地忽略了，因而丙崽身上体现出来的楚文化特征也少有人提起，……那么，丙崽空间在多大程度上体现了楚文化的精神内涵及思维特点？首先，从思维特点来说，丙崽的身上统一着人性的两极，他是永远长不大的小孩，又是成熟得太快的老头，在地上爬的时候就学会了"爸爸爸"和"×妈妈"两句话，有了这两句话就足以表达他的全部思想感情并足以应付一切了，这是他的早熟也是他的聪明，但他永远只能说这两句话只会表达正负两种简单的思想感情，这又是他的幼稚更是他的愚昧；他要吃喝拉撒，一餐不吃也会感到饿，时光的流逝也能在他的额上刻下皱纹，所以他是人是丙崽，但他满地捡鸡屎吃竟不生病，毒药也药不死他，而且永远只有十三岁，完全可以超脱于时间之外，所以他又不是人而是丙仙。丙崽丙仙亦即人与神的两极同体，可以说是韩少功对楚文化思维模式的最好演绎。其次，从精神内涵来说，丙崽的最后不死，倒不是一般人所理解的，以为是意味着最愚昧的生命力最强，而是因为他沾了"仙气"。按照楚文化中道家的理论，去知去欲的人可以齐物而逍遥，甚或可以成神成仙，丙崽无智少欲，不懂得耍心计，更不刻意追求什么，所以他能超脱常人而成为丙仙，仙人是能永生的。更为重要的是，丙崽是无用之用，正切合道之无为而无不为的核心内涵，正因为他的无用，所以社会群体可以无视他的存在，他超脱于群体之外，也就不会随群体的消失而消失，才能独自存活下来。一个人物形象能有自己的独特性和丰富的文化内涵就已足矣，何必非要将他与国民的劣根性联系起来！

陈仲庚：《现代性的别处：乡土与寻根》，见《现代性与中国当代文学转型》，

204～205页，昆明，云南人民出版社，2003。

9. 将富于生机的民间文化与讲究内蕴的士大夫诗学精神糅合在一起，显然是杭育创作葛川江小说时的用心所在。不过，这般用心不等于一种明确的意图。我在得出这个看法之前，并没有听他自己这样说过。我知道，在观念上杭育是醉心于民间文化的，也非常看重普通人的生存意识。他确是有意识地从民间日常生活中汲取艺术的养分。然而，这些并不决定他的叙事态度。他在艺术表达上，时时做出超然物外的姿态，有一种诗意化的倾向。杭育是被人归入"寻根派"里边的，可是用一般的"寻根"理论不能完全解释他的创作。在我看来，他以这种态度处理"最后一个"们的悲剧，倒不完全是出于对某种传统的追寻，或者纯粹艺术上的选择，而是有着极为复杂的当代心理背景。

这要牵涉到对文明的反思。显然，当文明体现为科学与进步，带来效率与舒适的同时，也带来了现代生活的种种弊端。于是人们看到，文明的进展，不但从生态上干扰着人的生存环境，而且愈来愈明显地侵袭人的心灵空间，拨弄着人的心态和精神状态。从某种意义上说，物质与精神的对立，决定着当代社会的价值关系。不言而喻，这种广泛的冲突，具有令人困惑的性质。葛川江小说在展示种种难以抉择的矛盾过程中，实际上流露着对传统和操守的眷顾；葛川江上那些古老的行业乃至许多悖时的习俗与法则，都被写出了它们美好的或是富于人情的一面。那些渔佬儿、船佬儿和弄潮儿，在以自己的方式抗拒着命运，他们独往独来的人生既是困厄的，也是豪迈的。在这里，人们可以看到几分精神的价值。其实，他们抗拒的不是命运本身，而是现代文明带来的个体的悲渺感。自从人类进入工业社会，个体的存在一再贬值，个人相对于社会的力量与价值愈来愈变得微不足道。在这种情况下，那些置身于工业社会之外的人们，那些古老行业中的"最后一个"们，倒显示出自己独立于世的生存价值来了。他们直接面对一个世界，直接跟大自然搏斗，从中体验着自身的力量。不是么，在渔佬儿福奎的感觉中自己就像"江上的龙王"那般神气哩。如此良好的自我感觉，毕竟属于一颗自由的心灵。然而，问题在于，当他像恪守某种信念似的固守着自己那爿天地，不可避免地沦入"最后一个"的境地时，"知其不可而为之"的悲剧性已经确立。这种悲剧意识当然是中国的。

李庆西：《现代悲剧是怎样发生的？——为〈最后一个渔佬儿〉

台湾版而写》，载《读书》，1988（8）。

10. "寻根"作家在对传统艺术精神的追溯与认同中，使潜伏在民族心理深处，

附着在传统文化底蕴上的审美意识，在当代得以复活。这种对重视悟性、直觉的艺术思维方式的倚重，在文学作品中对气韵、情趣、意境的追求，使"新时期文学"从对社会政治批判、社会历史的反思以及对社会生活镜子式的反映的现实主义成规中解放出来，从而激发了文学的想象力。"寻根"作家对民族艺术精神的认同和对传统审美经验的重视，复活了民族的审美意识以及民族所特有的美学气韵和情致。"寻根文学"不再注重人物性格的刻划，而是在对群体意识的观照中，来表现民族的文化心理内涵，民族的集体无意识内容；不再注重事物发展因果联系的过程，而是突出主体的感受、体验和瞬间的顿悟；它不再人为地设置矛盾冲突，而是在人与自然、宇宙的交流融合中，追求一种情韵俱出的境界。这种审美情趣的转移和它们在艺术形式上的探索，为新时期文学提供了新的艺术经验，促进了"新时期文学"的艺术变革。季红真认为，"寻根文学"使"新时期文学"基本上完成了艺术的嬗变。继之而起的文学新潮，几乎都受到了"寻根文学"的影响。

"寻根文学"构成了 80 年代中国的一个重要的文学现象，它并非是一个时过境迁的潮流，而是成为弥散在中国当代文学中的一种力量和重要的酵素，它导致了中国当代文学的精神转向和中国当代文学审美空间的大量释放，也导致了中国当代文学表现领域的转移和疆界的拓展。通过"寻根文学"的艺术发散，中国当代文学发生了重要的转折和变化，知识分子的启蒙传统渐渐淡化，"干预生活"的激情不断消解。蔡翔将"新写实小说"及其"日常生活的诗性消解"追溯到阿城的《棋王》。"新写实小说"向市民的精神态度和"日常生活"的悄然移行无疑正是起源于"寻根文学"的精神转向。李庆西说："自'寻根派'崛起，情况便有所改观。从大方面讲，中国文学的格局发生了变化。至少小说不再纯粹作为诉诸知识分子个体忧患意识的精神载体了，而是开辟了一条表现民族民间的群体生存意识的新路"。"'寻根派'作家之所以如此重视日常生活的价值关系，也正是因为从人的基本生存活动中发现了命运的虚拟性。如果要真实地表现人格的自由，可行的办法就是穿透由政治、经济、伦理、法律等构成的文化堆积，回到生活的本来状态中去。真实的人生、人的本来面目，往往被覆盖在厚厚的文化堆积层下。""寻根文学"向后来的"新写实小说"和"新历史小说"发出了重要的信号。

旷新年：《"寻根文学"的指向》，载《文艺研究》，2005（6）。

泛读作品

汪曾祺：《大淖纪事》

冯骥才：《神鞭》

贾平凹：《商州系列》

陆文夫：《美食家》

评论文献索引

韩少功. 文学的根. 作家，1985(4).

李杭育. 理一理我们的根. 作家，1985(9).

阿城．文化制约着人类．文艺报，1985-07-06．

郑义．跨越文化断裂带．文艺报，1985-07-13．

郑万隆．我的根．上海文艺，1985(5)．

陈黎明．魔幻现实主义文学与"寻根"小说．文学评论，2006(2)．

吴俊．关于"寻根文学"的再思考．文艺研究，2005(6)．

黄子平．汪曾祺的意义．作品与争鸣，1989(5)．

李陀．汪曾祺与现代汉语写作．花城，1998(5)．

汪朗．父亲汪曾祺，站在政治漩涡的边缘．报刊荟萃，2012(10)．

屠毅力．汪曾祺的"灰箱"——从"现实主义"转换看其在 1980 年代文学中的位置．中国现代文学研究丛刊，2012(1)．

陈晓明．论《棋王》——唯物论意义的阐释或寻根的歧义．文艺争鸣，2007(4)．

钟本康．当代意识观照下的吴越文化形态——评李杭育的"葛川江小说"．小说评论，1986(6)．

拓展练习

1. 韩少功的《爸爸爸》延续了五四以来的"国民性"批判，和"民族文化——心理积淀"的剖析模式，表现出了文化寻根的深度，另外其文学史上的价值更体现在文学意义的"寻根"性质，也就是延续了庄子、屈原等为代表的楚文化的思维模式，真正使文学摆脱了革命、政治的叙事模式，体现出文学新的审美视野，请分析这部作品中，"文化寻根"和"文学寻根"是如何同时完成的。

2. 据李陀所言《棋王》原来的结尾是："'我'从陕西回到云南，刚进云南棋院的时候，看王一生一嘴的油，从棋院走出来。'我'就和王一生说，你最近过得怎么样啊？还下棋不下棋？王一生说，下什么棋啊，这儿天天吃肉，走，我带你吃饭去，吃肉。"和现在的小说结尾"我笑起来，想：不做俗人，哪儿会知道这般乐趣？家破人亡，平了头每日荷锄，却自有真人生在里面，识到了，即是幸，即是福。衣食是本，自有人类，就是每日在忙这个。可囿在其中，终于还不太像人。倦意渐渐上来，就拥了幕布，沉沉睡去。"请比较这两个不同的结尾对小说的主题发生了怎样的影响？你如何理解这不同的处理？阅读陈晓明的《论〈棋王〉——唯物论意义的阐释或寻根的歧义》，同时参阅其他相关评论文章，写一篇读后感。

3. 贾平凹的《商州系列》无疑寄托着他对商州这片古老文化的怀旧，试图寻找其中对现代社会有拯救意义的民族精神，充分肯定了传统文化的积极作用，但"这种文化培养了民族的性格，民族的性格又反过来制约和扩张了这种文化"①。请以《商州系列》中的一篇作品为例，分析传统文化和民族性格之间的关系，阐述贾平凹在此类寻根文学中的创作得失。

4. 不同于当代文学史上其他文学潮流的命名一般是批评者归纳、给予，寻根文学得名则源自于作家旗帜鲜明的理论宣言，请阅读索引相关文献资料，结合他们自己

---

① 贾平凹：《四月二十七日寄友人书》，载《上海文学》，1985 (11)。

的作品，对此文学现象进行评议，以小论文的形式完成。

第五节 现代派小说

内容提要

"现代派"小说是指受西方现代主义文学影响较大的小说作品，其创作可以分为两个阶段：第一个阶段，是 20 世 80 年代初期，以王蒙《春之声》《蝴蝶》《布礼》《风筝飘带》《夜的眼》《海的梦》，特别是其后的《杂色》以及茹志鹃的《剪辑错了的故事》、宗璞的《我是谁》为代表，其主要特点是在心理流动的拼贴式结构、象征、黑色幽默等小说形式方面，接受西方意识流小说的经验，王蒙的上述小说，甚至被称为"东方意识流"小说。第二个阶段，是 20 世纪 80 年代中期，以刘索拉的《你别无选择》、徐星的《无主题变奏》、残雪的《山上的小屋》《苍老的浮云》等为代表，其主要特点是从小说所体现的生命躁动、荒诞、虚无、绝望、孤独等非理性内容，非现实非逻辑的心理流动结构、象征、意象组合、调侃、怪诞等小说形式，均体现了西方现代主义小说的创作特征，所以，被称之为真正具有现代主义意味的中国式现代主义小说。

学习建议

1. 阅读《春之声》《杂色》，分析王蒙意识流小说的"中国特色"是如何表现的。

2. 分析《你别无选择》或《无主题变奏》的审美特征与精神特征。

3. 参阅相关评论，分析《山上的小屋》，谈谈你对残雪世界的理解。

4. 在完成上述问题的基础上，综合归纳这部分小说与传统小说、西方小说之间的联系与区别，尝试对"现代派"这一概念做一简单描述。

精读作品

王蒙：《春之声》《杂色》

刘索拉：《你别无选择》

徐星：《无主题变奏》

残雪：《山上的小屋》

评论摘要

1. 80 年代中国意识流小说并非西方意识流小说的硬行植入，它本质上不同于西方传统的意识流小说。证据一——也是最重要的证据：它排斥了作为正宗"意识流"的本质特征，即弗洛伊德的"力比多说"（性力）。证据二：它排斥了夸大直觉，否定理性，夸大内心，否定外部现实的做法。西方意识流小说（不是指全部）往往热衷于表现人的本能，把直觉看成是创作的唯一源泉，而有意忽视理性、理智的作用。它是在伯格森、弗洛伊德和克罗齐的非理性的美学思想指导下的产物。另外，它对人——本体无限夸大，而有意忽视社会生活，割断了内心世界与外部世界的有机联系。与客观现实的全部游离，完全陷入孤立的心灵世界，结果犹如作茧自缚，反而将心灵世界封闭起来。这样使作品失去了社会意义，成为无太大价值的扑朔迷离的潜意识迷宫的玩耍。80年代的中国心理小说，既不夸大本能和直觉，也不轻视客观现实，理性的光辉始终照耀着心理王国，而引起心理产生各种变化的又正是客观现实——心理是客观现实的聚光点和光的折射棱柱。《蝴蝶》《春之声》《海的梦》莫不如此。

曹文轩：《中国八十年代文学现象研究》，110～117页，北京，北京大学出版社，1988。

2. 读《你别无选择》有一种急促感。你一进入小说就仿佛进入了一条跑道，被小说拉住你的手不停地向前奔跑，从第一句"李鸣已经不止一次想过退学这件事了"就开始跑，直到最后一句"突然，他哭了"才戛然而止。我想起当代早期"仿现代派"作家王蒙的"意识流"小说也有一种急促感，但那种急促更像是跳跃而不像是奔跑。王蒙的急促是因为结构的复杂——对纷乱思绪的闪电式的拼接，而这里刘索拉的急促则是因为叙述的单调：没有诸如写景、抒情或者概括哲理之类的"闲笔"，没有叙述中的流连和徘徊，每一句话都是在推进情节，每一段都由一连串的动作组成。

与这种急促感相联，《你别无选择》还给人一种喧哗感。这篇小说中没有宁静与平和，仿佛人总是在喊叫，乐器总是在轰鸣，家具总是在碰撞，声嘶力竭、歇斯底里而又杂乱无章。从这种急促感和喧哗感中，我发现了刘索拉小说叙述的夸张。说实话我并不喜欢这种夸张。其实小说并没有写什么了不得的事情，无非是上课、考试、联欢、比赛和谈恋爱这些大学生的日常生活，不值得作者去那样大惊小怪、一惊一乍。我觉得小说这种节奏的急促和气氛的喧哗都不是小说对象的自然要求，而是作者硬贴上去的。小说中的人物其实并不疯狂，小说中的情节其实也并不荒诞，只不过是作者事先想要表现疯狂和荒诞所以才很费力地把小说写成疯狂和荒诞的样子。因而整个小说显得有点做作。也许，这种做作是这一时期所有"仿现代主义"作品的共同特色，包括徐星的《无主题变奏》。这些年轻的作者们从书本上接受了现代主义的观念，但自己又缺少现代主义的实感，而他们又要写现代主义的作品，于是就不得不用夸张叙述来实现，夸张叙述就带来了"做作感"。而真正英国和美国的现代主义作家则往往采用本色叙述。本色叙述是一种"天籁"，而夸张叙述带有人工化的痕迹。所以说西方现代主义是一种内心的表现，而像《你别无选择》这样的中国现代主义则只是一种仿造的实验。我这里并不是认为只有"真现代派"才有价值，恰恰相反，我正是要反对那种认为只有现代派才有价值、因而要群起模仿的浮躁之风。我觉得西方成功的现代主义作品的真正魅力也许不在于它们的现代主义倾向本身，而在于它们表现这种倾向时的真诚，因为这种真诚才会唤起人们的共鸣和同情。而像《你别无选择》这样的作品，不管你是否赞同它的观念，你首先就对它的做作有一种趣味上的反感。我想起了"玩深沉"、"玩潇洒"的说法。这种说法实际上暗含了人们对这种做法的一种否定评价。也许这种否定是对于作家逃避社会责任的道德谴责，但我更多感到的是对于作家装腔作势气的美学谴责。

你完全被传统的文学趣味包围和封锁了，这就是你不喜欢《你别无选择》的原因。传统文学趣味最大的特点是它的排他性和封闭性，所以你看像《你别无选择》这样的新小说就不顺眼。刘索拉是不是"做作"，这样的问题不应在文学讨论之列，"真诚"和"虚伪"是一对道德范畴。刘索拉的所谓"夸张叙述"实际上表现了她的一种创作企图：把人们熟悉的事物陌生化。你也在大学里生活，你熟悉大学，所以你觉得《你别无选择》离真实很远。但先不要忙着去表达你对这篇小说的厌恶，你不妨先试试看你能从你厌恶的这种描写中发现什么？你发现你熟悉的人和事都被变了形，弄得你简直认不出来了。这篇小说要的就是这种效果。你在现实中生活得久了，你就和现实环境同一了，你失去了对环境反省能力和认识能力，你自己也变成了环境。所以，对于现实生活你越熟悉你对它也就越无知。你看不出它有什么荒诞，看不出它哪点儿不合理。刘索拉从既成的生活圈子之外接受了一种崭新的思想阳光，所以她对现实就有一种新的觉醒。她看出了人们习以为常的生活其实是多么病态；她要把这种感受告诉你，就必须把你熟悉的一切变形和夸张，这样才能刺激你从熟视无睹的麻木中猛醒过来，让你吓一跳。《你别无选择》中的节奏和气氛对于你来说是异常的，但作者只有通过这种"异常"才能让你重新省察你身边的"正常"。比如说，作者写董客这个人，会让你看到大学教科书中的理论实际上会让人变得愚蠢和不可理喻，而小说中对孟野女友的描写则让你看到所谓忠贞不渝的古典爱情实际上是一种歇斯底里。而假若《你别无选择》是一部用你熟悉的写实手法写成的校园生活小说，你会从中得到什么呢？你除了一种既知的亲切感之外什么也得不到。那样的小说有什么意义？而《你别无选择》的价值就在于它的这种不同凡响。人的文学趣味是顽固的，甚至不以自己的意志为转移。没有一种新的趣味你就很难真正接受并理解《你别无选择》，因为没有感官就无所谓官感。看来新潮小说对人们的挑战首先是对传统文学趣味的挑战。

李书磊：《〈你别无选择〉矛盾阅读》，载《文学自由谈》，1989（2）。

3. 中外文学中，写荒诞、梦魇意识、神经质人格心态的不乏其人，而且有大家。残雪却只在自己心灵的深井里打水。她的作品所表现出的纯粹主观精神，使她不同于卡夫卡在细节描写的现实主义基础上营构作品的总体框架，也不像陀思妥耶夫斯基那样将神经质人格心态的描摹寓于现实主义的笔墨之中，更没有鲁迅先生在理性的观照下创造"狂人"非理性型态的深刻历史意识与哲学意识。在鲁迅、陀思妥耶夫斯基、卡夫卡那里，写荒诞、梦魇意识、神经质人格心态，不仅仅出于审美趣味的控制，似乎更接近米盖尔·杜夫海纳阐发《世纪病？艺术的死亡？》时所说的那种"老谋深算的意识"——"迷狂状态只是一种假戏真做"，"故作失态只是为了出奇制胜，为了重新找到一种清醒的纯真"。残雪没有这样的老谋深算的"新战略"，她很像本色演员，只凭个人的先天气质深入角色。如果从具体的残雪推及一种沉浸于纯主观精神的文学现象的考察，便会很自然地感到一种与世界性的现代艺术潮流的默契。那么，在纯主观的现代艺术精神中沉浮的文学，将面临怎样的选择呢？

残雪的小说表明了：当我们被梦、谵语、谜比一下子抛到玄虚的境界不知所云的时候，只能靠基于感性知识、逻辑知识、价值经验的悟性去战胜晦涩文字的折磨，借助瞬时的灵光张开幻想的羽翼，穿越纷繁混沌的文体复合空间，在接受的层次上领受作品的优越的超意识创力。很难说清这到底是文学的悲哀、文学的病症，还是文学的幸运、文学的希望。别说是残雪的小说，就连卡夫卡的《城堡》《审判》、沙特的《呕吐》、乔伊斯的《尤利西斯》、卡缪的《异乡人》这样的名作，也都在显示出新创力价值的同时，由于主观性的无节制激发或感性严格性的失控所造成的晦涩，被人视作专门为了迎合批评家口味而创作的"教授小说"。真正苦心焦虑地去研读它们的，大多是那些专门家。文学的生命价值是在社会性的审美交流中确立的。只有那种从客观实在性洋溢出来的存有，才是人类相通的胶合点；只有对客观实在性的必要尊重，才能使人类不丧失恒此交往的唯一基础。任何一部作品都离不开客观与主观实在性的和谐统一，一旦远离了社会共同的认知基础，成为难以沟通的纯主观产物时，便意味着艺术精神的腐化，艺术生命的凋敝或毁灭。今天的文学，在学习和借鉴西方现代派艺术精神和艺术手段，寻求新创力与克服文字晦涩折磨之间的优选。在这一文学实验中，窃以为节制主观性，尊重客观实在性（不是肆意破坏客体，以任意的有形表现无形，用创作主体的随意作为象征），避免堕入潜意识崇拜是不容忽视的。

王绯：《在梦的妊娠中痛苦痉挛——残雪小说启悟》，载《文学评论》，1987（5）。

4. 残雪小说影响力的扩大，首先是由于文化背景的改变和历史机遇。一般地说，接受残雪的小说出于两个原因。其一是她的小说常常泄露出对"文革"时期社会黑暗的深刻记忆，这种记忆的高度变形和梦呓式的偏执处理，使小说经常处于一种精神变态的氛围之中。这个特点，使一向注意文学中的社会因素的人们以及后来了解弗洛伊德注意的人们得以从中窥察到他们所理解的主题；其二是她小说所频繁使用的超现实意象、悖理和反常的感觉与犯禁的人伦关系描写，又使得曾经接触过西方现代派文学的评论者为此激动不已，进而将残雪归入擅长描写内心分裂与精神变态的心理小说家之列，甚至是出类拔萃的。

《山上的小屋》堪称残雪小说的浓缩物，它是残雪臆想的集中体现者。其情节是骇人听闻的，人与人之间的敌意侵入到通常总是最亲近最可信赖的领地，即家庭之中。母亲"虚伪的笑容"、父亲"熟悉的狼眼"和小妹能够在"我"身上刺出红疹的"直勾勾"目光，均是这种敌意的极端写照。表面上，我们看到的是一个精神变态者即受虐妄想症患者的离奇叙事，它是如此地不可信和故作错乱。但是，这种反常的叙述并不是偶发性的，在稍后的残雪小说里，这种紧张、可怕的家庭血亲成员间的精神折磨不停地重演，几乎成了一个固定的模式。在残雪向我们揭露的关于家庭内幕的全部丑恶和反常时，并非是曾经其乐融融的家庭横遭外力的毁坏然后一步一步地沦丧，而是家庭自身无因地出现了不可挽回的分裂、猜忌、提防和相互折磨的争战，使用的手段虽非暴力，但造成的恐惧却远胜暴力。残雪似乎借助这种拐弯抹角的暧昧方式揭示了人与人关系的恶化乃出于人自身的病态妄想，人们就普遍地不自知地生活在此种病态妄想里。

以象征的立场来看，残雪这种夸张地丑化家庭人际关系的描述，导引于对一种更大范围中人际关系充满了敌意的强烈反应；若其中含有文化批判的成分，那显然是对人们自找麻烦自设障碍自树敌人等等慢性自杀行为的绝望揭露；而从个人心理的潜在欲望来看，它又是用故意犯禁的方式（即丑化家庭关系）来缓解处于敌意包围的幻觉中所不断忍受着的焦虑：在家庭自身即以分崩离析时，在人忙于对付最亲近的家人的折磨时，所有的外界袭扰就显得无足轻重了。这种虚拟的自我丑化实在是潜意识支配下的自卫表现，即以自损的方式来阻止外界可能予以的侵害，或者说，把现存的外界侵害转嫁到家庭自身，然后独自承担起来。

　　孤独地忐忑不安地混居在敌意包围中，是残雪小说常见的个人处境和根本不可能摆脱的悲剧命运，这一命运是令人作呕的。所有在身边来来去去鬼鬼祟祟的人，几乎没有一个不是变态的、神经质和陌生的，他们永远是一些外人，他们不仅和我不沟通，他们彼此间也不沟通。残雪小说里频频露面的形象多半没有性格可言，没有正常的容颜，他们只是一种病态人格的类象而已。他们不是猥琐的乖戾的或可厌的，就是丑陋的呆傻的或梦游着的。他们永远在正常生活之外，苟活在他们自己的世界秩序中。他们滔滔不绝地讲述着妄念奇想和晦涩的梦，做出古怪的不可解释的亵渎行为。残雪小说人物类项所操用的基本台词仿佛是一种深奥的密码，它和其他一系列辅助性的动作符号（如捣洞、蹬地板、讪笑、磨牙、翻找、挖鼻子等等）一起构成了残雪式荒诞戏剧的基础内容。所有这些充分发展起来的臆想类型，其实在《山上的小屋》里即以有了最扼要的缩写和预告，后来的事情也果然证实了这类带有强烈表现主义倾向的反戏剧的胡言乱语以及傀儡化的行动调度，在残雪后期作品里不厌其烦地绵延不止，直至让人不堪忍受。

吴亮：《一个臆想世界的诞生——评残雪的小说》，载《当代作家评论》，1988（4）。

泛读作品

　　残雪：《苍老的浮云》
　　王蒙：《蝴蝶》
　　刘索拉：《蓝天绿海》
　　徐星：《饥饿的老鼠》《在路上》

评论文献索引

　　查建明．意识流小说在新时期的译介及其"影响源文本"意义．中国比较文学，1999（4）．

　　陆贵山．谈王蒙小说创作的创新．首都师范大学学报（社会科学版），1980（4）．

　　李劼．刘索拉小说论．文学评论，1986（1）．

　　江亚菁．王蒙小说中的"意识流"．世界文学评论，2006（1）．

　　阎纯德．论20世纪末的"现代主义"群落的先锋创作．中国文化研究，2004（1）．

　　何新．当代文学中的荒谬感与多余者——读《无主题变奏》随想录．读书，1985（11）．

　　许振强．天凉未必秋——也评《无主题变奏》兼与何新商榷．当代作家评论，1986（1）．

　　何志云．对"无主题"的主题寻找及剖析——《无主题变奏》的社会学批评札记．文学自由谈，1988（2）．

　　孙郁．徐星小说的精神走向．当代作家评论，1991（2）．

　　卢敦基．刘索拉《你别无选择》的美学意义．当代作家评论，1986（3）．

　　戴锦华．残雪恶：梦魇营造的小屋．南方文坛，2000（5）．

　　程光炜．二十世纪八十年代的"现代派文学"．文艺研究，2006（7）．

程光炜. "我"与这个世界——徐星《无主题变奏》与当代社会转型的关系问题. 南方文坛，2011(3).

马福成. 巫文化视域下的残雪小说. 中国现代文学研究丛刊，2012(6).

拓展练习

1. 《无主题变奏》是一部内涵丰富的作品，也是引起很多争议的作品，比如，有人认为其中的主人公是20世纪80年代文学形象中"荒谬"的"多余人"，而有人则认为是"人生价值的探求者"，请阅读作品，并查询相关的评论文章，谈谈你对主人公形象的理解。

2. 在20世纪的80年代，中国文坛出现了一批被称为"现代派"的作品，但无论是当时还是现在，批评界大都倾向于认为这些作品并不真正具有类似于西方情境的现代素质，因此"表现技巧"与"表现内容"是背离的，并非"真正的现代派"，而是"伪现代派"。黄子平有一篇《关于"伪现代派"及其批评》的文章进行了全面的分析，认为"伪现代派不是一个经过深思熟虑的理论概念，而是处于开放和急剧变动的文学过程中产生的，被许多'权力意志'认为是顺手的、便利的一个批评术语，其含混之处几乎与它的丰富成正比。任何命名都是一种施暴，当人们使用这一术语去评价一部作品时，一方面或多或少地歪曲了作品；另一方面则显示了自身所执著的价值标准"。参阅评论摘要的相关文章，谈谈你如何理解这些文学作品。

3. 残雪一直是三十年来当代文学中阐释难度最大的作家之一，其中她创作的着眼点究竟是一种人性批判还是国民性批判就曾经有过许多的争辩。大多数的评论者都倾向于前者，即认为她所作的是人的批判和人性的批判，其批判的矛头不是指向某个国家或某种文化环境中的人而指向一般的人和普泛的人。但是，有论者却认为应从国民性的角度对其进行解读，因为残雪笔下出现的是一个由宗法制传统孕育出来的社会，其中的人际关系带有典型的中国传统文化的印记，更多的是沿袭一种村社文化的传统，大家习惯性地结合成一个文化共同体，人和人之间以邻里、同事、朋友、熟人等关系彼此扭结在一起，大家彼此关注；也都像村社会文化一样，很随便地就可以进入或干预别人的生活。人际之间很少爆发那种重大的矛盾冲突，而大都是一些无事的冲突。而西方社会的人与人之间是那种赤裸裸的、冰冷的利益关系，人们经常在利益的争夺上爆发剧烈、尖锐的矛盾冲突；其人际关系是在工商社会的传统中形成的，它更倾向于疏离而不是亲和，人的行为方式是我行我素，较少关心和干涉别人的事，因此西方现代派文学更强调孤独感。① 残雪小说的"读不懂"从根本上是"反懂"。新近更有论者认为残雪小说的"反懂"性，主要表现在四个方面：没有写作意图；在内容上主要描写白日梦、幻觉、潜意识等精神中不可言说的非理性的部分；在艺术方式上彻底反传统，没有传统小说的故事、情节、人物、对话等；缺乏逻辑或者说反逻辑。即原本就是"读不懂"的文本，因此要采取一种"反懂"的阅读和欣赏，他甚至认为"任何人，只要愿意发挥自己的主动性，只要是用心地去体味，只要积极思考，

① 张卫中：《新时期小说的流变与中国传统文化》，133页，北京，学林出版社，2000。

总能够从她这里得到自己所需要的东西，总能够得到某种人生的、生活的启示，重要的是读者必须改变文学观念，改变阅读和欣赏习惯，不再囿于理解和分析，不再沉迷于解谜，不再纠缠于主题、意图、典型、人物形象等。"① 请选择残雪的几部作品，谈谈你在其中读到了什么？

第六节　先锋小说

内容提要

　　所谓先锋小说，是指 20 世纪 80 年代中期，在小说文体方面，特别是在小说的文体观念、叙述方式、语言形式等方面，接受西方现代主义小说的影响，对传统小说进行根本的颠覆性写作的小说，其代表作是马原的《冈底斯的诱惑》《虚构》，余华的《十八岁出门远行》《现实一种》《河边的错误》，苏童的《一九三四年的逃亡》，格非的《褐色鸟群》，孙甘露的《请女人猜谜》等，先锋小说将叙述视为小说的本体构成，认为"怎么叙述"比"叙述什么"更重要，在"怎么叙述"时，则强调"元叙事""多重文本和互文"，在语言形式方面，更多地强调语言能指的新异性，所指的含混性，从而在对传统的语言能指与所指关系的断裂中，构成对传统小说语言的根本性颠覆。

图 6-12　博尔赫斯被称为中国一代先锋作家的写作导师。

学习建议

　　1. 本章的作品几乎都是当代文学史上阅读障碍最大的，尤其是叙事圈套、叙事迷宫、叙事语言等，请仔细阅读精读篇目中的三部以上的作品，结合相关的评论，尽可能体会其"先锋性"体现在哪些方面，与之前的传统阅读相比较，最大的挑战来自哪里？要求借助于阅读评论摘要的原文完成。

　　2. 在完成对上述要求的作品的阅读之后，梳理"先锋文学"的发展流脉，谈谈其在文学史上的意义与局限。

① 高玉：《论残雪小说的"读不懂"与文学阅读的"反懂"》，载《中国现代文学研究丛刊》，2012（6）。

精读作品

马原：《冈底斯的诱惑》
余华：《十八岁出门远行》《现实一种》《活着》
苏童：《一九三四年的逃亡》
格非：《褐色鸟群》
孙甘露：《信使之函》

评论摘要

1. 马原的叙述惯计之一是弄假成真，存心抹煞真假之间的界限。在蓄意制造出这么一种效果的时候，马原本人在小说中的露面起了很大的作用。马原在他的许多小说里皆引进了他自己，不像通常虚构小说中的"我"那样只是一个假托或虚拟的人，而直接以"马原"的形象出现了。

马原所讲的故事，虽然在该孤立的故事范围内缺乏连贯性和完整性，却耐人寻味地和其他故事发生一种相关的互渗的联络。这么一种非常罕见的故事形态自然是层次缠绕的。它不仅要叙述故事的情节，而且还要叙述此刻正在进行的叙述，让人意识到你现在读的不单是一个故事，而是一个正在被叙述的故事，而且叙述过程本身也不断地被另一种叙述议论着、反省着、评价着，这两种叙述又融合为一体。不用说，由双重叙述或多重叙述叠加而成的故事通常是很难处理的，稍不留意就会成为刺眼的蛇足和补丁。唯其如此，我就尤其感到马原的不同寻常之处：他把这样的小说处理得十分具有可读性，其关键在于，马原小说中的题外话和种种关于叙述的叙述都水乳交融地渗化在他的整个故事进程里，渗化在统一的叙述语调和十分随意的氛围里。对此我的概括是，马原的小说主要意义不是叙述了一个（或几个片段的）故事，而是叙述了一个（或几个片段的）故事。

吴亮：《马原的叙述圈套》，载《当代作家评论》，1987（3）。

2. 马原小说表面上非常突出的一个叙事方式，现在已经用滥了叫作"元叙事"或者叫"元小说"。"meta"的前缀比如说物理学加上这样一个前缀，就是形而上学，小说加上这样一个前缀，就是"关于小说的小说"，就是说在小说当中讨论小说创作的小说。也有一种翻译的方法叫"后设叙事"。马原在写小说的时候，他突然会跳出来说我怎么写到这里了，我写不下去了，我下面应该怎么写呢？本来在我们看到的创作里面，创作过程是被排除在作品外面的，你看到的只是一个作品，你不知道作家怎么来创作这个作品！但是，马原是把他的创作本身和他的作品混到了一块儿！他把他的写作过程写到了作品里面，他会跟读者讨论我下面怎么写更好！它会带来两个结果。第一，传统上我们读一个作品，作者要把你带入他创造的这个世界，让你以为这个世界是真的，让你陷入作品里面越深越好，而马原不时地告诉你这是假的，这是我虚构出来的，还可以有另外一个虚构。他把作品给人的真实的幻觉打破了。第二，作家跟作品之间的关系，作家不再是一个很神秘的创造者，比如我们很多作家愿意强调作家就是用语言来创造一个世界，我们读作品的时候，很想知道作家是什么样的，这个感觉其实是他有意造成的，他有意不让你知道创作是怎么一回事，反倒勾起你对创作的神秘感。马原这样做，作家的神秘感，创作过程的神秘感被打破了，而且作家不再是高于作品了，作家本身就是和他创作的东西一样。马原叙事的内容包括他自己，使自己的创作过程，自己的状态也被叙述。这样一来，自己和作品中的人物事件处在一个同等层次上，他不再是上帝，我就是那个写小说的马原，我就是那个汉人马原。这是典型的马原小说，因为这个方式太显眼了，后来模仿的很多，一直到今天也还很多。有时候显得很不必要，你不知道他为什么这么说，而在马原那里，他是有意思的，马原的写作方式，影响了一批人，带来了对小说的重新的认识。

张新颖：《重返 80 年代：先锋小说和文学的青春》，载《南方文坛》，2004（2）。

3. 与马原、洪峰、叶兆言等实验作家不同，余华从来不使用第一人称的"我"作为叙事者，他都是以"静观"式的第三人称来讲述他的故事，而且他从来没有兴趣在故事的进行中制造马原式的叙事混乱，而是以一种古典式清晰来虚构他的故事。他从来都显得很有条理，很有逻辑。作者使用的语言是平静而安宁的，但语言所包含的意义和事件是暴烈而混乱的，他的小说的叙事方式是传统的，而内涵是现代的。我们发现了在余华的本文中，语言与意义之间出现了剥离和断裂。在有序的语言世界背后却躁动着无序的实在和意义世界。余华仿佛在用语言来压抑意义的骚动，但无穷无尽的暴力却冲出了语言的栅栏，成为弥漫性的东西。这样，余华的小说本文变成了一种自我解构的本文。语言在破坏和消解着意义，意义也在消解和破坏着语言。

余华等人的小说创作，以独特的敏锐对深刻地贯穿于当代中国思想中的人道主义精神提出了质疑，在他们这里，人道主义对人的更高标准的要求和对"人"的信念受到了异常强烈的攻击。人不再是生活中强有力的主体。余华的小说所不断强调和说明的，是人在语言之中的无能为力。人变成了语言的客体，他无可奈何地沉迷于自己所创造的符号秩序之中找不到出路。在余华对人类语言的反思中，我们看到的是对人道主义的"人"的总体构想的深深失望的情绪。应该说，余华尖锐地批判了人道主义的整个"话语"，他把她们当作一种历史的幻觉，当作一种具有身后传统的渴望，然而是非现实的渴望。余华和他的同代人马原、洪峰、残雪等人一道开始脱离了中国新文学既定的传统轨道，他们开始创造了另一套话语，其核心是一种弥漫性的、社会性的"欲望"。他们极力强调的是欲望的无始无终的涌流，这种"涌流"超出了五四以来中国知识分子对"人"的整个构想，也就跨出了人道主义之外，取得了另一个文化——历史视野。

张颐武：《"人"的危机——读余华的小说》，载《读书》，1988（12）。

4. 《十八岁出门远行》不按牌理出牌。不仅叙事次序前后颠倒，故事的内容也似漫无头绪。然而这篇小说却预告着余华"现象"的到来。在以后的十年里，余华要以一系列的作品引导我们进入一个荒唐世界：这是一个充满暴力与疯狂的世界：骨肉相残、人情乖离不过是等闲之事。在那世界的深处，一出出神智迷离、血肉横飞的秘密正在上演。而余华娓娓告诉我们这也是"现实一种"，也有它的逻辑。他不仅以文字见证暴力，更要读者见识他的文字就是暴力。他恣意切割、凌虐伪美的文体，其极致处，何曾下于他故事中的残酷情境？也因此，余华在风格上的突破必须成为政治的挑峰。他的现象不但代表"文革"后伤痕写作的突破，也直指 20 世纪 80 年代中后期，大陆文学、文化界躁动的症候之一端。

乍看之下，《十八岁出门远行》平淡无奇。余华显然不如他某些同辈那般，热衷于新奇的文字实验。但也正因他的叙述貌似写实，情节匪夷所思的转折才更令我们措手不及。没有目的的远行、偶然的邂逅、冷漠的自然及人事风景，构成《十八岁出门远行》的主线。运苹果的司机忽冷忽热，叙事者倒也视为当然。"我不知道汽车要到什么地方去，他也不知道。反正前面是什么地方对我们来说无关紧要，那就驰过去看吧。"这是叙事者的姿态，也是叙述本身的特征：传统起承转合的秩序再也派不上用场，人物的动机也与反应纷然错位。

我们可以把这篇作品视为一篇苦涩的启蒙小说。天真的主人翁离家远行，注定要在路上混得鼻青脸肿。这也许是他成长的代价？但放在广义的共和国叙述里，这一读法显然要节外生枝。主人翁的遭遇和出门前他父亲的期许恰恰相反。路上的考验与其说承诺了任何的结果，倒不如说是一场没有明目的斗争。故事末了，"我"躺在抛锚的汽车里，野暮荒寒，记起了父亲的鼓励，一种反讽油然而生：十八岁出门远行，该不会是场恶作剧吧？

我们也可以把这篇小说，看作是教育成长小说的雏形。抢劫苹果，打伤主人翁的不是别人，而是农民。而当所有人背叛而去，"我"方才要了解进入弱肉强食的社会，谈何容易！然而主人翁的"教育成长"如果反证了共和国的同志神话，却也嘲讽了资本主义社会的游戏法则。那运苹果的个体户司机，开着破烂汽车出现在工农兵天堂里，不啻是一种新的"典型人物"，召唤无产阶级对所有权的欲望，对剩余或附加价值的攫取。优胜劣败，主人翁最后落得一无所有，他将如何再度出发，成了小说一大悬疑。

《十八岁出门远行》如果有什么教训，这一教训是对阅读与书写价值观念的叛变，以及由此而生的暴力及虚无循环、摆荡在启蒙及背叛、成长教育及反教育、共产及资产的轴线间，小说第一人称的叙事姿态尤显暧昧。借着"我"的愈行愈远，余华仿佛暗示叙事主体——"我"——的自身疏离，才是一切叙事秩序崩散的症结。

王德威：《伤痕即景，暴力奇观——余华论》，见《当代小说二十家》，128～131 页，北京，生活·读书·新知三联书店，2006。

5. 严格地说，《活着》和《许三观卖血记》，在主题上和他前期的作品具有一脉相承的关系，都充满了血腥和死亡的意象。但由于作者的态度发生了根本变化，所表达出的意义就迥然不同。前期那种冷静的、阴郁的"零度叙述"消失了，代之而来的是"用同情的目光看待世界"，由现代派对死亡的演示和玩味，变为一个作家所能认识到的对死亡的抗争。这是两个截然不同的主题，而后者显然包含了更多的经验，对人们的心灵具有更为强大的感染力。

余华对于人物的重视是不自觉的，但当他在写作中一旦认识到人物应该有自己的声音，他便及时改变了那种将人物只当作符号的做法，而赋予他们生动丰富的个性，在福贵和许三观身上体现出如此耐人寻味的精神世界，这使余华又开掘进另一个领域——对中国人国民性的揭示。从《活着》开始，他的小说里"出现了真正的中国人"。他对于国民性的思考和描述，与鲁迅走在同一条道路上，而他抛开虚浮直指内心的表现方式，也最接近于鲁迅。所不同的是，鲁迅先生更多的是对国民性的怀疑和批判，是"哀其不幸，怒其不争"。余华是"用同情的目光看待世界"，"世界在我心目中变得美好起来了"，这"美好"之中就包含着对人性的宽容、感动和肯定。当面对永无停顿的灾难时，似乎除了忍耐、乐天知命的承受、自我消解之外，又能如何呢？如果要追问"怒其不争"，又如何去争？中国的国民性里似乎具有一种能够消解一切的东西，会让任何灾难最终都无可奈何。不管余华对于国民性的态度如何，他能够发现其中的精髓和奥妙，掌握中国人的心态，这便是一项特殊的成就。只有在这时，当他认真审视与回味这片使文学"赖以生长的土壤时"，他才开始建构起一个真正属于自己的世界，他的独立姿态才算真正确立。

张晓峰：《出走与重构——论九十年代以来先锋小说家的转型及其意义》，
载《文学评论》，2002（5）。

6. 残雪的《苍老的浮云》发表后，有人认为这就是鲁迅当年所期待的"真的恶声"。余华的《四月三日事件》发表后，有人也因此想到鲁迅的《狂人日记》。实际上，残雪、余华与鲁迅的相似，并不限于个别作品，而是整体性的。鲁迅在许多小说中，也同样关注了人性的残忍阴暗，也同样展示了人与人之间的冷漠敌对。鲁迅也同样看到了残雪、余华所看到的人世风景，这是两位当代小说家与鲁迅之间的相同之处。然而，鲁迅看待同一风景的眼光，却与两位当代作家迥然有异。

残雪、余华在对人的现存状况感到不满的同时，也放弃了对人能以更好的方式存在的希望。这两位当代作家之所以热衷于溢恶，之所以那样冷静、从容、客观地描写着人类之恶，是因为已经把恶当作不可改变的既存事实接受下来了，是因为已经认可了恶的合理性和永久性。而鲁迅不同。鲁迅在思想上曾深受尼采影响。在对人的认识上，鲁迅也曾与尼采相通。尼采对人的现存状况极为不满，他毕生都在责骂人，责骂现有的人。但是，尼采又从未对人失去希望，或者从未允许自己对人失去希望。尼采在责骂现有的人的同时，又呼唤着超人的出现，这就给人指出了一条出路而并未对人彻底绝望。人是唯一未定型的动物，人是一个过渡一座桥梁，人身上存在着无限的可能性——这是尼采的基本思想。鲁迅虽然认为尼采的超人太渺茫，但却也对人不肯绝望。在坚定地否认了人的现存状况的同时，始终怀有对人类变得更加高尚更加美好的希望。由于鲁迅并未对人绝望，由于鲁迅认为人或许还可救药，使得《狂人日记》中的狂人不仅仅是一个受害者，也不仅仅是一个反抗者，而更是一个觉醒者，一个忏悔者，一个启蒙者。而由于余华不具有鲁迅这样的希望，使得《四月三日事件》中的主人公仅仅是一个可怜的受害者。

残雪和余华都不屑于写人的觉醒，人的忏悔，而自己的创作也并非一种启蒙。既然不再对人的未来怀有希望，既然不想再为人找到一条出路，既然人类变得更美好更完善的可能并不存在，那么，所谓觉醒，所谓忏悔，所谓启蒙，不都失去了意义，失去了根基，失去了理由吗？而唯一可做的，便是把人的现有状况当做不可更改的现实全盘肯定。如果我们追问残雪、余华创作的目的，我们只能得出这样的结论，即这两位作家创作的目的就在于肯定恶、赞美恶。就在于向人们宣布：这就是人，这就是人的生存状况，这是不可改变，你们只能世世代代生活下去。而鲁迅则不同。鲁迅的创作目的是改良人生，亦即让人类改变现有的生存状况。而创作的目的制约着创作的手法，制约着作者描写时的详略取舍。鲁迅之所以揭示人性之恶又并不溢恶，就因为对于他的目的来说，这是不适宜的，他只要"够将意思传达给别人就住手"。

在内心最深处，也许鲁迅对人的看法与残雪、余华是相同的。所不同者，鲁迅不愿和不敢说出这内心最深处的"黑暗"，而残雪、余华则随随便便地、从从容容地说出了鲁迅不愿说和不敢说的话。

鲁迅当年曾期待着"真的恶声"，但残雪、余华小说是他当年的期待吗？

王彬彬：《残雪、余华："真的恶声"？——残雪、余华与鲁迅的一种比较》，见《中国当代作家面面观——汉语写作与世界文学》，737页，沈阳，春风文艺出版社，2006。

7. 苏童的小说，既有取材于历史，或古代、近现代，也有对当下生活的现实表述，无论是描写古代帝王，还是叙写底层人生活，作为一个情感型作家的苏童，他作品中真正迷人和动人心魄的，其实正是他小说结构中涌动着的情绪和情境。其中"情境"的雅致与独特，既显示出现代小说叙事技巧的魅力，也体现了苏童在故事的流畅讲述中，对含蓄隽永、形象可读两方面同时兼顾的"古典性"追求。究其本质，苏童是在探索"现代"与"古典"的和谐，寻求王国维谈论诗词时所推崇的那种"无我之境"与"有我之境"的"优美"与"宏阔"，可以说，他的小说已达到了对诗境的想象、营构的层面，叙述始终自由地徘徊在白描与摹写、虚实相结合的领域，故事不仅耐读，文势亦极其流畅，而且还让我们对自己的阅读获得美学的自信。苏童小说叙事中弥散出来的那些或忧伤、或颓废、或衰败、或妙不可言、或纯净幽远、或悲凉缠绵的情调和气息，让我们体察到苏童的小说叙事的独特魅力。从这个角度讲，这也是苏童挟中国传统小说的古典、浪漫余韵，切近20世纪现代叙事与修辞策略的现代艺术理念的具体体现。

张学昕：《先锋或古典：苏童小说的叙事形态》，载《文艺评论》，2006（4）。

8.《信使之函》最具表征性与奇特性的是"信是……"的句式。在这篇一万多字的小说里，竟然运用了五十多个"信是……"的统一句式。如果不是穿插在散文体的语言排列中，人们完全有理由将它与博喻性的诗歌相类比。从文体上说，这是诗歌因素对小说的强行嵌入。然而作者却让这一句式承当多种多样的叙述功能：它是上行叙述的概括或下行叙述的提示；它是叙述的断裂、衔接、过渡、跳跃与转折；它使叙事空缺有了以假充真的填补物或使叙事重复有了外观分离的标识；它使片断、分裂、模糊的叙述内容至少获得了一种形式上直观的内在统一性。"信是……"句式由此替代人物、环境、情节成为小说的主干，它似乎君临一切地支配着小说的其他元素，又似乎是引导读者穿越小说迷宫通往意义内核的路标，然而真实的情况却正好相反，"信是……"句式在小说中是自成体系的，是自律自为和自我繁衍的，它与人物、情节貌合神离，它与意义的关系也似是而非，从根本上说，它是以反小说形式与后现代特征推出的一次文体实验与一场语言游戏。"信是……"句式是一种判断，也是一种定义。"是"的两端是一种能指与所指的关系。然而，当同一个能指符号能同时下五十多种定义的时候，下定义的方式本身就是颠覆"定义"的，并且能指与所指的关系不再是符号与现实的关系，而是叙述主体幻想中的能指符号不断变化与流动的意义指涉过程。事实上，五十多个"信是……"句式并非意味着所指意义的终结，也就是说，"信是……"句式完全可以无穷尽地"玩"下去。第一个"信是……"是对符号所指的承诺，第二个"信是……"是对上述承诺的颠覆，从而建立新的承诺。于是承诺与颠覆周而复始地循环，能指的确定成了看不见尽头的延搁过程，所指的意义零乱分散地向四面八方播撒，最后的结果必定是意义的过剩、模糊与不确定。多定义即无定义，每个定义都体现了不完整性，众多零散化的定义则意味着无中心无本源，它们以符号游戏的方式颠覆了现实及其意义的完整性与确定性。小说通过五十多个"信是……"句式所表达的思想与后现代主义思潮之间存在着自觉或不自觉的联系。德里达为了瓦解意义的确定性，就曾反对"定义"的单一固定含义，认为语言不过是分延的永无止境的游戏。

当"信是……"句式被无数次地重复，而其确定意义却在零乱中迷失时，小说的叙事语言也就彻底地能指化了。也就是说，能指不再代表所指，符号不再指代现实，小说不再具有确定性统一性的意义之解。小说中的上帝、老处女、耳语城、信使、僧侣、六指人、致意者、诗人、锯木作坊等意象构成的能指系列，与所指的关系是似有若无的，就像"信"这一能指一样，可以被置入意义集合群中，任意地滑向一个不断被颠覆与重建的意义指涉过程。如果谁还遵循作者与读者之间的传统契约去苦苦索解文本的确定隐喻义或主题，那就是落入了小说的迷宫与语言的陷阱，或者说你背离了文本规定的游戏场景与游戏规则。你必须以游戏之心待游戏，而不要抱着寻求答案尤其是唯一答案、确切含义、作者本意之类的功利之心。

方克强：《孙甘露与小说文体实验》，载《文艺理论研究》，1999（4）。

9. 原来这部小说（《迷舟》）布置了明暗两条叙述线，明线是萧与杏的关系，暗线萧与警卫员的关系。在叙述方式上，始终让明线处在压倒一切的地位，使读者将看似无关紧要的警卫员置之脑后。也就是说，用不断扩大刺激强度来转移读者的注意力。格非是明智的，这种手法在侦破小说、情节小说中是司空见惯的，很难骗过现代读者的眼睛，因而在描述暗线的语言选择上颇费了心机。作者对警卫员不是没有暗示，但都是模棱两可的，如：萧走出指挥所解马缰绳时，"警卫员不安地跟了出来"，萧遇见老道人以后，"又从警卫员的眼睛里看到了道人诡谲双目的光芒"，萧在安葬父亲的归途上，"听不到警卫员跟随着的熟悉的脚步声，有点不习惯"；萧在杏家竹林中见到警卫员闪过的身影等等，联系到当时的情景和警卫员的身份，谁会怀疑其中有什么奥妙呢？事实上，警卫员即使在监视萧，也并不非要杀死萧不可，在第六天，他还及时地提醒萧："是不是该回棋山了"。而且作者还反复强调萧对警卫员的印象是"像个姑娘一样"，是个"未谙世事的孩子"，"反应迟钝"，经常"熟睡"，甚至"发现自己和这位沉默寡言的下属的关系日渐亲密"于是种种暗示被萧的印象所覆盖所磨损，变得毫不足道了。值得注意的是，萧对警卫员的感觉，也不完全是"主观的偏斜"或错觉，正因为警卫员对萧的六天经历不甚了了，譬如说，萧为了观察杏的联系暗号，强词夺理地坚持在急水处钓鱼，接着又莫名其妙地不钓了，警卫员"像是对旅长的反复无常感到茫然不解，又像是丝毫没有猜透旅长的心思"；萧也很有把握地认为，警卫员对自己与杏的经历"似乎毫无察觉"因此警卫员才得出萧去榆关通敌的结论。这也可见到格非对"迷宫"设计是何等的周密。

萧实在死得冤枉，但作为当事人警卫员却认为死得应该，在这里，格非已偷偷地把背景提升为故事的主体。《迷舟》在题记和"引子"中交代了军事态势和地理环境，大致一可概括出两个要点：（1）北伐军势头很猛，使孙传芳守军不战而降，迅速控制了重镇榆关，其首领是萧的哥哥；（2）孙传芳抽调精锐师驻守棋山要塞对抗，萧的家乡就在棋山对岸的小河村，而萧曾在榆关表舅家学过医。这些看起来与正文所叙述的萧与杏的故事无关，但却巧妙地布下了"迷宫"的阵脚。背景被轻描淡写地一笔带过后就销声匿迹了，直到篇末警卫员那段晴天霹雳似的话才又骤然再露尊容："引师弃城投降后，我就一直奉命监视你。……在离开棋山来小河的前夕，我接到师长的秘密指令：如果你去榆关，我就必须把你打死。"这几句话把篇首的背景交代全都促活了，立即上升为故事的本体部分和迷宫的有机部分。本来，萧的死应归结于他自己行为的后果，但却转移到与自萧行为无关的背景上。换句话说，萧在应该死的地方不死，在不该死的地方却死了，这就产生了一种神秘感和荒诞感。

由此可见，格非在对《迷舟》进行形式思考时，有一个奇特的特点：故事的发展不断改变着预定的方向，先从奔丧转到偷情，继而从偷情转到情杀的威胁，最后突然转到政治性的误杀，走着一条弯曲迷离的路。

钟本康：《"格非迷宫"与形式追求——〈迷舟〉的文体批评》，

载《当代作家评论》，1989（6）。

10. 与苏童一同崛起的那一代作家，普遍缺乏从正面表达自己的文化理想和灵魂追求的能力，这种缺乏所暴露的绝不是他们的写作才华的缺陷，而是他们的理想与灵魂本身的缺陷。他们如此亢奋地展示着人性的黑暗和灵魂的糜烂，可是他们从一开始就缺乏强大的精神力量用以洞穿这种黑暗与糜烂。他们无法与他们的文学对象拉开审美距离和理性距离，而是完全沉溺其中，最后，他们终于被他们所描绘的黑暗与糜烂所同化，他们的创作丧失了主体性。他们只能以黑暗描绘黑暗，以糜烂描绘糜烂，一个时代的文学，就这样走到了穷途末路，至少是走到了困境之中。

我这样说，并不意味着我要谴责这一代步入困境的作家，相反，我倒想利用今天的机会，表达我对他们的尊敬与同情，因为从一开初，我就看见他们举起逃遁与反抗的旗帜，向着一种绝无前途的文学挑战，他们当时的英勇与决绝，我至今记忆犹新。与其用虚假的光明掩盖人性的黑暗，不如披头散发直面人性的黑暗，这就是八十年代中期崛起的那一代作家暗中恪守的文学信念。作为一代挑战者，找到这样的文学信念是可以理解的。从此，他们一头扎进了人性的黑暗之中，极尽细腻地体味着黑暗与糜烂，久而久之，不知不觉间，他们竟然异化为黑暗与糜烂的感受器，而完全丧失了一个作家的主体性和一个活动着的灵魂的主体性。从这个意义上说，这一代作家都是牺牲品，他们为着将文学从那套虚假的庄严与光明中拯救出来，为着将自己从那种意识形态化的文学观念中拯救出来，不惜跳进真实的黑暗中，从而被黑暗渐渐吞没。

将笔触伸向人性的黑暗，这是作家应有的权利。我丝毫不怀疑作家的这种权利。但是，以黑暗写黑暗未必就是文学的真谛。上帝说要有光，于是就有了光。作家在自己所构筑的艺术世界，正应该是这样的上帝，他应该在没有光的地方创造光，这才是伟大的作家。这是我对作家和文学的第一要求，如果说这个要求未免太高的话，那么我的第二要求则是较为一般的要求。我在上文曾经写过："他们的笔一直在这样的苦难和这样的困惑中沉重地徘徊，不知精神的出路在哪里，似乎也不知文学的出路在哪里。"我们也许不应苛求每个作家都立时找到这样的"出路"，但是，我想要求每个作家对于这样的苦难和困惑至少要有情感的担当。在这个多灾多难的世界，作家也许确实什么都不是，确实对一切都无能为力，但他无论如何应该对人类无可挽回的悲剧命运作情感的担当。糜烂、麻木、冷漠，在任何时候都是文学的天敌，是作家的陷阱。人类生活越是暗昧，就越是需要那些伟大的灵魂成为光明的生长点，以支撑人类的希望。一个伟大的作家，就应该拥有这样伟大的灵魂。一种伟大的文学，就应该回荡着这种伟大灵魂的呼吸与歌叹。

摩罗、侍春生：《逃遁与陷落——苏童论》，载《当代作家评论》，1998（2）。

泛读作品

孙甘露：《请女人猜谜》《我是少年酒坛子》

余华：《细雨中呼喊》《许三观卖血记》

苏童：《一九三四年的逃亡》《妻妾成群》

格非：《迷舟》

马原：《虚构》

评论文献索引

樊星．人性恶的证明——余华小说论(1984—1988)．当代作家评论，1989(2)．

陈晓明．最后的仪式——"先锋派"的历史及其评估．文学评论，1991(5)．

郜元宝．余华创作中的苦难意识．文学评论，1994(3)．

王德威．伤痕即景　暴力奇观．读书，1998(5)．

张英．写出真正的中国人——余华访谈录．北京文学，1999(10)．

余华．我的文学道路——在苏州大学"小说家讲坛"上的讲演．当代作家评论，2002(4)．

孙绍振．《十八岁出门远行》解读．语文建设，2007(1)．

张学军．博尔赫斯与中国当代先锋写作．文学评论，2004(6)．

邵燕君．从交流经验到经验叙述——对马原所引发的"小说叙述革命"的再评估．文学评论，1994(1)．

刘曾文．终极的孤寂——对马原、余华、苏童创作的再思考．文艺理论研究，1997(1)．

杜庆波．马原小说中的时间．当代文坛，2002(4)．

周新民．生命意识的逃逸——苏童小说中历史与个人关系．小说评论，2004(2)．

王岳川．90年代中国先锋艺术的拓展与困境．文艺研究，1999(5)．

余华．文学不是空中楼阁——在复旦大学的演讲．文艺争鸣，2007(2)．

陈晓明. 暴力与游戏：无主体的话语——孙甘露与后现代的话语特征. 当代作家评论，1991(1).

洪治纲. 先锋文学的发展与作家主体性的重塑. 当代作家评论，2008(3).

拓展练习

1.1987 年，苏童就以《一九三四年的逃亡》和洪峰、格非等一起，成为先锋小说的领军人物之一，小说以别具一格的叙事方式、叙述语言，成为先锋小说的代表作。但从《妻妾成群》《红粉》开始，又表现出了回归传统小说的叙事特点，苏童曾经把这一时期创作的作品称作是"老瓶装新酒"，请比较他的这两个时期的作品，谈谈他所谓的"老瓶"和"新酒"具体的内涵，并思考导致他发生这样变化的外在原因和内在动力是什么。

2.余华前期的创作以暴力和冷漠而著称，但从《细雨中呼喊》开始，他的创作开始出现了转折，评论界一般倾向于从小说的形式探讨来界定余华的转向，即认为由前期"形式的意识形态"转向后期"故事的叙述形态"，直至《活着》和《许三观卖血记》完成了彻底的转型，当然，学界也有不同的声音，请查阅以下评论，比较《十八岁出门远行》《现实一种》与《活着》，谈谈形式的改变是否意味着余华文学观的改变？你对此如何评价？

吴义勤：《告别"虚伪的形式"——〈许三观卖血记〉之于余华的意义》，《文艺争鸣》，2000（1）。

郜庭阁：《从混沌到澄明——余华小说一种读解》，载《文艺评论》，1998（2）。

罗绮卫：《浅论余华小说叙事视角的变化》，载《当代文坛》，2003（5）。

张园：《从简单走向事实——从〈活着〉看余华小说的叙事转型》，载《上海交通大学学报》，2003（1）。

田红：《负载生命本真的形式——论余华长篇小说的叙事转型》，载《中国文学研究》，2005（1）。

庞守英：《寻找先锋和传统的结合部——余华长篇小说的叙事学价值》，载《当代文坛》，2003（5）。

3.正如摩罗在《逃遁与陷落》中所说，关注人性的黑暗、残酷是先锋这一代作家共同的选择，请你就此谈谈，所谓人性的深度和人性的黑暗是一种什么样的关系？你对优秀文学作品的阅读期待是怎样的，谈谈你的文学观。

第七节　新历史小说

内容提要

新历史小说是在西方新历史主义观念影响下，发生于 20 世纪 80 年代中期—90 年代中期的一支小说创作潮流，其创作形态大致可以分为三种：第一种，站在个体生命立场上，重新解读过去的历史，并对将历史运行看得高于个体生命的历史真实提出质疑。其代表作是乔良的《灵旗》、刘震云的《温故一九四二》、李锐的《银城故事》、李洱的《花腔》等。第二种，更多地受到西方新历史主义历史观念的影响，认为历史是"文本的历史""历史的文本"，从而提出新的历史真实观。代表作有格非的《青黄》、叶兆言的《枣树的故事》等。第三种，站在女性主义立场上，重新找寻女性的"不在"的历史，代表作有王安忆的《纪实与虚构》、徐小斌的《羽蛇》等。新历史小说是用新的观念来重新理解历史的小说，所以，与寻根文学、新写实、先锋小说、女性写作，均有着相互交叉的关系，譬如，莫言的"红高粱系列小说"，既可以视为是寻根文学的一支，也可以视为是新历史小说第一种形态的代表性作品，譬如，女性新历史主义小说，就横跨女性写作与新历史小说两个小说创作潮流。

学习建议

1. 对"精读作品"中所列书目进行文本细读，写出你认为这些文本中最值得进行"审美分享"的地方，提出你感到的"困惑问题"。

2. 在完成文本分析的基础上，对"新历史小说"进行概念、内涵的梳理，充分认识和理解其文学史意义与局限。

精读作品

莫言：《红高粱》《蛙》

刘震云：《温故一九四二》

乔良：《灵旗》

叶兆言：《枣树的故事》

评论摘要

1. 由于这种神秘的历史理想和颓伤的历史宿命，在中国先锋历史小说中，完整、理性的历史神话被打破，代之以零散、神秘、奇异的历史景观，以此破坏和重建历史神话。历史在这些叙事话语中以极为个人化的形态出现，变成一种对它们所破坏的、正在失去的历史神话的叙事修整和挽救，重要之处在于，先锋历史小说常常不顾历史事实而去建立一种历史的文化精神气质，独特的叙事形式成为这种历史气质存在的唯一方式和根基，历史在这里成为一种形式的效果或产物，它与规范历史的区别在于不以适应历史事实的形式去表现历史，或者说，先锋历史小说的外壳无法盛装规范化的历史内容。

然而不能认为这种历史描写就远离现实。应该说，先锋历史小说正在由历史寻找现实，由历

图 6-13 后现代主义解构主义建筑。

史返回现实。这里，讲述古老的历史神话，并非是先锋历史小说向历史领域迫不得已的逃亡，而是借讲述往事而进入现实，借对历史容貌的故意涂改思考历史的本性，借对历史的形式化构造来重新创造历史。……先锋历史小说中，始终萦怀着对现实的留恋，就像《敌人》中的恐惧贯穿于历史和现实一样，那些对古老往事的叙述，不过是填充现实和超越之后返回现实的方式，并且力图以此完成对现实的救赎。

徐肖楠：《中国先锋历史小说的神话国度》，载《南方文坛》，1997（2）。

2. 新历史小说的特点是：

（1）小说主题强调从正史到野史。新历史小说要打破旧历史那种经学化、意识形态化的框架，消解已经僵硬的体制化思维模式，或一元化的政治主导心理的所谓正史，将其所遮蔽的意义加以敞开，以获得一种多元意义的可能性。

（2）思想观念从民族寓言到家族寓言。从体裁上看，旧历史小说总是要表现一种宏伟的历史场景。新历史小说却将不再是去重视民族性的、革命性的、战争式的大体裁和大寓言，而是回归到个体的家族史、村史和血缘的族史，使"民族寓言"还原缩小归约为"家族寓言"，使其从宏观走向微观，从显性的政治学走向潜在的存在论。

（3）叙事角度强调历史的虚构叙事。新历史主义强调过去那种历史的叙事是真实的谎言，它在真实的历史框架中，却是将若干谎言意识硬塞给人们，使人们看不到真正的历史。所以它只具有真实历史的躯壳，而不具有真实历史的神态。而现在，小说作者一反这种常态模式，以大量的虚构和想象去填空历史，重组历史，使历史变成了虚构的历史，真实变成了虚构的真实。

（4）人物形态从红黑对立到中间灰色域。新历史小说在人物塑造上强调人物的边缘性，土匪、地主、娼妓、姬妾，以及一切凡夫俗子，皆在正面描写之列，使得正统的政治色彩消失殆尽，而边缘人物、中间状态，以及世俗化、生活化、民间化的东西成为小说的主要色调。灰色已然成为新历史主义的"钟爱色"。

（5）小说语言表征为从雅语到俗语。新历史小说再也不是一种无所不知、无所不晓的全知视角和话语，而是不断回归，陷入历史的相对性和不可知论。所运用的语言是粗糙的世俗化日常化口语，甚至是带有调侃的、农村化的充满喜剧色彩的语言。

王岳川：《重写文学史与新历史精神》，载《当代作家评论》，1999（6）。

3. "新历史小说"将故事与历史置于相近的水平上面，将历史夷为平地，而瓦解了历史的神圣与庄严，为人们提供与以往不同的关注历史的崭新视角。但是，与此同时，也带来了不少问题。由于作家主要通过描写那个时代的一些生活场面来表现主观的现代感受，其中想象的成分远远超出了史料；换言之，史料的匮乏怂恿了想象的放纵，一切历史仅仅来自个人的故事，其中的历史和历史人物便呈现出了极大的随意性，并在历史观上有浓厚的不可知论的阴影。于是，我们看到，不少"历史小说"完全没有顾及历史的规律性存在，也脱离了生活发展的逻辑。这正如批评家南帆所指出的："'新历史小说'所制造的仿历史话语让人疑惑不已：这究竟是故事，还是历史？这是传统历史小说的解放，还是历史下降为故事的道具？"别林斯基曾经指出："每一个民族都是某种完整的、独特的、局部的和个别的东西；每一个民族都有自己的生活，自己的精神，自己的性格，自己对事物的看法，自己的理解方法和行为方法。"

由于新历史小说家们遁入历史，他们的目光主要集中在近、现代史上面，于是，我们看到了现实性的匮乏："新历史小说"普遍对于当代中国变动的现实，对于当代全球化的资本主义世界体系都缺乏必要的认识和应有的表现；也就是说，他们没能表现出中国社会的"现代性"问题，没能表现出当代中国人的"现代性体验"。小说取消了历史的客观真实性，这种无限制的虚构，把"新历史小说"引向疲惫、困境并成了话语的游戏，而使"新历史小说"的"新"似乎正越来越与无数迎合于大众口味与商业规则的"旧"小说重合。

吴子林：《先锋与回归》，见《自律与他律——中国现当代文学论争中的一些理论问题》，
203～204 页，北京，北京大学出版社，2005。

4. 后现代主义对中国文艺的影响从开始掺和在现代主义潮流中得到特立凸显，是在 20 世纪末八九十年代之交，自此，后现代主义的消解就成为中国文学上空徘徊的一个幽灵，已然附身和潜入当代文学中，构成了相当普泛的影响。最突出的表现在对一些趋奉者的价值观和写作观的影响上。在价值观上，"后现代"的怀疑历史、怀疑真理、消解终极价值、消解精神，在清理其价值信念使之变为真空的同时又注入了"去价值"的价值取向；在写作观上，"后现代"的反中心、反元话语、消解作者、消解意义，在使其失去思想向心力的同时又走向所谓的"零度写作"和话语编制。其结果便是中国式"后现代"创作追求的实验，在一些"后现代"先锋创作中，历史的真实性和历史的客观性受到了攻击，以文学的虚构代替历史、以玩世不恭消解历史成为小说的基调，诸如格非的《迷舟》、余华的《古典爱情》、苏童的《一九三四年的逃亡》即是例证。在这些小说中，对历史的虚构和想象成了随意涂抹历史的刷子，真实的历史被加工制成满足闲暇之余品玩的底本。而在对历史的玩世不恭的嘲解中，消解理想、躲避崇高就成为了相随物。

侯文宜：《当代文学观念与批评论》，90 页，北京，中国社会科学出版社，2007。

5. 乔良的《灵旗》讲述广西界首小镇洪毛靖自红军一九三四年过广西后五十年的人事沧桑。

首先，与过去突出中央红军长征官兵的艰苦卓绝相异，将焦点对准长征的边缘群体，包括红四军女战士、中途被迫留下的游击队和行军中偷偷溜走甚至加入地方民团屠杀红军的逃兵。与长征大历史中的英雄人物相去甚远，革命理想和牺牲精神超乎他们的理解力。他们所做的多半是出于本能的对生的追求、对死的抗拒、友善的回馈和残酷的报复。

其次，死亡、缺失和残忍成为挥之不去、却又言说不尽的迷思。不像鲁迅笔下的戏剧式景观，砍头成为长征途中留下的游击队员每天面对的挑战——砍头，要么被砍头。没有观者的呐喊助兴，被杀者也不像阿 Q 那样努力满足人的视觉欲望，一切都显得再平常不过。由此似乎透露出，历史的残忍和鲜血淋漓与其归咎于自然的祸根，不如说是人为的造孽。

再次，整个界首小镇洪毛靖在红军过后五十年的沧桑恩怨，都通过青果老爹的"看"和二拐子的"说"来呈现，借着他们的眼睛和嘴巴，我们看到了历史书中看不到的场面，听到了历史中听不到的声音。更重要的是，青果老爹和二拐子不是党的代言人，他们不晓得周遭发生的一切在史书中如何记载，因此也就不受大历史话语权威的制约。他们所处的是完全民间的视角，目光所及覆盖个体、小人物、家庭和乡村的日常生活。

张恩华：《在史诗与神话的双重枷锁下：文学表述中的长征》，
载《当代作家评论》，2006（1）。

6.《枣树的故事》解构了历史的神圣与威严，在这里历史的面目是模糊的、捉摸不定的，甚至呈现出虚无状态。从表面上看，《枣树的故事》是描写岫云在不同的历史阶段，与几个身份不同的男性之间的故事。但是，《枣树的故事》看重的并不是个人的生命历程的记叙，而是在对个人命运的演绎中，展示历史与叙述之间的纠葛。历史所呈现出的面目与叙述历史的叙述方式紧密相关，这是叶兆言在《枣树的故事》中所要告诉我们的主要含义。

在以往的历史叙述中，叙述的线形与情节的编排的逻辑，以及隐藏在叙述逻辑背后的目的，被当作历史自身的逻辑，被人所接受和认可。《枣树的故事》在叙述岫云的历史时，并没有遵循历史的线形秩序，在这里，历史并不是以时间的先后顺序呈示的。小说在开篇即以"选择这样的洞窟作为藏匿逃避之处，尔勇多少年以后回想起来，都觉得曾经辉煌一世的白脸，实在愚不可及"作叙述的起点。这样的叙述语式，打破了历史叙述的线形时间规范性，这样被叙述出来的历史，充满着宿命感和偶然性。因此，小说在叙述时，以充满宿命的叙述语句作为叙述历史的基本叙述语法。这种和常规的叙述历史的顺序不同的叙述方式，在暗示我们，叙述顺序的排列本身就是和一定价值观相联系的。

周新民：《叶兆言小说的历史意识》，载《小说评论》，2004（3）。

7. 从"文化主题"转向"历史主题"，《红高粱家族》是一个标志。而且它所讲述的民间抗日故事，可说是这类小说中第一部刻意与"官史"视角相区分的作品。

图 6-14　莫言山东高密旧居。

作为具有"新"的历史主义倾向的小说，《红高粱家族》的特点首先表现在对正统历史的改写上，这可以简单地概括为三个方面：一是人类学视野对社会学历史观的彻底取代，将一切历史场景还原为人类的生存斗争，性爱、生殖、死亡、战争、妒忌、仇杀、神秘主义，甚至异化……这些生存的原型母题，瓦解了以往正统的道德意义上的二元对立的历史价值判断，一个"生命的神话"取代了"进化论的神话"；其次，历史的主体实现了"降解"，原来的"中心"与"边缘"实现了一个位置的互换，"江小脚"率领的抗日正规部队"胶高大队"被挤到了边缘配角的位置，而红高粱地里一半是土匪、一半是英雄的酒徒余占鳌却成了真正的主角。对应着这样一个转换，"酒神"也取代了"日神"的统治地位而成为历史的灵魂，莫言也因此确立了他的以酒神意志为核心的生命本体论的历史哲学与美学。这一点和寻根小说热衷于发掘中国文化中的"非主流"的"地域文化"（比如说韩少功热衷的"楚文化"、李杭育热衷的"吴越文化"等等）可以说是有一脉相承之处，但显然又超出了"地域文化"的范畴；三是民间历史空间的拓展，它用民间化的历史场景、"野史化"的家族叙事，实现了对现代中国历史的原有的权威叙事规则的一个"颠覆"，在历史被淹没的边缘地带、在红高粱大地中找到了被遮蔽的民间历史，这也是对历史本源的一个匡复的努力。

张清华：《莫言与新历史主义文学思潮——以〈红高粱家族〉、〈丰乳肥臀〉、〈檀香刑〉为例》，

载《海南师范学院学报（社会科学版）》，2005（2）。

8. 读莫言的小说，那感觉就像读多了"正史"之后，突然接触到"野史"，别有一番陌生与讶异。历来官修的"正史"比较正规和专业，但也可能如鲁迅所说，是"涂饰太厚"，"很不容易察出底细来"。而"野史"虽比较零碎随意，但顾忌少，不必摆"修史"的架子，反而可能写出历史的真貌。莫言小说的"讲史说书"，就有意背离"正史"一路，刻意追求类似"野史"的那种民间的真实。历史在莫言笔下失去了庄严与明快，变得多姿多彩而又歧义丛生、面目含混而又意味深长，所谓"线索"已搅乱，"规律"无关紧要，最能激起兴趣的，是历史深处的隐秘与复杂，是历史的原生态。这种"文学化的历史"不是被当作"常识"来记忆的，甚至不需要价值立场的裁定，你带着自己的感受去体验就行了，让灵魂在历史时空中穿梭，用现在时髦的话来说，这是游戏似的"穿越"。莫言极大地发挥了对历史的想象力，把历史充分文学化、人性化，赋予了历史某种毛茸茸的质感，这也就丰富了我们对历史的感受。这自然是莫言的成功。如果一定要从莫言的小说中抽离出某种历史观，那他的历史观就是反"正统"的，而一些外国的读者（评论家包括诺贝尔奖评委），也可能从莫言这里看到了中国作家心态与笔法的巨大变化。莫言多少顺从了这些年来形成的反思革命、解构历史的潮流。

不过，莫言毕竟只是小说家，他大概并不想提供特别的"思想"或者"历史观"，他对历史的"文学叙述"主要出于感觉，他时常放纵这种感觉，在人性与欲望的旷野里奔走，却不能停下来做深入的思索与把握。莫言的叙史既酣畅又世故，却未能给读者类似宗教意味的那种悲悯与深思，而这正是中国文学普遍缺少的素质。如果结合阅读感受来进一步思考，会发现莫言也有他的缺陷。也许我们会问，这位天才却又有些任性的作家刻意回避对历史的正面描述与规律的探寻，有意在"正史"模式之外尝试"野史化"的文学写作，是否无意间也迎合当下那些庸俗的虚无主义与相对主义？在当今"去革命化"和"去意识形态化"的氛围中读莫言，虽然痛快，却也可能会引发某种无常与无奈之感。

温儒敏：《莫言历史叙事的"野史化"与"重口味"——兼说莫言获诺奖的七大原因》，

载《中国现代文学研究丛刊》，2013（4）。

图 6-15　河南大饥荒发生在 1942 年夏到 1943 年春，此为饥民在剥树皮。

9. 刘震云是怎样以"再现的方式"进入故乡的历史叙事的呢？《温故一九四二》采取的是悬搁"价值"的方法。在作品中，1942 年发生在河南省、饿死三百万人的大饥荒，令人发指和全景观地展现在读者的眼前。作家一开始就告诉我们，关于"家乡饥荒"的故事，一部分来源于北京图书馆资料的叙述，一部分来自传闻、采访、或者对历史的某种有距离的想象，叙事人还承认个别史实是出于他的加工编排，所以，"姥娘"的故事很难说是十分可靠的。因此，叙事人与作家的关系至少可以分析出三个层面：一，他代作家说出了故乡的历史苦难，表达了对底层社会的同情和对上层社会的"农民式的愤怒"；二，小说中的材料，只有一部分取自作家的故乡，大部分则是无数个历史灾荒材料的缩写；三，正因为真正的"历史"和"死者"是不可能对话的，因而二者的关系中充满了某种游戏性和戏剧性。在小说中，"附录"一节写得最为精彩：国家大事、结婚离婚启事、寻人声明都被"烩"在一起，历史正剧与日常生活合而为一，其中的用心大有深意，然而，这一切又被遮蔽在一种不确定的"叙述"当中。

程光炜：《在故乡的神话坍塌之后——论刘震云九十年代的小说创作》，
载《文学评论》，1999（5）。

泛读书目

格非：《青黄》

叶兆言：《枣树的故事》《夜泊秦淮》

苏童：《妻妾成群》《我的帝王生涯》

莫言：《透明的红萝卜》《丰乳肥臀》《生死疲劳》

评论文献索引

樊星. 人生之谜——叶兆言小说论(1985—1989). 当代作家评论, 1990(3).

陈晓明. 空缺与重复：格非的叙事策略. 当代作家评论, 1992(5).

周政保. 红高粱的意味与创造性. 小说评论, 1986(6).

李洁非、张陵. 莫言的意义. 读书, 1986(6).

莫言、王尧. 从《红高粱》到《檀香刑》. 当代作家评论，2002(1).

李敬泽. 莫言与中国精神. 小说评论，2003(1).

孙先科. "新历史小说"的意识形态特征. 当代文坛，1995(6).

陈晓明. "历史终结"之后：九十年代文学虚构的危机. 文学评论，1999(5).

路文彬. 作为修辞的历史感——"新历史主义"小说之后的历史叙事. 文学评论，2004(2).

李阳春. 颠覆与消解的历史言说——新历史主义小说创作特征论. 中国文学研究，2007(2).

[韩国]全炯俊. 与莫言获诺贝尔文学奖相关的几个问题. 文艺争鸣，2013(4).

周罡、莫言. 发现自我与表现自我——莫言访谈录. 小说评论，2002(6).

莫言、王安忆等. "小说与当代生活"五人谈. 上海文学，2006(8).

拓展练习

1. "天哪！天……天赐我情人，天赐我儿子，天赐我财富，天赐我三十年红高粱般充实的生活。天，你既然给了我，就不要再收回，你宽恕了我吧，你放了我吧！天，你认为我有罪吗？你认为我跟一个麻风病人同枕交颈，生出一窝癫皮烂肉的魔鬼，使这个美丽的世界污秽不堪是对还是错？天，什么叫贞节？什么叫王道？什么是善良？什么是邪恶？你一直没有告诉过我，我只有按着我自己的想法去办，我爱幸福，我爱力量，我爱美，我的身体是我的，我为自己做主，我不怕罪，不怕罚，我不怕进你的十八层地狱。我该做的都做了，该干的都干了，我什么都不怕。但我不想死，我要活，我要多看几眼这个世界，我的天哪……"这是莫言的《红高粱》中"奶奶"在遭受日军的机枪扫射，生命垂危之时的一番自白，请以此作为理解莫言小说的一个切入点，参阅王光东《民间的现代之子——重读莫言的〈红高粱家族〉》，① 分析他的红高粱系列小说中张扬生命欲望的文化意义，你如何评价这种"民间立场"。

2. 莫言 2012 年获得诺贝尔文学奖，其颁奖词为"将魔幻现实主义与民间故事、历史与当代社会融合在一起"，请认真阅读莫言的作品以及他在各个场合的"创作谈"，包括他在斯德哥尔摩瑞典学院发表的文学演讲，谈谈你对此评价的看法，在此基础上，查阅莫言获奖之后来自社会、大众、文学等各个领域之内的评论，说说你对这些褒贬不一的评论如何理解，其现象对中国文学有哪些启示？

3. 革命历史小说和新历史小说是出现在不同时期的小说形态，体现着不同的时代精神，请以《保卫延安》和《灵旗》为例，比较分析二者之间存在哪些的差异？

4. 在谈到新历史小说的产生原因时，有论者指出"是因为寻根小说、先锋小说、新写实小说在现实生活和文化历史生活中寻求新的精神资源、价值支点受阻或对之不

---

① 　王光东：《民间的现代之子——重读莫言的〈红高粱家族〉》，载《当代作家评论》，2000(9)。

信任从而转向对历史的重新认识以试图从中解脱现实的存在危机的"①。请以叶兆言的《枣树的故事》和《夜泊秦淮》为例，并参阅相关的评论文章，比较分析新历史小说和传统历史小说各自的特点，说明其何以在造成轰轰烈烈的声势之后不久就开始衰落的原因。

---

① 傅书华：《近期新历史小说研究述评》，载《理论与创作》，2002（5）。

第二章 诗 歌

第一节 概 述

内容提要

新启蒙文学中的诗歌创作，其成就主要体现于"朦胧诗""第三代诗歌""归来诗人"的作品、延续工农兵文学中现实主义创作传统的诗歌创作及女性写作、新边塞诗等。"朦胧诗"延续了"文化大革命"时期"白洋淀诗群"等诗人的写作，其代表诗人是北岛、舒婷、顾城、江河、杨炼。"第三代诗歌"亦称"后朦胧诗派"写作，其主要特征在于试图全面颠覆原有的价值体系，体现出全新的价值追求，其代表诗人是韩东、海子、李亚伟等人。所谓"归来诗人"是指在新中国成立前即开始诗歌创作，但在新中国成立后因为各种原因无法发表作品，及至"文化大革命"结束后，又重返诗坛的诗人。"归来诗人"由三部分人构成："五七族诗人"艾青、公刘、流沙河、邵燕祥、蔡其矫、昌耀等；原九叶派诗人杜运燮、郑敏等；原七月派诗人牛汉、曾卓等。但这三部分诗人的创作，从总体上，并未超过他们成名期的水准，从思想特质、诗歌形式上，较之他们成名期的创作，也未有实质性的突破。延续工农兵文学中现实主义创作传统的诗歌创作的代表作则有：李瑛的《一月的哀思》、雷抒雁的《小草在歌唱》、骆耕野的《不满》、张学梦的《现代化和我们自己》、叶文福的《将军，你不能这样做》等。女性写作的代表诗人诗作是翟永明的《女人》、伊蕾的《一个独身女人的卧室》等，新边塞诗的代表诗人诗作是昌耀的《慈航》、杨牧的《边魂》、周涛的《野马群》等。

学习建议

阅读评论摘要以及文献索引，以期对这一时期的诗歌发展、特点等有初步的了解。

精读作品

谢冕：《一个世纪的背影——中国新诗 1977—2000》，载《文艺争鸣》，2007 (10)。

评论摘要

1. 新时期诗歌的复苏与变革，首先从诗歌价值观念的重新认知与调整上体现出来。

在诗歌中，价值观用以标明的是人们对通过诗所维系的世界的特殊关系，评定诗歌这一文化现象对于人们的功用和意义。毋庸讳言，诗以言志、文以载道、注重教化的观念，在中国是一种超稳定性的存在。进入二十世纪的革命战争年代以及中华人民共和国初创阶段，传统的诗歌价值观念得到革命性的更新，要求以"炸弹和旗帜"式的歌唱去直接符合并服务于革命利益的诗学受到张扬，以致后来导向可以取代诗歌的全部价值。这种格局，一方面迅速地创造了一个与新时代发展相适应的诗的世界，对于正在奋斗中、建设中的人们进行了实际的精神鼓动，诗歌贡献有前人无法替代的功能；另一方面，一旦把诗歌仅仅当作社会集团意识形态的传达，进而又使政治的（功利）和认识的（真伪）价值，成为超越宽广的审美范围和整体的审美价值的唯一力量，忽视审美情感形式的创造，因之也造成了诗歌艺术的钝化和退化，所谓"政治学统帅诗学"难以使诗呈现完美状态。在以往的诗坛上，相当多的作品轮番地扮演着席勒式单纯的传声筒或社论、图表、摄像的角色，把非艺术的因素误作主要模子，因而也往往将诗美抹杀。

诚然，政治性、社会性并非诗歌之累。问题在于，只有通过各种判断（认识论的、社会学的、心理学的、历史学的、道德的、艺术的、美感的等）的有机结合，对诗歌现象的审美理解方可实现，并确认其实际价值。毫无疑义，中国当代诗人不能向永恒的春天逃避，其庄严使命是歌唱我们的土地和土地上的风云。这就意味着，新时期诗歌依然应以最诚实的目光投向现实人生，用崇高的审美理想对意识到的历史内容和美感经验进行观照。这种观照，需要摆脱现成政治术语的堆积与搬运，需要弃置对实际事件太过切近的"直说"和单纯镜子式的"再现"，放射出入世而又超凡、着力于情感塑造的诗意之光。

从强调诗单纯依附于政治，到将诗美位移于更广阔的价值关系中，使我们的示意中心亦即诗歌的传达和价值观的重点，产生了从单一走向多元的变化。它使我们重新发现并确认，诗美艺术具有多方面的本能、功用与价值，没有必要、也不可随意地把某种观念圈定和限定。为了满足人们"求知"、"审美"、"交流"这三大精神需要，诗既可以认识世界，又可以唤起人的良知，还可以使人际心灵沟通，也赋予情感上的愉悦……诗是由多种价值、多重意识复合的有生命的美感载体，如果只从某个认为唯一可能的截面去考察它，就会导致把立体的精神现象挤压成一个平面。对包括审美价值在内的丰富的精神价值的尊重，就使以往视为金科玉律的诗学逻辑开始失灵，新时期诗歌走向了更复杂也更富有审美情趣的多样化的世界。诗人们带着前几代人所没有的对历史动乱的深沉体验、对生活真理的执着寻觅，也带着他们的忧患、感伤、苦乐、奋取、反思和憧憬，把自然、社会、祖国、人类、生命和前途，以新的图景与样式呈示出来，诱惑着成千上万真善美的追求者。

这样，我们长期以来所致力的题材、形式、风格、流派多样化，就需要从是否摆脱那种以单一公律为依归的诗歌价值观的困扰中进行说明。从宏观上讲，作为一种精神文明，诗美是自由的象征，无法忍受凝固的迂腐观念和僵化的价值尺度所带来的折磨；作为高雅文化形态的诗美创造，须有对各种各样高尚的审美价值的探寻，合而为一时代的诗歌完整、丰富的审美范畴；而作为审美主体的诗人，在维护总体一致的文化目标的前提下，须容许他们依据不同的自身需求和价值角度确定审美坐标，以促成多层次、高水平的诗美艺术系统。诗是繁富的审美创造，同时必然是多项有价值的情感之花和智慧之果的综合。只要有益于社会进步和文明发展，有益于民族素质的陶冶、审美能力的提高和美好心灵的塑造，可以有纯粹的诗，也可以有不太纯粹的诗；可以有面向社会和人生的诗，也可以有面向内心的诗；可以以政治和现实运行的律动为诗之律动，也可以"超脱"一点而富有审美情趣的抒唱。中国新时期诗歌正是通过价值观念的深层调整，打开了诗美的视野，走上多元的艺术道路。

杨匡汉：《中国新时期的诗美流向》，载《文学评论》，1986（3）。

2. 诗歌审美价值的凸现作为一种新的诗美追求是伴随着新诗潮的发生而出现的。谢冕曾经描述 1979 年的新诗潮"出现得洒脱突然，一下子就使存在成为事实"。然而与之相关的诗美观念在此前后却经历了相当长时期痛苦的孕育和剧烈的考验。

在传统的诗歌中，以真为美或以善为美的观念是根深蒂固的。这样一种诗歌及其诗美观念的特点是注重诗歌的社会学价值，重视诗歌的现实功利效用以及诗与大众的密切联系，而对诗歌特殊的审美价值、诗歌艺术地把握生活的特殊方式则未予以足够的重视。这便是人们所说的"现实的"或"现实主义的"诗歌。它们和所有文学现象一样，均是由社会生活和艺术发展的历史阶段性特点所决定了的，并非人们任性而为。在中国现代革命和战争年代，这样一种诗歌观念以及与之相适应的诗歌创作是理所当然的。在解放后的社会主义革命和建设时期，现实主义虽然历经挫折，仍然占据着诗坛的主导地位。但是另一方面，当新时期社会生活走上了同现代化迈进的新的发展轨道，当时代促使文学艺术得到发展和改变，新的诗美观念以及相应的创作的产生也是不可避免的。七十年代末期的新诗潮就是在这样一种背景下产生的。它的出现使中国新时期诗美观念在现实主义得以基本恢复的基础上发出了新的音响。但这里须要注意到一种极易引起误解的现象。新诗潮的诗歌观念及其创作早在七十年代中期就已孕育产生。其审美追求直接发端于对"文革"中矫情的标语口号诗的逆反，由于历史的原因，直到七十年代末期才正式登上诗坛形成有影响的诗潮。这时正逢传统的现实主义诗歌已得初步恢复和疗治，一批现实主义诗人也写出了有影响的现实主义诗歌作品。因而新诗潮往往被理解为是现实主义诗歌直接挑战的产物，二者的诗美观念也被视为水火不容。其实，即使后来的发展表明新诗潮与现实主义诗歌在观念上的确存在深刻分歧，那也只是一种深刻的不期而然。它们同样有着深刻的一致性。

在新诗潮的诗美观念里，一般并不表现为对"真"和"善"的排斥。其新鲜之处在于对"真"的新的理解以及对"美"的强调。顾城的一段话颇能代表他们对"真"的重新解释。"这类新诗（指朦胧诗——引者注）的主要特征，还是真实——由客体的真实，趋向主体的真实，由被动的反映，倾向主动的创造。从根本上说，它不是朦胧，而是一种审美意识的苏醒。"这种苏醒了的审美意识也就是人们常说的艺术中的自我表现。"自我表现"是一个容易引起争议的说法，往往被只从表现内容方面理解为顾影自怜似的"表现自我"。但许多朦胧诗人也把它看作是一种艺术的"表现方法"或原则，指的是艺术创作中的个人化，即所有表现对象只有通过作者独特的内心体验和创造性劳动方能作艺术的呈现。这样一种更具主体性意义的表现方法不可避免地有其局限性，但显然又有较为符合现代艺术特别是现代诗歌特点的一面。实际上，讲求"客观真实"的现实主义作品里也有作家的"自我"，也需要"个人化"，但这里的"自我"和"个人化"基本上限于对给定的对象、统一的认识选择表现的角度以及表达上的个人作风等方面。新诗潮的自我表现则体现为更为充分的个人化。它强调诗人有权自己去发现生活的真谛而不仅仅是转述真理，也有权对社会或权威们认定的事情作出自己的回答。新的美学原则崛起已经是一种客观事实，必然有其深刻的社会思想以及诗歌艺术自身发展的诸种原因。西方资产阶级人本主义美学思想和西方现代派文艺的影响是其中一个方面的原因。更重要的是，新诗潮的充分个人化这种主体性意味很浓的创作原则作为自我表现这一诗歌观念的具体体现，还应联系新时期思想解放运动和新诗七十年来艺术发展的道路加以考察。

从某种意义上讲，新诗潮及其诗美观念是新时期思想解放运动中人的主体意识得以张扬的产物，又是新诗发展自身艺术否定的产物。无论人们对此作出何种评价，它都可以说是中国当代诗歌发展史上诗美观念一次值得重视的演变。

周晓风：《新时期诗美观念的嬗变》，载《重庆师院学报》，1990（4）。

3. 诗在中国往往能够成为社会变革的先兆。这是由于中国社会有着崇尚诗教的传统。这传统生成了诗在中国社会生活中的特殊价值观。古时统治者采诗以观民风，历代的平民则通过诗以为兴亡忧乐的宣泄和兴叹……

诗在中国的这种特殊性质证实：诗既是它自身，又不仅仅是它自身。作为艺术的诗，超负荷地拥有和承担了艺术以外的职能。历时久远的发展，这种承载造成了诗的合乎中国国情的扭曲。诗终于有可能向我们提供确证：从它的内涵和外态的走向中，我们往往可以得到中国世态人情的盛衰沉浮，乃至社会结构的板结和松动的有效信息。

中国诗歌自20世纪30年代中期开始它的革命化进程，这种进程随各个时期不同的社会情态而不断地强化。30年代强调为国防服务的诗歌使命，尽管它在以诗为武器唤起民众以抗拒外来侵略方面起了巨大的作用，却也促成了诗的诸多品质的丧失。40年代延续大众化的提倡，基于当时的民族危机严重的形势，自然地把此种提倡纳入了民族化追求的总格局之中。从而使诗在狭隘的农民文化趣味和民族保护主义的规范下割断了其与其他民族文化、特别是与世界现代诗歌的联结纽带。50年代是内战结束和政权巩固的时期，现实为诗歌的全面统一提供了最强大的行政保证。左翼诗歌运动与解放区诗歌传统在新时代的结合，终于使久远的经营的强大的一体化的诗歌理想得以实现。

现在可以断言，这种实现是有力的，却也是灾难性的。20世纪70年代后期，我们终于看到：在中国大陆诗歌大一统完成的同时也宣告它在这片土地上的解体。我们从这种诗歌现象中再一次得到中国社会情势的超常或异常的佐证。诗歌的封闭和僵化是社会病态的艺术投影。这当然是受到特定的社会状态约定的结果。严酷的社会现实不可能不把它的严酷的精神禁锢加诸艺术，首先是艺术最敏感的神经——诗。

要是说新时代的诗质中意与象的聚合和叠加是艺术品质的独特之处，那么，新时代诗歌创作主体心态中的社会和个人的契合则是明显的象征。绝对排斥个人性的诗时代结束了，绝对摒除社会性的诗时代并没有到来。这一时期诗歌由于惯性、也由于定型化的审美习惯，体现出来的未必是过渡性的艺术景观。社会和个人不同圆周的同心圆多层重叠，使新诗结束了自它建立以来的关于社会性和个人性的无休止的烦恼和纠缠。上述这一重叠的极致，是诗异常准确地传达出社会转型期几代中国人的精神状态和情感状态。

一方面，他们把过去视为禁地的人的自我心灵实行了占领，他们扩展这一"占领地"并勇敢地面对谴责；另一方面，他们决然与庸俗的写实倾向脱钩，不是不再关注社会人生，而是以空灵和超然的姿态把握诗的宏观空间。这种艺术空间的重组，造出了一批优美的既代表时代、又代表个人的里程碑式的作品。"朦胧诗"兴盛期出现的那些凝聚了时代伤痕和个人血泪的诗，都是这样以"小"笔墨写成的"大诗"。

从传统诗向着新诗潮的过渡，最鲜明的变化可以概括为从意义的诗到意象的诗。意象作为诗人感知诗意的独特方式，意与象的瞬间化合如同精卵结合造出的第三体——一个崭新的生命。这是意象诗的基本单位。它不是无意义的，但意义又不是直接浮现的，意义被深藏在意象的背后。这就使传统的阅读习惯受阻。人们原以为诗都是诗人宣示意义的结果，如今却遇到不肯明示意图的和"故弄玄虚"的、意义含混的"谜团"。

20世纪80年代中期开始一个新的骚动：被称为"新生代"的一批新诗人向着新诗潮发出一个明确的信号。诗歌首先开始了文艺与政治的疏离化的进程。疏离化于是成为后新诗潮的基本特征。其目标则在于彻底改变诗与政治的黏着状态，而力促其与现实的政治和社会意义的剥离。这种剥离的主要标志是对社会意识的淡化。后新诗潮在构成的若干意识支柱方面与新诗潮完全一致，它们之所以有先、后的区别，首先是由于对形成新诗潮的基本艺术倾向的意象化受到了严重的质疑。反意象的表层意思，是旨在反对新的华靡导致的过于曲折的表达。这种表达使人们普遍感到了它与人们的实际生存状态相距遥远。挑战的实质仍然是反对艺术的单一化。从现实的到浪漫的，从象征的到意象的，依然是主潮更迭的线性发展的理路。这一理路业已被证实为是违反艺术本性的。反意象作为一种艺术的变革行动，却因此而再度冲破艺术的另一种封闭的可能性。

后新诗潮诗人明确地宣告了与时代的疏远——即使他们在深层还保留着某种潜在的联结——他们不承认诗与时代的契约。他们认可了北岛、舒婷的诗代表一个时代的论断，但声称他们只是他们自身而不代表任何人、更无力或不屑于代表时代。诗人自己的生命之窗只面对自己。他们真切地感到了自身的尴尬处境，所有的感觉和判断都离不开这个具体存在的肉体和灵魂。生命感受既是诗的出发点，又是诗的归宿。诗对生命的发现有丰富的意蕴，首先是普通人代替传统的超人这一创作意图之突现。理想的光环剥落以后，真实的人所拥有的一切，都真实地显现了出来。他们希望以完全不事雕饰的质朴的方式显示当今中国人的生存状态。这一层生命体验衍化出许多意存讽喻的、而以平淡语言把痛苦和激奋掩藏起来的诗。这一部分诗依然由现实的积重、负荷和挤压所激发。它表现出的"满不在乎"，其实包涵了生活的困顿和悲苦，因而这里展现的生命画卷依然是社会的投影和折光。

这些"不美"的诗对情感进行过滤和稀释的结果，彻底反抗了"浪漫主义"的滥情。它把人生的悲欢离合看成是不可避免的遭遇和过程。于是传统的悲情被抽空。剩下来的只是那些近于零点的冰冷的沉思。这样的诗中当然也有属于个人情感的联系，但几乎无一例外地被作了"冷处理"，并且没忘了加上常见的"轻松"和调侃。那种化悲为谑的情趣，传达给我们以明显的信息：第三代诗人正以更加惊世骇俗的态度，反抗传统美学的根基。

谢冕：《论新诗潮》，载《中山大学学报》，2002（5）。

泛读作品

张同吾：《论新时期诗歌审美观念的嬗变》，载《文艺争鸣》，1987（4）。

田敬宝：《新时期诗歌漫议》，载《社会科学战线》，1989（2）。

张兴劲：《人的崛起与诗的复兴——论新时期诗歌中的人道主义思想基本主题》，载《南方文坛》，1988（1）。

吕进：《新时期诗歌的三段式轨迹》，载《当代文坛》，1991（2）。

评论文献索引

张同吾. 论新时期诗歌审美观念的嬗变. 文艺争鸣，1987(4).

田敬宝. 新时期诗歌漫议. 社会科学战线，1989(2).

张兴劲. 人的崛起与诗的复兴——论新时期诗歌中的人道主义思想基本主题. 南方文坛，1988(1).

吕进. 新时期诗歌的三段式轨迹. 当代文坛，1991(2).

周政保. 新边塞诗的审美特色与当代性——杨牧、周涛、章德益诗歌创作评断. 文学评论，1985(5).

袁忠岳. 新时期十年诗论综述. 文史哲，1987(5).

李运抟. 中国当代诗歌五十年文化思考. 暨南学报，2000(3).

郑敏. 我们的新诗遇到了什么问题. 诗探索，1994(1).

谢冕. 丰富又贫乏的年代——关于当前诗歌的随想. 文学评论，1998(1).

罗振亚. 1978－2008：新诗成就估衡. 渤海大学学报，2009(6).

吕进. 论新时期诗歌与"新来者". 文艺研究，2010(3).

拓展练习

诗歌作为一种独立的文体，有其特殊的审美方式，本章学习要求从方法论的角度有一个相对明晰的思路，根据自己的阅读体验以及对于工农兵文学阶段诗歌的学习经验，谈谈对于诗歌的审美应该从哪些角度切入，它与分析小说、散文、戏剧其他文体有何区别？以小组为单位进行讨论，尝试解决自己在诗歌学习方面的困惑。

第二节　朦胧诗派

内容提要

　　"朦胧诗"延续着"白洋淀诗群"的诗歌创作脉系，作为诗歌潮流，主要出现于1976—1986年，其代表诗人诗作是北岛的《回答》《一切》、舒婷的《神女峰》《致橡树》《这也是一切》、顾城的《一代人》《远和近》《我是一个任性的孩子》、江河的《纪念碑》、杨炼的《大雁塔》等。"朦胧诗"创办的著名刊物是《今天》围绕着"朦胧诗"的评价，谢冕的《在新的崛起面前》、孙绍振的《新的美学原则在崛起》、徐敬业的《崛起的诗群》等三篇论文，曾产生过较大的影响。"朦胧诗"鲜明地体现了一代人的精神擦痕精神追求，其主要特征是新的个人、人性意识的觉醒，对传统观念的反叛，先行者的孤独、绝望，价值虚无的精神迷茫等，在艺术形式上，则依靠自己的感觉，营造意象，通过这些意象的组合，形成诗歌结构。

图 6-16　20 世纪 70 年代末舒婷来北京与《今天》成员北岛、芒克、江河、黄锐、徐晓等郊游。

学习建议

　　1. 在很多论者看来，"朦胧诗"的出现仍然具有强烈的意识形态性质，他们在文学写作时的"独立性"和"主体性"仍然是有极大的局限性的，他们的作品中仍然带有非常强烈的"反抗哲学"气息和"意识形态"色彩，他们作品中的"我"仍然并不是全方位的整体的或者说是"灵肉一体"的"自我"，而仍然是带有非常浓厚的"理念"的"自我"，请在朗诵朦胧诗代表性诗人的诗作过程中，体会诗歌特点，选择三位以上的诗人诗作，分析并比较它们各自的异同。

　　2. 在完成对诗歌审美分析的基础上，结合拓展练习提供的思路与评论文本，尝试对"朦胧诗"派做简单的梳理与评价。

精读作品

顾城：《一代人》《远和近》《我是一个任性的孩子》
北岛：《回答》《一切》
舒婷：《致橡树》《神女峰》《惠安女子》
杨炼：《大雁塔》《敦煌》
江河：《纪念碑》《诺日朗》《祖国啊祖国》

评论摘要

1. 我们究竟应该如何评价北岛的忧郁和怀疑？作为特定的一代人，他的诗体现了他们这一代人对生活的思考。他们对青春年华消失的惆怅，对憧憬和梦想的幻灭的抗议，恰恰表现了他们对于生活的执着和认真。单凭这一点执着，这一分认真，我们便可推断，北岛的诗不是别一时代的产物。他忠实地表现了这一代人的追求和憧憬，狂热和失望，真诚与惶恐，困惑和疑惧；表现了整整一代人的动荡、不宁，浓厚的失落感，有点玩世不恭而又不甘沉沦、亟思振作而又缺乏坚定目标的复杂的情感和思绪。北岛以他人不可替代的心灵的碎片，最细密也最充分地"拼凑"了一代人的心史。

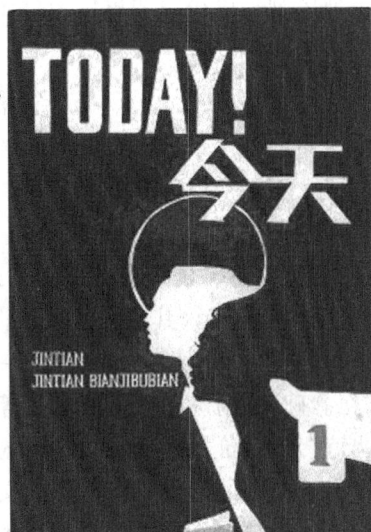

图 6-17　1949 年以来，第一份非官方的刊物《今天》第 1 期的封面。

　　　　谢冕：《北方的岛和他的岸——论北岛》，见《中国现代诗人论》，重庆，重庆出版社，1986。

2. 北岛初期的诗，有明显的感情书写的骨架。诗的意象的象征指向明确，形成可以作明确意义归纳的象征符号体系。他以鸽子、五色花、星星、山谷、浪花等，来暗示一种人性的，值得加以争取的理想生活，以夜、乌鸦、栅栏、网、深渊、残垣，作为对人的合理生活进行分割、阻滞、破坏的力量的象征。这种象征符号确定的内涵和价值取向，虽然会减弱诗的丰富的感性魅力，但在北岛最好的作品里，由于想象的奇特，情感的丰盈和庄严，而得到弥补。价值取向相对立的象征性意象密集并置所产生的对比、撞击，构成"悖论性情境"，常用来表现复杂的精神内容和心理冲突。

　　　　洪子诚：《中国当代文学史》，303 页，北京，北京大学出版社，1999。

3. 北岛是难懂的诗人，这是 20 世纪 80 年代"朦胧诗"命名的缘由之一。北岛之难懂有很多原因。80 年代中国许多读者读不懂北岛的作品，责任在于中国 50 年代后的政治。几十年的单一意识形态使人的精神、文化、乃至语言高度简化，人没有了正常的精神交流。北岛早期的诗作其实挺简单，例如：《回答》《太阳城札记》，哪一句不好懂呢？"在那镀金的天空中/飘满了死者的倒影"，是正常的诗歌语言，但是很多人丧失了阅读的能力。对于一个有悠久文化传统的民族，这是悲哀之事。离开中国当时政治文化背景，即无法理解北岛和《今天》的出现。《今天》诗歌的真正意义还不在其作品，而是在中国特殊的背景下，其颠覆了权力对语言的操纵，恢复了汉语的人文情态和诗歌语言。这是北岛和《今天》诗人们对中国文学的真正贡献。

《日子》应该是 60 年代末或 70 年代初的作品，体现的是少年进入青春期的生命状态。表现的不是人的共认，也不是人的渴望和期待状态，而是个人对现实和孤立的接受，清醒冷静，在与社会的分离孤立地延伸个人的道路。这正是现代人格的特点。"用抽屉锁住自己的秘密／在喜爱的书上留下批语"，"当窗帘隔绝了星海的喧嚣／灯下翻开褪色的照片和字迹"，作者清楚地锁定个人与社会的界限，拒绝阻止外部社会进入，持守个人的孤立，由此延伸个人的生活和内心精神。而在传统社会中，人则是主动进入社会，依靠社会共认和价值而存在。个人孤立，这是北岛人生和写作的基点。"信投进信箱，默默地站一会儿"，既表示对人的期待，又表示与他人关系的间接性。

图 6-18　《今天》创刊时的北岛（右）和芒克。

20 世纪 80 年代中国有了巨大变化，自由和宽松逐渐增长。但是这期间他的写作却由社会的风潮重新走进个人的孤寂。这时期他的作品发生了三个变化：一是早期的积极理想精神消失——由对理想的歌唱转为对之哀悼；二是更多地学习吸收西方现代诗歌语言方式；三是对现实和个人更冷静深入的表述。

如果说"第一千零一个挑战者"是理想的激情，那么在此时他已冷静，更关注真实。"其实难以想象的／并不是黑暗，而是早晨／灯光将怎样延续下去"（《彗星》）。"自由／不过是猎人与猎物之间的距离"（《同谋》）。理想的产生取决于人对现实的认识和期待。认识属于理性，而期待则是生命诉求，二者相互冲突制约。人以自身为中心，其对外部世界认识越简单有限，便有更多更强烈的幻想和期待。"上帝之死"，其实就是科学对人终极理想的瓦解。北岛早期积极的理想精神有年龄的原因，但更重要的是当时社会的封闭和压制；当中国社会变得开放宽松，作者对人、世界有了更真实广阔深入的认识，积极的理想也就变得单薄脆弱了——其可相对一个封闭压抑的年轻生命成立，但对一种开放深入熟知世事的理性却失效。因此他对理想的歌唱即转为哀悼。

这一时期他的作品晦涩冷峻，没有了早期作品的天真和亮度，但他的思考却更坚实深入了，对个人内心有了更准确的表述。20 世纪 80 年代初人们接受的是北岛的理想，实际上他的作品更深处隐含着极度的孤独、绝望和悲哀。《一切》这首诗很说明他的内心。十二个"一切"，十个都是否定，虚无绝望，只有最后两个属于肯定："片刻的宁静"和死亡"冗长的回声"。根本地说北岛的理想是从现世的否定——死亡延伸出来的。"人类重新选择生存的峰顶"当然是至高的理想，但它的下面则正是对现世的绝望和否定。死亡"冗长的回声"既包括对死亡的迷恋——相对于人世，以死亡否定拒绝现存；也包括对死亡的抵抗——相对于宇宙，对永恒绝对的肯定和追求。北岛的诗即此"回声"，这是他写作的中心秘密。

一平：《孤立之境：读北岛的诗》，载《诗探索》，2003 年第 3—4 辑。

4. 在我看来，这两句诗的悲剧性意义首先体现在环境的非历史性非正常性上。"黑夜"这一意象笼括了广阔而无定的时空，隐喻着一种不正常、不人道的年月与环境，这本身便是一种历史进程发展中的悲剧，"给了我黑色的眼睛"，正是这一悲剧性向前发展的结果，悲剧的承受者是"我"，因为在"黑夜"与"黑色的眼睛"（"黑夜"的派生意象）之间是由"我"来连接，而"我"则被动地成为这场灾难的承受者，"黑色的眼睛"实际是一种"异化"的具象形式，这已经深入到人与环境的不可调和的悲剧之中。但更为深刻的悲剧意味在于"我却用它寻找光明"，在这里似乎"我"处于主动的地位，也无疑有着一种敢于向"黑夜"叛逆、寻找光明的精神，恪守，所使用的武器——"它"竟然是"黑夜"的派生物，这似乎预示了这种寻找势必又会陷入一种新的悲剧之中。这一悲剧性的循环揭示了人能够发现自我，人不能够实现自我这种二律背反，这几乎已成为人类精神生活中一个永恒的悲剧情节所在。

王干：《透明的红萝卜——我读顾城的〈黑眼睛〉》，载《读书》，1987（10）。

图 6-19　顾城钢笔画：芒克的肖像。

5. 舒婷那些表现自爱和爱人的思想感情的作品，它们的美学价值在于：对于忧愁的心，它是温柔亲切的笑容；对于痛苦多于欢乐的生活，它是扶助人们进取和追求的手。诗人不是无可奈何地唱一个失血时代的挽歌，凭吊受伤的心灵，而是用理想观照现实，歌唱一代人的失落和追求，希望人能够按照我们所向往的那样生活。她把视线的焦点投向人，关心人的权利、价值和尊严，不满人的现实处境，把人放在过去、现实和未来的关系中进行思考。这类诗歌，当然有其社会历史条件下存在的合理性，也在相当的程度上反映了一种带普遍性的社会心理。从十年浩劫的灾难中走过来的中国人，早已厌恶那种相互怀疑、仇恨和倾轧的"神圣荒唐"的年月，布满历史伤痕的心灵渴望感情上的沟通，渴望温情和抚慰，同时希望自己能掌握自己的命运，以自己独立的人格、尊严去爱好生活。在这些方面，舒婷的自我意识与诗的经验和人们的情绪及要求取得了一致，因此她的不少作品成了人们交流感情的共同媒介。

王光明：《艰难的指向》，122～129 页，长春，时代文艺出版社，1993。

6. 舒婷最早的成名作《致橡树》也是一首爱情诗；但饱含着作者主观感情的"橡树"和"木棉"这两个意象，都超出了爱情本身。舒婷在这里否定的一种爱情观是依附：如冰霄花之于高枝，痴情鸟之于绿荫；另一种爱情观是奉献：如泉源送出慰藉，险峰衬出威仪。它们都以压抑或牺牲一方为爱的前提，反映了长期封建社会在我们民族心理中的一种历史积淀。她所追求的是爱的双方彼此的平等："我必须是你近旁的一株木棉，/作为树的形象和你站在一起。"这个平等的基础是彼此的人格独立，只有这样的人格价值上的各自独立，才能有在真正平等基础上的相互扶持。这样，舒婷在《致橡树》这首诗的爱情外观上，蕴涵的是追求人格独立与尊严的思想内核，是一个更广泛也更深刻的主题。

这是舒婷诗歌普遍的一种观照方式。当舒婷以一颗温柔善感的女性诗人的心去体味生活，并把自己体味到的这个温柔善感的内心世界倾诉出来，她的诗歌的外观往往比较单纯，而她所蕴含的内心感情的层次，又往往极为复杂。这样，在舒婷的诗歌里，就存在着单纯的外观和丰富的内涵这样的二重性。她写爱情，表达的是对人生关系的理想追求；她写友谊，激荡的是她对人的价值和尊严被漠视的愤懑；她写自己的寂寞和骄傲，同时也是倾诉一代人对于这种落寞命运的不满和抗争。

刘登翰：《会唱歌的鸢尾花——论舒婷》，载《文学评论》，1985（6）。

7. 江河对力的追求，又表现在他对立体化的强调上。

所谓立体化，就是能够从各个不同的透视角度发出视线，诗歌投射在读者头脑中的映象不是平面的，而是立体的；不仅看得见，而且摸得着。诗歌如果仅仅是情绪的流动，就不易产生凝固的立体的感觉；如果仅仅追求一种平面的图画美，那也很难使人产生体积感。诗歌是一种混合艺术，但究其本质，它又是更接近于音乐的属于时间范畴的东西。因此立体化的关键就在于如何让时间性的情绪流转化为凝固的空间意象，也就是说把时间空间化。

为了解决空间问题，诗人着重在结构上下功夫。他认为仅仅让情绪自然流动或听凭潜意识的表现是不行的，不能失去自我对诗的控制，要确立对自己创作的严格的审视观。因此，在创作中要不断地调整，其中最重要的是进行结构调整。江河的诗，篇幅长一些的，均采用大跨度的结构组合，不是很强调细节，几乎删去了所有的韵脚（只有《让我们一块儿走吧》中有一节押韵），因而读起来没有那种甜腻腻的、使人疲惫的感觉，有意造成思考、冲突使人产生的生涩感。组合时，也不是一砖一瓦地从基础层层砌起，而类似于板块结构的整体吊装。江河的较长的抒情诗都有一定的叙述成分，目的当然不在于有头有尾地交代一件事，而是为了使意象获得坚实性。如果仔细分析一下，他的诗每一小节都有一中心意象，小节内围绕中心意象展开，形成一个相对独立的"板块"，这"板块"再经组装，构成整体建筑。这种结构的特点不在于细部的精琢细刻，而在于整体上的大跨度组合；它不追求平面的细腻的图画美，而追求一种立体的粗犷的雕塑美。

但光从建筑角度谈江河诗的结构还不够，因为建筑毕竟是凝固的。诗人从他的创作中直觉到：仅仅依靠意象的编织还不行，还要强调运动，要让这板块结构组合成的有体积的东西运转起来，不是平行的移动，而是运转着向前。这种写法在《纪念碑》中初露端倪，到《祖国啊，祖国》和《没有写完的诗》中就已相当圆熟。它们的组合方式不尽相同：《祖国》是把总的主题化做一个个小的山峰来解决的，全诗成为一个立体的连绵的整体；《没有写完的诗》则明显借鉴了交响乐章的构成方式。它们又各按自己的方式运动：《祖国》运转着移动，好比旋转的森林，对江河诗陌生的读者可能会感到眼花缭乱；《没有写完的诗》则如卷起漩涡的河水，流动式推进，其结构的浑厚有力，内在韵律的协调都更臻完美。为了强化立体效果，诗人又使主客体间不断地变化与交融，让抒情主体"我"多义化。"我"虽然渗透了作者的激情和思考，但"我"不再是作者的简单化身，"我"的自白也不同于浪漫派的直抒胸臆。在一首诗之内，主体与客体已不再壁垒森严，而是可以互相渗透、互相转换。比如《纪念碑》一诗中，"我"便可以在主客体之间滑来滑去。开头的"我常常想/生活应该有一个支点/这支点/是一座纪念碑"，这"我"是抒情主体；"我就是纪念碑/我的身体里垒满了石头……"这里的"我"就是客体"纪念碑"的化身了。等到最后"斗争就是我的主题/我把我的诗和我的生命/献给了纪念碑"，"我"又回过头来成了抒情主体。这种"我"的多义性，不仅造成了主客体融合，达到了"物中有我，我中有物"的物我一体的境界，而且也造成了视角的变化，就像面对一真正的纪念碑，读者可以站在不同位置，从不同角度去看，这样自然加深了立体感，产生了饱满的力。

吴思敬：《追求诗的力度——江河和他的诗》，载《诗探索》，1984（1）。

8. 杨炼早期诗歌一个明显的倾向就是企图对民族的历史进行纵深的严肃思索和宏观的把握。这是我们排除了年龄、经历、艺术风格诸种因素在他诗歌中抓住的最根本的东西。他在《自白》《大雁塔》和《乌篷船》这些稍后一些的作品中更多地进行了这种向历史深处溯源的努力，而且使它们初具后来的"现代史诗"的雏形。在这三首诗中，他分别选取一个历尽民族苦难的象征性实体（圆明园废墟、大雁塔、乌篷船）作为焦点，对历史的流变进行深层的透视。以《乌篷船》为例，在对"忧郁的时辰"的反复强调造成的凝重、滞浊气氛中，作为历史替代物的乌篷船"在一个又一个黑色的旋涡中旋转"，暗示了历史以及在历史之舟上漂泊的人们苦难的深重、漫长和无休止："哦！痛苦——你是地球上最长的夜"。负载无数痛苦的历史，"将划到哪里？"诗人发出这样的疑问百思不解之后，充满自责地感喟："我们留给世界和孩子们的——难道/就是这艰难的命运和瘦小的乌篷船吗？"诗人的痛苦仿佛就要燃烧起来。这种结合着历史沉思的悲剧精神构成了早期杨炼诗歌的思想内涵，也是我们把握其近期创作的一个主要依据。

总的来说，杨炼此时期的历史沉思主要表现为一种早熟少年式的思索，在诗歌中则外化为一种激情的宣泄。显然，这种停留在社会、政治表层上的诗思缺乏足够的震撼力量，杨炼必须走向成熟，超越自我，让他初具形态的悲剧精神的诗歌内核找到一片适于生长的沃土。

杨炼找到了。

这就是以"轰炸了中国诗坛"的长诗《诺日朗》的发表为标志的"现代史诗"模

式的建立。杨炼把对民族悲剧的思考投射到神话、传说与历史相纠结的东方文化古老而深厚的世界中，力图挖掘民族精神的底蕴和内在活力，寻求现代意识与原始精神的契合。他终于摈弃和超越了社会的和表层政治的外在功利性思索和具有浪漫实质的浅薄的理想主义抒情，转而探寻民族文化心理结构的本源，走向人类自我空旷、孤独的内心，把对现实的强烈关注转化为对生命本体存在的体悟和感知，他的诗也伴随着社会和诗人自己的成长过程，水到渠成地完成了由外到内的艺术转向。我们在这里重申一下，杨炼在诗歌中创建一个古老久远的神话世界的内驱力，仍是他早期诗歌那种悲剧精神的延续。他绝不是在浩如烟海的历史中拾拣一些断简残稿，而是充满现代意识地站在人类文明的起点开始思索诸如人、生存、死亡这些人类永远困惑的问题。我们可以"透过历史的烟幕，看到现代人心灵运行的轨迹，乃至现代场景的隐约呈现"（谢冕语）。悲剧精神和现代意识构成杨炼诗歌中两条并行不悖的主线，并支撑着诗人向人类文明高度的攀登。

雷格：《理解杨炼：站在人类文明的肩头》，载《当代作家评论》，1990（6）。

泛读作品

顾城：《生命幻想曲》
舒婷：《自画像》《这也是一切》
北岛：《履历》《呼救信号》
江河：《计划经济时代的爱情》《傍晚穿过广场》
杨炼：《人与火》组诗

评论文献索引

洪子诚. 北岛早期的诗. 海南师范学院学报（社会科学版），2005(1).
林平乔. 北岛诗歌的三个关键词——北岛前期诗歌简论. 理论与创作，2005(2).
程光炜. 欧阳江河论. 中国诗歌，2010(2).
吴思敬. 舒婷：呼唤女性诗歌的春天. 文艺争鸣，2000(1).
谢冕. 在诗歌的十字架上——论舒婷. 文艺评论，1987(2).
梁归智. 从童话诗人到撒旦——顾城悲剧分析. 山西大学学报（哲学社会科学版），1994(4).
梁光焰. 至美的世界脆弱的灵魂——顾城诗歌《我是一个任性的孩子》新解. 西南科技大学学报（哲学社会科学版），2005(4).
毛靖宇、蓝棣之. 先锋诗歌"词语的诗学"研究——以欧阳江河为个案. 清华大学学报（哲学社会科学版），2010(4).
王干. 辉煌的生命空间——论杨炼的组诗. 文学评论，1987(5).
唐晓渡. 终于被大海摸到了内部. 当代作家评论，2007(6).
张学昕. "后锋"写作及其他——诗人杨炼、唐晓渡访谈录. 当代作家评论，2009(4).
王学东. 朦胧诗. 中国现代诗歌的新传统. 南方文坛，2010(3).

张立群、史文菲. 舒婷论——"朦胧诗化"、女性意识的拓展与经典化. 文艺争鸣，2011（6）.

梁艳. 朦胧诗、新诗潮与"今天派"：一段文学史的三种叙述. 华东师范大学学报（哲学社会科学版），2011（1）.

拓展练习

1. 请阅读下面五篇文章，谈谈这里所说的"新的美学原则"具体的内涵是什么？它和传统的美学原则相异之处是如何体现的？由此延伸开去，谈谈朦胧诗的出现和当时的政治、文化、社会心理有着怎样的联系？在当下的语境中，你如何评价？围绕这些问题，写一篇小论文。

（1）章明：《令人气闷的"朦胧"》，《诗刊》，1980（8）。

（2）谢冕：《在新的崛起面前》，《光明日报》，1980-05-07。

（3）孙绍振：《新的美学原则在崛起》，《诗刊》，1981（3）。

（4）徐敬亚：《崛起的诗群——评我国诗歌的现代倾向》，《当代文艺思潮》，1983（1）。

（5）王爱松：《朦胧诗及其论争的反思》，《文学评论》，2006（1）。

2. 诗歌，尤其是朦胧诗的学习中，阅读障碍是大多数读者都会遇到的阐释困境，一方面是由于时过境迁，当下的语境和20世纪80年代初期已有了很大的差异；另一方面，在于诗人总在某种独特的理解中写作，读者则在阅读中寻求具体的理解。诗人看到每一个熟悉的词背后陌生的可能性，试图将其结构在陌生的上下文中；读者则在陌生的语境中寻找可以辨认的熟悉，试图将其拆解为日常的语言，理解意味着将陌生的词语经历引回到自己熟悉的路径上。因此，这一节的学习中，要注意多角度地切入诗歌进行解读，重审美感受和能力培养，而非给诗人们简单下一个结论。

第三节 归来诗人

内容提要

"归来诗人"指的是曾经活跃于20世纪30年代、40年代直至50年代的诗人，他们因政治原因被放逐剥夺了写作的权利，直到新时期才获得平反重新回到诗坛，由1980年5月四川人民出版社推出的艾青新作集《归来的歌》而得名。根据其原属的流派、身份，主要分为三类：一类是"七月族"，代表性的诗人有绿原、牛汉、曾卓、鲁藜、冀汸等；第二类是"九叶族"，代表性的诗人有辛笛、郑敏、杜运燮、陈敬容等；第三类是"五七族"，代表性诗人包括在三四十年代成名的艾青、穆旦、唐祈、唐湜等中老年诗人，也有在50年代崭露头角的年轻诗人，如公刘、白桦、邵燕祥、流沙河、周良沛、孙静轩、梁南、林希、赵恺、孔孚、昌耀、黄永玉等。他们在新时期的归来不仅仅标志着个人命运的转折，更预示着新文学精神传统和艺术传统的归来。

学习建议

1. 精读归来诗人的重要诗作，在"五七族"与"九叶族"诗人诗作中分别选择两到三个诗人的代表性作品，进行诗歌特点分析，并进行比较研究。

2. 在阅读诗歌的基础上，结合评论摘要中两篇长文，谈谈你对这一诗人群体以及对这一历史现象的认识。

精读作品

艾青：《鱼化石》《光的赞歌》《古罗马的大斗技场》

邵燕祥：《献给历史的情歌》《含笑向七十年代告别》

公刘：《公刘诗选》《刻骨铭心》

郑敏：《诗人与死》

评论摘要

1. 为了彰显思想解放运动的伟大成果，为了不让历史的悲剧重演，艾青新时期的诗歌比早期作品有了一个重要变化，那就是"思"的品格的强化。艾青早在30年代就提出："人存在，故人思想。""对世界，我们不仅在看着，而且在思考着，而且在发言着。"经过了"反右"，经过了"文革"，历尽了非常人所能承受的苦难，艾青对人生、对自然、对社会的思考更为深刻，更为冷隽，更为成熟了。反映在诗歌中，则是不断提升"思"的品格，不断趋向与哲学的融合。当然，艾青作为诗人，完全知道诗与哲学有着不同的把握世界的方式，他总是力求把"思"的内涵通过独特而坚实的意象自然地展示出来。从某种意义上说，这还是来自于艾青留法期间对于象征主义艺术的借鉴，不过他不是对象征主义的生吞活剥，而是排除了西方象征主义的神秘主义色彩，用硬朗的坚实的意象把诗人之"思"自然呈现出来。

翻开他的《归来的歌》，一片"鱼化石"一下子映入读者的眼帘：

动作多么活泼，/精力多么旺盛，/在浪花里跳跃，/在大海里浮沉；/也不幸遇到火山爆发，/也可能是地震，/你失去了自由，被埋进了灰尘；/过了多少亿年，地质勘探队员，/在岩层里发现你，依然栩栩如生。//但你是沉默的，/连叹息也没有，/鳞和鳍都完整/却不能动弹；//你绝对的静止，/对外界毫无反应，看不见天和水，/听不见浪花的声音。

目睹这片鱼化石，读者会感到一种心灵的震颤，艾青作为一位渴望心灵自由与言论自由的诗人，在一场政治风暴中被打成另类，被剥夺了言说的自由与正常生存的权利，他内心的窒息的痛苦是可想而知的。正是这种心态下，他偶然接触到一片鱼化石，主观的情愫一下子投射到这个客观的对应物身上，一首杰作就诞生了。而读者读到《鱼化石》的时候，就不再会把欣赏的重点放到那片具象的化石上，而是联系到既是艾青个人的也是一代知识分子的悲剧命运：一方面是重新被发现的鱼化石"依然栩栩如生"，彰显着这些被埋没者的强大的生命力；另一方面，鱼化石"是沉默的，连叹息也没有，/鳞鳍都完整，/却不能动弹"，则暗示了受难者在强大的政治压力下的窒息感。一片鱼化石凝聚了一代知识分子的精神创伤。尽管诗歌的结尾，诗人换了一种高亢的调子唱道："活着就要斗争，/在斗争中前进，/即使死亡，能量也要发挥干净。"但全诗的精华却不在这几句明白的说理，而在于用鱼化石象征了一代渴望自由的知识分子的遭际与命运。

《古罗马的大斗技场》是 1979 年 6 月间艾青访问意大利，参观了古罗马大斗技场后写出的。据当年陪同者的回忆："在罗马我们是去了大斗技场，然而不巧的是，到达时正赶上下起小雨，因而并没能好好地参观，但这并不妨碍艾青写出脍炙人口的史诗。"艾青之所以能在一次不太细致的参观后写出《古罗马的大斗技场》，不仅是由于此前他研究过古罗马的历史，更重要的是他经历了太多的人斗人、人整人的血淋淋的场面，眼前的细雨蒙蒙中的大斗技场不过是触发他诗情的一个导火索。诗歌描绘了大斗技场中形形色色的人：作为被观赏对象的、注定要死的角斗士，作为帮闲的打手，作为观赏者的达官贵人……然而，逼真地再现当年大斗技场上发生的以观睹杀人为乐的场面，并不是艾青的目的。实际上，透过"斗技场的奴隶越紧张/看台上的人群越兴奋；/……看台上是金银首饰在闪光/

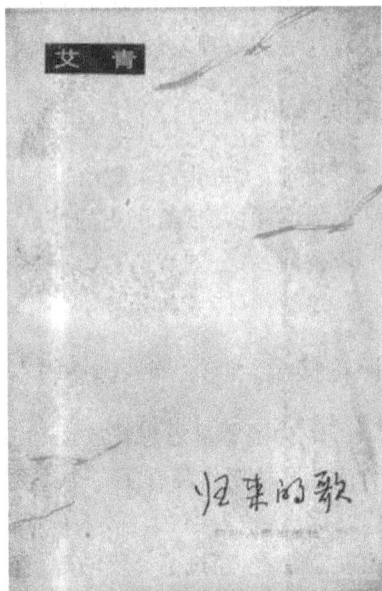

图 6-20　艾青诗集《归来的歌》。

斗场上是刀叉匕首在闪光"这样的场景，诗人的思维穿透了历史的时空，从刚开始公元纪元的古罗马，到 20 世纪的中国，类似的悲剧数不胜数，在艾青的眼里，大斗技场不再是罗马的一处文化遗址，而成了凝聚了多少奴隶鲜血的一种象征："说起来多少有些荒唐——/在当今的世界上/依然有人保留了奴隶主的思想，/他们把全人类都看作奴役的对象/整个地球是一个最大的斗技场。"这样的警句凝聚了诗人对世界文明史的思考，堪与鲁迅《狂人日记》中"我从字里行间看出的是'吃人'二字"相媲美。

《光的赞歌》是艾青在新时期带有标志性的作品。在这首诗中，我们既能看到 30 年代的艾青在《太阳》《向太阳》等诗中呈现的对光明的追求与向往，又能看到经过多年的苦难的磨炼后，艾青回顾自己的一生，所发出的对自然、社会、人生的思考。艾青之思是诗人之思，是伴随着具体的意象进行的。早年的艾青以太阳象征着光明与希望，其基调是无畏的、欢快的，《光的赞歌》虽与 40 年前写的"太阳"有内在联系，但是这里写的光，其内涵要更为深邃、更有概括力了。这首诗写于 1978 年 8 月至 12 月，正是"实践是检验真理的唯一标准"在全国引起热烈讨论的时候，这场讨论触发了艾青的诗情，他调动起几十年来对世界、对人生的观察与思考，浓缩为"光"这样一个特殊的意象，来作为真理的象征。"这是多么奇妙的物质/……不是固体、不是液体、不是气体/来无踪、去无影、浩渺无边/从不喧嚣/随遇而安/有力量而不剑拔弩张/它是无声的威严。"这正像真理，它是无形的，却是伟大的存在。相比早年歌咏"太阳"诗句的充满了为理想而献身的热烈与单纯，《光的赞歌》则丰富多了。一方面，诗人在对光进行礼赞的同时，增加了对妄图遮蔽真理光芒的丑恶势力的鞭挞："但是有人害怕光/有人对光满怀仇恨/因为所发出的针芒/刺痛了他们自私的眼睛"，"不少丑恶与无耻/隐藏在光的下面"，这正是诗人在经历了波折与苦难后所得出的教训，也是他对善良的人们的告诫。另一方面，诗人笔下光的来源也不再限于高空中的太阳，而且来自于人类自身："然而，比一切都更宝贵的/是我们自己的锐利的目光/是我们先哲的智慧的光/这种光洞察一切！预见一切/可以透过肉体的躯壳/看见人的灵魂"。这表明，真理不是由别人恩赐的，而是要不断挣断思想上的枷锁，从人类实践中去寻求。正是基于这种反思，诗人歌唱道："即使生命像露水一样短暂/即使是恒河岸边的一粒细沙/也能反映出比本身更大的光。"这里表现出来的对个体的尊重，对生命价值的肯定，应当说是艾青晚年思想冲破牢笼后的一种飞跃。

吴思敬：《艾青和"五七"受难者的回归》，载《中国诗歌研究》第八辑，2011。

2. 客观地、历史地观照"归来"诗人群体诗歌写作中的解构性因素与全方位地评述他们的艺术实践成就，对于 20 世纪 70 年代末及整个 80 年代的现代汉语诗歌研究具有同等重要的意义。他们的特殊资历（昔日诗界权威、新秀或熟人）、身份（复出即抵达诗坛中心、进协会或编刊物）及对年轻诗人扶持、引导的习惯性姿态，使得他们的创作在营造并引领特定历史区间的艺术风尚、维护并促进诗歌生态的丰富性与生长性方面，有着更强、更直接的作用力（这样的影响力随着"归来"诗人自身生命力与创造力的暗弱而自 90 年代起逐渐减弱乃至群体消失，只剩郑敏等极少数几位诗人顽强地持续着自己极富个性的诗艺探索）。在网络时代回观消逝或闪亮于历史的蒙蒙烟雨之中的"归来"诗人的写作，极富生态感的启示意味便生动地显现出来。

"归来"诗人群体确实以诗的方式参与并推进了社会历史变革进程，诗人在1978 至1982 年间所获得的泪水、鲜花与掌声，绝不亚于时下的青春歌手和影视明星，继 1976 年广场诗歌后创造了又一个历史性的辉煌。但人们无法忽视主流意识形态无处不在的影响力，"归来"诗作中几个不断重复的重要主题无不弥漫着抒情主体浓郁的文化英雄幻觉，"人民""真理""历史"等公众性字眼充斥"归来"诗作之中，一如"麦田"遍布 80 年代后期的诗歌版面、某斯基某夫不断捻须于知识分子写作的稿笺。

明确的现实参与立场使诗人们普遍地自觉或不自觉地选择了公众代言人姿态，向历史发言，呼喊真理回归，号召建设，营造"自欺的'光明'"！……这一公众代言人的姿态源自诗人与公众关系的想象性建构，源自历经"文革"后深植于诗人内心的文化英雄幻觉。"归来者"们试图在诗中以启蒙话语喊出人民的或曰时代的声音，这便造成了政治情绪因无艺术的控制和艺术化的缜密处理而缺乏应有的情感冲击力和持久的艺术感染力，公刘的《乾陵秋风歌》用了 27 个排比句铺陈郁结于心的政治性情感，终因缺少必要的艺术节制而迅速失去了诗人所企望达到的振聋发聩的效果。诗人的这一角色的自我认定无疑使诗的个性色彩大为减弱乃至缺失，事实上已经暗含了解构的因素。"归来者"此后经由文化寻根一路折腾，至 80 年代末基本上销声匿迹，现实地指认了承诺的轻浅与兑现的不可能性。绿原的《重读〈圣经〉》写于1970年牛棚之中，诗人历数《圣经》人物时悲愤沉痛的感情甚至遮蔽了精巧的构思，对于灾难与造成灾难的力量的诘问与抗争令人动容，但结尾却轻易地将解除这场灾难的希望归结于人民，给全诗生硬涂抹上了轻浅的亮色，大大削弱了沉郁悲痛的艺术效果。

面对历史的伤口与血痂，诗人的立场也各不相同。"我恨我自己，/竟睡得那样死，/像喝过魔鬼的迷魂汤，/让辚辚囚车，/碾过我僵死的心脏！"雷抒雁的《小草在歌唱》那披肝沥胆的心灵剖示，袒露了诗人曾是麻木、而今觉醒的灵魂，使诗歌具有了真正的历史感与深刻性。"马群踏倒鲜花，/鲜花，/依旧抱住马蹄狂吻。"梁南的《我不怨恨》以草原上的草叶与马的形象构筑起多向度的想象空间，痴恋与追寻中有着清醒的内省："坚贞，可能变成愚昧的天真"。而赵恺的一声《我爱》的急切表白，则是在社会变革时期，诗人受制于文化指令的暗示，在"忐忑的心绪"（郑敏语）下对意识形态意图与需求的直接而主动的迎合。"纵使我是一条鱼，/也是一条前进的鱼！"这一和着歌手们的旋律作出的轻浅的承诺与许愿，不仅仅是诗的话语策略，其中既有着"文革"思维无法阻断的惯性作用，有着对国家神话体系阴影与意识形态意图的习惯性反应，更有着诗人在动荡不安的年代里练就的生存的狡智，一种本能化了的自我保护与自我发展的人生技巧。其所表述的对人民、对祖国、对生活的爱被抽象为一种狂热、执著却没有内容的宗教情感，缺少对历史与自我的应有的批判精神，缺乏将历史情感外化为富有诗的内涵的意象艺术的能力，因而明显与其所想达到的崇高感背道而驰。孟繁华将"意识形态的意图"和"作家的内心需求"归结为文学生产的支配力量。"我爱"式的主动的矫情表演是一种策略性、临时性、功利性的文学表述，与主流意识形态表现出惊人的同步性，使原应富有人文意味的诗歌无可规避地成为了政治文化的一部分。

随着历史推移，学者们对"归来"诗歌的解读往往自觉或不自觉地将之放置在20世纪现代汉语诗歌80年风雨历程的背景上，人们似乎更迫切企望在"归来"的歌吟中找到现代汉语诗歌在20世纪上半叶不绝于途的个性化的郁闷彷徨、内心搏斗。现实的状况是，大量的文本向经济全球化与文学边缘化的21世纪的学者展示的却是主流意识形态无处不在的强制力，相当多的"归来诗人"以自己慷慨或凄婉的抒情显示着对"自我"的误读，对诗歌或文学假想或预设的人民性、公众性使很多诗篇或自我缺失，或"我"中充满了社会公众代言人情怀，最典型的要数邵燕祥写于1979年的《假如生活重新开头》，"把长长的身影留在背后。愉快地回头一挥手"面对历史与心理历程的潇洒姿态无疑是50年代的激情重演。这种虚幻的公共性阻隔了诗歌朝向历史内核与公众内心的通途，消解了诗歌的感染力，也引发了学者们普遍的遗憾与不满。"因此'归来'便不止是地域的移动、工作的变迁，它更是话语权力的失而复得，更是归属感的落实和内心期待的兑现。这便决定了'归来'诗的品质和它们所能达到的高度。"

这些抚平伤痕重新出发、告别历史投身建设的主题呈示肤浅的、幻觉式的呓语比比皆是，这样的诗歌书写表现了对文学功能理解的单一与偏狭，表现了诗歌悟性的坚挺与艺术经验的苍白，其所接续的仍然是青春期的印记，成为此前十年主流诗歌意旨另一种形态的表达。

严军：《"归来"：历史性情感的诗意表述》，载《文艺争鸣》，2002（6）。

3. 郑敏"归来"之后的诗歌创作成就也是不容忽视的。"归来"后她出版了《寻觅集》《心象》等诗集。郑敏"归来"之初的诗虽然也有不少表现当时常见的得以重新歌唱的欣喜之情。但是，这种"历史性感情"在她的诗里面表现得比其他许多诗人更加含蓄细腻，甚至有些迟疑不决。郑敏复出之后的第一首诗《诗啊，我又找到了你》写于1979年秋天。当时大多数诗人都在诗中宣泄着悲愤或狂喜的政治性情感，而郑敏的这首诗通过一种虚拟的戏剧性场面的设置，形象地传达出在歌唱的权利失而复得时的又惊又喜的感情。"归来"初到1985年，郑敏的诗歌创作基本上处于一种寻找失落多年的诗歌感觉的状态。正如她"归来"后的第一本诗集取名《寻觅集》，"寻找"是这一时期诗歌创作中常见的主题。这个寻找过程的开头可能是令人沮丧，甚至让人感到绝望。因为"诗停止了，像一条僵蚕，/当它不再有透明的唾液/在它的体内呼喊，呼喊，/要求你吐丝、写、写、写"（《寻找》）。这恐怕也可看做是对"归来"的诗人所处的艺术困境（"梦醒了无路可走"）的一种形象描述。但是，郑敏毕竟是一个极富创造力的诗人，在经过五六年的艺术修复阶段之后，她的诗歌又张开翅膀起飞了。这时，她不仅找回了40年代写诗时的艺术感觉，而且在此基础上更进了一步："1985年以后，她找到了新的途径，把无意识的发掘运用于创作过程的转换。《心象组诗》之后，她找到了转换的路子：知性不再干扰、悟性也不再突出地以某种哲理形式出现，感性也自然有了，三者融合为一体。"郑敏诗歌艺术上的进一步成熟恐怕也与她对新诗历史的不断反思有密切的关系。不过，这种密切关系的更明显的体现是在进入90年代以后。此时，随着郑敏对新诗本体精神的反思日趋深入，她的诗歌创作也出现了不少值得注意的新情况。最突出的是她把西方后现代的一些表现手法用于自己的诗中。总的说来，这种借鉴取得了一定的效果，并不像某些鲁莽的第三代的诗人那样生搬硬套。如1996年发表的组诗《试验的诗》，就是一个典型的例子。这组十分前卫的"试验"之作，有几首其实是按照诗人在同年发表的诗论《语言观念必须革新》所进行的创作实践。这组诗的试验主要体现在形式和语言上。形式上的试验包括两种：一是让诗有画的形象，或者说让诗模拟某种事物的外在形状；二是借用中国古典绝句的形式写短诗。语言上的试验主要是往口头白话中加入一些非口头的古典诗语，让一首诗中有两种语言混生竞长。比较起来看，第二种形式试验和语言上的试验相对成功些。敢于大胆艺术试验无疑是郑敏强盛的创造力的体现。总之，郑敏"归来"之后的诗歌创作活动始终保持着一种向上的态势，这在"归来"诗人群中也是少见的。

伍明春：《边缘的作为——论"归来诗人"的诗艺探索》，载《诗探索》，2001年第1—2辑。

泛读书目

陈敬容：《老去的是时间》
唐祈：《唐祈诗选》
唐湜：《划手周鹿的爱与死》《海陵王》

评论文献索引：

骆寒超．评艾青《归来的歌》．诗刊，1983(4).

张永健．诗情·画意·哲理——论艾青的诗集《归来的歌》．华中师院学报，1983(3).

公刘．从四种角度谈诗与诗人——答中央广播电视大学中文系问．文学评论，1988(4).

蔡莉莉．质疑·挑战·拒绝——"归来"诗人离开诗坛原因考．中山大学学报论丛，2006(3).

李志元．"归来"时分话苍茫——"归来"的诗人创作简论．钦州师范高等专科学校学报，2006(1).

赵林生．《归来的歌》：现代意识与传统思维的融合．名作欣赏，2013(9).

巫晓燕．20世纪80年代初作家的文化心态——以《重放的鲜花》与"归来的歌"为例．辽宁师范大学学报（社会科学版），2011(4).

李文钢．论"归来"诗人邵燕祥的精神世界．江汉大学学报（人文科学版），2011(3).

张玉玲．论八十年代后期郑敏诗歌的探索．文学评论，2004(1).

张同道．郑敏诗论．中国现代文学研究丛刊，1997(1).

霍俊明．朝圣者的灵魂：涉险之旅的哲性光辉——郑敏诗歌论．北京师范大学学报（社会科学版），2004(3).

吴思敬、宋晓冬．郑敏：诗坛的世纪之树．河南社会科学，2012(1).

徐秀．生命与诗：历万劫奔赴永生——陈敬容论．诗探索，2000(Z1).

陈俐．人与自然的分裂与同一——陈敬容诗歌的"根性"解读．中华文化论坛，2009(4).

谢冕．一位唯美的现代诗人——唐湜先生的诗和诗论．诗探索，2004(Z1).

拓展练习

1. 唐湜在《关于诗歌问题的随感》① 中谈到关于"九叶诗派"在新时期的评价问题：40年代这个诗派的诗人诗作被作为"唯美派"的典型，而在新时期出版《九叶集》之后，叫人们震惊的是这个"为艺术而艺术"的流派居然也写出了不少深沉的政治抒情诗、锋利的政治讽刺诗，在40年代后期也起了一些"战斗作用"，在国内外当时发表的五六十篇长长短短的评论中，谈论最多的则是诗的政治性的凸出、深化与尖锐、锋利。一时间，九叶派竟由先前被咒为"唯美派"一变而为进步战士！只有少数评论家才谈论到这九个人的艺术个性与意象、语言运用的现代跳跃方法。请大量阅读他们的诗作，谈谈你对这些诗歌诗艺的评价，也谈谈在20世纪80年代评论界为什么会出现评论重点的变化？

2. 请认真诵读郑敏的诗歌《诗人与死》，结合邱景华的《郑敏〈诗人与死〉细

---

① 唐湜：《关于诗歌问题的随感》，载《文学评论》，1989(6)。

读》，学习文本细读的方法，然后仿照这样的细读方式，在本专题中选择一位诗人的诗歌进行分析，写一篇小论文。

第四节　第三代诗歌

内容提要

"第三代诗歌"出现于 1986 年至 20 世纪 90 年代中期，主要由力图反叛"朦胧诗"的年青诗人组成，其最初形成的标志是《诗歌报》《深圳青年报》组织的"中国诗坛 1986 现代诗群体大展"。"第三代"诗歌在价值流向上大致可以分为两支，第一支，在价值导向上，强调"反崇高""反文化""平民化""诗到语言为止"。其代表性群体有两个，一个是韩东、于坚等人的"他们"，其刊物是《他们》；另一个是周伦佑、李亚伟等人的"非非"，其刊物是《非非》。"第三代"这一支的代表性诗人诗作是：韩东的《有关大雁塔》《明月降临》、于坚的《在旅途中不要错过机会》《0 档案》等。"第三代"诗歌的另一支价值流向以海子的《以梦为马》《麦地》及骆一禾、西川等人的诗为代表，强调对理想、爱、生命价值的追求，强调诗歌语言的艺术性。

图 6-21　"第三代诗歌"刊物《他们》第 1 期。

学习建议

1. 阅读第三代诗人代表性诗作，体会其与"朦胧诗派"诗歌的阅读感受有何不同？

2. 在阅读诗歌的基础上，查阅相关的评论，谈谈你的诗歌观念，并对第三代诗歌做一个整体的文学史意义的评述。

精读作品

韩东：《有关大雁塔》《你见过大海》

于坚：《尚义街六号》《0 档案》

李亚伟：《中文系》《秋天的红颜》

海子：《土地》《麦地与诗人》《亚洲铜》

西川：《在哈尔盖仰望星空》《秋天十四行》

骆一禾：《沉思》《风景》

评论摘要

1. "新生代"诗群中的几个主要团体和核心成员，在朦胧诗后的诗歌运动中展示了新诗的走向，为实验诗留下了实绩。有些诗人的创作延续到 90 年代，在诗界有重要地位。例如"他们文学社"就为诗的艺术自觉做出了贡献。"我们关心的是诗歌本身，是诗歌成其为诗歌的，是这种由语言和语言的运动所产生美感的生命形式。我们关心的是作为个人深入到这个世界中去的感受、体会和经验，是流淌在他（诗人）血液中的命运的力量。"可见《他们》诗人是诗歌语言本体论的提出者和生命诗学的倡导者。他们不满于朦胧诗的理想主义、英雄主义的外在承担，而认为诗的本质是生命的语言呈现。"他们"中的灵魂人物韩东发表的一系列诗歌见解，不仅代表了《他们》的诗学主张，也是"新生代"诗学建设中的有开拓性的部分。韩东从根本上对传统的诗学观进行了清算。他在一篇文章里分析了中国人的三个世俗角色，认为中国人常被理解为卓越的政治动物、稀奇的文化动物和深刻的历史动物，而我们以往的诗歌即是这三种角色的扮相。只有在全然摆脱了这三种世俗角色之后，诗歌才能真正地回到诗歌本身。韩东提出摆脱三个世俗角色，意在重新界定诗和诗人的本质和范围，他清除了诗人身上的非诗的社会义务，让其回到个人的生命本体。而诗，则是与诗人的生命有关，由语言和语言运动所产生的生命体。确定诗的生命本质，同时也就确定了语言乃诗的本体。在理顺诗与诗人及语言的逻辑关系后，韩东提出了"诗到语言为止"的著名命题。这一命题不仅动摇了传统的诗歌本体观，也赋予了诗歌语言以新的功能和特性，即诗的语言，是呈现生命的自然语言，是生命的感觉语言。作为新生代的发言人之一，韩东的诗歌主张是逃离诗人的社会承担、逃离诗歌语言的文化语义的，带有非文化和削平深度模式的后现代倾向。在创作上，他的实验性诗歌提供了与朦胧诗迥异的艺术风貌。例如他的《有关大雁塔》就与杨炼的《大雁塔》形成鲜明的对照。在杨炼笔下，大雁塔被赋予了浓重的历史感与人文色彩，它是民族命运的象征，是民族苦难历史的见证者。而韩东笔下的大雁塔就是一座平平常常的建筑物，没有被人格化，也没有被赋予深层的崇高的文化内涵："有关大雁塔/我们又能知道些什么/我们爬上去/看看四周的风景/然后再下来"。他的另一首诗《你见过大海》，也是去除大海通常被赋予的象征意义，而还原了人与认知对象的直接关系，作品还通过语言的强调性重复，突出了生命的瞬间状态和真实感受。韩东口语风格的诗，80 年代初（当时他还在山东大学哲学系就读）即已出现在新诗潮中，如《山民》等，可看作是"新生代"、"平民主义"诗歌的滥觞之作。因对这一美学追求的理论提倡，韩东成为"新生代"诗的弄潮儿。

毕光明：《从朦胧诗到新生代诗——"新时期文学"回叙之二》，载《海南师范
学院学报（人文社会科学版）》，2002（4）。

2. 长诗《0 档案》，这部当代最奇特的诗作，1994 年发表后，所遭受到的非议也是奇特的。其中最著名的是，说《0 档案》不是诗。确实，以传统的、定型的诗歌美学规范，难以解释《0 档案》现象，因为它是反潮流的、革命性的。现在回想起来，当大家都在讨论《0 档案》写的是诗还是非诗时，恰好忽略了这部作品最重要的方面于坚的说话方式。不是说什么，而是看他怎么说。

说话方式一直是于坚所重视的。他反对升华式的、慷慨激昂的、乌托邦的、玄学的方式，而注重日常的、生活化的、细节的、人性的说话方式。在怎么说的探索上，《０档案》走到了极致。全诗成功地模仿了档案这一文体和语式，并完全了对一个人的历史状况的书写。在对档案的模仿当中，档案的真相昭然若揭。它那僵化、冷漠、无处不在、极富侵略性、抹杀人性的活力、对个人的压抑、对思想的监视和取消，等等，经过于坚的仿写，达到了触目惊心的地步。

这又是一个人们习焉不察的领域。档案，我们这块大地上的奇异文本，每个人一出生就与它有关，但它的书写完全是在秘密状态下进行的，你的一切，暗中都被记录在案。它的书写是公共性的，雷同的，用词也是程式化的，但它却可以入侵你的每一个心灵的角落，至终把你纳入一种共同的规范里；它是所有文献当中与你关系最密切的，或者说，它就是一份由公共领域给出的你的个人说明书，但你却对它毫无所知，它隐藏在一个你自己无法到达的领域。人就这样被一分为二，明处的你在世界中活着，暗处的你在档案中活着；明处的你是档案书写的主体，暗处的你负责书写，并且监视。更多的时候，书写和被书写者是分离的，甚至是矛盾的，但是，最终代表你这个人的"权威"之本，不是生活中的你，而是书写中的你；生活中的你必须屈服于书写中的你。这时，档案这一文体的力量就呈现出来了。它不容置疑，讳莫如深，最终所达到的目的是，把人格式化、规范化，取消你作为个体存在的任何独特性和自由色彩。这是天天都在发生的日常事实，也是存在的常识之一种，然而，由于它的司空见惯，人们渐渐地承认了它的合理性，并努力地与之相协调。存在的耻辱成了人们生活中必要的代价。《０档案》的出现，重新提醒人们注意某种格式化生存的危险性，通过它的反面呈现，来探查存在中业已失去的尊严与光辉。档案最大限度地显示出了把一个人格式化和奴化的力量，它代表公共话语对人的制约和伤害，它的无限扩展侵吞的是个人的空间，使人的一切方面都置身于公共话语的审视之下。

我感到震惊，一贯以抒情著称的诗歌可以如此深入地切进存在的内部，把集约化的社会控制表达得这么彻底，在中国当代诗歌中的确是首创。我想，在这里，诗与非诗的界限已经不重要，因为于坚为写作设定了更为重要的难度存在。诗与当下的存在有关，诗与中国的日常生活有关，于坚证明了这一点。于坚说自己是后退的诗人，其实他在退的同时，也在存在与事物的内部挺进。

谢有顺：《回到事物与存在的现场——于坚的诗与诗学》，载《当代作家评论》，1999（4）。

3.20世纪80年代中期，社会共同的想象关系制导的"整体话语"开始破裂。"话语"，在思想、哲学、历史、艺术理论的有效使用中，主要不是指由语言构成的一系列完整的单位语段、一些记录符号或表面的修辞特征，而是指一种历史生成的存在，是历史的"集体无意识型构"的产物。这一型构有自己的时间模式，有自己的限度。"从话语讲述的年代到讲述话语的年代"的转型，就含有话语本身就是历史，而不仅仅是记录历史的符号或工具的意思。那么，作为历史生成的有条件的存在，当条件变化了，话语的形式也会发生变化。第三代诗的代表人物于坚的诗歌话语，相对于朦胧诗的偏移甚至叛离，也应被编织进历史（话语）自然演进的链条中。

于坚诗中的"说话人"与朦胧诗不同，其诗歌所处理的"材料"也有别于朦胧诗。但这并不能说于坚的诗歌没有"历史意识"。我认为他是将"历史意识个人化"了，以求在历史的深层褶皱中发掘被忽视的生存和生命细节。请看北岛在"文化大革命"时期写下的《结局或开始》中的句子："悲哀的雾/覆盖着补丁般错落的屋顶/在房子与房子之间/烟囱喷吐着灰烬般的人群/温暖从明亮的树梢吹散/逗留在贫困的烟头上/一只只疲惫的手中/升起低沉的乌云//以太阳的名义/黑暗在公开地掠夺/沉默依然是东方的故事/人民在褪色的壁画上/默默地永生/默默地死去。"这里的"叙述话语"无疑是宏大的。……

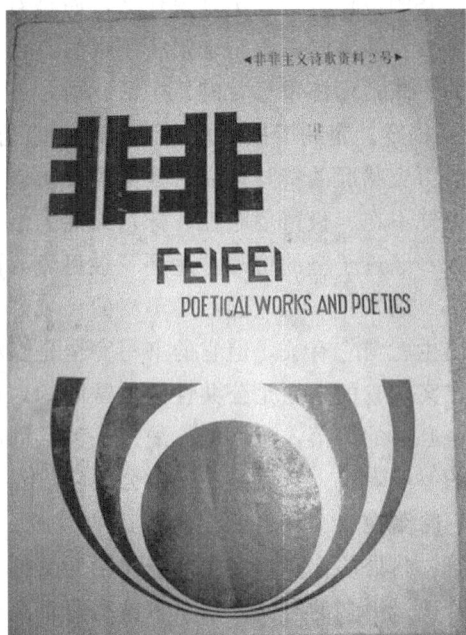

图 6-22　由周伦佑主编的杂志《非非》2 号。

再比较于坚写于 1982 年的《罗家生》中的诗句："谁也不知道他是谁/谁也不问他是谁/全厂都叫他罗家生//工人常常去敲他的小屋/找他修手表修电表/找他修收音机//文化大革命/他被赶出厂/在他的箱子里/搜出一条领带//……就在这一年/他死了/电炉把他的头/炸开一大条口/真可怕//埋他的那天/他老婆没有来/几个工人把他抬到山上/他们说他个头小/抬着不重/从前他修的表/比新的还好……"这首诗同样书写了特定历史时代中人的际遇，但诗人没有采用"宏大叙述"，而是通过对自己在工厂的同事、一个具体的小人物罗家生来叙述的。于坚说过，罗家生确有其人。这个人几乎没有什么重要性甚至是特殊性，个头小，人也十分平凡、木讷，"谁也不知道他是谁/谁也不问他是谁"。但这样的人，在"文化大革命"期间竟也被赶出了工厂，原因是在他的箱子里搜出一条领带。在那个"革命"整肃一切角落的年代，一条"'领带'隐喻西方生活"。这个叙述细节并无夸张之处。罗家生四十二岁刚当上父亲，就死于工伤事故。诗人对以上事情的叙述是克制的，但克制叙述却有效地引发了别样沉重的悲悯。一个小人物默默地出现，又悄悄凄楚地消失。"他个头小/抬着不重"，但我们的心却是沉重的。……

很明显，与北岛们的宏观的俯瞰不同，诗人采取的是细部的平视角，罗家生"并不以某种异质凸出来或凹下去，他是平的"，诗人准确地写出了他的"在着"，同时就写出了"围绕着这个人生存状态的某种语境"。这首诗纹理清晰得有着现场"目击感"，普通人的日常生活方式、为人处世风格，时代暴力强行闯入后带来的命运颠踬，都于波澜不惊中得到显现。运用平视角和小视点，于坚同样成功地写出了生存"褶皱"中包含着的历史真实性。由此可见，诗人对朦胧诗整体话语的回避，并非是拒绝诗与历史语境的联系，而是揭示出被整体话语的大结构所忽略的，日常生存细碎角落里的沉默或喑哑的生存"原子"，这是一种将"历史具体细节化"的努力。因此，于坚谈此诗时说道："我甚至敢说这是一首史诗，至少我理解的史诗是如此。史诗并不仅是虚构或回忆某种神话，史诗也是对存在的档案式记录。"同样，诗人韩东也这样理解于坚的这类诗作："于坚写出了第三代诗歌中可称之为史诗的东西……在我看来，史诗至少要符合以下两个条件：一定的历史实录性质（物质的和精神的现象性存在，或统称为文化存在）和绝对的非个人化。至于规模的宏大和不朽的预期则在其次。……于坚从一个观察者变成了研究家。他记录并讨论了历史，于坚的品质规定了他是当代精神的研究家，而非代言人。"

陈超：《论于坚诗歌别样的历史意识和语言态度》，载《燕赵学术》，2008 年秋之卷。

4.《中文系》是特定环境里的特定产物，写出了 20 世纪 80 年代中国大学生在成长过程里的困惑、苦闷、焦虑与挣扎。有点像丁玲 20 世纪 30 年代写的《莎菲女士的日记》，《中文系》也是写处在青春期的大学生"灵与肉"的挣扎，几乎也是用"自传体"的形式喊出了"灵魂的绝叫"，只不过它更多是针对我国现存教育体制以及封建思想流毒的。可喜的是，它并没有彻底的绝望，而且也并非青春的血泪书、忏悔录。

20 世纪 80 年代大学中文系是我国政治思想最集中最敏感的反应场域，那时，新旧思想并存，自由与禁锢同在。作为新生"事物"，"莽汉"们是大学中文系里的异类，必然会碰壁，会头破血流，会代价惨重。由于他们不满大学教育体制，不满大学教育方式和教学内容，他们"沉默"地抵抗，因此，他们厌学、逃学，他们"不务正业"地写诗，乃至"道德败坏"地谈女人。他们是一群精神上的流亡者。他们集英雄与泼皮于一身。他们身在人间而心在天堂。他们用喜剧的方式干着极具悲剧意义的事情。《中文系》也就是一首流浪汉的行吟诗。尽管他们标举的是反文化的大旗，但是他们并非文化虚无主义者；他们所反对的是非理性化的、戕害心灵的封建思想。从这个意义上，我们可以说，《中文系》是一首以反启蒙面目出现的表现启蒙精神的诗歌。那种认为它是一首"后现代"诗歌的说法是站不住脚的。表面上看，"莽汉"们反抗的力度与方式很强烈，其实，他们内心十分脆弱和渺小。他们是以柔软的心顶着玫瑰的刺！

对于"莽汉"来说，汉语既是母语又是敌人。像胡适当年要从语言着手改革旧文学创造新文学那样，"莽汉"们也要创造出完全有别于以往汉诗的崭新的真正的现代汉诗。《中文系》对汉语进行了无法无天的表达。比如，它的名词密集、节奏起伏的长句式，它的对抗语法、消解常规语义，它的亲热、俏皮和幽默，它的由川东味和"普通话"味混合而成的诗性口语，的确为汉诗提供了前所未有的新经验、新传统；因此，它必然成为汉诗经典里具有界碑意义的作品。

杨四平：《成长的焦虑与挣扎——重读"莽汉"和李亚伟的〈中文系〉》，
载《名作欣赏》，2008（11）。

5. 海子诗歌的抒情性质来源于他的乡村生活经验，他作品中经常出现乡村生活的某些意象，如"雨水"、"村庄"、"河流"、"麦地"，他甚至会把笔下的女性弄成"姐姐"这样的抒情元素。但是海子从来不是一位田园诗人，不是一位牧歌诗人，他来自乡村，但并不是一位乡土诗人。他的笔下从来没有出现过那种宁静、恬淡、悠闲的田园生活场景，找不出海子有一首诗描写了某一个生动甜美的乡间生活瞬间。相反，他笔下的乡村和土地，都处于某种激烈冲突当中，并且在这种冲突中感到失败、无能为力和绝望。

这在他写于一九八七年的长诗《土地》中体现得最清楚。这首长诗有十二章，与一年中的十二个月份相对应，但是却并没有出现与此相关的一年四季的景色。但是，采用一年下来十二个月的结构和节奏，与这首长诗的主题恰恰是十分吻合的：它意味着一种循环，意味着一种周而复始，不仅从起点奔向结局，而且再由结局奔向起点。但同时要说，这是一种封闭的循环，是被囚禁的循环：在土地上一年四季发生的故事仅仅停留在它自身之内，毫无出路和前途。一方面，是"种子"的不断打开，是无穷的生长，是年复一年的涌出、涌现；而另一方面，"种子"打开之后重新变为（他称之为）"尸体"，是曾经出现和上升的东西重新复归于泥土。"泥土反复死亡，原始的力量反复死亡。"

在海子那里，土地变迁的命运，是通过诗人本身的主体性来呈现的，主体性即某种精神性，也就是说，海子是透过某种精神性的眼光来看待土地的。在海子那里，"土地"同时意味着一个巨大的隐喻，一种精神性的存在：远去的、被遗弃的土地，意味着现代社会中人们精神上的被放逐、漂泊不定；土地的"饥饿"，也是人们精神上的饥渴、焦虑、流离失所；土地的悲剧，折射出现代社会中的人们痛失"精神家园"、无可依傍的悲惨处境。比如"意义"这种东西对土地上的人们来说是不言而喻、也是不可动摇的东西，对于现代人们来说，却变得支离破碎了，变得分崩离析了。用马克思的话来说，"一切坚固的都烟消云散了"。从这个角度，才可以理解为什么海子的诗歌中出现那么多不成形状、断肢残臂之类。我曾经把它们形容为一个"解剖学的实验室"，断肢残臂、尸横遍地，难以拼凑起一个完整的形象，如同现代人的精神，难以找到一个中心得以贯穿和借此获得支撑。

在这个意义上，令海子感到"疏异"、感到紧张和气闷的，除了在工业现代化进程中农村和城市的对立之外，同时还是"精神"与"欲望"的对立。"土地"在海子那里，同时也是"精神"的载体。面对现代生活中人们精神上的危机，海子幸运地找到了"土地"这个意象，通过讲述土地的命运，来讲述人们精神上的悲惨境遇。人们经常提到海子诗中的"麦子"、"麦地"，其实这远远不是一个田园的、和谐大地的意象，而是一种"芒刺在背"的感觉："麦子"和"麦地"意味着"他者"，意味着向他发出质询，意味着他内心的分裂。

崔卫平：《海子、王小波与现代性》，载《当代作家评论》，2006（2）。

6.80年代中期，西川提出了"诗歌精神"的概念："一方面是希望对于当时业已泛滥成灾的平民诗歌进行校正，另一方面也是希望表明自己对于服务于意识形态的正统文学和以反抗的姿态依附于意识形态的朦胧诗的态度。从诗歌本身讲，我要求它多层次展出，在情感表达方面有所节制，在修辞方面达到一种透明、纯粹和高贵的质地，在面对生活时采取一种既投入又远离的独立姿态。"

"诗歌精神"本身可以作为"信仰"吗？西川早期诗作或许证实了这一点。特别是在一个视艺术为工具，而缺乏对艺术本身虔诚之心的国度里，拥有这种"信仰"不但珍贵而且有效。这使西川的诗不是表现什么"自我"，而是将"塑造灵魂"提升到诗的高度，不是用诗去摹仿生活，而是让生活反过来也摹仿一下诗歌。因此，当西川看出某些朦胧诗在接受语境中几乎滑入政治写作和群众写作的险境（"中国诗歌有限的光明习惯性地依附于广大的黑暗，它的成功和确立，是对于普遍失败情绪的一种补偿"），某些第三代诗将自身的日常烦恼和性苦闷置换为艺术上的造反时，他宁愿寻找以纯粹的艺术医治灵魂的方式。"衡量一首诗的成功与否有四个程度：一、诗歌向真理靠近的程度；二、诗歌通过现世界对于另一世界的提示程度；三、诗歌内部结构、技巧完善的程度；四、诗歌作为审美对象在读者心中所能引起的快感程度。我也可称为新古典主义又一派，请让我取得古典文学的神髓，并附之以现代精神。请让我复活一种回声，它充满着自如的透明。请让我有所节制。我向往调动语言中一切因素，追求结构、声音、意象上的完美。"这是一种"新古典主义"立场，其想象力向度体现了"反"与"返"的合一。既"反对"僵化地对古典传统的仿写，又"返回"到人类诗歌共时体中那些仍有巨大召唤力的精神和形式成分中。对诗人来说，使用超越性的想象力方式带来的诗歌语言特殊"肌质"，同样出自于对确切表达个人灵魂的关注。在诗人看来，不能为口语转述的语言，才是个人信息意义上的"精确的语言"，它远离平淡无奇的公共交流话语，说出了个人灵魂的独特体验。

陈超：《西川的诗：从"纯于一"到"杂于一"》，载《华中师范大学学报（人文社会科学版）》，2012（1）。

泛读作品

于坚：《尚义街六号》
周伦佑：《想像大鸟》
海子：《麦地》《亚洲铜》
骆一禾：《世界的血》
胡冬：《我想乘一艘慢船到巴黎去》

评论文献索引

梁云. 海子抒情诗风格论谈. 深圳大学学报，1998（2）.
崔卫平编. 不死的海子. 北京：中国文联出版社，1999.
胡书庆. 审美与信仰的消长——对海子"生命叙事"的一种解读. 华东师范大学学报（哲学社会科学版），2005（2）.
张新颖. 海子的一首诗和一个决定. 书城，2007（1）.
于坚、韩东. 现代诗歌二人谈. 云南文艺通讯，1986（9）.
吕周聚. 无体裁写作与文体狂欢——论第三代诗歌文体的解构与建构. 首都师范大学学报，2005（1）.
陈超. "反诗"与"返诗"——论于坚诗歌别样的历史意识和语言态度. 南方文坛，2007（3）.
王一川. 在口语与杂语之间——略谈于坚的语言历险. 当代作家评论，1999（4）.
王光明. 现代汉诗的百年演变. 石家庄：河北人民出版社，2003.

谢冕. 诗歌理想的转换. 中国诗歌九十年代备忘录. 北京：人民文学出版社，2000.

罗振亚. 后朦胧诗整体观. 文学评论，2002(2).

孙基林、王茜. 生命与空间：韩东诗的另一种解读. 山东大学学报，2009(6).

罗文军. 从西昌到成都——对第三代诗歌杂志《非非》生产的社会学考察. 当代作家评论，2011(3).

周航. 于坚的"口语化"诗学. 新文学评论，2012(2).

刘波. "第三代"诗歌研究. 保定：河北大学出版社，2012.

拓展练习

1. 海子曾被人誉为"20世纪最后一位理想主义诗人"。从某种意义上讲，海子诗歌的意义已经远远超出了诗歌本身所能蕴含的意义，他在很多时候被看做是"一个逝去时代的象征和符号"，而对于海子之死，有论者这样评述："海子之死仿佛像一个寓言，喻示了历史主体意识的幻灭。一方面，它使坚持者变得更为决绝；一方面，幻灭感开始迅速弥漫，启蒙和知识分子被叙述成一个个故事，他们不再是优雅和令人尊敬的知识者、启蒙者，他们以往的努力和想象，不再悲壮和令人感动，他们成了可笑的丑类，他们企望改变历史的活动变成了一个个被历史嘲笑的主角。在一个新的叙事叛变中，启蒙成了知识分子策动的一出闹剧。"① 请结合20世纪80年代的历史语境，对海子的诗以及海子之死进行思考，谈谈你的理解。

2. 在当代中国诗坛，于坚一向是被指认为具有前卫性、先锋性和实验性的代表诗人的，属于超越时代步程的前沿人物，而于坚自己则声称："我实际上更愿意读者把我看成一个后退的诗人。我一直试图在诗歌上从二十世纪的'革命性的隐喻'中后退。""在一个辞不达意，崇尚朦胧的时代，我试图通过诗歌把我想说的说清楚。""我是一个为人们指出被他们视而不见的地狱的诗人。"②

也有论者认为于坚的《0档案》这部对文化专制之典型形态即"档案话语"的解构性"命名"的鸿篇巨制中，诗人彻底洗刷了新诗传统中一味追求形而上和浪漫感伤与矫情的遗风，将自己置于"非诗"的边缘，以此来拓殖汉诗语言新的表现域度和对历史与现实的穿透力。反而认为当时诗坛上风靡的"海子神话"中的"麦地""玫瑰"和"王"的"海子式意象仿写"的泛滥，只是重新用大话、矫情、精神虚妄与语言膨胀覆盖了九十年代诗歌版图。③

于坚在谈到口语写作时说："口语写作实际上复苏的是以普通话为中心的当代汉语的与传统相联结的世俗方向，它软化了由于过于强调意识形态和形而上思维而变得坚硬好斗和越来越不适于表现日常人生的现时性、当下性、庸常、柔软、具体、琐屑

---

① 孟繁华：《众神狂欢——世纪之交的中国文化现象》，144页，北京，中央编译出版社，2003。

② 于坚：《棕皮手记·1994—1995》，北京，东方出版社，1997。

③ 沈奇：《飞行的高度——论于坚从〈0档案〉到〈飞行〉的诗学价值》，载《当代作家评论》，1999（2）。

的现代汉语，恢复了汉语与事物和常识的关系。口语写作丰富了汉语的质感，使它重新具有幽默、轻松、人间化和能指事物的成分。也复苏了与宋词、明清小说中那种以表现饮食男女的常规生活为乐事的肉感语言的联系。口语诗歌的写作一开始就不具有中心，因为它是以在普通话的地位确立之后，被降为方言的旧时代各省的官话方言和其他方言为写作母语的。口语的写作的血脉来自方言，它动摇的却是普通话的独白。它的多声部使中国当代被某些大词弄得模糊不清的诗歌地图重新清晰起来，出现了位于具体时空中的个人、故乡、大地、城市、家、生活方式和内心历程。"① 然而，在一些读者看来，他的《0 档案》不过是"一堆语言的垃圾"，请结合于坚的诗作，谈谈你的理解。

---

① 于坚：《读诗札记》，《于坚集卷 5：拒绝隐喻》，158 页，昆明，云南人民出版社，2004。

第三章　散　文

第一节　概　述

内容提要

新启蒙散文的发展过程可以分为两个阶段：第一个阶段自"文化大革命"结束至20世纪80年代初期，其主要成就体现于以悲悼散文为主体的老一代作家的散文创作，如巴金、杨绛、孙犁等人的散文。张洁、王英琦、唐敏、叶梦的女性散文，贾平凹的散文，也是这一阶段散文创作的重要收获。第二个阶段，是20世纪80年代中期的社会问题报告文学热潮。在这之前的20世纪70年代末期，徐迟的《哥德巴赫猜想》、刘宾雁的《人妖之间》首开新启蒙文学报告文学之先河，且以记写人物为主，此类作品值得关注的还有黄宗英的《大雁情》、孟晓云的《胡杨泪》等。20世纪80年代中期，社会问题报告文学成为报告文学的主要形式，且以全方位多角度多层次透视社会问题为主。记写人物为主的报告文学，则转入以记写历史人物为主，且具有极强的思想探索锋芒。

学习建议

阅读评论摘要及原文，初步了解这一时期散文创作以及争论的基本情况。

精读作品

孙绍振：《世纪视野中的当代散文》，载《当代作家评论》，2009（1）。
陈剑晖：《论当代散文思潮的发展演变》，载《广东社会科学》，2005（1）。

评论摘要

1. 回归和超越"五四"散文的愿望在"十七年"时期并未真正实现。及至80年代以降，随着思想解放运动的日益深入，人们逐步摆脱了"左"倾思潮的束缚，思维渐趋活跃。同时，许多被历史长河淹没了的"五四"散文家——重新为人们所讨论所研究，一本本尘封已久的"五四"散文集重现于人们的眼前。于是，一个完整的五彩缤纷的"五四"散文大花园终于逐渐为人们重新认识和熟悉，新时期散文至此才真正地走上了回归"五四"散文的历程，这大致上从三个方面进行：

（1）个性意识的回归。"现代散文之最大特征，是每一个作家的每一篇散文里所表现的个性，比从前的任何散文都来得强"。既然"五四"散文以个性意识的凸现为主要品格，而"十七年"散文的公式化、模式化倾向与个性意识的逐渐失落相关，新时期散文的发展自然以个性意识的强化为先导，它是与散文家思想观念的解放、自我意识的苏醒同步的。当久压在民族和个人身上的"左"倾思潮的沉重包袱在新时期渐被丢卸之后，人们再也抑制不住灵魂的躁动，终于唱出了发自肺腑的"有我"之歌。它最初以嘶哑、悲凉而愤懑的声音回旋于文坛上，这就是一大批挽悼散文，如巴金的《怀念肖珊》、陶斯亮的《一封终于发出的信》、丁宁的《幽燕诗魂》等。这些散文痛斥了无视人的尊严价值和生命的"文革"的专制，袒露了觉醒者的鲜明的灵魂和个性。到了80年代中后期，一批中青年散文家如贾平凹、赵丽宏、王英琦、曹明华等的散文个性意识更为突出。他们将笔触深入自身的心灵深处，从不同视角展示了健全的现代人的独立人格和复杂心绪。

（2）文化品位的回归。作家的个性意识与文化修养是密不可分的。个性的自觉往往促使作家自觉地吸取各种文化营养，而丰赡的文化修养又往往能磨砺出作家鲜明的个性。"五四"散文至今仍散发出迷人的魅力，不用说也与其浓郁的文化意蕴休戚相关。新时期散文在这方面的努力显然也越来越为明显。他们自觉不自觉地受到了中西古今文化的浸润，文化视野日趋开阔。他们不再像"十七年"那样，仅仅从社会政治层面去观照生活，而是从社会学、人类学、历史学、心理学、伦理学、现代哲学等多层面立体交叉地审视大千世界芸芸众生，以复杂的文化心理结构艺术地感受审美对象。这些散文，明显具有高品位"五四"散文的流风余韵。

（3）文体自觉意识的回归。散文文体，从根本上说是作家独特个性意识的外在显现。一个成熟的散文家往往有独特的文体，独特的风采。但文体又并非仅仅是被动的载体，它本身就富有强烈的个性意味。"五四"散文大家们大都能以极强的个性独立品格，"不拘格套，独抒性灵"，创制出独树一帜的散文文体。如鲁迅的杂感，瞿秋白的报告文学，钱玄同的随感体散文，冰心的书信体散文，朱自清的抒情叙事散文，周作人的小品等。新时期散文家也日渐恢复了这种自觉的文体意识。许多散文家已不再囿于那种"借景抒情"或"托物言志"的叙述模式，也不再拘泥于"起承转合"、"首尾照应"的惨淡经营，更不满足于"物（景）—人（情）—理（意）"的三段式构架模式，而是力图追求自由地感受、自由地抒情、自由地描写、自由地议论的"四不像"散文。正是这种努力，不少散文家的文体烙上了自己独特的印记。如贾平凹散文古朴之中闪烁出现代的光彩，林非散文笔随意转恰如行云流水，严文井散文轻捷飘逸挥洒自如，唐敏散文温润可感晶莹剔透。他们的散文在某种意义上标志着新时期散文文体自觉意识开始复归。

然而，回归与超越是双向的，深层次的回归必须在超越中完成。如从艺术本体角度考察，散文是最没有形式的形式，最没有技巧的技巧，它具有多边缘性的文学性质。它要求作家最大限度地感知生活的氛围，以最切近生活氛围的朴素形式掌握。企图以一种单一的散文模式去观照瞬息万变的生活气氛和意绪飞流只能使散文脱离人们的审美心理走向枯萎。具有强烈的个性意识、高标的文化品位及自觉的文体意识的"五四"散文，其成功集中到一点，就是它恰切地表达了当时社会深层的潜在生活秩序，契合了时代社会人们的审美心理。因此，新时期散文也必须拥有极强的超越传统的创新意识，寻找契合我们这个时代的散文形式，如此，散文个性及文化品位才能更深层次地向"五四"回归。

吴秀亮：《回归与超越——从两个散文高峰的比较谈新时期散文》，
载《当代作家评论》，1994（2）。

2. 新时期散文在艺术思维与艺术手法上经历了一个盘旋上升的发展过程，即从80年代前期主要对散文写实求真传统的延续和回归，到80年代中期现代主义思潮的冲击再到80年代后期直至90年代高涨现代主义旗帜蓬勃兴起的"新散文"与学者散文、自我抒情散文、通俗散文并存，艺术手法多元化及相互渗透的初步繁荣阶段。

正像林非所提倡和希望的："真正迷人的散文作品，在追求艺术技巧时无疑应该做到广泛地借鉴与吸收，要放眼整个人类古往今来这部巨大的文明史，不管是传统的抑或新潮的，只要它含有美的素质，就都要接受下来融化于自己的艺术个性中，尽量表现出独创与新颖的美学原则来。""适当地吸收其他文学样式所具有的艺术技巧，诸如小说在叙事方面的智慧，戏剧在对话方面的才能，诗歌在抒情方面的魅力，无疑都是一项不容忽视的工作。至于从创作方法的角度来说，同样应该分别表达出现实主义的逼真与深邃，浪漫主义的浓郁情感与强烈氛围，现代主义的渲染内心的意识流和瞬间印象，让多种风格与流派的散文作品，崭新地呈现在读者面前。"

新时期散文的传统艺术手法在变化、发展和开放中与现代主义艺术手法并存互补，构成多元丰富的散文景观。传统的散文笔法，指的是用生动优美的语言，通过对客观景物、社会事物及人物、事件的真实传神的描写，表达作者的某种感情或思想。这就是所谓"借景抒情""托物言志""叙事抒情"以及直抒胸臆。不过，新时期大量习惯用传统散文笔法进行写作的作家，在表述方式上已对五六十年代甚至现代作家散文如朱自清早期散文那种风格和模式作了大胆的改革和突破，融进了许多内心独白式的不规则的自由抒情手段。如巴金的《随想录》，明显的是采用传统"散文笔法"创作的叙事怀人抒情的作品，但其中运用了大量倾诉式的写法，甚至在《怀念萧珊》等篇章中成功地描写了梦境幻觉，以此达到更真切挚烈的抒情效果。作家也往往"不再自缚于'起承转合'、'首尾照应'的匠心经营，而是依心感、情绪之流动"来安排内容。如偏爱大自然的冰心新时期创作的《霞》中的云霞，"不再同抒情主体共融为'意境'，而仅仅是作者思想观念的载体，作者面对它们畅诉衷肠，或直言己见"。总之，这类主要用传统散文笔法写作的散文作品，比起五六十年代模式化的写作来，写法已经相当自由灵活，不拘一格，"或娓娓倾诉，或夹叙夹议；有的机智流畅如西方随笔，有的古朴简练如古代笔记；有三言两语的随感录，也有日记、书简和序跋，还有小剧体的，寓言体的；至于杂文写法对抒情文的渗透，更是当前散文创作上的一种趋势。"同时，特别应指出的是，新时期散文笔法有一种追求"淡化"的审美倾向，特别是那些阅历丰富、知识修养高的学者型散文家，如季羡林、钱钟书、杨绛、孙犁、贾平凹、王蒙等。作家们生命意识、宇宙意识的自觉，使他们常将人情世态放在整个生命历史进程中去思考，从而表现出一种宽容与超然，对感情喜作"冷处理"。在这种"冷"中，却往往包藏着火山岩浆般的大愤大痛，或青果似的人生况味。在行文上，他们在有意扬弃感情于文字的浮躁，追慕一种冷静与平淡的意味。有的故以"客观"之笔，写主观之情。甚至刻意去追求以"大涩大冷，铁石心肠"之写法，来赢得"大润大热、揪心断肠"的效果。这同五六十年代那种"主观文体"、"客观化内容"的散文倾向，恰成强烈的对照。

韦济木：《论新时期散文的艺术嬗变》，载《当代文坛》，2004（1）。

泛读作品

刘锡庆：《当代散文：发展轨迹、分"体"考察和作家特色——兼评"当代文学史"有关散文的表述》，载《文学评论》，1992（6）。

林贤治：《五十年：散文与自由的一种观察》，载《书屋》，2000（3）。

评论文献索引

李安东．新时期散文流变论．文艺评论，1989(6).

楼肇明．当代散文潮流回顾．当代作家评论，1994(3).

吴周文．走向内心的真实．当代文坛，1995(6).

景秀明．论90年代散文创作的理性精神．当代文坛，2000(1).

李晓虹．平庸：当前散文创作中的问题．当代作家评论，2003(6).

柯汉林．仰望思想的星空：关于90年代以来思想散文的思考．文学评论，2002(3).

徐慧琴．新时期散文研究综述．山西大学学报(哲学社会科学版)，2005(4).

王兆胜．坚守与突围：新时期散文三十年．当代作家评论，2008(5).

谷海慧．新时期散文思潮评述．江汉论坛，2005(5).

陈剑晖、司马晓雯．星垂平野阔　月涌大江流——新时期散文研究三十年．中国社会科学，2009(2).

拓展练习

要梳理当代中国散文潮流的发展轨迹，揭示其内在的规律，是相当困难的，不仅因为散文文体的不确定性，新时期以来围绕着散文文体有过许多次的论争，时至今日也依然尚无定论；而且，与诗歌、小说等相比较而言，散文没有一目了然的发展轨迹，这给我们的学习归纳带来了一定的困难，因此在接下来的学习中不要求大家做出文体学上的学理辨析，但是要注意体会散文带给你的心灵冲击与审美冲击。

第二节　悲悼体散文

内容提要

其主要代表作家作品是巴金以《怀念萧珊》为代表的散文集《随想录》、杨绛的《干校六记》以及孙犁的《亡人逸事》《女相士》、陈白尘的《云断梦忆》、黎澍的《忆田家英》、韦君宜的《当代人的悲剧——悼杨述》、冰心的《关于男人》的自传体散文、黄裳的《金陵五记》等。巴金的《随想录》150 篇，无论从对"文化大革命"的深层批判、对个体独立、开放、民主、人性的呼唤等思想的深刻性，还是从个人生命体验个人情感的真实表达，从散文文体的自在自由属性的恢复，均堪称新启蒙散文的典范之作，且从根本上打破了工农兵文学散文中的杨朔模式，开创了一个新的散文时代。杨绛的《干校六记》使现代知识分子的自尊、自觉意识、精神高度、情感世界，从长期的被贬抑、麻木状态，重新得以彰显与张扬。从思想、精神、情感上，重新恢复、回到五四时代的价值体系上来，是老一代作家的独具优势，其以悲悼为主要内容，也与之曾长期失去的属性有着内在的有机关联。

学习建议

阅读要求精读、泛读的散文作品，结合评论摘要与拓展练习的提示，注意体会作家各自的文体特点，领悟其深刻的历史文化内涵，谈谈其对散文发展史与文化发展史的重要贡献。

精读作品

巴金：《怀念萧珊》《怀念胡风》
杨绛：《丙午丁未年纪事》《干校六记》
韦君宜：《当代人的悲剧——悼杨述》
孙犁：《猫鼠的故事》《亡人逸事》

评论摘要

1. 巴金先生对历史的反思主要贡献于 80 年代，也就是他写作《随想录》的年代。我们不能离开那个时代背景来理解《随想录》。在 80 年代，思想解放运动动摇了统治中国几十年并被实践证明是有害的所谓极"左"路线的地位，知识分子当时还无枝所依，积极参与到反"左"和批判"文革"的现实斗争中去是唯一的选择。我当时就写过评论"随想录"的文章指出：巴金在起先写作中并没有主动提出什么新的思想，他只是以较高的社会地位和影响来不断支持比较异端的文化现象，反对权力者对异端的迫害，这本身就需要足够的勇气和智慧。后来他感受到压迫越来越严重，就以"说真话"来为自己辩护。这在激进的年轻人的眼睛里可能不是什么英雄创举，甚至受到轻视，但对于从历史阴影里走出来的老一代知识分子来说，"说真话"几乎是一个维护良知与操守的武器， "不说假话"成了他们衡量自己人格标准的最后底线。……对沉默中的知识分子来说，有些太沉重的思考，难道不需要有足够的时间和必要的条件吗？将来如果有人将《随想录》与其写作时代联系在一起加以研究，会发现这是一部迅速反应时代话题、又具有高度策略性的政治文化百科全书，巴金一向说话坦率浅易，但在《随想录》里却充分表现出高度的言说技巧与策略，或说是鲁迅杂文里所谓"奴隶语言"的再现，暗示、象征、曲折迂回、欲言又止的文风鲜明地烙上了那个时代的印记。可惜，这些言说艺术在网络操纵下普遍粗鄙化的 90 年代文化氛围里很难被人注意到，因此，误解与隔阂就在所难免了。

有的批评者把 80 年代的《随想录》与 90 年代的《思痛录》相比，我觉得这是没有意义的比较。且不说 80 年代共名状态下的二元对立的肉搏式思想斗争与 90 年代无名状态下的多元话语并存的环境不一样，巴金先生作为一个统战对象与韦君宜先生所处的地位也不一样。巴金先生反思的只能从他身边的事件引出教训，表达良知，而韦君宜先生则是权力圈子里的觉悟者，她的所知范围自然更有揭示内幕的价值，而且以她的资历和党内地位来说，她也毋须用曲折的语言来表达自己的态度。但是，任何人的觉悟都有一个发展过程，如果我没有记错的话，在 80 年代巴金先生吞吞吐吐地为胡风鸣冤的时候，当时主持人民文学出版社的韦君宜先生正是阻止《新文学论丛》发表胡风先生用生命的最后一点心血写出来的长达五万言的《〈胡风评论集〉后记》的当事人之一。我这么说绝没有贬低韦先生的意思，我对《思痛录》也是充满敬意的，只是我想，即使是韦先生的肺腑之言，也不是想说就能随时说出来的，也是经过了内心激烈的自我斗争和最后之觉悟的。我们讨论问题应该尽力做到知人论世，不能脱离现实环境的制约，以青年人的急躁心态来轻易作出孰是孰非的结论。

陈思和：《巴金的意义》，载《上海社会科学院学术季刊》，2000（4）。

2. 杨绛老吏断狱般老辣的文笔，也可以叫"黑色幽默"。早在《干校六记》和《丙午丁未年纪事》就表现出来："文学所和另一所最先下放。用部队的词儿，不称'所'而称'连'。两连动身的日子，学部敲锣打鼓，我们都放了学去欢送。下放人员整队而出；红旗开处，俞平老和俞师母领队当先。年逾七旬的老人了，还像学龄儿童那样排着队伍，远赴干校上学。""文革"中，不管多大年纪、什么身份的学者，都被轰下乡，上干校，"红旗开处"，庄严而滑稽，"年逾七旬的老人了"，目不忍睹，形成强烈对比，作者皮里阳秋，寓褒贬于冷静叙述中。《丙午丁未年纪事》描写跟先后被揪出来的知识分子之间的微妙关系："他们是红专家，至少也是粉红专家，或外红里白专家，我却'白'而不'专'，也称不上'家'。这回他们和我成了'一丘之貉'，当然委屈了他们，荣幸的是我。"整人的人跟被整的人一起做了牛鬼蛇神，成了"难友"，却并不"风雨同舟"，

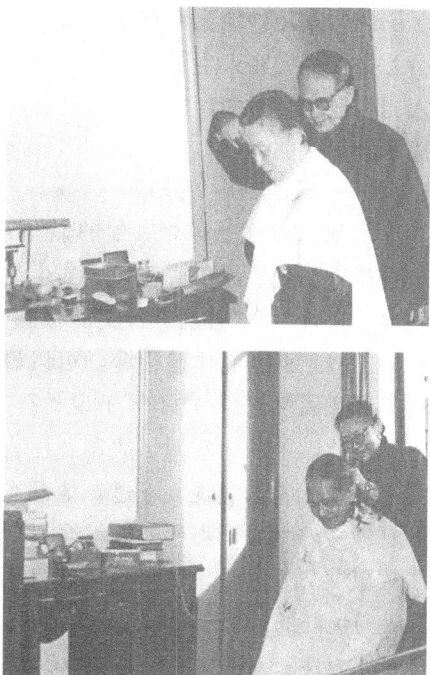

图 6-23　杨绛与钱锺书先生互相理发，钱锺书会用剪刀，杨绛会用电推子。

而是各怀心思。这样的情况下，还要分个高低上下，令人啼笑皆非。古人云："初为文唯恐不奇，久为文唯恐不平。"杨绛的散文极擅长于平淡中见神奇，似乎平实无华的描述蕴藏着深沉的哲理韵味。钱锺书夫妇在"文革"后期被安排到三里河住，钱锺书"格物致知"也猜不到是谁让他们住到这高级住宅。后来，胡乔木偶来夜谈，问"房子是否够住"，"我说：'始愿不及此。'"关心者和感谢者都没有直接说关心和感谢

的话，却意在言外。杨绛写钱、胡交往，用了这样一段话："我们读书，总是从一本书的最高境界来欣赏和品评。我们使用绳子，总是从最薄弱的一段来断定绳子的质量。坐冷板凳的书呆子，待人不妨像读书般读；政治家或企业家等也许得把人当作绳子使用。锺书待乔木同志是把他当书读。"此段文字，意味深长，从任何角度解读，都能品尝出深刻的人生况味，比作者直接说的"我们地位不同，身份不同。他可以不拿架子，我们却知道自己的身份"更耐咀嚼。

作为散文家，杨绛散文的章法或"花头"其实并不多，写作技巧也不算十八般武艺俱全。她擅长平铺直叙，极少采用插叙、倒叙等写法。也很少采取烘托、渲染等手法，"美景如画"和"情景交融"在杨绛散文中更是很难看到。但是，杨绛的"魔幻散文"在当代散文中却独树一帜。写散文无非或叙事，或抒怀，或写人，或写事，杨绛却独创性地将"魔幻"引入散文，这可能是受《魔鬼夜访钱锺书》写法的影响，但杨绛比钱锺书走得更远。这类姑且称为"魔幻散文"的篇章主要有：《孟婆茶》《隐身衣》《我们仨·我们俩老了》。《孟婆茶》写人走向另一个世界时喝忘忧茶；《隐身衣》写如何巧妙地"万人如海一身藏"；《我们俩老了》把晚年钱锺书夫妇老病相侵最后终于阴阳两隔巧妙地比作在人生驿站走散。一会儿是夫妇、父母与爱女的真实生活，一会儿是三个人在人生驿站互相追寻，真幻相生，写得扑朔迷离。把魔幻小说的手法引入当代散文写作中，这一写作特点在当代其他散文家作品中还很少见到，而在杨绛则成了轻车熟路。

牛运清：《杨绛的散文艺术》，载《文史哲》，2004（4）。

3. 孙犁毕竟是孙犁。他的血与泪不是直接诉诸揭露与控诉，而是从早已逝去的抗日战争、解放战争或建国后的生活中去追觅美好的东西，"真善美的极致"。他明白地向读者宣示："看到真善美的极致，我写了一些作品。看到邪恶的极致，我不愿意写。这些东西，我体验很深，可以说是镂心刻骨的。可是我不愿意去写这些东西，我也不愿意回忆它。"这不等于说，孙犁的散文中没有抨击那个该诅咒的时代及其假恶丑。对此，他的一些回忆故友、序言和《戏的梦》等作品中，间接地、或多或少地得到了一些反映与表现。不过，他几乎用全部的思想、情感和笔墨去重新营造一个多梦的真善美的世界，那些冠以《乡里旧闻》《〈善暗室纪年〉摘抄》《芸斋琐谈》、"大××故事"、"××梦"的组篇与名目的散文和杂感，以及大多数的抒情小品，写美好的人性与纯朴的风情、人间的不幸与眼泪、战争时期战友间的情谊与建国后人与人之间的纯情。人性和人道主义成为这些散文的思想基础。这里有上帝和魔鬼的争斗，可是却弥漫着普通人（包括作者）之间的至情至爱，充满了作者对理想、道德、情操的不渝的信念。孙犁的艺术感觉和审美心理总是指向遥远的、已经逝去的事物和人物，偏执地以它们编织一个爱的天国与圣坛，从而形成了他的心向万物而盛"美"的心理定势。

艺术感觉的通路如果指向个人遥远的回忆，一般说来，所表现的内容往往是深层情感的积淀，许多优秀作品也因此而产生。孙犁所忆念的往事、人物、场景、细节，经过了记忆罗网和情感罗网的筛选，反复映现于脑海，唯其经久不灭，它们又经过情感的孕育发酵，成为"无意识"深层里心理驱力和张力的能量，因此，他的这类忆念的感发所引起的心理感应，使其审美内涵孕育得丰富而深刻。

孙犁彻悟到文学是审美的创造，而不是政治，"我写作品离政治远一点"，并告诫后辈作家："政治作为一个概念的时候，你不能做艺术上的表现"。从创作心境、心理定势、审美内容来看，孙犁散文的血与泪不直接诉诸邪恶的揭露与控诉，不从揭露与控诉出发，终极却回到揭露与控诉，这是远离政治，在更高的审美层次上进行审美的创造。所以，从小说家的孙犁到散文家的孙犁，完成了一次审美的超越。他获得精神自由的同时，获得了审美的自由，因此在审美创造中能够摆脱政治意念、理性教条、功利欲求等造成的心理障碍，进入散文创作的自由王国。他的散文因此而获得更高的审美价值。

吴周文：《审美的超越与美的品格——论孙犁新时期的散文》，载《当代文坛》，1989（5）。

泛读作品

杨绛：《隐身衣》《我们仨》
巴金：《纪念雪峰》《怀念老舍同志》
孙犁：《伙伴的回忆》《删去的文字》

评论文献索引

张放. 关于《随想录》评价的思考. 文学自由谈，1988(6).
陈丹晨. 对张放对巴金的批评的批评. 文艺报，1989-02-11.
范伦. 关于《随想录》的反批评. 文学自由谈，1989(2).
[韩]李喜卿.《随想录》寻找、恢复自我形象的过程. 当代作家评论，1999(4).
赵学勇、梅晓红. 巴金的启蒙主义思想——《随想录》精神指归读解. 西南民族大学学报·人文社科版，2005(12).
曾绍义. 巴金与现代人学——《随想录》新论. 中山大学学报（社会科学版），2004(3).
胡景敏. 巴金的自我叙述与《随想录》的经典化. 中国比较文学，2006(2).
胡景敏.《随想录》的言说限度与意义扩张——以《怀念胡风》为例. 社会科学论坛，2010(17).
刘俐俐. 杨绛散文的独特视角. 文论月刊，1991(3).
张晓东. "缘情"与"反讽"：重评《干校六记》. 中国海洋大学学报(社会科学版)，1994(1).
林筱芳. 人在边缘——杨绛创作论. 文学评论，1995(5).
黄科安. 喜剧精神与杨绛的散文. 文艺争鸣，1999(2).
贺仲明. 智者的写作——杨绛文化心态论. 首都师范大学学报(社会科学版)，2001(6).
刘卫东. 论韦君宜晚年的思想——以《思痛录》和《露沙的路》为中心. 扬子江评论，2011(2).

拓展练习

1. 巴金的《随想录》在问世之初，就有论者做了如下的价值判断"《随想录》在文学史上的里程碑意义主要有三，即，标志着新时期文学结束了夸饰时代，进入了说真话的时代；标志着文学自我审判和忏悔时代的开始；也标志着文学进入了关心人、尊重人的时代"，因此"它的影响和价值，也已远远超出了作品本身和文学范畴"，①二十多年间，围绕着《随想录》，评说各异，有人誉之为"全民族道德与良知楷模"②被称为"世纪的良心"；然而，批评者则认为"太浅薄了，从开始就不深刻，不光不深刻还很世故"，"我们应当肯定《随想录》中批判的态度，肯定书中表达了知识分子的良知的部分。但是从总体上，巴金的《随想录》中的检讨和批判，是不深入的，更谈不上深刻。巴金对于'文革'悲剧发生的体制根源，没有进行过深入的思考和研究，因此也就没有更深的开掘"。③ 更有论者指出，"读《随想录》，觉得巴金就是那个始终长不大的觉慧。那个不断犯错，不断忏悔然后又继续犯错的觉慧。从《灭亡》到《随想录》，跨度长达半个世纪，而巴金的思维方式，却始终没有多少改变"，从而认为，忏悔不过是他解脱的方式。④ 请参阅这些评论文章，联系其创作背景、创作心态等，从思想价值、文学价值的角度，谈谈你对《随想录》以及对此争议的理解和评价。

2. 杨绛在《将茶饮·隐身衣》中说："世态人情，比清风明月更饶有滋味，可作书读，可当戏看"，也正是这种置身世外的达观、睿智的人生态度，使得杨绛的散文显示了独特的哲学魅力。另外，杨绛的散文通过"常理反出"的写作方式达到了以"正常寓荒诞"，以"幽默见悲剧"的艺术效果，请以《隐身衣》为例，分析这两个方面的特点是如何实现的。

第三节　社会问题报告文学

内容提要

报告文学作为一种真实快捷反映现实生活的文体，有着得天独厚的优势，发挥着巨大的社会作用。早在 1977 年，徐迟、刘白羽、黄宗英等就以报告文学的方式为新时期放声歌唱。其中，徐迟发表于 1978 年第 1 期《人民文学》上的《哥德巴赫猜想》，是新时期报告文学崛起的标志性作品，它率先冲破了题材的禁区，重新恢复了对知识分子应有的尊重和公正的评价。自此，知识分子题材和反思"文化大革命"题材的报告文学成为了广受关注和好评的文学样式，这一时期的报告文学主旋律特征明显而题材不够广泛。到 1985 年左右，随着社会环境和文化背景的变化，由于记写现实生活中的具体人事的真实性容易引起风波与纠纷，也因其时小说创作关注社会现实

---

① 《巴金〈随想录〉五集全部完稿》，载《文艺报》，1986-09-06。
② 徐友渔：《忏悔是绝对必要的》，载《南方周末》，2000-06-02。
③ 林贤治：《不应该神话巴金》，载《南方都市报》，2003-11-25。
④ 钟文：《"忏悔"与"辩解"，兼论反思历史的方式——以巴金〈随想录为例〉》，载《文艺争鸣》，2008（4）。

的无力及公众关注社会现实的激情，社会问题报告文学热潮应运而生。其类型有四：第一类，反映现实生活中与普通人日常生活联系紧密的作品，突出地带有社会学研究的倾向，代表作有苏晓康的《阴阳大裂变》、钱钢的《唐山大地震》、涵逸的《中国的"小皇帝"》、陈冠柏的《黑色的七月》等。第二类，揭示当下改革过程中经济、政治方面出现的问题，突出带有政治学研究的倾向，代表作有从维熙的《走向混沌》、麦天枢的《土地和土皇帝》等。第三类写社会生态自然生态的作品，突出带有未来学研究的特征，代表作有徐刚的《伐木者，醒来!》、沙青的《北京失去平衡》、胡平与张胜友的《东方大爆炸》等。大篇幅大容量全景式全方位多角度多层次，多学科性及学术性，是这种报告文学写作中的最主要的特点。第四种，对弱势群体、底层民众的关注，代表作品有麦天枢的《西部在移民》、卢跃刚的《在底层》《乡村八记》、何建明的《落泪是金》《恐惧无爱》以及黄传会的《"希望工程"纪实》《中国乡村教师》等。

学习建议

1. 阅读精读作品，选择一个文本为自己的研究对象，谈谈该作的写作特色、现实意义等。

2. 在阅读文本的基础上思考"报告文学"这一文体与"新闻报道""纪实性文学"以及当下的"网络曝光"等有何区别？你如何认识 20 世纪 80 年代以来的"报告文学热"？

3. 梳理 1980 年以来的报告文学发展轨迹，注意不同时期的"时代特色"。

精读作品

徐迟：《哥德巴赫猜想》
钱钢：《唐山大地震》
赵瑜：《马家军调查》
涵逸：《中国的"小皇帝"》
麦天枢：《西部在移民》

评论摘要

1. 徐迟报告文学的显著特征是题材的科技化。他笔下的人物，如陈景润、李四光、蔡希陶、周培源等都是在各自专业中卓有建树的科学家。徐迟倾心于科技题材，为科技人员立传塑像，颂扬科学精神，这在题材拓展与主题开掘上具有文学史意义。《哥德巴赫猜想》的成功也正体现在这里。在当代史上，知识分子曾被视作被改造、教育的对象，钻研科技被认为是走"白专"道路。与此相应，当代文学史上也很少有作品将科技人员作为正面主人公加以叙写塑造的。《哥德巴赫猜想》以报告文学的形式拨乱反正，第一次对一个有争议的科学工作者作了深情的讴歌，陈景润也成为新时期文学人物画廊中一个重要的典型人物。徐迟的作品题材有"一律化"的倾向，但他对人物的表现注意求异，注重表现人物的个性品格，并设计与其特异相谐的表现形式。作者写陈景润，从外在的怪异中，发现人物对于科学执著追求的精神。写李四光，并没有对人物作全程式的铺写，而是精心截取人物历程中典型断面，挖掘人物最为闪光的美质。

朱栋霖等主编：《中国现代文学史·下册》，168页，北京，高等教育出版社，1999。

2. 在现代化进程中，公平与效益常常是困扰人类、特别是当代中国的一个两难问题，它的背后隐含着现代性的坚守与失守问题。当今，效益优先原则的突显使社会阶层的重新排列组合成为可能，这使社会强势群体与社会弱势群体成为不同文学样式的关注对象。报告文学因其本能的"左翼的"、"在野的"、"批判的"文本特性，使其不能不关注那些基本权利受到损害的社会弱势群体。麦天枢的《西部在移民》、卢跃刚的《在底层》《乡村八记》、何建明的《落泪是金》《恐惧无爱》以及黄传会的《"希望工程"纪实》《中国乡村教师》等即为其中的突出代表。这些文本在展示处于社会底层的农民、农民工、下岗工人、贫困大学生、失学儿童和山区中小学教师等弱势群体之心态与生态的同时，已超越了居高临下式的怜悯与同情，而转向了呼吁关注、维护权益的思维路径。对弱势群体的描述，从更深一个层次上讲，即是检讨社会发展过程中理性精神与公正原则的体现或缺失。……何建明的《落泪是金》和《恐惧无爱》则力图从贫困大学生与遗弃青少年这两类特殊人群来关注社会弱势群体的生存现状。大学生无力支付学费的窘况实际正是家庭贫困现实的折射。在文中，作者既展示出莘莘学子与贫困命运抗争、奋力自救的令人落泪的艰辛历程，又振臂呼吁对这一社会转型期所日渐突出的大学生贫困问题予以全社会的关注和援助。"因为解救知识，便是解救了人类自己。解救有知识的年轻人，便是让所有被解救的人们获得明天最根本和最彻底的幸福与光明！"而每一个公民受教育权利的获得正是一个理性、公正、公平社会存在与发展的必由之路、应有之义。在对"另类孩子"即因种种原因遭致父母遗弃的青少年的描述中，作者批判了在进入极度追求自我与个人化生活、生存方式的物欲世界里，人类遗弃亲情、放逐家庭的唯利主义和唯欲主义的反人性、反理性时尚。在"拯救父母、拯救亲情"的理念之下，作者道出了复归现代性宗旨的拳拳之心：

是的，人类在万象更新、一日千里地变迁中，我们正在扬弃许多旧的和落后的东西，但无论社会发展和进步到什么程度，唯有一样东西是万不能扬弃和丧失的，那就是血肉亲情，其道理同样非常简单，它是人类生存和发展的本体属性。所谓本体属性，就是说假如没有了这样的一些东西，人就不再是我们通常意义上的"人"了。

在此，作者解析的所谓人的"本体属性"，与其说是人的自然属性，倒不如将之理解成人类遵从理性原则发展自身的本质更为恰当。应该说，优秀的报告文学作家都在通过他们的文本述说对社会弱势群体的人性关怀和人生关怀，以及对社会公正和效益优先原则辩证关系的严肃思考。其根本目的是，以现代性反思的姿态考察现代化过程中理性原则的扭曲或丧失，以引起疗救的注意。

王晖：《报告文学：现代性的追寻与反思》，载《文学评论》，2003（3）。

3. 在新时期报告文学作家的本我确认中，至少包含了两个方面的基本内容。报告文学作为知识分子向社会发言的一种方式，作家必须关注现实、介入现实，必须怀有社会责任感与使命感。从某种意义上说，作家选择报告文学也就相应地选择了责任与使命。麦天枢就以为："报告文学就是有责任感的人的事业，没有责任感的人也许不会选择这个职业，无论他的动机如何。"这是报告文学作家不同于其他文类作家的一个重要的特异之处，此其一。其二，面对丰富复杂的对象世界，作家拥有从事精神劳动所必需的自主权，以"我"的方式去承担社会责任与使命。简言之，报告文学作家的本我是一个兼具社会性与自我性的本我。自我与社会在这里成为一个相生的有机组合。新生代报告文学作家贾鲁生曾经对他们的价值取向作有表白。他认为"我们这代人是在实现自我的过程当中承担社会责任，或者说在承担社会责任过程中实现自我"。将承担社会责任与实现自我价值结合起来，这使得新时期的报告文学不仅具有社会关怀的品格，而且也能充分展示出作家的自我精神。报告文学作家对于自我的隆重张扬，是新时期报告文学有别于此前此后同类创作的重要的标志之一。新时期报告文学文体功能的强化，特别是批判功能的回归，文体内存的变异及其体式的转型等，其根本原因之一就在于作家主体意识的自觉。这种自觉使新时期的报告文学成为一种典型的知识分子写作文本。

丁晓原：《报告文学：作为知识分子的写作方式——兼论新时期报告文学作家

主体性的生成》，载《文艺评论》，2003（3）。

4. 80 年代问题报告文学的异军突起，本身就与其时中国社会的现实状况有着脱不开的关系。当时，有一位报告文学作家在谈到自己的创作时说："我一开始根本就没想到什么文学不文学就写了报告文学。当记者当不下去了，写了该写的东西发不出来，想了该想的东西没地方去写去说，因此就想到写报告文学。"这位专业的《中国青年报》记者、业余从事报告文学写作的作家为我们呈现了 80 年代问题报告文学的一个典型出身：报告文学作家中专业记者出身的不在少数，苏晓康当时就曾是中央广播电台的记者。所以有人尖锐地表示，正是"在现实的生活中，由于新闻体制、新闻观念等方面的原因，我们这个理应最出新闻的时代，具有真正品格的新闻是那样的稀少和难觅，以至于报告文学这一特殊的文体一出场，就过分地被巨大的新闻市场所诱惑，成为广大读者'新闻饥饿'状态下的'替代品'"。不仅仅是评论者中有这样的认识，报告文学作家之中也有人有类似的看法："我深深感到问题报告文学在中国的走运，说到底，是整个中国社会的悲哀。如果这个社会是比较稳定的，这个社会在各个方面是比较有机运转的，那么问题报告文学断然没有今天这样的局势。"因此，有人说，在某种意义上作为新闻"替代品"的报告文学，"一方面弥补了我国新闻事业的不足，一方面也使自己获得了优秀的新闻通讯所具有的社会效应"。从一定意义上来说，"问题报告文学"的命名，不仅呈现了对这些报告文学作品的内容的认知，同时，也暗示了这些报告文学与读者之间的互动方式——它们与读者之间存在的理解通道，它们与读者之间可能存在的摩擦，等等。公共问题所蕴含的时空内容，使得这些作品与读者之间能够达成一种普遍性的"协议"。在特定的环节上，这种"协议"表现为社会的阅读期待与报告文学作者的"自觉"意识的合流。在一个于 1980 年 4 月到 7月进行的、对北京市各界读者就文学、电影、电视、音乐等各个门类的欣赏意向的调查中，"在两千多名接受调查的不同年龄、职业的读者中，有近千人对报告文学投了赞赏票"，原因主要集中在"报告文学能密切联系现实生活"与"敢于触及社会弊病"两点上。从阅读期待的角度，这两点实际上并不能区分得那么明显，也就是说，就整体而言，这一调查所显示的读者对于报告文学的预期，很大程度上集中在报告文学对公众所关心与关注的现实问题的表现。而报告文学的作者们，或者是对读者阅读期待投射的反应，或者是出于"自觉"了的文体意识，也往往表现出对于报告文学不能符合读者期待的焦虑与"反省"，"人们执拗地从杂志里寻找《人妖之间》（作者刘宾雁）、《大雁情》（作者黄宗英）、《胡杨泪》（作者孟晓云），可越来越难找到了。……看到人们哗哗地翻着杂志的那股沮丧劲，我心里很有些悲凉。但是，我认为，报告文学终归还是会酝酿出它的新时代来，只要人们还想着"。这一带着写意色彩的描述生动地表达了一个报告文学作者对于社会阅读期待的认同与追随……

但往往"成也萧何，败也萧何"。这种"协议"的基础并不牢固。一方面，基于公共问题订立的"协议"，往往具备过强的"新闻"性质，必然要承受"新"带来的并发症。社会的阅读期待与报告文学作者的"自觉"意识合流产生的巨大影响力似乎实践了"物极必反"的老话，"编辑部催稿太紧，读者的呼声太高，作者本人的使命意识太强"使得"报告文学作家很劳累"，无暇深入采访、考虑文本结构、更新阅读，更无法进一步在文体理念层面进行独立的探索；并且当时就有人敏感地觉察到，记者大量"兼职"写作报告文学，使"问题报告文学"蜂拥而出、形成规模冲击文坛与社会的同时，也不可避免地带来了问题，让人"明显感到报告文学的队伍非常混乱，好多新闻记者应当说并不具备这样的素质，采访的时候，多问两句，就成了报告文学，加之大量的刊物需要稿件，就造成了这样一个作家队伍的混乱。而真正有特色的报告文学作家并不多"。同时，"协议"的"合法性"也常受到威胁……

中国作协书记处的一位官员甚至直接把报告文学称为"风险文学"。而另一方面，当历史翻页，原本的"公共问题"或者不再成为"问题"，或者失去了公共性的意义，"协议"也就脱离了它曾经赖以建立和存在的具体的时空情景，因而往往迅速失效。可以说，基于公共问题的"协议"无可避免地失效，才是曾经的"问题报告文学"最终冷寂的根源所在。

虞金星：《作为"引子"的公共事件——重返"阴阳大裂变"的问题》，
载《文艺争鸣》，2013（4）。

泛读作品

徐刚：《沉沦的国土》

沙青：《北京失去平衡》

赵瑜：《强国梦》《晋人援蜀记》

麦天枢、张瑜：《土地与土皇帝》《中国农民》

卢跃刚：《在底层》《乡村八记》

何建明：《恐惧无爱》

黄传会：《"希望工程"纪实》《中国乡村教师》

评论文献索引

张炯. 报告文学的新开拓——读《哥德巴赫猜想》. 文学评论，1978(4).

刘剑青.鸟瞰春潮起涨——略谈 1977—1980 年获奖的报告文学作品.文学评论，1981(5).

曾镇南.翱翔在文学与科学群山之间——论徐迟的报告文学.时代的报告，1983(9).

苟声.到底给了我们什么"启示"？——《洪荒启示录》读后记.作品与争鸣，1986(9).

李炳银.生活与文学凝聚的大山——对报告文学创作的阅读与理解.文学评论，1992(2).

李运抟.与文化共舞的报告文学——对中国当代报告文学的文化思考.当代文坛，2000(6).

宋玉书.现实与历史对话的文本——新时期历史题材报告文学评述.文艺评论，2002(3).

龚举善.转型期中国报告文学的文化理路.文艺理论与批评，2003(6).

梁多亮.论新时期报告文学的与时俱进.西南民族大学学报(人文社科版)，2003(12).

丁晓原.文化生态视镜中的百年中国报告文学流变.文艺争鸣，2003(5).

罗宗宇.对生态危机的艺术报告——新时期以来的生态报告文学简论.文艺理论与批评，2002(6).

陈海、陈静.作家钱钢：我的唐山·我的 1976.南方人物周刊，2006(3).

拓展练习

1. 问题报告文学以对社会上存在的矛盾和丑恶现象的揭露和批判为主要目的，但也很容易被误解为对社会的不满和消极的暴露，也就是徐迟所说的报告文学在"报告什么"和"如何报告"二者之间的关系处理好坏的问题，请谈谈涵逸的报告文学《中国的"小皇帝"》是如何由"独生子女的教育"问题扩展到涉及政治学、社会学、教育学等的重大问题，从而使得该作一问世就引起了不小的轰动。

2. 人与自然的关系问题、环保问题等在中国社会已经是一个备受关注的焦点话题，请阅读《伐木者，醒来》《沉沦的国土》《北京失去平衡》等报告文学，并参阅相关的评论文章，谈谈这一类生态报告文学的现实意义和价值。

3. 报告文学作为一种特殊的文体，更要求作家具有强烈的社会责任心和忧患意识，也就是论者指出的"底层意识对于文学，特别是报告文学具有十分重要的意义。文学的底层意识，不仅是题材意识和创作领域的问题，更是一种高度的文学自觉意识。"① 请参阅摘要中的相关评论，结合具体的作品谈谈这种"底层意识"的重要性。

---

① 胡柏一：《报告文学的底层意识与作家的文学自觉》，载《文艺争鸣》，2004（5）。

第四章　戏剧文学

第一节　概　述

内容提要

新启蒙文学中的戏剧文学成就主要体现于下列三个作品板块：第一个板块出现于"文化大革命"结束之后，其创作沿用传统的现实主义范式，内容则主要为对老一辈革命家的歌颂，对"文化大革命"及新出现的社会问题的揭示。前者的代表作是苏叔阳的《丹心谱》、沙叶新的《陈毅市长》等；后者的代表作是金振家与王景愚的《枫叶红了的时候》、沙叶新的《假如我是真的》等。其中，《陈毅市长》的散文化结构，明显地受到老舍《茶馆》的影响，《假如我是真的》则因为对现实的干预视角，成为其时文艺观念冲突的"焦点"，在其时引发了一场尖锐的文艺论争，成为一个时代性的"文艺事件"。第二个板块出现于 20 世纪 80 年代中期，其主要特点是继承并发扬老舍"京味儿"的话剧的现实主义传统，代表作品有李龙云的《小井胡同》、何冀平的《天下第一楼》。第三个板块是出现于 20 世纪 80 年代前、中期的"探索剧"作品，如高行健的《车站》《绝对信号》等，以及融现实主义思想、精神内涵与新颖的探索剧艺术表现手法于一体的刘锦云的《狗儿爷涅槃》、杨健等人的《桑树坪纪事》。

新启蒙文学中的戏曲创作，最值得关注的是与探索话剧同时出现的魏明伦创作的荒诞川剧《潘金莲》。

学习建议

查阅评论摘要的原文，以期对 20 世纪 80 年代以来的戏剧发展有大致的了解。

精读作品

1. 丁罗男：《在反思和探索中前进——试论新时期话剧十年》，载《戏剧艺术》，1987（1）。

2. 康洪兴：《新时期话剧革新运动的贡献及其不足和纰缪》，载《文艺研究》，1998（2）。

评论摘要

1. 话剧创作中现代意识的传达还有自身的特殊性和艰难度，因为各类艺术对现实、人生、文化心态的思考方式与体现方式各有不同。文学的方式并不能代替戏剧的方式。例如《传呼电话》多少还显示出文学特色过重，而戏剧意味不够的缺憾。当前话剧界正面临一个新的难题：如何从戏剧的方式去把握和传达现代意识？也许实践尚未给我们提供圆满的回答，有志于此的作家艺术家们正在向这一高度挺进，选择足以使作品升华的突破口。但我以为，从新近的一些成功之作中，隐约还能见到值得深思的倾向，不妨提出来略加探讨。

倾向之一：寓哲理于通俗化的表现之中。

提倡文学主体性的理论家曾经提出"主体"由三个方面构成——创造主体、对象主体和接受主体。如果说文学作家不能无视来自读者的反馈，那么对依赖剧场物性，由舞台艺术家与观众直接交流共同创造才能完成的话剧来说，无疑地更需要发挥接受主体的主动精神，而这种精神的发挥又必须以感知、理解为前提。由于戏剧的观众任何时候总是多层次的，如若文学作品那样仅满足于某一层面接受者的欣赏水平与趣味，话剧的观众面就会受到极大限制。因此，大量发展实验戏剧，艺术家们过多地沉醉在主体创造意识的表现之中，至少在现阶段对话剧的发展是不利的，会使话剧始终局限在少数知识层次较高的观众圈内。剧作家沙叶新看到了这一点。他提出话剧的当务之急是要扩大观众面，尤其要把青年观众牢牢地吸引到剧场里来。前不久他创作的《寻找男子汉》，就尝试了一种通俗化的表现形式。剧本以都市青年的恋爱生活为背景，情节简洁明快，人物带有喜剧中常见的夸张和类型化倾向，而语言的机智和场面的风趣产生了极好的剧场效果，以致连演百场而不衰。

通俗化并非庸俗化。通俗的作品也可以是深刻的。就世界范围来看，当代文艺的哲理性恰恰和作品的观赏性、可读性结合在一起的。西方当年的新小说派小说、荒诞戏剧和"三无"（无情节、无人物、无理性）电影，如今已被富有吸引力的传记文学、通俗戏剧、情节影片等多种样式所代替，但它们的灵魂又都打上了现代艺术的深刻烙印。我国文学发展也出现了类似趋势，且不说这些年来充斥许多刊物小报的"俗文学"热，即使严肃文学领域，也从神鞭、烟壶写到三寸金莲，从下棋、摸鱼写到美食，这些作品内在的人生哲理和情感浓度并不因此冲淡。看来《野人》一类的戏剧难免曲高和寡，而通俗化地抒写人情世态的作品如《寻找男子汉》《天才与疯子》等，也未必不能承载作家的某种哲理追求。从舒欢遇到一连串"缺钙"的男子的可笑情境中，我们不难感受剧作家对社会不健全的机能、对民族精神更新的关注。生活中的天才和疯子常常只有薄薄的一纸之隔，观众也能从一个普通大学生的人生道路中引出更多的思考。最近轰动北京剧坛的《狗儿爷涅槃》一剧又提供了这方面的有力佐证。这出戏抓住了一个普通农民与他安身立命的土地之间"悲欢离合"的命运，敷演出一场场令人啼笑皆非的话剧，没有故意的"深沉气"也不以晦涩显示其"新观念"，但它却让人体察到民族文化心态的历史造影，会引起一种难以言喻的酸楚又亢奋的审美情感效应。深入而浅出，"大俗"之中见"大雅"，这是历来艺术家们所追求的最高境界。通俗与老理融成一体的戏剧尤其如此，因为它可以形成雅俗共赏的双重层次，最大程度地发挥戏剧艺术的魅力。

倾向之二：现代喜剧因素的渗透。

一般说来，喜剧长于激发剧场中演员与观众、观众与观众之间三角反馈作用，因而历来受到普通群众的欢迎。与电影、电视相比，喜剧形式也是最能体现戏剧艺术的优势的，也许这也是当代话剧创作更多地偏重于喜剧因素的发掘的一大原因。但作进一步分析时，我们发现喜剧因素的普遍渗透，还同剧作体现现代意识有着密切的关系。

现代戏剧立足于总体地把握人生，并且越来越多地将普通人作为描写对象，这就使传统的悲剧因素与喜剧因素互相交融，难以像过去舞台上那样加以分离。普通的"小人物"在人生旅途上的挣扎、抗争常常是喜剧式的，但又能引起人们的悲剧情感。西方现代戏剧大都具有悲喜剧倾向，至于荒诞戏剧、黑色幽默则更是用相当夸张的滑稽闹剧形式来体现人生的悲剧意义。我们并不赞同他们的悲观主义结论，但就戏剧反映生活的深度来说，现代艺术无疑进入了从喜剧中开掘悲剧内涵的新层次。换言之，在现代戏剧中，以往那种纯粹表现美的事物被毁灭的英雄主义悲剧悄然隐匿，而喜剧形式也不再是居高临下地讽刺社会的、道德的丑行，满足于让观众在笑声中得到某种道德伦理教益和超于喜剧人物的自我优越感。现代喜剧往往以滑稽可笑的人和事，激起人们对人生甘苦的一种感同身受的品味和形而上的思索，这是含泪的喜剧和沉思的喜剧。在《红房间、白房间、黑房间》《挂在墙上的老 B》《天才与疯子》《传呼电话》等剧中，我们都能体验到这悲喜交加的双重美感效应。当然，有的作品的悲剧底蕴尚嫌挖得不够深，比如《天才与疯子》在表现主人公厚颜无耻地追逐个人名利的同时，使我们为天才的毁灭而感到惋惜，可是内在意念的浅露导致剧本缺乏厚重的分量。《狗儿爷涅槃》的悲喜剧性是揭示得较为有力的。剧本通过狗儿爷这个半疯的人的目光和心态，来展现整整一代中国农民的精神历程，剧情是喜剧化的、富有舞台动作的，体现了滑稽与崇高、喜剧与悲剧的相互结合、相互转化，所以能给观众强烈的戏剧式的感情冲击。

既要有现代人对生活的观察和思考，又要以戏剧独特的方式加以传达，这确实是当前话剧创作亟待解决的问题。

丁罗男：《在反思和探索中前进——试论新时期话剧十年》，载《戏剧艺术》，1987（1）。

2. 新时期现实主义戏剧的开放与拓展，过去戏剧界和学术界称之为"新现实主义"。所谓"新"现实主义，主要强调它融合传统现实主义、西方现代主义和民族戏曲艺术而在现实主义戏剧形式、手法上的创新。本文称其为"现代现实主义"，所谓"现代"，主要强调这些戏剧审视现实的现代眼光和现代意识。形式和手法的创新当然是新时期现实主义戏剧开放与拓展的重要方面，但是最根本的，还是戏剧家以现代眼光和现代意识审视现实，而带来戏剧的"人学"转向与探索：现实主义从着重社会分析、干预生活、为政治服务转而关注人、描写人，强调戏剧艺术的使命是发展人的精神潜力，开拓人的精神空间，追求人的精神自由，以人性、人道、人格等的全面发展与完善，来重塑人的精神与民族的精神。因此，这些创作既表现出审美客体"人"的真实——人的生存、人的命运、人的生命的意义、人的心灵的复杂性与丰富性，又表现出审美主体"人"的真实——戏剧家的人生体验、生命感悟和对人本体困惑的思考，它还拓宽了创作主体与接受主体心灵对话和情感交流的精神空间。这是一个世纪以来经过几代中国戏剧家的艰辛探索，而不断丰富、拓展和深化的现实主义戏剧精神，是卷入世界戏剧大潮的中国现实主义戏剧与民族现实拥抱，而从传统走向现代的本质内涵。

新时期现实主义戏剧的人学转向与探索，其深层的社会原因，是走出"文革"噩梦的中国人开始用自己的大脑去思考现实、历史与文化，去思考人、民族与人类在戏剧中的突出体现。新时期理论界关于人性、人道主义、人的异化的论争，和两次"人的发现"（从发现人的尊严与价值而呼唤把人当作人，到发现人的自身即发现自我的分裂、矛盾与困惑），又为现实主义戏剧的人学转向推波助澜。而就现实主义戏剧拓展本身来说，则一方面是新时期以来剧烈、深刻而迅速的变革，人们的社会意识、生活方式、价值观念和审美情趣等都在发生重大变化，"这个巨大的历史潮流推动戏剧寻找新的表现形式和方法，向着多极化方向发展。传统现实主义显然还有它的生命力，但它对表现今天无限宽广、复杂、瞬息万变的生活已感不足，它需要发展，添进新的东西"，另一方面，是布莱希特"广阔的现实主义"戏剧观念，苏联的"现实主义开放体系"理论，以及奥尼尔、斯特林堡、迪伦马特、米勒等经典剧作家为代表的20世纪西方现实主义戏剧新发展的译介，使戏剧家认识到，"五四"以来的中国现实主义戏剧更多是对19世纪末、20世纪初西方批判现实主义的借鉴，随着时代的急遽变迁和艺术的深入探索，20世纪的世界现实主义戏剧，其现实内涵和艺术审美都在不断地丰富与拓展——无论是布莱希特"广阔的现实主义"、苏联的"现实主义开放体系"，还是奥尼尔等的现实主义戏剧新发展，它们都是经过现代主义"擦拭"的现实主义。这使中国戏剧家明白："20世纪艺术领域里引人注目的现象之一，就是现实主义艺术家对于现代主义艺术表现出极大的兴趣，现实主义与现代主义的交叉、汇合、渗透，已经形成一股潮流"。新时期现实主义戏剧与现代主义交叉、汇合、渗透，也就成为发展趋势。而正是在这里，苏联"现实主义开放体系"强调"文学恢复了自己的基本使命——研究人的本质"。布莱希特成熟期的戏剧创作超越仅仅是剧中人体验到的意识，通过文学的概括表现具体的伟大的人类问题，奥尼尔等的戏剧对于人本研究中所蕴含的强大的思想力量，等等，对新时期现实主义戏剧的人学转向有着根本的意义。新时期的现代现实主义戏剧主要是在这里以其执著的艺术探索，丰富了中国现实主义戏剧的精神内涵与艺术表现力。

胡星亮：《戏剧的"人学"转向与深化——论新时期现代现实主义戏剧创作》，
载《文学评论》，2008（4）。

3. 主流戏剧与实验戏剧的分流源于他们戏剧美学的追求不同。主流戏剧依托的是传统美学观念。传统美学研究的核心是艺术美。这种理性的美学观念在主体和客体之间划下鸿沟，在艺术和生活之间划下鸿沟，在美和不美及丑之间划下鸿沟，在精英艺术和通俗艺术之间划下鸿沟。主流戏剧正是依据这种传统美学进行艺术创作和艺术审美的。然而，当世界进入19世纪末年和20世纪初年时，一切都在悄然发生变化，尤其是二战结束带给人们的思索和现代工业文明及电子文化的兴起，传统美学遭到挑战和反问。美和艺术的关系开始出现触目惊心的断裂。叔本华、尼采、罗森克兰茨、弗洛伊德、柏格森、克罗齐、荣格、海德格尔、萨特等哲学家、美学家纷纷向传统美学发难、解构，逐渐建立起现当代美学。此外，电子文化的产生使人类在文化传播上完成了第二次革命。每一种传播形态都对应一种美学观念。如果说，人类早期的口语文化产生了原始美学、印刷文化建立起古典传统美学的话，那么，现在电子文化自然会产生当代美学，因为人类文化的传播从没有像电子文化传播那样范围之大、信息之大、力度之大、影响之深。现代人没有人能逃脱它无所不在的影响，从而催生了现代派文化艺术和后现代文化艺术。所有在传统美学中划下的鸿沟逐渐被当代美学所瓦解、所填平。当代美学最重要的举动是将传统美学竭力排斥和蔑视的"丑"迎接进美学范畴和审美行为。美学家们发现，"丑"具有特殊的审美意义。从心理、生理学角度讲，"丑"的审美过程可能是逃避美对于一个普通人的压力，逃避美所带来的一种服从的经验，逃避美所蕴涵的专家、规范的含义。借助"丑"，借助反和谐的审美来宣泄特定的情绪，达到处于紧张中的解脱，消解异化的世界形成的压抑感，并能在不和谐或"丑"面前警醒，进而趋向积极的层面。同时，"丑"的意义不在自身，而在于可以激发人类去追求更高的美。所以它与美是互补的。如果我们综合观察一下我们实验戏剧的美学依据，我们会赫然发现，几乎我们所有的实验戏剧正是以反叛传统美学为出发点，以"反美"为创造动力，以表现"丑"为宗旨，以表现不和谐为兴趣，以反映"无序"为原则的。如《恋爱的犀牛》的主人公一反主流戏剧中爱情主人公的优美境界，行为猥琐、行动黏糊、心灵空洞。爱情不再美丽，而是残酷、自私、残破；排斥表演美，排斥生活美，排斥人物美；反情节、反戏剧；剧中说唱内容很多是随意的，不能登大雅之堂的。不仅如此，该剧还将这种不美或"丑"进行放大和凸显，以形成对传统审美的冲击。可见，实验戏剧就是要走艺术的极端，形成和主流戏剧互相对峙的两极。

刘永来：《新时期中国戏剧形态及戏剧美学的嬗变》，载《戏剧文学》，2004（4）。

4. 小剧场戏剧是相对于大剧场戏剧和常规戏剧而言的，所谓小剧场戏剧指的是：在"小型的"剧场内进行的戏剧演出，或者是在"非常规的"演出场所——譬如排练厅、剧场休息室、舞台附台、舞厅、饭堂、教室，甚至是废弃的车间、仓库进行的戏剧演出。总而言之，小剧场戏剧是在较小空间演出、观众和演员之间存在着密切交流的那类戏剧样式。

举世公认的小剧场戏剧的始作俑者，是建于 1887 年的法国巴黎"自由剧场"。当时最有威望的导演和戏剧改革家安德烈·安图昂的宗旨非常明确，那就是打破法兰西戏剧传统，改变当时大剧院的生产方式和商业化倾向，强调艺术探索和艺术实验。可见，由"自由剧场"孕育产生的小剧场戏剧，从一开始就具备了鲜明的反叛性、探索性和实验性，并因此而独树一帜。

图 6-24　安德烈·安托万，法国小剧场革命之父。

20 世纪以来，小剧场戏剧一直以艺术实验为使命，特别是 20 世纪 60 年代后，在政治动荡、民族和种族冲突日渐激烈的大背景下，欧美小剧场戏剧更成为一种情绪的宣泄和反体制方式。同时，由于大众传播媒介的电子化及休闲方式的个性化，又表现为对一种新的戏剧审美机制的探求。小剧场戏剧在英文中没有十分贴切的对应词，欧美并没有"小剧场戏剧"之称谓，有人写作"Experi mental theatre"。而这个词组的原义就是"实验戏剧"。可见"实验性"与"小剧场戏剧"有着密切的联系。所谓"实验戏剧"是以"传统戏剧"为对立面的，或者是对传统戏剧观念的改造，或者是对传统戏剧观念乃至社会体制、文化构架、道德规范的反叛和否定。不少小剧场戏剧具有前卫性，表现出反戏剧、反传统的离心倾向。

我国的小剧场戏剧是伴随着戏剧改革，在 19 世纪 80 年代末"戏剧危机"的大背景之下，以一种探索者的姿态出现的，因而从本质上说属于实验戏剧、探索戏剧的范畴。我国小剧场戏剧萌生伊始，便因其与传统风格迥异的选材、立意和表现形式而被贴上了"探索戏剧"、"先锋戏剧"的标志。它所追求的绝不仅仅在于演出空间的缩小，更重要的是它对传统戏剧内容和体制的反叛，它始终致力于营造一种区别于传统大剧场戏剧的戏剧情境、戏剧氛围，体现着一种新的美学追求。

如果以 1981 年林兆华导演的《绝对信号》为小剧场戏剧在中国当代发起的信号，1987 年牟森导演的《犀牛》、1989 牟森导演的《大神布郎》、1992 年孟京辉导演的《思凡》为日渐繁荣标志的话，屈指算来，我国小剧场戏剧已经有了 20 多年的发展历史。

大凡成功的小剧场戏剧都具有新鲜的视角和脱俗的观念，无论是哲学思想还是美学观念，都给人耳目一新的感受。许许多多的新潮思想观念，尤其是那些非主流的、非中心的文化及思想，常常在小戏剧场上亮相，为叛逆情绪较强、思想较为激进的浪漫型、力量型的知识分子和青年人所激赏和接受，为他们提供了情绪宣泄的机会和交流思想的场所。小剧场戏剧不满足于事件的叙述，亦不把人物性格的刻画作为最高任务，而注重挖掘人物深层的心理状态，常常把人物的心理活动外化为夸张的形体表演；有时候，演员成为一种抽象的符号，游离于自身角色之外进行间离自审；舞台上发出的信息指向极为模糊，需要通过对现存规范和秩序进行解构、拼贴，让观众按照自己的接收系统去处理这些信息，从中去体味和感悟，甚至像破译形象密码一样进行哲理思考。还有人说：小剧场戏剧是一个"梦工厂"，适合进行形而上的、思辨的、终极的思考。

不过，我国小剧场戏剧所体现出来的"先锋性"、"实验性"和"现代性"是与西方迥异其趣的。一般说来，我国的小剧场戏剧很少厌世、颓废、无聊、荒诞，也很少呻吟、病痛、变态、歇斯底里的发作，大多是积极的入世心态，以及关乎人和人生的沉重思考，关于社会、生活的忧患意识。从《绝对信号》《魔方》《思凡》《拥挤》《母语》《恋爱的犀牛》《盗版浮士德》《等待戈多》《非常麻将》到《原野》《女仆》《咖喱伴侣》《霸王别姬》，都可以看出这种鲜明的倾向。

周传家：《小剧场戏剧的特质》，载《当代戏剧》，2005（1）。

泛读作品

刘永来：《新时期中国戏剧形态及戏剧美学的嬗变》，载《戏剧文学》，2004（4）。

陈坚、盘剑：《二十世纪中国文化转型与话剧兴衰》，载《文学评论》，1999（4）。

邹红：《中国现代话剧民族化的历史进程》，载《文学评论》，1999（4）。

胡可：《建国五十年话剧历程的回顾》，载《文艺理论与批评》，1999（4）。

评论文献索引

陆颖华. 中国新时期话剧的十年. 北京大学学报，1988(5).

卢敏. 当代话剧主体的觉醒探索和失落. 剧作家，1988(6).

吴祖光. 赞川剧《潘金莲》. 文艺报，1986-07-05.

章诒和. 川剧《潘金莲》的失误与趋时. 戏剧报，1986(10).

林希. 新时期话剧得失谈. 剧本，1998(4).

陈坚、盘剑. 二十世纪中国文化转型与话剧兴衰. 文学评论，1999(4).

邹红. 中国现代话剧民族化的历史进程. 文学评论，1999(4).

胡可. 建国五十年话剧历程的回顾. 文艺理论与批评，1999(4).

汤逸佩. 八十年代中国话剧形式创新的美学前提. 华东师范大学学报，1998(3).

张兰阁. 中国话剧缺少什么?. 剧本，2000(1).

王列耀. 中国话剧：当今是衰弱还是衰亡. 文艺争鸣，2005(3).

拓展练习

黄佐临在20世纪60年代提出的"写意戏剧观"对新时期中国话剧产生了深远的影响，有论者就认为传统戏剧和现代戏剧最大的区别就在于"写实"与"写意"的把握，而关于话剧应当"写实"还是"写意"的争论以及二者之间如何相生及其与话剧本体的关系问题一直贯串于整个新时期实验性话剧的文体变革史。请查阅袁联波的《"虚"、"实"如何相生？——对新时期中国实验性话剧文体呈现方式的反思》[①] 这篇文章，谈谈你的理解。

第二节　探索剧

内容提要

"探索剧"是体现了新启蒙文学中话剧发展发生了质的嬗变的剧作。其主要作家作品有高行健的《车站》《绝对信号》《野人》、马中骏等人的《屋外有热流》、刘树纲的《一个死者对生者的访问》、陶骏等人的《魔方》、王培公的《WM（我

---

① 袁联波：《"虚"、"实"如何相生？——对新时期中国实验性话剧文体呈现方式的反思》，载《文艺争鸣》，2008（5）。

们)》、沙叶新的《孔子、耶稣、披头士列侬》、刘锦云的《狗儿爷涅槃》、杨健等人的《桑树坪纪事》等。而在戏曲的探索创作中，最值得关注的是魏明伦创作的荒诞川剧《潘金莲》。

"探索剧"主要接受西方现代话剧观念，淡化人的行动的客观真实性，消解传统的戏剧性、戏剧冲突，用各种非现实的方式重在表现人对世界与人自身的观念性理解及心理世界、情感世界，但在结构的散文化、开放性及细节的真实性上，我们依然可以看到《茶馆》对这些作品的深刻影响。《绝对信号》在剧作形式构成上，既接受西方现代话剧观念，将对人的心理世界的展示作为话剧的本体构成，在结构上，采用了开放式、散文化的结构方式，又接受传统话剧观念，设置一个基本的情节结构、戏剧冲突，还接受了中国传统戏曲观念，采用虚拟性表达方式，从而在剧作形式构成上，达到了相当成熟的程度。

学习建议

阅读剧本，一方面思考这些剧作的"探索性"主要体现在什么地方；另一方面查阅与此相关的评论文章，思考这些评论文章所产生的历史性场域，进行独立思考，选择其中的一部剧作进行讨论。

精读作品

刘锦云：《狗儿爷涅槃》
杨健等：《桑树坪纪事》
王培公：《WM（我们）》
沙叶新：《孔子、耶稣、披头士列侬》
魏明伦：《潘金莲》

评论摘要

1. 新时期话剧探索实践表明，要建立话剧的"假定性"，首先就要破除舞台的"幻真性"。突破古典戏剧"三一律"的束缚，戏剧不再严格地与现实生活同步，而是超越时空，虚实结合，实现舞台时空的自由调度和灵活转换。戏剧应该表现一段生活，但不一定模拟完整的情节。所谓情节，也不一定是指故事单元。可以是实事，也可以是虚拟，虚实可以结合在一起。就像中国戏曲的表演方法，以写意、象征、抒情、歌唱等特征超越现实生活形态。1986年陶骏创作的话剧《魔方》，打破了话剧的常规模型，由九个表演形态完全不同的小戏组成。或话剧，或哑剧，或时装表演，或单口相声，或舞蹈，或演讲，根本不存在情节的逻辑关联，也没有贯串全剧的人物。只有一个"主持人"，这个"主持人"最初竟然是剧作家自己。他台上台下、戏里戏外、里外穿插、自由走动，不仅连缀了9个戏剧片断，而且成为观众与演员之间沟通的桥梁，实现了探索戏剧家最推崇的观演之间的直接交流。20世纪90年代的先锋戏剧家们又发展了这种戏剧组合手段，甚至超越了以故事情节为特征的逻辑表述，而寻找非逻辑、非因果、非秩序的戏剧组合。他们解构传统、反叛经典，可说是到了登峰造极的地步。林兆华把契诃夫的《三姐妹》和贝克特的《等待戈多》嫁接成《三姐妹·等待戈多》；孟京辉根据中国街头剧与德国剧作家毕希纳的经典名剧改编合成《放下你的鞭子·沃伊采克》，就是以一种独特的戏剧视野和全新的戏剧感觉去体验戏剧组合的例证。

从某种角度上，当代话剧也是用布莱希特的"间离效果"理论（亦称"陌生化"手段）来诠释"假定性"手法。所谓"间离效果"，一方面要求演员与所扮演的角色保持一定的距离，并在理智的状态下表演角色、驾驭角色；另一方面，又要防止观众过分进入戏剧情境，丧失理智，而发生戏剧"迷醉"。于是，话剧中出现了大量的穿插性演员、场面、歌舞、过场诗，甚至辅助性情节。古希腊悲剧中的歌队长角色和我国传统说书艺术中的说书人转换为当代话剧中的特定角色。他们可以经常从戏剧中"跳"出来，进行故事情节的口头叙述或朗诵表演；然后又"跳"进戏里去恢复其扮演角色。舞台上交叉使用"代言体"与"叙事体"。而"代言体"与"叙事体"的转换过程，正是产生"间离效果"的过程。先锋戏剧家孟京辉1996年创作话剧《思凡》。在演绎西方一段经典的风流韵事时，舞台上一边由演员进行哑剧式表演，一边由叙事人进行口头解说。动作形体与语言表达在一种特殊的戏剧规则中实现剥离。当代话剧充分认可戏剧是以演员和观众共同拥有一个规定的时空环境为前提，不愿演员"当众孤独"，努力打破"第四堵墙"或者把"第四堵墙"移到观众席后面。尝试中心舞台、伸出式舞台、环形舞台、T型舞台等多种表演区域，尽量模糊演出区与观赏区的界限，强化观演之间的渗透与交流。有些话剧让演员从观众席间出场，或者让部分演员坐在观众席间表演。有的甚至尝试让观众扮演角色，极大地调动了观众参与戏剧的热情。

但是，在充分承认、理解话剧"假定性"特征的同时，随之而来的矛盾也是突出的：由于片面强调打破舞台的幻真效果，过分追求剧场性，观演之间边界模糊。戏剧情节不在封闭的系统中运行，冲击和削弱了原有的戏剧组织结构，影响了情节本身的完整性和流贯性。难以组织集中统一的矛盾冲突，使话剧深层的舞台动力受到制约。纵观当今舞台，不少话剧不是着眼于全局去组织戏剧冲突，整台戏看不到起承转合，难以形成戏剧高潮和转折，情节的承续和延续能力不强，情节关系不紧密。加上情节组合的随意性太大，使开放的舞台缺乏必要的内部约束机制。可以没有开头，可以没有结尾。内容的拼装性、装扮性、跳跃性、随意性太大，外在情节开放代替了内在的情节生长，使得戏剧内容重心不稳，舞台漂移感增强。看来，在充分承认话剧假定性前提下，仍有必要建立相对独立和封闭的舞台运行机制，仍有必要建立观众在一定程度上认可的幻觉真实。如果观众完全丧失了对舞台幻觉真实的信任，那话剧就有可能沦落为浅薄、热闹的游戏。

黄振林：《新时期话剧表演体制转换的观念创新和内在矛盾》，载《当代戏剧》，2006（6）。

2. 新时期话剧的探索，始终遵循着"文学是人学"的创作原则，突出的是对人物"个性"的塑造和对人的生命价值的追问。80年代后期出现的两部作品——《狗儿爷涅槃》和《桑树坪纪事》，就是典型的代表。

《桑树坪纪事》是根据朱晓平的小说《桑树坪纪事》《桑源》和《福林和他的婆

姨》综合改编而成的一部无场次话剧。它以热烈而冷峻、激越而苍凉、悲情而深沉的笔触，描绘了现代中国西部黄土高坡上的桑树坪人因贫困与生存的冲突所发生的一幕幕扭曲可笑而又令人惨不忍睹的悲剧。剧作以现代人、知识青年朱晓平的双重视角，展现了70年代前后陕西农村一个叫桑树坪的生产队里发生的故事。生产队长李金斗是剧中描写的主要人物。在他的性格中，美与丑杂糅，善与恶相混，是一个难于用好与坏衡量的人物。为了全村人的温饱，他在公社估产干部面前跑前跑后赔笑脸，费尽心机，软磨硬泡，讨价还价，为的是给村民们"多留下十斤八斤的麦"。为抢救生产队的饲料粮，他在一次塌窑事故中被砸断了腿。可是，在外来的麦客面前他却欺行霸市，故意压低价钱迫使麦客就范。为霸占外姓人王志科住着的两孔窑洞，他竟发动村民写检举信，把无辜的王志科送进了监狱。他的寡媳许彩芳与麦客榆娃相爱，硬是被他拆散。他想要彩芳转嫁他的残疾儿子仓娃，彩芳不从，以死抗争，最后只得跳井结束了生命。剧中描写的其他人物和事件也具有着典型性。如阳疯子福林的媳妇是用妹妹月娃"换"来的，这便成为他敢于当众凌辱妻子青女、扯下她的衣裤、逼得她发了疯的"理由"——"我的婆姨！钱买下的！妹—子—换—下的！"公社成立"革命委员会"要请客，强行要拉走村里的宝贝耕牛豁子杀了吃，桑树坪人忍无可忍，气愤之下一起动手打死了心爱的豁子。在这些事件中，桑树坪人既是悲剧的受害者又是悲剧的制造者。剧作在赞扬桑树坪人勤劳、善良的人格和不屈不挠品质之时，也对他们思想中的狭隘、自私、排外的小农意识进行了批判性反思，令观众痛心疾首地感到，在这块贫瘠的土地上封建主义的愚昧、狭隘、闭锁、保守的习惯势力，就像一条无形的精神枷锁一样扼杀着人性、窒息着青春，束缚着社会生活的进步。人物的形象化，语言的个性化，形成了该剧的独特的艺术风格。

图 6-25　话剧《桑树坪纪事》的精彩剧照。

《桑树坪纪事》是一部现实主义戏剧，但又不是传统意义上的现实主义戏剧，它在表现形式和舞台艺术处理方面已经与传统的现实主义话剧有了很大的不同。该剧汲取了当今世界和我国新时期以来戏剧艺术探索的各种成功经验，采用了多种舞台手段，写实与写意、现实与超现实、再现与表现，以及话剧表演形式与音乐、舞蹈的融会，都在舞台表演中得到了很好的体现，实现了社会内容与艺术形式之间相当完美的结合。该剧的成功与导演的舞台创造和舞美设计的成就分不开。导演徐晓钟在导演该剧时有意识地针对前期探索戏剧的不足，在深刻的思索中有机地融合各戏剧体系与流派，其指导思想是："坚持现实主义基础；在更高层次上研究传统艺术的美学原则；有分析地吸收现代戏剧（包括现代派戏剧）的一切有价值的成果，辩证地兼收并蓄，以我为主，孜孜以求戏剧艺术的不断革新。"导演在叙述体戏剧与戏剧体戏剧的兼容中，一方面找到了从表现到再现的自由过渡，避免了此前一些话剧在探索过程中在上述两方面的疏离；另一方面在寻找情与理的和谐上进行了大胆尝试，使舞台表演带给观众以情感的激荡，同时又提供了理性的思考。该剧的舞美设计既恢宏大气，又意蕴深远，为主题的拓展与深化提供了有力保障。设计者刘元声等以大写意的原则在转台上安置了一个14米直径的倾斜"大转盘"——象征着五千年黄土高原的大塬背，"圆盘"高端的一侧是用提炼的写实手法体现的傍坡而凿的村民居住的窑洞和牲口棚。窑洞上背负着一座大山，远远看去又似蹲伏着几尊佛僧，木讷地瞪视着辽阔的黄土高原，任凭人世间悲欢离合的演化。面对大山的是一口深不可测的唐代古井，正中一个硕大的太极图，那伸开去的阴阳两极八卦图符的弯曲小路，仿佛就是人生复沓的轨迹，既无始又无终。而人生命运的主题旋律，就随着舞台的转动"奏响"了。剧中所体现出来的舞台艺术魅力远远超过它的剧本形态，其宏大的场面，众多的人物，尖锐的冲突，强烈的民族色彩，浓郁的西北地域风情，鲜明生动的艺术形象，深刻的历史反思和所传达的丰富的艺术信息，加之演员纯熟的演技，使《桑树坪纪事》在新时期话剧舞台上闪烁着独特的光彩和艺术魅力，尤其是"转台"的使用，更为整个演出增添了艺术魅力，它"不单是物质空间的转换，而且是物质空间与心理空间两种不同性质空间的转换，也是散文与诗、叙述与咏诵的转换，即再现与表现两种美学原则、两个美学层次的转换"。导演充分利用这种种转换，构建成一组组富有感染力的哲理意象，以传达融化在形象里的哲理，并通过"围猎"手法的运用，使"捉奸"、"打牛"等写意性场面产生了震撼人们心灵的艺术效果。该剧的成功，充分体现了导演的艺术创造在戏剧创作中的重要性。

该剧演出后在中国剧坛引起极大震动，被称为"桑树坪现象"。它是自80年代初"探索戏剧"兴起、从《绝对信号》等开始的实验话剧艺术发展的一个里程碑式的作品；是戏剧观念更新、戏剧理论深入探讨和多年准备的结果，是戏剧艺术在吸收外来戏剧影响、不断革新的过程中所创造出来的一条艺术创新实践的道路。

刘平：《新时期话剧三十年的探索与发展》，载《文学评论》2009（3）。

3. 如果说启蒙现代性关涉的是理性的升华，那么审美现代性则更关注感性的完善。启蒙现代性对于科技理性的偏持导致工具理性的诞生，并因此而变异了人们渴望与追求自由的初衷。正如有研究者所言："如果说现代性，在思想变革与社会变革的层面分别表现为主体性的确立和理性化的最终形成，并最终对人及其理性予以了高度的肯定的话（启蒙现代性），那么，我们必须同时看到，作为现代性构成的有机组成部分，在美学与艺术领域对人的灵性、本能与情感需求的强调（审美现代性），实际上，既是从感性生命的角度对人的主体性的直接肯定，又包含着对现代科技文明与理性进步观念的怀疑乃至否定。所以，审美现代性，既包含着对主体性的捍卫，又包含着对理性化的反抗。就它从感性出发对主体性捍卫这个意义上来说，它是现代性自身认同的力量；就它以感性原则来反抗理性化所带来的弊端的这个意义上说来，审美又是现代性这个统一体中的异己力量。"具有现代品格的艺术总是通过强调与科学、伦理相对的审美之维度（或与之相关的艺术价值），以生命与感性的原则在现代知识谱系中为主体性立法，从而达到反对理性绝对权威与传统道德的目的。新时期话剧正是以对人类感性生存的关注完成一种完整人性的建构，并在此基础上架设起一座类似宗教功能的审美乌托邦，以期使人获得真正的解放。

作为对历史上话剧充当理性工具的矫枉过正，新时期的戏剧更加强调情感的交流，从外部转向内心。在《狗儿爷涅槃》中，狗儿爷的终生梦想与企望就是用自己的劳动在自己的土地上获得收获。土地是他的灵魂，为此狗儿爷的父亲曾付出生命的代价，而狗儿爷则宁肯失去两个老婆，但个人意愿在无法更改的澎湃的历史潮流中总显得渺小而微不足道。当历史终于恩赐予他土地时却是真正悲剧高潮的到来——他已经年迈无法在土地上耕耘，生老病死这一无法逃遁的自然规律再一次战胜了人灵魂的渴望，人在历史与自然的围困下坚韧但却无助。戏剧冲突的最高本质就是戏剧冲突的哲理性本质，戏剧冲突说到底是人与天、自由与必然性的冲突，在这种冲突中，戏剧家寄托了他对理想社会，特别是对理想人格的无限追求。《狗儿爷涅槃》那种种宿命般的安排使命运像一张大网罩住挣扎于其中的人们，具有着普泛的悲剧人生的象征含义，观众在这种写实与象征中触摸着狗儿爷的彻骨之痛与无奈之情，同时品尝与回味生活或命运对自己的给予，无处不在的真诚的情感力量终于为《狗儿爷涅槃》赢得了观众。艺术真正的本体是什么？它应当是创作主体对人生的某种独特的体验和感悟。戏剧的过程实际上就是这种体验、感悟的呈现和接纳之间双向交流的过程。在这里，个体就是根本，感性体验成了唯一的审美对象。理性也好，反思也好，脱离开个体生命的感性形式就成了外贴在作品表面的标签。话剧的人性化体现在因为缺少了文字或其他媒质的中介而直接面对观众这样一个特殊的前提下，因而，怡人性情或者引人深思的内容会更直接地传导给观众，从而引起并接受他的共鸣。正是在这个意义上，剧场是一个弥漫人情味的地方，话剧也是特别人性化的一种艺术样式，现代话剧恐怕更应在这方面给现代人一个品尝梦想，交流情感，宣泄情绪的场合。

解放意味着自我主宰，意味着对生命本身的肯定与崇拜。如果对《狗儿爷涅槃》进行生命层面的解读，就会看到狗儿爷的地主梦事实上是个人欲望的显在形式，这种欲望尽管一再地在历史的客观局限中碰壁，甚至隐藏于灵魂的深处而不为人所见，但它从未真正消泯，这是狗儿爷一生命运的根本动因与最好注脚。以此为核心，爱土地的故事才得到了有根有据而又淋漓尽致的展开。巨大的戏剧激情与情感力量从始至终其实在传达着对人性的重新理解与诠释，那就是：曾遭历史鄙弃的个人欲望应该而且无可避免地雄踞于个体生命之中，如果不给予充分的尊重而只是一味地否定与压抑，只会导致生命力的弱化。对欲望的肯定也就是对生命本身的肯定，而对生命本身的崇拜则表征着人的意识的更全面的觉醒，被历史和误解所压缩了的生命重新获得了张力。

……它不再满足于以煽情为功能的社会学阐述，作者在叙述之外，生发出对戏剧意义的关注与追寻，向往对人类与民族关怀的哲学和人性思考。于是，在《狗》剧中，我们同时看到一副沉思的面孔——在中国文化的宏大主题中，锦云以可歌可泣的戏剧真情，以类似寓言的言语方式，表达了对另一种文化发展可能性的深切思考。"三十亩地一头牛"是农民的梦想，但却并非最高理想。狗儿爷尽管对祁永年满腔仇恨，但事实上他无时不想成为祁永年那样的地主。他对土地在依恋之外的贪婪与对祁永年那颗印章的羡慕与渴望充分展示了他的内心隐秘。狗儿爷亲手烧毁具有象征意义的门楼并不意味着他的让步，而恰恰是农民顽固意识的一次自焚，并寄予了作者对"狗儿爷们"在涅槃中再生的期望。所谓的哲理性绝不是只让几个化了装的角色在舞台上宣讲自己发明的哲理，而是来自于形象内在的凝聚力。它所涵盖的人生经验越广泛、越普遍，哲理性就越强。人为地拔高、贴标签只能是拔苗助长、掩耳盗铃。现代观众最容不得虚伪矫饰。故作艰深的哲理与虚伪的激情、概念化的形象同样令人生厌，他们需要平等、坦诚的交流。正如格洛托夫斯基所言，戏剧就是（人与人的）会见。戏剧是演员与观众的共同构成物，戏剧只能提供一个多层次的未定点，只有观众将它具体化时，意义才会渐现。

陈坚：《论新时期话剧的现代品格》，载《上海戏剧学院学报》，2002（6）。

4. 沙叶新太偏爱喜剧了。六十年代的《一分钱》，七十年代的《约会》《〈风波亭〉的风波》，以纯喜剧面目出现；新时期以来的《陈毅市长》《马克思"秘史"》这样的正剧，也庄中有谐，有很大的喜剧因素。但历史和现实生活，并非都是喜剧，因此，沙叶新的话剧创作中也有悲剧内容。但即令如此，也仍然悲喜结合：《假如我是真的》如果说是沙叶新在悲喜创作道路上迈出第一步的话，那末《耶》剧是他在这条创作道路上的一大发展——它在悲剧性和喜剧性融合——非理性与戏剧性统一方面，是我国当代话剧剧坛上罕见的。

《耶》剧的喜剧性，首先来之于它的艺术形式和表现手法。一个以非现实主义手法表现荒诞不经的故事，这个事实本身就具有喜剧意味。《耶》剧没有一种合乎理性的统一的情节，故事没有一种合乎逻辑的内在连贯性，它并不如传统话剧那样合乎或然律，或必然律；剧中情景发生地，时而在天堂，时而在月球，时而在地球，空间跨度大；故事发生时间也闹不清是过去，还是现在；人际关系也荒唐可笑，内中有人化了的神灵、鬼魂，有生人，有人化了的机器人，也有变形、异化了的人；剧中的紫人国、金人国虽在地球上，也属子虚，大有神话的色彩和情调。这些喜剧性，给了读者观众以更多的审美愉悦。

《耶》剧又调整了台词和动作的比重，加强了角色的动作成分，给人以更多的诉诸视觉的观赏性。它还把其他艺术样式中的唱、念、做等吸收进来（这主要体现在孔子与列侬这两个人物身上），这就增加了喜剧性。

《耶》剧的喜剧性还在于它的幽默意识。它不像《假如我是真的》一剧那样，意在讽刺，批判丑恶，表现出一种强烈的煽情的讽刺意识，而是把那种令读者观众为之动容的讽刺意识转变为让人发笑的幽默意识。在剧中，作家使角色置于特定的戏剧情景中，让角色与情景的关系构成幽默发笑的因素，如孔子，剧本更多地表现他在规定情景中他的个性环境间的矛盾，淋漓尽致地表现他的言谈举止的方式和那股文绉绉、酸溜溜的夫子气，让人发笑；作家运用贬低原则，剥夺这个孔"圣人"的尊严，使其在紫人国处于狼狈的窘境，令人捧腹。《耶》剧的幽默感，还来自于它的奇幻睿智的语言：如孔子慌慌张张向上帝报告游行队伍中有美国挑战者号火箭女宇航员麦考利芙时，因不谙洋人名字不明火箭为何物，而滥称为"挑担子死掉的'卖好衣服'"；又因不识吉他乐器，而滥称列侬"背着一个大火腿"。真是荒谬绝伦！又假里传真，令人解颐。再如列侬，在紫人国被迫受到侮辱性身体检查时，作家再次运用贬低原则，把情景的严肃性降低到平庸的境地，让列侬蹦出这样一句话："干么……左看右看，又捏又摸，好像在挑黄瓜"真让人喷饭。

《耶》剧是个喜剧，但喜中有悲，还有它的悲剧性：剧中金人国的豪斯、一对父子，是拜金主义者，他们被金钱所奴役，人性被泯灭、异化，本人都难逃死亡的命运。这是人被物质奴役的悲剧。剧中紫人国的众百姓，在女皇的统治下，被迫接受所谓精神之崇高，思想之纯净，说什么"宁可要女皇的一点一滴思想，也不要异邦的千座万座金山，"以至精神世界畸形发展，呈现了一种异化。这是人的思想被阉割的悲剧。这两种悲剧涵括了人类社会存在的崇物质非精神和尚精神掊物质的两类悲剧，并把这些历史上和现实生活中存在的悲剧内容包藏在喜剧形式的外衣里，使之悲喜融合。不仅如此，还有深一层的涵义：那就是，《耶》剧不仅写历史现实生活中的荒谬和悲剧，还写了人类社会在发展变化中的喜剧与进步——科学对宗教的否定，现代文明对落伍意识的嘲弄，今天对过去的批判。剧本在表现了剧作家对人类社会的历史和现状的清醒反思的同时，又表现着对人类自觉的呼唤，对物质与精神必须结合统一的热情追求，表现了对人类历史的最后的喜剧时代的憧憬——正如马克思所说的：人类历史"把陈旧的生活方式送进坟墓……人类能够愉快的同自己的过去诀别。"

总之，《耶》剧的悲喜交融，还在于悲中含喜，这个"喜"，就是作家对人类社会历史发展的真谛和本质的把握的喜悦，在剧中，就是写出了人类社会的历史性进步和它的历史进程，希望着人类历史的最后的喜剧的到来。

唐鸿棣：《〈耶稣·孔子·披头士列侬〉的艺术个性》，载《当代作家评论》，1988（3）。

5.《WM（我们)》引起论争的第三个重要问题是其不拘一格的话剧"形式革新"。《WM（我们)》是编剧王培公与导演王贵共同创作的，他们都想在话剧形式与民族化上做一些大胆的新探索。

批评者们的肯定性意见，主要有五点：

其一，编导重视戏剧艺术的假定性，充分利用舞台假定性来获得创作的自由，如"春夏秋冬四个时节的变换，用绿、红、黄、白四种颜色表示。演员表演杀鸡、煮鸡、吃鸡，表演投河、绘画等等，都是虚拟的。除了表演人物，演员还要充当树木、门板、画像等等道具，并要自己用声音做出风声、鸡叫、蝉鸣等音响效果"，以此破除"舞台生活幻觉"。有论者就此阐释说："只有走向舞台假定性，戏剧艺术家们才能获得最大的自由，为戏剧表现新的生活，新的时代，找到更宽阔的道路。"

其二，设立了"一种中性的叙述者"，即剧中的"女鼓手"和"男乐手"，"他们是古希腊戏剧歌队的后代，又不完全等同于古代的歌队"；他们是用第三人称讲故事的全知型的叙述者，虽然仍"在舞台上讲述故事，但其作用已远远超出单纯叙事的职能了。他们连接场景、干预剧情的发展、评点事件与人物、营造气氛、充当捡场人、沟通舞台与观众的联系，有时甚至'导演'戏剧场面。"

其三，在演剧方法上，《WM（我们）》力求多样化，追求同观众更贴近的交流，有论者对此肯定说："人们一直认为，几年来话剧舞美、导演乃至剧作都有明显突破，唯独表演上却一直裹足不前。然而《我们》这个戏的表演，就有了长足进展。当我们看到在一出话剧演出中，不仅成功地借鉴了戏曲表演的'景随人移'，甚至连蝉鸣、风声的效果也是由演员在表演中做出，而且毫不显得生硬、突儿时，真是感到妙不可言。"

其四，努力挖掘舞台演出每一构成要素的表现力，"在《WM（我们）》中，大幕敞开、灯具裸露，制造光影效应的有机玻璃多棱镜不加掩饰地悬吊在舞台上空；电子琴与架子鼓放置在大幕线外；几件演出服干脆就搭在台沿上；演出行将开始时，导演与演员在舞台正中围拢成一小圆圈、拍手呼喊，互相鼓励。鼓声一起，便直接进入剧情。不加掩饰的舞台与有意提示的演剧意识，大体规定了全剧的情调与风格，创造一种既富有娱乐性、又具有审美意味的独特的演出形式，使观众产生一种破除舞台神秘感之后的亲切感。"

其五，话剧与戏曲两种艺术形态的交错复合。《WM（我们）》"冲破了传统的写实模式，大胆地运用戏曲的象征、虚拟和内心活动外化等艺术表现手法，创造出自由灵动的舞台时空。"这种"民族化"的"写意性的舞台处理，不仅大大地简化了烦琐的情节交代和不必要的动作过程，使戏剧能够集中更多的时间和笔墨来刻画人物，同时由于舞台环境的假定性和虚拟性，还可以自由鲜明地对人物的行动进行规范化，舞蹈化的处理，增强舞台形象的雕塑感和韵律感，给观众以更高的美感享受。"

批评者们的否定性意见，主要有四点：

其一，演出作风低下，格调不高。在表演方面，有些论者认为，《WM（我们）》"采用自然主义的手法，用人物粗野的情绪的宣泄去刺激观众，用过多过强的音响去外在地吸引观众的注意力。""有些情节的表演丑态百出，有伤风化，是一种新的污染。""剧中有男青年'放屁'，女青年'来情况'的细节表现，企图借此反映知青下乡生活的空虚、无聊和艰苦，这很不雅、不美！令人看了恶心！""文艺是讲究美感的。哭应有哭的美感，流血之类的事，一经艺术处理，也应有美感。不能把艺术等同于生活，戏剧不能照抄、照搬生活。"在表现形式方面，有些论者认为，该剧格调不高，"该剧的表现形式，包括服装、道具的使用，都给人灰色、不舒服的感觉，不可取。"

其二，使用当时的流行元素，不算创新。《WM（我们）》在演出中使用了定音鼓和电子琴，把"迪斯科"搬上舞台，这些在当时是很流行的，算不了什么新鲜东西，也没有多大意义。

其三，形式大于内容，《WM（我们）》的"明显缺陷，就是对'问题'缺乏新的思考而止于陈列。它是真实的，生动的，又是贫弱的，浅俗的。新的演出样式不能代替新的思考。"还有论者批评说："该剧演出时由于采用了一个颇有新奇感乃至冲击力的外在形式，如贯串始终的定音鼓点，因而使部分观众颇觉有趣。但观众的总体反应，是觉得该剧缺乏生活和人物性格逻辑，因而晦涩难解。"

其四，形式上是西方现代戏剧的翻版，模仿多于创新，有论者批评说："走红一时的《WM》，当人们观看了布莱希特的《高加索灰阑记》以后还会留下什么印象呢？形式上是翻版，仿佛是布莱希特的幽灵在导演这一出中国的当代剧作；而其人物的存在及其行动又都是为了阐释剧作家所感悟的意念。"

李兴阳、窦飞翔：《中国当代话剧争鸣史中的"我们"——话剧〈WM（我们）〉及其论争研究》，载《艺术百家》，2013（3）。

6. 对生活不无幻想的潘金莲，始而苟且（"无奈何自忧自解，……盼大郎能有些丈夫气概"），继而挣扎（不顾伦理之常，寄情于二郎），终于堕落（投向西门庆怀抱）。那样的社会，那样的时代，那样的群体，给予潘金莲的只有两条"生路"：要么苦守，要么沉沦。而不论走什么路，从人性的角度看，其实质都是毁灭。殊途而同归，何扬彼而抑此？"以不道德的行为来对待没有爱情的婚姻"，固当谴责；而为"道德"起见安于"没有爱情的婚姻"，任凭人性被窒息、绞杀，这"道德"又是哪家的道德呢？这种左右为难、不好把握的准则，这种难以阐释的理论上的困境，本身就说明了那个时代妇女的不幸。

潘金莲悲剧性的一生表现为她与四个男人的关系，通过这种关系可以十分清晰地看到这个特定人物在特定的环境中所走过的特定历程。第一个男人张大户逼使她迈开的第一步，在那个特定的历史环境中，已经决定了她的一生必然是悲剧的一生，——不是这样的悲剧，就是那样的悲剧。潘金莲的沉沦和犯罪，无须辩护，更不存在提倡令人仿效的问题；然而又有几个人曾经提出过潘金莲渴望两性情爱的合理性？追究过造成潘金莲悲剧的社会根源和必然性？道一声"咎由自取"，一切归罪于个人，既痛快又省心又保险，然而把潘金莲的"淫"和"罪"从历史环境中抽象出来、孤立起来，抽掉它的一切先决条件，或者以潘金莲的结局抹煞她的过程，难道是唯物的、公正的吗？即使把潘金莲与资产阶级作家笔下的安娜·卡列尼娜、玛丝洛娃、苔丝相比较，由潘金莲传统形象所体现的我国封建社会遗传下来的传统偏见、以及这种偏见的愚昧性，不也是显而易见的吗？

有人说："在同一时代里，像潘金莲这样的妇女何止千万，然而他们并没有选择潘金莲的道路，这说明'反封建，抗礼教，争自由'的方式方法，并非一种模式。"倘若作者意在塑造封建社会的叛逆女性，潘金莲不仅不是一个"模式"，而且从根本上说她的道路毫不足取。问题是剧本的立意并不在此，正如上面所分析的，魏明伦不过是试图从"这一个"贫家女儿的沉沦史探寻历史的真实图景和深层的内涵。魏明伦写作《潘金莲》的思想实质决不在于歌颂什么，也不是简单地批判什么（传统的创作方法和批评方法在这里是不适用的），而在于剖视潘金莲"从单纯到复杂，从挣扎到沉沦，从无辜到有罪"的自身性格衍变的历史、复杂的心理历程，从而披露封建社会关于两性关系的道德观、它的"合法"与"非法"，是怎样扭曲着人性乃至毁灭着人性。重要的不是人物本身，而是人物及其行动所由以产生的历史规定性。任何人物尤其像潘金莲这样的典型，其生活历程的每一步，归根结蒂都是由社会的历史进程作用的结果。因而从某种意义上说，人物的历史就是社会历史的一个侧面的缩影。魏明伦的"重新认识"，摆脱了单纯对个人进行道德评价的思维方式，而走向开掘和反思这一形象所包孕的历史内涵——封建社会妇女的命运、伴随着这一形象并至今仍给人们以巨大影响的传统观念。应当看到，对似已定论的人和事，或拨去雾嶂，或撩开面纱，站在历史和现实的交叉点上，反思"定论"的是非，深究它的历史内涵，怀疑"正统高见"——魏明伦所进行的正是当代人的思考！尽管这样的思考未必成熟，甚至会引起更大的是非，然而深信更大的是非又会引起更深沉的思考！这样的反复带给我们的只能是意识的更新、思想的成熟、民族文化心理的进步！

王永敬：《反思·开拓·突破——评荒诞川剧〈潘金莲〉》，载《文艺研究》，1986（6）。

泛读作品

马中骏：《屋外有热流》

刘树纲：《一个死者对生者的访问》

陶骏：《魔方》

评论文献索引

沈尧. 荒诞川剧《潘金莲》的贡献. 中国戏剧，1986(8).

廖奔. 戏曲从迷朦走向坚实的探索——评川剧《潘金莲》. 中国戏剧，1986(9).

王永敬. 反思·开拓·突破——评荒诞川剧《潘金莲》. 文艺研究，1986(6).

魏明伦. 我做着非常"荒诞"的梦——《潘金莲》遐想录. 戏剧界，1986(2).

章诒和. 川剧《潘金莲》的失误与趋时. 戏剧报，1986-05-31.

季玢. 中国化·戏曲化·川剧化——论魏明伦的荒诞川剧《潘金莲》. 名作欣赏，2010(12).

王露霞. 绝望中的抗争与迷惘中的沉沦——谈话剧《潘金莲》和川剧《潘金莲》的审美品格异同. 戏剧艺术，2011(6).

熊源伟. 杂谈"杂交"——《耶稣·孔子·披头士列侬》导演随想之一. 上海戏剧，1988(6).

钱建平. 内容与形式间的强大反差——《耶稣·孔子·披头士列侬》随记. 中国戏剧，1988(10).

周惟波. 《WM》和现代审美意识. 上海戏剧，1985(6).

对《W·M(我们)》的批评. 剧本，1985(9).

王音洁. 是"先锋的品格"还是"先锋的技巧"？——评孟京辉与高行健的"先锋戏剧"实践. 浙江学刊，2004(1).

甄西. 新时期的话剧探索与探索话剧. 文学评论，1991(2).

拓展练习

1. 陶骏、陈亮给戏剧《魔方》的结构命名为"马戏晚会式"，其含义有二，"一是结构上它没有明显的戏剧线索，也没有高潮，是由几个风格迥异、似乎互不相干的戏剧小品拼成的一个大拼盘。不是传统的'焦点透视'，而是'散点透视'。二是指戏的娱乐性"①，可以说这样的编导原则对传统充满了挑战意味，也冲击着我们长期以来对"戏"的理解，请你谈谈你对此观念的理解。

2. 戏剧在我国的现当代文学发展过程中，曾经一度担当过宣传的工具，并有过强烈的社会反响，但是从 20 世纪 80 年代之后，无论是现实主义的戏剧，还是先锋派的戏剧，都逐渐走向了一个衰落的过程，对此，田本相先生说："当前话剧现状，最令人堪忧的是精神状态，是创作精神的萎靡，是探索艺术精神的衰微，是社会责任感的减弱，是社会良知和激情的缺失。物质的诱惑和金钱的贪欲在侵蚀着人们的灵魂。因此，对于话剧来说，最要紧的是需要一点精神，需要我们发扬老一辈话剧家的革命精神，以及他们对于话剧艺术的忠诚敬业的精神，在艰苦环境中艰苦奋斗，在民族危难社会黑暗的境遇下，敢于面对时代面对现实的创作精神。"② 请你结合社会的发展以及戏剧本身的艺术审美特征，分析引起这个变化的原因。

---

① 陶骏、陈亮：《我们的解法——〈魔方〉编导原则的几点诠释》，载《上海戏剧》，1985（4）。
② 田本相：《中国话剧需要真正的创新精神》，载《深圳商报》，2007-04-05。

第七编 社会转型期文学

DIQIBIAN SHEHUIZHUANXINGQIWENXUE

总　论

内容提要

20世纪90年代至今的文学，可以称之为社会转型期文学。之所以称之为社会转型期文学，是因为在这一阶段，中国社会的经济形态初步走出了计划经济开始转向了市场经济、商品经济，但与之相适应的政治上的转型尚待进行，社会结构呈现出了"转型"的丰富性，原有的社会结构及其价值形态依旧存在，新的社会结构及其价值形态正在生成之中，因之，在价值指向上，社会各个阶层有着自己不同的价值诉求，呈现出一种难以归类的多元的"无名"性形态，与之相适应的，文学潮流相对模糊、松散，文学形态呈现一种平面性的多元共生的状态。市场效应、文学的精神性品格、个体生命日常生活的价值与意义、大众文化与个体生命的"紧张"关系、文学的底层关怀、通俗文学的价值与意义、文学的生产方式、文学与影视、流行文化等亚文学的关系等，成为这一时期经常被争论的话题，并因此在争论中影响着对文学作品的评判，影响着文学创作的发展走向。

新文学的传统在20世纪90年代表现出新的活力，在启蒙文化受到质疑的时代里，一种新的因素却成了当代文学的参照。在五四以来的文学历史上，大多数时期都处于一种时代"共名"的状态，即某种时代主题支配了一个时期的思想文化，如五四时期的"反帝反封建"和"个性解放"，抗战时期的"民族救亡"，五六十年代的"阶级斗争"等。"共名"不但概括了时代主潮，而且可能成为作家表达自己社会见解的主要参照。作家通过对时代关键词的阐述，不管艺术能力的高低，其创作的作品都可能被时代认可。但在这种文化状态下作家精神劳动的独创性很可能会被掩盖，作家的个人性因素（包括个人的精神立场、审美把握）不能不与"共名"构成紧张的关系。与"共名"对立的概念是"无名"，所谓"无名"不是说没有时代主题，而是指一个时代并存着多种主题，文化形态和文学创作都反映了时代的一部分主题，但不能达到"共名"状态。

90年代的文学仿佛是一个碎片中的世界，作家们站在不同的立场上写作：有的继续坚持传统的精英立场，有的干脆表示要去认同市场经济发展中出现的大众消费文化，有的在思考如何从民间的立场上重新发扬知识分子对社会的责任，或者还有人转向极端化的个人世界，勾画出形色各异的私人生活……无论这种"无名"状态初看上去多么陌生，多么混乱，但它毕竟使文学摆脱了时代"共名"的制约，在社会文化空间中发出了独立存在的声音。

图 7-1　1995 年，北京中关村白颐路南端的街角处，一块巨大的招牌
"中国人离信息高速公路有多远"，网络开始走进中国的生活。

学习建议

查阅现代派、后现代派、共名、无名、主流文化、精英文化、大众文化、民间立场、官方立场、知识分子立场、文学边缘化、文学终结论、"人文精神"大讨论等关键词，以期对这一时期的文学之历史场域有初步的了解。

精读作品

王尧：《关于"九十年代文学"的再认识》，载《文艺研究》，2012（12）。

吴秀明等：《文学共时态：从现实主义到后现代主义——转型期文学四人谈》，载《浙江学刊》，1995（6）。

评论摘要

1. 利奥塔认为后现代主义"不是现代主义的终结，而是它连续的新生状态"。从这个意义上来说，世纪之交的中国文学面临的仍然是两种、甚至三种（包括前工业时代的现实主义文学）模态的文学境遇。在这一点上，詹明信也将西方文学世界概括为现实主义、现代主义、后现代主义三种文学艺术模态并存的时代，是有一定道理的。

我们之所以将 90 年代作为中国文学的转型期，除了上述的社会经济和文化基础的变革外，其中更重要的原因就是文学经过了十年"现代性"的反复回归与"后现代性"的超前演练，以及政治风浪的磨洗和西方现代文化理论的倾泻，变得愈来愈趋向于单一化，在表面多元化的掩盖下，文学的本质却愈来愈向"后现代文化"设置的单一物质化的理论陷阱坠落。可以说，西方"后现代文学化"理论家们正努力批判与克服的种种"后现代文学"的弊端却毫无保留地出现在 90 年代的中国文坛。文学的媚俗化、商品化、感官化、物欲化、非智化、非诗化、唯丑化、唯恶化……凡此种种，正预示着中国文学在"全球一体化"经济的框架中，超前预支了西方文化意识形态的矛盾与弊端。

"现代主义和后现代主义之间并没有一层铁幕或一道中国的万里长城隔开；因为历史是一张可以被多次刮去字迹的羊皮纸（原注：'羊皮纸'是指原先书写的文学可以刮去而重复多次，但每次都会留下依稀可见的字迹），而文化则渗透在过去、现在、未来的时间之中"。当90年代以后中国文学确实走进了一个"现代性"与"后现代性"并存交叉的文化语境之时，我们需要做什么？我们能够做什么？恐怕是当务之急。我们需要做的首先是弄清楚其理论存在的必然基础，"一种垄断不再时兴了，新的垄断又重新出现！资本主义不免一死，但祖父和父亲死后，儿孙辈仍将生息繁衍"。"后现代主义导致了当代社会中文化领域的转型"（詹明信语）。廓清了这一理论前提以后，我们再来确定价值判断：具有"现代性"的资本主义固然不免一死，但是，我们更难看清楚的却是"后现代主义"在反"现代主义"文化的过程中，所表现出的更加反文化的立场："后现代主义代表欲望、本能与享乐的一种反规范倾向，它无情地将现代主义的逻辑冲泄到千里之外，加剧着社会的结构性紧张与恶化，促使上述三大领域进一步分崩离析"。或许唯有这样，才可能进入文化批判的层面，最终解决同时袭来的"资本主义的文化矛盾"与"后资本主义的文化矛盾"。

无疑，一切历史的发展，包括文学史的发展，都必须遵循人类物质与精神两个层面的需求，尤其是要符合人性的规范，因此，从这个角度来看，用人性、人道主义和美学的眼光来治史，是十分必要的。它作为超越一切历史与国界时空的文学史唯一能够永存的衡量标准和价值判断，将成为我们今后治史与衡量文本的重要依据。

许志英、丁帆主编：《中国新时期小说主潮·上卷》，北京，人民文学出版社，2002。

2. 对"90年代文学"的整体性的论述，迄今为止其实并不十分多见，尽管大家都在不约而同地使用这一概念。然而这一个历史时期是如此地带有自然的修辞感：它的"前夜"的同样的具有断裂感和暴风雨意味的历史事件，将思想浮动、景象驳杂、波澜壮阔、风起云涌的"80年代"彻底送走，并将之定格在这个历史转换的标志性时间节点，然后又开启了一个新的时代。"90年代"也因此而"过早地"出现了——成为一个在当代中国历史中赫然而立、在尚未结束的时候就已经诞生、并过早地具备了自己独有的历史逻辑与价值内涵的一个时代。人们关于"90年代"的文学修辞也因此而变得格外敏感。1992年9月，在北京大学召开了"后新时期：走出80年代的中国文学"研讨会，虽然与会者对时下的文学理解与评价不一，但都不约而同地、敏感地意识到随着"80年代"的过去，"新时期文学"也宣告终结。这是一种自觉的告别，虽然对即将发生的"后新时期文学"究竟是怎样一种文学还不好预见，但历史内部深刻的断裂则已然成为共识；1993年，欧阳江河十分具有预见性和整体性地讨论了当下的诗歌状况，并将其命名为"89后国内诗歌写作"，他明确地阐述了当代诗歌历史的"恍如隔世"的断裂性质，以及活着的诗人作为"过去的亡灵"的文化身份；1995年冬，陈晓明在他的《剩余的想象——90年代的文学叙事与文化危机》一书中"正式地"提出了"90年代的文学"的概念，这当然不会是一个完成性的概念，因为"90年代"还刚刚只是过去了一半，还在继续之中，但陈晓明反复强调，与上个时代的文学不同，"90年代的文学不会像新时期文学那样，怀着强烈的意识形态冲动去制造一系列历史……而只有纯粹的文学要求"，"基于这种态度，我对'后新时期'（90

年代）的文学现实，给予了必要的理解和阐释"；1997年，程光炜在他的《90年代诗歌：另一意义的命名》一文中，非常清晰地提出了一个整体性的文学概念而不是时间概念——"90年代诗歌"，从文本、作者、语言策略等方面阐释了这个年代诗歌的独立内涵；1999年，洪子诚在他的《中国当代文学史》中，首次正式将"90年代文学总体状况"写入文学史，使之最终变成一个"总体"的文学概念，尽管他对这个文学时空的阐述仍十分粗略，但毕竟使之"进入了文学史"，接近于成为一个完成性的文学史概念。此后，文学史著述中大都出现了"90年代文学"的说法。

……用一个什么样的逻辑，来整体性地命名和分析"90年代"文学的精神呢？也许用一个老旧的说法是仍然有效的。在"90年代"中期我曾经用"从启蒙主义到存在主义"这样一个说法来涵盖两个时代之间的逻辑转换，现在看来，这说法虽有武断之嫌，但还是简单而传神。"80年代"的文学虽然思想活跃，观念林林总总，但总体而言并未超出启蒙主义的思想范畴，包括萨特的存在主义哲学，虽炙手可热，但也只能是属于"知识范畴"的东西，而不是"思想范畴"的东西，更不可能成为人们的"世界观"。换言之，在"80年代"，一切思想对于中国人来说都是属于"新知"，在功能的意义上都属于启蒙主义的范畴；而在"90年代"则不一样了，个体已经上升为真正意义上的主体，"群众"已经瓦解，"为真理做判断的集会已经不存在"（克尔凯格尔语），无论是先锋文学所衍生出来的新写实主义、新历史小说、女性主义小说，还是"新生代"与"70后"作家的写作，还是以海子的诗歌为精神先兆、以顾城的自杀和杀人为悲剧寓言的先锋诗歌，还有延续了先锋戏剧运动的小剧场话剧等，所传达的哲学精神、价值观念，都告别了启蒙动机，而进入了充满危机与自我拷问的、充满虚无与荒诞体验的存在主义范畴。这当然说不上是进步或者倒退、上升还是下降，只是表明，文学的精神状况变得真正地复杂和多元起来，它的放射和弥散的状态，虽然犹如烟雾一样失去了方向，但也在黑暗的存在与精神的幻象中放射出诡异与奇幻的光芒。

张清华：《重审"90年代文学"：一个文学史视角的考察》，载《文艺争鸣》，2011（10）。

3. 选择德国汉学家顾彬在《二十世纪中国文学史》中对相关问题的论述，或许比援引国内学者的观点更有参考意义。顾彬身处发达的资本主义社会，对市场、权力和消费主义应当有更直接的经验，文化与意识形态的差异或许也使他对中国90年代文学有更多的偏见；比这一身份想象更重要的是，顾彬所持的文学史评价标准，与80年代的"纯文学"观念和文学在90年代坚守的基本信念颇为一致："我本人的评价主要依据语言驾驭力、形式塑造力和个体精神的穿透力这三种习惯标准。在这方面我的榜样始终是鲁迅，他在我眼中是20世纪无人可及也无法逾越的作家。"他从这一标准出发，批评了中国学界一种研究范式的转换："权威的失落也波及了文学研究领域。有一种自90年代时髦起来的做法现在更演变成了普遍行为，即压低那些在国内乃至国际上公认的现代中国文学代表作家，同时抬高过去那些不太重要或干脆属于通俗文学的人物，从现代中国文学之父鲁迅到当代武侠小说代表作家金庸的范式转换在这里具有典型意味。"如果撇开中国文学雅俗演变的历史，以及当下在处理"五四"以后"新文学"与"旧文学"关系上的学术困境，而不紧盯着顾彬的偏颇之处，我们会明了他特别把通俗文学作家列为被拔高对象时所持的对大众文化的批判态度。

顾彬在"纯文学"与政治意识形态、"纯文学"与消费主义意识形态两种关系中，叙述和判断了"九十年代文学"："市场经济和消费越来越多地决定了生活和人的思想。知识分子以及作家失去了作为警惕者和呼唤者的社会地位。他被排挤到了边缘，在过去的理想丧失之后，一时还找不到新的非物质性的替代品。我怎样在市场经济中苟活下来，对他来说成了一个存在问题，这是他在计划经济中所不曾面临的。这个转向在许多方面是根本性的。它使得艺术脱离了原先作为党的传送带的任务，从而为艺术家头一回敞开了一种真正作为个人性立场的可能性，而不用理会人们是否赞成这种立场。现在文人通常不再是国家干部——其国家意识形态将作家创作活动规定为'为工农兵服务'。由此，至少在文学中，那种明显的'对中国的执迷'现象也告一段落，潜伏于其后的、通过写作行动将中国带上光辉道路的传教式态度，不论在作家还是在读者那里都得不到赞同了。"他还认为，除了围绕诗人海子的"崇拜"是一个例外，90年代以宗教为修辞的语言销声匿迹了，对一种打上了"信仰"印记的作家活动的排斥与对历史的拒绝相伴而来。"国家只是在进行相应财政资助（工资、奖金）时，才会向作家索要带约束力的政治价值，否则都是市场说了算，市场成为成功或失败的唯一标准。不向消费思维屈服的纯文学，只能满足于微不足道的销量和仅仅残存于——财政上还得由作家们负担的——专业性读者中。"我们注意到，顾彬的这些叙述和判断与国内持"纯文学"观念和大众文化批判的学者、批评家的看法几乎没有大的区别，他描述的现象、揭示的问题也大致成立，尽管个别事实不够准确，个别判断也过于极端。现在的问题不是顾彬的偏见，而是90年代的文学与文学生活显然比顾彬和持相同认识的国内同仁所叙述和判断的要复杂和微妙得多。

王尧：《关于"九十年代文学"的再认识》，载《文艺研究》，2012（12）。

泛读作品

季水河：《九十年代文学的四脉流向——市场经济与文学走向系列研究之二》，载《文艺评论》，1996（1）。

罗慧林：《问卷解读：90年代文学思潮演变规律探寻》，载《当代文坛》，2006（6）。

樊星：《1990年代文学的神秘文化思潮》，载《中国现代文学研究丛刊》，2013（8）。

评论文献索引

邹平. 转型期文学：对九十年代文学的一种概括. 文学评论，1995(2).

吴秀明等. 文学现代化与道德的现代化——转型期文学四人谈. 杭州大学学报，1995(4).

吴秀明等. 文学共时态：从现实主义到后现代主义——转型期文学四人谈. 浙江学刊，1995(6).

季水河. 九十年代文学的四脉流向——市场经济与文学走向系列研究之二. 文艺评论，1996(1).

陈建新. 忧患意识与闲适情怀——转型期文学研究之一. 浙江社会科学，1997
(2).

陈晓明. 从虚构到仿真：审美能动性的历史转换. 当代作家评论，1998(1).

张志忠. 试论 90 年代文学的文化视野. 文学评论，1998(1).

吴秀明. 转型期文学叙事现代性的递嬗演进及特征. 浙江大学学报（人文社会科
学版），2001(1).

彭文忠. 迷失：社会转型期中国文学的人文关怀. 当代文学，2003(3).

张治国. 启蒙的变异与坚执——20 世纪 90 年代中国文学的一个侧面. 江汉论
坛，2006(6).

罗慧林. 问卷解读：90 年代文学思潮演变规律探寻. 当代文坛，2006(6).

刘文辉. 20 世纪 90 年代文学"改造"的转移. 中国文学研究，2011(4).

樊星. 1990 年代文学的神秘文化思潮. 中国现代文学研究丛刊，2013(8).

拓展练习

政治、经济、文化的发展都会在各个方面影响到文学的发展，然而，20 世纪
90 年代市场经济对文学的影响巨大，这是一个不可否认的事实。但市场经济对文
学的影响却是一把双刃剑：一方面，市场经济丰富了人们的生活，改变了人们的心
理，为文学提供了新的素材，另一方面，又使文学失去了丰富性与多样化；一方
面，市场经济使作家们摆脱了政治的束缚、从政治的阴影中走了出来，另一方面，
又使作家们背上了经济的包袱，产生了新的困惑；一方面，市场经济淡化了文学的
政治色彩与工具意识，使文学的某些本性得以复归，另一方面，也淡化了文学的精
神产品特性，商品意味越来越浓，使文学的某些本性被异化掉。总之，市场经济改
变了传统的文学观念，使文学发生了根本性的变化。请在本阶段的学习中，通过对
文学作品的认真研读来感受文学与市场到底是怎样的一种关系？市场在多大程度上
影响了文学的走向，其具体的影响体现在哪些方面？我们站在今日的立场，如何评
判这一现象？

第一章 小 说

第一节 概 述

内容提要

社会转型期小说有三个非常明显的特点：第一，是这一时期的小说，没有依次出现占有主导地位的强劲的小说流派、小说思潮，也没有出现强劲的创作思想资源，同时，学界对这一时期的小说创作概括不力，概括标准多元。所有这些，都导致了这一时期的小说创作，显得有些繁杂、散乱。第二，作家的"代际"构成因为体现了不同历史时段的价值形态，因之，受到了特别的重视。"五七族"作家渐次退出了文坛中心，20世纪50年代生的"知青族"作家在文学格局中，处于文学的主导位置，与中国市场经济形态同步生成的20世纪80年代生的作家，因为其价值指向上鲜明的"新颖性"而受到特别的关注。第三，新启蒙文学所积累的文学经验文学能量，在这一时期通过长篇小说的形式，得以全面的释放与体现，形成了一个长篇小说的创作高潮，并成为这一时期文学的主要成就。

学习建议

阅读评论摘要文章的全文，以期对这一时期的小说有大概的了解。

精读作品

邹平：《转型期文学：对九十年代文学的一种概括》，载《文学评论》，1995（2）。

陈思和：《关于九十年代小说的一些想法》，载《海南师院学报》，1995（2）。

蔡翔：《九十年代小说和它的想象方式》，载《当代作家评论》，1998（1）。

评论摘要

1. 一般认为，八十年代末小说已形成以加强故事性和写生活琐事为特征的艺术思潮。进入九十年代后，那些由过于琐碎的日常俗事构成的小说便不再有吸引力。读者并不理睬你的招牌如何晃眼，一旦失去阅读兴趣便远离而去。以极精彩的故事和极传奇的人物而崭露头角的土匪文学，正是从阅读心理期待上满足了读者的潜在需要，从而使读者趋之若鹜。当然，小说创作历来是一种双向的精神运动。读者的阅读兴趣和需要只是激励小说创作和市场动力，况且从来也不会明白无误地显示出来。所以，土匪文学的审美取向，从根本上来说只能是来自作家本身的创作动力。不必否认，小说缺乏读者的现象已经刺激了作家回归故事的审美心理机制，而从故事性迈向传奇性的腹地，则是这一审美心理机制的自然延伸。自然，土匪文学审美取向传奇性本来就是题材本身的应有之义，因而从更内在的成因来说，这也是为作家对生活的感受和表述的欲望所驱使。由此可见，土匪文学无论是从作家对新小说美学的追求，还是从读者对小说的新阅读期待，都开启了九十年代文学在审美取向上的"转型"。

诚然，传奇性是凭借故事与现实生活的时空间距离而产生的，是作家想象力的天马行空的产物。因此，一旦失去应有的审美距离和审美认同，传奇性便难有立身之地。事实上，当商战文学、历史文学和生存文学相继火爆时，九十年代文学在审美取向上便转向了戏剧性，亦即小说在情节展开上刻意强调其中的因果性，以致情节安排上的任何一个细小环节都无法替换，从而使冲突迅速发展，步步紧逼，直到戏剧化高潮的出现。然而，对小说美学而言，戏剧性与传奇性的差别毕竟不大。从某种意义上说，戏剧性是传奇性的普遍形式，而传奇性则是戏剧性的极端形式。从审美内在机制来分析，戏剧性和传奇性是具有一致性的，即都依赖于情节发展中的强烈的因果关系，以及人物间冲突的高度戏剧化。因此，在商战文学、历史文学和生存文学中，常常不乏戏剧性与传奇色彩并行的现象。

……在戏剧性成为小说创作中的一个新趋向的同时，作家们也开始了对悲剧美的执着追求。这似乎表明，悲剧美与戏剧性在某种程度上是不可分离的，它们共同构成了九十年代文学的新美学倾向。

所谓悲剧美，当然是与作家的悲剧意识有关。而悲剧意识的兴起，又是与九十年代文学在主题上努力阐释"迷惘"这一精神现象的人文价值紧密相关的。作家们从对迷惘的一种情境假设——土匪世界的形而上探究开始，途径直面现实、拷问陷入市场经济大海中的现代人的精神迷惘和回视历史、揭示历史在其前进过程中的错综复杂的矛盾冲突，以及面对砸碎世界的同时也将人生有价值的东西毁灭的历史迷惘，最终得以在人类生存的终极价值这一哲学高度来思考迷惘的精神本质在于人生终极的无奈失落。在这一过程中，作家们也许并没有意识到他们的创作始终被人类生存窘态这一哲学命题所覆盖，但他们却一再地显示出他们对人类处于生存窘境中的悲剧性结局所具有的艺术敏感。所谓人类生存窘态，是指人类必须为自己的生存而创造一个空间，一种秩序，一套文化体系，即一种人类生存环境，但当人类生存环境确立之后，人类又反过来使自己的生存去适应自设的生存环境，从而忘却了人类生存的终极目的在于生命价值的实现。于是，人类陷于一种永恒的生存窘态。他一只手高举着自己写就的人生终点木牌，然后拼命地奔向这块牌子，生命消耗在途中，到头来却发现他所追逐的那块牌子毫无意义。他丢掉了手中的牌子，另一只手又举起自己新写就的人生终点木牌，继续重复着追逐的行为，直到悲剧性结局出现为止。

邹平：《转型期文学：对九十年代文学的一种概括》，载《文学评论》，1995（2）。

2. 所谓九十年代，似乎不仅仅只是一个时间概念，相反，在更多的时候，它被赋予一种强烈的文化暗示。一个通常的，甚至烙有人为痕迹的时间概念，因为这种暗示，而变得生动起来。

似乎是一种巧合。几乎在每一个"十年"之中，我们都能找到一个或者几个重大的政治文化事件，这些事件影响甚至改变着一个时代。因此，所谓的九十年代，在其背后，同样隐藏着这样一些因素。从八十年代末开始，一连串的事件炫人耳目，直至邓小平南行讲话、市场经济体制的最终确立并获得某种合法性，等等。这些事件极大地影响了九十年代，并赋予其强烈的文化暗示。由于中国当代文学与政治文化的天然的血缘关系，在如此重大的事件激荡中，自然会潜在地改变着其文化想象，某些新的想象关系暧昧地生长出来，而另一些想象则顽强地坚守着自己的最后立场。

在九十年代，集体性的观念，随着现实的冲击以及知识分子内部的日益分化，而逐渐趋于解体。个人日益退守到自己的经验，世俗的存在则逐渐显露出它的重要意义，经验，尤其是个人的日常性经验，极大地介入到价值的判断之中。而更为重要的是，一个有关现代性的神话开始变得犹豫起来，在八十年代，曾经洋溢过的，对现代化的热情想象乃至潜在地存有的某种乐观情结，在这个时代，已经不那么容易感觉。尽管，在九十年代，仍然偶有一个或者几个口号闪过，人为地制造出某些流派，但这并不能遮盖日益明显的写作的个人化特征。因为这种个人化特征的日益加强，思想的对立乃至对抗，也随处可见。而在"人文精神"口号提出的前后，这些对立乃至对抗，则逐渐地浮向表面。

也许，这就是九十年代小说的人文景观，每个人依据自己的历史、观念乃至当下的经验，作出各自不同的想象，而这些想象，因为一些重大事件的突然发生，乃至一个时代的突然到来，多少显得仓促甚或暧昧不清。坚守显得愈发的孤独甚或悲壮，而随波逐流亦不鲜见。更多的是迷茫、拆解，怀疑乃至自我怀疑。那种空洞的承诺由于自信心的缺乏，明显减弱。而质询不仅面对当下，同时返身向后，历史再一次成为人的想象的依托，并在想象中受到篡改，以作为对抗当下寄托主观情致的物的载体。

蔡翔：《九十年代小说和它的想象方式》，载《当代作家评论》，1998（1）。

3. 从表面看，理论家们都注意到了商品经济大潮对纯文学所构成的威胁，并希图用解构的武器帮助深陷文化困境的知识分子拆除自身与市场经济体制的心理鸿沟。他们意识到九十年代的小说文本正在发生变化，一些二元对立的原则正在逐步消解，知识分子正在慢慢放弃以前被视为精神向导的人文立场，等等，但是这些理论都有意无意疏忽了一个历史事实：九十年代的文化思潮产生于两个来源：八十年代末知识分子精英文化在不断膨胀中暴露出自身不可克服的缺陷和客观上的政治风波导致了精英文化的大溃败。这以后是稳定压倒一切的政治气氛和市场经济迅速发展引起的社会经济体制转轨，知识分子在计划经济上所居社会中心的传统地位随之失落，向边缘化滑行。在这种背景下才产生了九十年代小说的诸种特征，它本身就是历史过程中的一个被畸形扭曲过的文化现象：作家们在小说创作里放弃了全知式的启蒙立场和意识形态的执着态度，进入一种相对主义的复调结构，并通过相对主义来纠正八十年代创作中精英文化的偏执，检讨以往作家所扮演的万能导师的社会角色，但这并不像有些妥协性的阐释所认为的，是意味着对知识分子自身岗位责任的自觉放弃。这里举一个新写实小说的例子：所谓新写实的经典作品，在八十年代中期就产生了，可以看作是对当时浮躁的知识分子精英文化的反拨，但在当时并没有引起人们的充分注意，而到了

1989 年以后，这一创作思潮才被弥散开来，但这时的新写实小说中最出色的代表刘震云在他的"官人"系列和两部历史长篇里，恰恰强烈地表现出对新写实的灰色特征的反拨。可惜当时的评论界依然被萎缩的精神状态所笼罩，以自己的灰色理论把刘震云的作品解释得灰色化。所以我在当时一篇谈刘震云的文章里宁可把他与当时流行的新写实思潮区分开来，我觉得在八十年代向九十年代过渡期间，存在过一个非知识分子精英立场的现实批判文学：从王朔的颓废到刘震云的讽刺，正是其中的重要现象。这是一种知识分子价值取向悄悄发生变化的信息，到九十年代就产生了引人注目的民间化趋向。

……九十年代小说除了民间作为其重要现象以外，小说创作的个人性也显示其相当的深度。九十年代在其已经过去的前半叶中，总的精神特点是人性在市场经济中的大众文化面前被重新高高标起，也有不少作家对人生对艺术始终坚持自己独到的认识，在创作中不媚俗、不轻浮、不虚夸，坚持着个人性的真诚探求。这些现象之所以值得我们重视就因为它产生于九十年代的特殊背景：商品经济大潮猛烈地冲击了传统意识形态中的许多理性规范，人的个人欲望获得了四十年来前所未有的大解放，但这场本来旨在帮助中国人尽快摆脱愚昧贫困的经济运动由于文化精神上的准备不足，使长期在计划经济体制下的文化事业和文化人陷入经济和社会的双重困境，这是不容回避也不必回避的事实。问题是这种文化上的困境对知识分子来说是一个严峻的考验：使原来意义的知识者既失掉了精神的依据又失掉了物质的保障。为了逃避这种困境，有些知识分子不惜制造出一个又一个有关这个时代的神话来欺骗自己，把肉麻当潇洒视油滑为幽默，但真正严肃的文化工作者并没有放弃内心紧张的思考和探索，也许时至今日，思考和探索才成为知识分子的真正岗位——在时代含有重大而统一的主题时，思考和探索的材料均来源于时代话语，个人的独立性是掩盖在时代的大主题之下得以实验的，我们不妨把这样的时代主题称作一种"共名"，所有的文化工作和文学创造都是这时代的"共名"所派生。"共名"对知识者来说既是思想控制也是思想出发点，某种意义上说，也可以把这种状态下工作和知识者称作是时代精神的"打工者"。而当时代真正进入"无名"状态时，那种重大而统一的主题再也拢不住民族的精神走向时，原先靠"共名"来思考和探索的知识者陷入了南郭先生的尴尬境地。本来，时代的无名状并不是放弃思想，时代之轻狂也未必是个体生命所不能承受的"轻"，中国人，特别是中国的知识分子，远没有进入那些现代神话所制造出来的自由状态，不过是原先来自思想钳制的单方面压力转化成社会经济等多方面的压力，分散和减轻了压力凝聚点所产生的沉重。知识分子只有切实感受到这种压力而不是从时代"共名"赋予的假象中来理解事物，他才可能真正有勇气面对我们这个时代及其在文化上的"无名"状，才有可能产生出属于自己的独立思考和精神探索。知识分子的真正岗位是形而上的，属于独立的精神劳动，这犹如毛姆所说的"剃刀边缘"状态，非庸凡之辈或轻浮之徒所能从事，但作为思想更活跃、情感更敏锐的艺术家的创作活动，则多少如"春江水暖鸭先知"般的对此有所感悟，有所体会，这已经是难能可贵了。九十年代前半叶的小说创作并不缺乏这类个人性和独创性，这里不仅有残雪、史铁生、韩少功、蒋子丹等知青一代作家，还有如北村、陈染、鲁羊、叶曙明、孙甘露等更年轻的作家的创作，尽管在无名的时代里越是个人性的东西越使批评家难以作出理论概括，但这些作品所展露的内心世界都是相当真诚而严肃的，在这些深深的忧虑、绝望、痛苦及其呓语似的独白中，读者不难感受到当下在假象遮蔽下的某些生活真实。

陈思和：《关于九十年代小说的一些想法》，载《海南师院学报》，1995（2）。

4. 正如下面的引述："牺牲'平等'，除了没有换来'效率'之外，还产生了许多别的问题，其中对社会发展影响最大的就是公众对'平等—公平'期望的丧失，而和'平等—公平'期望一同丧失的，是对社会的信任感和责任感。由于没有责任感，也就没有什么是非感。道德准则的全面丧失，对当代中国人的行为准则产生了极大的影响，导致经济伦理恶性畸变。"过分强烈的道德焦虑不仅由于一种偏执的激情会陷入意气之争，影响到人物、情节、语言的布局，在审美追求上产生偏离，使作品的审美性受到损害，而且，这还会影响到作家对复杂的、幽暗不明的社会走向的判断，甚至犯常识性错误，使叙事陷入精神迷乱。

市民话语的混乱，充分地反映了启蒙的困境。道德理想主义虽然困兽犹斗地坚持启蒙立场，但是，这种以社会代表、精神导师自居，以为自己的信条可以放之四海的绝对化倾向，不但无法为启蒙赢得再生的契机，反而为反对者提供了反证的实例。1993年开始的"人文精神"讨论，正是启蒙阵营在反思80年代基础上的自我反省。遗憾的是，这种反省很快就被钱权交易、贫富分化等日益突出的社会新症候所打断，声势浩大但流于浮泛。随后的所谓"自由主义"与"新左派"的论争，可以视为启蒙阵营面对新挑战与新考验时的分裂。"自由主义"针对中国现行体制的缺陷带来的权力过度集中、文化缺乏活力和计划经济对生产力的束缚，力主以西方的民主和市民社会来消解权力阴影，维护精英利益；"新左派"则高举公平、公正的旗帜，抵制社会不公，维护社会弱势群体的利益，甚至希望退回到平均主义的状态之中。值得注意的是，"自由主义"主张宪政政治思想和自由竞争的市场经济理论，但市场资本与专制的等级结构并不是纯粹的对抗与冲突，它一方面可能瓦解束缚生产力的意识形态，另一方面也可能与权力构成一种同谋关系，被完全地体制化。而"新左派"对于社会公正的呼求极容易滑入民粹主义的怀抱，所谓的新权威主义与专制主义也常常混淆不清。与本论题相关的是，"自由主义"对于市民社会的热情，使他们的论调中散发出一种市民趣味，与80年代的精英主义相比，他们对所谓的"公共空间"的热情大大超过对"私人空间"或个性解放的关切；而"新左派"对于社会底层的弱势群体的关注，使他们的平民意识不无偏执。难道启蒙真的走向了历史的终结？启蒙固然不能居高临下地发号施令，但知识分子也不能彻底地"大众化"，变得与市民大众完全一致。我个人认为，应该终结的是启蒙神话而不是启蒙本身。需要反思的是，知识分子的批判理性如何才能与自己、与大众形成平等交流、双向互动的对话关系？正如汪丁丁所言："启蒙死了，但是，作为个人自由与普遍主义原则的启蒙精神活着"。

黄发有：《90年代小说的城市焦虑》，载《渤海大学学报（哲学社会科学版）》，2008（1）。

泛读作品

王蒙：《关于九十年代小说》，载《天津师大学报（社会科学版）》，1997（5）。

丁帆：《九十年代小说走向再认识》，载《江苏社会科学》，1997（2）。

敬文东：《追逼九十年代——关于九十年代小说写作的六个问号》，载《小说评论》，1998（1）。

评论文献索引

王蒙．关于九十年代小说．天津师大学报，1997(5).

丁帆．九十年代小说走向再认识．江苏社会科学，1997(2).

敬文东．追逼九十年代——关于九十年代小说写作的六个问号．小说评论，1998(1).

吴秀明．论90年代的历史题材小说创作．社会科学战线，2003(4).

易晖．"市场"里的"波希米亚人"——论90年代小说中知识分子形象的认同危机．文学评论，2003(5).

王卫平．走出知识分子的神话——40年代与90年代小说中知识分子形象的一种考察．社会科学战线，2004(5).

贾丽萍．欲望与堕落——20世纪90年代城市小说主题论．天津社会科学，2005(1).

管宁．二十世纪九十年代小说人性叙写的极端化与符号化．文艺研究，2005(8).

骆冬青．叙事智慧与政治意识——20世纪90年代小说的政治透视．小说评论，2008(4).

汤奇云．90年代小说的自觉及其对历史的另类书写．深圳大学学报（人文社会科学版），2008(4).

陈小碧．面向"1990年代"——重读"新写实"小说兼论九十年代文学的转型．文艺争鸣，2010(4).

拓展练习

为了做好进入转型期小说的学习阶段，需要对工农兵文学、新启蒙文学的小说部分进行一个梳理，除了总结前两个阶段小说的发展流脉之外，更需要提高自己"鉴赏小说"的能力，请随机性选择一个作家或一部作品，尝试对自己的"鉴赏水平"进行测试，围绕"审美分享"与"发现问题""解决问题"进行独立探索，详细记录学习的过程，然后与小组同学进行合作交流探究式学习，看看自己的进步与差距分别在哪里？

第二节　现实主义写作

内容提要

这一时期的现实主义写作可以分为三个类型：新写实小说、现实主义冲击波、主旋律小说。

第一，新写实小说。20 世纪 80 年代末，随着市场经济对社会根基的置换，一种新的重个体重日常生活重物质的生存、存在方式及其价值范式开始出现，并因此导致了对新的个体叙事的渴求，对建立在原有经济基础上的政治热情、精神激情、国家话语、精英话语、宏大叙事的疏离。与之相对应的，出现了一批站在个体生存的立场上，对个体日常生活物质贫困与精神贫困进行个体叙事的小说，在几经争论后，学界将这批小说命名为"新写实小说"，其代表作有刘震云的《一地鸡毛》《单位》、池莉的《烦恼人生》《不谈爱情》、方方的《风景》、刘恒的《伏羲伏羲》等。新写实小说突出地典型地体现了社会转型之后，新的社会形态社会格局形成之初的中国社会的思想特征、精神品格、感情形态，如从对社会的重视，转入对个体日常生存的重视，如个体日常生存中物质贫困对人的精神品格的消损，如关注下层民众个体日常生存的人道情怀等。

第二，现实主义冲击波小说。当个体存在本位以个体生存形态为其显现形式出现在国人面前时，对此进行言说的价值资源的缺失，使个体生存自身、对个体生存的呈示——新写实小说及对之的评说，一时都处于失语与半失语状态，这注定了新写实小说虽然是一次深刻的尝试，但却未能取得更大的成就。也正因为如此，20 世纪 90 年代中期出现的"现实主义冲击波"小说，在揭示个体日常生存的艰难时，就出现了进一步的下滑及更大的不成功，具体体现为：用虚幻的道德美化来遮掩历史进步的残酷，用虚幻的理想来观照严酷的现实，其叙事立场也从个体生存、个体叙事转入到国家叙事，造成了叙事者与叙事对象之间的断裂。"现实主义冲击波"的代表作是刘醒龙的《分享艰难》、谈歌的《大厂》、何申的《年前年后》、关仁山的《大雪无乡》、李佩甫的《学习微笑》等。

第三，主旋律小说。进入 90 年代之后，面对新的社会格局，出现了"主旋律小说"，其代表作有：张平的《抉择》以及陆天明的《苍天在上》、周梅森的《绝对权力》《人间正道》、柳建伟的《突出重围》、张宏森的《车间主任》等。"主旋律小说"基本上延续了"改革小说"的创作范式，是原有社会的价值体系情感期待在新的社会格局中的文学话语体现。

学习建议

1. 阅读"精读作品"所要求的小说文本，遵照自己的审美感受，谈谈你对这些小说的理解，值得与他人进行分享的"审美"包括哪些？还有哪些"问题"值得继续探究？

2. 在个人阅读、与他人交流、合作探究的基础上，梳理"新写实小说""现实主义冲击波"与"主旋律小说"产生的社会背景、整体特征、文学史意义与局限。

精读作品

池莉：《烦恼人生》

刘震云：《一地鸡毛》《单位》

方方：《风景》

刘醒龙：《分享艰难》

谈歌：《大厂》

张平：《抉择》

周梅森：《绝对权力》

评论摘要

1. 所谓新写实小说，简单地说，就是不同于历史上已有的现实主义，也不同于现代主义"先锋派"文学，而是近几年小说创作低谷中出现的一种新的文学倾向。这些新写实小说的创作方法仍是以写实为主要特征，但特别注重现实生活原生态的还原，真诚直面现实、直面人生。虽然从总体的文学精神来看新写实小说仍可划归为现实主义的大范畴，但无疑具有了一种新的开放性和包容性，善于吸收、借鉴现代主义各种流派在艺术上的长处。新写实小说在观察生活把握世界的另一个特点就是不仅具有鲜明的当代意识，还分明渗透着强烈的历史意识和哲学意识。但它减退了过去伪现实主义那种直露、急功近利的政治性色彩，而追求一种更为丰富更为博大的文学境界。

《钟山》编辑部：《"新写实小说大联展"卷首语》，载《钟山》，1989（3）。

2. 新写实小说的特点：

（1）彼岸的逃遁与此岸的凸现——日常生活的首要位置

新写实继承了传统现实主义关注现实生活、反映人生疾苦的文学精神，不过新写实对现实的认识也发生了"革命性"的变化，这意味着文学思维方式的巨大转变。前者体现出一种激进的超越性、拒绝性姿态，后者则表现为彻悟人生之后，无奈的接受性、认同性姿态。前者认定，在现实人生之外必有一个理想的人生境地，必有一个完美无缺的日常生活图景，现时所做的一切都是为了这一宏大的目标，当下的现实与日常生活不过是奔向理想彼岸的驿站，在追赶、超越的过程中，人的一切行为都显得极为神圣与崇高；对后者而言，现实与日常生活是我们所能拥有的唯一真正存在的世界，根本就不存在一个理想的、尽善尽美的彼岸世界，脚下的土地、周围的生活组成了现实世界的全部。新写实认为，彼岸、理想、完美全是虚构与自我安慰，要求人们把全部的激情与渴望都倾注在现实生活中，而不是徒劳地、"无中生有"为人们找回一个虚构的乌托邦。

（2）新写实的真实观——人生本相乃平庸

"写真实"是各种各样的现实主义高举的一面旗帜，它与客观性、典型性等理论范畴共同构成经典现实主义质的规定性。新写实对生活真实的艺术描写没有一种明确的哲学思想与革命理想等作指南，对生活没有进行一种"俯视"，而是对生活进行一种"平视"，将当下的人生体验与心理感受"如其所是"地传达。艺术表现的真实总是与特定历史时期人们对自身生存状态的体验，与特定的文化状况与精神特质等紧密联系在一起的。

（3）人物描写与情节组织的非典型化原则

第一，新写实作品在人物描写过程中，将传统现实主义的"典型"人物做了不动声色地深度消解：从英雄到普通人，从大写的人到小写的人，从抽象的个体到具体的个人的蜕变。第二，在情节问题上，新写实既不像传统现实主义那样，在情节链中设置一个贯穿始终、有因有果、环环相扣、层层推进、张弛有序、跌宕起伏的中心情节，也不像先锋文学那样无中心、无情节，而是通过生活的自然流程来安排作品。

（4）叙述态度与叙述方式

在叙述态度上采取的是一种"非人格化叙述"，追求一种冷静、中立式的叙述风格，这种叙述方式是对现代西方小说叙述理论的成功借鉴。具体而言，创作主体尽量将主体性、个人性的东西隐匿与遮蔽，尽量不对所描写与反映的对象进行外在的、直接的价值评判，以达到最大限度的对生活本相的呈现与展示。……新写实的个人化不同于先锋派的个人化，前者明确地抑制个人特色在作品中的流露，他充当的是大众话语转述者的角色，表达、传递的是大众的情感愿望，这种叙述态度是冷静而非冷漠，是温和有加而非冷若冰霜，更非所谓的"情感的零度"。

张永清主编：《新时期文学思潮》，130～142 页，北京，中国人民大学出版社，2003。

3. 作为八十年代小说向九十年代的过渡，新写实小说苦苦支撑于九十年代初的文坛，成为疲软的九十年代初小说界的独特景观。现在人们往往以新写实小说的"零度情感的纯客观叙述"、"视点的下移"等指责其理想主义的衰落、作家主体精神的退隐等，而忽略了它的主题革命、叙事革命对九十年代文学发生的深远影响。

新写实小说采用平民化的叙述手段，完成了从"大写的人"到"小写的人"的文学主题的转换。"文革"后兴起的人道主义文学思潮，是应和历史的召唤的产物。但到八十年代末，人道主义作为一种理论标识已不再具有八十年代初的那种震撼力、凝聚力。经过剧烈的时代激浪的冲刷，经过认真的思考、探索，作家们开始认识到人道主义理论与时代发展要求之间有某种程度上的不合拍。随着社会的发展、科技的进步、机械力量的强大，人最终被物的世界所包围、排挤而丧失自我，成为物质世界的牺牲品。人道主义的微弱的呼声则如堂吉诃德入无人之阵，激不起多大反响。人道主义文学中的个体，是被强化的个体，也是普泛化的个体，是作为类的代表的个体。它缺乏"自我"，缺乏真正的生命个体所应具有的独特感悟、体验。八九十年代之交，作家转移视线，把视点转向个体，独特的个体，而不是作为大众化身的个体，体味他们的生命感悟，传达他们的生活感受，在小说中确定了个体生存现实所处的位置，从而使具有独创性的现代人形象走上了文学舞台。他们是平民百姓，是庸众，是市井细民，是小职员，是沉没于社会大潮中的痛苦的孤独者。他们就是他们自己，而不是时代英雄的替身，也不是封建传统的化身。乔光朴、陆文婷、冯幺爸们撤出了小说天地，远离时代而去了。站在我们面前的是庸庸碌碌的印家厚、小林、杨泊们。一度轰轰烈烈的人生描写为普通人烦恼琐碎的生存状态所取代；充满理想的乌托邦世界为平民百姓的百无聊赖的日常生活状态所取代；代社会立言、为公众呼吁的热情满怀的小说叙事人为冷静淡漠的世态人情观察者、暴露者所取代。从而人从被放大的描写中解脱出来还原于现实，对人的本真的生存状态和生命过程的展示与写真成为小说大势。在叙事方式的变革上，新写实主义明显异于过去按传统理解的现实主义。现实主义在中国曾被曲解，"文革"后经过不断努力，现实主义传统经历了从恢复到发展的过程。

然而"童年"的记忆深深刻印在许多作家的脑海中，历史痕迹难以抹去。被曲解的"现实主义"总是不时跳出来左右着作家手中的笔，使作家在所谓"反映生活本质"等思考中顺着传统现实主义的轨迹滑行，从而成为"写实"的对立面。新写实主义干脆抛弃"现实主义"的提法，直奔"写实主义"，直接状写鲜活的生活质态，从而回复到巴尔扎克式的原初的现实主义。

丁柏栓、王树桃：《九十年代小说思潮初论》，载《江苏社会科学》，1996（1）。

4. 池莉处理这个普遍的人生哲学命题的独特性：

其一，是她充分地肯定了人的欲望的合理性和积极性，因而同时也肯定了人为实现这些欲望所做的努力和追求。在池莉笔下，虽然像印加厚夫妇这样的小人物的欲望，不过是一些琐碎的日常生活的欲望，关于住房、工资、老婆、孩子之类，与"超人"对于权力的征服欲和对于财富的占有欲绝无关系。……从这个意义上说，池莉的确是将"生活"这个被人们"抽象"过千百次的字眼，"还原"成它本来的形式，让它本身显示生存的意义和价值。

其二，是她在肯定人作为"能动的自然存在物"的生存欲望的同时，也充分地注意到了人的受动性对于显示人的生存意义的价值和作用。在《烦恼人生》等作品中，我们处处可以看到池莉笔下的男女主人公对于各自的生存环境所表现出来的亲和倾向。在这一点上，池莉显然无意于净化生活或曰把生活理想化，而是让生活以它的本来的形象呈现在人们面前，让人们从生活的矛盾和漩涡中体味生存的价值和意义。这并非人们通常所说的忍气吞声和逆来顺受……池莉把这种生活态度称作"达观而质朴的生活观"，认为是"当今之世我们在贫穷落后之中要改善自己生活的一种民族性格"，正说明它具有一种积极的人生意味和内涵。

於可训：《池莉论》，载《当代作家评论》，1992（5）。

5. 人们对《一地鸡毛》中"鸡毛与蚂蚁"的梦中情景应当不会陌生。但是，从一般读者到批评家对这一相当奇特意象表现出异乎寻常的、一致性的缄默，对它所可能具有的深刻的象征与隐喻的性质没有给予足够的关注。陈晓明先生说："那个一地鸡毛的梦，并没有什么特别深刻的寓意，当然也不会使我们的主角突然醒悟，这不是一个自我意识的哲学问题，生活就是一大堆琐碎的实际问题，除了认同现实关系别无选择。"陈思和教授主编的《中国当代文学史教程》在论及《一地鸡毛》时，其语义表述似乎是矛盾的：一方面说"'一地鸡毛'这个标题所具有象征意义在小说结尾处通过小林的一个梦境直接表述出来"。但在引述这一梦境后又评述说，"这显然不是那种追求深刻性的象征，而是以十分表浅的意义述说揭示出作者所理解的生存本相：生活就是种种无聊小事的任意集合，它以无休无止的纠缠使每个现实中人都挣脱不得，并以巨大的销蚀性磨损掉他们个性中的一切棱角，使他们在昏昏欲睡的状态中丧失了精神上的自觉"。本文深刻地看到了《一地鸡毛》所体现的作者的人文意图及"新写实小说"所缺失的现实批判立场，但它倾向于认为这种"意图"与"立场"只是通过作品的"隐约闪烁着一种尖锐的讽刺精神"来呈现的，而不是来自更实体化的小林形象以及"鸡毛与蚂蚁"的深刻隐喻。

我的观点与上述看法不同。我倾向于认为出现在小林梦境中的"鸡毛与蚂蚁"这一意象正是对小林所生存其中的现实环境以及在这种环境的胁迫下逐渐被同化、被吸纳，逐渐丧失自我、逐渐由生活的主体而客体化处境的一种隐喻。"鸡毛与皮屑"是对外在于个人，但与个人生存休戚相关、互为表里的生活环境，即客体的象征，而"蚂蚁"就像卡夫卡笔下的甲虫一样所意指的正是一个自我丧失，主体"他化"、客体化的"自我意识的哲学问题"。

事实上，"鸡毛与蚂蚁"的意象出现在小林的梦境中，对小林对刘震云来说都不是一个无意为之的简单讯号，或者说，这一意象适时地出现在小林"成熟"时的梦境中，显然与林自身的处境以及对这种处境的意识与焦虑有关。梦境言说的是人在理智状态下无法反抗的现实，无法实现的愿望，是对现实处境的深层焦虑，是对现实的一种反叛方式。也就是说，梦境中有一个与现实逻辑相反的逻辑，是对现实逻辑的批判与改写；在现实中被磨损、改造得面目全非的小林接受了生活的"磨损"与"自我丧失"的事实，但在内心深处，在潜意识中对这种"磨损与丧失"充满了深深的恐惧与焦虑，在抗拒、批判着这种被同化和自我丧失的处境。

"鸡毛与皮屑"这一与蚂蚁相关意象在生活中的对应物，就是"单位"与"家"中复杂得千头万绪让人撕捋不清的鸡毛蒜皮：豆腐、蜂窝煤与大白菜，同事之间的钩心斗角、诌媚与陷害，夫妻及邻里之间的失和与媾和，拉关系、走后门等，它是对外在于个人、个人的自由生存构成严重威胁，但又是渗透到个人生存的所有空间，与个人有着剪不断理还乱的复杂联系的各种生活因素的综合隐喻。"鸡毛与皮屑"这一意象鲜明的身体特征意在突出它与个人生存的亲切感与无所不在的性质，它的柔软与琐细则突出了它以混乱、深陷、消磨为特征的非人文性质，从这种意义上来说，梦境中所说的躺在上边睡觉"柔软舒服，度年如日"就不能不被理解为作者的反讽。

孙先科：《"鸡毛与蚂蚁"的隐喻：个人的磨损与丧失——对〈一地鸡毛〉中"鸡毛与蚂蚁"意象的精神分析与文化释义》，载《名作欣赏》，2005（5）。

6. 人文关怀的欠缺典型地表现在所谓"分享艰难"的主题中（其中又以同名小说《分享艰难》为代表），恰恰是这个听上去似乎明达的理性精神，这个被这些作家用来解决中国改革中遇到的问题的"灵丹妙药"，最为典型地体现了部分"新现实主义"小说的价值混乱与认识混乱。

在分享艰难者的行列中，大致有三类人。一类是基层领导干部（农村中的乡镇领导以及城市中的国有大中型企业领导）。如《分享艰难》中有河西镇党支书孔太平，《大厂》《大厂续篇》以及《年底》中的国营企业的厂长书记们。作为对自己属下的百姓最直接负责的父母官，"分享艰难"之于他们主要表现为：在信念伦理与责任伦理呈现高度紧张与冲突的情况下，以责任伦理为重，而抑制自己的信念伦理。说得更直白一些就是：昧着良心（可憎）不择手段（可怕）发展所谓"经济"。虽然小说也表现了他们这样做的时候内心的某种暂时的"痛苦"，但他们必须、也只能"分享艰难"，并为此而饱受灵魂分裂之苦，他们别无选择，因为这是一个首先要解决肚子问题的时代，是经济压倒一切的时代。在上面所举出的小说中（其他同类题材的作品也如此），几乎所有的基层领导都面临一个烂摊子，并为维持这个烂摊子用尽心机、四处奔波、精疲力竭。他们所领导的或者是经济处于贫困线以下的穷乡镇，或者是濒临倒闭的国有企业。于是钱的问题成为压倒一切的头等大事。为此，他们不得不为了抓经济而把孔夫子到马克思都赞成的道德理想、善良之心等一切属于人性的东西都放在一边。

第二类分享艰难的人物是处于社会底层，并且在社会转型中利益受到损害的普通群众。比如《分享艰难》中孔太平的舅舅、《大厂》中的退休工人、原劳动模范章荣等。如果说基层干部们为了"分享艰难"表现为不得不从"信念伦理"走向"责任伦理"，这已构成一种反人文的价值取向，那么，这类普通群众对于"艰难"的"分享"就显得更加匪夷所思。这些人无疑都是一些安分守己、深明大义、勤勤恳恳的好人。然而令人不解的是，好人为了"分享艰难"，就必须放弃自己起码的做人的尊严与权利。

"分享艰难"的第三类人物与孔太平的舅舅以及章荣他们都不同，他们是一些商业大潮中的所谓弄潮儿，也是基层单位的"经济台柱"。他们基本上都是一些道德败坏的流氓企业家，或者假公济私、中饱私囊的国家干部。然而，即使是这些人，也在与大伙一起"分享"着"艰难"。作品特意赋予这些人物以所谓"复杂性"。比如，在《分享艰难》中，作者安排了洪塔山的几次捐钱，尤其是结尾时卖车捐钱的细节。这样一来，洪塔山就不再是一个十足的混蛋，而似乎也在"分享"着"艰难"，也和别人一样地有人性。当作品这样去为这些"经济动物"（人类中的坏蛋和渣滓）涂脂抹粉的时候，它们的"辩护词"却是非人文或反人文的语言：贪污、腐化、强奸、嫖娼等都是小节，没有什么了不起，重要的是他们会弄钱。

通过对以上三种人对于"艰难"的"分享"的分析，我们发现："新现实主义小说"的一个突出特点，是着意虚构社会转型期物质与精神、工具理性与价值理性之间的背离、冲突与紧张。小说似乎着意要表明的是：当前中国的经济转型明显缺乏人文道德基础是可以理解，甚至是可以接受的。从而，人们为物质生存与经济发展（即所谓"艰难"），就必须违心地做许多事情，甚至必须丧尽天良，必须容忍一切伤天害理的事情，甚至必须把人的尊严与价值置之脑后。基层单位的经济命脉几乎全部掌握在流氓痞子手里，掌握在专门吃喝玩乐的各方客户手中，这完全是可以理解和接受的。一些道德败坏的流氓痞子虽然有道德上的缺陷，却不能不继续任用，如不任用他们，我们的"经济发展"就将会泡汤。道德高尚的则往往无权无势、人微言轻，陷于生活的困顿之中，保障不了基本的物质与生命需要。然而这是他们无能的表现，他们活该倒霉。就这样，人文关怀的理想完全在作家的笔下被消解掉。应当承认，从现象上看，这些小说描写的现实在某些地方可能是一种存在（虽然也不无夸张）。在人文与经济的较量中，人文向经济投降，信念伦理向责任伦理屈服，价值理性向工具理性称臣，这似乎也是中国目前的部分现实存在。但我们要追问的是存在的就是合理的吗？我们应该对这样的现实妥协吗？小说在表面上的与现实相似的同构性，并不能掩盖其文化价值上的迷乱与深层意义上的人文精神的欠缺。即使中国目前的现实如这些小说所写的那样，作为一个现实主义作家也必须旗帜鲜明地站在正义与良知的一边，张扬人文主义，而不是貌似理性地要求大家克制、忍耐、理解、认同，"分享艰难"。这种权宜之计也许是部分干部可疑的选择，但绝不应成为作家的审美选择。

童庆炳、陶东风：《人文关怀与历史理性的缺乏——"新现实主义小说"
再评价》，载《文学评论》，1998（4）。

7. 自从"新现实主义冲击波"泛起之后，一批又一批以关注社会现实矛盾为叙事目标的长篇小说大量涌现，且不断地赢得社会短暂而巨大的反响。其代表性作品是：张平的《十面埋伏》《抉择》，周梅森的《人间正道》《天下财富》……尽管这些小说的叙事重点各有不同，有的强调对社会改革中出现的各种生存困境的揭示，包括底层平民因体制和观念的变更而引起的内心迷惘与欲望本能的挣扎，有的极力披露官场体系中各种丑陋不堪的游戏规则，展示权力结构中的相互倾轧与腐败。但是，它们体现出来的主体意识都是一致的，即作家们都试图以强烈的社会责任感，将自己的叙事建立在一些社会生存的焦点现象之中，自觉地充当社会代言人的角色，从公众关注的现实命题中果断地做出自己的价值判断和道德判断，以直面现实的姿态来体现自己作为现代知识分子的精神立场。他们无疑或多或少地体现了作家作为知识分子的特殊禀赋和艺术良知，至少体现了知识分子对整个社会生存秩序与历史命运的真切关注。我却感到，无论是作家的叙事姿态，还是作品本身的艺术质量，就其知识分子的立场而言，都让人十分怀疑。

从表面上看，作家们满怀豪情地把叙事焦点对准当下的生存境遇，对准人们在社会转型过程中的生活矛盾，力图以关怀的姿态来展示经济体制变更时期的严峻现实，展示国人在这场社会迁徙过程中的种种喜怒哀乐，揭示改革的阵痛与人们心灵伤痛之间的共振关系，其创作主体的内在立场似乎有着不容置疑的正义性，在某种程度上也的确代表着广大民众的心声。然而，如果真正地深入到这些文本之中，我们便会发现，这些长篇还只是停留在现实问题的表层状态上，要么只满足于对官场规则和游戏方式的猎奇式描述，要么只满足于对人性欲望的放纵式书写，要么只满足于官场人物在道德良知上的自我挣扎与堕落，既缺乏对权力背后所蕴含的传统文化痼疾的深层挖掘，又缺乏对权力本身在现代社会体制中所造成的巨大历史伤害进行深远的思索，其批判的有效性和尖锐性都非常有限。……在这些作品中，我们根本看不到作家作为一个知识分子的强烈的抗争姿态，更看不到他们面对如此沉重的现实所引起的内心焦灼与伤痛。

洪治纲：《陷阱中的写作——论近年来的长篇小说创作》，见《中国当代作家面面观——
灵魂与灵魂的对话》，403～407页，杭州，浙江文艺出版社，2004。

8. 在别人都"背转时代，面向自我"的时候，他却选择了直面现实，直面社会；在别人走向个人化、私人化的时候，他却走向了社会化、政治化；在别人热衷于"怎么写"的时候，他却回归了"写什么"以及"为谁写"的立场。如今我们看起来，这似乎不过是一个对"书斋型写作"或者"公众型写作"道路选择的问题，但是倘若我们考察一下这两类写作的特点，就能够体会到张平文学背后的深刻忧虑。对于"书斋型写作"来说，主要是"以自己的艺术探索，不断推动艺术创作的进步"；对于"公众型写作"来说，是"以自己的价值指向和社会的探索面向大众发言，以自己的思想和评判，不断推动社会和文明的进步"。概括起来，这两种方式的写作，实质上是两种价值尺度的选择，前者表面强调艺术的价值，实则是为了满足心灵的需要，因此更多表现的是"对灵魂的忧虑"；而后者强调思想评判的重要，实则是为了尽到社会的责任，所以侧重"对世界的忧虑"。对张平而言，在选择一种写作方式的时候，也就是选择了一种审视生活的姿态，正是由于强烈的责任感，才使他以"先天下之忧而忧"作为自己的立世思想，以龚自珍"智者受三千年史氏之书，故以良史之忧天下"的社会良心鞭策自己，试图以文学的批判精神影响到权力阶层对自身的反省和校正。所以，他在筛选现实、生活真实时，和新写实小说中惯常反映的生活的平庸、平淡完全不同，他的目力所及总是那些充满了尖锐矛盾、悬殊对抗的险恶环境，关注的焦点总是下岗问题、就业问题、三农问题、教育体制、道德问题、城乡差距、农村恶霸等与政治、现实密切相关的社会问题，作品始终都围绕着批判权力腐败、追求社会正义而展开，始终以张扬健康力量、英雄本色而努力，我们不止一次地看到一个个刘郁瑞、李高成、夏中民式的人物为了生活在底层的农民、工人的权益得到保障，而把个人利益、亲情利益置于身后的大义凛然。事实上，作品中支持改革并不等同于对主流意识形态的奴性附和，清官情结也并不等同于向民众宣扬封建意识的人身依附，"光明的尾巴"不仅是弱势群体对邪不压正的期盼，更是张平对履行社会职责的文化人格建构的理想。因此，有论者评说张平作品中人民的"极端境遇""促使他总是有一种紧迫感，总是有一种危机感，他试图用理想主义去冲淡这种危机感，他渴望怀抱昨天的太阳去温暖今天的大地，许多年后，我们终于要承认，他的写作是一种献祭，一种鞭挞与祈祷混合而成的历史铭文。"

这种责任意识和社会良心也正是张平"政治情结"的内在动因和具体表现。由此可见，对政治的热情乃在于张平心中对国家、民族未来的希望，所以明知自己的作品引起的社会轰动具有着"非文学性"的特点，明知因此会遭到一些鄙薄、质疑与嘲笑，他还是坚守"愿做一颗铺路的石子"。在他看来，思想自由和政治民主是不可分割的整体，它应是每个国家公民终生追求的现代政治文化的纲领和目标。从这个意义上讲，张平的政治观属于文化研究中强调的社会政治，超越了长期以来学界很多人都把政治狭义理解为一个政党与另一个政党之间夺权斗争的党派政治观念。正如有学者高屋建瓴地认识到的"许多研究者之所以在理解八十年代文学的'政治性'这个问题上有障碍，一个核心的问题是因为人们习惯将'政治'与'权力'当成了一个负面的东西，尤其对于'文学'来说是一种负面的力量，因而也就将权力当成一种可以经过努力来加以摆脱的东西。这还是中了'文学自主性'的毒，老是将'文学'与'政治'或'权力'对立起来，老把'政治'当成一个一心要强暴文学的恶霸。"这种对文学与政治关系的狭隘理解不能不说也是很多研究者对张平文学中政治因素回避的原因所在。

阎秋霞：《再论"张平文学"的当代价值》，载《文艺争鸣》，2013（5）。

泛读作品

刘震云：《官人》

何申：《年前年后》

关仁山：《大雪无乡》

池莉：《冷也好，热也好，活着就好》

张平：《国家干部》《天网》

陆天明：《苍天在上》

评论文献索引

邹平. 女性视野中的《烦恼人生》. 当代作家评论，1987(6).

杨剑龙. 真切展示烦恼人生的混沌状态：读池莉的"烦恼三部曲". 当代作家评论，1990(6).

陈骏涛. 在凡俗人生的背后. 小说评论，1992(5).

孙郁. 刘恒和他的文化隐喻. 当代作家评论，1994(3).

昌切. 无力而必须承受的生存之重——刘恒的启蒙叙述. 文学评论，1999(2).

王彬彬. 肤浅的现实主义. 钟山，1997(1).

秦晋. 走向发展、开放、多元的现实主义. 文学评论，1997(2).

陶东风. 艰难不是分享就可以度过的——"新现实主义小说"之我见. 作家报，1997-05-15.

熊元义. 沉重的现实与活着的文学——为当前现实主义一辩. 理论与创作，1998(4).

於可训. 在经典与现代之间——论近期小说创作中的现实主义. 江汉论坛，1998(7).

刘定恒. 一部弘扬时代主旋律的力作——评张平的长篇小说《抉择》. 文艺理论与批评，1998(2).

杨立元. 至生至世为老百姓而写作——论张平创作的审美趋向. 河北学刊，2002(3).

陈晓明. 极端境遇与"新人民性"——论张平小说的艺术与思想特征. 时代文学，2005(5).

张平. 狂犬吠日与杞人忧天——对当下文学创作的一些思考. 时代文学，2005(5).

刘复生. "反腐败"小说的表意模式与叙事成规. 文学评论，2005(2).

拓展练习

1. 池莉和刘震云的作品同样有着"平民视角"，同样表达着"世俗关怀"，也同样描绘着"庸常琐碎"，他们也都在不同场合表白自己对市民世界生活的理解和宽容，但在文学圈里，却对二人的评论大相径庭，因为池莉缺乏"精神向度"而不无贬义地被称为"小市民作家"，却认为刘震云是90年代中国文学界罕见的一位讽刺现实权势的作家，表达了一个有社会责任感的知识分子对自己所赖以安身立命的人生原则的绝望，① 请仔细阅读《烦恼人生》《冷也好，热也好，活着就好》和《一地鸡毛》与

---

① 陈思和等：《刘震云当代小说中的讽刺精神到底能坚持多久》，载《作家》，1994（10）；摩罗：《喜剧姿态与悲剧精神》，载《社会科学论坛》，2002（1）。

《单位》，分析比较是什么造成了这样的评论差异？你认为他们二人的写作有无本质的不同？

2. 传统现实主义和新写实小说都是"写实"的，但前者奉行的原则是对"本质真实"的"艺术加工"，后者则坚持"原有状态"的"本来面目"，前者追求的"深度模式"恰恰是后者所要尽力摒弃的，并以一种"平铺直叙"来代替，但是事实上，有些新写实小说却达到了一种超越政治学、伦理学的"深度意识"，请以刘恒的《伏羲伏羲》为例，并查阅相关的研究资料，分析其所达到的"人性深度"是什么，新写实小说和传统现实主义的区别是通过哪些方面体现出来的？

3. 在陈思和的《中国当代文学史教程》中，方方的《风景》被誉为"当代生存意识的经典文本"，认为这篇小说的叙述者被设置为一名死者，其视角产生了某种"陌生化"的叙述效果，使《风景》以一种极端强化的方式为我们还原出了赤裸裸的生存本相，使得整个叙写充满了令人惊愕的新异和逼真感觉，请以此为解读视角，谈谈这种新的审美经验的成功之处。

4. 张平的小说《抉择》在获得第五届茅盾文学奖，又被山西省委、省政府授予"人民作家"称号之后，不仅没有获得学界"精英圈子"的广泛认同，反而招致了一些私底下的议论，说"张平拿了茅盾文学奖真是太勉强了，如若光混个'人民作家'当当，或许还算说得过去"，不仅如此，在研究领域，"对张平这种公开的或者私地里的讥讽已经代表了一种倾向。"即"说不清从什么时候开始，好像我们的文学和艺术一夜之间就掉进了象牙塔，只有让那些喝着啤酒，嘬着咖啡，神吹海聊貌似学贯中西实则一肚子稻草的侃爷们接受才是阳春白雪，而一沾了人民或者老百姓的边儿就'咕咚'一声跌进了地沟，就成了下里巴人，就上不了大台面儿了。优秀作品的标准早就溜得无影无踪，一切都那么随心所欲。"① 事实上，尽管张平的小说屡屡获奖，且发行量大都在二十万册以上，位于"畅销书"之列，他的文学观、创作目的以及他作品的"小说性"，在得到许多读者认可以及市场承认的同时，在文学圈内，特别是评论家笔下却没有受到相应的评价，请选择张平的两部小说进行阅读，简单归纳张平小说的特点以及你对作品的评价，思考评论界出现的这种背离现象原因何在。

5. 20 世纪 90 年代中期以来，"主旋律"小说创作崛起于文坛，一方面，它获得了国家体制的有力支撑；另一方面，它也提供了合乎公众愿望的对现实的想象。于是，它产生了巨大的社会反响，拥有庞大的读者群，成为一个突出而重要的文学史现象与文化现象。但与此创作、接受热潮形成强烈反差的是，当代文学研究界和批评界对它极其冷漠，并没有做出及时、有效地回应。甚至他们利用自己手中对文学阐释所拥有的强大的"话语权"，对主旋律小说进行了近乎偏激的"评价"，致使"主旋律"作家成为一个屈辱的身份标志，例如周梅森等作家都在各种场合极力表白自己与"纯文学"的渊源，请大量阅读周梅森、陆天明、张平等作家的作品，在尊重自己阅读感受的基础上，参阅刘复生的《历史的浮桥——世纪之交"主旋律"小说研究》、谢金生的《转型期主旋律小说研究——以现代化为视角》，谈谈你对这种现象的看法。

---

① 周凡恺：《"人民作家"并不丢人》，载《北京文学》，2001（3）。

第三节 "垮掉的一代"

内容提要

"垮掉的一代"是借用美国"垮掉的一代"之名称，指称这一时期中国特别具有叛逆性的一代作家，王朔为其主要代表。王朔的成名期是在 20 世纪 80 年代后期而在 90 年代名噪一时。其代表作为《顽主》《玩的就是心跳》《我是你爸爸》等。王朔的创作，在 80 年代的新启蒙文学时期，以其内容、写法、创作方式对其时社会公众标准的"颠覆性"而具有现代派小说中"垮掉的一代"的创作品格，在 90 年代社会转型期的话语场中，则以其对知识分子启蒙话语的全面嘲弄，体现了社会转型期商业经济对 80 年代知识分子启蒙话语进行消解的时风，从而以一种特立独行的姿态，成为文坛一道含义非常复杂的风景。

学习建议

阅读王朔的主要作品，首先形成初步的印象，然后结合他的成长背景、创作谈、相关的评论文章，选择其中一到两部小说进行文本分析，可以从文学审美、社会文化的角度谈谈王朔为中国文学带来了怎样的冲击。

精读作品

王朔：《顽主》《玩的就是心跳》《动物凶猛》

评论摘要

1. 我们大概没有想到，完全可能有另外的样子的作家和文学。比如说，绝对不自以为比读者高明（真诚、智慧、觉悟、爱心……）而且大体上并不相信世界上有什么太高明之物的作家和作品，不打算提出什么问题更不打算回答什么问题的文学，不写工农兵也不写干部、知识分子，不写革命者也不写反革命，不写任何有意义的历史角色的文学，即几乎是不把人物当做历史的人社会的人的文学；不歌颂真善美也不鞭挞假恶丑乃至不大承认真善美与假恶丑的区别的文学，不准备也不许诺献给读者什么东西的文学，不"进步"也不"反动"，不高尚也不躲避下流，不红不白不黑不黄也不算多么灰的文学，不承载什么有分量的东西的（我曾经称之为"失重"）文学……

然而这样的文学出现了，而且受到热烈的欢迎。这几年，在纯文学作品发行销售相当疲软的时刻，一个年轻人的名字越来越"火"了起来。对于我们这些天降或自降大任的作家来说，这实在是一个顽童。他的名言"过去作家中有许多流氓，现在的流氓则有许多是作家"（大意）广为流传。他的另一句名言"青春好像一条河，流着流着成了浑汤子"，头半句似乎有点文雅，后半句却毫不客气地揶揄了"青春常在""青春万岁"的浪漫与自恋。当他的一个人物津津有味地表白自己"像我这样诡计多端的人……"的时候，他完全消解了"诡计多端"四个字的贬义，而更像是一种自我卖弄和咀嚼。而当他的另一个人物问自己"是不是有点悲壮"的时候，这里的悲壮不再具有贬义，它实在是一个谑而不虐或谑而近虐（对那些时时摆出一副悲壮面孔的人来说）的笑话。他拼命躲避庄严、神圣、伟大也躲避他认为的酸溜溜的爱呀伤感呀什么的。他的小说的题目《玩的就是心跳》《千万别把我当人》《过把瘾就死》《顽主》《我是你爸爸》以及电视剧题目《爱你没商量》在悲壮的作家们的眼光里实在像是小流氓小痞子的语言，与文学的崇高性实在不搭界。与主旋律不搭界，与任何一篇社论不搭界。他的第一人称的主人公与其朋友、哥们儿经常说谎，常有婚外的性关系，没有任何积极干社会主义的表现，而且常常牵连到一些犯罪或准犯罪案件中，受到警察、派出所、街道治安组织直到单位领导的怀疑审察，并且满嘴俚语、粗话、小流氓的"行话"直到脏话。（当然，他们也没有有意地干过任何反党反社会主义或严重违法乱纪的事）。他指出"每个行当的人都有神化自己的本能冲动"，他宣称"其实一个元帅不过是一群平庸的士兵的平庸的头儿"，他明确指出："我一向反感信念过于执着的人"。

当然，他就是王朔。他不过三十三四岁，他一九七八年才开始发表第一篇小说，他的许多作品被改编为电影、电视剧，他参加并领衔编剧的《编辑部的故事》大获成功。许多书店也包括书摊上摆着他的作品，经营书刊的摊贩把写有他的名字的招贴悬挂起来，引人注目，招揽顾客。而且——这一点并非不重要，没有哪个单位给他发工资和提供医疗直至丧葬服务，我们的各级作家协会或文工团剧团的专业作家队伍中没有他的名字，对于我们的仍然是很可爱的铁饭碗铁交椅体制来说，他是一个零。一面是群众以及某些传播媒介的自发地对于他的宣传，一面是时而传出对王朔及王朔现象的批判已经列入开大批判选题规划、某占有权威地位的报刊规定不准在版面上出现他的名字、某杂志被指示不可发表他的作品的消息，一些不断地对新时期的文学进行惊人的反思、发出严正的警告、声称要给文艺这个重灾区救灾的自以为是掌舵掌盘的人士面对小小的火火的王朔，夸也不是批也不是，轻也不是重也不是，盯着他不是闭上眼也不是，颇显出了几分尴尬。

这本身，已经显示了王朔的作用与意义了。

王蒙：《躲避崇高》，载《读书》，1993（1）。

2. 王朔成功地打入市场（同时亦为自己带来商业上的成功），导引了一股大众文化的潮流，而其非知识分子化的情感接入，不仅对社会传统的规范和秩序，同时亦对中国知识分子整个的人文传统均实施了致命的打击，而恰恰是这种打击，方使王朔进入学院严肃地讨论话题，并为纯文学所接纳，这是一个非常奇怪的文化现象。

王朔现象构成了九十年代中国大陆一个复杂的人文景观，在某种失败主义的文化背景下，知识分子通过王朔淋漓尽致地宣泄了自己的苦闷和烦躁，在一种极度的失望之中（包括自身）索性借用王朔式的玩世不恭来对抗业已沉重不堪（又显得浮夸空洞）的思想，精神的日益重叠常使知识分子陷入思想的疲惫之中，这时，任何一种简单的话语行为反而会使知识分子感到易于接受并以此解脱思想的过于严肃，王朔对知识分子的嘲弄在阅读中也就同时转化为知识分子的自嘲（多少含有一种自虐心理）。

王朔相当准确地把握住了这些城市流浪汉的心态，在某种意义上，他描写了在中国一些没落"贵族"的兴衰的心路历程。商业性的烙痕已经无法抹去，并成为这种文化破坏的主要精神背景，它一方面造成王朔小说的某种庸俗或者浅薄，但同时也无意间传达出一个新兴的市民阶层的文化态度，这是王朔小说更为深层的文化涵义。

蔡翔：《旧时王谢堂前燕——关于王朔及王朔现象》，载《小说评论》，1994（1）。

3. 生于 1958 年的王朔就没有那么幸运：在 1966 年"文革"发动时仅仅 8 岁，上小学二年级，不可能像张承志等兄长那样赶上缔造或参加红卫兵组织，以及随后的造反、大串联、复课闹革命、上山下乡等运动。取而代之，他只能做这批红卫兵兄长的小兄弟——红小兵。尽管如此，王朔自有其得天独厚的优势。他从小就是一个上进心极强的孩子，从毛泽东时代真诚地接受到了无产阶级革命传统教育，立志做一个毛主席的革命事业的合格接班人。多年后，王朔自己还对那时的革命传统教育及自己的内心世界有着清晰的回忆："从小让我激动的事都是世界上的大事，没有什么自己的事。偶尔一会儿单相思，喜欢上哪个女孩，老没戏，人家老不看你，也就算了。我们还有更伟大的事要做。"作为毛主席的红小兵，王朔清醒地意识到自己这一代"有更伟大的事要做"。而这种在今天的年轻人看来可能是难以理喻的革命觉悟和理念，正是那时的革命传统教育及总体社会环境造就的。"那个时代环境迫使你不能关注自己的命运。毛泽东式的教育使人产生一种精神升华，很少关注个人的困境。"但问题在于，一心想做一个革命者的王朔却痛苦而遗憾地发现自己年龄太小，无法像红卫兵兄长们那样亲身投入伟大的革命中。取而代之，王朔只能与自己的小伙伴们在学校、街头等玩着想象的革命游戏了，从而成为"文革"运动的想象式革命者。也就是说，当张承志等作为"毛主席的红卫兵"亲身投入"伟大的史无前例的无产阶级文化大革命"、张承志甚至亲自首创"红卫兵"术语时，王朔只能在安慰的意义上做"毛主席的红小兵"，跟在红卫兵兄长们后面想参与而又不得，空怀壮志而难以施展，不得不退而求其次地在想象中参加革命。

由于未能亲历"文革"风云而只是做了想象的革命者，所以王朔比起张承志等红卫兵兄长来，就具有了两方面的独特的代际特征：一方面，他能以更清醒的旁观者姿态对革命作比它的现实状况更抽象、激进、乐观和完美的理解，就像他们从一遍遍地背诵革命导师话语的日常模拟革命中学到和力图做到的那样，当然这种革命只能是不切实际的空头的、书本的或想象的革命；另一方面，当"文革"成为过去并且日益暴露出它那与理想相背离的残酷甚至血腥实际时，他由于未能像红卫兵兄长那样实际地亲历革命的残酷和惨痛一面，因而可能更有理由在想象中缅怀那个只有这类旁观者才能体验到的"阳光灿烂"。这就难免留下一个伏笔：他可能往往以被反叛的对象的方式去反叛对象，因而无法真正地与对象实现彻底的决裂。

正是由于对革命怀有旁观者特有的纯粹完美的想象，王朔在多年后还能对"文革"抱有深深的缅怀之情，并在自己的作品里实施带有明显的想象的革命色彩的话语游戏——调侃。而张承志一代人则由于亲历了"文革"的残酷一面，所以对那场革命则少了几分缅怀、多了几分冷峻。这也就是为什么，与王朔在写作中选择了狂欢式调侃不同，张承志选择了颇具庄正特点的叙述——精英独白。

发自"文革"红小兵时代的想象的革命，是一种精神、情结、记忆、冲动等的混合体，情感、理智、想象、幻想等在其中密切地缠绕着，构成王朔这一代红小兵特有的一种特殊的生存体验。它往往表现为一种不妥协地反抗权威的叛逆姿态，即唱反调的、反叛的或批判的精神；同时，它也可能表现为一种想象的或模拟的冲动，即非实质的、替代的解决方式；还有，当它无法真正推演为现实时，就常常不得不呈现为一种对于革命年代的浪漫的怀旧感或乡愁。一个出身于红小兵的想象的革命者——王朔在文坛成功的秘诀、独特贡献及不可避免的局限性等，或许都可以由此获得一种合理性解释。

王一川：《想象的革命——王朔与王朔主义》，载《文艺争鸣》，2005（5）。

泛读作品

王朔：《看上去很美》《一半是海水，一半是火焰》《我是你爸爸》

评论文献索引

阎晶明. 顽主与都市的冲突——论王朔小说的价值选择. 文学评论，1989(6).

张德祥、金惠敏. 王朔批判. 北京：中国社会科学出版社，1993.

陈晓明. 王朔现象与当代民间社会. 文艺争鸣，1993(1).

陈虹. 市井的狂欢——王朔的故事和精英文化的窘境. 文艺评论，1993(1).

王朔. 王朔自白. 文艺争鸣，1993(1).

朱世达. 反英雄与亚文化——美国战后避世时代作家与王朔比较研究. 美国研究，1994(1).

张新颖. 中国当代文化反抗的流变：从北岛到崔健到王朔. 文艺争鸣，1995(3).

南帆. 反讽：结构与语境——王蒙、王朔小说的反讽修辞. 小说评论，1995(5).

郭宝亮. 王朔现象思考. 河北师范大学学报(社会科学版)，1995(4).

陈娟. 嬉笑中的清醒——王朔小说论. 上海师范大学学报，1995(1).

邓晓芒. 王朔与中国文化. 开放时代，1996(1).

李劼. 王朔小说和市民文学. 上海文学，1996(4).

刘卫东. 王朔与大众文化. 江汉论坛，2003(6).

朱大可. 王朔主义：众痞的黑色喜剧. 花城，2005(4).

拓展练习

1. 阅读下面几段话，以王朔对知识分子的态度作为切入其作品的角度，参阅摘要中的相关评论，分析这些作品的精神内涵，并做出自己的评价。

(1) 我的作品的主题用英达的一句话来概括比较准确，英达说：王朔要表现的就是"卑贱者最聪明，高贵者最愚蠢"。因为我没念过什么大学，走上革命的漫漫道路，受够了知识分子的气。这口气难以下咽，像我这种粗人，头上始终压着一座知识分子的大山。他们那无孔不入的优越感，他们控制着全部社会价值体系，以他们的价值观为标准，使我们这些粗人挣扎起来非常困难。只有给他们打掉了，才有我们的翻身之日。（《王朔自白》，载《文艺争鸣》，1993（1））

(2) "别人瞧不起咱们也就算了，"刘会元激动地对我说，"咱们不怨命，怪咱自个儿，谁让咱小时候没好好念书呢？现在当作家也是活该！但咱不能自己瞧不起自己，咱虽身为下贱，但得心比天高出污泥而不染居茅厕不知臭度尽劫波兄弟在相逢一笑泯恩仇……""不过我就是难过。"我含着泪，泪眼婆娑地胡打出一张牌。"我从小那么有理想有志气，梦里都想着铁肩担道义长空万里行，长大了却……现实真残酷……"我泪滴下来："我爸要活着，知道我当了作家，非打死我。"（《一点儿正经也没有》）

（3）我只觉得你们大学生喜好这套有点低级，想了解什么，自己找书看不就得了。而且这几位演讲者的教师爷口吻，我一听就腻。谁比谁傻多少？怎么读书，怎么恋爱，你他妈管得着吗！自己包皮还没割，就教起别人来了。……我是压根儿就不从书中学道理，长学问的人。活着嘛，干吗不活得自在点，开开心，受受罪，哭一哭，笑一笑，随心所欲一点，总比埋在书中世界慨然浩叹，羡慕他人命运好。主人翁嘛。（《一半是海水，一半是火焰》）

2. 王朔，自从 20 世纪 80 年代中期出道以来就一直是文坛上最有争议的人物之一，他是近十多年来中国文艺界乃至整个文化界影响广泛的人物，同时又是聚讼纷纭的人物。不仅在当代文学、京味文学及影视领域，而且在更为广泛的文化建设与转型过程中，王朔都在扮演着引人注目的角色。他的作品和行为或者说"王朔现象"的影响已经超出了文学圈。

有论者把以"媚俗"为主要特征的"王朔文学"作为"文学危机论"的重要佐证，认为"王朔笔下充满了调侃，他调侃大众的虚伪，也调侃人生的价值和严肃性，最后更干脆调侃一切。在这种调侃一切的姿态中，从调侃对象方面看，是一种无意志、无情感的非生命状态，对象只是无谓的笑料的载体。从调侃者本身看，也同样是一种非生命状态。调侃者一如看客，他置身于人生的局外，既不肯定什么、也不否定什么，只图一时的轻松和快意。调侃的态度冲淡了生存的严肃性和严酷性。它取消了生命的批判意识，不承担任何东西，无论是欢乐还是痛苦，并且，还把承担本身化为笑料加以嘲弄。这只能算作是一种卑下和孱弱的生命表征。王朔正是以这种调侃的姿态，迎合了大众的看客心理，正如走江湖者的卖弄嘘头。"[①]

然而也有论者认为："王朔对于中国当代文坛，具有不可替代的意义——如果说，进入 90 年代，随着市场经济的确立，文学的商品属性空前地凸现出来，为迎合市场需要的写作成为一种普遍的文学现象，那么，早在 80 年代中期，比诸多作家早出许多年，王朔几乎是第一个在文坛上表现出对市场需要的重视，对文学商品化的积极努力的，或者可以说，正是王朔，以其独立不倚、单枪匹马的冲刺，开拓了 90 年代文学的一个新方向。"[②]

还有论者指出："王朔的独特价值在于，他不仅以独树一帜的作品在文坛影视界

①　王晓明等：《废墟上的旷野上的废墟——文学和人文精神的危机》，载《上海文学》，1993（6）。

②　张志忠：《王朔现象：路标与天平——〈1993：众语喧哗〉选二》，载《文艺评论》，1997（5）。

占据着一个无法替代的地位，更通过他的作品及大量的研究和行为（主要是经济行为），提供了独树一帜的人生哲学、生活方式，这比起他的作品，甚至产生了更大的影响，构成了名副其实的文化现象。"①

请站在今天的语境重新解读王朔主要的作品，结合这些评论，谈谈你对"王朔文学"以及"王朔现象"的看法。

第四节　女性小说

内容提要

女性小说是以女性性别经验为写作立场，贯穿于中国现当代文学中的一种独特的小说形态，一支时显时隐界限不甚分明的小说创作潮流。对女性小说的命名发生于社会转型期，也是在这一时期，女性小说写作潮流更为鲜明与汹涌，其主要表现形态有三：一是如张洁的《无字》、王安忆的《长恨歌》、铁凝的《大浴女》等，她们在新启蒙文学中的《爱是不能忘记的》《方舟》《小城之恋》《荒山之恋》《锦绣谷之恋》《岗上的世纪》《棉花垛》《玫瑰门》等，也由此被从女性小说的角度得以重新认知。她们的小说，更多地将女性性别经验与社会人文思潮融为一体。二是出现了一批侧重于通过女性躯体经验体现女性生命意识的作品，代表作如陈染的《私人生活》、林白的《一个人的战争》以及其后卫慧、棉棉的小说等。三是女性对自身历史的寻找与重新书写，即女性新历史主义小说的出现，代表作如徐小斌的《羽蛇》、王安忆的《纪实与虚构》等。徐坤的小说如《游行》等，以调侃、反讽来解构父权话语，安妮宝贝的网络写作等，也是女性小说中具有代表性的作品。

学习建议

1. 在张洁、王安忆、铁凝这三位作家中选择她们其中的一部作品，参阅摘要中的相关评论，进行文本细读式的讲解，体会这一类女性小说的特点。

2. 选择陈染和林白的某一部作品，参阅摘要的相关评论，体会这一类小说之特征。

3. 选择卫慧或者棉棉的一部作品进行文本解读，谈谈这一类小说与上述两类小说的不同之处。

精读作品

张洁：《方舟》《无字》

王安忆：《岗上的世纪》《长恨歌》

铁凝：《玫瑰门》

陈染：《私人生活》

---

① 祁述裕：《市场经济下的中国文学艺术》，北京，北京大学出版社，1998。

林白：《一个人的战争》
卫慧：《像卫慧那样疯狂》
棉棉：《糖》

评论摘要

1. 当历史进入到改革开放新时期以后，被荒芜的人性的修复摆到文学母题之中。一些有才识的女性是在人性重建的过程里加入到写作阵营中来的，甫一开始，她们踏上的便是一条文化精神上的"寻父"历程。……寻找的过程充满艰辛，然而女作家却历经九悔而不死，孜孜以求，百折不挠。经过多次重复疲沓的寻找和无数次的努力失败后，皈依和庇护的想法是可笑而不切实际的。没有什么上帝能够真正挺身而出护佑她们。当她们过于懦弱而企望垂怜时，她们会作为历史的包袱而遭到忽视和厌弃；当她们真正强大起来自主自立时，又会以"缺乏女人味"构成竞争的敌对性而遭到男权的嘲笑和唾弃。在一个由父权统治的文化历史里，女性的处境永远都是进退两难。由此，最初开始寻找时的那一切诗意寄托和幻想的美妙篇章，渐渐都崩塌而成泡影。一曲曲"怨妇吟"，堆积而成"厌男调"。从最初的爱戴、期盼、幻想、守望，到后来的想象和心理行为上的厌倦、轻蔑、敌视、憎恶，以致最后出现"杀夫"场景；女性文学作品中男性形象从高大伟岸如父如兄，到颓败猥琐形同流氓……一个基本的发展线索是：寻父——情欲初醒，有了"自我"认知——身心成熟，"审父"愿望——进一步的"高潮"要求——不能得到满足，失望感及"厌男"情绪——杀夫心理和行为体验。

女性的这个心理流程是从"爱情"到"情爱"，再到"情欲"的书写之中一步步完成的。从"爱"到"欲"，是一个了不起的变化，原欲的躁动和生命本真意义的表达，经由女性作家自己的笔端尽情体现。这既是对传统的反叛，也荡漾出女性生命意识的自觉。……新时期以后思想完全解放了的女性在受虐情境与施虐快感并存之中，完成了对男权文化的颠覆过程。

……如果说思想解放运动之初张洁、张辛欣们的"寻父"过程还比较含蓄、虔诚、柔顺、谦和，还带有女性天然的受了委屈之后的暗自饮泣，在审美风格上类似于古代妇女的"怨妇吟"的话，那么进入九十年代以后，女作家们则不再谦恭客气了，她们将对于一部男权神话的颠覆和拆解作为了一种日常和当然的文本策略。此时她们借着理性和感官上的日益成熟，以及多年来周游于话语边缘与中心的经验，逐渐窥破了人生的或说是中心文化的虚饰与惨烈，因而一份痛创的嬉戏与荒诞的"文化审父"揭破运动势在必行。首先对男权文明发难的多是一些在八十年代就已成熟起来的女作家。而这之后的一些新人多半走的是一条远离中心的"准自传"式的女性私人写作的路子。……八十年代女性写作还可看做是一种跻身男权文化的光荣，或是一种"木兰"式的梦想的实现，其基本发生发展脉络还要受主流话语导引与约束，妇女以加入宏大的"国家——民族"叙事为己任和光荣；而九十年代在全球一体化的多元文化背景下，女性写作实践则成为一种女性个人能力的展示和显现。其时的她们，不再胆怯而又战战兢兢地对既有的文学潮流和派别怀有瞻望和趋同，而是注重表达个人对历史及现实的本质认识以及对汉语词汇的领悟和运用。九十年代女作家们的创作独立于各种公众传媒和理论评说之外，沿着一条边缘的路径潜心行走，并进而向文化的中心地带曲迁徐缓渗透，执拗揭秘解说着一部人性的或说是女性的心灵秘史。九十年代的女性写作，就是力图推翻千年一贯的男性权力结构，将其自身的书写呈现为一种文化颠覆性的战略意图，体现真正意义上的人的本质。

从男权中心文化设定的"厌女症"到女子赢得话语权利以后表现出来的"厌男症"，其实是典型的文学上的矫枉过正，也是现代性的代价。对妇女来说，现代性是一把双刃剑，它在促使女性自我意识觉醒及其内在的情欲萌动、复苏过程中，又使这股强劲的爆发力与女子身体内部某种极端情绪化不受控制的力量相扭结，使她们认识不清事实的真相和真正的文化症结何在，因而造成情绪的极端化和话语言说方面的歇斯底里，片面地把一切罪责都推到男性身上。将那个一贯的男性"上帝"拉下神坛，并不是就要将他丑化，进而贬谪成地狱里的"魔鬼"。神像的打碎，是为了拥有更多的人间关怀，使男女之间相互体恤，相互爱戴。女性在对男权文化"菲勒斯"机制的颠覆过程里，也要警惕自身真的成为被男性"厌女症"所能框定的"女恶魔"、"巫婆"形象，从而陷入女子霸权主义的陷阱。

……如果说颠覆是为了重建、以期达到更廓远的声明目标的话，那么，当时间进入新旧千年转折交替之际，当一群抛却了历史重负的"七十年代出生"的女性写作群体在文坛浓妆重彩粉墨登场时，却笔锋陡地一转，将写作目的远远离开最初的方向，所有那些关于"解放"和"寻找"的主题都不见了，在女先辈们狂妄清杀之后的一片白茫茫大地上，她们涂抹开的却是女性感官欲望的大面积漫溢。不仅那些慷慨激越的国家大事不在她们的视点和写作之中，就连那些由母亲和老祖母们花尽毕生心力书写却一直未能理清的繁缛的关于女性自身"自由"、"个性"母题，也被她们嫩笔一挥，轻轻化解。上一辈人那些犹抱琵琶半遮面的"爱情"以及"情爱"的传统虚构，远不及她们将"美女作家"名目直接镶嵌进文章标题里的卖俏撒娇以及赤裸裸的书写感官经验的记事来得更生动、迅猛、直接，具有最立竿见影的广告效应。

揭竿而起的女性感官欲望的表达成了全球化文化经济战略中妇女们赚取眼球经济、获取市场经济效益的最有效手段。表面上看起来空前沸腾的以女性审美体验为主体营造出来的大众文化市场，实际上在它的背后，仍然有一只看不见的男性的手在操纵，有男性的一只只见利忘义的眼睛在窥视和监管。在这样一幅世俗化大众狂欢场景中，大众化写作与纯粹文学审美界限的消弭、边缘和主流界限的消失、传统女性文学什么理想的衰败成为必然。

这是一个一切以经济利益为驱动的商业合谋时代，男女之间的文化对峙实际上失去了意义。如果说西方那些著名女性主义者斯达尔夫人、弗吉尼亚·伍尔芙、西蒙·德·波伏娃等的著作在二十世纪八九十年代尚可以跟中国女性的创作有效地对话的话，那么，进入世纪转折点之后，它们如何有效地阐释全球化语境中第三世界妇女的处境就已经成为问题。在妇女的作品中，不光是像张洁、刘索拉、残雪等对男权世界进行颠覆的环境不复存在，就连王安忆、须兰、孟辉等沉浸在历史想象、沉湎于内心世界的书写也停止了。那种返回古典的努力，只是女性个人的炫技行为，因不需要读者参与而同时在这个大众化时代失去了读者。而像陈染、林白的《破开》、《说吧，房间》等作品中准同性恋式"姐妹之邦"的想象臆造也因其没有太多现实生存依据而失去了有效言说。

先前被人们津津乐道的女性"个人化书写"——体现女性个人自觉、自主、自我意识的创作，现在被概括成了：女性隐秘的情欲冲动＋青春叛逆的激情＋自我身体的认知＋性的快感和游戏。它完全不再和内心发生关联，而成了"性别"抑或是"性"的表皮快慰和擦伤。对于"新新人类"一族的"美女作家"们来说，她们的写作资源就是她们自身，是她们所日夜相守的日常生活。而日常生活的全部内容——在完全没有了历史存在和现实精神参照的情形下——就变成了全部是直率的欲望以及解决欲望的途径，变成了"性"和"金钱"。……女性文学的书写，完全变成女性"身体"信息符号的传递，简明易懂，不需要特殊解码器。写作更多地成为一种"行为艺术"，而无关乎作品和文本本身。……知识逐渐变成消费品，知识的供应者和使用者之间的关系，演变成商品的生产者和消费者之间的供需关系。如果说前期的女性"私人化"写作还很审慎地欲填进"思想"与"哲学"的文化符号在里边；后期的写作则就是赤裸裸的消费，自动放弃了政治权利，而仅供消费，消费自己，也消费他人，并供他人消费。

徐坤：《现代性与女性审美意识的转变》，见《现代性与中国当代文学转型》，
昆明，云南人民出版社，2003。

2.《方舟》在新时期女性小说发展进程中的意义，可以从两个方面来看。第一，《方舟》直面女性生存的现实，把女性问题从社会政治的主流话语中剥离出来。虽然从荆华和柳泉失败的婚姻，梁倩被耽搁的导演生涯里，那场大劫难留下的阴影时有所见，但小说尽力渲染的是三位女性从事业到生活的现实境况：艰难、困窘、无处不在的掣肘，把质询的锋芒直指以男性为中心的社会，而不再局限于社会政治层面上追根溯源。第二，《方舟》裸露出来的女性生存现实，把"男女平等"的神话轻而易举地捅了一个大窟窿。她们有体面的职业，有固定的收入，经济上不依附他人。她们受过高等教育，事业有成，知情明理，具有自尊自爱的意识和维护自己人格尊严的能力。然而，她们却陷入焦头烂额的泥泞中，难以自拔。正如《方舟》在题记中点明的那样：你将格外地不幸，因为你是女人。荆华她们的悲剧，就是中国女性的悲剧。男尊女卑，这个延续千年的社会格局和传统观念，并没有随着社会发展和政权更迭而消失，它有形无形地危机女性的生存与发展。问题的要害在于：女性平等的天赋权力，变为需要后天努力才能得到的东西，并为男人恩赐才能拥有的东西。而事实上，女性在不断追求、不断男性化的过程中，丢失了性别身份，丢失了自我，到头来她又凭什么与男人处在一个平等的位置上？一句话，在男权话语体系中，找不到女人的位置，找不到平等意义上的女人的概念，自然也根本找不到女性的解放之路。这就是张洁的《方舟》在女性小说崛起之初所具有的先驱意义和启蒙价值，因为后来，这个难题成为新时期女性小说不断探索的内容与主题。

梁旭东：《新时期女性小说的崛起与张洁的〈方舟〉》，
载《宁波大学学报》，2001（3）。

图 7-2　1992 年，山西省某地，一位身着婚纱的新娘来到惊讶、不解、羡慕的乡亲中间。

3. 《无字》描述了四个完全不同的女性，她们分别象征了女性从沉默的奴隶，到寻求自我解放，树立独立人格，建立自尊、自立、自强、自主、自我保护的意识的全过程，可谓是一部浓缩的女性史，一部女性为自己浮出历史地表而撰写的"无字"的历史。四个女性中有三个孤独无助的母亲，她们没有故乡、没有根，她们是漂泊的家族。女儿吴为从小与母亲相依为命，缺少父爱与他人的关怀。她受过高等教育，童年的经历使她确立了十分独立的人格意识，她对女性的境遇以及两性关系有自己的观点。她向自己的爱情理想不断努力，摆脱了一次不美满的婚姻，与她欣赏的一个有着共同马克思主义信念，既有浪漫气息又给人安全感的革命老干部结合。可是，她的希望彻底破灭了，她以为自己生活在难得的幸福之中，十几年过去后才发现这精心建造的所谓真爱并非事实，而是自己心中的幻想。即使她争取到了社会的价值认同，但在两性关系中，她依然没有得到男性对其独立人格的尊重，没有得到平等、真挚、和谐的爱情。在丈夫的眼里，她仍是处于奴隶地位，是欲望的化身。这是吴为遭受到的最大的惨败，也是张洁爱情理想终于惨败到"无字"。小说是以吴为疯狂为结束的，其中浸透着张洁对真挚爱情难以自制的热切，也释放着张洁对现实、对理想破灭的疯狂的情绪。

周晔：《爱到无字——张洁真爱理想的建构与解构》，载《文学评论》，2000（6）。

4. 翻开王安忆的大部分小说，最为精彩的"小说意识"，也许正是大多数男性作家天然缺乏的细致、密集的女性感觉。她小说"言语"里外的信息量之大，可能恰恰证明了写作者丰富而细腻的"性别身份"。然而，王安忆的女性经验处理又是有底色的，那底色即是生命的大无常、大苍凉。即使是在流言四起的女性王国中，有爱来托底，或以抛弃为结局，那大苍凉也是彻心彻骨，不可挽救的。王安忆这种超乎寻常的心理体验是那么地持久而绵长，是那么地固执而沉痛，以至于使她获得了连张爱玲也少有的那种女人与时代相夹杂、个性与共性浑然一体的叙述的深度。她善于从历史的边边角角中搜集人生的困局，擅长在人事关系中发现现实的荒谬，更超出一般作家能以小见大地呈现时代风云。

她有文学史的视野，虽非学者但有功夫极深的训练，她知道怎样躲过批评家的无端指责而令其必须重视自己山重水绕的多层文本。在你期待她"犯错误"的时候，她总能不着痕迹地调整慌乱的步伐，而跟上"小说叙事学"前进的脚步。

王安忆其实有着"作家"与"女作家"的两张面孔。她从"女性"立场出发，指出了性别"个人性"、"自我意识"对丰富"新时期文学"的特殊意义，她又能从"作家"的视角，理性探讨、分析"女性文学"思想生活上的明显不足。她巧妙地拥有两张面孔，却能冷静地卸下来，将其中的某一张当做剖析的研究对象。这王安忆，简直有一种匪夷所思的文学生存的魔力，而在我看来，这也是她二十余年立于文坛而不败的文学秘诀之一。

程光炜：《王安忆与文学史》，载《当代作家评论》，2007（3）。

5. 女权主义批评已经对一个基本观念取得了共识：所谓"女性的本能"不是天生。这种"本能"毋宁说是训练出来的，相当长的时间内，"家"就是历史为女性指定的社会位置。女性丧失了参与主流历史的权力，她们的智慧和精力只能集中地转向持家。"家"是一个狭窄的天地，这是女性的悲哀；"家"又使女性避免了各种场合残酷而凶狠的厮杀，这是女性的幸运。这样，女性的历史从男权社会的主流历史之中分裂出来，她们的悲哀和她们的幸运形成了她们独特的历史，这里所包含的温柔和母性明显地对雄性世界的残酷形成一种拒绝的姿态。

可是，更为深刻地说，女性拥有的宁静一隅本身即是男权的分配。王琦瑶的一生衣食无虞，美貌和一匣子的金条是她的基本依靠。不言而喻，这样的基本依靠建立于男权社会的逻辑之上。选美无疑是男权社会制造出的游戏，金条是女性美貌的战利品——女性之美可以根据一定的比率兑换成赖以生存的物质。因此，即使在李主任死后，王琦瑶并没有遇到像莫泊桑《项链》之中女主人公那样的重大转折。她仍然可以维持自己的生计，抚养私生子，并且在年迈的时候风韵犹存。在这个意义上，女性的独特历史并不是通过反抗而获得；相反，这样的历史同样是男权社会的一个副产品。如果女性无意地踏入雄性世界的角逐场地，那么，她们并不拥有一争长短的资本。王琦瑶那一匣子金条的诱惑超出了她迷人外表的时候，男性之间的残暴就会毫不犹豫地降临到她身上——王琦瑶因此付出了生命的代价。这样的结局如同一个象征，虽然女性拒绝了男权社会的主流历史，但是，男权社会却有可能随时掐断女性的独特历史。

这是《长恨歌》的叙述背后存在的一个隐蔽的框架。

南帆：《城市的肖像——读王安忆的〈长恨歌〉》，
载《小说评论》，1998（1）。

6. 或许正是在《玫瑰门》中，铁凝的叙事方式、被叙对象有了极为鲜明的女性写作的特征，因而具有了她作品前所未有的先锋性与颠覆性，它极为深刻地表达了对女性的历史、现实境遇的质疑，表达了对女性"本质"——关于女性本质的话语的质疑。

《玫瑰门》展现了一个女性情境，眉眉对青春玫瑰门的穿越发生在一个特定的年代，发生在一个女人的"世界"之中。婆婆司漪纹、舅妈竹西、姑姑"姑爸"成为环绕着眉眉的女性的镜像序列，构成了铁凝对女性的历史境遇、历史与现实可能性的探查。……从某种意义上说，司漪纹和"姑爸"构成了小说中女性的"复调"中的一部。前者是一个顽强得令人作呕又使人心酸地要在时代的巨变中把握自己的命运的女人，一个绝望地试图作为一个"纯粹的女人"进入（挤进）历史的女人；后者则是在生命的起点便撞碎在女性的命运上，于是她试图逃离这一宿命，她以"姑爸"为自己命名，以烟斗、抠胸、分头"消灭"了自己的性别；然而她并没有能成功地将自己造就成一个男人，而只成就一个不男不女的怪物、一个被弃于社会之外的寄居者、另一个女人司漪纹的负担和磨难。她甚至"创造"了一种男性权力的模仿物：银的或铜的耳挖勺，但这仍不能豁免她逃离历史中一个女人的命运。

事实上，从《麦秸垛》和《棉花垛》开始，铁凝已在一个特定的主题变奏中呈现历史情境中的女人，呈现试图进入或逃离历史的女人。"姑爸"可以装扮男人，可历史中的暴力将以插入她身体的一根通条再次"确认"她的性别。无论她（们）在历史的语境中试图逃离还是改变自身作为一个女人的命运，历史、历史中的暴力都将把她还原为一个"女人"，并钉死在一个女人的宿命之上。

戴锦华：《真淳者的质询——重读铁凝》，载《文学评论》，1994（5）。

7. 所谓玫瑰门，应该就是指女性的生殖之门，性欲之门。因为玫瑰门，女人才有了女人的觉悟，女人的感情；因为玫瑰门，女人才有了女人的幸福，女人的痛苦。玫瑰门即是女人的欲望之门，也是女人的灵魂之门。……大门之内是女性个体生命的欲望诉求，大门外是社会利益对女性生命的强制性享用。而每一个女性在追寻生命的自由时，首先就得迈过这一道门槛。小说着重塑造了司漪纹、姑爸和竹西三个女性形象，可以说是这三个形象分别代表了穿越玫瑰门的三种不同方式。

司漪纹期待着干净的灵魂从玫瑰门里穿越出来，向上升腾。因此她呵护着自己的女性特征，不断寻找机会，企图让生命的欲望诉求与灵魂重合到一起。

姑爸永远关闭了玫瑰门，她把生命的欲望诉求封锁在大门以内，以消灭性征的方式来完成女性个体生命的欲望诉求。

竹西采取的是与姑爸截然相反的方式，她敞开玫瑰门，以放纵性征的自然功能来完成女性个体生命的欲望诉求。

玫瑰门也许是女性的象征，但掌管大门的权力永远也不会在玫瑰门的主人手里。姑爸即使是紧闭大门，同样也逃脱不了被人宰割的命运。

贺绍俊：《女性觉醒：从倾诉"她们"到拷问"她们"——论〈玫瑰门〉及其文学史意义》，载《海南师范学院学报（社会科学版）》，2005（1）。

8. 依据同样的道理，第四章中那位曾经一度被林多米当作上帝一般顶礼膜拜的青年导演N，以及本章出现的如董翩、老黑等人物，也只是确证林多米的某种刻骨铭心般的固执的自恋情结的一种标志："我一直住在招待所里，我对公家的床、桌子、椅子毫无感情，但我总要一再提到那窗帘，墨绿色的，厚而坠的平绒，一经进入了与N有关的场景，就成为我记忆中必须的道具。"那一场令林多米极其狼狈的彻底失败的爱情，林多米那么钟情于导演N，而N却怎么也不肯与女主人公结婚，甚至都不答应她自己生育扶养他们共同的骨血——孩子，并且已向另一个艺术学院的女孩跪地求婚的方式背叛了女主人公。林多米当然痛不欲生，于是在彻悟爱比死残酷的同时，她决心逃离此地："我只有逃离此地才能越过这个深渊。"当林多米离开 N 城来到北京，过了不到半年的时光就把 N 淡忘了的时候，她不得不震惊于爱情的脆弱多变，并进而反躬自省这一场"傻瓜爱情"了。只有在这个时候，她才开始反省并怀疑自己经历过的那一场爱情的本质所在："这是我想到一个严重的问题，当初我是不是真正爱过？我爱得是不是他？我想我根本没有爱他，我的爱其实是自己的爱情，在长期平淡单调的生活中，我的爱情是一些来自自身的虚拟的火焰，我爱得正是这些火焰。"在笔者看来，小说的这段叙述话语既是对林多米与 N 的那场情感纠葛的理性认识，同时也为读者进入并理解《一个人的战争》这部颇富新意的长篇小说提供了一把比较理想的钥匙。这段话实际上充分表明了林多米在本质上了乃是一个无法改变不可救药的自我中心主义者，是一个具有固执的自恋情结的现代女性形象。因此，林白在《一个人的战争》中构筑的实际上是一个自我指涉的欲望世界。所谓"自我指涉"，就是指小说中所叙述的故事所指，并不指向与"自我"的客体世界，包括社会与历史，包括他人，包括物。相反小说中的故事所只指向林多米自身，作家反复诉说的仅仅是个体性的一种刻骨铭心的生存体验。正在这个意义上，我们才认定《一个人的战争》所构筑的是一个"自我指涉"的话语空间。所谓"欲望世界"，乃指作品讲述的其实都是关于林多米的一个个欲望实现的故事。具体而言，首章主要写女主人公对同性的欲望和自慰的欲望；第二章主要写她企图使个人才智得到社会的承认，尽可能早地广为人知的欲望；第三章主要写她的一种"渴望冒险的个人英雄主义"的欲望；第四章则主要表现她作为已经三十岁但仍未与一个男人产生过真正的爱情的女性渴望体验一回轰轰烈烈的爱情的欲望。依笔者陋见，小说所摘引的林白《同心爱者不能分手》中部分章节以及叙述话语对"欲望"一词的如此明显的强调，是极富暗示与象征意味的。将此处强调与我们对全部作品的认识把握结合起来，就完全可以确认，这部长篇小说的核心语码之一乃是"欲望"，作品所具体叙述的乃是一个个与"欲望"有关的人生故事，作品所构筑的，只是一个与社会历史无涉于他人世界无涉的私人性话语空间。

王春林：《自我指涉的欲望世界——评林白长篇小说〈一个人的战争〉》，

载《当代文坛》，1994（6）。

9. 陈染提出的"超性别意识"，可以看作是"私小说"热潮下女性作家的自我超越策略。一方面是女人身为女人的女性境遇，另一方面是写作的女性超越于女性境遇的事实，于是"超性别意识"是自觉的女作家对于身为女人囿限的打破。"私人生活"在这种角度，是作为长期以来被社会公共生活取消的个人价值的复出，也是女性最深闭欲望的自我发现。女性写作新度的起点，便在于这种自我发现。林白认为她不为理念写作，她的从个人感受出发表达对世界的看法的努力，是为了寻找与世界的沟通，女性写作是一个通道。对于女性作家来说，也便是一场持久的自我战争，"一个人的战争"。徐小斌把作家分为本色演员和性格演员，她觉得"私小说"的本色表现，自有其存在的价值和合理性，女性写作进入性格阶段，既不考虑读者也不考虑批评家，在写作过程中制造一种智慧迷宫，将构成对阅读的挑战，如果女性文本具有了内层和表层的迷宫型结构，女性写作的目标就接近了其本质所在。

荒林：《回到女性本身的九十年代女性小说》，
载《山东文学》，1997（3）。

10. 卫慧是从小城镇来到上海大都市，并受过现代教育——这是为现代都市的白领阶层提供后备军的场所——的训练，因此很容易被容纳到现代都市的文化体制中去。缺乏理性批判能力，放任身体的生理反应与强调感官对世界的把握自然都不可能产生强有力的力量，以抗衡现代文明所造成的人性异化。更进一步说，把身体/感性的语言作为价值取向本身有两种可能的形式，一种是将自己放逐到被现代文明所遮蔽的另一种文明中去，以生命的直接经验来感受文明的多元本质，以求人性丰富多姿态的存在；另一种是这身体/感性仍然被置于现代都市文明的主流模式中，它所能感受的依然是单质的现代享乐主义的文化消费方式，这样的感性虽然一定程度上能够对都市文化的主流（即中产阶级的伦理道德与游戏规则）产生某种消解力，但从本质上说，与资本主义市场的刺激消费需求是同步的，不可能再生出新的文化生命。毋庸讳言，卫慧的文学创作中的"欲望"因素，正是依据了后一种的生存形式而被诠释。所以，向现实境遇妥协是其实现欲望的必然归宿。《像卫慧那样疯狂》写了三个同时毕业的大学生的欲海沉浮：在大城市长大的阿碧怀着浪漫情怀进入白领阶层生活，但在一次次的追求与遗弃的悲喜剧中最终屈服于新富人阶级的游戏规则，悄然嫁为富翁妇；出身农村的媚眼儿渴望感官享乐与西方模式的现代生活，不惜出卖男身争宠于洋婆，最终丧了性命。只剩下阿慧，巧妙地利用自己的青春与智慧来诈骗和捣乱这个繁华与腐烂同在的现实世界，但是她没有、也不可能有新的价值取向来支持自己的特立独行。然而，这已经是对卫慧式反抗的预言了。至少至今为止我们看到的卫慧还是在这个充满欲望的世界上保持了波希米亚色彩的个人追求。这也是卫慧的可贵之处，我注意到她笔下的人物总是有两种不同性格的对照。趋于中产阶级趣味的白领与坚持向现代西方文明模式挑战的小PUNK；《床上的月亮》中是张猫与小米；《像卫慧那样疯狂》中阿碧与阿慧；《蝴蝶的尖叫》中阿慧（同名不同人）与朱迪，在这种对照中有力地突出了后者的生存处境。卫慧最好的作品是《蝴蝶的尖叫》，在讨论人选《逼近世纪末小说选》的篇目时，我一直在它与《像卫慧那样疯狂》之间犹豫，我觉得朱迪的形象更加单纯更加尖锐，在她身上混合着浪漫主义的激情与理想主义的不妥协，因此也更加可爱。虽然在表现现代反叛性格的复杂性方面她不如《像卫慧那样疯狂》的主人公具有更多的可阐释性，但她的无路可走的痛苦以及以血相报的烈性已经彻底打破了享乐主义的温情假象。

棉棉的经历似乎与卫慧相反，她是出生在大城市，受过正常的中学教育，在经济起飞的时代里她怀着朦胧的反抗意识来到南方经济特区，但在充满活力又缺乏章法的经济环境中，她没有进入制造"欲望"的主流社会，却一头扎进社会的阴影里，在主流文化所排斥的"怪异"环境下品尝了"人欲"酿成的直接苦果——这种生命经验，是正规而平庸的现代教育所无法想象和闻所未闻的。棉棉笔下的女孩与卫慧小说的人物不一样。卫慧的女孩狡黠而老到，棉棉的女孩慧直而单纯，她缺乏卫慧笔下的灵气，却毫无遮掩地表达出对社会人生的异端态度。如果我们研究当代中国"问题青年"的怪异（Queer，在台湾被译作"怪胎"）文化现象，棉棉的小说是不可缺少的文本。《糖》是一本当代中国"怪异"青年集大成的小说，摇滚、卖淫、滥交、吸毒、同性恋、双性恋等令人感到不安的文化现象充斥了小说的主要场景，与当年王朔笔下那些只会耍嘴皮只说不练的痞子相比，与当今卫慧笔下那些摹仿西方反叛者的矫情女孩相比，棉棉与主流文化对立的尖锐性和惨烈性被有力展示出来，从而开拓与丰富了人性中被压抑的黑暗世界内涵。小说中的男女青年主人公不约而同地拒绝父亲给自己安排的前途：一个对蒙娜丽莎感到害怕；一个从学提琴转向弹吉他，请注意：他们所拒绝的恰恰是西方文艺复兴以来的现代文化传统，而这也正是八十年代中国知识分子文化的主流。一种反现代化的现代立场突现在小说叙事中。男孩赛宁从英国回来，不是衣锦还乡却带了一颗千疮百孔的心，似乎也证明了西方传统教育的失败。但是棉棉笔下的女孩子始终没有放弃对真情的追寻，她因为赛宁的多次背信弃义而自我沉沦，表达了她内心深处对爱的执着和痛苦，而不是像有些评论家故意夸大的什么"无爱之性"。只要将《糖》与《像卫慧那样疯狂》中有关性事描写部分作一比较，就可看出棉棉笔下女孩对性事完全不带展览意味，相反，她总是执着地问何为"高潮"？在污浊的现实环境下，这种风情不解的询问就仿佛是古代文化中的"天问"，是对男女间何为性爱的本质的追问。读者只要多诵读几遍棉棉小说中那些颤抖冗长的句子，我想不难体会到作家对失去心灵中的伊甸园所产生的刻骨铭心的痛苦。她的自杀、吸毒、酗酒、甚至滥交，每一次的自裁行为都与赛宁的背叛有关，也就是说，所有以往正统教育施舍给她的温情脉脉的理想面纱都在现实欲望的烈焰中一片片地化作灰烬，她的生命最后以赤裸的姿态面对着烧不尽的"欲望"。

棉棉的小说叙事里，不自觉地体现出前面所说的把身体/感性的语言作为价值取向的另一种形式：将自己放逐到被现代文明样式所遮蔽的另一种文明中去，以生命的直接经验来感受到文明的多元本质，以求人性丰富多姿态的存在。棉棉笔下的酒吧与摇滚，仿佛是欲火烈焰中的地狱——我说的地狱并不是"水深火热"的那种，而是指它直接构成了大都市现代文明的对立面——一种对现代文明直接对抗的个人、感性、异端的另类世界。这个所谓的"另类世界"在全球化阴云笼罩下的上海的现实环境下，其实是非常庸俗无聊的富裕阶层的消遣场所，但在棉棉笔下却体现出难得的反抗立场。在《糖》里，女主人公发现心爱的赛宁在一个小镇上当了庸俗的"歌星"时，她勃然大怒，立刻把他拉了回来，指责他背叛了摇滚精神，这是她无所顾忌的性格中真正值得敬畏的一面。如果从所谓"正常"的社会道德立场来看，棉棉笔下活跃的只能是一批需要拯救的不良少年，社会渣滓，种种犯罪的欲望都如怨鬼紧紧缠身，很难从他们身上得到正面意义的解说，他们或者被鄙视地描绘成渣滓，或者作为社会分析的一个注释，而没有自己独立的生命价值。但在棉棉的叙事立场上，这里却呈现了生气勃勃的世界：在这个充满污秽的世界里仍然闪亮着人性的温馨，藏污纳垢，破碎的生命仍然是生命并且应该得到尊重。小说里有一段写到男女主人公一个吸毒一个酗酒的沉沦过程，使我们不仅窥探到道德边缘上的生命体验，也看到了生命边缘上的道德再生。当欲望与生命本体的意义紧紧拥抱在一起的时候，即产生了美学上的魅力。棉棉在她的书前题词说，要把这本书送给所有失踪的朋友。我理解"失踪"这个词的意义，不仅仅是指逃离现实秩序的人，似乎还应该包含了在现实的道德范畴里我们视而不见的人，这一些心灵里装满了困惑与伤害的人，正在用巨大的代价探索着自己的未来，寻找自己灵魂的寄放处。这也许是棉棉自己所说的：必须把所有的恐惧和垃圾都吃下去，并把他们都变成糖的写作宗旨。

陈思和：《现代都市社会的"欲望"文本——以卫慧和棉棉的创作为例》，

载《小说界》，2000（3）。

泛读作品

张洁：《世界上最疼我的那个人去了》《爱是不能忘记的》

王安忆：《叔叔的故事》《锦绣谷之恋》

铁凝：《大浴女》《哦，香雪》

徐坤：《厨房》

徐小斌：《羽蛇》

评论文献索引

1. 徐坤. 重重帘幕密遮灯——九十年代中国女性文学写作. 作家，1997(8).

2. 孟繁华. 忧郁的荒原：女性漂泊的心路秘史. 想象的盛宴，昆明：云南人民出版社，2001.

3. 董之林. 女性写作与历史场景——从 90 年代文学思潮中"躯体写作"谈起. 文学评论，2000(6).

4. 戴锦华. 陈染：个人和女性的书写. 当代作家评论，1996(3).

5. 王光明. 女性文学：告别 1995——中国第三阶段的女性主义文学. 天津社会科学，1996(6).

6. 张志忠. 半边风景：女性文学的散点扫描. 文艺评论，1997(1).

7. 陈思和. 营造精神之塔——论王安忆 90 年代初的小说创作. 文学评论，1998(6).

8. 王绯. 王安忆：理性与情悟. 当代作家评论，1998(1).

9. 徐坤. 双调夜行船——九十年代的女性写作. 小说界，1999(4).

10. 刘思谦. 女性文学的语境与写作身份. 南京师范大学文学院学报，2004(4).

11. 徐德明. 王安忆历史与个人之间的"众生话语". 文学评论，2001(1).

12. 王一川. 探访人的隐秘心灵——读铁凝的长篇小说《大浴女》. 文学评论，2000(6).

13. 于展绥. 从铁凝、陈染到卫慧：女人在路上——80 年代后期当代小说女性意识流变. 小说评论，2002(1).

14. 唐濛. 从灵魂向肉体倾斜——以王安忆、陈染、卫慧为代表论三代女作家笔下的性. 当代文坛，2002(2).

15. 吴宏凯. 逼问女性的生存空间——读徐坤的小说《厨房》. 名作欣赏，2003(1).

16. 贺绍俊. 与男性面对面的冷眼——论铁凝情怀的内在矛盾. 当代文坛，2005(1).

17. 易文翔. 智者入世的游戏——论徐坤小说的智性叙事. 小说评论，2005(1).

18. 杨书. 作为文本的"甜蜜宝贝"——对棉棉《糖》的文化分析. 贵州社会科学，2006(5).

19. 蒋济永. 身体消费的文化隐喻——卫慧《上海宝贝》的文化解读. 名作欣赏，2006(5).

20. 陈淑梅. 叙述主体的张扬——90年代女性小说叙事话语特征. 文学评论，2007(3).

拓展练习

1. 在女作家群中，王安忆被认为是一个写作视野颇为开阔，能够驾驭多种题材，并能使用多种艺术方法的作家，方方曾经评论说"如果想要了解中国文学，不可不读王安忆"。纵观她的各个时期的代表作品，如"雯雯系列"小说、《本次列车的终点》《尾声》《小鲍庄》《小城之恋》《岗上的世纪》《叔叔的故事》《纪实与虚构》《长恨歌》等作品，不仅题材选取体现了时代的潮流"热点"，而且叙事方式也绝不落伍，所以从某种程度上来说，梳理王安忆的作品，就是梳理新时期以来的文学思潮，请你选择其中的一部小说，至少从两个角度来分析她作品的丰富内涵，以及创作的独特性和在文学史上的意义。

2. 关于张洁的作品，可以从不同的视角进行分析。

第一种，如有论者所说，在一个由父权统治的文化历史里，女性的处境永远都是进退两难，"当她们过于懦弱而企望垂怜时，她们会作为历史的包袱而遭到忽视和厌弃；当她们真正强大起来自主自立时，又会以'缺乏女人味'构成竞争的敌对性而遭到男权的嘲笑和唾弃"，由此，"从最初的爱戴、期盼、幻想、守望，到后来的想象和心理行为上的厌倦、轻蔑、敌视、憎恶，以致最后出现'杀夫'场景；女性文学作品中男性形象从高大伟岸如父如兄，到颓败猥琐形同流氓，这其中，要数张洁的声音最为响亮"。①

第二种，有论者评价说"张洁的作品构成一个完整的历史句段。一个时代的、被无限的'丰富的痛苦'所萦绕的精神之旅的笔记。一份不断地寻找神话庇护、又不断地因神话世界坍塌而裸露的绝望。她是一个经典的现实主义作家，异常敏感、细腻的情感始终朝向社会与'现实'，她书写个人的、女性的故事，但那只是为了书写并获得F·杰姆逊所谓的'社会寓言'；她以不能自已的专注记述着变迁中的社会，是作为一个曾遭重创、已不堪一击、但仍孤傲不屈的'斗士'，在实践着她的历史、文化使命。"②

请以《爱是不能忘记的》《祖母绿》《方舟》《她吸的是带薄荷味的烟》《红蘑菇》以及《无字》为线索，从以上两种角度分析她的女性意识及其"社会寓言"的内涵。

3. "性"和"欲望"是20世纪80年代以来女性作家关注的话题，从王安忆"三恋"当

---

① 徐坤：《现代性与女性审美意识的转变》，见陈晓明主编：《现代性与中国当代文学转型》，昆明，云南人民出版社，2003。

② 戴锦华：《世纪的终结——重读张洁》，载《文艺争鸣》，1994(4)。

中对别遮蔽的"欲望"发现，到陈染、林白等的"欲望化"叙事，再到卫慧、棉棉为代表的"美女作家"的"躯体写作"，其中的内涵和意义都发生了很大的变化，请结合具体文本，谈谈你如何评价这种现象，如何理解"个人化"写作与"私人化"写作的区别。

4. 陈染的《私人生活》一度被视为惊世骇俗之作而独树一帜，一经面世便引起广泛的关注，无论对社会普通读者还是文学批评圈都产生了影响。然而，这种聚焦及反响很少来自对文本自身文化内涵的体察、理解。例如从出版商、媒体在利润驱动下，从中尽捡"私"与"性"来大做文章，消费者中怀有此类阅读期待的也大有人在，推波助澜，在极为狭隘的意义上宣扬所谓"私人写作"，以致构成了文化市场的一道"奇观"。那么，你对这种现象怎样理解？你认为女性这种带有"反文化"色彩的质疑与颠覆的心声，是否已经找到恰切的话语方式和最佳的表达途径了呢？

第五节　长篇小说创作高潮

内容提要

社会转型期的长篇小说创作高潮，既是一个时代结束之后，作为该时代对既往过去整体思考的展示，也是新启蒙文学在长期积累后，对自身整体创作实力的展示，这种展示，又是站在新的时代的可能的高度上的。对于这一创作高潮，我们可以勉为其难地将其概括为以下几种类型：第一，历史长篇小说。其代表作有二月河的"帝王系列"（《康熙皇帝》《雍正皇帝》《乾隆皇帝》）、唐浩明的《曾国藩》、刘斯奋的《白门柳》等。第二，展示中国现当代社会形态文化形态变迁的长篇小说，其代表作有陈忠

图7-3　1992年9月9日下午在西安市青少年宫七楼礼堂召开的贾平凹文学报告会的入场券。

实的《白鹿原》、张炜的《九月寓言》《你在高原》、李锐的《旧址》《银城故事》、莫言的《丰乳肥臀》《蛙》、刘震云的《故乡天下黄花》、韩少功的《马桥词典》、阿来的《尘埃落定》、阎连科的《日光流年》等。第三，侧重于写精神生态的长篇小说，其代表作有贾平凹的《废都》、张承志的《心灵史》、史铁生的《务虚笔记》等。第四，写人生命运的长篇小说，其代表作有余华的《活着》《许三观卖血记》、王安忆的《长恨

歌）、韦君宜的《露沙的路》等。第五，反映社会现实生活的长篇小说，其代表作有前述张平的《抉择》、陆天明的《苍天在上》、周梅森的《人间正道》、柳建伟的《突出重围》、张宏森的《车间主任》以及李佩甫的《羊的门》等。这些作品作为社会转型期各种精神路向、创作范式的集大成者，对其价值、意义的"史性"归纳，还有待于时日。

学习建议

1. 对"精读作品"中的小说进行文本细读，就作品主题、人物塑造、结构、语言、形式以及文化蕴含等方面谈谈自己的"审美发现"与"问题发现"。

2.《废都》《白鹿原》《心灵史》三部作品从问世伊始就伴随着评论界的"热评冷议"，从而成为世纪末标志性的"文化事件"，请选择其中的一个现象进行"述评"，要求资料翔实，观点明晰。

精读作品

陈忠实：《白鹿原》

贾平凹：《废都》

史铁生：《务虚笔记》

二月河：《康熙皇帝》

张承志：《心灵史》

评论摘要

1. 多年来我内心感到寂寞，一种无以应对的寂寞。要我来讲，我可以这样说：《废都》的发行量是巨大的，但真正的读者极少。虽不能妄言自己的作品如何，有一点却是，《废都》是开放型结构的作品，而不是封闭性结构的作品，即有的作品本身就充满了作品的立意和主题，作者在前边走，读者就跟着走，而《废都》，读者跟着作者走着走着就走到另岸去了。《废都》通过了性，讲的是一个与性毫不相干的故事。《废都》充满了激情，是一种自我作践的写法，如一个人为了让别人知道人体，剖了肚腹指着说：瞧，这就是肝！这就是肺！这样的写法易于被人误读，也易于毁灭自己。我是反英雄主义的，社会发展到今日，巨大的变化，巨大的希望和空前的物质主义的罪孽并存，物质主义的致愚和腐蚀，严重地影响着人的灵魂，这是与艺术精神格格不入的，我们得要做出文学的反抗，得要发现人的弱点和罪行。当年《废都》出版后，有人说写了社会不良风气，以这样来批评我，我不同意，以这样来赞扬我，我也只有叹气。

贾平凹：《答陈泽顺先生问》，载《小说评论》，1996（1）。

2.《废都》也以讽刺的笔调描写了城市生活的许多病态、丑态，特别是借那个收破烂的疯老头之口唱出的民谣，很有批判锋芒。这一部分，算得上这个作品的所有四十万字中间最有价值的部分。然而我们对一个小说家所能指望的，理当比这更高。假如仅仅是看到社会的一些丑恶现象，普通读者自己也做得到，而不必依靠艺术家。艺术的作用不在于把众所周知的现象描述到纸上，而用艺术特有的方式解释它，从而让人们从这些现象里发现和想到他们自己未曾发现、想到的东西。《废都》的情节、语言、人物，写得如此破绽累累、漏洞迭出，根源却只有一个，这便是我先已指出的作者的整个创作当中溺于自我，为了自己而忘了艺术。尽管他想的是给城市写一本书，可写出来的却是某个"名人"的苦难，尽管他试图创作一部长篇小说，但是那"安妥灵魂"的强烈自慰心理，却夺走了这部小说的主题、情节、语言、人物的自在性，其结果，与其说产生了一件艺术品，不如说产生的乃是关于他个人精神梦魇的一份笔录。

李洁非：《〈废都〉的失败》，载《当代作家评论》，1993（6）。

3. 对于《废都》的隐喻意义，论者并无大的分歧。曾有论者把"废都"与"荒原"做比："看来小说取名《废都》，包含有对传统文化断裂的隐忧，有失去人文精神倚持的荒凉感。七十年前，英国诗人 T. S. 艾略特写了题为《荒原》的长诗，以死亡和枯竭的意象，来表征被工业文明所裹胁的现代西方人的生命贫瘠。《废都》的命意和《荒原》何其相似！两者同样有着对于传统文明断裂后的隐忧和悲剧感，《废都》也许可以称为东方式的《荒原》。"在这个总体性的隐喻中，贾平凹把庄之蝶在灵与肉之间的沉沦和挣扎推向了极端，从而也把"一种自卑性的自尊，一种无奈性的放大和一种尴尬性的焦虑"变成了病态。《废都》是写"我们是病人，人却都病了"。这正是我们这个时代最大的苦难。

面对"我们是病人，人却都病了"这样的苦难，面对无法救赎的、已经病了的灵魂，贾平凹自身不无矛盾，甚至无能为力。贾平凹试图通过《废都》的写作来"安妥"自己灵魂的愿望，正如有学者评价的那样，也充满了"悲剧"性："庄之蝶的悲剧并不在于他与社会抗争的失败，而在于他的灵魂的软弱无力，打不起精神，无法战胜自己的劣根性。贾平凹的劣根性也不在于他只能在这种绝境中、在当代中国灵魂的毫无希望的生存状态中'安妥'自己的灵魂，而在于他无论如何也还是想要使自己的灵魂在世俗生活中寻得'安妥'这一强烈的愿望本身。这也就是对那曾经一度那么妥帖辉煌、而今早已被废弃的灵都的无限留恋、无限伤怀。只有在这种留恋和伤怀中，他才感到自己内心仍然保留着一股温热的血脉、一种人性的赤诚，一番超越当下不堪的现实之上的形而上的感慨。"

但这不是贾平凹一个人的局限，而是在"废都"的精神氛围中成长起来的一代知识分子的思想特征。

王尧：《重评〈废都〉兼论九十年代知识分子》，载《当代作家评论》，2006（3）。

4. 除了谣儿，《废都》还释放出"天音"、"地声"。小说中写到一头牛，从农村被卖到城市，为人们提供新鲜牛奶。庄之蝶经常喝这头牛的鲜奶，对它有感情。在牛将死之时，庄之蝶去看望它，并购买牛皮留作纪念。后来，他将牛皮送去做大鼓，让它"悬挂在北城门楼上，让它永远把声音留在这个城市"。这种声音即被视为"天音"、"地声"。这种天地之声音，按照人类学的语言分类，是"非文字的"。与此同时，《废都》在牛身上发现了一种哲学。说"牛像个哲学家"，"以哲学家的目光来看这个城市了"，"为自己的种族的屈辱而不平了"。在城市里，牛感到"孤独、寂寞和无名状的浮躁"。"它吃的是好料，看的是新景，新的主人也不让它耕作和驮运，但城市的空气使它窒息，这混合着烟味硫黄味脂粉味的气息，让它常常胸口发堵发呕。坚硬的水泥地面没有了潮湿的新垦地的绵软……""这牛后悔到这个城市来了，到这个城市来并不是它的荣幸和福分，而简直是一种悲惨的遭遇和残酷的惩罚了。"结论是："这城市不是牛能待的！"接着，着重对"文明"和"城市"进行了哲学剖析："社会的文明毕竟会要使人机关算尽，聪明反被聪明误，走向毁灭。"城市"是退化了的人太不适应了自然宇宙，怕风怕晒怕冷怕热而集合起来的地方"。想到人的退化，牛也竟然有一种"冲动"，恨不得"闯入这个城市的每一个人家去，强奸了所有的女人，让人种强起来野起来！"这里，在荒诞的写法中透露了朴素而深刻的思想：只有朴实、简单乃至低俗的生活，才使人更能适应自然，保持进化，让人活得健康、持久！"野蛮"、"率性之爱"，才是人类自强、进化的力量源泉！

《废都》中对天地之声的兴趣，以及对现在社会中诸种原始的、"非文明的"甚至兽性因素的描述与揭示，具有特别重要的人类学意义。人类学着眼于"人之初"，研究原始部落的行为、生存方式以及相关的思维、语言等。这些对象本是远离"有文字"以来的"文明社会"的，然而，贾平凹竟在20世纪八九十年代"文明"的并且是"现代的"社会中，揭示了种种本属于"文明社会"之前的"野蛮"、"非文明"、"不文明"的现象。因此，人类学家完全有理由把自己的兴趣和眼光由"野蛮"的"原始部落"转向"现代"的"文明社会"。在这方面，贾平凹堪称是中国的先行者，尽管他只是在文学领域中做出的。

郑湧：《破碎了的灵魂何处可安？——重读〈废都〉》，载《上海文学》，2010（7）。

5.《白鹿原》的思想意蕴要用最简括的话来说，就是正面观照中华文化精神和这种文化培养的人格，进而探究民族的文化命运和历史命运。其中，白鹿村族长白嘉轩，尤被作为中华文化的正统人格代表，突现于作品中，占有举足轻重的地位。他本身就是一部浓缩了的民族精神进化史，在他的身上，凝聚着传统文化的负荷，他在村社的民间性活动，相当完整地保留了宗法农民文化的全部要义。白嘉轩的人格中包含着多重矛盾，由这矛盾的展示便也揭示着宗法文化的两面性：它不是一味地吃人，也不是一味地温情，而是永远贯穿着不可解的人情与人性的矛盾——注重人情与抹煞人性的尖锐矛盾。白嘉轩人情味甚浓，且毫无造作矫饰，完全发乎真情，与长工鹿三的"义交"，充分体现着"亲亲、仁民、爱物"的风范；对黑娃、兆鹏、兆海等国共两党人士或一时落草为匪者，他也无党派的畛域，表现了一个仁者的胸襟。可是，一旦有谁的言行违反了礼仪，人欲冒犯了天理，他又刻薄寡恩，毫不手软。他在威严的宗祠里，对赌棍烟鬼施行的酷刑，对田小娥和亲生儿子孝文使用的"刺刷"，令人毛骨悚然。他的一身，仁义文化与吃人文化并举。

作者把白嘉轩的道德人格与鹿子霖的功利人格比照着写，意在表明：像白嘉轩这样的人，固然感召力甚大，但终不过是凤毛麟角，他所坚持的，是封建阶级和家族长远的、整体的利益，他头上罩着圣洁的光环，具有凌驾一切富贵贫贱之上，凛然不可犯的尊严，但是，真正主宰着白鹿原的，还是鹿子霖、田福贤们的敲诈和掠夺，败坏和亵渎，他们是些充满贪欲的怪兽，只顾吞噬眼前的一切。于是，白嘉轩的维护礼义，就面临着双重挑战：一面是白鹿原上各式各样反叛者的挑战，一面是本阶级中如鹿子霖们的挑战。毫无疑问，白嘉轩是个悲剧人物，他的悲剧那么独特，那么深刻，那么富有寓言性质，关系到民族精神的长远价值问题，质而言之，白嘉轩的悲剧性也即民族传统文化的悲剧性。

雷达：《废墟上的精魂——〈白鹿原〉论》，载《文学评论》，1993（6）。

6. 它以白鹿原的白、鹿两家三代人的人生历程为主线，既透视了凝视在关中农人身上的民族的生存追求和文化精神，又勾勒了演进于白鹿原人们的生活形态和心态的近代、现代的历史发展轨迹，及其发生的大大小小的回响。在一部作品中复式地寄寓了家族和民族的诸多历史内蕴，颇具丰赡而厚重的史诗品位，在当代长篇小说中当属少见。

《白鹿原》在以时间为经，事件为纬的结构框架中，始终以人物为叙述中心，事件讲求情节化，人物讲求性格化，叙述讲求故事化，而这一切都服从和服务于可读性，有关的历史感、文化味、哲理味，都含而不露地化合在引人入胜的艺术魅力之中，比较好地打通了雅与俗的已有界限。一部作品内蕴厚重、深邃而又如此好读和耐读，这在当代长篇小说中亦不多见。

可以说，陈忠实还是把白鹿原作为近现代历史替嬗演变的一个舞台，以白、鹿两家人各自的命运发展和相互的人生纠葛，有声有色又有血有肉地揭示了蕴藏在"秘史"之中的悲怆国史、隐秘心史和畸态性史，从而使作品独具丰厚的史志意蕴和鲜明的史诗风格。

白烨：《史志意蕴·史诗风格——评陈忠实的长篇小说〈白鹿原〉》，
载《当代作家评论》，1993（4）。

图7-4　2011年1月4日，史铁生60岁的生日，北京798艺术区举行的史铁生追思会。

7. 我们还必须把关注点放在史铁生为这一小说设定的同样呈示出明显的"不确定性"的语言叙事方式上。我们注意到，作为一部别具现代精神的长篇小说，《务虚笔记》首先表现出了突出的"虚拟性"的特点。细读文本即不难发现，其中大量充斥着诸如："如果、或者、比如、也许、可以是、也可能、说不定……"等这样一些带有明显的虚拟色彩的叙事词汇。这些虚拟性词汇所透露出的信息首先即是这一文本所具备的"虚拟性"的叙事时态。其实也正是因为有了这样一种"虚拟性"的叙事时态，也才会出现如上我们业已剖析过的人物与事件的"不确定性"。……他叙述上这一明显的"虚拟性"其实乃是作家探索人类存在诸多可能性的一种有效手段。说到底，这种"虚拟性"乃是作家的一种叙事策略，作者旨在通过这一策略的运用进一步拓展小说的话语空间，打破传统小说主线霸权的合法性，打破传统小说对读者想象力的圈定以及对读者参与意识的禁锢，力求在解放文本的同时也解放读者，解放读者的想象世界。正是因为文本采用了"虚拟性"这一恰切的叙事策略，才使得史铁生展示探索人类生存之多种可能性的创作意图成为了可能，也才使得《务虚笔记》成为了一个充分体现作家之超凡想象力的成功的巨大的艺术空间。

王春林：《〈务虚笔记〉：对"不确定性"的沉思与表达》，载《名作欣赏》，1999（2）。

8. 《务虚笔记》已完全哲理化和意向化了，它的深邃、驳杂、明暗不定，仿佛一个谜让人难以揣摩。史铁生拒绝了平庸读者与自己的接近，他完全走进了玄学的孤境里。《务虚笔记》思辨的句子和诗意的独语，模糊了艺术与哲学的限界，你已完全再也看不到传统小说的形态，人物形象也稀释于朦胧的理念里。流动在作品中的仅仅是印象、梦幻、呓语，精神飞升的无限可能，被其以精湛的笔再一次证明了。这不是一部史诗性的小说，也不是简单的精神自传。史铁生创造了一种属于自己的梦幻曲，一本关于人性，关于中国人心灵的沉思录。我在这里不仅体味到了史铁生式的悲怆，也感受到了我们民族的悲怆。多么悲天悯人的长叹呀，难测的命运、孤魂野魄、生离死别、无极之维，人类被无形的力量拴在巨大的网上，好像一切已经前定，一切又不可预知。作者写诗人、写医生、写导演、写残疾人，实际是写苦难的人间。这里已没了故事，没了情节，一切都是情绪化的、幻想化的，那些精彩的独语，撼人的哲思，像风景一样向你扑来，让人喘不过气来；而有时，又沉寂得像月下的旷野，清冷中散出彻骨的寒意。拷问灵魂是痛苦的，史铁生没有一点儿的闪烁其词。你在他的文字间，可以领略到悠长的苦涩，甚至可看到灵魂在流血。

孙郁：《通往哲学的路——读史铁生》，载《当代作家评论》，1998（2）。

9. 具体而言，"二月河热"的原因既有文本内容、审美品格等内在原因，也有社会文化思潮、接受的文化语境等外在原因。就文本层面而言，"帝王系列"呈现出鲜明的"雅俗融合"的审美品格，这为满足不同层次读者的审美趣味提供保证。二月河作品的"雅"品格，首先体现在二月河处理历史的态度和立场严肃、认真地切入历史。他尊重历史真实，不涂抹，不戏说，客观地再现"康乾盛世"的政治、经济、文化等社会内容和历史风貌，在尊重历史真实的大背景下，刻画人物。比如《康熙大帝》中，二月河对清朝初定中原、政局不稳、内忧外患这一历史时期的一系列重大历史事件都有精确、精细的描绘和表现：与鳌拜集团的斗争，平定"三藩"和与朱三太子的斗争，东收台湾，西平噶尔丹，皇族内部的皇位之争。正是依据"正史"对重大历史事件的描绘，二月河再现了清初壮阔的历史图景。在重要人物，特别是三位皇帝的塑造上也表现了对历史真实的尊重。如雍正这位正史和传说中都有争议的人物，二月河不囿于成见，力图在占有翔实资料的基础上矫正世传之误，成功地塑造一位不同于传说中的皇帝形象。严肃地对待历史事件和历史人物是二月河周身充溢的历史理性精神和学理精神共同作用的结果。这种精神的形成非一日之功，而是他在《清史稿》、"二十四史"等史学著作的浩瀚海洋畅游、研读的积淀，以及"红学"研究的学术熏染、磨砺的结晶。正是真实地再现这段历史风云，使二月河不同于"通俗"小说家和"新历史主义"小说家，并且以其巨大的容量满足具有不同"阅读期待"的读者的阅读需求，而被广大读者所认同、喜爱。

其次，其"雅"性也体现在文本包蕴较为深广的文化意蕴。在历史叙事中，二月河一方面插入大量的诗、词、曲赋，这不仅起烘托人物性格的作用，而且直接为作品涂抹上文化色彩。另一方面，二月河还大量介绍清代的仪礼乐章、典章文化等"典籍文化"内容，并且还描绘出一幅幅市井风俗画。"作品对清代的饮食服饰、里巷杂业、蓬门荜户、宫廷庙堂、青楼红粉、勾栏瓦肆、五花八门无不展示，三教九流，七行八业无不涉及。"这些"非典籍文化"的描绘，实际是从"民间"的路径透视传统文化。从某种意义而言，这似乎更能切入文化的根部，尽显其原色。不仅如此，二月河更是走进传统文化的深处，辟入肌理，多角度地烛照、透析传统文化内涵。中国文化是儒、释、道三位一体，异质同构的文化。二月河是以帝王、士的形象塑造展开对它们的思索与追问。这是文学的追问。在"帝王"形象中，二月河不仅尽显三位帝王的"武功"，而且非常注重其"文治"的表现。康熙崇尚儒家文化，重用汉儒，用儒学学说作为国家的统一思想，用儒家的内圣外王思想驭御四海。雍正在康熙朝晚年多事之秋的危局中，替父皇分忧解难，为大清的基业，忍辱负重，不辞辛劳。王位纷争中，力避骨肉相残，这一切无不与儒家"孝"、"悌"、"礼"、"义"的作用发生关联。即便风流皇帝乾隆也是圣学渊深，对儒学顶礼膜拜，对佛学虔诚恪守。三位帝王，无论御宇之术的运用，或是勤政爱民、发展生产、兴修水利等，抑或是日常礼仪、行为规范，无不充盈浓郁的传统儒家文化的精神气蕴。于帝王形象的塑造上，二月河开掘出儒家文化的内涵及其匡扶社稷、救世济民的积极作用，显示儒家文化的魅力。同时，二月河还在封建社会的政治斗争及宫廷生活描写中，展示君臣、父子、大臣之间错综复杂的矛盾纠葛：父子、皇子间的倾轧，君臣间的猜疑，大臣间的挤兑，以此烛照出宗法家族体制上生长的儒家文化的负面因子。"那种东西，我并不喜欢，我并不欣赏，我要把中国传统文化中那些残忍的东西，封建社会中那些温情脉脉的很虚伪的东西拿出来给读者"。这种开掘，无疑体现出二月河理性批判的意识。

徐亚东：《冷与热的背后——"二月河现象"文化解读》，载《文艺评论》，2004（6）。

10. 我之所以把《心灵史》既看作"民间写作"又看作"知识分子写作"，是因为这次写作与一般意义的"作家写作"相比，许多"反常"之举令人深思。首先，这次写作是作者自觉沉入民间和底层的过程。这一过程既不同于作家走马观花般的采风，也不同于那种迫于某种行政命令的"体验生活"，而是一个脱胎换骨、洗心革面的过程。《心灵史》中，作者曾反复申明过他所获得的神启的方法论：正确的研究方法存在于被研究者所拥有的形式之中。按照他的解释，这一方法论的要义在于，"先做一名多斯达尼般的战士，忠于民众的心，然后再以信仰使自己的这颗心公正"（第

146 页）。在宗教的意义上，我们固然可以把张承志的这一选择看作是圣徒的"举意"，但与此同时，它又何尝不是成为他所期望的知识分子的重要标志？当他所批判过的知识分子寄生于体制之中，表演着端起碗吃肉、放下筷子骂娘的游戏时，他必须与他们作出区分，并以一种决绝的方式完成他的蜕变，于是，他离开了体制："今天我已经不是军队文人，而且我也不是国家职人。阔别 22 年之久的、只有在第一次踏入汗乌拉山麓大草原时才涌现过的醉人的自由感，今天贵比千金地又出现了。职俸退尽，人如再生，新的人生大幕猛然迎着生命揭开了。"在张承志那里，"职俸退尽"的现实意义和象征意味现在看来已显得眉目清晰：对于他所钟爱的民间来说，他成了民粹主义的知识分子；对于他所憎恶的体制来说，他成了自由主义的知识分子。

其次，尽管《心灵史》已被有的论者鉴定为长篇小说，但此一说法依然大可商榷。事实上，张承志在《心灵史》和别处提到这部著作时，也否认了它作为传统小说的可能性，兹举两例：《心灵史》"背叛了小说也背叛了诗歌，它同时舍弃了容易的编造与放纵。它又背叛了汉籍史料也背叛了阿文钞本，它同时离开了传统的厚重与神秘"。"《心灵史》不是小说但最大限度地利用了文学的力量和掩护，它也不是历史学但比一切考据更扎实。……其实我也无法对它实行分类——也许它的著作性质就如同它的书名，它只是我本人以及千百万信仰的中国人的心情。"这种说法是可信的。但问题是，为什么作者既要背叛小说又要借助于文学的力量与掩护呢？

我的看法很简单：因为这个奇特文本隐含着作者身份转换的种种症候。当张承志以作家的身份出现时，他需要在其小说中把"艺术即规避"发挥到极致。因为小说既不是某种宣谕也不是自我告白，小说需要遵循自身的艺术逻辑。这时候，即使他对社会有所批判，也无法畅所欲言，他必须把批判话语隐含在艺术形象和艺术表达中。但是，作为知识分子，他却需要说出事情的真相，需要清晰地表达自己的事实判断和价值立场。对于张承志来说，哲合忍耶世界中六年的历练与淘洗，既是历史中异端之美的诱惑与召唤，也是现实的逼视和拷问，它们共同牵引着张承志作出选择——在文学的极限处是宗教，在作家的升华处很可能是知识分子（比如，我们可以想想左拉。当他写小说时，他是作家；然而，一篇《我控诉》使他变成了知识分子）。正是因为上述原因，我把《心灵史》看作是一本"向权势说真话"的书，也是萨义德所谓的知识分子的一次亮相。而之所以还要借助于文学的力量和掩护，是因为一方面文学具有一种修辞效果，借助这种修辞效果，张承志可以把某种理念有效地传达给民众；另一方面，文学为作者的写作涂上了某种保护色。

赵勇：《〈心灵史〉与知识分子形象的重塑》，载《南方文坛》，2007（4）。

泛读作品

张炜：《九月寓言》

韩少功：《马桥词典》

刘震云：《故乡天下黄花》

阿来：《尘埃落定》

阎连科：《日光流年》

评论文献索引

陈骏涛等. 说不尽的《废都》. 当代作家评论，1993(12).

赖大仁. 魂归何处——贾平凹论. 北京：华夏出版社，2000.

李建军. 私有形态的反文化写作——评《废都》. 南方文坛，2003(3).

李建军. 随意杜撰的反真实性写作——再评《废都》. 文艺理论与批评，2003(3).

高旭国. 精神生态危机的悲凉写照——重读《废都》. 中南民族大学学报（人文社会科学版，2011(2).

畅广元.《白鹿原》与社会审美心理. 小说评论，1998(1).

陈涌. 关于陈忠实的创作. 文学评论，1998(3).

毛崇杰. "关中大儒"非"儒"也——《白鹿原》及其美学品质刍议. 文学评论，1999(1).

孙绍振. 什么是艺术的文化价值——关于《白鹿原》的个案考察. 福建论坛，1999(3).

南帆. 文化的尴尬——重读《白鹿原》. 文艺理论研究，2005(2).

王春林. 重读《白鹿原》. 小说评论，2013(2).

任美衡.《白鹿原》：二十年研究的回顾与展望. 小说评论，2013(2).

傅书华. 心灵的迷狂——张承志现象批判. 海南师范学院学报，2005(4).

杨世伟. 评二月河的长篇历史小说. 文学评论，1999(5).

齐裕焜. 二月河"清帝系列"小说得失谈. 福建师范大学学报（哲学社会科学版），2000(2).

张柠. 史铁生的文字般若——论《务虚笔记》. 当代作家评论，1997(3).

拓展练习

1. 张承志是新时期第一个公开宣称皈依宗教的人；他的《心灵史》则是一个奇异的文本，一方面被文化界奉为"现代经典"，同时也"赢得黄土地上几百万、上千万农民兄弟的夸奖和念想"，然而不可否认，真正能够理解作品的读者却也很少。这本身就构成了一个特殊的文化现象，请查阅相关评论，谈谈你对此如何理解，对《心灵史》又作何评价。

2.《废都》在 1993 年的问世引发了知识界的巨大争议，对它的不同解读彰显着知识界在转型期的动荡和裂变，也使得"《废都》批判"成为当年最为重要的文化事件。"大批判"使它一时间成为各种矛盾的"集结号"，它是"严肃作家"的纯文学作品，却遭遇到市场的极力热捧；它是作家"在四十岁的觉悟""唯有心灵真实""安妥破碎的灵魂"的作品，却被批评界冠以"颓废""堕落""缺乏理由的人生幻灭感"；它承袭明清世情小说，却被抨击为"对明清文学的皮毛仿制"；它写知识分子的无所皈依，却被讽为《废都》中的"多余人""《花花公子》的中国兄弟"……一本书的出版在短时间内集结了十三本书的诠释和争论，四十万字的言说迎来数倍的批判话语。可以说，它所汇聚的矛盾，它所引发的争论事件，实际上就是 20 世纪 90 年代初中国文学面临的困局，也是社会转型、知识分子重新出场的标志性事件。请查阅这二十年来围绕《废都》所进行的种种评论，谈谈你对此现象的理解。

第六节　代际作家群的创作

内容提要

　　价值多元是社会转型期文学的一个显著特征，通过对不同年代出生的作家群创作的把握，是逼近这一显著特征的重要渠道之一。20 世纪 50 年代生的作家，如王安忆、铁凝、贾平凹、莫言、李锐、张炜、韩少功等，在这一时期，无疑占据着领军位置，但 60、70、80 年代生的作家，在这一时期，也以自己鲜明的代际特征，显示了自己独特的存在。在作这样的划分时，我们不仅仅是从他们的生理年龄及其创作成就的大小出发，而是更多地着眼于他们代际特征是否鲜明。

　　60 年代生的作家，又被称之为"晚生代"作家，指韩东、朱文、邱华栋、毕飞宇、述平、东西、刁斗、陈染、林白等。他们的创作注重个体经验和生命感觉，对日常生活细节有独特的理解与把握。70 年代生的作家，其主要代表是卫慧、棉棉、周洁茹、魏微、鲁敏、戴来等，他们的创作，注重表达叙述者的情绪，他们排斥历史背景和任何类型化的文化，更强调主体的主观意图和个性感受。80 年代生的作家，其主要代表是韩寒、郭敬明、笛安、张悦然等。这一代作家，其生命经验、价值形态与中国市场经济同步生成，在创作方式及作品构成上，在文学市场效应所体现的文学功用观念上，在对同代人的情感把握与"共鸣"方面，都有着许多"新时代"特点。

学习建议

　　1. 大致浏览"70 后""80 后"作家的作品，根据自己的阅读体验，选择一部作品进行"文本内外"的综合分析。

　　2. 作为"代际群体"的研究是一种文学的整体研究，在阅读时不仅要注意不同代际群体之间的差异性，还要注意同一代际群体中不同作家的个体差异性，在文本解读的基础上，谈谈你对"80 后"这一创作群体的共性特征与差异性。

精读作品

　　毕飞宇：《玉米》《推拿》

　　朱文：《食指》

　　张悦然：《誓鸟》

　　韩寒：《三重门》

　　郭敬明：《幻城》

评论摘要

　　1. 朱文是九十年代崭露头角的职业写手，写作成了他的谋生手段。追求所谓的"本质性写作"，使得朱文显得像是决定与写作同归于尽的人。就目前来说，也许是生活所迫，也许是渴望急切出人头地，朱文写得太快，写得太多。但不管如何，这个人真正是九十年代的小说家。他有极好的小说意识（我说的是九十年代的小说意识）。他能抓住当代毫无诗意的日常性生活随意进行敲打，很多"新锐"都试图这样做，但大部分缺乏聚合的能力。然而朱文有高度聚合的能力，他的那些随意概括的表象，那些毫无诗意的当代生活场景，总是渗透进一种质素，一些莫明其妙的乖戾的不安定因素潜藏于其中，它们总是要越出叙事的边界。对于朱文来说，生活是毫无诗意的，对毫无诗意的生活的书写构成了他叙事的奇怪的动力（在某种意义上，这也是韩东的动力）。生活没有内在性，没有深度，这怎么办？去发掘那些最没有"意义"的生活事实，从而把它们弄得怪模怪样，这是朱文小说意识的最基本的出发点。这一点可以看到朱文受到卡夫卡或契诃夫的影响。然而朱文已经全然改换了卡夫卡式的内心反省，改换了契诃夫对细节的精雕细琢，在他这里，是对那种不安定的生活事实的观望，把它们随意聚合在一起，进行敲打（而不是追问）。《食指》，未必是朱文最好的作品，但显示朱文对粗陋的当代生活的拆解。这篇小说是对"诗歌"生活的表达，但显然，当代生活已经毫无诗意，在这个时代，诗人们的"最高心愿"是什么呢？"诗人们是多么希望有更多的女人去关心诗歌啊，附庸文雅也行，狗屁不通也行。吟上两句诗就可以上饭馆不要钱，住旅店不掏身份证，就可以让姑娘们心甘情愿地爽快地把裙子撩起来，说实话，这就是诗人们梦想的天堂……"这个时代诗人已经彻底堕落（按照朱文的观点），我们的生活还有什么真实的诗意呢？只剩下卑琐的欲望。然而，朱文描述了一个最后的"诗人"吴新宇，他却依然一如既往地谈论"人民"。这个人的准悲剧性命运，折射出当代生活的全部虚妄性。这个也许是"真正的诗人"的人，他被卷入了当代混乱不堪的诗坛，他的诗情被当代无限扩张的生活表象所吞没。在处理这样的观念时，朱文干脆把代表当代生活的全部表象的语词堆砌在一起。也许这个时代是无法概括的，它堆积了太多的事件，这个历史现场时时处于爆满的状况，对于这个古旧的国度来说，它显得过分的力不从心。这些涌溢出的表象铺满了这个时代的生活表面，它构成了这个时代的表面生活，以至于这个时代已经没有内在的生活，只有表面化的生活。在某种意义上，那个最后的诗人的死或失踪是必然的结果。没有人会记住他，在一次公园里举办的"剪纸展览"（剪纸——多么有象征意味的展览，纸做的生活！），没有一个人谈论到吴新宇，他不过是经历了一次"不必要的、匆匆的、秘密的诗歌旅行"。但是更重要的在于，这个表象化的时代全部淹没了过去有过的那么一点诗性。当然朱文的叙事不是批判式和反省式的，而仅仅是呈现式的，对这个时代生活现场的呈现，展示出它的外形状态也就是对生活击穿的一种方式。

陈晓明：《九十年代：文学怎样对"现在"说话》，载《北京文学》，1997（4）。

2. 在中国当代文坛上，"70后"作家是一个日显活跃且审美多元的写作群体。其中，既有像徐则臣、金仁顺、魏微、乔叶、鲁敏、张楚、于晓威、滕肖澜、刘玉栋、黄咏梅、王棵等在审美趣味上具有传承意味的作家，也有像戴来、盛可以、李修文、李师江、冯唐、朱文颖、李红旗、路内、安妮宝贝等专注于日常生活极致性表达的作家，还有像李浩、陈家桥、田耳、朱山坡、东君、孔亚雷、李约热等对叙事形式充满探索热情的作家。但是，从代际群体的共性特征上看，他们既不像"50后"、"60后"作家那样专注于叩问沉重而深邃的历史、热衷于追踪幽深而繁复的人性，也不像"80后"作家那样紧密拥抱文化消费市场，热心于各种商业化的文学写作，而是更多地膺服于创作主体的自我感受与艺术知觉，不刻意追求作品内部的意义建构，也不崇尚纵横捭阖式的宏大叙事，只是对各种边缘性的平凡生活保持着异常敏捷的艺术感知力。"70后"作家的这一共性特质，从本质上说，既充分体现了日常生活审美化的艺术格调，也彰显了个体自由的内心冲动与文化伦理。从创作的一开始，"70后"作家就自觉游离了"50后"、"60后"作家们所推崇的精英意识，有意回避了"启蒙者"的角色担当，努力将自身还原为社会现实中的普通一员，以平常之心建构自己的诗学空间。对于他们来说，直面"此在"的现实生活，尤其是面向非主流的边缘化日常生活，不仅是作家对巨变时代的一种认识需求，也是创作主体的一种自由选择。因为这一代人以自己特有的青春和成长，见证了中国社会从20世纪80年代以来的历史巨变，也深刻地体会了生活本身的急速变化对人的生存观念的强力规约。尽管他们中也曾出现了类似于卫慧、棉棉等极端性的"身体写作"者，但从整体上看，这一代作家中的绝大多数人，都在努力寻找自身的写作与现实生活之间的秘密通道，立足于鲜活而又平凡的"小我"，展示庸常的个体在面对纷繁的现实秩序时所感受到的种种人生况味。

在这种直面现实生活的叙事中，"70后"作家常常以罕见的叙事耐心，极力突显人们在物欲冲荡下的生存形态。在他们的笔下，强悍的现实、无序的情感、鲜活的欲望，总是以各种难以回避的方式，与一个个卑微的个体紧密地纠缠在一起，形成了种种错位、分裂乃至荒诞的生存景象。

洪治纲：《代际视野中的"70后"作家群》，载《文学评论》，2011（4）。

3. 在20世纪后半期，中国社会经历了两次大的反智主义浪潮。一次是10年文革在"知识越多越反动"口号下"打倒臭老九"（打击和摧残包括教师在内的知识分子）的运动，这个运动树立的反智主义标兵是1973年的"白卷英雄张铁生"。另一次是上世纪末延续至今的反智浪潮，它的当代性表现为表现了消费主义和文化资本共谋，其标志是1999年的"不读书的文学天才韩寒"。

大众文化的消费娱乐和公知学者的犬儒主义是造就"韩寒神话"的两大基因。前者需要的是"另类成功"偶像，后者需要的是"自由代言"英雄，超越真伪是非，"天才韩寒"就成为1999年以后中国"最具影响力"的神话。1973年的"白卷英雄张铁生"和1999年的"不读书的文学天才韩寒"，都在各自的时代代表着当代中国反智文化主潮。他们属于不同的时代，但都被自己的时代树立为"反潮流的英雄"。

度过20世纪最后10年的中国知识分子都知道，令举世瞩目的中国经济崛起和娱乐明星主导的大众文化市场这两个领域的辉煌拓展反衬的是作为一个群体的"知识分子"的边缘化和末世沉寂。当知识界的衮衮宿学在清寂中以"学术登场，思想退场"自诩的时候，也有不少有识者将这个"非知时代"归因于80年代末中国社会的意外转轨。然而，如果我们熟悉王朔的"痞子文学"早在80年代后期就为下一个时代的反智主义兴风作雨的时候，就会懂得，他的"我是流氓我怕谁"的口号呼喊出的并不只是某个边缘群体的不平和抗议，而是在重续"白卷英雄"的反文化精神遗产。在王朔小说中，无一例外地在"指证"文革理念：知识者最愚蠢，无知者最聪明，反智者最英雄。王朔小说的英雄"顽主"如是说："您千万别把我当人"，"玩的就是心跳"。

20世纪最后10年，在一切领域都当称"繁荣"的中国社会，理想主义的溃败和批评理性的瓦解不仅很少被人觉识，相反，却被许多掌握着特殊话语权的人视作社会进步、民众福祉。老作家王蒙将王朔的小说意旨释读为"躲避崇高"，并加以推崇，实际上宣告了90年代中国文化的粗鄙化是上下同流的，而非仅是底层潮变。然而，拜金主义可以开拓文化消费市场，却不能提高社会文化品质；犬儒主义在躲避崇高的时候，滋生的并不是个体生活中的自信独立，而是价值失落之后的迷信茫从。

肖鹰：《韩寒神话与当代反智主义》，载《贵州社会科学》，2012（5）。

4. 张悦然一直在逃避自我。她的小说遍布疼痛、残忍和精致的感觉，但这都是在将自我情绪"对象化"或"镜像化"（包括梦境）后的一种平面、细节上的附着与丰蕴。我欣赏着镜中的自己，希望它再光亮迷人些，更富于变化些……就这样不自觉地身陷其中。我被自身创造的镜像囚禁，竟遗忘了对镜子面前那个本真的、此在（人）的存在领悟。这种自恋、漂移的书写是张悦然创作的致命伤。人有点自恋本来无可厚非，但在写作中若不加警觉会形成极大的遮蔽。自恋视角中的呈现永远是"合理化"的表白、宣泄与抒情，它们偏执而优美。

以《誓鸟》为例，它是张悦然迄今为止最漂亮的作品。曾有人从记忆和女性情爱观的角度来评述它，在我看来，《誓鸟》的主题既非关爱情，也不是直接的记忆，它更像张悦然写作状态的隐喻告白，经由一种文学化的、传奇叙事的方式。春迟的失忆对应青春的迷惘，而她倚靠听取贝壳中储藏的记忆来重构过去的痴顽举动，亦跟作者在幻想虚构里充实自我的做法相类似。春迟的记忆一再受阻，贝壳中引出的历史（小说里通过小字体标示出来）就像网络链接中的跳跃闪现的空间，斑斓错杂，缺乏逻辑，春迟找不到自己的位置，如同失去了历史方向、找不到历史坐标的一代人。《誓鸟》写得唯美异常，缺点是头重脚轻、虎头蛇尾。春迟付出了如此高昂的代价（刺瞎双目，拔去指甲，甚至不惜牺牲所有爱她的人）仅仅是为了证实一句谎言？这让我们对春迟的寻觅产生了怀疑，包括张悦然的写作，它的意义和价值在哪里？难道文学仅是提供极致体验的吗咖或者其他一次性消费品吗？本来，春迟行为与效果间的殊不对称是张悦然反思自身写作的一个绝佳机会，但她却在对所谓美（"文学性"之一）的惯性沉迷中翩然"着陆"。小说的结尾依旧称春迟是"天底下最富有的女人"，这种煽情的、故作深沉的肯定着实让人不快。春迟的悲剧不在于骆驼的欺骗或遭受的凌辱，而恰恰是她的执着、愚痴与自欺欺人，这也是张悦然写作的症结所在。当她把文学的诗性、审美与文学的认知、救赎功能截然分离、对立后，她标举的美变得虚弱而轻浮。这种写作方式在当下其实极为普遍，它跟社会弥漫的娱乐至死的情绪不无关联。所谓玩的就是心跳，绝不寻求救赎恰恰是文学延续的力量，系文学（技艺）职业化的标志与保障。在此，我们再次感受到了青春的固执与软弱。

我以为，困扰张悦然的真正情绪本是一种朴素的人生无常感，但她却从未直面过它。张悦然的表达与智力徜徉、搁浅在青春自恋式的矫情、游移与避重就轻里。应该到了捅破青春面纱的时候了。

李丹梦：《张悦然的"文学性"》，载《南方文坛》，2011（1）。

5. 80后写手的代表郭敬明的作品《幻城》全文构思有一大特色，以虚幻梦境般的叙事语境和超现实主义的情节故事，为自我的精神思考构造一处封闭而又天马行空的心灵空间。说是封闭，在于其整体与南美魔幻小说不同，其故事的叙事逻辑和叙述者的意识思维是跳脱于现实文学作品的构建模式，而是将真实可感的爱恨情仇的题材移植到专属于作者占有的玄幻王国，以一种纯粹而甚至带有电影特技般的很有质感的文字，讲述叙述者感知的人类心灵的故事。

这是个文学娱乐化的时代，文学对于读者受众的冲击已经从传统意义上的挖掘人性到如今的贴合人心，80后写作的统一特点其实是应和了王朔的小说名称《看上去很美》，如果说传统写作给人们带来的是一种思想表述，那么郭敬明等年轻一代作家更是投读者所好，带给整个文学世界一番情感表达。将绵长的思绪无限放大化，现代读者已经厌倦了说教与深

图 7-5　1999 年，《萌芽》联合 13 所著名高校合办中国权威作文大赛，大赛发现了韩寒、郭敬明、张悦然等人，被誉为"80后偶像摇篮"。

沉，换言之，他们厌倦了传统写作带来的思考与体悟，人们更愿意追随一种写意轻松的感觉进入文字的魅影世界。其实质是逃离现实的沉重感与庄严感，并非人们心中已经丢弃了信仰与神圣，而是人们愿意在自己心灵最舒适的地方建立起禁忌与意识形态的标杆。求新求变，实际代表了成长的一代对于现实的摆脱与厌倦，物质化的当下人们更愿意选择纯粹幻化的天地，只因现实对于读者与写作者都太真实，人们渴求从文学的艺术虚构中重新寻到浪漫虚幻的归属感，这种归属感是对自我信念以及自我价值的重新认知与肯定。郭敬明给了读者受众这样的情感慰藉，他将写作变得时尚，甚至可以说写作已经在这样的带动下成为一种 80 后文化的潮流，80 后用自己的文字影响着自己的成长轨迹，这不得不说是一种文化发展中颇有趣味的现象。

刘俊峰：《心灵生存空间的自我解构——由郭敬明〈幻城〉看"80 后"写作》，
载《小说评论》，2009（4）。

6. 在 80 后作家的创作生命中，网络远远地超出了传播工具和平台的意义，业已成为他们生命的一部分，他们的青春与成长，正是在网络的空间里得到滋润和孕育。"80后"作为一个"亚文化群落"，网络是群落的栖息地；而作为一个文学创作和阅读群体，

网络同样是他们的"社会沙龙"，一言以蔽之，网络是80后的生命空间，或者再说极端一点，没有网络就没有80后。确立了这一前提，我们就可以稍稍回过头来看看。

网络空间的文化特征。这是一个十分复杂的问题，无论你多么谨慎地指出网络文化的高科技性、高时效性、开放性、交互性以及虚拟性等多个方面的特征，其实都很难对其进行一个简单而肯定的价值判断。我们虽然可能在一种宽容从容的心态下，卸去对网络文化进行道德伦理评价的心理负担，但网络对人类方式，包括人类精神活动之一——文学的深层影响，仍然使我们有一种判断认识前的彷徨和犹豫。网络无疑也是一把双刃剑，它对传统的冲击、变革乃至颠覆是无法回避的话题，它对传统的消解、解构也是颇具杀伤力的。因此，作为期望取得更大创作成就并加入文坛主流的80后作家们，显然需要谨慎地对待网络对文学的正负双面的影响，在自由共享的网络精神大肆张扬的同时，延续几千年的文学精神是不是也在被消解和解构。比如：

——文学中的游戏心态，导致核心价值的消解与玩世不恭的游戏人生，从而放弃文学对于苦难、怜悯、爱心、善良、坚强、坚守、坚持等人生状态的关注；

——文学中的自恋心态，导致以个人为中心的自我膨胀，博客等小圈子的可能形成的自我封闭，使得社会视野随之狭窄；

——万花筒式令人眼花缭乱的状态，导致文学体式的变幻不定，即时快捷的发挥替代处心积虑的精致刻划，图像型、马赛克式，非连续性的艺术思维，替代通过文学的再想象，重构现实人生图景，作家内心独白式的艺术追求；

——宣泄式、口语化的语言表达消解了作为语言艺术细致入微、曲折委婉的无穷魅力；

——互动式、零碎化的文学创作进行式，造成文学作品艺术"整体性"的解构，"碎片化"趋势进一步明显，口语简洁灵动效果所付出的结构松散、抒情泛滥的负面效应，似乎失大于得。

上述这些由80后文学所表现的网络特征也许还不是最重要的，对文学传统致命一击的还是对于文学本质意义的漠视与放弃，说白一点，80后文学作为青春化写作，在获得同代人认可和市场回报的同时，也有可能使自己"堕落"为一种消费性的类型写作，在媒体炒作与市场销售额的"双重谋杀"下，80后的文学生命有可能终结于此，这，才是致命所在。

江冰：《终结80后文学的三大标杆》，载《文艺评论》，2007（3）。

泛读作品

朱文：《人民到底需不需要桑拿》
韩东：《扎根》《我和你》
笛安：《告别天堂》《姐姐的丛林》

评论文献索引

任南南. 在文字盛宴的背后——关于80后写作的思考. 文艺评论，2006(4).
张宁. "80后写作"的消费性. 理论界，2009(11).

江冰. 论 80 后文学的文化背景. 文艺评论，2005(1).

申霞艳. 写作十年——摆脱"70 后"的 70 年代出生的写作群体. 南方文坛，2009(1).

杨春风. 新世纪作家群的代际分化与新变. 文艺理论与批评，2010(1).

王婷. 论笛安. 南方文坛，2010(5).

邵燕君. 由"玉女忧伤"到"生冷怪酷"——从张悦然的"发展"看文坛对"80 后"的"引导". 南方文坛，2005(3).

房伟. 永远的青春永远的梦——从张悦然小说看中国 80 后文学创作之路向. 理论学刊，2011(3).

李阳. 《萌芽》的转型与郭敬明的出现. 当代作家评论，2011(1).

洪治纲. 新时期作家的代际差别与审美选择. 中国社会科学，2008(4).

白烨. "70 后写作"的三个特点. 中华读书报，2009-12-02.

张莉. 关于 70 后小说家的写作. 文学自由谈，2011(4).

洪治纲. 再论新时期作家的代际差别及划分依据. 当代文坛，2013(1).

张丽军. 韩寒论. 文艺争鸣，2006(3).

安库雷. "韩寒现象"始末. 南方周末，2007-11-11.

熊伟. 韩寒现象的文化解读. 福建论坛·人文社会科学版，2009(10).

孙桂荣. 韩寒：新世纪知识谱系中的深度索解. 文艺争鸣，2011(4).

高小康、张均等. 韩寒与当代知识分子问题. 粤海风，2012(1).

蒋丽娟. 在爱与痛的夹缝中穿行——简析郭敬明的成长叙事. 当代文坛，2005(5).

乔焕江. 郭敬明论. 文艺争鸣，2006(6).

拓展练习

1. 韩寒自出道以来，就深陷冰火两重天的评论之中，集"文学天才韩寒""80 后意见领袖韩寒""自由公民韩寒""当代鲁迅韩寒""青春偶像韩寒""人造韩寒"等各种称号为一身，他不仅仅是"新世纪文学"中的重要文学事件，同时更是这个时代重要的文化事件，围绕着韩寒本人与其文学的种种现象，众多知名专家学者都参与到论战之中，在"挺韩派"与"倒韩派"之间硝烟弥漫，作为在"韩寒现象"充斥其间的文化氛围中成长的一代人，你如何来评价这个现象？

2. 毫无疑问，郭敬明在文学疲软的时代创造了一个畅销神话，但是有人对其阅读受众曾经做过一些调查，发现：郭敬明的粉丝集中在初中二、三年级学生群体。但喜读郭敬明者，大多有一个重要的共同点：他们几乎不读文学经典名著，就连当时比较风行的台港文学作品，如三毛、席慕蓉等也很少读，青少年一直比较欢迎的比如《草房子》系列或日本作家村上春树等，更少有人问津。相反，读名著抓得比较好的学校绝大多数读过《水浒传》《三国演义》《红楼梦》、鲁迅作品的原著的，读过莫泊桑、契诃夫、海明威或上述所列畅销的中外作家作品的学生，不论性别，普遍不喜欢郭敬明，并斥之"浅薄""无病呻吟""追求浮华时尚"等。这个群体的学生还普遍表示："就凭抄袭这一条，就说什么也不会去读郭敬明。"①，那么郭敬明的文学到底应该如何评价？这种阅读现状又说明了什么问题？

3. 尽管有人质疑以"代际群体"划分的方式作为研究文学的精确性与合理性，但是正如洪治纲所说"相同的代际群体，一般都成长于相似的社会文化环境之中，拥有共同的集体记忆和文化启蒙经历，从而自然地形成某些趋同性的价值观念、思维方式、生活方式，并在文化心理上呈现出较强的共识性"，具有社会学研究意义的科学性，事实上，这种"共时性是社会文化对个体之人长期熏陶的结果"。另一方面，同一代际的群体特征，总是与其他代际（上一代际或下一代际）的群体特征存在着这样或那样的不同，尽管这种不同通常潜藏在强大的伦理秩序之中，并不一定体现为社会性的直接对抗，但这并不表明对抗关系就不存在。而由于代际差别背后隐含的是社会历史文化的变化，所以，讨论代际差别现象，必须关注社会历史文化自身的内在变迁。从某种意义上说，讨论代际差别现象，其实就是辨析社会历史变化、文化伦理变迁与代际群体精神特征之间的关系。自新时期以来，根据文学创作中较为明显的"代际差异"，可以分为"50后"、"60后"、"70后"、"80后"四个代际，请根据自己学习当代文学史以来的文学经验、文学感悟与文学评判，谈谈他们各自的文学创作在文学史视域之中应该如何描述？

---

① 桑永海：《"郭敬明现象"的一个重要方面——对郭敬明受众群体的社会文化心理分析》，载《文艺报》，2011-08-25。

第二章 诗 歌

第一节 概 述

内容提要

　　诗歌是最为敏感的文学文体，社会转型期的诗歌，特别突出地体现了社会转型期的多元、分散的"无名"特性：在"第三代诗歌"之后，中国汉语诗歌的版图不再明晰，众多的层次、属性、规模不等的大大小小的分散的诗歌群落，各自独自写作的诗人，没有出现能够成为诗坛中心或者体现诗歌创作主要流向的诗人，成为这一时期诗歌写作的典型生态，知识分子写作、民间写作、个人写作、中年写作、日常性、叙事性、及物性、综合等等众多"关键词"的提出与讨论，也是这一典型生态的表现形式之一，可以说，这是一个诗歌个体写作的时代。也因此，诗歌写作在这一时期，对社会、公众没有产生较大的影响。能够大致体现诗歌创作动向的是知识分子写作与民间写作的争论，作为文化事件的诗人之死现象、中国诗人在海外的写作、女性诗歌写作以及牛汉、郑敏、昌耀、韩作荣的长诗也是这一时期值得关注的诗歌现象。

学习建议

　　1. 大量阅读90年代的诗人诗作，根据自己的阅读体验填补精读作品与泛读作品的两个板块内容，并且筛选出你认为的好的诗作，从诗歌审美的角度进行解读，然后给予你认为的恰当的"文学史评价"。

　　2. 在完成上述问题的基础上，通过"中国知网""龙源期刊网"等学术期刊网查找有关90年代诗歌评论的专业论文，要求写出搜寻资料的过程以及阅读感受，然后完成对90年代诗歌的一种整体描述。

精读作品

　　学生在阅读过程中完成此项留白。

评论摘要

　　1. 90年代的诗歌是一种转型的、反省的，无主流、无典范诗歌，它最大的意义不是产生了多少具有社会一致公论、众望所归的诗人和诗作，而是在被迫承受的边缘处境中开始了诗歌与世界关系的重新检讨。这种检讨，直接面对的虽然是80年代的诗歌问题，但更深刻的意义却在动摇了新诗运动中诗歌观念的狭隘性。

尽管在评价上存在不同甚至对立的意见，但批评界普遍认为 90 年代的中国诗歌呈现出一种"个人化"的倾向。在语言的版图内，如果"个人化"指的是彻底的自我关注，同时又必须以尊重他人的自我关注为前提，是否成为可能？这是一个无法在理论上彻底探讨的问题。换句话说，90 年代中国诗歌的"个人化"是语境性的，非常驳杂，既有历史的相对性又有时代的具体性，既是当代诗歌运动某种合情合理的结果，又是一种矛盾重重的探索。一方面，它是整个 20 世纪中国现代性主题的一部分。在 20 世纪中国传统社会向现代社会转型的过程中，个人、自我曾是一个相当重要的指标，所谓的"五四运动的最大的成功，第一要算'个人'的发见。"但当时的这种"发见"在相当长的时间里，更多是一种个性的发现，而不是个人权利价值的强调，诉求更多是弱小民族国家的解放，而不是个人的自由和展望，以及个人与社会亲和与疏离关系的辩证。社会存在中个人生活和精神风景，并没有真正支配中国诗人的想象力。因此，在 90 年代把"个人化"重新提上写作的议事日程，既有历史的承续性，又不能不同时带有历史主题的反省性。另一方面，既然交织着历史的承续性与反省性，又处在冷战结束后全球化、市场化的社会文化语境中，直接面对后工业社会和"后现代"文化思潮，"个人化"就不能不在经验与趣味、知识背景和想象方式上显出非常复杂的状况。在这个意义上，"个人化"不过是拒绝普遍性定义的写作实践，是相对于国家化、集体化、思潮化的更重视个体感受力和想象力的话语实践。它在某种程度上标志了对意识形态化的"重大题材"和时代共同主题的疏离，突出了诗歌艺术的具体承担方式。

实际上，90 年代诗歌写作的"个人化"倾向，在文化与诗歌的意义上，也是"常谈"（最基本的因而也是更持久的生活与文化主题）与"中心"的对话。而人们对这种倾向的诸多不满与误解，也多半来自"中心"价值的长期影响，尽管它经过了 80 年代的"反思"，同时在 90 年代被置于经济橡皮擦的"擦拭"之下，但其"中心"仍然在继续其中心性的功能，仍然习惯性地以"中心"价值来评判与规范诗歌，仍然过于重视诗歌的社会承诺而不重视诗歌写作中个人感受力和想象方式的变化。然而，从个人出发无论如何是多样化诗歌的前提，解放诗歌生产力的前提，尽管"个人化"的诗并不等于好诗，尽管不是每一个诗人都能深刻把握"个人化"在诗歌中的可能与限度，不乏误读与滥用自由、想象的现象。但问题仍然是，我们是否楔入了人类贴骨贴肉的具体生存境况和精神生活？

90 年代的诗歌是不能以"朦胧诗"的标准来衡量的，更不能以当代抒情诗的标准来阅读。因为"朦胧诗"主要是一种抗衡性的英雄主义（也包含其感伤主义的另一面）的诗歌，而当代政治抒情诗则是国家化的意识形态诗歌，尽管性质与价值不同，但诗的写作与阅读都是公共性的。而接纳 90 年代的"个人化"诗歌，则需要跳出"五四"以来新诗社会化批判抒情的狭隘视野，从美学的立场肯定其感受、意识、趣味和想象力的解放。在此方面，如果说题材领域拓宽尚属表象；趣味的丰富既因人而异，又受时风的牵引，此外一些从私人经验和情色话语出发的文化批判与美学想象，未见得能够获得普遍理解与认同；那么，精神放松和感情放假所带来语言意识和感受力的解放，不能不说是"个人化"写作最具有诗歌意义的贡献：它有效偏离了主流诗歌的承诺，将社会道德移向了美学道德和语言的活力。

王光明：《在非诗的时代展开诗歌——论 90 年代的中国诗歌》，

载《中国社会科学》，2002（2）。

2. 应该承认，诗歌这种最讲究真诚的艺术形式，不但最容易走向虚假，而且也最容易走向放浪，从人格的放浪到艺术形式的放浪（相比起来电影就没有诗歌这么多的自由，因为它又是一种工业）。

诗坛的虚假，产生于人格的虚假，又必然普及着人格的虚假。虚假的势头在 90 年代初愈演愈烈，其实质是表现了某些中国知识分子思想的危机和精神的堕落。这种堕落，具体表现在三个方面，第一是，对于诗人自我的生命缺乏责任感，把生命当作游戏。一切的道德、责任、真理、正义，都变成了荒唐的幻觉。做人既没有目的，也没有意义，只有没有意义的虚无主义才有意义。第二，对于诗歌本身，缺乏责任感。既然把自我的生命当作游戏了，文化乃至一切艺术都只能是游戏，一切艺术的追求也是如此。一任自我绝对自由地践踏艺术，就是最高的"创新"。第三，缺乏时代的使命感。不少人以把个人和社会、传统、文化的对立绝对化为时髦。对于国家和民族不负任何责任是理所当然的，而要想有所匡正倒是可笑的。可悲的是，这种本质上是小市民的游戏人生观，犬儒主义精神侏儒，却披上后现代文化哲学的外衣，以一种假洋鬼子的作态，炮制着虚假的精神优越感，在一些天真烂漫的青年人和中老年人中散发着民族文化自卑感的精神污染，这种文化气候所造成的堕落竟然成为某种民间的"正统"。这就使以虚假为荣，变成了以精神的崩溃和堕落为荣。某些知识分子的精神的"废都"在诗歌中表现得比之在小说中更为严重。

本来，作为一个人，写诗要贴近自我，作为个中国人，要贴近中华民族的文化心理深邃的底蕴，越贴近才越有出息。那些外国大诗人，正因为异常地贴近了自己和自己的民族，才获得了世界性的声誉，这也许并不是特别高深的道理，但是现在流行的却是，写诗首先要远离自己，远离中国人的感觉和心灵的底蕴他们也不是什么都不贴近，他们要贴近的是外国人的感觉，而且不是一般的感觉，而是哲学的感觉。有些人连贴近中国哲学都不屑，非要贴近西方哲学、形而上学的玄思才过瘾。正因为此，我在今年初为《星星》第八期写了一篇文章，其中有这样的话：

"当前中国新诗显然是处于危机之中，主要表现在于两个方面：首先是，有追求的诗人陷入理念化。他们叛逆新诗和朦胧诗的全部理论基础是照搬西方诗歌的。西方当代诗歌，尤其是后现代的诗歌，其基本理论都是以诗歌表现某种西方文化哲学的理论为最高境界的，这种表现文化哲学的追求本身就与诗歌的艺术本性发生矛盾，从中国新诗的历史来看，把诗歌作为任何一种理念的图解都曾付出了惨重的代价。不管是图解革命的理念还是图解西方某种意识形态的理念，都是与诗作为一种艺术的内在机制不能相容的。其次，由于把表现理念作为新诗的根本任务，就必然导致新诗的艺术准则发生了混乱，既然诗歌的任务就是表现某种文化哲学理念，就必然与诗歌的一切传统的艺术成就彻底决裂。每一个诗人都可以有自己独创的准则，每一个诗人都可以不承认其他任何人的准则，这就不但使读者而且使作者陷入了艺术的无政府状态，其实就是把任意性当作艺术，其结果是无准则，不是有人公然提出'反艺术'的口号吗？他们本来也许以为我反了一切传统的艺术，会建构起最新的艺术来的，但是艺术并不是在空地上能够建立得起来的。一些艺术的败家子至今还不清醒哀哉！在可以预见的未来，我们八九十年代的后新潮诗歌，必然受到历史的嘲笑。"

号称后新潮的诗作，不但与我们日常的感觉，我们的肉体和灵魂距离异常遥远，而且连和真正的诗歌艺术的距离也变得遥远了。可悲的是，许多作者对于那些深奥的西方哲学也并没有系统的理解，他们不过是以一种挟洋自重的手法，以装腔作势的姿态，说出许多口是心非的语言，来吓唬中国的老百姓。

孙绍振：《后新潮诗的反思》，载《诗刊》，1998（1）。

3. 比照并反省 80 年代的诗学观念与诗歌实践，张曙光"反抒情或反浪漫"的叙事性追求在当时是湮没无闻的，但在 90 年代却得到了突显与呼应。这恰恰印证了程光炜所说的两个时代两种知识"型构"的不同。也只有到了 90 年代，才有更多的诗人开始像张曙光那样有意识地与 80 年代诗风告别，"在摆脱的同时，引入了叙事或陈述的性质"。这种叙事性具体表现为：用现实景观和大量细节清洗 80 年代诗歌中的乌托邦情结，用客观的视角修正 80 年代普遍存在的高度主观化的语调，以陈述性的风格矫正崇尚意象的美学习气，反思流行的回应历史的经验模式，拓展并增进诗歌的现场感，从类型上改造诗歌的想象力，使之能适应复杂的现代经验等。

在"90 年代诗歌"中居于核心位置的叙事性这一诗学问题，在 90 年代具体的历史文化语境和新的诗歌语境下，是有"发生学意义上的初衷"的（臧棣语）。

1980—1990 年代之交，中国社会发生了现实的却又是极具思想文化史意义的剧烈动荡与变化，并深刻地影响于人们的日常生活。陡然增强和清晰的对于历史与文化的反思意识引发了诗人们对于如何继续自己诗歌写作的有效性的危机感。正如欧阳江河所说："90 年代初在人们心灵上唤起了一种绝对的寂静和浑然无告"，"对我们这一代诗人的写作来说，1989 年并非从头开始，但似乎比从头开始还要困难。一个主要的结果是，在我们已经写出和正在写的作品之间产生了一种深刻的中断。诗歌写作的某个阶段已大致结束了。许多作品失效了。"欧阳江河形象而颇具洞见地将这一"中断"前后的诗歌实践关系概括为当代诗歌从"青春期写作"向着"中年写作"的转变，并且强调"这一重要转变所涉及的并非年龄问题，而是人生、命运、工作性质这类问题"。"这类问题"实际上包括：对整体性幻觉的抛弃，对进化论式的"时间神话"的消解和事物有限性意识的树立，对单向度的抒情模式的否定，和在更为开阔更为有力的诗学视野中对于文化、时代、历史、现实与日常经验的全新的综合性理解，诗歌的内涵从此将告别传统表达程式对于单一"主题"重要性的崇拜而在"语言的欢乐"中融丰富的知识、激情、经验、观察和想象于一体。对于"90 年代诗歌"的叙事学意义上的理解，直接联系着"文化态度、眼光、心情、知识的转变，或者说人生态度的转变"，往深处说，它实质上是联系着 20 世纪以来世界性"语言学转向"后现代人文知识结构与视野的根本性改变。20 世纪 90 年代诗歌中的叙事性问题性问题就体现了建立于语言哲学之上的现代话语对于诗歌现代品质的特殊要求。正是基于这种 90 年代式的"叙述立场"或"人生态度的转变"，我们才能充分理解"90 年代诗歌"

叙事性的凸显，才能理解为什么说"歌唱的诗歌必须向叙事的诗歌过渡"（西川语），理解"观念上的90年代写作的重要"（程光炜语），理解为什么说"90年代诗歌"不仅没有"脱离现实"、"脱离人民"，反而"有效地确立了一个时代动荡而复杂的现实感，拓展了中国诗歌的经验广度和层面，而且还深刻地折射出一代人的精神史"！

钱文亮：《1990年代诗歌中的叙事性问题》，载《文艺争鸣》，2002（6）。

4. 综观90年代的诗歌创作，我们不难发现：其实，所谓90年代的诗歌是很难使用一种总体性的概念来进行命名的，或者也可以这样说，这本身就是一个无法整体命名的年代。在90年代，无论是"新乡土诗"、"先锋诗"、"新理想主义"、"生命写作"、"知识分子写作"、"口语写作"甚至还有后来的"下半身写作"等都无法从单一的角度来命名90年代的诗歌。而这些事实，则正是许多人最终不得不使用"个人化写作"这个笼统的概念来为90年代诗歌进行命名的重要原因。90年代诗歌在诸多诗人不断分化之后的"各自为战"中，无论从技巧使用上、还是从琐屑的日常生活中开掘主题上都使得这一时期的诗歌只能成为个人式的自我书写，任何宣言与口号在这个特定的年代里都变得哑然"失效"。但需要明确的是，虽说90年代诗歌的"个人化写作"使其与一贯以"群体"为特征的以往诗歌时代区分开来，但这并未说明90年代诗歌在艺术上已经开始下滑，相反地，90年代诗歌在表面上相对"沉默"的态势下，"个人化写作"已经使其呈现出异彩纷呈的局面，而这种局面的出现不但使新时期以来的诗歌艺术在整体上呈现出由80年代的"单一"到90年代的"综合"倾向，而且，也使90年代诗歌的艺术即使放在整个百年新诗的发展脉络中也毫不逊色。多种写作技巧与多样化的文本都可以在"自由"的90年代找到自己的生存空间，并最终汇合成整个90年代诗歌的艺术总体潮流。这种趋势其实很早就已为许多诗人和诗歌研究者所察觉，只不过在诗歌整体沦为边缘的年代里，要埋没90年代诗歌"辉煌"的也许并不是诗歌本身，而更多的则是因为在大众传媒铺天盖地而来后，诗歌不得不面对"冷风景"的尴尬境遇。

但90年代诗歌的艺术又是必须要说明的，否则许多人就永远不能清楚地看到90年代诗歌的"综合色彩"以及它在文学史上应占有的位置。如果我们并不介意命名上的科学性问题，那么，我们就会发现，对于"个人化写作"和"叙事性"这两个90年代诗歌写作中"热点话题"来说，它们在很大程度上都指向了这一时期诗歌技巧的综合色彩。"个人写作"首先是针对80年代诗歌写作的单向抒情与焦急躁动的"青春期写作"而提出的。它的最大特点就是可以通过诗人对外界环境的抗拒而潜下心来进行真正意义上的探索，从而使90年代诗歌在整体技巧上得以繁荣。同时，或许正因为"个人化写作"能够在"不知不觉"的创作中推动诗歌艺术的进步，所以谢冕先生才说："在90年代，诗歌的确回到了作为个体的诗人自身。一种平常的充满个人焦虑的人生状态，代替了以往充斥中国诗中的'豪情壮志'。我们从中体验到通常的、尴尬的、甚至有些卑微的平民的处境。这本是中国新诗的历史欠缺。"

"叙事性"是90年代诗歌写作中另一个重要的名词，同时也是最能体现诗歌技巧走向综合的语词。尽管它借用了原本属于小说批评的理论而容易遭人非议，尽管它在关注日常的吃喝拉撒睡中弱化了诗歌的情感，但它的确是使诗歌回到了生活的本身，并以一种所谓的"及物性"摒弃了以往时代诗歌的单一悬浮状态；而且，更为重要的是，它以一种"亚叙事"或是一种"亚抒情"适应了90年代各体文学既多元又不断兼容的趋势，使诗歌在融入小说、戏剧、散文等创作技法的同时，进一步衍生出一种表现时代特色的新的诗歌美学。

张立群：《反思中的自由与沉默——论文学史意义上的90年代诗歌》，

载《文艺评论》，2004（5）。

泛读作品

学生在阅读过程中独立完成此项留白。

评论文献索引

沉风、志忠．跨世纪之交：文学的困惑与选择．文学评论，1994(6)．

谢冕．有些诗正离我们远去．中国文化报，1996-07-28．

程光炜．九十年代诗歌：另一意义的命名．山花，1997(3)．

臧棣．90年代诗歌：从情感转向意识．郑州大学学报（哲学社会科学版），1998(1)．

西渡．历史意识与90年代诗歌写作．诗探索，1998(2)．

王光明、刘登翰等．九十年代：诗歌的作者与读者．作家，1999(11)．

周晓风．90年代的诗歌生态．诗探索，1999(1)．

臧棣．当代诗歌中的知识分子写作．诗探索，1999(4)．

雷世文．90年代诗歌创作的零度风格．诗探索，2000年第1—2辑．

罗振亚．九十年代先锋诗歌的"叙事诗学"．文学评论，2003(2)．

陈尚荣．世俗化的日常生活景观——20世纪90年代诗歌与散文的题材取向．南京社会科学，2005(10)．

张立群．回望的意义：论90年代诗歌的论争．诗探索，2005(1)．

李志元、张健．20世纪90年代以来的诗歌叙事．北京师范大学学报（社会科学版），2006(2)．

张立群．拆解悬置的历史——关于90年代诗歌研究几个热点话题的反思．文化评论，2006(2)．

龙扬志．文学史的难度——关于20世纪90年代以来诗歌秩序建构的反思．文艺评论，2011(9)．

拓展练习

1. 直至80年代，20世纪中国诗歌的主题可以说一直是比较单纯和明确的，读者的阅读期待也比较集中，但到了90年代，它变得复杂多了，现实已不只是外部侵略和本土暴政中的焦虑与绝望，而是后威权社会无处不在无所不在的压迫力量；诗歌在财经挂帅的市场社会，也已被放逐到边缘的边缘，许多人对它视而不见，听而不闻。这不只是诗的语境变了，也是诗人和读者对诗的意识发生了变化，对语言与存在关系的认识发生了变化：诗是一种行动的语言，一种改造社会的工具，还是个人与存在的一种对话，一种思维与想象的言说？诗人是文化英雄、社会斗士，甚或先知和预言家，还是一个像罗兰·巴尔特说的既非信仰的骑士又非超人，只能在寄寓权势的语言中游戏的凡夫俗子？写诗是根据"社会订货"的需要，还是要表达内心的感动与领悟，出于交流和分享的愿望？等等。这不仅是进入 90 年代后诗人们所思考的问题，也是读者需要思考的问题，是对长期以来的阅读心理定势的挑战，请大量阅读此一时期的诗歌，查阅索引中的相关文章，做好进入转型期诗歌的学习。

2. 90 年代诗歌在发展过程中充满了各种争议的声音，例如关于诗歌的"日常叙事"性在程光炜看来诗歌"叙事性"具有扩大诗歌表现功能和使诗歌产生社会批判性的突出作用，在表现现代人复杂生存经验方面，它将发挥越来越大的特殊作用。

陈仲义也认为日常主义诗学源自生命根柢，是个体生命能量在琐碎事物上的展开，是生命意识和文本意识又一觉醒、伸延。它把日常生活资料置于具体的文化语境，让凡庸事物隐露无限契机，不但大大扩容诗的书写空间，还在一定程度颠覆现代诗某些属性。它放弃宏大的社会承诺，取"观察""解剖""考古"等与此前不同的工作方式，推出诸如"细屑""缠绕""析释""杂芜"等增长点，以其综合叙事策略与混沌面貌张扬 90 年代一路诗风。①

当然，持此肯定积极评价的学者人数颇多，请查阅资料，思考这些诗歌观念的同时，谈谈自己对于诗歌的阅读期待，并尝试在你所在的大学做一次"关于诗歌"的主题问卷调查。

第二节　知识分子写作与民间写作的论争

内容提要

这一论争是社会转型期诗坛最为重要也最有影响的一次论争，其显著标志是 1999 年 4 月在北京举行的"世纪之交中国诗歌创作态势与理论建设研讨会"（简称"盘峰诗会"），在此次会上，双方发生了激烈的争论，争论的焦点在于，由知识分子写作的代表人物程光炜主编的诗集《岁月的遗照》及由民间写作代表人物杨克主编的《1998 中国新诗年鉴》这两本诗集的选诗代表的诗歌入史标准问题。知识分子写作的代表人物是诗人欧阳江河、西川、王家新、臧棣、西渡及诗评家唐晓渡、程光炜、陈超等人，民间写作的代表人物是诗人于坚、伊沙、朱文、韩东及评论家朱大可、谢有顺等人。前者更多地强调中国新时期之后诗歌的发展阶段从"朦胧诗"到以"第三代诗歌"中以海子、西川为代表的一支再到"知识分子写作"的演化关系，后者更多地强调从"朦胧诗"到"第三代诗歌"中以韩东、于坚、周伦佑为代表的一支再到"民间写作"的演化关系。体现前者诗学见解的代表作有欧阳江河的《89 后国内诗歌写作：本土气质、中年特征与知识分子身份》，程光炜的《90 年代诗歌：另一意义的命

---

① 陈仲义：《日常主义诗歌——论 90 年代先锋诗歌走势》，载《诗探索》，1999（2）。

名》及其《岁月的遗照序言》，其诗歌代表作有张曙光的《岁月的遗照》、西川《一个人老了》、欧阳江河《最后的晚餐》等。体现后者诗学见解的代表作有于坚的《穿越汉语的诗歌之光》及谢有顺为杨克主编的《1998中国新诗年鉴》所写的序言、韩东为何小竹主编的《1999中国诗年选》所写的序言，其诗歌代表作有于坚的《作品第52号》等。

学习建议

1. 根据精读书目的提示，完成对主要诗人诗作的研读，并进行诗作的审美分析，比较不同诗人之间的异同。

2. 查阅这一时期有关"知识分子写作"与"民间写作"论述的主要文章，以期对这两个概念有初步了解。

精读书目

张曙光：《岁月的遗照》
西川：《一个人老了》
欧阳江河：《最后的晚餐》《咖啡馆》
王家新：《瓦雷金诺叙事曲》《帕斯捷尔纳克》
于坚：《作品第52号》

评论摘要

1. "编者前记"（诗刊《倾向》的编辑前记，编者注）暗示的，正是九十年代诗歌所怀抱的两个伟大诗学抱负：秩序与责任。在八十年代的朦胧诗、第三代诗那里，对此要么做了偏误的理解，要么给弄颠倒了。朦胧诗人希图重建的是一种二元对立模式里的政治意味的诗学秩序，第三代诗人则通过达达的手段对付复杂的诗艺，文化的反抗被降低为文化的表演。《倾向》以及后来更名的《南方诗志》对《今天》《他们》《非非》艺术权威的取代，不是一般意义的一个诗歌思潮对另一诗歌思潮的顶替，它们之间不是连续性的时间和历史的关系，而是福柯所言那种"非连续性的历史关系"，乃是两种不同文化背景下的"知识型构"。或者说它也不是一种"艺术趣味"能够涵括得了的。关键在于，这个同仁杂志成了"秩序与责任"的象征，正像彼得堡之于俄罗斯文化精神，海德格尔、雅斯贝尔斯之于二战后德国知识界普遍的沮丧、混乱一样，它无疑成了一盏照亮泥泞的中国诗歌和人心的明灯。团结在这个杂志周围的，有欧阳江河、张曙光、王家新、陈东东、柏桦、西川、翟永明、开愚、孙文波、张枣、黄灿然、钟鸣、吕德安、臧棣和王艾等。或者围绕这一群体的写作所呈现、生发、回旋与阐明的，是上述两个诗学抱负所包含的是诸多涉及九十年代诗歌写作的根本命题。

所谓知识分子写作是针对现实的"散文化"现状而言的。在当代诗歌无比艰难的现代化进程中，"知识分子性"是一个至关重要、然而屡屡受挫的未完成性话题。然而，在很长一个时期里，被抽去了主体的它顶多只具有显而易见的中性的特征。在今天，它经历了一百八十度的大转弯，身份变得更加难以确认。在欧阳江河看来，"知识分子诗人有两层意思，一是说明我们的写作已经带有工作和专业的性质；二是说明我们的身份是典型的边缘人身份，不仅在社会阶层中，而且在知识分子阶层中我们也是边缘人，因为我们既不属于行业化的'专业性'知识分子，也不属于'普遍性'知识分子。"西川可能更倾向于获得一种未经严格限定的自由知识分子的写作立场，他说："我们并不缺乏良知和善恶观，但作为诗人，我们必须有另一种思维方式。"又说："我不是一个百分之百的诗人，我是一个百分之五十的诗人，或者说我根本不关心我是不是一个诗人，或者说我根本不关心我写的东西是不是诗歌，我只关心'文学'，这个大的概念。"事实上，知识分子写作不是通常而言的阶层确认，而是对当代思想文化中种种"知识分子概念"的驳难、质疑，以期在更宽阔和复杂文化背景中加以修正。这种"修正"的工作提出了两个问题：第一，作为一个诗人，他必须坚持一种理想化的灵魂状态；第二，在这同时他深切地意识到了，"坚持"这一状态之不可能。现今的知识分子写作是充满了悖论色彩的写作，也正因为这样，诗人与他具体的"写作"之间是一种互文的微妙与尴尬的关系。写作在很大程度上就意味着，他与它必须时时证实双方的"在场"，并不容置疑地去追求双方在场所可能达到的最紧张的想象与幻觉的张力。这种两重性，或许就是："一方面，它证实了纳博科夫所说的'人类的存在仅仅决定于它和环境的分离程度'；另一方面，它又坚持认为写作和生活是纠结在一起的两个相互吸收的进程"，"它并不提供具体的生活观点和价值尺度，而是倾向于在修辞与现实之间表明一种气质，一种毫不妥协的气质。"所以，在张曙光的《西游记》中，"知识分子"戴着两个不同的面具，一个坐在"书房里"发呆，另一个是"愤怒的青年"。在开愚的《国庆节》里，一个是精神逃亡中的悲剧诗人，另一个是对女人充满准色情的好奇心，"漂亮的检票员（她突出的嘴唇为了有力地接吻?）"。而在翟永明眼里，生命是如此离奇、最后往往又高度统一：在前台，"我唱出谁的曲调? /后台的阴谋无止无休/戏剧却总是如此凄美"（《脸谱生涯》）。在这个意义上，"知识分子性"指涉的显然是当代思想文化史的意义，诗人们着意揭示的则是一部充满诗意和戏剧性张力的思想文化史。

　　正因如此，反对"纯诗"，并在复杂的历史中建构诗意，成为九十年代写作另一个追求的目标。王家新说："我们应从我们今天而非马拉美的那个时代来重新认识'纯诗'，或者说我们应用'文本的间离性'来代替'文本的自律性'。"他把这种'历史化'地看待事物包括文学问题的方式，目为"对'非历史化诗学'倾向的纠偏"。在后来，臧棣又把它延伸成反对诗歌的对峙主题。在一篇试图深入挖掘晚近诗歌写作意义的文章中，他认为，"更为普遍的看法是，将这种对峙的艺术仪式作为一种潜在的话语情境，或一种隐含的隐喻结构来加以运用，以期在不拘一格的艺术视野中挖掘尽可能多的诗意，更深切地触及我们在本土现实中所意识到具有普遍意义的人的困境、希望、欢悦、悲痛和存在的奥义。"应该说，上述工作对九十年代写作具有某种理论"清场"的意义。"纯诗"主张暴露了八十年代写作上的严重缺陷，在更多的人那里，暴露的则是创造力的危机。在这方面，九十年代诗学发生了根本的转变。诗歌包括诗人不再是历史的全部，而只是历史活动的一个话语场；诗歌包括诗人的工作可以隐喻历史的活动，比如悲伤、欢乐，存在的复杂和集体的愚不可及，然而它与历史是一种摩擦的、互文的关系，它希望表达的是难以想象、且又在想象之中的诗意；诗歌既不是站在历史的对立面，也不应当站在历史的背面，诗的写作不是政治行动，它竭力维护和追寻的是一种复杂的诗艺，并从中攫取写作的欢乐。这正是西川所言的"我是一个百分之五十的诗人"，是钟鸣所说的"对词语冒险的兴趣，显然大于对观念本身的兴趣"。或就像开愚所说，写作不仅要有赖抱负，同样更要有赖政治、经济、爱情乃至时事和日常生活的"资料"，它要把自己置入广阔的文化语境当中。因此，反对纯诗或反对诗歌的对峙主题，并不意味着简单的摒弃，而是相反，各种题材在现代的眼光下焕发出诗意。比如，张曙光对"个人情感"和"个人生活"的研究，在诗歌题材上与于坚、韩东经常触及的日常生活是似曾相识的，但他的处理方式却与前者截然不同。在《岁月的遗照》里，他运用了于、韩二人惯用的反讽手法，但也将后者少有的有古典怀念意味的独白纳入其中。与他们单纯的讥讽明显形成差异的是，"判断"的权力显然被放弃了，代之而来的是或喜剧、或悲剧的模糊闪烁的现代人复杂的"观察"眼光。《尤斯西斯》带着后期朦胧诗人的某种气味，如对"历史"、"道德"等题材的回溯，这首诗给人留下突出印象的，却是对上述题材的"尤利西斯式"的处理："我们的恐惧来自我们自己，最终我们将从情人回到妻子"——严肃的、滑稽的、生活的、道德的话语，都找到了自己的巴赫金意义上的"排场"，却不再有各自单一品质的道德的承诺。在这一写作前提下，所谓"历史的题材"在经过重新挖掘、翻找之后，它的视野被大大地拓展了，或者说，它与现代人各种复杂、隐秘的个人生活之间，确立了可能性的通约关系。诗歌写作有足够的能力进入各种生活，而不至于磨损和取消艺术的想象力；它有惊人的创造力和自信心，在生活之外或生活之中发现"生活"。

程光炜：《不知所终的旅行——九十年代诗歌综论》，载《山花》，1997（11）。

2. 其实坚持民间立场的诗人写作与知识分子写作从开始就是不同的写作，不可同日而语的写作。这种根本不同，并不仅仅是写作方式的不同。"知识分子写作"并不是一种单纯的写作方式，而是一种改头换面的主流意识形态或者道德主义。《知识分子写作：文化转型年代的诗与诗——90年代诗学理论话语研究之一》一文说得很清楚，"实质上，欧阳江河的'知识分子'这一概念不仅指他们所属的文化身份或社会身份，相当程度上也是一种文化精神、文化立场、文化品质的能指隐喻"。此文把知识分子写作和1993年的"人文精神"和"理想主义"讨论联系起来："这场持续了一二年之久的话语论争也反映了一部分知识分子想用一套人文话语重新'驯化'市民意识形态的文化意图和价值取向。当今文坛上知识分子型的作家张承志、张炜等人对市民文化的代言人王朔等人的激烈批判便是一个极端而典型的例子。于是'知识分子写作'作为一种文化号召在文学界及学术界一时广为盛行。先锋诗坛对此作出了敏锐与热烈的呼应（事实上诗人的文化意识总是超前的）。……'知识分子写作'具有具体的历史与文化语境，是针对'第三代诗歌'总体上的文化虚无主义态度以及某种'践踏'艺术的叛逆行为而言的，是基于他们自身的'理想主义信念'"。

这种"信念"我们并不陌生。对第三代诗歌的来自意识形态和道德主义的攻击从

80年代就开始，不同的是，过去的攻击主要来自官方的意识形态阵营，现在又加入了"知识分子"。在1990年11月17日的《文艺报》上，《对"新诗潮"的透视》一文，指责《非非》、"大学生诗派"、徐敬亚、孟浪编的《中国现代主义诗群大观》和我的《诗歌精神的重建》以及许多第三代诗人的作品，说"事实上，有的'宣言'本身就是一种政治，就是一种对马列主义美学原则挑战的政治示威。"在引述了我的一段话后，他指责道：生命意识的实质，就是"以表现生命本体为由，实则排斥人的社会性，强调人的生物本能，性欲冲动与追求物欲的享乐主义等等。……我们决不能以写'生命本能的勃发'为借口，去歌颂流氓阿飞的暴行和描写'手淫者'的'嚓嚓之声'，以'内心历程的探险'为名，去津津乐道于变态心理的宣泄。那样做，不仅背离了社会主义诗歌的方向也是对诗坛的亵渎。"其实"知识分子写作"的基本观点并不那么高深莫测或罕见，在中国它普遍得很，再随便找篇文章摘一段看看，例如《云南日报》1996年12月21日，《诗歌，请停止自杀！》在列举了几位第三代诗人的作品片断后，作者指责说，"许多诗作完全背离了诗的本质，丢掉了应有的诗歌精神，它没有对真理、正义的执著追求，没有对人类、时代和民族的深切关注，抛弃了起码的道德准则，放逐了信仰和理性，丧失了艺术良知，思想苍白，语言粗糙芜杂，缺少精神之光，灵魂之光。没有深刻的洞见，缺乏生活实感，话语解构，理性没价值，文字已被淘空了意义，看不到切身的审美体验、美丽的意象消失了，纯真的感情不见了，伟大的精神气质和庄严神圣的理性力量不见了，崇高的意境和理想主义精神更是荡然无存，生命的意义、艺术的精神都消泯在冰冷的话语操作过程中……相反，情绪宣泄、变态心理、猥琐事件、庸俗气息、粗言鄙词却比比皆是，日益泛滥……"；他呼吁："要端正创作态度，认真学习古今中外各家各派的创作和理论，打好根基，提高修养，对言不由衷乏情无味的假诗进行清理，对不三不四的非驴非马的语言赘物进行批判，扫荡淫靡诗风，扫荡非诗化倾向，重建诗歌新的精神和审美价值。"他不正是在很通俗易懂地讲知识分子写作么？在对第三代诗歌的立场上，"知识分子写作"的"秩序与责任"是否"在总体或整体的程度上最终与国家意识形态达到了某种话语缝合的状态"（见陈旭光、谭五昌《知识分子写作，文化转型年代的诗与诗——90年代诗学理论话语研究之一》）呢？"那个叫做权力、制度、时代和群众的庞然大物会读我们的诗歌么？"会的，只要"隐匿在我们深处的叶芝、里尔克、庞德、曼杰施塔姆和米沃什等诗人也已经汉语化了，本土化了。"只要我们写"正派的诗歌"，坚持"理想主义"和"乌托邦气质"，"'驯化'市民意识形态的文化意图和价值"，"对不三不四的非驴非马的语言赘物进行批判，扫荡淫靡诗风，扫荡非诗化倾向，重建诗歌新的精神和审美价值"。

　　其实对于那些坚持民间立场和诗人写作的诗人来说，他们一直清楚这些，一直在承担着他们在此时代的诗歌命运。"知识分子写作"不过是众声喧哗中的小打小闹之一罢了。"王杨卢骆当时体，轻薄为文哂未休，尔曹身与名俱灭，不废江河万古流"。

　　重要的是，为什么某些新潮的诗歌批评家们如此讨厌"真相"一词，他们为什么那么害怕这个真相？因为盘峰会议表明：

　　坚持民间立场、诗人写作、中国经验以及诗歌的自由、独立、原创力、民主精神和非意识形态的位于边缘的外省诗人与利用北京的文化政治地理优势企图将80年代以来重获独立和尊严的诗歌再次依照历史惯例纳入权力话语，建立唯我独尊的诗坛秩序，霸权的批评家们之间水火不容的关系已经真相大白。

那些在中国外省的辽阔大地上埋头写作，没有批评家为其摇旗呐喊，远离便于国际接轨的北京，仅仅靠具有创造力的不同凡响的诗歌文本在中国诗坛的铜墙铁壁之间建立了诗歌的尊严和个人魅力的独往独来的优秀诗人与倚靠权力话语、批评家吹捧，离开了权力和吹捧就不存在的西方诗歌和文艺理论的读者冒充的平庸诗人的"知识分子写作"的思想战线之间的泾渭分明之势，已经真相大白。

在伟大的80年代依靠第三代诗歌的杰出文本实绩起家的新潮诗歌批评中的北京部分，已经彻底背叛了在那个伟大的充满自由主义精神的时代中得以重新建立起来的诗歌批评对少数、对另类写作的宽容：非道德、非意识形态的、自由、独立、客观、公正的专业精神和唯文本的学术立场，可怜地成了"知识分子写作"——一个"小圈子气候"的代言人，再也无法冒充"公正、权威"，他们对于诗歌、诗人的态度其实不过是"顺我者昌逆我者亡"罢了，他们公然敢那样穷凶极恶围攻作者——诗人，说明这些"新潮诗歌批评家"从来就没有尊重过诗歌。已经真相大白。

于坚：《真相——关于"知识分子写作"和新诗潮诗歌批评》，载《北京文学》，1999（8）。

泛读书目

欧阳江河：《傍晚穿过广场》
陈冬冬：《月亮》《秋天》
黄灿然：《一生就是这样在泪水中》
西川：《致敬》《近景和远景》
韩东：《甲乙》

评论文献索引

欧阳江河. 89后国内诗歌写作——本土气质、中年特征与知识分子身份. 花城，1994(5).

王家新. 知识分子写作或曰"献给无限的少数人". 大家，1999(4).

臧棣. 诗歌：作为一种特殊的知识. 北京文学，1999(8).

臧棣. 当代诗歌中的知识分子写作. 诗探索，1999(4).

张清华. 一次真正的诗歌对话与交锋. 北京文学，1999(7).

沈奇. 中国诗歌：世纪末论争与反思. 诗探索，2000(1).

谢有顺. 诗歌在前进. 山花，2000(5).

孙基林. 世纪末诗学论争在继续. 诗选刊，2000(6).

王光明. 相通与互补的诗歌写作——我看"民间写作"与"知识分子写作". 南方文坛，2000(5).

王珂. 诗是艺术地表现平民性的情感的语言艺术——论现代汉诗的现实出路. 东南学术，2000(5).

谭旭东. 知识分子写作与民间写作之争综述. 艺术广角，2002(5).

陈旭光、谭五昌. 知识分子写作：文化转型年代的思与诗——90 年代诗学理论话语研究之一. 大家，1997(4).

罗振亚. "知识分子写作"：智性的思想批判. 天津社会科学，2004(1).

张立群. 回望的意义：论 90 年代诗歌的论争. 艺术广角，2005(1).

刘春. "知识分子写作"五诗人批评. 南方文坛，2008(2).

王晓渔. 当代诗歌场域中"学院派诗歌"若干状况——知识分子写作与民间写作纷争的回顾与解读. 江汉大学学报(人文科学版)，2011(2).

拓展练习

"诗歌中的知识分子精神总是与具有怀疑特征的个人主义连在一起的，它所采取的是典型的自由派立场，但它并不提供具体的生活观点和价值尺度，而是倾向于在修辞与现实之间表现一种品质，一种毫不妥协的珍贵品质。我们所理解的知识分子写作具有两重性：一方面，它证实了纳博科夫所说的'人类的存在仅仅决定于他和环境的分离程度'；另一方面，它又坚持认为写作和生活是纠结在一起的两个相互吸收的进程，就像梅洛—庞蒂所说的，语言提供把现实连在一起的'结缔组织'。一方面，它把写作看作偏离终极事物和笼统的真理、返回具体的和相对的知识的过程，因为笼统的真理是以一种以中心话语地位的方式设想出来的；另一方面，它又保留对任何形式的真理的终生热爱。这是典型的知识分子式的诗歌写作。"自欧阳江河在《89 后国内诗歌写作——本土气质、中年特征与知识分子身份》中明确提出"知识分子写作"这一概念之后，关于"知识分子写作"与"民间写作"的论争逐渐演化为一场世纪之争，这其中既有写作资源、诗学话语的分歧，也有诗歌场域、文化资本的争夺，既是艺术之争，又是话语权之争，请查阅文献索引及评论摘要的原文，尝试梳理这次世纪之争的发展脉络，并谈谈你对此的理解。

第三章　散　文

第一节　概　述

内容提要

社会转型期的散文创作与这一时期的长篇小说一样，呈现一片繁荣景象，这一时期报刊业的发达、散文写作的相对平易与大众情感表达的需求、新的白领阶层的兴起、经济发展所带来的文化思想需求等等，均是其之所以繁荣的重要理由，但从文体发展的角度看，其更为内在的原因，还需要作更为深入的探讨。这一时期的散文领域，学者文化散文、思想性散文写作、女性散文写作是其最为主要的代表，"新生代"散文写作、贾平凹所提倡的"大散文"写作、网络散文写作也需要给以一定的关注。

学习建议

搜索收集关于 20 世纪 90 年代散文宏观论述的论文，要求完成：第一，对此一时期的散文创作形成初步的印象；第二，筛选收集到的论文，把认为质量较高的论文篇目做成评论文献索引，并概括其主要内容。

第二节　学者文化散文

内容提要

学者文化散文在社会转型期形成热潮绝非偶然，在这之前的 20 世纪 80 年代，梁实秋、林语堂、胡适、徐志摩等学者的散文，在重新出版后，在社会上就受到了极大的欢迎。社会转型期学者文化散文最主要的代表作家作品是余秋雨的散文集《文化苦旅》《山居笔记》、张中行的《负暄琐话》《负暄续话》《负暄三话》《流年碎影》以及金克木、季羡林、陈平原的散文创作。学者文化散文以学者自身的学术优势，遥承五四、20 世纪 30 年代周作人、废名、丰子恺等人文化散文的风范，以文化性、知识性为载体，将启蒙性、趣味性、思想性融为一体，使文化散文这一散文创作流脉走出了工农兵文学中秦牧的谷底，达到了一个新的水准。

学习建议

1. 以余秋雨、张中行的散文创作为例，在阅读他们主要代表性散文作品的基础上进行文本审美，归纳其主要的创作特点。

2. 尊重各自阅读感悟的前提下，查阅对余秋雨、张中行等学者散文的评论文章，筛选出十篇左右有价值的论文，并从每篇论文中摘要千字左右的"论文精华"。

3. 尝试着把你的"学习收获"或者"发现的问题"以"拓展练习"的形式进行归纳总结。

第三节　思想性散文写作

内容提要

着重于表达思想性精神性追求的散文的繁荣，是社会转型期散文领域里的重要景观。这一散文潮流大致由两个部分组成：一个部分是面对社会转型期世俗生活对精神生活的冲击，着重于表达对生命意义的深层思考，对精神追求的高扬，对世俗世界思想精神缺失部分的正面强调，其代表作家作品有史铁生的《我与地坛》、张承志的《荒芜英雄路》《以笔为旗》、周涛的《游牧长城》等。另一个部分是体现了社会转型期对过去了的一个时代的反思，其代表作家作品有韦君宜的《思痛录》、刘小枫的《我们这一代的怕与爱》、王小波的《我的精神家园》等。

学习建议

1. 根据内容提要，在所列两部分散文潮流中分别选择自己喜欢的作家作品进行文本解读，写一篇"文本细读"式的赏析性文章。

2. 查阅与此相关的评论，并与自己的文章进行对照，寻找自己的差距所在，进行再次修改。

第四节　女性散文

内容提要

社会转型期的女性散文热潮由两部分构成：一部分是从个体生命从女性经验角度对社会、历史的重新审视、体会，特别是对以神圣名义剥夺个体、女性权利的批判，这部分散文的成就相对较大，其作者主要是由 20 世纪 50 年代及这之前出生的女作家构成，其主要原因在于，其个体生命女性经验的觉醒是与社会、历史的进步历程血肉相连的，其代表性作家作品有李南央的《我有这样一位母亲》、韦君宜的《思痛录》、梅志的《往事如烟》、筱敏的《成年礼》、崔卫平的《带伤的黎明》，等等；另一部分是从个体生命女性经验角度写自身的日常性生活，这部分的作者主要是由 20 世纪 70 年代生的都市白领女性构成，她们所创作的散文时称"小女人散文"，将其称之为"都市女性小品文"更为确切。其代表性作家作品有马莉的《夕阳下的小女人》、黄爱东西的《大都市小女人》、素素的《就做一个红粉知己》等，个体人生的日常性生活、女性个体经验是其所抒写的主要内容。这部分散文相对说来不够成熟，其原因在于她们所写的内容与方式，在中国一向缺乏价值资源、写作传统，但也正因为如此，其所体现的对新时代根本性特征的敏感表达，使她们的创作，成为一种重要的文学现象。

学习建议

1. 根据内容提要，分别选择这两部分的代表作家的作品进行阅读，在此基础上进行个案解读，并比较这两个群体的作家创作的异同之处。

2. 搜集与此相关的评论，模拟教材体例，从学习方案、精读作品、评论摘要、泛读作品、评论文献索引、拓展练习几个板块进行编写，以小组合作的方式完成。

第四章　戏剧文学

内容提要

社会转型期的话剧主要由三个部分构成，一个部分是"小剧场戏剧"。"小剧场戏剧"是社会转型期先锋戏剧的主要表现形式，其主要作品是孟京辉的《我爱×××》《一个无政府主义者的意外死亡》《爱情蚂蚁》、林兆华的《三姊妹·等待戈多》、牟森的《与艾滋有关》《零档案》等；第二个部分是贴近现实生活的话剧，主要的代表性作家作品是过士行的《厕所》《活着还是死去》、中英杰的《北京大爷》等；第三个部分是在精神上对社会现实的精神状况构成冲击性的作品，最具代表性的就是用异国英雄试图召回昔日革命激情的黄纪苏、张广天的《切·格瓦拉》。

学习建议

此章不做任何提示或者建议，由学生通过独立、合作的学习方式完成对本章内容的补充，形式上可以模拟本教材体例，也可以进行创新。

教学使用建议

为了使教材《中国现当代文学史综合教程》的编写目的得到最大程度的实现，我们提出如下教学使用建议。

一、关于课堂

课堂在这里是一个包含了课前、课中与课后三个环节的开放式建构。

课前环节：首先是自主学习。学生在阅读文本的基础上，可以参阅学习建议，也可以遵照自己的阅读感受，记录对文本的阅读体验以及解决不了的问题。其次是组内合作学习，把自己的学习情况与小组同学进行初步交流，尽可能解决组内成员的个性问题，并收集本组同学通过查阅资料（包括评论摘要的原文以及评论文献索引中的论文）依然解决不了的共性问题（包括拓展练习中的相关问题），留待在课堂大交流中获取帮助，并汇总、筛选出本专题（文本）本组同学认为最值得与大家分享的阅读发现。

课中环节，即课堂本身：分为"分享阅读"与"解决问题"两个板块。先以小组为单位把本专题最具价值的阅读体验与大家分享，然后提出本组的共性问题，由全班同学进行讨论，最后由教师给以归纳与提升。在整个过程中，教师要在关键时刻把"跑野马"式的讨论思路拉回到课堂，并且能够随时穿针引线，给予适当的点拨，以引导学生走向高质量、高效率的探究。

有必要特别说明的是，课堂在初期阶段一般以"分享阅读"为主要目标，在逐渐提高学生阅读能力的基础上，要力争"分享阅读"在小组合作学习中高质量完成，课堂则以"解决问题"为主要目标，在循序渐进中提升学习质量。

课后环节：学生针对本专题的学习，以个人为单位，进行反思总结，包括自己哪些能力得到了提升，哪些方面还有欠缺，并且针对课堂交流过程中新生成的问题进行课后探究学习，进一步提高课堂教学的质量。一堂课的真正价值并不在于这节课解决了多少问题，而是大家在交流碰撞的过程中，提升了审美感知能力与思考能力。

二、关于课堂组织的流程

分组。根据班级容量把学生分为学习小组，一般情况下一个班六到八个组，每组以四到六人为宜，便于根据课时与专题分配任务，也便于每个小组在学期内都能有数次组织课堂的机会。

组织课堂。每节课由一个小组承担本节课的组织职责：首先，小组同学要有明确分工，谁是收集学情者，谁是查阅资料者，谁是课堂组织者，谁是记录者，谁是课后总结者等。其次，了解学情。课前在本小组对本专题内容有比较深入探讨的基础上，了解其他小组的学习情况，收集大家的"阅读发现"与"困惑问题"。再次，组织课堂。根据收集到的情况，查阅的资料，设计课堂形式，以达到教学目标为旨归，不限制学生以什么形式来组织课堂。在了解学情、收集问题、筛选资料、设计课堂、组织课堂的过程中，极好地锻炼了他们的组织能力、创新能力、分析能力、表达能力、合作能力等综合素质。最后，效果评价。包括课堂组织的形式是否新颖、流程是否顺利、课堂发言是否热烈、阅读分享是否有质量、讨论的问题是否具有价值、课堂的整体效果、学生的评价、教师的评价以及自我评价等（详见附表1）。

评价机制。要有一定的评价机制进入考核体系，以激励并保证学生对课堂的参与度。譬如奖惩分明的"得分激励法"：对学生的发言要点等都应有相应的记录，每四周进行一次总结，给予这一时段课堂发言次数最多的学生以个人奖励分，发言最少的同学扣掉若干分，给予发言最多的小组所有成员以奖励分，发言最少的小组所有成员扣掉若干分。对学生发言的质量也要由教师给以相应的分数评价。学生的课后反思环节，则通过学生学习小结等形式给以查核。评价机制在教改初期的确可以起到很好的作用。

三、考核体系

注重对学生在"学习过程"中所完成的知识积累、学习能力的考查。

本学科成绩由"过程性评价"与"终结性评价"相结合：即平时成绩占到总成绩的70%，期末成绩占到总成绩的30%。

平时成绩由学生个人成绩与以小组为单位组织课堂得分两个板块。

学生个人平时成绩由三部分构成：包括课前、课中和课后三个环节。课前环节（40分）包括独立学习与小组合作学习；课中环节（35分）包括要点记录、发言记录与新生成问题；课后环节（25分）包括本课小结与本课评价，其中本课评价的得分为学生自评与小组内部互评得分的平均分。即学生要对每一项学习过程进行记录，并且都有对应的分值有所体现。此为一个专题学习的成绩得分，最终的个人平时成绩是本学期所有专题学习的平均分。见附表1。

小组承担组织课堂任务时的成绩也同样包括三个环节：课前环节（40分）包括学情收集、小组集体备课、制订学习方案；课中环节（50分）包括课堂组织与学习评价，其中学习评价得分为学生互评、教师点评与小组自评三者得分的平均分数；课后环节（10分）主要是小组总结。此为在一个专题学习过程中，组织小组的成绩，即为所有小组成员个人得分，例如本小组在组织本专题学习中得分90分，那么小组成员每个人在本专题学习中得分都是90分。见附表2。

例如一个学期一共20个专题学习，其中以小组为单位共承担组织课堂任务3次，不承担组织任务17次，那么平时成绩则是3次组织课堂与17次不组织课堂的最终均分。期末考核重点也仍然是检测学生的学习能力、审美能力、分析能力等"能力指标"，譬如本教材当代文学部分的最后六节内容就可以作为期末考核的一种形式。

四、对教师的挑战性

第一，教材中精读及泛读篇目的设定，要求教师对所讲授的对象有相当的了解，教材中对所讲授对象的评论摘要及评论文献索引的设定，要求教师对学术界对所讲授对象的研究的历史与现状有相当的了解，教材中的"拓展练习"部分要求教师能够结合当下的人文现状，培养学生用所学知识解决问题的能力。这些，对教师的学术视野、科研能力、汲取新知都提出了新的更高的要求。

第二，这种开放式的课堂教学，教师既无法预测学情，也不能按照传统的备课方式，用自己备好的课以自我言说为教学主体。每次的课堂情况对教师而言都是新鲜的、陌生的，同样一个专题，在不同的班级遇到的情况也有可能完全不同，如何启发引导学生积极地参与课堂，如何引导学生把低水平的问题深化到有学术价值的层面，如何在引导、归纳与提升学生的讨论过程中，把应有的知识的学习能力的训练有机地融入其中，这些，对教师的教学能力，也提出了新的更高的要求。

第三，这种以学生为中心的课堂，教师一定要有耐心等待学生的成长，给予他们充分的信任。对教师而言，一开始最难的是如何控制自己"包办"课堂的习惯，如何控制自己说话的欲望，如何控制自己的"主宰"位置，否则，就不能够把课堂真正还给学生。这种课堂文化，对教师的角色定位提出了新的更高的要求，充分体现了一种新型的师生之间学生之间的主体间性关系，并因此培养了学生在现代社会人与人之间的主体间性关系中所应有的品格。

谨以此作为在教学实践中体现本教材教学理念的引玉之砖。

（阎秋霞）

附表 1

章节：　　　　　　　　　　　　　　　　　　　　　总分：

课前环节		权重	40 分					得分	
独立学习	阅读笔记	权重	20 分	15 分	10 分	5 分	0 分	得分	
	（记录自己的阅读心得与审美发现）								
	我的问题	权重	10 分	8 分	6 分	4 分	0 分	得分	
	（记录自己阅读的困惑和问题发现）								
小组合作	已解决问题	权重	10 分	8 分	6 分	4 分	0 分	得分	
	（记录哪些问题与小组合作之后得到了解决，解决的过程是怎样的）								
	未解决问题	本小组的共性问题。							
课中环节		权重	35 分					得分	
要点记录		权重	5 分	4 分	3 分	2 分	0 分	得分	
（记录在课堂交流中重要的观点，尤其是对自己有重要启发的思路）									
发言记录		权重	25 分	20 分	15 分	10 分	0 分	得分	
（记录自己在本堂课的有效发言，赋分根据本堂课的人均发言次数来决定相应的起始分数）									
新生成问题		权重	5 分	3 分	0 分	得分			
（记录在课堂上新生成而未得到很好解决的问题）									
课后环节		权重	25 分			得分			
本课小结		权重	15 分	10 分	5 分	0 分	得分		
（本专题学习内容的总结、反思，尤其是课堂新生成问题要通过探究方式获得自己的答案）									
本课评价		权重	10 分		得分（自评与互评均分）				
学生自评		权重	10 分	9 分	8 分	7 分	6 分	0 分	得分
（本专题学习中对自己的表现进行自我评价）									
组内互评		权重	10 分	9 分	8 分	7 分	6 分	0 分	得分
（本专题学习中小组同学对自己的评价）									
签名：小组所有成员的签名									

附表 2

章节：　　　　　　　　　　　　　　　　　组别　　　　　　　总分：

小组成员分工：								
学情收集	权重	10分	9分	8分	7分	6分	5分	得分
小组备课	权重	15分	13.5分	12分	10.5分	9分	7.5分	得分
学习方案	权重	15分	13.5分	12分	10.5分	9分	7.5分	得分
课堂组织	权重	35分	31.5分	28分	24.5分	21分	17.5分	得分
学习评价	权重	15分			得分（三者均分）			
学生互评	权重	15分	13.5分	12分	10.5分	9分	得分	
教师点评	权重	15分	13.5分	12分	10.5分	9分	得分	
小组自评	权重	15分	13.5分	12分	10.5分	9分	得分	
小组总结	权重	10分	9分	8分	7分	6分	得分	

第 2 版后记

本教材自 2010 年由北师大出版社正式出版后，经过我们数年的教学实践，并听取了若干采用这一教材的高校同行的意见后，我们对教材主要作了三点修订：

将现代文学部分由三编改为四编，当代文学部分由两编改为三编，以更好地适应对现当代文学的教学。

增加了图片部分。图片分为三类：一类是有关主要作品中所反映的内容的时代背景性资料；一类是主要作品发表时那一时代的背景性资料；一类是有关作家的生平资料。其设想是增加学生回到作品产生时代或者作品反映时代之现场的在场感。

调整了一些"评论摘要"部分的内容，以把更具代表性的学术见解介绍给师生。

另外，对教材的各个部分，都作了程度不同的修改、增删。在附录部分，提出了在教学实践环节中，使用本教材的若干建议。

本次修订的思路、框架由傅书华提出，终审由傅书华负责，具体分工情况如下：

现代文学部分的修订工作：徐慧琴编写、修订第一编第三、四章，第二编的第一、三、四章及第二章的第一、二节。白杰编写、修订第三编，第四编，第二编第二章的第三、四节；重新编写初版由徐慧琴完成的第一编的总论和第一、第二章；负责现代文学部分的插图。

当代文学部分的修订工作：傅书华撰写、修订第五、六、七编的内容提要，阎秋霞编写、修订第五、六、七编除内容提要之外的部分，包括图片部分。

本教材的修订工作，得到了北师大出版社马佩林先生的大力且有效的支持，在此深表谢意。

傅书华

2014 年 6 月 20 日